JN291106

藤原為家研究

佐藤恒雄
Satou Tuneo

笠間書院

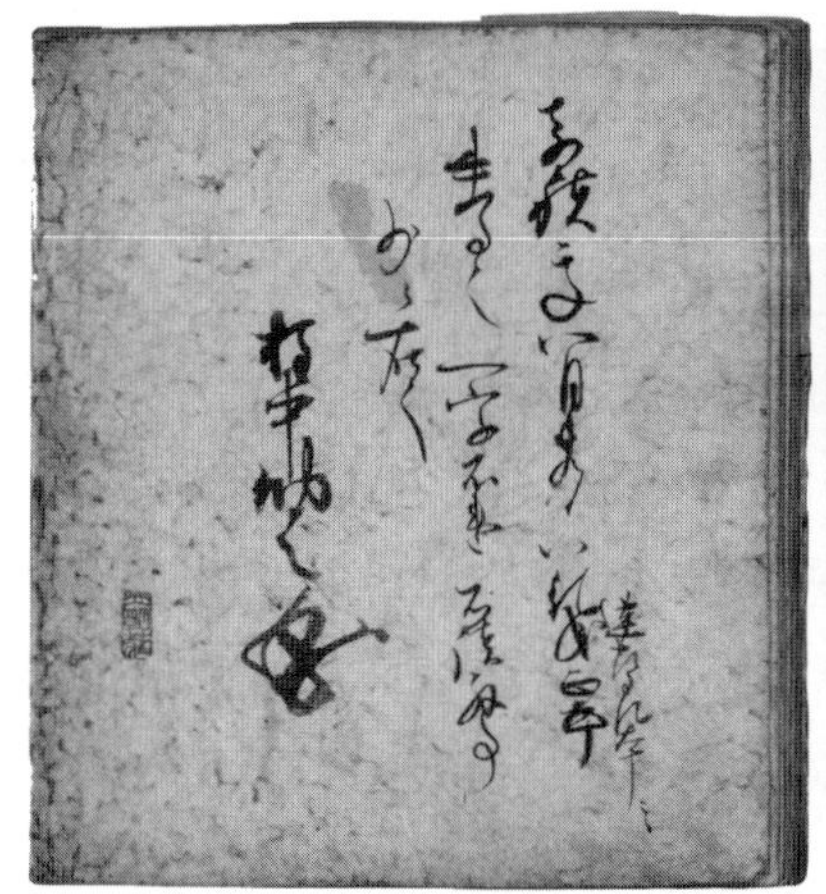

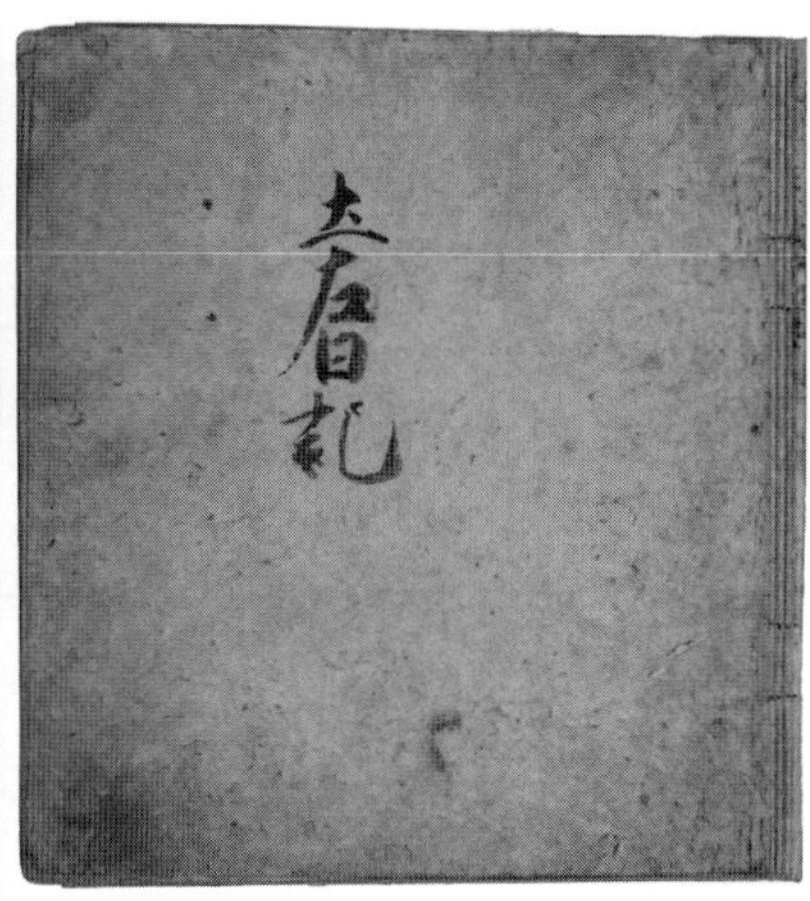

図版 1　土佐日記(国宝)　為家筆外題(右)と嘉禎二年八月二十九日為家書写奥書(左)
大阪青山大学図書館蔵

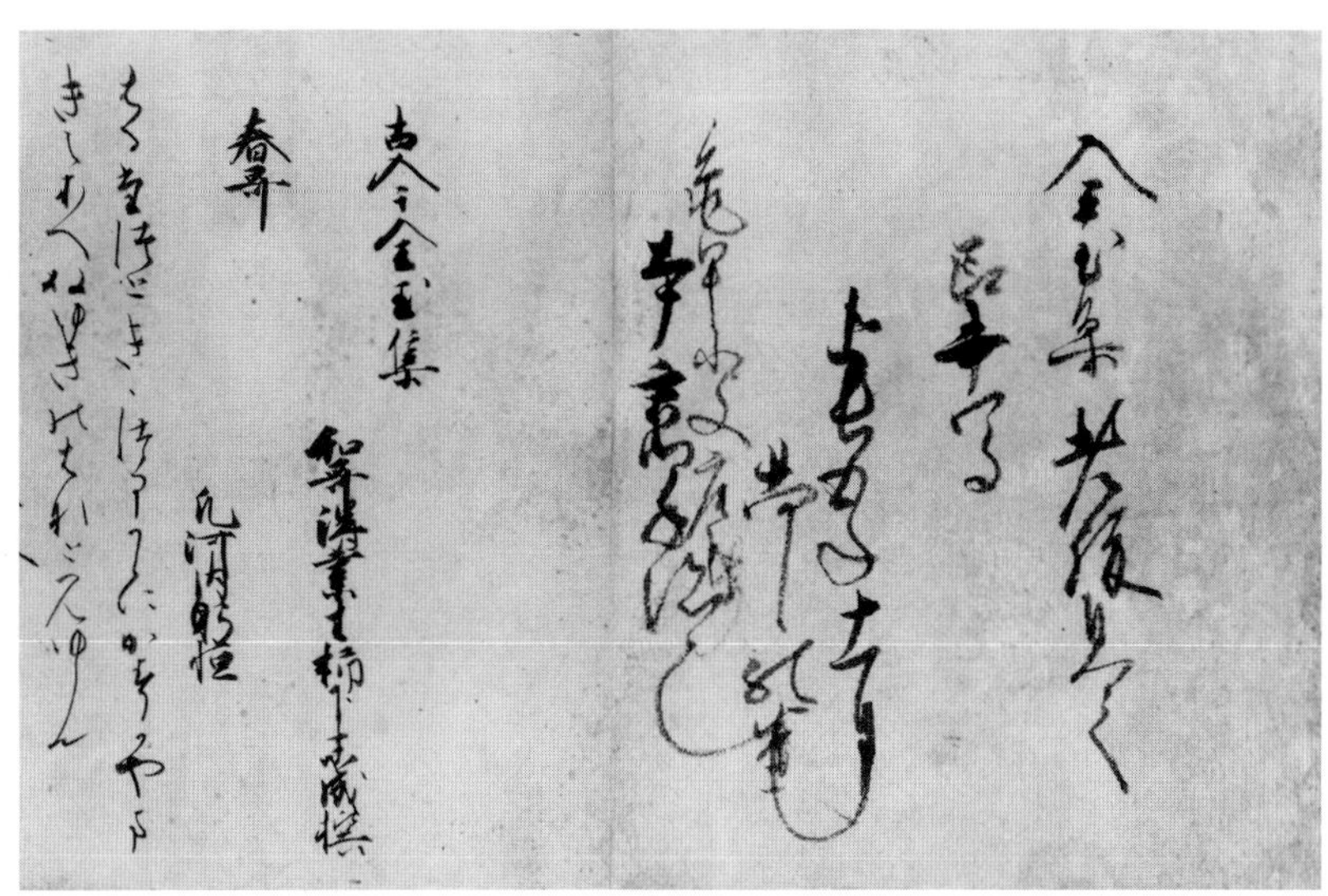

図版 2　古今金玉集(重文)　巻首部建長五年十一月二十四日為家筆識語　　冷泉家時雨亭文庫蔵

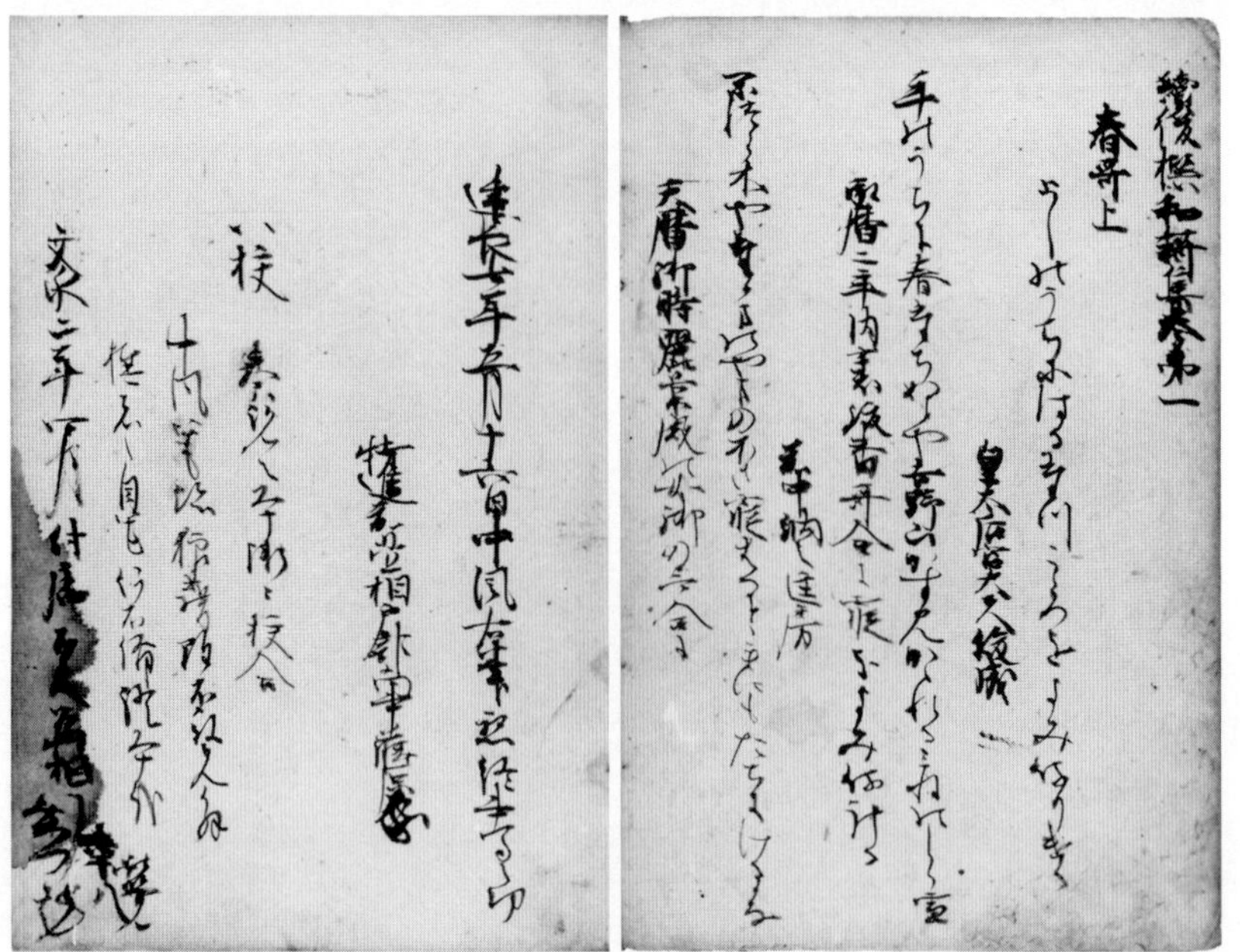

図版 3　続後撰和歌集（重文）建長七年五月十六日為家筆　巻首部（右）と書写並びに付属奥書（左）
冷泉家時雨亭文庫蔵

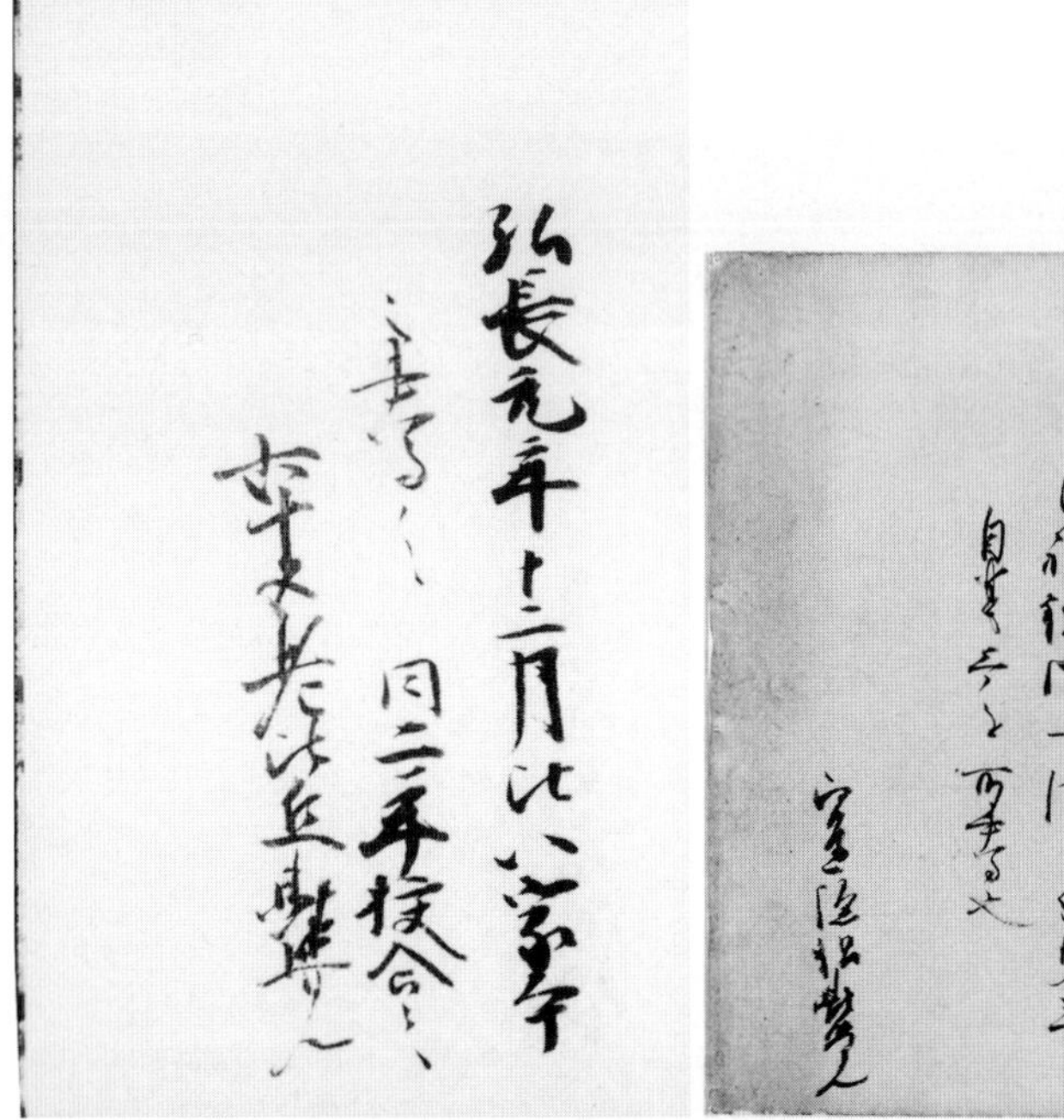

図版 5　大和物語　弘長元年十二月比融覚筆奥書
（重文）　（複製本より）前田育徳会蔵

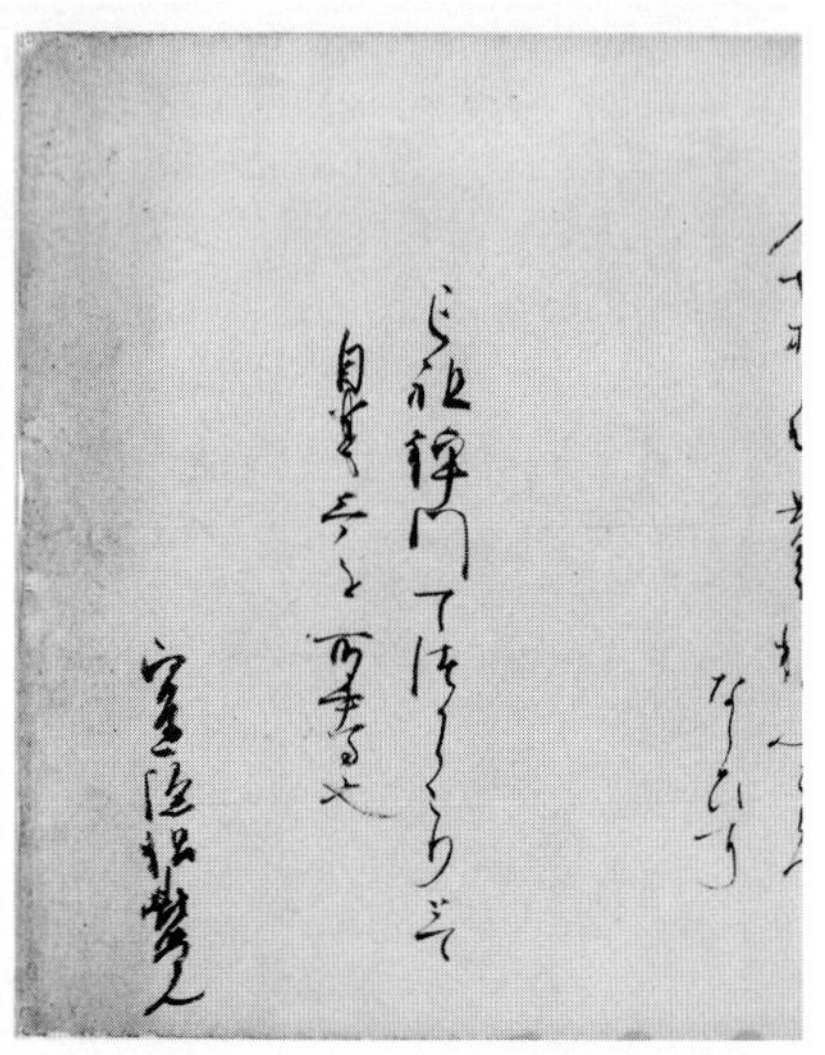

図版 4　保延のころほひ（重文）融覚筆書写奥書
冷泉家時雨亭文庫蔵

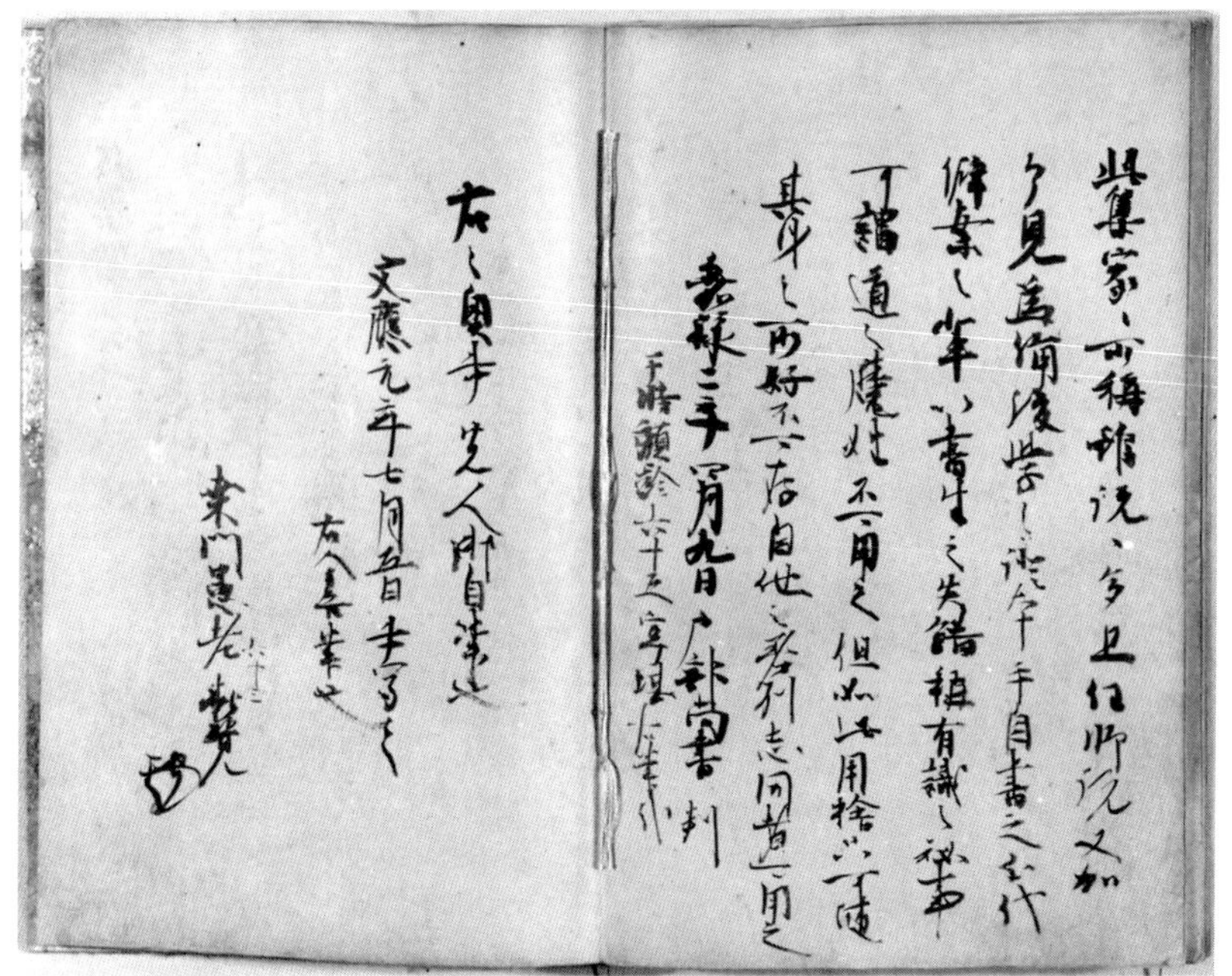

図版 6　古今和歌集（重文）文応元年七月五日融覚筆奥書　　根津美術館蔵

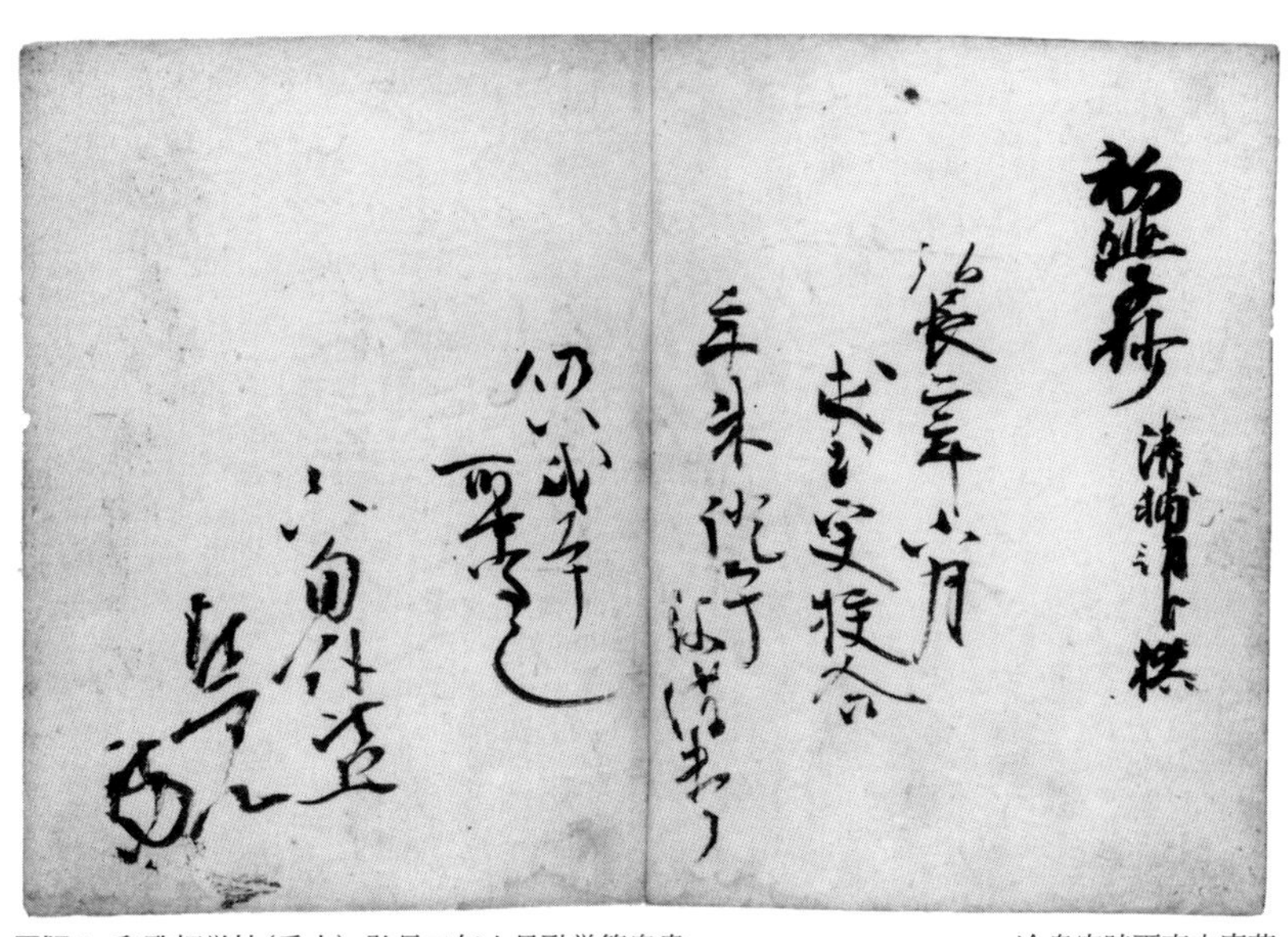

図版 7　和歌初学抄（重文）弘長二年六月融覚筆奥書　　冷泉家時雨亭文庫蔵

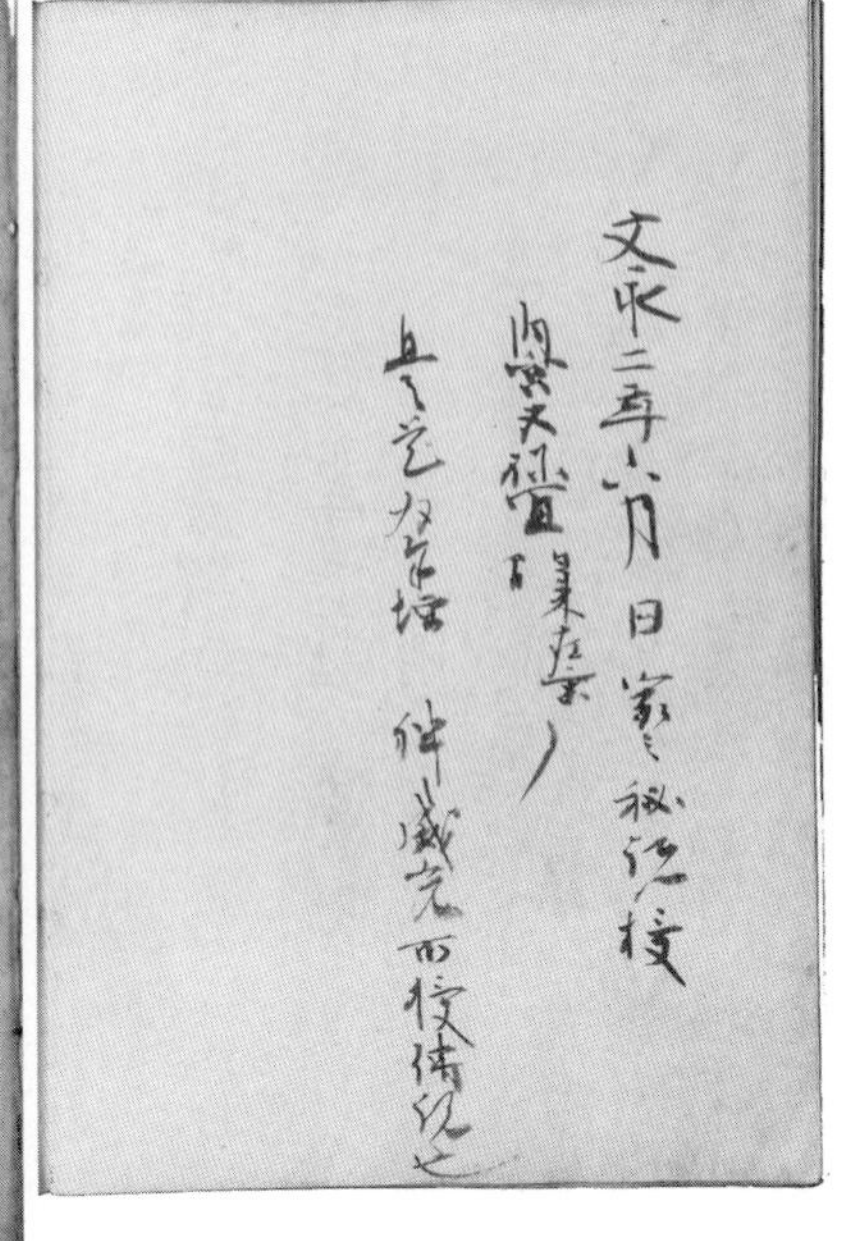

図版 8　古今和歌集　文永二年六月融覚筆伝授奥書（重文）　根津美術館蔵

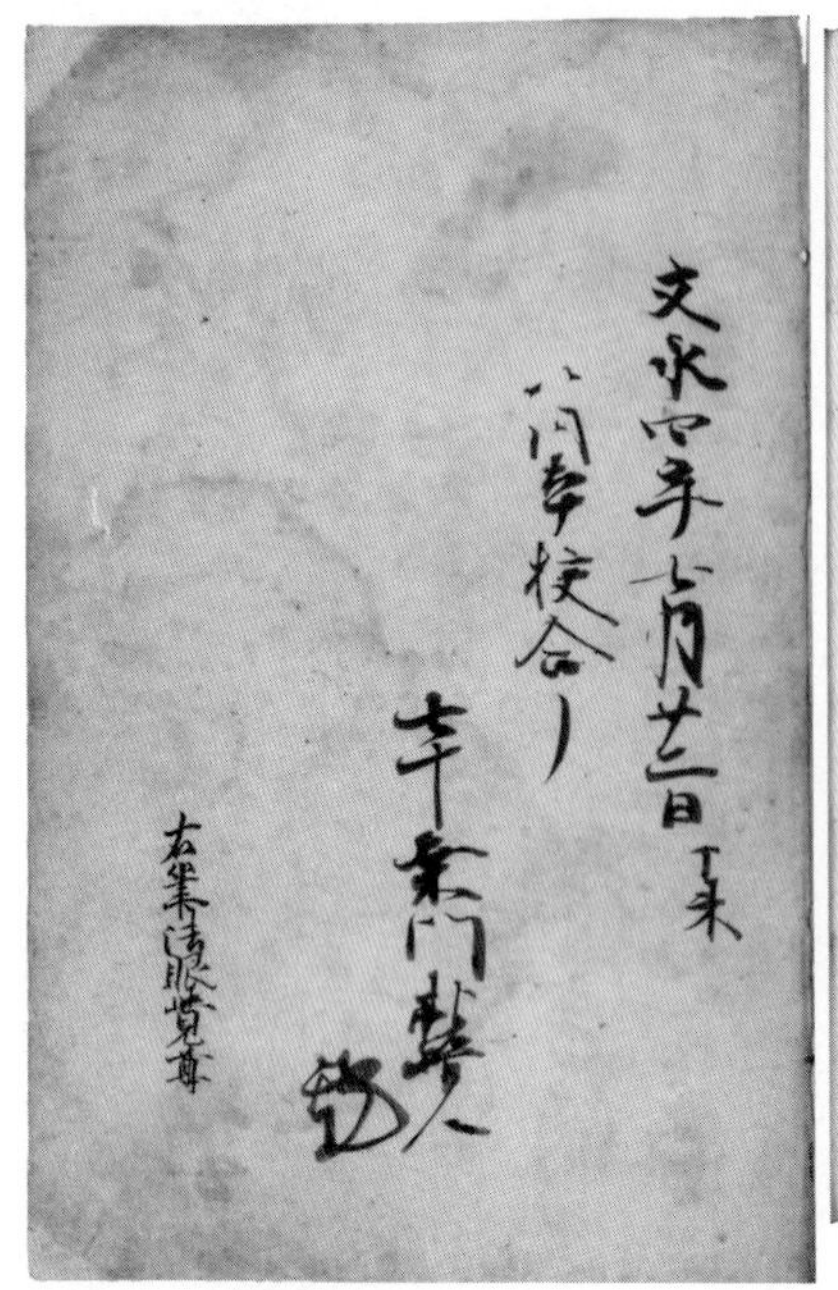

図版 9　古今和歌集（重文）　文永四年七月覚尊による融覚奥書　冷泉家時雨亭文庫蔵

図版10　後拾遺和歌集（重文）　融覚筆譲与為相奥書　冷泉家時雨亭文庫蔵

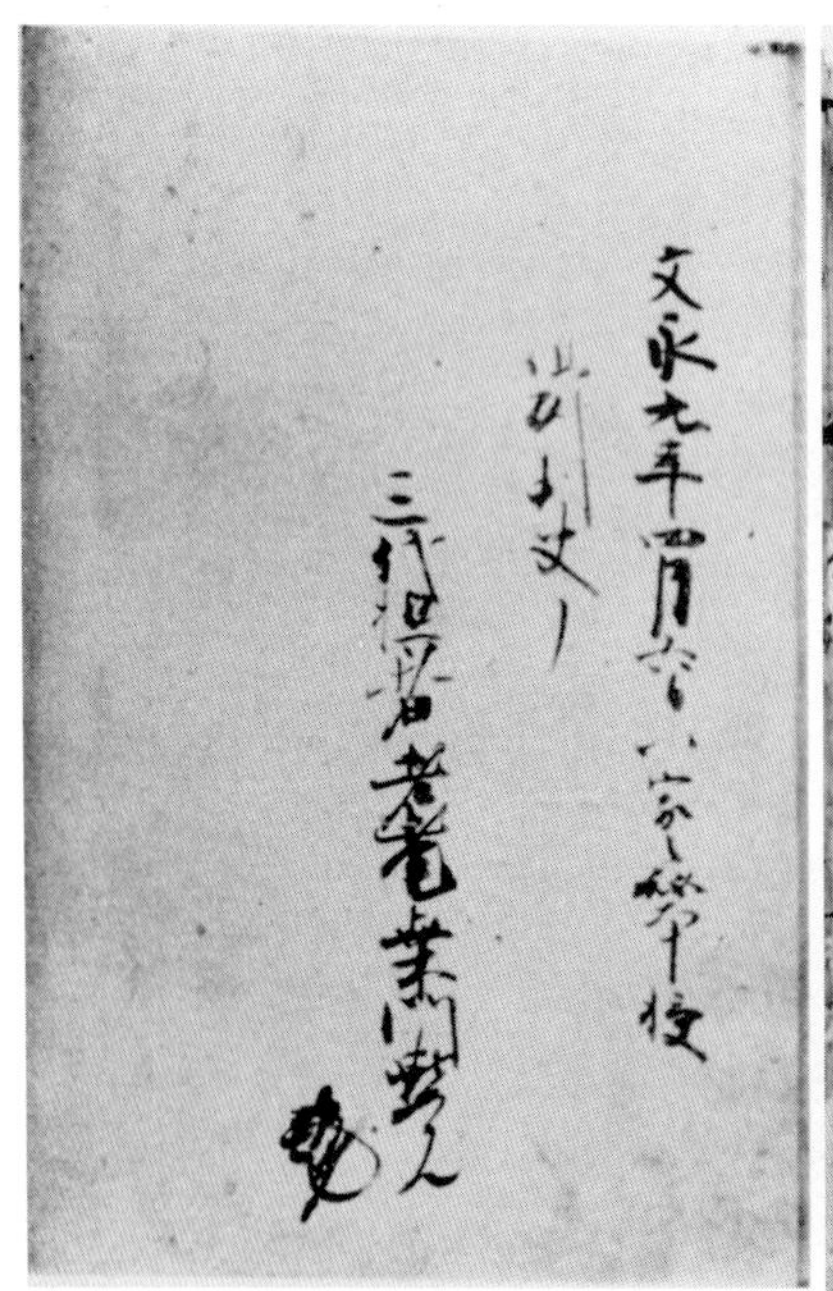

図版11　古今和歌集　文永九年四月融覚伝授奥書　売立目録

序　言

本書『藤原為家研究』は、私の四十数年にわたる研究生活の中で、最も基幹としてきた為家関係の論稿を総集した著作である。先年の『藤原為家全歌集』に収めた家集関係の数編の論稿を除く、為家に関する研究のほとんどと、とりわけ為家と関連するところ大きい周辺の論稿ならびに新稿若干を加え、大小の改稿や筆削補訂を施して、現時点における為家研究としての統一をはかったもので、序章「後嵯峨院の時代」から終章「文書所領の譲与」まで、途中の七章「伝記研究」「和歌作品」「勅撰和歌集」「歌学歌論」「仏事供養」「自筆断簡」「周辺私撰集と真観」をあわせ、全体を九章四十七節に編成配置し、附録として「藤原為家年譜」を添えた、私の主著である。

為家に関する研究は、昭和八年から十年前後の一時期、谷亮平・風巻景次郎・石田吉貞・久松潜一らの諸氏によって集中的に成果があげられ、伝記研究および歌論研究の基礎はそのころすでに整えられていた。戦中戦後の空白期をはさんで、歌壇史的研究が主流となった昭和三十年前後から、家郷隆文・久保田淳・樋口芳麻呂・細谷直樹・福田秀一・安井久善氏らによる、為家研究の各論が次々と登場しはじめ、昭和三十七年には安井氏の「全歌集」も編刊された。そのころから研究者の道を歩みはじめた私は、昭和三十九年度の卒業論文題目を「藤原為家研究」とし、その歌論研究から出発した。

遅きに失したことを遺憾とするけれども、研究を志した当初の課題について、いまようやく一書として編刊することができ、感慨なきをえない。なお不足不備も少なくはないが、願わくは、全歌集と一具の研究として読解されることを切望している。

平成二十年七月

佐藤恒雄

藤原為家研究　目次

序言

序　章　後嵯峨院の時代

第一節　後嵯峨院の時代とその歌壇 …… 9

附　節　後嵯峨院時代前後和歌史素描 …… 28

第一章　伝記研究

第一節　為家の官歴と定家 …… 43

第二節　御子左家三代の悲願 …… 98

第三節　為家の鎌倉往還 …… 114

第四節　和徳門院新中納言について …… 141

第五節　為家室頼綱女とその周辺 …… 149

第六節　為顕の母藤原家信女について …… 186

第七節　覚源・慶融その他――附、御子左藤原為家系図 …… 199

第二章　和歌作品

第一節　為家の初期の作品（Ⅰ） …… 219

第二節　為家の初期の作品（Ⅱ） …… 249

第三節　新撰六帖題和歌の諸本 …… 283

第四節　新撰六帖題和歌の成立……316
第五節　七社百首考……365
第六節　秋思歌について……395
第七節　詠源氏物語巻之名和歌……408

第三章　勅撰和歌集

第一節　続後撰和歌集の配列……443
第二節　続後撰和歌集の撰集意識……460
第三節　続後撰和歌集の当代的性格……483
第四節　続古今和歌集竟宴記……511
第五節　続古今和歌集目録と前田家本続古今和歌集……529
第六節　石橋本続古今和歌集考……556
第七節　続古今和歌集の撰集下命……587
第八節　続古今和歌集の撰集について……593
第九節　続古今和歌集の御前評定……630
附　節　後深草院御記（文永二年十月十七日）……649

第四章　歌学歌論

第一節　詠歌一体考……657
第二節　広本詠歌一体の諸本と成立……681
第三節　略本詠歌一体の諸本と成立……726
第四節　為家書札について……751
第五節　中世歌論における古典主義……763
第六節　歌学と庭訓と歌論……776

第五章　仏事供養

第一節　定家七七日表白文……811
第二節　為家の仏事供養……832
第三節　定家十三回忌二つの法文詩歌作品……850

第六章　自筆断簡

第一節　為家筆人麿集切……859
第二節　為家定家両筆仮名願文……873
第三節　為家の書状一通……877

第七章　周辺私撰集と真観
第一節　公条抄出本現存和歌六帖……887
第二節　現存和歌六帖の成立（Ⅰ）……908
第三節　天理図書館蔵現存和歌覚書……931
第四節　現在和歌六帖の成立（Ⅱ）……943
第五節　三十六人大歌合撰者考……957
第六節　新和歌集の成立……1001
第七節　藤原光俊伝考……1027
終　章　文書所領の譲与
第一節　為家から為相への文書典籍の譲与……1083
第二節　為家の所領譲与……1105
附　録　藤原為家年譜……1191
初出一覧……1321
後記……1329
索引（人名・研究者名・書名資料名・和歌初句・翻刻本文写真図版）……1335

序章　後嵯峨院の時代

第一節　後嵯峨院の時代とその歌壇

一　はじめに

『新勅撰和歌集』が完成した嘉禎元年（一二三五）を境にして、和歌の世界は急に逼塞してしまうが、それは一つの勅撰集が完成したあとの豊かな空白ではなかった。家隆（嘉禎三）・後鳥羽院（延応元）・秀能（仁治元）・定家（仁治二）と、新古今時代をになった主要歌人たちが相次いで世を去り、新古今・新勅撰時代が完全に終息したことによるものであった。

四条天皇崩御の後、大方の予想をくつがえして、土御門院の第二皇子邦仁親王が後嵯峨天皇として帝位に即かれた仁治三年（一二四二）は、ちょうどそのような時代の変り目にあたっていた。天皇は在位四年で、寛元四年（一二四六）には皇子後深草天皇に譲位され、また正元元年（一二五九）にはその弟の亀山天皇が位に即かれたが、いずれも幼少だったので、上皇・法皇としての後嵯峨院の治世は、文永九年（一二七二）二月十七日の崩御の時にまで及ぶ。後嵯峨院の時代とは、従って、仁治三年から文永九年に至る、十三世紀中葉の約三十年間を指すことになる。

二　白河院政期再現の志向

後嵯峨院の御代は総じて平穏で、華やかな色どりに満ちた時代であった。『増鏡』が、「院のうへは、いつしか所々にみゆきしげう、御あそびなどめでたく、今めかしきさまにこのませたまふ」（内野の雪）とか、「かくのみ所々に御幸繁う、御心ゆくことひまなくて、いささかも思しむすぼるることなく、めでたき御ありさまなれば、つかうまつる人々までも思ふことなき世なり」（おりゐる雲）と伝えているような、行粧美々しい御幸遊宴などの多さが、そのような印象を与えるのである。

事実、院は、とりわけ譲位後、寛元四年三月の西園寺第花見御幸を手始めに、太政大臣西園寺実氏の北山や常磐井の第宅へ、しげしげと御幸を繰り返すようになる。それは多く実氏の勧奨誘引によるものであったが、（注1）院の近臣（院司別当）葉室定嗣は、そのような実氏の浪費をことともしない内輔が不満であったらしく、しばしば批判的な言辞を漏らしている。たとえば、寛元四年三月二十七日の条には、「北山ニ御幸、……連々ノ御幸甘心セズ」（葉黄記。以下同じ）といい、宝治元年七月十八日御方違のため院が西園寺第に止宿されることになった日は、「折節洛外ノ御止宿ハ甘心サレザル事、前内府同ジク此ノ義ヲ存ス。然リ而シテ前相国頻リニ申シ行フカ」と実氏の勧奨を批判し、さらに同八月十三日の条では、「今日マタ常磐井ニ御幸、地勢結構、水閣ノ風流、滅シテ壺中ニ入ランガ如シ。但シ此ノ如キノ縦逸太ダ由無キ事カ。仍リテ予一切参仕セズ、殆ンド遁避スルニ、今日直カニ勅語ヲ承リ、仍リテ慭ヒニ参仕スルナリ」と、財力を尽した実氏邸第の過差に批判の鋒先を向けている。

その後さらに規模の大きい御幸が繁くなるにつれ、定嗣の御幸批判も多くなる。列記すると、

○伏見御幸ノ事仰セ有リ。予甘心セザルノ間左右ヲ申サズ。近日連々ノ御幸頗ル人ノ煩ヒ有ルカ。（宝治二年九月二日）

○今夜鳥羽殿ニ於テ五首和歌有リ。予其ノ催シ有リト雖モ、且ツハ風情ヲ得ザルノ上、障リ有リテ参ゼズ。凡ソ

> 連々ノ御幸頗ル建保・承久ノ風ニ似テ、甘心セザル事ナリ。委シキ事記スニ及バザルナリ。（同年九月十三日）
>
> ○宇治御幸、放逸ヲ好マザル人ハ、甘心セザルカ。代々ノ例タリト雖モ、古今事異ナリ。先蹤ヲ存スト雖モ、遊興ヲ以テ事トス。（同年十月二十日）

などなどで、日記の残らぬ宝治三年以後も、彼はこのような慨嘆を続けたのであろう。ただし、定嗣の批判は決して御幸そのものを否定しているのではなく、先蹤を踏みはずし、遊興を事とする連々の御幸が放逸であり、人々の煩いを惹起している現実を憂慮したからであった。後嵯峨院時代初期の財政事情はかなり逼迫していたらしく、五節倹約の条々を下知したり（寛元元年十月二十四日）、大嘗会の倹約を議定したり（宝治元年五月十三日以下）しているし、院の周辺で頻々と行われる蹴鞠や小弓などに対してまで、「近日頻ル御蹴鞠ノ事有リ。素湌ノ人々頻リニ之ヲ申シ行フ、国ノ蠹害ト謂フベキカ」（宝治元年三月十二日）、「近日院中ニ小弓ノ会繁昌ス。蠹湌ノ近習者ノ結構カ。太ダ不可ナリ。予此ノ事ニ接セズ」（宝治元年七月十七日）などと言っている（注2）ことを思えば、院の枢機に参画した実務官僚定嗣には、君道にもとるこのような放縦（注3）は苦々しい限りだったのであろう。

しかし、そのような不満や批判を蔵しながらも、後嵯峨院の御幸はますます大がかりに、そして華美になっていった。たとえば、実氏の宇治真木島山荘への御幸（宝治二年二月二十一日ほか）、同摂津吹田山荘への御幸（建長三年閏九月十七日ほか）、鳥羽殿御幸（宝治二年八月二十九日ほか）、四天王寺・住吉御幸（建長五年三月十三日）、熊野御幸（建長二年十一月十一日）、高野御幸（正嘉元年三月二十日）などは、そのうち特に大がかりなものであったし、石清水・賀茂・春日社などへの御幸も頻々として枚挙にいとまないほどである。後嵯峨院のこうした御幸を、定嗣は後鳥羽院時代末期のそれに比定していた（前引宝治二年九月十三日）が、『五代帝王物語』によれば、後嵯峨院の高野御幸は、後鳥羽院の後絶えていたのを再興したのみならず、それよりも「よろづ事の外に超過して」いたという。頻度においても、過差の程度においても、後鳥羽院時代のそれを超えるスケールと華やかさをほこったのが、この時代の御幸だったのである。

いろいろに枝をつらねて咲きにけり花もわが世もいまさかりかも

と我が世の盛りを謳歌された、正元元年三月五日の西園寺第一切経供養御会をはじめとする大がかりな仏事も、後年になると増加しているし、建長七年十月に完成した亀山殿の造営も一大土木工事であった。『五代帝王物語』は、

さて院は、西郊亀山の麓に御所を立て、亀山殿と名付け、常に渡らせ給ふ。大井河嵐の山に向きて、桟敷を造りて、向ひの山にはよしの山の桜を移し植ゑられたり。自然の風流求めざるに眼をやしなふ。まことに昔より名をえたる勝地とみえたり。

と、その結構の風流を伝え、あわせて数多の堂塔を勧請したことを伝えている。そして、白河殿や鳥羽殿とともに度々の御幸や遊宴の場所となる。

以上のごとき莫大な消費生活は、定嗣ならずとも放逸、過差と見えたにちがいない。しかし、そのような現象としての行為を支えているはずの精神的基盤、理念に思いをいたす時、それが単なる遊興のための遊興とはいい切れぬ一面を持っていたであろうことに思い至るのである。

後嵯峨院時代は、あの承久の乱からすでに二十年が過ぎ、人心の傷跡もようやく癒えようとする時期にあったと思われるが、朝廷未曾有の事件によって絶えてしまった宮廷行事の復活は、必ずしも進捗していたとは思われない。平和を回復した今、まず後嵯峨院に求められたのは、そうして失われた旧慣を取りもどし復活させることにあったはずで、事実上皇は多々その種のことを行っている。たとえば、宝治元年五月九日の新日吉社(後白河院創建)小五月会への臨幸は、承久三年順徳院、天福元年後堀河院の臨幸以後絶えていたのを再興したものであった(葉黄記)し、前述のとおり熊野御幸も、後鳥羽院の時以降絶えていたのを旧に復したものだった。かくのごとく、さまざまの宮廷行事や慣例を昔にかえすことが、後嵯峨院がまず目指されたことであったにちがいない。そのよう

な典例復活の積み重ねの上に、毀れてしまった過去の王朝を再現することが、後嵯峨院に与えられた半ば必然的な治世の義務であったといってよい。

さて、王朝は王朝一般であると同時に、後嵯峨院にあっては、とりわけ白河院政期（白河・堀河・鳥羽三代）への傾倒が著しい。

白河院が深く仏法を信じて、法勝寺をはじめ多くの寺院を造営されたことは周知のとおりであるが、後嵯峨院は、院政を開始されるや、いち早く毎年法勝寺修正会に臨幸されるようになる（宝治元年正月十二日以降）。この修正会への臨幸が白河朝三代への追慕のあらわれであったことは、建長三年正月十二日の御幸に参仕した弁内侍が、

しらかはの三代の御寺の跡なれや昔ふりせぬすずのこゑかな　（弁内侍日記）

という歌を残していることによっても明らかである。建長二年九月十六日から民部卿となり、後嵯峨院の企図と施策を身近に拝してきた為家も、建長五年四月に、

我が君はふたたびすめるしらかはのふかきためしにいまもかはらじ　（藤原為家全歌集二九〇六）

と詠じ、また同じ年十二月にも、

君が代はふたたびすめるしら川の波の跡にぞ立ちかへりける　（同三一八三）

と（ともに「祝」題）、慶祝と祈りをこめて歌っている。

前記高野御幸ならびに熊野御幸も、ただ後鳥羽院以後廃絶していた旧朝の慣行を再興したというにとどまらず、その生涯に高野に四度、熊野へは八度も御幸されたという白河院の先規に倣った行為であったにちがいない。亀山殿の造営にあたって、薬草院や如来寿量院・浄金剛院・多宝塔（天王寺金堂移築）・大多勝院（持仏堂）などの諸堂を配された（増鏡・五代帝王物語）こと、また後年多くなる如法写経などの信仰生活にしても、いずれも白河朝志向という同じ根から出た枝葉であったと考えて誤りはない。

鳥羽離宮の造営も、法勝寺の建立とともに白河院の事蹟を代表するものであったが、後鳥羽院の時以後荒廃するままになっていたその離宮を修造して旧に復した後嵯峨院の意図は、これまたやはり、白河院ならびに後鳥羽院の事跡とその御代を理想とする心から出ていたに相違ない。宝治二年八月三十日、修造なった鳥羽殿に廷臣や女房たちを集めて晴やかに和歌御会を催したのであったが、その題「池辺松」は、寛治（白河院）建仁（後鳥羽院）の例を模して出題されたものだったという（葉黄記）。

同じように、詩歌会における題や端作りの書き様に至るまで、規範をやはり白河朝の先例に求めることが多かったらしいことは、寛元二年十二月五日の実経家詩歌管絃会について「是レ元永承元ノ例ニ依リ行ナハルト云々」（平戸記）とあり、寛元四年三月三日西園寺第花見御幸和歌における実氏の序代の端作に「応制」の二字がないのはふさわしからざる由を述べたあと「天治ノ白川花見御幸ニ准ゼラルルカ」（葉黄記）と推量し、同年九月十七日の文殿作文会の題について「院文殿作文題ヲ召サル、仍リテ注進シ了ンヌ、今度寛治元年ノ例ヲ用ヒラルト云々」（民経記）と、それぞれに注意していることから、十分に推察できる。後嵯峨院のみならず、廷臣たちも含めた時代全体が白河院政期を濃厚に指向していたのであった。

以上のように見てくると、後嵯峨院とその時代における白河朝志向の深甚さは、もはや否定すべくもない。後深草朝・亀山朝と続く二代の間に院政を敷かれたことも、偶然の暗合ではなく意図して白河朝三代に似せようとした結果でもあったかと思われる。譲位されるや、後嵯峨院はいち早く、過去の王朝の中から、我があるべき治世の鏡として、白河院とその時代をさがし当てたのであろう。以前、『続後撰和歌集』の賀歌巻末に鳥羽天皇の大嘗会歌が配されていることの意味を考えたことがある[注4]が、それはこの時代に瀰漫していた、白河院政期という理想の時代に対する暗黙の諒解を反映したものであったことを知るのである。

かくて、白河朝を範とする王朝志向の意識が再現してみせたのが、後嵯峨院の時代であった、といえようか。それは一口にいって華やかな時代ではあったが、後年の後嵯峨院・大宮院の仏教への帰依の篤さなどからみて、どこか暗い翳りを帯びた時代でもあったようで、その意味でも確かに院政期に似たところはある。(注5)が、叙上の意識や志向のもとに現出した後嵯峨院時代のあり方は、また別の新しい一つの王朝そのものではあった。

三　歌人構成の推移に見る院歌壇の性格

その後嵯峨王朝の中で、和歌はどんなあり方をしていたのであろうか。また、後嵯峨院の和歌への対し方はどうであったか。

仁治三年天皇即位後の文学活動を辿ってみると、天皇在位中に和歌御会を催した形跡はほとんどない。寛元三年末までの内裏関係の文雅は、御書所作文会と連句会が主であって、わずかに三年十一月に当座和歌御会が一度見出されるのみである。

作文会や連句は、貴顕の私邸においても時々催されているが、しばらく途絶えていた和歌の復活も、まず私的な場から始ってくる。すなわち、寛元元年十一月十七日『河合社歌合』、同年十一月十三日から翌年六月二十七日にかけて、おそらく為家の発企(注6)により、家良・為家・蓮性・信実・真観の五人が詠歌、それ以後集成、合点しあった『新撰六帖題和歌』が編まれたのをはじめとして、二年六月以前「実経家百首」、同三年九月「道家家秋三十首」、十月「真観勧進経裏百首」、十二月五日「実経家詩歌管絃会」、十二月八日「兼平家詩歌会」、冬「道家勧進長谷寺十八首」などの催しを拾い出すことができるのであって、経高をして「凡ソ近日詩歌繁昌、未ダ其ノ由シ知ラズ。図リ知ル、偏ヘニ是レ天魔ノ結構スルカ。巷説多ク人口ニ有ルカ。畏ルベシ畏ルベシ」（平戸記。寛元三年十二月五日）と言わしめるまでになっていた。

譲位後の院は、やはりそれまで同様、作文や連句御会また連歌の御会を開かれているが、とりわけ連句に熱中し

連日それにうちこんでいる。(注7)『葉黄記』は、

院ニ参ル。(中略)晩頭ニ退出、即チ又帰リ参ル。仰セニ依リテナリ。連句有リ、当座詩[勒]有リ。御製早速ナリ。尤モ神妙。三位中将執筆、雅言伺候シ、連々此ノ事有ルベシト云々。文ノ興隆カ。(宝治元年八月二十二日)

と、このころの院が詩や連句に神妙早速の才を発揮されたこと、これ以後連々作文連句御会あるべしといったのは源雅言であるが、院自身の強い意向もその背後に窺え、宝治元年度はなお漢中心の活動が続いている。

そのような状況の中で、和歌もようやく仙洞に入り、

A　宝治元年三月三日西園寺第花見御幸和歌御会(葉黄記)

B　同年八月十五日常磐井第御幸五首和歌御会(弁内侍日記・為家卿集他)

C　同年九月十五日仙洞当座詩歌合(葉黄記)

　同年九月二十九日仙洞三首和歌御会(為家卿集他)

D　同年十二月以前結番(二年九月披露か)仙洞十首御歌合(同歌合)

といったように、徐々に院の関係される和歌行事が多くなってゆく。そして、宝治二年になると、作文御会や連句御会にかわって、和歌が主となった観さえあり、

E　正月十七日仙洞和歌管絃御会(葉黄記・顕朝卿記)

F　正月十八日宝治百首和歌御覧合(秋ごろまでに完成か)(葉黄記)

　七月二十五日宇治真木島御幸中「勅撰事、為家卿参会也、内々奉之云々」(葉黄記)

G　八月三十日仙洞(鳥羽殿)一首和歌御会(葉黄記)

　九月十三日仙洞(鳥羽殿)五首和歌御会(葉黄記)

といったように、規模の大きな和歌行事がたてこんでくるのである。建長に入っても、

元年九月十三日仙洞（鳥羽殿）五首和歌御会（為家卿集他）
元年仙洞詩歌合（仁寿鏡）（注8）
二年八月十五夜仙洞二首和歌御会（為家卿集他）
二年八月十五夜仙洞（鳥羽殿）御歌合（新後拾遺集他）
二年九月仙洞詩歌合（続後撰集他）
H　三年九月十三夜影供御歌合（同歌合）
同閏九月十七日～二十七日吹田御幸十首和歌御会（続後撰集他）

などを拾い出すことができ、いずれも毎年八月と九月の名月の夜の会がほとんどではあるが、「影供御歌合」のような規模の大きな御会はなお続いている。そうした歌壇を背景として、為家の撰集は行われたのであった。

後嵯峨院時代前期（続後撰期）における、院を中心とする和歌行事の発生と推移は、概略以上のごとくであるが、いまそれらの歌会の人的構成に注目してみると、この歌壇が、君側の高級廷臣たちによる内々の会として出発したことがわかる。すなわち、前記Aの初発の会には、後嵯峨院（8）、実氏（5）、公相（7）、公基（5）、実雄（8）、為経（6）、通成（6）、師継（5）、為氏（8）、定通（1）、顕親（1）の十一名が参加しているが（括弧内の数字は、A～Hの会への出詠回数）、西園寺家に近い人物が多いのは当然としても、みな御幸に供奉した公卿廷臣たちであった。そしてBの会で新たに為家（6）、為教（5）、定雅（5）が加わり、宝治元年に没した定通、顕親の二人を除く十二名は、前記歌壇の中心となったのみでなく、このうち八名までが後期歌壇にもそのまま残るので、けだし後嵯峨院歌壇草創のメンバーと称してよい。

公卿廷臣の中から発生して、内々の会を専らにしていた院歌壇は、Eに至ってはじめて晴の会を持つことになるが、二十六名中この会から新しく加わった十五名もやはりみな現任の廷臣たちばかりであったし、同じくGの会でも、前回までの歌人のうち若干の者が落ちて五名の新顔が加わっているが、その性格は原則的に変らない（総数二七名）。出家した者はもちろん女房も含めないで、純粋に廷臣のみによる（しかも現任がほとんどである）このような会が、初期後嵯峨院歌壇の著しい特徴だといってよい。それは文学のための会というより、宮廷行事の一環として催されたことを意味しているにちがいなく、構成メンバーの限定を伴うという意味で甚だ閉鎖的であると同時に、それゆえにまた極めて公的な会だったのである。(注9)

ところが、おそらくは為家が人撰に関与していると見られるD歌合とF百首の場合は、かなり事情を異にし、努めて広く歌人を集めようとしたあとがありありと窺える。すなわち、Dでは、参加者二十六名中、草創メンバーの十一名は一致するものの、それ以外の十五名はEで加わった十五名とは完全に異った人撰をして、女房六名、蓮性、禅信、信実ら有力歌人を加えたし、Fでも、その上さらに十七名の新人を登場させ、道助法親王、真観、基家などの有力歌人を加え、女房もおそらくすべてを網羅して九名とするなどし、結局現役の廷臣は十三名に押えられているからである。もちろんそれは来るべき勅撰集を目ざしての措置であったに相違ないが、この二つの催しが、いずれも難陳や披講の場を持たない、(注10)その意味で完全なる晴儀とはいえぬ形をとっているのは、なお前述の如き原則と規制が強かったからではなかったかと思われなくはない。

『続後撰和歌集』完成直前のH歌合は、四十二名の歌人による二一〇番の大歌合で、その規模といい、衆議判による披講形式といい、この時代最初の晴儀歌合であったが、その人撰は、おそらく従前の諸会の結果を斟酌してふるいにかけ、新たに六名を加えたものであった。その結果、人的構成面からみて一応の歌壇の落ちつきを示すようで、当初の閉鎖性はかなり緩和されている。D仙洞十首御歌合やF宝治百首和歌と重なる人物が多いところからみて、この人撰にも為家が主として参画したものと思われる。

晴儀の会は以上のごとくであったが、その間折々に行われた内々の会はどうであったか。断片ばかりで実態は必ずしも明確にできないが、参加者はやはり廷臣が多かったようだし（前期の会に真観・蓮性・禅信らは出ていない）、最初期のものがそうであったと同じように、やはり小規模ながら公的性格の強いものだったのではあるまいか。時と場合によって「内々」の程度も異るはずだが、断片から見る限り、八月十五日や九月十三日など、毎年開かれて定例化した会がほとんどだったことは事実だから、それはやはり、晴の意識の強い場であったと思われるからで、少くとも「内々」であることが、「私的」な性格には結びつかない。

さて、『続後撰和歌集』完成以後の院歌壇は全く閑散とし、内々の会が散発的に開かれるばかりであったらしい。それが、『弘長百首』などを経て、文永二年『続古今和歌集』の完成まぎわになって、急に、①七月七日白河殿当座七百首、②七月二十四日仙洞当座歌合、③八月十五夜歌合、④九月十三夜亀山殿五首歌合と、連続して四箇度の晴の御会が催されている。[注11] ①と②は当座の会であり、③と④の二つの歌合はともに衆議判であった上、④の場合には、左方は院の御前で、右方は関白実経の許で、それぞれ歌を予撰評定して歌合の座に臨み、[注12] 厳しい論難応酬があったりして、一時的ではあったが、活況を呈した。四箇度の御会への出詠者はあわせて四十名になるが、このうち前期から引きつづき残った者が二十二名いる。従って、徐々にではあるが仙洞歌壇が厚みを増してきたことは確かであるが、しかし歌人としてというよりも、ひき続き廷臣として宮廷に留っている故に御会に連ったと思しい者も少くない（融覚・寂西・禅信・真観以外の十八名は現任または前任の廷臣である）。女房も鷹司院帥、承明門院小宰相の二人だけが前期から残り、新たに二人加わっているが、前期の女房の多くはおそらく宮仕えを退いたりなどした故であろうか、参加したのはやはり現役組らしく見える。半数近い十八名もの新顔の追加とあいまって、後期（続古今期）歌壇も、決して豊かであるとはいえず、基本的には依然として素人に近い廷臣たちに依存する、その意味で構造的に廷臣中心の歌壇であるという性格を変えてはいない。

院歌壇のそのような性格は、この時代の歌人層がきわめて薄く、かつ傑出した中心的人物をもたなかったことに原因の一つを求めてよいかもしれない。しかし、逆にそれは結果でもあるわけで、いつもは定例化した会を主として、散発的に、しかも宮廷行事としての形式を整えた小さな歌会を催すばかりで、歌壇の成熟とは関わりなく、王朝志向の端的なあらわれとして、まず撰集が命じられると、その必要に迫られたかのように、直前になって、急造の大規模な晴儀の会を持っても、秀れた歌人や歌が輩出するはずはないからである。専門歌人を自認する者のゆき方も、またその和歌も、かようなあり方の歌壇の中で微妙に規制されなかったはずはないであろう。後嵯峨院の歌人としての力量は決して小さくないが、しかし、和歌に執する姿勢は稀薄である。あるいは帝王として当然のことではあるが、一歌人としてよりも、漢を基盤とする明王として和歌に対する態度を持していたのだと思われる。そのような院の姿勢が、廷臣中心の歌壇を結集したにちがいなく、従ってそこでは、和歌が文学を離れて政教的に扱われやすい危険をいつもはらんでいたと思われる。

　後嵯峨院時代を特徴づける政治制度の一つに「院評定制」があり、『続古今和歌集』の撰集そのものも、御前評定というその制度に載せて、後嵯峨院親裁の下、撰者を含む高官の歌仙たち八人（関白藤原良実、左大臣藤原実経、前太政大臣藤原公相、前左大臣藤原実雄、前内大臣藤原基家、民部卿入道藤原為家、侍従三位藤原行家、藤原光俊入道真観）と奉行の院司別当藤原顕朝の九人を定例の評定衆とする評議によって進められた（本書第三章第九節）。まさに異例の、政治とともにある撰集であった。

　『続古今和歌集』完成後、後嵯峨院の和歌への関心は急速に失われてしまう。僅かに文永五年九月十三日白河殿に五首歌合を催し、出家の本意を詠歌にほのめかして君臣間の涙を誘った（源承和歌口伝）ことと、文永八年七月七日同じ白河殿に探題百首和歌御会を催した事跡（新千載集他）を見るのみで、文事の中心はもっぱら亀山天皇内裏詩歌壇の方に移行していったのであった。

四　後嵯峨院歌壇の政教性

後嵯峨院の仙洞歌壇が、かなり政教的色あいの強い場であったらしいことは、『続後撰和歌集』に顕著な讃頌の志向に見てとることができるが、歌合における祝言や君臣倫理重視の上にもよくあらわれている。(注13)

たとえばまず、宝治元年「仙洞十首御歌合」についてみると、四十二番（初秋風）では、負となった通忠の歌が『続拾遺和歌集』（二二二）に採られているが、判者為家は、「左右おなじ松風の秋のすがた、いづれと色分きがたく侍るを、右祝言を思へるうへに、下句よろしく侍るにや」と、祝言に寄せた歌である故をもって、実雄の歌を勝としている。また、六十九番（野外雪）では、

けぬがうへにまた跡つけよ玉ぼこの道ある御代の野べの白雪（右　公相）

に対して、「右、野外雪、只一句にかぎりて無念なる方は侍れども、有道の世尤賞翫すべくこそ侍れば、又右為勝」と、初句の卑俗さを補って余りある最も高い価値規準として、道ある御代を詠んだことを持ち出している。七十四番（野外雪）の、

いそのかみふるのの野守ふみわけて雪にも御代のみちはありけり（左持　師継）

つひにまたもみぢぬ色やこれならん野中にたてる松の白雪（右　雅忠）

の両首については、「君有道の跡、臣勤節の貞、左右各存旨趣、彼此難申、勝負尤可為持」と、単なる叙景歌と見まがう雅忠の歌にさえ、変らぬ「臣勤節の貞」を読みとって、君臣に寄せる祝いの内容に専ら注目している。「野外雪」とか「早春霞」などの題に対して、祝いに寄せて詠んだ歌人が多かったこと自体、この歌合を支配していた雰囲気を窺わせるが、その他、二番・九巻・十三番・六十九番などもまた、同じ規準と論理によっている。

本歌合で、為家は自詠についてはすべて勝を相手の下野に譲っているが、最後の一三〇番右の、

いすず川まもるながれの清ければちよも八千代も君ぞすむべき

のみは、「此の番ばかり神威をもちて、可為持之由申しうけ侍るべし」と述べて持としている。この歌の、朝廷をまもる西園寺家を、大神宮をまもる五十鈴川に喩え、御世を寿いだその祝言性を優してのことであったにちがいない。その他五十三番（関連して六十番）や一〇八番などに代表される、院の全ての歌に対する過褒や、最後の「社頭祝」題の諸歌、またその題を十題の一つに加えたことの中にも、祝いに寄せた内容を重視する姿勢は濃厚である。

もちろん、「祝言」は歌合で特別な扱いを受けてきた。『袋草子』に「又寄祝たる歌をば不負」云々とあり、俊成も「心とりどりなりといへども、左祝の心なるうへに、三笠山とおかれたる、勝と申べし。是の勝は先例なり」（建久六年「民部卿家歌合」二番）といって、しばしば祝であることをもって機械的に勝を与えている。衆議の場などでも「祝言にいうせらるべきよし申」「祝言のこころ強に不及難申」などの発言をみるから、為家判の根拠がないわけではない。しかし、『袋草子』は、相手歌が誠の秀逸の場合には祝言の歌が負となる場合もあることを述べ、「如此事随便て可斟酌歟」といっているし、定家も必ずしも拘泥していない（貞永元年「歌合」十八番など）のであって、一つの歌合にかくも頻々といろいろな形をとって現われる本歌合の場合は、やはり特殊であることを否めない。

かくのごとき祝言性の過剰は、為家の多分に追従的な姿勢に基くところ大きいと思われるが、同時にそこに後嵯峨院のあり方や当時の歌壇を支配した空気の反映を見ないわけにはゆかない。「仙洞十首御歌合」（宝治歌合）のみでなく、以後の衆議判歌合を見ても、(注14)祝言や君臣倫理が重視され、院の歌はやはり過褒された当座の様が髣髴としてくるからである。

たとえば、為家も関係しているが真観がむしろ主導したにちがいない「亀山殿五首歌合」について見ると、その二番（河月）、

万代につかへてぞみむ月もなほかげをとどむるせきのふぢかは（左　前関白兼平）

に関して、兼平自ら「今左歌忠臣の趣を見るに、定めて右方作者の難を免がるるか」という。すなわち、忠臣を詠んだ歌だから相手方の難もないはずだと主張すると、右方の実経も「歌の優劣に於ては、暫らく之を論ずべからず、君に仕ふるの勤節、誠に子細を申すべきに非ず、早かに左を以て勝とすべしと云々」と勝を譲るのである。また二十一番（山紅葉）の、

あきらけき君があたりも小倉山そむるにしきはえこそとがめね（右　関白実経）

の歌をめぐって、作者はこれを「明王好伶不能禁　紅紫蘭将錦繍林」の詩の本文の心を詠んだ歌であることを説明したあと、右方の申し状として真観は次のように記している。

まことに歌合は、ことに詞をえらびて、花をさきとし実をのちとすべきよし、先達も申し侍れど、かの採詩之になずらへて、この詠歌の道を思ふに、求興諭諷之言、輔治国撫民之政侍らんことは、この道の要枢といひつべし。君臣の情もこれによりて見え、賢愚之性もここにわかるべきものなればなり。しかあれば、今和明王好伶之文、被述我后施徳之仁、しづかに思ふたまふれば、まけがたくも侍るかな。

ここには、歌合のみならず、晴の会一般を支配したと思われる政教的和歌観の骨格が明示されている。もとより、このような議論をたたかわせたのが、専門歌人というよりも直接政治の中枢にいた人物たちであることを思えば、ことさら異とするに及ばないかもしれない。しかし、既述のごとくこうした人たちを主たるメンバーとした、公的でかつ閉鎖性の強い歌壇の中で、このような論理で歌の善悪が議論され判定されているところに、この時代晴儀歌会の一つの限界を見る思いがする。

後嵯峨院歌壇の政教的あり方の反映は、和歌の世界だけでなく、『なよ竹物語』にも見ることができる。後嵯峨院の時代建長のころに時を設定して、実録風に仕組まれたこの物語の末尾は、

凡そ君と臣とは水と魚の如し、上としてもおごりにくまず、下としてもそねみ乱るべからず。（中略）今の後嵯

峨の御門の御心もちゐのかたじけなさ、中将の許し申しける情の色、何れも誠に、優にも有り難きためしにも申し伝ふべきものをや。君とし臣としては、何事にも隔つる心なくて、互に情深きをもととすべきにこそと、昔より申し伝へたるも、ことわりに覚へ侍りけり。

と、甚だ明快に、あるべき君臣倫理の説示をもって結ばれていて、話の内容ともども、この作品のモティーフが、後嵯峨院の御代讃仰にあったことを示している。少し後の時代から顧みたとき、後嵯峨院の周辺に濃厚に瀰漫していた政教的な雰囲気が、前後に例のないこのような物語を創作せしめたのではなかったか。(注15)

時代をとわず、天皇や上皇を中心とする晴の会が、相似た性格と規制をもつことはあったにちがいない。その意味で、以上見てきた後嵯峨院歌壇における政教性も、相対的な強さに過ぎないとはいえる。が、新古今時代の後鳥羽院歌壇はもちろん、建保期歌壇のそれに比べても、後嵯峨院時代の場合が甚だしく特徴的であることは否定できない。

五　おわりに

以上、後嵯峨院歌壇のあり方を、基だ一面的に追究してきた。もちろん、この時代歌会の人的構成を考える際には、御子左・反御子左派対立に伴うその派閥とか、門閥などの観点をないがしろにはできないし、また一方にあった様々なレベルの私的な和歌活動や詠作の場との関わりなども、当然考慮されねばならないが、(注16)しかし、それらも大きく概括すれば、結局仙洞歌壇に収斂していたとはいえる。あえて一面的な考察法をとったのはそのような理由に基づいているが、また、王朝志向の精神と結びついて後嵯峨院歌壇がもっていた、最も基本的な条件原理を解明したかったからに他ならない。

もとより、廷臣中心の閉鎖性、そこから生ずる政教性といった性格が、詩歌や物語などの本質であるわけはなく、またすべての事象に貫徹しているといった種類の条件でもない。しかしそれでいて、仙洞歌壇のそのような性格が、この時代文学のかなりいろいろな面と関連していることも推察に難くない。たとえば、真観らの主張の割に『続古今和歌集』でさえ意外に平淡であるといわれるこの時代の歌風や、和歌の沈滞などの問題とも関わっているであろうし、仙洞歌壇成立以前の『新撰六帖題和歌』に見出される、真観と為家それぞれの大きな可能性とその行方を追究したりする際にも、一つの観点を与えてくれるはずである。また、白河院政期を目標に王朝を志向したこの時代の雰囲気が反映した跡を検索する視点も、とりわけ『風葉和歌集』を編纂させたこの時代の物語愛好のありかたを考えたり、『古今著聞集』『十訓抄』などの説話集の世界を考察する際に有効であるかもしれない。そのような眼をさらに多角的に用意して、この時代の文学全体をあらためて見なおしてみたいと思う。

【注】

(1) 『増鏡』(内野の雪)に「降りゐたまへる太上天皇なんどきこゆるは、思ひやりこそ、おとなびさだすぎ給へる心ちすれども、いまだ三十にだに満たせ給はねば、よろづ若うあひぎやうづき、めでたくおはするに、時のおとなにて重々しかるべき太政大臣さへ、何わざをせんと御心にかなふべきことをのみ思ひまはしつつ、いかでめづらしからんともて騒ぎきこえたまへば、いみじう栄えばえしきころなり」とある。

(2) 蹴鞠批判は他に、『平戸記』(寛元三年十二月一日条)、『葉黄記』(宝治元年四月二日条、同年四月十二日条、同二年十二月一日条)などに見える。

(3) たとえば、『明月記』寛喜元年五月四日条によれば、殿上の間において話題になることも多かった『貞観政要』「君道篇」の冒頭に「君タルノ道ハ、必ズ須ラク先ヅ百姓ヲ存スベシ、(中略)朕毎ニ此レヲ思ヒ敢ヘテ縦逸セズ」と見える。

(4) 佐藤恒雄「続後撰集の当代的性格」(『国語国文』第三十七巻第三号、昭和四十三年三月)。→本書第三章第三節。

（5） 早く井上宗雄「真観をめぐって」（『和歌文学研究』第四号、昭和三十二年八月）が、『葉黄記』宝治二年九月十三日の条を引き、「増鏡や五代帝王物語によると、遊宴・造寺・行幸などの消費生活はかなり派手に行っている。そこで、京都は後堀河・四条天皇時代の陰鬱さから脱して、往年の院政期に見たような表面華やかな様相を取戻した」と述べている。

（6） 詠作開始の最も早いのが為家であることなどからかく推考する。『古今和歌六帖』の題を若干削除したり追加したあと自分で詠みはじめ、まず家良に勧めてその主催の形をとり、信実・真観・蓮性の順に勧進していったと見られる。なお、本書第二章第四節参照。

（7） 『大日本史料』によると、宝治元年八月二十二日、八月二十四日、八月二十七日、九月四日、九月八日、九月十二日、九月十四日、九月十九日、九月二十三日など頻々。

（8） 『和歌文学大辞典』（明治書院）の年表に引かれている『仁寿鏡』は、建長元年の項に詩歌合らしき人名「資憲・在宗・茂範・在氏。右歌、真観・行家・信実・知家・兼氏・親季・為氏・兼康」を列挙している。左方の儒者の最初の四人分を欠くので判然としないが、おそらくこの年の詩歌合であると見られ、仙洞での催しであったかと推察される。本書附録「藤原為家年譜」参照。

（9） たとえばAは、天治元年の先規を襲った美々しい会で、序を有し、披講があったことがわかる。

（10） 仙洞十首御歌合は、官位記載（通成・師継・雅光・雅忠）から明らかに元年十二月八日以前結番の歌合であるのに、二年とする伝本が少くない。「宝治二年九月仙洞御歌合披露之後、入道正三位知家卿、以此状就大蔵卿定嗣卿経院奏之」との識語をもつ群書類従本『蓮性陳状』が「十首御歌合、よにゆかしくおぼえ候へど、いまだ見及候はぬに（下略）」といっていることなどから、披講のないままに為家の加判が二年に入っても継続され、最終的に披露されたのは二年九月、『蓮性陳状』の擱筆は翌建長元年四月十六日（書陵部五〇一・三八四本奥書）であったと考える。安井久善『宝治二年院百首和歌について、『葉黄記』は二年正月十八日に「御覧合」があったことを伝える。安井久善『宝治二年院百首とその研究』（四〇七頁）は、これを正式の披講に準ずるものと考えているが、この日は締切日で、院の御前に家良・為家・定嗣・為氏の四名が招集され、若干歌を「読上」げただけで講じてはいない（『園太暦』の記事もそう読むべきである）。まだ二十余名しか出揃っていない段階ではあり、やはりそれは「御覧合」つまり第一回編集会議のごときものだったと判断される。

（11）初出稿においては、②の七月二十四日『歌合』を、「御製の拙劣さから」「弘長ころから徐々に増えてくる亀山天皇の内裏歌合」と考えたが、その後井上宗雄氏が、院の近臣が多いことをもって後嵯峨院の主催された仙洞歌合と見るべきことを説かれた。確かに歌人中、通世・資平・為教・重名・通成・忠継の六人は、寛元四年譲位した当初の院司殿上人交名中にその名を見出せること、また十二番判詞に「雖為祝言、依歌之善悪可定申勝負之由、故被仰下之上者、以左為勝」とある言は、若い亀山天皇にはふさわしからず、疑いなく後嵯峨院の言であることの二点を根拠として、後嵯峨院仙洞の歌合と確定したい。本歌合からの勅撰集入集歌が皆無で、総じて歌も拙劣であるのは、「当座」歌合だった故であろう。

（12）『増鏡』（北野の雪）は「右は関白殿にて歌ども択りとゝのへらる。左は院の御前にて歌御覧ぜられけり」とあり、歌合三十番判詞（真観）にも「抑も今度の御歌合は、左右方おのおの、かたの歌を評定して出すべきよし、定め仰せ下されにき」と見える。

（13）注（4）所引論文。

（14）建長三年影供歌合（衆議判、為家書付）三番・四番・十五番・二十番・一〇七番・一一〇番・一二四番・一二七番。文永二年八月十五夜歌合（衆議判、為家書付）十八番・三十三番・四十番・六十七番など参照。

（15）本作の成立については、後嵯峨院没後、その名が見える『乳母の草子』や『思ひのままの日記』（二条良基）以前とされている（『群書解題』荒木尚）。

（16）それらのことについては、福田秀一『中世和歌史の研究』（角川書店、昭和四十七年三月）第二篇第一章「鎌倉中期の反御子左派」に詳細で的確な整理がされている。

附節　後嵯峨院時代前後和歌史素描

一　新勅撰和歌集の成立

『新古今和歌集』が切り継ぎを終えてほぼ完成した承元四年（一二一〇）、後鳥羽院は土御門天皇を退け順徳天皇（一一九七〜一二四二）を即位させ、自らはやはり院政をとった。既にこれ以前承元年間に入ったころから、後鳥羽院の心は少しずつ和歌を離れはじめ、その活動も低調に向っていたが、これ以後はさらにその傾向を強くする。とって変るように順徳天皇が詩作と作歌への興味と熱意をみせはじめ、建暦二年以降建保期を経て承久三年（一二二一）二月の内裏詩歌御会に至るまで、その内裏が歌界の中心となる。しかしその歌壇は、かつて正治建仁期の後鳥羽院歌壇がそうであったような、大規模で熱気に満ち内から詩精神が湧き上ってくる体のものではなく、天皇と近臣たち、ならびに定家・家隆ら新古今期の中心的存在であった少数の歌人が指導者格で加わり、しかも後鳥羽院の完全な支配下にあるという、極めて閉鎖的なものであった。従って宮廷全歌人のエネルギーを結集することはできず、量的には一見盛況の観を呈しながら、和歌集勅撰の企てもなく、そこに至る以前に承久の乱が起って、順徳天皇内裏歌壇はあえなく崩壊してしまう。短い動乱の後、十歳の後堀河天皇が即位、後鳥羽・土御門・順徳三上皇がそれぞれ遷流されてしまうと、和歌の世界はしばらく空白の時期を迎える。そのうち徐々に、知家・家良・信実・為家・下野ら、定家周辺の歌人たちが私的な会を開くようになり、さらに定家の主家であった九条道家・教実父子や縁戚関係にある西園寺家の公経などが定家に働きかけて和歌会を催したり、基家や道助法親王などがその邸第で会を開いたりするようになってゆく。かかる状況の中、貞永元年（一二三二）四月に二十五名の歌人を連ねた「洞院摂政家百首」の催しがもたれたあと、六月十三日、二十一歳になった天皇から定家は再度勅撰集の撰進を命ぜられた。天皇自身和歌への関心はほとんどなく、五首ばかりの御製を求めるにも困るありさまであったが、九条家の道家・教実父子が定家にはかって企画推進した撰集であった。定家はすぐ撰集を始めたが、天皇が譲位される直前の貞永元年十月二日に、仮名序と二十巻の部立の目録を奏覧し、この日を規準に所収作者の位署が記された。そして二年後の天福二年（一二三四）六月三日草稿本を清書して奏覧したが、八月六日に当の後堀河院が崩御され、撰集は一旦頓座する。その後十一月十日道家の意向を受けて、鎌倉幕府への政治的配慮から承久の乱に連座した三上皇の詠作百余首を除棄、翌文暦二年（一二三五）三月十二日、精撰し整えた清書本を道家の許に進上して、ここに第九番目の勅撰集『新勅撰和歌集』は最終的に成立した。

この撰集の最終段階か直後に、定家は宇都宮入道蓮生（息為家の岳父）の要請を受け、文暦二年五月二十七日に『百人秀歌』（一〇一首）を撰定、揮毫したが、それにはやはり三上皇の歌は除外されていた。その後『百人秀歌』から四人四首を除き三人三首を加えて『百人一首』を完成したのであったが、それには後鳥羽・順徳両院の歌が加えられていた。『新勅撰和歌集』の最終段階において味った屈辱と芸術家としての自負が、私的なこの秀歌撰において、本来あるべき二人を加えしめたものと推察されている。

二　新勅撰和歌集の歌風

完成した『新勅撰和歌集』の総歌数は一三七一首（精撰本）。主要歌人と歌数は、家隆（四三首）良経（三六）俊成

(三五)公経(三〇)慈円(二七)実朝・道家(二五)雅経(二〇)相模(一八)実氏(一七)殿富門院大輔・定家(一五)貫之・西行・式子内親王(一四)以下である。『新古今和歌集』の主要歌人がやはり上位を占めているが、『新古今和歌集』に比べて歌数は大幅に少なくなっており、そのかわりとして鎌倉との関係もよく、定家とも近しい間柄の権門九条家(道家・教実)と西園寺家(公経・実氏)、また幕府関係の歌人たち(実朝・北条泰時・重時・政村ら)、その他定家と血縁や私交関係にあった人物たちの歌を多く採っていることから、撰集における定家的性格は顕著である。しかし、前述のように歌壇としての成熟のない基盤の上に企図されたために当代の歌もさしく多くなく、しかも『新古今和歌集』の場合のように特徴的な当代歌風もみられない。かといってまた、新古今歌人の歌を多く採ってはいても、真に『新古今和歌集』の中核をなす正治建仁期の尖鋭的新風和歌は極めて少ない。定家自身の歌十五首についてみても、建久期以前三首、元久期一首と僅少で、あとの十一首は建保期以降の歌である。女房歌人が目立って多く、優美ではあるが主観的な実情性の強い歌が多く採られていることなどともあわせ、そこには定家における美的好尚の変化と、それに伴う撰集全般にわたる歌風の変質を認めざるをえない。

風そよぐならの小川の夕暮はみそぎぞ夏のしるしなりける　(夏・家隆)

来ぬ人をまつほの浦の夕なぎに焼くやもしほの身もこがれつつ　(恋三・定家)

ともに『百人一首』に定家が選んだ、従って後者は晩年の自讃歌ということになる。これを『新古今和歌集』の、

白妙の袖の別れに露おちて身にしむ色の秋風ぞふく　(恋五・定家)

と比較してみると、両者の歌風の相違が看取できよう。恋の本意を追究し、情調構成的に美的小世界を構築しようとする方法において差はないといってよいが、その程度においてかなり稀薄化し、抒情的詠嘆的にさえなっている。家隆の歌も淡々とした安らかさをたたえたその情調は、『新古今和歌集』における家隆歌の比ではない。『新勅撰和歌集』には、『新古今和歌集』にあったあの華麗な観念詩的色あいは著しく少なくなり、平明で格調高く優美

典雅な歌風が主調となっているのであり、それは定家のいう「有心」と密接に関わっているであろう。

この集にはじめて登場し、二十五首もの歌を採られた源実朝（一一九二〜一二一九）は、征夷大将軍源頼朝の二男。京風公家文化に憧れ、元久元年十三歳の時坊門信清女を室として迎え、歌と鞠に心酔した。複雑な政治状況の中で、建仁三年幽閉された兄頼家にかわって将軍職に就き、建保七年正月鶴岡八幡宮参詣の帰途その社頭で兄の遺子公暁の凶刃にたおれ、二十八歳の生涯を閉じた。元久二年（一二〇五）四月の十二首和歌がその最初期の習作で、同年九月には家臣内藤知親が竟宴直後の『新古今和歌集』の一写本を持参、以後この集の歌や表現から貪婪に技法や心を吸収した。承元三年（一二〇九）初学以降の歌の中から三十首を選んで定家の合点を乞い、加点後返送に際し定家は『詠歌口伝』（近代秀歌）一巻を献じた。さらに建暦二年（一二一二）九月には消息と和歌文書を、また翌三年十一月には雅経を通じて相伝の『私本万葉集』一部を献じ、遠く都にありながら師としてその歌風形成に大きな影響を与えた。はじめはおそらく『新古今和歌集』に心酔していた実朝は、『近代秀歌』の中の「詞は旧きをしたひ、情は新しきを求め、及ばぬ高き姿をねがひて寛平以往の歌にならはば、おのづからよろしきこともなどか侍らざらむ」という定家の教えに接し、六歌仙時代及びそれ以前の『万葉集』の歌に関心を移し、その影響を強く受けることになったと目される。そうして詠みためた歌を実朝は、建暦三年二十二歳の十二月十八日以前に家集『金槐和歌集』として自撰し、定家に献じた。後人が五十首ほどの歌を拾遺して改編しなおした「柳営亜槐本金槐和歌集」に対し、定家が一部を書写しあとを子女に写させ自ら手択した「定家所伝本金槐和歌集」として残るのがそれである。実朝の歌風は、凛とした力強い調べに天性の詩情とおおらかさを包んだ、王侯調とも万葉調とも称されるもので、西行の歌とともに多くの人々を魅了してやまない。

三　後嵯峨院の時代（前期）

文暦二年（一二三五）に『新勅撰和歌集』が成立したあと、和歌の世界はまた大きな空白期を迎える。幼い四条天皇を戴く宮廷に和歌の催しはなく、諸家の私的な営為も極めて少なくなる。加えて、家隆（一二三七）・後鳥羽院（一二三九）・秀能・定家（一二四一）と新古今時代を担った歌人たちを次々と失って、後鳥羽院とその時代は完全に終熄する。四条天皇の崩御後、後嵯峨天皇が二十三歳で帝位についた仁治三年（一二四二）は、そのような大きな時代の変り目に当っていた。天皇は在位わずか四年で、寛元四年（一二四六）皇子久仁親王（後深草天皇）に譲位、さらに正元元年（一二五九）にはその弟恒仁親王（亀山天皇）に帝位を譲ったが、いずれも幼なかったので院政をしき、上皇・法皇としてのその治世は、文永九年二月の崩御の時にまで及ぶ。この時代は、承久の乱という未曾有の事件によって失われた朝廷における旧儀典礼の復活が当初からの課題で、王朝盛時の再現が企図され、かなりの実効をあげた華やかな時代であったが、和歌史の上では便宜前後二期に分かたれる。前期（一二五八年まで）は、『続後撰和歌集』を生んだ時代であり、後期（一二五九年以降）は『続古今和歌集』を完成させた時代である。

後嵯峨院は、在位中は専ら作文や連句などの詩作に熱中し、和歌にはほとんど関心を示すことがなかった。『新勅撰和歌集』以後しばらく途絶えていた和歌行事の復活は、まず私的な詠作や催しの場から始ったのであるが、中で特に注目すべきは、寛元元年（一二四三）十一月十七日の『河合社歌合』と、同じく十一月十三日から翌年六月二十七日にかけて詠作された『新撰六帖題和歌』の二つの催しである。前者は定家の時代以来和歌活動を続けてきた信実が、定家の嫡男為家（一一九八〜一二七五）を判者に推戴し、為家を中心に歌壇の再編を図った催しであり、規模は小さいながら歌壇史的意義は小さくない。後者は時間的に見ておそらくその歌合を実行する中に胚胎した催しで、為家が発案・企画し、家良・蓮性（知家）・信実・真観に呼びかけて『古今和歌六帖』の題に若干の改変を加えて詠作、五人分を合冊の後相互に回覧合点しあった作品である。(注1)珍しい素材や卑近なことばなどを憚ることなく自由に詠み入れており、俗的な要素の強い作品となった。和歌の素材やことばを非歌語的・俗的なものの中に拡大して可能性を探ろうとしたその方法は、院政期に俊頼らが追究した一つの方向を継承するものであり、新古今後の和歌の行方を示唆する一つの試みではあった。そしておそらく後嵯峨院に献上されたと思われるこの作品ほかによって、歌に興味を抱きはじめられた院が、とりわけ寛元四年正月の譲位後は、為家を指導者として仙洞に多くの和歌御会を催すようになっていった。六帖題和歌の可能性は、しかし、仙洞歌壇における公的な催しが頻度を増すにつれて摘みとられてしまう。権門西園寺実氏が当作品の自由狼藉すぎる詠風に対し直接的な非難をした(井蛙抄)ことなどもあって、その自由さや可能性はいつか公的に否定され、逆に伝統的で無難な和歌を目ざす方向に向ってしまったのである。ただこの作品は、和歌の世界では推奨されなかったものの、『夫木和歌抄』などとともに一時代あとの連歌師たちの教養書や付合手引書として重宝されたようであるし、また『古今和歌六帖』の題を用いて習作するという方法自体は、これ以後大いに盛行したのであった。

後嵯峨院時代(前期)の最も盛んな和歌活動は、宝治から建長にかけてのころに集中している。為家を指導者とし、院とその側近を中心とする内々の会が多かったが、宝治元年(一二四七)九月の「仙洞十首御歌合」、二年に入って早々の「宝治百首和歌」、建長三年(一二五一)九月十三夜「仙洞影供歌合」などのように、時の歌人たちすべてを糾合した大きな催しも時々行われた。一方、宝治二年夏のころには家良が『万代和歌集』(三八二六首)を撰し、建長二年には『現存和歌六帖』『秋風和歌集』『秋風抄』(いずれも真観撰)が、建長五年から六年のころに『雲葉和歌集』(基家撰)と、私撰集の撰集が相次いだ。そのような歌壇全体の盛況を背景に、宝治二年七月二十五日為家に対し勅撰集撰進の命が下り、建長三年十二月二十五日『続後撰和歌集』二十巻が完成奏覧された。この集は、総歌数一三七一首(精撰本)。上位入集歌人と歌数は、定家(四三首)実氏(三六)俊成(三〇)後鳥羽院(二九)良経

（一二八）土御門院（一二七）後嵯峨院（一二三）慈円（一二二）知家（一一九）家隆・道家（一一八）信実・順徳院（一一七）和泉式部（一一六）基俊・式子内親王（一一五）公経・家良（一一四）西行・実朝（一一三）人麿・俊成女・為家・真観（一一一）など。総じて後鳥羽院時代の歌人に厚いが、同時に当代では、撰集下命者後嵯峨院とその上皇を補弼する権門西園寺実氏の歌を多く収め、そこここに後嵯峨院讃頌の志向が看取される。そしてこの集は、以上の数値をはじめとして、撰集の枠組みの上で著しく『新勅撰和歌集』と近似している。一方、集名に示唆されるとおり、目録序（残欠）においても、奉勅の年の干支の一致など『後撰和歌集』との類似点が強調されており、撰者為家は、父定家の『新勅撰和歌集』を『古今和歌集』に見立て、自らの集をそれに対する『後撰和歌集』に擬したのであった。（注2）

完成直後に本集を披見した越部禅尼（俊成女）は、

選り出させ給ひたる歌のめでたさ、次第書きまじへられて候ふやう、その世も知らぬふる人の時々うちまじりて候ふまくばり、置き所、驚かるる気もなく、目立たしからず、余る所なく足らぬ方なく、左へも傾かず右へもたわまず、姿美しき女房の、褄袖重なり、唐衣の姿、裳の裾まで、鬢・額・髪のかかり、すそのそぎ目美しう、裳の腰ひかれたるまで、あな美しやと覚えたるを、南殿の桜の盛りに立て並めて見る心地して、歌も上臈しくもけだかく、なつかしうたをやかにも、欠けたる方なく覚え候ふ。（越部禅尼消息）

と、比喩を用いて調和のとれた集としての整正美を強調し、絶讃した。歌風は、越部禅尼が「上臈しくもけだかく、なつかしうたをやか」というとおり、女性的で優美典雅であるが、「もとより詞の花の色匂ひこそ父にはすこし劣りておはしまし候へ」ともいうように、際やかな表現や構成的手法、華麗で絵画的・幻想的な情調などの点において、定家的歌風とは随分色あいの違ったものになっている。

人とはば見ずとやいはむ玉津島かすむ入江の春のあけぼの（春上・為氏「江上春望」）

あけわたる外山の桜夜のほどに花咲きぬらしかかる白雲（春中・為家「花」）

例えば、前者は与えられた「江上春望」題の本意を、まわし詠んで巧みに表現した点に新しさがあり、後者は撰者自撰の一首であるが、桜花を白雲に見立てる伝統的な手法をそのまま継承しつつ、「花」の本意を一夜のうちに急速に開花するという一点において捉え、「夜のほどに」の一句にひそやかな新しさを表象しており、いずれも目だたしからぬ形で完成しているといってよい。このような歌風は、『詠歌一体』において、稽古を最も重視し、題詠をめぐるこまごまとした諸注意、縁語や字余り・畳語のことなど詞と表現に関する具体的個別的注意や禁止を専らとし、「詞なだらかに言ひ下し、清げなるは姿のよきなり」「上手といふは同じ事を聞きよく続けなすなり」と続けがらのなだらかさを強調するばかりで、新情創造に関する言及には乏しい、為家の歌論に即応しているであろう。過去における既に存在する価値に随順し、その取り合わせによって僅かな新しさを求めつつ歌の道を維持してゆくというのが稽古の思想に他ならず、かかる歌論の底流の上に実現したのが『続後撰和歌集』であった。それはまた王朝再現を志向した後嵯峨院時代（前期）の治世そのものとも相即する、その意味でまさしくこの時代の撰集であった。

四　後嵯峨院の時代（後期）

『続後撰和歌集』完成後は後嵯峨院の和歌への関心も一時衰えるが、建長末年ころから再び公的な催しが増え、正元元年（一二五九）三月十六日上皇は出家した為家（融覚）に対し再度勅撰集の撰進を命じた。(注3)為家は辞退し息男為氏を推挙したが許されず、同じような桑門撰者として『千載和歌集』を奏覧した祖父俊成が「五社百首」を詠んだ故知にならって、すぐ「七社百首」の詠作を思い立ってそれに時を費し、加えて真観（光俊）の反抗と老年による自信喪失などのために、撰集はなかなか進捗しなかった。(注4)真観（一二〇三〜一二七六）は文応元年（一二六〇）末鎌倉に下って宗尊親王の歌道師範となり、その威によって発言力を増し、弘長二年九月（正式院宣は十一月か）に、基家・家良・行家・真観の四人が撰者に追加された。そのことは『新古今和歌集』の跡を襲って五人の複数撰者による親撰の集とすべく撰集計画が変更されたことを意味する。真観の策動があったとはいえ、後嵯峨院としても二度目の勅撰集を前回のとは別の形で、すなわち延喜聖代の『古今和歌集』、後鳥羽院時代の『新古今和歌集』の佳蹟を襲う撰集とし、後嵯峨院時代の勅撰集を後世に残そうと明確に意識したからであったに相違ない。そのような隠れた素志を引き出したのが真観であり、為家との対立だったと見てよいであろう。上皇は後鳥羽院の場合同様広く公平に歌人を遇し、歌壇をあげてこの事業を完遂しようとしたようで、文永二年（一二六五）七月「白河殿七百首」、八月「十五夜歌合」、九月「亀山殿五首歌合」など、直前に集中的に大きな催しがもたれたあと、その年の十二月二十六日に撰集を完了する。そして『新古今和歌集』の場合に倣い翌三年三月十二日に竟宴が行われ、『続古今和歌集』は完成した。為家は撰者追加の際、失望して自分が撰進した歌以外については口を閉ざして意見を述べなかったと伝えられる（源承和歌口伝・井蛙抄）が、撰集から手を引いてしまったわけではなく、撰者の一人としての責任は果している。五人のうち家良は撰者進覧本提出以前の段階で没し、知家の遺子行家は若く力量の点でやや劣ったが、撰集最終段階の御前評定における撰集実務の中心として活躍し、基家は父良経の跡を継いで仮名序を草するとともに全巻の清書を担当、為家は『続古今和歌集目録』（故者）を、光俊は『続今古和歌集目録 当世』を分担撰定するなど、後嵯峨院親裁の下で最後まで応分に協力して成った撰集であった。（注5）途中撰者追加以前の弘長元年（一二六一）、光俊を除く在京の主要歌人七人が『弘長百首』（別称「七玉集」）を詠進した。おそらく為家の主導に成ったもので、平明温雅なその歌風は後の二条派においてすこぶる重視された。

『続古今和歌集』の総歌数は一九一五首（精撰本）。主要入集歌人と歌数は、宗尊親王（六七首）実氏（六一）定家（五六）後嵯峨院（五四）後鳥羽院（四九）為家（四四）家隆（四一）土御門院（三九）順徳院（三五）知家（三二）真観（三〇）俊成（二九）信実（二八）良経（二七）家良（二六）人麿（二五）道家・基家（二一）為氏・行家（一七）貫之（一

六）雅経・俊頼（一四）実雄・政村・実経・良実（一三）など。後嵯峨院とその政治を補弼する西園寺実氏、そして院の御子で関東将軍宗尊親王を最も優遇している点に、この集のかなり政教的な性格が窺える。この時代の和歌を考える際、真観らの一派と為家との対立抗争が強調してとりあげられることが多い。確かに真観の側からするかなり政治的で意図的な敵対的対立は事実としてあり、歌壇史上興味ある問題ではあるが、歌観における対立点はむしろ求めにくい。ともに定家の教えから出発し、すべてが定家に帰一する程度の枝葉における相違であって、かつての御子左家と六条藤家との間にあったような根深い相違に比すべきものはない。従って、『続古今和歌集』の歌風も、真観らの反為家的行動の割には、それほど異質で際やかな特徴はみられない。とはいえ、

あすか風河音ふけてたをやめの袖にかすめる春の夜の月（春上・宗尊親王）

夕されば露吹きおとす秋風に葉末かたよる小野の篠原（秋上・家良）

霜枯れの横野の堤風さえて入り潮遠く千鳥鳴くなり（冬・真観）

などに一斑が窺えるように、前二集に比してより多様であり、個性的・感覚的である度合が大きいことは確かで、そこに本集の特長が認められる。撰集全体についてみても、対立関係にある複数撰者による撰集であったことが幸いして、撰歌眼の多様性と、重複歌の少ないことなど、撰集の正確度が確保されているが、若干の破綻もある。

集中最も多く歌を採られた宗尊親王（一二四二～一二七四）は、後嵯峨院の第一皇子。建長四年十一歳の時六代将軍として鎌倉幕府に迎えられたが、生来好文の親王は下向してきた真観を歌の師とし、また歌界の第一人者為家にもしばしば歌を送って添削を乞うなどしながら、柳営において詠歌に励み、『瓊玉和歌集』『柳葉和歌集』『中書王御詠』『東関三百首』などの家集に多数の歌を残した。文永三年謀反の嫌疑を受け将軍職を追われて上洛、一時父の院よりも義絶されたりして不遇のうちに文永十一年没した。『竹風和歌抄』は帰洛後の詠を集めた家集。一時代前の実朝にも比せられる悲劇の親王将軍であった。

五　二条家歌風の定着

文永末年から建治初年にかけて、後嵯峨院（一二七二）、宗尊親王（一二七四）、為家・行家（一二七五）、真観（一二七六）と、『続古今和歌集』を担った中心人物たちが相次いで他界し、和歌史はまた新しい時代に入る。既に弘長のころからその内裏で詠歌に親しみ、文永十一年御子後宇多天皇に譲位した亀山院は、建治二年（一二七六）七月二十二日、二条為氏（一二二二〜一二八六）に撰集を命じた。為氏はすぐに撰集に着手、弘安元年（一二七八）応制百首の召しなどがあった後、それをもすぐに資料として採り入れ、十二月二十七日『続拾遺和歌集』二十巻を完成・奏覧した。前代の御子左家の撰集、『新勅撰和歌集』と『続後撰和歌集』を継承し、第三の集とすべく、『拾遺和歌集』を意識し、部立などの点でそれに倣ったこの集は、総歌数一四五九首（精撰本）、正暦以前の歌を採らない方針で撰歌している。上位入集歌人と歌数は、為家（四三首）後嵯峨院（三三）定家・実氏（二九）俊成（二二）為氏・信実（二一）亀山院・実経・基家（二〇）後鳥羽院・良経（一九）宗尊親王（一八）家良・知家（一七）家隆・土御門院・真観（一六）順徳院・道家（一五）以下で、前代歌人と御子左家四代を重視している。撰者為氏は為家の嫡男。母が宇都宮頼綱（蓮生）女であった関係で関東との関わりも深く、最期も関東に客死した。『続拾遺和歌集』の歌風は、

春の夜の霞のまより山のはをほのかに見せて出づる月かげ（春下・為氏）

のごとく、『新勅撰和歌集』『続後撰和歌集』の家の風を継承し、いちだんと平明・優美ではあるが、創造性には乏しい。『増鏡』（老のなみ）は、

たましゐあるさまにはいたく侍らざめれど、艶には見ゆると時の人々申し侍りけり。続古今のひきうつし、おぼろけの事は立ちならびがたくぞ侍るべき。

と芳しからざる評を下している。

『続拾遺和歌集』完成後、弘安・正応・永仁期二十余年を経過するうちに、基家（一二八〇）、阿仏（一二八三）為氏（一二八六）らも没して、歌界における人的構成は完全に一新、二条家の為世、京極家の為兼、冷泉家の為相、飛鳥井家の雅有、九条家の隆博らが、中心歌人となって歌壇を支える時代となる。永仁元年（一二九三）八月、持明院統の伏見天皇は、四歌道家の当主、為世・為兼・雅有・隆博を召して勅撰集撰進について諮問した、いわゆる永仁勅撰の議があったが、為兼の失脚（一二九八）、隆博の死（同）などによってこの計画は中絶する。その後正安三年（一三〇一）十一月、大覚寺統の後宇多院が為世（一二五〇〜一三三八）一人に撰集を命じ、為世は三年後の嘉元二年（一三〇三）十二月十九日『新後撰和歌集』を完成し奏覧した。直前に「嘉元仙洞百首」を召して撰集資料としたこの集は、総歌数一六〇七首。上位入集歌人と歌数は、定家（三二首）俊成（二九）為家・為氏（二八）実兼（二七）後嵯峨院（二六）亀山院（二五）後宇多院・伏見院・基忠（二〇）後二条院（一八）津守国助（一七）公雄（一三）為世（一一）雅有（一〇）など。御子左家と大覚寺統の天皇、それに津守家の歌人を特に優遇している。『続拾遺和歌集』と同じく正暦以降に限定して採歌し、集名は『続拾遺和歌集』を『古今和歌集』に見立てた新たなる『後撰和歌集』の意であろう。歌風は、

つれなくて残るならひをくれてゆく春にをしへよあり明の月　（春下・為世）

おもふことありし昔の秋よりや袖をば月のやどとなしけん　（秋下・雅有）

のごとくで、『続拾遺和歌集』との差はほとんど認めがたい。それは、「心はあたらしきを求むべし」という教えに対し、

但、新しき心いかにも出できがたし。よよの撰集、よよの歌仙、詠みのこせる風情有るべからず。されども人のおもてのごとくに、目はふたつよこざまに、はなはひとつたてざまなり。むかしよりかはる事なけれども、しかも同じ顔にあらず。されば歌もかくのごとし。　（和歌庭訓）

と説いた為世の歌論に即応しているであろう。為氏にはまだ御子左家の四代目としての意識が強く、それが「続拾遺」の集名をとらせたのであるが、二十余年を隔てたあとの為世には、三家に分れた二条家の二代目としての意識の方が強かったらしく、それがこのような集名と内容の撰集となって結果したのだと思われる。

次期に顕在化する京極派和歌が、一部底流として醸成されつつあったが、ここに至って、既に存在する過去の価値によりかかり、その枠内において僅かな新しさを求めつつ拡大再生産をくりかえす「擬古典主義」の理念が、和歌の世界を大きく支配し、平明温雅な二条家の歌風と家の教えは完全に定着することとなった。

【注】

(1) 本書第二章第三節、第四節。
(2) 本書第三章第二節、第三節。
(3) 本書第三章第七節。
(4) 本書第二章第五節。
(5) 本書第三章第四節、第八節、第九節。

第一章　伝記研究

第一節　為家の官歴と定家

一　はじめに

藤原為家の誕生は、蔵人頭に任官した嘉禄元年（一二二五）十二月二十二日の『明月記』に「二十八蔵人頭」とあり、[注1]また『公卿補任』初出参議に任官した翌二年の年齢表記にも「二十九」とあることから、逆算して建久九年（一一九八）と特定できる。しかして建久九年の『明月記』は正月と二月分は完存、その他は十二月十日のみ残存するが、その中に嬰児誕生を窺わせる記を見えず、かくて同年三月一日以降であったと限定することができる。

その後の為家の官位昇進の節目は、叙爵、元服以下多きにわたっていて、それぞれに重要な意味をもっている。本節では、それらの全てを点検し、関連資料を加えつつ、主としては『明月記』の記事に寄り添いながら記述してゆくことを課題とする。『明月記』は、基本的に国書刊行会本に拠り、若干の修正を施しつつ、また「『明月記』原本断簡集成」[注2]を併せ用い、私に読み下して記し、割注は［　］に括って示すこととする。

二　叙　爵

藤原為家（幼名、三名）の叙爵は、『公卿補任』嘉禄二年（一二二六）参議任官の初出条下尻付によれば、建仁二年

(一二〇二)五歳の年の十一月十九日であり、そこには「一品昇子内親王朔旦」とある(『職事補任』元仁元年十二月二十二日蔵人頭補任の尻付には「一品昇子内親王朔旦叙位御給」)。このことには以下のような意味がある。

「朔旦」とは、朔旦叙位、朔旦冬至の朔旦のこと。『国史大辞典』(吉川弘文館)によれば、朔旦冬至は、十九年ごとに巡ってくる冬至と十一月朔日とが同じ日となった時の祝いで、奈良時代末から江戸時代末まで行なわれたという。盛時の行事は、公卿が賀表を上り、これをうけて天皇は紫宸殿に出御、旬儀を行う。その際毎年の行事たる御暦奏(ごりゃくのそう)も行われる。こえて十一月中(なか)の辰の日、毎年の行事である豊明節会の日に、詔して朔旦叙位と恩赦を行い、節会のなかば同趣旨の宣命が読まれ、日を改めて女叙位も行われる(朔旦叙位の二、三日前に叙位儀がある)。大嘗会や即位が一緒になると日程に変化が起り、日食の予報や諒闇で一日を避けたこともあり、老人星の瑞があれば併せて祝われる。(桃裕行)

とある。そして、朔旦と冬至は完全には等しくなかったため、時に一日ずれたりして、補正が行われ、建仁二年度は冬至を移して朔旦に合わせたという。十一月朔日は辛未、叙位の十九日は五節前日の己丑の日であったが、この建仁二年度の朔旦叙位で、三名(為家)は従五位下に叙されたのである。

「一品昇子内親王」とは、昇子内親王に与えられた年爵による叙任であったことを示している。封禄の一種である年給には、年官と年爵があり、

年官とは毎年除目の際に、所定の官職に所定数の人員を申任する権利を、年爵とは毎年叙位の際に、所定の人員の叙爵(はじめて従五位下に叙すること)を申請する権利を与える制度である。年官・年爵を与えられた者を給主といい、給主は自己に任・叙権を与えられた官・位について希望する者を募り、応募者をそれぞれの官・位に申任・叙して、その間に収入を得る制度である。(時野谷滋)

そして、叙位のみならず加階することも行われ、院(太上天皇)三宮(太皇太后・皇太后・皇后)は一人を申任する

権利が与えられていたという。

昇子内親王（後の春華門院）は、後鳥羽天皇の第一皇女、母は兼実女宜秋門院藤原任子。建久六年八月十三日誕生。同年十月十六日内親王。七年四月十六日叙一品、三宮に准ぜられ、同年十二月五日、八条院の猶子となり、承元二年八月八日皇后宮、同三年四月二十五日、春華門院の院号宣下、建暦元年十一月八日、十七歳の若さで崩御された。(注3)崩御の前日、その御所を訪れた定家は、女房から、病気は日を遂って重り、気絶することしばしばで、食事を絶して既に二十三日に及ぶ旨を聞き、「悲嘆ノ至リ、喩ヘヲ取ルニ物ナシテヘリ」「悲嘆シテ余リ有リ」(注4)と悲しみ、『たまきはる』の著者健御前も、作品の末尾を春華門院追慕の記事と八首の歌をもって閉じている。

建仁二年のこの年、内親王は八歳。定家の姉には、八条院坊門局、八条院三条、八条院権中納言、八条院按察、八条院中納言（健御前）がおり、御子左家と八条院の関係は極めて深いものがあったし、加えて、主家九条家から立后した任子所生の内親王であるという、二重の関係から、当年度の年爵を買う権利が三名（為家）に与えられての叙爵であった。

定家の根回しが当然にあったであろうが、『明月記』のこの月の条は殆ど残らず、確かめることはできない。

三　後鳥羽院出仕

叙爵から三箇月余りたった建仁三年（一二〇三）三月一日、六歳の三名（為家）は初めて後鳥羽院に拝謁する。前の日二月三十日に日吉社に参詣し、晩景に宮巡りして通夜、一日遅明に社頭を出て帰京した定家は、巳の時、三名（為家）を伴って院の御所に参上する。

一日、暁天雨漸ク休ミ、巳ノ後又降ル。遅明ニ社頭ヲ出テ帰京シ、巳ノ時、小童ヲ相具シテ院ニ参ル。一昨日、越中内侍ヲ以テ申入レ、勅許有ルニ依リテ参上セシム。内侍来リテ北面ヨリ参ズベキ由相示ス。即チ御前

ニ参ジ、御製一首ヲ賜リテ帰リ出ヅ。感悦ノ余リ落涙ヲ禁ジ難シ。引出物ヲ賜ル由仰セ事有リ、忝々。即チ退出ス。（下略）

前々日の二月二十九日「巳ノ時院ニ参ル」とあったその間に、越中内侍を介して申入れ、勅許を得ていたので参上したという。「御製一首を賜りて」というのは、列聖全集本『後鳥羽院御集』（雑歌）にのみ収められる、次の一首であった。

　　　為家いとをさなくてはじめてまゐられしを、
　　御前にめしいれて給うける
すみよしの神もあはれと家の風なほも吹きこせ和歌の浦波

その間のことは『源家長日記』にも、定家一家のことをとりまとめて、次のように叙述される。

　定家朝臣の中将の事申すとて、ちちの入道のよみて奉られたりし歌、
　　小篠原かぜまつ露も消えやらで此のひとふしを思ひおくかな
其の比、老いの病せめて、いかならんときこえしほどなり。つかさめしのころにもはべらざりしかば、とかくの御返事もなかりけるにや、程へてつかさめし有るべしなど聞こえしに、むすめの申しおどろかされたりけるに、御返事かくなん。
　　をざさはらかはらぬ色のひとふしもかぜまつつゆにえやはつれなき
そのたびとげられ侍りにき。
　其の後、あにの中将成家朝臣みつのくらゐゆるされて、そのこのぬしもうちつづき侍従になられにき。それもみなみちをおもくおぼしめすゆゑなり。定家中将小君も参られたりしに、御前にめしいれてよみて給ひける御歌、

住よしの神も哀れといへのかぜなほもふきこせ和歌のうらなみ

此の小君のはらからの女房もまゐりてつねに候はる。いまだいはけなきとこそうけ給はるに、それもすでに歌よまるとぞうけ給はりしが、わすれて侍りしくちをしさよ。をとこ女につけてかやうなるをさなき人たちのおほく参りあはれたるに、ことにさる者ともてなしおぼしめいたる、ただ此の歌の事をおぼしめすゆゑとおぼえ侍るが、哀れにかたじけなくおぼえさせ給ふ。げにかならずおやおほぢまなびおくことを、たえずあひつぐ事も、をさをさかたかめるに、かくいはけなきより道をつぎ、跡たえざらん事を、哀れとおぼしめす御心ふかし。されば、よろづの道々すたれぬ御代なり。

俊成の歌は、『新古今和歌集』（一八二二）に「やまひかぎりにおぼえ侍りけるとき、定家朝臣中将転任のこと申すとて、民部卿範光がもとにつかはしける」と詞書きして収められており、範光を介して後鳥羽院に奏上された。俊成卿女のとりなしで定家の左中将転任が実現したのは、建仁二年閏十月二十四日であった。その時賀札をもらったある人物にあてた定家自筆の書状が残っている。(注5)

慶賀事／

右久積鳳闕左仗之／寠労　適浴虎賁中／郎之　朝恩　自愛／無極候之處　今預賀札／拝抽感懐／

立昇たつの心ハおもひやる／かひあるみよのわかのうらなみ／

併期拝謁之次　恐々謹言／廿六日　左中将定家

「鳳闕」は内裏。「左仗」の用例は見出せないが、左の儀仗兵の意とし左少将を意味させたか。「虎賁中郎将」は近衛の中将のこと。『明月記』所収の「反古裏」文は、日付が「後十月廿一日」となっているのは雛形だからである。(注6)また、「左伏」「舊勞」「殊抽感懐」と読むのは、誤りか。(注7)「たちのぼるたづのこころは」の歌には、遠い昔文治二年春、定家除籍の赦免を願い出た俊成の三月六日付け申文中の、

あしたづのくもぢまよひし年暮れてかすみをさへやへだてはつべき

と、その申文を後鳥羽天皇に取り次いだ左小弁定長の返しの消息中の答歌、(注8)

あしたづは霞をわけてかへるなりまよひし雲路今日や春覧

を意識し踏まえているであろう。

定家兄成家の叙従三位は、建仁三年十月二十四日。「そのこのぬし」が言家なら、その侍従任官は建保四年(一二一六)正月十三日で、時間的に整合せず、ここは長男宣家かという。(注9)

「此の小君のはらからの女房」とは、為家姉で後の後堀河院民部卿典侍因子。その後鳥羽院初参は、元久二年(一二〇五)十一月九日であったが、それに先だって三日御母七条院へのお目通りから始まっている。

三日。天晴ル。早旦、女子〔祖母同車〕七条院ニ参ズ。初メテ毛ヲ苅ル事、恐レ乍ラ所望シ、御免ト云々。護リヲ賜リテ帰リ来タル。(下略)

そしていよいよ後鳥羽院へのお目見えは、八日に約束を取り付け、九日に実現し、二十二日にも見参している。

八日。(中略)明夕、少女初メテ参ゼシムベキノ由、日来経営ス。此ノ事ヲ聞キ、越州ニ付ケ御気色ヲ伺フ。今月八日次無シ。適々思ヒ立ツ事遅引シ遺恨ナリ。九日ノ暁参ゼシムルカノ由之ヲ申ス。鐘声ヲ待チ早カニ参ズベキ由仰セ事有リ。悦ビ乍ラ経営ス。(下略)

九日、天晴ル。去ヌル夜ヨリ、随分ノ共人等悉ク催シ儲ク。亥ノ時許リニ御幸還リ御シマス。暁鐘ノ程ニ出デ立チテ参ゼシム。是ヨリ先、尼上〔祖母〕、密々ニ知音ノ女房ノ局ニ参ラル〔新大夫。建春門院以後ノ女房。親実三位ノ妻トナル〕。予、身ノ憚リ有ルノ上、榻ヲ持ツタメ、右大弁ノ車ヲ借ル〔車副・仕丁等ヲ具ス〕。牛童ニ於テハ予ノ童ヲ用フ〔装束ヲ賜フ〕。共人光資・兼宣〔将監〕、各々布衣〔半靴〕、車ノ後ニ在リ。御所ノ門内ニ於テ松明ヲ取ル。侍、兵衛尉有言・馬允景盛・為兼・内舎人行村。出車ハ此ノ前駆ノ輩ノ車ヲ用フ〔形ノ如ク絵網代〕。

各々白衣ヲ出シ、二両ナリ。参入ハ御寝以後ト云々。女房達、各々ニ会釈ス。坊門殿〔斎院ノ御母儀〕、尼上ノ語リ申スニ依リ、裳ノ腰ヲ結ハル〔始メテ之ヲ着ス〕。程無ク退出シ帰リ来タル。時ニ鶏鳴ノ後ナリ。（下略）

二十二日。天晴ル。午ノ時許リニ、少女ヲ院ニ参ゼシム。尼上具セラル〔車ハ相公ニ借リ申ス〕。今月身ノ憚リニ依リ車無キノ故ナリ。侍・雑色許リ之ヲ具ス。今日見参ニ入リ、櫛棚等ヲ給リテ退出ス〔酉ノ時許リ〕。

母に代わって祖母の尼君（定家室母）が、自らの宮仕えの経験を生かして根回しも怠りなく、同道しての初参であった。(注10) そして、「つねに候ふ」ようになったのは、翌建永元年六月十八日からであった。

十八日。天晴ル。申ノ時許リニ雷鳴、大雨、即チ休ム。女子、今夕参ゼシム。先ヅ七条院ニ参ゼシム。御前ニ召シ出サレ、夜ニ入リテ院ニ参ズ。名謁了リテ、亥ノ時ニ退下ス。（下略）

七月十七日には、勅定により「民部卿」の名を頂戴する。

十七日。（中略）御所ニ参ズ。女子、今夜御名ヲ定メラル〔勅定〕。民部卿ト。此ノ事極メテ忝シ。父子共ニ沈淪シ、今ニ於テハ、更ニ家跡ヲ存セザル身ナリ。而ルニ、更ニ高祖父ノ古事ヲ忘レズ、亜相兼官ノ名字ニ預カルハ、過分ノ恩ナリ。抃悦ノ至リ、掌侍ニ触レ了ンヌ。

「民部卿」の呼名は、御子左家の高祖長家大納言の兼官の名字に因むもので、家跡をないがしろにしない後鳥羽院の計らいに、定家は過分の恩を感じたのであった。後の定家の兼官の名字による呼名ではなかったのである。(注11)

さらに、十月四日にも、御所に参ぜしめた後、頼みとする越中内侍の里まで出向いて内侍の兄弟為説の籠居を訪らう気配りを見せ（秉燭以後、少女ヲ御所ニ参ゼシメ、戌ノ時許リニ騎馬ニテ越中内侍ノ里ニ向ヒ、為説朝臣ニ逢フ。湯治籠居ノ間相訪フ所ナリ。次デ御所ニ参ジ、夜半許リ名謁、退出ス）、十一月九日には、衣を賜り（夜前、少女番ニ入ルノ由告ゲ送ル。奉公其ノ甲斐有リ、恐悦ス。夜ニ入リテ、少女又云フ、衣ヲ賜フ、諸人一同ノ事ト云々）、翌承元元年十二月二十九日には、風流の火取りを賜って（少女、今日、御所ニ召シ出サレ風流ノ火取〔白キ物ヲ入ルト云々〕ヲ給ハル。尤モ面目トス）、定家をまたしても感激させている。

このような次第を回想して『家長日記』は、為家姉弟については、父祖の道を継ぎ、幼少より歌詠みとしての出仕であったことを、とりわけ強調しているのである。

さて、この時の後鳥羽院の歌は、『拾遺和歌集』巻八・雑上（四七三）、菅原道真母の、

菅原の大臣かうぶりし侍りける夜、ははのよみ侍りける

久方の月の桂もをるばかり家の風をもふかせてしがな

をかすめているであろう。少なくとも定家は、類まれなこの詩人の叙爵に、歌道家たる御子左家の後嗣為家の叙爵を重ね、住吉の神を引き合いに出しての後鳥羽院の心にくい激励に感じ入り、「感悦の余り落涙を禁じ難」かったのだと思量する。

四　元服と叙従五位上

為家が元服したのは、元久二年（一二〇五）十二月十五日、八歳の歳末であった。この日の次第を、定家は『明月記』に詳記している。

十五日、天晴ル。未ノ時相公入坐シ、法勝寺ニ参ラル。其ノ後相門ニ参ズベキ由命ゼラル。秉燭以後、予束帯ニテ小童［水干ヲ著ス］ヲ相具シ、内府ニ参ズ。小時ニ客亭ニ出デ給フト云々。便所ニ於イテ童水干ヲ脱ガシメ、直衣［殿下ノ御直衣］、奴袴［院ノ御服］ヲ着セシム。蔵人大夫盛親［本所ノ近習］之ヲ扶持ス。予着座ス。相公、中将公雅朝臣、刑部実信、兼ネテ座ニ有リ。次デ童円座ニ着ス。次デ物ノ具ヲ置ク［諸大夫之ヲ役ス］。先ヅ冠［柳箱ノ蓋ニ置キ、座ノ右ニ置ク］、次デ泔坏［台ニ居ヱズ、柳筥ニ置キ、座ノ左ニ置ク］、次デ櫛巾［今夜、弘蓋ノ懸子ニ入レ、物ノ具等之ニ加ヘ入ル］ヲ中央ニ置ク。次デ中将座ヲ起チテ理髪ノ座ニ着ク。次デ刑部脂燭ヲ取リテ進

ミ寄リ、諸大夫盛親残リノ脂燭ヲ置ク。程ナク理髪、甚ダ早速ニ入冠〔冠ヲ放タズ〕シ、理髪ノ脂燭ヲ本ノ座ニ復ス。次デ大臣殿、髪掻ヲ以テ額ヲ掻入レシメ給フ。次デ理髪ノ脂燭ヲ本ノ座ニ復ス。次デ物ノ具ヲ撤ス。次デ冠者起チテ縁ニ出デ再拝シテ退出シ、東面ノ簾中ニ入ル〔装束ヲ改メシ所ナリ〕。次デ相公東面ニ出デ、剣ノ袋ヲ取リテ御前ニ置ク。即チ又取リテ西ニ出デ、盛親朝臣ニ給フ。次デ御馬ヲ引ク〔葦毛〕。相具ス所ノ侍光衡松明ヲ取リテ前行ス。忠弘・近衛国近馬ヲ引キ、織戸ノ中門ニ引キ入レ、馬允友員之ヲ取ル。次デ予女ノ装束〔裳唐衣ナリ〕ヲ取リ、中将ノ座前ニ置ク。帰リ出デテ東面ノ簾中ニ入リ、前ノ物ヲ居ヱシム。盛親朝臣打敷ヲ取リテ之ヲ置ク。本所ノ侍役送ス。次デ箸ヲ立テ坏ヲ取リ、次デ之ヲ撤ス。次デ又御前ニ参ジ、次デ退出シテ簾中ニ入ル。女房見参ニ入リ、予中門ヲ出ヅ。此ノ間ニ御前ノ饗ヲ居ヱシム〔忠弘ヲ以テ其ノ事ヲ行ハシム〕。予、小男ヲ相具シテ退出、此ノ間侍ノ垸飯ヲ居ヱシムト云々。天晴レ月明カニシテ、無為ニ成就セルハ、幸甚々々。冷泉ニ帰リ来ル。今夜、衣帽子〔上皇ノ御衣帽子〕ヲ着セシム。八条院ヨリ調ヘ給ヘル布衣ノ装束ヲ相具スト雖モ、夜深キニ依リテ着改メズ。寝殿ノ坤方ノ御出居ナリ。加冠、〔大臣殿〕。理髪、〔右中将ト云々〕。親王・博陸之儀カ。幸運ノ然ラシムルナリ。過分ノ面目ト謂フベシ。

加冠役は、為家母の父、外祖父内大臣実宗。理髪役は、右中将公雅。公雅は、実宗の弟入道従三位実明の息男であるから(注12)、公経や為家母らの従兄弟にあたる。この年二月一日、権中納言公経が左衛門督を辞し、従四位下左少将であった公雅を申任して実現した右中将であった。従来の解説では、理髪役は公経だとされてきたが(注13)、誤りである。つい先日十一月二十四日に大納言から転じて就任した内大臣を加冠役とする元服が、親王・内大臣クラスのそれであることに、定家は感激し、「幸運の然らしむるなり。過分の面目と謂ふべし」と言い納めているのである。

　この日の元服の式に参加し取り仕切ったのは、その公雅の他、実宗の長男で参議従三位右大弁公定（相公）と刑部少輔藤原実信、ならびに蔵人所の近習大夫藤原盛親であった。公定の母は、中務少輔教良女で、定家室為家母の同母の長兄にあたり、為家には最も血のつながりの濃い伯父であった。実信は、実宗の父公通の弟公重の四男で、実宗の従兄弟にあたり、十一月十八日には、実宗任内大臣の打ち合わせのため、定家邸を訪れているから、この日のことも実信との間で準備が進められたものとみられる。右の記事に明記はないが、『明月記』十八日条の「為家」に徴し、当然この元服式を境に幼名「三名」を改め、「為家」を称することとなった。

これ以前、『明月記』十一月二十五日の条に「小童ヲ内大臣殿ニ参ゼシム。昨日ヨリ三箇日五条ニ御坐ス。但シ、夜ハ猶六条ニ宿シ給フ」とあり、為家が初めて五条邸に参上している。また十二月九日条にも、「内府ニ参ズ［五条大宮新亭］。家子ノ両卿ト刑部少輔ノ外人無ク、人々遅々タリ。（中略）此ノ亭未ダ移徙ヲ遂ゲラレズ、只昼許リ渡リ給フト云々。小時、主人御装束訖リ客亭ニ出デ給フ。中納言同ジク座ニ着ス。（後略）」とある。『明月記』には、十日から十四日の間に移徙が行われたという記事はないが、旧亭は六条にあったというし、「寝殿ノ坤方ノ御出居ナリ」（未申―南西部に設けられた客亭）と記し、指図を添えてあるところなどからみると、元服式は五条大宮のこの新亭において行われたのではあるまいか。「家子の両卿」は中納言公経と参議公定、「中納言」は公経である。公経、公定、実信の三人は、十一月十七日実宗任内大臣の内示があった夜、うち揃って大納言実宗に扈従し院御所に参じていた。

元服を終えて三日後、定家は妻とともに為家を伴って、挨拶廻りのため、院の御所、殿下良経家と北政所、八条院、宣秋門院を歴訪している。

十八日、天晴ル。巳ノ時為家ヲ相具シテ院ニ参ル。女房相具シテ御所ニ参ラル［尤モ面目ト為ス］。前大納言相逢ヒ、芳心ノ詞有リ。相次デ殿下ニ参リテ、見参ニ入リ、又北政所ノ御方ニ参リテ退出ス。猶八条・宣秋両院ニ参ゼシメ、予ハ家ニ帰ル。装束、八条院ヨリ、白梅ノ狩衣［白織物三重、中蘇芳、裏青］、紫ノ指貫、紅梅ノ衣二領［同ジ単衣］、紅ノ下袴ヲ調ヘ給ハル。他人見来セズ、忠弘一人ヲ相具シ、夜ニ入リテ院ニ参ジ、深更ニ名謁、退出ス。

「女房」は定家室で、彼女が為家を伴って御前に参ったのであろう。八条院・宜秋門院へは、定家は赴かず、妻と為家だけが訪れたのである。元服の日の記事中に「八条院ヨリ調へ給ヘル布衣ノ装束」とあった具体が、「白梅ノ狩衣〔白織物三重、中蘇芳、裏青〕、紫の指貫、紅梅の衣二領〔同単衣〕、紅の下袴」だったのである。

元服の式を終えた翌春、九歳となった元久三年正月十七日、定家の経営が功を奏し、為家は従五位上への加階を果たした。『明月記』の記事は残らず、定家の言について心意を窺うことはできないが、『拾遺愚草』に次の贈答が収められている。

為家元服したる春、加階申すとて、兵庫頭家長につけ侍りし

子を思ふふかき涙の色にいでてあけの衣の一しほもがな（二五八八）

ゆるさるべきよし、御気色侍りければ、返し　家長

道を思ふ心の色のふかければこの一しほも君ぞそむべき（二五八八）

そのたび叙され侍りにき

この贈答歌は、『源家長日記』にも、次のとおり見える。

ひととせわらはにて参られたりし、定家中将のこきみも、元服せられけるにや、為家と申す、それが一かいのこと申し候ふなど、てそうせよとおぼしくて、

子を思ふふかき涙の色にいでてあけの衣の一入もがな

やがてそうし侍りしかば、かへしせよとおほせらるるに、

道を思ふ心の色のふかければこの一しほも君ぞそむべき

そのたびとげられ侍りにき。

定家は、『新古今和歌集』の撰集を通じて気心の知れた和歌所開闔家長を頼って、後鳥羽院への転奏取りなしを期待し、家長はそれに応えて、「下名次、臨時[注14]」の加階を実現せしめたのであった。

同年正月六日、右少将は元のままで、一足早く従四位下に叙されて喜びに浸っていた飛鳥井雅経からも、賀歌が届けられる。『拾遺愚草』に、

　　為家元服したるのち、ほどなく従上の加階したるよろこびに、
　　雅経の中将、

袖のうちに思ひなれてもうれしさのこの春いかに身にあまるらん（二三九六）

　　返し

袖せばくはぐくむ身にもあまるまでこのはるにあふみよぞうれしき（二三九六）

とあり、『明日香井和歌集』も同じ贈答歌を、ほぼ同じ詞書で収載する（一六二八・一六二九）。「このはるにあふみよぞうれしき」と後鳥羽院の治世への感謝の念を表にたてて、定家の喜びは絶大である。定家の期待と願望に沿って、為家の官途は順調に実現してゆく。

五　侍従任官

承元三年（一二〇九）四月十四日、為家は侍従に任官した。十二歳であった。この年の『明月記』は残らず、直接定家の言に就いてその感懐を検証することはできないが、残存するその時の作品によって、定家の悦びの大きさを窺うことができる。

小川剛生氏の示教によると、国立歴史民俗博物館蔵『広橋家記録[注15]』中の『守光公雑記』（三巻）に、一紙分をゆっ

たりと使い、二条良基の『明月記』に関する識語とともに、その後に並べて、源信定と定家の贈答詩が記録されている。『藤原定家全歌集』の「拾遺愚草員外之外」には、冷泉為久によって定家の詩のみが収拾されており、初出稿においてはそれのみを取り上げたのであった(注16)が、改めて考察しなおしたい。
『守光公雑記』の記載は、次のとおりである(/は改行箇所を示す)。

定家自筆記　自治承/至此年〔仁治二年〕也　凡公事故実/和哥奥旨明鏡也　住吉/明神神託云　汝月明云々　/仍号明月記也　此記為秀卿/正本相伝之外更無所持/人也　不可有他見　/　　　四朝執柄　判

披閲聞書不堪感緒/謹献一絶而已/
給事中源信定/
羽林又葉拾遺任　夏日/除書感意端　倩憶先賢/昇進跡　槐門棘路/出斯官/
謹和給侍中賀少男/拾遺佳句/
羽林枯木藤原定家/
幼齢十二拾遺職　情/感幾多千万端　挙子/更思身運晩　安元昔日/始居官/

最初の『明月記』に関する書き付けの「四朝執柄」は、為秀と同時代の二条良基であること疑いを容れず、良基が、為家→為相→為秀と相続して伝えられていた定家自筆の『明月記』を一見したか、あるいは「不可有他見」とあることに注意すれば、定家自筆本を誰かに書写させた後の識語である可能性が大であろう。文永十年（一二七三）七月二十四日付け阿仏御房宛ての為家（融覚）の譲状には「故中納言入道殿日記〔自治承至仁治〕」とあって、最後が何年に及んでいたかの明記はなかったが、良基が見た『明月記』は最晩年の仁治二年の記までを含んでいたので、「定家自筆記、自治承至此年〔仁治二年〕也」と記したものと見なされる。「住吉明神神託云、汝月明云々、仍号明月記也」は、『毎月抄』の「去んぬる元久の比、住吉参籠の時、汝月あきらかなりと冥の霊夢を感じ侍りしによりて、家風にそなへんために明月記を草しおきて侍る事、身には過分のわざとぞ思ひ給ふる」とある記述に拠っていて、一般に理解されている歌論書ではなく、良基は日記の『明月記』だと信じて疑っていない。

良基によるこの『明月記』の識語のすぐ後に、信定との贈答詩が並んで記されているということは、この詩がその『明月記』の中に記載されていたことを意味しているのではあるまいか。そうであるならば、定家の漢詩の多くが『明月記』の中にのみ残されている扱いと軌を一にしていることになる。

さて、問題の贈詩作者の「給事中」は少納言の唐名であるから[注18]、定家詩題の「給侍中」は誤写であるに相違なく、『藤原定家全歌集』「拾遺愚草員外之外」所引詩が同じ誤りを犯しているのは、冷泉為久がこの『守光公雑記』に拠ったからだと思量される。

いまこの贈答詩を読み下してみると、以下のとおりである。

聞書を披閲して感緒に堪へず謹みて一絶を献ずるのみ

給事中源信定

羽林又葉拾遺任　羽林の又葉拾遺に任ず
夏日除書感意端　夏日の除書は感意の端
倩億先賢昇進跡　倩ら先賢昇進の跡を億ふに
槐門棘路出斯官　槐門棘路も斯の官に出づ

謹みて給事中の少男拾遺を賀す佳句に和す
羽林枯木藤原定家

幼齢十二拾遺職　幼齢十二にして拾遺の職
情感幾多千万端　情感幾多ぞ千万端
挙子更思身運晩　子を挙して更に思ふ身運の晩かりしを
安元昔日始居官　安元の昔日始めて官に居る

承元三年四月十四日侍従に任じた時、為家は十二歳であった。当該詩起句に「幼齢十二拾遺職」とあるほか、贈答の詩題と詩の内容に徴しても、これは除目のあった日のおそらくは翌日、少納言源信定がその聞書きを披閲して、感に堪えず早速に祝賀の詩を定家に贈り、定家がそれに答和し謝した、贈答詩であった。

信定詩の「羽林又葉」の「又」は、佑助の「佑」、侑薦の「侑」で、たすける、やしなうなどの意がある（字通）から、定家羽林の佑け養っている子息の意であり、「林」の縁で「又葉」といったもの。信定は、倩ら先賢昇進の跡を振り返ってみると、三公九卿すべての公卿の昇進は、皆この官すなわち侍従職から出発していると述べ、以て為家の侍従就任を賀し、前途を祝したのであった。

定家は三年前の建永元年（一二〇六）から、為家の侍従任官運動をはじめていた。すなわち、その年十月の『明月記』に、十三日。天晴ル。午ノ時許リニ院ニ参ズ。出デ御シマス〔神泉〕。清範ヲ以テ、六十首ノ歌ヲ給ヒ、拝見シテ退下ス。除目近々、上下馳走ス。夜ニ入リテ帰参ス。今夜、書状一通ヲ清範ニ付ケ、為家侍従ノ事ヲ申スナリ。忠信、蔵人頭一定カ。此ノ故ニ親国退爵スト云々。上階ノ事ニ於テハ、心中ニ望ミ無シ。仍リテ先ヅ小男ノ事ヲ申ス。夜半過ギニ名謁アリテ、退下ス。

と見え、翌承元元年十月二十九日の除目の後、十一月三日の条にも、

三日。昨日下名延引、今夜ト云々。為家ノ事、重ネテ申シ入ル。此ノ事ニ於テ、御気色更ニ悪シカラズト云々。但シ、詞ヲ加フル人無シ。仰セテ云フ、殿下ニ申シ合ハルベシト。此ノ事更ニ叶フベカラザル事ナリ。

とあるなどして、以後も折りに触れて要路に働きかけてきたにちがいない（「殿下」は関白近衛家実である）。その運動がこの度実を結び、まだ幼齢に属する十二歳で早くも実現した為家の侍従職任官に、心中の感悦は極まりなく大きい。今子を推挙しえて改めて思い返せば、我が身の運ははるかに遅く、安元の昔（元年十二月八日）十四歳で漸くに侍従に任官し、官界に居を占め始めたのであったと、我が身の場合に引き比べて、より早い為家の任官を強調し、賀詩を贈ってくれた源信定の恩情を謝したのであった。

源信定は、『尊卑分脈』によれば、村上源氏有雅の息男で、「母近江守藤家長女、兵部少甫正四位下、少納言讃岐守、能書、新勅作者、――出家」とある。『明月記』正治元年正月七日、同二年七月十七日、建仁二年四月十九日などの記事に就けば、信定は、九条良経家の家司であったと見てよく、同じく九条家に仕える定家とは、親しい同輩であったことになる。正治元年十二月九日の除目で、父有雅の譲りによって兵部権少輔となり、建仁二年正月二十一日の除目で、少納言に任官、定家は「幸運ナリ」と書き留めている。[注19] 正治二年閏二月二十一日の良経法勝寺第詩歌合には、詩作者として出席し、詩は長兼の歌と合わせられて、二首ともに負け、歌は定家の詩と合わせられ

て、一首は負け一首は持という成績で、この日は芳しくなかったが、結番した詩歌合の清書を、いつものように信定が給わって書記したという、能書家であった。そして、二十八日の良経大原来迎院詩歌会にも参加して、定家と同宿、三月一日の定家家詩会、三月三日の定家家詩会雑遊にも加わるなど、漢詩初学期にあった定家の、[注20]親しい同学同輩の一人でもあった。『新古今和歌集』の切継要員として加わるためであろう、元久二年三月六日には院の御所への昇殿を聴されている。また同年六月十五日の「元久詩歌合」にも詩作者として参加、四韻（詩二首）の作品を残し、業清の歌と番われた四番は全て勝をえている。さらにまた後年、建保三年（一二一五）九月十三夜の内大臣道家家百首にも参加、その中の一首が『新勅撰和歌集』（一〇三四）に採られたのであった。この百首の催しに際しても、信定は清書役を勤めている。なお信定は、『明月記』寛喜三年（一二三一）二月一日までその名を見出すことができるから、それ以後に出家し、死没したことは確かであるが、生年と没年また享年などは不明である。

なお、ついでに付言すれば、為家の侍従任官という喜びがあった翌年、承元四年（一二一〇）七月二十一日、[注21]定家は自らの左近衛中将を辞して、為家の左近衛少将を実現せしめた。この前後も『明月記』は残らず、定家自身の記事に就くことはできないが、九月二十二日の粟田宮歌合、ならびにその頃の歌として『拾遺愚草』に収められている歌によって、その前後の定家の感懐を窺うことはできる。すなわち、

同四年九月粟田宮歌合　于時辞職

寄海朝

和歌の浦やなぎたる朝のみをつくし朽ちねかひなき名だにのこらで（二五七五）

寄山暮

思ひかねわが夕暮れの秋の日に三笠の山はさしはなれにき（二五七六）

おなじころ
なきかげのおやのいさめはそむきにき子を思ふみちの心よわさに（二五七七）

定家は、為家の前途を思う故に、心弱くも父俊成の諌めに背いて、泣きたいほどの思いで我が官途を諦めたのであるが、二箇月経ってもなお不遇者意識と官途への未練を消し去ることはできなかった。(注22)

六　順徳天皇大嘗会除目、叙正五位下任近江権介

建暦二年（一二一二）為家十五歳の十一月、順徳天皇の大嘗会に伴う除目と叙位において、為家は悠紀方近江国権介に任じ、正五位下に叙された。この除目に当たっても定家は任官と昇叙を強く希望し、内裏に働きかけていた。

二日。天晴ル。今日、清暑堂御神楽、院ノ拍子合セト云々。伝ヘ聞ク、今日ハ延引、来ル五日、拍子合セ並ビニ国司除目ト云々。為家所望ノ事、度々左近ニ示シ付ケシムルニ、未ダ許否ノ由ヲ知ラズ、今日猶示シ送ル。去年ハ天気快然タルモ、横災ニ依リテ公私此ノ如シ。誠ニ悪縁カ。心神殊ニ悩マシク、咳病相加ハル。

「去年は天気快然たるも」以下は、昨年十一月八日の順徳天皇准母春華門院崩御により、十六日、大嘗会が停められたことをいう。「左近」は左近将監清範である。定家は前年に行われるはずの大嘗会除目を前に、為家の任官を願い出で、快諾を得ていた。元年十月十四日の条に、

十四日。天晴ル。払暁ニ帰洛ス。午ノ時許リニ院ニ参ズ。除目ノ次デ、少将悠紀主紀国司ノ事ヲ申シ入ル［掌侍ニ付ク］。天気頗ル快然ノ由、昨日ソノ告ゲ有リ。件ノ国司ノ除目来月ト云々。（下略）

とあったことの連続である。そして、前引二日の記事に続いて、次の記事を見る。

三日。天晴レ陰リ、夜ニ入リテ雨降ル。今朝重ネテ清範朝臣ニ示スニ、猶許否ヲ知ラズ、心神太ダ不快ニテ、籠居ス。（下略）

四日。天晴ル。暁更ニ帰ル。申ノ時許リ、清範朝臣消息ニ云ク、今日天気ヲ伺フニ頗ル以テ快然、但シ、其ノ許否ヲ知ラズ、申ス所ハ具サニ聞シ食スト云々。心神弥ヨ物忩タリ。予ノ申ス所、今度ノ加階ヲ望ムニアラズ。只廻立殿行幸ノ夜、私ニ小忌ヲ着シ、平胡簶ヲ帯シ、少年ノ者ニ供奉シ、栄華老眼ヲ養ハンガ為ノ由ナリ。(下略)

五日。天晴ル。微霰零リ、寒風烈シ。今日国司ノ除目ト云々。(中略)終日音信ノ人無ク、心中鬱々タリ。(中略)申ノ刻許リ、女子告ゲ送リテ云フ、越中内侍云ク、近江介ノ事内々ニ光親卿ニ仰セラレ、事已ニ成就スルカ。此ノ状ヲ披キ見テ、心中ニ天ノ音楽ヲ聞クガ如シ。予本ヨリ偏ニ官爵ヲ貪ラズ。只、境節ノ栄華ヲ思ヒ、廻立殿行幸ノ夜ニ於テハ、国ヲ兼ヌル次将ノ装束太ダ弥ヨ重キナリ。若シ勅許有ラバ、喜悦更ニ喩ヘヲ取ルニ物無シ。事毎ニ面目ヲ施ス、至孝ノ子ト謂フベシ。酉ノ刻、清範朝臣又成就スベキノ由ヲ告ゲ送ル。聞ク毎ニ感悦千廻、深恩ノ由ヲ答ヘ了ンヌ。(中略)是ヨリ先少将示シ送ル、近江介ニ時賢、権介ニ為家、丹波介ニ清親、権介ニ親通之ニ任ジラレ、猶々自愛スト云々。[此ノ両人、更ニ為家所望ノ故ヲ存知セズ、吉事ト存ズルナリ。忽チニ申シ任ジラル]。

この間専ら清範を介し、また女子(為家姉、後の民部卿典侍因子)の情報を頼みとしながら、異常な熱意で大嘗会の国司を望み、一喜一憂した後、ことは成就する。「心中に天の音楽を聞くが如し」とか「喜悦更に喩へを取るに物無し」とか表現される定家の悦びは、異常なほどである。定家は、自分は偏に官爵を貪ってこれを望むのではない、ただ「境節の栄華」今上天皇大嘗会の栄華を思う故に、廻立殿行幸の夜の国司を兼ねた次将の装束が甚だ重要だから、為家にその任を与えて頂き、故実典礼にあった装束を指導したいだけなのだということを力説する。いささか手前勝手な論理のようにも思えるが、「散位閑居の身」をかこっていた(建暦元年十月二十九日条)定家の熱意は尋常ではない。十三日の大嘗会当日、為家に着せしめた装束、とりわけ日陰の葛の微細にわたる説明記事は、たしかに定家の言に符合しているとみえる。

そして、十一日の深夜亥の刻に叙位は行われて、為家（近江権介）は、一階を進め正五位下に加階した。朝恩を謝すため、定家は二十二日に参内する。

二十二日。夜風フキ、吹雪シ、沙庭僅カニ白シ。午ノ時許リニ、束帯シテ参内ス。鬼ノ間ニ於テ女房ニ謁シ礼シ申ス。為家国司加階ノ間、朝恩ノ事ヲ畏ミ申ス為ナリ。委細ヲ示シ付ケ、退出スルノ間、治部大輔知長、露台ニ於テ予ヲ招キ留メテ云ク、只今参入スル由ヲ聞シ食シテ櫛五裹ヲ賜ルノ由ヲ相示スナリ。忽チニ拝領シ、恩賜ノ忝ナサニ涙先ヅ催ス。其ノ体太ダ以テ美麗ナリ。事ノ軽重ヲ論ゼズ、賤老ノ参入スルヲ聞シ食シテ、節ノ物ヲ拝領ス。感泣ノ至リ、喩ヘヲ取ルニ物無シ。陳謝還リテ詞ヲ失フ。相計リテ披露アルベキノ由ヲ示シ付ケ、即チ退出ス。故ニ他所ニ向ハズ、直チニ帰宅ス。

順徳天皇の老者を労う心ある計らいに、定家は恐懼し陳謝の詞もないほどに感激している。

七　叙従四位下叙留

建保二年（一二一四）正月七日、十七歳になった為家は従四位下に叙され、官職の位階相当は中将であるが、左少将は元のままで、叙留となった。

七日。少将四位ニ叙サレ了ンヌ。当時之ニ叙サル輩ハ、皆叙留セザルカト云々。其ノ事本ヨリ忽然、所望ヲ出スベカラズ。労階相違セザルノ条先ヅ感悦シ、仮名ノ状ヲ以テ畏ミ申スノ由掌侍ニ達ス。返事ニ云ク、此ノ旨披露シ了ンヌ。御気色殊ニ宜シク、叙留還昇ノ事、即チ仰セ下サレ了ンヌ。他人ハ然ラズ、尤モ自愛スベシト云々。此ノ状ヲ披露シ、心中抃悦、喩ヘヲ取ルニ物ナシ。近代ノ叙留ハ自他無念ト雖モ、去今年ニ於テハ、延喜天暦ノ旧儀ニ異ナラズ、叡慮ノ趣、身ニ余ル思ヒナリ。重ネテ其ノ由ヲ申シ了ンヌ。賀札並ビニ使者等多ク以テ到来ス。内ノ小舎人来タリテ還昇ノ由ヲ仰セ、竊ニ以テ猶位記ヲ贈リテ後ニ仰セラルベキカ。又掌侍ニ付ケテ、院・脩明門院ニ還昇ノ事ヲ申ス。夜ニ入リテ即チ仰セ下サルル由、女房ノ返事有リ。内ヨリ、叙留ノ事殊ニ悦ビ思シ食ス由、仰セ有リ。事若シ遅引セバ、申サルベキ御沙汰有リト云々。而シテ遮シテ仰セラルハ、殊ニ御意ニ叶フト云々。（中略）内ヨリ書キ送ル折紙。（中略）叙留　従四位下藤為家［左少将元ノ如シ］（下略）

年功と能力が認められて、官職以上の四位の位が与えられ、例外的措置である叙留の殊恩に浴したことに、定家は感悦し、御礼の仮名消息を掌侍宛に差し出した。還昇は叙留によるもので、原則として一旦少将の職を去り、叙留によって再度昇殿すること。近年の叙留は自他ともに無念な状況にあったが、去年と今年の叙留は、延喜・天暦の聖代と同じく叡慮に基づくもので、その点なお一層身に余る光栄だと、定家の悦びは並大抵ではない。定家は即座に御礼の消息を奉ったのであるが、そのことがまた格別御意に叶ったという。

建保五年（一二一七）二十歳の正月二十八日、為家は美作介を兼任し、その年十二月十二日、中将に転じる。[注23] おそらく左中将であったと思われる。『明月記』の記事は欠けていて、確かめることはできないが、この時定家は、「中将教訓愚歌」と題する書きさしの草稿、[注24]

よにふればかつはなのため家の風吹つたへてよわかのうらなみ（藤原定家全歌集三七八〇）

を残し、為家を激励した。建仁三年三月一日、後鳥羽院から賜った御製「すみよしの神もあはれと家の風なほもふきこせ和歌の浦波」を踏まえ、蹴鞠の才能を認められ過度に熱中してきた為家を訓戒し、和歌の道への専念と精進に期待を懸けたのであった。

中将教訓愚歌（赤星家入札目録図版による）

建保六年（一二一八）十一月二十六日、この日懐成親王を立てて東宮とした東宮御所への昇殿を聴される。[注25]建保七年（一二一九）二十二歳になった正月五日、為家は正四位下に叙された。『公卿補任』に「中宮御給」とあるのは、順徳天皇中宮藤原立子。後京極摂政良経の息女で、母は藤原能保女。道家より二歳上の同母姉で、建久二年生れ。承元四年十二月二十四日叙従三位、同月二十九日女御、承元五年正月二十二日中宮となった。時に二十一歳。承久の乱後、貞応元年六月二十五日、三十二歳の時院号を受け、東一条院と称された。嘉禄二年八月七日、三十六歳で出家、法名清浄観。宝治元年十二月二十一日、五十七歳で崩御された。[注26]従って、建保七年は中宮二十九歳。前に見たとおり、給主には叙爵のみならず加階の場合の申任権も与えられていた。この場合もやはり、主家である九条家出身の中宮という特別な関係から、当年度の中宮年爵分により、為家は正四位下に加階することをえたのであった。

承久三年（一二二一）四月二十日、この日受禅した新帝仲恭天皇内裏への昇殿を聴され、同年七月九日後堀河天皇践祚、七月二十日に出仕を止められ、閏十月にまた後堀河天皇内裏への昇殿を聴され、承久四（貞応元）年正月二十四日、美作権介を兼ねる。[注27]この前後も『明月記』の記事は残らない。

八　蔵人頭任官

1

その後、正四位下左近中将の位官のままに久しく停滞していた為家の官途は、二十八歳の嘉禄元年（一二二五）に至り、蔵人頭任官に向けて再び動きはじめる。すでに日下力氏が広範な視点のもとに十分に跡づけられている[注28]が、それを踏まえてなお詳細に辿っておきたい。

さて、臨時の除目が予定され始めた嘉禄元年六月初め、定家は右大将実氏から、頭中将盛兼が昇進しそうだとの情報と、その後任として為家を推挙する意向である旨の消息を受け取る。

三日。天晴ル。（中略）右幕下消息ニ云フ。盛兼朝臣昇進スベシト云々。彼ノ闕今度奔走スベキカト。思ヒヲ絶チ了ンヌレバ、只御秘計ヲ加ヘラルルカ。仰スル所ノ由之ヲ答ヘ申ス。

五日。天晴ル。（中略）幕下示シ給フ。消息ヲ盛兼朝臣ニ送ルニ、申シ入ルベキ由ノ返事到来ストイヘリ。彼ノ昇進ニ於テハ必然ノ気色アリト云々。世上ノ政、之ヲ聞ク毎ニ心肝ヲ摧ク。人ハ刀俎タリ、我ハ魚肉タリ。思ヒテ益無キ事カ。夕ベニ中将来ル。相国ノ御命、今度ノ事心力ノ及バン限リ奔営スベク示シ付クベシ。範輔ハ女院ニ申サルト云々。事、実無キニ有ラザレバ、面目本意トナス。（下略）

藤原盛兼は関白近衛家実の家司で、前年元仁元年十二月十七日に蔵人頭に任じられ、今回の除目においては実務の中心にいた、その正四位下左中将藤原盛兼（三五歳）に、書状で確かめたところ、申し文を提出するとの返事があったから、その昇進は間違いない情勢だという。為家も、公経から直接に、今回の蔵人頭任官には心力の及ぶ限り奔営すべく父定家に伝えよとの命を受けたという。公経はその時、同じく蔵人頭を狙っている範輔は女院に頼みこんでいるとも教えてくれたという。ここに引き合いに出される「刀俎魚肉」の語は、『史記』（項羽本紀）の樊噲の言の中に見えるもので、主家西園寺家の公経や実氏らをも含め、政治や人事を動かしている一握りの上流貴族たちを「刀俎」（包丁とまな板）に、無力な自分たちをその上で料理される「魚肉」（魚や肉）に喩えたもので、「まな板の上の鯉」といったところ。あれこれ思い煩ったところでどうなるものでもない。しかし、今回は実を伴っていそうだし、主家が本気で推挙してくれることに対し、面目この上なく本意であると定家は思っている。

二十七日。天晴ル。夕ベニ中将来ル。（中略）除目近々ノ由頻リニ謳歌ス。大臣殿、書状ヲ以テ頻リニ範輔ニ示スベキ由芳命有リ。盛兼朝臣又申スベキ由領状スト雖モ、ソノ実ハ知リ難キ事カ。祭主京ニ在リ。成長朝臣ノ略、定メテ其ノ力ヲ尽クサンカ。国通卿、関東ノ挙状アリ。重ネテ大理ヲ示シ遣ハサル。道理ニ背ク由ト云々。是レ、巷説ナリ。

前年元仁元年十二月十七日に蔵人頭に就任していた正四位下左中将藤原盛兼（三五歳）は、主家関白家実の後援によって、七月六日の除目において参議の任官を果たし、北条時政と牧の方の間の嫡女を妻とし、関東との関係が深かった参議正三位左中将藤原国通（五〇歳）は、関東（執権北条泰時）の挙状を以て臨み、その上重ねて関東からは検非違使別当参議左衛門督藤原家行（五一歳）をも推挙する書状が遣わされて、二人同時の推挙はさすがに道理に背くと囂々の巷説があったというが、しかし同じ七月六日の除目で、国通は首尾よく権中納言に任じられ、家行もまた権中納言に昇進した。なお、盛兼とともに蔵人頭であった正四位下左中弁藤原宗房（三七歳）も、同じ七月六日に参議に昇進し、空席となった二人の蔵人頭には、従四位上右中将藤原公賢（二三歳）と従四位上左中弁藤原家光（二七歳）が任官した。家光は上席の右大弁藤原成長を超えての任官で、この度は成長の賄賂も功を奏することはなかったらしい。公賢は、父実宣が権大納言を辞退した譲りとして、為家を含む多くの上席者たちを超越して、しかも母の重服中の異例の任官であった。

七月に入って五日、除目の前日の記事にも、相門公経の懇切な推挙のあったことが窺える。

> （五日）（前欠）夜ニ入リテ中将来ル。昨日、相門ヨリ女院ノ御文ヲ給ハル。仍リテ頭中将ニ付ケント欲スルノ処、昨日職事ハ頭弁ト会合、北山ニ遊放ス。仍リテ今朝先ヅ書札ヲ送リ、只今行キ向ヒテ之ヲ付ク。当時ノ返答、甚ダ以テ和解、藤大納言懇望ノ外、又殊ニ聞ク事無シト云々。此ノ由、又相門ニ申ス。明旦重ネテ書状ヲ送ルベキ由、之ヲ命ゼラル。又、幕下ニ申サント欲シ、是ヨリ彼ノ亭ニ参ゼント欲スト云々。今ニ於テハ、全ク補スベキ由ヲ存ゼズト雖モ、相門ノ丁寧、尤モ面目本意トナス。対面セラレテ之ヲ申シシ時、殊ニ申サルル旨等有リ、涼ヤカニ承ルノ由、貫首之ヲ語ルト云々。除目、已ニ明日ト云々。（下略）

女院は、貞応元年七月十一日に院号宣下を受けた、後高倉院妃で後堀河帝生母北白河院陳子であろう。除目の前日に及んでも、なお女院の推薦状を取り付け、あれこれと為家に指示を与え自らも蔵人頭に面談して為家を推挙するという懇切丁寧さに、定家は面目を施し、本意だと感じ入っている。なお、家実の返答中に一人懇望していたと見える「藤大納言」が実宣で、息男公賢を蔵人頭とする懇望であったこと、五味論文(注29)に指摘されるとおりである。「今に於ては、全く補すべき由を存ぜずと雖も」と、定家は既にこの時点で、為家の任官が全く見込みのない情勢であることを察知し諦めていたようで、事実、七月六日の除目において、為家の蔵人頭は実現しなかった。

2

蔵人頭任官のチャンスは、しかし、すぐ連続して訪れる。闕官が多くなり、補欠の必要から、二箇月後には早くも除目が取り沙汰されはじめたからである。九月十三日以下、翌十月にかけての条。

十三日。(中略)巷説ニ云フ。大納言二人［一材木盗辞官云々］、中納言三人［一別当辞両官］、参議四人［材木不辞］、任ズベキノ由、其ノ聞エ有リ。末代剰へ之ニ任ズル狂事ノ上、闕官又繁多、運者ノ昇進、更ニ以テ勿論ノ事カ。資経、大弁宰相ヲ歴スルハ、人超エザルノ由申スト云々。誰人ノ例カ。頼資、又大弁、理ヲ得ル由申スト云々。歴ニ依リテ任ゼラルルノ例、并セテ十箇月ノ大弁ヲ登用スルハ、未ダ聞キ及バザル事カ。皆是レ幸運ノ然ラシメ、乱代ニ遇ヒテ人力ニ非ズ、貴ブベキ事ナリ。視聴ニ触レ悲涙ヲ増ス。(中略)在高・淳高、兵部卿・文章博士・左京権大夫ノ三職ヲ罷メ、淳高、刑部卿ニ任ズベキノ由懇切ト云々。為長卿参議ヲ申スト云々。(下略)

二十五日。(中略)中将来リ、猶庭上ニ於テ相逢フ。世間ノ事殊ニ聞キ及ブ事無シ。八幡行幸［十一月八日］、賀茂［十二月八日］、五節ノ前後甚ダ心ヲ得ズ。又関東将軍今年猶元服シ給フベシ［幕下下向カ］。彼是指シ合フト云々。一昨日女院ニ参リ、重ネテ具サニ申シ入ルル由、相国命ジ給フト云々。

十月二日。未ノ時許リニ前殿ニ参ジ、大将殿ニ見参ス［相国ニ参ジ給フト云々］。申ノ時許リニ見参スルニ、仰セテ云ク、（中略）秉燭ノ程ニ臨ンデ北亭ニ参ズ。（中略。話主は相国公経か）関東、今年十二月必ズ御元服有ルベキノ由、二品示シ置カル。幕下、加冠ノ為下向アルカ。当時披露無シト雖モ、中将必ズ相伴フベシ［理髪］トイヘリ。供奉是非ニ及バザル由ヲ申ス。但シ、是又夕郎昇進ノ期ニ逢ヒ、遼遠ノ路ニ赴クノ条、又前途ノ妨ゲカ。今ニ於テハ其ノ身ノ事、老后ニ口入スベキ事ニアラズ。亥ノ時許リ廬ニ帰ル。

四日。（中略）親長・範輔、蔵人頭ヲ申スト云々。（下略）

六日。（中略）中将来タリテ言談ス。（中略）昨日又北山ニ参ルニ、幕下、居出ラルト云々。所望ノ事、書札ヲ以テ盛兼朝臣ニ付ケラレ、又女院ノ御書ヲ以テ申サル由、宣旨ノ局ノ返事、御産ノ中間ニ到来、旁々丁寧ト雖モ、範輔モ懇望スト云々。定メテ補セラレンカ。関白家ノ近習尽クル期アラズ。又今年、関東御元服ノ事一定ト云々。幕下、加冠ノタメ下向サルベキノ条一定カ。当時ノ如クンバ、理髪ニ召サルルカ。極寒ノ遠路、人ノタメ堪ヘ難キ事カ。此ノ事又風聞ニ及ババ、弥々職事ノ仁ニ相応セザル事カ。甚ダ以テ不便ナリ。

九月二十五日の記事に初めて見える、九条道家の末子関東将軍（当年八歳）三寅（頼経）元服のことは、七月十一日に没した政子が今年中にすべく言い残したことであったようで、事実、十二月二十日の鎌倉宇都宮辻に新造中の御所への移徙の後、歳末も押し詰まった十二月二十九日に、後藤基綱奉行のもと、執権北条泰時が理髪・加冠役を勤めて執り行われ（この日病気のため欠席した時房が、理髪役を勤める予定だったのであろうか）、名字は、都においても為長ほかの面々により種々勘申されたが、前春宮権大進俊道朝臣の撰進した「頼経」とされた。[注30] 十月二日、六日の記事にも繰り返しこの元服のことが、西園寺家ならびに特に定家の関心の的となっているのは、加冠役として西園寺実氏の下向がほとんど決定的であり、その場合、発表はされてないけれども、理髪役として為家の供奉随行が打診され、是非に及ばずと定家は答えているからで、極寒の遠路が堪えがたいのみならず、目前にしている蔵人頭（夕郎）の任官そのものの実現が遠のくことになり、甚だ不憫だ、という点を定家はもっぱら焦慮していた。

公経と実氏による為家推挙は、十月六日の実氏の言によれば、新任の参議盛兼に書札を送り、また前回同様に女院の御文を以て懇望したとのことで、内裏から宣旨局の丁寧な返事が一昨日、一条殿での御産の最中にあり、関白家実の近習の一人右大弁藤原範輔（三四歳）も懇望しているとの情報がもたらされている。今回の蔵人頭の競望者は、親長と範輔の二人[注31]で、殊に関白を後ろ盾とする範輔に、あるいは先を越されるかも知れないと、定家は心配していたであろう。

3

さらにこの除目関連の記事は連続する。同じく十月十九日には、公経が関白家実に面談して、為家推挙の意向を直接伝えたところ、今度の除目では所望の人のことを特に聞いていないから、奏請すればよい、ただ範輔は必ず蔵人頭に任官すると、世間では専らの噂だ、との返答があったという。

> 十九日。（中略）未ノ時許リニ中将来ル。除目、其ノ日未ダ聞カズ［之ヲ推スニ、関東ノ使ヲ相待ツカ］。相国、執柄ニ面達シ給フニ、今度所望ノ人殊ニ聞カズ、奏スベキ由答ヘ給フ。但シ範輔ハ一定補サル由、世ニ謳歌スト云々。成長又参議ノ事、宣陽門院ニ姫君ヲ迎フレバ、最初ノ懇望此ノ事ニ在ル由、責メ給フト云々。但シ、相国委シク奏聞シ給フト云々。（下略）

そして更に、二十八日の記事をみると、為家は関東からも強力な援護を受けていたことがわかる。

> 二十八日。（中略）夜ニ入リテ中将来ル［安嘉門院ニ参ル次デ］。相国、宰相ニ付ケテ、公ニ重ネテ申シ給フニ、博陸ノ御返事、此ノ如ク示シ給フ。「事、忽緒ノ御沙汰トスベカラズ。此ノ旨ヲ申スベシト云々」ト［是レ毎度ノ事ナリ］。武州、書状ヲ以テ相国ニ申スト云々［書状ハ行兼ノ許ニ送ル］。「冷泉中将、官途ノ事不便ナリ。此ノ如キ事、申スベキ事ニ非ズト雖モ、然ルベキ様ニ御沙汰候哉」ノ由ト云々。其ノ状ヲ付ケラルレバ、定メテ相語ラヒテ書カシムルノ由存ジ給ハンカ。（下略）

公経は、関白家実の家司である新宰相盛兼に付けて、公的に重ねて推挙したところ、関白の返事は通り一遍の素っ気ないものであったという。が、実は執権北条泰時から公経の「亞相専一の者」で、公経の重要な指令を受けて関東に使することの多かった中原行兼(注32)を介して、実際には公経に宛てた書状が届けられており、その内容は、冷泉中将為家の官途のことが不憫でならない、この種のことは言うべきではないのだが、然るべく取り計らってやってほしい、というもので、公ではない此の書状をちらつかせて事を実現せよと考えられたのであろう、と定家は忖度している。公経への私的な書状ではあったが、ことの効果において大きく異なるところはない。時政と牧の方の間の女子が産んだ娘を為家に配偶した定家の深慮は、このような形で効力を発揮し始めたのである。ただし、定家はなお、蔵人頭一人の欠官を、範輔と為家が競い合っている状況だと認識していたであろう。

4

十一月七日になり、道家邸に参上した定家は、そこで全く聞いたこともなかった臨時の除目が、今日行われることを知る。

七日。天晴ル。(中略)室町殿ニ参ズ。今日除目ト云々。日来聞キ及バズ。又例ノ事カ。(中略)夜ニ入リテ中将ノ書状。相国重ネテ盛兼朝臣ニ遣ハシタル返事ニ、今日ノ除目ハ広クスルニ及ビ候ハズト云々。猶遏絶スルカ。

八日。天晴レ、辰ノ後陰ル。昨日ノ除目、任人八十四人。侍従藤忠兼、玄蕃頭賀茂兼宣、中宮権大夫伊平〔兼〕、左将監藤範昌〔蔵人〕、左中将実俊、従三位盛兼、正四位下公賢。此ノ事ニ依リテ行ハルル所ナル哉、更ニ心ヲ得ズ、除目ハ面シテ言フニ足ラザル事カ。右武衛使者ヲ送リテ云ク、昨日綾小路宮ニ参ズルノ間、存外ニ会遇、横父兵衛督ヲ辞シ、子息ヲ以テ少将ニ任ズベキ由忽チニ仰セラル。子息ノ昇進全ク其ノ好ミ無キ由、女院ニ参ジテ申シ入レ、度々申シ披カシメ給フニ、纔カニ以テ為ス無ク、向後猶恐ルベシト云々。是偏ニ隆親兼帯ノ為カ。器ニ非ザル者総ベテ官職ニ居リ難キ世カ。実ニ乱世ノ最タルナリ。(下略)

公経から重ねて為家の任官を盛兼に推挙した書状の返事に、今日の除目は大規模にはならないとあったと聞き、定家は除目はなお継続すると判断している。右武衛は右兵衛督で御子左家一門の藤原光俊（四七歳）。その消息によると、光俊に対しては、父が兵衛督を辞し、子息光成を少将に任じてはとの圧力がかかり、女院を頼って辛うじて魔手を逃れたという。翌日見た除目の内容が、盛兼・公賢の加叙をはじめとして、関白寄りの一握りの者のための除目であることを知り、「器に非ざる者総べて官職に居り難き世か。実に乱世の最たるなり」と、定家は慨嘆してやまない。

そして、十一月十九日にも小規模な臨時の除目があったが、このときも公経から盛兼への働きかけはあり、除目が近づく度毎に、公経は繰り返し為家推挙の運動を、盛兼に対して行っていたことを知る。

十九日、朝天陰リ、陽景漸ク晴ル。室町殿ニ参ズ。（中略）北亭ニ参ズ。只今還候ノ由相国ニ仰セラル。宗明云ク、今日除目ト云々。御忘却有ルベカラザルノ由、重ネテ盛兼卿ノ許ニ示ストイヘリ。関東御元服ノ事［来月廿日新亭御渡］、只新儀ヲ以テ自ラ戴冠シ給フベキノ由示シ送ラント欲ス。歳末年始ノ遠行、旁タ穏便ナラザル事カ。彼ノ御官モ又征夷大将軍ニ過グベカラズ。是レ前右大将ノ吉例ナリ。遠境ニ坐シテ次第ニ顕官ニ任ズルハ、已ニ不吉ノ事ナリ。此ノ由ヲ示シ送ラント欲ストイヘリ。事毎ニ然ルベキノ由之ヲ申ス。（下略）

焦慮すべき問題であった三寅元服の件は、西園寺家側から新儀に依るべく提案したことで、決着をみたらしい。「自ら」というのは、鎌倉幕府においてとの謂いに他なるまい。これによって執権泰時（と時房もか）が理髪と加冠役を勤めることに決したようで、結果、実氏と為家の下向はなくなり、定家は安堵したことであろう。

その後人事の調整は、種々の駆け引きを伴いながら進行していたようで、十一月二十九日の条には、次の記事がある。

廿九日。［晦、丙戌］。朝天陰リ、雪霏霏タリ。申ノ後甚雨。懺法ノ次デニ供養ス。証寂房今日遠忌、例ノ事嵯峨ニ送ルト云々。未ノ一点許リニ右武衛入坐、聴聞ノ簾中ニ於テ相謁シ、除目ノ時ノ沙汰等委シク之ヲ聞ク。狂女ノ禅尼等同意シテ偏ヘニ推シ、而ルニ辞退ノ由ヲ称スルカ。博陸、奇異ノ計略ヲ信用セラレンカ。隆親衛府ノ具ヲ調備スト云々。末代ノ人心向後恐レ有リ。此ノ事ニ於テハ、女院ヨリ具サニ申シ披カルト云々。（下略）

右武衛光俊と直接面談して、先日の消息の内容を聞き質したのである。「狂女の禅尼」は後述する「宣旨の局」のことと思われ、彼女が光俊に、子息の少将昇任を引き替えに右兵衛督辞退を迫り、関白もこの「奇異の計略」を信用され、すんでのことでそうなる所を、女院から申し開きしてもらって事なきを得たが、隆親はすでに兵衛督任官の準備をしていたとのことで、恐るべきことだという。

さて、十二月十日までの間に、今度の除目は十二月二十日と決定したようで、(注33)いよいよ直前の準備と運動に入る。嘉禄元年十二月。

十六日。（中略）夜ニ入リテ中将来ル。（中略）相国、一日参内シ給ヒ、面シテ鶴望ノ事ヲ奏達シ給フト云々。

十九日。（中略）午ノ時許リニ中将来ル。相門ヨリ委細ノ状ヲ、重ネテ盛兼卿ノ許ニ遣ハサルト云々。推挙ノ詞、其ノ恨ミ無シト雖モ、其ノ上ノ思ヒ無ク、計略ノ限リニ非ザルカ。（下略）

十六日の記事によれば、公経は、先日も参内し、直接天皇に面謁して、鶴望する為家の任官を奏達したとのこと。また、十九日の記事によれば、公経から盛兼の許に、重ねて委細を記した推挙状が遣わされたという。しかし定家は、その推挙の詞に何の恨みもないが、今一つ決定打がなく、不満を隠しきれない口吻である。

除目が予定された当日二十日になってみると、関白家実が風邪に罹り、ために除目は二十二日に延期された。そして二十一日の条には、二十一日。（中略）中将ノ事、今度宣シキノ由人之ヲ称スト云々。家ヲ怨ミテノ嘲弄カ。（中略）夜深ク中将来ル。盛兼卿、内裏ニ於テ逢フベキ由相示ス。仍テ参会スルニ、聞キ出スコト無シト雖モ、明日里亭ニ於テ中文ヲ覧ント欲ス、其ノ後御参内ノ後、此事太政大臣殿定メラルルカ、只今披露有ルベカラズ、蔵人頭二人昇進スルノ儀出来スルカノ由ヲ、相示ス。（中略）又少将内侍云フ、宣旨殿秘計ヲ廻ラセラルルカ、家行卿、職ヲ去ルト云々。此ノ事ヲ聞キ、寒夜ニ目会ハズ、暁鐘ニ及ブ。

とある。定家は、今度は任官するに違いないとの世評に対し、「家を怨みての嘲弄か」とまで懐疑的に記し、実現を信じようとしていないのは、やはり頭一人を関白家の後押しがある範輔と為家が競いあっていると考えているからであろう。しかし、為家によると、この日盛兼が内裏で逢いたいというので、参会すると、蔵人頭二人同時昇進という事態になるかもしれないと告げられたという。また、少将内侍の言によれば、宣旨殿が秘計を廻らせ、権中納言家行が辞職することになったからだという。いよいよ実現の可能性が濃厚と悟った定家は、気持ちが高ぶって寒夜に目が会わず、朝まで寝付かれない。そして、いよいよ除目当日。

二十二日。（中略）申ノ時ニ到ルモ、世事未ダ聞カズ、心中鬱々タリ。秉燭以後、重ネテ相尋ヌレバ、冷泉女房ノ返事ニ云フ、只今喜悦ノ聞エ有リ、披露ヲ憚ルト雖モ、且ツハ抃悦スト云々。未ダ信受セズト雖モ、感涙先ヅ灑ク。亥ノ時、中将ノ書状アリ、盛兼卿ノ消息ニ、事已ニ一定ト云々。除目ノ大略。（中略）蔵人頭、為家・範輔［右大弁ニ任ズ］。披キ見テ歓喜ノ涙ヲ拭ヘリ。六箇年以来久シク心肝ヲ焦ガスト雖モ、今此ノ恩ニ浴スルノ日、壮年猶早速ク、多クノ先賢ヲ超エ、二十八蔵人頭、将相ノ家猶以テ幸運ノ輩ナリ。況ンヤ、時儀偏ニ厚縁ヲ先ト為ス。凡骨其ノ身ヲ容レ難シ。相門丁寧ノ吹挙ニ非ザレバ、争デカ此ノ望ミヲ遂ゲン。深恩実ニ筆端ノ及ブ所ニ非ズ。即時ニ又、相門ヨリ芳札ニ預カル。盛兼卿ノ消息已ニ到来スルノ由ナリ。面目旁々身ニ余ル。亥ノ終リ許リニ東ニ火有リ。（中略）火ノ間、又相門ノ恩問有リ。火滅スルノ間、中将馳セ来ル［今夜ニ於テハ出行有ルベカラザルノ由ヲ示スト雖モ、其ノ使ト路ニ逢フト云々」。今夜密々参内スルニ、宣旨局殊ニ秘計ヲ廻ラスノ由、丁寧ノ詞有リト云々。日来ト云ヒ、今夜ト云ヒ、天気快然甚ダ忝ナシト云々。

秉燭以後、冷泉の為家宅に何度も使いをやって尋ねる。為家妻の返事に、たった今夫から喜びの知らせがあり、まだ発表前だから披露を憚るけれども、ともかく悦しいとのことでした、という。まだ信じられないけれど、感涙がまず溢れる。亥の時になって為家の書状が届き、盛兼の消息があり事は決まったという。除目の大略を記した消息を抜き見て、定家は歓喜の涙を拭う。六箇年来久しく心肝を焦がしてきたけれども、今この恩に浴し、壮年いち早く多くの先賢を超え、二十八歳にして蔵人頭に任官しえたことは、将相の家に生まれてなお幸運なやつだ。況んや、いまの世は偏に縁厚き者を優先するので、凡骨の如きは身を容れがたい時勢だ。もし相門公経の推挙がなければ、どうしてこの望みを遂げることができよう。この深恩はとても筆端に尽くせるものではない。すぐにその相門から報せと祝賀の芳札を頂戴する。盛兼からの消息が到来したということで、面目身に余る思いである。亥の終わりころ東方に火事があったが、相門から火事は大丈夫かとの恩問がある。火事が終わったころ為家がやって来て、今夜密々参内したところ、今回の蔵人頭就任に関しては、宣旨局が特に秘計を廻らした結果だと、懇切な詞を頂戴したという。

「六箇年以来久しく心肝を焦がすと雖も」といっているのは、承久元年（一二一九）正月五日、中宮御給により正四位下（左中将）に昇叙して以来ということであるに相違なく、正確に言えば足かけ七年になる。

「宣旨局」は、嘉禄二年三月四日の女官除目で、従三位に叙された藤原成子。『明月記』五日の記事に、

五日。（中略）昨日又女官除目有リ。経通卿之ヲ行フ［大弁之ヲ書ク］。従三位藤原成子［是尼ナリ。宣旨局之ニ叙スルナリ。尼ノ名字ノ事、関東二品・北白河院ノ後、其ノ例此ノ如ク、今ニ於テハ憚ラザルカ］（下略）。

とあり、また、安貞元年正月十七日の女叙位のことに関し、二十一日の条に、

二十一日。（中略）女叙位［其ノ日ヲ知ラズ］、御乳母三位［実宣卿妻］二位ニ叙スト云々。異変重畳ノ世、国忠ヲ存ズル者極位ヲ慎ムベシ。寛平ノ阿智、古ト今ト事異ナルカ［後ニ聞ク、母ノ禅尼成子二位ニ叙スト云々。娘ニ非ズ］。（下略）

と見える。

日下力氏の広範にして詳密正確な考証(注34)によれば、藤原成子は、定家の異母姉八条院坊門局と大納言成親の間の娘で、持明院基宗の室となり、一女宗子を儲け、宗子は実宣室となり、母子ともに後堀河帝の乳母となった。定家とは叔父と姪、為家とは従姉弟という関係にあったことになる。尼であった宣旨局が、数箇月後、俗名を以て従三位、従二位という位を与えられ遇されたのである。『明月記』建暦元年十二月十六日の記事の中で、春華門院の仏事を行っている「宣旨局」は、『たまきはる』の女房名寄せに、

宣旨殿［上西門院より渡りて。もとは高倉殿とかや。公隆の宰相の女］

と見える女性で、それは『尊卑分脈』系図公季孫公隆の子女中「女子建春門院宣旨」とある女性と同一人物だとみてよいが、嘉禄以後のこの「宣旨局」藤原成子とは別人である。

ともあれ、十一月二十九日の記事中、右兵衛督藤原光俊が語った「狂女の禅尼」というのは、この宣旨局であるに相違なく、時の帝の乳母という立場を十分すぎるほど前面に押し出して、常識人から見れば狂人と見えるほどの言動で、殿上の高官たちを辟易させるような存在だったのである。また、『公卿補任』によれば、正三位藤原（持明院）家行（五一歳）は、七月六日の除目で権中納言に任じ、左衛門督と検非違使別当は元のまま兼ねていたが、十一月十九日、腫物の病によって督と別当職を辞し、二男基長を右少将に任じていたのであったが、十二月二十二日今回の除目で、嫡男家定を左中将に任ずるために権中納言を辞退した。宣旨局の「秘計」というのは、先の右兵衛督に対して迫った「奇異の計略」と同じで、家行とその子息家定との交代劇を画策したということであったにちが

いない。日下氏の考証によれば、家行は持明院基宗の前妻の子、すなわち成子の継子であった。結果的に為家は、宣旨局から大きな恩顧を蒙った。にも拘らず、定家はこの女性への謝意は全く書き留めていない。一方で光俊から「狂女」との評価を耳にしたり、世評もそうだったからであろうか。貶したり批判したりしていないのが、せめてもの感謝の意志表示だと言わんばかりの冷めた筆致である。

6

明けて翌二十三日は、早朝から、雪が積もりなお散らつく中を相門西園寺公経の北山第に参向し、今回賜った深恩を謝した。

二十三日。暁、雪地ニ積ムコト二寸許リ。朝ノ間猶散漫ス。早旦、相門ニ参向シ、深恩ヲ謝シ申ス。今明(朝イ)云ハク、此ノ程詞ヲ出シ猶恩許ナクハ、只一旦ノ事ニ非ズ、出仕スベカラザル由、日来存ズル所ナリ。本性所存有リテ、細々此ノ如キ事ヲ申サズ。申シ出ヅルノ由外聞ニ及ブ事、又黙止スベカラズ。今成就スルノ条、又尤モ具サニ申スベシ。仍チ、今日雪ヲ凌ギテ候シ参内スベシ。且ツ是レ堤防ト存ズルナリト。弥々面目ヲ増シテ退出シ、室町殿ニ参ズ。(中略)午ノ終リ許リニ、少舎人・舎人衣冠シ、貫主ニ補シ給フノ由、来タリテ告グ。当時、人無キニ依リ、馬允伊員〔滝口ノ一臈ヲ経ル〕ヲ以テ相逢ヒ、事ノ由ヲ申シテ帰シ出ス。禄ヲ賜フ〔絹一疋〕、仕人ノ料ノ白布各三段、二人ノ料六段ナリ。藤文章博士来臨シ、即チ之ヲ謝ス。(中略)殿下ヨリ、急ギ拝賀ヲ遂ゲ、歳末ノ公事等沙汰シ申スベキノ由仰セラルト云々。(中略)夜ニ入リテ、初メテ聞書ヲ見ル。(下略)

公経は、今回自分が推挙して恩許を得られなかったら、永く出仕を止める覚悟であった、とまで思い詰めての不退転の行動であったと聞かせられ、定家は、いよいよ面目を増して退出、その足で九条道家のもとに赴いている。昼過ぎに、内裏から使者として、少舎人と舎人が衣冠姿で現れ、蔵人頭に任官したことを告げたので、禄を与える。関白家実からは、急いで拝賀をすませ、早速に歳末の公事を沙汰せよとの命がある。この夜、聴禁色の宣旨

（定高宣下）が到来したという。

二十四日になると、あちこちから賀札が来る。そして、日次を勘申した上で、この日の夜、為家の拝賀は行われた。二十五日、蔵人頭為家の初仕事は、夕方まず内侍所の御神楽の奉行で、続いて荷前使発遣に関わる事の準備にかかる。二十六日には、為家の夕郎就任の祝賀のため、覚寛法眼、任尊法眼、証寂房が相次いで定家を訪れ、二十八日、為家は初めて陪膳を勤め、荷前の使の発遣を奉行する。二十九日、冷泉の為家邸に行ってみると、元日小朝拝の奉行を命ぜられ、公卿召集の御教書数十通を書いている。貴種の連中は表書きを咎めだてしたりするからと、定家は細々と注意を与え満悦の体である。

年が改まって嘉禄二年正月一日、前日十二月三十日から日吉社に参籠していた定家は、午前中に帰宅する。

一日。（中略）法勝寺ノ南門ニ於テ車ニ乗リ、家ニ帰ル。未ノ一点ニ頭中将光臨。新年ノ面目身ニ余ル。闕腋、巡方〔魚袋〕、羅ノ半臂、縮線綾ノ袴、螺鈿ノ剣〔右大将ノ葺手〕、紫淡ノ平緒。随身四人、紅梅ノ袴〔色頗ル濃カナリ。近年ヨリ〕。滝口二人〔一臈式ノ材、末座ト云々〕。牛童、花田〔黄衣〕。（中略）是ヨリ左大将殿並ニ太政大臣殿ニ参ジ、関白殿ニ参ゼント欲スト云々。六十五年ノ寿考、光華眼ヲ養フ。愚父ノ陰徳カ、子息ノ至考ナリ。見ル毎ニ欣感ス。是レ只外家ノ余慶ナリ。（下略）

凛々しい装束を着し、随身四人、滝口二人と牛童を引き連れた、光華眼を養ふ晴れ姿での為家の来訪を、六十五歳になった定家は「光臨」と記して大げさであるが、面目身に余る喜びと感激が溢れる行文で、「愚父の陰徳か、子息の至考なり」といい、「是れ只外家の余慶なり」と断じて言い収める。「外家の余慶」とは、直接には妻の異母弟西園寺公経の果たしてくれた、関東との関わりを背景とした強力な推挙のお陰を意味しているが、同時にまた、その定家の妻と同母弟中納言藤原国通の妻、並びに為家室の母宇都宮頼綱妾の二人の生母で、なお鎌倉にその晩年を送っていたと見られる北条時政妾牧の方の隠然たる力、幕府への働きかけの果たした役割の大きさをも、定家は

十分に意識していたであろう。(注35)

なおも慶事は重畳する。一月六日、昨年末から申請していた、為家の嫡男為氏の氏爵による叙爵が実現した。

> 六日。(中略)頭中将書状。氏爵、為氏叙セラレ了ンヌ。(中略)五歳ノ叙爵、中将ノ例ナリ。慶賀ノ後、此ノ事ヲ思ヒ出シ、宰相中将ニ示シ付クベキノ由、歳末ニ思ヒ寄ルノ処、事煩ヒナク早速ニ成就、幸運ノ前表ナリ。欣感スルコト極マリ無シ。(中略)鬼ノ間ニ於テ見参ニ入ルノ次デ、頭中将ノ嫡子、氏爵面目ノ由、面シテ仰セラルト云々。感悦極マリ無シ。(下略)

鬼の間において為家が、天皇直々の恩言を賜ったと聞き、定家の感激と悦びは極点に達する。宮中における蔵人頭としての為家の勤務ぶりも極めて好評で、秘計を廻らせて為家の頭実現に尽力してくれた宣旨局から、参内した定家は直接そのことを聞く。

> 十二日。(中略)一昨日参内。頭中将、当時其ノ誉レ有ル由、宣旨局之ヲ語ル。代々ノ蔵人頭ノ家記・口伝、委ネ授クルノ由、示シ含メ了ンヌトイヘリ。極メテ以テ面目トナス。

為家は従姉弟でうるさがたのこの老女の贔屓を得ていたようで、「代々の蔵人頭の家記・口伝を、全部委ね授けてさしあげましたよ」と言ってくれたという。そうまで言われると定家もそのままにはできず、二月五日、二条の実宣邸を訪れた(後引)後、御礼言上のため実宣邸の西隣にあった宣旨局邸に立ち寄っている。

> 五日。(中略)又、西ノ宣旨ノ家ニ向カフ。参内シ訖ンヌト云々。中納言ト云フ禅尼[実保卿ノ二ノ娘、敦通朝臣ノ旧室]相謁ス。蔵人ノ頭ノ朝恩、自愛ノ至リ、又老耄ノ懈怠ニ依リ、存外ノ疎遠ノ恐レ等之ヲ陳ズ。亥ノ時許リ廬ニ帰ル。(下略)

留守をねらって行ったかのようでもあるが、今回の蔵人頭任官の朝恩は自愛の至りですが、老耄の懈怠で御礼言上が遅れてしまいましたと、陳弁している。ともあれ、為家は順風満帆といった趣である。

7

七月六日に蔵人頭に任じ、半年後の今回の除目で参議昇進を果たした藤原公賢は、年が改まった嘉禄二年（一二二六）正月、二十四歳の若さで突然出家する。自ら本鳥を剪って厨子の内に置いて出奔するというショッキングな事件は、宮廷内外の耳目を峙たせた。

二十九日。（中略）勝事出来ス。参議正四位下行右近衛権中将兼中宮権亮公賢朝臣、自ラ本鳥ヲ剪リテ厨子ノ内ニ置キ、行方ヲ知ラズ逃ゲ去ル。亜相ノ悲泣スルコト、已ニ一定ト云々。是レ、月来過分ノ官位ニ挙スト雖モ、内ニ恩顧ノ志無ク、其ノ心偏ニ権門富有ノ婚姻ヲ好ミ、無縁ノ妻妾ヲ禁制スルノ余リ、子息ノ心ヲ懲ラサンガタメ、出仕ノ計以下全ク其ノ扶持無ク、身上ノ衣装以下棄テ置ク。言フニ足ラズ。此ノ如キ事ノ心労ノ故ニ月来此ノ心ヲ発スト云々。禁裏近臣ノ中、適々心操落居スト云々。悲シムベキ事ナリ。年廿四。厳父賢慮ノ余リ、還リテ一子ヲ失フカ。去々年任大臣ノ時、執柄ノ人ノ家嫡、近衛ノ大将ヲ経テ昇進スルニ、超越ノ由ヲ訴ヘテ、懇切ニ競望、国忠ヲ存ゼズシテ、剰ヘ十大納言ニ加ハル。讒カニ七箇月ヲ経テ、万人ノ望ミヲ塞ギ、辞シテ剰ヘ新任ノ官ヲ闕キ、少年ノ夕郎ヲ挙ス。一門他門貴賎ヲ論ゼズ、八人ノ上臈ヲ超越シテ最末ヨリ之ニ補ス。此ノ間自由ノ昇進、偏ニ以テ意ニ任ス。是レ既ニ冥鑒ニ背クカ。彼ノ任官ト此ノ珍事、只夢ノ如シ。心中又之ヲ察スルニ、悲シミテ余リ有リ。父ニ憐愍ノ思ヒ無ク、子ハ忠孝ノ道ヲ忘ル。次男又去ンヌル冬ニ終命、直ナル事ニ匪ザルカ。

既に日下論文にも五味論文にも取り上げられているが、ここ数箇月来、長男の公賢を過分の官職に推挙し実現してきたけれども、実宣は元来、内に恩顧の志もなく、偏に権門富有との婚姻を好み勧め、権門とは縁のない妻妾との婚姻を禁止し認めなかったので、勧めに随おうとしない子息の心を懲らすために、出仕その他のために必要な経済的支援を停止してしまった。その精神的・経済的な苦痛と心労から、公賢は月来出家を決意したのだという。禁裏の近臣たちの中では心操の落ちついた好青年であったというのに、悲しいことに、厳父の賢慮が過ぎて、還って長男を失う結果になってしまった。実宣は、この年五十歳。

「去々年任大臣の時、執柄の人の家嫡、近衛の大将を経て昇進、超越の由を訴へて、懇切に競望」とは、関白家実の嫡男家通（二五歳）が、建保六年十二月二日、内大臣（正二位）に昇進して、権中納言（正二位）の実宣を超え、翌建保七年閏二月二十五日、左大将を兼ね、三月四日右大臣に転じた。実宣は執柄家の御曹司を向こうに回し、超越されたと関白家実に訴えて競望し、同じ三月四日中納言に昇進した、その間のことをいう。「国忠を存ぜずして、剰へ十大納言に加は」り権大納言に任じたのは、五年後の元仁元年十二月二十五日である。「讒かに七箇月を経て、万人の望みを塞ぎ、辞して剰へ新任の官を闕き、少年の夕郎を挙す。一門他門貴賤を論ぜず、八人の上臈を超越して最末より之に補」したのは、嘉禄元年七月六日。その間の意に任せた自由の昇進が冥鑒に背いたか。彼の任官と息男の珍事を思うと夢のようで、実宣と公賢の心中を察すると、どんなに悲しんでも足りない。父に憐愍の思いがなく、子は忠孝の道を忘れていたからで、次男もまた先年冬に終命しているのはただ事ではない、と定家は実宣を批判しつつも、一方では同情憐憫の情を隠せない。

数日後、定家は二条にあったその実宣邸を、弔問に訪れる。

五日。（中略）昏ニ、前中納言亭［二条］ニ向ヒ、新宰相中将ノ事ヲ弔フ。出デ逢ハル。悲嘆ノ気色道理ト謂フベシ。来ル八日ニ拝賀ノ事ヲセシムベク、偏ニ以テ経営シ、其ノ間ノ事々等ヲ示シ含ム［二十六日ノ事ナリ］。二十八日ハ母ノ正日、小仏事ヲ修ス。早旦ニ其ノ事ヲ終へ、昼ニハ他行ノ事有リテ、即チ帰ルニ、其ノ夜半許リ所従一人ト行方知レズ逐電シ、今日ニ至リテモ其ノ在所ヲ知ラズ。不孝ノ至リ左右ニ及バズ、氏神ノ棄テ置キ給フ所、嘆息ノ限リニ非ズ。但シ、又子息無シ、心中只察スベシト云々。（下略）

実宣は言う。二十六日の日、来る八日の拝賀について万端を準備し示し含めたあと、二十八日は母の一周忌にあたるので、その仏事を早朝に済ませ、二十九日は他行して帰ったその夜半に、所従一人を連れて逐電し今に所在が分からない。「不孝の至り」「氏神の棄て置き給ふ所」で、しかもほかに男子はもういない、「心中只察すべし」と肩を落として嘆息する姿に、定家は十分同情し、しんみりと話し込んでいる。「又子息無し」というのは、家の女房所生の男子二人を失ったということで、『尊卑分脈』系図によれば、これ以後嫡男となる宗子所生の公光ほか、公陰、公基と僧籍に入った公源がいるが、そう言わせるほどに、この時点での喪失感が大きかったということに他ならない。なお公賢妻妾たち（定家妹愛寿御前の娘民部卿と本妻光親卿女）の出家については『明月記』二月六日条に、公賢のその後の所在情報は、二月十二日・二十日・二十一日条に見える。

8

さて実宣批判はまた、六月三日条において、左宰相中将盛兼を婿として迎えたことをめぐっても、展開される。

> 六月三日。（中略）雑人ノ説ニ云フ。来ル八日、前大納言実宣卿婿ヲ執ル［左宰相中将盛兼卿］ト云々。権勢ノ権勢ニ與スル、尤モ其ノ理有リ。但シ、養ヒ奉リ入内ヲ経営セシ人、同ジ月ノ嫁娶リ、頗ル先蹤無キカ。此ノ大納言、在世ノ間経ル所甚ダ多シ。但シ、少年ノ時、最初ハ基宗ノ婿トナリ［彼ハ執狂ノ女ナリ］、之ヲ棄テテ、外祖ノ後妻ノ婿トナル［維盛卿ノ女。今尼ト為リ、姨ノ宣旨［三位］ノ家中ニ在リト云々］。其ノ後、壮年［正四位下、中将］ニシテ、関東［時政朝臣］ノ婿［国通卿妻ノ弟ナリ］トナル。家地ヲ以テ卿二品ニ与ヘ、上臈四人ヲ越エテ、蔵人頭ニ補シ、参議ニ任ジ、大理ノ職ヲ歴テ、納言ニ昇リ、分憂［豊後］ニ預カル。又、阿波三郎［平時重］ヲ迎ヘテ婿ト称ス［忠綱相副ヒ、馬ヲ引キテ向ヒ、剣ヲ与フ］。其ノ事頗ル忽緒ニ似タルニ依リ、叡慮ニ背キテ改メ定メラル。其ノ妻ヲ喪フノ後、又二品養フ所ノ小女［有雅卿女］ヲ迎ヘテ、若妻トス。更ニ左衛門督ヲ兼ヌルノ間、承久ノ乱世ニ遇ヒ、周章シテ即時ニ若妻ヲ逐ヒ、即チ新主御乳母ト為テ其ノ威ヲ施ス。而モ、亜相ノ剰ニ加ハリ、両国ノ温潤ニ預カル［官ヲ罷メテ挙スル所ノ嫡男ハ、賢慮ノ訓ヘニ堪ヘズ出家ス］。今又此ノ婚姻ヲナスハ、実ニ

是レ天下第一ノ賢慮カ。貴ブベシ。予、末代ニ遇ヒテ、此ノ両人〔国通・実宣〕ヲ見ルニ依リ、遂ニ之ト斉シクスル婿ヲ辞セズ。始終ノ吉キ憲、至愚ノ父ニ似タル哉。自愛シテ悔イズ。（下略）

盛兼は、前年嘉禄元年十月末にも、非参議従三位治部卿を最後に承元三年に出家入道していた、平業兼の婿となっていた。『明月記』十月二十八日の条に、

廿八日。天晴ル。（中略）盛兼朝臣近日業兼卿ノ婿トナル。宣陽門院和合ノ計ト云々。（下略）

とあり、盛兼はこれ以後、嘉禄二年四月十六日、父後白河法皇から厖大な長講堂領を相続していた宣陽門院（覲子内親王）の院司となり、安貞元年八月十日には、長講堂の傍らに同門院の六条新御所を造進、この御所は同じ日、中宮長子の御所とされている。(注36)

「権勢の権勢に與する、尤も其の理有り」とは、後堀河天皇宮廷政界において、権勢を伸張してきた者同士が結びつくのは十分道理があるとの謂いで、しかし、家司として主家近衛家実の女長子を養育し、その入内を経営してきた盛兼が、入内が実現した同じ月に自分の嫁取りをするのは、先蹤がなく如何なものかと、定家は疑義を差し挟んでいる。

そして実宣の婿としての閲歴を列記してゆくのであるが、結婚と言うことであれば、先の公賢とその弟を産んだ「家女房」がおり、これが最初の妻であったと見てよい。

さて婿として、まず最初は従三位侍従藤原（持明院）基宗の婿となった。権勢を頼んでのことであったが、彼女は「執狂女」（偏執狂的なところの多い女の意か）であったという。「是を棄てて」とあるから離縁したに違いないが、この基宗女は年齢的に考えて公光の母宗子とは別人かと、日下氏は考証している。(注37)

二番目は、母の父権大納言経房の後妻（維盛卿女）の婿になった（割注の「維盛卿女」は「維盛卿室」の誤りであろう）。経房は、大納言成親女で最初維盛の室となっていた女性を後室としており、『尊卑分脈』系図で二女に位置づける

その女と旧夫維盛との間に生まれた維盛卿女を、実宣は娶ったのだと思われる。今では尼となり、母の姉妹（姨）に当たる宣旨局（三位）と同じ家中にあると定家は注している。『尊卑分脈』系図の成親三女は確かに成子で、定家の言に符合する。

その後、正四位下中将の時（建仁三年正月十三日以降、承元元年二月十六日の間）に、執権北条時政の女の一人（国通室、また為家室の母と姉妹）を妻とし、鎌倉幕府との関係を緊密にする。そして、承元元年二月十六日の除目において、錦小路川原辺にあった家地を卿二品兼子に寄進して、源有雅に決まっていた蔵人頭人事を当日になって覆し、上臈四人を越えて蔵人頭に任官する。[注38] 家地の寄進は兄弟（「範光」と傍記するが不審）との先約を変じたもので、そのためか範光は翌三月十五日に出家を遂げている。[注39] さらに、承元元年十月二十九日に参議に昇進、承元二年十二月九日従三位、承元四年七月二十一日正三位と累進して、建暦元年九月八日、右兵衛督、検非違使別当（大理）となり、同年十月十二日、権中納言に昇任と、異例のスピードで昇りつめ、その間承元二年正月二十日以来但馬権守（分憂）を兼任する。「豊後」権守兼任の事実は確認できないが、すぐ後に「亜相の剰に加はり両国の温潤に預かる」とあるから、もう一国が豊後だったと見てよい。さらに阿波三郎（平時重）を迎えて婿と称したというが、変改させられる。「其の妻を喪ふ」とは、前後の関係から時政女であるに相違なく、比較的早くにその妻を亡くした後、卿二品が養っていた小女（有雅卿女）を迎えて若妻とし、更に承久二年四月六日左衛門督を兼ねて累進する間に、承久の乱が勃発、動乱に関わった宇多源氏有雅（蔵人頭任官で先を越された当人。前引源信定の父とは同名異人）が三年七月二十九日に甲斐国で誅されると、[注40] 累が及ぶことを恐れ慌ててすぐその娘である若妻を追放し、新帝後堀河の御乳母として威を施したという。新帝の乳母は、先に見たとおり成子と宗子の母子。宗子は実宣の妻だから、「乳母」は「乳父」と同義であろう。

そのような閲歴をもつ実宣が、今また盛兼と婚姻するのは、天下第一の賢慮で、貴ぶべきことだ、と定家はいささか呆れながらもその飽くなき権勢への志向を容認するのである。そして、「予、末代に遇ひて、此の両人〔国通・実宣〕を見るに依り、遂に之と斉しくする婚を辞せず。始終の吉き憲、至愚の父に似たる哉。自愛して悔いず」と文章を締めくくる。末代にあって、時政女との婚姻によって鎌倉幕府の権力を後ろ盾とすることを敢えて求めて成功した、国通と実宣の二人の生き方を見たために、私も彼らと同じ婚姻を辞さなかった、その姉妹の一人が生んだ娘を為家に配することによって、西園寺家との関係の上にさらに強固に関東と結ぶことにしたのだ、という。

なお実宣は、翌嘉禄三年十月四日、伊勢勅使の労に依って権大納言に還任するが、その次の年安貞二年十一月九日、病を得て辞し、その二十二日に五十二歳をもって薨去する。妻の従三位宗子は、夫の没後、大炊御門内大臣藤原家嗣に再嫁し、貞永元年以後は四条天皇の乳母となった。

藤原国通は、泰通の息男で、中務少輔教良女を母とする定家室の同母弟。[注41] 牧の方と北条時政との間の嫡女を、最初の夫朝政が元久二年（一二〇五）閏七月二十六日に討伐された後、何時と特定はできないが妻室として迎え、牧の尼の婿となって関東との強力なパイプを通じる。前記したとおり嘉禄元年七月権中納言への昇進に際しては関東の挙状を以て実現したし、翌嘉禄二年十月の頃には、暫く関東に下向していた事実もある（明月記十月十三日条）。嘉禄三年（一二二七）正月二十三日、時政十三年忌法要を有栖河邸内に上洛中の牧の尼が施主となって建立した一堂に営み、[注42] 寛喜元年（一二二九）六月十一日には、為家妻の費用負担で、牧の尼の死没に関わると思われる四十九日の仏事をやはり有栖河邸において催してもいる。[注43] ずっと後年のことに属するが、寛元二年（一二四四）四月十日には、故北条泰時の息女富士姫を猶子として迎え取り、[注44] 同年七月二十八日には政子追善の法華八講を同じ有栖河邸に催してもいる（施主は室家）[注45]など、関東との関係は深く、『吾妻鏡』には親しみを込めて「有栖河黄門」と呼称されている。和歌の事績も、「建仁三年六月影供歌合」（三首）、「建仁三年七月八幡若宮撰歌合」（一首）（夫木和歌抄に入る）、「建保二年九月月卿雲客妬歌合」（三首）のほか、『万代和歌集』に二首、『新勅撰和歌集』に一首採られているなど、一廉の歌人でもあった。寛喜三年（一二三一）正月三十日、五十七歳の時中納言従二位を辞し、八月二十六日に出家、正元元年（一二五九）四月、八十四歳で没した。

「始終の吉き憲、至愚の父に似たる哉」とは、二人は良いにつけ悪いにつけ、何時どんな時でもいいお手本で、それは至って愚かな父である私に似ている、三人とも同種のいいお手本だというのであろうか。やや不審を残す。

天福元年（一二三三）十二月二十七日の条に次の記事がある。

二十七日。（中略）家長朝臣来臨シ、剃除以後始メテ面謁、自然ト昏ニ及ブ。遠所、出家ノ由ヲ聞キ、頗ル驚キ仰セラレ、其ノ志有リト雖モ忽チ之ヲ許サルル条如何ノ由、密々ノ仰セ有リト云々。極メテ以テ存外ノ事カ。親季、成茂ノ娘ヲ去月離別シ了ンヌ。関東ノ女多ク入洛シ、之ヲ聞キテ、月卿雲客多ク妻ト離別スト云々。隆盛少将、八幡ノ妻ノ髪ヲ切ル。凡ソ近日壮年ノ人々ノ所存皆同ジト云々。（下略）

関東の女性が多く入洛して、それを聞いて月卿雲客の多くが旧妻を離別し、関東の女に走るという風潮は、為家の結婚から十三年後のことであった。定家はいち早くそのような時代を先取りして、関東有力縁者との婚姻に踏み切ったのであった。「自愛して悔いず」には、それが功を奏して為家の蔵人頭を実現しえた結果を前提にした、開き直りを超えて強固な姿勢が溢れていると読める。定家の政治的・政略的認識は、冷厳で現実的であった。

九　参議任官

嘉禄元年（一二二五）二十八歳の十二月二十二日に実現した為家の蔵人頭任官から約四箇月後、為家はまた参議に昇進して、公卿の仲間入りを果たす幸運に恵まれる。

二年四月一日、祭の除目が十日ごろ行われるとの風聞があって、翌二日定家邸を訪れた為家が、正月二十八日公賢出家により一人欠員となった参議の、補充の問題と自らの進退について、詳細に語っている。

二日。坎日。朝雨止ミ、天猶陰リ、申ノ時又雨。（中略）夜ニ入リテ頭中将来リ談ズ。（中略）参議、正月ヨリ其ノ闕有リト雖モ、範輔朝臣所望ノ由其ノ聞エ有リ。強望ノ思ヒ無キニ依リ、今ニ此ノ事ヲ申サズ。而ルニ、六月御入内ノ事奉行スベシ、又宮司ニ任ズベキ由ト云々。然ラバ任ズベカラザルカ。但シ、彼ノ朝臣任ジラレザルノ間、此ノ闕置カルベクハ、又懇望スベキニ非ズ。範輔ノ不任ニ依リ、三位ヲ以テ加ヘ任ゼラルル者、頭ニ補スルノ後、正月ニ経高卿任ニ加ハル。又重ネテ三位ニ任ゼラルレバ、職ノ為向後ノ恥タルベキ哉。仍リテ任ジラルルニ於テハ尤モ其ノ仁ニ当タルノ由之ヲ存ズ。十二月廿二日ニ補サレ、廿四日事ニ随ヒ、廿五日ノ内侍所御神楽、廿八日ノ荷前、元日ノ節会、小朝拝、踏歌、春日祭、季御読経、臨時祭、率爾ノ直物ノ奉行、殊ナル違失無ク、前途ノ分限ヲ失スルニ非ザルカ。又、公務ニ堪フルニ依リ暫ク之ニ置カル、器量専ラ候フベカラズ。彼ト云ヒ此ト云ヒ道理ニ背カザルカノ由、具サニ宰相中将ニ示シ付ク。抑モ兼帯ノ事、勿論身ノ涯分ニ非ズ、但シ土御門院ノ御宇ヨリ以来、放埒ニ三位ニ叙サルノ外、頭ノ中将参議ニ任ジ、中将ヲ兼ネザル人一人モ無シ。頭ニ補サルル時ハ、相国ノ申請ニ依リ優セラレ訖ンヌ。有雅・信能ノ兼帯ハ其ノ故無キ事カ。是又只御計ラヒニ随フベキ由、之ヲ申ス。直物ノ日、頗ル聞シ食ス御気色有リ、当時ノ許否ヲ知ラズト云々。壮年夕郎ノ職、自愛更ニ余念有ルベカラズ。但シ、職事ノ身ハ事ニ於テ其ノ危有リ。若シ恩許有ラバ、八座ハ極メテ安堵、上計ト謂フベキカ。（中略）頼隆朝臣、又夕郎ノ望ミ、境ニ逢ヒテ懇切ト云々。

為家のいうところは以下のとおりである。為家と同時に蔵人頭に任官した年長の範輔が、所望しているとの風聞がある。しかし、さして強い望みでもないので、まだこのことを申し出ないでいる。ところが、六月の御入内（十九日に実現する従三位藤原長子の入内）のことを奉行すべきこと、また中宮職の宮司に任ずる予定（七月二十九日に実現する兼中宮亮）だとのことで、然らば参議に任ずることはないであろう。但し、範輔が任じられない場合、欠員のままに暫く置かれるなら、自分が懇望すべきではない。範輔が任じられないことによって、散位非参議の三位を以て任に加えられた者が、自分が頭に補せられた後一人いて、正月（二十三日）に経高卿が参議の任に加わった。今回また重ねて散位非参議の三位を任じられるとすれば、蔵人頭の職掌にある者として、向後の恥となるにちがいない。かくて今回参議に任じられるとすれば、自分が最もそれに近い人物であると考えている。昨年十二月二十二日に蔵人頭に補され、二十四日関白の命に随い、二十五日の内侍所御神楽、二十八日の荷前の使発遣、二年正月元日の節会、小朝拝、踏歌節会（正月十六日）、春日祭（二月十一日）、季御読経（二月二十六日）、臨時祭（三月十五日、石清水）、率爾の直物（三月二十六日）の奉行などなど、殊なる違失無く、将来の蔵人頭の分限を失することはなかった。また、公務にも堪え得るので、暫く蔵人頭に置かれてきたのであって、別段際だった器量があるわけではない。彼と云い此と云い蔵人頭に在任している道理があることを、具さに宰相中将盛兼に申し出てきた。それにしても近衛中将を兼帯することは、勿論身の涯分ではないが、しかし、土御門院の御宇以来、放埒に非参議の三位を参議に叙してきたほか、頭中将が参議に任じて、近衛の中将を兼ねなかった者は一人もない。自分が蔵人頭に補された時は、相国の申請に依って優遇された。有雅・信能の兼帯は理由がないではないか。しかしこの件についても、ただお上の御計らひに随いたいと申し上げてきた。直物の日（三月二十六日）、天皇は頗るお聞き届け下さりそうな御気色であったが、今許されるか否かはわからない、と為家はいう。

有雅は、承元三年正月十三日任参議の時の「右中将如元」、信能は、承久二年正月二十二日任参議の時の「左中将如元」を引き合いに出すが、「無其故事歟」の意は不明。詳細に展開される為家の報告を聞いて、定家は、壮年にして実現した蔵人の職は、自愛して余りあり、決してほかの思いがあるはずはない。但し、蔵人頭の職掌は、ことによっては危険を伴う。もし幸いに恩許が得られるならば、参議の職（八座）は極めて安心で、上計と謂ふべきか、と回答したのであった。

そして四月十九日の除目において、為家の参議は実現し、侍従を兼ねることになった。

十九日。癸卯。天晴レ、午後急雨降ル。雲漸ク満チ、甚雨小雷ス。（中略）今日除目ト云々。稲荷祭ト云々。過グル夜半頭中将馳セ来リテ云ク、只今任人ノ折紙ヲ下サレ、参議兼侍従ニ任ズ。頭ノ弁ヲ以テ中将ヲ兼ネザル、恨ヲ遺スベカラザル由仰セラル。此ノ両職日来之ヲ懇望シ申シ入ルルノ上ハ、勿論ノ事ナリ。自愛身ニ余ル由ヲ申シ了リテ退出スト云々。運ノ早速ナル、更ニ筆端ノ及ブ所ニ非ズ。任人等大略伝ヘ聞ク。（中略）未ダ三十ニ及バズシテ八座ニ加ハル、実ニ言語道断ノ事カ。（中略）暦ヲ披キ見ルニ、廿一日［重日］障リ無シ、早速ニ拝賀ヲ遂グベキ由、詞ヲ加ヘ了ンヌ。恨ム所ハ、最勝講、五節、祇園御霊会ニ逢ハズシテノ昇進。但シ其ノ事皆事ノ煩ヒ有リ。所詮頭ヲ経テ参議ニ任ズル人ノ前途只此ノ事カ。年来人ニ借サザル所ノ有文無文ノ帯ヲ取リ出シ之ヲ持タシメ、毛車ハ明日運ビ寄セ修理セラルベキ由示シ了ンヌ。眼前ニ公卿ヲ見ル、愚眼ノ宿運、身ノ運ニ似ズ、驚奇スルニ足ル。此ノ間ニ雨止ミ、月明ラケシ。

前夜半に為家が馳けて来て、たった今任人の折紙を下され、自分は参議兼侍従に任じられ、蔵人頭右大弁範輔を以て、近衛の中将を兼ねなかったことに恨みを遺さぬよう仰せがあった。参議と侍従の両職は、日来から懇望し申し入れてきたところだから勿論であり、自愛身に余る由を申し上げて退出してきたという。定家は、「運の早速なる、更に筆端の及ぶ所に非ず」と、強運による昇進の早さに舌を巻き、「未だ三十に及ばずして八座に加わる、実に言語道断の事か」とまで言う。すぐに暦を披き見て、二十一日が障りなく良い日だから、早速に拝賀を遂げるよう為家に指示を与える。そして、蔵人頭の晴れの場となるはずの、最勝講（五月二十三日）、五節（十一月十四日）、祇園御霊会（六月十四日）に逢う以前に昇進したことだけが恨みだと、残念がる。しかし、これらの奉行は皆事の煩いがあることだし、所詮蔵人頭を経て参議に任ずる人の前途はこんなものかと諦め、年来人に借したことのない有文無文の帯を取り出して持たせ、毛車は明日運び寄せて修理するよう指示を与える。そして最後を「眼前に公卿を見る、愚眼の宿運、身の運に似ず、驚奇するに足る」と、自分に比べ格段に早く公卿となった為家の強運に驚喜するのである。定家が参議従三位に任じたのは、建保四年（一二一六）正月十三日、五十五歳の時であり、この年は、前参議従二位民部卿、六十五歳であった。

翌二十日には、知音の人々少々から賀札が送られてくる。そして二十一日の夕刻より拝賀。「事毎に略儀、只早速を以て先とな」したという。二十二日には、公猷律師が慶事のため来談、次で親厳僧正が来賀。さらに、道助法親王の賀使として覚寛法眼が来臨し、二十三日にも、少納言為綱と土佐守経成が来賀している。かくて、二十七日著陣、三十日に直衣始と、日次が選ばれてことは進んでゆく。

十　叙従三位から正二位権大納言そして出家

以下、『明月記』の記事も徐々に少なくなるので、主として『公卿補任』によって、以後の官歴を捕捉しておくこととする。

同じく嘉禄二年の十一月四日、為家は従三位に叙せられる。『明月記』同日の条に「宰相中将ノ消息到来、三位ニ叙セラレ訖ンヌト云々」とあり、『公卿補任』にも「十一月四日従三位〔臨時〕」とある。

嘉禄三年（一二二七）三十歳の正月二十六日、阿波権守を兼任する（公卿補任）。

寛喜三年（一二三一）三十四歳の正月六日、正三位に叙せられる。『明月記』七日の条に「巳ノ時許リ宰相ノ書状、（中略）叙人、正三位為家〔臨時〕、家光〔策労〕、正四位下時綱〔臨時〕、（中略）加階ノ事、去年予申シ入レ、重ネテ申シ示サル。宰相ニ付ケテ昨日加叙ヲ伺ヒ乞ヒ、御計ラヒ有ルベキ由仰セラルト云々。右武衛ノ子息ノ佐、叙列ニ参ズルノ由示サレ、尤モ然ルベキ由之ヲ答フ。一門ノ叙人二人、尤モ年始ノ光華ト謂フベシ」とある。昨年来の定家の申し入れと経営が、実を結んだ加階であったことを知る。「右武衛」は右兵衛督で、非参議従三位藤原光俊（五三歳）、「子息の佐」はその男左兵衛佐光成。光成は同じ臨時の叙位において正五位下（北白河院当年御給）に叙され、二十八日には右少将に任じられる（公卿補任）。「一門の叙人二人」とは、長家流三代俊忠の長男忠成から光能を経て光俊と続き、俊忠の四男俊成から定家そして為家と続くので、為家とその光成を指していることになる。定家の家門意識は、俊成流のみならず、忠成流をも含む、長家流御子左家の全体を包含するものであった。

同寛喜三年の四月十四日、為家は右兵衛督を兼ね、貞永元年（一二三二）正月三十日、伊予権守に任じ、同年六月二十九日には、右衛門督に転じる（公卿補任）。

嘉禎元年（一二三五）三十八歳の正月二十三日、為家は従二位に叙される。『明月記』二十四日の条に「暁更未明、使者持チ来タル任人折紙、之ヲ披キ見ル。（中略）従二位、公雅・為家［父両社行幸賞］。従三位、隆綱（下略）」とあり、『公卿補任』には、「右衛門督。伊予権守。正月二十三日従二位［父卿建保三年平野行幸行事賞譲］。十月日御禊次第司御後長官。十一月十九日検校」とある。定家に命じて、四月二十三日平野社と二十六日大原野社の両社行幸の事を行わしめた、[注46]その時の賞の譲りによる加階であった。

嘉禎二年（一二三六）三十九歳の二月三十日、為家は右衛門督を止めて権中納言に任じられ、八月十四日、勅授、帯剣を聴される（公卿補任）。

嘉禎四（暦仁元）年（一二三八）四十一歳の正月五日、叙正二位。七月二十日、中納言に転じ、侍従を兼ねる（公卿補任）。

そして、仁治二年（一二四一）四十四歳の二月一日、権大納言に昇任する。おそらくはその直後に、為家は日吉社に参詣したと思しく、『続後撰和歌集』（巻九・神祇歌・五七三）に、次の一首を自ら撰び収めている。

　大納言になりて、よろこび申しに日吉社にまゐりてよみ侍りし

おいらくのおやのみる世といのりこしわがあらましを神やうけけん　（藤原為家全歌集一八四三）

老境にある父定家が生きて見ている世において、御子左家の曩祖長家と忠家の時以来絶えていた「大納言」への

任官を実現したいと祈ってきた、その「わがあらまし」を日吉の神は請け給うたかというのであって、今回の社参はその願ほどきを目的とする参詣であり拝賀で、近衛中将為氏が扈従した美々しい参拝であった。(注47)

俊成「五社百首」の巻頭部は、俊成の子孫たちへの期待と激励をこめた歌を承けて、定家と為家がそれぞれに時間をおいて、家業継承の決意を披瀝した歌を書き付け、また大神宮禰宜氏良の夢記を書き付けた俊成の文章と歌を承ける中巻部遊紙にも、定家と為家はそれぞれに歌をもって俊成に応じているのであるが、さらにそれに続く遊紙に、為家は以下の書き付けを加えている。

代々集作者目六第三四　大納言

わかの浦にかずならぬ身のなにとしてむかしにかへる名をのこすらん　（同一八四五）

先祖両大納言長忠相続為家載之。非神慮者争可然哉。是祖父　草　注載夢記符合也。

大納言は、御子左家の祖長家（正二位権大納言）と二代忠家（正二位大納言）の帯びた官であったが、三代俊忠は従二位権中納言、四代俊成は散位正三位皇太后宮大夫を極官に出家、五代定家は正二位権中納言と、しばらく停滞していた先祖の官に復することをえた、その直後、日吉社参と相前後して書き付けられたものに他ならない。これは祖父俊成が五社にかけてきた篤い信仰に対する神慮の然らしめた結果であり、夢記の最後を「子孫長く奉公を為すべき歓慶の人の象なり」と締め括った俊成の文言にも符合していると記すのである。為家はもとより御子左家にとって、大納言任官を実現することは、長年にわたる宿願だったことを了解することができる。

為家はまた、仁治二年十月九日の定家七七日忌表白文（為家が東大寺の学僧宗性に誂えて草した文章）の後半部において、次のように述べている。(注48)

爰大施主亜相殿下、傳累葉之遺塵、忝光花於家門、難値者明時也、忝抽忠直於賢王聖主五代之朝、難興者家門也、再繼官禄於ゝゝゝゝ（長家忠家）曩祖之跡、抑是誰力哉、偏為先考聖霊之餘慶、依之報恩謝徳之御志銘肝也、（下略）

為家半生の総括として強調されるのは、御子左家累代の遺風を伝え、その家門に光花を副えたこと。その具体的ありようは、一つには、賢王聖主五代の朝（後鳥羽・土御門・順徳・後堀河・四条）に忠直を抽んでてきたこと、二つには、官禄において長家・忠家曩祖の跡を再継したことであった。曩祖以来の大納言への任官を果たし、興しがたい家門を興しえたことが、いかに大きな誉れであり誇りであったことか。思い半ばにすぎるものがある。宗性に表白文を誂えた時点ではまだ、大納言に復任できなくなることを為家は知るよしもなかった。

仁治二年のその春のうちに催された、入道太政大臣公経家西園寺十首和歌会における、「翫花」題詠の一首、

しるやいかに我が身の春ぞ山ざくらおのがさかりとはなはさけども　（藤原為家全歌集一八四二）

において、今を盛りの山桜に向かって、汝以上に「我が身の春ぞ」と嘯き、春を謳歌する昂揚した気息の中に、宿願を果たしえた為家の限りない満悦の情が溢れている。

しかし、半年後の八月二十日、父定家の喪に逢って服解、そのまま遂に復任することはできなかった（公卿補任）。厳父定家との死別が、自らの官位もろともの別れとなったことの悲哀を、為家は、

なさけなくつかさながらぞたらちねのさらぬなげきにわかれはてにし　（同二一六〇）

と詠んで、「避らぬ嘆き」に加えての「つかさ」との別れをしみじみと嘆いたのであった。[注49]

かくて散位となった前大納言正二位藤原為家は、しかし、一年半ほど経った寛元元年（一二四三）四月二十日、高本座を聴され、従前に準じた宮中の交らいが継続する。そして、五十三歳の建長二年（一二五〇）九月十六日、高祖長家以来の御子左家の兼官であり父定家の官でもあった「民部卿」を兼官し、三年、四年とその官にあった（公卿補任）。民部卿を辞した年月日は何時か。五年八月二十日定家七回忌を前に諸人に勧進して成った「二十八品并九品詩歌」の、「序品」「勧持品」「上品上生」の三首に記される作者表記が「民部卿為家」であること、また『諸宗疑問論議抄』建長五年と六年の「七月から十一月分」他に宗性が編纂整理している法華八講の問答記録の「端書」

に、「建長五年民部卿為家八講、宗性問房源大僧都」「建長六年民部卿為家八講、宗性問房源法印」等とあることから、少なくとも建長六年八月二十日（定家忌日）か十一月四日（為家母忌日）以後に及ぶまで民部卿であったことは確かであり、さらに『公卿補任』の記載を辿ると、為家が出家した同じ年、前権中納言正二位藤原（九条）忠高（四四歳）が四月五日に民部卿に任じられていて、それまでの間は誰もその官に就いていない。出家した建長八年の二月末までは、為家が民部卿の地位にあったとみて誤らない。

かくて為家は、建長八（康元元）年（一二五六）五十九歳の二月二十九日に出家、融覚を名乗ることになる。

康元元年二月つごもりころ、やまひにわづらひて、つかさたてまつりて、

次の日かしらおろすとて

かぞふればのこるやよひもあるものを我が身の春に今日わかれぬる　（同三二二一）

「つかさたてまつりて」とは、剃髪した前日に「民部卿」の官を返上し奉ったとの謂いに他ならない。その後、真観ら反御子左派の反抗に苦しみ、慨嘆しつつ、内にあっては為氏との確執に悩む晩年を過ごした為家は、建治元年（一二七五）五月一日、七十八歳で薨去するのである。

【注】

（1）石田吉貞『藤原定家の研究』（文雅堂書店、昭和三十二年三月）六一頁に指摘されるところであるが、なお本節七三頁の引用参看。

（2）『明月記研究提要』（八木書店、二〇〇六年十一月）所収。五味文彦氏による以下の二つの復元稿の成果を含む。①「『明月記』の社会史―『明月記』嘉禄元年秋記を中心に―」（『明月記研究』第二号、一九九七年十一月）、②「『明月記』嘉禄三年四月記の復元―東京国立博物館所蔵「安元元年四月記錯簡の研究」―」（『明月記研究』第二号、一九

九七年十一月）、ともに『明月記の史料学』（青史出版、二〇〇〇年七月）所収。

（3）『女院小伝』（『群書類従』第七輯）。

（4）『明月記』建暦元年十一月七日条。

（5）出光美術館蔵「消息（慶賀文）」。

（6）『明月記の史料学』（青史出版、二〇〇〇年七月）一七三頁。

（7）『古文書時代鑑』複製、新装版（東京大学史料編纂所編、東京大学出版会、一九七七年十一月）「四〇藤原俊成筆消息」（其一・其二）に「伯爵酒井忠正氏所蔵」とある、所謂「あしたづ」の歌入文。

（8）『思文閣墨跡資料目録』第三一四号所掲、「1寂蓮　三月九日付藤原俊成宛和歌入消息」。ただし「定長」に「寂蓮」を比定するのは誤り。左小弁藤原定長は、これ以後、参議、正三位、左大弁、造東大寺長官、兼勘解由長官、播磨権守等の官歴を経て、建久六年十一月十一日、現任のまま四十七歳で逝去している。

（9）石田吉貞・佐津川修二『源家長日記全注解』（有精堂出版、昭和四十三年十月）。

（10）土谷恵「五　定家妻の母の尼公」（『明月記』（建仁元年八月）を読む」解説。『明月記研究』第一号、一九九六年十一月）。

（11）石田吉貞『藤原定家の研究』（文雅堂書店、昭和三十二年三月）五七頁。

（12）『公卿補任』『尊卑分脈』。

（13）石田吉貞『藤原定家の研究』六一頁。

（14）『公卿補任』嘉禄二年為家初出条尻付。

（15）小川氏によれば、十五世紀後半から十六世紀初頭の、町広光か広橋守光の筆録という。写真のコピーを恵贈され、併せて教示を頂いた小川剛生氏のご厚意に深謝する。なお、前半の識語は、既に辻彦三郎『藤原定家明月記の研究』（吉川弘文館、昭和五十二年五月）に引用され、良基の「明月記」認識についての指摘もなされている。

（16）佐藤恒雄「藤原定家の漢詩」（和漢比較文学叢書13『新古今と漢文学』、汲古書院、平成四年十一月）。→『藤原定家研究』（風間書房、二〇〇一年五月）。第六章第三節。

(17) 良基がこの識語を記したのは、応安四年（一三七一）三月二十三日以後、翌五年六月十一日の間であった。自らを「四朝執柄」と称している良基は、北朝の五代、光明・崇光・後光厳・後円融・後小松の各朝に仕えたので、「四朝」は後円融朝までを意味する。後円融天皇は応安四年三月二十三日に即位しているからそれ以後、識語中の「為秀卿」は生存中と思しく、すると為秀が没した応安五年六月十一日以前と限定できるからである。

(18) 「給侍中」を「蔵人」と誤解して考証した初出稿の結論は、撤回しなければならない。このことも、小川剛生氏の教示による。

(19) 『明月記』建仁二年正月二十二日条。

(20) 佐藤恒雄「藤原定家の漢詩（続）」（『中世文学研究』第十九号、平成五年八月）。→『藤原定家研究』第六章第一節。

(21) 新訂増補国史大系本『公卿補任』建暦元年、定家初出の尻付に「正月二十一日辞中将、以男為家申任左中将」とする月日には誤りがある。この年は、正月二十一日に除目はなく、正月なら十四日、七月にも二十一日に臨時の除目があったから、七月二十一日が正しい。冷泉家時雨亭文庫蔵定家自筆『公卿補任』には、正しく「七月二十一日罷左中将、以男侍従為家申任左中将」とある。

(22) 久保田淳『藤原定家』（集英社、一九八四年十月）（筑摩書房〈ちくま学芸文庫〉、一九九四年十二月）。

(23) 『公卿補任』。

(24) 大正六年六月十一日『赤星家所蔵品入札』目録（東美）、大正十四年六月二十二日『池田家御所蔵品入札目録』（東美）。『墨美』第一二九号「藤原定家」特集（墨美社、昭和三十八年七月）の春名好重解説によれば、通称は「教訓色紙」、縦一四・五センチ、横一四・五センチとある。

(25) 『公卿補任』。

(26) 『女院小伝』（『群書類従』第七輯）。

(27) 『公卿補任』『職事補任』。

(28) 日下力「後堀河・四条朝の平氏—維盛北の方の再婚と定家の人脈—」（『国文学研究』第一一四号、平成六年十月）。→『平家物語の誕生』（岩波書店、二〇〇一年四月）。

(29) 注（2）①所掲論文。

(30) 『明月記』嘉禄元年十一月十九日、十一月二十三日条。『吾妻鏡』嘉禄元年十二月二十九日条。

(31) 『明月記』嘉禄元年十月四日条。

(32) 『明月記』承元二年六月二日条。関東下向のことは、嘉禄元年六月八日、六月十四日、安貞元年十一月六日条などに見える。

(33) 『明月記』嘉禄元年十二月十日、十一日条。

(34) 注（28）所掲論文。

(35) 為家室の母系については、佐藤恒雄「為家室頼綱女とその周辺」（『和歌文学の伝統』角川書店、平成九年八月）、同「為家室頼綱女とその周辺（続）」（『中世文学研究』第二十四号、平成十年八月）参照。→本書第一章第四節。

(36) 『民経記』安貞元年八月十日条。

(37) 注（28）所掲論文。

(38) 『明月記』承元元年二月十六日条。

(39) 『明月記』承元元年三月十五日条。

(40) 『公卿補任』承元三年前権中納言正二位源有雅の頃。

(41) 注（10）所掲論文。稲村栄一「『明月記』片々」（『島大国文』第二十六号、平成十年二月）。

(42) 注（35）所掲論文。

(43) 『明月記』寛喜元年六月九日、十一日条。

(44) 『吾妻鏡』寛元二年二月三日、四月十日条。

(45) 東大寺図書館蔵『春華秋月草』第十一。「寛元二年有巣川八講〔今年七月二十八日被行之〕」、「尊家大僧都／聖霊者二代将軍之母儀位昇二品（以下欠）」。『法華経論議抄』第二奥書（宗性）「（前略）去七月二十八日謹仕、有巣川中納言入道国通之室家八講之時（下略）」。なお、『大日本史料』五編之十七参看。

(46) 『大日本史料』第四編之十三所収、建保三年三月二十九日付奉勅右大史惟宗文書。

(47) 文永四年二月二十三日、為氏任権大納言、三月七日日吉社拝賀の記事が、『民経記』同日の条に次のとおり見える。伝へ聞ク。今日新大納言為氏、日吉社ニ参リ、拝賀ヲ申ス。毛車、前駆四人、子息為世中将扈従ス。上七社ノ奉幣、社壇ノ地上ニ畳一枚ヲ敷キ座ト為ス。客人宮・八王子・大行事等ノ社ハ帯剣、其外ハ之ヲ解クト云々。共ノ殿上人ハ剣ヲ著シ乍ラ参入スト云々。作路ノ辺ニ宿所ヲ儲ケ、是レヨリ毛車ニ駕スト云々。大宮・二宮ノ御間遼遠ノ間、手輿ヲ用フ。八王子ノ坂又同ジト云々。父禅門亜相拝賀ノ御時此クノ如シ。其ノ時我レ中将トシテ扈従ノ由、新亜相昨日仙洞ニ於テ相談ジキ。自愛ノ日ノ祈リノ至リカ、尤モ然ルベシ。

(48) 佐藤恒雄「藤原定家七七日表白文について」(『広島女学院大学研究論集』第五十五集、二〇〇五年十二月)。↓本書第五章第一節。

(49) 為家の大納言退任をめぐって、『正徹物語』は以下の説話を伝えている。「虎の生はぎといふ事、新撰六帖にあり。為家卿大納言にて有りしを、子の為氏大納言に任ぜんとするに、当官はあらばこそ任ぜめ、仍りて父卿をば前官になして、為氏当官に任ぜしかば、為家これを述懐して虎の生はぎと読みたり。」『新撰六帖題和歌』第二帖「とら」題歌「いけながらはがれしよこそかなしけれつたへてとらのかはをみるにも」(『新編国歌大観』第二巻、五二二。藤原為家全歌集二〇一七)にまつわる話であるが、しかし「父卿をば前官になして、為氏当官に任ぜしかば」というのは事実ではない。為家は父定家の死去に遭って服喪、そのまま復任することが叶わなかった、というのが退任の真相である。一方為氏は、仁治二年正月五日叙正四位下(中将)、同三年三月七日兼美作権介、宝治二年(一二四八)正月二十二日兼美濃権介、建長二年(一二五〇)正月十三日補蔵人頭、建長三年正月二十二日任参議と昇進してゆくのであって、為家の大納言退任と為氏の上階昇任との間には何の因果関係もなく、この話全体の信憑度は極めて低い。また、冷泉家時雨亭文庫蔵『新撰六帖為家卿詠歌』の扉に、為和(一四八六〜一五四九)が「又此六帖之内虎歌も官を為氏にをさへとられ侍るよし/正□」と、正徹の説話を紹介しているほか、馴窓の家集『雲玉和歌抄』(五七二)も「大納言を為氏にとられて」の詞書でこの歌を収めている(二句「はがるる身こそ」)のも、同根の話に基づいているであろう。

【附記】 本論中「五 侍従任官」と「八 蔵人頭任官」の項は、『藤原定家研究』(風間書房、二〇〇一年五月)第五章第三節に掲載した論を取りこんで再構成した。

第二節　御子左家三代の悲願

一　春日山谷の松とは朽ちぬとも——俊成の嘆き——

藤原俊成は、保延六年（一一四〇）七年（二七・二八歳）のころのいわゆる「述懐百首」において、官位の停滞を訴嘆する多くの述懐詠にまじえて、

かすがののまつのふるえのかなしきはねのびにあへどひく人もなし（子日）

春にあはぬ身をしるあめのふりこめて昔の門のあとやたえなん（春雨）

神山にひきのこさるるあふひぐさ時にあはでもすぐしつるかな（葵）

などと詠み、自らを「春日野の松の古枝」や「（賀茂の）神山に引き残さるる葵草」になぞらえて、時に逢わず引きたててくれる人のいない境遇を嘆き、御子左大納言長家の直系である名門の零落を怖れた。

安元二年（一一七六）、俊成は六十三歳。非参議、正三位、皇太后宮大夫を極官に、重病に罹って九月二十八日やむなく出家せざるをえなかった。(注1) 出家の功徳によりかろうじて命生きることはえたけれども、いかばかり残念であったことか。二年後、治承二年（六五歳）の「右大臣家百首」においても、

いつしかとたか木にうつれかすが山たにのふるすをいづるうぐひす（鶯）

春きても谷にのこれるうぐひすはうらみたるねにこゑぞ聞こゆる（鴬）

はかなくぞむかしの末をなげきこし家を出でてぞとふべかりける（述懐）

さめておもふすぎこしかたはいにしへの六十のゆめをみけるなりけり（述懐）

いまもなほ心の闇ははれぬかなおもひすててしこのよなれども（述懐）

かすが野のおどろのみちのむもれみづすゑだに神のしるしあらはせ（述懐）

かれがれになりにし藤の末なれどまだしづえとはおもはざりしを（述懐）

と、出家の悲哀は重く深く、とりわけ自分の代になってからの衰えを嘆き、名族であることへの自負を抱きつつ、せめては定家以下の子孫の代において高位高官に復することができるようにと、藤原氏の氏神である春日明神の霊験に頼みをかけていた。[注2]「高木」は先祖長家と忠家二代の帯びた官「大納言」の、また「鴬」は子息定家の喩にほかならない。これらの歌のうち「かすがのの」の一首は、後に『新古今和歌集』神祇歌（一八九八）に撰者四人の撰ぶところとして入集し、俊成悲願の象徴とされることになってゆく。[注3]

文治六年（七七歳）に詠んで奉納した『五社百首』[注4]の「春日百首」にも、

はるの日の山のそなたをきくごとにわれすてはてし秋ぞかなしき（山）

世をすてばよしののおくにすむべきをなほたのまるるかすがやまかな（山）

かすがやまたにのまつとはくちぬともこずゑにかへれきたのふぢなみ（述懐）

と、出家した日を悔恨しつつ、なお定家以下の子孫たちの代における宿願の成就を、春日神社の霊験に頼みをかけ続けた。

そして、五社の百首をまとめて書き残した家の写本『五社百首』（類題）の巻尾に、「これよりおくはみぐるし。ちらさるまじ、〳〵。建久元年也」とはしながらも、伊勢神宮権禰宜荒木田氏良の見た霊夢、「只看明月影」の顚末を詳記する。

此五社百首各文治六年三月朔、所令清書也、日吉百首同晦、参社之時令進覧了。残各相待便宜之間、伊勢神宮権禰宜荒木田氏良不慮之外、同六月二十五日入来、仍乍悦令付進了、其後無音之間、建久二年九月十一日、件氏良又入来、有示事云々、仍即相謁之處、以一紙夢想記示之、去年建久元年七月二十日、件百首與一禰宜成長相議持参御宝前、午剋於宝前再拝読之祝了、奉納於禰宜宿館［是於正殿者非勅定者無奉開之例故也］、其後同年八月二十五日夜夢に、氏良参上應テ伺候心殿、南面は入道布衣烏帽子ヲ着云々、又座上尓長老人御座波、入道座下硯筥有リ、爰長老人命氏良天曰久、只看ル明月乃影ト、彼御烏帽子尓可書志者、氏良奉彼仰染筆テ入道烏帽子ヲ額うたれたる中尓、只看明月乃かけ、此定ヲ書也云々、／此霊夢撰良辰語祇官之處、百首詠霊感掲焉之由、各所欣仰也云々、／聞此事内心詠云、

あきらけき月みる人としるしけりこゝろはれてぞ世々をかさねん

子孫長可為奉公欣慶之人象也、仍注之、

権禰宜氏良記ハ奉納筥底了、

と、「百首詠、霊感掲焉」の結果を慶ぶとともに、巻頭扉にも、先の「述懐」詠、「あきらけき月みる人としるしけりこころはれてぞ世々をかさねん」「子孫長ク奉公ヲ為スベキ歓慶ノ人ノ象ナリ」

かすがやまたにのまつとはくちぬともこずゑにかへれきたのふぢなみ

を散らし書きにし、重ね重ね、遠く保延六七年以来の宿願実現を、定家以下の子孫たちに期待したのであった。朽ちた「松」は俊成自身の、「梢」は先の「高木」と同じく先祖長家と忠家二代の帯びた官「大納言」（と兼官「民部卿」）の、また「北の藤波」は北家藤原氏の名族「御子左家」の喩であり、この歌と鍵語は後々、定家と為家の意識を刺激し規制することとなる。さらに後に為氏は、ここに散らし書きされた歌を、「五社に百首歌よみてたてま

つりける比、夢の告あらたなるよししるし侍るとて書きそへ侍りける」の詞書きを付して、『続拾遺和歌集』雑春（五二六）に収めたのであった。

二　立ちかへる春を見せばや――定家の参議任官――

父俊成の期待を受けた定家も、しかし、官位の昇進は思うに任せなかった。定家が父俊成の右京大夫職と引き替えに侍従に任官し殿上の仙籍を聴されたのは、十四歳の安元元年（一一七五）十二月八日のことであった。爾来十数年久しく拾遺の卑官卑位に沈倫した後、二十八歳の文治五年（一一八九）十一月十三日になってようやく左近衛権少将に任官することができた。委嘱を受けての初めての歌合判であった西行「宮河歌合」判の跋文に記すとおり、自ら訴え大神宮の加護にすがった結果であった。(注5)

左少将の官にあること十四年、鬱々としてはかどらぬ官途を嘆きつつ、四十一歳の建仁二年（一二〇二）、安元元年以来奉公の労二十年に及ぶ年にあたり、定家は申文「転任所望事」（自筆。東京国立博物館蔵。重要文化財）を認めて、近衛中将への昇進を申請した。閏十月二十一日にこの願いは聴されて、実現をみることになった。

さて俊成『五社百首』中巻部遊紙表に書き付けられる定家の歌、

おいらくの月にすみてはよとせへぬへだてしみちの雲ははれねど

は、五十歳の建暦元年（一二一一）九月八日散位従三位侍従に叙し、老来ようやく月卿となってから四年経ったことを上句に歌いこめ、しかし昇進の道を阻み隔てる雲はなお晴れないと歌っているから、これは五十三歳の建保二年（一二一四）二月十一日、参議に任官した直後に書き付けられた歌だったことになる。為家が、「先人任参議之後注之」と注記するとおりである。

この時の参議任官は、それまで絶望していた任官に大きく展望が開けた時であった。すなわち、建暦元年九月八日の散位従三位と侍従への叙任を、定家は必ずしも望んでいなかった。蔵人頭から参議・中納言・大納言へと累進して、先祖の官に復することを「生涯の本望」としていたからで[注6]、その望みを失い悲涙を拭ったけれども、「今末世ノ是非無キニ遇ヒ、理運ノ望ミヲ遏絶シ、非分ノ官ヲ授ケラル、是レ又面目ニ非ザルカ」と、公卿となったことを喜び、身に餘る朝恩を謝した。飛鳥井雅経と家隆も、いちはやく慶賀の歌を贈り、定家も喜びをかみしめながら二人の友に懇ろに返歌して友情を謝した（拾遺愚草）。

　年ごろの望みかなはで、辞し申す三位になほ叙すべきよし、おほせごと侍りしかば、
侍従をひとたびにと申してゆるされたりしに、おなじ中将（雅経）、

うれしさはむかしつつみしそでよりもなほたちかへるけふやことなる（二三九八）

　返し

うれしさは昔のそでの名にかけてけふ身にあまるむらさきの色（二三九八）

　おなじ日　宮内卿

うれしさは昨日やきみがつむ菊のとへとやなほもけふをまつらん（二三九九）

　返し

けふぞげに花もかひある菊の色のこき紫の秋をまちける（二三九九）

『衣服令』に、三位の衣色は「浅紫」と規定されていた。定家の心中にはその紫を着用できる喜びがあふれている。しかし、やがて散位侍従の閑職にその喜びも薄れ、鬱々として申文を書き要路に訴えてもいたのであったが[注7]、その後に訪れたこの時の慮外の参議任官に定家は驚喜する。その有様は、同じく家隆との贈答、

　とは申ししかど、しづみぬる事をのみなげき侍りしに、思ひよらざりし参議の闕に、
おほくの上臈をこえてなりて侍りしあした　宮内卿

ふしておもひおきても身にやあまるらんこよひのはるのそでのせばさは（二四〇〇）

返し

うれしてふたれもなべてのことのはをけふのわが身にいかがこたへむ（二四〇〇）

に窺うことができる。

前太政大臣従一位藤原頼実（六〇歳）も、当初における俊成の歌「春日野のおどろの道の埋もれ水」を引き合いに出して、定家の参議任官を慶祝した（続後撰和歌集・神祇歌）。

皇太后宮大夫俊成、むかし述懐歌に、春日野のおどろのみちのむもれ水すゑだに神のしるしあらはせ、とよみて侍りけるを、前中納言定家はからざるに参議に任ぜられ侍りしあした、かの歌を思ひいでてよろこび申しつかはすとて

六条入道前太政大臣

いにしへのおどろのみちのことのはをけふこそ神のしるしとは見れ（五五〇）

定家の返歌が録されていないのは、撰者為家の手元にも残っていなかったからで、それは当の頼実の生き方を定家が嫌悪忌避していたことから、この歌への返しをしなかった故ではないかと思われる。

参議任官は俊成とその周辺の果たせなかった宿願でもあった[注8]から、定家が驚喜したのも「さも」と肯われる。ただその喜びをもってしても、定家はなお『五社百首』巻頭の俊成歌の傍らに、俊成の期待に応えた証しの歌としてこの歌を書き記すことはできなかったのであろう、中間部遊紙に慎ましく記して次の機会を待ったのであった。

いま一つ現存する定家自筆の申文は、冷泉家時雨亭文庫蔵の「藤原定家申文草案」（重要文化財）で、これは承久三年（一二二一）六十歳のとき、参議の労八年の時点で中納言への昇進を申請した文書の草案である。しかしこの願い出はなかなか聴き届けられず、権中納言への任官が実現したのは、それからさらに十二年後、七十一歳の貞永元年（一二三二）正月三十日を待たねばならなかった。

ここに至ってようやく定家は、『五社百首』扉の俊成の歌の傍らに、

立ちかへる春を見せばやふぢなみはむかしばかりのこずゑならねど（散らし書き）

と書き付けた。「昔ばかりの木末ならねど」に、あと一階のところまで実現しえた自負と安堵のにじむ気概が感じられるところから臆測すれば、この歌は定家が権中納言の官に就いた貞永元年正月晦日の直後、二月初めに詠んで書き付けたものだったにちがいない。俊成が「かすがやま」の歌を書き付けてから、四十年が経過していた。

しかし、定家の昇進も結局は権中納言どまりで、それ以上には至りえず（貞永元年十二月十五日辞官）、俊成の期待も定家の代において完全には達成されなかった。

三　知るやいかに我が身の春ぞ――為家の任権大納言――

定家にくらべ、為家の官途は順調すぎるほど順調であった。父定家が七十一歳にしてようやく手中にした権中納言には、三十九歳の嘉禎二年（一二三六）二月三十日に任官、一年後の暦仁元年七月二十日には中納言となり侍従を兼ねた。四十一歳であった。その為家が、定家に続いて、俊成『五社百首』扉の、俊成ならびに定家歌の余白に、

ことのはのくちせぬまつのはかなさに又立ち帰るはるを見せばや（散らし書き）（藤原為家全歌集一八四四）(注9)

の歌を、また、中巻部遊紙表の定家歌の余白に、

見てはるるあまてる月のかげなればのちの世かけてわが身へだつな（同一八四六）

と書き付けた。いずれも書記した年代は確定しがたいが、慎ましやかな決意表明のありようから、定家生前のことではなかったかと思われる。

その為家が遂に権大納言に昇任したのは、定家最晩年の仁治二年（四四歳）二月一日のことであった。藤原公雅が息男実任の参議兼中将任官と引き替えに権大納言を辞した、その替わりとして任じたものだった。俊成「五社百

首」から五十年後のことである。為家は、すぐに日吉の社に参詣する。

大納言になりて、よろこび申しに日吉社にまゐりてよみ侍りし

おいらくのおやのみる世といのりこしわがあらましを神やうけけん　（同一八四三）

老境にある父定家が生きて見ている世において、御子左家の先祖長家と忠家のとき以来絶えていた「大納言」への任官を実現したいと祈ってきた、その「わがあらまし」を日吉の神は請け給うたかと歌い、定家生前に実現してくれた神慮に感謝する内容で、今回の社参はその願ほどきを目的とする「拝賀」、近衛中将為氏が扈従した美々しく誇らかな参拝であった。(注10)

為家は、この数箇月前、仁治元年九月十三夜の「入道前太政大臣西園寺公経吹田亭月十首会」において、

いかがしてやそぢのおやのめのまへにいきてかひある月をみせばや　（同一八三七）

と歌い、何とかして八十路にある父定家の目前に生きていてよかったと満足してもらえるような結果がほしいと、大納言任官への強い願望を亭主の前に披瀝し、さらに、

こころあらばあはれとみずや秋の月またたのむべきかげもなきみぞ　（同一八三六）

と主家の推挽のみを頼みとする我が身を強調していた。直接的には、公経が為家の願望に答えてくれた人事だったことは疑いない。仁治二年のその春のうちに催された、「入道前太政大臣西園寺公経家十首和歌会」における、「翫花」題詠の一首、

しるやいかに我が身の春ぞ山ざくらおのがさかりとはなはさけども　（同一八四一）

には、今を盛りと咲き誇る山桜に向かって、汝以上に「我が身の春ぞ」と嘯く昂揚した口吻の中に、宿願を果たしえた為家の限りない悦びが溢れている。この歌はもとより主家である亭主西園寺公経に対する報謝の念を表明したものだった。

そして、『五社百首』中巻部の前引定家と為家の歌を書き付けた遊紙の裏に、為家は左の書き付けを加えたのであった。

わかの浦にかずならぬ身のなにとしてむかしにかへる名をのこすらん　（同一八四五）

代々集作者目六第三四　大納言
先祖両大納言長忠相続為家載之
非神慮者争可然哉　是祖父　草　注載夢記符合也

一行目は、『代々集作者目六』の第三と第四の巻に「大納言」の項があるとの意であろうか。その目録の、「長家」「忠家」に続いて「為家」の名が記載されることになるのを狂喜したもの。この書き付けも先祖の官にようやく復することができたその直後、日吉社参と相前後して書き付けられたに相違ない。これは神慮の然らしめた結果であり、父俊成が夢記の最後を「子孫長ク奉公ヲ為スベキ歓慶ノ人ノ象ナリ」と締め括った文言にも符合していると記すのである。御子左家三代にわたっての悲願成就が、為家のどれほど大きな喜びであったことか。

しかし、半年後の八月二十日、父定家の喪に逢って為家は服解、そのまま遂に大納言の官に復任することはできなかった。その間のいきさつを辿ればこうである。

すなわち『公卿補任』によれば、延応元年（一二三九）正月二十四日、為家を超越して先に権大納言に昇任していた源（久我）通忠（二六歳）が、仁治二年のこの年十月三日、所労のため辞任、空席が一つ生じた。十月十三日の除目において、為家のすぐ後に続いていた藤原実持（五三歳）と西園寺公基（二二歳）の二人が同時に権大納言に任官し、結果的に為家は復任するポストを失うという事態となったのであった。公基は西園寺実氏の長男、次男で嫡男が公相であったが、二年前の延応元年の時点で権中納言正三位に並んでいた公基（二〇歳）と公相（一七歳）のうち、公相が一足早く、十月二十八日に権大納言に任じ、残っていた公基の処遇を考慮し、服解中の為家の空席を埋める形でこの人事は行われたと了解される。定家存生中に何としてもという、為家のたっての希望を容れての権大納言任官だったのだから（もっとも為家の昇任は順序ではあったが）、西園寺家の意向は如何ともしがたかったであろう。不復任は、従って十月十三日の時点で決まっていたのであった。

さて、仁治二年十月九日に営まれた定家四十九日の法要にあたり、『藤原定家七七遠辰表白文』(注11)が草された。為家が東大寺の学僧宗性に誂えて草した文章であったが、その後半部において、為家の事跡は次のように述べられる（原漢文を訓み下す）。

爰ニ大施主亜相殿下、累葉ノ遺塵ヲ伝へ、光花ヲ家門ニ恣ニス。値ヒ難キハ明時ナリ、忝クモ忠直ヲ賢王聖主五代ノ朝ニ抽ンズ。興シ難キハ家門ナリ、再ビ官禄ヲ長家忠家曩祖ノ跡ニ繼ゲリ。抑モ是ハ誰ガ力ナル哉。偏へニ先考聖霊ノ餘慶タリ。（下略）

為家半生の総括として厳父定家の霊前において強調されるのは、御子左家累代の遺風を伝え、その家門に光花を副えたこと。その具体的有り様は、一つには、賢王聖主五代の朝（後鳥羽・土御門・順徳・後堀河・四条）に忠直を抽んでてきたこと、二つには、官禄において先祖長家・忠家の跡を再び継起したことであった。先祖以来の大納言への任官を果たし、興し難い家門を興しえたことが、為家のいかに大きな誉れであり誇りであったことか。この文章を誂えた時点では、大納言に復任できなくなることを為家はまだ知らなかったはずで、偉大な父定家を喪った悲しみはそれとして、いわば得意の絶頂期はまだ続いていたのであった。

四　伝ふる道の三代までに——為家と荒木田延季——

俊成『五社百首』中巻部遊紙の次丁には、いま一つ正元元年（一二五九）と文応元年（一二六〇）の為家の書き付けがある。

正元元年八月一日注之

きみもわれもつたふる道の三代までにいやまさりなる名をのこしつつ　（同三三七四）

彼大神宮一禰宜延季　数年氏良孫

是和歌浦集撰者三代

文応元年九月廿二日　此草子ヲ枕ニして寝たる人夢

父子やは　おもへばするぞ神代なりける

「きみもわれも」の歌は、すぐ後の書き付けに示されるとおり、伊勢大神宮一禰宜延季（正治二年～弘安五年、八三歳）は、俊成のもとに出入りして夢想のことを具さに語った権禰宜荒木田氏良の三代に当たる孫、為家は勅撰撰者の家柄として俊成から同じく三代の孫にあたり、彼も是もともに先祖の官位をこえ、「いやまさりなる名を残し」えて、めでたく同慶の至りだとの心を贈ったのである。文応元年の注記は、俊成の『五社百首』から七十年後、俊成の先例に倣って為家が五社への百首奉納を思い立ったとき、日吉に参籠して祝部成賢宿禰に相談した、そのときの夢想と歌の一部を書き留めたもので、この企ては詠作の過程において五社から、石清水社と北野社を加えて七社に拡大し、結局『七社百首』として完成することになった。

その『七社百首』の巻尾にも、弘長元年二月下旬（文応二年二月二十日「弘長」と改元）に、為家は次のような書き付けを残している。

なほも又いま見るかげをたのむかなうつしおきける月をためしに　（同四一二七）

只看明月影

亡祖五社百首奉納神宮

氏良来　亭主平礼額ニ書此五字之由夢想語之

いまも又くもらぬそらの月を見てゆくするゑてらす光をぞしる（同四一二八）

世々かけてうけよさかきのえにむすぶななつの宮のいまのたむけを（同四一二九）

弘長元年二月

俊成が『五社百首』中巻部余白に書き付けた、氏良の霊夢と「あきらけき月みる人としるしけりこころはれてぞ世々をかさねん」の俊成歌、ならびに「子孫長ク奉公ヲ為スベキ欣慶ノ人ノ象ナリ」を思い起こしてそれに応じた内容である。鍵語はもとより「只看明月影」で、「うつしおきける月をためしに」は、祖父俊成が記録しておいてくれた霊夢のその月を先例として、の意。「なほもまた」の歌は、空にかかる曇らぬ月が御子左家の将来長くを照らし続ける光だと知れたと、将来にまで思念を巡らす。最後の「世々かけて」の歌は、いま七つの社に手向けるこの百首を神々よ将来の世々にかけて納受されよと祈る、七社に各百首を奉納する締めくくりの一首であった。

五　春日山祈りし末の——為氏追和——

冷泉家時雨亭文庫蔵本『五社百首』には、次の奥書がある。

　這一冊五条三位俊成卿以
自筆本　不違一字
亡父卿予交筆　令書写
之了　尤可為証本已而
　元和七年小春中旬（花押）

冷泉家時雨亭叢書第二十八巻『中世私家集四』の解題（井上宗雄氏）によれば、花押は冷泉為頼のものという。元和七年（一六二一）の書写奥書をもつ「末」帖のみの写本であるが、この奥書によれば、書本は「五条三位俊成卿自筆本」であったことを知る。前半にあたる「本」帖は為秀のころにすでに失われていたらしいが、完備していた当初の段階から、扉の俊成書き付けは、中巻部書き付けの氏良の夢記ほかとの密接な関わりにおいて、「末」帖扉に書き付けられていて、定家と為家の追和も当然その前後の余白を利用して、すべて自筆で書き付けられていたと思量され、それ以外の有り様は考えられない（前半が父為満、後半が為頼の交筆なのであろう）。

ところで、『続拾遺和歌集』の撰者為氏は、巻第七雑春の部に俊成以下の書き付けを、次のような詞書きを付して収めている。

五社に百首歌よみてたてまつりける比、夢の告あらたなるよし
しるし侍るとてかきそへ侍りける　皇太后宮大夫俊成
春日山谷の松とはくちぬとも木ずゑにかへれ北の藤なみ（五二六）
その後年をへてこのかたはらにかきつけ侍りける　前中納言定家
たちかへる春をみせばや藤波はむかしばかりの梢ならねど（五二七）
おなじくかきそへ侍りける　前大納言為家
ことの葉のかはらぬ松のふぢ浪に又立ちかへる春をみせばや（五二八）
三代の筆のあとを見て又かきそへ侍りし　前大納言為氏
かすが山祈りしすゑの代々かけてむかしかはらぬ松の藤なみ（五二九）

為氏の歌は、冷泉家時雨亭文庫蔵『五社百首』以下の現存諸本には見えないが、この歌はやはり為氏が権大納言への任官を果たした文永四年二月二十三日に書き添えられたものではあるまいか。為氏が伝え所持していた本（冷泉家に伝えられる本が俊成の自筆本だったとすれば、二条家相伝の本はその写しであったか）の余白に書き付けて、自らも権大納言となり、四代連続した勅撰撰者の家の筆の証しとしたのであろう。

俊成の家集『五社百首』の巻頭扉と中間部遊紙に書き付けられたメモ書き風の累積が、三代にわたる御子左家の官位回復の悲願とその成就の軌跡を語る、えがたい資料となっているのである。

【注】

（1）『玉葉』安元二年十月二日の条に、説話めいた劇的な話が録されている。

（前略）人伝、五条三位俊成、日来煩咳病、去月二十八日両度絶入、第二度絶入之度経両三刻、人皆存一定之由、而験者一人残留、猶以加持、遂蘇生、自春日明神託給云々、因不帰向、俄有此罰、然而於今度者、不可有殊恐云々、即復例了、其後雖非尋常、大略平減云々、其獲麟之間出家了、件人本奉憑春日、今改帰敬日吉、此十余年以来、都不参詣春日、連々参籠日吉云々、雖末代世、神明之厳重可恐事歟、（人伝ヘテイフ。五条ノ三位俊成、日ゴロ咳病ヲ煩ヒ、去月二十八日ニ両度絶入ス。第二度絶入ノ度ハ両三刻ヲ経テ、人ミナ一定ノ由ヲ存ジヌ。シカウシテ験者一人残留シ、ナホ以テ加持シ、遂ニ蘇生ス。春日明神ヨリ託シ給フト云々。「帰向セザルニ因リテ、俄カニコノ罰有リ、然リシカウシテ今度ニオイテハ、殊ナル恐レ有ルベカラズ」ト云々。即チ例ニ復シ了ンヌ。ソノ後尋常ニアラズトイヘドモ、大略平減スト云々。ソノ獲麟ノ間ニ出家シ了ンヌ。件ノ人本ト春日ヲ憑ミ奉リ、今改メテ日吉ニ帰敬シ、コノ十余年コノカタ、スベテ春日ニ参詣セズ、連々日吉ニ参籠スト云々。末代ノ世トイヘドモ、神明ノ厳重恐ルベキ事カ。）

（2）久保田淳『新古今歌人の研究』（東京大学出版会、一九七三年三月）。

（3）『野守鏡』には、為兼非難の文脈の中に、以下の話が見える。

俊成卿は和歌に長ぜし事神に通じたりしかば、他家の人なりとも、後生としてたやすくその義をやぶりがたし。いはんや子孫たらむをや。春日にたてまつる歌、

春日野のおどろがしたのむもれ水末だに神のしるしあらせよ

参社のたびごとに、この歌をのみ詠じ侍りて、法楽したてまつりつつ、子孫の事を祈り申しけるとかや。又夢のつげ有りけるとき奉りける。

春日山谷の松とは朽ちぬとも梢にかへれ北のふじなみ

これに大明神めでさせたまひけるにや、定家卿中納言になりしより、次第に子孫さかえて、みな大納言をきはめ、次男の家まで中納言にいたりぬる。偏にかの歌の徳なるべし。

俊成の悲願と春日明神への祈願の歌は、当時ならびに次代の歌人たちに広く知られるところだったのである。なおまた、為家は後年、六十一歳の正嘉二年（一二五八）、「尊海法印勧進春日社十五首」の「神祇」歌として、

かすが野のむかしのあとのむもれみづいかでか神のおもひいでけん（藤原為家全歌集三三二四）

と詠み、俊成歌をふまえて自分自身直接は知らない祖父の往時を回顧したが、この歌は後に二条為藤・為定によって『続後拾遺和歌集』神祇（一三二三）に収められた。

(4)『長秋草』とも称される。五社に奉納した狭義の「五社百首」を含む俊成の家集であるが、書名・本文ともに冷泉家時雨亭叢書第二十八巻『中世私家集四』による。

(5) 佐藤恒雄『藤原定家研究』（風間書房、二〇〇一年五月）第一章第三節。

(6)『明月記』建暦元年九月六日～八日条。

(7) 佐藤恒雄『藤原定家研究』（風間書房、二〇〇一年五月）第七章第四節。

(8) 定家任参議の直後の『明月記』建保二年三月一日条に、以下の記事がある。実全僧正は、右大臣公能と俊成の姪皇太后宮宣旨の間の息男、静快律師は定家の兄弟、快修は俊成の弟で天台座主である。

一日。実全僧正ノ房ニ向フ。今度ノ慶事、静快律師ヲ以テ、殊ニ委細ニ示シ送ラル。外家ノ余執、興家ノ面目、感悦ノ由恩言有リ。仍リテ其ノ事ヲ謝スル為、良ヤ久シク閑談ス。故尾坂僧正［快修］病ノ時、法皇臨幸アリ。今生ノ所望ハ、俊成卿ヲ以テ参議ニ任ゼラルベキ由之ヲ申サル。仰セテ云ハク、必ズ任ズベキ者也、存知スル所也ト。而ルニ自然ニ違フニヨリテ遂ニ以テ遁世シ、帥殿ノ家跡無キガ如シ。心中深ク遺恨ト成シタルノ処、此ノ慶ビ殊ニ感嘆ノ由命ゼラル。追ツテ聞ク、往事更ニ心肝ヲ動カスニ、又予昇進ス。人皆以テ善政ト為シ、公務ニ堪フベキ由、普ク謳歌スト云々。不肖ノ身ヲ以テ此ノ虚名ヲ聞キ、尤モ虎ノ尾ヲ踏ムガ如シ。適マ本望ヲ遂グルモ、更ニ家跡ヲ思ヘバ猶ホ此ノ恨ミヲ増ス。先孝年来ノ望ミ遂ニ以テ空シク、相貌自鑒ノ官途殊ニ欠位アレドモ、頗ル高キ由存ズル所ナリ。仍

リテ二位ヲ申サバ必ズ成就スベキモ、若シ極位ニ昇ラバ、余命恐ルベシ。此ノ事ヲ思惟シテ申サザル由、少年ノ時常ニ命ジ給フ。猶、今ノ朝恩、更ニ報ユル所ヲ知ラザル也。

(9) 佐藤恒雄『藤原為家全歌集』(風間書房、二〇〇二年三月)。

(10) 本章第一節注(47)に引用した(九七頁)ところであるが、文永四年二月二十三日、為氏任権大納言、三月七日日吉社拝賀の記事が、『民経記』同日の条に次のとおり見える。

伝へ聞ク。今日新大納言為氏、日吉社ニ参リ、拝賀ヲ申ス。毛車、前駆四人、子息為世中将扈従ス。上七社ノ奉幣、社壇ノ地上ニ畳一枚ヲ敷キ座ト為ス。客人宮・八王子・大行事等ノ社ハ帯剣、其外ハ之ヲ解クト云々。共ノ殿上人ハ剣ヲ著シ乍ラ参入スト云々。作路ノ辺ニ宿所ヲ儲ケ、是レ自リ毛車ニ駕スト云々。大宮・二宮ノ御間遼遠ノ間、手輿ヲ用フ。八王子ノ坂又同ジト云々。父禅門亜相拝賀ノ御時此クノ如シ。其ノ時我レ中将ト為テ扈従ノ由、新亜相昨日仙洞ニ於テ相談ジキ。自愛ノ日ノ祈リノ至リカ、尤モ然ルベシ。

(11) 佐藤恒雄「藤原定家七七日表白文について」(『広島女学院大学論集』第五十五集、二〇〇五年十二月)。↓本書第五章第一節。

第三節　為家の鎌倉往還

一　はじめに

『大納言為家集』（家集Ⅰ）は、建長五年（一二五三）一年間の日次詠草四一三首を、大部分は詠作月次を明示しながら収載し、類題に分散配置している。その十月と十一月の歌を並べて辿ってゆくと、為家が生涯ただ一度経験した鎌倉往還の旅が浮かびあがってくる。この年為家は五十六歳、前権大納言正二位、三年前の建長二年九月十六日から民部卿の任を帯び、三年後の康元元年（一二五六）二月二十九日に出家する直前までその官に在任したと判断される（本章第一節九三頁）から、当建長五年度は民部卿に在任したまま、六十路に近い老軀を駆っての、はじめての長途の旅であったことになる。本節では、家集中に散在するその旅中詠を集成し、前後の歌や事跡を見渡しながら、若干の検討を加えてゆくことを課題とする。

二　阿仏との邂逅と定家十三年忌

為家と阿仏との邂逅は、この旅の前年建長四年のことであった。すでに石田吉貞氏福田秀一氏らの先覚により、大方は解明されている[注1]が、若干の新見を加えて整理しておきたい。まず『源承和歌口伝』に、先〔訓説ノ〕由来は、阿房〔為相朝臣母〕安嘉門院越前とて侍りける。身をすてて後、奈良の法華寺にすみけり。後に松尾慶政上人のほとりに侍りけるを、源氏物語かかせんとて、法花寺にて見なれたる人のしるべにて、院大納言典侍〔二条禅尼〕もとにきたれり。続後撰奏覧之後事也。とし月をおくりて、定覚律師をうめり。誰が子やらんにて侍りしほどに、はるかにして為相をうめり。其後より、為顕母〔家信女〕と中あしく成りて、嵯峨のこばやしに侍りしほどに、先人嵯峨にすみて、日比の様にて侍りしに、文永八年禅林寺殿御会にあひぐしてまいれり。

とある。『続後撰和歌集』は建長三年十二月二十五日に奏覧されているから、『源氏物語』の書写要員を求めていた為家の娘後嵯峨院大納言典侍（二二歳）のもとに、法華寺で親近した人の紹介により阿仏が応募してきたのは、通説では四年のこと、私は四年も前半のことであったと考える。すぐに豊かな文学的資質と才気・教養を示して見せた阿仏に感じた為家は、為氏・為教・大納言典侍らの母宇都宮頼綱女ならびに為顕の母家信女（本章第六節参看）という二人の妻妾がありながら、そのもとに通い、熱い恋愛がはじまる。次の歌々がその恋の形見として残されている（藤原為家全歌集二七六三～二七六九）。

暁の時雨にぬれて女のもとよりかへりて、あしたにつかはしける　前大納言為家

1　かへるさのしののめくらき村雲もわが袖よりやしぐれそめつる　（玉葉和歌集一四五六）

返し　安嘉門院四条

2　きぬぎぬのしののめくらき別れぢにそへし涙はさぞしぐれけん　（同一四五七）

女につかはしける　前大納言為家

3　波のよるしほのひるまもわすられず心にかかるまつがうらしま　（同一四八八）

わづらふこと侍りけるが、おこたりて後、ひさしくあはぬ人につかはしける

前大納言為家

4　あらばあふおなじ世たのむ別れぢにいきて命ぞさらにくやしき　（玉葉和歌集一五二六）

なげくことありてこもりゐて侍りける人のもとにつかはしける

前大納言為家

5　大かたのさらぬならひのかなしさもあるおなじ世の別れにぞしる　（同一六八八）

返し

安嘉門院四条

6　はかなさはあるおなじ世もたのまれずただめのまへのさらぬ別れに　（同一六八九）

女とよもすがら物がたりして、あしたにいひつかはしける

前大納言為家

7　いきて世のわすれがたみとなりやせん夢ばかりだにぬともなきよは　（風雅和歌集一〇七六）

返し

安嘉門院四条

8　あかざりしやみのうつつをかぎりにてまたも見ざらむ夢ぞはかなき　（同一〇七七）

女のもとにあからさまにまかりて、物がたりなどしてたちかへりて申しつかはしける

前大納言為家

9　まどろまぬ時さへ夢のみえつるは心にあまるゆききなりけり　（同一一〇一）

返し

安嘉門院四条

10　たましひはうつつの夢にあくがれて見しもみえしも思ひわかれず　（同一一〇二）

女のもとへ、ちかきほどにあるよしおとづれて侍りければ、今夜なむ夢にみえつるは

しほがまのしるしなりけり、と申して侍りけるに、つかはしける

前大納言為家

11 きてだに身こそこがるれかよふなる夢のただぢのちかのしほがま (同一一〇四)

返し

安嘉門院四条

12 身をこがすちぎりばかりかいたづらにおもはぬ中のちかのしほがま (同一一〇五)

必ずしも阿仏と特定できぬ対象への恋歌もあり(3・4)、阿仏への歌も厳密には詠年不詳であるが、1の贈答歌は、詞書に「暁の時雨にぬれて」とあり、時雨を媒介に贈答が交わされているところから、季節は冬であったことを知る。後述するとおり、翌年の冬の大半は関東への往還に費やされていることを勘案するならば、建長四年冬がこの贈答歌の交わされた時期であった可能性が大きく、他の歌々も同年冬とその前後に集中的にとり交わされたものと見て大きく誤ることはないのではあるまいか。

一方、建治元年(一二七五)六月五日、為家の三七日を期して草された阿仏の『仮名諷誦』には、

としごろは、うどはまのうとかりしあたりなれど、和歌の浦路のなみのたよりは、いかなるえにかひかれけむ、ふるさとをもはなれ、したしきをもすてて、かげのかたちにしたがふためしなれば、なだのしほやき、いとまもなく、ふすゐのとこのゐをやすむひまだになくて、うたのみちをたすけつかへしこと、はたとせあまりみとせばかりにもやなりにけむ。

と回想されている。「故郷をもはなれ、親しきをも捨てて、影の形にしたがふ」ように、「歌の道をたすけ仕へ」はじめてから、建治元年で足かけ二十三年になるというのだから、阿仏が為家と同居して、ともに歌の道に携わるようになったのは、建長五年からであったことになり、恋愛から同棲への時間経過は、齟齬するところなく整合する。五年になってからの日次詠草中に恋題の歌は極めて少なく、明確な証拠となるものはないが、それでも、

13　おもひ川いかにかせまし水のあはのとるにとられぬ人のこころを　（藤原為家全歌集二七八七・正月）
14　あふことはつかの月のいでぬまをいかになきぬるとりの八声ぞ　（二八五五・三月）

などの歌には、題詠的把握の底になお現実の恋愛経験がいくらか透けて見え、少なくとも五年の早い時期にはまだ恋は継続していたのではあるまいか。同じ恋題の歌でも、

15　つきもせぬよその関もりはてはまた我が身にかよふ道だにもなし　（二九五七・六月）
16　あきかぜにみだれぞまさるしのぶ山かげのこ草におけるしらつゆ　（二九八七・七月）

になると、女のもとに通う男の真情露出は、ほとんど感じられない。十月と十一月ほぼ二箇月にわたる関東旅行に先立つ、五年夏のころから、阿仏は「影の形にしたがふ」ように為家に随伴し「歌の道をたすけ仕へ」始めたか、と推定しておきたい。

この年建長五年は、父定家の十三年に当たっていた。八月二十日の忌日を期して、為家は「一品経歌」と「二十八品并九品詩歌」の二つの催しを企画して、ゆかりの人々に勧進した。(注2)そして、「二十八品并九品詩歌」にあっては、自らも、

序品
17　ひとつよりよもにひらけしのりの庭にまたときそむる花のしたひも　（三〇一〇）
勧持品
18　ひろむべきみのりのはなに身をかへていのちながらもちかひてしかな　（三〇一一）
上品上生
19　まことふかきこころもみつとさだめおくうへよりうへのはちすにぞすむ　（三〇一二）

の三首の歌を残している。また、日次詠草にも、その日法会を営んだ願主としての感懐を、

忌日　建長五年八月

20　めぐりくるその月日をばいとなめどまことをしらぬ身をうらみつつ　（三〇三五）

21　はれなむさぞなみだのあめなれどとひくる人のためさへもうし　（三〇三六）

と歌い、「まこと（誠の道＝仏道）をしらぬ」我が身を憾みに思い、折り悪しき当日の雨天を、確かにこれは涙の雨だけれど、参会者のためにも晴れてほしいと、気配りを示したのであった。

三　鎌倉への下向の旅

さて鎌倉往還の旅行は、九月中に思い立ち、十月出発の予定のもとに準備が進められていたらしい。すなわち、次の二首の歌がある。

（神）　同（建長）五九

22　ゆくするを神のしるべにまかせつつこころやすくもおもひたつかな　（三〇七〇）

（祝）　同（建長）五九

23　ゆくするの草のまくらのねざめまでおもひやらるるあかつきのそら　（三〇七四）

「神のしるべ」は、後にみる十月詠草中の何首かの歌に徴して、千よろづの神々の中でも、特に日吉山王七社の神であり、為家の心の底にはとりわけ十禅師を頼む思いが強かったはずである。(注3)

以下、『大納言為家集』（家集Ⅰ）から摘出した歌の配列は、地名・歌枕が題に示されていたり詠みこまれているものについては、街道の下り上りの地理的な順序に従って並べ、それ以外については、歌の内容を勘案しつつ、私に適当と考えた場所に配置することとした。従って、後者については、若干の独断が入っているかもしれない。

まず、京都を出発して鎌倉に到着するまでの街道下りの歌、ならびに述懐歌その他を列記する（本文と歌番号は、藤原為家全歌集による）。

（無題）　建長五十

24 かみなづきしぐれふるてふ山みればしたばまでこそうつろひにけれ　（三〇七九）

（紅葉）　同（建長五）十

25 いろまさるむかひのをかのもみぢばはしぐれやたびの日かずなるらん　（三〇七五）

星　同（建長）五十月

26 みてもうしあくるむかひの山のはにかくるるほしのほどのはやさは　（三〇八一）

（無題）　同（建長）五十

27 けふはまたしるもしらぬもあふさかの秋のわかれやおもひわかれん　（三〇七六）

28 しぐるれどもみぢもしらぬまつやまにつれなくみえてのこる月かげ　（三〇七七）

（無題）　建長五十

29 よるのうちのゆふつけどりに関こえてあけてあはづのさとにきにけり

（同三二一四・夫木一四七六三「建長五年毎日一首中」）

（時雨）　建長五十

30 てらさなむへだてしものを海山をこえてもたのむたのむ日よしは　（三〇七八）

日　建長五年十月

31 さりともとけふのひよしをたのむかなげにわがおもふ心はるけよ　（三〇八〇）

（旅行）　建長五十

32 いかにとよ野ぢのしの原しばしだにゆけどほどふる旅のながぢを（三〇八四）

33 わが君にあふみてふなるやすかはのやすくぞたれもすみわたるべき（三〇八五）

（無題）（建長五十）

34 おいらくのあとにもあらぬかがみ山なにかむかしのかげをわすれぬ（三一一五）

ことう（同〈建長五〉年十月）

35 まだしらで人にとふかなあづまぢのきみがすみかのほどやいづくぞ（三一〇四）

老曽杜雨　同（建長）五年十月

36 さらでだにそではぬるるをたびごろもおいそのもりに雨はふりきぬ（三一〇五）

（無題）（建長五十）

37 としふかき神のみやゐもあるものをわきておいそのもりといふらん（三一一六）

伊吹山　同（建長五）年十月

38 いぶき山さしもしぐるるころなればなべて草木もいろづきにけり（三〇九二）

藤川　同（建長）五年十月

39 わが君につかふるみちもひさしかれよろづよたえぬせきのふぢかは（三〇九七）

不破時雨（同〈建長〉五年十月）

40 あれにける不破の関屋のかみなづきしぐればかりのもるなりけり（三一〇六）

あを野　同（建長）五年十月

41 風さむみあをのをゆけばしなのぢのをちのたかねに雪ふりにけり

（同三〇九三・夫木一六九二四「建長五年毎日一首中」）

なるみ　建長五年十月

42 いたづらにみやこはとほくなるみがたみちくるしほに浪ぞちかづく　（三一〇〇）

たかせ山　建長五年十月

43 たかせ山かすかにみゆるふじのねをゆきなるる人にたづねてぞしる

（同三〇八八・夫木八四三七「建長五年毎日一首中、あづまへくだりけるみちにて」）

はまなのはし　同（建長五）年（＊十月往路の詠と推定）

44 いまぞしるたぐひみえねばまたかかるはまなのはしとむべもいひけり　（三〇九八）

菊川　（同（建長）五年十月）（＊挿入された湖辺名所屏風歌三首を越えて、四首前の注記を承ける）

45 かみなづきまだうつろはぬ菊川にさとをばかれずあきぞのこれる

（同三〇九四・夫木一四七八四「建長五年毎日一首中」）

うつの山　同（建長五）十月

46 みやこまで夢にもいかでつげやらんうつのやまべをけふこえぬとも　（三〇九〇）

せな河　（同（建長）五年十月）

47 せながはのはやせをたえずゆく水やいもこひわたるなみだなるらむ　（同三〇九五・夫木一一三二〇「建長五年毎日一首中、あづまへくだるとてするがの国にてよむ」二句「はや瀬にみえず」）

かんばら　同（建長五）年十月

48 波のおとにふじ山おろしふきそへてこよひぞいたくねであかしつる　（同三一〇一・夫木八六二二「建長五年毎日一首中、あづまにくだりける道にて」三四句「吹きさえてこよひはいたく」）

ふじ河　（同（建長）五年十月）

49 ふきおろす雪かとみればしろたへにまさごぞなびくふじのかはかぜ

あいさは　同（建長五）年十月

（同三〇九六・夫木一一一五九「建長五年毎日一首中」）

50 風さゆるふじのすそののあさぼらけかれほのをばなゆきかとぞみる

富士山　同（建長五）十月

（同三一〇二・夫木九七六八「建長五年毎日一首中」）

51 名にたかきふじのしばやまけさみれば雪よりうへにふれるしらゆき

佐野の舟橋　同（建長）五年十月

（三〇八九）

52 たちわたりみやこをかけてしのべどもほどはるかなるさのの舟はし

（同三〇九九・夫木九四九〇「毎日一首中」

（左注）「此歌は建長五年あづまへくだりけるに、あしがらのふもとにさのといふ所にてよめる歌」）

あしがら　（同（建長五）十月）

53 いにしへにたれみやこへとふみそめてあしがら山のあとのこしけん

（神）　同（建長）五十

（三〇九一）

54 たのまるる神のまもりとあひそはばこゆるかひあれあしがらのやま

つるのをか　（同（建長五）年十月）

（三一一二）

55 せきおきしつるのをかべの松のかげ千代にちとせはなほぞひさしき

（旅）　同（建長）五十

（三一〇三）

56 かみなづき旅のとまりにさだめなきしぐるるほどをやどとさだめて

（三〇八二）

57 みやこおもふあまた旅ねのくさまくらつゆをば霜にむすびかへつつ

（三〇八三）

58 旅霧　　建長五年　（＊十月往路の詠と推定）
よひの雨のなごりの霧のあさだちにわがかりごろもしをれてぞゆく　（同三〇八六・夫木五三八五）

59 旅霜　（建長五年）（＊十月往路の詠と推定）
わけしのの草はふゆのになりにけりむすぶまくらにしもをかさねて　（三〇八七）

（述懐）　同　（建長）五十

60 なにとこのつらさばかりは身にそひてうき世はなれぬかきとなるらん　（三一〇八）

61 なべてよの人のたぐひにおもふらん身のことはりをいかでしらせん　（三一〇九）

62 いづかたにいかにかせましいにしへをいまにつたへてしる人もなし　（三一一〇）

63 いかにせんきくむかしにもあらぬよに身のことわりもおもひさだめず　（三一一一）

（神）　（同（建長）五十）

64 いづくにもこころのひくにまかするを神のをしへとたのむばかりぞ　（三一一三）

（無題）　（建長五十）

65 たびごろもひかずばかりをかさねきてたちしみやこのほどのはかなさ　（三一一七）

66 おもひやるみやこの夢はよがれしてただここにしもなみのおとかな　（三一一八）

67 みねの雲うらはのなみとわけきてもみやこはさぞなおもかげぞたつ　（三一一九）

68 いかにぞとおもひやすらんこよひこそふるさと人のゆめにみえつれ　（三一二〇）

69 わかのうらになほぞかきおくもしほ草あまのすみかはかずならずとも　（三一二一）

24・25・26歌の三首は、出発前の歌であろう。25歌の「むかひのをか」26歌の「むかひの山」は、「名にたてるむかひのみねのあらし山ふかぬなつだにかげぞすずしき」（全歌集二九六一・六月）に徴して、嵐山を指しているとみられる。28歌の「しぐるれどもみぢもしらぬ松山」は、前の歌が逢坂の歌だから、逢坂近辺の杉山ならぬ松山であろうか。29歌で、ゆふつけ鳥の鳴く時刻にその逢坂の関を越え、夜が明けて粟津の里（膳所）に着く。そのあたりから対岸にみる日吉社を遙拝して、30・31の歌は詠まれているであろう。30歌は、海山を越えたとえどんなに遠く旅して行っても頼みとしてやまぬ日吉の神よ、私との中を隔てたものを、なにとぞ照覧あれと祈る。31歌では、そうではあってもと思い返し、今日の日よかれと日吉の神に祈り、頼みにすることだ、本当にそのとおり我が思う心のもやもやをきれいさっぱり晴らしてほしい、という。「照らさなん隔てしものを」「げに我が思ふ心晴るけよ」からは、定家の時代にもしばしばあった、地頭の横暴・非法に類するものが底にあるかと想像され、旅の目的はあるいはその種訴訟のためではなかったかとも臆測される。

粟津を過ぎて、「野路の篠原」（32）、「野州河」（33）、「鏡山」（34）、「湖東」（35）、「老蘇」（36・37）、「伊吹山」（38）、「関の藤川」（39）、「不破の関」（40）、「青野」（41）、「鳴海潟」（42）、「高師山」（43）、「浜名の橋」（44）、「菊川」（45）、「宇津の山」（46）、「瀬名川」（47）、「蒲原」（48）、「富士川」（49）、「相沢」（50）、「富士の芝山」（51）、「佐野の船橋」（52）と進み、「足柄の山」（53・54）を越えて、「鶴の岡」（55）に至るという行程であった。

大部分が定番の歌枕の地である中で、35歌の「湖東」は珍しく、前後の中世日記紀行作品を見渡しても所見がない。候補の一つは、最近の市町村合併で東近江市となり町名はなくなった琵琶湖東岸の旧愛知郡湖東町。いま一つは浜松市西区湖東町で、こちらは浜名湖東岸に位置しているから、いずれかではあったはず。どちらであれ、為家は街道筋から少しはずれたこの地に、知人の住処を尋ねたものとみえる。また41歌の「青野」もこれ以前の紀行作品には見えない地名。大垣市青野町（不破郡関ヶ原町に隣接）で、少し後になるが飛鳥井雅有の『春のみやまぢ』（弘安三年）に、「青野といふ名は、春夏の緑ばかりにや。秋は色々の花にこそあるらめと思ひやらる。このころはまた一つ色ながら、ただ霜枯れにてぞあめる」と、地名の意味に触発された記事がある。為家はここから、雪を戴いた信濃路の高根を遠望したのである。多くの歌枕詠がそうであるように、為家の歌も、初めて聞く地名の喚起するイメージから発想されたものが多い。47歌の「瀬名川」も前後の紀行にはみえず、現在の静岡市と清水市の間にある川に由来する地名であるが、「妹と背」の背を連想して、そこを趣向のふしとして歌は発想されている。52歌の「佐野の船橋」も珍らしく、栃木県の歌枕としての地名がよく知られているようだが、これは『夫木和歌抄』の左注から、足柄山の麓の佐野という土地（現在裾野市の近くにあり、箱根越えの麓に位置する）での詠作だと知れる。足柄の歌二首の存在とあわせて、為家の旅は足柄越えのルートをとって鎌倉に至ったのであった。

56歌から59歌の四首は、どこと特定はできないが、旅の途中いずれかの場所で詠まれた歌であったはずである。60歌から63歌までの四首の述懐歌は、鎌倉に来て、何かことにあたっての感懐を吐露したものではあるまいか。60歌は、何とまあこの辛さばかりが我が身に寄り添って、この憂き世から離れられぬ垣となるであろうという。「かき」にはあるいは「陰」を意味する東国方言「かぎ」を利かせているのかもしれない。61歌は、誰もが私をごく普通の世間の人なみに思うであろうけれど、そうではない特別な我が身である道理を、何としてでも知らせなくてはならぬと、「身のことはり」を強調する。しかし、62歌では、どの方面のことも、どうすればいいというのか、昔のことを今に伝えて知っている人は誰もいないではないかと嘆き、63歌も、どうすればいいのか、伝え聞く昔ではない今の世に生きて、我が身の道理を主張するといってもしかとは思い定められぬ、と進退窮まっているとみえる。

以上、わずかな歌の解釈を前提にした臆測で、極めて不十分であるが、先にみた日吉社への心願とあわせみる時、為家の東下の旅は、あるいは相伝の所領何れかの、地頭職などに関わる紛争解決を目的とするものであったかもしれない。

四　尊家法印勧進三首和歌会出詠

鎌倉における為家の、ただ一つ明確な動静は、十一月に入って、鎌倉新日吉社別当尊家法印勧進の三首和歌会に参加していることである。すなわち、以下の三首が残っている。

旅時雨　十一月鎌倉日吉別当尊家法印

70　かみなづきみやこをたちしたびごろもしぐれをそへてぬれぬ日はなし　（三一二二）

山冬月　同

71　よをかさねこずゑをはらふ木がらしに月もとまらぬふゆのやまかげ　（三一二三）

社頭雑　同

72　よをてらすひかりはおなじひよしにてこの山もともかげぞさやけき　（三一二四）

尊家は、大宮三位入道蓮性（藤原知家）の兄弟（おそらくは弟）で、叡山の僧（阿闍梨）であった。『尊卑分脈』藤原氏末茂流の系図を抄出すると、次頁のとおりである。

尊家は、『民経記』寛喜元年（一二四三）五月二十七日の条に、二十三日から始まり二十七日に結願した内裏の最勝講において、初日の暮座と第五日の暮座の散華役、及び第三日朝座の問者を勤めているが、「問者尊家」の右傍注に「山、大貳阿闍梨」とあり、叡山の僧で通称を「大貳阿闍梨」と称したと判る。『大日本史料』所引『門葉記』によれば、寛元元年六月六日、中宮大宮院の御産を祈り皇子誕生を実現した勧賞として、権少僧都から権大僧都に任じられ、同じく『大日本史料』所引『中絶諸門跡伝』（延暦寺、本覚院）には、「尊家法印」に傍記して「号大弐、又日光法印」「日光山別当」ともあり、「日光法印」とも通称されたことを知る。寛元二年七月二十八日、有棲河黄門国通邸で行われた北条政子二十周忌追善法華八講には、表白を制作している（春華秋月抄）。

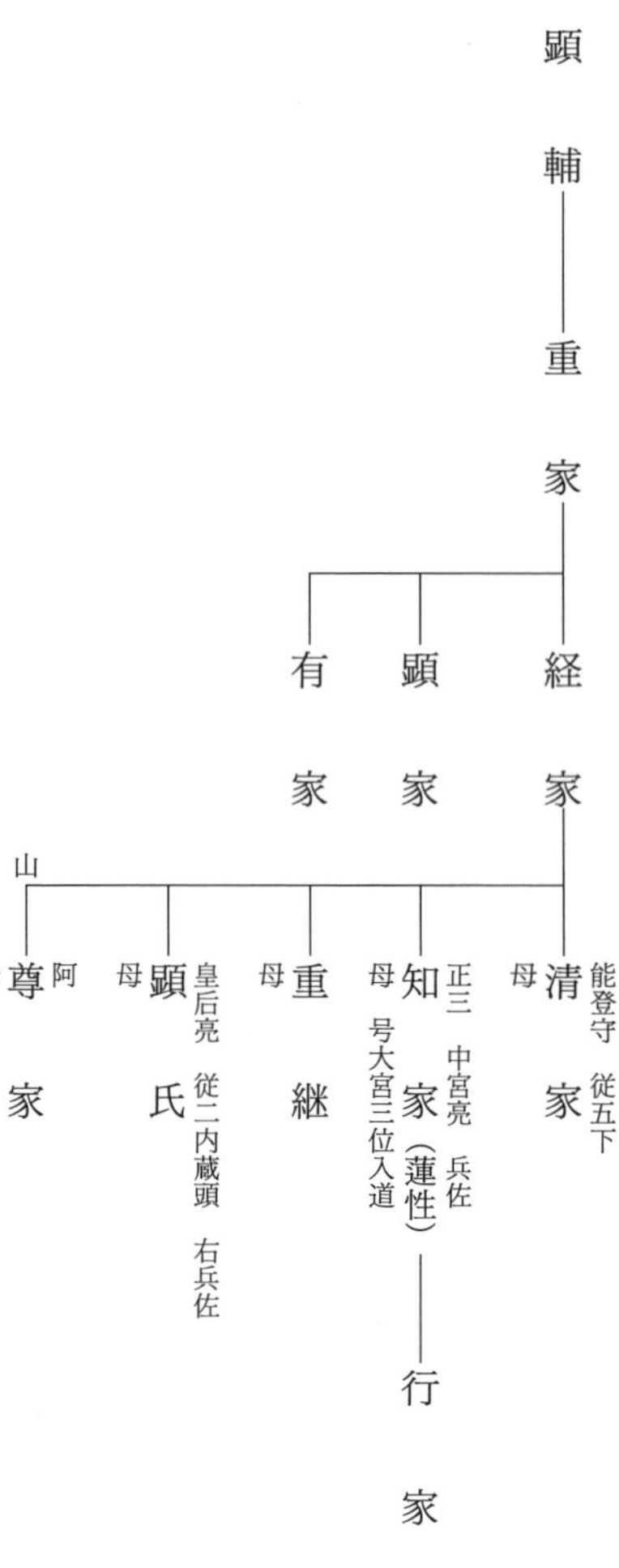

顕輔
重家
経家
顕家
有家
清家 能登守 従五下 母
知家（蓮性） 正三 中宮亮 兵佐 母 号大宮三位入道
行家
重継 母
顕氏 皇后亮 従二内蔵頭 右兵佐 母
尊家 阿山 母

『吾妻鏡』には、寛元三年三月十六日に初めて登場し、「戌剋。大納言家〔前将軍頼経〕、日光別当犬懸谷ノ坊ニ入御サル。是レ二所奉幣ノ御使ヲ立テラルベキニ依リテ、御精進ノタメナリ」とあり、さらに十九日の条に、「日光別当ノ坊ヨリ、鶴岡八幡宮并ビニ亀谷山王ノ宝前等へ御参アリ、其ノ後幕府ニ還御サルト云々」と見える。日光別当はすなわち尊家である。この時尊家の住坊は犬懸谷にあり、日吉別宮社は亀が谷にあったと知れる。『安嘉門院四条五百首』によっても、弘安三年（一二八〇）から四年にかけて阿仏が百首を奉納した十社の中の一つはこの神社で、標題に「新日吉の社の百首　かめがやのやつの」、後文にも「この百首はかめがやの新日吉のやしろにたてまつる」（注4）とあることによって、新日吉社は確かに亀が谷にあった。尊家は、前年八月以降この時以前に、鎌倉新日吉社の別当として招かれ、下向していたのである。

しかし、まもなく上洛したらしく、反御子左派が結集した寛元四年（一二四六）十二月の「春日若宮社歌合」に、

「権大僧都法眼和尚位尊家」として出詠しているし、宝治元年（一二四七）正月西八条源実朝忌日法華八講以下、しばしば宗性とともに法華八講の問答僧として名を残し、宝治二年八月六日安楽光院法華八講に及び（『大日本史料』所引『諸宗疑問論議抄』『諸宗疑問論議草抄』『諸宗疑問論議本抄』『法華経第二巻抄』『春華秋月抄草』など）、十月一日葉室定嗣を訪ねている。それ以後にまた都を離れたと思しく、建長五年五月二十三日、鎌倉において炎干祈雨のことを仰せつかった阿闍梨五人（道禅・定清・尊家・親源・良基）のうちに名を連ね、康元元年（一二五六）十月十三日には、この日卒去した北条時頼の姫君に対する日ごろの祈禱として愛染王供を修したという。次には、正嘉二年（一二五八）五月五日、勝長寿院供養に曼荼羅供を修すべき大阿闍梨を選任した際、安祥寺僧正良瑜・若宮別当隆弁・日光法印尊家・松殿法印良基・左大臣法印厳恵の五人の交名が「木栄」（くじ）に附され、良基に決しているところから、早くも鎌倉仏教界の五指に入る重鎮として遇されていたことを知る。

以後、文応元年（一二六〇）五月十日（秋田城介入道覚智三年追福、曼荼羅供、大阿闍梨）、文応元年八月十二日、同十八日（宗尊親王赤痢御悩、等身の薬師仏造立供養、同八万四千基塔供養、導師）、弘長三年（一二六三）十一月八日、同十三日、同十六日（最明寺入道時頼危篤、延命護摩・法華護摩修法・等身の薬師仏造立供養、導師）、弘長三年十一月十七日（宗尊親王御息所着帯、御産時放光仏供養を提言）、文永二年（一二六五）六月十三日（宗尊親王室御産祈禱、放光仏供養、導師）、同九月二十一日（宗尊親王御息所姫宮誕生、良基・良瑜とともに験者）と九箇度にわたって登場し、幕府関係の諸仏事供養・祈禱などに携わって活躍している。ただし、歌の方面の事蹟には乏しく、先の「春日若宮社歌合」の三首のほかには、『続古今和歌集』に一首（一四五九）、『東撰和歌六帖』に四首（八〇、一一五、一八六、二七五）、『夫木和歌抄』に「文永二年宗尊親王家三首歌合」の一首（一五二八六）、『人家和歌集』に二首（七四、七五）を残すのみである。建長五年当時、為家とは極めて厳しい対立関係にあった兄蓮性や真観と近しい立場にありながら、東下してきた為家に対して歌を勧進し、為家もまた歌を寄せえたのは、尊家のそのような歌道への疎遠さが一因としてあったのかもしれないし、また人柄のなせるところであったのかもしれない。

さて当該三首の歌に、「月もとまらぬふゆの山かげ」といい「この山もともかげぞさやけき」と歌っている「山かげ」「山もと」とは、世を照すことにおいて日吉山王権現と同じ、鎌倉新日吉社の鎮座する亀が谷の山麓にほかならない。「よをかさね」は「こずゑをはらふ木がらし」がそうであるとともに、為家の鎌倉滞在が夜を重ねたことの謂をもかけていよう。為家はあるいは、亀谷郷のいずれかの山麓に滞在したのではなかったか。

新日吉社が位置した亀が谷には、飛鳥井教定の邸第があった。建長四年四月一日、中務卿宗尊親王を征夷大将軍として迎えた鎌倉では、五月十七日から将軍御方違の御本所をどこにするかについて評議が行われ、一旦小山長村の車大路亭に決まったものの、十九日になって、陰陽道で些か煩いがあるとの勘申があり、「亀谷泉谷右兵衛督教定朝臣ノ亭、当御所ヨリ北方ナリ、御本所ニ用ヒラルルノ条、宜シカルベシト云々。仍リテ治定スト云々」、と亀が谷郷泉が谷の教定邸に決定した。そして二十六日には、「今日、右兵衛督ノ泉谷亭ヲ壊タル。御方違ノ本所トシテ、新造ノ儀有ルベキニ依リテナリ」と、新造が始まり、一箇月あまりを経た七月八日、「申刻、将軍家御方違ノタメ、右兵衛督教定朝臣泉谷亭ニ入御サル〔日来新造〕」という仕儀となり、七月二十日、九月二十五日にも、泉谷邸へ御方違されている。亀が谷郷の広い地域の中に泉が谷の地はあり、そこにあった教定朝臣邸内新造御所が将軍の御方違本所とされたのである。文永三年四月八日教定没後この屋敷を相続した雅有は、建治元年八月に帰郷、放生会に供奉しての帰り、自邸を「わが住む峰たかければ」といい、「谷がくれ我がゐる山の高ければ道にいでにし月ぞまたるる」と歌っている（都の別れ）。飛鳥井教定邸は、背後に高い山を控えた谷がくれの屋敷であった。新日吉社は、その教定朝臣邸からさして遠くない亀が谷郷のどこかにあったものとみられる。(注5) 根拠は示されていないが、貴志正造『全訳吾妻鏡』別巻附載「吾妻鏡鎌倉地図」は、源氏山の北面中腹を比定し、「山王堂」と記している。

為家の嫡男為氏は、飛鳥井教定の女（雅有の姉）を妻とし、為世らを儲けている。父定家と雅経以来の誼みを承けて、為家と教定の交友関係も親密であった。為家歌の「山かげ」「山もと」と雅有歌の「谷がくれ我がゐる山の高ければ」の相似からしても、為家は鎌倉にいた間、その教定の泉が谷の邸第に滞在したに相違ないと考える。ただ、いま一二想定しうる滞在先として、為家の正室頼綱女の弟で、宇都宮宗家の当主泰綱の邸があるが、阿仏との関係が生じた直後ではあり、心理的な疎隔感も大きかったはずだし、何よりも泰綱の鎌倉での住まいは若宮大路の一郭にあった(注6)から、右に見てきた「山かげ」「山もと」の条件には合致しない。また後年関東に活動の場を持った為顕の住まいということも視野に入れる必要があるかもしれないが、もし為教と同年としてもこの年二十七歳、その可能性は極めて薄いであろう。

先掲66番歌「おもひやるみやこのゆめはよがれしてただここにしもなみのおとかな」は、鎌倉の滞在先における最初の夜の経験を歌っているにちがいなく、亀が谷なる教定邸の夜半に寝覚め、こんなところまでも聞こえてくる遠い海岸の波の音に驚き、異郷の旅を実感している為家が彷彿とする。

五　復路上洛の旅へ

鎌倉での滞在はごく短い期間であったと思われ、十一月中にはもう京都に帰っていたらしい(十二月の歌に旅中の詠であることを窺わせるものはない)ことから逆算すると、遅くとも十日前後には、帰京の途についたのではあるまいか。滞在期間が短かったのは、あるいは現任の民部卿のままの下向であったことによるのかも知れない。

さて、鎌倉における詠作とみられるもの、また確証はないけれども、上洛の途次いずれかの地における作品ではないかと臆測される歌を列記する。

(旅)　　　同(建長)五十一

73　かみなづきともにみやこをこしものをしぐれし雲もはやすぎにけり　　　(三一三四)

74　いまはまたたちかへるべきみやこまでこころはるけく神はいざなへ　（三一三五）
（長）　同（建長）五十一

75　かへるさのみちのしるべとたのむかなてらすひよしのかげにまかせて　（三一三二）
竹露　建長五年十一月

76　しぐれける夜のまのほどもしられける葉ずゑにかかる竹のしたつゆ　（三一二五）
落葉　建長五年十一

77　草の原ひとめかれゆくやまざとにあとさへ見えずふる木のはかな　（三一二六）
寒草　建長五年十一月

87　ゆきとみしのぢのをばなはかれはててしものみふかき冬のあけぼの　（三一二七）

79　ふりにける身のたぐひこそかなしけれかれてのこれる霜のふゆくさ　（三一二八）

80　あづまぢやくるる夜ごとのくさまくら霜をかさねてかれやはてぬる　（三一二九）
（冬月）　建長五十一

81　冬の夜のあけゆくほどをひかりにてきりあふそらにのこる月かげ　（三一三〇）
（恋）　同（建長）五十一

82　したひものとけぬ霜夜もよそになほゆふつけどりのならひにぞなく　（三一三一）
（暁）　同（建長）五十一

83　わればかりおぼえやはせんたが里もゆふつけどりのなくならひにも　（三一三三）
（無題）　（同（建長）五十一）

84　ともにこしあかつきだにもなげきしをいまやわかれのかぎりなるらん　（三一五九）

73歌は、十月時雨とともに都を出発してきた、その十月もはや過ぎてしまったことに対する感慨。74歌と75歌は、出発を前にして、帰路の道しるべとして新日吉社の神を頼り、心遙けく都まで誘えかしと行路の平安を心中に祈念する。76歌から81歌までは、「竹露」「落葉」「寒草」「冬月」という冬の主題に触発されての形象で、時と所を特定しがたいが、帰京後のものではないであろう。82歌は、下紐がとけない（恋人が思ってくれていない）霜夜でも、私は遠く余所にいて、暁の鶏がなく時刻になると、いつもの慣らいで別れのつらさを思い泣いてしまう、と歌い、83歌は、誰が里も暁に鶏が鳴き恋人は別れてゆくのが慣らいなのに、私だけは遠くにいてあの人のことを心に思い出すことをしようというのかと、ともに「暁」という特別な時刻のありかたを、都にいる阿仏への思いをモティーフとして歌われていると受け取れる。84歌は、一緒にやってきた暁でさえも、やがて訪れる別れを思い嘆いたのであったが、いまこの暁はいよいよ最後の別れとなるであろう、とこれまた「暁」への特別な思いが披瀝される。具体的な状況はわからないが、誰か同道してきた人を鎌倉に残して帰路につこうとする朝の、惜別の思いを歌ったものであろうか。

六　上洛途上の旅中詠

次に、上洛の旅の途上における旅中詠を、往路の場合と同じく地理的な順序に並べて示し、あわせて十一月中の述懐題の歌を列記する。

（旅）　　　同（建長）五十一

85　わすられぬ人のおもかげたちそへどひとりぞこゆるあしがらのやま　（三一三六）

旅山　　　建長五年十一月

86　なれきつる浦ぢやとほくなりぬらんゆくさきしろきゆきの山のは　（三一三七）

87　（富士山）　同（建長）五十一
かへりみる山よりうへのふじのねはゆきもやられぬかたみなりけり（三一三九）

88　（無題）　同（建長）五十一
ふゆくればむかしにかはるうつの山つたもかえでもそれかともなし（同三一五七・夫木八四九三「建長五年毎日一首中、あづまにくだりけるみちにて」、初句「又みれば」五句「それとしもなし」）

89　をかべ　同（建長）五年十一月
かへりくるほどはなけれどあさしものをかべのまくずうらがれにけり（同三一四五・夫木九一三三「建長五年あづまへ下りけるに、海道の所々の歌、岡部」）

90　さやの中山　同（建長五）年十一月
ゆくするゐはいそぐにつけてちかづけどこゆるぞとほきさやのなかやま（三一三八）

91　うきしま　同（建長五）年十一月
ふじのねの雪よりさゆるやまおろしに朝けさむけきうきしまのはら（三一四六）

92　はまなのはしの月　同（建長五）年十一月
しろたへのはまなのはしのしものうへにながきよわたる冬の月かげ（三一四四）

93　やつはし　同（建長五）年十一月
かくぞともきくばかりにやつげやらんはるけきほどをたづねくるやと（三一四三）

94　小野　建長五年十一月
しもふかきかれののをののくさまくらむすぶとなしにあかしつるかな（三一四二）

ひらの山　同（建長）五年十一月

95 にほのうみやをちかたふかききりまよりまづめにかかるひらの山のは　（三一四〇）

鏡山　建長五年十一月

96 ふゆふかきわが身もゆきのかがみ山なほふりにけるほどぞしらるる　（三一四一）

子　建長五年十一月

97 つらくみる子のよのうさをおもふにもわがためとてはなげきやはする　（三一〇七）

（述懐）　同（建長）五十一

98 ましてげに見ざらん世こそかなしけれみてだにたがふ人のこころを　（三一四七）

99 あしがらの山ぢこえゆくたび人もくるしき世をやおもひしるらん　（三一四八）

100 ことわりとおもひしりてもなげくかな身のうきゆゑの人のつらさを　（三一四九）

101 あさゆふにおもひつづくる身ひとつのつらきうき世は人のとがかは　（三一五〇）

102 なげかるる身のうきとがのうへにこそ人のなさけは思ひしらるれ　（三一五一）

103 うきままにそむかん世こそかなしけれまことの道のこころならでは　（三一五二）

104 いたづらにとしのおもはんことわりをなげきながらもせんかたぞなき　（三一五三）

105 いかにしておやのいさめをむくひまし子を思ふにもなほぞかなしき　（三一五四）

106 人をみて身をかへりみるときばかり思ひしらるるうき世なりけり　（三一五五）

（念誦）　同（建長）五十一

107 あさごとにてらすひかげにまかせずはいかでけたましよはの露しも　（三一五六）

（無題）　（同（建長）五十一）

108 うづもれぬ名ばかりいまものこしおきてつひにはのべの霜ぞかなしき　（三一五八）

85歌の足柄越えの歌に詠まれる「忘られぬ人の面かげ」は、老いらくの恋人阿仏のそれであるにちがいない。間もなく再会することができる懐かしい面影を思い浮かべながら、勇を鼓して独り険路を越えてゆく為家がいる。99歌の述懐詠にも、足柄の山は越え難い険難の路として回想される。かくて往路も越えた足柄の山路を越え、長い浦路を来て遠く行く手に白く雪を戴いた富士山を望み（86）、富士の裾野を過ぎつつくり返しその雄姿を顧みて、心に焼きつけ形見とする（87）。『伊勢物語』の昔に変わる冬枯れの宇津の山を越えて（88）、岡部では「かへりくるほどはなけれど」と、行きと帰りの間の時間が極めて短かかったことが暗示される（89）。旅の行く末である都は急ぐにつれて近付くけれど、越えてみると佐夜の中山は何とも遠い（90）。浮島の原（91）、浜名の橋（92）、八橋（93）と過ぎて、近江路に入り、小野（94）から、琵琶湖越しに懐かしい比良の山を望み（95）、鏡山（96）に年老いた我が身を思いながら、都の我が家に帰り着く、という行程である。

往路と復路に重なる地名は、足柄・富士の山・宇津の山・浜名の橋・鏡山に過ぎず、往復のバランスを考慮して、為家は自分のなまの旅路の詠草から、残すに値する歌を取捨しつつ、『大納言為家集』編者が追加資料として用いた「建長五年日次詠草」（『夫木和歌抄』は「毎日一首」といい、為相は文永十年七月十三日融覚書状案写しの末尾書付に「毎日歌」と称している）を編んだものと思量される。[注7]

七　厭はるる身と子らへの思い

さて、述懐詠のうち、九七歌「つらくみる子のよのうさをおもふにもわがためとてはなげきやはする」は、堪え難いほど薄情だとみる子供の代となつた時の辛さを思うにつけ、自分のためだけで嘆いたりしようか、子のためをこそ思って嘆くのだ、為氏のつらい仕打ちを悲しみながらも、その将来を思うが故に嘆かざるをえないのだ、との理を訴えている。

「厭はるる身」であることを訴嘆した歌は、この年に既に多い。

109 いとはるる身もさらにこそわすらるれ君のめぐみのおよぶごとには （二八三八・二月）

110 いとはるる身にはこころもしたがはであはれある世のほどのかなしさ （二八六〇・三月）

111 さえわたる春のつきよにおくしものいとはれてのみふる身なりけり （二八六一・三月）

112 なにはがたこの世のうさのふしぶしにあしかれとてはうらみやはする （二八六六・三月）

113 なげくべき身のおいらくはわすられてなほ子のよのみ思ふかなしさ （二八九五・四月）

97歌と同様、子を悪しかれと思って恨むのではない(112)、子の代のことのみを思うのだと繰り返し表明している。この屈折した思いは、「文永九年の冬ざまの振舞ひ、うち任せては不孝と申しつべく候ひしかども、人こそ恨めしく候はめ、老の後いかがさる事申し出だすべき、君が名も我が名も立てじと念じて過ぎ候ひぬ」（文永十年七月二十四日付阿仏宛譲状）と、為氏に対する思いと姿勢を阿仏に訴えているのと、少しも変わるところはない。後年に顕在化してくる、為氏の親を親とも思わぬ不孝の振る舞いは、二十年も前、『続後撰和歌集』の後まだ一年しかたっていないこの年に、早くも為家の嘆きの種となっていたのであった。

そのような我が子への思いは、

105 いかにしておやのいさめをむくひまし子を思ふにもなほぞかなしき （三一五四・十一月）

114 いまさらに見せもきかせもたらちねのあらましかばとねをのみぞなく （二八〇七・一月）

のごとく、振り返って、父定家の訓戒に生前報いることができなかった悔恨の念となって、自らに返ってくる。定家から為家へ、そして為家から為氏へと、三代にわたって連なる親と子の、思いのあやにくさを思い知らされる。

もとより、暗い悔恨ばかりではない。

115 わかの浦てだまもゆらにかきおけどあまのもくずぞなほさだめなき （二九三八・五月）

116 たのむぞよむなしきのりのあまを舟さしてたむくるわかのうらかぜ　（二九三九・五月）
117 おいの身になほかきおけばわかの浦やむかしのあとにおよぶなこそは　（二九四〇・五月）
118 わかの浦あまのしわざのなにとしてさすがにたえぬあとのこるらん　（三〇三三・八月）
119 いまもいかがむかしはきかずわが道を君のみがけるたまのひかりは　（三〇三四・八月）

これらの歌には、後嵯峨院の親裁のもと、歌道の世界に果たしてきた自らの功績に対する矜持と自負が、「昔の跡におよぶ名こそは」その他の表現をとって、控え目にではあるが開陳されている。

八　おわりに

後嵯峨院の御世に対する讃頌の姿勢は、何よりも『続後撰和歌集』の撰集の上に顕現しているが(注8)、その種の歌は、これまで具さに検証してきた建長五年日次詠草の中からも数多くを拾い出すことができる。

120 ひさしかれをりえてみゆるはなざかり君と臣とのあひにあふよぞ　（二九四三・五月）
121 ためしなくおさまれるみよとみるものをおもひもしらぬ人さへぞうき　（三〇〇五・七月）
122 ひさしかれむかしのよよのためしにもすぎてのどけき君がゆくすゑ　（三〇〇六・七月）
123 かめのをの千代のためしのうごきなく山のいはねにみやづくりせり　（三〇二六・八月）
124 をとこ山おもひやるこそかしこけれけふのみゆきはいまもふりせず　（三〇四一・八月）
125 ちとせふる君がみゆきはかめ山の久しかるべきあめの下かな　（三〇四二・八月）
126 君が代はふたたびすめるしらかはのなみのあとにぞたちかへりける　（三一八三・十二月）

君臣相和し、吹く風も枝をならさぬ御世の実現を祈ぎ寿ぐ歌々は、阿諛追従を超えて真率の情に溢れている。122歌の「昔の四代のためし」とは、昔の「代々」一般であるとともに、とりわけては醍醐・村上・白河・後鳥羽の四う。
朝を指しているであろう。124歌は、後嵯峨院の生涯にわたる石清水八幡宮への崇敬の謂われと度重なる御幸を歌い籠め、その行為に寄り添って慶賀し奉る。最後の126歌は、白河院政の時代を規範とし、そこに回帰することを目指した後嵯峨院時代の治世のありようと志向を[(注9)]、時代の只中にあった為家が証言している歌として注目されるであろう。

【注】

（1）石田吉貞『十六夜日記』（日本古典全書）（朝日新聞社、昭和二十六年四月）。福田秀一「阿仏尼」（『日本女流文学史上巻』同文書院、昭和四十四年二月）。→『中世和歌史の研究』（角川書店、昭和四十七年三月）。

（2）本書第五章第三節。

（3）佐藤恒雄「為家から為相への典籍・文書の付属と御子左家の日吉社信仰について」（『中世文学研究』第十八号、平成四年八月）。→本書終章第一節。

（4）なお、阿仏が「かめがやのやつの」とわざわざ断わっているのは、別に東の方に「名越の山王堂」があったからだった。『吾妻鏡』建長四年二月四日、建長六年正月十日、弘長三年三月十八日の条参照。いずれも大火の記事で、消失区域の東の至りを示している。現在も名越の地に「山王谷」の地名があり、その一郭に所在したのであろう。また、建保三年四月二日の条に、実朝が「甘縄神宮ナラビニ日吉別宮等ニ詣デシメ給フ。御還御ノ次デヲ以テ、安達右衛門景盛ノ家ニ入御スト云々」とある、この「日吉別宮」が、ここにいう新日吉社と同じ神社であったかに思われるが、即断は差し控えておきたい。

（5）なお、阿仏が百首を奉納した新加茂社も亀が谷にあった。標題に「新加茂の社の百首」、後文に「この百首は、弘安四年三月二日には思ひたちて、かめがやのやどのむかひの新加茂のやしろへ、同三月六日にまいらせつ。そのみやしろの供僧につけて」とある。「かめがやのやどのむかひの新加茂のやしろ」、また「神のますむかひのをかのこまつばらひかねどけふのねのびをぞしる」（新賀茂社百首・子日）「都よりそともの山にみしものをむかひのをかも賀茂のみづがき」（新賀茂社百首・山）ともあり、滞在先の「むかひのをか」にあった。その「亀が谷の宿」も、「日かげみぬ峰のしたなる山の井はそこもさながら氷とぢつつ」（新日吉社百首・氷）「色かはるあさぢおしなみ吹く風に夕霜さやぐ冬の山もと」（新賀茂社百首・霜）とあって、やはり山の麓にあった。そして、「みし人のかたみの水となりにけりかげもとまらぬ宿のいづみは」（新日吉社百首・泉）とある「みし人」は為家としか考えられない（森井信子「安嘉門院四条五百首について」『鶴見日本文学』第二号、平成十年三月）こと、文永六年秋冬の飛鳥井雅有と為家・阿仏夫妻との親交の事実（嵯峨のかよひ）から臆測すれば、雅有が父教定から相続し、前年弘安三年冬十月二十八日、鎌倉の大火で焼失（春のみやまぢ・史料綜覧）、四箇月余の後再建されたばかりの雅有邸であったかと思量される。実朝の方違え御所として急造に要した期間は四十日余、それは特別であったとしても、大火の後急がれたはずの再建に、四箇月余は十分な期間とはいえぬまでも決して不可能ではない。新造後間もない雅有邸に阿仏は身を寄せ、二社への百首を制作奉納した蓋然性が極めて高いと考える。

(6) 『吾妻鏡』正嘉元年十一月二十二日の条に、「廿二日。癸酉。晴ル。丑ノ剋。若宮大路焼失ス。藤次郎左衛門入道ノ家ヨリ失火。花山院新中納言。陸奥七郎。下野前司。内蔵権頭。式部大夫入道ノ旧宅。壱岐前司。伊豆太郎左衛門尉。前縫殿頭文元等ノ亭悉ク以テ災シ。田楽辻子ニ至リテ火止マル」とある。「下野前司」が泰綱である。

(7) 佐藤恒雄「大納言為家集の編纂」（『和歌文学研究』第六十二号、平成三年四月）。→『藤原為家全歌集』（風間書房、二〇〇二年三月）。

(8) 佐藤恒雄「『続後撰集』の当代的性格」（『国語国文』第三十七巻第三号、昭和四十三年三月）。→本書第三章第三節。

(9) 佐藤恒雄「後嵯峨院の時代とその歌壇」（『国語と国文学』第五十四巻第五号、昭和五十二年五月）。→本書序章第一節。

第四節　和徳門院新中納言について

一　「おとうと」か「せうと」か

和徳門院新中納言は、『十六夜日記』の旅で阿仏が鎌倉滞在中に都の人たちと贈答親交した相手の一人として、よく知られている。その一段を九条家本を底本とし、若干校訂して示すと、以下のとおりである。

又、和徳門院の新中納言の君と聞ゆるは、京極中納言定家のむすめ、深草の前斎宮と聞えしに、父の中納言の参らせをき給へりけるままにて年へ給ひにける。この女院は斎宮の御子にしたてまつり給へりしかば、伝はりて侍ひ給ふなりけり。「うきみこがるるもかり舟」など詠み給へりし民部卿典侍のおとうとにぞおはする。さる人の子とてあやしき歌詠みて人には聞かれじとあながちにつつみ給ひしかど、はるかなる旅の空のおぼつかなさに、あはれなる事どもを書きつづけて、

いかばかり子をおもふつるのとびわかれならはぬたびの空になくらむ

とふみことばにつづけて、歌のやうにもあらず書きなし給へるも、人よりはなほざりならぬやうにおぼゆ。御返事は、

それゆへにとびわかれてもあしたづの子をおもふかたはなほぞこひしき

と聞ゆ。そのついでに故入道大納言の草の枕にもつねにたちそひて、夢に見え給ふよしなど、この人ばかりやあはれともおぼさむとて書きつけてたてまつるとて、

みやこまでかたるもとほし思ひ寝にしのぶむかしの夢のなごりを

はかなしやたびねの夢にかよひきてさむればみえぬ人のおもかげ

など書きてたてまつりたりしを、またあながちにたよりたづねて返事し給へり。さしもしのび給ふ事もをりからなりけり。

あづまぢの草のまくらはとほけれどかたればちかきいにしへの夢

いづこよりたびねの床にかよふらむおもひおきける露を尋ねて

などの給へり。

「深草の前斎宮」は、後鳥羽院皇女凞子内親王で、元久二年（一二〇五）二月十六日誕生、母は丹波局。[注1] 建保三年（一二一五）三月十四日伊勢斎宮に卜定され（一一歳）、同五年九月十四日斎宮群行（百錬抄）、承久三年（一二二一）四月に斎宮を退下、出家して深草に住んだという。「和徳門院」は、仲恭天皇皇女義子内親王で、文暦元年（一二三四）誕生、母は順徳院女房右京大夫（本朝皇胤紹運録は「法印性慶女」）。正嘉元年十月十九日内親王宣下（二四歳）、弘長元年（一二六一）三月八日准三宮（二八歳）、同日院号を受け（女院小伝）、この年弘安三年は四十六歳である。和徳門院に仕えて新中納言と呼ばれているお方は、京極中納言定家の娘で、父定家が深草の前斎宮に出仕させて長年勤めておられた、和徳門院はその前斎宮が御子となさった方なので、お亡くなりになった後はそのまま引き続いて和徳門院に伺候しておられる、というのである。

「民部卿典侍のおとうと」の部分が、流布本では「民部卿典侍のせうと」となっていることから、通説では、民部卿典侍や為家らの異母姉で当時八十六歳くらいと解されてきた。（注2）しかし、早く玉井幸助氏は、

> 九条家本以外の諸本は皆「せうと」としてある。しかし姉とすると年齢が余りに多くなる。やはり九条家本の方が正しいであろう。さて民部卿典侍の妹なる和徳門院新中納言の伝は明らかでないが、次の段に、阿仏が亡夫為家を夢に見たことを「この人ばかりやあはれともおぼさむ」といっている事によっても、為家と同母きょうだいであろう。石田吉貞氏の「藤原為家の生涯」（國學院雑誌昭和十四年三月）によると、藤原定家が西園寺実宗女と結婚した翌年建久六年に長女民部卿典侍因子が生れ、その翌年次女香が生れ、次に一年おいて為家が生れた。この香が和徳門院新中納言ではないであろうか。もしそうであれば弘安三年には八十六歳である。

と、同母の妹説を主張している（ただし、香は姉民部卿に近仕し、姉とともに天福元年九月に藻璧門院の死に殉じて出家しているから、香の比定は当たらない）。（注3）比留間喬介氏は「おとうと」の本文をとりながら、注は流布本の「せひと」によっている。（注4）武田孝氏は「せうと」の本文によって解し、（注5）梁瀬一雄・武井和人氏は、「せうと」を「おとうと」と改訂して、以上二氏の説に注目している。（注6）安田徳子氏は、「深草の前斎宮」「和徳門院新中納言」の周辺について、『明月記』の読み込みを主として定家との関わりの深さを追究していて有益であるが、（注7）「石田吉貞氏は、『明月記』建保元年（一二一三）一一月一四日条に「新中納言（下僕小女）」とあるのもこの人のことという。そうであるとすれば、この時、未だ「少女」だったことになるが、どうであろうか」と、「少女」に疑問を呈し、「ともあれ、石田氏・森本氏・福田氏などは、「せうと」から為家らの異母姉とし、玉井氏や比留間喬介氏などは「おとうと」から民部卿典侍の同母妹とする」とまとめている。その後九条家本の本文をよしとする岩佐美代子氏は「おとうと」をそのまま妹として、「民部卿典侍および為家とは同母であろう。流布本は「せうと」とあるため、通説では民部卿の異母姉とするが、異母ならここに民部卿の名を出す意味がない」と施注する。（注8）

以上が『十六夜日記』当該部分読解史の大概であるが、姉か妹か、『十六夜日記』の本文をあれこれするだけでは決め手がなく、解決はえられない。

二 「民部卿」と「新中納言」の長幼

「新中納言」は、確かに定家の娘であった。部分的に石田吉貞氏が指摘されたところであるが、前後にも目をくばって引用すると、『明月記』建保元年（一二一三）十一月十四日の条に、次の記事がある。子女たちが後鳥羽院の殊遇を受けているという文脈の中においてである。

三人ノ小忌ノ清撰、已ニ是レ賎老ノ子ナリ。自愛スベシ自愛スベシ。女子又毎度ノ供奉扈従、内御方ニ渡御アルニ御共スルコト二日、以権中納言〔定輔卿ノ妹、天下ノ名人〕・越中内侍・新中納言〔下僕ノ小女〕ノ四人ノ外、他ノ人参ラズト云々。驚クベク奇トスベシ。

自筆本がないので何箇所かある判読の不審を晴らす方法はないが、新嘗祭の小忌の官人に清撰された三人のうちの一人は左近衛少将為家であった(注9)。毎度供奉扈従しているという「女子」はその姉民部卿のことで、民部卿・権中納言・越中内侍・新中納言の四人だけが特別の恩顧を受けていて、そのうちの「新中納言」も自分の娘であることを、定家は強調し驚喜しているのである。

この記事よりも早く、同じ建保元年正月二十九日の条にも、この小女の名は見える。

夜ニ入リテ掌侍奉書ニ、新黄門急ギ参ル可キ由ト云々。

前後から考えて、「掌侍」は後鳥羽院御所のそれであると思われ、急ぎ参るべく呼び返された趣であるから、初出仕の記事ではあるまい。もう少し前から後鳥羽院への出仕は始まっていたであろう。

稲村氏は、「「新中納言」の注記「下僕小女」によれば、この人は明らかに定家女であり、しかも後鳥羽院女房であったと見るべきであろう。『十六夜日記』には後鳥羽院皇女熙子内親王に初出仕させたかに見える記事があるが、その前に院女房として信任された時期があった」ことに注目している。(注10) 最初後鳥羽院女房として仕えていて、その後いつのころからか（斎宮卜定の時か、または後鳥羽院が隠岐に遷幸された時か）、熙子内親王付きの女房になったのであろう。

さてこの記事でいま一つ最も注目すべきことは、民部卿を「女子」とし、新中納言を「小女」と称していることである。『明月記』における民部卿の呼称は、二年前の建暦元年（一二一一）七月九日までは「小女」が基本、同じ建暦元年十二月十二日以後は「女房」が基本となり「女子」が時々うち交じるけれども、これ以後「小女」と呼ばれることはなくなる。ただその間に四度ばかり「女子」と称されてはいる。正治元年（一一九九）十二月十一日の着袴の日（五歳）、元久二年（一二〇五）十一月三日院参を前に祖母が同車して七条院に初参した日（一一歳）、建永元年（一二〇六）六月十八日先ず七条院に参り夜院参した日（一二歳）、同年七月十七日勅定により「民部卿」の名を賜った日の四度であるが、これらは例外というよりも、年齢に関わりなくおおむね晴の日の改まった場面での呼称であると見える。「女房」の呼称は、宮仕えをはじめて以後、公的な仕事向きのことを前提にした呼称で、建暦元年十二月十二日以前にも二度、建永元年十二月二十七日と承元元年（一二〇七）四月十五日に見え、過渡期における例外として「女房」と称されている。民部卿の年齢は、建暦元年は十七歳である。この年に至るまで、やや改まった場合以外は「小女」と呼ばれ、この日以後ようやく「女房」が定着してゆき、またほとんど同義で時に「女子」とも称されるようになってゆく。

この年建保元年は、民部卿十九歳である。「女房」といってもいいところをほぼ同義で（やや晴れの意識もあったか）「女子」といったのであろう。それに比べまったく同じ条件のなか、この年に至ってなお新中納言は「小女」と呼ばれている。新中納言の年齢は、明らかに若く、民部卿典侍の姉であるはずはない。前年建暦二年二月十六日に祇園・吉田・賀茂・北野社に参詣した「小女」、同年八月十二日に退出して定家の許に帰り、十七日に院御所に帰参した「小女」は、民部卿ではなくこの新中納言なのではあるまいか。その可能性は大であると思われ、そうであれば民部卿の呼び名の推移はよりスムーズになる。これらがもし民部卿であったとしても、建保元年十一月十四日の同じ日、同じく後鳥羽院の殊遇を述べた文脈の中に並記される「女子」と「小女」の、長幼の序列は歴然である。

かくして『十六夜日記』の本文は、「おとうと」が正しいと断定しなければならない。

三　為家同腹の妹か

定家室実宗女が生んだ長女である民部卿典侍よりも、新中納言の方が年長であるとすれば、異腹であるほかはない。これに民部卿典侍が『十六夜日記』の弘安三年（一二八〇）に八十四歳であることを加味して、「為家等の異母姉で当時八十六歳位(注11)」という結論は導かれる。しかし事実は、通説とは逆に年少であったのだから、民部卿典侍はもとより為家とも同腹であった可能性が極めて大きくなる。

石田吉貞氏『藤原定家の研究(注12)』以来の、これまでの研究の到達点を簡略に記すと、定家室実宗女は、藤原教良女を母として、仁安元年（一一六六）の生まれ。建久五年（一一九四）二十九歳の時に定家と結婚、翌建久六年に長女（後の民部卿典侍）が誕生し、さらに翌建久七年には二女香を生み、二年後建久九年に為家が生まれている。この三人と同腹であるとすると、建久八年の生まれなら為家の姉、正治元年以降の生まれなら為家の妹ということになる。もし前者であったら、四年も連続して年子を生んだことになって、いささか非現実的で受け入れがたいところがある。為家よりも年少で、仮に二歳離れた妹であったとすれば、正治二年（一二〇〇）定家室三十五歳の時の誕生で、為家室となる頼綱女と同年となり、弘安三年には八十一歳であったことになる。『十六夜日記』の文面から感じられる、まだ矍鑠として志操は貫きつつ奥ゆかしく、阿仏にだけは心を開いて思いやりを絶やさずにいる姿は、これくらいの年齢が限度であろうか。もう少し若かったかとも思われないでもない。民部卿典侍より若年ではあっても、なお異腹であった可能性も絶無とはいえまいが、阿仏が「この人ばかりやあはれともおぼさむ」と信じられるのは、新中納言がわずかに生き残っている為家のすぐ下の同腹の妹だったからであるにちがいないと思う。

【注】

(1)『明月記』元久二年二月十一日条に、「夜ニ入リ雑人ノ説ニ、丹波局〔院女房□□□□白拍子、石、御簾編ノ男ノ娘。今綺羅ヲ備ヘ、寵愛抜群〕産ヲ遂ゲズシテ夭亡スト。正月ニ当リテ、弁内侍・相模相副ヒ〔監護ノ使ナリ〕、長房卿皇子ヲ養ヒ奉ルベキノ由ニテ、兼ネテ二条殿ノ跡ヲ儲ケ賜リ、造作シテ居住スベシト云々」、翌日の条に、「丹波存生、昨日ノ事ハ僻事ト云々」、十六日の条に、「丹波ノ事大僻事ニテ、今日産ヲ遂グト云々」、十七日の条に、「丹州昨日女皇子ヲ生メリ。長房卿ノ妻参入シ迎ヘ奉ルノ後、母忽チ絶エ入ル。卿三位車ヲ立ツルニ眷属市ヲ成セリ。御厩ノ御馬・御牛ヲ諸社ニ引カル。若シ時刻ニ及バンカ、臨幸有ラント欲スルノ間ニ、蘇生シテ事無シト云々」と、この皇女誕生前後の詳しい記事がある。母丹波局の出自は、御簾編みの下賎の男の娘で、白拍子の石と呼ばれたこと、後鳥羽院の寵愛が抜群であったこと、藤原長房夫妻が養育に当たるべく予ねて二条殿の跡を造作して待ち設けていたこと、丹波は何度も絶入して難産であったらしいことなどが窺える。

(2)福田秀一校注『十六夜日記』（新日本古典文学大系第五十一巻『中世日記紀行集』岩波書店、一九九〇年十月）。

(3)玉井幸助『十六夜日記評解』（有精堂出版、昭和二十六年十二月）。

(4)比留間喬介『十六夜日記』（講談社、新註国文学叢書、昭和二十六年五月）。

(5)武田孝『十六夜日記詳講』（明治書院、昭和六十年九月）。

(6)梁瀬一雄・武井和人校注『十六夜日記・夜の鶴注釈』（和泉書院、昭和六十一年八月）。

(7)安田徳子「『十六夜日記』鎌倉滞在の記について—大宮院権中納言と和徳門院新中納言をめぐって—」（『岐阜聖徳学園大学国語国文学』第十八号、一九九九年三月）。

（8）岩佐美代子校注『十六夜日記』（新編日本古典文学全集第四十八巻『中世日記紀行集』小学館、一九九四年七月）。

（9）『明月記』建保元年十一月二日条に、「水無瀬殿ヨリ女房示シ送リテ云ク、少将小忌ヲ著スベキノ由仰セ事有リ、父領状センカト云々。此ノ事心ヲ得ズ、愚父争デカ抑留セン哉。但シ見ズ歴セザル事、惣ジテ子細ヲ知ラザルノ由、清範ノ許ニ示シ送リ了ンヌ」とある。

（10）稲村栄一『訓注明月記』（松江今井書店、平成十四年十二月）。

（11）注（2）所引校注。

（12）石田吉貞『藤原定家の研究』（文雅堂書店、昭和三十二年三月）。

第五節　為家室頼綱女とその周辺

一　はじめに

藤原為家の正室である宇都宮頼綱女について、従来知られるところは極めて少なく、また断片的附随的に言及されることはあっても、集中的に追究されることはなかった。当時の女性一般に共通する伝記解明の困難さは、彼女の場合も例外ではないが、しかし、頼綱女の場合、幸いに身近な夫の父定家が克明な記録『明月記』を残しているので、その記事に就いて具さに点検してゆけば、かなり多くの事実を解明することが可能である。本節では、主として具体的に『明月記』の記事を追いながら、関連する事項を加えて、宇都宮頼綱女とその周辺について追尋してゆくことを課題とする。『明月記』の扱いは第一節に準じる。

二　『尊卑分脈』宇都宮系図

新訂増補国史大系『尊卑分脈』の宇都宮系図について、必要部分のみを整理した形で掲げると、以下のとおりである。

成綱──頼綱
歌人　依朝政事被流土佐国
宇都宮検校弥三郎
母
出家　法名蓮生　号実信房
法然上人弟子　後為西山証句上人

├時綱　正五位下　美作守　号上条
│　　　宝治被誅了
│　　　母稲毛三郎重成女
├頼業　従五位下　越中守　伊予守護
│　　　母同時綱（イ平景時女）
├泰綱　宇都宮検校　正五位下
│　　　下野守　修理亮
│　　　母平時政女　法名順蓮
├宗朝　正五下　石見守
│　　　号小山
│　　　母
├女子　内大臣通成公室　通頼卿母
│　　　母
└女子　為家卿室　為氏為教等卿母
　　　　母

稲毛三郎重成女腹の時綱は、『吾妻鏡』に嘉禎二年（一二三六）八月四日以後「宇都宮美作前司時綱」として登場するが、宝治元年（一二四七）六月五日の三浦合戦で自害している。『大日本史料』所引「佐野本系図」に、この時「五十二歳」とあり、この記事に従えば建久七年（一一九六）の誕生となり、父頼綱十九歳の時の子であったことになる。なお『系図纂要』は、頼綱の父成綱の息男とし、母を稲毛三郎重成女としながら、「実上条美濃守玄信男、母小山田二郎重時女」としているが、この系図には大きな混乱があり、にわかに信は置きがたい。

頼業も『吾妻鏡』承久元年（一二一九）七月十九日、将軍頼経鎌倉到着の日の先陣随兵中に初めて「宇都宮四郎」として登場、しばらく間を置いて安貞二年（一二二八）七月二十三日「宇都宮四郎左衛門尉」とみえ、以後「宇都宮四郎左衛門尉頼業」「宇都宮大夫判官」「越中守」「越中前司頼業」などの名で頻出し、専ら鎌倉において幕府に仕えている。おそらく承久から安貞二年のころにかけてしばらく上洛勤務していたのであろう。承久の乱に従軍して宇治川渡河作戦中、水底で鎧を脱ぐという水練を見せた話が『古今著聞集』（三四二話）に伝えられる。建久七年生まれの時綱の同母弟であるとすれば、建久九年生まれの為家と同年か一歳ほど相前後する年齢だったか。時綱と頼業の二人はともに腹違いで、かつ為家室や泰綱よりも年長であったと見られる。

源通親の孫に当たる内大臣通成の室となり、通頼らの母となった（通頼の項に「母藤頼綱女」とある）姉がいたとなっているが、この女性についても為家室と同母ではなかったと見られる。通成は、正嘉元年（一二五七）二月十五日の頼綱入道蓮生八十賀に当たり、為家らとともに一首の和歌を寄せており（新和歌集）、それは頼綱女を妻室とし、姻戚関係にあったことに因るものと見てよい。しかし通成は、『明月記』には除目や供奉などの交名中に現れるのみで、それ以外の記事はみえず、妻室に関する記事も皆無である。後引嘉禄三年（一二二七）正月二十三日の国通邸における時政十三年堂供養にも、通成は招請されていないし、その妻が為家室や母と国通邸に集った形跡もない。加えて、文暦二年（一二三五）六月二十一日の記事に「（前略）昏ニ金吾来ル。今夜、所縁ノ入道ノ次女〔本、小笠原ノ妻、離別ス〕、其ノ身固辞スト雖モ、父強チニ勧メテ千葉八郎ニ嫁ガシム。故ニ金吾ノ車ニ乗ルベキノ由、之ヲ誂フ。依リテ八葉ノ車此ノ家ノ車ヲ借ス」とあって、これは右の系図には見えない娘であるが、定家は為家室を頼綱の長女、この娘を次女とみていたことを知る。この千葉八郎は、『吾妻鏡』に「千葉八郎胤時」としてその名が見える人物で、専ら鎌倉において将軍に仕えている武士。宇多源氏左衛門尉時秀の息男である。本の夫小笠原某はその実名を詳らかにしえないが、『明月記』嘉禄三年四月十一日の戦さ場に登場し、また寛喜二（一二三〇）年二月二十三日、平野・北野社行幸見物の桟敷のことを記した条に、近衛北大宮面に忠弘法師が儲けた定家の桟敷に、為家室と「侍従小児二人」（侍従為氏と二男為定ならびに三男為教）が参集した、その北隣に「武士ヲカサ原」の桟敷があったと見えるから、為家室の姉妹たちは、隣り合った場所で互いに交歓しながら楽しく見物に興じたものと思われる。ついでにいえば、為家室は「侍従小児等」を伴って、寛喜二年四月二十四日の加茂祭見物を、定家の桟敷で楽しみ、また天福元年（一二三三）五月九日の新日吉小五月会の後堀河院臨幸の行列を見物するため、「侍従小童等」を連れて馬場北に儲けられた外祖父実宗の桟敷に行き、水入らずで楽しんでいる。その後いつか妹はその小笠原某と離別、五年後には千葉八郎胤時と気に染まぬ結婚をさせられたのであった。この妹はおそらく為家室と同じ時政女を母としていたと思われ、定家は時政女所生の長女・次女と言っているのであろう。かくて、通成室となったという女は、頼綱の娘ではあったが、為家室の同母姉とは考えがたく、腹違いの姉であったとみるほかない。

また『系図纂要』は、もう一人「太政大臣実房公室」となったという女を挙げているが、他には全く確証がなく、にわかに信じがたい。

宗朝は、嘉禎四年（一二三八）二月十七日以後、『吾妻鏡』に「宇都宮五郎左衛門尉宗朝」「石見守宗朝」「宇都宮石見前司」と見え、弘長三年八月八日まで鎌倉にあって幕府に仕え、それ以後は上洛し京都に住んだらしい。『為氏卿記』文永七年十二月二十二日の条に「晴ル。院ニ参ル。夜ニ入リテ姉小路高倉東万里小路西三条面、宇都宮石見前司ノ宿所焼ケ了ンヌ」とあるからで、年齢は不詳であるが、泰綱よりも弟であったとみられる。同腹であったか否かも判然としないが、名前からみて異腹であった可能性の方が大であろう。

三　北条時政と息男息女たち

一方、平（北条）時政とその息男息女たちの系図は、以下のとおりである。『尊卑分脉』に主として拠りながら、

『吾妻鏡人名総覧』(注1)第II部考証編の「北条氏系図考証」の結果を参照し、尊卑分脈以外の人名には名前下に＊を付して、同じく整理した形で示す。

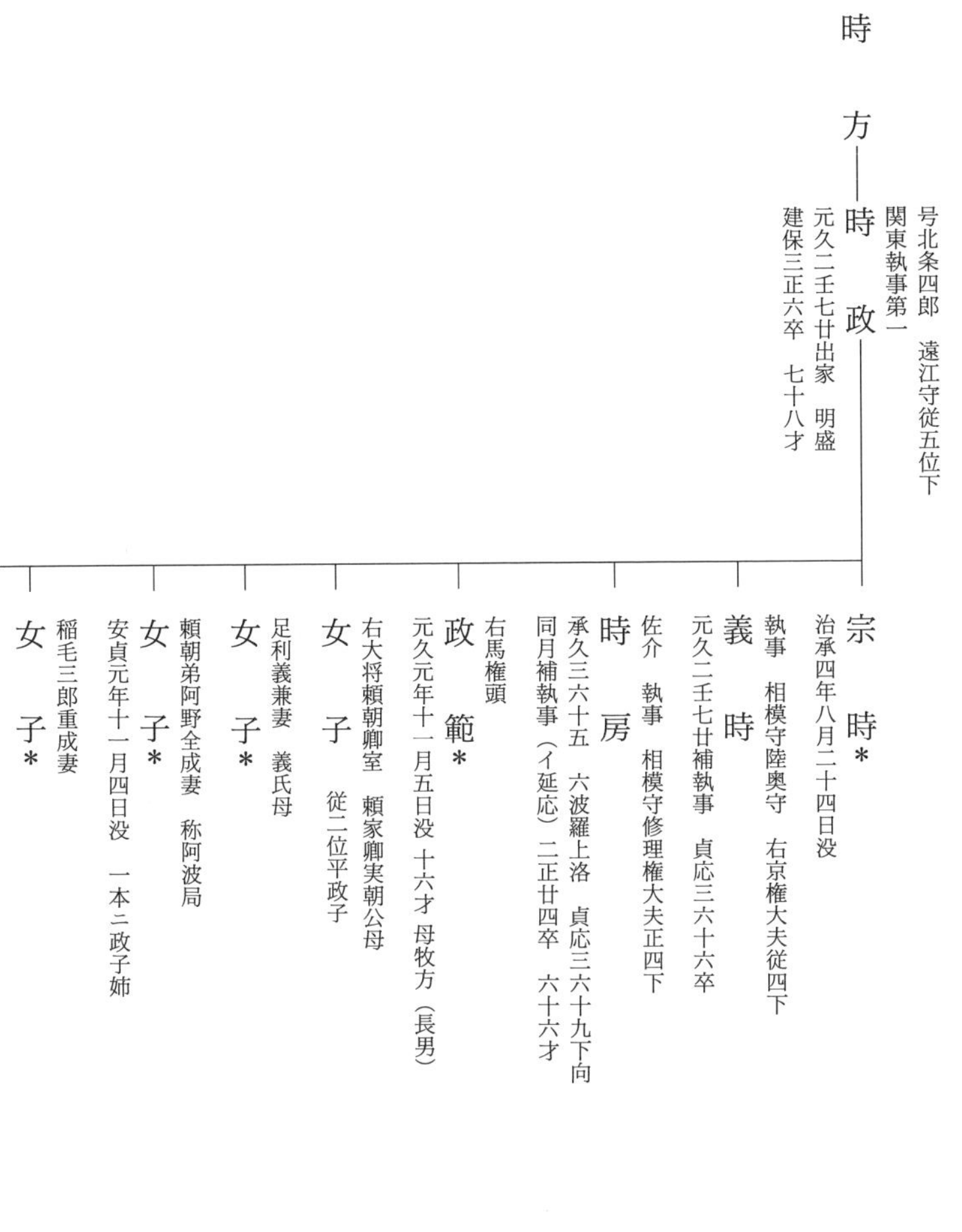

時方――時政
号北条四郎　遠江守従五位下
関東執事第一
元久二壬七廿出家　明盛
建保三正六卒　七十八才
宗時＊
治承四年八月二十四日没
義時
執事　相模守陸奥守　右京権大夫従四下
元久二壬七廿補執事　貞応三六十六卒
時房
佐介　執事　相模守修理権大夫正四下
承久三六十五　六波羅上洛　貞応三六十九下向
同月補執事（イ延応）二正廿四卒　六十六才
政範＊
右馬権頭
元久元年十一月五日没　十六才　母牧方（長男）
女子
右大将頼朝卿室　頼家卿実朝公母
従二位平政子
女子＊
足利義兼妻　義氏母
女子＊
頼朝弟阿野全成妻　称阿波局
安貞元年十一月四日没　一本ニ政子姉
女子＊
稲毛三郎重成妻

女子　右兵佐源朝政妾　後中納言国通室　母牧方（長女）
女子*　畠山重忠妻　後足利義純妻
女子　宇都宮弥三郎頼綱妾　泰綱母　母牧方（三女）
女子　後天王寺摂政藤師家妾　大納言実宣卿室　母牧方（二女）
女子*　坊門忠清妻　母牧方（四女）
女子
女子*　河野通信妻
女子*　大岡時親妻

右のうち、「母牧方」と注記した以外の人物の母はほとんど不詳である。当面の関心事が為家室にあるので、主としてそれとの関係のみに絞って、以下、牧の方所生の男女を中心に検討して行くことにする。

男子のうち、二男義時は、応保二年（一一六二）生まれ、三男時房は、安元元年（一一七五）の生まれである（吾妻鏡没年齢よりの逆算）。「右馬権頭」と注される四男政範は、『明月記』元久元年四月十三日の条に引かれる前日の除目の聞書中にその名が見え、「左馬権助政憲〔平時政子、実宣中将妻の兄弟、近代の英雄也〕」とある。また、『吾妻鏡』元久元年十一月五日の条に、「子剋、従五位下行左馬権助平朝臣政範卒〔年十六、于時在京〕」、十三日の条に、「遠江左馬助、去ヌル五日、京都ニ於テ卒去ノ由、飛脚到来ス。是レ、遠州当時ノ寵物牧御方腹ノ愛子ナリ。御台所御迎へノタメ、去月上洛、去ヌル三日京着、路次ヨリ病悩、遂ニ大事ニ及ブ。父母ノ悲嘆更ニ比スベキモノ無シト云々」とあることから、牧の方の嫡男であったこと、実朝室御迎えのための上洛途上に発病し、京都到着後弱冠十六歳の客死であったことなどを知る。この没年齢から逆算して、誕生は文治五年（一一八九）であったことになり、すると後述する三女頼綱妾よりもさらに二歳の弟で、末子にして長男故の「愛子」だったのであろう。

時政の長女は頼朝室となった平（北条）政子。母は不詳であるが、保元二年（一一五七）の誕生である。

牧氏所生の嫡女は、初め源（平賀）朝政に嫁し、朝政は建仁三年（一二〇三）十月京都守護となって上洛、後鳥羽院の信任もあつかったが、牧氏の謀反が発覚して、元久二年（一二〇五）閏七月二十六日、京都六角東洞院の宿所で襲撃され、松阪辺まで逃亡した後討たれ、(注2)その後、中納言藤原国通に再嫁したという。三女の生年から見て、寿永二年（一一八三）前後の生まれであったかと思われる。

牧氏所生の二女は、大納言藤原実宣の室となった。『明月記』嘉禄二年六月三日の条に、前大納言藤原実宣の婿取りの記事があり、付随して実宣の婿としての閲歴を記した中に、「其ノ後、壮年〔正四位下、中将〕ニシテ、関東〔時政朝臣〕ノ婿トナル〔国通卿妻ノ弟ナリ〕。家地ヲ以テ卿二品ニ与へ、上臈四人ヲ超エテ蔵人頭ニ補シ、参議ニ任ジ、大理ノ職ヲ経テ納言ニ昇リ、分憂（豊後）ニ預カル。（中略）其ノ妻ヲ喪フノ後、又二品養フ所ノ少女ヲ迎へ〔有雅卿ノ女〕、若妻トナス。更ニ左衛門督ヲ兼ヌルノ間、承久ノ乱世ニ遇ヒ、周章シテ即時ニ若妻ヲ遂フ。（下略）」とあって、確かに実宣の室となっていた。この記事に就けば、実宣が正四位下左少将から権中将に転じた建仁三年（一二〇三）正月十三日以降、蔵人頭に補された承元元年（一二〇八）二月十六日の間に実宣と結婚したこと、正二位中納言で左衛門督に任じられた承久二年四月六日よりもかなり以前に死去していたこと、などが知られる。確かに

『吾妻鏡』によれば、彼女は建保四年(一二一六)三月二十二日に死去している。(注3)定家が「国通卿妻の弟なり」と記し、為家室の母のことに触れていないのは、嫡女のすぐ下の妹を意味していると見られ、『尊卑分脈』系図は頼綱妾を前に位置させているが、「北条氏系図考証」に従い、こちらを姉と見ておきたい。妹と見られる頼綱妾の生年からみて、文治元年(一一八五)かその前後の生まれであったと見られる。後述する嘉禄三年(一二二七)正月二十三日の国通有巣河邸における時政十三年堂供養の仏事に参加した形跡がないのは、すでに十一年前に死没していたからであった。

牧氏所生の三女は、頼綱妾となって泰綱たちを生んだ。頼綱妾は、『明月記』天福元年(一二三三)五月十八日の条に、四十七歳と明記されており、するとその誕生は、文治三年(一一八七)であったことになる。

牧氏所生の四女は、坊門信清の二男忠清に嫁したという。(注4)忠清には頼綱妾と同じ文治三年生まれの同母兄忠信がおり、忠清は二歳ほど年下であったか。頼綱妾の方は二歳下に政範がいたから、四女はさらにその妹であったとみられ、仮に二歳年下であったとすれば、建久二年(一一九一)の誕生となる。上横手氏によれば、この婚姻が実朝と信清女の結婚を導く伏線になったという。すれば、十二歳の信清女が十三歳の実朝に嫁ぐために東下した元久元年(一二〇四)十二月よりも前、おそらくは建仁三年(一二〇三)中か四年早くには、二人の婚姻は成立していたことになる。先の推定に従えば、忠清は十五六歳、牧氏所生の四女は十三四歳ほどであったと見られる。なお忠清は、『明月記』には建暦二年(一二一二)七月十日を最後として以後その名が見えなくなるから、二十四歳ほどで死没したのではあるまいか。忠清室となった四女も、後述嘉禄三年の時政十三年の仏事に国通邸に参集した形跡がないのは、すでにそれ以前に死去していたからであろう。

四　父母の長姉として誕生

さて、頼綱妾の嫡男前下野守正五位下泰綱は、弘長元年（一二六一）十一月一日、在京中に五十九歳で没しており、(注5)すると彼の誕生は建仁三年（一二〇三）、母頼綱妾十七歳の時の子であったことになる。

為家室となった頼綱女は、貞応元年（一二二二）六月以前に長男為氏を儲けているので、前年承久三年に為家に嫁したものと見られる。没年は、『公卿補任』弘安二年、五十八歳の前大納言正二位藤為氏の項下に「十二月四日服解（母）」とあるので、弘安二年（一二七九）十二月四日であったことが確認される。(注6)

一方、泰綱の嫡男景綱の『沙彌蓮瑜集』中に、

吉田の禅尼八旬に満じ侍りし春、鳩の杖をつくり侍りしに

この杖をなほてにつきてももとせにふたそぢあまる老いのさかゆけ（五七四）

とある。この「吉田の禅尼」は、後に考証するとおり、母の遺産を受け継いで吉田に住んだと思われる、宇都宮頼綱女為家室を指しているに相違なく、してみると彼女はいつの頃からか出家して、八十歳の長寿を保っていたことを知る。

景綱のいう「八旬に満じ侍りし春」は、ぴったり数え八十歳の春として問題ないと思われ、(注7)母の年齢との関係から見て、おそらく亡くなった弘安二年の春であるにちがいない。そこを基準に逆算すると、彼女は正治二年（一二〇〇）の誕生となり、泰綱よりも三歳の姉であったことになる。この年父頼綱は二十三歳、なんと母頼綱妾には十四歳の時の子であった。

かくて頼綱女は二十二歳の時、当年二十四歳の為家に嫁したと思われ、二十三歳の六月以前に為氏を生んだのであった。繰り返すと、為家室は時政妾牧氏所生の三女と頼綱との間の長女であり、三歳下の弟で嫡男が泰綱であっ

た。小笠原某と離別して千葉八郎に再嫁したという次女は、泰綱よりもさらに年下であったと思われる。

『明月記』は、承久二年（一二二〇）から元仁元年（一二二四）まで、五年間の記事が全く知られていないので、それに就くことは出来ないが、頼綱女為家室は、その間承久三年（一二二一）中に為家と結婚、翌貞応元年六月以前に長男為氏を儲け、さらに二年後の元仁元年に次男為定（源承）を出産している。

五　為氏（鶴若）と為定（源承）

為氏は、『公卿補任』に初めて登場する建長三年（一二五一）に三十歳、出家した弘安八年（一二八五）には六十四歳とあり、また『尊卑分脈』に「弘安八八廿出家　覚阿　六十四」「弘安九九十四薨　六十五」とある、それぞれの年齢から逆算して、誕生は貞応元年（一二二二）となり、さらに定家筆「貞応元年六月　日」の年月記を持つ「為家定家両筆仮名願文」(注8)の中に「嬰児等」とあるのが為氏を指しているにちがいなく、六月以前と限定でき、さらに「嬰児等」と願文の内容から臆測すれば、六月にきわめて近い四月以降くらいの間の誕生だったのではあるまいか。頼綱女は二十三歳であった。

源承は、為家と頼綱女との間の二男であり、その生年は元仁元年（一二二四）中と確定している。石田吉貞氏は『明月記』の記事その他を博捜して、源承伝の概略を巨細正確に解明しており、(注9)ほとんど全面的に従われるのであるが、ただ一つ付け加えるとすれば、翌嘉禄元年（一二二五）十一月二日に魚味（真魚始め）が行われたことに関し、石田氏の引く『玉葉』治承四年正月二十日の条、皇太子言仁親王（安徳天皇）魚味着袴の記事に「魚味、十五箇月ニ当ル。世俗ニハ、二十箇月ニ之ヲ食スト云々」と見える、世俗の二十箇月説をそのまま当てはめれば、元仁元年四月の誕生であったことになるであろう。頼綱女は、長男為氏を出産して二年後、元仁元年四月に二男源承を出産したと見てほぼまちがいはない。

嘉禄二年（一二二六）正月五日、五歳になった長男為氏は、氏爵により叙爵した。『明月記』は、年頭、蔵人頭為家の晴れ姿を感激のうちに記述しているが、四日の記に昨年来の事情が伝えられる。

四日。（中略）鶴若叙爵ノ事、去年ハ万事ニ嬾クシテ思慮ヲ廻ラサズ。五歳吉例ノ慶賀ニヨリ、後ニ思ヒ入レ、此ノ事ヲ止ム。氏爵ヲ伺フ哉ノ由相示スト雖モ、若シハ其ノ隙有ル哉ノ由、今朝高三位ニ相尋ヌ。返事ニイフ、「今年ニ於テハ長季卿申シ給ヒ了ンヌ。明年早カニ沙汰ヲ申スベシ」トイヘリ。今年、事定マルカ。明年、申スベキノ由、兼ネテ示シ送ル所ナリ。夕べ、頭ノ中将来タル。叙位、当時申シ文ヲ付クル人ナシ。内覧ノ時、頭ノ弁ニ請フベシ。元日節会ノ尋常、殆ド近年見ザルノ由、詞ヲ出ス人々有リト云々。（下略）

「鶴若」が為氏の幼名であった。「高三位」は高階経時で、藤原氏の氏の長者近衛家実のもとで選考に当たっていた人物であろう。昨年は出遅れたけれども、五歳が為家以来の吉例なので、今年を期していたという。為家によれば、幸い今年は今のところ競合者はいないとのことで、

六日。（中略）頭中将ノ書状ニ、氏爵、為氏叙セラレ了ンヌ。叙位委シクハ見ズ、神祇伯資宗、三位ニ叙スト云々。五歳ノ叙爵中将ノ例ナリ。慶賀ノ後、此ノ事ヲ思ヒ出シ、宰相中将ニ示シ付クベキノ由、歳末ニ思ヒ寄ルノ処、事頗ヒナク早速ニ成就ス。幸運ノ前表ナリ。欣ビニ感ズルコト極マリナシ。巳ノ時許リニ聞書到来ス。（中略）鬼ノ間ニ於テ見参ニ入ルノ次デ、頭ノ中将ノ嫡子、氏爵面目ノ由、面シテ仰セラルト云々。感悦極マリナシ。（下略）

と、至極すんなりと決まって、定家は喜悦の色を隠せない。為家が鬼の間で天皇に拝謁し、恩言を賜ったということを聞き、定家はまた感極まっている。

六　二位尼北条政子死去と母たち

これより十箇月ほど前、為家室の母頼綱妾の長姉である国通室（後述）は、前年来伊豆にあった。『明月記』嘉禄元年二月二十九日条に、

（前略）坊城相公ノ病悩危急ノ由、坂本ニ於テ雑人ノ説ヲ聞ク。仍リテ房任ヲ以テ承リ驚ク由ヲ示シ送ル。本ノ持病更ニ発リ、昨今又小減ノ由返事有リ。去ヌル冬ヨリ未ダ出仕セズト云々。大略損亡ノ人カ。妻室去年ヨリ伊豆ニ在リ、未ダ帰洛セズ、人口ハ狂乱スト云々。

とあることによる。国通室はその後一旦は上洛したらしく、同年六月三十日に、また急遽関東旅行を企てている。『明月記』同年六月二十九日の条は、次のとおり。

二十九日。天晴ル。坊城相公ノ消息ニ云フ、「西郊ノ持仏堂、八月ノ比開眼セント欲シタルノ処、女房俄カニ遠行ヲ企テント欲スルノ間、明日形ノ如ク之ヲ遂ゲ、馳セ下ラント欲ス。聴聞セラルル哉」ト。六十日病悩ノ上、近日又腹病相加ハレバ、論勿キノ由之ヲ答フ。中将ニ於テハ行キ向フベキノ由、書状ヲ以テ示シ送ル。腹病ノ気ニ依リ、不定ノ由ヲ申セバ、構ヘテ向フベキ由ヲ示シ送ル。

三十日。（中略）後ニ聞ク、相公ノ堂供養、中将早旦ノ由ヲ聞キ、辰ノ時ニ向フニ、事遅々トシテ、申ノ時ニ始マル。（下略）

この急な遠行は、鎌倉の二位尼将軍北条政子危篤の報を受け、その見舞いを目的とするものだったと思しい。『吾妻鏡』によれば、政子は、五月二十九日に発病、徐々に重篤となって、六月十六日には一度絶入し辛うじて蘇生したものの、大がかりな祈禱や医療も空しく七月十一日に薨去、十二日に披露の後火葬されている。飛脚の第一報が都に到着したのは七月十七日であった。五味氏によって復元された『明月記』嘉禄元年七月十七日の条に、

（前略）左大将殿御拝賀、昨日ノ仰セニ依リ、鞍〔前駆ノ料〕ヲ進ジ、雑色一人ヲ召シ進ゼント欲スルニ、未ノ時許リニ鞍ヲ返シ遣ハシ、御拝賀延引ト云々。不審ノ間、冷泉女房、昨今賀茂ニ参ゼント欲スルニ、今日俄ニ止メ了ンヌト云々。之ヲ推スニ、東方ニ若シ事有ルカ。来リ語ル者無シ。（中略）夜ニ入リテ中将来ル。東方ノ事十二日ノ由、飛脚来ル。但シ、其ノ由ノ書状、未ダ来ラザル由、武蔵太郎、右幕下ノ使者ニ答フト云々。

とあり、左大将教実の拝賀中止、為家室の賀茂参詣も俄かに取り止めになったことから、定家は政子死去かと疑っている。夜に入ってからの為家の情報によって、確証を得たものの、六波羅への書状は未着であるという。

為家室の母頼綱妾は、国通室よりも少し早く関東に下っていたようで、二日後の『明月記』に、

十九日。遙漢清明、夜前ノ暑気頗ル宜シク、朝ノ間秋気ニ似タリ。巳ノ時、東方女房〔冷泉母儀〕ノ書状到来シ、十一日ニ終ラルノ由ヲ告ゲ送ル。件ノ状即チ相門ニ覧セ了ンヌ。他方ノ音信未ダ通ジズト云々。猶シ不審ヲ増サシムル者ナリ。

とあって、政子死去を知らせる為家室母からの書状が到着している。「他方の音信未だ通じず」とは、六波羅への正式の書状はまだない、との意であろうか。

さらに翌二十日の条には、

二十日。天晴レ雲収マル。午ノ時許リニ中将来ル。夜前、左衛門尉知景、相門ノ御使トシテ関東ニ馳セ下リ、女房、御仏事ヲ修スベク、行兼相具シテ下向スベシト云々。連々ノ経営、実ニ其ノ煩ヒ有ルカ。（下略）

と見える（『明月記』原本断簡集成」に「（前略）知景為相門御使馳下、関東女房可修仏事（下略）とする読点を改めて解した」）。国通室と為家室母の姉妹のみならず、為家室までも、政子の御仏事を修すべく、関東に下向するというのである。為家室を伴って下るという行兼は、先月六月十四日にも公経の使者として関東に下向するなど、公経腹心の家司であった。腹違いではあっても、北条時政の長女政子の臨終の床を見舞い、また死後の仏事を営むために、姉妹とそ

の娘為家室までも鎌倉に下ったのであった。そして彼女らの後ろには、後述するとおりその母北条時政の後室牧の尼がいた。

ちなみに、それから二十年ほど後の寛元二年（一二四四）七月二十八日（十一日のところこの年はこの日）に、国通室は夫の有栖河邸に、政子の二十周忌法要として法華八講を修し（春華秋月抄・法華経論議抄・大日本史料）、二年後の七月十一日にも、同じく有栖河八講を催している（春華秋月抄）。そのことから推せば、国通室は腹違いの長姉政子の菩提のために、一周忌以後の毎年の周忌法要も、同じ有栖河邸に催してきた可能性がきわめて大きい。為家所縁のこの女系一族が、鎌倉将軍家と極めて近しい関係にあったことに、改めて目を見張る思いがする。

七　三代の母系吉田に集う

嘉禄二年（一二二六）十一月の吉田祭に、参議為家は神態（神事）を勤仕することになっていた。[注10] 祭の前日と当日の記事の要を摘むと、以下のとおりである。

二十日。霜凝リ、霧深ク、天晴レ、雲尽ク。宰相来リ、「明日、吉田祭ニ参ズ。此ノ祭ノ如キ、更ニ然ルベキ口伝ヲ受ケズ、粗々江次第ヲ見、又当時ノ形勢ニ随フ。召使ノ弁行事ヲ引導スルコト思ハザルニ渋リ、又帯ヲ忘レ了ンヌ。抑々明日ハ欠日ナルニ、初度ノコト然ルベカラズ。只初メテ氏社ノ祭ニ逢ヒ、又大原野遠キニ依リ、是非ナク之ヲ行フカ。頗ル普通ナラザルコトナリ。日次ヲ沙汰セズ」ト云々。予又老耄シ、忘却シ了ンヌ。猶シ前駆ヲ具スベシト云々。白昼、人属目スベシ。吉田ノ家ヨリ出デ立ツ、宜シカルベキノ由示シ了ンヌ。（下略）

二十一日。遅明ニ時雨レ、朝陽即チ明シ。吉田祭ニ宰相着キ行フ。冷泉ノ女房・母堂・祖母来会シ、冷泉ニ此ノ家ノ人々又行キ向ヒテ対面スト云々。（中略）夜ニ入リテ女房帰ル。吉田祭ニ参ジ、勤メ了ンヌト云々。

定家は前日為家に対し、前駆の装束が粗末で白昼だと見苦しいので、吉田神社に近い「吉田の家より出で立つ、宜しかるべき」由を指示したのであったが、その「吉田の家」に、冷泉の女房（為家室頼綱女）とその母堂（頼綱妾）ならびに祖母が来会し、「此の家」すなわち吉田の家の人々（母堂と祖母）が、冷泉の為家邸を訪れて、互いに行き来しながら、妻の親族たち一同が、親しく交歓していた様子が彷彿とする。「吉田の家」「吉田」は、この記事から少なくもその宇都宮頼綱妾が本拠として住んでいた家だと分かる。祖母とは、後引嘉禄三年正月二十三日の記事から、平時政の後室牧の尼であったと知れる。

平時政後室牧の尼は、これより十日ほど前に上洛している。すなわち嘉禄二年十一月十一日の条に「今日、関東ノ女房入洛ト云々」とあり、十二日の条にも「昨日、東方ノ女房粟田口ニ車ヲ儲ケ、先ヅ冷泉ニ入ルノ後、周防ノ宿所ニ宿ス〔大炊御門万里小路〕。後日、四条東洞院ニ居ルベシト云々」とある、その「関東の女房」「東方の女房」が、その人を指しているとみられるからである。「冷泉」は為家の冷泉邸であるに相違なく、牧の尼は先ずは孫娘の嫁ぎ先を訪れて挨拶し、その夜は大炊御門万里小路にある周防の家に宿ったという。「周防」とは、『明月記』に、「冷泉ノ家中執権ノ女周防ノ母、錦小路ノ屋ニ在リト云々」[注11]、「宰相、室町殿ヲ立チ、私ノ女房周防ノ大炊御門ノ小屋ニ居ルベシト云々」[注12]などとみえる、為家冷泉の家中を執り仕切っていた女で、大炊御門万里小路にその居宅はあった。おそらく為家室の輿入れに際して実家から派遣されていた乳母の如き人物と思しく、牧の尼とも面識のある年輩の女性であったのではないかと推察される。上洛中の滞在先となった「四条東洞院」は、朝政が元久二年閏七月二十六日に討たれた時の宿所が「六角東洞院」であったことを勘案すると、あるいは同じ屋敷（四条坊門小路と六角小路は相隣る）で、後引の記事からこれもおそらく嫡女婿国通の邸宅の一つになっていたのではあるまいか。

牧の尼の上洛に先立つこと約一箇月、嘉禄二年十月十三日には、牧の尼の娘婿に当たる宇都宮入道頼綱が上洛している。すなわち十月十三日には、「宇都宮入道、一昨日入洛ス。入道一人ト只二人ノ騎馬、法師原少々歩行ト云々。偏ヘニ是レ法文ヲ学バンガ為ナリ。明年一年ヲ過グシテ帰ルベシト云々」。また十一月十六日には、「今夜、入道〔関東〕北山ニ参ジ、謁シ奉ルト云々」とある。仏道修行のため一年余りの期間滞在して、また東下する予定との風聞であったというが、実際にはその後ほとんど常時在洛していたかに見える。かくて、為家室の父頼綱と母、ならびに祖母牧の尼の三人は、三人ながら都に来合わせたのであった。

そして、十二月下旬、牧の尼はまた、冷泉の為家邸を訪れる。

二十一日（中略）秉燭以後、乗車シテ北門ヲ出デ、西大路ヨリ更ニ南ノ門ヲ入リ、新屋ニ入リ〔禅尼ト女子同車。故ニ後物ニ乗ル。白衣、同ジク単衣ヲ着ス〕、今夜宿リ始ム。

二十三日。（中略）午ノ終リ許リニ、一昨日ノ如ク同車シテ冷泉ニ行ク。宰相、夜前荷前ニ参ズ。（中略）今夜、関東ノ人此ノ家ニ来ルベク、対面ノ為女房暫ク留マリ、予ハ先ニ家ニ帰リ了ンヌ。

とあり、定家は、冷泉の為家邸の中に建てた新屋に、二十三日も妻の禅尼と女子後堀河院民部卿典侍とともに出かけたのであるが、「関東の人」がこの家すなわち冷泉邸に来るというので、女房は暫く留まり、定家は一足先に帰ったという。定家室の禅尼と女子後堀河院民部卿典侍は、賓客に会うためにしばらく留ったものと思われる。定家は、一条京極の家を本拠としている。

八　牧の尼の上洛と南都七大寺参詣

この度の牧の尼の上洛は、亡夫北条時政十三年忌を期して建立した堂供養を目的とするものであった。翌嘉禄三年（一二二七）正月二十三日の条に、次の記事がある。

二十三日。霜凝リ、天晴ル。今日、遠江守時政朝臣ノ後家〔牧尼〕、国通卿〔婿〕有巣河ノ家ニ於テ、一堂ヲ供養ス〔十三年ノ忌日ト云々〕。宰相ノ女房并ビニ母儀〔宇都宮入道頼綱ノ妻〕、昨日彼ノ家ニ向フ。亭主語ル。公卿宰相殿上人ヲ招請。公卿ハ直衣、殿上人ハ束帯。一ノ長者前大僧正導師ト云々。関東又堂供養ト云々。余慶家門ヲ照スカ。雑人等云フ。秉燭以後布施ヲ取ル〔導師遅々タリ〕。按察・皇后宮大夫〔布施以前ニ早出ス。宮司〕・亭主・平宰相・侍従宰相・治部卿〔皆直衣、六人〕・宗平朝臣・定平朝臣・実経朝臣・隆盛朝臣〔亭主子トナスト云々〕・実蔭朝臣・隆範朝臣・信実朝臣・家任〔少将〕・氏通・為綱・諸大夫三四人。人数幾バクナラズ。孝綱・盛忠〔堂童子・手長等、之ニ役ス〕。（頭注）導師、綱所ヲ相具シ、威儀ニ備フ。讃衆ノ僧綱六口之中、道寛供奉ト云々。公長、誦経導師ノ布施ヲ取ル。此ノ宰相、別ノ禄ヲ取ル。両人ニ反ス。（下略）

北条時政は、建保三年（一二一五）正月八日に七十八歳で亡くなっているから、この年は確かに十三年に当たっていた。鎌倉においても同じく一堂を建立してその堂供養をし、追善の仏事をおこなったようであるが、牧の尼は、都においても、嫡女の婿である藤原国通の京都西郊有巣河の家に一堂を建てて供養したのであって、自ら檀越となったその法会に参列するための上洛であったことはほぼ疑いない。為家の妻とその母頼綱の妾（牧の尼三女）は、前日から国通邸に赴き、牧の尼の嫡女国通室ならびに祖母牧の尼ともども三代の女たちが親しく交歓した様がしのばれる。藤原泰通の二男国通は、定家室（藤原実宗女）と異父同母（中務少輔教良女）の弟という二重に交差した間柄でもあった。[注13] 侍従宰相為家ももちろん招かれて参列し、禄を取る役を勤めた。

牧の尼は、行動的でかつ至って元気であったらしく、堂供養を終えるとすぐに、同じ二人を伴って天王寺と南都七大寺参詣に出かけている。正月二十七日の条に、

天晴ル。未時、西風猛烈、白雪散漫シ、須臾ニシテ晴ル。朝ニ聞ク、夜火匣西焼ケズ、群盗度々襲来シ放火スト云々。武士ノ巡検栓ナキコト也。昨夜ノ冱寒厳冬ニ過グ。未ノ斜ニ至リテモ聞書ヲ見ズ。関東ノ禅尼、今暁子孫ノ女房ヲ引率シテ、天王寺并ニ七大寺・長谷ニ参詣、東大寺ニ於テ万灯会ト云々。冷泉女房ハ姙者ナリ。善事ト雖モ穏ヤカナラザルコトカ。当世ノ風、骨肉モ猶教誡ニ拘セザルガゴトシ。況ンヤ辺鄙ノ輩ヲヤ。昏ニ

臨ミテ、荒涼ノ聞書ヲ見ル〔抄物ノ如シ〕。（下略）

と見える。西風が激しく雪がちらつく天候をものともせず、未明に出発してゆく。東大寺での万灯会が時政仏事の延長だったのであろう。為家の妻は三男為教を身ごもって七箇月ほどの身重だったはずであるが、妊娠していることなどお構いなく、娘と孫娘を引き連れての寺巡りの旅行に、定家は嫁の身体のことを思って教誡を与えたが、身内の為家妻も聞く耳を持たず、辺鄙の輩（関東の老尼）はなおさら御しがたいと、当世の風を嘆いている。

二箇月後、牧の尼はまた為家の冷泉邸を訪れたらしい。

（三月）二十二日。天快ク晴ル。初メテ暖気アリ。冷泉女房ノ外祖母〔時政朝臣ノ後家〕来臨ス。冷泉ノ消息ニ依リ、禅尼行キ向カハル。愚老此ノ如キ事ヲ知ラズ。只網然タルノ外他ナシ。

とあり、為家から消息があったので、定家室の禅尼がわざわざ冷泉の家まで出向いて行ったという。孫娘の家に嫁ぎ先の定家家の家刀自を呼びつけるがごとき、尊大で傍若無人の振る舞いに対し、定家は呆れはて扱いかねている様子である。牧の尼は終始、頼綱女とその配偶者為家の冷泉家とだけ関わっており、そんな態度に定家も決して会おうとはせず、敬して遠ざけているようにみえる。

時政の若き後室牧の方の父は、大舎人允宗親といった下級官僚で、平頼盛に多年仕えて、駿河の国大岡の牧を知行していた人物。藤原道隆流宗兼の子で平忠盛後室頼盛母池禅尼の兄弟にあたる「諸陵助宗親」は同一人物と思われ（注14）、すなわち牧の方は池禅尼の姪にあたるという関係にあった。『吾妻鏡』には「牧三郎宗親」「牧武者所宗親」などの呼称で、時政・牧の方に近仕している。

九　三男為教の出産

さらに一箇月後の嘉禄三年閏三月十九日に至って、為家の妻は産気を催す。大きな腹を抱えて天王寺と南都七大寺参詣を果たした後の、三男為教の出産である。

> 十九日。朝天陰リ、巳ノ後ニ甚雨〔未ノ後ニ風相交ル〕。辰ノ後許リニ、冷泉女房産ノ気アリ、火急ノ体ニアラザル由之ヲ聞ク。巳ノ一点許リニ、女房ト相乗リ行キ向カヒ、北庇ニ於テ、其ノ事ヲ相儲ク。陰陽師〔道繁ノ門生カ〕祓ヲ修ス。験者ノ事有リ、取リ頻ルノ体ニアラズ。入道〔近日京ニ在リ〕来臨シ、相逢フ。指シタル事ナキニ依リ、入道帰リ了ンヌ。午ノ終リ許リニ、予又帰ル。指シタル所作ナク、窮屈術ナキノ故ナリ。（下略）
> 二十日。夜ヨリ雨止ムモ、天猶シ陰リ、午ノ時ニ晴ル。猶シ同ジ事ト云々。但シ卜筮ニ、一昨日ヨリ二十日巳午ノ時ノ由占ヒ申シ、更ニ驚クベカラズ、一定吉事ノ由ヲ頻リニ称スト云々。但シ、事ノ体猶シ極メテ恐レ思フ者ナリ。午ノ時許リニ、又行キ向フ。入道来会シ、験者若シクハ微々タルカノ由、夜部之ヲトシ、又律師某ヲ請ヒ加フ〔長厳僧正ノ弟子。先年此ノ母堂ノ産ヲ祈ルト云々〕。両度許リ取リ頻ルニ、未ノ時無為ニ誕生シ〔男子〕、後ノ事即チ訖ンヌ。奔リ出デ車ニ乗リ了ンヌ。験者二人〔律師ニ女房ノ衣一具、阿闍梨ニ二ツ衣〕ニ、各々龍蹄ヲ引ク。陰陽師ノ事、大允道繁ノ許ニ送ル〔門生三人祓ヲ修ス。其ノ身ハ病ト称シ、此ノ向ヒノ小屋ニ在リト云々〕。

報告を受けて、定家は妻の禅尼とともに行き向かい、北庇を産屋として準備を整え、陰陽師に命じて祓をさせる。頼綱入道も来臨して、娘の産の成り行きを心配しつつ見守っているが、十九日はさしたることもなく、一旦京中にある入道の家（錦小路富小路の四条邸であろう）に帰り、定家も帰宅する。二十日、またやってきた頼綱入道は、験者が少なすぎると律師某を請ひ加えて祈らせるうち、未の時に至り無事に男子を出産、後産も滞りなくすんだ。この時、為家室頼綱女は二十八歳であった。

ここで注目すべきは、験者として加わった律師某の割注に「長厳僧正の弟子。先年此の母堂の産を祈ると云々」とある記事である。この律師某は、先年、今産に臨んでいる頼綱入道の娘の母堂、すなわち頼綱の妻の産をも祈った経験者であったという。後年長女を出産した天福元年（一二三三）九月十九日、無事産が終わった後の記事に

「例ノ律師、医家貞幸等ニ馬ヲ引キ、各々退出スト云々」と見える律師も、同一人物であろう。

頼綱は、若年より宇都宮を本拠として鎌倉幕府に仕えていたが、『吾妻鏡』によれば、二十八歳の元久二年（一二〇五）八月七日に牧氏の乱（朝政の謀反）が発覚、同十六日下野国において出家、蓮生を名乗って、十九日には陳謝のため鎌倉に出頭しているから、少なくともそれまでは関東にあった。妻もまた宇都宮もしくは鎌倉に住んでいたはずで、その間、正治二年（一二〇〇）に長女を、また建仁三年（一二〇三）には長男を出産したこと、先述のとおりである。とすれば、律師某が先年祈ったという頼綱妾の産は、その後間もなく上京して生まれたと思われる次女の誕生に際してのことだったのであろう。つまり、長女である頼綱女も嫡男泰綱も、まだ幼いころ母に連れられて上洛し、物心つくころにはすでに都の住人であったにちがいない。すなわち為家室となった頼綱女は、生まれは関東でも、育ち成人したのは都においてであったことになる。関東の人である宇都宮頼綱の娘という先入観で、東国育ちの女を為家は妻にしたという印象を抱いてきたのであるが、その点についての認識は改めなければならない。父方の宇都宮氏、母方の北条氏ならびに都下りの牧氏と、何れも東国を本拠とする人たちの血をうけ、自身も東国に出生はしたものの、為家室は幼時より京都に育ち人となりを形成した都人だったといえよう。

さて牧の尼は、いつまで都に滞在していたか、明確ではないが、その死没は、あるいは寛喜元年（一二二九）四月二十二日だったのではなかったか。すなわち、寛喜元年六月五日と九日と十一日の記事に、

五日。辛丑。（中略）巳ノ時許リニ宰相来ル。（中略）明日国通中納言西郊ノ家ニ堂ヲ作リ供養スレバ［聖覚］、人々ヲ語ラヒテ行キ向フ。（下略）

九日。乙未。（中略）巳ノ時許リニ宰相来ル。アリス河ノ仏事、公氏・経通・隆親・経高・範輔卿、殿上人十一人ト云々。

十一日。丁未。天晴レ陰ル。今日、宰相所縁ノ女房、在州河ニ於テ、正日ノ仏事ヲ修スト云々。人々ヲ語ラヒ

テ行キ向カフト云々。後ニ聞ク〔家光卿着座スル許リ〕」、長清卿訪ネ来ルト。

とあって、為家室が費用を負担して、在州河の国通邸新造の御堂において「正日の仏事」が営まれている。在州河は、前引嘉禄三年正月二十三日の記事からも、また『吾妻鏡』が国通を「在州河黄門」と親しみをこめて呼称していることからも、嫡女婿国通邸であることは疑いない。「正日」とは「正忌日」の意で、①人の死後喪に入って四十九日目の日を意味する場合と、②一周忌の当日をいう場合とがあり、②の意なら、安貞二年（一二二八）六月十一日に没した誰かの仏事となるが、一周忌なら、前記した政子二十年・二十二年の仏事に照らして、嫡女である国通室が施主となるはずだから、この場合は①の意で、寛喜元年四月二十二日没の誰かの仏事だった可能性が大きく、この時点で彼女たちに共通する近々の故人は、時政後室牧の尼以外にはいない。俊成死去の際の七日毎の仏事を近親者が受け持っていることなどから類推して、この時は時政妾牧の尼のそれで、為家室が費用負担した仏事であった蓋然性が、極めて高いと思われる。

十　吉田の家——為家室の実家——

寛喜三年（一二三一）八月、頼綱女、三十二歳。この年十歳になった為氏の拝賀の記事がみえる。為氏は前年正月二十四日に侍従に任じているが、この八月のころには任官や昇叙のことはなく、おそらく侍従の拝賀が遅れていたのであろう。二日の記に「明日、侍従為氏拝賀ヲ申スベシ。存ズル旨有リ、更々蓬門ニ来ルベカラザル由ヲ示シ含メ了ンヌ」、三日に「侍従拝賀ノ事、夜前之ヲ聞ク。車ハ偏ヘニ宰相少年総角ノ糸、世間ノ人用フル所ノ組ヲ用フ。使ノ童、花田。小舎人童二人、萩。上下白キ生単衣〔下ニ白キ帷ヲ著ス〕。共侍、有弘、今一人頼重ノ子ノ男ト云々。日入リテ、参内スベキノ由出デ立ツ」と、定家があれこれ心配りをしている姿が見え、四日の夜右兵衛督為家がやってきて、夜前宮中での拝賀の詳しい報告があった後、さらに為家の言葉の続きの中に「十日ノ比、入道

［外祖］京ニ出ヅベシ。仍リテ吉田ニ向ハント欲ス。其ノ次デニ来ルベキ由、之ヲ諾ス」とある。十日ごろに西山の入道頼綱が京に出てくる、その時入道は吉田に行く予定なので、その機会に為氏が吉田の家に行く約束を了諾してもらったというのである。そして、十日の条によると、為氏は定家の家を訪れて、祖父に晴れ姿を見せている。

> 十日。（前略）午ノ時、賢寂来リテ告グ。侍従来リテ告グ。外祖母ヲ見ンガタメ吉田ニ向フノ次デト云々。程ナク来ル。拝賀ノ束帯ノ装束ナリ［童二人。侍二人。其ノ夜ノ如シ］。進退度アリ。容体、本ヨリ尋常、舞踏セシメテ之ヲ見ル。練習頗ル当時出仕ノ輩ニ超ユ。雨気アルニ依リ、怱ギ出デシム。賢寂云フ、神祇官造作ノ料、入道五十貫已ニ之ヲ送ル。右兵衛ノ年預資―ニ仰セ付ケテ造ラシム［眼代同ジク之ニ付ク］。又同ジ員数吉田ノ女房ノ許ヨリ沙汰スベシト云々。此ノ事尤モ然ルベシ。又材木等アリト云々。

先にも指摘したことであるが、この記事からはより確実に、吉田の家には、[注15]「吉田の女房」為氏の外祖母で頼綱妾が住んでいたことが判明する。頼綱は、西山の禅室（善峰寺）に住み、京の市中に出て来た時は、四条の「入道在所」[注16]に居ることが多く、それは稲毛三郎重成女所生の子息左衛門尉頼業が宿所としていて、[注17]古くから大番役上洛時に居宅としてきた「錦小路富小路」の家と同一の場所（南が四条通りに面していたか達していたのであろう）だと思われるのであるが、吉田の妻の許を訪れることもしばしばだったと思われる（頼綱にはまた、例の『百人秀歌』の色紙形を押した嵯峨中院の別業もあった）。そして、頼綱とその妻はともに財力豊かで、それぞれに独立した生活を営んでいたことを知ることもできる。「吉田」「吉田の家」は、頼綱妾が所有する為家室の実家だったのであり、為家室が為氏や小児たちを連れて行ったり、[注18]為家が出かけて行って泊ったりしている[注19]のも頷ける。

後年、文永十年（一二七三）七月十三日付為氏宛て為家書状案（冷泉家時雨亭文庫蔵）に、日吉参籠のことに関して「雑事さすが吉田よりしつけて候へば」と記している「吉田」も、同じ家だったはずである。しかし、この時点ではすでにその頼綱妾も没した後と思しく、所有権を相続したと思われる為家室と、母方の嫡男でもあった為氏が住

み、その指示のもと家司友弘が下男薬師男を使って家政を取り仕切っていたものと思われる。(注20)

為家室の母、頼綱入道の妻は、その母牧の尼に劣らず、行動的で情熱的な女性であったらしい。天福元年（一二三三）五月十八日の条に、「又聞ク、金吾ノ縁者［妻ノ母］、天王寺ニ於テ、入道前摂政ノ妻トナルノ由、態トニ女子並ビニ本ノ夫ノ許ニ告ゲ送ルト云々。自称ノ条、言語道断ノ事カ［禅門六十二、女四十七］」とある。「入道前摂政」は、藤原師家である。どのような経緯でこうなったのかは分らないが、天王寺からわざわざ娘と本の夫のところへ告知してきたというのだから、定家ならずとも言語道断と呆れ返るにちがいない。頼綱入道（蓮生）はしかし、六月十六日には定家の許を訪れ、折りから進行中の『新勅撰和歌集』の撰歌を見学して帰っている。(注21)

ただ入道と妻との間はやはり冷たく険悪であることは免れず、文暦二年（一二三五）三月十二日には、嫡男泰綱が関東から相具してきた栗毛の名馬を、まず母が請い取って手中にしたところ、相門公経が聞きつけて欲しがったので、頼綱入道が旧妻の落ち度を責め暴いて取り返し、公経に贈り届けたという。

十二日。（中略）金吾来ル。（中略）泰綱国ヨリ相具ス所ノ栗毛ノ馬、名誉有リ。入洛ノ後、母乞ヒ取ル。禅室又聞キ及バルノ間、厳父又勘発シテ取リ返シ、今日禅室ニ就クト云々。龍蹄喧嘩ノ比カ。相具シテ参ルト云々。

禅室は公経入道で、前日の記事に「京中ノ商賈ノ輩、善馬ヲ飼フ者有リ。相門召シ寄セテ価直相論ノ間、兼ネ言有ル由ノ讒言ヲ蒙リ、杻械枷鎖シテ打チ調ベラル。隣里ノ裨販等、悲泣歎息スト云々」とあって、公経が随分非道なやりかたで名馬を漁っていたことが前提になっているのであるが、一方泰綱の方は、二箇月前の正月三日、冷泉の為家邸を訪れて馬五匹（為家に二匹と子供三人に各一匹）を贈り、正月十四日には、九条家の道家と教実に各二匹の馬を進上していた（ともに明月記）ことも、公経の名馬獲得欲を一層掻き立てたのであろう。

天王寺入道との一件があって以後、頼綱入道が京に出てきた時の住いは、専ら稲毛三郎重成女所生の子息左衛門尉頼業が宿所としていた、錦小路富小路の四条邸とすることになったと見られる。

十一　長女後嵯峨院大納言典侍の出産

天福元年（一二三三）九月十九日、三十四歳の頼綱女は、初めての女児後嵯峨院大納言典侍（為子）を出産する。すでに三度の経験があるとはいえ、臨月ともなれば人少なは不安であったらしく、九月一日の条に「金吾ノ家、殊ニ無人ノ由、女房示シ送ル。禅尼至リテ宿ス」と見え、定家室の禅尼が出向いて泊まり、面倒を見ている。お産前日の十八日、定家一家が仕えている藻璧門院が、難産の末母子ともにはかなくなられるという公の悲嘆のさなか、翌朝為家の妻は産気を催す。

十九日。庚申。天晴ル。暁ヨリ金吾ノ私家ニ又産気有リ、火急ニ非ズト云々。度々相尋ヌト雖モ、当時殊ナル事ナシ。午ノ時許リニ頗ル頻リナル由ヲ聞キテ、侍ノ男ヲ行キ向カハスニ、来リテ云フ、「産成リ了ンヌ。女子。今一事遅々タリ」ト。但シ、在朝朝臣密々来リ、「更ニ事有ルベカラズ。只今成ルベキ由ヲ称ス」ト云々。須臾ノ間ニ成リ了ンヌ。例ノ律師・医家貞幸等ニ馬ヲ引キ、各々退出スト云々。

定家は、後産の遅いことを心配したが、在朝朝臣の言ったとおりすぐにあって、無事長女の産は終わった。定家「鍾愛の孫姫」の誕生である。

定家は、ちょうど一月前に書写してあった『拾遺和歌集』の奥書の一部に、「為授鍾愛之孫姫也」と書き添えて誕生祝いとし、翌天福二年正月には『伊勢物語』を書写、同じく「為授鍾愛之孫女也」と書き添え、三月にも『後撰和歌集』を書写、「為伝授鍾愛之孫姫也」と書いて贈り、さらに嘉禎三年（一二三七）正月には『古今和歌集』を書写、これにも「授鍾愛之孫姫也」と添え書きし、将来への並々ならぬ期待をこめて、五歳になった孫娘に与えたのであった。これら枢要の歌書は、弘長三年（一二六三）七月の典侍の早すぎる死没の後、まるで生まれ変わりのように誕生した為相に譲与されてゆくことになる（本書終章第一節）。

その間、天福二年七月二十四日には「冷泉ヨリ姫君此ノ宅ニ渡ラル。扶持ノ女房、蒜ヲ服スルノ間、其ノ人無キノ故ニ、尼中ニ預ケラルト云々」と、為家室服薬のため、定家宅の尼連中がこの子を預かり、文暦二年二月十七日の条には「戌ノ時許リニ、冷泉ノ姫君俄ニ病悩ノ由下人来リテ告グ。助里・尾張ノ尼奔リ行キテ、帰リテ云ハク、霍乱危急ノ如シ。興心房来リ給フ。在友朝臣来リテ占フニ、別事無キ由ヲ示スノ間、即チ例ニ復スト」と、急病の報に心を痛め慈しみ、落居の報に胸を撫で下ろしている。

嘉禎元年（一二三五）は、この孫姫三歳であるが、三男為教（九歳）の元服祝いと一緒に、やや遅い魚味の祝いが行われた。十二月十八日に「三郎ノ童、歳ノ内ニ密々首服ノ志有リ。姫君モ魚食ノ事有ルベシ。此ノ如キ事、僧房ニ服ヲ進ムルハ、同ジ忌ミノ内ニモ尤モ憚ルベキカ。仍リテ狭小ヲ顧ミズ、元三ノ間、此ノ蓬屋ニ同宿スル哉ノ由、此ノ夕べ始メテ案出ノ由ト云々。老僧ニ於テハ朝夕出仕スルハ、不審ノ事ナシ。只一身ノ慶ビナリ。出家ノ女房存知スルハ、測リ知ラザル由之ニ答フ」とあり、出家した自分の家で慶事をするのは憚られるので、年内に冷泉の為家邸で祝いをすませ、正月は狭いけれども我が家に皆を呼んでと考えたのである。「出家の女房」は、後堀河院民部卿典侍であろう。そして、暮れも押し詰まった二十九日、「今日、三郎ノ童、密々元服セシメ、姫君ハ魚食ト云々。亦、密々調フル所ノ檳榔ノ新車ヲ、此ノ宅ニ立タシメ、旧物ヲ以テ裹ム」と見え、二つの慶事は行われた。為教も孫姫も、この年猖獗をきわめた疱瘡を十月末に患って程なくのころであった。

なお、この後嵯峨院大納言典侍（為子）については、岩佐美代子氏の詳細緻密な考証があり、その生涯と人となりが如実に活写されている。(注22)

十二　下野国真壁の庄をめぐる相論

後嵯峨院大納言典侍（為子）の魚食の祝いをした嘉禎元年（一二三五）から数えて三十一二年後、文永三年（一二六六）から四年のころ、既にこれ以前に出家し、六十七歳か六十八歳になっていた頼綱女は、二男源承と、また夫為家と下野の国真壁の庄をめぐって相論した。すなわち小川剛生氏の教示によって知りえた資料であるが、『経光卿記』（国立歴史民俗博物館蔵）文永四年三月二日の条に、以下の後嵯峨院評定の記事がある。本文は、東京大学史料編纂所所蔵の写真版により、私に読み下して示したが、当該史料は大日本古記録『民経記九』（岩波書店、平成十六年三月）に所収された。

二日。己丑。晴ル。院ニ参ル。評定ニ依リテ也。数尅ノ後、太閤・関白参ラシメ給フ。申ノ尅ニ及ビテ出御有リ〔御烏帽。直〕。召シ〔帥ノ召シナリ〕ニ依リテ、二条前大納言・皇后宮大夫・下官・帥・源宰相・左大弁〔大夫ハ直衣、二条以下ハ□衣〕等参候シ、条々沙汰有リ。

一　源宰相奉行、申出　祭主隆蔭卿與一祢宜延季相論太神宮遷宮後古物配分間事

（中略）

一　二条前大納言奉行、申出　賀茂社領一条以北地社使支配事

（中略）

一　源宰相奉行　信宗律師與朝真阿闍梨相論法勝寺領但馬國下鶴井庄預所職事

（中略）

一　前宰相奉行　氏女孝六與勝瑜法眼相論最勝光院領周防國美和庄内武岩名田畠事

（中略）

一　民部卿入道與前妻尼相論下野国真壁庄間事

勅定云、此ノ事、先ヅ相論ノ本主ヲ定メテ、沙汰有ルベキカ。母ノ尼ト源承ト相論カ、将又入道ト前妻トカ。母子ニ於テハ、敵対スベカラザルカ。

大殿　両方訴訟ヲ貽スベカラザルカ。文書ヲ文殿ニ下サルベシ。

殿下　領家成敗スベキ由仰セラレ了ンヌ。其ノ上今更沙汰ニ及ブベカラザルカ。

二条　去年沙汰有リ、領家ニ仰セラレ了ンヌ。而ルニ訴訟猶休マズ。一日、新大納言〔為氏〕内々ニ申ス旨候ヒキ。「若シ領家ノ入道右府他人ニ充テ給セラレバ〔仮令、召使フ所ノ家司等カ〕、母ノ尼ハ、定メテ訴訟ニ処スルコト無キカ。其ノ時、源承法眼ニ於テハ、文書ヲ帯スルノ間、出訴スベキナリ。母ト子ト敵対ノ時コソ有リツレ、此ノ儀出デ来タレバ、定メテ難治タルカ」ト云々。誠ニ其ノ謂レ有ルノ由、人々之ヲ申サル。

大夫　領家成敗スベキ由、定メ仰セラレ了ンヌ。其ノ上今更変ジ難キカ。

下官　帥

已上、去年沙汰有リ、道理ニ任セテ成敗スベキ由、領家ニ仰セラレ了ンヌ。領家源承ニ成敗スルノ処、猶訴訟出来ス。此ノ上ハ、法家ニ下シ勘セラルベキカ。

源宰相　左大弁ノ議ニ同ズ。

左大弁　此ノ地一向ニ母ノ財ニ非ズ。禅門、本主ニ相逢ヒテ沙汰ヲ致スカ。然ラバ、源承ノ申ス旨理ニ背カザルカ。父母、子ヲ打殺シ、其ノ財ヲ奪フト雖モ、理訴ノ道無キカ。然リ而シテ共ニ競フノ時ハ、猶シ父ノ命ヲ重ンズベキカ。父母相並ブ時ハ、父ヲ以テ尊ト為スカ。

十三　真壁庄の来歴と相続

真壁の庄は、『明月記』寛喜二年三月二十四日の条に、「巳ノ時許リニ相門ニ詣デ謁シ奉ル。真壁ノ庄ノ事、宗保入道ヲ以テ示達セント欲スルニ、日来所労有リテ、夜前ニ出来セリ。仍リテ今日示サント欲スルノ由、命有リ」。

また、四月十一日の条にも、「真壁庄〔下野〕、請文ノ事相門ニ達ス。沙汰スベキノ由命有リ」とあり、更に三十日の条にも、「真壁庄、政所〔女御代〕下文〔中宮権大進親氏一人別当加判〕、相門ヨリ之ヲ賜ハル。即チ、宰相ノ許ニ送リ了ンヌ」と見えることが知られている。

石田吉貞氏は「この庄も相門（公経）から贈られたもので、その下文を即刻、宰相（為家）の許へ送ってゐるのを見ると、実は為家が賜ったものかも知れない」と見ており、(注23) 永原慶二氏は、定家がおそらく西園寺家の公経から与えられた下級所職（土地柄といい「請文云々」といい、実質は在地の地頭請所同然の土地）で、それを為家に与えたと見ておられる。(注24)

『明月記』のこの前後、九条家の道家は、現任の関白として「殿下」と呼称されており、また最初の記事中の「宗保入道」は、西園寺公経家の家司で、その屋敷は一条左近の馬場の巽の方にあり、(注25) 北山第においては主人に代わって、訪れた定家を応対していることからみても、(注26)「相門」は公経以外ではありえない。公経は少し前から、恐らく俸禄に近い恩典として真壁の庄の下級所職を為家に与えることにし、二十四日訪れた定家にそのことを伝え命じたのである。それに対し、年貢徴収の請負契約書に相当する「請文」を定家から公経に提出し、沙汰せよとの命を受けて許可される。そして三十日、任命書に相当する「下文」を賜ったということの次第である。

この時為家に与えられた「下文」は、真壁庄政所（それは「女御代」であり、領家職の所有者とみてよい）から下された文書で、それには中宮権大進親氏一人が政所別当として加判してあったという。親氏は、前年十一月に後堀河天皇の許に女御として入内した道家女竴子（後の藻壁門院）の職事（侍所別当）の一人で、(注27)『明月記』によれば、中宮として冊立された寛喜二年二月十六日の立后の日からは、中宮権大進に任命されていた。しかし、その竴子は女御代になったことはないから、中宮権大進親氏が加判してはいても、それは竴子とは無関係の下文だということになる。「別当」とあるのは、真壁の庄の預所職以下下級所職の任免権をもつ領家であった「女御代」の、「政所別当」ということであるに相違ない。

ことは、その領家職の所有者が誰であったかということの詮索に帰する。寛喜二年の時点において、それは「女御代」の有するところであった。しかして文永三年四年の時点においては、領家職は「入道右府」花山院定雅の有に帰していた。この二項目を事実として押さえた上で、その所有権推移の意味と、さらに真壁の庄領家職の淵源を、推測を交えながら辿ってみなければならない。

いま『尊卑分脈』に基づいて花山院定雅の関係系図を作成して掲げると、以下のとおりである。

- 忠経　右大臣　右大将　正二位　母太政大臣清盛公女　健保元十二廿二出家　寛喜元八月五薨五十七　号花山院右大臣
  - 忠頼　右中将　従三位　母同定雅公
  - 忠輔　母
  - 定雅　右大臣　右大将　正二位　母中納言能保公女　康元元十二廿七出家永仁二二廿薨　号粟田口入道右大臣　又号後花山院
  - 経雅　左少将　正三位　母同師継
  - 師継　内大臣　春宮大夫　正二位　母中納言宗行女　弘安四四九薨六十　号花山院内大臣
  - 女子　経子　佐渡院女御代　頼仁親王室　母

『公卿補任』は、長兄忠頼の母を藤原能保女とし、定雅の母は藤原宗行女としていて、その方が正しいかと新訂増補国史大系本『尊卑分脈』の校異欄は指摘している。従うべきであろうか。唯一人の女子経子は、順徳院の「女御代」となり、土御門・順徳両帝の弟宮頼仁親王の室となったと注されている。順徳天皇は、東宮時代の承元三年三月二十三日、良経女立子を東宮御息所として迎え、十四歳の承元四年十一月二十五日踐祚の後、立子は女御となり（十二月二十九日）、中宮（建暦元年正月二十二日）となるが、大嘗会御禊には確かに女御代が立てられていた。すなわち『玉蘂』によれば、建暦元年十月二十二日の大嘗会御禊には、三条右大臣公房女（母は内大臣忠親女。後堀河天皇の貞応元年十月二十三日の大嘗会御禊に女御代となり、女御、中宮、そして安喜門院の院号宣下を受けた同じ公房女有子の母は、従三位範能女。別の女か）がその役をつとめ、春華門院崩御によって延引した翌年十月二十八日再度の大嘗会御禊には、女御代の有無が院御所の議定において議された[注28]ものの、結局は立てることに一同した模様で、『玉蘂』によれば「花山前右府女、母故能保中納言女」が宛てられたらしい。これが系図にいう経子であることは疑いない。そして、為家に与えられた下文の発給者である女御代も、この女性であった蓋然性が極めて大であると思われる。

　忠頼の母と経子の母は、鎌倉幕府源頼朝の重臣一条能保の女保子であり、領家職は、寛喜二年から文永三年の間に、経子から藤原宗行女腹の花山院定雅に移っている。とすれば、真壁庄の領家職は、能保女保子が花山院忠経の許に輿入れするに際し、父能保から譲与されて持参した財産であったのではなかったか。臆測をたくましくすれば、能保女保子の没後、おそらくその長女であった女御代経子に譲られ、経子は頼仁親王室となったものの、子供を儲けることもなく夭折するかして、また長男で弟の忠頼も建暦二年十二月十九日に十四歳で早世、さらにその弟忠輔も一家を立てるに至らず、能保女没後すぐに再婚した宗行女腹の定雅が、領家職を相続することになった、というような経緯だったのではあるまいか。能保とその子女たちの略系図は、次のとおりである。

検別当　丹波讃岐権守　左馬頭
太皇太后宮権亮　左右兵衛督
権中納言正二位
能　保
母右大臣公能女　建久五壬八二出家法名保蓮
同九年十廿三薨五十一　号一条二位入道

高　能
頭　参議　左兵衛督　従二位
母左兵衛督義朝女　建久九九十七薨廿三

信　能
頭　参議　左中将　従三位
母江口遊女慈氏　承久三八十四於美乃国被斬

実　雅
参議　右中将　従三位
母家女房藤家恒女　為太政大臣公経公子　号伊与宰相中将
貞応三十一遣越前国　安貞二四一没　河死

能　全
山　律師
母

能　性
仁　法印
母仁操僧都女

長　能
仁　法印　権少僧都　石山座主
母

尊　長
山　法印　法勝寺執行
母　承久乱逆已後晦跡隠居被尋出之後自害

女　子
後京極摂政北政所　光明峯寺殿母
母同高能

女子　大納言通方室　内大臣通成母
母
女子　太政大臣公経公室　実氏公母
母　全子
女子　右大臣忠経公室　忠頼卿母
母　保子
女子　円助法親王母
母

真壁の庄は、文治二年、幕府初代問注所執事三善康信の弟康清が預所職に補任され[注29]、一方、寛喜元年七月十九日、真壁友幹から子息時幹への地頭職譲与を安堵した将軍九条頼経袖判下文が残っていることなどから、預所職補任権をもつ領家については、康清などの立場からみて関東御領の可能性もあるが、未詳としたり[注30]、いま少し明確に鎌倉将軍家かと推断する立場もある。[注31]もしも推断どおり鎌倉将軍家が領家であったとすれば、いつの頃にか一条能保にそれが下賜されたということになるであろう。

かくて領家職は、能保からその女保子へ、保子から経子へ、そして経子から花山院定雅へと伝領されていったと臆測されるのである。

さて、寛喜二年為家が請文を奉って下文を与えられた時、専ら西園寺公経の裁量として下賜されたのは、如何なる事情によるのであろうか。前記系図に見るとおり、能保の長女は良経室となって道家ならびに順徳院后立子らを生み、二女は源通親息中院通方に嫁して通成らの母となり、三女は西園寺公経に配偶して実氏らを生んだ全子、そして四女は花山院忠経の室となって経子と忠頼らを生んだ保子、そして五女は後嵯峨院妃となって円助法親王の母となった女性と、能保女姉妹の五人が五人とも時の政治の中枢にあった貴顕に配偶し、九条道家家、西園寺公経家、中院通方家、花山院忠経家、後嵯峨院仙洞を横断的に繋げていた観がある。蓋し、一人保子のみならず、彼女たちの全てが関東から持参したと思われる所領関係の所職は、関東との関係が深かった西園寺公経が一括管理するなど、何らか特別な方法がとられていたのであろうか。依然としてことの真相は十分に理解しかねるままに、疑問を残して、博雅の教示を待ちたいと思う。

十四　文永四年三月二日後嵯峨院御前評定

さて、文永四年三月二日の後嵯峨院評定においては、前年の評定を承けて、寛喜二年に為家が公経から賜った所職が争論の対象となり、議されたのであった。この評定の座への出席者は、後嵯峨院（四八歳）、太閤前関白前左大臣従一位藤原（二条）良実（五二）、関白従一位藤原（一条）実経（四五）、前権大納言正二位藤原（二条）資季（六二）、権大納言正二位皇后宮大夫藤原（花山院）師継（四六）、前権中納言正二位民部卿藤原（勘解小路）経光（五五）、権中納言正三位太宰権帥藤原（吉田）経俊（五〇）、参議正四位下源（中院）具氏（三六）、参議従三位左大弁源雅言（四一）らであり、この係争の奉行（担当者）は前参議正三位源（土御門）通持（二六）であった。

左大弁源雅言の発言の中に「此の地、一向に母の財に非ず。禅門、本主に相逢ひて沙汰を致すか」とあるのは、真壁の庄のこの所職が、元来頼綱女が持参した財産ではなく、為家が主家西園寺家の公経に巡り会って賜ったものであることを明確に言いきっている。為家は晩年になってその下文を源承に譲ったのである。資季の言中に引用される為氏の言「源承法眼に於ては、文書を帯するの間」は、為家から譲られた証文となるその下文を、源承が所持

していると の謂に他ならない。

頼綱女は、文永三年、自分の所有権を主張して、源承と相論に及んだものとみられる。旧夫の口約束のようなものを持ち出してのことでもあったか。その時の院評定では、領家職を持つ入道右大臣花山院定雅の成敗に委ねることと決定し、定雅は証文となる文書を帯している源承の方に軍配をあげて決着をつけたのに、頼綱女はなおも不服として、旧夫為家の源承への譲与行為を不当として提訴し、院評定の場に持ち出されたという経緯であったと推察される。

二条前大納言資季の伝える為氏の言は、もしも領家の入道右府が源承以外の誰か他人に（たとえば召使いの家司といった類か）この所職を充て給して、彼らを相手にするのだったら、母は提訴することはなかったであろう。源承が為家から与えられた証文を持っていたから訴訟を起こしたのであり、そして前回自分の子である源承と敵対したところまではまだよかったけれど、今度は旧夫為家との間に訴えを起こしたのだから、これは極めて難治のことだ、という。おそらく為家が阿仏と結ばれた建長五年ころ以降、夫婦の間は険悪な状態のままに推移し、この程度の問題を巡っても、事を構えて敵対するといった依怙地なところが、頼綱女にはあったごとくである。彼女の血の中には、父頼綱の剛毅さと母系の情熱的実行力が、脈々と受け継がれていたのであろう。正当に譲られた源承こそいい迷惑で、母と為家との関係を熟知している為氏も、匙を投げたいような口吻である。

訴訟の結論は、為家自身が得た権利なのだから、また夫妻が同等に並んでいる時には夫の意志が尊重されるという一般的常識からの判断も加えて、為家の勝訴となったものと見られる。この件は、これ以後院評定の場に持ち出されてはいないから、頼綱女も諦めて引き下がったものと思われる。なお、美川圭氏は、院評定の場においては勅定が結論となるケースが多いことを立言している。(注32) 内容からみて、この件に関する冒頭の「勅定」は、前年の評定を踏まえて今回評議の出発点となる問題点を整理したものであると思われ、その意味で前年の結論とはいえるかもしれないが、本日評議の結論ではない。

十五　為家室頼綱女の最晩年

そのようなことがあってからさらに十年余りを経た弘安二年（一二七九）の春、頼綱女はかつての父頼綱と同じように、一族の者たちに八十の賀を祝ってもらった後、その歳晩十二月四日に死没したのであった（第四項に既述）。

後嵯峨院大納言典侍の母の身まかりての比　九条左大臣女
かたみとてきるもかなしき藤衣なみだの袖の色にそめつつ　（続後拾遺和歌集一二五三）

は、母大納言典侍を早くに失った孫娘が、祖母の死の直後に詠んだ哀傷歌であるにちがいない。岩佐美代子氏の考証に従えば、九条左大臣女は母が死没した弘長三年には十二歳か三歳、弘安二年は二十八歳か九歳のころであった[(注33)]。

【注】

（1）安田元久編『吾妻鏡人名総覧―注釈と考証―』（吉川弘文館、平成十年二月）。
（2）『吾妻鏡』元久二年閏七月二十六日条。
（3）『吾妻鏡』建保四年三月三十日条。
（4）上横手雅敬「女の争い―北条政子と藤原兼子―」（『ライバル日本史』第二、一九七七年十一月、評論社）。→『鎌倉時代―その光と影』（吉川弘文館、平成六年五月）。
（5）『吾妻鏡』弘長元年十一月一日条。
（6）金子磁「藤原為氏の生涯」（『立教大学日本文学』第三十一号、昭和四十九年三月）。
（7）たとえば『増鏡』（あすか川）に、文永五年の記事として「明けん年、一院、五十に満たせ給ふべければ」とあり、六年がちょうど数え五十歳に当たっていた。

(8)「当市八木騎牛庵氏所蔵品入札目録」(大正十年十月十日、大阪美術倶楽部)、「三楽庵所蔵品入札目録」(昭和十五年二月十六日、大阪美術倶楽部)、所掲「八幡名物定家為家両筆墨跡」。→本書第六章第二節参照。

(9)石田吉貞『藤原定家の研究』(文雅堂書店、昭和三十二年三月)六五～六九頁。

(10)『明月記』嘉禄二年十一月十一日条。

(11)『明月記』嘉禄二年五月三日条。

(12)『明月記』寛喜元年八月十一日条。

(13)「『明月記』(建仁二年八月)を読む」解説(土谷恵)(『明月記研究』第一号、一九九六年十一月)。稲村栄一「『明月記』片々」(『島大国文』第二十六号、平成十年二月)。

(14)岡見正雄・赤松俊秀校注『愚管抄』(岩波書店、日本古典文学大系)三〇二頁。

(15)『藤原為家全歌集』一八五九(～一八六一)「翫残花暮春比、於蓮生西山禅室詠之」、一八六二「自西山禅室帰洛之時、自路次更送之」。『玉葉和歌集』(二四三三)「西山に住み侍りける比、花のさかりに前大納言為家人々さそひてたづねまうできて、歌よみかはして侍りけるを、うへのをのこの仲よりたづね侍りければ、おくりつかはすとてかきそへ侍りける/蓮生法師/思ひきや空にしられぬ雪もなほ雲のうへまでちらむものとは」。『東撰和歌六帖』二〇三「蓮生法師/しら雲のこころにかかる宿ならば花のあるじをきてぞとはまし/是は、西山の草庵の桜さくほどみすてて京へ出でたる人のもとより、軒ちかく待ちしさくらやさきぬらんそなたの嶺にかかる白雲、といひおこせて侍りける返事によめるとなん」。『新千載和歌集』(二一八二)「弘安元年三月藤原景綱ともなひて、にし山のよしみねといふ寺にまうでて、外祖父蓮生法師旧跡の、花のちり侍りけるをみて、人々三首歌よみ侍りけるに/前大納言為氏/尋ねきてむかしをとへば山里の花のしづくも涙なりけり」。

(16)『明月記』嘉禄三年閏三月二十九日条。

(17)『明月記』文暦二年閏六月二十日条に、「暁ニ火アリ。錦小路富小路ナル所縁ノ入道宅ノ門焼クルト云々。子息左衛門尉頼業ノ妻昨夕死去[邪気]、賢寂ノ従者等称スル所ト云々」とある。

(18)『明月記』寛喜二年九月六日条など。
(19)『明月記』嘉禄二年六月二十三日条、同十一月九日条など。
(20)佐藤恒雄「藤原為家の所領譲与について」(『中世文学研究―論攷と資料―』和泉書院、一九九五年六月)。→本書終章第二節。
(21)十六日。己丑。朝天陰リ晴ル。(中略)巳ノ時許リニ、金吾、侍従並ビニ外祖ヲ伴ヒテ来ル［数寄ニ依リテ撰歌ヲ見ンガ為ナリ］。(為家は)霍乱以後窮屈ニテ未ダ出仕セズ、実任朝臣内ト院ト除籍ノ聞エアリト云々。少々之ヲ見テ、未ノ斜メニ帰リ了ンヌ。山月雲暗クシテ漸ク昇ルノ後晴ル。
(22)岩佐美代子「後嵯峨院大納言典侍考―定家「鍾愛之孫姫」の生涯―」(『和歌文学研究』第二十六号、昭和四十五年七月)。→『京極派歌人の研究』(昭和四十九年四月、笠間書院)。
(23)石田吉貞『藤原定家の研究』(文雅堂書店、昭和三十二年三月)。
(24)永原慶二『日本封建制成立過程の研究』(岩波書店、昭和三十六年月)。
(25)『明月記』寛喜二年十二月八日条。
(26)『明月記』安貞元年八月六日条。
(27)『玉蘂』寛喜元年十月二十日条。
(28)『百錬抄』建暦二年五月二十九日条。
(29)正和元年七月二十三日関東下知状写。
(30)『角川日本地名大辞典8　茨城県』(角川書店、昭和五十八年十二月)。
(31)『茨城県の地名』(日本歴史地名大系8)(平凡社、一九八二年十一月)。
(32)美川圭「院政をめぐる公卿議定制の展開―在宅諮問・議奏公卿・院評定制―」(『日本史研究』第三八四号、一九九一年八月)。→『院政の研究』(臨川書店、平成八年十一月)。
(33)岩佐美代子『京極派歌人の研究』(笠間書院、昭和四十九年四月)第二章第三節その二「九条左大臣女」。

第六節　為顕の母藤原家信女について

一　はじめに

藤原為家の正室は宇都宮頼綱女で、彼女は、長男為氏、二男為定（源承）、三男為教、長女後嵯峨院大納言典侍為子の、少なくとも四人の子女を儲けた。為家の晩年に結婚した阿仏が、為相と為守を生んだことも著名であるが、その二人の女性の間にもう一人為家の妻室がいて、侍従従五位上為顕（明覚）を生んだのであったが、この女性の素性については全く知るところがなかった。為顕母は、『源承和歌口伝』（愚管抄）に「（阿仏ガ為相ヲ生ンダ）其後より為顕母〔内侍女〕と中あしく成りて」（柳原本。九条家本は「同侍女」）とある記述を承けて、辞典類の解説も、意味不明のまま「為家の子。母は内侍女」（和歌文学大辞典・和歌大辞典）とするのみで、それ以上に追究する手立てを持たなかったからであった。

ところが、『尊卑分脈』師通公孫家政流の「藤原家信」の女子の一人に、「大納言為家卿室　離別」と注記されている。とすると、「内侍女」というのは「家信女」の字形相似による『源承和歌口伝』書写者の誤読ないしは誤写なのではないかとの閃きが走り、塾考していや必ずやそうであるにちがいないと推断される。

二　七条院女房堀川局

『尊卑分脈』系図（国史大系・第一篇四〇五頁）によれば、藤原家信の家系は、後二条関白師通の直系五代の孫。その注記に従えば、家信の本名は雅経。正三位、民部権少輔、左中将の位官記載があり、母は「刑部卿家長女」（「家長」の右に［源］と校訂注記するのは、後述するとおり誤り）であった。

一方、家信の『公卿補任』初出は、承久二年（一二二〇）で、散位、非参議の項下に以下のとおり見える（新訂増補国史大系本）。

従三位　同（藤）家信　四月六日叙。前右中将。

三木雅長卿三男。母七条院女房堀川局［美作前司家長朝臣女］

仁安三三十五従五下（御即位。前女御琮子給）。文治四十一廿七近江守。建久三七十二遷伯耆守（相転近江。二位宰相給）。同九正卅民部少輔。正治元十一廿七従五上（七条院御給）。建仁三正十三右少将。同十二月廿日正五下（東大寺供養。七条院御給）。建永元正六従四下（臨時）。同十三日遷左少将。承元四正十四従四上（七条院当年御給）。建暦元四一右中将。建保元正五正四下（陰明門院御給）。同三九五解官見任。

承久四年（一二二二）から「四十一」と記載されはじめる年齢に従えば、この年三十九歳。四月六日従三位に叙されて卿に列し、安貞二年（一二二八）四十七歳の三月二十日、正三位に昇叙（行幸北白河院、院司）、嘉禎二年（一二三六）八月二十二日、赤痢により五十五歳で薨じた、と跡づけることができる。

初出時の父母注記によれば、家信の母は「七条院女房堀川局」であった。七条院は、後鳥羽天皇の生母殖子（正三位修理大夫藤原〈坊門〉信隆女）で、「堀川局」所生の子女たちはその恩恵に浴するところ甚だ大であった。初出時の尻付により家信の公卿になるまでの閲歴を見ると、正治元年の叙従五位上、建仁三年の叙正五位下、承元四年の叙従四位上、の三度の加叙は、「七条院御給」によるものであったし、『尊卑分脈』系図の家信の姉妹たち六人のうち、「七条院女房」は三人（二人は「冷泉」、一人は「中納言局」、一人は「右衛門督」と呼ばれた）もいて、その引きの大きさが髣髴とするからである。

三　明月記の中の家信

家信は『明月記』にもしばしば登場する。そのうち元久元年（一二〇四）二月十七日の記事は、とりわけ注目に値する。

十七日。天晴ル。午ノ後雨降ル。催シニ依リ七条院ニ参ル。法住寺若宮ノ前駆ト云々。午ノ時又雨ノ後出デ給フ。殿上人六人、予・実宣・家衡［御装束ニ奉仕］・伊時・宣房［奉行］・家信［乳母子］。親能卿御車ノ後ニ乗リ、隆衡卿扈従ス。雨脚漸ク甚シク、白河ヨリ早出スレバ、還御ニ供奉スベカラザルノ由、本ヨリ奉行ニ示シ了ンヌ。白河ニ於テ御車ヲ寄セ、実宣御剣ヲ取ルト云々。（下略）

家信は「乳母子」と注されていて、これは「後鳥羽院の乳母子」の意であるにちがいないからである。家信の年齢は前述のとおりで、承久四年四十一歳、嘉禎二年五十五歳から逆算すると、寿永元年（一一八二）の誕生となる。後鳥羽院は、治承四年（一一八〇）七月十五日、五条町の亭に誕生されているから、二歳の齟齬が生じることになり、この点不審である。『公卿補任』の年齢記載に誤りがあるのだろうか。不審を残しながらも、家信の母は、後鳥羽院の乳母であった七条院堀川であることは確かであって（家信の父母が養親とされ、父雅長は乳人だったのであろう）、それ故にであろう、承久の乱までの母子の威風凛然たる様は格別であった。たとえば、承元二年（一二〇八）十月十二日の記事。

十二日。天晴ル。寅、午、子ノ時三度浴ス。未ノ時七条院堀川殿少将ヲ相具シテ下着ト云々。前行スル者無ク俄カノ来臨、喧々又以テ耳ニ満ツ。京兆、女房主君ト共ニ言談、所従ノ相論闘諍ニ似タリ。

定家は六日に京を出発し、七日申時（午後四時前後）に有馬温泉に到着、湯治中であった。「京兆」は左京大夫藤原信定で、前日早朝湯山に到着、すぐ定家の許に使者を送り、来訪の意志を伝えてきていた（暁頭左京大夫使者ヲ送リ、只今下着スレバ、訪フベキ由ヲ示シ送ル。時ニ志深庄［成実朝臣］挘飯ヲ送レバ、即チ之ヲ送ル。又獣炭ヲ尋ネラルレバ、求メテ之ヲ送ル）。俄に前触れもなく有馬温泉に到着した堀川殿と家信母子が、大声で左京大夫信定と言談する様はすさまじく傍若無人で、所従たちの話す様もまるで闘諍のようだったという。定家は、堀川局を「女房」、家信を「主君」と記し、時の人の羽振りのよさと慢心のあり様を如実に伝えている。

そして、後鳥羽院が失脚される前年、三十九歳の時、散位非参議ながら従三位に叙され、卿に列したのであったが、乱後は、安貞二年に正三位に昇叙したものの、散位非参議で無官のままに終わっている。（注1）

四　美作前司家長朝臣女

家信の母七条院堀川局は、前引『公卿補任』に「美作前司家長朝臣女」と注されるが、藤原定家本『公卿補任』には「母正四位下刑部卿家長朝臣女［七条院堀川］」とあり、『尊卑分脈』も前述のとおり「刑部卿家長女」としている。この家長は、『尊卑分脈』末茂孫顕季流の藤原家長（国史大系・第二篇三六三頁）で、白河院の寵臣六条修理大夫顕季の孫にあたり、父は参議家保。「正四位下、刑部卿」とあるその注記が、家信の注記「母、刑部卿家長女」と符合する。一方、「美作前司」の方は、「保元物語平治物語人物一覧」（新日本古典文学大系43『保元物語平治物語承久記』付録）の解説に、次のとおりその官歴が見える（「刑部卿」の官歴は不見）。

家長（いえなが）藤原。生没年未詳。参議家保の子。母未詳。家成の兄（本朝世紀・仁平三年（一一五三）十二月二十九日条）。元永二年（一一一九）一月二十四日美濃守（中右記）、天治元年（一一二四）十二月二十八日土佐守（二中暦）、天承元年（一一三一）十二月二十七日備中守（時信記）、久安四年（一一四八）一月二十八日

伯耆守より美作守へ（本朝世紀）。その頃より鳥羽院別当としての活躍が目立つ（兵範記・久安五年十月二十六日条以降）。兵範記・仁平四年三月五日条に「四位美作守」、同久寿三年（一一五六）一月二十八日の除目に「能登守藤家長」とみえる。保元の乱の後、九月八日には藤原基家が能登守に任ぜられているので、乱当時は、四位、能登守であろう。忠実や頼長の外出の折は、しばしば前駆を勤めている（兵範記・仁平四年一月三十日、二月二日条）。保元の乱の後の動静は不明であるが、保元物語は出家したとする。

同じ「人物一覧」の解説によれば、家長の弟でこの家の嫡男となった家成は、母は近江守藤原隆宗女典侍悦子（『尊卑分脈』隆宗の女子に「典侍従三位、隆子」）で、平頼盛母池禅尼は母方の従姉妹にあたり、権大納言隆季や『平家物語』鹿ヶ谷事件の新大納言成親らの父。鳥羽院第一の寵臣で、しばしば歌合を催した勅撰歌人でもあったという。従って家長は、権大納言隆季や成親らの伯父という関係にあったことになる。

なお、『尊卑分脈』（国史大系・第三冊四六六頁）は、『新古今和歌集』撰集期間中に和歌所開闔を勤めた、醍醐源氏高明流源家長の女子として、「藻璧門院但馬」の後ろに、もう一人の女子を点線でつないで「七条院堀川、家信卿母」と注し、系図を合成しているが、これは歌人であり和歌所開闔であった家長に惑わされた賢しらであるべく、否定されねばならない。(注2)

五　為家と家信女の接点

為家と為顕母家信女との接点は、那辺にあったのか。『尊卑分脈』系図の為家兄弟姉妹中最末に掲げられる「女子」が、その接点にいたのではないかと臆測してみたくなる。すなわち、この女子は、「公相公妾実顕母、後嫁雅平卿、親平母」との注記が付されていて、最初西園寺公相に嫁して実顕を生んだ後、家信の嫡男雅平に再嫁して親家（本名親平）を儲けたという。親家の注記に「正四下右中将」「本―平」「母定家卿女」とあり、そうすると為顕母家信女は、雅平の姉妹という関係にあったからである。

その雅平は、『公卿補任』によれば、文永三年（一二六六）四月三日元左中将から非参議従三位に叙され、五月二日侍従に任じられている。その初出時の年齢は、三十八歳。従二位前侍従で八月二十九日に出家（法名勝道）し、九月二日に没した弘安元年（一二七八）は五十歳だったから、逆算して寛喜元年（一二二九）の誕生となる。為家より三十一歳の年少であった。初出時の父母注記は「故正三位家信卿二男。母」とするのみで、『尊卑分脈』には「母右京大夫信隆女」とあるものの、該当する人物とその系図は確認できない。

為顕母家信女は、雅平の姉だったのか、妹だったのか。彼女は家信の女子三人の二番目に記されて、最初の女子は「東山関白（道家）家女房」、三番目の女子は「洞院摂政（教実）北政所女房中納言」とあるものの、年齢の決め手となるものはない。ここは所生の為顕との関係から臆測するほかはない。為顕が、弘長三年の為家勧進住吉社玉津島社三首歌合に参加した時を、仮に二十歳とすると、寛元二年（一二四四）の誕生となる。(注3)この年、父為家は前大納言正二位で四十七歳。母家信女は、前年の寛元元年から為家の愛情を受けるようになったとして、その時を仮に二十歳とすれば、雅平誕生の寛喜元年は六歳、雅平よりも年長の姉であった可能性が大きいことになる。ちなみに寛元元年、為家の正室宇都宮頼綱女は四十五歳、長男為氏は二十三歳、長女為子も十三歳になっていた。

一方、雅平室となった定家女については、最初に嫁した西園寺公相の息男実顕の注記に、「参議左中将正三」「母定家卿女、中納言典侍」「号冷泉又号橋本」とある。実顕の年齢は不詳であるが、公相の息男の中では最も早く建長五年二月十九日に叙爵している（公卿補任、文永四年初出時尻付）。後に嫡男となる実兼は建長七年七歳で叙爵しているから、実顕の叙爵も七歳であったと見れば、宝治元年（一二四七）の生まれ、死没した文永九年（一二七二）十二月一日は、二十六歳だったことになる。なお、公相の息男たちについては、石沢一志氏に考証があり、実顕・実兼二人の上に実兼の同母兄実康がいて、左中将の官にあった正元元年閏十月五日に「依目所労」出家している（百

鍊抄）こと、その後実兼を嫡嗣としたようで、同年十二月五日に拝賀が行われていることなどが、明らかにされている。(注4)

石田吉貞氏は、実顕注記の「中納言典侍」に注目し、『増鏡』（内野の雪）に、後嵯峨院の女房たちに男性の公事の真似をさせ興じられる場面で、中納言典侍が権大納言実雄に扮することになったが、どうしても下沓をはくのがいやだと局へ下がったのを追いかけて、弁内侍と歌の贈答があった、「その見え坊である点や歌の巧みな点なども、どうやら定家の女らしく思はれる。定家が中納言になったのは七十一歳の時（貞永元年一月）であるから、その中納言を以て名づけたとすれば、この女は定家晩年以後に官女となり典侍となったものであることが推測される。（雅平に嫁したことの信じうべきことなど、中略）その生んだ実顕や二度目の大雅平の没年（尊卑分脈によれば弘安元年九月二日）から考へ、また前記の如く中納言典侍とよばれたことから考へて、定家の子女中最もおそい方であり、恐らくは（嘉禄二年八月二十四日に誕生した）小婢所生の女子などがそれではなかろうかと思はれる」と推測している。(注5)氏は確証がないからと断定はしていないが、最も蓋然性に富む推測で、もしそうなら、公相に嫁して実顕を生んだのは二十二歳か二十四歳のころ、再嫁した年は判らないが雅平よりも一歳か三歳の年長だったことになる。

とすると、先に推測した為顕母家信女と為家とが結ばれたかと臆測した寛元元年は、定家女が公相に嫁すよりも五年ほども前になるから、為家の婚姻のほうが先で、その関係が契機となって、かなり長い宮仕えの時間を隔てて、為家妹の雅平への再嫁が実現したという順序になる。以上の考証は、臆測と推測をいくつも重ねて成り立っているので、信憑度において脆弱ではあるが、為家妹の雅平との婚姻が為家と家信女との関係を導いた可能性は、ほとんどないであろう。

かくして、家信女がどのような契機で為家と結ばれ、為顕を儲けることになったのか、正確なことは何もわからないままである。ただ、『尊卑分脈』系図に「家信」の家が「室町」と呼ばれたこと、そして前引『明月記』天福元年十一月八日の記事に、「去夜群盗入家信卿法住寺旧宅、即放火焼了云々、家主居住、若不然歟、近日姉小路烏丸居住之由云々」とある、その「姉小路烏丸」は室町通りにも面した邸宅で、冷泉高倉にあった為家邸とは、きわめて近い位置関係にあったことだけは確かである。

為顕母家信女と為家の交情が始まった当初のころは、当時のならいとして当然、為家が姉小路烏丸の家信女の許に通っていくという結婚形態だったにちがいない。

御子左家の歌人たちを糾合し、為顕もはじめて参加した、住吉社玉津島社三首歌合を為家が勧進した弘長三年、秋七月に、為家は最愛の娘大納言典侍為子と死別し、悲嘆にくれたのであったが、[注6]その同じ年（前後は不明）に阿仏所生の為相が誕生し、為子の生まれ変わりかと、為家はその母子を溺愛しはじめる。「（阿仏ガ為相ヲ生ンダ）其後より為顕母と中あしく成りて」と『源承和歌口伝』に記述された、そのことの意味はもはや歴然であろう。教養のことは別にして、おそらく年齢的にも他腹である点においても自分とほぼ同じ条件の阿仏に愛情を奪われ、自らの為家妻としての立場と、為顕の息男としての権利も脅かされかねない危険を大きく感じて、家信女は新参の阿仏に対し敵愾心を抱き、険悪な仲になったにちがいないのである。

六　宇都宮頼綱女の住居

弘長三年時点において、嫡妻宇都宮頼綱女は、どこに住んでいたのであろうか。

承久三年（一二二一）に為家と結婚した当初から、一貫して夫妻が本拠としてきたのは、冷泉高倉の屋地だった。定家は拡張したり家屋や門を改築修理したりして整備してきた冷泉の家を新婚夫妻に譲り、自らは狭小の一条京極邸へ移転したにちがいないと思量される。為氏は冷泉高倉邸に生まれ、嫡男として養育され、成人して飛鳥井雅有の姉と結婚した後も同じ邸内の一郭に住み、為家夫妻と同宿してきた。冷泉邸はいわば御子左家の本邸であった。

その屋地において、嫡男為氏への遺産譲与は行われた。(注7)最初の譲り状は、正元元年(一二五九)十月二十四日付けの文書で、これは宇都宮頼綱入道が亡くなる二十日ほど前に認められたものだった。「その間の子細は状に載せ後日進らすべし」と約した二度目の譲り状が、同年十二月二十三日の書状で、これは頼綱入道没後六七(四十二)日に当たる日に書かれたもの。いずれも死にゆく岳父頼綱入道を安堵させる目的をもつ譲与であった。その翌年文応元年七月二十四日に第三回目の譲状が認められ、これには「其の御身他腹の母にも非ず、嫡子なり」と、嫡妻腹の嫡子であることが強調され、父定家の遺命に従って譲る旨が明記されていた。そしてこの文応の譲状には、融覚の心に違うことがあったら悔い返す旨の裏書きが添えられていた(以上正和二年「播磨国細川庄地頭職関東裁許状」所引文書)のであった。少なくともこの時期をすぎるまでは、頼綱女は為家の嫡妻として、冷泉高倉の屋地に居住し続けたはずである。

一方、当の為家については、文永十一年六月二十四日の阿仏宛て譲状には、裏書きのしてあったその文書を「嵯峨住みのはじめ大納言に譲り候ふ文」と称している。すなわち、文応元年七月の状は、為家が嵯峨中院邸に住みはじめて間もなく認められた文書だったわけで、すると、為家が冷泉高倉の屋地から嵯峨中院邸へ移住したのは、文応元年六十三歳の秋からだったということになる。

その移住は為家の自発的な意志によるものではなく、為氏のかなり強引な強要に発するものだったらしい。「文永十年七月十三日付為氏宛融覚書状案」には、「としごろ四十余年同宿の入道、家の中に候ひては思ふさまのまつりごとしにくく思ひ候ひけるやらん、六十ののち、法師の家出で申し勧めて、あさましく候ひしとき」とあるからである。為氏としては、母頼綱女との不和軋轢を緩和し、阿仏との公然の関係をむしろ推進するような意図を含んだ勧奨であったのかもしれない。ともあれ、為家は嵯峨中院邸に転居し、冷泉邸には、為氏が住み続けることになった。「文永十年七月二十四日付阿仏宛融覚譲状」に、「もしをのづから、もとはわれにこそゆづりたりしか、文書とありかかりなど申して、かなはぬまでもわづらひを申しいだす事候はんにをきては、一向に不孝のぎにて候はんずれば、吉富庄、冷泉高倉屋地なども、とりて為相が分になさるべく候ふ」と書き記しているのは、この時現在の為氏の最主要庄園と現住の屋地を取り返せとの指示であることからも、この時点における為氏の住まいは明らかに冷泉高倉であった。

頼綱女も、文応元年七月の為家の嵯峨中院邸への移住によって、物理的に完全に別居状態になったものと思量される。阿仏と家信女との中が険悪となった弘長三年はその三年後で、おそらくは同じ冷泉高倉に住んでいたであろうが、彼女はもはや女の争いの圏外にいたものと思量される。

そして『経光卿記』文永四年（一二六七）三月二日条の院評定記録に「一、民部卿入道与前妻尼相論下野国真壁庄間事」とあり、この時点で頼綱女はすでに出家し、「前妻」と称されているのであって[注8]、物理的な別居状態の延長と出家の事実が、離婚を既成事実化し世間に認知させたということだったのではあるまいか。最晩年の頼綱女が「吉田の禅尼」と呼ばれていることから考えて[注9]、あるいは文永に入ってからの出家を契機に、おそらくは母の遺産であった吉田の屋地に移り居住した可能性が大きいと思われる。

七　おわりに

以上、『源承和歌口伝』の表記の不備によって隠されていた為家室の一人、為顕の母藤原家信女について考察し、為顕伝における母系の解明を試みた。

【注】

（1）『明月記』に辿れる家信の官歴と、若干の伝記的事項を羅列して、少しくコメントを付しておきたい。

建久九年（一一九八）正月三十日（除目聞書）「民部権少輔」。

建仁三年（一二〇三）正月七日（叙位聞書）「加叙、正三位親経、（中略）正五下家信（上兵部）」（公卿補任・承久二年初出時尻付の「同十二月二十日正五位下」は「正五位上」の誤記と見られる）。

建仁三年（一二〇三）正月十四日（除目聞書）「左中将実宣、右中将公氏、忠信、少将家信」（建仁三年二月十三日、同十月二十七日、同十二月二十六日にも「少将家信」）。

建暦元年（一二一一）十一月三日「（前略）於左衛門陣逢中将家信朝臣、言談過了（下略）」。

建暦二年（一二一二）正月七日「（前略）右中将雅清、家信、時賢、少将範茂、（下略）」。

六月六日「（前略）清信朝臣、家信朝臣、清親朝臣、顕任等、今夜可召籠由、只今重仰遣、（中略）家信朝臣妻今日依産事亡逝。（下略）」

建保元年（一二一三）十月二十日「（前略）出居参上、中将雅清朝臣、家嗣卿、家信卿、（下略）」。＊家信が「卿」になるのは承久二年で、これは不審。

建保元年（一二一三）十一月二十七日「（前略）今日終日人々馬到来、（中略）家信中将、糟毛、（下略）」。

天福元年（一二三三）六月五日（頭注）「正三位家信卿、補北白川院年預、親長闕也」。

天福元年（一二三三）十一月八日「（前略）去夜群盗入家信卿法住寺旧宅、即放火焼了云々。家主居住、若不然歟、近日姉小路烏丸居住之由云々」。

文暦元年（一二三四）八月二日「（前略）午時許大炊御門中将被過談［束帯、院参之次］、家信卿両息［少将、右衛門供奉、放生会近日経営云々」。＊右衛門佐は雅平（公卿補任・文永三年「雅平」尻付）、少将は雅継であろう。

（2）家信母七条院堀川の父は、醍醐源氏「源家長」ではなく、末茂流家保男藤原家長が正しいことについては、石田吉貞氏の指摘（『源家長日記全注解』有精堂、昭和四十三年十月。三三一頁）があり、兼築信行氏「歌人たちと社会」（『和歌を歴史から読む』笠間書院、二〇〇二年十月）にも考証がある。

（3）為顕の略年譜を掲げておく。このこと、ほとんどを井上宗雄氏に負っている。

寛元二年（一二四四）この頃誕生か。弘長三年歌合参加時を、仮に二十歳とする（井上氏は、仁治三年〈一二四二〉生まれと仮定する）。父為家は前大納言正二位（四七歳）。母家信女は前年寛元元年為家と結ばれたか。　一歳

建長八年（一二五六）四月二十九日。従五位下。（経俊卿記）　一三歳

弘長元年（一二六一）初春。定家筆嘉禎本『古今和歌集』を書写す。　一八歳

弘長三年（一二六三）融覚勧進住吉社玉津島社三首歌合に参加す。「従五位下行侍従為顕」。　二〇歳

秋七月、大納言典侍為子没。

為相誕生。その母安嘉門院四条（阿仏）と為顕母、不和となる。

文永二年（一二六五）三月六日。『竹園抄』を書写す。　二二歳

文永三年（一二六六）十一月。『口伝抄為家』を大友太郎時親に書授す。　二三歳

文永三年（一二六六）十二月以後同七年四月の間に、出家す。法名「明覚」。　二三〜二七歳

文永七年（一二七〇）四月上旬「当家深秘之口訣」奥書に、

于時文永第七暦仲呂上旬　為顕入道　明覚　在判。　二七歳

文永八年（一二七一）四月四日。初めて寂恵を伴って嵯峨中院に為家入道融覚を訪ね、続五十首を詠ず。

（寂恵法師歌語・為家集）　二八歳

弘安元年（一二七八）「弘安百首」を詠進す。　三五歳

正応五年（一二九二）八月。藤原親範勧進厳島社頭和歌に参加す。　四九歳

永仁元年（一二九三）楚忽百首を詠む。（夫木抄）　五〇歳

永仁二年（一二九四）為相家会に参加す。（夫木抄）　五一歳

永仁三年（一二九五）九月。為相家会に参加す。（夫木抄）　五二歳

（4）石沢一志「西園寺実兼年譜　増補—付伝記小稿—」（『国文鶴見』第三十二号、平成九年十二月）。

（5）石田吉貞『藤原定家の研究』（文雅堂書店、昭和三十二年三月）六三一〜六五五頁。

（6）『秋思歌』解題（佐藤恒雄）（冷泉家時雨亭叢書第十巻『為家詠草集』、朝日新聞社、二〇〇〇年十二月）。↓本書第

二章第六節。

（7）為家譲状については、佐藤恒雄「藤原為家の所領譲与について」（『中世文学研究―論攷と資料―』、和泉書院、一九九五年六月）。→本書終章第二節。

（8）佐藤恒雄「為家室頼綱女とその周辺（続）」（『中世文学研究』第二十四号、平成十年八月）。→本書第一章第四節。

（9）佐藤恒雄「為家室頼綱女の生没年」（『香川大学国文研究』第二十二号、平成九年九月）。→本書第一章第四節。

第七節　覚源・慶融その他——附、御子左藤原為家系図

一　はじめに

前節までの伝記研究においては、為家自身の官歴と定家、為家室たちとその周辺、和徳門院新中納言のこと、為顕の母などに焦点をしぼって考察してきたのであるが、本節では、少しく気にかかる覚源と慶融その他僧籍にあった者たちの、概して片々たることがらの追究を課題としたい。

二　定家息男為家弟覚源

定家息男で為家の弟である「覚源」については、石田吉貞氏『藤原定家の研究』の解明(注1)にほぼ尽くされている。すなわち『明月記』嘉禄二年（一二二六）十一月三日の記事に、

未ノ時許リニ入道ノ冷泉ニ行ク。申ノ時許リニ右武衛枉駕セラレ、清談漏ヲ移ス。小童ヲ喚ビ寄スルニ、日ノ入リノ程ニ来ル。但シ直垂［村濃］ヲ着ス。相具シタル装束ヲ取リ入レ、忽チ、薄物ノ白狩衣［組ノ括リ］、浮文ノ紫ノ指貫、裏濃キ蘇芳ノ衣［二］、青キ単ノ濃キ袴ニ著シ改メシム。予之ヲ着セシム。武衛相具シテ二品親王ニ参ラル［侍二人具セラル。光兼又相具ス］。初参以後、直チニ宿所ニ帰ルベキ由ヲ示シ了ンヌ。予廬ニ帰ル。

小童年十二ト云々。

とある。この「二品親王」に、石田氏は仁和寺御室道助法親王をあてるが、稲村氏は『天台座主記』により、尊性法親王（後高倉院第一皇子、御母北白河院、当時天王寺別当）を比定する（訓注明月記）。この日、忠弘宅に呼び寄せ、定家が用意持参した装束に自ら着替えさせてやり、一族の右衛門督藤原光俊に（僧籍に入れるため）同道させた十二歳の小童がいる。彼はしばらく消息不明となるが、七年後の天福元年（一二三三）四月二十四日二十五日の『明月記』に「大童」「老童」（一九歳）として再度登場する。

二十四日。（中略）金吾音信、（中略）住吉ノ大童ヲ相具シ、吉水ニ参ル。御行法数刻、日没ニ及ビテ退出ス。受戒ノ期ニ非ザルニ依リ、出家ヲ遂ゲズト云々。（下略）

二十五日。（中略）国平宿禰又老童ヲ相具シテ、来タレバ相逢フ。十月以前ニハ剃頭スベカラズト云々。大童子ノ白髪、極メテ昔ニ欠ケタル事カ。（下略）

為家が吉水（稲村氏は前座主良快法親王を比定）へ連れて行ったが、出家の期でなかったため叶わず、十一月五日になって、

金吾老童ヲ相具シテ来ル〔白ノ浮線綾ノ狩衣、紫織物ノ指貫〕。禅室ヨリ吉水ニ参リ今夕出家シ、六日受戒ト云々。

とあり、ようやく出家受戒を果たした。「禅室」は公経邸。そして、十二月九日、

新発ノ小僧覚源来ル〔申ノ時許リ〕。受戒ノ後、即チ十八道加行ヲ始ムト云々。

とあって、この新発意の僧が「覚源」となって繋がるというのである。以上から、覚源の出生は、建保三年（一二一五）、出家は十九歳の時となる。最初「忠弘の家で逢ってゐることや、その時みすぼらしい服装をしてゐたことなどを考へると、恐らく母は身分卑しい者であったと思われる」と石田氏は推定しており、この判断は十分に首肯される。

その後、『明月記』嘉禎元年(一二三五)五月二十二日条に「覚源闍梨」、『門葉記』裏書、嘉禎三年六月三日の良快(慈源の誤り)僧正葛川参籠御同行中に「覚源」の名が見え、『華頂要略』嘉禎三年八月二十四日、護持僧に補されて初参記事中に「覚源阿闍梨」、暦仁元年(一二三八)四月九日拝堂登山の為の有職前駆四人の中にも「中納言覚源阿闍梨〔定家卿息〕」とあって、定家子息の覚源であることは疑いない。同書によって呼名を辿ると、仁治二年(一二四一)正月十八日「覚源法眼」、寛元元年(一二四三)六月六日「覚源僧都」、寛元三年(一二四五)三月七日「覚源僧都」、文永三年(一二六六)十二月十九日「法眼覚源」、文永七年(一二七〇)十二月二十六日「覚源法印」と見えるので、阿闍梨から僧都・法眼を経て、法印にまで進んだことが知られ、『勅撰作者部類』に「比叡山法印」とあり、『尊卑分脈』に「山・法印、権大僧都」とあるのと一致する。年齢は文永七年五十七歳であるが、その後の消息は不明である。覚源も定修と同じく青蓮院関係の僧で、父の官名によってであろう、「中納言阿闍梨」と呼ばれていたことが、『華頂要略』に見える。僧としては定修より遥かにすぐれていたようで、歌は、『続拾遺和歌集』に二首(一三三三「父前中納言定家すみ侍りける家にとしへて後かへりまうできて、むかしの事をおもひ出でてよみ侍りける」・一三七六「本源清浄大円鏡の心を」)、『新後撰和歌集』に一首(六四二「父母所生身即証大覚位の心を」)入集する。以上石田氏説に若干修正を加えながら整理した。

以上の他に、ただ一つ覚源の事跡として追加すべきは、「法印覚源勧進日吉社七首歌合」である。以下の歌々を拾遺することができる。

法印覚源、日吉社にて七首歌合し侍りける時　　法眼源承

①朝日さす梢は花にあらはれて外山の桜雲もかからず　　(新千載和歌集一〇七)

法印覚源、すすめ侍りける日吉社の歌合に　　前右兵衛督為教

②聞くままにほのかになりぬ時鳥雲のよそにや遠ざかるらん　　(新拾遺和歌集二二四)

法印覚源、日吉社にて七首歌合しはべりしとき、花　藤原為世朝臣

③やまざくらうつろふいろのはなのかにかすみのそでもにほふはるかぜ　（閑月和歌集八〇）

日吉社七首歌合に、郭公　法眼慶融

④ほととぎすさつきまつまのねをそへてものおもふやどのねざめにぞきく　（同一二九）

法印覚源、おなじ社の七首歌合し侍りしとき、月　前右兵衛督為教女

⑤あきの夜はひらのやまかぜさえねども月にぞこほるしがのうらなみ　（同二二四）

法印覚源、日吉社にて七首歌合しはべりしとき、雪　前大納言為氏

⑥あるとなき身はいたづらにとしふりてよにうづもるるやどのしらゆき　（同三三六）

前右兵衛督為教女

⑦いとどまたゆきにはあともなかりけり人めかれにし庭のふゆくさ　（同三三七）

法印覚源、おなじ社にて七首歌合しはべりしとき、神祇　前大納言為家

⑧みしめなはたのむためしは世にもひけ神のためとぞ身をもうらむる　（同四五七）

法印覚源

⑨ひとすぢにあふぐ日よしのゆふだすきこころにかくるしるしあらはせ　（同四五八）

勧進に応じ出詠した歌人は、為家・為氏・源承・為教・慶融・為世・為教女・覚源（為兼はまだ参加していなかったか）の面々で、御子左家の歌人たちのみを糾合し催された歌合であったことが知られる。歌題は、花・郭公・月・雪・□・□・神祇の七題であった（□は恋と雑あるいは旅か）。催行年次の記載はないが、『華頂要略』によって、覚源の「法印」位叙任は、文永三年十二月十九日（まだ「行事僧法眼覚源」とある）から文永七年十二月二十六日（「覚源

法印」と変わっている）の間であった。文永四年・五年・六年・七年のいずれかの年、法印となってから以後の勧進であったと思われるが、為家の詠作史をたどってみると、文永四年から八年まではどの年もコンスタントに多作であるが、八年後半から九年になると急転して寡作となるから、覚源勧進歌合は最大幅で文永四年から八年前半に催行されたかと押さえておきたい。

覚源の年齢は五十四歳から五十八歳。為家の最晩年の輝きにあわせ、おそらく自らの法印位叙任を機に、家の氏神として代々にわたり崇敬してきた日吉社の宝前に奉るべく、御子左家一族の歌人たちに呼びかけた、記念すべき催しだったと思われる。

なお、定家の子女のうち、「女子」（右少将博輔室）は、群書類従「御子左系図」と「諸家系図纂」のみに掲示され新訂増補国史大系本には見えない。その国史大系『尊卑分脈』道隆公孫、水無瀬親信四代の孫に、「博輔　左少将正五下」とあり、息男には「博氏　侍従々五下、為々氏卿子」とある。「為氏卿ノ子ト為ル」とあるところから、確かに御子左家に連なる女子であったらしいことは判るのであるが、これ以外にこの女子について知られるところはない。

三　慶融（覚尊）について

慶融の伝記については、和歌文学会第八十二回関西例会のシンポジウムにおける講師の一人として報告した発表資料の中で、(注2)「頼綱女の四男（末子）として、定家の最晩年、嘉禎二年（一二三六）～仁治二年（一二四一）ころに誕生したか。拠り所はないが、仮に嘉禎三年（一二三七）生まれとすると、父為家は権中納言従二位四十歳、母は三十八歳。井上氏は寛元元年（一二四三）頃の生まれと仮定。出家・抖擻と隠遁生活を長く続け、為家・為氏・源承らのもとで活動するようになるのは、二十代の終わりころから、文永初年以降くらいだったか」として、井上氏に大部分を依拠した年譜を立てた。それを承けて井上宗雄氏が「歌僧慶融について」を発表され、(注3)慶融研究の現在の到達点を示している。ただ、生年・母など多くのことについては、不明の部分があまりにも大きく、強いて年譜を立てようとすると、臆測を交えざるをえなくなる。確証のない私の頼綱女四男説についても、「為氏・源承らの同母兄弟としては若干違和感のある点もあり、まずは母が頼綱女であるということに九割以上の可能性を認めて、十割の断定は避けておきたい」と、極めて慎重に疑問を残して結論とされている。なおまた、ごく最近の佐々木孝浩氏が、筆跡と花押の一致その他を根拠に、覚尊と慶融が同一人であることを明確に確定された。(注4)まことに画期的なその説をも早速に取り入れて、いま一度慶融伝について考えたい。

頼綱女の四男(末子)として、定家の最晩年、嘉禎二年から仁治二年ころに誕生したかとした先の臆測は、為家最晩年の身辺に近仕、為氏の許にあって行を共にし、『続拾遺和歌集』撰進時、和歌所寄人の一人に抜擢され、開闔兼氏の没後はそのあとの開闔となるなど、為氏に重用されている事跡から、為氏・源承の同胞かと臆測した結果であったが、確証は何もなかった。いま改めて白紙の状態で、出自・生年・年齢などについて考えを廻らしてみたい。

為家の猶子となった人物の一人に、長賢法眼の信(真)弟子(実子)の童がいる。すなわち『明月記』嘉禎元年三月十六日の条に、次のようにある。

未ノ時許リニ長賢法眼来ル。正月八日ヨリ遁世シ、黒衣ヲ着シテ南京ヲ歩行スル由之ヲ称ス。(中略)帰リ去ル後、又信弟子ノ童五歳来ル。是ニ先ダツ始メニ今尼公来タリ儲ケテ、此ノ子ヲ金吾ノ子トナスベキ由約束スト云々。

「今尼公」は定家異父兄隆信女である大谷前斎宮女房。寛喜二年(一二三〇)正月二十七日出家、当年四十一歳。この童は当年五歳とあるから、寛喜三年(一二三一)生まれであり、為家からすれば従兄弟の子を猶子としたことになる。遁世に際して長賢は、実子で弟子でもあった童を親交ある定家一家に託し、従兄弟為家の猶子とすることにしたのであろう。

長賢は、定家異腹の兄覚弁の息男。覚弁は『尊卑分脈』によれば、母は丹後守為忠女、法印権大僧都。『明月記』寛喜三年七月十日条（長賢法眼の母死去の記事）に関して、稲村栄一氏は、『訓注明月記』第五巻の頭注で、(注5)

長賢は、定家の異腹の兄覚弁の子と思われる人。覚弁は興福寺権別当に至った僧都で定家と親交があった。しかし単に兄弟というにとどまらず、定家妻（実宗女）の母が、覚弁晩年の妻となり、男女両息をもうけていたらしいが、覚弁没後定家に引き取られ、承久二年頃没したことは補注（三―一九三頁）参照。長賢は上京の度に定家を訪ねる親妻であったと思われ、南京（興福寺）にある長賢の許にあったのであろう。長賢母は覚弁の前しさがあった。因みに覚弁は三十歳年長の兄である。

と解説している。

さて、嘉禎元年三月十六日に為家の猶子となったこの童が、後の慶融ではないか。両者を結びつける確実な決め手は何もない。しかし、次項で述べるとおり、『尊卑分脈』の系図中に真弟子童の猶子を三人も掲示していながら、しかも彼らよりもはるかに為家に近縁のこの童の記載がないのは、不審ではないか。誰か別の人物として系図上に位置を占めているのではないか。この系図の上でそれに該当しそうな者は慶融をおいて他にない。と推測の輪をしぼって慶融に到達する次第で、その可能性は大であると思量する。

もしこの推測が当たっていれば、これまで拠り所のない推測をしてきた生年が、六歳ほど引き上げられることになるが、ほぼ近い範囲にあるということと、晩年『定為法印申文』（嘉元元年）の伝える「于今存命候」の記事の時が七十二歳となって、周囲から老齢存命と見られるにふさわしいことの二つを、わずかな状況証拠として、後の慶融かと臆断してみたいのである。南京（興福寺）にゆかりの深かったこの猶子が、仁和寺の僧となったのは何故なのか、その不審は大きいが、一つの可能性として提示し、博雅の示教を待ちたいと思う。

この臆説に従うならば、為氏は九歳、源承は七歳、為教は四歳の年長となり、後嵯峨院大納言典侍は二歳、為顕は十歳以上も年少であったことになる。

四　猶子ならびに母不明子女

『尊卑分脈』系図為家子女の後半には、僧籍に入った人物たちの名前と女子が挙げられている。順次それをたどって見てゆくと、まず、猶子たちがいる。すなわち、

承遍（興、法印権大僧都）　実父権少僧都兼遍。
覚源（寺、権少僧都）　実父法眼頼全。
憲家（山、権少僧都）　実父信承法印。以上三人猶子。

で、「以上三人猶子」と注記されるとおり、それぞれの実父の真弟子（実子）であった。為家は実父との何らかの深い関係があって、かれら三人を猶子としたものであろう。

このうち「覚源」については、定家息男の「覚源」と同名でまぎらわしい。定家息男の覚源（山、法印権大僧都）は、母は不明ながら、父親が定家であることは疑いなく、為家からすれば十七歳年少の弟にあたる僧であった。その覚源と同名であることから、あるいは定家没時二十七歳になっていた弟を引き取って、為家が猶子としたのではないかと疑ってみたのであるが、こちらは実父が「頼全」とあって、定家ではない上、「寺、権少僧都」と、寺も僧綱も異なっている。到底同一人と考えることはできず、同名異人と見る他はない。

実はこの実父とされる「頼全」は、先に考察した定家息覚源とほぼ同じころ、『華頂要略』に何度かその名を見いだせる。その最初は、暦仁元年四月二十五日、門主良快が東山太閤道家出家の戒師を勤めた日の『門葉記』裏書

所引「或記」の前日二十四日、手輿御供の房官四人の一人に「頼全法橋」とある。また次の門主となる慈源が吉水坊において出家した寛喜二年八月七日の儀式に、侍従宰相為家も参会していたが、路次の行列の坊官十人の中に、「頼全」がおり、有職六人の中に「定修〔定家卿息〕」の名が見える。また嘉禎三年六月三日慈源の葛川参籠を伝える『門葉記』裏書の記事中にも、御同行の覚源とともに、「御送人々」の一人に「頼全法橋」とある。また寛元元年六月六日中宮大宮院の御産御祈の日の扈従僧綱として「公源大僧都・覚源僧都」「里僧綱頼全法眼〔御鼻高役〕」と見える。法橋から法眼に進んだ僧であったことが知られ、覚源よりはやや位が低く、同じ勤務に就いていて、「覚源」の名を我が子にもつけ為家の猶子としている行為からは、定家男覚源に兄事し尊敬するような心をもった僧だったのではあるまいか。

憲家（山、権少僧都）の実父「信承」についても、『華頂要略』中に所見がある。「門下諸院家第一、安居院」の「信承法印」の項下に「貞覚真弟、聖覚弟子、号出雲路、且智房法印ト云フ、探題」とあり、「文永三年三月三日、上皇御幸日吉社之時勤御経供養導師」と、その事跡がとどめられている。

承遍（興、法印権大僧都）の実父権少僧都兼遍については、南都の僧だったらしく、以上の資料の中にその名を見いだすことはできないが、三人の内の二人までが、覚源と同じ青蓮院関係の僧綱であって、為家とも面識があったものと思われる。しかし、当の猶子三人については、記録類にその名を見いだすことはできない。

隆俊（寺、法眼）については、記録類の所見、詠歌ともに残らない。

最瑜（山、法眼）については、飛鳥井雅有『嵯峨のかよひ』文永六年十一月四日の条に、「みのときばかりに、にはかに大納言（為氏）のおとゝの法眼 最瑜、わらは一人つれてきたれり」とあるのが、唯一の所見である。

良瑜（寺、法印）については、『尊卑分脈』に同名異人が三人いるが、この良瑜は、所見もなく詠歌もまったく残らない。あるいは、正嘉のころから鎌倉仏教界の五指に入る存在として遇された「安祥寺僧正良瑜」と同一人であるかもしれない（本書一二九頁参看）。

女子は二人掲示されていて、一人は後嵯峨院大納言典侍（左大臣道良公室）であるが、最後の「女子」には何の注記もない。『増鏡』（北野の雪）に見える、

（文応元年）十月二十二日、（実雄女佶子入内）まいり給儀式、これもいとめでたし。出車十両、（中略）二の左春日の新大納言、この新大納言は、為家の大納言の女とかや聞きしにや。

この「新大納言」がその「女子」であろうか。一方為氏の女子に「延政門院女房新大納言」がいる。あるいは『増鏡』本文は「為氏の大納言の女」の誤記である可能性もあるかもしれない。

五　おわりに

以上で本稿の記述を終えるが、為家の伝記研究としては、なお為家の異母兄姉たちの考察と整理が欠落している。すなわち、正三位兵部卿藤原季能女を母とする、光家（定継→清家）・定修（定円）・女子（定修妹）の三人であるが、彼らについては石田吉貞氏がすでに巨細に追究されていて、（注7）新しく付加しうるところはほとんどないので、今回はそれに委ねて割愛することとした。

【注】

（1）石田吉貞氏『藤原定家の研究』（文雅堂書店、昭和三十二年三月）。

（2）佐藤恒雄「藤原為家の妻室と子女たち―冷泉家の確立前史―」和歌文学会第八十二回関西例会のシンポジウム「歌の家冷泉家の確立と展開」発表資料集（於関西大学、平成十五年七月五日）。

（3）井上宗雄「歌僧慶融について」（『平安朝文学研究』復刊第十二号、二〇〇三年十二月）。→『中世歌壇と歌人伝の研究』（笠間書院、平成十九年七月）。

（4）佐々木孝浩「ツレの多い古筆切―慶融筆拾遺集切をめぐって―」（国文学研究資料館編『古筆への誘い』、三弥井書店、平成十七年三月）。

（5）稲村栄一『訓注明月記』第五巻（松江今井書店、平成十四年十二月）四四六頁頭注7。

（6）井上氏の年譜にほとんどを拠りながら、慶融の略年譜として整理しなおし、年齢を注記する。

・寛喜三年（一二三一）、定家異腹の兄興福寺権別当覚弁の息男長賢法眼を父として誕生するか。　一歳

・嘉禎元年（一二三五）三月十六日、定家異父兄隆信女大谷前斎宮女房の斡旋により、為家の猶子となる。　五歳

・何時の頃か仁和寺（尊卑分脈）に出家し、「覚尊」を名乗り（覚弁―長賢―覚尊）、世を遁れて（続拾遺五五三）、那智に千日の山籠り修行（新千載二〇三〇）、再度那智に抖擻（新千載二〇三〇）したり、宇治に喜撰の跡を訪ねる（玉葉二二五四）など、御子左家の末塵として和歌への志を持続しながらも、長い隠遁抖擻の時代を経た後、文永に入るころから、御子左家の為家（融覚）の許に回帰したか。

（郭公をよめる）　法眼慶融

ほととぎすみ山にかへるこゑすなり身をかくすべきことやってまし　（続拾遺集五五三）

世をのがれて後那智にまうでて侍りけるに、そのかみ千日の山ごもりし侍りけることを思ひて、

滝のもとにかきつけ侍りける　法眼慶融

みとせへし滝のしら糸いかなれば思ふすぢなく袖ぬらすらん　（新千載集二〇三〇）

（題しらず）　法眼慶融

うぢ山のむかしのいほの跡とへば都のたつみ名ぞふりにける　（玉葉集二二五四）

・康元元年（一二五七）、為家出家して、融覚と号す。　二七歳

・弘長三年（一二六三）融覚勧進「住吉社玉津島社三首歌合」（融覚・為氏・為教・源承・覚源・為顕ほか二〇人出詠）の人数に入らず。　三三歳

・文永二年（一二六五）『続古今和歌集』に入集なし。　三四歳

・文永四年（一二六七）融覚の右筆として「法眼覚尊」の名で、定家自筆奥書貞応二年本『古今和歌集』を書写す。これ以前から為家に近仕す。　三六歳

此本者祖父入道中納言以自筆之本　同不顧悪筆寫之　／朱點又同　努々不可有他見
守此道住吉玉津島／可有照覧　若不慮事出来之時者必可／返預也／覚尊（花押）
文永四年七月廿二日丁未／以同本校合了／七十桑門融覚（花押）／右筆法眼覚尊

この後まもなく、融覚の偏諱を戴いて「慶融」と改名するか。

・文永七年（一二七〇）頃、為氏の許にあり行を共にす。　三九歳

「参嵯峨、兵衛督・法眼・亀同車、晩頭帰」（為氏卿記十二月二十七日他）。

「法眼などか免して候けるやらん」（文永十年七月十三日為氏宛融覚書状案）。

・文永八年（一二七一）以前か、法印覚源勧進「日吉社七首歌合」に参加。　四〇歳

融覚・為氏・為教・源承・覚源・慶融・為世・為教女ら御子左家の面々参加（閑月和歌集他）。

・文永九年（一二七二）八月十五日、融覚嵯峨邸月百首続歌に参加（新三井和歌集二五〇・明題部類抄等）。　四一歳

・文永十一年（一二七四）二月、北辺持明院為家家三首会に参加（閑月和歌集九三・明題部類抄等）。　四三歳

最晩年の融覚身辺に近仕す（源承和歌口伝）。

・建治元年（一二七五）五月一日、融覚没、七十八歳。没後、懐旧一首を詠む。　四四歳

前大納言為家におくれてのち、懐旧の歌よみ侍りけるに
法眼慶融

たらちねのさらぬわかれの涙より見し世わすれずぬるる袖かな（新後撰集一五六三）

何時の歌か不明ながら、左記の詠もある。

家集、山家苔　法眼慶融

たらちねの跡とてみれば小倉山むかしのいほぞこけにのこれる（夫木抄一四四八七）

これ以後、『慶融法眼抄』（追加）を著す。

以先人遺命私書加之　　法眼慶融　（歌学大系本等奥）

・建治二年（一二七六）正月九日、『八雲御抄』を書写す。　四五歳

本云建治二年正月九日以冷泉御本書写之　此草子部類十帖也　肝心有此帖間別書留也
件本文永十一年秋比　不思懸自東方出来等云々　慶融　（乾元本奥）

・秋、為氏勧進「住吉社歌合」に参加（為顕・源承は不参）。慶融歌は三勝二負。

・建治年間、「建治御室御会」（性助法親王家三首）に出詠（源承和歌口伝・閑月和歌集三四四）。

[源承和歌口伝（五　不審ある歌）]

法眼慶融

ふりまさる雪につけても我が身世にうづもれてのみつもる年かな
としをふるかしらの雪をかつみてもうづもれはつる身をぞうらむる
われのみぞうづもれはつる冬草は雪の下にも春をまつらむ

（一首目「建治御室御会詠」という。閑月三四四は「おなじ（入道二品親王）家の三首歌に、歳暮雪」。また新後撰一三四一は「題しらず」。二首目三首目は後年の歌）。また、詠作年次不明左記詠あり。

（題しらず）　法眼慶融

思ひ河たえぬながれのするとだにしらるるほどのうたかたもがな　（続後拾遺集一〇九三）

この時期、名門御子左家の末葉として、後世に名を残せる歌詠みになりたいと念じつつ、歌作に精進す。

・建治二年七月、為氏『続拾遺和歌集』の撰集を受命、その撰集中、和歌所寄人の一人となり（勅撰歌集一覧）、開闔兼氏の没後は、後任の開闔となる（東野州聞書）。

「（兼氏ハ）続拾遺の時和歌所寄人にて侍りけるが、勅撰事終らざる先に卒して侍りき。彼朝臣寄橋恋に、をばただの板田の橋とこぼるるはわたらぬ中の涙なりけり、と云ふ歌を可被入と云ふ沙汰ありけるを、慶融法眼議を被申ける。其の夜の夢に、冷泉亭の中門の角の縁のほどにて、彼の朝臣に慶融行きあひて侍る

に、腰にいだきつきて、歌よみは没後をこそ執する事にて侍るに、此の歌に議仰せらるる事うらめしくといひけると見えけりと。覚めて後より法眼腰のいたはり出で来て、つひに平癒の期なし。恐ろしく詮なき執心なり。」（井蛙抄）

・弘安元年（一二七八）秋、『弘安百首』の人選にあたり、為氏は源承と慶融を作者に推したが、隠遁の仁である故をもって却下さる。「但彼両輩弘安御百首之時、先人被挙申之刻、隠遁之仁不可然之由、有沙汰被棄置候」（定為法印申文）　四七歳

十二月、『続拾遺和歌集』成立、慶融歌は三首入集。

・弘安初年、『残葉集』を私撰す（福田秀一「中世私撰和歌集の考察」）。

・弘安二年（一二七九）五月二十四日、為教没（五三歳）。　四八歳

・弘安三年（一二八〇）八月四日、『顕注密勘』を書写す（歌学大系本等奥）。　四九歳

　此草子先年於嵯峨中院雖披見不能書写空送年序　不慮以本上中二帖ハ自染筆畢
　下帖聊有違例事以他筆終功畢　土代雖為他抄物令勘付又当家秘口伝也　仍故可秘蔵者也
　　弘安三年八月四日書写畢　三代撰者末孫和歌末学　慶融在判

・弘安四年（一二八一）～五年、『閑月和歌集』成立、慶融歌は四首入集。　五〇歳

・弘安七年（一二八四）四月二十五日、俊成本『古今和歌集』を書写す。　五三歳

　千載新勅撰続後撰等集三代撰者末塵　不堪末学隠遁貧賎和歌浦慶融（花押）
　　弘安七年四月廿五日終功了、同朱点等写之

・弘安七年（一二八四）閏四月十九日、俊成本『古今和歌集』を書写、存誉に伝授す。　五三歳

　弘安七年後四月十九日　於閑室／阿闍梨存誉　古今集上下／歌悉先人之庭訓以口伝之／説奉授了／
　和歌浦末塵／慶融

・弘安九年（一二八六）九月十四日、為氏没（六九歳）。　五五歳

・正応三年（一二九〇）正月、鎌倉犬懸の禅房に定家自筆本『拾遺愚草』を書写す。　五九歳

正応三年正月、於犬懸禅房　以京極入道中納言家真筆　不違一字少生執筆写之畢
以同本校合之　隠遁慶融在判　（岩波文庫本奥）

・正応四年（一二九一）以前、『源氏物語』桐壺巻を書写す。　六〇歳

為相奥書「於此巻者舎兄慶融筆也　可為証本乎」（源氏物語大成第七巻）

・正応四年（一二九一）三月、為相相伝の天福本『拾遺和歌集』を書写す（不知記）。

以相伝秘本書之　舎兄慶融法眼所執筆也　可為証本矣
正応四年三月日　右近少将藤原朝臣（為相）判

・正応五年（一二九二）北条貞時勧進「三島社奉納十首」に出詠（夫木抄一〇三一〇）。　六一歳

・正応四年〜永仁四年の間、「伝伏見院宸筆判詞歌合」に出詠（同歌合）。

・永仁四年（一二九六）六月下旬、旅宿の徒然に「俊成卿百番自歌合」を編む。　六五歳

本云此歌合雖企経年自然空馳過　今旅宿之徒然之間書番了　此内撰集歌少々除之
聊愚意依分別也　定而僻案至極歟
永仁四年六月下旬　慶融記之　（細川本奥）

・永仁六年（一二九八）詠歌あり。晩年家集を編むか。　六七歳

「家集、永仁六年、羇中眺望」（夫木抄一〇四〇三）

・嘉元元年（一三〇三）、生存。　七二歳

「源承法眼慶融法眼者　為撰者之末流稽古年久　加勅撰之作者于今存命候」（定為法印申文）

・嘉元元年十二月十九日成立の『新後撰和歌集』に、慶融歌は六首入集。

・延慶元年（一三〇八）五月以前成立の『拾遺風体和歌集』（為相撰）に、慶融歌は四首入集。　七七歳
未だ現存歌人として遇されたか。

（7）注（1）所引著書。

附　御子左藤原為家系図

本章においては、七節に分って様々な角度から、為家の伝記に関わることがらを追究考察してきたのであるが、それらを含めて、これまでに稿者が理解することをえた、為家の兄弟姉妹たち、また子息女たちについて、系図の形にまとめて一覧表示すると、以下のとおりである。

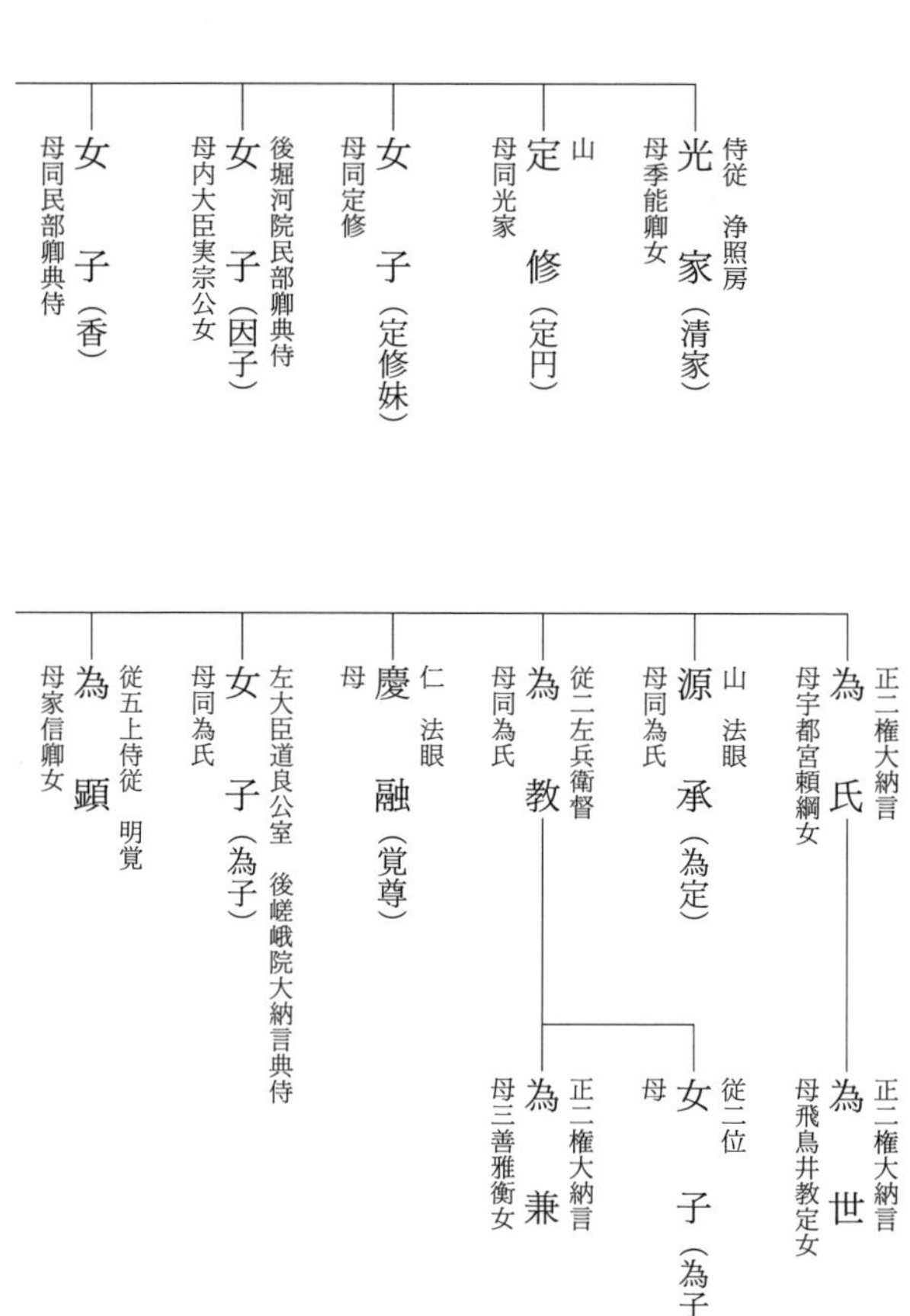

侍従　浄照房
光　家（清家）
母季能卿女
山
定　修（定円）
母同光家
女　子（定修妹）
母同定修
後堀河院民部卿典侍
女　子（因子）
母内大臣実宗公女
女　子（香）
母同民部卿典侍
正二権大納言
為　氏
母宇都宮頼綱女
正二権大納言
為　世
母飛鳥井教定女
山　法眼
源　承（為定）
母同為氏
従二位
女　子（為子）
母
従二左兵衛督
為　教
母同為氏
正二権大納言
為　兼
母三善雅衡女
仁　法眼
慶　融（覚尊）
母
左大臣道良公室　後嵯峨院大納言典侍
女　子（為子）
母同為氏
従五上侍従　明覚
為　顕
母家信卿女

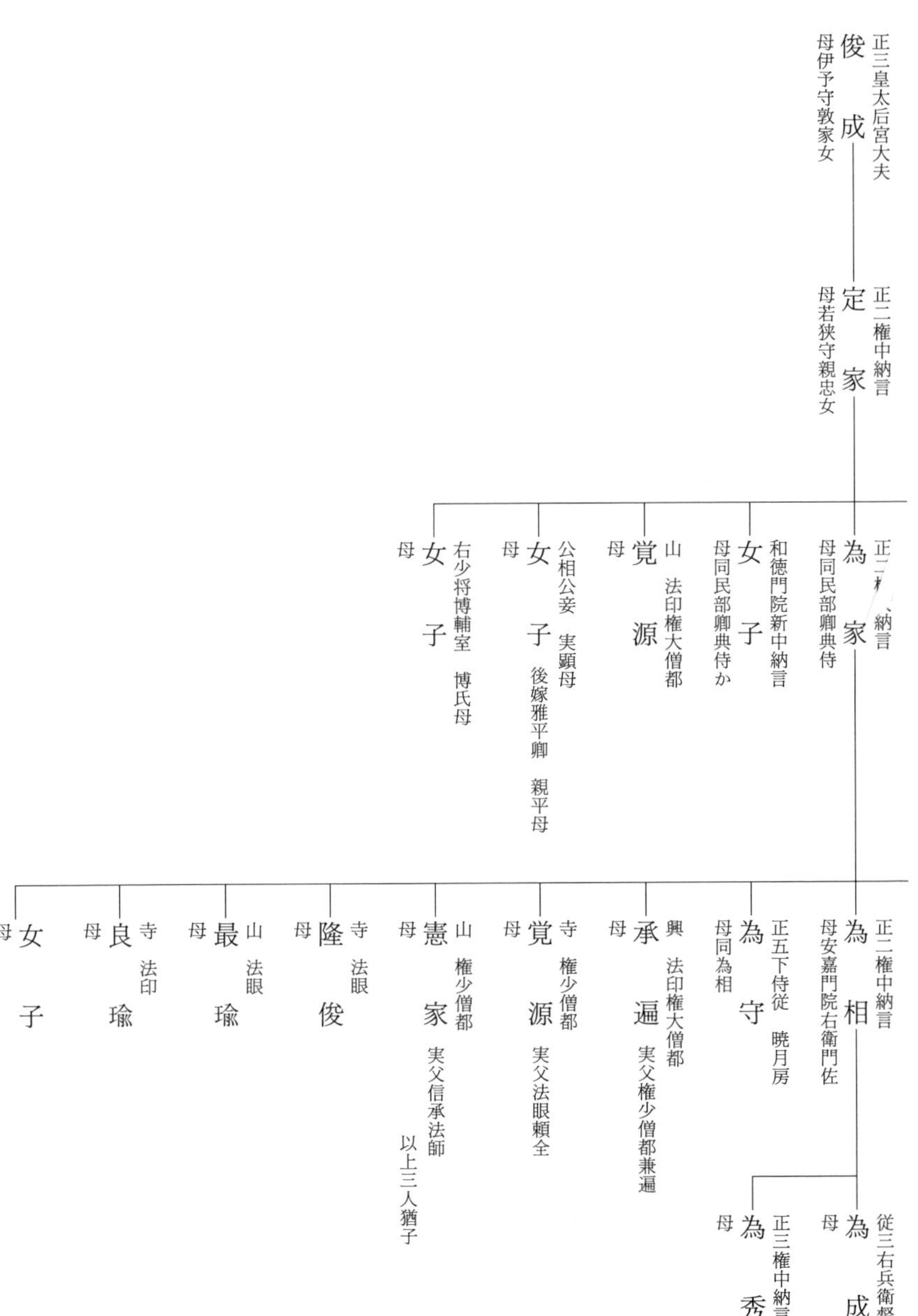
正三皇太后宮大夫
俊成
母伊予守敦家女
正二権中納言
定家
母若狭守親忠女
正二権中納言
為家
母同民部卿典侍
和徳門院新中納言
女子
母同民部卿典侍か
山 法印権大僧都
覚源
母
公相公妾 実顕母
後嫁雅平卿 親平母
女子
母
右少将博輔室 博氏母
女子
母
正二権中納言
為相
母安嘉門院右衛門佐
正五下侍従 暁月房
為守
母同為相
興 法印権大僧都
承遍
実父権少僧都兼遍
母
寺 権少僧都
覚源
実父法眼頼全
母
山 権少僧都
憲家
実父信承法師
以上三人猶子
母
寺 法眼
隆俊
母
山 法眼
最瑜
母
寺 法印
良瑜
母
女子
母
従三右兵衛督
為成
母
正三権中納言
為秀
母

第二章　和歌作品

第一節　為家の初期の作品（Ⅰ）

一　はじめに

又近比に尤あふぐべきは、民部卿入道殿なり。京極亜相も冷泉黄門も、彼下より被出たれば、当時いろいろの風体わかれて侍れども、誰の人か仰がざらん。彼文永十一年病おもくおはしける比、兼氏朝臣の執筆にて、一期の秀逸を百番歌合につがはれて侍るも、さらさら別のすがたなし。ただ大いにすなほに心ある体なり。

（井蛙抄・跋）

為家は、三家共通の祖であるから、みなそれぞれに仰望しているけれども、その生涯の歌風は、詮ずるところ「ただ大いにすなほに心ある体」であって、それは自ら拠るところの二条派の風体にほかならない、と頓阿は考えていた。「近ごろに尤もあふぐべきは、民部卿入道殿」だと主張したのは、二条派風体の源が為家にあると考えたからであろう。

そのような頓阿の考え方と、今日私たちの間に浸透している為家の作風に対する理解との間には、ほとんど逕庭はないであろう。すなわち、系譜の上では、為家と三家分立以後の二条派との間に一線を画すけれども、「大いにすなほに心ある体」という点において、歌風は完全に連続しているのであって、まさにそのような意味で、為家は、大勢として二条派中心の後の和歌史の上に不動の位置を占める、とみなされているからである。

しかし、冷泉派の歌人たちは、著しく異った見解を示している。たとえば、了俊は、

二条派の風体事、為氏卿・為世卿以来、定家・為家の御風体にはかはりたる也。（了俊一子伝）

と説いているし、正徹もまた、

流にわかれざりし已前は、三代ともに、何れの風体をもよまれし也。（正徹物語）

と述べているのである。特に了俊の場合、その主張の根底には、二条派への対抗的姿勢が存しているであろうが、しかし、抗争上の問題に帰するだけで、頓阿の考え方との隔りが悉く埋められるはずはない。彼等のこのような説は、少くとも彼等なりの明白な根拠に基づいてなされたものと考えるのが自然であろう。然らば、二条派的なもの即為家的なものではなく、為家は「何れの体をも」詠んだのであり、従ってその中には、二条派風にあらざる歌も多々あったという、こうした冷泉派歌人たちの主張の論拠は、那辺にあったのであろうか。それを明らかにすることは、当然一つの課題となるはずであって、その問いに答えるためには、私たちが暗黙のうちに陥っている、二条派流の理解にとらわれないで、為家の歌を具さに検討してみる必要があると思われる。

頓阿が拠り所とした為家の作品は、「百番自歌合」（散佚して現存せず）であり、それは「一期の秀逸」を番えたものとはいっても、為家晩年の好尚を反映した作品であったにちがいない。つまり、二条派では、最終的に到達したところをもって、為家風体の全てだと理解したのであり、その過程、殊に初期の習作などは、ほとんど考慮の外に置かれていたようである。為家自身も、既に『続後撰和歌集』の段階で、初期の作品を完成した歌とは認めていなかったらしく、一首も自撰していない。しかし、具体的にみると、初期の歌には極めて注目すべきいくつかの特質が認められ、了俊や正徹の立言の基盤は、どうやらそのころの歌にあったように思われる。そうした見通しのもとに、本節では、為家の作品研究の一環として、『詠千首和歌』を中心に初期の歌を検討し、後代の歌との関わりに

も言及したいと考える。

承久三年（一二二一）に勃発したいわゆる承久の乱は、堂上公家社会を根底からゆさぶった画期的な事件であったが、為家の場合、それは家業継承の決意を促す決定的な契機として働いた。（注1）歌人として立とうとした決意の跡を詠作の上に辿ってみると、それは作歌量の飛躍的な増加となって顕われている。承久元年と二年には、順徳天皇内裏歌壇の中で、その近臣たちと共に、いくつかの歌合や歌会に出詠していたが、三年になるとそれもほとんどなくなっている。つまり、承久期の歌は、出詠の回数は多くても、公的な場における詠作ばかりであって、絶対量は決して多くない。このころの私的な習作としては、二年中の「卒爾百首」（散佚）があるだけで、それ以外に詠まれた形跡を留めておらず、作歌に勤しんだとは称しがたい。ところが、乱後、貞応期になると、歌壇の崩壊した混迷の中で、為家は夥しい量の独詠百首あるいは、千首その他の習作をものしたのであった。それは驚異的な数であり、当時の為家が、いかに真剣に歌道宗匠への道を切り開こうと苦闘していたかを、如実に示している。

しかし、等しく貞応期とはいっても、乱のあった翌年、貞応元年の詠作は、現在確かめうるものとしては、「卒爾百首」の残篇その他若干があるだけで、二年三年の厖大な歌数に比べて少数であるし、質的にみても、承久期以前の歌との間にほとんど変化は認められない。（注2）すなわち、ことば続きの些細な部分に新しさを出そうとするゆき方がとられていて、それは乱以前における低迷の連続として捉えらるべきもので、いまだ隘路を脱却すべき決定的な方法をつかみえてはいなかった。歌道不堪なる自身に失望し、「父祖のあとゝて世にまじはりても詮なし、出家せむと思ひ立」ち、慈円に止められたというのは『井蛙抄』の伝える説話であるが、いくばくかの真は伝えているかもしれない。

ここに取り上げようとする『詠千首和歌』（注3）は、そのような状況のもと、貞応二年八月に詠まれた作品であった。

二　珍しい素材やことば・表現への志向

『詠千首和歌』については、既に家郷隆文氏によって、速詠・部立・歌数・歌題・配列など、いわば外形上の問題点が、詳細に吟味されている。(注4)以下、その成果を踏まえて、歌そのものを主として検討を加えてみたいと思う。『詠千首和歌』の歌で、まず注目されるのは、先例のない非歌語、俗語と称してよいような素材やことばが詠みこまれている、次のような歌々である。

1　もののふのやなぐいぐさのつゆだにもいるまでやどる秋のつきかな　（藤原為家全歌集〇五九〇）

2　ながめばやかさぎのひかりさしそへていまはといでんあかつきのそら　（〇九七〇）

3　山ざとのさかひになびくにがたけのにがにがしくて世をやすぎなむ　（〇九九〇）

4　かけわたすたけのわれひにもる水のたえだえにだにとふ人ぞなき　（一〇九二）

5　さだめなき世のならひこそあはれなれ日をへてまさるのべのそとばに　（一一三六）

このような歌は決して多くはないし、いずれもさして深みのある歌ではないが、目新しさは否定できない。2の歌の、「かさぎ」は「笠着」で、参詣人の旅装のことであろうか。3の「にがたけ」は、『古今和歌集』物名歌の題にみえるが、そのものを詠んだ歌は他にはない。かなり多く物名を集めた『和歌初学抄』や『八雲御抄』の「竹」の項にもその名はあげられていない。さらに、この歌は「苦竹」を軸にして序歌をなしているが、為家はこの種の珍しい素材を、しばしば同じ扱いで詠んでおり、4の歌もその一例である。5の歌における「卒都婆」も、用例はさして多くはない。

このような未だ詠まれたことのない素材やことばへの志向は、しかし、『詠千首和歌』に至ってはじめて現われたものではない。既に承久二年の「卒爾百首」で「卒都婆」を詠んでいる（藤原為家全歌集〇〇七八）から、『詠千首和歌』におけるこれらの歌は、承久のころから徐々に萌してきた新しい素材やことばに対する関心が、さらに強くなってきたことを示しているであろう。そして、そのような傾向は翌貞応三年になると、さらに甚しさを増すことになる。

『夫木和歌抄』巻二十八に、「貞応三年百首、草二十首」として、次のような歌が収載されている。(注5)

6　をみなへしおほかる野べの駒つなぎおちけん人や引きとどめてし　（一三五〇）

7　ゑのこ草おのがころころほにいでて秋おく露のたまやどるらん　（一三五一）

8　さほひめのふでかとぞみるつくづくし雪かきわける春のけしきは　（一三五二）

以下「をしき草」（一三五三）「かたばみ」「かがみ草」（一三五四）を詠みこんだ歌々が続く。どの歌も素材の珍しさはいうまでもないが、さらに、6・7の歌では、「駒つなぎ」「ゑのこ草」という草の名前を軸にして、それにまつわる洒落が中心となっているし、8の歌もまた見立てのおもしろさが中心になっており、極めて俳諧歌的だといってよい。これら同種の草の歌は二十首あったらしい。同じ巻の「百首歌、草二十首中」として「ばせを」を詠んだ歌（一三五五）ならびに「貞応三年百首」とだけ記し、「いぬたで」を詠んだ歌（一三四〇）も、おそらく同時の二十首中の歌であろう。また『夫木和歌抄』巻二十九には、「貞応三年百首、木二十首」として、次の一連の歌が収められている。

9　おほゐ河しぐるる秋のいちひだに山やあらしの色をかすらん　（一三五六）

10　足引の山のかけぢのさるなめりすべらかにてもよをわたらばや　（一三五七）

11　をやまだのなはしろぐみの春すぎてわが身の色にいでにけるかな　（一三五八）

12　いざさらばしげりおひたるとがの木のとがとがしさをたてですぎなん　（一三五九）

13　くれなゐのおのが身ににぬうるしの木ぬるとしぐれに何かはるらん　（一三六〇）

以下、「もちひの木」「つげ」「こぶしの木」「ひひら木」「そばの木」「ねずもち」「こめこめ」「うばめの木」「ねぶの木」「すろ」「しためづら」「えの木」「かき」（一三六一〜一三七三）を詠みこんだ歌が続き、計十八首ある。また同じ巻に「貞応三年百首」として収められる、

14　世の中は秋になりゆく若ぐりのしぶるしぶるやゑみてすぎなん　（一三四四）

も、素材や表現における類同から、一連の木名歌と同種のものと見てよいであろう。他に「貞応三年百首、恋二十首中」の題と歌（一三七四）もあるので、おそらくこの百首は、慈円の「十題十首」や定家の「十題百首」のごときもので、「草」「木」「恋」ほか二題、合わせて五題各二十首から構成された、俳諧体の百首であったと思われる。

こうした素材を詠んだ歌に、10・12・14の歌のような序歌をなすものが多いことは、既に3・4の歌について述べたが、そうなったのは、やはりこの種の素材が、到底「雅」の世界には入りえぬことばであったことからくる、必然的な結果だったであろう。そうした限界を持つものではあったけれども、ともあれ、貞応二年から三年にかけて、為家は以上に示したような、珍しい素材やことばを用いた歌を数多く詠んだのであった。

これらは、もとより全く私的な独詠歌であったからこそ詠みえたのだと思われるが、また、若干の時代的な基盤もあったらしい。すなわち、『八雲御抄』には、「蓼」「芭蕉」「柿」「安不智」「黄楊」（巻三）などのことばがかなり集められているし、巻四には「世俗言」の項が設けられているのであって、為家の詠作は、後述する万葉名所の場合と同じく、そうした歌ことばを許容する当時の風潮を反映しているにちがいない。また、当時既に盛んになっていた堂上の連歌愛好熱も、さらにその基底をなしていたと思われる。

そのような基盤とともに、いま一つ逸すべからざることは、慈円の歌の影響である。すなわち、為家の詠んだ素材と重なるものは多くないが、慈円は、「みみづく」（五八八）「ふくろふ」（五九一）「木のはざる」（五九二）「やまの

犬」（五九三）「かもしし」（五九四）「むささび」（五九五）（以上「御裳濯百首」）「獅子」（一五六四）「象」（一五六五）「羊」（一五六七）「蝶」（一五七四）「はたをる虫」（一五八〇）「紙虫」（一五八三）（以上「十題十首」）の如きものを、数多く詠んでいるし、「詠百首和歌」（二二九六〜二四〇二）などは、日常卑近な素材はもとより、発想や詠風においても、為家の場合と甚だ似通った様相を呈している。(注6)『井蛙抄』その他が伝える『詠千首和歌』をめぐる説話に、慈円が重要な位置を占めて出てくることを考えると、おそらく為家は慈円の影響・感化を受けているであろうし、あるいは意識的に慈円の歌ならびに歌作の方法を模倣したのではないかとも思われる。

このような歌は、貞応期以後の詠作にもかなり見られるし、寛元の『新撰六帖題和歌』も、明らかにこの系脈に属する大規模な催しだったと認められる。そのような前後とのつながりを考えるならば、たとえ為家の意図したところがそうでなかったとしても、これらの歌を、習作期の私的にして奔放な試み歌として、簡単に一蹴してしまうことはできない。もっともそれは、そのままの形で勅撰集的世界に許容されたわけではないが、いわば新古今時代以後の和歌における、底流としての一つの傾向を代表する歌であったと評価すべきものではあるまいか。

非歌語・俗語を多用するのと並行して、為家はまた、めずらしい表現の歌を詠んでいる。すなわち、『詠千首和歌』には、同じことばをくりかえし用いた表現がかなりみられ、それは後年の為家の作品にはほとんど現われない歌である点において、特徴的な傾向だといってよい。たとえば、次のような歌である。

15　よしさらばわすらるる身はをしからず人の名だてに人にかたらん　（〇九九三）
16　とにかくにうつつにもあらぬこの世にはゆめこそゆめのゆめにありけれ　（一一二三）
17　ゆめやゆめうつつやうつつひとすぢにわかれぬものはこの世なりけり　（一一二八）
18　世のなかはなにごとをしてなにごとにいかにとすべき我が身なるらん　（一一四五）

既成の枠にとらわれない、自由な姿勢を看取することができるが、この種の同語反復表現も、実はやはり慈円に夥しい先蹤があったことと無関係ではあるまい。「夢」を「この世」と結びつけるのは、当時にあっては比較的ありふれた発想の型であったと思われるが、一つの観念的な世界をかような表現によって詠んだ為家の16・17歌には、明らかに慈円の、

たびのよにまたたびねして草枕夢のうちにもゆめを見るかな（〇四八六）

思ひとけ夢のうちなるうつつこそうつつの中の夢にはありけれ（〇七九八）

のような歌の影響が認められよう。定家には夢をこれほど観念的に扱った歌はみられない。観念的な歌であり、また言語遊戯的な趣きさえもつ点において、18の歌もそれと別種のものではない。

この種の表現を用いた慈円の歌には、夢に限らず、仏教的な思想や道理を観念的に表明したものが多いようである。しかしまた、四季歌にさえ多用していることからも窺えるとおり、総じて比較的単純な反復表現である場合が多い。そのような慈円の歌に比べて、為家の歌はややちがった傾向を示している。すなわち、自分の心を一度つきはなして、細かく分析的にながめるゆき方をとったものが見出されるからである。

19　おもはじとおもひながらにおもふかなおもひしすぢはおもひわすれて（〇八二九）

おそらく楽しみながらことばを弄んだ趣きであるが、これを、同じように「思ふ」を多用した慈円の、

これもこれ心づからの思ひかな思はぬ人を思ふ思ひよ（〇七七八）

と比べてみると、その違いが明瞭になる。慈円の歌においては、「思ひかな」と「思ふ思ひ」とは同じものを繰り返したにすぎず、結局、「思はぬ人を思ふ」ということを表明した歌になる。しかし、為家のは、「あの人のことはもう思うまい、と強いて思いながら、いつのまにかまた思わずにいられなくなる、思うまいと思ったそのことをすぐに思い忘れてしまうものだから」というのであって、「思ふ」はすべて自分の心であり、相手を思う心、それを

強いて忘れようとする心、思うまいと思ったことを忘れてしまう心の三種類の心を分析的に捉えたところに、この歌の新しさは認められよう。

自分の心を分析的にながめるという点において、次のような歌もまたそれと同じ傾向をもつものである。

20　はてはまたたのむ心のうたがひにうらみぬをさへうらみつるかな　（〇九三五）

21　わが身をもいとひしほどはいとひきてわするるときぞわすれかねぬる　（〇九四八）

20の歌は、相手を疑いはじめた今の心から、頼みきって恨みもしなかった以前の心を恨むというのであり、21では、わが身を厭うのは何でもなかった心と、相手を忘れようとして忘れられない心の対比で捉えられ、さらに同じ心なのになぜだろうと訝しむ第三の心の存在が暗示されている。

以上のように、これらの歌にあっては、たしかに慈円の類似の歌などから出発していながら、かなり違った方向に深まりを示していることがわかる。小西甚一氏によれば、自分の心を一度突き放し、他人のような立場から、どんなふうであるかと観察的に捉えるゆき方は、玉葉集時代の恋歌の一つの特徴であるという。(注7) 為家のこれらの歌は、もちろん言語遊戯的な色あいを多分にもっていて、所詮勅撰集的世界の枠内におさまりうる歌ではなく、自らもそれを企図してはいなかったであろうが、図らずも玉葉的歌風に通じる一面をのぞかせている点で注目すべきものではあるまいか。

三　先行作品の摂取——堀河百首の場合——

ところで、『詠千首和歌』において、最も特徴的なのは、夥しく先行作品を摂取した跡を留めていることである。私の簡略な調べ（旧『国歌大観』正編所収の作品を主とし、原則として二句以上にまたがって摂取したものに限る）によっても、その数は四百余首の多きを数えるのであり、さらに範囲を広げて調べれば、あるいは『詠千首和歌』の半ばを過ぎるのではないかと思われる。それほど多く為家のとり入れた先行作品は、古く『万葉集』をはじめ、『古今和歌集』以下『新古今和歌集』に至るまでの勅撰和歌集、『曾丹集』や『和泉式部集』などの私家集、『堀河百首』のような定数歌、あるいは『源氏物語』『狭衣物語』『伊勢物語』『更級日記』などの物語や日記作品など、広範多岐にわたっているが、そのことは、『詠千首和歌』が速詠されたことと深く関係しているであろう。古来、『詠千首和歌』は五日もしくは七日間に詠作さたと伝えられている。(注8)おそらくそれは誇張された伝承で、現存の形態をなすまでには、実際にはもう少し長い時間を要したと思われるが、(注9)しかし、短時日の間に速詠されたであろうことは、個々の歌の完成度が低いこと、表現が類型的で同類・同想の歌が多いことなどからみて、十分に首肯される。一〇〇〇首もの大量の歌を速詠することは、たとえ已達の歌人であっても容易なことではなかったはずで、まして二十六歳の未練の歌人為家にとっては、その目標をどこに置くにせよ、大きな困難を伴った試みだったにちがいない。そしておそらく、その困難の最たるものは、表現など技巧上の問題よりも、語彙そのものの貧困の点にあったものと思われる。そこに夥しい先行歌が顧みられる必然性が存したと思われるし、また、先に述べたごとく珍しい素材やことばを開拓しようとしたことも、一つにはやはりその点に由来していたにちがいない。

さて、先行作品摂取歌四百余首のうち、最も多数を占める三代集（もちろん古今和歌集がその大部分を占める）歌や、物語・日記作品の影響、またごく近き世の歌の摂取など、それぞれに興味あることで、当然吟味を要するものではあるが、以下当面の課題に関連する『堀河百首』ならびに『万葉集』歌摂取の二つだけに限定して考えてみたいと思う。

中世の歌人たちは、たいてい『堀河百首』から大きな影響を受けているが、(注10)為家もまたその例外ではなかった。そもそも、この『詠千首和歌』は、家郷氏が前掲注（3）論考で明らかにされたとおり、『堀河百首』の歌題に準拠して詠まれているのであるが、[注11]さらに子細にみると、歌題だけでなく個々の歌の中にもその表現を取り入れた証跡が数多く認められる。まず、次のような歌を見よう。

22　しがのうらやまつふくかぜのさむければゆふなみちどりこゐたてつなり　（〇七一七）
23　春のたのなはしろみづのひきひきはわきてもいはじこのよならずや　（〇三二一）
24　いろかはる山どりのをのながしてふよわたるつきのかげのさやけさ　（〇五九五）
25　あさでかるあづまをとめのたまだすきかけても人をわすれやはする　（〇八九九）
26　一夜ねぬあさでかりほすあづまやのかやのこむしろしきしのびつつ　（一〇七七）

右はそれぞれに、『堀河百首』の次の歌の用語を襲用して詠まれている。

しがの浦の松吹く風のさびしきに夕波千鳥たちゐなくなり（九七七　千鳥　公実）
しづのをが苗代水もひきひきにあはれ何とかいそぐなるらん（二三九　苗代　紀伊）
雲の浪あらふなるべし天の原夜わたる月の影のきよきは（七九三　月　師時）
あさでほすあづま乙女のかや莚敷きしのびてもすぐすころかな（一一四四　不被知人恋　俊頼）（千載集七八九）

22の歌は、公実の歌とほとんど変るところなく、その他の歌にしても、模倣の跡は歴然である。そのような影響のほかに、もう一つ見のがせないのは、これらの歌すべてに万葉語が詠みこまれていることである、すなわち、『万葉集』には、「夕浪千鳥（ゆふなみちどり）」（〇二六六）、「小山田之　苗代水乃（をやまだのなはしろみづの）」（〇七七六）、「夜渡月之　清者（よわたるつきのさやけくは）」（三〇〇七）、「庭立　麻手苅干　布暴　東女乎　忘賜名（にはにたつあさでかりほしぬのさらすあづまをみなをわすれたまふな）」（〇五二一）などの、ことばや歌が見出せるのである。あるいは24の「よわたるつきのかげのさやけさ」などは、『万葉集』から直接摂取されたと見られなくもないが、「影」の存在によって、他の歌と同様『堀河百首』師時の歌の影響を受けているとみられよう。しかしまた、師時の「影のきよきは」に対して「影のさやけさ」といい、俊頼の「あさでほす」に対して「あさでかる」(25)「あさでかりほす」(26)と詠んでいるところからみると、為家の念頭の一隅には、確かに『万葉集』の歌があったこともまた否定できない。為家は『万葉集』や『堀河百首』を、多分並行して学んでいたであろうが、『堀河百首』の歌題に準拠してこのような歌を学ぶことによって、いっそう万葉語への関心を高めていったものと思われる。つまり、『堀河百首』は、後述する多数の万葉語摂取をなさしめる上に、重要な媒介者の役割を果したのではなかったか。

以上のような歌のほか、「かげ野のわらび」(〇二四七)(堀一三九)、「はちすのたち葉」(〇四三四)(堀五〇四)、「さがり苔」(〇九九二)(堀一三三八)、「ほなは」(一〇六五)(堀一二四〇)などのような素材も、多分同じく『堀河百首』に拠って得たものとみてよいであろう。

個々の歌にみられる影響のほかに、集中的に『堀河百首』のことばを取り入れたと思われるようなところもある。たとえば、「菫菜」一連の歌がそれである。

27　にはくさのしげみがしたのつぼすみれさすがに春の色にいでつつ　(〇三二三)
28　むさしのやくさのゆかりのいろながら人にしられずさくすみれかな　(〇三二四)
29　すみれつむいはたのをののおのれのみくさ葉のつゆをそでにかけつつ　(〇三二五)
30　あれにけるやどのすみれぞあはれなるあだなる花に名をのこしつつ　(〇三二六)
31　すみれさくをののしばふのつゆしげみぬるるま袖につみてかへらん　(〇三二七)

傍点を施した語は、いずれも『堀河百首』の「菫菜」歌(二四一〜二五六)中に見出せる。27「つぼすみれ」29「いはたのをの」は、もともと万葉語であるが、『堀河百首』では、「つぼすみれ」を五人の歌人が詠んでいることや、明らかな関係が認められる30・31歌の二首と共に考えるならば、直接的には多分『堀河百首』に拠っているであろう。先の例同様、この場合にもまた、『堀河百首』が『万葉集』との間に介在していると思われる。

集中的な影響例のいま一つは、準拠した『堀河百首』と歌題の一致しない箇所に関わっている。すなわち、『詠千首和歌』で「泉」「扇」「蟬」の歌材を詠んだと目される〇四四六から〇四五〇に至る部分について、『堀河百首』にない「扇」「蟬」の二つの歌材がここに詠まれることになったのは、『堀河百首』「泉」の歌の中に「あふぎ」「せみ」という二つの素材が詠みこまれていたことに由来しているにちがいない。意図的にそうしたものか、あるいは泉を詠もうとして無意識裡に付属の素材だけが詠まれたものか、それは明らかにしがたいが、『詠千首和歌』のこの部分が現存の形になっていることの背後に、『堀河百首』が存在していることは否定できない。

右にみるとおり、『堀河百首』は、決して多くはないが、『詠千首和歌』の中に浸透している。一方で珍しい素材やことばを求めていたことを考えるならば、『堀河百首』で特に目を惹く多くの俗語が、もっと取り入れられていてもおかしくはない。しかし、その種のことばはほとんど取り入れておらず、取られたのは比較的穏やかなことばに限られていたといってよい。そうなったのは、多分、その種のことばがあまりに俗にすぎて、為家の言語感覚の受け容れうるところでなかったからであろう。歌題をそれに準拠しながら、全般的に『堀河百首』の歌が学ばれなかった所以の一半は、その点に存しているであろう。

しかし、それはそれとして、『堀河百首』の歌題に拠り、その歌を学んだことが、万葉語への関心をいっそう高める結果を招来し、次に述べるような夥しい万葉語摂取をなさしめる一因となった点において、その意義は小さくない。

四　先行作品の摂取——万葉集の場合——

万葉語摂取の検討に移りたい。古く『野守鏡』は、「為家卿はかの（万葉）集の歌を、本歌にとる事をだにいましめ侍りき」と述べている。あるいは為家も、晩年にはそう教えたことがあったのかもしれないが（但し、後に引用するとおり『詠歌一体』には『万葉集』の歌をとる際の注意があるので、それもほとんど考えられない）、しかし、この説は少くとも初期の歌については全くあてはまらない。一方また、現在の学界においても、万葉歌摂取は六条家や反御子左派を特徴づける性格であって、為家の場合には私的な詠作に若干認められるにすぎないと考えられているようである。『詠千首和歌』が私的な詠作であったことは、もとより十分考慮しなければならないが、そのような従来の理解に鑑みて、百首にあまる万葉語摂取歌(注12)のもつ意味は、甚だ大きいといわねばならない。

すでに為家は、建保元年（一二一三）十六歳の時に、『万葉集』の歌に倣って詠作している。それは「内裏歌合」の、

32　このごろは山の朝けになくしかの霧がくれたるおとぞさびしき（〇〇七）

であり、『万葉集』(注13)（巻一〇・二一四一）の、「此日之　秋朝開爾　霧隠　妻呼雄鹿之　音之亮左（このころのあきのあさけにきりごもりつまよぶしかのこゑのさやけさ）」をそのまま模倣したものであった。しかし、現存する歌をみる限り、それ以後貞応二年に至るまでの約十年間には、ほとんど『万葉集』の影響は認められない。『詠千首和歌』の詠作をなすにあたって、いわば突如として『万葉集』が顧みられたらしいのである。しかも、『詠千首和歌』の中にあっても、春二百首と夏百首にはその影響はほとんど認めらず、おそらくは、春・夏三百首を詠み進める間に、『堀河百首』などを契機として万葉語への関心を高め、秋歌以下にそれを多用したのではないかと思われる。

さて、為家が『詠千首和歌』にとり入れた万葉語の第一は、名所歌枕の類であった。たとえば次のような歌。

33　さみだれはくもまもみえずやまのべのいそしのみゐもみづまさりつつ　（〇四〇四）
34　ひくまのににほふはぎはら露ながらぬれてうつさんかたみばかりに　（〇四八六）
35　くさもきもなみだにそめてつまかくすやののかみ山しかぞなくなる　（〇五四九）
36　つゆしものやののかみやまくれなゐににほひそめたるみねのもみちば　（〇六四九）

37　いつ人にまたもあふみのやすかはのやすきときなくこひわたるらん　（〇八四六）

これらはそれぞれ、次の万葉歌に拠って詠まれている。

・山辺乃　五十師乃御井者（やまのべのいしのみゐは）おのづからなれるにしきをはれるやまかも（巻一三・三二三五）

・引馬野爾　仁保布榛原（ひくまのににほふはりはら）いりみだれころもにほはせたびのしるしに（巻一・五七）

・妻隠　矢野神山　露霜爾　爾宝比始（つまごもるやののかみやまつゆしもにほひそめたり）ちらまくをしも（巻一〇・二一七八）

・わぎもこに又毛相海之　安河　安寝毛不寝爾　恋渡鴨（またもあふみのやすのかはやすいもねずにこひわたるかも）（巻一二・三一五七）

「いそしのみゐ」「にほふはぎはら」は、当時における訓をしのばせており、こうした例はもちろん名所に限らないが、かなり見られる（以下の引用例参照）。また、35・36歌の二首は、ともに「妻隠」の歌に拠って詠まれているが、このように同じ歌のことばを少しずつ違えた組みあわせで取って、二首以上の歌を詠んだ例もかなり多い。好みのことばは、何度も口の端にのぼったのであろう。

同じように地名・名所を取り用いた歌は、他にも多い。

38　ほととぎすおのがさかりのさつきてすがのあらののあめになくなり　（〇三八三）
39　秋のよのあらゐのさきのかさじまにさしいづる月はくさかげもなし　（〇五八三）
40　あられふるかしまのさきの夕まぐれくだけぬなみもたまぞちりける　（〇六八五）
41　やたののあさぢがはらもうづもれぬいくへあらちのみねのしらゆき　（〇六九六）
42　あぢのすむすさのいりえのあしの葉もみどりまじらぬ冬はきにけり　（〇七三三）
43　こほりゐるかりぢのいけにすむとりもうちとけられぬねをやなくらん　（〇七三七）

44　うき人のきなれの山はなくとりのこゑばかりこそかたみなりけれ　（〇八四八）
45　さびしさはしもがれはつるくさか江のいりえにあさるあしたづのこゑ　（一〇〇二）
46　ながれてはうみにいでたるしかまがはしかじこの世はあるにまかせん　（一〇二五）
47　あさはのにたつみわこすげしきたへのまくらにしても一夜あかしつ　（一〇七六）

傍点の語はそれぞれ『万葉集』の、「須我能安良能爾　保登等芸須（すがのあらのにほととぎす）」（三三五二）、「草蔭之　荒藺之埼乃　笠嶋乎（くさかげのあらゐのさきのかさしまを）」（三一九二）、「霰零　鹿嶋之埼乎（あられふりかしまのさきを）」（一一七四）、「八田乃野之　浅茅色付　有乳山　峯之抹雪（やたののあさぢいろづくあらちやまみねのあはゆき）」（二三三一）、「味乃住　渚沙乃入江之（あぢのすむすさのいりえの）」（二七五一・三五四七）、「猶道之池爾　住鳥之（かりぢのいけにすむとりの）」（三〇八八）、「草香江之　入江二求食　芦鶴乃（くさかえのいりえにあさるあしたづの）」（〇五七五）、「宇美爾伊弖多流　思可麻河泊（うみにいでたるしかまがは）」（三六〇五）、「浅葉野　立神古　菅根（あさはのにたちかむさぶるすがのねの）」（二八六三）に本源を求めることができる。

そのほか、「こぬみの浜」（三一三八）、「かだのおほしま」（三一五四）、「うち渡す竹田の原」（三二四一・三二〇七）、「ころもかすがのよしき川」（三二六二）、「なごえのはま」（三三一九）等々、『万葉集』所出の名所歌枕は枚挙に遑がないありさまで、万葉語を摂取した歌の半数近くには、何らかの地名が詠みこまれている。歌枕に対する為家の関心がいかに大きかったかが窺える。

この当時は、名所歌枕に対する関心の一つの高揚期にあたっていた。建永二年（一二〇七）には『最勝四天王院名所障子和歌』が、また建保三年（一二一五）には『内裏名所百首』の催しが行われているし、以後、私的な詠作においても、名所題の百首詠その他が盛んに行われた。しかし、その歌題とされたのは、例外はあるが、概ね古来広く用いられてきた代表的な名所だったようで、以上のごとき万葉名所歌枕を、これほど多く実作に用いた歌人は、おそらく為家以前にはいない。たとえ多少は歌に詠まれていたとしても、それが勅撰和歌集の世界に採り入れられるようになるのは、おおむね為家以後のことであった。たとえば42歌の「すさの入江」は、『無名抄』の逸話で知られる登蓮法師の詠が『続後拾遺和歌集』に入集し(九三八)、為家と同時代の顕朝の歌が『続古今和歌集』に(六二四)、「弘長百首」における実氏の詠は『続拾遺和歌集』(八五二)に、それぞれ収載されている。また41の歌は、『続拾遺和歌集』に入集し(四四六)、「やたののあさぢが原」「あらちのみね」を詠んだ歌は、以後『玉葉和歌集』(一一七三)『新千載和歌集』(七一五・七一六)『新後拾遺和歌集』(七五五)に受容されてゆくといった具合である。もとよりすべてがそうだというのではないが、これら万葉名所歌枕の多くは、為家『詠千首和歌』の時代以降において新しい生命を見出され、勅撰集世界の一つの素材として新生することになるのであって、『詠千首和歌』を評価する際見のがすことのできない観点となる。

もちろん、それがすべて、『詠千首和歌』そのものの影響による現象だったとも考えられない。このような名所歌枕をかくも多量に実作にとり入れた最初の歌人はおそらく為家にちがいないが、『詠千首和歌』歌の後代勅撰和歌集への入集状況(後述)をみる時、『風雅和歌集』『新拾遺和歌集』の場合を除き、後人がこれをそれほど重視したとは考えられないし、また、この時代におけるそれら万葉名所歌枕への注目は、もっと広範に看取されるからである。すなわち、既に範兼の『五代集歌枕』には、この種のものを含む多数の名所歌枕が類聚されているし、為家の時代に至ると、それらを継承し、さらに広く求められた跡を『八雲御抄』に窺うことができる。順徳院は、巻五「名所部」に、「山」「嶺」以下五十項に分類して名所を集めているが、たとえばその「河」（廿九）の項には、「よしき（大）(万。かすが野なり。)」「いさや（近）(万。とこの山なる―。)」、「やす（同(近)）(万。みかみの山のすそ也。)」、「しかま河（同(播)）(万。海に出。)」、「いつぬき（美乃）(むしろ田の。鶴。)」「よろし（大）(かすがにあり。)」などのような記事を見出すことができ、『万葉集』以外の名所も含めて、為家が『詠千首和歌』に詠みこんだほとんどすべての名所歌枕を網羅している。『八雲御抄』が建保期順徳院歌壇の趨勢を反映していることは疑いなく、またこの前後は、親行や仙覚による『万葉集』研究の一盛時でもあった。つまり、時代全体が『万葉集』再認識の気運に包まれていたといってよい。為家が『詠千首和歌』で『万葉集』所出の名所歌枕を多用した基盤には、そのような時代的背景、歌壇の趨勢が存していたのである。従って、先述の後世勅撰和歌集における現象は、もとより『詠千首和歌』も否定し難い関係を有しているであろうが、より広範な時代的関心が継承されたところに生じたものと解するのが妥当であろう。

次に、地名のほかにも為家は多くのことばを『万葉集』から得ている。

48　あしのやのうなゐをとめのぬれごろも久しきさみだれのそら　（〇四〇六）
49　たちどまりしばしやどらんたち花のかげふむみちは花もちりけり　（〇四一六）
50　わがやどのいささむらだけうちなびきゆふぐれしるきかぜのおとかな　（〇九八四）

このようなことばでさえも為家以前にはあまり実作にとり入れられた形跡がない。また、少数ではあるが、次のような、かなり耳新しいことばをとり入れた歌もみられる。

51　久かたのあまとぶかりのおほひばにもりてやつゆのあきをそむらん　（〇五三五）
52　かたやまのすどがたけがきあみめよりもりくるあきのつきのさびしさ　（〇六〇三）
53　うき人のこすのまとほる夕づくよおぼろげにやはそではぬれける　（〇九五五）

これらはそれぞれ、「天飛也　雁之翅乃　覆羽之（あまとぶやかりのつばさのおほひばの）」（三二三八）、「寸戸我竹垣編目従毛（きへがたけがきあみめゆも）」（二五三〇）、「小簾之間通」（おすのまとほし）「暮月夜鴨」（ゆふづくよかも）」（二〇七三）に拠っているが、新しい素材やことばを探求する姿勢が、このような万葉語に注目させたにちがいなく、「こすのま」のごときは、後に『風雅和歌集』の世界にとり入れられている（七八　永福門院内侍）。

さらにまた、次のような歌は、当代の歌中に置いてみても、全く異和感を抱かせない、いわば万葉語らしくない万葉語を詠みこんだ歌として注目される。

54　秋はまたあささはらのをみなへしいくよなよなをつゆのおくらん　（〇五〇〇）
55　あきはぎのはなのすすきおのれのみほにいでずともいろにみえなん　（〇五〇七）
56　はつあきの夕かげぐさのしらつゆにやどりそめたる山のはのつき　（〇五七五）
57　秋ふかきすそののつゆのたまかづらたゆる時なくむしのなくらん　（〇六二五）
58　しぐれふるもみぢのにしきたてもなくぬきもさだめぬたまぞこぼるる　（〇六四八）
59　あさひかげしもおきまよふみちのべのをばながもとにかかるしらつゆ　（〇六七九）
60　しぐれにはつれなくすぎし松がえのつちにつくまでゆきはふりつつ　（〇六九四）
61　ふればかつこずゑにとまる松かげのあさぢがうへはゆきももりこず　（〇六九五）
62　こよひもやまたいつはりにあけはてんねよとのかねもこゑきこゆなり　（〇九五三）
63　ちぎりだにみじかきよよのあしべよりみちくるしほになほぞ恋ふなる　（〇九五四）

これらはそれぞれ、次の万葉歌句を襲用して詠まれている。「浅小竹原（あさじのはら）」（二七七四）、「秋芽子之花野乃為酢寸　穂庭不出（あきはぎのはなのすすきほにはいでず）」（二二八五）、「暮蔭草之　白露之（ゆふかげぐさのしらつゆの）」（五九四）、「玉葛　絶時無（たまかづらたゆるときなく）」（二二七五）、「経毛無緯毛不定（たてもなくぬきもさだめず）（一五一二）、「道辺之乎花我下之」（みちのべのをばながしたの）（二二七〇）、「麻都我延乃　都知爾都久麻遅　布流由伎乎」（まつがえのつちにつくまでふるゆきを）（四四三九）、「松影乃　浅茅之上之（まつかげのあさぢがうへの）」（一六五四）、「宿与殿金者」（ねよとのかねは）（六〇七）、「従芦辺　満来塩乃（あしべよりみちくるしほの）」（六一七）。

60・61・62歌の三首に詠みこまれたことばのように、前後に使用例のないものもあるが、55の歌のもとになった万葉歌は『玉葉和歌集』に入集し（一二六七）、57の本歌は『続古今和歌集』（一二三〇）に、59の本歌も『続後拾遺和歌集』（六三一）に収載されている。このような現象もまた、名所歌枕の場合と軌を一にしているであろう。

これらのことば、またことば続きが、万葉語らしくないと感じられるのは、きわめて流麗かつ新鮮な語感をもつからである。そして、もちろん、このようなことばを見出さしめたものは、為家の言語感覚にほかならなかった。後年、為家は『詠歌一体』で、古歌をとる際の注意の一つとして、次のように説いている。

万葉集の歌などの中にこそ、うつくしかりぬべきことのなびやかにもくだらで、よきことばわろきことばまじりてききにくきを、やさしくしなしたるも、めづらしき風情にきこゆれ。

これは俊成以来の庭訓(注14)を受けついだ説ではあるが、ここに述べられた万葉歌に対する姿勢は、そのまま『詠千首和歌』における姿勢を示していると見てよいであろう。為家は、磨けば優美になるはずのもので、ことば続きの「なびやか」ならざるもの、また一首の中に雑多なことばの混在する万葉歌をとり、それを「やさしくしなす」ことによって、「めづらし」い風情を出そうとしたのであった。先の名所歌枕採用の場合にも、同じ方法が適用されている。その多くは珍しいものであるにも拘らず、ことばとしてきわめて洗練された清新な趣きをもつものであり、従って、新しく詠み出したことばにも匹敵するほどの効果をもたらしているといえよう。

『詠千首和歌』における万葉語摂取は、ほぼ以上に尽きるのであって、いわゆる万葉調の表現は、わずかに「行くへしらずも」（〇三六〇）ただ一例のみあるにすぎない。そのことは、『万葉集』の歌に対する為家の関心が、いわゆる万葉的表現よりも、「うつくしく」「やさしい」素材やことばそのものの方に強く傾いていたことを意味している。そう見てくると、等しく『万葉集』の影響を受けてはいても、実朝や六条家・反御子左派にみられるそれぞれの万葉歌摂取と、為家のそれとはかなり違ったものであったことがわかる。

五　後代和歌史との関わり

『詠千首和歌』を中心とする初期の習作によって為家が習得した万葉語や珍しいことばは、後年の詠作に、そのままのかたちで、全面的に継承されていったわけではないようである。けれども、速詠が招来した渋滞のない詠風は、よかれあしかれ、以後の作品全般の基調をなしていると思われるし、このころの歌のあり方は、さらにいろいろな意味で、為家的世界の形成と深く関わりをもっていたはずだと考えられる。しかし、為家自身のそうした内的変化についてはしばらく措き、ここではもっぱら、当面の課題である後の和歌史との関わり方をいま少し考究し、まとめにかえたいと思う。

『貞和百首』で、公宗母は次の歌を詠んでいる。

由良のとや霞を分けてこぐ舟のいとど跡なき浪のうへかな（新続古今集一九）

これは、為家『詠千首和歌』中の一首、

64　かすむ日のみをのうらべにこぐふねのいとどあとなきなみのうへかな　（〇一九六）

の下三句を、そっくり借用して詠まれたと考えて、まずまちがいない。また、為家の次のような初期の歌、

65　たにのとのかすみのまがきあれまくに心してふけ山のゆふかぜ　（〇〇〇一）
66　ささのやのひとよの野べのかり枕ふしうきほどはあかしかねつつ　（〇〇七九）
67　とにかくにこころを人につくさせて花よりのちにくるる春かな　（〇三六一）
68　さらでだに草わけわぶるぬれごろも日もゆふだちの雨きほふなり　（一一九五）

を、為家直系の子孫たちが模倣して、

山もとの松のかこひのあれまくにあらしよしばし心してふけ（風雅集一七四九　為氏）

かりまくら夢もむすばずささのやのふしうきほどの夜はのあらしに（続拾遺集六九二　為教）

せめてまたをしむ心をつくせとや花よりのちに春のゆくらむ（続後拾遺集一五三　為世）

松をはらふ風はすそのの草に落ちてゆふだつ雲に雨きほふなり（風雅集四〇八　為兼）

のような作品を残している。

以上は、勅撰和歌集に入集した歌の中から拾った、ほんの一握りの例にすぎず、また限られた歌人たちへの影響であるかにも見えるけれども、為家の最初期の歌が学ばれ、影響を与えたことの一端を窺わせる。『詠千首和歌』の歌は、勅撰和歌集に合計二十三首入集している。総歌数に対する比率は、微々たるものであるが、この入集歌は、『詠千首和歌』の性格と、後代がそれをどのように評価したかの一端を示していると思われる。二十三首の内訳は、『続古今和歌集』（為家歌の総入集数四四首）二首、『続拾遺和歌集』（四三首）四首、『風雅和歌集』（二六首）七首、『新千載和歌集』（二二首）二首、『新拾遺和歌集』（二五首）六首であって、『風雅和歌集』と『新拾遺和歌集』に最も多く採られている。以下、京極冷泉派と二条派のそれぞれの撰集であるこれら二集の入集歌をとり出して吟味してみよう。

まず、『風雅和歌集』所収の七首は次のとおりである（本文は詠千首和歌による）。

69　あさ日山のどけきはるのけしきよりやそうぢ人もわかなつむらし（〇二一六）（風雅集一八）

70　ひろさはやいけのつつみのやなぎかげみどりもふかく春さめぞふる（〇二九八）（同九九）

71　かへるかりはねうちかはすしらくもの道ゆきぶりはさくらなりけり（〇三一〇）（同一三四）

72　ゆふまぐれあきくるかたの山のはにかげめづらしくいづるみかづき（〇四六六）（同四五二）

73　やこゑなくかけのたれをのおのれのみながくや人におもひみだれん（〇八二一）（同一一二八）

74　契りしをたのめばつらしおもはねばなにをいのちのなぐさめぞなき（〇八五七）（同一一六三）

75　あかだなの花のかれはもうちしめりあさぎりふかしみねの山でら（一〇九七）（同一七七七）

73の歌は、『万葉集』の「庭津鳥　鶏乃垂尾乃　乱尾乃　長心毛　不所念鴨（にはつとりかけのたりをのみだれをのながきこころもおもほえぬかも）」（一四一三）を摂取しているし、70の歌にも同じく、「乎夜麻田乃　伊気能都追美爾　左須揚奈疑（をやまだのいけのつつみにさすやなぎ）」（三四九二）が、多分投影しているであろう。69の歌における、「朝日山」は公実が『堀川百首』ではじめて使用したことば（新古今集・四九四）、「やそうぢ人」は常用されたが元来は万葉語であった。75の歌の「閼伽棚」は、為家がはじめて歌に詠みこんだ新しい素材である。そうみてくると、『風雅和歌集』には、既に検討してきた、「万葉語」「堀川百首歌」「新素材」という、『詠千首和歌』で最も注目すべき性格をもった歌が採択されているといってよい。もちろん、71の一首のように『古今和歌集』の歌を本歌とする歌もないではないが、総じて、『詠千首和歌』における叙上の新しい一面が、主として認められていることを否定できない。かつまた、特に75歌のごときは、微けき光線下の素材を捉えて閑寂の美を体現した歌であり、さらに内観的でさえある点[注15]において、まさしく『風雅和歌集』的だといえる。

一方、『新拾遺和歌集』所収の六首は次のとおりである。

76　たなばたのくものころものきぬぎぬにかへるさつらきあまのかはなみ（〇四八一）（新拾遺集三四三）

77　しきしまのやまとにはあらぬくれなゐの花のちしほにそむるもみち葉（〇六四一）（同五三五）

78　みしまのやくるればむすぶやかたをのたかもましろにゆきはふりつつ（〇六〇五）（同六〇五）

79　からあゐのやしほのころもふりぬともそめしこころのいろはかはらじ（〇七八四）（同一三一一）

80　はかなしやたがいつはりのなきよとてたのめしままのくれをまつらん（〇八九〇）（同一一〇二）

81　たびごろもはるばるきぬるやつはしのむかしのあとにそでもぬれつつ（一〇五五）（同八一〇）

本集にも、78歌79歌のように『万葉集』を摂取した歌がとられている（「矢形尾能　多加乎手爾須恵　美之麻野爾」やかたをのたかをてにするゐみしまのに）（四〇一二）、「呉藍之　八塩乃衣」（くれなゐのやしほのころも）（二六三〇・拾遺集九七五）。けれども、77歌及び81歌の二首は、いずれも『古今和歌集』歌を本歌とする歌、その他の歌も概ね、これらと同じような傾向をもつ。すなわち、『風雅和歌集』に主として採択されたものが、いわば万葉系列の歌であったのに対し、本集に採られたものは、どちらかといえば、古今集系列の歌やことばであったといえる。

一首の歌を決定するものは、もとよりことばや素材のみではないし、『詠千首和歌』そのものもまた撰集も、ともにいろいろな要素を兼ね備えているのだから、わずかな入集歌だけをとりあげて、このように図式的に考えるのは、牽強附会のそしりを免れないかもしれない。けれども、「ことば」におけるこうした傾向の中には、やはり『詠千首和歌』と後代との関わり方が、象徴的に暗示されているのではあるまいか。為家的歌風の最大公約数は、ふつう『新拾遺和歌集』に採られたようなものと考えられており、多分それは一面正しいであろう。頓阿のいう「ただ大いにすなほに心ある体」とは、まさにこのような歌の謂だった（撰者為明薨後、恋・雑部を頓阿が撰して『新拾遺和歌集』は完成する）のであり、確かに『詠千首和歌』にもその種の歌は多い。しかし、同時にそのような歌とは異質の、京極冷泉派の歌に通う性格をもつ歌が数多く存在するのであって、光厳院は、それまでほとんど顧みられることのなかった、『詠千首和歌』におけるそのような新しい一面を、二条派の撰集よりもより濃厚に『風雅和歌集』にとり入れたのであった。

『玉葉和歌集』についても、為家初期の歌との関連はゆるがせにできない。先に同語反復表現の中に玉葉風に通じるゆき方があることを指摘したし、また『詠千首和歌』及び貞応三年の百首に多くみられる珍しい素材を詠んだ歌が、後の『新撰六帖題和歌』に命脈を通じているとも述べた。『玉葉和歌集』には初期の歌そのものはほとんど採られていないけれども、『新撰六帖題和歌』の歌は十首も採用されていて、間接的にではあるが、初期の歌の一特質が『玉葉和歌集』に受容されていった証跡が窺える。さらに何よりも、『玉葉和歌集』が多数の万葉歌を収載している事実は、『詠千首和歌』の夥しい万葉歌摂取と決して無関係ではないであろう。

六　おわりに

和歌の「風体」は決して単純なものではないが、以上のように見てくると、了俊や正徹の為家の風体に関する立論の底には、主として初期の作品や『新撰六帖題和歌』が存したと認められよう。そして、それらに関する限り、彼等の為家理解は、頓阿のそれよりもはるかに正鵠を射ていたとさえいってよい。『詠千首和歌』を中心とする為家の初期の作品は、後に生起する各派それぞれの歌に継承されるべき要素を等しく持ちあわせており、もちろん二条派にも影響を及ぼしてはいるが、一方また、京極冷泉派和歌の生成に抜きがたい影響を与えたのであった。

【注】

（1）風巻景次郎「藤原為家の家業継承の意義」（改造社『日本文学講座』、昭和九年十一月）。↓『新古今時代』（人文書院、昭和十一年七月）（塙書房、昭和三十年九月）（『風巻景次郎全集』桜楓社、昭和四十五年十月）。

（2）為家青年期の作歌経歴については、本書第二章第二節参照。

（3）『詠千首和歌』の現存伝本は、以下のとおりである。
第一種①冷泉家時雨亭文庫蔵本②書陵部蔵（五〇一・四一）本（『新編国歌大観第十巻』所収本の底本）③内閣文庫蔵（特九・一二）本④大阪府立図書館蔵（二二四・六・六八）本
第二種⑤史料編纂所蔵（四一三・一〇）本⑥書陵部蔵（五〇二・一二）本⑦陽明文庫蔵本
第三種⑧宮城県立図書館蔵伊達文庫（伊九一一・二四・一四）本⑨ノートルダム清心女子大学蔵黒川文庫（C七九・一・一）本⑩国文学研究資料館蔵（タ二・三七）本⑪国立歴史民俗博物館（旧高松宮）蔵本⑫永青文庫蔵本
第四種⑬群書類従巻一六〇所収本

第五種⑭書陵部蔵（二六五・一〇五七）本⑮書陵部蔵（二六六・四二二）本⑯内閣文庫蔵（二〇一・四九一）本
第一種本の形が本来的で、以下徐々に派生していった末流の諸本と位置づけることができ、その中でも最も根幹に位置するのが、①冷泉家時雨亭文庫蔵本である。書写年次も②本以下が全て近世期の写本である中にあって、同本のみは鎌倉時代後期を下らぬ写本で、詠作された貞応二年に最も近い位置にある。内題は全ての伝本に「詠千首和歌」とあり、これが当初の為家自身による原書名と見られる。本稿もその呼称による。『新編国歌大観　第十巻』は①本の忠実な転写本である②本を底本として校訂し、①本は冷泉家時雨亭叢書第十巻『為家詠草集』に『入道民部卿千首』の標題で影印が収められている。本稿における『詠千首和歌』本文の引用と歌番号は、①本を底本として校訂した佐藤恒雄編著『藤原為家全歌集』（風間書房、二〇〇二年三月）に拠る。

（4）　家郷隆文「『為家千首』に就いての吟味―藤原為家ノート・その四―」（『国語国文研究』第二十六号、昭和三十八年九月）。

（5）　『夫木和歌抄』の本文は、『新編国歌大観』（第二巻私撰集篇）（角川書店、昭和五十九年三月）に拠りつつ校訂した佐藤恒雄編著『藤原為家全歌集』により、歌番号も同書による。「草木恋等五題百首」は、同『藤原為家全歌集』一三五〇～一三七四。

（6）　慈円歌の引用と歌番号は、原則として『新編国歌大観』（第三巻私家集篇Ⅰ）（角川書店、昭和六十年五月）により、同書不載歌は多賀宗隼編『校本拾玉集』（吉川弘文館、昭和四十六年三月）により、その歌番号を記す。

（7）　小西甚一「玉葉集時代と宋詩」（『中世文学の世界』岩波書店、昭和三十五年三月）。

（8）　『井蛙抄』は、五日で詠んだと伝え、『東野洲聞書』は、七日の間に詠んだという。

（9）　『夫木和歌抄』には、現存『詠千首和歌』にない歌が四首、「千首中」「千首歌」とて収められている（藤原為家全歌集一一六一～一一六四）。いずれも用語ならびに一首の構想において、現存「詠千首和歌」中の歌と類同しており、改作・さしかえなどの過程があったものと見られる。本書二八二頁注（51）参看。

（10）　峯村文人「堀河百首と中世和歌」（『国語』第二巻第二・三・四合併号、昭和二十八年九月）。同「西行の作風形成」（『国文学言語と文芸』第六巻第四号、昭和三十九年七月）。

(11) 準拠の具体を、歌題と歌数(括弧内)によって示すと、以下のとおりである。『堀河百首』題にない＊印は、為家による自然発生的な追加題とみてよい。
春二百首(二〇〇) 立春(10)子日(5)霞(20)鴬(9)若菜(10)残雪(10)梅(10)柳(10)早蕨(5)花(39)春雨(10)春駒(3)帰雁(11)呼子鳥(3)苗代(5)菫菜(5)杜若(5)藤(10)款冬(10)三月尽(10)
夏百首(一〇〇) 更衣(3)卯花(6)葵(1)郭公(16)菖蒲(3)早苗(7)五月雨(7)蘆橘(6)蛍(8)蚊遣火(6)照射(1)蓮(3)＊夏月(8)氷室(2)泉(2)＊扇(1)蟬(2)＊瞿麦(3)荒和祓(9)
[「照射」堀河百首では「五月雨」の前にあり]
秋二百首(二〇〇) 立秋(11)七夕(9)萩(10)女郎花(9)薄(9)苅萱(5)蘭(5)荻(10)雁(9)鹿(10)露(10)霧(10)槿(3)駒迎(2)月(36)擣衣(10)虫(10)菊(10)紅葉(12)九月尽(10)
冬百首(九九) 初冬(7)時雨(7)霜(6)霰(5)雪(20)寒蘆(7)千鳥(7)氷(5)＊冬月(4)水鳥(7)網代(1)神楽(5)鷹狩(6)炭竈(4)歳暮(8)[堀河百首の「炉火」(定家「堀河題百首」は「埋火」)を欠く]
恋二百首(二〇〇) 初恋(5)忍恋(15)不逢恋(23)初逢恋(32)後朝恋(3)逢不遇恋(56)旅恋(5)思(19)片思(25)恨(17)
雑二百首(一九九) 暁(9)松(10)竹(10)苔(9)鶴(10)山(10)川(9)野(10)関(10)橋(9)海路(10)旅(17)別(5)山家(16)田家(10)懐旧(5)夢(10)無常(10)述懐(10)祝(10)
なお、以下『堀河百首』の本文と歌番号は、『新編国歌大観』(第四巻私家集篇II定数歌編)(角川書店、昭和六十一年五月)に拠る。
(12) 不備は多いが、大体の傾向を把握するために『万葉集』の歌句を摂取したと思われる歌番号を以下に示す。括弧内は、万葉歌の旧国歌大観番号・同一歌が『新古今和歌集』以前の勅撰集に収められている場合にはその新編国歌大観番号を記す。

(春) ○一六八(二三一四・新古二〇)、○一七一(一四四一・拾遺一一)、○一七二(五〇一・拾遺一二一〇)、○一九六(一二二八)、*○二〇六(一四三一)、*○二一四(一八三九)、*○二三九(一一〇五)、○二六四(四一五一)、*○二六五(二六一七)、†○二九八(三四九二)、○三〇七(二二三八)、*○三三二(一三六一)、○三三七(四二〇〇・拾遺八八)。

(夏) *○三八二(四一七七)、○三八三(三三五二)、○三八七(一四六六・一四七〇)、*○三八八(一一〇)、○三九九(二四二一・拾遺九六九)、○四〇四(三二三五)、*○四〇六(一八〇九)、*○四一三(一四七三)、○四一六(一一二五)、*○四六一(一五五七)。

(秋) ○四六四(一五五五・拾遺一四一)、*○四六九(七五九)、○四七四(二〇三三)、*○四七六(二〇一八)、*○四七八(二〇六三)、†○四七九(二〇四〇)、*○四八一(二〇六三)、*○四八二(二〇六五)、○四八六(五七)、○四九四(六七五)、○五〇〇(二七七四)、*○五〇二(四二九五)、†○五〇四(四〇一六)、*○五〇五(二二五六)、*○五〇六(二二八三)、○五〇七(二二八五)、○五〇八(二二七七・新古三四六)、○五一〇(二一六七)、○五三五(二二三八)、*○五三六(二一二八)、†○五四〇(一五九八)、○五四一(一五九九)、○五四二(二〇九六)、○五四三(二二六七)、*○五四四(二二六八)、○五四九(二一七八)、○五六三(一二四六)、○五六九(二五五・新古八九九)、○五七五(五九四)、○五七六(二二〇二)、○五七七(二四七五)、○五七八(二三四七)、*○五八二(六二三)、○五八三(三一九二)、○五八五(二六七五)、○五八六(五八三)、○五八七(一〇〇八)、○六〇二(二三五三)、○六〇三(二五三〇)、○六二五(二七七五)、○六二七(二一五九)、○六三一(三二一九)、○六四七(二一七八)、○六四八(一五一二)、○六五〇(二六二三)、*○六五一(三六九三)、○六五二(三七一六)。

(冬) ○六七〇(二一九六)、○六七九(二二七〇)、○六八三(一三三)、○六八五(一一七四)、*○六八七(三三七三)、○六九四(四四三九)、○六九五(一六五四)、○六九六(二三三一)、○六九八(二三四七)、○七〇一(二九九・一六五五)、*○七〇二(九二八)、○七〇八(五〇〇)、○七一二(二七四五・二九九八)、*○七一五(七一五)、○七一六(二八〇七)、*○七三二(六四)、○七三三(二七五一・三五四七)、○七三七(三〇八九)、○七三八（二六四）、〇七四七（四〇一二）、〇七四八（二六三八）。

（恋）〇七七七（一二二六）、〇七八〇（二六四八・拾遺九九〇）、〇七八四（二六二三・拾遺九五七）、〇七九七（七三六）、〇八〇一（一一九九）、＊〇八〇二（一三二八）、〇八〇三（一三九四）、〇八一二（二八六三）、〇八一四（一二四六・新古一五九二）、〇八一五（二六二二）、〇八一八（一二三六・一二三八）、〇八二一（一四一三）、†〇八二九（六五七）、＊〇八三七（一六六六）、〇八三八（一六九三・新古一四二九）、〇八四二（一一五六）、〇八四五（三二〇五）、〇八四六（三一五七）、〇八四八（三〇八八）、〇八五〇（三一一八）、〇八六七（二五四二）、〇八七二（二六二二）、〇九〇〇（三一九五）、†〇九〇四（一七一七）、＊〇九一四（二七〇三）、＊〇九一五（三〇三七）、〇九一六（三六三四）、＊〇九二四（六六）、〇九二五（九六・九七）、〇九二六（九三五）、＊〇九四三（一〇九九）、＊〇九五〇（二五六）、＊〇九五二（五四二）、〇九五三（六〇七）、〇九五四（六一七）、〇九五五（一〇七三）。

（雑）〇九六九（七六〇）、〇九七七（一一三）、〇九七九（九五二）、〇九八四（四二九一）、〇九九五（一一二〇）、一〇〇二（五七五）、一〇〇三（七六〇）、＊一〇二〇（一〇五四）、一〇二二（一〇五四）、一〇二三（四八七・二七一〇・古今一一〇八）、一〇二四（三〇一一）、一〇二五（三六〇五）、一〇五一（二六四四）、一〇五二（二六四）、一〇五六（二九九七）、一〇六二（二五五・三六〇八）、＊一〇六五（四三四・一二二八）、＊一〇七二（五九）、一〇七六（二八六三）、＊一〇七七（五二一）、一〇八二（一一九〇）、一〇八五（六四五・三一八二）、†一一〇四（八〇二）、一一五四（五九六・拾遺八八九）。

（13）『万葉集』の本文ならびに訓は、佐竹昭広・木下正俊・小島憲之編『万葉集―本文篇』（塙書房、昭和三十八年六月）による。

（14）たとえば、「万葉集は優なることを取るべきなりとぞ故人申し侍りし。是彼の集聞きにくき歌も多かるが故なり」（『六百番歌合』巻上・「元日宴」五番判詞）など。

（15）『日本文学史　中世（改訂新版）』（至文堂、昭和三十九年六月）「風雅集」の項。

【附記】本稿において指摘した為家の夥しい万葉歌句摂取について、今井明「『為家卿千首』を通して見る『五代簡要』の位置―その万葉歌摂取の場合―」(『香椎潟』第四十二号、平成九年三月)が、定家『五代簡要』の抄録する歌句にその全てが包摂されるという事実を解明された。為家が直接『万葉集』の何らかのテキストに拠って詞を探索し自作に詠み込んだのではなく、父定家が抄録してあった『五代簡要』というテキストの範囲内で『万葉集』の本歌取りを試みたのであって、その実践をとおして「家業継承」への強い決意を顕在化したとの論旨である。為家が『万葉集』のテキストを全く参照しなかったとは考えないが、為家の編著と考えてよい『万葉集佳詞』と完全には一致しないこと、冷泉家時雨亭文庫蔵『家伝書籍古目録少々』甲本に「五代簡要」とあるのは、為家が自筆で書写し座右に置いていた証左と見られることなどを補強材料として、ほぼ全面的に従われるところである。しかし、研究史の中に位置している論考なので初出稿を大きく改めることはしなかった。ただ注(12)において、今井氏が追加指摘された歌句は＊印を付して加え、『五代簡要』に含まれないとされた歌句には†を付して示した。

第二節　為家の初期の作品（II）

一　はじめに

為家の伝記研究は、早く谷亮平、風巻景次郎、石田吉貞の三氏によって精細な考証が試みられ、[注1]戦前すでに確固たる達成を示していた。その後昭和三十年代に家郷隆文・久保田淳氏らによって、歌壇史的側面からの成果を加えた[注2]が、その後はあまり進展していない。一方、作品研究としてまとまった考察はほとんど皆無に等しく、わずかに先年の拙文二篇[注3]をかぞえるのみである。二篇の論文における作品分析をとおして、稿者は為家の内面的な世界や事実をかなり鮮明に剔出し、作品研究は、作品の研究であると同時に伝記研究の重要な一部でもあることを示したのであるが、そのような意味で、今や為家生涯の全作品を対象とする研究が要請されていると考える。すなわち、為家の和歌作品を詠作年次順にならべて、それぞれの歌を分析し、かつ周辺のさまざまな事実を加え検討しながら、歌人としての為家の閲歴を、主として内面から追尋することが、課題として残されていると考える。

本稿では、その課題に迫る第一歩として、為家が歌人として出発しはじめた青年期の作品について、詠作年次を考証しつつ、検討を加えてゆきたい。初出稿から長い時間が経過し、未熟さはいかんともしがたいが、安井久善氏編著『藤原為家全歌集』に依拠していた記述を、最近の佐藤恒雄編著『藤原為家全歌集』[注4]に拠り替え、論述にも若干手を加えて採録することとした。

二　建暦・建保年間

現在確認できる為家の最も早い作品は、『夫木和歌抄』（五〇七）に「建暦二年内裏詩歌合、山家霞」として収められる、

たにの戸のかすみの芭（まがき）あれまくにこころしてふけ山のゆふかぜ　（藤原為家全歌集〇〇〇一）

である。これを建暦二年、為家の作と認定するには、なお若干の疑いが残らないではないが、[注5]この年少くとも五箇度の内裏詩歌合が催されていること、[注6]『明月記』によると、七月十七日、道家第の作文和歌会に出詠すべく勧奨され、定家はそこで難色を示しはしたものの、二十三日のその会に為家が参加していることなどをあわせ考えるならば、定家がなお躊躇せざるをえないほど為家が未熟であったにしても、この年の為家の詠作と認めてよいであろう。為家の公的な詠歌活動は、十五歳の建暦二年（一二一二）から始まったのであった。

もちろんそれはまだ「はしり」で、本格的な活動は翌建保元年になって俄然活況を呈してくる。すなわち、この年少くとも六度の歌合に出詠したことが確かめられ、十八首の歌が残っている。[注7]順徳天皇内裏歌壇は、前年建暦二年から急激に活況を呈し、頻々と歌合・歌会が催されていた（附録「藤原為家年譜」参照）。建保期の歌壇は、順徳天皇を中心とする、小規模にして私的なものであったが、[注8]そうした歌壇であったゆえにこそ、為家も参加の機会を得ることができたにちがいなく、また為家は心操穏便の故をもって、後鳥羽院からもまた順徳天皇からもあつい寵遇を蒙っていた。作品もまた温厚な性格を反映し、無難な歌が多く、目立たしいものは少ない。

ただしかし、そのような低調さの中にあって、七月十三日歌合の三首だけは、注目するに足る。本歌合は『桂宮本叢書』第十四巻（養徳社、昭和三十二年九月）に翻刻され、その後『新編国歌大観』（第五巻歌合篇）（角川書店、昭和六

十二年四月）にも収められた。前者解題では当座歌合と考えられているが、以下に見るような為家の歌の出来栄えから推して、むしろ兼題の歌合であった可能性の方が大きいと思われる。

まず、「野月」五番左の、

野べのいろはさむからねども長きよにたまらぬ秋の雪はたわなり　（〇〇六）

は、忠定の「ゆく人のそでにもつゆやあまるらむつきかげおもしまののかやはら」と結番されて勝を得ている。「たまらぬ雪」で花をあらわした例歌はあるが、(注9)「月光」を「たまらぬ秋の雪」と表現した歌はおそらくこれ以前になく、まことに斬新で秀抜な把握だといってよい。順徳天皇以下の会衆十一人は、いずれも「月」または「月影」と直叙し、また「露」や「宮城野」「武蔵野」などの名所をあわせ詠んで、至ってまっとうであるのに比べ、(注10)あふれるばかりの意欲を感じさせる。「たわなり」も、『後撰和歌集』や『曽丹集』などに、若干の先蹤がありはする(注11)が、多用されたことばではなかったし、花の枝などが「たわむ」意ではなく、月光そのものの形状を表現するのに用いたことも、いかにも清新である。後年、為家は『詠歌一体』で、「文字も少くやすやすとある題をば、少し様ありげによみなすべし」と説いたのであったが、この歌の下句は、まさに「様ありげ」であり、上句も理屈に堕することなく、廻し詠まれた下句と微妙に調和し、成功した一首となっている。

「山鹿」十一番左の、

このごろの山のあさけになくしかのきりがくれたるおとぞさびしき　（〇〇七）

は、俊成卿女の「つきかげをみやまのあらしふけぬよりまた秋さびしさをしかのこゑ」と番えられ、「持」とされているが、「山の朝け」「霧がくれたる」などの表現に、他の歌人たちとは異る詠風が認められる。実はこの歌、『万葉集』(注12)の、「此日之　秋朝開尓　霧隠　妻呼雄鹿之　音之亮左（このころのあきのあさけにきりごもりつまよぶしかのこゑのさやけさ）（巻一〇・二一四一）」を本歌とし、発想・表現などほとんどすべてを襲用して成ったものではあるが、歌合の席で無下にけなされた様子もなく、むしろ異和感なく当時の歌の中にとけこんでいる点、いわば万葉歌の一つの再発見として、その手柄を評してよいであろう。このように新しく、しかもそれと気づかぬような万葉語をとりいれて歌作したことは、後の『詠千首和歌』における顕著な方法と共通しており、その萌芽をここに認めることができる。[注13]

「暮恋」十七番左の、

きけばまたつれなきなみだそでぬれぬなかなかすさめ松のゆふかぜ　（〇〇八）

は、範宗の「あきも秋こころがへするしるべせよわがかたこひのゆふぐれのかぜ」と結番されて、やはり「持」と判定された歌であるが、「つれなき涙袖ぬれぬ」「なかなかすさめ」のような、新古今風の技巧的な措辞に、為家の一つの姿勢を看取することができる。

本歌合で為家は、「野月」の一首にみられたような題詠技法の習得に意を用いたことはもちろんだが、同時にまた、三首ともに異った詠風で各首を仕立てあげようとしたように見える。それぞれが、いずれかといえば古今的であり、万葉的であり、新古今的な歌だと概括できるからである。以上、本歌合における三首の詠作で、歌に立ち向った為家の姿勢には、なみなみならぬ意欲が感じられ、刮目すべきものがある。もとより一首の完成度あるいは歌作の余裕などにおいて、十全であるとはいえないが、凛然たる歌作の意欲は、同席した当代歌人たちを優に凌駕している。時に為家は最年少の十六歳で、わずか二箇月ほど前には、蹴鞠に熱中するあまり歌の習練を怠って定家を悲しませ、諄々と諭されたばかりであったが、その時の定家の訓戒が、一時的にもせよ十分為家に受け入れられた跡を、本歌合の三首に認めることができる。[注14]

そうした目ざましい詠作は、しかし、この年の他の五箇度の会における歌にはまったく見られない。概して凡々たる歌ばかりで、成績ももちろん芳しくない。閏九月十九日の「仙洞（実は内裏）歌合(注15)」には、定家の判ならびに判詞がついている。為家の歌二首についてみると、「深山月」五番右の、

しらくものかかるみやまの月にだにとへかしひとのあきのおもひを　（〇〇一七）

は、「右、秋の月のひかりにむかひて、「白雲のかかる」といへる、ことたがひてきこえ侍れば」という理由で、また、範宗の「ながつきやすゐのはらののいろよりもなほかれまさるむしのこゑかな」と番えられた、「寒夜虫」十一番右の、

はつしものおく野のをざさうらみてもおのれかれゆくまつむしのこゑ　（〇〇一八）

は、「左歌、心ことばかなひてよろしくこそ侍るめれ。右歌、「おくののをざさ」といへる、ききなれぬやうには侍れど、ただ初霜のおくよしをよめるにぞ侍るべき。「すゐのはらの」は、なほいひしりてみえ侍れば、以左為勝」との理由で、ともに「負」とされる。このような評価基準が絶対的なものでないことはいうまでもないが、「事たがひて聞えはべれば」「ききなれぬ」と記す定家の判詞には、このころの為家の表現に、理不尽な、熟さぬ詞つづきの多かったことが、はからずも指摘されている。八月十二日「内裏歌合(注15)」の一首、

いたづらにあやなき名のみたつた河わたらではてむものぞかなしき　（〇〇一三）

の「あやなき名」なども、その端的な一例であろう。本歌、

あやなくてまだきなき名の立田川わたらでやまむものならなくに（古今集六二九）

によって、はじめて初二句の縮約表現だと理解できるものの、いかにも無理な続かぬ表現ではある。定家が『近代秀歌』や『毎月抄』でくり返し否定した「うき風」「はつ雲」に類する奇妙な表現（いりほが）を、後には自分でも難じ、「心のめづらしきをばえかまへ出ださぬままに、ゆゆしき事案じいだしたりと、かやうのすずろなるひが事をつづくる事、更々詮なき事なり」（詠歌一体）と説いているが、この当時の為家の歌には、その「詮なき」傾向が

多分に顕われていたのである。

建保元年（一二一三）の旺盛な活動に比べ、二年以後の現存する為家の歌は極めて少い。順徳天皇内裏歌壇は引き続きさらに活況を見せているのに、二年には、二月三日「内裏詩歌合」の一首（〇〇二〇）のみしか残らない。散佚した歌もあるとは見られるが、絶対数が少なくなった原因は、後鳥羽院と順徳天皇の両主が好まれた蹴鞠への過度の熱中によるところが大きいであろう。定家の周章と苦言は、『明月記』建保元年四月十一日・十三日・五月十六日・二十二日・閏九月三日・四日その他の日の記事に顕れている。蹴鞠のみならず、院と天皇間の文使いに常時召されたり（建保元年十二月一日ほか）、笠懸の名手として参仕したり（建保二年四月三日・十日）と、宮仕えに忙しすぎたことも、歌道に専心できなかった原因になっているであろう。

そのような寡作の時期はさらに続き、建保三年[注16]と四年は皆無[注17]。五年は、十月十九日「内裏当座四十番歌合」（〇〇二一～〇〇二五）、「禅林四十八首和歌」（〇〇二六～〇〇二八）と微増するが、六年には、八月十三日「中殿御会和歌」（〇〇二九）の一首だけといった貧弱ぶりで、内容的にも見るべきものは乏しい。もちろん、残存しないことが直ちに作品が制作されなかったことを意味するわけではないが、三年四年五年の三年は、自撰家集『為家卿集』に一首も著録していないことから判断して、このころの詠歌活動が極端に少なかったからだと思われる。『明月記』も残らないので、どのような事情があったのか判らないが、このころ、為家は、後鳥羽院と順徳天皇の寵遇は得たものの、作歌においては久しく低迷を続けていたと見ておきたい。

三　承久年間

承久元年（一二一九）になると、再び公的な詠作活動が増加し[注18]、やはりほとんど内裏関係の会ばかりではあったが、この年の内裏の催しの過半には連っていた模様である。建保二年から六年にかけての寡黙さに比べ、いかにも際だった対照をみせているが、こうした詠作活動の波が生じ来った原因は、定家の訓誡に求められるであろう。

定家に「中将教訓愚歌」と題する次の歌がある（本書第一章第一節六三頁図版参看）。

よにふればかつはなのため家の風吹つたへてよわかのうらなみ　（藤原定家全歌集三七八〇）

この歌が『詠千首和歌』以前に為家を教誡するために詠まれた歌であることは、ほぼ確かだと考えられる。もちろん明確な詠作年次はわからないが、為家が中将に任ぜられた建保五年十二月十二日以降、参議兼侍従となり中将を辞した嘉禄二年四月十九日以前の間であることは確実であり、かつまた「よにふれば」という初句から、その期間内で為家が外に交りをもたなかった時期の詠だということになる。それにふさわしい時期としては、建保五年の歳末か六年早く、承久三年、元仁元（貞応三）年の三度が考えられる。このうち承久三年は、元年と二年に頻々と公的活動をしており、以後はまた活動すべき歌壇なく、まったく私的な習作が続くので、当然除外しなければならない。元仁元年は、後に述べるとおり『詠千首和歌』ほか数多くの習作によって実力をつけた後であり、激励ならばともかく、もはや教訓を必要とするような状態ではなかったから、これも多分あたらない。とすると、この歌は為家が中将に任ぜられた直後の建保五年歳晩か翌六年早々のものとなる。おそらくは、任官からあまり日をおかない五年歳末の教誡歌と思しく、承久に入って俄かに公的な詠歌活動が増加した事実の背後には、定家のこの教訓歌が存したものと思われる。

かくして、内裏歌壇内での詠作は急増したけれども、歌そのものに飛躍的な進歩が見られるわけではない。ただ表現の上で、いくらか新しさを模索したらしい跡を窺うことはできる。たとえば次のような歌がある。

みねふかき山さくらどのいたづらにあけぬくれぬと花ぞふりしく（「内裏百番歌合」十六番左勝）　（〇〇四八）
あけゆくもわかれぬ霧にうづもれてあかつきながきをちの山もと（「日吉社大宮歌合」九番左）　（〇〇五八）

「みねふかき」歌は、六年前に詠まれた定家の名歌「名もしるし峰のあらしも雪とふる山さくら戸のあけぼのの空」（建暦二年春内裏詩歌合。新勅撰集九四）の影響が著しい。「やまさくらど」は『万葉集』（二六一七）「あしひきの山桜戸を開けおきて我が待つ君を誰かとどむる」を本歌とするもので、当時の流行表現。為家歌は、定家の歌と本歌をも取り入れようとしている。「明けゆくもわかれぬ霧」「霧にうづもれて暁ながき」などの把握や表現は、かなり工夫をこらした跡を留めている。しかし、これとても概して新古今風の亜流を出ないし、しかもまだ生硬さが残り、十分に彫琢されているとはいえない。

新しい表現を求める目は、一方でまた、珍しい素材や新しい把握に対しても向けられはじめたようである。

するゑとほき野だのすぐろにたつかりのゆくへもかすむ春の空かな（「内裏歌合」十四番左勝）（〇〇三五）

野焼きのあとが黒くなっている状態を意味する「末黒」は、「粟津野のすぐろのすすき」と詠まれ、院政期以降作例は多い[注19]が、北へ帰ってゆく雁がそこから飛び立つとする把握はこの歌のみである。

承久二年（一二二〇）になっても、内裏関係の会への出詠は相変らず少くない[注20]。また公的な場における詠歌とともに、この年はじめて百首が詠まれているのも見のがせない。「承久二年卒爾百首」がそれで、わずかに、

しるしらずこのよつきぬるはてをみよ野べのそとばのかずにまかせて（〇〇七八）

の一首しか残存しないが、「卒爾」なる名称、およびこの一首の内容から推して、私的な速詠による百首であったと考えられる。しかも、ここに詠まれている「卒塔婆」は、慈円や寂蓮などに若干の作例はあり、為家自身も後に『詠千首和歌』で詠んでいる（一一三六）が、作例のさして多くない素材であって、この一首から類推して、本百首はかなり大胆で自由な姿勢による歌の集積であったと目される。このように珍しい素材をとりいれて速詠で多作する方法は、次の貞応期における習作の方法と軌を一にするものであり、動乱以前二十三歳の時、すでにこのような

方法で詠作に励んでいたことを窺い知ることができる点でも、この一首の意義は小さくない。

さて、承久二年の詠歌中に、詠作事情の詳らかでない歌が十首あるが、(注21)そのうち「里郭公」「江螢」「船中月」「擣衣幽」「池水鳥」「湖雪」「惜歳暮」「野旅」の八首が、『道助法親王家五十首』の歌題と一致しており、この年為家が定家出題の当『五十首』題によって、おそらく五十首歌を詠んだものと推察される。のみならず、それらの歌は、用語や発想において『五十首』の当該題歌との間にかなりの一致がみられ、何らかの関係があるのではないかとの思いを抱かせる。たとえば、

さしかへるしづくも袖のかげなれば月になれたる宇治のかはをさ　（船中月・〇〇六九）

は、『源氏物語』（橋姫）にみえる大君の歌、

さしかへる宇治の川長あさ夕のしづくや袖をくたしはつらむ

を本歌にしていることは確実であるが、一方でまた、『五十首』の二首、

わたの原とほき舟出に行きくれてみちもやどりも月に馴れぬる　（実氏）
あたら夜の月を雫にさす棹の行きてもをしきうぢの川長　（範宗）

の末句をつなぎあわせて下句を構成したらしくも見える。また、

ころもうつきぬたの音のかずかず（たえだえィ）にさそひもつげぬ里のあきかぜ　（擣衣幽・〇〇七〇）

も、次の二首、

衣うつそなたのつてもたえだえにおとづれかぬるさとの秋風　（信実）
たえだえにきぬたの音ぞよはるなるそなたの風や吹かはるらん　（覚寛）

の表現に著しく近似している。さらに、

をしがものしたの思ひはありながらあたりもこほるふゆの池みづ　（池水鳥・〇〇七二）

とぢかさね雪をたよりにこほる夜のみぎはにとほきしがのうらなみ　（湖雪・〇〇七三）

みしま江やなみにしほるるかりこものかつみだれてもとぶ螢かな　（江螢・〇〇六八）

これらもそれぞれ、次のような歌に同じ語句を見出せる。

あしがものゆききも今はやすからず絶えだえ氷る冬の池水　（俊孫）

白妙の雪をかさねてさゆる夜にこほりぞ高きしがのうら浪　（信実）

難波江や芦の葉がくれすむものをこやもあらはに飛ぶほたるかな　（公経）

右のような類似は、もちろん同じ歌題の本意を詠んだところから生じた偶然の結果であるかもしれない。各別に詠まれた『五十首』の中にも類似の表現は見出せるし、あとの三首の場合には、そうした題詠の型が結果した偶然の一致と考える方が妥当であるようにも思える。しかし、最初の例で、本歌にも『源氏物語』の本文にもない「月になれたる」が詠みこまれた契機を考えると、『五十首』との直接的な影響関係を想定したくなるし、第二の例でも、「衣うつ」「きぬたの音」「たえだえに」「里の秋風」と、いずれも擣衣のイメージを表現する常套的な語句ではあるけれども、これだけ一致するとやはり影響関係を考えたくなる。為家の五十首題歌の全貌を窺いえないまま、残された若干の歌から全体を推断するのはむずかしいが、承久二年のこの年、為家が『道助法親王家五十首』の全歌題に準拠して、詠歌したことはほぼ確実であり、しかも、『五十首』の歌を学びながら自らの五十首を詠んだ可能性も決して皆無とはいえないことに注意しておきたい。

『道助法親王家五十首』の成立については、久保田淳氏の説がある。(注22)氏は藤平春男氏の説(注23)を踏まえた上で、作者の官位記載から、類従本巻末の「建保六年」という年記を二通の上皇勅書と切り離して考え、建保六年は、『五十首』が計画され、あるいは定家によって出題されたことを示すにすぎず、作者が五十首を詠んだのは早くて承久元年、各作者の歌が出そろったのは承久二年になってからであり、そして八月に院から法親王に作者に関する指示があり、十月には既に作品に目を通して加点した、その後二年いっぱいを費し、あるいは翌年にかけて現行本のごとき形に整えられた、とされるのである。

この説に従うと、各歌人の詠がほとんど出そろった段階で、後鳥羽院から法親王に指示があり、それによって為家が除外され、新たに家長・光経・秀能の三人と僧侶歌人経乗・俊孫の計五人が加えられたということであるから、つまり、先にみた為家の「五十首題歌」は、承久二年八月に人数から除外される前に既に詠んでいたものであり、現存『五十首』との間の語句・表現の類似はすべて偶然の結果だと考えねばならぬことになる。しかし、為家を除外して三人を推輓し、「建久ノ例ニ任セバ、僧詠定メテ之レ有ランカ。堪能ハ何人候フ哉、不審ト云々」と、僧侶歌人を加えるべき旨を指示された事実や、また「五十首和歌ノ事、已ニ先例アルカ、其上ニ何事ノ候フ哉」とある冒頭の一文の口吻から推して、八月二十二日付の勅書は、まだ計画の最初期、多分建保六年に、法親王が人撰に関して上皇に相談をもちかけられた時点でのものと考えることも可能ではないか、むしろその方が妥当ではないかと考える。「已ニ先例アルカ、其上ニ何事ノ候フ哉」とたしなめたのは、既に進捗している計画を不満とされてのものではなく、『守覚法親王家五十首』という恰好のお手本があるのに、その上に何を相談することなどあろうという意味の言であり、僧詠を加うべしとされながら、具体的な歌人名をあげず「堪能ハ何人候フ哉、不審ト云々」といわれていることも、そうした読みを可能にする一証となるであろう。いかに軽輩とはいえ、既に歌人の人数に加えられ、あまつさえ詠み終えている為家の五十首に一見を加えることもなく、風聞よろしからざるをもって除名してしまうとは、たとえ上皇の威をもってすればたやすいことであったとしても、実際には考えがたい。そう読むと、この八月の勅書は、久保田氏説のごとく承久二年のものではなく、むしろやはり建保六年、計画の当初に遣わされた可能性の方が大きいと思われる。なお十月十四日付の勅書は、その内容が、出そろった作品に一見を加えた折の所感を記したものだから、これは久保田氏説のとおり、承久二年の勅書と考えるべきであろう。すなわち「建保六年」を勅書と切りはなして考えると同じ理由で、二通の勅書もそれぞれ分離して考察されるべきことを提言してみたのである。

為家は建保六年八月十三日の中殿御会に出詠しているが、それは内裏の強い意向によるもので、定家はその誘いを受けた時、甚しい危惧の念をいだいていた。(注24) それは決して謙辞とは思われないのであって、為家がそうした状態であったからこそ、「無下ニ未練ノ由」の風評を蒙り、『五十首』の人数から外されたにちがいないのである。おそらくそれから間もなく定家の教訓を受けた為家は、安閑としていられなかったであろう。定家の期待に添うべく、承久元年二年のころ盛んに内裏の歌会や歌合に出詠しながらも、常に、早く当代歌人たちに伍さねばならない、重代の歌の家の人として彼らを凌駕しなければならぬ、という焦慮を抱き続けたにちがいない。そのような推測や忖度が誤っていないなら、たとえ為家の五十首題歌と当該『五十首』との関係は断定できないにしても、先に除外された『五十首』の作品が世に出ると、いちはやくその歌題によって、さらにその歌さえも模倣するというかなり異例の方法で習作したかもしれないとは十分に思えるし、もし、そのような関係が認められないとしても、為家がなみなみならぬ気持で『五十首』題に挑戦したことは疑いを容れない。本五十首題歌の背後に、為家のそのような決意や意欲を垣間見ることができる点でも、これらの歌は意義深いといわねばならない。ちょうどそれは「卒塔婆」を詠みこんだ一首を含む「卒爾百首」と時期を同じくしていた。そうした種々の試みは、裏返せば、当時の為家が容易に打ち破りがたい隘路に立ち至り、低迷を続けていたことを意味していると思われる。建保初年、定家がしきりに慨歎しつつ『明月記』に書き留めた「未ダ三十一字ヲ連ネズ」という状態を、まだ抜けきってはいなかったごとくである。

承久三年（一二二一）の詠作と確認できる為家の歌は二首しかない。一首は、五月に起る動乱よりも前三月七日

の「内裏春日社内々三首歌合」の「海霞」題歌、

わたつうみのかざしはわかぬうらびともかすみの波にときやしるらん　（〇七九）

であり、もう一首は、「浦辺落葉」の題から秋以降の詠作と思しい、

あきのいろのかへらぬみづのみなといでに紅葉のいろをよするうらかぜ　（〇八〇）

である。未曽有の動乱を中にはさんでの両首は、その前後における為家の精神状態を、まことに対照的に暗示しているように見える。「わたつ海の」の一首が駘蕩たる海上の春霞の景を詠んで、微塵も暗い影を感じさせないのに対し、「あきのいろの」の一首は、「かへらぬみづのみなといで」に七月十三日の後鳥羽院の離京、二十一日の順徳天皇の離京という悲しい事実が暗示され、「もみぢのいろをよするうらかぜ」には、為家の特に寵遇をえた順徳天皇に対して寄せる複雑な思いが寓され、しみじみとした哀感をひそめた歌であると解釈できるからである。いかなる折の詠作か判然としないけれども、これを詠んだ時の為家の心に、そのような寓意が意識されてなかったとはいえない。

ところで、風巻景次郎氏の論(注25)以来、承久の乱によって順徳天皇を失うまで、為家はもっぱら蹴鞠に熱中して、いっこうに歌道を顧みなかったかのごとく理解されがちである。もちろん鞠は続けたであろうけれど、しかし、そのような理解は決して正鵠を射たものではない。たとえば『明月記』建保六年正月十九日の条には、天皇が「中将骨ヲ得タルニ、鞠ヲ好マズ、不便ノ由」を仰せられたという記事がある。(注26)この文言、また上来述べきたったこの前後の詠歌のありように徴しても、鞠を好まぬ（すなわちそれは歌道への専心を意味する）状態は、決して一時的な気まぐれであったとは考えがたい。歌人として自立すべき内面的方向転換は、既に動乱以前からはじまっていたのであり、しかし、飛躍しうべき力量を伴わず、不振にあえぎながら承久の乱という決定的事件に遭遇したのであった。この動乱とその結果が為家の家業継承に与えた、直接的、決定的な作用とその意義は、風巻論文によって十分に解

き明かされているが、少しく別の観点からみて、かくも急速な転換を可能にした素地は、既に建保末年ごろから徐々に萌していた、と思量する。そのように考えれば、乱後、貞応期における激烈な習作のもつ意味が、殊によく理解できるのである。

四　貞応年間（その一）

承久の乱によって、順徳天皇を中心とする内裏歌壇も、後鳥羽院の仙洞歌壇も、ともに消滅し、歌人たちの拠るべき中心は失われてしまったが、同時に、動乱がもたらした為家の精神的な傷あとは、承久四（貞応元）年に入っても、消しがたく残っていたようである。『中院集』に「石清水臨時祭舞人勤仕之時、代始」と詞書して、

　ちぎらずよかざすむかしのさくら花わが身ひとつのけふにあへとは　（〇〇八五）

という一首が残されている。詞書から、三月中旬（二十二日か）、前年七月九日に践祚された後堀河天皇の御代始の臨時祭で舞人をつとめた際の詠作だと知れるが、側近く仕えた順徳天皇と離れ、我が身一人が昔と同じ桜をかざして舞人をつとめるなど予想だにしなかったという、独白するような感懐が流露している歌だからである。また「秋述懐」題の、

　しるべせよ人のこころにすみわびぬむかしもいまも秋の夜のつき　（〇一〇九）

の底にも、同じような感慨を読みとってよいかもしれない。

しかし、かくしてもたらされた内外両面からの混迷の時期を、為家は徹底した習作期として活用し、結果として大きな成果をあげえた。そして、後年の為家ならびにその歌風はほとんどこの時期に決定的に方向づけられたといっても過言ではない。

対外的に活動すべき場を失ったのは、ひとり為家のみではなかったが、彼はそこでいち早く独詠による百首の詠

作に手をそめ、貞応の三年間は、実にこの独詠百首（ならびに千首）による猛烈な習作期であったと位置づけることができる。

すなわち、貞応元年には『卒爾百首』[注27]があり、また複数の百首の断片かと思われる歌二十四首[注28]がある。二年になると、六月に『名所百首』[注29]と『当座百首』[注30]、八月に『詠千首和歌』[注31]、九月に『四季百首』[注32]が詠まれており、その他詠作月は不明であるが『百首』[注33]と『卒爾百首』[注34]があるほか、その種定数歌の残欠と思しい歌二十二首を拾集できる。[注35]この年対外的な場で詠まれた歌は一首もない。

三年に入っても創作意欲はますます旺盛で、四月に『句題百首』[注36]、七月に『藤川題百首』[注37]、八月に『百首』[注38]があり、詠作月不明のものに、本章第一節でふれた『（草木等五題）百首』[注39]、『名所百首』[注40]『一字百首』[注41]、『朗詠百首』[注42]、『四季百首』[注43]と多彩である。また残欠歌十三首[注44]を拾集できる。なお、この年になると徐々に実氏や基家・慈円らの周辺で雅会が催されるようになり、為家も「右大将（実氏）家庚申会」ほかに出詠し[注45]、「前大僧正（慈円）十首」[注46]を残している。

このうち『藤川題百首』は、定家の『藤川百首』題によって詠んだもので、以後御子左家の伝統となり代々詠み継がれてゆく。また『一字百首』[注47]『名所百首』『句題百首』『四季百首』『朗詠百首』なども、定家や家隆や慈円など当代の歌仙たちが近年試みてきた百首詠の方法を襲ったものであった。為家は、そうしたさまざまな方法を駆使して驚くべき数の作品を残しているが、このように列挙してみると、百首という数は同じでも、年を逐って順次その方法を多様化させていった跡がありありと窺える。元年の百首はわずかに十二篇で、数も少く、また残された若干の歌から推して、ありふれた百首だったと思われるが、二年三年と進むにつれて種々の名称を冠した百首が登場する。そのことは、ねらい所を変えたいろいろな種類の百首を詠むことによって、いかなる題を与えられても自在に詠作しうる歌人たらんと意図したことを物語っている。

詠歌のありようにおいてもまた、元年と二年三年との間には、かなり顕著な相違がみられる。いまその違いの一端を窺うために、結題をいかように詠んでいるかに注目してみたい。為家の場合、以前にも結題を詠んだ歌がなかったわけではないが、それは歌合や歌会でたまたま与えられたわずかの場合に過ぎず、自ら求めて難題に立ち向い、その数も多くなるのは、貞応期に入ってからのことであった。

貞応元年には、定数歌の断片かと思われる歌二十四首中に、「暁天帰雁」「契後久恋」などの題で詠んだ十八首の結題詠を見い出すことができる。それらの歌の中に、たとえば次のようなものがある。

を山田のいほしろたへにかけてけりさつきまつまの花のしがらみ　(田家卯花・〇〇八九)

いかにせん風にまかするくずのはもいまはと露のいろにいでなば　(乍恨忍恋・〇〇九四)

いろにみえぬちぎりもかなし秋山のきりのあなたの松のゆふかぜ　(聞音恋・〇〇九七)

最初の一首は、題の中の「卯花」を、直叙しないで、「しろたへにかけ」た「さつきまつまの花」と、もってまわった言い方で表現している。「乍恨忍恋」では、「風にまかするくずのは」で「恨」を、「いろにいで」で「忍」を、それぞれ思わせて詠んでいるし、最後の一首でも、「聞音」を「いろみえぬ」と朧化して暗示し、「きりのあなた」によってさらにそれを補足している。後年、為家は、「詞の字の題をば、心をめぐらしてよむべしと申すめり。恋題などはさまざまに侍るめり」(詠歌一体)と教えており、それは何も結題を詠む場合に限っての注意ではなかったが、以上のような歌は、たしかに「心をめぐらして」詠んだものであるにちがいない。必ずしもそうでない歌もあるにはあるが、このころの為家が題詠の技法に細心の注意を払いながら、それを習得しようと意図し、丹念に詠作する方法をとっていたことは疑いない。

貞応二年のものでは、『当座百首』十五首残存の十三首、『卒爾百首』一首残存の一首、計十四首の結題詠が拾い出せる。それらの歌をみると、前年に試みられた「心をめぐらせて詠む」方法は、ほとんど認められないで、おおかたは次のようなものである。

あふさかの山井のこほりとけぬらしかげさへみゆるせきの春駒　（関路春駒・〇一二四）
ときはなる林のせみもさすがまた秋とやしらむこゑかすかなり　（林蟬声幽・〇一二七）
あしたづの霜のころもにかさねてもあらしや寒きさはの月影　（寒夜沢鶴・〇一三五）
とふ人はあるじとてだにこぬ山のかけぢの庭にさくすみれかな　（山家庭菫・〇一三六）

さすがに「路」「夜」「家」などまでは直叙していないけれども、「ときはなる」の一首に端的に見られるとおり、題の字をそのまま一首の中に散りばめた体の歌が甚だ多いのであって、題詠の技法に関する限り、腐心したらしい跡をほとんど留めてはいない。このころの為家は、三十一字で題の世界を髣髴とさせるという題詠の最も普通で、あるべき方法によることなく、題の字に密着し、いわばそれにすがることによって、一首を構成したのだと考えるほかない。

貞応三年になると、結題詠は一段と多くなり、『藤川題百首』の一〇〇首をはじめ、『百首』五十七首残存の十八首、『四季百首』五首残存中の五首、『句題百首』六首残存の四首、その他未詳歌二十首残存の十九首、「右大将家会」四首残存の四首、都合一九二首中に一五〇首を確認できるが、この年の方法も、前年とほとんど変るところはない。『藤川題百首』の場合を瞥見してみよう。

おなじくはかきねの竹の枝かはすこなたにきなけうぐひすの声　（隣家竹鶯・一一七〇）
秋はぎの花のとざしのいろにいでて夕暮しるき野辺のつゆかな　（夜亭夕萩・一一九八）

それぞれ、題の「隣家」「夜亭」を若干めぐらして表現してはいる。しかし、定家の同題百首の題詠には比すべくもないこの程度のものすらごく稀であって、おおかたは、忠実に題の字をそのまま歌の中に移し、直叙するものばかりである。

夏もなほけぶりをだにとたのむかなさびしき宿の夜半のかやり火　(閑居蚊遣・一一九〇)
あはれともくれゆく秋もおもひしれ我身ひとつにをしむ心を　(独惜暮秋・一二一五)
松かぜの音をききてもなげきのみくははることのねをやしのばん　(聞声忍恋・一二二七)
なみあらふいそべの石も苔衣ほすまもみえぬおきつしほかぜ　(浪洗石苔・一二四九)
そこまでもながれてきよし神風やいすずの河の水のしらなみ　(河水流清・一二五二)

これらの場合、少くとも「閑居」「惜」「忍」「洗」「水」などは、一工夫あってしかるべきだと思われるにもかかわらず、すべて題の字そのままを歌中に配することによって一首を構成している。以上は最も極端な例ではあるが、これら以外の歌にしても、題詠技法に無頓着であるという点において、異るところはない。独詠でなく、半ば公的な「右大将家庚申会」の題詠においてすら、同じ方法がとられているのである。

題詠技法の習得という点で、もう一つ『朗詠百首』の場合にふれておきたい。漢詩に対する関心が増大するのもこの期の一特徴であるが、三年には『和漢朗詠集』の詩句を題にした『朗詠百首』を詠んで、この方面への積極的な姿勢を示している。この百首の歌は、わずか九首を『夫木和歌抄』によって拾集できるのみであるが、建保六年の慈円・定家・寂身による「文集百首」などと同列の、詩句題による百首であった。範宗や慈円などにも、朗詠集の詩句題詠があるから、当時にあってはさして珍しいものではなかったはずであるが、二十六歳のこの年為家はもうそれに挑んでいたのである。その題詠に注意してみると、たとえば、まず、次の二首、

窓梅北面雪封寒　(立春・二・藤原篤茂)
日かげなきかたえは雪にとぢながらかつがつにほふまどのむめがえ　(一二六六)
望山幽月猶蔵影　(秋晩・二三二・菅原文時)

山のははいづるけしきににほへどもまだかげかくす秋の夜のつき（一二六八）

について、篤茂の詩句は「窓の外の梅の北側の枝は、雪がかたく封じこめてなお寒い[注48]」意であり、菅三品の詩句は「山をふり仰いでみると、夕の月がほのかに光をかくしてまだ山の端を出でやらない」との意味であるから、それぞれ詩句の内容を過不足なく忠実に歌に移しているとはいえる。しかし、題の字をまわして詠むなど、それ以上の配慮はまだ十分ではない。また、

深洞聞風老檜〔悲〕（故宮・五三五・源英明）

風ふけばふる木のひばらこゑたててあとなきほらにむかしこふらし（一二七一）

は、宇多天皇の故宮仁和寺を過った皇子英明の感懐を詠じた詩句で、「奥ふかい仙洞御所に年経た檜の大樹が風のなかに立つ、檜の老樹よ、お前も昔を恋うて悲しむのか」の意。「深洞」を「あとなきほら」、「聞風」を「風ふけば」「声たてて」、「老檜悲」を「ふる木のひばら」「むかしこふらし」と、和歌らしい言い回しに移しえている。

〔気霽風梳新柳髪〕（早春・一三・都良香）

あをやぎの夜のまの露のたまかづらかけてふきほすにはのはるかぜ（一二六七）

も、詠みにくい「気霽」は捨て、柳条に玉なす夜の間の露を添加して、和歌らしくなめらかな一首としている。しかし、その他の題詠の様相はそこまでは至らずたどたどしい。まず、

一夜林霜葉尽紅（霜・三六八・温庭筠）

むすびけるひとよのしものあさおきにみないろまさるきぎの紅葉ば（一二六九）

では、「ひとよ」「しも」「みないろまさる」「紅葉ば」などはいずれも直訳的である上、「林霜」を「木々の紅葉ば」とする。また、

閨寒夢驚　或添孤婦之砧上（霜・三六九・紀長谷雄）

夢むすぶねやさむからししづのめがさゆる霜夜にころもうつこゑ　（一二七〇）

についてみれば、「青女司霜賦」の一部であるこの詩句はやや複雑で、為家には理解しがたかったようで、もとの詩中の意味世界には関わりなく、「閨」「寒」「夢」「婦」「砧」のイメージだけをとり出して（逆にいえば「驚」「添」「上」などの字を無視して）一首を仕たてあげている。

おのづからいくちとせまでふりぬらんいしのゆかふくほらの山かぜ　（一二七二）

石床留洞嵐空払　（仙家・五四七・菅原文時）

は「山中有仙室」詩の一部で「石床は洞のなかに空しくのこって山の嵐が塵を払うばかり」との意。「石床留洞」を「おのづからいくちとせまでふりぬらん」とまわして詠もうとした工夫のあとは窺えるが、下句は直訳にすぎて生硬で、和歌的風趣には乏しい。あるいはまた、

外物独醒松澗色　（紅葉・三〇四・大江以言）

たつた山したまでかはるもみちばにひとりいろなきたにのまつかぜ　（一二七三）

衡嶺暁月出窓中　（山家・五六二・橘直幹）

峰のいほの窓よりいづる月だにもありあけのころはなほまたれけり　（一二七四）

についても、それぞれの詩句は、「山はことごとく酔ったように紅葉のいろに埋め尽くされていて、紅葉以外のものでひとり酔わずに醒めているのは渓間のみどりの松だけだ」、「春暁の月は嶺の空際にいさよふ風情、わたしのやどの窓の中から出るようだ」との意味。為家は、前者については「醒」「松澗色」を無視して「ひとりいろなき谷のまつ風」と詠み、後者にあっても「衡嶺」を無視し、「月出窓中」のみに注目して「有明のころはなほまたれけり」と、連想は原詩句をはなれて飛躍してゆく。

かくのごとく、為家の朗詠集詩句題詠は、句題が表現している詩の世界に密着して、もっぱらそれにすがって詠

歌する場合（「日かげなき」「山のはは」の二首）と、詠みにくい文字や部分を捨てたり、部分的なイメージを核にして句意には無頓着に一首を構成する場合（その他の歌）の二つの方法によっていることが確かめられる。そしていずれにしても、結題詠の場合と同様、題の字を巡らして詠むなどの高度な技法への配慮と志向はそれとして認められるにしても、結果はまだ不十分である。

いったい、結題が難題とされたのは、ふたつ以上の事がらが複合して複雑な句意を有することが大きな制約となり、しかも、その枠の中で、枠の存在をのりこえた世界を構築しなければよい歌にはならないという、ことの困難さに基因している。詩句題詠の場合も事情はほぼ同様であるにちがいない。貞応期の為家の歌に結題や詩句題詠が激増している事実は、まさにそうした困難性の故に為家がそれに挑戦しようとしたこと、そしてその難かしさを克服しようとする意図をもっていたことの結果であるにちがいない。しかしまた、逆に、結題にしろ詩句題詠にしろ、困難な枠の存在が、初学者にとっては、具体的なものが提示されているだけに、無題あるいは漠然とした題の場合よりも、かえって一首を構成しやすいという一面を伴っていたことも確かである。一首のそこここに、題の文字を散りばめれば、何とか歌の体をなすという便利な一面がたしかにあったことを思わねばならない。元年と二年三年の結題や詩句題詠の技法上に以上のような違いが生じたのは、その間に、困難そのものへの挑戦から、初学者向きの一面を利用する方向に目的を変更させたからであると思われる。

そして、その変化はおそらく、時期を同じくして採り入れられた「速詠」と深く関わっているにちがいない。すなわち、元年の詠作は、方法的にみて乱以前とほとんど変るところなく、環境の激変によって自然に独詠百首が詠まれたにすぎないのであって、そこではまだ、少数精鋭主義ともいうべき歌への対し方が採られていた。ところが二年三年になって、巡らして詠む技法への顧慮が薄れていること、および詠歌量の急増という事実は、そのような詠作の方法から、いわば多作主義に転じた結果にほかならないからである。

『詠千首和歌』の成立も、そのような方法上の変化の中に位置させて理解しなければならない。「若き鞠の名手為家が承久の乱を契機として、その好む所を捨てて一転して歌に専心するやうにな」り、「千首こそは、為家が歌の専門家たるべき強い決意のもとになされた初学であった。同時に又、汕洞の御意向と、庭訓との両立の間に去就を決しかねていた為家が断然家の業を継承する為にとった所の、大転換であった」という風巻氏の説は、[注49]ほとんど定説となっており、たしかにそれは、人と和歌との結びつきにおける中世的なあり方を暗示するという点で、見事な事象の論断だといってよい。『詠千首和歌』は、その並はずれた数において、またその内容においても、他の百首と同一に論ずるわけにはゆかず、結果的にみて為家の断然たる決意を端的に示す、象徴的な作品であることは言うをまたない。しかし、ことを微視的にみるならば、承久の乱の終熄から『詠千首和歌』成立までには、まるまる二年間の歳月が横たわっているのであり、その間為家は、決して去就を決しかねた状態のままで無為に過ごしてきたのではなかった。前に述べたように、おそらく建保末年ごろから、家の業を継承しようと意図しながらも、低迷の底で苦闘しながら、営々と積み重ねてきた準備と、加うるに速詠の方法を自家薬籠中のものとしたところに、成立の基盤が存するのであって、決して一朝にして成ったものでないことを閑却してはならない。

五　貞応年間（その二）

『詠千首和歌』をはじめとする貞応期の歌には、おびただしい量の古典摂取の跡が窺えるが、それは豊富なことば（伝統的歌語や表現）の習得と、作品世界の拡大をねらってなされたにちがいない。そうした古典摂取の一典型として、前節で、『詠千首和歌』における『万葉集』および『堀河百首』の場合をとりあげて考察した[注50]が、いま、そのとき割愛したこと二つを補足的に見ておきたい。

その一つは、物語類の影響を受けていると思しい歌若干についてである。すなわち、

のべはみなあさけのきりのたちこめてこころもゆかぬあきのたび人　（〇五六四）

は、『狭衣物語』巻四の狭衣の歌、

葛のはふまがきの霧もたちこめて心もゆかぬみちのそらかな

に拠っている。狭衣が宰相中将の母君の山住みを訪い、妹君にあった翌朝、心をゆるしてもらえなかったので草枕のようでしたなどと母君とやりとりしている中で詠まれた歌なので、為家の「あきの旅人」は、この場面における狭衣を念頭において詠んでいるのかもしれない。しかし、狭衣の歌の第三四句をそっくり借り用いている割には、物語世界を髣髴とさせる度合に乏しく、物語取りの歌として必ずしも成功しているとはいえない。また、

冬がれのしののをすすきうちなびきわかなつむのにはるかぜぞふく　（〇二〇八）

は、『更級日記』の、

冬がれのしののをすすき袖たゆみまねきもよせじ風にまかせむ

の初二句を襲用した歌にちがいないし、

あき山にみねまではへるくずかづらながくや人をうらみはてまし　（〇九一九）

は、『伊勢物語』三十六段の、

谷せばみみねまではへる玉かづらたえむと人にわが思はなくに

に（『万葉集』の原歌は第二句「彌年尓波比多流」）、

つきかげにうぢのかはをささしかへりこほれるなみはふねもさはらず　（〇五九八）

は、前掲（二五七頁）『源氏物語』橋姫の巻の歌に、それぞれ拠ったものだと思われる。『源氏物語』のこの歌を本歌とする歌は定家にもあるし、『道助法親王家五十首』の範宗の歌もそうだから、当時流行の歌材だったにちがいない。ほかにもそれらしいものがなくはないが、総じて物語類からの影響はさして多いとはいえない。しかし、既

にこのころの為家が、『狭衣物語』『更級日記』『伊勢物語』『源氏物語』などの古典を学びはじめていたことは確かであり、その意味で注目に値するであろう。ただ、「のべはみな」の歌について述べたとおり、右のような歌の取り様に注意してみると、場面全体や地の文のことばなどをとり用いるのではなく、歌の詞を主として摂取していて、その意味では、物語摂取というより古歌摂取に近いといってよいであろう。

第二は本歌取りについてである。三代集、なかんづく『古今和歌集』の影響を受けた歌は甚だ多く、枚挙にいとまないが、それは当然予想されるところでさして驚くにあたらない。一々の本歌を指摘しながら具さに検討することは割愛し、ここではもっぱら、『詠千首和歌』における本歌取りが、いかなる方法で何を意図してなされたものかを瞥見するにとどめたい。まず、次のような歌を見よう。

なにとまたかどたのひづちおひぬらんあきはてぬべきこの世とおもふに　（二一一）

なほもまたあなうの花のいろにいでてわかれし春をこひわたるかな　（〇三七一）

いつまでかあぶくまがはのあさごほりそこなるかげもへだはてつつ　（〇八五二）

はじめの二首は、『古今和歌集』の、

かれる田に生ふるひづちのほにいでぬはよを今さらに秋はてぬとか（秋下・三〇三）

世の中をいとふ山べの草木とやあなうの花のいろにいでにけむ（雑下・九四九）

によるもの、また「いつまでか」の一首は、『後撰和歌集』の、

よとともにあぶくま川の遠ければそこなるかげを見ぬぞわびしき（恋一・五二一）

を取りなしたものである。これらは当時説かれていた本歌取りの留意事項にてらして、十分配慮をめぐらせた歌だといってよい。しかし、そのような基本的作法には無頓着に古歌を取ったものが過半を占めている。たとえば、

のべごとにたれにみせむとささがにのつらぬきかくるはぎのしらつゆ　（〇四九一）

みよしのの山のあなたにたぐへてもうきにわが身ぞやるかたもなき　（一〇一四）

かへるさはきのふとおもふをはるがすみかすみていにしかりぞなくなる　（〇五三二）

のようなもので、これらは、それぞれの拠った『古今和歌集』の歌、

秋の野におくしらつゆは玉なれやつらぬきかくるくもの糸すぢ　（秋上・二二五）

み吉野の山のあなたに宿もがな世のうき時のかくれがにせむ　（雑下・九五〇）

春がすみかすみていにし雁がねはいまぞなくなる秋ぎりのうへに　（秋上・二一〇）

と、どれほどのちがいもない。古歌詞をもって同事を詠じ、句の置きどころもそのままに、過分なとり方をしたこれらの歌は、古歌さながらの「ふるもの」であるというべく、めずらしさはない。

本歌二首をとることは、新古今時代になって盛んになった方法であるが、為家にもそのような作例はある。たとえば、

かけてくるたがたまづさのあともなくいやとほざかるあきのかりがね　（〇五三六）

は、明らかに『古今和歌集』の、

秋風にはつ雁がねぞきこゆなるたがたまづさをかけてきつらん　（秋上・二〇七）

芦べより雲ゐをさしてゆく雁のいや遠ざかるわが身かなしも　（恋五・八一九）

の二首に拠っているが、しかしこれは二首のことばをあやなしただけであって、そうすることによって必ずしも深さや複雑さがもたらされているとは思えない。また、逆に、

くれゆけばたれをかわきてよぶこどりたづきもしらぬ山のをちかた　（〇三一五）

とひとはぬおぼつかなさやよぶこどりふけゆくまでのねにはたつらん　（〇三一六）

の二首が、ともに『古今和歌集』の、

をちこちのたづきもしらぬ山なかにおぼつかなくもよぶこどりかな（春上・二九）

を本歌としているように、連続あるいは近接する二首が同じ歌を本歌とするような例もかなりみられ、詠作時の実際を垣間見させる。

以上のような事実は、本歌取りによって秀れた歌を詠むことがこの時の為家の主たる目的だったのではなく、古歌にたよって易々として一首を構成することの方が、当面の関心事であったことを物語っている。

そのような関心のもち方と方法による限り、近き代の歌も古歌と同様に、当然摂取されることになる。前にみた『道助法親王家五十首』ほど新しくはないが、『後拾遺和歌集』以後『新古今和歌集』までの、ごく近い過去の歌をかなり学んでいるのである。もちろん晴の場では「ちかき人の歌の詞をぬすみとること」は「きはめてうけられぬ事」であったが、『詠千首和歌』ではそれを避けた形跡は全くない。のみならず、後に自ら制した主ある詞「月にみがける」（〇四三七）、「みだれてなびく」（〇五一三）、そのほか『慶融法眼抄』所載の「身をいかにせん」（一一四八）のような、制詞に抵触する歌さえはばかることなく詠んでいるのであって、当時の為家がいかに自由貪婪に先行作品の表現を学んだかをよく示している。

為家の学んだ近き代の歌は、特定の集や歌人に偏しているとはいえない。けれども、中に和泉式部・曽根好忠・源俊頼などの歌が比較的多いことは注目すべきことだと思われる。たとえば、

つのくにのあしのやへぶき五月雨はひまこそなけれのきのたまみづ（〇四一〇）

夕ぐれはいくへかすみのへだつらんうづもれはつるまつのむらだち（〇一九二）

は、和泉式部の、

津の国のこやとも人をいふべきにひまこそなけれあしのやへぶき（後拾遺集六九一）

都へはいくへかすみのへだつらんおもひたつべきかたもしられず（玉葉集一八四九）

によっているし、

ほととぎすなくや五月のみたやもりいそぐさなへもおひやしぬらん（〇三九二）

は、好忠の、

みたやもりけふはさ月になりにけりいそげやさなへ老もこそすれ（後拾遺集二〇四）

に、また、

を山だのゐぐつむさはのうすごほりとけてやそでのぬれまさるらん（〇二一四）

月かげをありしにもあらずうらむればわれさへかはるこころとやみる（〇九四七）

は、俊頼の、

しづの女がゐぐつむさはのうすごほりいつまでふべき我が身なるらん（詞花集三四八）

世の中のありしにもあらずなりゆけばなみださへこそ色かはりけれ（千載集一〇二四）

を襲用したこと明らかだからである。『万葉集』や俗語に対して示したと同じ関心と志向が、彼らの歌をより多く学ばせることになったのだと思われる。

六　おわりに

『詠千首和歌』における以上のような姿勢と方法は、この時期の独詠百首についてもほぼそのままあてはまる。そしてそれはまた、結題や詩句題詠の技法におけると同様、速詠と裏腹の関係にあったはずである。詠み方の一般的な規範や一首一首の完成度などには、おそらく第二義的な意味しか認めていなかったのである。沈思熟考して秀歌を詠もうとした従前の方法を捨て、制約や枠をはずしてさらさらと速かに詠み続けることによって、まず容易に歌を詠みうる歌人になること、そうすることによって隘路を脱する契機をつかむことこそが、第一に目指されたにちがいない。『後鳥羽院御口伝』は、初学者のために、

道を好むになりぬれば、珍しき事どもして、脂燭一寸に詠じ、一時に百首詠じなどする事、練習のためによけれど、ただ百首を詠じて詠み終りぬれば、又はじめはじめ、或ひは無題、或ひは題を変え変え詠ずるは、いかにも終始よきなり。人にも見せずして詠みおきたれば、卒爾の用にも叶ひて、究竟の事にてあるなり。

と教えているが、貞応期の為家の習作はほぼこの教えの実行であったといってよい。(注51) そして事実、この時期の習作をとおして、その目標とするところは大方達成しえたのである。『詠千首和歌』を詠んだ時、慈円が激賞し、定家が安堵の胸をなでおろしたという伝承は、あるいは為家を世に認めさせるために定家が仕組んだ演出の締め括りであったかもしれないが、臆することなく歌が詠めるようになったことに対する真率な評価の表明であったこともまた確かだと思われる。

貞応期の詠作を要するに、秀れた少数の歌を練磨するよりも、まず軽やかに詠作しうる歌人たるべく、いわば歌人としての外枠を作ることに第一の目標があった。従ってこの期の詠作は、かなり切迫した精神的状況のもとでなされた激越な修行であったとはいえる。そうした中で詠まれた歌であったから、為家はその中に自己の感懐をもりこむべき余裕をほとんど持たなかった。一人の若い歌人の心底を想見できる歌は、千数百首中ごく例外的にしか認められず、第四項の冒頭にあげた二首と次の一首よりほかにないのである。

白河花梢歴覧之次、到成勝寺書付鞠懸桜樹

わきてしれ風よりにのちのさくら花あまりにしのぶなごりなりとは　（一三八〇）

貞応三年（三月か）の詠作であるが、これはただに惜花の心を詠んだだけの歌ではない。「風」によって承久の動乱を暗示し、かつて親しんだ鞠のかかりの桜樹に向って、その才能をめでられた順徳院（また後鳥羽院）を忍ぶ深切

な心を寓していると見えるからである。

【注】

(1) ①谷亮平「藤原為家論」(『国語と国文学』昭和八年三月)。②風巻景次郎「藤原為家の家業継承の意義」(改造社日本文学講座第七巻『和歌文学篇下』昭和九年十一月)。→『新古今時代』(人文書院、昭和十一年七月)(塙書房、昭和三十年九月)(『風巻景次郎全集』桜楓社、昭和四十五年十月)。③「藤原為家伝記研究断片」(『国語と国文学』昭和十年二月)。→『新古今時代』。④石田吉貞「藤原為家論」(『国語と国文学』昭和十三年八月)。⑤同「藤原為家の生涯」(『国学院雑誌』昭和十四年三月)。→『新古今世界と中世文学(下)』(北沢図書出版、昭和四十七年十一月)。

(2) ①久保田淳「為家と光俊」(『国語と国文学』第三十五巻第五号、昭和三十三年五月)。→『中世和歌史の研究』(明治書院、平成五年六月)。②家郷隆文「定家の家嫡選定に絡む問題とその過程—藤原為家ノート、その一—」(『国語国文研究』第十七号、昭和三十五年十月)、③「為家の初学期をめぐって—藤原為家ノート、その三—」(『国語国文研究』第二十二号、昭和三十七年六月)。なお③稿は、本稿で扱う時期についてかなり詳しい。扱いの観点がちがうので一々注さないが、あわせ参照されたい。

(3) ①「藤原為家の初期の作品をめぐって—『千首』を中心に、後代との関わりの側面から—」(『国文学言語と文芸』第六十四号、昭和四十四年五月)。→本書第二章第一節。②「藤原為家『七社百首』考」(『国語国文』第三十九巻第八号、昭和四十五年八月)。→本書第二章第四節。

(4) 佐藤恒雄編著『藤原為家全歌集』(風間書房、二〇〇二年三月)。

(5) 安井久善「為家の作歌経歴」(『藤原為家全歌集』武蔵野書院、昭和三十七年十一月)解説篇。なお、引用歌の下の括弧内に、佐藤恒雄編著『藤原為家全歌集』の歌番号を付した。

(6) 『和歌文学大辞典』(明治書院、昭和三十七年十一月)付載年表によると、五月十一日・六月・八月・九月十三日・十一月に催されている。

(7) 二月二十六日「内裏詩歌合」(〇〇〇二〜五)。七月十三日「内裏歌合」(〇〇〇六〜八)。八月七日「内裏歌合」

（〇〇〇九〜一一）。八月十二日「内裏歌合」（〇〇一二・一三）。九月十三日「内裏歌合」（〇〇一四〜一六）。閏九月十九日「仙洞（実は内裏）歌合」（〇〇一七〜一九）。

（8）藤平春男「建保期の歌壇について―新古今・新勅撰両集との関係に触れて―」（『国文学研究』第二十輯、昭和三十四年九月）。→『新古今歌風の形成』（明治書院、昭和四十四年一月）。

（9）たとえば、「世の中にふれどかひなき身のほどはたまらぬ雪によそへてぞみる」（続拾遺集六五〇・上西門院兵衛）など。

（10）その他の歌人たちの作品は次のとおりである。

宮木野のこの間も色や月影の心づくしに秋風ぞ吹く（一番左勝　順徳天皇）。荻原や露こす風にすむ月に身にしむ秋の色ぞ見えける（一番右　俊成卿女）。たび衣しのにをりはへ露なれぬ幾よか袖に宮城野の月（二番左勝　経通）。露の玉はぎの錦も色そへて月影やどす宮城野の原（二番右　光家）。みじか夜の野辺のあさぢふ浅きより馴れける月の露ふかきまで（三番左持　保季）。玉やそれをばなが末の白露を月に吹くよの野べの秋風（三番右　家衡）。むさし野の萩のした葉の露毎に光をわけてやどる月かげ（四番左　範基）。むさし野はまつもをしむもよはの月なびく草葉の末の白つゆ（四番右勝　範宗）。こよひ又ふる郷人もいかが見る月影さびしむさし野のはら（六番左持　永光）。秋の野の草の袂やまがふらむをばなが末にのこる月影（六番右　康光）。

（11）時わかずふれる雪かとみるまでに垣根もたわにさける卯花（後撰集一五三）

みもたわにしほれぬるかとおもふまでいくそかおけるはぎのうへの露（曽丹集「八月上」）

（12）本文ならびに訓は、『万葉集本文篇』（佐竹昭広・木下正俊・小島憲之編著、塙書房、昭和三十八年六月）による。

（13）注（3）所掲拙稿①。

（14）『明月記』建保元年五月十五日・二十二日条など参照。

（15）本文は、佐藤恒雄編『藤原為家全歌集』（風間書房、二〇〇二年三月）による。

（16）久保田淳「紹介・安井久善編著『藤原為家全歌集』」（『国語と国文学』第四十巻第六号、昭和三十八年六月）は、『源承和歌口伝』に「建保清撰歌合左」と詞書のある「いまこむとたのめてとはぬ夕暮もたがまことよりまちならひけん」の一首を、三年九月九日のことかとするが、この日の三首歌合は菊三題（月前菊・水辺菊・寄菊恋）で、「菊」にはあわない。建保年間の作とする（〇〇三〇）か、あるいは、『紫禁和歌草』に「同（建保二年）九月八日、名所撰歌合、秋（五首）」「同比、恋（二首）」とある恋題の一首とすべきであろうか。

（17）安井久善（『藤原為家全歌集』）は、私四四〇（あはれわが）私四四三（年ふとも）の二首を建保四年の作とするが、久保田淳（『藤原家隆集とその研究』四九八ページ）はそれを訂し、ともに建保四年作にあらざることを証し、建保は建長の誤写であろうとする。建保四年における為家の詠作でないとする点は首肯されるが、前者（佐藤全歌集一八一五）については、『夫木和歌抄』書陵部本・北岡本に従って「嘉禄四年」の為家詠と認定すべきであり、後者については、為家の作品ではなく、権大納言忠信の歌と認定される山田清市・小鹿野茂次の処置（『作者分類』夫木和歌抄本文篇』風間書房、昭和四十二年五月）を妥当とすべきである。『夫木和歌抄』板本は為家の詠とするが、他本みな「前大納言」とし、『万代和歌集』巻十一所収の同じ歌は、「建保四年院百首に　権大納言忠信」とあり、『拾玉集』の作者一覧によると忠信はたしかに建保四年院百首の作者の一人であった。

（18）この年承久元年、為家の参加した文事と月日ならびに歌番号を列挙する。
・二月十一日「内裏歌合（当座卒爾）」（〇〇三一〜四〇）。　・二月十二日「内裏当座歌合」（〇〇四一〜四六）。
・七月二十七日「内裏百番歌合」（〇〇四七〜五六）。　・九月七日「日吉社大宮歌合」（〇〇五七〜五九）。
・九月七日「日吉社十禅師宮歌合」（〇〇六〇〜六二）。

なお、十月十日「最勝四天王院障子和歌」（六〇〇八）「みづぐきのをかにむらさめしける所を／みづぐきのをかのあきかぜふきまよひ草葉さだめぬむらさめのそら」は、偽書説が有力で存擬歌としなければならない。万一為家詠としても、所伝の十月十日は信じ難く、年次未詳とすべきである。

（19）あはづののすぐろのすすきつのぐめばふゆたちなづむこまぞいばゆる（後拾遺集四五・静円）
はるがすみたちしはきのふいつのまにけふはやまべのすぐろかるらん（曽丹集「百首」）
春山のさき野のすぐろかきわけて摘める若菜に沫雪ぞ降る（風雅集四五・基俊）

（20）・三月三日「内裏二首御会」（〇〇六三）。　・三月二十三日「内裏当座歌合」（〇〇六六・〇〇七五）。

・三月二十四日「内裏当座歌合」(〇〇六五)。　・四月二十八日「内裏仁和寺殿二首御会」(〇〇六四)。
この年承久二年の作歌活動についても、注(17)所掲久保田稿参照。なお、佐藤編著『藤原為家全歌集』のこの年の項は、久保田稿を見落としたため混乱があり、右の催事順に整理し修訂を加えねばならない。

(21)『藤原為家全歌集』番号を示す。

(22)〇〇六七・〇〇六八・〇〇六九・〇〇七〇・〇〇七二・〇〇七三・〇〇七四・〇〇七七・〇〇七一・〇〇七六

(23)久保田淳『藤原家隆集とその研究』(三弥井書店、昭和四十三年七月)五〇五頁。

(24)『群書解題』(巻第七)(続群書類従完成会、昭和三十七年七月)五五頁。

(25)『明月記』建保六年七月三十日条。

(26)注(1)所掲論文②。

(27)注(1)所掲論文⑤に指摘される。

(28)〇〇八一～〇〇八四。なお『夫木和歌抄』の詞書に「承久四年」とするから、四月改元以前の詠作かもしれない。

(29)〇〇八六～〇一〇九。このうち〇〇八六(春草)・〇〇九一(夏月)・〇一〇九(秋述懐)の三首は、その歌題から四季百首であったかもしれない。

(30)〇一一〇～〇一二三。

(31)〇一二四～〇一三四。

(32)〇一六三～一一六四。

(33)一一六五。安井氏はこれを三年の作と認定しているが、『夫木和歌抄』諸本に異同はなく、二年にも詠まれたことを否定できない。

(34)〇一三九。

(35)〇一四〇。

(36)〇一四一～〇一六二。

(37)一二七八～一二八三。

(37) 一一六六〜一二六五。

(38) 一二九三〜一三四九。

(39) 一三五〇〜一三七四。

(40) 一二七五・一二七六・一二七七。

(41) 一二八九〜一二九二。

(42) 一二六六〜一二七四。

(43) 一二八四〜一二八八。

(44) 一三八〇〜一三九九。

(45) 「右大将家〻首」一三七五・一三七六・一三七七。「右大将家庚申会」一三七八。

(46) 一三七九。

(47) 『名所百首』は、建保三年『内裏名所百首』の系脈の上にあるが、歌題はそれと完全には一致しない(二年の一四首中五首、三年の三首中の三首が不一致)。ちなみに、承久四年寂身の名所百首は建保三年の歌題によっている。『四季百首』の先蹤としては、承久二年秋、慈円勧進により、慈円・定家・家隆らが詠んだ百首があり、寂身も貞応二年に詠んでいる。貞応三年為家の八首の題はすべて慈円らの題に一致している。二年の一首は「冬木」でこれは一致しない。寂身のは全体が残っているわけではないが、大部分慈円らの題に一致するものの、「日」「無常」など一致しないものもみえる。あるいは「木」「日」「無常」などを含む同題で為家と寂身の両名が詠んだ可能性もあろう。『一字百首』は建久元年定家の先例があり、『句題百首』も建仁元年『院句題五十首』に倣ったに相違ない。

(48) 現代語訳は、日本古典文学大系『和漢朗詠集・梁塵秘抄』(朗詠集は川口久雄担当)(岩波書店、昭和四十年一月)による。以下同じ。なお、篤茂のこの詩句は為家の念頭に深くきざみこまれていたらしく、この年「右大将家庚申会」における「南北梅薫」題にも、「おのづからひかげのかたはさきにけりゆきにとぢたるまどの梅がえ」(一三七八)と詠んでいる。

(49) 注(1)所掲論文②。

(50) 注（3）所掲拙稿①。

(51) しかし、そのことは必ずしもこの期の歌が詠み捨てにされたことを意味するものではない。「詠千首和歌」には、歌をさしかえた形跡があるからである。すなわち、安井氏の指摘するとおり、現存千首にない歌が四首、「千首中」「千首歌」として『夫木和歌抄』に収められている。次の四首である。

A　かり人のいるののすすきうちなびきとだちあらはにあきかぜぞふく（一一六一）

B　おちたぎつはつせがはらのしろたへにいくよかかくるなみのゆふはな（一一六二）

C　君がよのながらのはまのはま松のかはらぬいろのかげのひさしさ（一一六三）

D　よそにのみきくのながはまながらへてこころづくしにこひやわたらん（一一六四）

一方、現存千首中に次のごとき類似の歌がある。

a　かり人のいるののののべのはつをばなわけゆくそでのかずやそふらん（〇五〇八）

b　おちたぎつはつせがはらのわたしもりいそぐといかがとはですぐべき（一〇二七）

c　君が代のととせの松のかげしげみさかえますべき春はきにけり（〇九七一）

d　いたびさしさすや日かげにたつちりのかずかぎりなくこひやわたらん（〇九〇八）

安井氏は先の四首の注記は『夫木和歌抄』の誤記かと推定しており、もちろんその可能性を否定しきれないが、四首もあること、そのうち二首は酷似する（Aとa、Bとb）ことから、「詠千首和歌」本文の改稿さしかえのプロセスを想定できるのではないか。現存本とは若干内容を異にする草稿段階の一本があって、『夫木和歌抄』はそれによって採歌した可能性を否定しがたい。

第三節　新撰六帖題和歌の諸本

一　はじめに

虎の生はぎといふ事、新撰六帖にあり。為家卿大納言にて有りしを、子の為氏大納言に任ぜんとするに、当官はあらばこそ任ぜめ、仍りて父卿をば前官になして、為氏当官に任ぜしかば、為家これを述懐して、虎の生はぎと読みたり。

（正徹物語）

正徹はさしずめ、『新撰六帖題和歌』の俳諧性に関心を抱いた一人であったらしい。正徹は「虎の生はぎ」（「イケハギ」と訓まれた[注1]）という珍しいことばに注目し、それにまつわる説話を語っているのであるが、当作品のこの種用語や内容の多さに注目する時、かかる関心からする『新撰六帖題和歌』の受容は、正徹に限らずもっと普遍的であったにちがいない。

さて、正徹が右の一文を書き記した時、念頭に置いていたであろう歌を、『続々群書類従』所収の『新撰六帖題和歌』本文によって求めると、

いきながらわかれし世こそ悲しけれつたへて虎の皮をみるにも（巻二・虎・為家）

ではないかと見当がつく。しかし、「生きながら別れし」では、下句との関係も不明確であるし（親子の虎の生別とこ

じつけられぬこともないが、それにしても）、正徹のいう「虎の生はぎ」には、まったくそぐわない。ところがこの歌は一群の写本によると次の形で収められている。

いけながらはがれしよこそかなしけれつたへてとらのかはをみるにも

この形なら、「生かしたままで皮を剝がれたそのかみの世が悲しい、代々伝えてきたこの虎の皮をみるにつけても」と、歌意は至って明瞭となり、「虎の生けはぎ」というそのままの用語が使われているわけではないし、内容として事実を正確に伝えた話でもないが、正徹がこの歌を背後にして言わんとしたところは、十分に理解できる。

先年、はじめて『新撰六帖題和歌』を精読して、その俳諧性はもとより、いろいろな意味で放置することのできない、あるいは許されない作品であることを痛感した。以来折にふれて諸本など調べてゆくにつれ、右の一首の場合に限らず、流布本本文には多大の欠陥があって信頼しがたく、諸本調査と本文校定という最も基本からやりなおす必要があることに思い至った。本節はそのような観点と見通しのもとにする、極めて基礎的な諸本と成立に関する報告の一部である。

二　諸本分類

先行研究[注2]を踏まえて、現在までに調査を完了した『新撰六帖題和歌』の諸本を、歌の有無、題序の異同、歌序の異同、題目録や合点その他のありようなどを主たる分類基準とし、本文細部の特徴的異同をも加味勘案して類別すると、次のとおりとなる。

一類本

第一種　（略号）

①今治市河野美術館蔵「新撰六帖題和歌」（六冊）　河

②静嘉堂文庫蔵「新撰六帖題和歌」（巻一・巻四欠）（四冊）　静
③穂久邇文庫蔵「新撰六帖題和歌」（六冊）　穂
④日本大学附属図書館蔵伝飛鳥井雅綱近衛殖家筆「新撰六帖題和歌」（六冊）　日A
⑤広島大学附属図書館蔵岡田真之旧蔵「新撰六帖題和歌」（六冊）　広
⑥鶴見大学附属図書館蔵村井順旧蔵「新撰六帖題和歌」（六冊）　鶴
⑦宮内庁書陵部蔵（五〇二・四一八）伝万里小路惟房筆「新撰六帖題和歌」（六冊）　書A
⑧永青文庫蔵細川幽斎奥書「新撰六帖題和歌」（六冊）　永
⑨太宰府天満宮蔵小鳥居本「新撰六帖題和歌」（巻四以下欠）（一冊）　天

第二種

⑩国立公文書館内閣文庫蔵（二〇一・七六九）「新撰六帖題和歌」（三冊）　内A
⑪国立公文書館内閣文庫蔵（二〇一・七七〇）「新撰六帖題和歌」（二冊）　内B
⑫東京都立中央図書館蔵「新撰六帖題和歌」（一冊）　都

二類本

第一種

⑬三康図書館蔵「新撰六帖題和歌」（二冊）　三
⑭京都大学附属図書館蔵「新撰六帖題和歌」（六冊）　京A
⑮架蔵大口鯛二旧蔵「新撰六帖題和歌」（四冊）　架

第二種

⑯穂久邇文庫蔵岡田真之旧蔵片仮名本「新撰六帖題和歌」（一冊）　片

⑰東京大学国文学研究室蔵本居文庫「新撰六帖題和歌」（二冊）　東
⑱島原市立図書館蔵松平文庫本「新撰六帖題和歌」（六冊）　松

三類本（抜書復元本）

⑲今治市河野美術館蔵享徳元年抜書本「新撰六帖題和歌抜書」（一冊）　河抜
⑳筑波大学附属図書館蔵「新撰六帖題和歌略抄」（一冊）　筑
㉑愛知教育大学国文学研究室蔵「新撰六帖題和歌」（六冊）　愛
㉒宮内庁書陵部蔵（五一〇・三〇）智仁親王筆「新撰六帖題和歌」（二冊）　書B
㉓日本大学附属図書館蔵「新撰六帖題和歌」（二冊）　日B
㉔国立公文書館内閣文庫蔵（二〇一・七二六）「新撰六帖題和歌」（二冊）　内C
㉕京都大学文学部資料室蔵（En・1b）「新撰六帖題和歌」（二冊）　京B

四類本（流布本）

㉖万治三年中野五郎右衛門板（刊年不明四冊板も）「新撰六帖題和歌」（六冊）　板
㉗京都大学文学部資料室蔵（En・1a）「新撰六帖題和歌」（六冊）　京C
㉘桑名市立文化美術館蔵「新撰六帖題和歌」（四冊）　桑
㉙金刀比羅宮図書館蔵「新撰六帖題和歌」（巻一〜四欠）（二冊）　金
㉚続々群書類従第十四所収「新撰六帖題和歌」　活

以上のほか、私に調査をしていないが、次の諸本はそれぞれの番号のあたりに属するものと見られる。

⑤′岡田真之氏蔵「新撰六帖題和歌」（六冊）
⑤″尊経閣文庫旧蔵松華堂昭乗筆「新撰六帖題和歌」（二冊）

⑯′伝藤原為氏筆巻一零本「新撰六帖題和歌」（一巻）

⑯″伝藤原為家筆大原切

＊伝源頼政筆新撰六帖題和歌切

⑤′は、福田秀一氏撮影の部分写真およびノートによると、同じく岡田真之氏旧蔵本である⑤本と瓜二つで、同一筆者の書写になる兄弟本と認められる。⑤″は、現在は所在不明になっているが、昭和三十年ころこれを調査された福田秀一氏のノートによると、⑤本などに近い、一類本第一種の一伝本と認められる。

⑯′も昭和三十年一誠堂書店の売品を調査された福田氏のノートによるもので、巻頭の総目録がないことから判断して、二類本第一種の一伝本であったと思われる。⑯″の「大原切」は伝為家筆の古筆切で、現在十二題五十八首分が確認されている。「たくなは」（第三帖、三首）（小林強氏蔵）「しほがま」（第三帖、五首）「としへたてたる」（第五帖、五首）「かたみ」（第五帖、五首）「くれなゐ」（第五帖、五首）（以上四点『古筆学大成』第一六巻）「思ひわつらふ」（第五帖、五首）（『思文閣墨跡資料目録』第五十八号）「さや」（第五帖、五首）（佐々木孝浩氏蔵）「いひはしむ」（第五帖、五首）。「あか月におく」（第五帖、五首）「ひとよへたてたる」（第五帖、五首）「ころもうつ」（第五帖、五首）「かりころも」（第五帖、五首）（以上五点某氏蔵）[注3]がそれであるが、本文と合点の特徴から、二類本のいずれかに属するものと認められる（第一種か第二種かは不明）。また、「伝源頼政筆新撰六帖題和歌切」も二題十首分が知られている（『古筆学大成』第一六巻）が、この類別は不明である。④本は、『新編国歌大観』（第二巻私撰集篇）所収本の底本とされている。

なお、『国書総目録』『私撰集伝本書目』所掲本のうち、国立国会図書館蔵の写本（四冊）は刊年不明板本、三手文庫蔵の写本（一冊）は万治三年板本、彰考館文庫蔵大永七年奥書写本「寛元和歌六帖」（一冊）は現存和歌六帖、天理図書館蔵写本は所在しない。

また、穂久邇文庫に難波宗武手択写本（二冊）、竹柏園旧蔵写本（一冊）、松浦史料博物館に寛永元年刊本（四冊）

が蔵されている由であるが、これらは未調査である。その他近世末の書入本の類も一切とりあげていない。

右に掲示した三十数本のうち、室町期以前にさかのぼる写本は、④・⑦・⑧・⑭・⑮・⑯・⑯′・⑯″・⑲・⑳の十本で、比較的古い時代の写本が多くを占めており、鎌倉・室町期におけるこの作品の流布の広さをしのばせる。

書名について一言すると、すべての内題（目録題）は「新撰六帖題和歌」で一致しており、編者による当初からの命名であったと見られる。意味するところは、「古今和歌六帖」題を根底に据えた「新撰和歌六帖」題による和歌の意であるべく、ただ「新撰和歌六帖題和歌」では煩瑣ゆえ、この書名に落ち着いたものと思われる。

三　歌の有無

分類の第一の基準としたのは、歌の有無であるが、その最も大きな異同は、巻一末尾近くの「なるかみ」「いなづま」二題十首（四八六～四九五）、および八一五「わきてその」（第二帖「井」題）一三五五「みわ山の」（第五帖「しめ」題）のともに真観の歌二首、計十二首の有無である。諸本におけるありようを示すと［表Ⅰ］のとおりとなる[注4]（二五五〇の次二首も併せ掲げる。27本28本29本は26板本からの写しなので省略する）。

〔表Ⅰ〕

歌番号＼諸本	①河	②静	③穂	④日A	⑤広	⑥鶴	⑦書A	⑧永	⑨天	⑩内A	⑪内B	⑫都	⑬三	⑭京A	⑮架	⑯片	⑰東	⑱松	⑲河抜	⑳筑	㉑愛	㉒書B	㉓日B	㉔内C	㉕京B	㉖板	㉚活
四八六～四九五	×		×	×	×	×	×	○	×	×	×	△	×	○	○	○	○	○	※	○	○	○	○	○	○	○	○
八一五	×	×	×	×	×	×	×	○	×	×	×	○	×	○	○	○	○	○		○	○	○	○	○	○	○	○
一三五五	×	⊗	×	×	×	×	×	×	／	×	×	×	／	×	○	○	○	○	○	○	○	○	○	○	○	○	○
二五五〇の次	×	×	×	×	×	×	×	×	／	×	×	×	×	×	×	×	○	×		×	×	×	×	×	×	×	×

○—有　×—無　⊗—後補　※—486・488・489・491・494を抜く

一類本はおおむねこの十二首をもたず、二類本以下には含まれる。一類本中の例外は⑧永本と⑨天本であるが、永本は⑦書A本と同じ欠脱などがあり、同一祖本より出たことが確実であるところから、十首は後補に相違なく、天本も混態を思わせるところが多いことから、八一五の一首は後補かと思われる。なお⑪都本の場合、「なるかみ」「いなづま」題歌は、巻一の巻尾余白に、それぞれ最初の二首（家良と為家の歌）のみが書き加えられている。

この十二首は、最初完備していたものが脱落した可能性も皆無ではないが、一類本本文の整備されたありようからみて、それはいかにも不自然で、当初の段階で詠まれていなかったものを、次の段階で追詠したものと考えたい。都本の二首のみ書き加えられた事例は、何らかの理由で最初詠まれなかった二題分を、追って詠み加えようとして、まず家良と為家が詠んで書きつけた、その痕跡であると判断されるからである。つまり、一類本祖本（現存本は後の整備の手が加わっている）は、最も早い時期の本文を伝えるものであったと思われる。十首については、家良・為家に続いて知家・信実・真観も追詠して、二類本以下のように完備していったのだと思われるし、真観の二首についても同様、一類本祖本の段階で欠けていたものを、追詠して完備したと見なすべきであろう。

右にみた十二首の他に⑰東本のみには、二五五〇（第二帖「さなき」題五首目）と二五五一（「とり」題一首目）の間に、次の二首がある。

〇むく　イ本ニモ此題ハナシ

もゝしきのおほはにたてるむくの木はわれ見て後も古にける哉

枯わたるむくの落はに吹かせのそゝろさむくも成まさる哉

此哥如此たゝ二首有之外なし　題ノ目録ニもむくけして有

この二首についても、都本における「なるかみ」「いなづま」各二首から類推して、家良と為家の二首であると思われる。おそらく、当初撰題の段階では入っていたこの題を二人が詠んだものの、しかし何らかの事情（古今和歌六帖にもない故か）で削除し、題目録の「むく」も消しさって、結局他の三人はこれを詠むことなく終ったのであろう。

以上二つの草稿段階における本文の痕跡は、この催しの企画・推進の中心に、家良と為家の二人がいたということを、暗に、しかもかなり確かに示しているにちがいない。

四　歌の異同――改作さしかえの痕跡――

前項でみた歌の有無とは性質を異にする歌の異同も、数多く見られる。すべてを列挙すると次のとおりである。初出稿以後、ごく最近に公開された冷泉家時雨亭文庫蔵『新撰六帖為家卿詠歌』（為家草稿本）をも加えて判断することとする。

1　さてもくる秋はいかなる色なれはかなしきものとおもひそめけん　真観

第一帖「秋たつ日」五首目一一五歌「朝またき」（真観）の歌の代わりとしてあり（京A・架・河抜補）。

2　わか思ひ人わらへにはならはなれしゝまこそすれゐしまやはする　真観

第五帖「いはておもふ」五首目一三八〇歌「かくはかり」（真観）の歌の代わりとしてあり（東）

3　秋の夜のやゝさむけにもなりゆけは声こそよはれ莎雞□□　為家

第六帖「きりきりす」二首目二二三七歌「光なき」（為家）の代わりとしてこの歌を抜く（河抜）。『新撰六帖為家卿詠歌』は「ひかりなき」歌であるので、これが為家の初案であったと見られる。

4　ハルノヨノ月ノカツラノ雲井ヨリヒカリヲ花トユキソチリカク　《家良》

第一帖「ハルノ月」五首目二六〇歌「おほろにも」（真観）の一首なく、二五七歌「シルヘアラハ」（為家）と二五八歌「シツカヤク」（知家）の間にあり（片）。

5 雲の行かたも知られぬゆふやみにほしみえ初る村雨のそら　家良

第一帖「星」一首目三四一歌「君か代は」（家良）の歌を右に小書し、一首目の位置にあり（東）。題下に小書し「此哥余本ニ有」（天）、「一本此哥最初ニ在」（京B・板・活）。六首ならべて「一本此哥ナシ」（内C）。

6 いかはかり世（をカ（天余））たつ人の衣手にこの春雨のいろそ（を（天余））そふらん　（真観）

第一帖「春の雨」五首目三九〇歌「ふれはかつ」（真観）の次六首目にあり（東・天余本）、左に「此内一首ハ小書」（東）。

7 朝明の霧立空とみる程に曇にけりな秋のむら雨　（家良）

第一帖「村雨」一首目三九六歌「垣ほなる」（家良）と三九七歌「山風に」（為家）の間にあり（東）。

8 晴ぬとて道にとまらぬ旅人の袖た（ママ）しぬきてぬらす村雨　（真観）

第一帖「村雨」五首目四〇〇歌「思へたゝ」の次にあり（東・天余本）、左に「此二首小書」（東）。

9 よの程のあかのきり花氷つきすゝき佗たる今朝の寒けさ　（家良）

第一帖「氷」一首目四六一歌「あはれわか」（家良）と四六二歌「冬きては」（為家）の間にあり、最末四六五「うす氷」歌左に「此内一首小書」（東）、この歌題下にあり（天余本）。

10 わか庵のうはての岡に立出て都の春をなかめやるかな　（家良）

第二帖「岡」一首目六〇一歌「君か代を」（家良）の前にあり（京A・東・天一本）。最末六〇五「霜さゆる」歌左に「此内一首小書」（東）、代わりに六〇二「みゆきせし」（為家）を欠く（京A）

11 秋風におけはかつちるしら露のあたのおほ野に鶉鳴なり　家良

第二帖「秋の野」一首目六七六歌「暮かゝる」（家良）と六七七歌「草も木も」（為家）の間にあり、六七六

の左に「此哥小書」（東）、この歌題下にあり（天一本）。『夫木和歌抄』（五六七五）はこの歌を為家の六
帖題歌とする。

12 いたつらに年をふる屋のいよ簾いよ〳〵よをそ懸はなるへき　（家良）
第二帖「すたれ」一首目八四一歌「たえはてゝ」（家良）と八四二歌「すくもたく」（為家）の間にあり
（東）、この歌題下にあり（天一本）。

13 いかゝせむ我思ひこそつもりぬれちから車につみあまるまて　家良
第二帖「くるま」一首目八八一歌「今ははや」（家良）と八八二歌「哀なと」（為家）の間にあり、八八一歌
の左に「此哥小書」（東）、この歌題下にあり（天一本）。

14 むれて行おほつの駒の帰るさにかるく此世を思ひなさはや　家良
第二帖「むま」一首目八九一歌「あれまさる」（家良）と八九二歌「おくの牧」（為家）の間にあり、八九一
歌の左に「此哥小書」（東）、この歌題下にあり（天一本）。

15 池の水にすみ馴（マヽ）にし水鳥のくかにのほるや我身成らん　家良
第三帖「水鳥」一首目九二六歌「山川の」（家良）と九二七歌「おなし江に」（為家）の間にあり、九二六歌
の左に「此哥小書」（東）、この歌題下にあり（天一本）。

16 世を海辺（渡る（天））わか身こす浪立帰り思ふになれはつらきせもなし　真観
第三帖「浪」五首目一二〇〇歌「そこはみな」（真観）の次六首目にあり（東・天一本）、一二〇〇歌の左
に「此哥小書」（東）。

17 あさ瀬行淀の川ひきをりたちて苦しや恋の身をも休めす（合点信実）　家良
第四帖「恋」一首目一二二一歌「玉きはる」（家良）と一二二二歌「あふ事は」（為家）の間にあり、一二二

一歌の左に「此哥小書」（東）。

18 いくはくのつとめおこなひ身にあれは心を人にまつむくふらん　（真観）

第四帖「おもひをのふ」四首目一二七四歌「いかにせむ」（信実）と一二七五歌「しらさりき」（真観）の間にあり（東）。

19 哀なとあふもあはぬも二夜とはつゝかぬ中の契りなるらん（合点真観）　為家

第五帖「一夜へたつ」二首目一四一七歌「あふことの」（為家）と一四一八歌「けふそしる」（知家）の間にあり、最末一四二〇「山賤の」歌左に「此哥小書」（東）。後述するとおり「此内一首小書」の意で、「あふことの」の歌が小書されていたと目される。

20 さりともと我よひこゑを頼にて今夜は君をまたすしもあらぬ　真観

第五帖「人をよふ」四首目一四七九歌「立名今」（信実）と一四八〇歌「よひ返せ」（真観）の間にあり、最末一四八〇歌左に「此哥小書」（東）。

21 よしや君誰も終にはとゝまらしわひてはかくそ思ひ成ぬる（合点家良）　真観

第五帖「とゝまらす」四首目一五九九歌「大ゐ川」（信実）と一六〇〇歌「峯高き」（真観）の間にあり、最末一六〇〇歌左に「此哥小書」（東）。

22 伊勢の海のきよきなきさの玉さかにうかひ出たる身をは沈めし　《家良》

第五帖「たま」二首目一六七六歌「いにしへの」（家良）と一六七八歌「浪こさは」（知家）の間にあり、最末一六八〇「たか山の」歌左に「此哥小書」（東）。↓後述。

23 狩ころも萩の錦のをりからに野原の露も袖にうつろふ　《家良》

第五帖「狩ころも」一首目一七三六歌「色〳〵の」（家良）と一七三七歌「おきなさひ」（為家）の間にあ

り、最末一七四〇「ますら男か」歌左に「此哥小書」（東）。

24 玉河のきよする浪のぬれ衣を懸てほすてふ岸のうの花　《家良》

第五帖「ぬれころも」一首目一七五六歌「いかにせむ」（家良）と一七五七歌「真なき」（為家）の間にあり、最末一七六〇「世の中に」歌右に「此哥小書」（東）。

25 さしのほる朝日の山のかけしめて八十宇治人のさらす手つくり　真観

第五帖「ぬの」四首目一九一四歌「たちぬはぬ」（信実）と一九一五歌「今は世に」（真観）の間にあり、最末一九一五歌左に「此哥小書」（東）。

26 我すまて垣ほ荒とも古郷の大和撫子花にさくらし（合点、為家・真観）　《家良》

第六帖「撫子」一首目一九五六歌「見ても又」（家良）の前にあり、最末一九六〇「なさけなき」歌左に「此哥小書」（東）。

27 つ花さく夏のを見れは降雪のしたなる草にさもにたるかな　信実

第六帖「つはな」三首目二一二八歌「道辺の」（知家）と二一二九歌「春も過」（信実）の間にあり、最末二一三〇「玉ほこの」歌左に「此哥小書」（東）。

28 人とはぬ庭のよもきふをく露もふみ分かたく跡はたえつゝ　《家良》

第六帖「よもき」一首目二二〇一歌「庭の面の」（家良）と二二〇二歌「老らくの」（為家）の間にあり、最末二二〇五「茂かりし」歌左に「此哥小書」（東）。

29 花に咲みちのいちしのいち〳〵に過にしかたのことは忘れす　真観

第六帖「いちし」四首目二二一四歌「おほ原は」（信実）と二二一五歌「しるへせよ」（真観）の間にあり、最末二二一五歌左に「此哥小書」（東）。

30　浅茅原しけさまされる虫の音もしけきまされる秋の庭哉　家良

第六帖「虫」一首目二二二一歌「いか成し」（家良）と二二二二歌「わか宿は」（為家）の間にあり、二二二一歌左に「此哥小書」（東）。

31　ふしも見ぬ竹の古ねの世々をへておひかはる迄人を恋つゝ　家良

第六帖「竹」一首目二三二六歌「うきふしを」（家良）と二三二七歌「鳥とまる」（為家）の間にあり、二三二六歌左に「此哥小書」（東）。

32　立よれは年もへぬへしいもか家にいくりの森の藤の下かけ　家良

第六帖「ふち」一首目二三八一歌「さすかなを」（家良）と二三八二歌「年をへて」（為家）の間にあり。二三八一歌左に「此哥小書」（東）。

33　山からのまはすくるみのとにかくにわれゆへかたき君にも有哉　為家

第六帖「くるみ」二首目二四二七歌「時雨にも」（為家）と二四二八歌「うきふしを」（知家）の間にあり、二四二七歌左に「此哥小書」（東）。「山からの」の初案を改めて「時雨にも」歌が小書されていたと推察され、事実『新撰六帖為家卿詠歌』により、為家草稿歌と確認できる。

34　ひあふきにけつりかさぬるあや杉の横目に見れは人はもとかし　家良

第六帖「すき」一首目二四三一歌「かくれぬの」（家良）と二四三二歌「道のへの」（為家）の間にあり、二四三一歌左に「此哥小書」（東）。

35　神代よりいく春懸てをしほ山槇の梢も霞きぬらん　家良

第六帖「槇」一首目二四四一歌「あつまやに」（家良）と二四四二歌「見す久に」（為家）の間にあり、二四四一歌左に「此哥小書」（東）。

36　なることもなくてやみぬる身そつらきかうかの花の咲散みれは　　真観

第六帖「かうか」四首目二四五四歌「世にたえぬ」(信実) と二四五五歌「山深み」(真観) の間にあり、最末二四五五歌左に「此哥小書」(東)。

37　秋の夜もね覚久しき東雲に村雨降て雁そ鳴なる　　家良

第六帖「雁」一首目二五七一歌「外面なる」(家良) と二五七二歌「雲ゐ飛」(為家) の間にあり、二五七一歌左に「此哥小書」(東)。

大部分が⑰東本と⑨天本の校合本文(校合に用いられた「余本」「一本」は東本に近い一本であったとみられる)によって知りうるのであるが、これらはすべて改作さしかえの痕跡であり、そのほとんどが改作前の歌であると思われる。

1と2は真観の歌、3は為家の歌であるが、この三首は、大部分の伝本にある歌ではない歌を、若干の伝本が伝えているという事例である。後述する多くの例ともども考えて、おそらく、この相違は改作さしかえに起因する異同であるに相違なく、若干の疑いを残しながらも、少数本に伝えられるこれらの歌の方が最初の詠作であり、それが大部分の伝本が伝える歌に改められたものと判断される。

4は⑯片本のみの独自異文で、次のごとくなっている(数字は他本における番号)。

ハルノ月

三五六　サノミヤハカスミモタヽムヨハノ月ナニユヘ春ノオホロナルラム

三五七　シルヘアラハアハレトミツヽフクルヨニカスメル月ノタレサソフラム (合点真観)

ハルノヨノ月ノカツラノ雲井ヨリヒカリヲ花トユキソチリカク (合点真観)

三五八　シツカヤクカタヤマハタニタツケフリカサネテカスム春ノ夜ノ月

三五九　春ハマタカスムニツケテアマツソラセメテミマクノアカヌ月カナ

二六〇　（おほろにもまたこそみえね山の端のかすみやうすき春の夜の月）なし

この形だと知家以下の作者が異ってくることになるが、諸本により、二五六は家良、二五七は為家、二五八は知家、二五九は信実の歌である。真観の歌がないからその草稿なら都合はいいが、場所的にかけはなれすぎているし、何よりも真観の合点があるから、真観の歌ではありえない。書き入れの位置からいえば、「ハルノヨノ」歌は為家の初案形で、改稿した「シルヘアラハ」歌がすぐ右に書き入れられていたと見るのが最も自然であるが、『新撰六帖為家卿詠歌』の草稿形は「はることにかすめるそらの月なれはさやかにはなのいろやみさらん」であるから、さらにそれに先行する最初案であるとも考え難い。確たる決め手はなく存疑としておくべきではあるが、位置的にも近いし、他に改稿の多い家良歌の初案であった可能性が最も大きいように思われる。

その他の三三首は、すべて東本（および天本）に、一題六首以上書かれていて、おおむね「此哥小書」はその右側にある歌を指示していると帰納できる。たとえば11は次のようになっている。

秋の野

六六六　暮かゝる秋の野風も今立ちぬ岡へのはしや夜半に散なん

此歌小書
秋風におけはかつちるしら露のあたのおほ野に鶉鳴なり

六六七　草も木もおとろへを（ママ）へる秋の野の盛過行比そかなしき

（以下三首略）

この場合、「暮かゝる」の歌が小字で書き入れられ、初案である「秋風に」とさしかえられたこと、つまり「秋風に」の歌は、家良の改作前の歌であったことを意味している。『夫木和歌抄』がこの一首を為家の歌として採っているのは、全部で六首のうち二首目に並んでいるところから、かく誤認した可能性が大きい。歌の下欄に家良と記したのは、この場合のように、それがほぼ確実に家良の歌であると断定できる場合である。

いま一つ例をとると、27の場合も同様である。

つはな

二二六　春雨のふる野の茅原けふ見れはつはなぬくへく成そしにける（夫木家良）

二二七　古河の岸のあたりのあさくさにつはななみよる夏の夕風（合点信実）（夫木家良）

二二八　道辺の芝生のつはなぬきためてうなゐ子ともか手まもりにせん
つ花さく夏のを見れは降雪のしたなる草にさもにたるかな

二三〇　春も過夏もきぬらし野へに出てつはなぬきぬとたれをさそはん（夫木真観）

二二九　玉ほこの道の芝草ほに出て春のつはなも人まねくなり（夫木信実）
此歌小書

この場合、「つ花さく」の一首は、その位置よりみて信実の改作前の歌であり、さしかえた歌が「玉ほこの」の歌なのであるが、それを行間ではなく後の余白に小字で書き入れてあったとみなされる。

また、同じ欄に、（家良）のごとく丸括弧にくくって作者を示したのは、何の注記もなくて六首ならんでいたり、「此内一首小書」となっていたりする場合で、どの歌が小書されていたか完全な正解は得られないが、類推でほぼ誤りなく作者が推定できるという場合である。たとえば12は、何の注記もなく六首の歌がならんでいるが、前記11の場合の類推で、一首目の「たえはてゝ」の歌が小書きされていたにちがいない。また6の場合は、

春の雨

（中略）

三八九　わきもこかころもいつくに春の空曇ふたかる雨そゝき哉

三九〇　ふれはかつしほるゝ物をわきもこか衣春雨名にはたてとも

いかはかり世（ママ）たつ人の衣手にこの春雨のいろそそふらん
此内二首ハ小書

となっているが、「いかばかり」の一首は改作前の真観の歌であり、改稿して得られた「ふれはかつ」の歌を右行間に小書していたと推定される。また7と8を例にとると、次のとおりである。

村雨

三九六　垣ほなる荻の上葉に吹風の音にふりそふ秋の村雨
朝明の霧立空とみる程に曇にけりな秋のむら雨
三九七　山風にさそはれ渡る浮雲のたよりにつけて落るむら雨
三九八　ゆふ暮の風定らぬ浮雲にゆきては帰る秋のむら雨
三九九　窓うつも風にしたかふ横雨におといく度か降すさふらん
四〇〇　思へたゝ世にふりはてぬ村雨も人の袖をは猶ぬらす也
此二首小書
晴ぬとて道にとまらぬ旅人の袖たしぬきてぬらす村雨

このままでは、「思へたゝ」と「晴ぬとて」の二首が小字書き入れであつたように受けとれるが、その他の事例に鑑みればそうではなく、「此二首小書」は、「此内二首小書」とあるべき注記だと思われる。すなわち、「朝明の」の一首は家良の歌で、それを改作して「垣ほなる」の歌に代え、小字で書き入れられていた、また同じく「晴ぬとて」は真観の改作前の歌であり、それを「思へたゝ」の歌に詠みかえて右行間に書き入れられていた、と考えておそらく誤りないと思われるからである。

右の二つのケース以外で、たとえば「此哥小書」と注記してあるにもかかわらず、それがそのままは信頼できず、注記が誤っていると判断される場合には、《家良》のごとく、二重山括弧で括って推定作者を示した。この場合も推定そのものはほとんど正確であると確信する。たとえば19の場合。

一夜へたつ

一四一六　笛竹の一よのふしのへたてたになとあなかちに恋しかるらん
一四一七　あふことの芦のした根よ二夜とは見えも見えすもつゝかさりけり
哀なとあふもあはぬも二夜とはつゝかぬ中の契りなるらん（合点真観）
一四一八　けふそしるあらぬ所に臥初て我を秋たつかたゝかへとは
一四一九　いもせ山中に生ひたる玉さゝの一夜のへたてさもそ露けき（夫木信実）
一四二〇　山賤の垣ほにかこふわれ竹のよませになとてあひみ初けん（夫木真観）
此歌小書

「山賤の」の歌が小書されていたとする注記は不審であり、この場合、発想や表現の類似からみて、「哀など」の一首は為家の歌であったにちがいなく、それを改作して得た「あふことを」の歌を行間に小さく書きこんだものと判断される。事実この歌は、『新撰六帖為家卿詠歌』により、為家の初案であったと確認できる。

また22は次のとおりである。

たま

一六七七　誰もけに手にもつ玉の見えねはやよをわしらては有人もなし（夫木為家）
一六七六　いにしへのさつけし玉はわたつうみの塩にしほみち心也けり（夫木家良）
伊勢の海のきよきなきさの玉さかにうかひ出たる身をは沈めし
一六七八　浪こさは袖はぬるとも磯に出て玉やひろはんわかせこかため（合点左右真観）
一六七九　たをや女のかさすかさしの玉ならは光を花と見えやまかはん

一六〇　たか山の峯にはたほこわれたてゝみかける玉はよの人のため
此歌小書

この場合も、「たか山の」の歌に小書の注記がある点不審であるが、おそらく小書されていたのは家良の「いにしへの」歌で、その初案が「伊勢の海の」の一首であったと思われる。為家歌と家良歌が前後していることの理由は分らないが、『新撰六帖為家卿詠歌』によって為家の初案は「よにすつなかゝるかわらのあれはこそみかけるたまのひかりをもさせ」であったから、「伊勢の海の」歌が為家のものであるとは考えがたい。

23・24・26・28の四首の場合も、「此哥小書」の位置に不審があり、なお若干の疑いを残しながらも、右にみたような事例からの類推により、これらはみな家良の改作前の歌であったと考えてよさそうに思う。19・20も含めて、これらの注記が最末歌の左に付記されているという共通性があり、この六例の場合、「此哥小書」は、「此内一首小書」と書くべきを誤ったものと推察されるのである。

以上のように検討してくると、改作さしかえは、結局、家良二十二首、真観十一首、為家三首、信実一首という数になり、とりわけ家良と真観に多いという事実が判明する。これら改作前の歌は、いずれもそれぞれの歌人にとって新出の歌であり、しかも改作された歌との対応関係がはっきりしているので、改作の意図はもとより、ひいては各歌人の本作への取り組み方などを探る手がかりともなるにちがいなく、貴重である。

なお、17・19・21・26などの場合、すでに合点が施されていた歌を除棄し、さしかえているということに鑑み、これらの改作は、各人が回覧して合点を加えつつあった途中の段階でなされたものと考えられる。

東京大学国文学研究室蔵本居文庫本は、以上のように詠者自身による改作のあとを留めていて貴重な伝本であるが、この本には次の奥書がある。

写本云此歌各後嵯峨院寛元々年之冬題請取／同二年春之比詠之
至元和八年三百七十八年　帝王／廿三代過私勘之　写本ハ弘長二年在書之　已上

追而此内第六帖一冊は去方ニテ求本校合之　残／五冊多不審之歌有之　重而可决之也
（以下「あつ橘」の考証アルモ略ス）

すなわち元和八年写本からの江戸中期転写本であるが、祖本は弘長二年（寛元元年から十九年後、詠者たちすべて在世中）の写本（もしくはその奥書をもつ本）であったという。ただ後にみるとおり歌序などかなり転訛の跡が認められ、本文も純良であるとはいえない点が残念である。

五　題序の異同

分類の第二の基準となるのは題序の異同であるが、次の六箇所について異同がある（⑯片本を基準とする）。

Ⅰ　二九「こまひき」三二「なかつき」三〇「秋のけふ」三三「九日」三一「あきの夕」の順（目録は番号順）
Ⅱ　四九「夜半」四三「歳のくれ」四四「あかつき」五〇「あまのはら」の順（目録は番号順）
Ⅲ　七八「春雨」七九「さみたれ」八二「ゆふだち」八三「あきのあめ」八四「冬のあめ」八五「くも」八〇「むら雨」八一「しくれ」九〇「しも」九一「ゆき」八六「つゆ」八七「しつく」八八「かすみ」八九「きり」九二「あられ」九三「こほり」の順（目録は番号順）
Ⅳ　一六六「まかき」一六五「にはとり」の順（目録は番号順）
Ⅴ　一九〇「う」一九五「すゝき」一九六「たい」一九一「かめ」の順（目録は番号順）
Ⅵ　三六七「かたな」三六六「たち」の順（目録は番号順）

諸本におけるこれら異序のあり方を示すと、表IIのとおりである。（○が右の順序になっていることを示す）
このうち、ⅣとⅥは機械的な転倒であると思われるが、それ以外は、すべて二題十首を単位とする前後であるという事実から判断すると、おそらく、流布途上にある一本に偶発した錯簡に起因する混乱だと思われる。とりわけ

〔表Ⅱ〕

諸本＼歌番号	Ⅰ	Ⅱ	Ⅲ	Ⅳ	Ⅴ	Ⅵ
①河						
②静						
③穂						
④日A						
⑤広						
⑥鶴						
⑦書A						
⑧永						
⑨天						
⑩内A						
⑪内B						
⑫都						
⑬三						／
⑭京A	○	○		○	○	
⑮架	○	○				
⑯片						
⑰東						○
⑱松						
⑲河抜					／	
⑳筑			○			
㉑愛			○			
㉒書B			○			
㉓日B			○			
㉔内C			○			
㉕京B			○			
㉖板			○			
㉚活			○			

Ⅲの大きな題序の異りは、枡型本一面十一行書、つまり題と二行書の歌五首分を収める列帖装写本の、括りの内側三枚のうち、三枚目にあたるべき一葉が一番内側に綴じ違えられて起こった誤序であると断定してよい。かくして生起した本文の誤序に従って巻頭目録の順序をも改めたのであろう。ちなみに『古今和歌六帖』の題は番号の順序に配されている。そしてこの錯誤は⑲河抜本を除く三類本と四類本に固有のものであって、そのことは三類本・四類本が末流本であることを端的に示している。

六　歌序の異同

分類のための第三の基準は歌序の異同であるが、おもな異同を一覧すると次頁の［表Ⅲ］のとおりとなる。(注5)（基準は⑯片本とする。ただし同本の独自本文は除外する。また題序の異りによる歌序の異同もここでは問題にしない。本作品の場合歌の順序が異るということは、すなわちその作者が異ることになるわけで、詠作者確定という観点からもゆるがせにできない問題である。）

〔表Ⅲ〕

諸本＼異序	㈠ 9・8	㈡ 50・49	㈢ 74・73	㈣ 89・88	㈤ 112・111	㈥ 183・182	㈦ 377・376・380・378・379	㈧ 440・439	㈨ 455・454	㈩ 510・509	(十一) 754・753	(十二) 874・873	(十三) 1020・1019
①河											○		
②静											○		
③穂											○		
④日A											○		
⑤広											○		
⑥鶴											○		
⑦書A											○		
⑧永											○		
⑨天													
⑩内A								○			○		
⑪内B			○					○		○	○		
⑫都			○					○		○	○	○	
⑬三											○		
⑭京A													
⑮架											○		
⑯片													
⑰東				○									
⑱松				○									
⑲河抜	10 6 8 9	47 50	72 75	89 86 87	○	○	77 80	37 40	52 55				18 16 20 17
⑳筑	△ 9 10 8	○	二首ナシ	88ナシ	○	○	○		⊗				
㉑愛	△		二首ナシ	88ナシ	○	○			○				
㉒書B	△				⊗	⊗			○			○	
㉓日B	○			○									
㉔内C	○		二首ナシ	○									
㉕京B	○	○		○		○	○						
㉖板	○			○									
㉚活	○			○									○
夫木抄	8知家 9信実	50真観				82為家 83知家	79信実		55真観	10真観			

○—異序　⊗—○の順序を訂正したもの　△—○に近いが若干異なるもの

㉘	㉗	㉖	㉕	㉔	㉓	㉒	㉑	⑳	⑲	⑱	⑰	⑯	⑮	⑭
2610・2609	2565・2564	2469・2468	2410・2409	2334・2333	2238・2239・2240・2237	2130・2129	2045・2044	1959・1958	1928・1926・1927	1677・1676	1453・1454・1455・1452	1310・1309	1173・1174・1175・1172	1150・1149
						○								
						○								
													73 △ 74 72	
○	○			○				○						
○	○			○	○			○			○			○
○	○			○	○			○			○			○
										／	／			
		○					○			○			○	
		○								○			○	
			9 6 10 7	35 31 32	40 36 38	28 26 30 27	43 45	59 56 58	29 30	76 80	53 55	10 6 7	71 74	50 46 48
		○							○					
		○							○					
		○							○					
		○							○				⊗	
		○							○				○	
		○							○					
		○	○				○			○		○	○	
		○	○				○			○		○	○	
9信実		68知家 69信実			39信実	29信実 30真観	45真観			76家良 77為家		9信実 10真観		

さて、これら多数の歌序の異同は、基準歌序が正しいのか、その逆か、または各事例箇所によりさまざまであるのか。結論を急げば、基準歌序がすべて正しいと判断される。

そう判断される理由の第一は、合点を援用しての判断である。すなわち、⑦の場合、三七七の歌に紫（家良）赤（知家）青（信実）黒（真観）の四色の合点が施されており、自歌以外の四首に合点しあっているという事実に鑑みるならば、この合点は三七七歌が家良の歌であることを否定し、異序の方が誤りであることを証している。

⑩の場合も、五〇九の歌に黒の合点があり、これが真観の歌であることになる内B本・都本の順序は正しくないことがわかる。

⑫の場合、一類本のほとんどの諸本と対立している点でやや不審ではあるが、七五四の歌に黄（為家、本によっては紫と認められるものもあるが、いずれであってもこの際問題はない）と赤（知家）の合点がある。つまり一類本の歌序に従えば、知家が自歌に合点を加えたことになるから、この場合も基準歌序が正しいと判断せざるをえない。

⑬については、明らかに活本の翻刻の際のミスであるが、念のため合点をみると、はたして一〇二〇の歌に紫・黄・赤・青の点が施されている。そのことはこれが真観の歌であることを証しており、基準歌序が正しいということになる。

⑲の場合も、一九二六の歌に黄・赤・青の合点が、一九二七の歌に赤・青、一九二八の歌に青の合点がそれぞれ加えられている。自分の歌に合点する（二首目の歌に黄、三首目の歌に赤）という矛盾をきたさない順序は、基準歌序以外になく、三類本のそれは誤っていることになるのである。

理由の第二は、『夫木和歌抄』所収歌の作者名との一致である。すなわち、『夫木和歌抄』は、①・②・⑥・⑦・⑨・⑩・⑯・⑱・㉑・㉒・㉓・㉖・㉘の十三例に関し、表Ⅲの最下欄に示した作者の歌として収録しているのであるが、それらはすべて基準歌序と一致している。もとより、厳密にいえば、『夫木和歌抄』と一致していても、それは絶対的な正しさを証することにはならない。ただ『夫木和歌抄』が依拠した『新撰六帖題和歌』成立後約七〇年を隔てた時代に流布していた一本と、片本の歌序とが、一致もしくは極めて近いものであったことを証するにすぎないのであるが、三類本・四類本が末流本であるということ（第五項）、総じて異序の方が少数であること、また異序を積極的に支持する根拠は何もないこと、などをあわせ考えるならば、これらの場合も、基準歌序を是として誤りはないであろう。

以上の二つの根拠に基いて判定した合計十六の場合をもつて、その他の十二例を推しはかるならば、小数の、多くは末流諸本が伝える異序よりも、書写時代がずば抜けて古くあらゆる点ですぐれている片本に代表される二類本一種の伝える歌序こそが正しいものであり、本によって多寡はあるが、その他の諸本にみられる異序は、すべて流布途上に生じた転訛であると考えてよいと思われる。

さて、［表Ⅲ］に示したところと関連して、表から読みとれる二三の事実を、ここで指摘しておきたい。

第一は、一類本第二種諸本の他類本との関係についてである。一類本第二種諸本の異序は、ただ一つ㊂の例外を除き、二類本以下の異序とは重ならない。そのことは、一類本第二種諸本が、二類本以下の諸本とは全く没交渉裡に、一類本第一種の一本から転訛して成立したことを示しているにちがいない。例外とした㊂の場合にしても、そのことを否定するものではなく、書B本が直接または間接に都本の異序を承けついだと考えるべきものであろう。

第二は、三類本諸本の相互関係、および他類本との位置関係についてである。三類本はすべて、⑲河抜本の祖本に発していると認められる。すなわち、この本は全巻にわたっての抜書本で（ただし⑲本は目録・本文とも巻二分を欠いている。また「もち月」題まで最初の三〇〇首分は、抜書した歌の行間にそれ以外の歌を小字で補ってある。補充の時点で抜書本の歌序を訂したところ㊀・㊄・㊅があるが、表では全体を抜書本としてみることができるように、補充歌および訂正はとりあげない。表中、河抜本の当該欄に書きこんだ数字は、抜書きした歌をその順序に示し、空白は五首がそろって数字の順序に抜かれていることを、また横線は欠巻巻二の部分であることを示している）あって、その依拠した本文は、抜書した歌序との比較から、二類本第一種の一本であったと推定される（㈠・㈤・㈥は後にも触れるとおり、前へ帰って抜いた歌を後に書きならべたために起った異序で、作者を問題にしない抜書本の特性が然らしめた結果だと理解される）。ただし、三項でとりあげた歌の異同3の、現存本にみえない「秋の夜の」の歌を抜いていることから、現存本以外の一本であったと知れる。同じく歌の異同1「さてもくる」の歌を補充していることから、補充に使用した本は京A本や架本に近い一本であったと推察され、抜書に用いた本も補充に用いた本も、ともに二類本第一種の一本であったとみられる。ただそれが同一本であったか否かはわからない。

一方、⑳筑本・㉑愛本の二本は、巻一の「あらし」題までが抜書になっていて、「雑の風」以下は完備しているのであるが、抜書部分の歌はすべて河抜本と一致しているので、同じ抜書本をもとになぜか「雑の風」以下だけを補充して成ったものだとわかる。また筑本や愛本と同じ「あらし」までの抜書本に基きながら、除かれた歌を余白に補完して、㉒書B本や㉓日B本などができあがったのであろうし、さらにその㉓日B本をもとに復元されたのが㉔内C本であったと考えられる。そして日B本や内C本が復元に際して依拠したのは、二類本第二種の例えば東本などに近い内容をもつ一本であったらしい（書B本の用いた本は、本文細部の校合結果からも、別本であったと思われる）。また、㉕京B本の場合、書B本、日B本、内C本の系列とは別に、⑳筑本に近い一本をもとに復元されたものらしいことなどもこの表から判読できるであろう。

ともあれ、三類本は、一旦抜書きされてできた河抜本の祖本を源とし、それを何次かにわたって復元する作業をつみ重ねて成立した、またはその途上にある諸本なのである。

その書きこみ復元の作業過程で、さらに若干の誤序は生起したと思われる。たとえば㈠の9・8とする誤序は、次のごとき経過で生じたであろう。まず河抜本の祖本が、最初6・9・10の三首を抜き、さらに前へ帰って8歌を抜いたが、それを9歌の前へは入れず10歌のあとにつけ加えた。（河抜本には8の位置に入るべき指示があるが、これは補充の際の訂正だと思われる。）筑本・愛本・書B本はその順序を踏襲したが、日B本以下が復元に際し、8と9の歌の初句がともに「あらたまの」であったため、その誤序に気づかず、ただ10歌「み山だに」一首を最末に移すのみにとどまった。かくして9・8とする日B本以下の誤序は生じたにちがいない。また㊃の89・88の場合も同断である。すなわち河抜本祖本が、86「あづさゆみ」87「けふ帰る」89「としごとの」の三首を抜粋していたのだが、復元の際88「けふごとに」90「枕には」の二首を末尾の余白に補い（河抜本の補充は正しく行間になされている）、88歌については入るべき位置の指定を行ったであろう。しかるにこの場合も88歌と89歌の初句の類似が整序を誤らしめる結果を招いたものと思われるのである。

第三は、流布本たる四類本の他類本との関係、すなわち現存伝本中における位置ならびにその価値についてである。これまでの各項における検討、および表Ⅲを通観して結論できることは、㉖の流布板本は、明らかに復元本文たる三類本の一本に依拠して成立しているということである。すなわち、

① 十二首の歌をもつ点で一致すること。

② 錯簡に基く題序の誤りをともに有すること。

③ 歌序の異同についてもほぼ一致すること。加えて若干の相違点のあることが、逆に板本が、基本的には三類本に依拠しながら、板行に際し校訂を加えた、そのあとを示していると目される。さらに次項で述べるとおり、

④ 合点の特徴が一致していること。

⑤ ともに漢字を主体とする総目録を巻首にもつこと。

などの諸点にてらして、その逆ではありえないからである。板本が依拠したのは㉓日B本や㉔内C本のごとき、抜書本から復元された一本の本文であり、それに⑰東本のような一本（または複数の本）を参酌しながら校訂して、板

本の本文は成立したにちがいない。

かくして成立した板本を、さらに校訂して提供されたのが『続々群書類従』所収の活字本文であり（例言には「流布板本を底本として、黒川氏蔵狩野望之・清水光房の校合本を参酌して採収す」とある）、誤植はもとより、前述のとおり活字本独自の誤りすら生じている。従って、現存本中最も多くの欠陥を蔵しているのが流布本となっている板本や続々群書類従本であるというわけで、使用にあたっては十分そのことを銘記してかからねばならない。

七　題目録・合点など

分類のための第四の基準は、㈠巻頭の総題目録の有無と特徴、㈡各巻々頭の題目録の有無、㈢合点のありよう、㈣作者次第、詠作期間と点色表示のありよう、の四点である。それぞれについて、特徴を概括した凡例に基き一覧すると［表Ⅳ］のとおりである。

巻頭の総題目録は、当初から存したものではないであろう。二類本のごとく各巻々頭にだけ目録を掲げる形が本来のあり方であるにちがいなく、形式を整備するために、重複をいとわず巻一の巻首に総目録を附加したのが一類本であると思われる。また河抜本祖本以下の三類本はそれを承け、なぜか漢字主体の総目録に変え（京B本は途中から仮名の目録に変化している）、逆に各巻々頭の目録を削除した。これはおそらく抜書本の特性（分量が少いので最初の総題目録だけで十分であるなど）が然らしめた変改であったに相違ない。四類の流布本は、その三類復元本に拠りながら、校訂の結果、二類本や一類本にある各巻々頭の目録を、再度復活させたのである。

〔表Ⅳ〕

諸本＼項目	㈠総題目録	㈡各巻頭目録	㈢合点	㈣作者次第等
①河	○	○	△	◐
②静	―	○	○	首不明 尾ナシ
③穂	○	○	△	◐
④日A	○	○	△	◐
⑤広	○	○	×	◐
⑥鶴	○	○	×	D
⑦書A	○	○	△	◐
⑧永	○	○	△	◐
⑨天	○	○	○	▯
⑩内A	○	○	×	◐
⑪内B	○	○	×	◐
⑫都	○	○	×	◖
⑬三	×	○	×	◐
⑭京A	×	○	D	◖
⑮架	×	○	○	◖
⑯片	×	○	○	◗
⑰東	△	×	○	▯
⑱松	○	○	○	◧
⑲河抜	●	×	○	◐*
⑳筑	●	×	○	◐*
㉑愛	●	×	×	◐*
㉒書B	●	○	×	◐*
㉓日B	●	×	○	◧*
㉔内C	●	×	○	◧*
㉕京B	◑	×	×	×
㉖板	●	○	○	◧*
㉚活	●	○	×	◧*

【凡例】
㈠ ○…仮名表記を主体とする総目録がある。●…漢字表記を主体とする総目録がある。△…上（一〜四）下（五・六）巻別の総目録がある。×…なし。
㈡ ○…あり。×…なし。
㈢ ○…全体にわたってあるもの。△…巻一・二・三・四・六の巻首部のみにあるもの。×…なし。
㈣ ○…官職と名のみ。口…官職と名および点色を示し「已上五人各除我歌加点四首」とあるもの。
■…官職（または名）のみと詠作期間を示すもの。●…官職と名、詠作期間および点色を示すもの。
なお表示は各記号の右半分が巻頭または総目録の次（巻頭にあるものと区別するため右肩に＊をつける）にあることを示し、左半分が巻末にあることを示す。

合点についても、一類本に多い不完全な形が、早い段階（たとえば詠者間を回覧中の一時点）における合点のあり方を伝えているとは思えない。もしそうであるなら、数は少くても全体にわたっているはずだからである。おそらく、五色の点色が褪せるなどして判別不可能なものが生じ、信憑性に疑問がもたれるとか、また煩瑣にたえず、途中以下を省略して、ただ形だけ五色の合点を留めるような一類本のありようはもたらされたであろう。各本若干の出入りはあるが、二類本の合点がこの場合も最も完備しているといえる（京A本は巻四以下の合点を欠く）。ただし、どの本についても、褪色などのために色彩判別の困難なものがかなり生じており、一本のみに拠ることはできない。残されたすべての合点をつきあわせて、本来の色を推定する作業が必要であり、その結果に従うべきであろう。

作者次第等の表示のあり方については、小異が多く、それらを十分に表示することは困難であるが、この程度の概括によっても、各類ごとの特徴は歴然である。そして、この場合も元来はやはり⑯片本のように、巻頭に、実名を伴わぬ官職のみで詠者を示し、あわせて詠作期間および点色を示していたと思われる。片本の注記は次のとおりである。

作者

六十五日詠之	女房 前内大臣衣笠	寛元々年十一月廿一日始之 同二年三月廿五日詠之訖	點紫
七十二日	前藤大納言	寛元々年十一月十三日始之 同二年二月廿四日詠了	點黄
百四十二日	九条入道三位	寛元二年二月六日始之 同年六月廿七日詠了	點赤
四十九日	前左京権大夫	寛元々年十一月廿四日始之 同二年正月十二日詠了	點青
九十六日	入道右大弁	寛元々年十二月 日始之 同二年三月廿六日詠了	點黒

これを何らかの事情で巻末に移し、名を注記したのが⑫都本・⑭京A・⑮架本などの形であり、「信実」と注すべき「前左京権大夫」を「行家」と誤認してしまった点よりみて、それはかなり後の所為であったにちがいない。しかし、各題五首の詠作者を示すには、やはり巻頭にこそ作者次第は必要である。そこで重複をいとわず官職に名を注記（信実を行家とする誤認はここでも受け継がれる）しただけの作者次第を巻頭に付したのが一類本、総目録の次に付したのが三類本の形である。巻頭に作者次第のない段階で五人の詠者を示した便法の名残が、二類本以外にみられる、最初の題「春たつ日」の五首の歌の下に記された「家良」以下の作者注記にほかならない。流布本はこの点に関しても、明らかに三類の㉓日B本・㉔内C本を承けている。

八　各類本の成立過程と定本

以上のように検討してくると、結局、現存諸本の比較を通して到達できる、各類本の成立過程の概要は、稿末の［成立概念図］のごときものであったと考える。

ここにいう「素稿本群」とは、各人別の六帖題歌をそのままに集積した五冊からなる素稿で、それを五人の間で回覧し、合点しあいながら、自らの作品に改変を加えたり歌を差し替えたりしていったであろう。詠者による改稿や差し替えは、部類配列され作者の判別もすぐにはできかねる形に整理された本を前提にしたのでは不可能である。「部類配列本」とは、かくして回覧を終えた五冊の本を総合整理し、各題ごとに部類配列し書記してできあがった、最も早い段階における本を意味する。そして、一類本と二類本は、ともにそれを転写して成立したのであるが、ただ十二首の有無という点で異っていた。すなわち、十二首を欠く段階の部類配列本を写したのが一類本第一種（第二種）、十二首を補完した段階の部類配列本を書写したのが二類本（三類本・四類本）ということで、結局両本はごく短い時間差をもって成立したと理解できる。

かくて、最も完備した本は二類本第一種の諸本ということになるが、現存四本はともにそれぞれ独自誤謬や虫損など若干の欠陥を免れず、一本のみに依拠することはできない。一類本第一種は、十二首の欠脱と歌序の誤り一箇所を除けば、むしろ二類本第一種の四本よりすぐれているとみられるほどであるが、既にみてきたとおり、かなり後世の手が加わり、整備されすぎているきらいがあり（そのことはこの本がいつからか禁裏本になっていたことと関係があるかもしれない）、その点を考慮して、拠るべきはやはり二類本第一種、なかんづく室町初期写本である片仮名本であると考える。現在の時点で、あるべき最良の本文（定本）は、その片仮名本を底本とし、架蔵本や京都大学附属図書館蔵本、また一類本第一種の諸本などを比較校勘して、かなり多い独自誤謬などを正し、最少限の校訂を施すことによって得られるであろう。

【成立概念図】

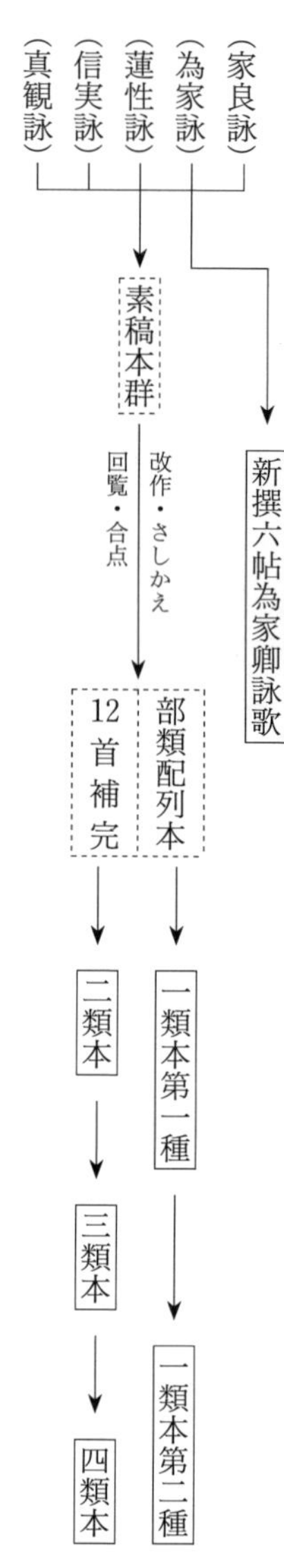

（家良詠）
（為家詠）
（蓮性詠）
（信実詠）
（真観詠）
新撰六帖為家卿詠歌
素稿本群
改作・さしかえ
回覧・合点
部類配列本
12首補完
一類本第一種
一類本第二種
二類本
三類本
四類本

【注】

（1）「いけはぎ」「いけながら」の用例には、以下のようなものがある。

・千木高く神ろぎの宮ふきてけり杉のもと木をいけはぎにして（西行『聞書集』二六一）

・人よりも皮逸もちと見ゆるかなこのいけはぎにせられざりつる
いけはぎにせられざらんもことわりや骨と皮とのひつきさまには（『古今著聞集』一六）

・猪ヲ捕、生ケ乍ラ下シテケルヲ見テ、弥ヨ道心ヲ発シテ、（中略）亦雉ヲ生ケ乍ラ捕テ人ノ持来レルヲ、守ノ云ク、去来、此ノ鳥ヲ生ケ乍ラ造リテ食ハム。（『今昔物語集』巻第十九第二話）（『宇治拾遺物語』巻第四第七話も）

（2）安井久善「『新撰六帖題和歌』の成立をめぐって」（『語文』第三十九輯、昭和四十九年三月）。

（3）日比野浩信「新出『新撰六帖題和歌』大原切の書誌と本文」（『汲古』第四十八号、平成十七年十二月）。

（4）表示した以外の欠脱・錯簡・重出を列記すると次のとおりである。

（欠脱）七三・七四（愛・内C）。二九一・二九三・二九四（愛・京B）。六〇二（京A）。六九三（愛）。一〇三二

～一〇三九（天・内A）。一一四八（北）。一三〇九（東）。一六〇九（片）。一七〇四～一七一二（鶴）。一八〇八（都）。二〇三五（愛）。二一七九（七八の四句までと七九の第五句で一首合成。書A・北）。二二三三（愛）。二四七四（京A）。二四〇七「山なし」二首目第四句から二四一六「すもも」一首目第三句まで（書A・北）。二四四九「かつら」四首目第四句から二四六〇「あふち」五首目第三句まで（北）。

（錯簡）巻六「山さくら」以下「あつたちはな」に至る六題三〇首（三丁分）「つはな」の前にあり（広）。

（重出）一六一一と一六一二の間に一六〇七「ナトリカハ」重出（片）。

（5）　表示したもの以外の歌序の異同（一本のみの独自誤謬）は次のとおりである。

広本（四六五・四六三・四六四）。天本（一〇三四・一〇三三）。都本（六五・六四）（一五二〇・一五一九）。京A本（六一九・六一八）（六七九・六七八）（一五〇五・一五〇四）。片本（一三七四・一三七五・一三七三）。東本（八二〇・八一九）（一七六〇・一七五九）（二三二五・二三二四）（二五七九・二五七八）。書B本（一三三五・一三三四）（七二四・七二三）（九三〇・九二八・九二九）。内C本（一七一二・一七一三・一七一一）（三一一三・三一一二）。京B本（一一八・一一七）（一〇四・一〇三）（一三三八・一三三九・一三三七）。

【附記】　本稿は、『藤原為家全歌集』附載論文として収載したものであるが、次節と密接に関連するところから、補訂を加えて再録し、本稿をもって定稿とする。

第四節　新撰六帖題和歌の成立

一　はじめに

『新撰六帖題和歌』の成立に関する諸問題を扱った文献は、安井久善氏「『新撰六帖題和歌』の成立をめぐって[注1]」が唯一のものであり、それ以前に刊行された『藤原光俊の研究[注2]』中にも簡略な言及はあるが、論旨はすべて右論考に包摂される。

氏の論は、①詠作ならびに成立の時期、②第四首目の詠作者確定、③主催者および発議推進者の推定と成立事情について、④合点の分析、などから成っているが、このうち特に③の事項については、軽々に従い難い結論を提示されている。本節では、その点を主として安井氏説を批判的に検討しながら、この作品の成立に関わる問題全般についての整理を企図するものである。なお、本稿は、前節に収めた「新撰六帖題和歌の諸本[注3]」を承け、それと相補いながら連続する関係にある。

二　詠作者

前節でも、五人の詠作者を自明のこととして述べたが、この作品の詠作者は、家良・為家・蓮性（知家）・信実・

真観（光俊）の五人である。しかし、第四番目の作者信実を誤認して行家と注記する伝本が多いこと、そしてまた、そのような誤認が生じた原因についてもすでに言及した。いまその要点をくりかえすと、元来は次に引く穂久邇文庫蔵片仮名本の作者一覧のように、巻頭に、実名を伴わぬ官職呼称のみで詠者を示し、あわせて詠作期間および点色を示していたとみられる。

	作者		
六十五日詠之	女房 前内大臣衣笠	寛元々年十一月廿一日始之 同二年三月廿五日詠之訖	點紫
七十二日	前藤大納言	寛元々年十一月十三日始之 同二年二月廿四日詠了	點黄
百四十二日	九条入道三位	寛元二年二月六日始之 同年六月廿七日詠了	點赤
四十九日	前左京権大夫	寛元々年十一月廿四日始之 同二年正月十二日詠了	點青
九十六日	入道右大弁	寛元々年十二月日始之 同二年三月廿六日詠了	點黒

その後何らかの事情でこの作者一覧を巻末に移し、実名を注記した時に誤認が生じ（都本・京A本・架本）、さらに巻頭（または総題目録のあと）にも官職呼称のみを注記した作者次第を添えた段階（一類本・三類本）でも、この誤認はそのままに承けつがれていったと考えられる。

以上は、諸本本文のありようや形態の違いなどからの推定であったが、ここでは「前左京権大夫」が行家ではありえず、信実であるべきことを明確にしておきたい。このことについては、既に安井氏が、次の四条の論拠をあげて、信実が正しいと断定している。

① 本六帖四首目の歌五百二十余首中には、行家の詠と判定される歌は一首もない。

② 『信実朝臣集』に「新撰六帖題和歌」として収載される三十八首は、すべて本六帖に収められている。

③　本六帖四首目の歌五二〇余首のうち二〇五首までが『夫木和歌抄』に信実詠として収載されている。

④　めもあやに老行ほどのはやければ数もとりあへぬ年の暮哉（第一帖　歳のくれ）

この夜ははまだふけなくに老らくのかたねぶりする灯のもと（第一帖　よひ）

さしもいまいとはれざりしいにしへを思ひ出ても老ぞかなしき（第五帖　むかしをこふ）

などの歌は、若年の行家には詠みえない老後述懐的な詠作である。

右の論拠と結論はすべて首肯されるところである。③の『夫木和歌抄』は『新撰六帖題和歌』よりも約七十年ほど後の成立であるから(注4)、信憑度の点でやや劣りはするが、②の『信実朝臣集』は、寛元四年の自撰と考えてよい家集であるから、最も信頼に足る根幹資料というべく、そこに収められる三十八首がみな本作四首目の詠と一致することは、絶対的な根拠となると認められるからである。

以上の論拠で既に十分であるが、なお念のためいくつかの証拠を追加して、さらに確実の度を高めておきたい。

まず第一に、その他の撰集の所伝との一致である。たとえば（括弧内の数字は新編国歌大観番号）、

ものをのみさもおもはするさきの世のむくひや秋の夕なるらん（第一帖　あきの夕）（〇一五四）

は、家集にも収められている（五二）が、最も近い撰集である宝治二年の『万代和歌集』巻四（九五三）にも、「六帖題に秋夕を　信実朝臣」として、また『続古今和歌集』（三七二）にも「題しらず　信実朝臣」として収載されている。また、

深きよにまづひとしきり声たてて夕つけ鳥はまたねしてけり（第一帖　あかつき）（〇二一九）

は、『未木和歌抄』（一二七四四）にも信実詠とされる歌であるが、『万代和歌集』巻十五（三〇四六）にも「六帖題の歌の中に　藤原信実朝臣」として収められている。

末の松あだし心のゆふしほにわが身をうらと浪ぞこえける（第五帖　こと人をおもふ）（一三六九）

も『万代和歌集』巻十三（二六六四）に「六帖題にて人々歌よみ侍りけるに　信実朝臣」として収められ、『続千載和歌集』（一五四八）も信実詠とするなど、すべて本作四首目の信実詠と一致しているのである。また、安井氏が③で指摘するとおり、『夫木和歌抄』には、本作四首目の総歌数五二七首中、実に二二三首が収載される（注5）（氏のいう二〇五首は不審。重出五首、差引実歌数二一八首が正しい）が、若干の存疑のものを除き、『夫木和歌抄』編者藤原長清はそれらをすべて信実の詠作としている。

第二に、安井氏の論拠④と同種のものであるが、さらに端的な証歌が存する。寛元二年当時、信実は六十八歳、行家は二十二歳であったが、歌を読んでゆくと、

ななそぢにおよびかかれる杖なればすがりてのみぞ足も立ちける（第四帖　つゑ）（一二九四）（信実集一六九）

とあって、信実の年齢にぴたりと一致するからである。そのほかにも、

おほあらきのもとあらの下の埋草さもおひらくの末ぞいぶせき（第六帖　した草）（一九三九）

年ごとになづとはすれどゆづるはのかひこそなけれ老のしぼみは（第六帖　ゆづる葉）（二五三四）

などなど、老境の歌と思しいものが多く、到底二十二歳の青年行家の詠んだものとは考えられない。

第三に、「前左京権大夫」の官職名が信実を指すとしか考えられないことである。前引作者次第の官職呼称は、寛元元年から二年当時のものとして、他の四人については矛盾を生じない。とすれば、「前左京権大夫」についてもそれはあてはまるはずである。『公卿補任』によると、行家は建長七年から登場、散位、非参議、従三位の中に、

九条　藤行家　三十三　四月十二日叙。左京大夫如元。
入道正三位知家卿男。母。

とある。この「左京大夫」は後の官歴からみて「左京権大夫」であろう。そして、文永三年（四四歳）二月一日から同八年十月十三日の間「右京大夫」、同日「左京大夫」に転じて、文永十一年五十二歳の時に、大夫を息男隆博

に譲っている。従って、いつから「左京権大夫」になったかは確かめられないが、建長七年から数えて十一年前にあたるこの時既にその官に就いていた可能性は極めて少い。

一方信実は、近藤喜博氏説(注6)のとおり『高山寺過去帳』にみえる、「宝治二年戊申三月十六日」に出家したとみてよく、そのことは久保田淳氏のあげられた(注7)『為家卿集』宝治二年の条の、「法華経序品〔入道左京権大夫信実朝臣勧進、于時三月〕」という詞書のほか、寛元元年「河合社歌合」作者一覧に「散位藤原朝臣信実」、寛元四年(宝治元年)十二月「春日若宮社歌合」作者一覧に「前備後守正四位下藤原朝臣信実」とあるのに、宝治二年九月披露「仙洞十首御歌合」書陵部蔵本等作者一覧には「寂西〔入道信実朝臣〕」、『弁内侍日記』宝治三年正月の条に「寂西」が早咲きの紅梅を献じたとあることからも裏づけられる。そして、『明月記』寛喜三年二月六日条に「左京権大夫信実」、天福元年三月九日「左京権」、七月十六日「左京」、十月十二日「左京権大夫」、十一月十九日「左京権大夫」などと見え、いずれも信実を指していると見られることから、寛元元年以前、寛喜から天福年間のころ、信実は明らかに「左京権大夫」を経験していた。初出稿以後の井上宗雄氏「藤原信実年譜考証」(注8)によれば、寛喜三年二月一日任左京権大夫、嘉禎元年六月四日以降十一月三日までの間に辞したかという。従って寛元元年二年の時点における「前左京権大夫」は、やはり信実であると判断されねばならない。

以上追加しうる証拠をあげてきたが、かくして、この催しに参加した歌人は、家良・為家・蓮性(知家)・信実・真観(光俊)の五人であり、この時点における最も優れた歌仙たちであった。基家が加わっていないのは、生前の後鳥羽院や定家に認めてもらえなかった(注9)その力量や性格が、没後の歌壇においてもまだ諸人の認めるところとなっていなかったからであろうか。なお、寛元二年当時、家良は五十三歳、為家四十七歳、蓮性六十三歳、信実六十八歳、真観は四十二歳であった。

三　詠作時期ならびに成立時期

本作品の各歌人の詠作期間は、前引作者一覧の下に明記されているとおりで、これを疑わねばならぬ材料は何もない。いま詠作開始の早い順に示すと、

為　家　寛元元年十一月十三日開始、二年二月二十四日詠了
家　良　寛元元年十一月二十一日開始、二年三月二十五日詠了
信　実　寛元元年十一月二十四日開始、二年正月十二日詠了
真　観　寛元元年十二月日開始、二年三月二十六日詠了
蓮　性　寛元二年二月六日開始、二年六月二十七日詠了

となる。

そして、蓮性の詠作完了をまって、おそらくは二年七月早々に「素稿本群」が一括集積され、回覧・合点・改作さしかえ等の段階を経て、「部類配列本」が成立したと考えること、前節に述べたとおりである。安井氏は、本作品の成立について、その加点作業は、二年三月末（家良と真観の詠作終了後）蓮性のを除き、「逐次可能な範囲で加点作業が開始されていたのであろう。もしそうだとすれば、その作業は同年七月以降あまり降らない時期に完了しているとみてよいであろう。どのようにゆとりをみても、それは寛元二年末までには完了していたにちがいない。従って本六帖の成立は、寛元二年（一二四四）後半期と考えて大過ないものと思われる」と結論している。おおむね首肯されるところであるが、合点のありようからみて、蓮性の詠作が出揃わぬ以前から合点を開始した可能性は極めて少いのではあるまいか。ともあれ、五人による合点が終り、補充差し替えなども終了して、今日みる一類本のもとの形、および十二首を補完した二類本の形ができあがったのは、かなりの時間的余裕をみても寛元二年の秋

のうち、おそらくは七月八月のころであったと考える。

四　主催者ならびに企画推進者

『新撰六帖題和歌』の主催者は、前内大臣衣笠家良であった。安井氏は、作者次第に、家良を「女房」と記している故をもって、この作品が表向き家良の主催したものであると述べ、官位・家格・歌人として一応の素養を備えているなどの点でも、主催者としてふさわしいという。前引片仮名本巻頭の作者次第は、おそらく当初の形を伝えているとみられるが、そこにも確かに「女房」と記されていること、歌合や歌会の主催者名記載の常識という点からも、家良の主催であることはまちがいない。

安井氏は、同時に、しかし、①慣例からみても、②家良その人の歌歴なり歌才なりが不足していることからも、また、③何よりも前内府自身が実質的主催者であるとは考えられないとし、「家良」を擁して、この雅事を実質的に主催した陰の人物、すなわち、発議・推進の役割を果した人物が他にいたはずだと論を進められる。③の理由は意味をなさないので除外しなければならないが、勅撰集・私撰集・私家集など多くの集の中に極めて多数収載される本六帖題歌の詞書の中に、一つとして家良の勧進である旨の記載がないことも、その考えの妥当性を証するであろう。たしかに、家良以外に実質的主催者はいたと考えねばならない。

そして安井氏は、その人物は、この六帖詠に参加した他の四人のうちの誰かであるはずだとし、詠作時期がかけはなれて遅いという点から、知家と光俊は後に追加されたと思しく、除外されねばならず、結局、「陰の主催者たり得たのは、為家か信実である可能性が大きくなってくる」といわれる。

この推定もまたすべて首肯される。実質的主催者は、為家か信実のいずれかであった、と見ざるをえない。ところが、氏がそのあとに続けて、次のように推論される部分に至ると、首をかしげざるをえなくなる。

しかし、①為家は、自己の歌風を快しとせず、むしろこれに反する風体をよしとする家良を擁立してまで、和歌行事を催す筈はなかろう。②もし催すとすれば為家は和歌師範家の当主たるの面目にかけても、自らその主催者となるであろうことが考えられる。従って為家がその人物に該当する可能性は絶無に近い。結局、残る信実が家良を説いて、この雅事を主催させる形式をとったのではなかろうかと考えられるのである。

ここには事実誤認があるのではないかと思われる。それは①②の傍線部に関わる。

まず①に関してみると、寛元初年の時点で、家良が為家の歌風を快しとせずむしろこれに反する風体をよしとしたというのはいったい何に基づく判断なのか、またこの時点で逆に為家が家良を忌避するような心理的懸隔をもっていたと判断された根拠は如何なることなのか。私はこの時点で、そのような二つの事実が存在したことの明証を知らない。ただ、安井氏は同じ論考の終りの方で、

家良が定家の弟子であったとは言えないにしても、「毎月抄」を定家から与えられて、詠作に励んだことや、あるいは、書陵部本衣笠内府詠の奥にみられる記述によって、その懇切な指導添削を受けたであろうことは否定できない。それだけに、家良は定家の後継者為家の歌風について、その他位・年齢等の条件が重なって、何となくあきたらぬものを感じていたであろう。ことに、家良は九条家に相対する近衛家の出身であって、その祖母から六条顕輔の血脈を受けている点を考えれば、歌壇において定家なきあと、為家の下風に立つことに甘んじ得なかったことは明らかである。

と述べておられるから、これが右の判断の根拠の一つになっているらしく思われる。この推定は、時間を超越した後年の、家良の為家に対する感情・態度としては一応納得できる。しかし、定家没後まだ二年目のこの時点における家良のそれとしては、必ずしも「明らかである」とは言えないのではないか。またもし、言われるとおり、家良が為家の歌風に「あきたらぬものを感じていた」としても、それがなぜ「むしろこれに反する風体をよしと」した

ということになるのか。ここには論理の飛躍があるにちがいない。けだし、安井氏の論の根底には、後年の為家対反御子左派の激しい対立のイメージが強固に存在しているのであろう。でなければ、このような推論のなされようはずはない。

後年の反御子左派の中心人物は蓮性と真観、特に真観であったが、為家と彼らとの対立にしたところで、明確にはもう少しあと、寛元四年十二月の「春日若宮社歌合」以後のことだとみるのが通説であり[注10]、それはまちがいない事実である。もちろん、一般論としては、そうなる以前から既に対立的感情が萌していた可能性を考慮しなければならないであろう。

とりわけ、六条家の後裔、蓮性の場合には、おそらくもっと以前から、そして定家没後にはなお、御子左家の嫡男為家に対し相容れない思いを抱いていたと考えるのが穏当であると私も考える。そして、薄いとはいえ系譜の上でのつながりもあるようなことから、樋口芳麻呂氏の推定されるとおり[注11]、定家没後『新撰六帖題和歌』以前の三四年間に、家良がその蓮性に家集を送り、『後鳥羽院定家知家入道撰歌』の「知家大宮三位入道撰」歌分（一二五首）の撰歌を請うた可能性も十分にありうる。

しかし、もしそうであったとしても、家良が定家没後蓮性にいくぶん親近しはじめたことを意味するだけで、その程度の接近が、定家以来の御子左家との関係を断ち切って、決然と反御子左的態度を表明したということには決してならない。少くとも家良がこの時点で、為家に敵対するような感情を抱いていたという明証は何もないのだし、むしろその反証すらある。それは他ならぬ本六帖題和歌における合点の数であって、第二類本（片仮名本・架蔵本など）によると、家良の合点（紫）は為家詠一〇八首に対し、知家詠には八十六首に対し施されていて、家良は為家の歌の方をはるかに高く評価していると言えるからである（安井氏は、流布本や一類本により、為家詠八二首、知家詠八九首という数値を出しているが、合点については二類本を基本として諸本を比較し校訂しなければならない。従って私の提示した数値も必ずしも決定的なものではないが、二十余首の開きはやはり無視できない）。従って、この時点においてはまだ、家良と為家の間に安井氏がいわれるような感情のもつれはほとんど萌していなかったし、その種の行動もなかったと見る方が事実に近いと考える。

一方、真観の場合にはもっと明白であって、この時点ではまだ歌壇に躍り出て活躍しようとするような気配すらなかった。嘉禎二年（一二三六）失意のうちに出家、西山松尾辺りに隠棲してから、寛元初年までの約七年間の真観の動静はほとんどつかめないが、本六帖題詠に加ったこの時点においては、まだ決して為家を意識し敵対しようとするような心情を抱いていたとは考えられない。他の資料ではなくこの六帖題詠の歌の内容がそのことを明らかに示しているからである。

ここでは要点のみを述べるに留めるが、真観詠五二〇余首中、約七十首ほどは、述懐性・詠懐性があらわであって、まさにこの時現在の真観の心中、ならびに生活を如実に窺わしめる。すなわち、思わざる運命に翻弄されて出家者となったことを、その生活とともに感慨をこめて叙し（新編国歌大観番号で示すと、一二〇・四三五・九一五・一一六〇・一二七五・一八五五・二一〇五など）、また仏者としての自負を語り（八一五・一六八〇など）、仏教教理を説いてみたり（四七〇・四八五・九六五・一八一〇・一八二〇・二二三五・二二六〇など）、強いて「閑居の気味」を謳歌したり（三〇・一〇〇・五二〇・八一〇・二五八五）する。しかしそのような日々の生活の中で、時として激しく沈倫・不遇の意識におそわれ、迷妄にひしがれる自分の心を叙し（三二五・五七五・七〇〇・二二二〇・二二八〇など）、またそのような現実への飽き足りなさから、官界に立ち交って得意であった過去を追懐して慰安を求める（四六五・一三〇〇・一五一五など）、といった具合に多彩をきわめている。

つまり、真観はこの当時、西山の草庵に専ら起居しつつ、詠歌に心を遣るような生活を続けていたようであり、従ってその視界は限られ、自らとその周辺、そして何よりも自身の内面に思考が沈潜しがちであったと推察される。外界の世俗に対する関心が皆無であったとは言わぬまでも、そのような感情や志向が極めて稀薄であったことは確かであって、歌壇に躍り出て、覇を競わんとするような功名心のようなものは、ほとんど見出すことはできないのである。

家良が、そのような真観といくぶん近しい存在になるのは、宝治・建長年間、後嵯峨天皇が譲位して院政を開始し、歌壇が『続後撰和歌集』の撰集を焦点として活況を呈してきたころからであったと思われる。利害を同じくし、また異にする歌人たちが、勅撰和歌集の撰集という一つの到達点を目ざして、数多くの打聞を私撰するようになった、その気運の中においてであったにちがいない。

しかし、それとても心理的にはどの程度まで近づいたものであったか。外面にあらわれた歌合や歌会への出席や出詠だけをもって、すぐに「同心」したと判断するのは、まちがっていると決めつけられぬまでも、やや短絡のきらいがあるのではないか。真観、蓮性の主謀者は別格として、家良や基家のような権門の場合などは特に、利害による結託という性格が強く、心底からの同心はまずありえなかったのではないか。

ともあれ、仁治二年に定家が亡くなってから二年目にあたるこの年寛元元年時の歌壇は、あるじ不在のままに逼塞し、未だ混沌とした状態にあり、その帰趨を知らぬありさまであったと考えるべきであろう。歌合や歌会などにしても、寛元元年度は、九月十三日の「入道前太政大臣西園寺公経吹田亭月十首和歌会」（為家卿集ほか）が最初の催しであったが、公経・実氏・為家の詠歌が集成されるところから見ると、ごく内輪の会だったかと思われる。次いで十一月十七日の『河合社歌合』があり、これは信実の勧進になるもので、為家は初めてその判者を勤めた。(注12)そして前後は判らないがこの年、為家は「為家勧進十五首和歌会」（為家独吟十五首）を催して、蓮性と信実が「座をひとつにして夜もすがら」評定合点したという（源承和歌口伝）から、これもあるいは信実の主導になる催しであったかもしれない。そして、十一月十三日から翌年にかけて『新撰六帖題和歌』が詠作される（なお二年度についてみると、六月十三日以前に「右大臣一条実経家百首」（為家卿集ほか）があるのみで、その他の雅事はない）。従って、為家と家良の関係も、おそらくはほとんど白紙の状態であったか、内面においていくぶん蓮性に傾きつつあったにしても、定家と家良との師弟関係をそのままに承けついで、まだ従前どおり、二人は親近的であったものと思われる。二人の本六帖題の詠歌内容に徴してみても、険悪な影は全くみえないのみか、むしろ協調的なものをすら感じるし、前述のとおり合点の数からみてもそうとしか考えられない。

だとすれば、後年において激しくなった、為家対反御子左派の対立を時間的に遡らせて、家良が為家の風体を快しとしなかったとか、為家も家良を推戴することを忌避したはずだとか推断すること自体が事実に反することになるわけで、さらにまたそのことの故に為家を該当者から消去し去ることはできないことになる。

傍線部②についてみても、ことは同じである。この時、為家が和歌師範家の当主としての面目にかけても自らその主催者になろうとした、あるいはなりうるような客観的情勢であったとはとても考えられない。定家のあとを継ぎ家の名をあげようとする意志や決意はもちろん強く持していたにちがいないが、歌壇の状況は前述のとおりで、現実的には、為家が定家没後はじめて演じた「和歌師範家の当主」らしい仕事は、『河合社歌合』における判者であり、それすら信実の勧進をまって実現したものであった。時はまだ、内裏や仙洞歌壇が形をなす以前の混迷の中にあり、その中ではこの程度の小規模な歌合ですら、為家が自分で企画したり主催したりするだけの力量も立場もまだ獲得してはいなかったのであった。

そのような状況にあったことは、為家の場合もまた、本作の詠歌内容がよく示している。為家が、父定家を失い、世に立ち出でがたく途方にくれ、不安と迷いを抱いていたらしいことは、

ともすればとやかふわしのをばきれて立ちいでがたき世をなげくかな（第二帖　わし）（〇七〇七）

すててゆく親したふ子のかたゐざり世に立ちやらでねこそなかるれ（第二帖　わかひこ）（〇八七七）

いかにせん家に伝ふる名のみしていふにもたらぬやまとことのは（第二帖　家）（〇八〇二）

雪をれのあとをしをりとたのみつつ道ある山にわれまよふかな（第六帖　しをり）（二二八二）

草ふかきしげみが下のさゆり花世に人しれぬみとやなるらん（第六帖　ゆり）（二二五七）

などの歌に流露し、かつまた当然に、

たぐひなき身こそおもへばかなしけれひともとたてるからさきの松（第六帖　まつ）（二三一七）

のように孤高の存在である自らへの自負と、悲しみを覗かせたりしているのである。真観におけるほどこの種述懐性の強い歌は多くないが、これらの歌に、この時点における為家の心底と歌壇の状況を垣間見ることは、十分に可能である。

かかる心的・外的状況の下にあったとすれば、出発においてたとえ私的な試みに端を発する催しであったにしても、為家がこの時点で、主催者としてこれだけの人々を説いて本作をなし、互いに合点させ合うようなことは、おそらく不可能であったにちがいない。やはり戴くべき「しるし」を戴いた形でしかなしえない仕事であったのではなかったか。家良を戴くことを希いこそすれ、忌避する理由があったとは思えない。

以上、複雑微妙な人間関係や、その中における個々人の心裡に分け入ってみなければ分らぬ問題であるから、完全なる正確さは保証しがたいが、右のように考察し、状況証拠を固めてくると、為家であることを否定する根拠は、ほぼ完全に失われる。

ことは再び振り出しにもどって、為家・信実の何れが実質的主催者であったかを、改めて問題にしなければならなくなる。

安井氏は、右に否定した立論のあと、『河合社歌合』の場合、為家を定家の後継者として歌壇の指導的地伝に立たせるために信実が仕組んだものであることを強調し、「いまかりに、本六帖題和歌の詠作推進に信実があたったものと仮定すれば、この時期における信実の心事と行動とは次のように推定できないであろうか」として、次のように忖度している。

信実は河合社歌合が終り、その成功を確信するとともに、時を移さず家良と為家とを協調せしめるための企画にとり組んだのではなかろうか。その目的はやはり為家の歌壇制覇につながるものであったであろう。あるいは、それが不可能の場合は単に家良をして為家の在在を実質的に承認せしめる程度でも、止むを得ないと考えたかも知れない。そして、その手段は、あたかもよし、おそらく為家が六帖題による詠歌の習作を始めていたのを、そのまま利用することであった。すなもち、信実は家良に対し、この六帖題による詠作を勧進するよう懇請したのではなかろうか。このようにすれば、家良の自尊心を傷つけることなく、為家と共通の土俵において歌才の優劣を比較できることになり、その結果は少くとも家良をして為家の実力を承認せしめる絶好の機会となるに違いないのである。かくして、家良および為家の了解をとりつけた信実は自己も加わり、さらに三者だけではいかにも作品として貧弱である上、何か意図的で不自然であるので、家良の名をもって知家、光俊にも呼びかけ、この両者をも参加せしめるに至ったのではなかろうか。詠歌時期に異様なズレのある点は、以上のように解釈できる余地を充分に残していると考えられるのである。

安井氏は右に続けて、詠作完了に要した日数を比較し、家良と知家はそれぞれ四箇月余を費し、いわば最も消極的であり、為家と光俊とはそれぞれ三箇月余を必要としてこれについでいるが、信実は最も積極的で、僅か二箇月足らずで詠じ終っている。そのことは発議推進者としての立場上、きわめて積極的にこの雅事の推進にあたらざるを得なかったからで、他の四者をいわば督励するかたちをとったからだとみることができる、という。そして、さらに、「相互加点」という評価方法が採用されたことについて、次のように推測する。

さて、信実が意図したところは、この雅事によって為家と家良との相互理解と協調とを引出し、止むを得ざる場合でも家良をして為家の存在を明確に認識させることによって、為家の歌壇統制を容易ならしめようとする点にあったと考えられる。もし、そうだとすれば、ただ五歌人が同題でそれぞれ五百余首を詠じただけでも意味が無いことはないが、河合社歌合における為家の扱いに気をよくしていた知家・光俊あたりは、それだけでは満足しなかったかも知れない。信実にしても、前記目的をより完全に達成するためには、もう一段の工夫が必要であると考えていたであろう。ここに、前例のあまりみられない「相互加点」という評価方式が登場することになったのではなかろうか。これならば、歌合における「判および判詞」などとは異なり、五人が殆ど平等の立場に立つわけであるから、それぞれの自尊心が直接傷つけられることはあり得ないわけである。だが、このような評価方式をとることについては、おそらく和歌師範家の当主としての為家の側に、いくばくかの難色があったのではなかろうか。河合社歌合で判者の立場にあった為家が、家良を加えることによって、知家、光俊とも同格の扱いとなってしまうからである。しかし、ここで知家、光俊らが背をむけることになれば、河合社歌合における為家の我を殺した努力は無駄となり、同時にまた、為家の歌壇における指導的地位も崩壊に頻することになってしまう。結局、為家はこの「相互加点」方式に同意せざるを得なかった。むろん、信実の老練さがよく利害を説いて為家を納得させ、その実現にこぎつけたものと考えられる。これを逆に言えば老練なる信実にしてはじめて、また為家の側にも、知家、光俊の側にも積極的に属さない、中立的立場にある信実なればこそ、よく為家を説得し得たものと言うことができる。

かくて、「以上のような論拠からすれば、本六帖題詠の陰の主催推進者は信実以外にはあり得ないことになる」と結論されるのである。

しかしながら、右に紹介してきた安井氏の説は、ほとんどが根拠の乏しい推測ばかりであることを否めず（「解釈できる余地を充分に残していると考えられる」とか「みることができる」「ものと考えられる」などの叙述がそのことを端的に示している）、そのようなこともありえたかもしれない、という程度においてしか認めることはできない。何よりも第一に、右のような推測の積み重ねは、「信実と仮定すれば」という仮定に対する論証としては甚だ脆弱なものというほかなく、それを「論拠」として、「信実以外にはあり得ない」と結論づけられる推論の曖昧さ不確かさの点において、簡単に容認するわけにはゆかない。第二にはまた、その推測が、やはり後年顕在化したところの「対立」を、観念として過大に先行させたものである点においても、私の理解とは甚だしい懸隔がある。一々についての指摘は省略するが、これらすべての論述の根底になっている、寛元初年における歌壇の状況、人間関係や個々の心情に関する認識が、私のそれとは大きくかけはなれたものだからである。既に開陳してきたところであるが、私はこの新撰六帖題詠の、作品自体が湛えている内面世界こそが真実であると信じるから、それを何にも換えがたい第一次資料として情況証拠を考える手だてとしなければならないと考える。

ただ、信実が『河合社歌合』の場合に見せたような為家擁護の姿勢、歌壇の統一や再編成への意図については、久保田淳氏の説(注13)ならびにそれを受けた安井氏の理解と、さして異るところはない。従って、全く時期を同じくして詠作された本六帖題和歌の場合にも、信実が何がしかの役割を担って作品の成立に関与したであろうことは十分に推察できるところであり、そのことまでを否定してはならないであろう。

にもかかわらず、端的に言って、私は信実がこの作品の実質的な主催者であったとは考えない。なぜなら、二年後に自撰した『信実朝臣集』の詞書の書きわけがその非なることを自証していると判断するからである。

家集の詞書において、信実は、『河合社歌合』の場合には、「家にすすめ侍し河合のやしろの歌合」と明記して、自らの勧進であったことを示している。しかるに、合計三十八首を収める本作の場合には、「新六帖題にて人々歌よみ侍しに」「新六帖題歌に」のごとくにしか記していない。そのことは、信実がこの催しの発議や推進に、全く関与しなかったか、もしくは『河合社歌合』以下の程度においてしか関わらなかったかのいずれかであったからだと推察される。おそらく心理的には「関わった」といえない程度の関わり方、たとえば為家の相談を受けて話をとりついだなどといった程度の関わり方であったのではあるまいか。いずれにせよ、わずか二年後に自撰した、しかもさして広翰でもない家集の詞書の書き分けは、この際決して無視されてはならない。

かくて、信実は、この場合、関与していたとしてもそれは軽微な関与であり、「実質的な発議推進者」と称しうるような働きを演じたのではなかった、と論断したい。

とすれば、あとは為家をおいてその役まわりを演じた人物はいないことになる。ただに信実が消去されたからという消極的な理由からだけでなく、私は以下にのべるような二三の積極的な根拠によって本作品の陰の主催者は為家をおいて他にないと考える。

その第一の根拠は、先にも示したとおり、為家の詠作開始が最も早かったという事実である。安井氏も前引部分で、「為家が六帖題による詠歌の習作を始めていたのを、そのまま利用」して、信実が家良に対し勧進するよう懇請したと見ておられる。為家が最初に詠みはじめたことは事実だからいいとして、しかし、氏は、「新撰和歌六帖題」と「古今和歌六帖題」を区別せず「新撰」の意味を無視しているらしい。両者の間には、特に第一帖においてかなりの出入りがあり、そこに撰題者の意気ごみと意図を見ることができるのであって、そのことを考慮し理解しなければ大切なものが失われてしまう結果になるであろう。すなわち、最初に詠みはじめたのが為家であったということは、その撰題にあたったのも為家であったと考えざるをえないわけで、してみれば「新撰」の二字にこめられた撰題、ならびに初詠者為家の「発明」と「功績」は、軽々しく人に譲れる体のものでなかったはずだからである。この作品以前に「六帖題」を詠んだ者はおそらくいなかったし、少くともこのような大規模の企てはなかった。

第二の根拠は、前節で指摘したとおり、「なるかみ」「いなづま」の二題、および「むく」題の場合、家良と為家の歌のみを収める一段階が存した証跡のあることである。為家が実質的主催者であり、家良と相はかり連繋しつつ推進していたからこそ、このような一段階は存在しえたにちがいない。そして、そのことはまた、家良と為家との関係が、この時点で決して悪くはなかったことの証しでもある。『河合社歌合』に家良が加わっていないことを、安井氏は二人の関係が悪かったことに帰しておられるが、その理由を人間関係のみに限定して考えねばならぬ必然性はない。為家は、『古今和歌六帖』の題の多様さに着目し、それを基軸に若干の取捨を加えた「新撰和歌六帖題」で詠歌すべく撰題にあたり、まず自分が詠作するうちに、おそらくはその意義の大いさに改めて目ざめたことであろう。そこでまず家良に呼びかけ、次いですぐ信実にまで輪を広げる。そして一箇月ほどの間をおいて真観によびかけ、さらに二箇月あまりを経て蓮性にも勧進するということになったのではなかったか。この順序と時間の隔りは、おそらく、この時点で為家が抱いていた各人との間の心理的な距離に比例しているとみてよい。そして、既述のとおり、『河合社歌合』の時と同じように、真観や蓮性への呼びかけには、信実が関与していた可能性が甚だ大きいと思えるし、彼ら、特に蓮性が加ったればこそ、家良の主催という「形式」を必要としたのではなかったか、と思いをめぐらしてみたいのである。

第三の根拠は、為家のその後の詠歌の中に六帖題詠が甚だしく多いという事実である。この「新撰和歌六帖題」詠をきっかけにして、六帖題詠は一大ブームを生み、多くの歌人たちの習作や競詠の用に供されるようになった。そのことは光俊による『現存和歌六帖』の編纂をはじめ、この期以降の歌人たちの家集や私撰集、また勅撰集を繙いてみれば一目瞭然であって、何も為家に限ったことではなかったが、しかし、為家ほどその作品が多く残っている歌人は他にいない。為家は、建長三年から「毎日一首」を継続的に詠みはじめるが、その多くは六帖題であった。詠作年次や事情不明の歌の中にも、六帖題と思しいものが多く、文永六年以降の最晩年に多くなる「続五十首」とか「続百首」とかいった「続歌」もまた、多くは六帖題で詠まれている。そのことは、一つには『夫木和歌抄』によって拾集できる歌が多いという、いわば資料の偏在に基因する一面があるにちがいない。が、それにしても六帖題が終生、為家の詠作（主として毎日の習作、私的な詠歌の営み）の最も基本的な枠組みであり続けたことは疑いない事実である。『新撰六帖題和歌』の歌そのものは、その異端的風体の故に、特に後の二条派においては、低い否定的な評価しか与えられなかったが、為家生涯の詠作活動の実態に即してみるならば、六帖題詠こそは、最も基本的日常的な詠作方法であり続けたのであった。

そのことは、遡って『新撰六帖題和歌』における、自らによる『古今和歌六帖』題の発掘と工夫、ならびに五歌仙による自由な競詠を成功せしめた、その経験に由来する結果であったことを想察せしめる。けだし、六帖題詠は、定家亡きあとの歌界の混迷期に、為家によって放たれた久々の長打であった概がある。

以上三つの根拠は、何れも絶対的に確実な証拠だとはいえないかもしれない。その意味でいく分の留保をしながら結論しなければならないが、『新撰六帖題和歌』の実質的な主催者・推進者は為家であった、と断定してほぼ誤ることはないと確信する。

五　撰　題

前述のとおり、『新撰六帖題和歌』の題は『古今和歌六帖』題を基本とするものではあるが、全く同じではなく、かなりの違いがある。その相違を検討することによって、撰題にあたった為家の意図や、この催しそのものの意義をも見透すことができると思われる。そこで、Ⅰ「古今和歌六帖」題と、Ⅱ「新撰和歌六帖」題とを比較した「歌題対照一覧表」を以下に揭げるが、同種のものであり、しかもわずか六年後の建長二年に真観によって編纂された、Ⅲ「現存和歌六帖」題を付加し、③『明題部類抄』所引の「現存和歌六帖」題（これは従来利用されたことがなく、その意味で新資料である）、ならびに④巻二のみ残存する冷泉家時雨亭文庫蔵本ならびに巻六のみの群書類従所収「現存和歌六帖」題をあわせ掲げ、比較することにする。

Ⅰ「古今和歌六帖」題は、図書寮叢刊『古今和歌六帖』上下（明治書院、昭和四十二年三月、四十四年三月）により、巻頭の歌題一覧と本文中の題を勘案して題を示し、Ⅱ「新撰和歌六帖」題は片仮名本を底本として、「古今和歌六帖」題と異る場合のみその題を平仮名で掲げた。Ⅲ「現存和歌六帖」題の、③『明題部類抄』は書陵部蔵（五〇九・七）本により、④巻二は冷泉家時雨亭文庫蔵本（「冷泉家時雨亭叢書」第七巻『平安中世私撰集』、同叢書第三十四巻『中世私撰集』所収）により、巻六は群書類従所収本による。○×は当該資料における有無を、また空欄は欠巻を示す。

［歌題対照一覧表］

Ⅰ「古今和歌六帖」題	Ⅱ「新撰和歌六帖」題	Ⅲ「現存和歌六帖」題	
		③明題部類	④巻二巻六
第一帖			
（歳時）	×	○	
（春）	×	○	
はるたつ日	○	○	
むつき	○	○	
ついたちの日	○	○	
のこりの雪	○	○	
ねのび	○	○	
わかな	○	○	
あをむま	○	○	
なかの春	○	○	
やよひ	○	○	
三日	○	○	
はるのはて	○	○	
（夏）	×	○	
はじめの夏	○	○	
ころもがへ	○	○	
うづき	○	○	
うのはな	○	○	
神まつり	○	○	
さつき	○	○	
五日	○	○	
あやめ草	○	○	
みな月	○	○	
なごしのはらへ	○	○	
なつのはて	○	○	

(秋)	×	○
あきたつ日	○	○
はつあき	○	○
たなばた	○	○
あした	のちの朝	○
はつき	○	○
十五夜	○	○
こまひき	○	○
×	秋の興	×
×	秋の夕	×
なが月	○	○
九日	○	○
あきのはて	○	○
(冬)	×	○
はつふゆ	○	○
かみな月	○	○
×	冬の夜	×
しも月	○	○
かぐら	○	○
しはす	○	○
仏名	○	○
うるふ月	○	○
としのくれ	○	○
×	あかつき	×
×	あした	×
×	ひる	×

×	夕	×
×	よる	×
×	夜半	×
(天)	×	○
あまのはら	○	○
てる日	○	○
春の月	○	○
夏の月	○	○
秋の月	○	○
冬の月	○	○
雑の月	○	○
みか月	○	○
ゆふづくよ	○	○
×	ゆみはり	×
×	もち月	×
×	いざよひ	×
×	たちまち	×
×	ゐまち	×
×	ねまち	×
×	はつかの月	×
ありあけ	○	○
ゆふやみ	○	○
×	あかつきやみ	×
ほし	○	○
春の風	○	○
夏の風	○	○

秋の風	○	○		
冬の風	○	○		
山おろし	○	○		
あらし	○	○		
雑の風	○	○		
あめ	○	○		
×	はるさめ	×		
×	さみだれ	×		
むらさめ	○	○		
しぐれ	○	○		
ゆふだち	○	○		
×	秋の雨	×		
×	冬の雨	×		
くも	○	○		
つゆ	○	○		
しづく	○	○		
かすみ	○	○		
きり	○	○		
しも	○	○		
ゆき	○	○		
あられ	○	○		
こほり	○	○		
×	ひむろ	×		
ひ	○	○		
けぶり	○	○		
ちり	○	○		

なるかみ	○	○	
いなづま	○	○	
かげろふ	○	○	
第二帖			
（山）	×	○	○
やま	○	○	○
やまどり	○	○	○
さる	○	○	○
しか	○	○	○
とら	○	○	○
くま	○	○	○
むささび	○	○	○
やまがは	○	○	○
山田	○	○	○
山ざと	○	○	○
山の井	○	○	○
やまびこ	○	○	○
いはほ	○	○	○
みね	○	○	○
たに	○	○	○
そま	○	○	○
をののえ	○	○	○
すみがま	○	○	○
せき	○	○	○
はら	○	○	○

をか	○	○	○
もり	○	○	○
やしろ	○	○	○
みち	○	○	○
つかひ	○	○	○
むまや	○	○	○
(田)	×	○	○
はるのた	○	○	○
なつのた	○	○	○
あきのた	○	○	○
ふゆのた	○	○	○
かりほ	○	○	○
いなおほせどり	○	○	○
そほづ	○	○	○
(野)	×	○	○
春の野	○	○	○
夏の野	○	○	○
秋の野	○	○	○
冬の野	○	○	○
雑の野	○	○	○
かり	○	○	○
ともし	○	○	○
わし	○	○	○
おほたか	○	○	○
こたか	○	○	○
きじ	○	○	○

はと	○	○	○
うづら	○	○	○
大たかがり	○	○	○
こたかがり	○	○	○
のべ	○	○	○
みゆき	○	○	○
(都)	×	○	○
みやこ	○	○	○
みやこどり	○	○	○
ももしき	○	○	○
(田舎)	×	○	○
くに	○	○	○
こほり	○	○	○
さと	○	○	○
ふるさと	○	○	○
やど	○	○	○
やどり	○	○	○
かきほ	○	○	○
(宅)	×	○	○
いへ	○	○	○
となり	○	○	○
井	○	○	○
まがき	○	○	○
には	○	○	○
にはとり	○	○	○
かど	○	○	○

と	○	○	○
すだれ	○	○	○
とこ	○	○	○
むしろ	○	○	○
（人）	×	○	○
をきな	○	○	○
をんな	○	○	○
おや	○	○	○
うなゐ	○	○	○
わかいこ	○	○	○
くるま	○	○	○
うし	○	○	○
むま	○	○	○
（仏事）	○	（仏）	○
てら	○	○	○
かね	○	○	○
ほうし	○	○	○
あま	○	○	○
第三帖			
（水）	×	○	
みづとり	○	○	
をし	○	×	
かも	×	○	
にを	○	○	
う	○	×	

かめ	○	○	
いを	○	○	
こい	○	○	
ふな	○	○	
すずき	○	○	
たい	○	○	
あゆ	○	○	
ひを	○	○	
かは	○	○	
かはづ	○	○	
はし	○	○	
ひ	○	○	
ゐぜき	○	○	
しがらみ	○	○	
夜かは	○	○	
あじろ	○	○	
やな	○	○	
え	○	○	
いけ	○	○	
ぬま	○	○	
うき	○	○	
たき	○	○	
にはたづみ	○	○	
うたかた	○	○	
さは	○	○	
ふち	○	○	

せ	○	○		
うみ	○	○		
あま	○	○		
たくなは	○	○		
しほ	○	○		
しほがま	○	○		
ふね	○	○		
つり	○	○		
いかり	○	○		
あみ	○	○		
なのりそ	○	○		
も	○	○		
みるめ	○	○		
われから	○	○		
うら	○	○		
かひ	○	○		
なぎさ	○	○		
しま	○	○		
はま	○	○		
ちどり	○	○		
はまゆふ	○	○		
さき	○	○		
いそ	○	○		
なみ	○	○		
みをつくし	○	○		
かた	○	○		

みなと	○	○	
とまり	○	○	
第四帖			
(恋)	×	○	
恋	○	○	
かたこひ	○	○	
ゆめ	○	○	
おもかげ	○	○	
うたたね	○	○	
なみだがは	なみだ	なみだ	
うらみ	○	○	
うらみず	○	○	
ないがしろ	○	○	
雑の思	○	○	
×	思をのぶ	×	
×	ふるきを思ふ	×	
(祝)	×	○	
いはひ	○	○	
わかな	○	○	
つゐ	○	○	
かざし	○	○	
(別)	×	○	
わかれ	○	○	
ぬさ	○	○	
たむけ	○	○	

たび	○	○	
かなしび	○	○	
なが歌	×	○	
こなが歌	×	○	
ふるきなが歌	×	×	
せどう歌	×	○	
第五帖			
（雑思）	×	○	
しらぬ人	○	○	
いひはじむ	○	○	
としへていふ	○	○	
はじめてあへる	○	○	
あした	○	○	
しめ	○	はじめ	
あい思	○	○	
あい思はぬ	○	○	
こと人を思	○	○	
わきて思	○	○	
いはで思	○	○	
人しれぬ	○	○	
人にしらるる	○	○	
よるひとりをり	○	○	
ひとりぬ（ね）	○	○	
ふたりをり	○	○	
ふせり	○	○	

あか月にをく	○	○	
一夜へだてたる	○	×	
二夜へだてたる	○		
物へだてたる	○		
ひごろへだてたる	○	―へたる	
としへだてたる	○	―へたる	
とを道へだてたる	○	○	
うちきてあへる	○	×	
よひのま	○	○	
ものがたり	○	○	
ちかくてあはず	○	○	
人をまつ	○	○	
（人を）またず	○	○	
人をよぶ	○	○	
道のたより	○	○	
ふみたがへ	○	○	
人づて	○	○	
わする	○	○	
わすれず	○	○	
心かはる	○	○	
をどろかす	○	○	
思ひいづ	○	○	
むかしをこふ	○	○	
むかしあへる人	○	○	
あつらふ	○	○	
ちぎる	○	○	

人をたづぬ	○	○		
めづらし	○	○		
たのむる	○	○		
ちかふ	○	○		
くちかたむ	○	○		
人づま	○	○		
家とうじを思	○	○		
思ひやす	○	○		
思ひわづらふ	○	○		
くれどあはず	○	○		
ひとをとどむ	○	○		
なををしむ	○	○		
をしまず	○	○		
なきな	○	○		
わぎもこ	○	○		
わがせこ	○	○		
かくれづま	○	○		
になきおもひ	○	○		
いはばかひなし	○	○		
こんよ	○	○		
かたみ	○	○		
(服飾)	×	○		
たまくしげ	○	○		
たまかづら	○	○		
かみ	○	○		
もとゆひ	○	○		

くし	○	○		
たま	○	○		
たまのを	○	○		
たまだすき	○	○		
かがみ	○	○		
まくら	○	○		
たまくら	○	○		
はた	○	○		
ころも	○	○		
しほやき衣	○	○		
なつ衣	○	○		
あき衣	○	○		
衣うつ	○	○		
かりころも	○	○		
すり衣	○	○		
あさごろも	○	○		
かはごろも	○	○		
ぬれぎぬ	○	○		
雑の衣	○	○		
ふすま	○	○		
も	○	○		
ひも	○	○		
をび	○	○		
ひとり	○	○		
ことのは	○	○		
ふみ	○	○		

こと	○	○	
ふえ	○	○	
ゆみ	○	○	
や	○	○	
たち	○	○	
かたな	○	○	
さや	○	○	
はかり	○	○	
あふぎ	○	○	
かさ	○	○	
みの	○	○	
かたみ	○	○	
つと	○	○	
(色)	×	○	
いろ	○	○	
くれなゐ	○	○	
むらさき	○	○	
くちなし	○	○	
みどり	○	○	
(錦)	×	錦綾	
にしき	○	○	
あや(目録のみ)	○	○	
いと	○	○	
わた	○	○	
ぬの	○	○	
第六帖			
(草)	×	○	×
春の草	○	○	○
夏の草	○	○	○
秋の草	○	○	○
冬の草	○	○	○
した草	○	○	○
にこ草	○	○	○
雑の草	○	○	○
山ぶき	○	○	○
なでしこ	○	○	○
秋はぎ	○	○	○
をみなへし	○	○	○
すすき	○	○	○
しのすすき	○	○	○
おぎ	○	はぎ	○
らに	○	○	○
きく	○	○	○
くさのかう	×	○	○
きちかう	×	○	○
りうたん	×	○	○
しをに	×	○	○
くたに	×	○	○
さうび	×	○	○
かるかや	○	○	○
かや	○	○	○

はちす	○	○	○	
かきつばた	○	○	○	
こも	○	○	○	
花かつみ	○	○	○	
あし	○	○	○	
ひし	○	○	○	
ぬなは	○	○	○	
ねぬなは	○	○	○	
あざさ	○	○	○	
うきくさ	○	○	○	
つき草	○	○	○	
わすれ草	○	○	○	
しのぶ草	○	○	○	
ことなし草	○	○	○	
せり	○	○	○	
なぎ	○	○	○	
たで	○	○	○	
むぐら	○	○	○	
たまかづら	○	○	○	
くず	○	○	○	
さねかづら	○	○	○	
あをつづら	○	○	○	
あさがほ	○	○	○	
あさぢ	○	○	○	
つばな	○	○	○	
かにひ	×	○	○	

あぢさひ	○	○	○	
さこく	×	○	○	
すみれ	○	○	○	
をはぎ	○	○	○	
わらび	○	○	○	
ゐぐ	○	○	○	
ゆり	○	○	○	
あゐ	○	○	○	
まさきのかづら	○	まさき	○	
ひかげ	○	○	○	
山たち花	○	○	○	
すげ	○	○	○	
ささ	○	○	○	
あふひ	○	○	○	
みくり	○	○	○	
よもぎ	○	○	○	
こけ	○	○	○	
いちし	○	○	○	
しば	○	○	○	
(虫)	×	○	×	
むし	○	○	○	
せみ	○	○	○	
なつむし	○	○	○	
きりぎりす	○	○	○	
まつむし	○	○	○	
すずむし	○	×	○	

題				
ひぐらし	○	○	○	
ほたる	○	○	○	
はたをりめ	○	○	○	
くも	○	○	○	
てふ	○	○	○	
(木)	×	○	×	
き	○	○	○	
しほり	○	○	○	
はな	○	○	○	
あきの花	○	○	○	
もみぢ	○	○	○	
ははそ	○	○	○	
まゆみ	○	○	○	
かへで	○	○	○	
まつ	○	○	○	
かへ	○	○	○	
たけ	○	○	○	
たかんな	○	○	○	
むめ	○	○	○	
こうばい	○	○	○	
やなぎ	○	○	○	
さくら	○	○	○	
かにはさくら	○	○	○	
はなさくら	○	○	○	
山さくら	○	○	○	
にはさくら	○	○	○	

題			
ひさくら	○	○	○
ふぢ	○	○	○
たち花	○	○	○
あべたち花	○	○	○
しひ	○	○	○
ざくろ	○	○	○
なし	○	○	○
山なし	○	○	○
もも	○	○	○
すもも	○	○	○
からもも	○	○	○
くるみ	○	○	○
すぎ	○	○	○
むろ	○	○	○
ま木	○	○	○
かつら	○	○	○
がうか	○	○	○
あふち	○	○	○
かし	○	○	○
くぬぎ	○	○	○
つばき	○	○	○
かしは	○	○	○
ほほがしは	○	○	○
なかめかしは	○	○	○
つつじ	○	○	○
いはつつじ	○	○	○

ひさぎ	○	○	○
×	×	×	くり
くは	○	○	○
はたつもり	○	○	○
しきみ	○	○	○
あせみ	○	○	○
山ちさ	○	○	○
ゆづるは	○	○	○
かたがし	○	○	○
つまま	○	○	○
さねき	○	○	○
(鳥)	×	○	×
とり	○	○	○
×	×	×	みづこひどり
はなちどり	○	○	○
ひなどり	○	○	○
かひ	×	かひご	かひご

つる	○	○	○
かり	○	○	○
×	かへるかり	×	×
うぐひす	○	○	○
ほととぎす	○	○	○
ちどり	○	○	○
よぶこどり	○	○	○
しぎ	○	○	○
からす	○	○	○
さぎ	○	○	○
はこどり	○	○	○
かほどり	○	○	○
かささぎ	○	○	○
もず	○	○	○
くひな	○	○	○
×	×	つばくらめ	

右の表を一覧して明らかなように、「新撰和歌六帖題」は「古今和歌六帖題」に準拠しながらも、若干題を削除し、またかなりの題を追加している。しかして六年後、建長二年真観の撰した『現存和歌六帖』の題は、「新撰和歌六帖題」には拠らないで『古今和歌六帖』の題そのものを用いている(ごく少数の出入りは当該テキストの独自異文と思しく、無視してよい)。そうなったことの理由は、一つには『現存和歌六帖』が『古今和歌六帖』と同じ形式の撰集、つまり、新しく同一題で詠歌した歌の集成ではなく、過去に詠まれた歌で現存歌人の詠を「古今和歌六帖」の題ごとに集成する形式であるという、両者の類同性に求められるであろう。そしてニつには、それよりもさらに大

きな理由として、真観の為家に対する対抗意識があったにちがいない。宝治・建長年間に真観は『秋風抄』や『秋風和歌集』などの撰集を残し、『万代和歌集』他にも関与しているが、それらの事業と同じく、『現存和歌六帖』を編纂するということ自体が、為家への対立意識の所産であったと思われるからである。おそらく真観は為家の撰題になる「新撰和歌六帖題」に拠ることを意図的に忌避したのであって、そのことは消極的ながら、前項で縷々考究してきた本六帖題和歌の実質的主催者が為家であったということの傍証ともなるであろう。

さて、「古今和歌六帖題」から削除した題は、およそ二種類ある。

一つは、第四帖の末尾にあった、「長歌」「小長歌」「古き長歌」「旋頭歌」の四題で、これらはいずれも歌体の種類として設けられた標目であって、他の「題」とは性質を異にしている。つまり『古今和歌六帖』にあっても「ながうた」以下を内容として詠んだ歌を集めているのではなく、長歌以下それぞれの歌体に属する歌を集成しているのである。そのような題設定の規準のちがいがあること、それに加えて既に過去の遺物となってしまっていたこれらの歌体は、題として不適当だと考え、削除したものと思われる。

二つ目の種類は、いわゆる「声のよみのもの」、すなわち字音語（を含む）名詞である。第六帖中の、「くさのかう」「きちかう」「りうたん」「しをに」「くたに」「さうひ」「かにひ」「さこく」「ざくろ」の九題がそれで、中には実体のよくわからぬものもあるが、「草の香」「桔梗」「龍胆」「紫苑」「苦胆・苦丹」「薔薇」「雁皮・岩菲」「石斛」「若榴」と漢字で書けば一目瞭然である。

為家は後年『詠歌一体』の中で、「題をよくよく心得べき事」の一条として、

牡丹　ふかみ草。紫苑　鬼のしこ草。蘭　藤ばかま。

かやうの声のよみの物は、異名ならずはかなふべからず。歌にも声のよみ数多あり。国の名、又所の名の中

に、言い旧して聞きよき事どものあるは別儀也。六帖の題は、かの歌どもをみて心得べし。

と教えている。国名や地名として人の耳になれ、和語と等しい感覚で受けとられるまでになっているもの以外は、異名を求めて詠むべきで、この種植物名ももちろんそのままに「声のよみ」で詠んではならない、というのであるが、既に寛元初年においても同じ考えを抱いていたにちがいない。同時にまた、『古今和歌六帖』や『古今和歌集』ほかをみても、この種の題はほとんど物名歌として詠まれており、いわばことば遊び的な姿勢での詠歌であることも、これを排除した理由の一つであったと推察される。ともあれ、日常的で卑近な題材・素材・言葉については、何憚ることなく取り入れた詠歌を試みていながら、なおこの種「声のよみのもの」に属する素材であることの故に、またそれを物名歌として詠むような詠法である故に、頑なに排除しているところに、この時点における為家の歌に対する意識のあり方を垣間見ることができる。

なお右の二種類に属さない例外が二つある。その一つ、同じ第六帖の「かひ」は「かひご」ともいい、鳥の卵のことであるが、これを欠く理由は判然としない。ただこの前段にならんでいる鳥の種類とはやや異質であること、『古今和歌六帖』の二首『現存和歌六帖』の二首をみても、懸詞などの技巧によりかかった詠作が多いことなどに、その理由があると見るべきかもしれない。もう一つの例外は、「千鳥」を欠くことである。新古今時代になってとりわけ盛んに詠まれた「千鳥」(注14)題は、当然に継承されて然るべきものであるにもかかわらず、これが見えないのは不審である。おそらくは意図的な削除ではなく、過誤による欠脱ではないかと考えておきたい。

以上、「古今和歌六帖題」にあって「新撰和歌六帖題」にないものは、ほぼ明確にそれが削除された理由を推定できる。しかもそこに撰題にあたった為家の和歌観の反映がみられ、かつ当該題で詠歌することを前提とした周到な配慮をも窺うことができる。

次に、『古今和歌六帖』になく、為家によって追加された題を順次検討し、それぞれの題の性質を見極めたい。

（1）秋の興

「秋興」は元来漢詩題であった。早くは『経国集』に「五言。奉試賦秋興二首」（巻一三、治文雄）とみえ、以下『千載佳句』『和漢朗詠集』『法性寺関白集』（「近曽聊書秋興、以寄前金吾幕下」）『本朝無題詩』（「野店秋興」釈蓮禅）『泥芝草再新』（「城北秋興」）『和漢兼作集』（「別墅秋興」ほか）などの中に同じ題を見出せる。もとよりその周辺に「春興」（千載佳句・和漢朗詠集・和漢兼作集）、「夏興」「冬興」「閑興」「詩興」「寓興」（千載佳句）、感興（千載佳句、江吏部集）、暁興（凌雲集）、「琴興」（文華秀麗集）などといった、多くの「〇興」題が存在していたし、慈円・定家の『文集百首』題には白詩「感興」（巻六五・三一五六）「詠興」（巻六二・二九五八）などからの摘句がみられる。

為家自身も『詠歌一体』の中で、「春興・秋興、いづれも興を尽くさむと詠むべし、朗詠の題にみえたり」と明言して、これが朗詠題であることを強く意識しているから、この場合も直接的には『和漢朗詠集』の題に触発されて追加したのだと思われる。しかし数は多くないものの、為家以前すでに和歌題としても取り入れられていた。すなわち清輔の『一字抄題』の中に「河辺興」「秋花催興」などの題とともに「山家秋興」がみえ、『治承三十六人歌合』に「野外秋興」（七番左、隆信）、『隆信集』にも「白川にて、山家の秋の興という事を」（四一）の詞書がみえる。同種のものとしては西行『聞書集』に「春来勧春興」（五四）、『北院御室集』に「やよひついたち比に東山を見ありきしついでに、山家春興といふことをよめる」（二九）などともある。

本来の漢詩題が、漢詩題としてあり続ける一方で、『和漢朗詠集』や『一字抄題』などを媒介として、和歌題としても用いられるようになり、ようやくそれが一般的になろうとする時期に来ていたのであり、そのような時代の傾向を反映ないしは先取りした追加であったとみてよいであろう。

（2）秋の夕

有吉保氏が考察されたとおり、(注15)「秋夕」を題材とする歌は『後撰和歌集』『千載和歌集』にすでに見えるが、「秋夕暮そのものに焦点をあてた歌の盛行は、新古今時代になってから」である。そしてその引きがねとなったのが、『六百番歌合』の歌題とされたことにあったのだが、同時にその背後に慈円・定家の『文集百首』題にも採られる白詩の「秋夕」（巻一〇、〇四五〇）などが与って力あったにちがいない。三夕の歌に代表される、秋の夕暮を主題とする歌はその後も引きつづき盛んで、極めてポピュラーな題材になっていたが、ただ「歌題」としてはそう多く設定されてはいない。某年の「右大臣兼実家歌合」(注16)（大成四二七）の「野径秋夕」、『紫禁和歌草』建保三年正月十五日会の「秋夕」（五二七）など蓼々たるもので、意外に少い。つまり為家は白詩に淵源し、新古今時代以後歌の題材としてはごく普通になっていたこの「秋夕」を、「歌題」として加えたのであり、従ってこの場合いわば時代の実態に合わせた追加であったとみられる。

その結果、「秋夕」はこれ以後歌題としてもごく普通のものとなり、宝治二年「宝治百首」、建長七年「顕朝家千首」(注17)、文永二年七月「禅林寺殿七百首」、文永年間のものと思しいものに、真観出題「三百六十首」、同「四季百首」、為家出題「百首」、同「百首」などに、「秋夕」およびその結題が続々登場することになったのである。

（3）冬の夜

「冬の夜」もまた漢詩題に淵源する。そのことは、やはり白詩に「冬夜」（巻六・〇二六一）「冬夜示敏巣」（巻一三・〇六九七）などの詩があり、慈円・定家の『文集百首』に撰題されていることによって十分に窺える。もちろん本朝詩にも『和漢兼作集』に「冬夜宿法音寺」（大江匡衡）のような作品があり、一方で漢詩の題であり続けている。そして「秋興」の場合同様、他方では『和漢朗詠集』に「冬夜」題が設定されたことを媒介として和歌の世界の題となっていったらしい。承久元年「内裏百番歌合」（冬夜月）、建保五年十一月四日「歌合」（冬夜恋）などの例をみるのであって、この場合も為家は、当代的な歌題を追加したということになる。

（4）暁・朝・昼・夕・夜・夜半

このうちでは「暁」題が最も早く現われて『千載佳句』に見えるから、本来はやはり漢詩世界のものだったのであろう。しかし、早くから歌合の題に取り入れられ、天慶六年七月以前「陽成院親王二人歌合」（大成四〇）に「暁別」、永延二年七月二十七日「蔵人頭実資後度歌合」（大成九二）に「暁虫声」などの結題が設定されている。また『和漢朗詠集』や『堀河院御時百首』の題ともされて、単独の和歌題として定着する一方、結題の一部としても広く普及していった。「朝」以下の題は、時間的には若干遅れて登場してきたと見られるが、この場合も単独の題としてよりも結題や「寄題」の一部に組み込まれた形の方が普通であった。すなわち、某年（治暦ころ）夏「禖子内親王家歌合」（大成一九〇）では「郭公暁声」「郭公昼声」「郭公暮声」「郭公夜中声」の題を設け、郭公の声の一日の刻限によるあり方のちがいを歌に詠み取るべく志向している。また、大治三年八月から九月にかけての神祇伯顕仲主催の三つの歌合（大成三二〇〜三二二）には、「紅葉 寄昼」「鹿 寄暁」「虫 寄夕」という題を含む寄題が設けられ、それぞれの事物をやはり一日のある刻限の中で把握し描写すべく目論まれている。さらに「木工権頭為忠朝臣家百首」でも、「郭公十五首」中に「深夜郭公」「暁郭公」「朝郭公」「夕郭公」の題を含め、「禖子内親王家歌合」で試みられたのと同じ志向がさらに拡大していったあとを窺うことができる。

その後新古今時代の歌壇にあっては、「暁」「朝」「暮」を含む題が多く、建保期になると「暁」「朝」「夕」が多く見られるが、その他の題は所見が少い。

右のような動静の背後には、歌人たちが一日の刻限を細分し、その時刻や刻限自体に対して関心を強く持つようになってきたこと、そしてそれ以上に、郭公なり紅葉なりの事物の、それぞれの刻限における様態、あり方に対する関心の増大が存在していたと思われる。同じものの異った様態を注視し、描き分けようとする多様化への志向が、平安時代末期から為家の時代にかけて続いていた趨勢であったと言ってよい。そして為家はこの「新撰和歌六帖題」で、そのような趨勢のすべてを綜合するような形で、言いかえればその趨勢を顕在化した形で、「歳時」の末尾、「天」との間に「時間」の題を追加したのであった。

その結果、この種の題はきわめて一般的なものとなり、建長七年「顕朝家千首」（真観出題。「暁十、朝五、昼二、夕十、夜五」他）「為家家千首」（「暁、朝、昼、夕、恋」他）以下、多く設定されたのである。

（5）弓張月・望月・十六夜月・立待月・居待月・寝待月・廿日月

事物のあり方を細分化する傾向の存在と、為家におけるその定着化の意図は、追加された月の異名七語の場合にも顕著に看取することができる。

「居待月」は早く『万葉集』（三八八）に「座待月」として見え、「寝待月」は『宇津保物語』や『蜻蛉日記』にすでに見出せる。また「弓張月」は『大和物語』以下に見える躬恒にまつわる説話の中に登場し、治暦三年三月十五日「備中守定綱歌合」（大成一八七）中に「弦月」題が設けられてもいる。

しかし、これらの題が一括して和歌の題とされた最初は、長承三年から保延元年ころの「木工権頭為忠朝臣家百首」にまで下る。この百首は桜・郭公・月・雪という四季の代表に、恋・雑を加えた六つを基本として、複雑な結題構成にした一〇〇題から成る特異な催しであったが、その「月二十首」には、

三日月・暁月・弦月・十五夜月・停午月・伊左与非月・立待月・居待月・寝待月・廿日月・木間月・露上月・有明月・山葉月・雲間月・朧月・雨後月・水上月・閨中月・霜夜月

の二十題が設けられ、月の種々相の詠み分けが課せられたのであった。

その後為家の時代までの間には、これらの題はほとんど所見がなく、おそらく新古今時代には詠まれなかったのであろうが、一方で建久七年九月十三夜「内大臣家和歌会」（拾遺愚草二二七五—二二七九）や、『秋篠月清集』（月次五

首、一一九二―一一九六）には、「未出月」「初昇月」「停午月」「漸傾月」「入後月」など、類同する題が見えるから、時代の趨勢はこれらを当然あるべきものとしていたと推察され、為家はすぐ前の「三日月」と同種のものとしてこれらを加えたのであろう。

直前の「夕月夜」や直後の「有明」に類するものとしては、むしろ「未出月」以下五題の方が近く、これらも同時に加えた方がより完全で、その点やや不徹底のきらいなしとしないが、この場合もまた、平安末期以来の和歌界の新しい胎動（しかも新古今時代には取りあげられずにいた）の顕現としての題を発掘し追加したものと理解できる。以後、文永九年の「為家家百首続歌」題（八月十五夜・望月・不知夜月・立待月・居待月・臥待月・廿日月・在曙月・三日月・弓張月）、文永年間のものと思しい「百首題　秋」や「月百五十首」などの題に、これらはそのまま継承されていった。

一方また、文永二年八月十五夜「仙洞五首歌合」には、「未出月」「初昇月」「停午月」「漸傾月」「欲入月」が題として取り入れられていることからも明らかなとおり、為家の方法は過去のすべてを網羅的に綜合しようとする傾向をもっていた。このような「網羅的綜合」の方法は、『詠歌一体』歌論の成りたちの中にも窺える顕著な方法であって、よかれあしかれ為家的なものの顕現をここに見ることができる。

（6）暁　闇

この語は早く『万葉集』に二つの用例がみえる（二六六四、三〇〇三。「あかときやみ」と訓まれる）が、その後の和歌にはほとんど詠まれていないし、もちろん歌題とされることはなかった。勅撰和歌集についてみても、この語の初出は『続後撰和歌集』（七〇四、よみ人しらず）（一一五六、前摂政左大臣）で、以後、『続古今和歌集』（三三三、家経）『風雅和歌集』（三七一、為藤）（一六二四、後西園寺入道前太政大臣）『新千載和歌集』（三四六、後二条院）にしか見えない。

従ってこの場合、為家はおそらく直前の「ゆふやみ」からの連想で、忘れ去られていたこの万葉語を発掘し追加

したのであろう。為家における「万葉語」観は、終局的には、

万葉集の歌などの中にこそ、美しくありぬべき事のなびやかにもくだらで、よき詞悪しき言葉混りて聞き難きを、優しくしなしたるも、珍しき風情に聞こゆれ。（詠歌一体）

に行きつくが、青年期には定家『五代簡要』の枠内ではあったが、その「ことば」自体に対する強い関心を示し、稽古に励んだ一時期があり、それは壮年期にも継続していた。(注18)

（7）春雨・五月雨

「春雨」題は、歌合では天暦十年二月二十九日「麗景殿女御荘子女王歌合」（大成四五）が初出であり、「五月雨」題は、やや下って治安万寿ころ「或所歌合」（大成二九）や長元八年五月十六日「関白左大臣頼通歌合」（大成一二三）あたり以後、ともに歌題として定着してきたものであるらしい。勅撰和歌集についてみても、二題とも『古今和歌集』にはまだないが、『後撰和歌集』以後必須のものとされてきた。その意味で極めてありふれた歌材であり、また歌題であったといえる。

『古今和歌六帖』の成立については諸説があって一定しないが、大まかには『後撰和歌集』以後『拾遺和歌集』以前であることは確かなようで、(注19)そうだとすればこの二題を欠く点やや不審であるが、少くともまだ十分に歌題としての意識が定着していなかった時期にあたっていたために、設定されなかったものではあるまいか。いずれにせよこの場合、当然加えらるべくして加えられた二題ではあった。

（8）秋の雨・冬の雨

「秋雨」は『経国集』（巻一三）に「五言。奉試賦秋雨一首」（山古嗣）とみえるし、また『文集百首』題所引の白詩にも「秋雨中贈元九」（巻一三・〇六二〇）のような題の詩があるから、本来やはり漢詩世界のものであったと見なければならない。

一方、和歌の世界についてみると、平安朝歌合には全く所見がないし、また勅撰和歌集の歌題や歌材とされることも絶無に近く、和歌題としての初出は『六百番歌合』をまたねばならなかった。おそらくは九条家の濃厚な漢詩的雰囲気の中で和歌にとり入れられた、漢詩的なこの「秋雨」は、以後歌題として急速に定着し、正治二年九月「玉津島社和歌会」(「山館秋雨」、明日香井集一〇二七)、建仁元年九月十三日「影供歌合」(「近野秋雨」)、『玉吟集』(一二三六「山家秋雨」)、建保二年八月「秋十五首歌合」(「秋雨」)、承久元年「雅経家和歌会」(「閑居秋雨」、明日香井集一三七〇)、承久二年八月、「道助法親王家五十首」(「秋雨」)などなど、多用され競詠されるようになっていった。

時間や月と同じように、「雨」についても当然細分化の傾向は顕著であり、その中で「春雨」や「五月雨」を追加した為家は、「村雨」「時雨」「夕立」などとともに、右のような趨勢をとり入れて「秋の雨」を、そして同類として「冬の雨」を追加したにちがいない。厳密に考えれば、それらはともに「むらさめ」や「しぐれ」と内容において重複するところがあり、このような点にもまた網羅的綜合の方法とその欠陥の露呈を見ることができる。

(9) 氷　室

「氷室」題も、平安朝歌合に全く所見がなく、勅撰和歌集の歌題としては、『後拾遺和歌集』に一首、『千載和歌集』に二首あるという。[注20] しかし、この題がおそらく「納涼」題から分枝して一般的となったのは、『堀河院御時百首』の歌題とされて以後のことと思しく、さらに『丹後守為忠朝臣家百首』『久安百首』など、新古今時代を先導した百首類の歌題とされて競い詠まれたことによるであろう。その後も、秀能に貞応二年の詠がある(如願法師集七一六)ごとく、詠み続けられたと思われ、そのような近来の趨勢にのって、為家は本六帖題にこれを追加したのであった。そして、これ以後ももちろん、建長七年「顕朝家千首」や「為家家千首」(文永年間か)「百首」(文永年間文永十一年「善峰寺三百三十三首」(真観出題)などの歌題として継承されてゆく。

（10）仏　事

第二帖の「仏事」は『古今和歌六帖』題にはなく、「てら」「かね」「ほうし」「あま」の四題を総括する題として存したものであったが、為家はこれを「てら」以下と並ぶ題として設定している。このことは、為家の不注意による過誤であった可能性を示唆していると見られないではないが、おそらく錯誤ではあるまい。なぜなら、『和漢朗詠集』下に、「僧」とともに「仏事」題が設けられているからで、すでに見てきたような本題における『和漢朗詠集』の位置の大きさからいって、為家はこれにならって追加したと考えて然るべきであろう。

（11）思ひをのぶ・旧きを思ふ

「述懐」題は、『懐風藻』以下『凌雲集』『文華秀麗集』『江吏部集』『本朝麗藻』『本朝無題詩』などの漢詩集に見え、ごく早くからの漢詩題であった。また「懐旧」題も、『千載佳句』に「懐旧」があるのをはじめ、『扶桑集』『江吏部集』『本朝麗藻』など、主として平安中期以降の漢詩集に、部立名として、また詩題として多く見出せるから、これまた本来漢詩世界のものであった。

それが、ともに『和漢朗詠集』の題とされて以後、徐々に和歌の世界にも浸透していったらしい。「述懐」題の歌合における初見は、昼・晩・夕など時間細分化傾向のはしりが見られた大治三年「神祇伯顕仲西宮歌合」（大成三二〇）であり、これが歌合に取り入れられた意義については、萩谷朴氏が[注21]、

これらの十題は、月 寄述懐・紅葉 寄昼・鹿 寄暁・虫 寄夕・萩 寄恋・女郎花 寄恋・薄 寄恋・荻 寄恋・蘭 寄恋・菊 寄祝 と、秋の自然題に人事題を複合させた全くの新しい試みであって、主催者顕仲の趣味の深さが知られよう。殊にこれから僅か九年以前、元永二年七月十三日内大臣忠通歌合（三〇〇）暮月二番の追判に、「左歌述懐の心也。歌合にはよまずとぞうけ給はる。」と記されているにもかかわらず、しかもその時の追判者と推定せられる当の基俊が、本歌合に判者歌人として参加しているにもかかわらず、副題とは云いながら、述懐の心

を歌合に持ち込んだ顕仲の決断は、歌合の歴史に高く評価さるべきであろう。基俊に非難された左歌の作者がこの顕仲ではなく、前兵衛佐藤原顕仲であったことが、むしろ誤伝ではないかと疑われる程に皮肉な廻り合せである。

と闡明されたとおりであり、谷山茂氏にも俊成の言をめぐっての詳しい考究がある。(注22) また「懐旧」題は、治承二年八月以前「律師範玄歌合」(大成四一八) 以後歌合の題に定着したようである。

そして二題とも平安末期以降の定数歌において必須不可欠の歌題とされ、以後長く盛行していった、とその消長を跡づけることができる。従って為家がこれを追加したことは、きわめて自然のことであった。

『古今和歌六帖』の場合には「恋」の総題で括られてあった「雑の思」の次にこれを配したことは、やや穏当でない気がしないではないが、あとの「祝」「別」などとの関わりからいって、「ないがしろ」までを「恋」とし、「雑の思」「述懐」「懐旧」を別の範疇にあるものとしたと解され、かつまた捜してみてもその他には入れるに適切な場所もないことなどから、やむを得ざる処置であったと思われる。むしろそこに苦心のあとを窺うことができるであろう。

(12) 帰る雁

秋の「初雁」と春の「帰雁」の消長については、有吉保氏に的確な説がある。(注23) それによると、『古今和歌集』『後撰和歌集』の時代には、秋の「初雁」がはるかに優勢であったが、ほぼ十一世紀の中葉に勢力が交替し、『千載和歌集』のころには完全に逆転して「帰雁」が優勢となる。しかして『新古今和歌集』に至って、「初雁」がまた勢力をもりかえし、両者はほぼ対等の扱いを受けている、というのである。このことは、『和漢朗詠集』では「雁付帰雁」と「初雁」を主としているのに対し、『堀河院御時百首』では「帰雁」と「雁」が、『丹後守為忠朝臣家百首』では「関路帰雁」と「旅中雁」が、ともに併記される形で登場していることなどをみても、十分に首肯されるところである。

つまり、この場合、『古今和歌六帖』のころにはまだ「初雁」に圧倒されていて、歌題として設けられなかった「帰雁」を、その後の、特に新古今時代以後の趨勢に即応して為家が追加した、ということになる。

そして、もちろんこれ以後、『宝治百首』(「帰雁」)にも『弘長百首』(「帰雁」「雁」)にも、建長七年「顕朝家千首」題(「帰雁知春」「暁帰雁」「夕帰雁」「夜帰雁」「帰雁連雲」「峯帰雁」「海帰雁」「帰雁似字」「帰雁幽」)その他にも、「帰雁」は多様な歌題となって継承されていった。


以上、為家によって削除され、また追加された歌題の一々について、それぞれの素姓と性質を検証し、削除し追加されたことの必然性を考究してきた。個々の歌題には当然に、消長や性質のちがいがあって、一概には律しきれないが、一応次のように概括しておきたい。
(1)削除したものは、現実に即応しなくなっていた歌体の種類と、字音語(を含む)名詞とであって、特に後者の場合、為家の和歌観の反映が見られる。
(2)追加したものは、本来漢詩に淵源する題で、平安中末期以降徐々に和歌の世界に浸透し、院政期から新古今時代に歌題として定着したものが多く、それらを新しい動向として取り入れている。
(3)同時に、院政期から新古今時代にかけて、歌題の複雑化、細分化の傾向が出てくるが、そのような趨勢を反映して、多様なものを網羅的に綜合しようとする方向で追加している。
しかし、(3)の複雑化・細分化の傾向については、新古今時代のあの熱気の中では、むしろそれほど顕著ではなく、むしろ稀薄であったとすら思われないではない。おそらくそれは、当時の歌人たちが、題における種類の多さや多様さよりも、対象への深々とした沈潜や、把握・表現の秀抜さなどの方面に、より大きな関心を払ったからであったと思われる。院政期にみられた多様なものへの関心の萌芽は、一旦いわば閉塞していたのであったが、そのような時代を経過したあと、後嵯峨院の時代（それは為家の時代であったが）になると再び顧みられるようになった、と概括できるであろう。

外的な面に限ってのことであるが、後嵯峨院時代の和歌が定家存生中以前のそれと大きく異る点は、「千首」とか「七百首」「五百首」等々といった大量の歌を、しかも続歌として詠むことが多くなったことにあるが、その種大量の続歌のためには、一首一題用の厖大な歌題が必要となる。そのような現実的な必要から歌題の細分化は助長され、またそれが網羅的集成にならざるを得なかった、という一面のあることも否定しがたい。

そしてかような機運の端緒となったのが、この「新撰和歌六帖題」の撰題であったと思量する。追加が主として第一帖にのみ留っていてそれ以降にまで及んでいないことや、個々の題についても見てきたとおり不十分な点もありはするが、かかる欠陥や不徹底をそれと認めながら、この「撰題」を和歌史の上にかく位置づけたいのである。

六　おわりに

かくて、『新撰六帖題和歌』の成立過程は、次のようなものであったと考える。

為家はまず、自ら『古今和歌六帖』の題に準拠しながら、時代に即応して取捨し、また追加して、「新しい六帖題」五二七題を選んだ。そして十一月十三日から、まず自ら試詠をはじめ、その後十七日の『河合社歌合』を中にはさんで、家良と信実に勧進し、八日後の二十一日に家良が、十一日後の二十四日に信実が詠作を開始した。かくして三人の詠作が進行するうちに、もう少し規模を大きくして当代最高の歌人たちを集めた催しとすべく、家良主催の形をとって、一箇月後に、やや遠い存在であった真観に呼びかけ、真観は十二月二十一日に詠作を始める。そして年を超して最後に、最も遠い存在であった蓮性に参加を呼びかけたところ、蓮性は二月六日に詠作を開始した。その間おそらく真観と蓮性への勧進にあたっては、信実の取りなしがあったであろう。かくして五人が一わたり詠んだ各人別の素稿本群五冊をそのままに集積し、回覧・合点しあうことになるのであるが、その途中で、家良と真観が多数の歌を差し替え、為家や信実も自歌に若干の補訂を加える。蓮性のみは全く改稿や手なおしを加えなかった。そのことも、この時点における蓮性が為家とかけ離れた存在であったこと、逆に為家からみれば心理的に最も遠く煙たい存在であったらしいことを思わせる。その後回覧本を為家の許において総合整理して一類本が成立するが、なお十二首の欠脱に気づいて各人の詠を求め、それを補完した二類本も時をおかず完成した。先述のとおり、それは寛元二年の秋、おそらくは七月八月のころであったにちがいない。

安井氏は前記論考の最後を次のように締め括っている。

現在、本六帖題詠の伝本が数多く残されているのは、著名な作品ではないにもかかわらず、為家の実力を誇示し得る作品であり、その子孫によって尊重されたからに外ならないと思われる。夫木抄あたりに、その編者長清（為相の弟子）の手によって八百余首、すなわち本六帖題詠全歌の約三分の一にのぼる詠歌を採入されているのも、一つにはそのような事情によるものであろう。

伝本のこと、成立のことを考察してきた最後に、この点についても一言言及しておきたい。

たしかに、前節で見たとおり、室町期以前に遡る伝本がすこぶる多く、早くから享受され続けたことは事実だと考えねばならない。しかし、その理由は決して安井氏のいわれるような派閥次元の問題ではない。なぜならこの作品が「子孫によって尊重された」事実はどこにも存在しないのみか、逆に否定された証拠の方が多いからである。

たとえば、『源承和歌口伝』は、

（1）新六帖［今号寛元六帖］歌作者五人にてよみ待りしを、たがひに点をゆるされしかば、ひとしき思ひいできにけるにや、此の六帖の歌をば、常磐井入道殿「此道あらずなりなんず」といさめ仰せられき。

（2）常磐井相国かくれ給ひて、先人両度おくり待りし状に云く、北山事猶々無申限候、五十余廻無内外候つるなごり無申遣方候。昨日まで猶如在、自去夜事思遣候。悲哀今更歎入候。已上。　恐々　融覚

五十余回のむつび、只此の道のなさけ也。寛元六帖ただ詞にて是をいさめ、文永新撰者秀歌なしとて尋ね申されしおもむきかはりはてなんずるにや。

と二箇所に、また『井蛙抄』は為藤の言として、

（3）戸部被申云。寛元六帖の人々の歌、大略俳諧ただ詞なり。民部卿入道の詠も俳諧体多しとて、常磐井入道相国、故京極中納言入道被申し風体には異るとて、しばしは不被請と云々。彼の六帖の歌躰に諸人の歌なりて、暫くは歌損じて待りける也。

続けてまた、為氏の息定為法印の語ったところとして、

（4）一条法印云。常磐井入道相国薨じ給ひて後、入道民部卿人のもとへ遣す状に、「此の道の昵び年久しくて悲歎休み難し。就中に、寛元六帖俗に近く、続古今新撰者秀逸無しと申されし事殊に忘れ難し」と云々。

という同根の話を伝えている。それぞれの所伝は一つだけ取るといくぶん不分明なところもあるが、四つの所伝を綜合すると、話の輪郭は実にはっきりしたものとなる。すなわち本六帖題詠作の直後、実氏は為家の詠作をも含めたこの作品全体に対し、「俗に近く」「ただ詞」を用いた「俳諧体」の歌が多い故に、それを主導した為家をきつく諫めたのであった。実氏のような守旧派権門歌人には、とりわけこの異風は許しがたかったにちがいなく、それはまた宝治以後の歌壇の大方の見方であったと見なければならない。和歌史の大勢は、このような作品を許容する方向へは結局進んでゆかなかったのである。

為家の時代のみならず、後の二条派における本作品の評価も、同じように否定的であったことは、(3)で為藤の所懐を述べた最後の一文「彼の六帖の歌躰に諸人の歌なりて、暫くは歌損じて待りける也」に端的に顕れているし、また何よりもこの話をかくもしばしば自派の伝書の中に記し留めていることによって明白である。

この作品に古い伝本が多いことの理由は、従って、他に求められねばならない。端的にいって私は、実氏や後の二条派によって否定された当の理由、「俗に近く」「ただ詞」を用いた「俳諧体」の作品が多いこと、その点にこそ広く享受された最大の理由があるにちがいないと考える。この作品が内包するそのような要素(それは従来非歌語の範疇に入っていた日常的事物や俗語を多く詠みこんでいることを指しているとみてよい)が、鎌倉・室町期を通じて、少しく別の関心から求められたからではなかったか。その形態からみても、おそらく『夫木和歌抄』以下数多く編纂された類題和歌集の類と同じように、詠歌手引として、あるいは連歌「付合」の参考書として、歌人や連歌師など、広い層の人々に享受されたと考えて大きく誤ることはないのではないか。そのことの当否はなお慎重に後考に俟たねばならないが、いずれにせよ、流派や道統の次元の問題ではなく、和歌そのものの問題のみでもない、もっと大きな文化の質的変化の中にこそ、その理由は求められねばならないであろう。

そのような享受の問題とも関わらせて、この作品はもっともっと究明されねばならない。

【注】

(1) 安井久善「『新撰六帖題和歌』の成立をめぐって」(『語文』第三十九輯、昭和四十九年三月)。
(2) 安井久善『藤原光俊の研究』(笠間書院、昭和四十八年十一月)。
(3) 佐藤恒雄「新撰六帖題和歌の諸本について」(『中世文学研究』第五号、昭和五十四年七月)。→本書第二章第三節。

（4） 久保田淳「『信実朝臣家集』と『八雲一言記』―その基礎的問題に関して―」（『和歌文学研究』第六号、昭和三十三年八月）。→『中世和歌史の研究』（明治書院、平成五年六月）。

（5） 第三帖「井せき」五首目「大井かは浪うつせきの古くひはくつろぎながらぬくる世もなし」（一〇一五）は真観の詠であるが、『夫木和歌抄』（巻二六・一一〇九六）は信実詠として収める。また、第五帖「くちなし」三首目「こはた山あるはさながらくちなしの宿かるとてもこたへやはせん」（一八八三）は蓮性の歌であるが『夫木和歌抄』（巻二〇・八六六一）は信実詠として収める。しかし、これらは『夫木和歌抄』編者の誤認であるか、もしくは依拠した『新撰六帖題和歌』テキストの欠陥によるか、いずれかであると思われる。

（6） 近藤喜博「藤原信実に関する仮説―高山寺の場合―」（『美術史』通巻第二十一号、昭和三十一年九月）。

（7） 注（4）所引論文、註九。

（8） 井上宗雄「藤原信実年譜考説」（『立教大学日本文学』第五十九号、一九八七年十二月。→『鎌倉時代歌人伝の研究』（風間書房、平成九年三月）。

（9） 『井蛙抄』に、「後鳥羽院遠所より九条内大臣殿［于時権大納言］へ被遣勅書をみ侍りしかば、歌事能々可有稽古。法性寺関白、昔最勝寺の額を書、老後に門前を過るごとに赤面すと云々」、「戸部云、新勅撰時、光明峯寺殿より鶴殿歌事をとり申さるる時、撰者御返事に、後京極殿鍾愛御子として三十七にならせ給候。尤其仁と申べく候へ共、御風体猶存旨候よし被申子細て、但、なきぬべき夕の空を郭公またれんとてやつれなかるらむ、これらは宜候のよし被申云々」とある。また『明月記』によれば、「当世好士」（天福元年二月七日）であり、「当時能書之人々」（同年六月十八日）の一人ではあったが、同年七月十六日条には、「午時許左京来臨、参院之次云々、九条大納言殿有召可参由、若此撰歌事有御尋者、彼御好風体惣非愚意所存之間、不通達其心、力不及之由、只不憚可被申由示付了、好今様之相異也、相奉不可有遺恨事也」と手きびしく批判されている。

（10） 井上宗雄「真観をめぐって―鎌倉期歌壇の一側面―」（『和歌文学研究』第四号、昭和三十二年八月）以後の諸説。

（11） 樋口芳麻呂「『衣笠内府歌難詞』と『後鳥羽院・定家・知家入道撰歌』」（『国語国文学報』第三十三集、昭和五十三年三月）。

(12) 小林強「為家家十五首歌会および実氏吹田荘十首歌会について」(『解釈』第三八六集、昭和六十二年五月)。

(13) 久保田淳「藤原信実試論」(『和歌文学研究』第五号、昭和三十三年一月)。→『中世和歌史の研究』(明治書院、平成五年六月)。

(14) 有吉保『新古今和歌集の研究 基盤と構成』(三省堂、昭和四十三年四月) 三六六頁。

(15) 注(14) 所引著、三三〇頁。

(16) 萩谷朴『平安朝歌合大成』による。以下、平安朝の歌合はすべてこれにより、括弧内に「大成」と略称して作品番号を掲げる。

(17) 『明題部類抄』は、伝藤原為重筆書陵部蔵(五〇九・七)本による。以下現存しない定数歌の題はこの本によって考える。

(18) 佐藤恒雄「藤原為家の初期の作品をめぐって」(『国文学言語と文芸』第六十四号、昭和四十四年五月)。→本書第二章第一節。同「藤原為家『七社百首』考」(『国語国文』第三十九巻第八号、昭和四十五年八月)。→本書第二章第五節。

(19) 平井卓部『古今和歌六帖の研究』(明治書院、昭和三十九年二月)は、諸説を整理し、貞元元年(九七六)から永観元年(九八三)の間、源順撰と推定される。撰者はともかく、最終の成立時点をこのころと考えることはほぼ妥当であると思われる。ただし、この題の問題からみても、完成までにはかなりの長期間を要したのではないかと推察される。

(20) 注(14) 所引著、三〇八頁。

(21) 『平安朝歌合大成』巻六、一九三八頁。

(22) 日本古典文学大系第七十四巻『歌合集』(岩波書店、昭和四十年三月)の補注四七に、『六百番歌合』冬下十七番「椎柴」の判詞「述懐は歌合にうちまかせぬ事には侍れど、又非無其例」をめぐって、意を尽した史的考察がある。

(23) 注(14) 所引著、二九六頁。

第五節　七社百首考

一　はじめに

先に私は、為家の初期の作品をとりあげ、二十六歳の時の『詠千首和歌』を中心に考察を試みた。[注1]それは速詠による習作ではあったが、かつて顧みられたことのない清新な万葉語を多用していることその他、大きな可能性を秘めた刮目すべき作品であった（本章第一節）。本節でとりあげるのは、それから三十七年を隔てた為家六十三歳の年の『七社百首』である。[注2]名のとおり七つの社に奉納された百首であるが、この作品に着目した所以は、ちょうど『続古今和歌集』撰進途上の文応元年から翌弘長元年にかけて詠まれたこの作品が、いくつかの興味ある問題を内包しているからである。

以下、『七社百首』をめぐって、まず成立過程を整理し、次いで背景との関わりからもたらされた性格を考え、さらに用語や表現に関して注意すべき特質を抽出し、後代和歌への脈絡に言及するという順序で考察してゆく。

二　成立過程と各社への奉納

内容の考察に先だって、最初に『七社百首』の成立過程を整理しておきたい。このことについては、付載される為家の自序ならびに奥書、また俊成『五社百首』の一本『長秋草』に加えられた為家の識語などから、ほぼ完全に跡づけることができる。諸社への奉納百首を思いたった動機は、序に次のように述べられている。(注3)

おやのおやのかきおき侍りけるわかのうらのあとを見侍れば、(中略。俊成五社百首詠の経緯を自序に基づいて略記する)、五社の百首は文治六年[五カ]にはじめてつぎの年建久元年によみをはりけるよし見いだして、いままた、はまちどりあとふむべくもあらぬ身に、ふたたび勅撰をうけたまはりえらぶべきにあたれるも、するの世にはいよいよ人の心ざしも身のあやまりも、かたがたおそるべきことなれば、うらのはまゆふかさねて思ひたちて、

為家が再度勅撰集(続古今和歌集)撰者を拝命したのは、正嘉三年(一二五九)三月十六日北山西園寺第御幸の折のことであった(第三章第七節参照)が、この撰者拝命が直接の機縁になったのである。そして、同時にいま一つ、文治五年に俊成が詠んだ『五社百首』の先例がなかったら、このようなかたちの作品はおそらく生れなかったであろう。父祖のあとをついで、再度勅撰集撰者となった為家は、いちはやく祖父俊成の先例にならって奉納百首を思いたったのであった。そのことは、『長秋草』の中ほどにある識語の内容からも推察できる。(注4)冷泉為頼の書写奥書によれば、彼は元和七年(一六二一)に俊成自筆本を以て書写したという。この奥書を信ずれば、俊成自筆の草本があって、それにまず定家が「おいらくの」の一首を書きつけ、「見てはるる」の歌以下「おもへばするぞ神代なりける」まで、および「先人任参議之後注之」を為家が記したものと考えねばならない。「見てはるる」の歌は左上部余白に細かい字で散し書きされている点よりみて、定家の書き加えたものではなく、為家の詠と認めるべきであろう。(注5)しかしてその識語を加えたのは「正元々年八月一日」であったから、その日以前、おそらく七月末までには諸社への奉納百首が企図されていたものと思われる。あるいはもし、『桂宮本叢書』の解題に説かれるように、『長秋草』が荒木田延季のために為家の編纂したもの(俊成自筆本を為家が書写したという意味であろうか)で、識語もすべて為家が加えたと考えるならば、為家が奉納百首を思いたったのは、少くとも書写に要する期間だけ遡るはず

で、あるいは奉勅後まもなくのことだったのではないかと考えられる。いずれにせよ、俊成『五社百首』の一本に識語したという事実は、明らかに俊成の先例に対する顧慮が存したことを示しており、それを思いたったのは、かなり早い時期のことだったと見なければならない。

しかし、実際に百首の詠作に手を染め始めたのは、識語を加えてから一年以上もたった翌文応元年（一二六〇）九月末のことであった。序に、前引部分に続けて、次のとおり記されている。

文応元年九月のすゑ日吉にこもりて、祝成賢宿彌に申しあはせ侍りしかば、神慮にやありけん、すみやかにおもひたつべきよしはからひ申すによりて、そのころほひよりはじめて、しも月の中旬によみをはりぬる。

ここにいう九月末の日吉参籠は、『長秋草』識語の中にみえる「文応元年九月廿二日、此草子を枕ニして寝たる人　夢」の日付けと重なる。この参籠中、祝成賢に語らい相談したところ、神慮というものであろうか、成賢は「速やかに思ひたつべきよし」計らってくれた。そこですぐに詠作にかかり、十一月中旬まで二箇月足らずの間に、大神宮・賀茂・春日・日吉・住吉の五社奉納の百首を完詠した。そしてその後さらに、石清水と北野両社への百首を詠み加えることになる。序に、前引部分に続けて、

そののちまたおもへば、石清水・北野にも心ざしありて、としのくれにかさねて二百首をよみくはへて、つぎのとし正月十八日によみをはりぬ。

と記されており、十二月下旬から翌年正月十八日までの間に二百首を詠みつぎ、これで七社奉納百首は全部詠み終ったのである。

次いで各社への奉納という段取りになるのであるが、このことについて具体的に教えてくれるのが付載の奥書である。(注6) それによると、七百首を詠み終えた正月十八日から十日ほど後、二十七日にまず日吉社に自ら参社し、成賢につけて奉納、続いて三月中に延季に付して大神宮に、四月には賀茂と春日に、それぞれ祝保盛と大乗院僧正房

を通じて奉納、同じく四月二十九日、行清を介して石清水に、五月に入って十三日、訪れた神主国助につけて住吉社へ、十六日には法眼幸祐をもって北野社に奉納する。以上の順序で、それぞれゆかりの神官を介して各社に奉納されたのである。

俊成『五社百首』の場合、まず日吉に三月晦日、大神宮に七月二十日（以上『長秋草』夢記）、春日にはかなり遅れて十一月十日（板本百首部類本奥書）に奉納されており、賀茂と住吉については不明であるという（注7）が、判明するものを為家の順序と比べてみる時、両者が著しく類似していることに気づく。それは、為家が俊成『五社百首』の奉納順序を明確に意識していたためであって、序の最後の次の記述がそれを示している。

　ふるきあとにまかせて、まず日吉にもちてまいりて、そののちたよりにつけて本社にまいすらべき也。

為家は、「ふるきあと」すなわち俊成の先例にまかせて、まず最初に日吉に奉納しようと考えたのであった。また、奥書の中に石清水への奉納を記したところに、「二月十　日　夢　七箇日参籠通夜之時」云々とあることから、為家は二月中旬石清水に参籠していることがわかる。しかるに、その時奉納しないで四月末になって奉納されたのは、清書が間にあわなかったというような理由があったのかもしれないが、それよりも奉納順序を顧慮した結果ではなかったかと思われる。各社への奉納に際しても為家はほぼ俊成の場合に従って行ったとみてよいであろう。

次に、それでは現存本の形態――七社の百首を歌題別に部類して一括するかたち――に編纂されたのはいつのことだったのか。最初から一歌題毎にまとめて詠まれた可能性もなくはないが、それにしても五社の百首と二社の百首をあわせて、順序を整え（後から詠んだ石清水百首の歌は、大神宮の次にくみこまれている）、清書するという階梯が存したことは疑いない。このことについては、奥書の前半部分、三首の自詠と俊成『五社百首』に関する氏良云々の話を書きつけた日付け「弘長元年二月」が手がかりとなる。すなわち、右の日付けは少くとも奥書の前半を加えたのが弘長元年二月中であったことを示していると見られるから、おそらく七社の百首を詠み終えた正月十八日以後日ならずして部類にとりかかり、二月中に編纂を完了した、と推測されるのである（奥書後半はむろんそれ以後、最終的には五月十六日北野社への奉納が終った時まで下るはず）。さらに弘長と改元されたのは文応二年二月二十日のことであったから、「弘長元年二月」の日付けは、二月二十日以降二十九日までの間を意味するものと見てよく、従って現存本『七社百首』が成立したのは、弘長元年二月二十日から二十九日までの間であったことになる。ちなみに、序の執筆時期は、前引序中に、「ふるきあとにまかせてまず日吉にもちてまいりて、そののちたよりにつけて本社にまいらすべき也」とあることから、日吉社奉納以前、つまり詠み終えた直後の時点であったと判る。以下に考察を加えようとする『七社百首』は、右のような経過で詠まれ、成立したのである。

三　真観離反への嘆きと痛憤

『七社百首』の詠作をはじめた文応元年より四年前の建長八年（康元元年）二月二十九日に、為家は五十九歳で出家する。

二月つごもりころ、やまひにわづらひて、つかさたてまつり、つぎの日かしらおろすとて
かぞふればのこるやよひもあるものをわが身のはるにけふわかれぬる（藤原為家全歌集三一二一）

というのがその時の述懐歌であった。「つかさ」は建長二年九月以降七年来その任にあった「たみのつかさ」民部卿。病がどの程度のものだったか十分には分らないが、まだ春は弥生ひと月を残すのに、「我が身の春」だった官界に別れを告げ、憂いは深かった。そのような為家にひきかえ、十年来為家と別のゆき方をとってきた真観は、同じ年九月十三日、反御子左派の歌人を糾合して催された基家家「百首歌合」に出詠して判者をつとめ、おそらく指導的役割を果したであろうし、また十一月には、記録にみえる最初の関東旅行を企てて、すこぶる活動的であった。この旅行は、『夫木和歌抄』に収められている真観の歌の左注によって窺えるのであるが、次のようなものがある。

すみだがはむかしはきかずいまこそは身をうきはしのあるよなりけれ（巻二二・橋・九三六九）

此歌は、康元元年鹿島社に詣でけるに、すみだがはのわたりをみれば、かのわたり今はうきはしをわたしたりければと云々。

そのほか「此歌は、康元元年十一月五日鹿島社へ詣でて次、宮めぐりし侍るに沼尾社へ。かの池の事ざまいさ清く見えて、神代に空より水くだりてと思ふもいとありがたし。蓮のおひて、服する者不老不死なりなど風土記には見えたるに、いまはなきふることになん侍りけると云々」（巻二三・池・一〇七五九「ぬまのをの」の歌）とか「此歌は、康元元年十一月九日鹿島社をたちて香取社に参りけるに、其海の渡をするに、船おそくて浜づらに下り居るに、風あらくて思ひわづらふ程に、風もゐぬ、舟もつきて侍りければ、日も暮がたに成りて侍りしかど、しひて海をわたり侍りけるに、なごろはしづまらざりしと云々」（巻二三・海・一〇三二〇「浪あらき」の歌）のような左注が散見し、鹿島社や香取社に参詣したり隅田川のあたりを逍遥したりした跡をとどめている。『夫木和歌抄』の編者は「家集」によってこれらの歌を採ったらしいが、その家集が他撰であった可能性はあるとしても、旅行の時日に関する誤りを含むことはないであろう。『新和歌集』の中に「稲田姫十首歌に」と詞書する真観の歌一首がある故に、その『新和歌集』が成立した正元元年八月以前に、真観は一度関東に下っているはずだと推定されている下向が[注8]、おそらくこの時のものではなかったか。ともあれ、康元元年（一二五六）十一月ころ、真観は関東を旅行したのである。そして、右に引いた一首で「身をうきはしのある世」と詠んでいるところをみると（もとより左注に明記されるとおり、直接的には隅田川の浮橋を詠んだ歌なのであるが）、社会的に浮かばれるような何かをえた事実が寓されているように思われてならない。あるいはこの時既に宗尊親王に近づいて、ある程度将来の展望が開けるきっかけをつかんでいたのではあるまいか。

真観はその後文応元年五月にまた、本寺の訴訟のため鎌倉に下って荏柄天神に止宿し、『簸河上』を著したという。[注9] 日本歌学大系（第四巻）の解題には、この著作は宗尊親王の依頼によって著わしたものであろうと推定されているが、確たる証拠はないにせよありうべきことで、この下向によって一段と宗尊親王への接近の度を増したと考えてよいであろう。

さらに同じ年十二月二十一日、真観は宗尊親王の歌の師範として、招請されて鎌倉に下る。[注10] 正式に将軍との接触がはじまるのはこれ以後であるが、以前から徐々に進めてきた接近工作はここに実を結んだわけで、これによって真観の歌壇における地位は確固たるものとなったのである。為家の『七社百首』が、真観のそうした盛んな将軍への接近の動きとまさに時期を同じくして詠まれていることは、注目しなければならない。前年八月以前に発企しながら一年余りも放置し、この年九月末になって急に詠みはじめたのは、十二月二十一日の下向に至る前奏としての真観の動きが、ちょうどそのころ表面化してきたからではなかったかと思われる。加えてまた、石清水と北野への奉納を思いたったのが、まさしく真観と将軍宗尊親王との結びつきが顕在化した直後であったことは、そうした背景とこの作品の詠作との間に、単なる偶然とはいえぬ、緊密な関連があったことを暗示している。

果せるかな、かくのごとき背景は『七社百首』全篇に強く投影し、顕著な性格を付与している。真観のそのような行動を寓し、憤懣やるかたない激しい感情を詠みこんだ歌が随所に見出せるのである。たとえばまず、次のような歌。

すみなれてよのあとふむわかの浦にあらぬこゑするさよちどりかな　（千鳥　住吉　三八五九）
おもはずよかけひの竹の中われてよそにせかるるよのふしぶし　（竹　伊勢　四〇〇一）
くれたけのよよにかさなるわが道をなどうきふしに人のなすらん　（竹　春日　四〇〇四）
あしびきの山はひとつのみちをだにこなたかなたとなす人のうさ　（山　北野　四〇二八）

めのまへにあすかのかはのふちせをも人のこころにいまこそは見れ　（河　春日　四〇三一）

ならひこしみなもとをなどわするらんとみのをがはのいまもすむ世に　（河　住吉　四〇三四）

もともと真観も、為家とともに定家に教えを受けた門弟であった（源承和歌口伝）。なのにその「みなもと」を忘れはて、「かけひの竹」が割れるように離反して、いま彼は、代々自分が伝えてきた正統の和歌の道に、「あらぬこゑ」をたてる千鳥のように異風をなびかしている。「ひとつのみち」を行くべき二人なのに、「かなたこなた」に隔てをなして、なぜ我が正統の和歌の道をないがしろにしなければならないのか。いまこそ、飛鳥川の淵瀬のように変りやすい人の心を思いしらされた。そのような痛憤の心情を読みとることは簡単であり、それ以外に理解のしようはない。さらにまた、

わがためのなこそのせきをあづまぢにたが心にかすゑはじむらん　（せき　賀茂　四〇四五）

あふさかもたがゆるしけるせきぢとてとりのそらねの人はかるらん　（せき　春日　四〇四六）

わがおもひとほさぬものはことわりをしらぬ心のせきにぞありける　（せき　日吉　四〇四七）

などには、「あづまぢ」すなわち宗尊親王と自分との間に「な来そのせき」を設け、「とりのそらね」のごとく自分をおとしいれようと謀っている、自分もまた将軍の指導者であるのに、それを抑えて通せぬようにしているのは、ほかならぬ真観の「ことわりをしらぬ心のせき」なのだ、といった状況（もちろん為家の感じた主観的な状況にほかならないが）に対する強い憤りが、激しい語調で歌われている。

真観が自分と宗尊親王との間に関を据えて、近づく手だてのない状況に直面した時、

あづまののかやのみだればふみしだきまことのみちをいかでしらせん　（野　伊勢　四〇三六）

しきしまのみちをまもらばすみよしの神をしるべにせきもこえなむ　（せき　住吉　四〇四八）

おいののちさらにやこえむあしがらのせきははるけきみちと見しかど　（せき　北野　四〇四九）

のような歌が詠まれることになる。鎌倉への道は遠いけれど、老骨に鞭うって、住吉の神をしるべに関をこえてのりこみたい。そして、「まことの道」を何とかして親王に知らせ、今の事態を打開したい、と願わざるをえなかったのである。「おいののち」詠の背後には建長五年の旅（本書第一章第三節）があろう。あるいはまた、

いけ水のうすきこほりをふむかものしたのこころもいかがくるしき　（氷　北野　三八六七）

のような歌もあり、薄氷を踏む危うく苦しい思いには真観の心が寓されていて、憐憫の情を示したものと理解される。もちろんそれも所詮怒りの裏返しされた感情にほかならぬはずであって、同じく、

いはし水あたりのいはのこけごろもけがるるちりをいかですすがん　（こけ　石清水　四〇一六）

のように強い矜持を示してみたり、

とにかくに人のこころのきつねがはかげあらはれん時をこそまて　（河　石清水　四〇三〇）

あはれ世のくだりゆくこそかなしけれしばしはよどめ山河の水　（河　日吉　四〇三三）

のごとく、あきらめの心に変ったり、微妙な心情の起伏が投影しているのである。

しかし、真観の離反と将軍への接近は決して許しえない行動であったから、必然、神々に対して強い訴えかけをせずにはいられなかった。

をとこ山おろすあらしもふきはらへ人のこころのよどのかはぎり　（霧　石清水　三七五〇）

ことわりのあとをば神もとほさなん道さまたげの秋のゆふぎり　（霧　北野　三七五五）

つたへくる道をばとほせいつはりをただすのもりの秋の夜の月　（月　賀茂　三七七二）

おもひかねかものはがはにいのるかなうきたることをただすよなれと　（水鳥　賀茂　三八七〇）

神はよもうけじなたけのことのはもかさなるよのあとをまもらば　（竹　北野　四〇〇七）

あすかがはながれをくみてみなもとをわするる人のふちせあらはせ　（河　北野　四〇三五）

「たけのことのは」は竹園の仰せ。このような激しい語調・表現は、奉納百首の常識をこえたものであって、俊成の『五社百首』にしても、後の阿仏の『安嘉門院四条五百首』[注11]にしても、とりわけ神へのよびかけ、希求を訴える場合には全く見られぬ性質のものである。為家の憤りと祈念がいかに切実であったかを示して余りある。

もちろん右の引用例がすべてではない。この種の、真観の行動を寓し、それに対するなまなましい感情を表出した歌は、実に五十首近くも拾い出せるのであって、この作品の一大特質だと認められるのである。従来、『続古今和歌集』撰集のころを頂点とする為家と真観の確執抗争は、歌壇史上の大きなそして最も興味ある問題としてとりあげられ、既にあますところなく論じ尽されたかのごとき感がある。けれども、当の為家の作品によって当時のなまなましい心情を窺うことができるというのは、まことに得がたいことと言わねばならない。

四　老・病の悲哀と自信喪失感

真観に対する激しい感情を吐露した右のような歌は、しかしながら、ただに真観の画策という外在的な事件のみによってもたらされたものではなかった。もちろんそれが直接の因由であり、遡って寛元四年以来の感情のしこり[注12]が作用したことも確かであろうが、いま一つ、この当時の為家の内なる事情、すなわち老と病からくる悲哀、自信喪失などがその基底に横たわっていたことを看過してはならない。全てが意のごとくならぬ惨めな状態にあったことが真観の画策を助長したにちがいないし、かかる自分であることを自覚し、深い憂愁のうちに沈んでいたが故に、外から襲ってきた宗尊親王と真観の結びつきがますます許しがたく思われたにちがいないのである。

為家は正嘉三年三月に勅撰集の撰進を命ぜられたのであるが、『延慶両卿訴陳状』[注13]所引の為家の書状によると、その直後のころ実氏を通じて再三自分を退け、息男為氏を撰者に吹挙している。為氏は前年正月五日に従二位に叙せられ、また十一月一日には権中納言に任じられて、官位は順調に昇進していたが、歌人としての世評は決して芳しいものではなかった。「不堪非器」とはいえ、歌の善悪ぐらいわからぬではない、と為家がいささかむきになって陳弁しているのは、そんな為氏ではあっても、御子左家の命運を託して嗣子に期待をつながねばならぬ年齢に自分が達していたからにほかならない。この時為家は六十二歳、為氏は三十八歳であった。

しかし、この吹挙は実らず、結局、為家が撰集にあたることになったのであり、おそらくすぐに撰歌にとりかかったものと思われる。そして、以後『七社百首』に至るまで一年半ほどの間にほとんど作品を残していないことは、このころ為家が撰歌に専念していたことを思わせ、そうだとすれば撰集はかなり進捗していたと考えられそうである。けれども、ちょうど『七社百首』を詠作中のころのものと思しい『宗尊親王三百首』附載の為家の書状(注14)を見ると、「年老い候ふ後は心もうせたるやうに罷り成りて、手もわななき人の様にも候はねども」と老耄をかこち、「此度勅撰には力つき候ひぬと覚え候ふ」と述べているし、また翌弘長元年中のいはゆる『弘長百首』でも、

和歌の浦においずはいかでもしほ草なみのしわざもかきあつめまし　（述懐　四二五七）

と述懐していることなどを考えあわせるならば、老の衰えと病に疲弊して思うように撰集に励みえなかったというのが真相であったらしい。「老いずはいかで」には撰集の実をあげえなかった為家の口惜しさが籠っている。「此度勅撰には力つき候ひぬと覚え候ふ」もそのような意味の嘆きであって、撰集がある程度かたちをなした段階における安堵感を示すものではない。とまれ、弘長元年末に至っても撰集ははかばかしく進捗しないまま、時日ばかりが経過してゆくというありさまだったのである。弘長二年九月の撰者追加も、為家の側のそうした事情と深く関わっていたはずで、彼自身も後年文永元年に飛鳥井教定にあてた書状(注15)の中で、「融覚不堪之間、被改一身撰者」云々とそのことを認めるような口吻を漏らしている。撰者四人の追加をただ真観の策動のみがもたらした結果だと考えるのは、いささか一面的にすぎるであろう。

かくのごとくすべてに不如意をかこたねばならぬみじめな状況のもとで『七社百首』は詠まれたのであったが、そうした心のありようは必然的に、悲哀や憂愁の情調となって、『七社百首』のそこここに色濃く漂うことになる。なかんづく最も顕著なのは、「老年」の自覚とそれに伴う嘆き、悲哀の心情が流露した歌の多いことである。たとえば、次のような歌がある。

いつとてもをりにあふとはおもはねどおいてかなしきのべのさわらび　(さわらび　石清水　三四八四)

おもふらん心ぞしらぬきりぎりすおいのねざめになきかはせども　(虫　春日　三七八七)

世にふるになほふるものは神な月おいのたもとのしぐれなりけり　(時雨　北野　三八二五)

思へただよるべもしらぬおいの身をいかにかせまし宇治のあじろ木　(あじろ　北野　三八八一)

きえのこるおいぞかなしきうづみ火のうづもれながらおもふこころは　(うづみ火　伊勢　三九〇三)

いずれも「老い」ということばが詠みこまれており、この種の歌は他にも甚だ多く目につく。「老年」がいかに大きく為家の意識に影をおとしていたか、推して知りえよう。また、「老い」という特定のことばだけでなく、

神もみよなみだはしるやきりぎりすこけのたもとのつゆのふかさを　(虫　石清水　三七八五)

いつとなきこけのたもとの露のうへになほしぐれそふ神な月かな　(時雨　伊勢　三八一九)

すみぞめの袖よりほかのくさやなき身もゆふぐれの秋のしら露　(露　石清水　三七四三)

のように、「苔の袂」「墨染めの袖」などのイメージを用いた歌もかなりある。常套的なことではあるが、たいてい「露」「しぐれ」「なみだ」などとともに詠みこまれており、出家後の沈淪がこの種の歌を詠ませたことは疑いない。いうまでもなく、これらの歌も老いの嘆きを詠じた先の歌と基盤を同じくするものであった。

また、「すみぞめの」の歌における「身もゆふぐれの」に類する表現もいくつか拾い出すことができる。

その神やあはれむかしをしのぶかなふるかはのべにくつる柳も　(懐旧　賀茂　四〇九四)

しるや神のべの道しばよをへつつあとなきしもをけちかぬる身は　（しも　北野　三八三二）

「古川の辺に朽つる柳」や「野辺の道芝」にたぐえて、「世を経つつあとなき霜を消ちかぬる」ような老い衰えた我が身の悲しみを歌ったのである。老いの悲哀をモティーフとする右のような歌は、もちろん歌題の制約と関連するところがあるに違いない。「時雨」「爐火」「露」「霜」などの歌題には、たしかに暗い、老年にかよう本意があるからである。けれども、春の明るい生命のいぶきを歌人達の脳裏に描かせたはずの「早蕨」の歌に、「老いてかなしき」と詠んでいることからも窺えるように、歌題の制約はそれほど強くない。むしろある歌題を契機として、内にくすぶる感懐が暗いイメージに結びつき、自然に流露した趣きが強いのである。

さてまた、老いの自覚とそれにまつわる悲哀感は、「その神やあはれむかしをしのぶかな」のように、将来への希望を失い、専ら過去のよき時代への懐古となって顕現することがある。たとえば、

あはれ世のむかしにかへる道もがな雲ゐのかりのはるを見るにも　（帰雁　石清水　三五一二）

みかりせしかたののきぎすとにかくにむかしおもへばねぞなかれける　（野　石清水　四〇三七）

おもふかな野中ふる道あととめてむかしをいまにたちかへれとは　（野　賀茂　四〇三八）

などがそれであって、ほかにも「むかし」に傾斜する心情をのぞかせた歌は少くない。

身ひとつにまたかきつもることのはもありしにいまのおよびやはする　（懐旧　北野　四〇九八）

撰集にあたっても、ありし昔（それは俊成や定家の時代であると同時に、先に独撰奏覧した『続後撰和歌集』の時をも含んでいる）に及ばない、と感じざるをえないほど甚だしい自信喪失の深淵に沈みはてていたのである。

老いの自覚と悲哀感は、一方ではまた必然的に子ども達への期待や戒めとなって、

わかの浦のあしべのたづのよるのこゑきこえあげてもあとをたがふな　（鶴　伊勢　四〇〇八）

子をおもふこころはしるやつたへきてよよにかさなるつるのけごろも　（鶴　石清水　四〇〇九）

しがの浦にはぐくむつるのするの子の心ごころは神にまかせん　（鶴　日吉　四〇一二）

のような歌が詠まれることになる。「鶴」の歌題に夜鶴の思い、子を思う心を詠むのは最もありふれているが、「不勘非器」なる為氏に御子左家の行く末を託さねばならぬもどかしさ、不安な心情が感取される歌である。

以上のように、『七社百首』には老年の自覚とそれに伴うさまざまな感懐が色濃く漂って、基底的な情調をなしている。それは雑歌の特定の歌題を詠んだ歌に限らず（もちろんそれがほとんどを占めはするが）、恋や四季の歌にさえまま見出せるのであって、この当時の為家の混迷がいかに根深いものであったかをよく示している。

およそ、為家が老年を強く意識するようになったのは、建長八年に出家して以後のことであった。それ以前の作品には右にみたような傾向の歌はほとんど見出せない。もとより題詠中心の当時の歌のことだから、「老い」とか「苔の袂」のごときことばの使用は皆無ではないが、きわめて少数であるし、たとえあっても実感の裏づけに乏しい。ところが出家後になるとその種の用語が俄然多くなり、正嘉元年七月の「卒爾百首」などをみると、六十路の坂をこした老いの嘆きがしめやかに表明されている。たとえば、

ありながら身はかくれぬのあやめ草ひかぬふるねのくちぬべきかな　（三二六八）

いとどしくかはかぬこけのたもとかなふるもなみだのさみだれのころ　（三二六九）

ひとり見る月ばかりこそおいらくのむそぢのあきもかはらざりけれ　（三二七七）

のごときがそれであって、この「卒爾百首」のうちに右に抽出してきた『七社百首』と同じ性格を認めることは容易なのである。出家を基準にして一歌人の詠作活動あるいは生涯の時期区分をすることが多く、それはきわめて当をえた方法であるが、為家の場合にも確かに「出家」は壮年期と老年期を画する重要な屈折点になっている。文応・弘長期は、為家の生涯を通じてみても、初期の承久・貞応期とともに、最も困難な時期だったのである。

以上私は、『七社百首』に投影している為家の赤裸な心情、すなわち真観に対するおさえ難い痛憤の情、そして

その基底にある老いの自覚とそれに伴うさまざまな悲哀感、を歌壇史的な背景との関連において窺ってきた。いわばこの作品に濃厚に漂う「述懐性」を探ってきたのであった。たしかに『七社百首』は、千里の「詠懐十首」(句題和歌)以来、俊頼の「恨躬耻運雑歌百首」や俊成の「述懐百首」などを代表的な作品とする、伝統的な「述懐歌」の系列に立つ作品としての性格を具有している。俊頼や俊成の場合における官位停滞の嘆きとは自ら質を異にするものではあったけれど、やはりある意味で為家は、身の不遇を嘆き、愚痴をこぼし、そしてあわよくば聖帝の恩沢に浴することを希いながら、神威を頼みにこの作品を詠んだにちがいないのである。(注16)

しかし、それにしても考察がいささか歌壇史研究的観点、伝記考究的立場に偏しすぎたきらいがないではない。もちろんこの場合そのような見方が不可欠だと考えたからにほかならないが、ある作品に見るべきものは、その深層に潜んでいる作者の心情のみでももちろんない。さらに別の観点から『七社百首』の一首一首を検してみなければならない。

五　口語・非歌語・万葉語への関心

先に見たとおり、『七社百首』は、まず「五社百首」が二箇月足らずの間に、二社の追加分が一箇月足らずのうちに詠まれた作品であった。速詠と言いきってしまうにはやや躊躇されるけれども、しかしかなりそれに近い方法で詠まれた、いわば速詠的作品であったことは疑えないであろう。かくのごとく比較的短期間の詠作であったことは、この作品を総体的に薄味なものにせずにはおかなかった。秀れたできばえだと評しうる歌はきわめてまれであり、平明直截に詠まれた平均的作品が大部分を占めているのである。既に例示した歌からもそれは十分にうかがえるはずだが、さらに、たとえば表現技法の一つとして本歌取りに注意してみても、古歌のことば(つづき)をそのまま詠みこんだ次のような歌が目立つ。

わすれてはゆきかとぞおもふうの花のさくやさかりのをののふる道　（卯花　北野　三五八〇）

あはぢしまとわたるかりのあきかぜにこゑをほにあぐる浪のをちかた　（はつかり　住吉　三七三三）

かすがののしのぶもぢずりあきはぎのはなのみだれもかぎりしられず　（はぎ　春日　三六八九）

かけてとぶたがたまづさとしらすらんかりのつばさのくものうはがき　（はつかり　北野　三七三四）

特に説明の要もないであろうが、「かすがのの」の一首は、『古今和歌集』（七二四）河原左大臣の「みちのくのしのぶもぢずり」歌と『新古今和歌集』（九九四）業平の「かすがののわかむらさきのすり衣」歌の二首をとり、また「かけてとぶ」の一首も、『古今和歌集』（二〇七）友則の「秋風にはつかりがねぞきこゆなる」歌と『新古今和歌集』（八五九）紫式部の「きたへゆく雁のつばさにことつてよ」歌の二首のことばをとりあわせて、一首を構成したのである。いずれも古歌のことばをほとんど「なま」のままで使用したものであって、本歌取り特有の表現効果という点で深みには乏しい。これほど顕著ではないが、伝統的な古語を「なま」のまま用いた歌が他にも多いし、また一歌題七首が概して類型的であるようなこともやはり速詠的に詠まれたことの一つの結果であると思われる。一首一首に彫心鏤骨し、磨きあげたと思われるような歌はきわめて少ないのである。

しかし、それは多かれ少なかれ当時の百首歌（速詠の場合には殊に）に共通する地歌の性格であって、それをもってこの作品を貶しさることはできない。

たしかに『七社百首』の歌は、古歌（のことば）によりかかりすぎたものが多い。けれども、自ずと詠み出だされた歌の中には、同じくことばの面でも大いに注目すべきものがかなりある。その一つは、口語あるいは非歌語（八雲御抄にいう「俗言」に類したことば）を詠みこんだ次のような歌が散見することである。

まつはるるまつのさえだもをるばかりはなさきにけるはるのふぢなみ　（藤　北野　三五五二）

しきしまやわがやまとぢのいけにすむそよおしごとを神はうけじな　（水とり　春日　三八七一）

あじろ木にかかれる氷魚もあるものをおちぶれゆけどよるかたもなし　（あじろ　住吉　三八八〇）
ふるさるるうき名はならのみやこにて人のこころはあれまさるなり　（逢不逢恋　春日　三九五五）
神もみよしづがかやり火ふすべつつふせくにつけていとはるるよは　（かやり火　北野　三六四三）
霜がれのみづののくさやもえぬらんかぜにいばゆるはるこまのこゑ　（はるこま　伊勢　三五〇四）
あまのはらあけしいはとのおもかげもあなおもしろのゆきのあしたや　（ゆき　伊勢　三八四〇）

「おしごと」は押し言、つまり臆説の意で、真観の言説が寓されている。もちろんこれらすべてが為家によってはじめて歌に詠まれた言葉だというのではない。「まつはる」は『堤中納言物語』の歌に用例があるし、「ふるさるる」は『後撰和歌集』（八三〇）の「ひたぶるに思ひな侘びそ古さるる人の心はそれよ世のつね」（贈太政大臣）の本歌取り、「ふすぶ」も、早く『蜻蛉日記』の歌にみえるほか『堀河百首』でも多くの歌人達が使ったことばであった。けれども、その使用例は決して多くなく、後の勅撰集にとり入れられなかったという点で、少くとも和歌史の主流に浮かぶことのなかった、非歌語的な用語であった。「あなおもしろのゆきのあしたや」のごときは、口語的、あるいは歌謡的な言いまわしをそのまま摂取した感がある。このような傾向は、『七社百首』が私的にきわめて自由な方法で詠まれたことの反映であろうが、似た傾向の歌で次のものなどは比較的成功した部類に属している。

かたをかのあしたのはらのゆきまよりものうくもゆるはるのさわらび　（さわらび　伊勢　三四八三）
いにしへのとぶ火ののべのなごりとてほたるほのめくゆふやみのそら　（ほたる　春日　三六三三）

早蕨が「萌ゆる」といえばあたりまえの表現であるが、「ものうくもゆる」はいかにも新鮮で巧みな把握であり、歌題の本意を表現しえている。もっとも『堀川百首』（一三三）顕季歌に「紫の塵うちはらひ春の野にあさるわらびのものうげにして」という『和漢朗詠集』「早春」の「紫塵」を取り入れた先蹤はある。「いにしへの」の一首も、「蛍ほのめく」という表現がやはり斬新で、効果的である。かく自由な姿勢で何げなく用いたと思われることばや表現が、時として新しい感じを与える結果をもたらしている場合がある。

用語について、いま一つ注目されるのは、かなり多い万葉語の使用である。本章第一節で『詠千首和歌』の最も顕著な特徴として万葉語の夥しい使用という事実を指摘したが、三十数年後に詠まれた『七社百首』にあっても、万葉語に対する関心は依然強く継続している。たとえば、次のような歌がある。

にゐはりの道のよこ田をひきすてて世々のふるあとのさなへとらなむ　（早苗　北野　三六〇八）

はしたかのとだちのしばのかりころもひもゆふごりのしもはらふらし　（鷹狩　伊勢　三八八九）

さし竹の大宮人となりはててうきふしがちによにたてるかな　（竹　石清水　四〇〇二）

あはしまやとわたるふねのからかぢのからきうきよをしをれてぞふる　（海路　住吉　四〇六二）

あかぼしの光さやけきあか月はあけしいはとのおもかげぞたつ　（かぐら　住吉　三八八七）

「あかぼし」は神楽の曲名を詠みこんだのであるが、同時に「あかぼしのあくるあしたは（明星之開朝者）」（九〇四）をふまえている、そのほかの歌もそれぞれ、「にひはりのいまつくるみち（新治今作路）」（二八五五）「ゆふこりのしもおきにけり（夕凝霜置来）」（二六九二）「さすたけのおほみやひとの（刺竹之大宮人乃）」（九五五）「あはしまを（粟嶋矣）」（三五八他）「からかぢの（可良加治乃）」（三五五五）を取り入れており、これらは『万葉集』以後ほとんど顧みられなかったことばで、勅撰集にはもちろん全く継承されていない。このようにめずらしい万葉語の使用は、たしかに『詠千首和歌』の性格に通ずるものであり、看過できない一つの傾向である。

ただ、子細にみると、『詠千首和歌』で志向されていた万葉語と『七社百首』のそれとの間には質的な懸隔があることに気づく。『詠千首和歌』に摂取された万葉語はほとんどこの作品に跡をとどめていないからで、わずかに「たちばなのかげふむみち」（はなたちばな、伊勢・三六二三）「こすのまとをるかぜ」（はちす、日吉・三六四八）「いぬよびかはし」（鷹狩、賀茂・三八九一）「ゆふ浪ちどり」（千鳥、日吉・三八五八）「ささのはのみやまもさやに」（立秋、石清水・三六七三）などがみえる程度である。しかも、「こすのまとをる」など若干の例外を除けば、いずれも為家以前から既にかなり普遍的になっていたことばであった。「みらくすくなき」（霞、春日・三四四四）（さみだれ、住吉・三六二二）「ひなのながみち」（はなたちばな、北野・三六二九）「なにはほりえ」（橋、北野・四〇五六）なども同様であって、元来万葉語ではあっても、それほど新しさを感じさせることばではなくなっていたにちがいない。『詠千首和歌』に多くみられた、「あさささはら」「あきはぎのはなのの薄」「道のべのおばながもと」「松が枝のつちにつくまで」のような、なびやかでやさしくかつめづらかなことば、また、「あらゐのさきのかさじま」「あられふるかしまのさき」「あぢのすむすさの入江」「うみにいでたるしかまがは」のごとき名所歌枕など（それらはすべて『万葉集佳詞』の中に見出せる）は、この作品に全く姿をとどめていない。(注17)『詠千首和歌』におけるみずみずしい万葉語は、そのまま定着し発展することなく、そこに秘められていた可能性もいつのまにか消滅し、大勢として普遍的な万葉語使用への傾きを増していったのである。が、大勢はそれとして、先に示したような万葉語のかなり多い使用は、やはり一つの傾向として注意されなければならない。

六　漢詩的世界とその表現摂取

さて、右に見てきたような用語の問題といささか関わりをもつこととして、次にとりわけ注目されるのは、漢詩的世界とその表現を摂取した若干の歌に関することである。(注18)すなわち、『和漢朗詠集』や『新撰朗詠集』所引の詩句、ならびにその背後にある主として中唐詩の表現や内容を摂取して一新生面を拓いた歌が見出せるのであって、このことは量の多寡に拘らず注目に値することだと思われる。まず、次の一首。

江にひたすなかばの月にこゑすみてをぎふくかぜの秋ぞかなしき　（おぎ　住吉　三七二六）

「半の月」は、たとえば『栄花物語』（巻第三四「暮まつ星」）の、

秋の夜のなかばの月を今宵しも　つねいへの弁
ひとときめづることぞうれしき　出羽弁

という連歌にみえるほか、散文韻文を問わずしばしば用いられてきたことばで、たいてい「琵琶」の異名として「月」を掛けて使われたものであった。この場合ももちろんそうした用例の範疇に属しているが、清冽にして一種悽愴の気を帯びたこの歌は、七百首を読み進んでここに至った時、はっとさせられるほどの迫力をもっている。「江にひたす半の月」という特異でしかも的確な把握と表現、「こゑすみて」に漂う意味の曖昧さなど、修辞上の特異性において、従前の歌にはみられなかった新しい何かを感じさせる。実はこの一首に漂う秋夜凄絶の情趣は、背後に白楽天の「琵琶行」の世界と表現を重ね存していることからもたらされている。「琵琶行」の冒頭六句は次のとおりである。

尋陽江頭夜客ヲ送ル　楓葉荻花秋索索タリ
主人ハ馬ヲ下リ客ハ船ニ在リ　酒ヲ挙ゲ飲マント欲シテ管弦無シ
酔ヒテ歓ヲ成サズ惨トシテ将ニ別レントス　別時茫々江月ヲ浸セリ

為家の歌は、この詩の世界をそのまま和歌一首に詠みこんだものにほかならない。「江にひたす半の月」も「荻ふく風の秋ぞかなしき」も、「江浸月」「荻花秋索索」の直訳に近いし、かつまた、原詩に漂う「凄凄」たる情調までも完全にこの一首のものとなっている。なおまた、「半の月」は従前、十五日の月・満月の意味で使われることが多かったのであるが、この歌の場合には、同じ白楽天の「暮江吟」に「憐ムベシ九月初三ノ夜　露ハ真珠ニ似月ハ弓ニ似タリ」の詩句があったり、また菅三品の「去衣浪ニ曳イテ霞応ニ湿フベシ　行燭流レニ浸シテ月消エナント欲ス」のような詩句もあり、ともに『和漢朗詠集』に収められている（秋・七夕・二一六）（秋・露・三三八）ことを考えあわせれば、文字どおり三日月・半月の意味に解すべきであろう。

さて、先に「こゑすみて」が意味的に曖昧だといったのは、それが琵琶の声でもありまた荻ふく風の声でもあるという、二重の意味に解しうるからであるが、それはおそらく為家の意図的な表現であったと思われる。「荻ふく風」の音がすみわたると同時に、「琵琶行」の詩句をふまえることによって、そこに琵琶の声が澄み渡る意味をにないもたせていると理解できるからである。また、ただの「月」ではなく「半の月」を用いたのも、伝統的に琵琶の異名であったこのことばこそ、「琵琶行」の世界を一首の和歌として形象するのに最もふさわしい語であると計算した上でのことだったにちがいない。かくみるならば、白詩句の表現をそのまま和語に移すことによって原詩の世界を巧みに和歌に詠みかえたのみならず、和語的伝統と融合させることによって、秋月の夜（それは尋陽江頭であり、またこれが住吉に奉納された歌であることから、住の江とも重なってくる）、まさに索索たる風趣を漂わせることをえた、きわだった秀逸だといえる。

ただしかし、「琵琶行」の世界を詠じた歌は、為家以前にもないわけではなかった。たとえば、

たびびとを送りし秋のあとなれやいりえのなみにひたす月かげ（秋篠月清集九八三　良経　建仁元年仙洞句題五十首）

四の絃のしらべは浪にきこえねど入江の月にむかしをぞとふ（夫木和歌抄一〇六三二　後鳥羽院　御集月歌五首）

別れけん入江の舟の跡とめて月をぞおくる荻のうはかぜ（夫木和歌抄一〇六三五　真観　閑居百首）

なども明らかに同じ詩をふまえている。しかし、いずれも為家の歌ほど徹底した原詩（表現）の摂取はなされていない。良経の歌の下句はたしかに直訳に近く、その意味で最も為家の歌に近いが、上句の「送りし秋のあとなれや」は原詩の世界を遠く隔てた視点に立っていることを示しており、「琵琶行」における作主の視点とほぼ重なりあう視点から詠まれた為家の歌との間には大きな隔りがある。為家もまた、寛元二年（一二四四）の『新撰六帖題和歌』（「かつら」題）において「舟とむるあきのいりえの月かげにひかりたまらずちるかつらかな」（二三八九）と詠んで習作を重ねていた。『新撰字鏡』に「楓」は「香樹也、加豆良」とある。なお、為家が「琵琶行」にたどりつ

いた過程にはこの詩第一二句を収める『新撰朗詠集』（餞別・五九二）が、介在していたにちがいない。

もう一首、同じように漢詩の表現をとり入れた歌を検してみよう。

くもかかるあさひのかげははれやらでなほまどくらきはるさめのこゑ　（はるさめ　賀茂　三四九九）

これもまた特異な表現の目だつ歌であるが、やはり漢詩の典拠があった。『和漢朗詠集』の保胤の詩句、

斜脚ハ暖風ノ先ヅ扇グ処　　暗声ハ朝日ノ未ダ晴レザル程（雨・八八）

がそれであり、「あさ日のかげははれやらで」には「朝日未晴程」がそっくりとり入れられている。いってみれば詩句題一首だったのである。

いま少し説明を加えると、保胤の詩句中の「暗声」は、『和漢朗詠集』（秋夜・二三三）にも収められる白楽天「上陽白髪人」の詩句、

秋ノ夜長シ　　夜長クシテ眠ルコト無ケレバ天モ明ケズ

耿々タル残灯壁ニ背ケタル影　　蕭々タル暗キ雨ノ窓ヲ打ツ声

を踏まえるもので、暗夜に降る雨の音を意味する。為家の「なほまどくらきはるさめの声」は、もちろんこの「上陽白髪人」の詩句表現をほとんど生のかたちで摂取したものであった。つまり、「くもかかる」の一首は詩の世界を二重に背後に踏まえ、重層的に構成されているのである。

当時の歌人たちの『朗詠集』（和漢・新撰）や『白氏文集』親炙は、たとえば定家が『朗詠集』上巻を書写し「小童読書ノ為ナリ」といっていること（明月記・寛喜二年三月十二日条。この「小童」は為氏のことであろう）や、『詠歌大概』や『毎月抄』にみえる『白氏文集』第一第二帙を常に握翫すべしという教えなどに徴するだけでも、十分に推察できる。為家もまた早く貞応三年（詠千首和歌を詠んだ翌年）に「朗詠百首」を詠み、うち九首が残存している。以下のとおりである。

窓梅北面雪封寒　（立春・二・藤原篤茂）

日かげなきかたえは雪にとぢながらかつがつにほふまどのむめがえ　（藤原為家全歌集一二六六）

〔気霽風梳新柳髪〕　（早春・一三・都良香）

あをやぎの夜のまの露のたまかづらかけてふきほすにはのはるかぜ　（一二六七）

望山幽月猶蔵影　（秋晩・二三一・菅原文時）

山のはいづるけしきににほへどもまたかげかくす秋の夜のつき　（一二六八）

一夜林霜葉尽紅　（霜・三六八・温庭筠）

むすびけるひとよのしものあさおきにみないろまさるきぎの紅葉ば　（一二六九）

閨寒夢驚　或添孤婦之砧上　（霜・三六九・紀長谷雄）

夢むすぶねやさむからししづのめがさゆる霜夜にころもうつこゑ　（一二七〇）

深洞聞風老檜〔悲〕　（故宮・五三五・源英明）

風ふけばふる木のひばらこゑたててあとなきほらにむかしこふらし　（一二七一）

石床留洞嵐空払　（仙家・五四七・菅原文時）

おのづからいくちとせまでふりぬらんいしのゆかふくほらの山かぜ　（一二七二）

外物独醒松澗色　（紅葉・三〇四・大江以言）

たつた山したまでかはるもみぢばにひとりいろなきたにのまつかぜ　（一二七三）

銜峰暁月出窓中　（山家・五六二・橘直幹）

峰の庵の窓よりいづる月だにもありあけのころはなほまたれけり　（一二七四）

すでに本章第二節で取り上げ検証したのでくりかえさないが、様々に工夫のあとは見え、中に成功した例もあるけれども、いまだ習作の域を出ず、題として選び設定した一句の内容を、和歌の形式にのせて歌うのがせいいっぱいといった趣の歌が多くを占めている。それがこの『七社百首』に至ると一句のみならず背後の詩一篇の世界にまで踏みこみ、その表現を過不足なく和歌表現に移し、十分に優れた一首が詠めるところまで、技法を深めた跡を窺うことができる。

七　おわりに――玉葉集・風雅集への脈絡――

右に指摘してきた表現面のいくつかの性格は、しかし、それだけのものではないように思われる。先に私は、『詠千首和歌』前後の習作期の歌の中に、『玉葉和歌集』や『風雅和歌集』へ通じてゆく一面のあることを指摘したのであったが、そのことは同じく『七社百首』の歌についても言いうることである。たとえば、次の一首。

風さむみ千鳥なくなりうちわたすさほのかはせのあけがたのそら　（千鳥　春日　三八五七）

『拾遺和歌集』（二二四）の著名な貫之の歌「思ひかねいもがりゆけば冬の夜の河風さむみちどりなくなり」とともに『万葉集』（巻四・七一五）家持の「ちどりなくさほのかはとのきよきせを（千鳥鳴佐保乃河門之清瀬乎）」をとり入れた一首であるが、「うちわたす佐保のかはら」は、勅撰集にあっては『玉葉和歌集』（八七）の歌にしか見えない。それが坂上郎女の歌であるとはいえ、この種万葉語への関心が両者に共通するものであったことを暗示している。同じく、

風さゆる神がき山のささのはにゆふしもさやぎかくるしらゆふ　（しも　石清水　三八二七）

における「ゆふしもさやぎ」も、『風雅和歌集』（一五八八）の読人しらず歌にしか見いだせない。

もとよりこの二つの例だけをもって、『七社百首』から『玉葉和歌集』『風雅和歌集』への脈絡を云々することは無理な話であろう。が、例示したうちの一つは万葉語、一つは特異句による表現であって、それが先にみてきた用

語面における二つの特色と重なりあうものであることには注意を払わねばならない。『風雅和歌集』関係者たちの関心の一つは、たしかにこの種の用語の上にあったらしく、『七社百首』についても、やはりその点を高く買ったように思われる。すなわち『風雅和歌集』は、『七社百首』を、初期の『詠千首和歌』、壮年期の『宝治百首』とともに、為家の作品中で最も重視し、次の四首を撰入している。

おのづからなほゆふかけて神やまのたまぐしのはにのこるしらゆき　（のこりのゆき　伊勢　三四六二）

五月やみともしにむかふしかばかりあふもあはぬもあはれ世の中　（ともし　北野　三六一五）

いろかはるこのはを見ればさほやまのあさぎりがくれかりはきにけり　（はつかり　春日　三七三一）

すみがまのけぶりにはるをたちこめてよそめかすめるをのの山もと　（すみがま　住吉　三九〇一）

「しかばかりあふもあはぬもあはれ世の中」「よそめかすめる」のようなめずらしい表現、「あさぎりがくれ」における万葉語の摂取（二一二九「朝霧隠　鳴而去　雁者言恋」三〇三五「暁之　朝霧隠　反羽二」）は、右にみてきた用語におけるこの作品の性格そのままであって、『風雅和歌集』的好尚に通じる要素がたしかにこの作品の中にあったことを示唆している。もとより、七百首中の四首は割合としてきわめて少いが、『続千載和歌集』に一首『続後拾遺和歌集』に一首入集しているほかは勅撰集に採られていないこと(注19)を思えば、やはり特徴的なことだと認めざるをえない。花園院たちがこれに注目したのは、一つには用語の上で『風雅和歌集』的世界に通じる性格を『七社百首』がかなり多く蔵していたからだと思われる。逆にいえば『七社百首』はこの点において、『風雅和歌集』的なものへ連続してゆく一面をもっていたのである。

『七社百首』の歌でもう一つ注目される、漢詩的世界の摂取についても、若干の繋がりが認められる。たとえば、『風雅和歌集』の、

夜鳥は高き梢に鳴き落ちて月しづかなるあかつきの山　（一六一九・光厳院）

が、「楓橋夜泊」（張継）の詩の世界をふまえ、殊に「月落チ烏啼キテ霜天ニ満ツ」の詩句表現を借用して詠まれていることは明らかであろう。

また、為家の場合と同じく「上陽白髪人」の詩句を摂取した典型的な歌に、次の一首がある。

窓の外にしたたる雨を聞くなへに壁に背ける夜半の灯火　（二〇五七・花園院）

詞書「三諦一諦非三非一の心を」との関係から「徹底した寓喩」の一例として指摘されてきた歌であるが、[注20]歌一首はまがいもなく「上陽白髪人」の詩句表現をそっくり和語に移し、その世界を下敷きにして詠まれたものであった。上句は「蕭々晴雨打窓声」の、下句は「耿々残灯背壁影」の表現そのままで、詩の世界を忠実に和歌に翻訳した趣きである。

為家における「上陽白髪人」詠も『風雅和歌集』に採入されている。

あはれにぞ月にそむくるともし火のありとはなしにわがよふけぬる　（藤原為家全歌集二六八八）

『七社百首』の歌ではないが、かつて『宝治百首』で為家の詠んだ一首であった。「月に背くる灯火」という表現の原拠を求めれば、やはり「耿々タル残灯ノ壁ニ背ケタル影」や「壁ニ背ケル灯ハ宿ヲ経タル焰ヲ残シ」（和漢朗詠集・更衣・一四四）などの詩の表現にゆきつく。詠作時期も詠法の質も、初期の「朗詠百首」から『七社百首』の二首に至る、過渡的な歌ではあるが、『風雅和歌集』関係者が、その特異表現の故に採り入れた歌だと思われる。「上陽白髪人」詠は『玉葉和歌集』にも見いだすことができる。

夜雨を

明しかね窓くらき夜の雨の音に寝覚めの心いくしほれつつ　（二一六三・永福門院）

為家の「くもかかる」歌とこの歌が、用語や表現においてきわめてよく似ているのは、源泉となった詩句が共通しているからで、永福門院が「上陽白髪人」の詩句だけを詠んだのに対し、為家は保胤の詩句と、その背後にある

「上陽白髪人」の詩句表現の両方を摂取したのであった。

もとより「上陽白髪人」の詩は、古来特別に親炙されたものであって、数多くの歌人たちがこの詩句の世界を和歌に移してきた。(注21) 従って、その詩句を詠んでいることそれ自体には何ほどの目新しさもないが、為家の場合、『宝治百首』や『七社百首』において、十分に複雑で奥深くこなれた「上陽白髪人」詠の成功作をものしえた。それが漢詩的なものに関心の深かった『風雅和歌集』関係者の撰歌にすくいとられて、風雅集歌となって定位したという繋がりであり関係であったと思量される。

【注】

(1) 佐藤恒雄「藤原為家の初期の作品をめぐって—『千首』を中心に、後代との関わりの側面から—」(『国文学言語と文芸』第六十四号、昭和四十四年五月)。↓本書第二章第一節。

(2) 『七社百首』は、孤本であった書陵部蔵本(五〇一・八八〇。外題「五社百首」)が、安井久善編著『藤原為家全歌集』(武蔵野書院、昭和三十七年十一月)に全文翻刻され、その後、その親本である冷泉家時雨亭文庫蔵本(巻頭巻尾為家自筆)が発見されて、冷泉家時雨亭叢書第十巻『為家詠草集』(朝日新聞社、二〇〇〇年十二月)に影印収載され、佐藤恒雄『藤原為家全歌集』(風間書房、二〇〇二年三月)に校訂収録した。

(3) 安井久善『藤原為家全歌集』三二五頁。佐藤『藤原為家全歌集』四三〇頁。

(4) 図書寮蔵桂宮本叢書第四巻『私家集 四』、一八八〜一八九頁、ならびに巻頭図版。冷泉家時雨亭叢書第二十八巻『中世私家集 四』(朝日新聞社、二〇〇〇年二月)「五社百首」(巻頭)二三八〜二三九頁、ならびに(中巻部)三〇五頁〜三〇七頁参照。

(5) 影印によると、「おいらくの」の一首が頁一ぱい六行に書かれ、「みてはるる」の歌はその左上方余白に八行に分けて細かな字で散し書きされている。あるいは定家がその後に書き加えた可能性もなくはないが、巻頭の「事のはの」

の一首とともに為家の詠と見てよい。なおついでに、安井『藤原為家全歌集』は、『続拾遺和歌集』に為家の詠とされている「ことのはの」の一首（五二八）をも定家の歌として収めているが、為氏が定家と為家の筆跡を判別できなかったはずはなく、その処置には従い難い。

（6） 安井『藤原為家全歌集』三七〇頁～三七二頁、佐藤『藤原為家全歌集』四七九頁ならびに巻頭図版（8）参照。なお、この奥書中の四首の歌について、安井氏は解題で、おそらく為家の歌であろうけれど確証がない故をもって一連番号からはずされたのであるが、内容からみてすべて為家の詠と認めてよい。

（7） 松野陽一「五社百首考」（『立正女子短大研究紀要』第十三集、昭和四十四年十二月）。↓『藤原俊成の研究』（笠間書院、昭和四十八年三月）。

（8） 安井久善「右大弁光俊攷」（『中世私撰和歌集攷』私家版、昭和二十六年一月所収）。

（9） 『簸河上』（日本歌学大系第四巻）静嘉堂文庫本奥書。

（10） 『吾妻鏡』同日の条。なお真観の事績については、注（8）安井論文のほか、井上宗雄「真観をめぐって」（『和歌文学研究』第四号、昭和三十二年八月）、久保田淳「為家と光俊」（『国語と国文学』第三十五巻第五号、昭和三十三年五月。↓『中世和歌史の研究』明治書院、平成五年六月）、福田秀一「鎌倉中期歌壇史における反御子左派の活動と業績」（『国語と国文学』第四十一巻第八号九号、昭和三十九年八月、九月。↓『中世和歌史の研究』角川書店、昭和四十七年三月）などに詳しい。

（11） 西日本国語国文学会翻刻双書『中世和歌集』（同刊行会、昭和三十八年）に松平文庫本が島津忠夫氏によって翻刻され、その後粱瀬一雄編『校注阿仏尼全集 増補版』（風間書房、昭和五十六年三月）、『新編国歌大観』（第十巻定数歌編Ⅱ）（角川書店、平成四年四月）に翻刻、『松平文庫影印叢書』第十六巻（新典社、平成十年五月）に影印刊行されている。また冷泉家時雨亭文庫蔵本があり、冷泉家時雨亭叢書第三十一巻『中世私家集七』（朝日新聞社、二〇〇三年八月）に影印刊行された。

（12） 真観たちが反御子左的態度を鮮明にした最初が、寛元四年十二月の「春日若宮社歌合」であったことは、注（10）の諸論に説かれ、ほぼ定説となっている。

(13) 加之、続古今之時、属常盤井入道相国、載慇懃之詞、吹挙之畢。彼状云、勅撰事、去正嘉三年三月一切経供養之頃、於西園寺殿庚申御連歌之次、重可奉行之由当座被仰下候之間、再三申子細候之處、於今度者為氏尤雖可奉行、融覚佐天候上、桑門撰者、祖父俊成始撰千載集之例、不可求外。早重可奉行、取詮。又云、誠為氏不堪非器、不似当時傍輩博覧候。然而歌之善悪許波定存知候歟、取詮。(歌論歌学集成第十巻、一〇一頁、小川剛生校訂)。

(14)『群書類従』巻第百七十九(第十一輯)、新日本古典文学大系『中世和歌集 鎌倉篇』(岩波書店、一九九一年九月)所収。為家の書状の前に付載される、宮内卿資平から為家にあて加点を依頼した書状(御教書)には、「十月六日」の日付がある。資平が宮内卿であったのは、正元元年(一二五九)八月七日から弘長元年(一二六一)三月二十七日までの間であり、この日付は正元元年か文応元年のものとなる。一方、飛鳥井雅有『隣女和歌集』巻一の奥書に「右愚詠、去正元二年之春、依竹園之召所書進三百首之内也、両方無点歌等除之畢」とあり、為家と親王の合点を受けた歌のみ一八六首を収める。接近した時期の「三百首」ではあり、親王の本作も諸歌人から召した「三百首」に自らも加わった同時の作品と見てよく(『群書解題』の藤平春男氏解題は、「正元之春」と読み、各部立から抜粋した歌数の割合が違う故をもって別時の催しとするが、その理由は不当)、すると資平の書状の日付は、文応元年(一二六〇)十月六日と特定できる。そして、加点後資平あての為家の書状も、同年中(おそらくは十月中)のものと見てよいであろう。なお、高橋善治「『宗尊親王三百首』についての覚書—飛鳥井雅有の三百首との比較を通して—」(『日本大学第一高等学校／日本大学第一中学校』研究紀要』第十巻、平成二年二月)、中村光子「宗尊親王『三百首和歌』と『隣女集』」(『日本文学研究』第二十九号、平成二年二月)に、雅有三百首との関係について詳細な考証がある。

(15)『砂巌』所収の文永元年九月十七日の書簡。福田秀一「新古今集の成立・竟宴に関する定家の書状—付、続古今集の撰者に関する為家の書状」(『岩波講座』日本文学史』第六巻「月報」(12)、昭和三十四年四月。→『中世和歌史の研究』角川書店、昭和四十七年三月)に翻刻がある。

(16)「述懐歌」については、久保田淳「藤原俊成の青年期の作品について(下)」(『国語と国文学』昭和四十一年二月。→『新古今歌人の研究』(東京大学出版会、昭和四十八年三月)に、俊成の「述懐百首」を中心に的確な考察がある。

(17) もっとも、「名所歌枕」については、『詠千首和歌』と並べて比較するのは当をえていないかもしれない。七社に奉納されたこの作品では、各社にゆかりの地名しか詠みえないという制約があり、自在にどこの地名でも詠みこむことは困難だったにちがいないからである。必然的にこの作品では、「みつのうへの」（若菜、石清水・三四五六）「みつやがは」（立春、早苗、春日・三四三〇・三六〇五）「みこしをか」（若菜、鷹狩、北野・三四六一・三八九五）「しがのはまだ」（はるこま、日吉・三五〇八）のような小歌枕ともいうべき珍しい地名が多く詠まれている。

(18) 和文の物語摂取はあまりみられないが、それでも『伊勢物語』の世界を取り入れた歌若干を見い出せる。

ながをかの田づらのあぜのほそみちにおちぼひろひしあとやみゆらん（田家、賀茂・四〇八七）

くもかかるいこまおろしの山かぜに衣うつなりたかやすのさと（擣衣、住吉・三七八二）

前者は五十八段の、長岡にすむ男と隣の宮ばらの女との話を下敷きに、男の歌「うちわびて落穂ひろふと聞かませば我も田面にゆかましものを」を本歌としたもの。後者は、二十三段の筒井筒の物語をふまえ、捨てられた高安の女が男のいる大和の方をみやって詠んだ「君があたり見つつを居らん生駒山雲なかくしそ雨は降るとも」を「雲かかる生駒おろし」ととりなして、男の訪れなく孤閨を守る女のわびしい擣衣の風情を詠んだ歌である。殊に後者は「擣衣」の場面としてこの物語から「高安の里」を新しく見出し、その物語の世界を背後に揺曳させて、奥深い一首たらしめた点、掬すべきものがある。

(19) 勅撰集のほか『夫木和歌抄』に一五九首とられているが、それ以外の撰集には一切入集を見ない。この作品が『夫木和歌抄』や『続千載和歌集』の時代まで流布した様子がなく、数種類ある為家の家集にすら一首も収められていないのは、先にみてきたような真観に対する私的感情を強く表出しすぎた故であったにちがいなく、少くとも真観存生中に公開することが憚られたからではあるまいか。

(20) 小西甚一「玉葉集時代と宋詩」（『中世文学の世界』岩波書店、昭和三十五年三月）。

(21) このことについては、日本古典文学大系『歌論集能楽論集』（岩波書店、昭和三十六年九月）の「為兼卿和歌抄」補注五一に概略整理されているが、歌題を伴わない歌の中にも数多くあるにちがいない。

第六節　秋思歌について

一　はじめに

人のなきあとばかり悲しきはなし。中陰のほど、山里などに移ろひて、便あしく狭き所にあまたあひ居て、後のわざども営みあへる、心あわたたし。日かずのはやく過ぐるほどぞものにも似ぬ。はての日は、いと情なう、たがひに言ふこともなく、我かしこげに物ひきしたため、散り散りに行きあかれぬ。もとのすみかに帰りてぞ、さらに悲しきことは多かるべき。（下略）

（徒然草・三〇段）

「秋思歌」は、弘長三年（一二六三）七月十三日、みどり児を残し三十一歳の若さで身まかった最愛の娘、後嵯峨院大納言典侍為子（故九条左大臣藤原道良室）の服喪期間中における為家の詠作を集成した痛切な哀傷歌集であり、他人詠一首（藤原為家全歌集四四八八）を含む二一八首の歌からなる（終末近く「ある人の返し」は「ある人への返し」の意と見る）。書名の「思」は「おもひ」で、「喪」「服喪」のこと。「あきのおもひのうた」と読ませ、「秋の季節に逝った愛娘の服喪中の歌」を意味せしめているに相違なく、おそらくは為家自身が名づけた書名であったと思われる。この年、為家は六十六歳の老境にあり、文応元年（一二六〇）秋以来、嵯峨の中院邸を本拠として住みはじめていた。（注1）

本作品の歌は、従来、以下の作品によって僅かに五首のみが知られていた（校訂本文による）。

○続古今集（巻一六・哀傷歌・一四六一）

大納言典侍身まかりてのころ、よみ侍りける

①あはれなどおなじけぶりにたちそはでのこるおもひの身をこがすらむ

○中院詠草（一二三・一二四）

大納言典侍身まかりての比　建長七年

①あはれなどおなじ煙に立ちそはでのこる思ひの身をこがすらん

人のとぶらひて侍りし時

②とはれてもことの葉もなきかなしさをこたへがほにもちる涙かな

○沙石集（巻第五末、哀傷歌ノ事）

一、大納言為家卿、最愛ノ御女ニオクレ給ヒテ、彼ノ孝養ノ願文ノオクニ

①アハレゲニオナジ煙ト立チハテデノコル思ヒニ身ヲコガスカナ

彼髪ヲ以テ、梵字ニヌヒテ、供養ノ願文ノオクニ

③我ガ涙カカレトテシモナデザリシ子ノクロカミヲミルゾカナシキ

○井蛙抄（巻三）

大納言典侍早世時

②とはれてもことのはもなきかなしさをこたへがほにもちるなみだかな

○拾遺風体和歌集（巻六・哀傷歌・二一八）

後嵯峨院大納言典侍身まかりけるころ

④いまは我れまどろむ人にあつらへて夢にだにこそきかまほしけれ

○　夫木和歌抄（巻三六・一七〇二三）

家集、無常歌中

⑤　うつりゆくときのつづみの音ごとに別れのとほくなるぞかなしき

これら以外の二百余首の作品は、本『秋思歌』によって初めて世に知られることになった新出歌である。

二　書誌

冷泉家時雨亭文庫蔵『秋思歌』は、縦一五・八センチ、横一四・三センチの枡形本。本文料紙は、薄手と厚手の二種類の楮紙打紙を用い、綴葉装とし、全六〇丁。表紙は、楮紙打紙の地色の上に金を主とした飛雲摺り紋に、銀色の大ぶりの蓮花摺り紋をあしらい、金箔の見返しを付した、江戸期後補の装飾表紙。この表紙は、作品内容の哀傷性に思いを致した補修者の心にくい配慮を反映している。元来の表紙の詳細は不明であるが、一オと六〇ウに残るかすかな痕跡から、一部に銀箔を用いたものであったと推察され、さらに一ウと二オに残る糊付け痕から、現在の二オをも貼り合わせた三枚重ねの表紙であったかと見られる（末尾は六〇丁のみを貼りあわせて見返しとしていたであろう）。従って、一オ（扉）に、本文と同筆で「秋思哥　先人」と打ち付け書きの扉題があるのは、元来の覚え外題であったことになる。本文の筆跡は伸びやかで、晩年の為家のそれとは認められないが、為家の生きた時代に近いころの筆跡と認めることはできる。

全冊は五括よりなる。第一括は、七枚の料紙を半折して一四丁。（薄手）。第二括は、同前。（薄手）。第三括は、同前。（二番外側の一枚〈二九丁と四二丁〉のみ厚手。内側六枚〈三〇丁～四一丁〉は薄手）。第四括は、五枚の料紙を半折して一〇丁。（厚手）。第五括は、四枚の料紙を半折して八丁。（厚手）。

厚手の料紙には両面書写、薄手の料紙には片面書写を原則としているが、後にゆくにつれて料紙の余裕が少なくなったからであろうか、三四丁〜三七丁・三九丁・四一丁は薄手の料紙でありながら、両面書写としている。冒頭の見開き二面（2ウ・3オ）は一面に二首を書記する方式で始まっているが、四オからは一面三首書写となって二八オに及び、二九オ以下になるとまた一面二首書写を原則とするようになり（三四オから三五オまでの三面のみは例外的に三首書写とする）、五九ウに及ぶ。しかし、最終丁に至ってもなお書き収めきれなかった二十七首は、十六面前に遡って五二オから、上部余白に一面二首を原則として少字で書き入れ、最後近くなって一面一首の書写で調整して、最終丁に最後の歌がくるように配して終わっている。

以下、作品の引用は佐藤恒雄編著『藤原為家全歌集』の校訂本文により、歌番号を（　）の中に記し、作品の通し番号を併用して論述してゆく。

三　嘆かるる心のうちを書きつけば

本文冒頭第一首「そでぬらす」歌（四二八五）の右上角に、「七月十三日」と小字の書き付けがある。これは娘後嵯峨院大納言典侍為子の死没したその日であるに相違なく、本作品二一八首全体の起点を示している。弘長三年は、七月は小、八月は大の月であったから、この日を起点に数えてみると、初七日は七月十九日、二七日は七月二十六日、三七日は八月四日、四七日は八月十一日、五七日は八月十八日、六七日は八月二十五日、七七日は九月二日となる。「後のわざ」を営んだ場所は、「をぐら山」（四三三六）「山ざと」（四三二五・四三四一・四三八九）「うきはさがのの秋のしら露」（四四七二）などの言葉から、また中陰を過ぎた果ての日には、典侍為子が左大臣道良と住んだ九条の旧邸（か冷泉高倉の本邸）を目指してであろう、「みやこをたびと」（四四四九）帰洛する内容が歌われていることからも、嵯峨の家であったと見てよい。定家が、元久二年正月から二月にかけて父俊成の中陰の後、母十三年の遠忌を機に嵯峨邸内の持仏堂を改修し、新造の地蔵の木像・千手の画像・自筆の法華経などを納めて開眼供養し、先祖遠忌の仏事の場とした（明月記）のを継承し、為家もすでに、確実なもののみに限っても、寛元元年（一二四三）八月の定家三回忌を、「嵯峨別庄」において営んでいた（藤原為家全歌集一八六三―一八六七）。「あととひしあとをだにとてきて見れば」（四四七四）とも歌われているので、中院の普段の住まいそのものではない、いま少し「便あしく狭き所」だったのではあるまいか。

二一番歌「たのむぞよかげのかたちにしたがはばなにのいろかか身にとまるべき」（四三〇五）の歌末に「ふげん」、三二番歌「ふかぬより風にしたがふ草ならばきゆともつゆのさはりあらすな」（四三一六）の歌末に「ふどう」、三六番歌「ちかひおきてかげのかたちにはなれずはすすめしみちのしるべをもせよ」（四三二〇）の歌末に「ふげん」、三七番歌「あとたるるたのみはなきにわれなしつみちびくもとのちかひたがふな」（四三二一）の歌末に「ぢざう」と、それぞれ注記があるのは、普賢菩薩、不動明王、地蔵菩薩の誓願の趣旨に関連する内容の歌であることを、為家自らが注したものであろう。

七〇番歌「いかにせん」（四三五四）の右上角に、「八月」と細字の書き付けがあり、この歌以下が八月の詠作であることを示している。同時に、六九番歌「たれもげに」（四三五三）の歌までが七月の詠作であったことを示してもいる。七月中の詠作は六九首となる。

八〇番歌「とまりゐてうきはかぎりのいのちをもわれしのべとやいのりおきけん」（四三六四）の右上に、小字で「寿命経為父母持読之」との注記がある。典侍為子が生前父母の長寿を祈って「金剛寿命陀羅尼経」を読誦していた事実を注し、それは父母を長生きさせて、先だった自分を偲べと祈っていたのであったかと嘆くこの歌の内容理解に資するためであり、これも為家の自注であろう。

かきくれてものおもふころは秋のよの月もうき身のほかにこそきけ　（四二九二）

おなじくはなほてりまされ秋の月かくれし人のかげやみゆると　（四二九五）

なき人をにしにすすめし秋の月光さやかにさしてみちびけ　（四二九六）

冒頭に近い位置に見出せるこれらの月の歌は、亡くなってすぐ七月十五日かその前後の月を眺めての感慨であるにちがいない。

めぐりくるわかれしけふの月だにもおもかげならでみるかひもなし　（四四一〇）

「めぐりくるわかれしけふ」から、一箇月後の月をながめての詠嘆と知れるから、この歌は八月十三日に詠作されたものであろう。

時をえてけふかのきしにおくるかなひる夜おなじ秋の中ばに　（四四二〇）

は、昼夜が同じ長さの日、すなわち秋分の節である日をもって、亡き霊を彼岸に送ったと歌われる。この年の秋分は八月十二日であったから、その日の作品ということになる。

ゆめといひて日かずはみそぢいつかわれさとりひらくるつげを見るべき　（四四二二）

は、「みそぢ」を経過した日、すなわち三十日目の詠作であるに違いなく、これも八月十三日の作品ということになる。そして、五首を隔てた後に、

くまもなき月ときくにもかきくれてなきかげこふる秋ぞかなしき　（四四二八）

がある。「くまもなき月」とは、中秋正円の月に他ならないから、この歌は八月十五日夜の詠作で、まんまるで一点の曇りもない月を仰ぎ見て、涙にかきくれながら亡き人の面影を恋い偲んでいる。

よつのをにいつつのさはりひきかへてにしの雲ゐにきくぞうれしき　（四四五一）
よかは山まことののりのはなれればかきながすにもさとりひらけよ　（四四五五）
大ぞらのよへにへだつるくものうへにあか月またでやみははるらん　（四四五六）
のりのはなさとるひとひの道なればたからのいけにいまひらくらし　（四四六五）

これらの歌は、「後のわざ」を営みあった中陰の時が過ぎ、九月二日に七七日の法要を営んだ際の詠作と見てよいであろう。

なごりとてたのむひかずもすぎゆくにわかれはいまとねぞなかれける　（四四六一）

めぐりこむつらき月日をたのみにてなれぬる人もけふかへるなり　（四四六六）

うちつづきとぶらふかねのおとづれもとほざかりなんほどぞかなしき　（四四六七）

かぎりあるひかずといひてなれきつるなごりの人もたちわかれつつ　（四四六八）

これらの歌々は、七七日の仏事を終えていよいよ果ての日、集った縁者たちが名残を惜しみながら散り散りにそれぞれ元のすみかに帰ってゆこうとするころの詠歌であろう。そして為家もまた「都を旅と」、典侍為子が道良を迎えて住んだ御子左家九条の家(注2)（か冷泉高倉の為氏邸）を訪れる。兼好の言さながらに、愛娘の思い出の詰まった旧宅に帰ってからの、なおさらに日々に募る悲しみを詠じた歌々が続いて配される。

けふはまたみやこをたびといそぐともおもかげならでみえんものかは　（四四四九）

けふはまたみやこのかたといそげどもありしわかれはかへるひもなし　（四四六九）

いまはとてもとの宮こにかへりてもまたおもかげをいかになげかん　（四四三六）

ふるさとにすみこしかたときてみればそのおもかげのたたぬまもなし　（四四五三）

つれもなくまたふるさとにかへりきてまだありけりと人にとはれん　（四四七〇）

そしてまた、嵯峨の中院邸に落ち着いてからの作品であろう。

なべてよのならひにすぎてしをるかなうきはさがの秋のしら露　（四四七一）

かへりきてみれどもみえぬおもかげにありともなしのねこそなかるれ　（四四七三）

あととひしあとをだにとてきて見ればまたいまさらにものぞかなしき　（四四七四）

なき人のおもかげそはぬねざめだに秋のならひはかなしきものを　（四四七五）

三首目の「後とひし跡」は、「後のわざ」を営みあった場所を再訪しての感慨であろう。ここまでで中央書記の最終丁は終わっており、中陰すぎ、九月中旬ころまでの歌を連ねて一区切りをつけた趣である。

そして、十六面前に溯って上欄に歌が追記されてゆくのであるが、これらは多く時期を特定しがたい一般的な悲しみや愚痴を主題とする歌や、前太政大臣公相との贈答歌、ある人の訪いに対する返し（二首）など、質的に少し異なった歌々が配されているように見える。そして、

世の中よいかにかせましものごとにするになりゆくあきの心を　（四四九八）

と見え、秋も末に近づいているころ、九月末の詠歌であることが示唆される。

そして最後に、子ゆえの闇を嘆く歌を配して、作品は閉じられる。

あしがらの山のあなたのたびねにもおなじよなればおとづれぞせし　（四四九九）

あるはうくなきはかなしきこのよこそむくひおきける身こそつらけれ　（四五〇〇）

なきを恋ひあるなげくもこを思ふこころのやみのはるるよぞなき　（四五〇一）

一首目「あしがらの」の歌は、十一年前建長五年の鎌倉往還の旅の時を回想し、あの時は生きていたから消息しあえたけれど、今はそれもかなわぬことを嘆く。二首目三首目の「なきはかなしき」「なきを恋ひ」の「なき」が、典侍為子を指していて、「あるはうく」「あるをなげく」の「ある」は、主として為氏を寓しているにちがいない。同じ思いは、他にも「いまもよにあるをありとはたのまねどなきがなきこそかなしかりけれ（四三一一）」とも歌われている。

以上の一斑によって見る限り、作品は大筋において時間の進行に従い、ほぼ詠作された順序に、まとまりをなして配列されていると見てよいであろう。

かくて本作品は、弘長三年の秋、七月十三日から九月末までの間に、深い嘆きの心がおのずからに溢れ出て形をなした歌々を、緩やかな時間序列に従い累積して配列編成した、為家の自撰家集と位置づけることができる。為家は「てのうちのたま」（四三八六）と愛しんだ愛娘への、哀惜の思い、痛恨の思い、悲傷の思いなど、ありとある悲しみが歌となって結晶したこれらの作品を、書き留めれば心慰むかと書き記してみたけれども、あやにくに涙は溢れるばかりだとも歌っている。

おのづからなぐさむやともおもひしをあやにくなるはなみだなりけり　（四四二九）

いまはただよしかきとめじおもひつつおつるなみだのみづぐきのあと　（四四三〇）

いっそもう書き留めることなどすまいと思いながらも、やはりそうはできないで、涙に暗れながら歌を詠み続け、書き留めずにはいられない。ずっと後の方にも、

なげかるるこころのうちをかきつけばかぎりもあらじみづぐきのあと　（四四九〇）

とあり、歌に懐いを遣ることを継続し、むしろ積極的に自詠を書き付けてゆく。かくして、「なげかるるこころのうちをかきつけ」たのが本作品群であり、その一首一首が累積されて、『秋思歌』は半ばおのずからにして形成されたと推察される。

四　既知の歌五首との相関

本作中の既知の歌五首のうち、『続古今和歌集』と『中院詠草』に為家が自撰した、

①　あはれなどおなじけぶりにたちそはでのこるおもひの身をこがすらむ

の歌は、本『秋思歌』に収めるところ（四三一〇）と同形で異文なく、この形を定稿と見なしてよい。『沙石集』の形は小異が多いが、「孝養の願文の奥に」とあることを考えれば単純な錯誤とも断定はできず、あるいは定稿以前

の願文の段階における本文であったかもしれない。

次に、『中院詠草』に自撰した、

②　とはれてもことの葉もなきかなしさをこたへがほにもちる涙かな

の歌は、本『秋思歌』には、

ことのははとはるるにだになきものをこたへがほにもちるなみだかな　（四三二三）

となっていて、上句が大きく異なっている。『中院詠草』の形が、為家のその時点における定稿であったはずだから、完成度も劣る本作は、それ以前の草稿段階の本文であったことになる。『井蛙抄』は『中院詠草』に拠って採歌しているであろう。

第三に、『沙石集』のみに採られている、

③　我ガ涙カカレトテシモナデザリシ子ノクロカミヲミルゾカナシキ

は、本『秋思歌』中の二首の歌、

なみだこそまづみだれけれくろかみのかかれとてやはなでおほしてし　（四三五七）

なみだやはかかれとてしもなでこじとこのくろかみをみるぞかなしき　（四三五八）

が対応している。直接的には二首目の歌に近いが、一首目も無関係ではない。本作中には他に、

おろしおくそのくろかみを見るたびにさてもとまらぬかほぞこひしき　（四四三二）

の作もある。さて『沙石集』は、この歌の説明として「彼髪ヲ以テ、梵字ニヌヒテ、供養ノ願文ノオクニ」と詞書きしている。前半の「彼髪ヲ以テ、梵字ニヌヒテ」は、これだけでは十分にその意を解しがたいが、本作品中の、

くろかみをかたいとによりてみちびけとぬふといふもじは南無阿みだ仏　（四三七一）

を併せ考えれば、おろした黒髪を片糸に縒って、中有の旅の導きを願って梵字で「南無阿弥陀仏」の名号を刺繍し

た仏供の品が用意され、三七日か四七日の供養が行われた、その時の願文の奥に記されていた歌だということであろう。典拠がその「供養の願文の奥」にあったとすれば、『沙石集』の形が願文の段階での定稿であったはずで、相似た発想の歌を複数首収め、完成度も未熟な本『秋思歌』の形は、それ以前の段階における草稿形であるとみなければならない。

以上三首を収載している『続古今和歌集』『中院詠草』『沙石集』の三集は、本『秋思歌』を直接の撰歌源とはしていない。『続古今和歌集』と『中院詠草』は、当初の詠草に手を加え改稿した歌を自撰し、『沙石集』は願文からの採取であった。

一方、『拾遺風体和歌集』と『夫木和歌抄』に採られている、

④　いまはわれまどろむ人にあつらへてゆめにだにこそきかまほしけれ　(四三一四)

⑤　うつりゆく時のつゞみのおとごとにわかれのとほくなるぞかなしき　(四三三四)

の二首は、ともに本『秋思歌』に収めるところと同形で異文なく、この二集の場合は、成立の時代ならびに冷泉家(為相)との密接な関わりに鑑みて、本『秋思歌』を直接の撰歌源として採歌しているにちがいない。冷泉家相伝の書目集類の中にその名を見出すことはできないが、為相が本『秋思歌』を所持していた可能性は大きい。

以上の考察から、本『秋思歌』が、詠草を累積していった当初の本文をそのまま伝えているという、内容としての草稿性を析出することができる。と同時に、為家は生前において本作品を公にすることを肯んじず、深く筐底に秘し家中の子息たちにも見せることがなかったらしいことをも窺うことができる。

五　為家詠草『秋思歌』と現存『秋思歌』の関係

為家の詠草としての『秋思歌』と時雨亭文庫蔵現存『秋思歌』との関係は、どのように想定すべきであろうか。

前記した扉題下の「先人」の注記は、為家の没後に、その子息の立場からしか言えない称である。とすれば、為家自筆の詠草『秋思歌』があって、それに子息の誰かが為家の作品であることを明示すべく「先人」の注記を加えた本があり、それを忠実に書写したのが現存『秋思歌』であるということになるであろう。

最終丁に至ってなお書ききれなかった二十七首を、少し遡って上部余白に書き入れてゆく書写様式は、書写者による書写に際しての臨機の工夫とは考えがたく、為家自身の草稿『秋思歌』のありかたをそのまま反映している蓋然性が高い。太政大臣公相との贈答（四四八八）のように料紙を横にしてする自在な書き方も、為家の草稿に淵源すると見て然るべきであろう。全体に修訂は少ないけれども、見せ消ち訂正が二箇所あることも、為家の草稿を忠実に承けた結果であると見られる。

ただ、為家自身が改稿したことの明らかな歌が、修正されることなく、当初の草稿形のままになっていることは、一反証と見えぬこともない。しかし、連作に近い形で多くの歌を詠み累積していった当初の生々しい詠懐を、それとして保存すべく、部分的な修正はあえて加えなかった結果であると考えれば、十分に理解はできる。

また、『新撰六帖為家卿詠歌』のように、為家自筆本を書写したことを明記していない点にもやや不審が残り、詠み散らされたまま未整理な状態で残されていた草稿を、その没後に、子息の誰かが、為家自身の意向を体して整理し、いわば他撰に近いありかたで編集書写が行われのではないかとの疑念も完全には払拭しがたい。が、公けにすることなく深く秘しておきたいと願ったのではないかと見られる為家自身の生前の意志、ならびに前記理由を重視して、為家死没後の時点において、為家の草稿『秋思歌』を忠実に書写したのが現存本『秋思歌』だと考えておきたい（薄様への片面書写は本書書写者の所為で、為家は小冊子の両面に書写していたのではあるまいか）。

【注】

（1）本書第一章第六節「為顕の母藤原家信女について」一九四頁参看。

（2）岩佐美代子「後嵯峨院大納言典侍考―定家『鍾愛之孫姫』の生涯―」（『和歌文学研究』第二十六号、昭和四十五年七月。→『京極派歌人の研究』笠間書院、昭和四十九年四月）は、高群逸枝『日本婚姻史』を引いて、「道良が二条家の嫡男でありながら九条左大臣と称せられるのは、彼が為家に婿とられた形で、御子左家の九条邸に住んだ所からの称呼であろう」とする。首肯すべき見解である。為子は、九条邸に没した夫道良（藤原為家全歌集三三七五詞書）と同じく、九条の邸第において為家ほかに看取られながら死没したにちがいない。

【附記】『藤原為家全歌集』の「秋思歌」校訂にあたっては、終末近くにある詞書「ある人の返し」（意味は「ある人への返し」）を、「なべてよのならひにすぎて」（四四七一）歌にかかるものとして配し、「上欄追記歌四四九九歌の次に位置する詞とみるべきか」との疑念を下欄に注記する措置をとった。その後も追考した結果、上部に偏したこの詞の書記位置に鑑み、疑念の方を生かして、上欄追記歌の末尾「あるはうくなきはかなしき」（四五〇〇）歌と「なきをこひあるをなげくも」（四五〇一）歌の二首にかかる詞と解することとし、扱いを訂正する。

【追記】ごく最近、岩佐美代子『秋思歌 秋夢集 新注』（新注和歌文学叢書3）（青簡社、二〇〇八年六月）が刊行された。

第七節　詠源氏物語巻之名和歌

一　はじめに——研究史——

史料編纂所所蔵久世家旧蔵『為家集』上下二冊の下巻末に「詠源氏物語巻之名和歌」（五五首）が付載されている。上巻末に「享保十三年七月十九日一校了／今返置令書写了／イ本ノ分以風早三品本一校了」、下巻末に「享保十三年八月二十四日一校了／借他筆令書写了／上下借自飛鳥井家令書写／イ本以風早三品本一校了」とあり、丁を改めて「此以下イ本源氏巻名ノ部の分也」と注記して巻名と和歌を一行に列記し、末尾に「上の一字は横次第阿弥陀の名号なり　中の間は源氏の巻／の名その心を則よめり　下の一字は弥陀の十八願／の文なり」とある。この資料を最初に紹介された安井久善氏は、(注1)「久世本為家集の末尾に「イ本」と注記して追加されているものであり、そのような作業がおこなわれている事実を尊重すれば、ほぼその全歌が為家の詠であると考えられるのである」が、しかし為家の詠と確認できる歌は一首もなく、逆にそのうちの早蕨の一首「もえ出る峰のさわらびなき人のかたみにつみてみるもかひなし」は『夫木抄』に「源氏の物語巻々歌によみけるを　西行上人」として収められていて、ただ北岡文庫本夫木抄は「西行上人」の作者名を欠き、直前歌の作者「従二位行家」の作となる。かくて「依然為家が少なくともこの作品の成立に何らかの関係があるのではないかということも否定できない。結局、この為家集の伝本の筆者が、何らかの理由でこれを為家作と誤認したか、あるいは逆に夫木抄の編者が、早蕨の一首を西行作と誤って認定したか」、そのいずれかであろうが、確証がないので断定できないと、結論を留保された。

その後井上宗雄氏が三康図書館本を紹介された。(注2) 扉題に「為家卿〔源氏五十余帖の名目／阿弥陀冠の名目／三部のふみ四十八願字〕詠」とあり、一丁表に「藤原の為家の卿源氏六十帖外題／を歌によみ入 上になもあみたほとけ／の御名をいたゝかしめ歌のすへに三部／の経文四十八のちかひの文字をするに〔源氏は其まき〳〵の心を／歌のうちによみ入つゝ〕すへ給へり／設我得仏十方衆生至心信楽／欲生我国乃至十念若不生者／不取正覚 このもんの字すへにとゝめり」と記し、一丁裏の第一行に「藤原為家卿詠歌」として歌のみが列記されている。奥書には、「文永八年林鐘十九日／右猥不可有他見之奥書有之 略之／天正三年皐月中旬感得／右和歌世々伝之世々之奥書有之』右源氏六十帖の内雲かくれ すもり 桜人／法の師 雲雀子 八つ橋の五帖本書に／みえず〔常牧云東鑑によりとものおはりの所ぬき／しもかやうの例にや源氏のなくならせ給(ママ)／わんとしける大つこもり迄はありてまさしく／うせ給ひし所侍らず〕」／享保十九寅正月六日写之」とある。

さらに井上宗雄氏は、同じ源氏物語巻名和歌の第三の写本として書陵部蔵「為兼卿遠所詠歌」(五〇一・二一七)を紹介された。(注3) 表紙中央に打つけ書きの外題「為兼卿遠所詠歌」があり、扉題に「大納言入道遠所詠歌」、本文最初に「上者阿弥陀仏中者源氏下者念仏文也」「正二位藤原朝臣為兼」と位署があって、歌のみが列記され、末尾に「正和五年十一月上旬之比／馳筆也」とあるという。そして井上氏は、いわゆる「為兼卿三十三首」の諸本を博捜して調査されたところを前提として、この源氏物語巻名和歌の作者について、「為家だということは、否定も肯定もできず」「成立に関係したのではないかという点も否定はできない」が、

①為兼は冠・沓に特定の字を置いた歌を作っていること、また「あみだぶつ」を置いた木綿襷の歌を詠んでいることなどから、ことば遊び的なものに関心があったこと。

②さらに「あみだぶつ」信仰がこれと共通し、かつこのようなことば遊びにも仏教的意味づけをしたのではないかと思われること。

の二点を根拠として、為家よりもまだ為兼の方に作者の可能性があることを述べ、「この源氏巻名和歌は、為兼作の可能性を無視できないのではなかろうか（断言はできないにしても、可能性はかなり高いのではあるまいか）」と結論され、為兼作とすれば、本作の成立は、夫木抄成立時期とこの写本の位置「正二位藤原朝臣為兼」を手がかりに、永仁四年十月十五日（辞権中納言）以後、延慶三年十二月二十八日（任権大納言）以前と限定できるとされた。

井上氏の説を承けて岩佐美代子氏は、本作は「実に見事に一巻の中核部をとらえ、凝縮して、沓冠・巻名詠みこみという三重の制約を物ともせず、一首としても鑑賞に堪え、かつミニ源氏物語として各巻の世界・性格を如実に展開するという、卓抜な源氏理解と詠歌能力を示している。その力量は為家としてももとより不思議はないが、三康本奥書「文永八年林鐘十九日」を成立時と仮にかんがえれば為家七十四歳。その年齢でかくまで複雑丹念な制作作業をなしえたか否かにいささか疑問が残らぬでもない」と老齢を考慮して為家作に疑問を呈し、一方為兼詠とすれば「佐渡詠」の線が濃厚で、「あえて自らに至難な課題を与え、これを見事に達成するだけの必要と力量と閑暇とを持ちえた人物を考える時、伝えられる作者中尤もこれにふさわしいのは為兼であろう。本作を為兼佐渡詠の一つと見る事は、決して強弁ではなく妥当かつ強力な線であ」り、「存疑ながら、為兼佐渡詠の可能性を強く考えるところである」と結論される。（注4）

宮川葉子氏は、特に作者については言及されないが、「伝為兼『源氏物語巻名和歌』」と呼称して、これを現存最古の作品として「詠源氏物語巻名和歌」の系譜の上に位置づけられた。（注5）

以上が本作に関する研究史の概略であるが、確証のないままにいささか為兼作に傾きつつある諸氏の論とは逆に、本節では為家作の可能性を追究することを課題としたい。

二 「詠源氏物語巻之名和歌」の本文

最初に、「詠源氏物語巻之名和歌」の全文を掲げる。史料編纂所蔵『為家集』(三一八・一七)付載本の標題と巻名および巻尾書付により、本文は最も完成度が高いと見られる書陵部蔵『為兼卿遠所詠歌』(五〇一・二一七)を以て底本とし、史料編纂所蔵『為家集』付載本(史)・三康図書館本(三)を以て校異を記す。校異に(底)とした部分は二本により底本を改めた箇所を示す。歌末括弧内は佐藤恒雄編『藤原為家全歌集』の歌番号である。

詠源氏物語巻之名和歌

桐壺

なさけなき身を[道を(史三)]ぞかぎりつほどもなく　わかれをつぐるなつのゆふかぜ　(五七四二)

ははきぎ

もらすなよあるにもあらぬはゝきゞの　ふせやにまよふゆめのかよひぢ　(五七四三)

空蟬

あだなり[れ(史三)]とかたみばかりぞうつせみの　むなしきそら[袖(史三)]にとまるうつりが　(五七四四)

夕がほ

みにしみてかなしきものはゆふがほの　露きえわびしあきのふるさと　(五七四五)

若紫

たづねこしわかむらさきのはつくさも　いろこきふぢ[文(史三)]のゆかりとぞきく　(五七四六)

末摘花

ふみ〔き(底)〕そめてくやしきみちのすさび〔まゐ(底)〕には　するつむはなのいろをしぞおもふ　(五七四七)

紅葉賀

露き〔しげき(三)しげみ(史)〕えしもみぢのかげにあくがれて〔木がくれ(史三)〕　たちまふ袖にしぐれをぞまつ　(五七四八)

花のえん

嵐ふくやど〔庭(史三)〕のはなのえむら〱に　つもれる春〔露〕のゆきかとぞみし　(五七四九)

あふひ

見し人にあふひなみだのふるさとは　ゆふべのあめをかたみとはみつ〔ぞおもふ(史三)〕　(五七五〇)

さか木

たをりけんさかき葉いろもかはらじを　身を〔身に(史三)〕あきはてしのべのみちしば　(五七五一)

花散里

ふりにけるかきねばかりをしるべにて　花ちるさとのうへ〔声(史三)〕をやはとふ　(五七五二)

すま

つきのすむ雲居をすまのうらみても〔にて(史三)〕　ひだりみぎにぞそではしほれし　(五七五三)

あかし

あはれそふ浦よりをちの〔ことの(史三)〕浦かぜに　ひとりあかしの袖のしら〔・・(底)〕つゆ　(五七五四)

みをつくし

みをつくしふかき心をたてそめて　いのるしるしはあらはれぬべし　(五七五五)

蓬生

たづね入る〔つる(史三)道(史)〕にはのよもぎふふかければ　まつしるしあるやどゝしらずや　(五七五六)

せきや

ふりがたき心のせきやわくらばに　ゆきあふみちのへだてとぞおもふ　（五七五七）

絵合

つきすめば雲井のたづもこのうち〔此みち（史三）〕に　こゑあはせける〔ぬる（史三）〕しるべなるべし　（五七五八）

松風

あきをへてきゝしにゝたる松風に　もろきは恋のなみだなるらし〔とぞみ（史三）〕　（五七五九）

薄雲

みねのいろたもとにまがふうす雲〔色（史）〕や　きえぬる人のなごりなるらむ　（五七六〇）

朝がほ

たぐへこし〔に（三）〕花のあさがほ秋すぎて　うつろふ露のいろもかひなし　（五七六一）

乙女

ふりにけるよゝのちぎりやをとめごが　あまつひ〔た（底）〕かげにむすぼほれ〔ひた（底）〕けむ　（五七六二）

玉かづら

つきひへてこふるなみだや〔涙の（史三）〕たまかづら　むかしのすぢにかよふおもかげ　（五七六三）

初音

あらたまの〔あらたむる（三）・あらたまる（史）〕春のひかりにうぐひすの　はつねをまつと〔を（底）〕おどろかすけふ〔てふ（史三）〕　（五七六四）

こてふ

みづのおもにゝしきをしけるはなぞのに　こてふは春のしるしとも見よ　（五七六五）

蛍

たれゆゑにもゆるほたるのをのれのみ　きえぬおもひにこゝろ〔のわがみ(史三)〕をばやく　(五七六六)

常夏

ふりにけるかきねはあれてとこなつの　もとのねざしをしる人も〔人は(史三)〕なし　(五七六七)

かがり火

つれなくて煙たちそふかゞり火の　たえぬおもひはくるしかりきや　(五七六八)

野分

あきかぜに吹〔は(史)〕まよはせるゆふぎりの〔以下欠(史三)〕　わきてしほるゝ袖をしぞおもふ　(五七六九)

行幸

みかりするけふのみゆきのふるきあと〔跡(史)〕に　みちをきかする〔しらすや(史)〕やかたをのたか　(五七七〇)

藤ばかま

たづねゆく露のゆかりはふぢばかま　まよひしみちの〔道や(史三)〕うづらふすとこ　(五七七一)

真木柱

ふりすてゝわかるゝとこの〔宿の(史三)〕まきばしら　いまはかぎりとちぎりてぞゆく　(五七七二)

梅がえ

つたへけるあとをたづねてむめがえの　ふるき心はうす〔ふかき心をかす花も(史三)〕ごろもかな　(五七七三)

藤のうらば

あらためてふぢのうらばのうちとくる　こゝろをまづはしるぞゝのかひ　(五七七四)

若菜上

みちにける人のよはひをかぞへて〔たつね(史)〕も　おいゆくするゑのわかなとぞみし　(五七七五)

若菜下

たえぬべきはちすの露のたまのをに〔をよ（史三）〕　わがなみだをぞかけてちぎりし　（五七七六）

柏木

ふるきあとゝ〔跡に（史三）〕なりにし宿の〔やとゝ（底）〕かしはぎに　はもりの神もあらじとぞおもふ　（五七七七）

横笛

つたへけるねをふきたてしよこぶゑに　ゆめぢかよはすよはの〔よゐ（史三）〕うたゝね　（五七七八）

鈴虫

あかなくにふりはなれにし秋なれや　なをすゞむしのねをなかれけむ　（五七七九）

夕霧

みちたえてたちいでむそらもなかりけり　ゆふぎりふかきをのゝやまべに　（五七八〇）

御法

たづぬ〔たえぬ（史三）〕べきみのりのするゑをかぎりにて　たきゞつきなんほどゝしらすや〔しりき（史三）〕　（五七八一）

幻

ふるさとのなごりをつぐるまぼろしに　あるかなきか〔よなければ（史三）〕にそことだにきく　（五七八二）

雲隠

つきかげのよゝのひかりはむかしにて　雲がくれなむ〔けむ（史三）〕あとをしぞおもふ　（五七八三）

匂宮

ありしよのわすれがたみにさくはなの　にほふみやこの春はしるらし　（五七八四）

竹川

みつるえのふかき心はたけかはの　たゞひとふしにくみてしらばや[しらめ(史三)]　(五七八五)

紅梅

たまひかるやどのみどりごうばひきて　をこなふみちにいりぬ[いらん(史三)]とぞおもふ　(五七八六)

はしひめ

ふりすてしよをうぢやまのうばそくも　こゝろのや・(底)みははるけしもせじ　(五七八七)

椎が本

つひにはと[とは(史三)]ちぎりおきてしゐがもと　むなしきとこをみるもかなしや　(五七八八)

あげまき

ながらえんすゑもしられぬあげまきに　むすぶちぎりは[契りや(史三)]いかゞとぞおもふ　(五七八九)

早蕨

もえいづるみねのさわらびなき人の　かたみにつみてみるもか[人も(三)]ひなし　(五七九〇)

やどり木

あきふかきみやまのいろをやどりぎと　おもひいでゝも袖のしらつゆ　(五七九一)

東屋

見し人のかたみならずはあづまやの　まやのあまり[あたり(史三)]をたづねやはせし[しも(史三)]　(五七九二)

浮舟

たち花のこじまがさきを[に(史三)]ちぎりしも　身をうきふねのまつと[跡と(史三)]しらめや　(五七九三)

かげろふ

ほの〳〵とまよふのきばのかげろふの　つね[つれ(史三)]なきよをばありとやはおもふ　(五七九四)

手習

とふ人もなみだかきやる（け〈史三〉）てならひを　むかしのともとおもふばかりか（たのむ〈史三〉）　（五七九五）

夢のうきはし

けふは（も〈史三〉）また　夢のうきはしふみまよひ（たすねてぞ）　のりのしるべをたづねてぞきく（ふみまよふのりのしるしをそきく〈史三〉）　（五七九六）

上の一字は横次第阿弥陀の名号なり。中の間は源氏の巻の名その心を則ちよめり。

下の一字は弥陀の第十八願の文なり。

「雲隠」を含む五十五帖、五十五首。冠には、最初「なもあみたふつ」を、そのあと「あみたふつ」を八度くりかえし、最後に「なもあみたほとけ」を置く。沓の一字は、「せちがとくふつ　しつ（ふ）ばふしゆしやふししむしむげふよくしやふかこくなひししふねむにやくふしやふじやふしゆしやふかく」で、浄土教の「念仏往生の願」「至心信楽の願」となる。書陵部蔵本の本文が定稿であろう。

三　為家の冠字詠・勒字詠

井上氏は、為兼が冠・沓に特定の字を置いた歌を作っていること、また「あみだぶつ」を置いた木綿襷の歌を詠んでいることなどから、ことば遊び的なものに関心があったことを、本作と結びつけて根拠の第一とされる。「なむあみだぶ」を冠に置いた六首を比較的やさしい例外として、三十一首の歌を詠んでその冠と沓を横に連ねるとそれぞれ一首の歌になるという「三十三首」、「なもはくさむめうりこむけむおもふことかなへたまへよ」という二十五文字を中に置いて、上下縦横二十首を詠んだ木綿襷の歌、「あみだぶつ」を置いた木綿襷の十二首と、いずれをとってみても超技巧的な作品で、為兼のことば遊び的なものへの関心が異常に強かったこと、また仏教的な祈念を強く込めた営為であったことも疑いないという。

しかし、本作はそれほどの超絶技巧を必ずしも要しない。やや複雑な沓冠詠に習熟し、かつ『源氏物語』に通暁していれば、十分になしうる範囲内にある詠作だと考える。だとすれば、十分詠作可能であるはずの為家についても、その可能性をさぐってみなければならない。

詠作史をひもといてみると、為家も、沓冠の歌や勒字詠を実に多く残している。

かなり早く、貞永元年（一二三二）三十五歳の詠作中に、有馬温泉での冠字詠二首があり、このころから冠字詠に対する関心が萌しはじめたらしいことが窺える。『藤原為家全歌集』の校訂本文によって示すと以下のとおりである（以下同じ）。

雪　於有馬温泉詠七首、置一字

あと見んとたのめかおかんみねの松ゆふひがくれにのこるしらゆき　（一七四八）

いとどしくほさぬたもとのたびごろも雪もこほりもさえかさねつつ　（一七四九）

後にみる例に徴して、七首の場合「なむあみだぶつ」の名号であることが多いが、この時のは「い」も入っていたのだから、そうではないはずで、あるいは「ありまのいでゆ」でもあったか。そのことの当否は分らないが、七つの文字を冠に詠みこみ、かつ「雪」を内容とすることが、課された条件であったにちがいない。

貞永元年にはまた、内裏当座の勒字和歌が多い。

勒字六首　内裏当座

わたつうみのよもの波風しづかにてかすみにあさるうらのともふね　（一七三〇）

君が代にあまねき春のみづみちてつばさならぶるいけのをしどり　（一七三一）

けさはまたしたゆく水もまさるらんなほはるさめのふるのたかはし　（一七三二）

山ふかくいざわけこえんさくらがりけふのひかげもなほはるかなり　（一七三三）
みわたせばいまやさくらの花ざかりくものほかなる山のはもなし　（一七三四）
山ざくらうつろふくもにいでやらでをのへの月はかげかすかなり　（一七三五）

勒字二首　同（内裏当座）

五月雨ののきのたまみづかたよりにあやめもなびく夏のゆふかぜ　（一七三六）
いくしほかいろまさるらんとこなつの露にそめほす花のくれなゐ　（一七三七）

勒字　同（内裏）当座

秋風のまがきの荻にふきすぎてしばしとほさぬうたたねのゆめ　（一七三八）

勒字　同（内裏当座）

かけてくるかりのつばさの秋ぎりにたがことづてもあとみえぬふみ　（一七三九）
ませの内にのこりおほかるちとせかなならはしそむる松むしのこゑ　（一七四〇）
こゑたてておのがこころを名のるなり野べよりうつす庭のまつむし　（一七四一）
音にたてて秋の夜かこつきりぎりすながきねざめのまくらにぞきく　（一七四二）
草の原ぬれてなくなりきりぎりすつゆおきまさるむらさめのそら　（一七四三）
ひきむすぶ秋のくさばのかりまくらむしのうらみはよくかたもなし　（一七四四）
秋きては月のためなるそらなればよそにも見えずきゆるしらくも　（一七四五）

勒字　同（内裏当座）

たつた山まつはつれなきいろぞともしぐるるころの木のはにぞわく　（一七四六）

勒字　内裏当座

うきものときくぞかなしきまれにあふ心づくしのあかつきのかね　(二七四七)

後堀河天皇(十月四日四条天皇に譲位)の内裏の会で、六首は春、二首は夏、八首は秋、二首は冬の催しであったとみられる。「勒」には無理押しする意があり、すると勒字とは無理に文字を詠みこむことを意味する。それぞれの歌における具体的な勒字の実態はいまひとつ正確に把促できないが、「さみだれの」詠は「風」、「いくしほか」詠は「紅」(ともに東韻)を勒しているし、「かけてくる」詠のようにかなり無理をして「文」を詠みいれているものもある。こうした困難な課題を設けて、廷臣たちとともに為家も挑戦していたのである。

嘉禎三年(一二三七)四十歳の時の、覚寛法印勧進七十首は、ただ一首、

冬　覚寛法印勧進七十首、置一字

あふさかのやましたみづの冬さむみこほりのせきもとぢかさねつつ　(二七八〇)

しか残っていないが、定家に「京極黄門名号御詠七十首」が完存しており、久保田淳氏の考証がある。[注6]春・夏・秋・冬・法文・旅・名所・山家・無常・述懐の十題を内容としつつ、それぞれ「なもあみだぶつ」の七字の名号を冠に据えて詠んだ作品であった。

寛元三年(一二四五)四十八歳の、光明峰寺入道摂政道家長谷寺十八首和歌も同種の催しであって、八首を拾遺することができる。

冬　入道摂政家長谷寺十八首、置一字

むらしぐれさだめなしとはふりぬれどわすれざりけるかみなづきかな　(二四六八)

野雪

わすれずな見せばや人にしらゆきのふるからをのの冬のあさけを　(二四六九)

関歳暮

あふさかは人もとどめぬせきなればゆくもかへるもとしやこゆらむ　（二四七〇）

旅　長谷寺十八首

わがいそぐかたはありともいかさまにいひてかすぎんみわのやまもと　（二四七一）

入道前摂政、長谷寺にまうでて十八首歌よみ侍りけるとき、旅の心を

せめてなどすみうしとおもふふるさともたびにしなればこひしかるらん　（二四七二）

述懐　同（長谷寺十八首）

おもふことなるとしならばはつせ山ゆめのよさませあかつきのかね　（二四七三）

ほどもなくうきてしづみしみわがはのさざれがくれにくつるむもれ木　（二四七四）

入道前摂政の家の十八首歌（賀）

月も日もよろづ代てらせひさかたのあまのこやねのみことかしこみ　（二四七五）

十八首の冠には、「くわむぜおむぼさつ」を二度繰り返したと思しく、その上に「冬」「野雪」「関歳暮」「旅」「述懐」「祝」（そのほかに三題）の内容を詠むことが、課された条件であったとみられる。

さらに建長七年（一二五五）五十八歳の時にも、春日若宮社神主中臣祐茂の勧進を受けて、冠字七首和歌を詠んでいる。

恋　春日若宮神主中臣祐茂勧進七首、置一字

たがかたにふみかよふらんいそのかみあれしむかしのふるのなかみち　（三二〇三）

述懐　同

ふぢなみに神やかけけむいのりおきしむかしにこひてたちかへれとは　（三二〇四）

無常　同

つゆしづくおくれさきだつもとするゑをひとつみのりの花にもらすな　（三二〇五）

これも「なもあみだぶつ」の名号を冠に置き、「恋」「述懐」「無常」など七題を内容とする歌が求められていたとみてよい（他の四題は、春・夏・秋・冬か）。

また『新和歌集』四四七番歌に、次の一首が収載されている。

尾張権守藤原経綱すみ侍りける人身まかりて後の夢に、「なもあみだ仏といふもじをはじめにおきて歌をよみてとぶらへ」と見侍りけると聞きて、よみておくりける　冷泉前大納言

見しはうくきくはかなしき世の中にたへていのちのうたてのこれる　（三二五四）

藤原経綱は、為家室宇都宮頼綱女の同腹の弟泰綱の二男で、為家の外甥にあたる。『新和歌集』には、同じ詞書のもと、この為家詠に続けて四六〇番歌まで、権中納言（為氏）、右兵衛督（為教）[注7]、左京権大夫信実朝臣、左中将光成朝臣、中務大輔為継朝臣（信実男）、法眼円瑜、蓮生法師、藤原泰綱、藤原頼業、藤原時朝、藤原経綱、藤原時光、藤原景綱の詠作が、計十四首ならび、さらに次の四六一番歌として、同じ時に平長時の寄せた一首も収められている。為家から為継までの六人は、定家亡きあとの為家歌壇草創期の『河合社歌合』に集ったメンバーで、後半は為家室ゆかりの宇都宮氏の面々である（法眼円瑜については知るところがない）。平長時は、執権北条重時の嫡男で、その姉が経綱室となっていた（尊卑分脈）。ここにいう「藤原経綱すみ侍りける人」とは、けだしその平重時女であるにちがいなく、最愛の妻を失った経綱が、宇都宮ならびに御子左家縁辺の人たちに「なもあみだぶつ」冠字詠を呼び掛けて供養した時、為家は身辺の歌人たちの作品を取りまとめて贈り、追福の志を共にしたのだった。為教の「右兵衛督」と光成を「左中将」とする官記から、正元元年（一二五九）七月二日から翌文応元年四月八日までの間、さらに光成の歌「詠めつる花も浮き世の色なれば散るを別れとなほしらせけり」（四五一）が春三月の詠作とみられることから、文応元年（一二六〇）三月のことであったと特定できる。

以上の諸例によっても、「なもあみだぶつ」の名号を冠した詠歌は、為家ならびにその周辺で、かなり日常的に、そして広範に行われていたと考えてよい。

四　為家の沓冠詠

以上はいずれも冠字のみを条件とする比較的簡単なものであったが、文永元（一二六四）年（六七歳）になると、上下に各一字を置いて制約とするいわゆる沓冠詠に挑戦しはじめる。三月十四日には続三十一首として次の作品が残っている。

初春　文永元年三月十四日続三十一首、上下各置一字

あらたまる春のみそらもひきかへていづる朝日のかげののどけさ（四五三〇）

「イ三十首」の異本注記もあるが、三十一首とあるのは和歌一首分の字数であると見られ、冠（歌頭）と沓（歌末）に別の古歌を据えて詠んだのであろう。

さらに一箇月後の四月十六日、郭公続三十首の沓冠詠を試みている。

（夏）　文永元年四月十六日庚申、郭公続三十首、最初各置一字郭公之和字、最末同前、花橘之五字。

ほのかにぞ山ほととぎすこゑもきくまだふかき夜のおいのねざめは（四五三一）
ときしあればはやなのるなりほととぎすあけゆく山の雲のをちかた（四五三二）
ときは山いつともわかぬならひにもおのれ夏しるほととぎすかな（四五三三）
ききてこそ涙はおつれほととぎすおいのねざめのよはのあけがた（四五三四）
としごとにつれなしとてもほととぎすさすがにたれもきかですぐやは（四五三五）
きなけかし山ほととぎすしのびねもかげにかくさむやどのうのはな（四五三六）

ほかにまた人はまつともほととぎすしばしはとめよ雲のかよひぢ　（四五三七）

とれやまづさなへもおひぬほととぎすなくや五月のしづがをやまだ　（四五三八）

とめよかし関ぢとならばほととぎすゆきあふさかの山のをちかた　（四五三九）

これもまた為家邸における私的な続歌であったはずで、「ほととぎす」と「はなたちばな」を上下に配し、内容としても必ず「ほととぎす」の文字を詠みこむことを条件として課したもの。上の文字が五字、下の文字が六字なので、あらかじめその組み合わせと数を決めて何人かで詠み、配列して沓冠三十首としたものと見える。ちなみにその組み合わせと数は、とな（4）、とは（4）、ほは（2）、とた（2）、すは（2）、ほな（2）、きな（2）、きは（2）、すな（2）、とち（2）、きち（1）、きた（1）、すち（1）、すた（1）、ほち（1）、ほた（1）、である。ただし「とた」の組み合わせは二首でいいところを、為家はこの中ですでに三首を詠んでいて、やや不審である。ともあれ、庚申の暇つぶしのためのかなり手のこんだ沓冠詠を、為家は簡単に詠みこなしているのである。

さらにその六日後の四月二十日、為家は粉河寺観音の夢告を受け、諸人に三十三首和歌を勧進した。自ら詠んだ三十三首は、大納言為家集の中から完全に復元することができ、集成して一本とした写本も伝わる。

同（文永）元年四月二十日、粉河寺勧進三十三首、依夢告勧進之云々。置一字於上観音名号三反。於粉河寺詠三十三首和歌。

霞

なにはがた入江にみえしみをつくし春はかすみのたちにけるかな　（四五四〇）

鶯

ものごとにあらたまれどもうぐひすのさえづる春は身のみふりつつ　（四五四一）

梅

くちのこるふる木にさける梅のはなこれもちかひのめぐみとぞみる　(四五四三)

花

わすられぬ春はむかしのさくらはなみるになぐさむほどもすくなし　(四五四四)

落花

むべぞげにさきてかならずありはてぬことわりみせて花はちりけり　(四五四五)

暮春

関もりのとどむるかひもなきものはすぐるやよひの日かずなりけり　(四五四六)

卯花

をりしらぬ雪かとみれば卯の花のたわわにさける小野のやまざと　(四五四七)

郭公

むば玉のやみのうつつのほととぎすゆめにまさらぬよはのひとこゑ　(四五四八)

早苗

ほととぎすなくやさつきとみたやもりいそぐさなへはとらぬ日もなし　(四五五〇)

常夏

さきまじるいろのちぐさのからにしきまがきにさらすとこなつのはな　(四五五一)

荒和祓

月も日もとしもなかばになりぬればあさのぬさもてみそぎをぞする　(四五五二)

初秋

なみだとも露ともわかずこけごろもまづそでぬらす秋のはつかぜ　(四五五三)

荻

もろくちるおいのなみだをいとどしくふきそへてゆく荻のうはかぜ　（四五五四）

鹿

草も木もいろづく秋になく鹿はひとりやつまのつれなかるらん　（四五五五）

月

わが身にもつもればおいとしりながらいましも秋の月をみるかな　（四五五六）

擣衣

むぐらはふしづがささやの夜をさむみ音もひまなくうつころもかな　（四五五七）

紅葉

せきあまるなみだのいろかたつたひめもみぢにそむるころもでのもり　（四五五八）

時雨

をしまれし秋の日かずはとどまらでしぐれをいそぐかみなづきかな　（四五五九）

落葉

むもれつつあとだにみえず木の葉ちるあらしのしたの苔のかよひぢ　（四五六〇）

氷

ほどちかき山のたきつせ夜をさむみこほりにけりなおとづれもせず　（四五六一）

雪

さえまさる山した風にしらゆきのはれぬひかずはふりかさねつつ　（四五六二）

歳暮

つもりゆく身のおいらくの数そへてすぐる月日にとしぞくれぬる　(四五六三)

初恋

なくなみだまづしりがほにさきだてどやがてまどふは恋ぢなりけり　(四五六四)

遇恋

もろともにゆきあふさかの関しもぞかねては鳥のねになかれける　(四五六五)

後朝恋

くれをまついのちもしらぬきぬぎぬはいまやかぎりのわかれなるらん　(四五六六)

契恋

わればかりちぎりしことはわすれずとおどろかすともかひやなからん　(四五六七)

恨恋

むかしより風ふきかへすくずかづら人のつらさもたえむものかは　(四五六八)

久恋

せめてわれあらばとたのむあふことを恋やいのりのとしぞへにける　(四五六九)

山家

おほかたの世はそむかねどすみなれぬやまざとならぬやどしなければ　(四五七〇)

旅

むさしのもはやすぎゆきてすみだ川とほきわたりにみやここひつつ　(四五七一)

述懐

ほかざまにふみたがへつつたらちねのをしへしあともなりぬべきかな　(四五七二)

神祇

さかきとりいはへる神のくになればまことのみちをさぞまもるらん　（四五七三）

釈教

つたへきくこかはの水のいかばかりもとのひかりの月もすむらん　（四五七五）

冠に「なもくわむせを（お）むほさつ」の十一文字を三反くりかえして置き、霞、鴬、梅以下、釈教に至る三十三題の内容を詠みこむことを条件とした冠字詠であった。沓の一字の制約がないだけに、為家の作品もその完成度は高い。

この年の冠字詠への関心はさらに持続して、八月十五日の続三十一首と十月二十一日の続三十一首の二つの作品が残っている。

八月十五夜　文永元年八月十五日、続三十一首、以古歌置一字於冠、あけばまた秋のなかばもすぎぬべし

あはれなど名にたつ秋の月にしもなかばくもりて夜はもふくらん　（四五八二）

早春霞　同（文永）元年十月二十一日、続三十一首、置一字

おもひあへず山もさだかにみえぬかな春にかすみやたちかさぬらん　（四六二〇）

前者は定家の「あけばまた秋のなかばもすぎぬべしかたぶく月のをしきのみかは」（新勅撰集二六一）を冠字としたもの、後者も「続三十一首」とあることから、いずれかの古歌一首を冠字としていたとみられる。

以上、とりわけ文永元年度にあっては、為家の冠字詠、沓冠詠に対する興味と関心は高く旺盛で、またそれらの制約をものともせず詠みこなして、すぐれた詠歌たらしめているのである。

五　為家の仏教歌詠

右にみてきた冠字詠は、「なむあみだぶつ」を冠することが多く、「なむくわむぜをむぼさつ」もまた然りで、すでに仏教と深く関わっている。いま改めて為家の仏教歌詠に目を向けてみると、早く建保五年（一二一七）二十歳の時に、誰の勧進であるかは不明ながら、「禅林春朝花色自増観念」などの要文を題とした「禅林四十八首和歌」を詠み（現存三首。〇〇二六・〇〇二七・〇〇二八）、嘉禄元年（一二二五）二十八歳の八月には、家隆の勧進により弥陀四十八願三首歌を詠んでいる（現存一首。一四二四。なお久保田淳『藤原家隆集とその研究』五一五頁に考証がある）。さらに暦仁元年（一二三八）四十一歳の時、後鳥羽院下野の勧進を受けて観無量寿経十六想観の歌を（現存一首。一七九六）、五十六歳の建長五年（一二五三）八月には、父定家十三年に当たり、「二十八品并九品詩歌」を主催し、自らは序品と勧持品そして上品上生を詠んでいる（三〇一〇～三〇一二）。また同じ建長五年の日次詠草の中には、「無明」「行」以下の十二因縁を詠んだ歌がある（二九九三～三〇〇四）ほか、釈教・彼岸・涅槃・報・法・舎利・臨終・哀・仏誕生・念・念誦・如来巳離此三界愚子東西迷一期・無常・自恣・不軽・忌日・衣裏珠・日想観などの題を自らに課して、あるいは経文の趣旨を、また自らの世界に引きつけて詠作に励んでいた跡が窺える。

沓冠詠を多作した文永元年のつぎの年、文永二年になると月次三首の会を自亭に催すようになり、三月以降十月までの計九箇度の歌作が残っているが、それらはいずれも一首または二首の当季詠ばかりで、一方「文永二年」と注記する歌の中に、法華経序品・方便品・譬喩品・信解品・薬草喩品・授記品・化城喩品・弟子品・人記品・法師品を詠んだ歌が残されている（四八三九～四八四八）。翌三年の例に徴すれば、これらは月次三首のうちの三首目の題として設定したものであった可能性が大きく、法華経の品々和歌を詠むことによって、法華経の内容に深く参入しようとしていたと見えるのである。

文永三年の月次三首は、正月と七月の二箇度の作品が完存している（四八七四〜四八七九）が、正月二十七日のは、霞・祝・提婆品、七月九日のは、初秋露・久恋・宝塔品の各三題で詠んでいる。四年五年は不明であるが、文永六年も月次三首は続いており、この年は正月・四月・四月・五月・十一月の五箇度の作品が完存している。そして正月二十八日は、暮春藤・稀逢恋・勧持品（五二五九〜五二六一）、四月十三日は、伝聞郭公・寄夢恋・安楽行品（五二八九〜五二九一）、四月二十七日は、郭公待五月・絶久恋・涌出品（五二九二）、五月二十七日は、山五月雨・待不来恋・寿量品（五三二三〜五三二五）、十一月二十五日は、野寒草・寄水恋・分別功徳品（五三三七〜五三三九）で、すべて当季・恋・法華経品名で統一した三首の歌題構成になっていて、法華経品々の内容を極めようとする姿勢の継続は明らかである。かくのごとく、法華経を中心とする為家の仏教に対する関心と信仰は、晩年においてなお強く継続していると見える。

以上、詠作史の中における為家の仏教歌詠を追及してきたのであるが、為兼のような強固な思想性はもちろん認められないが、むしろそのような思想性からは遠いところにあると私には思える「詠源氏物語巻之名和歌」の作者として、為家は十分に基礎資格をもっているにちがいない。

六　詠歌内容と表現面からの分析

これまで、為家が「詠源氏物語巻之名和歌」の作者として該当するか否か、いわば周辺的な状況証拠について検討を加えてきた。しかし、より直接的には、やはり詠歌内容と表現面からの分析を不可欠とするであろう。為兼説には、そのことが欠落していると思う。

そこで表現に着目してみると、まず第一に、「すま」の詠歌、

月のすむくもゐをすまのうらにてもひだり右にぞ袖はしをれし　（五七五三）

が注目される。この歌は、八月十五夜、月をながめながら、光源氏が昨年のことを思い出している場面、

その夜、上のいとなつかしう昔物語などし給ひし御さまの院に似奉りしも、恋しく思ひいで聞え給ひて、「恩賜の御衣はいまここにあり」と誦しつつ入り給ひぬ。御衣はまことに身はなたず、かたはらに置き給へり。

うしとのみひとへにものは思ほえでひだりみぎにもぬるる袖かな

を取り上げ、その場面と歌を踏まえて詠まれているのであるが、実は為家の詠歌中にも、源氏のこの歌をふまえて、恋の歌にとりなした、

こひしさもつらさも袖はなみだにてひだり右にもくちぬべきかな　(二一四九)

がある。索引類で調べてみると、わずかに定家に、

袖の上は左も右もくちはてて恋はしのばん方なかりけり　(拾遺愚草六三)

かすが山峰のこのまの月なればひだりみぎにぞ神もしるらん　(同二〇八五)

の用例はあるものの、その他の歌人や歌集中には全く見出だせない。この事実は、本作が為家の詠作であることの有力な証拠の一つとなしうるであろう。

第二に、「はしひめ」の詠歌、

ふりすてしよをうぢ山のうばそくも心のやみははるけしもせじ　(五七八七)

は、唯一巻名が見えず、異名「うばそく」をそれとして詠みこんでいるが、この歌は、八の宮が自分の死後娘たちのことを薫に依頼する場面、

「人にだにいかで知らせじと、はぐくみ過ぐせせど、今日明日とも知らぬ身の、残り少なさに、さすがに、行くする遠き人は落ちあぶれてさすらへむこと、これのみこそ、げに世を離れむ際のほだしなりけれ」とうち語らひ給へば、心苦しう見奉り給ふ。

を取り上げ、あわせて若菜上の明石上の詠歌、

世をすてゝあかしの浦にすむ人も心のやみははるけしもせじ

によって詠み、悟りすました優婆塞も子を思う心の闇はいかんともしがたかったのだと歌われている。ここに用いられる「はるく」は、晴れるようにする、もやもやしたものをすっかりなくさせる、晴らす、という意味の動詞であり、『源氏物語』には右の歌のほか、「くれまどふ心の闇も、たへがたき片はしをだに、晴るくばかりに聞えまほしう侍るを」（桐壺）など、八例ほどの用例がある。為家はこのことばを用いて、

いかにしてつきまつしまになくつるのこころのやみをはやはるけまし（二五九二）

いかにしてくらきやみぢをはるけましけふ出でそめし光ならずは（二八九七）

さりともとけふの日よしをたのむかなげにわが思ふ心はるけよ（三〇八〇）

ちはやぶるならの宮ゐにいのりしにやまとことばの道をはるけよ（五九五一）

と、実に四首もの歌を詠んでいるのである。『源氏物語』理解の深さと「晴るく」へのこだわりにおいて注目されるところである。

念のため他の歌人の場合をみると、まず俊成に次の二例を見出だすことができる。

前左衛門佐基俊といひし人に古今の本をかりてかへすとて

君なくばいかにしてかははるけましいにしへ今のおぼつかなさを（長秋詠藻三七〇）

暁月

かずならぬ末まで心はるけなむたにの小川に有明の月（元久元年、春日社歌合三四）

また、定家も、慈円から後鳥羽院に奉られた長歌に対する、院命による返しの長歌（拾遺愚草二五九七）（増鏡「おどろの下」にも）の中に、

（前略）空ふくかぜを　あふぎても　むなしくなさぬ　行くすゑを　みつの川なみ　たちかへり　心のやみを

はるくべき　日吉のみかげ　のどかにて　（下略）

と用いているが、いずれも『源氏物語』との関わりはない。さらにまた『四条宮下野集』にも、

つごもりよりわづらふことありてまゐらねば、とひにやるとて、

としさへなかにいひやりたれば、すけよし

かへし

つねよりもおぼつかなきやこれやさはとしのへだつるしるしなりける（四〇）

おもひやれふゆごもりにしままならばおぼつかなさぞはるくともなき（四一）

とみえ、また『風葉和歌集』にも、

だいしらず　　　ふる郷たづぬる権大納言

はるくべきかたこそなけれつくづくとながめくらせる五月雨の空（一八〇）

の用例を見るが、これまた『源氏物語』との関係はないと思われる。そのほかの歌人たちの家集や撰集中に、この語の使用例は見出だせない。かくて、『源氏物語』への習熟と当該語の多用は、本作が為家の詠作である可能性を著しく増大させる、極めて積極的な証拠となしうるであろう。

第三に、「紅葉賀」の、

露しげみもみぢのかげに木がくれて立ちまふ袖にしぐれをぞまつ　　（五七四八）

は、「朱雀院の行幸は十月の十日あまりなり」に始まるこの巻の、

木高き紅葉のかげに、四十人の垣代、いひしらず吹きたてたるものの音どもにあひたる松風、まことに深山おろしと聞えて吹きまよひ、色々に散りかふ木の葉の中より、青海波のかがやき出でたるさま、いと恐ろしきま

で見ゆ。かざしの紅葉いたう散りすぎて、顔のにほひにけおされたる心地すれば、御前なる菊を折りて、左大将さしかへ給ふ。日暮れかかる程に、気色ばかりうちしぐれて、空の気色さへ見知り顔なるに、（下略）

とある場面を内容としているのであるが、『菟玖波集』（巻一二・雑一）の連歌の中に、

源氏物語の巻の名と古今作者とを賦物にし侍る連歌に

紅葉のかぜにちりまがふころ　といふに

しぐるなりひらの高ねの神無月　前大納言為家

（藤原為家全歌集　連歌一二）

という付合がみえる。「紅葉賀」に「時雨」（古今作者「なりひら」を隠す）を付けるというのは、誰しもが思い寄り易い趣向だといえなくもないが、本作とのほぼ完全な着想の一致は、為家詠作説の一証となしうるであろう。

第四に、「松風」の、

秋をへてききしににたる松風にもろきは恋の涙とぞみし　（五七五九）

と、「若菜下」の

絶えぬべきはちすの露の玉のをよ我がなみだをぞかけて契りし　（五七七六）

の二首の場合、やはり為家の詠歌中に、

つゆしもにそめてかつちるもみぢばのもろきは老いのなみだなりけり　（三三七九）

いたづらに老いのねざめのながきよはわがなみだにぞ鳥もなきける　（四二四三）

と、類似の表現が見える。右にみた三例ほど積極的な類似ではないが、このような表現の一致もまた、為家詠の可能性を加証する資料とはなしうるであろう。

以上のほかには顕著な一致または類似の表現は見られず、同想・類想、また同一表現の類いが比較的多い為家歌六千余首の中で、やや異質かとの疑念も残らぬではない。が、考えてみれば源氏巻々の内容を詠みこみ、かつ末尾

の文字が決っているという制約のもとでは、「とぞおもふ」「しぞおもふ」「やはおもふ」（八例）、「とぞみし」（三例）、「とぞ聞く」（三例）など、同じ結びにならざるをえない事情も了解されるのであって、さして異を挟むほどのことではないと思われる。むしろ全体のトーンは為家の歌としてふさわしく、右にみた顕著な類同を積極的に評価してよいのではあるまいか。

七　おわりに――歌壇の底流『源氏物語』志向――

以上、沓冠歌詠作の状況証拠、ならびに表現と発想の類似を直接の証拠として、「詠源氏物語巻之名和歌」は為家の詠作である可能性が極めて高いと考える。為家の詠作だとすれば、その詠作時期は、三康図書館本奥書の文永八年六月十九日を疑うべき理由はない。

為家の詠作活動は、文永に入っても八年に至るまでは概ね旺盛で、年度ごとの詠作の場の数と、毎日一首など当年詠を合せた残存合計歌数は、以下のとおりである。

年	場の数	歌数
文永元年	一四	一七九首
二年	一四	一六五首
三年	四	六五首
四年	一二	一八八首
五年	三	一四二首
六年	一五	一〇四首
七年	八	一一七首

文永八年度も、特に前半においては極めて多作であり、それら詠作の場の名称を列記し、残存歌数を示す（括弧

内）と以下のとおりである。

正・29	前左大臣山階実雄家月次十首和歌	一〇首
二・22	後鳥羽院御忌日二条局勧進五首和歌	五首
二・	入道照心（仲業）勧進三首和歌	三首
三・29	前左大臣山階実雄家月次十首和歌	一〇首
四月前	前左大臣山階実雄家月次十首和歌	一首
四・	前左大臣山階実雄家十座百首和歌	六首
四・4	寂恵同座続五十首和歌	二一首
四・5	続五十首和歌	一一首
四・6	六帖題続百首和歌	二五首
四・18	和漢朗詠注出題続百首和歌	三二首
四・22	続百首和歌	三〇首
四・28	乗雅大僧都同座続五十首和歌	一六首
四・28	当座百首和歌	一〇〇首
七・7	白河殿探題百首和歌	一首

その他「文永八年毎日一首中」として残る歌が十八首あり、この年の歌は総計二八九首が現存している。

そのような旺盛な詠作状況のほかに、とりわけ白河院政期を目標として王朝盛時の再現を画した後嵯峨院治政下における、（注8）宮廷文化の底流として、『源氏物語』五十四帖に対する高い関心が存したことも忘れてはならない。『増鏡』第八「あすか川」は、文永五年、蒙古高麗の軍が起って、後嵯峨院五十賀の計画が取り止めになったことを叙したあと、九月十三夜の白河殿五首歌合に筆を進める。

一院は、御本意とげん事をやうやう思す。その年の九月十三夜、白河殿にて月御覧ずるに、上達部・殿上人、例の多く参り集ふ。御歌合ありしかば、内の女房ども召されて、色々の引物、源氏五十四帖の心、さまざまの風流にして、上達部・殿上人までも、分ち給はす。院御製、

我のみや影もかはらんあすか川おなじ淵瀬に月はすむとも

かねてより袖も時雨てすみぞめの夕べ色ますみねのもみぢば

この御歌にてぞ、御本意の事、思し定めけり、と皆人袖をしぼりて、声も変りけり。哀れにこそ。民部卿入道為家、判せさせられけるにも、「身をせめ、心をくだきて、かきやる方も侍らず」とかや奏しけり。

後嵯峨院が出家の本意を固められたことを叙す本筋の話の背後に、この日の五首歌合の引き物として、『源氏物語』五十四帖の内容を、さまざまに工夫を凝らして作った華やかな飾り物（風流）を用意して、皆に分かち与えられたという。『源承和歌口伝』によれば、この日の判は衆議判で、仰せによって民部卿入道為家が記したのであったが、為家もまた参会者の一人として、意匠を凝らした「風流」を手にし、かつ『源氏物語』五十四帖の巻々への関心をいよいよ大きく持したであろうことは想像にかたくない。さらに、法皇となられた後嵯峨院は、文永八年正月、後深草院と「御方わかちの事」をされ、負けわざとして、『伊勢物語』の心を趣向とした引出物を用意され、対して後日の後深草院側の「ねたみ」には、『源氏物語』の心を趣向とした引出物が配られたという。この時のは五十四帖の巻々の内容ではなかったようだし、為家が参会していたか否かも確かめられないが、後嵯峨院の宮廷に瀰漫していた王朝の『源氏物語』志向の雰囲気は歴然である。大宮院周辺の、文永八年初冬に成立する『風葉和歌集』に結実してゆく物語志向の雰囲気も、基底を同じくするものだったであろう。

かかる背景と底流の中において、極めて旺盛な意欲をもって詠作に励んできた為家が、文永八年六月十九日の時

点で「源氏物語巻之名和歌」を詠むことは、十分すぎるほどにありえたことだと思量する。この年五月以降の寡作は、あるいは為家が『風葉和歌集』の編纂に没頭していたせいであるかもしれないと思われもする。

「源氏物語巻之名和歌」五十五首の中に、確実に為家の詠作だと確認できる歌は一首も見出だせないこと、また一首は西行歌とされるものがあることは、確かに大きなる不審である。しかし、それは『大納言為家集』が追加編纂資料とした建長五年詠と文永期作品群の資料の外にあったからであり、『夫木和歌抄』が利用した資料は明確に為家作を表示していなかったからだ、といった事情が介在しての結果であるように思われる。

以上のように追究してくれば、「源氏物語巻之名和歌」は、為家による詠作であった可能性が、限りもなく大きくなってくるのである。

【注】

（1）安井久善「為家集伝本の紹介」（『和歌史研究会会報』第二十五号、昭和四十二年三月）。「源氏物語巻名和歌の一資料」（『和歌史研究会会報』第四十三号、昭和四十六年九月）。

（2）井上宗雄「伝為家作源氏物語巻名和歌について」（『和歌史研究会会報』第七十四号、昭和五十五年八月）。

（3）井上宗雄「伝為兼資料二つ―いわゆる「為兼卿三十三首」と「詠源氏物語巻名和歌」（解説と翻刻）と―」（『立教大学日本文学』第五十五号、昭和六十年十二月）。

（4）岩佐美代子『京極派和歌の研究』（笠間書院、昭和六十二年十月）二〇七頁～二一〇頁。

（5）宮川葉子「詠源氏物語巻々和歌の系譜―源氏供養の伝流を軸として―」（『和歌文学研究』第六十二号、平成三年四月）。→『三条西実隆と古典学』（風間書房、平成七年十二月）。

（6）久保田淳『中世和歌史の研究』（明治書院、平成五年六月）六四三頁。久保田淳「京極黄門名号御詠七十首」解題（冷泉家時雨亭叢書第九巻『拾遺愚草下　拾遺愚草員外　俊成定家詠草　古筆断簡』、朝日新聞社、一九九五年二月）。

（7）『新和歌集』の諸本に付載される「作者目録」に、「右兵衛督従二位教定　飛鳥井雅経子」とある故をもって、従来、この「右兵衛督」は飛鳥井教定であるとして、全く疑われることはなかった。しかし、この一連の歌の前後の並びからいっても、これは御子左家の為教が正しい。飛鳥井教定の「右兵衛督」は、おそらく建長四年正月十三日から建長六年六月一日まで（吾妻鏡・公卿補任）、その後、文応元年八月二十八日から弘長三年八月十三日の間は、「左兵衛督」の官にあり、最終の位官は正三位左兵衛督であった。この一事をもって、『新和歌集』の作者目録は、後世の編になるものと見るべく、成立当初編者ないしは周辺の誰かによって作成された、信頼すべき目録として扱うことはできない。石田吉貞「宇都宮歌壇とその性格」（『国語と国文学』第二十四巻第十二号、昭和二十二年十二月。↓『新古今世界と中世文学』北沢図書出版、昭和四十七年十一月）も石川速夫「『新式和歌集』解説」（二荒山神社、昭和五十一年十月）も、もう一首三八八歌に「左近中将為教」とあるのを根拠として、成立論を展開するのであるが、為教は既に寛元元年『河合社歌合』に「左近衛権中将藤原朝臣為教」とあり、随分以前から左中将であった（石田氏はこの点正確に理解している）。従って三八八歌の「左近中将為教」は正嘉元年蓮生八十賀和歌を詠んだ時の官記がそのまま記されたもので、『新和歌集』そのものの成立下限を、為教が蔵人頭と左中将を去って、非参議従三位に叙し右兵衛督に任官した、正嘉三（正元元）年七月二日以前と押さえることは正当ではない。右兵衛督に任官したその日以後で、為氏が「権中納言」から「中納言、侍従」に転任した弘長元年三月二十七日までの間と断定してよいと考える。なお『新和歌集』の成立については、本書第八章第三節を参照されたい。

（8）佐藤恒雄「後嵯峨院の時代とその歌壇」（『国語と国文学』第五十四巻第五号、昭和五十二年五月）。↓本書序章第一節。

第三章　勅撰和歌集

第一節　続後撰和歌集の配列

一　イメージ分布の美

勅撰和歌集の配列に関する研究業績は、かなりの数にのぼっている。[注1]それらの研究において最も重要な点は、この配列手法のうち、小西甚一氏説の「進行[注2]」によるものは既に『古今和歌集』において確立しており、後続の勅撰集はそれを規範にしてほとんど同じ方法をくり返していること、ところが『新古今和歌集』に至って、その配列には「連想[注2]」の手法が顕著となり、飛躍的に高度な完成がみられること、の二つに尽きる。

ところが、定家独撰の『新勅撰和歌集』には、右の規準からは理解しがたい配列法がみられる。たとえば、[注3]

家に百首歌よませ侍りけるに、紅葉のうた　　関白左大臣

（三五五）たつた河みむろの山のちかければもみぢを波にそめぬ日ぞなき

後京極摂政百首歌よませ侍りけるに　　小侍従

（三五六）おきてゆく秋のかたみやこれならん見るもあだなるつゆのしらたま

秋のくれの歌　　禎子内親王家摂津

（三五七）ゆく秋のたむけの山のもみぢ葉はかたみばかりやちりのこるらん

これは「紅葉」の歌群から「暮秋」の歌群への連接部分であるが、三五五と三五六の両首を結びつけている明確な要素を見出すことはできない。「紅葉」から「暮秋」へ移行するのならば、三五五からすぐに三五七に続けた方がイメージ「紅葉」の連続によって、よりスムーズにゆくはずなのに、三五六のような異質の歌をわざわざ介在させた定家の意図を我々は理解できない。同一歌題の歌群内部にも不審な配列が多い。(注4)たとえば、

(三三五)秋の色のうつろひゆくをかぎりとて袖に時雨のふらぬ日はなし

(三三六)秋のゆく野山のあさぢうらがれて峯にわかるる雲ぞしぐるる

(三三七)かりなきてさむきあさけのつゆしもにやのの神山いろづきにけり

(三三八)山ざとは秋のするにぞおもひしるかなしかりけりこがらしの風

(三三九)かぎりあればいかがはいろのまさるべきあかずしぐるるをぐら山かな

(三四〇)くれなゐのやしほのをかのもみぢばをいかにそめよとなほしぐるらん

(三四一)みなと河秋ゆくみづのいろぞこきのこる山なく時雨ふるらし

(三四二)あしびきのやまとにはあらぬからにしきたつたのしぐれいかでそむらん

これらの歌は「時雨」の歌群として配列したものと思われるが、三三七と三三八の二首はどう見ても「時雨」の歌ではない。題詠の場なら落題歌である。間接に「時雨」を思い浮べさせるように詠む扱いもない。(注5)この歌群に共通しているのはむしろ「山」のイメージだが、歌題相互の連続性からいえば、「山」を持ち出したのは傍題となって、「進行」「連想」の両原理がともに破られる。

『新勅撰和歌集』にはこのような例が多いが、これは定家の深い配慮や意図によるものではおそらくない。『新勅撰和歌集』は、詞書の記載その他、外形的な面でかなり杜撰な集であると報告されているが、(注6)それは、内質的な面にもあてはめられそうである。

為家の『続後撰和歌集』になると、また別な特殊性がみられる。その一つは、同一歌題内での統一性が『新古今和歌集』におけるほどには密でないことである。たとえば、秋歌中の冒頭をみよう。(注7)

(三一〇) あまのはらやどかす人のなければや秋くるかりのねをばなくらん

(三一一) 秋ぎりにつまどはせるかりがねのくもがくれゆくこゑのきこゆる

(三一二) あまつそら雲のはたての秋風にさそはれわたるはつかりのこゑ

(三一三) よしさらばこしぢをたびといひなさむ秋はみやこに帰るかりがね

(三一四) けさのあさけかりがねさむみなくなへに野辺のあさぢぞ色づきにける

(三一五) よしのがはわたりもみせぬ夕霧にやなせのなみのおとのみぞする

三一〇—三一四の五首は、明らかに「雁」の歌であるけれど、これがこの順序に並べられねばならぬ必然性は見出せない。このグループでは、「雁」を詠んでいるということ以外に次の歌へと展開しゆく「進行」はなく、従って、たとえこの歌群内で順序を前後させたとしても、評価には関係しないであろう。そのことを、このグループの歌がもつイメージによって示すと次のようになる。

	天(空)	雁	霧	雲	秋風	野辺	浅茅	川	渡
三一〇	○	○							
三一一		○	○	○					
三一二	○	○		○	○	○			
三一三		○							
三一四		○				○	○		
三一五			○					○	○

三一一から三一二への連想関係がかなり緊密なのを除いては、何も「雁」以外に共通イメージをもたないし、「連想」をよびおこす題材も少ない。歌群として緊密な「進行」に欠けるのは当然といわねばならない。また次の「霧」への歌題転換に当っても、三一五の歌との間に共通するイメージはない。

『新古今和歌集』の「雁」の歌は秋歌下に十一首採択されているが、それらのイメージ分布を示すと、次のとおりである。

	霧	雁	山(峯)	垣	田	荻葉	秋風	雲	衣	羽風	月	袖	霜	菊
四九五	○		○											
四九六	○	○	○											
四九七		○		○		○	○							
四九八		○	○				○	○						
四九九		○							○	○				
五〇〇		○							○	○				
五〇一		○	○					○		○				
五〇二		○			○			○		○				
五〇三		○	○		○						○			
五〇四		○						○		○	○			
五〇五		○					○	○		○				
五〇六		○	○				○	○		○		○		
五〇七			○	○							○		○	○

一見して「連想」の緊密さが理解できよう。ただ、四九六と四九七の結びつきがそれ程でないのは、四九五の「霧」からの移りをスムーズにするため四九六の歌を用いた結果で、無造作なミスではない。四九八から四九九への移りは共通イメージとして現われていないけれども、「雲」というイメージおよび「遠ざかる」から「旅」を連想するのは極めて自然なはずで、単調さを破るべく、次の歌と共に人事の歌をここに加えているのである。あとは、「雲」「つばさ」「月」といった主イメージの交錯のうちに進展してゆき、「菊」の歌題へと移ることになる。一首一首のすばらしさは勿論のこと、それにもまして『新古今和歌集』にはこのような連続の美がある。(注8)同一歌題内におけるイメージ分布の美に関する限り『続後撰和歌集』は遠く『新古今和歌集』に及ばない。

二　歌題間の連想

「擣衣」の歌についても同じようなことがいえそうである。『新古今和歌集』の「擣衣」グループは秋歌下にあり、次のとおりである。(注9)

（四七五）秋風は身にしむばかり吹きにけりいまやうつらむいもがさごろも
（四七六）衣うつおとは枕にすがはらや伏見の夢をいくよのこしつ
（四七七）衣うつねやまのいほのしばしばもしらぬゆめぢにむすぶ手枕
（四七八）さとはあれて月やあらぬと恨みても誰あさぢふに衣うつらん
（四七九）まどろまでながめよとてのすさびかなあさのさ衣月にうつ声
（四八〇）秋とだにわすれんとおもふ月かげをさもあやにくにうつ衣かな
（四八一）故郷に衣うつとは行くかりやたびのそらにも鳴きてつぐらん
（四八二）かりなきて吹く風さむみ唐衣きみまちがてにうたぬ夜ぞなき

（四八三）みよしのの山の秋かぜさよふけて故郷さむく衣うつなり
（四八四）ちたびうつきぬたのおとに夢さめて物おもふ袖に露ぞくだくる
（四八五）ふけにけり山のはちかく月さえてとをちの里に衣うつこゑ

この配列は、だいたい「進行」を顧慮してなされている。それはこのグループ第一首目の歌（四七五）が、いま聞いてはいないきぬたの音を思いやった歌であり、最後の三首（四八三—四八五）が何れも深更に及んで聞くきぬたであることから推察される。それよりも、枕や夢と関連するきぬた（四七六・四七七）、月下のきぬた（四七八・四七九・四八〇）、一人居を佗びる女性（四八一・四八二）というように、題材の類聚的な配列を含み、更に一首一首の連続は「鳴きて」（四八一・四八二）のような同一語、及び「恨み」（四七八）対「歎め」（四七九）や「千度」（四八四）対「十市」（四八五）など連想関係にある語によって、連綿として流れるような配列を成就している点は、もっと注目されてよかろう。その微妙な流れをそこなうことなく順序を変えることはできない。

それが『新勅撰和歌集』になるとかなり違った様相を呈してくる。この集の「擣衣」グループも秋歌下にあり、それは次のとおりである。

（三二〇）月になくかりのはかぜのさゆる夜にしもをかさねてうつ衣かな
（三二一）あらしふくとほ山がつのあさ衣ころも夜さむの月にうつなり
（三二二）衣うつきぬたのおとをきくなへにきりたつそらにかりぞなくなる
（三二三）唐衣うつ声きけば月きよみまだねぬひとをそらにしるかな
（三二四）衣うつひびきは月のなになれやさえゆくままにすみのぼるらん
（三二五）風さむき夜はのねざめのとことはになれてもさびし衣うつこゑ
（三二六）今こむとたのめしひとやいかならん月になくなく衣うつなり

（三二七）つきの色もさえゆくそらの秋風にわが身ひとつと衣うつなり
（三二八）ひとりねの夜さむになれる月みれば時しもあれや衣うつ声
（三二九）しろたへの月のひかりにおくしもをいく夜かさねて衣うつらん

この一連にも、時間的な「進行」は見られないわけではない。すわち、最後の二首の、「夜さむになれる」「いく夜かさねて」などのことばは、秋深い時点での歌であることを示しているからであるが、しかしそれもほんの幽かな顕れにすぎない。もちろん定家はここで、多様なきぬたの歌を集めて変化に富んだ一群を構成しようとしたのであるが、結局、「進行」において『新古今和歌集』のごとき緊密な連続を得ることはできなかったようである。一首一首の連接をみても、たとえば三二五から三二六への橋渡しをするのは「衣うつ」だけであるかと思うと、三二七から三二八への連接では、「衣」「うつ」のほかに「月」と「月」、「さえゆく」と「夜さむ」、「ひとつ」と「ひとり」が、それぞれ対応しているといったように疎密の差が甚しいし、また題材による類聚の方法を用いているわけでもない。ということは、この配列が絶対動かせないほど完成されきっていないことを示唆している。試みに三二五と三二六の前後を入れ換えると、三二四からの移りは、イメージ「月」の重なりによってより緊密になるし、三二七への移りでは「月」を失うかわりに、「寒さ」と「さえゆく」、「風」と「秋風」、「さびし」と「わが身ひとつ」といった連想関係が新しく生じて、結びつきはより固くなり、配列としては大きなプラスになるであろう。

そのような傾向は、『続後撰和歌集』にもほぼ同様にあらわれている。秋歌下の冒頭に位置する「擣衣」グループは、次のごとく十五首から成っている。

（三九〇）夜やさむきしづのをだまきくりかへしいやしきねやに衣うつなり
（三九一）よそながらねぬ夜の友としらせばやひとりや人の衣うつらん
（三九二）河風に夜わたる月のさむければやそうぢ人も衣うつなり

（三九三）雲井とぶかりのはかぜに月さえてとば田のさとに衣うつなり
（三九四）あさぢはらはらはぬしものふるさとにたれわがためと衣うつらん
（三九五）をぐらやますそののさとのゆふぎりにやどこそ見えね衣うつなり
（三九六）むばたまの夜風をさむみふる里にひとりある人の衣うつらし
（三九七）山どりのをのへのさとの秋風にながき夜さむの衣うつなり
（三九八）夜をかさね身にしみまさる秋風をうらみがほにもうつ衣かな
（三九九）ふきおろすひら山かぜやさむからんまののうら人衣うつなり
（四〇〇）はつしものふるさとさむき秋風にたゆむ時なくうつころもかな
（四〇一）まつしまやあまのとまやのゆふぐれにしほかぜさむみ衣うつなり
（四〇二）よとともになだのしほやきいとまなみなみのよるさへ衣うつなり
（四〇三）夜もすがらうちもたゆまずから衣たがためたれかいそぐなるらん
（四〇四）風のおとにおどろかれてやわぎもこがねざめのとこに衣うつらん

これらは「きぬた」の歌として、まがいもなく一グループを形成しているが、その流れは決して『新古今和歌集』のそれのような必然性を感じさせない。「連想」による流れもいちおうスムーズである。にも拘わらず『続後撰和歌集』の配列はなお可動的だと思う。たとえば、三九九と四〇〇を入れ替えてみることも、プラス・マイナス両面があるにもせよ、確かに可能である。それは結局、『新古今和歌集』が採った、題材の種類による配列、及び「進行」という配列原理を失っているからにほかならない。その結果、『新古今和歌集』の実現した一群内部の整然たる統制が失われざるをえなかったのである。

このことは、『新古今和歌集』のような方法を基準にする限り、退歩もしくは未熟ということになるであろう。

しかし、そのように断定してしまうには、いささか躊躇される事実がある。それは、『続後撰和歌集』においては、一首一首の結びつきよりも、歌題グループ間の連繋という点にむしろ注目すべきものがみられるからである。先に例示したとおり、秋歌中の巻頭には「雁」の歌五首が収められているが、そのあとは、「霧」「月」「虫」という順序で続いてゆく。この「雁」「霧」「月」と並べる順序は先行の勅撰集には例がなく、大体、「雁」の歌は同じ動物である「鹿」や「虫」などとともに扱われてきたようだから、『続後撰和歌集』独自の配列だといってよい。しかも、この場合、「雁」グループの最後の歌（三一四）から「霧」グループの最初の歌（三一五）への連接がほとんど隔絶された状況にあることは、先に指摘したとおりである。つまり、両首間の共通イメージによる連接は、少くともこの場合には用いられていない。しかしながら、その隔絶を埋め合わせる役目をしているものが、ほかならぬ「雁」「霧」二つの歌題間に存する連想関係であることを見落してはならない。

春霞かすみていにしかりがねは今ぞなくなる秋ぎりのうへに（古今集・秋上・二一〇）

などによって両者の結びつきは固く、すぐに連想の及ぶところなのである。「擣衣」グループから次の歌題への連接も、「擣衣」の最後の歌と「秋の虫」の第一首目、

（四〇五）秋深くなりゆく野辺の虫の音は聞く人さへぞ露けかりける

との間の連想関係によっているわけではない。両首間には共通のイメージはもとより、連想を喚起するような用語も使われてはいない。しかし、この二つの歌題の間には、同じく「聞くもの」としての共通性がある。「きぬた」は遠くその音を聞いて秋の哀れを感じるのだし、「虫」は近くの庭に鳴く声を聞いて秋情を催すもの、遠くから近くへ、同じく聴覚に訴える歌題を配したものだと考えて、はじめて納得できる。もとより、この種の例は『続後撰和歌集』にも決して多くはなく、前後の歌題に共通するイメージをもつ歌を、「つなぎ」として使った配列が圧倒的に多い。つまり「連想」による配列が支配的なことは認めてよい。しかし、それはそれとして、『続後撰和歌集』

の場合には、更に、歌題から歌題へというグループ単位の連接法がとられていることに注目しなければならない。先に、『新勅撰和歌集』の配列は杜撰であり、歌群内部における統一も不十分だと指摘したが、『新勅撰和歌集』の場合にはそれ以上の意味をもった配列ではなかった。それは『新古今和歌集』と同じ方法によりながら、結局『新古今和歌集』のような完成度を示すことができなかったものだといっていいだろう。それに較べて『続後撰和歌集』では、歌題間の連想を主とする配列法が新しく導入されているわけであり、そこに一つ積極的な意義を認めねばならない。ということは、和歌そのもの、及びその集合体としての歌集の性格が変化し、一つの曲り角にきていたことを意味している。すなわち、一首一首の歌はもとより重要だが、それ以上に、その集合である一歌題内の歌をグループ単位に考え、グループとして一つの題材を表現しようとする、いわば連作めいた傾向がみられるからである。グループ内における連接の不統一は、おそらくその結果であろう。そこでは必然的に一首の独立性が稀薄になり、歌群単位の性格が強まったわけだが、これは、和歌自身の存在理由に関わる根源的な問題を含むだけに、簡単に徹しきることはできなかったらしく、結局、中途半端な所にとどまった形である。しかし、評価は別にして、この点に『続後撰和歌集』の一つの大きな特質があることだけは確かである。

三　連想内容の狭小化

そのような連作めいた方法は、停滞気味の歌壇における一つの新しい試みではあったけれども、同時に大きなマイナス面を伴ってたようでもある。それは、ほかならぬ、表現の類型化・用語の単調化である。先にあげた「擣衣」の歌群を見なおしていただきたい。四〇三番の一首を除けば、あとはすべて「衣うつなり」「衣うつらん」または「うつ衣かな」で結ばれていることに気づかれるであろう。これは「擣衣」の歌に限ったことではなく、夏歌の「五月雨の頃（空）」（二〇三—二一三）、秋歌上の「秋の夕暮」（二七三—二七八）とか、同じ巻の「鹿ぞなくなり

〈らん〉」（二九七―三〇九）なども、異常に多い同一表現が注目されるし、もっと小規模な歌題の場合まであげていったら際限がない。一歌題を何首かの歌の集合で表現しようとするたてまえからすれば、同一表現を繰り返して中心題目を明確にした方が効果的だということになろう。それは確かに連作の一つの方法にはちがいないのだが、しかし、『続後撰和歌集』の場合、それは結局トーンの単調さをもたらす以外に積極的な効果をあげえていないように見える。

このような固定化をもたらした原因はいくつか考えられる。第一は、「擣衣」の連想内容が狭小化してきたことである。周知のごとく「擣衣」は漢詩の世界から輸入された題目であるが、漢詩における「擣衣」は、概ね孤閨を守る妻の悲愁と結びついていたようであり(注10)、それは日本人の漢詩においても同様であった(注11)。中には、音を聞いて秋を知るよすがとしたり、懐郷の念をかきたてたりする題材として扱ったものもいくらかみられる(注12)。和歌に取り入れられた「擣衣」は、初期のものには漢詩同様、夫の帰りを待ち侘びる「妻の嘆き」をモティーフにしたものがかなりあった。『古今和歌六帖』から例をひくと、

風さむみわがあさごろもうつときぞはぎのしたばもうつろひにける（三三〇一・貫之）
たがためにうつとかはきくおほぞらに衣かりがねなきわたるなり（三三〇二・素性）
雁なきてふくかぜさむみからごろも君まちがてにうたぬ日ぞなき（三三〇五・貫之）

もちろん、音そのものに焦点をおく扱いもなされている。

からごろもうつ声きけば月きよみまだねぬ人をそらにこそきけ（三三〇三・作者未詳）（貫之集・新勅撰集三二三）
草まくらゆふかぜさむくなりぬるを衣うつなりやどやからまし（三三〇四・貫之）

ところが、前者は間もなくほとんど姿を消してしまい、専ら後者が優勢となる。最初に「擣衣」の歌題が現われる勅撰集は『後拾遺和歌集』であるが、その三首は何れも音を聞く扱いである。かような伝統が『千載和歌集』

『新古今和歌集』『新勅撰和歌集』を経て『続後撰和歌集』に流れこむ。しかしなお、『新古今和歌集』には四八一・四八二の二首、『新勅撰和歌集』では三二六・三二七の二首が、「妻の歎き」をモティーフにしているのに、『続後撰和歌集』に至っては、もはや、すべて「聞くもの」としてしか扱われていない。

「衣うつらん」という表現は、衣をうつ音をある遠さから聞き、「うつ」こと、またはうつ「理由」を推量するいい方だ―と解釈文法は教えている。従って、この表現が成りたつためには、話主自身がうつきぬた、であってはならないことになる。「衣うつなり」の「なり」もやはり、「きぬたの音が聞える」とか「衣をうつているようだ」とかいう推量の気持になるわけで、これも「らん」の場合同様、遠くで音を聞くきぬた、という扱いにならざるをえない。この「らん」「なり」による表現だけが『続後撰和歌集』でかくも優勢を示しているのは、「擣衣」の連想内容の狭小化に対応するものなのである。

第二の理由として考えられることは、この時代に至って作歌のほとんど唯一の方法となった題詠との関連である。『続後撰和歌集』の十五首は、もともと全部が「擣衣」の題のもとに詠まれたものではないけれども、ここに一つの歌群としてまとめた「目」は、題詠の場で培われたものにほかならない。題詠については、『詠歌一体』に次のような注意がある。

題を上句に尽くしつるは悪し。ただ一句に詠みたるも悪ければ、堀河院百首題は一字づつにてあれば、さ様ならん題の歌にても、多く詠まむには初め五字に詠みたらんもくるしからず。但し、それも一首も詠まむ歌に、やがて、初五字に詠み入れたらむは無念に聞ゆべし。

「題を上句の中で詠みつくしてはよくない」という教えは『毎月抄』にもほぼ同じ説がみられるから、(注13)為家のみならず、当時の常識とされていたもののようである。「擣衣」の歌もそういう軌範の例外ではなく、題目（トピック）を示す「衣うつ」という語句が上句にくるのは望ましくなかったのである。

第三の理由として、雅経の名歌「みよしのの山の秋かぜさよふけて故郷さむく衣うつなり」（四八三）の影響を見逃せない。為家が「擣衣」の歌を選ぶに当って、この著明な歌は確かに軌範としての役割を演じているように思われる。なぜなら、一つには『新古今和歌集』の「擣衣」の歌十一首のうち、「衣うつなり」で結ばれた歌はこれだけであること、二つには『続後撰和歌集』の「擣衣」の歌に現われる題材と、この歌のそれとの一致である。すなわち、『続後撰和歌集』の歌十五首の中に多く詠みこまれている題材をあげてみると、「衣」（一五）、「うつ」（一五）、「夜」（八）、「寒し」（七）、「古里」（五）、「秋風」（三）、「月」（二）、「霜」（二）という結果になる上、「芳野」ではないけれども、「鳥羽田の里」「小倉山」「比良山」「真野の浦」「松島」など、歌枕が多く見られ、雅経の歌の情趣がそのまま『続後撰和歌集』の「擣衣」の歌群全体の情趣になっていることが認められるからである。けだし、為家の理想の最上に位する「擣衣」の歌は雅経の名歌であり、半ば無意識裡にそれと同趣の歌を多く採録することになったのであろう。(注14)

四　話主と作者の離れ

「衣うつらん」「衣うつなり」という表現が成り立つためには、話主は常に誰かがうつきぬたを聞く立場になければならない―と先に指摘した。作者はもとよりうつ方ではなく聞く立場にあるのだから、このような表現に集中化したということは、結局、作者と歌の話主との「離れ」が極めて小さいことを意味する。少くとも『新古今和歌集』や『新勅撰和歌集』までは採択されていた、話主と衣をうつ女が一致している歌、すなわち、作者白身と大きく離れた話主に語らせる歌は、もはやなくなっている。『続後撰和歌集』の歌風は普通「平淡」と評し去られるが、かようなトーンが全体を支配している原因の一つは、この話主と作者の「離れ」の狭小さにあると思われる。それは、作者が自らの立場を離れて対象になりかえり、作品自体の世界をうちたてる「新古今」的方向とはおよそ対極をなす志向から生じるトーンにほかならない。しかしながら、『続後撰和歌集』には各種の要素が混在しており、これと全く逆の場合も、もちろんある。それは「七夕」の歌の場合だが、『新勅撰和歌集』までのそれは、概ね、人間世界から空の七夕を想いやり、二星をめぐっていろいろと推量するものであった。それが『続後撰和歌集』に至って、天上の織女・牽牛の立場に身をおいて詠んだ歌（二五四・二五七・二五九）が収められており、この傾向は次の『続古今和歌集』でさらに増大している。この場合には作者と話主の「離れ」が逆に大きくなっており、「新古今」的なゆき方を延長したものといえよう。従って、先の「擣衣」グループから得られる結果を、直ちに全体に押し広げて考えるのは強引すぎることになろうが、しかし、それが『続後撰和歌集』のトーンを決定する一つの要因になっていることだけは否定できない。

秋歌上の巻末には「鹿」の歌が十四首並んでいる（二九六―三〇九）が、この大部分は、「鹿ぞなくなる」「鹿もなくらむ」「さを鹿の声」のうち何れかのパターンで結ばれている。この場合の表現固定化も「擣衣」の場合とほぼ同断で、話主は鹿の声を聞いて感を催したり、なく理由を推量したりしていることになる。人間が鹿に自分を一致させるという設定はあり得ないから、この場合には話主と作者の離れは問題にならないけれど、素材と題材との間の「離れ」が問題になる。同じく「鹿」という素材を使うにしても、その扱い方は多様なはずだが、最も多い扱い方は「聞く鹿」とでもいうべきものである。連歌ふうにいえば、それが「鹿」の本意なのであって、『続後撰和歌集』の大部分ももちろんこれである。しかし、それだけに限るわけではない。たとえば、『新勅撰和歌集』には次のようなのがある。

（三〇一）かりにのみくるきみまつとふりいでつつなくしか山は秋ぞかなしき

（三〇六）わがいほはをぐらの山のちかければうき世をしかとなかぬ日ぞなき

（三〇八）おほかたの秋をあはれとなくしかのなみだなるらしのべのあさつゆ

（三〇九）さをしかのあさゆくたにのむもれみづかげだに見えぬつまをこふらん

三〇一・三〇六は掛けことばとして使ったもの、三〇八は「鹿の涙」、三〇九は「朝ゆく鹿」をそれぞれ題材としている。『新古今和歌集』には、「鹿のたちど」を扱ったもの（四四一）、「さを鹿の朝臥す小野」を扱ったもの（四五〇）、「落葉を踏む鹿」を扱ったもの（四五一）などがある。『続後撰和歌集』にもそれらに類するものとして、

（二九六）あさつゆにうつろひぬべしさをしかのむねわけにする秋のはぎはら

（三〇八）かれはてんのちまでつらき秋草にふかくやしかのつまをこふらん

の二首があるが、前者は「萩」の歌題からのつなぎの歌だという特殊性があるし、後者の「妻恋ふ鹿」は結局「鳴くのを聞く」場での鹿だから、一応すべて「聞く鹿」がモティーフになっているといってよいだろう。「鹿」グループの表現が、ある特定の扱いに集中してしまったということは、このようにモティーフが「聞く鹿」に限定されたからであり、それはつまり、素材と題材との関わり方が固定して「離れ」が小さくなったことを意味する。この「素材離れ」の狭小さは、表現の同質化がめだつ『続後撰和歌集』における一つの重要な特性だということになろう。これが、さきの「作者離れ」の狭さとともに、平板なトーンをもたらすことになるのである。

『新古今和歌集』の歌は極めて客観性が強いといわれている。[注15] それは、作者の主観的な感情を一度突き放す手法であったが、『続後撰和歌集』には、それとは全く別の意味での、傍観的な客観性があるように思われる。それは、『新古今和歌集』の場合のような、主観との激しい関わりあいを契機として生じた客観性ではなくて、主体性の稀薄さが「作者離れ」「素材離れ」の狭小さとなり、動きがとれなくなった結果のトーンなのである。この傍観的な客観性が、後の二条家歌風を長く規制した「平懐」にほかならず、反作用として京極冷泉派の新風をも興起させることになったのであろう。

【注】

（1）風巻景次郎「八代集四季部の題に於ける一事実」（『日本文学論纂』昭和七年）→（『新古今時代』人文書院、昭和十一年七月）（塙書房、昭和三十年九月）（『風巻景次郎全集』桜楓社、昭和四十五年十月）。松田武夫『金葉集の研究』（山田書院、昭和三十一年十月）第七章「金葉集の撰述過程」、同『詞花集の研究』（至文堂、昭和三十五年二月）第七章以下、同『古今集の構造に関する研究』（風間書房、昭和四十年九月）。小西甚一「Association and Progression : Principles of Integration in Ansorogies and Sequences of Japanese Court Poetry」（『Harvard Jouanal of Asiatic Studies.』Vol.21,1958）。後藤重郎「新古今和歌集恋部の配列に関する一考察」（「名古屋大学文学部研究論文集」第二十五号、昭和三十六年三月）。有吉保「新古今的世界の形成—歌材の展開を中心として—」（『語文（日大）』第十一輯、昭和三十六年六月）→『新古今和歌集の研究　基盤と構成』（三省堂、昭和四十三年四月）などが主要なものである。

（2）小西氏は注（1）所掲論文で、従来漠然としていた配列の方法を「進行」（Progression）と「連想」（Association）とに分けて考察された。「進行」とは、風巻氏の指摘された「時間的な推移」にもとづく配列原理であり、「連想」とは、イメージやことばの飛躍的結合による配列原理を意味する。

（3）『新勅撰和歌集』の引用は、『新編国歌大観』（第一巻勅撰集編）により、適宜校訂した。

（4）題詞及び作者名は、さしあたり不必要と認めて省略した。以下、すべての資料の引用に際し、特に必要とするもの以外は歌のみを掲げる。

（5）「題の文字は三文字・四文字・五文字あるを限らず、よむべき文字、必ずしもよまざる文字、まはして心をよむべき文字、ささへてあらはによむべき文字あることをよく心得べきなり」（俊頼髄脳）、「三十一字のなかに題の字を落す事はふかく是を難じたり。但し、おもはせてよみたるもあり」（詠歌一体）などと説かれているように、これは実際的な一つの詠歌法であった。

（6）樋口芳麻呂「新勅撰和歌集と歌合—新勅撰和歌集出典考（一）—」（『国語国文学報』第七集、昭和三十三年二月）。

（7）『続後撰和歌集』の引用は、『新編国歌大観』（第一巻勅撰集編）により、適宜校訂した。

（8）このことについては、注（1）所掲、小西論文に詳細な分析がある。

（9）『新古今和歌集』の引用は、『新編国歌大観』（第一巻勅撰集編）により、適宜校訂した。

（10）誰家思婦秋擣帛　月苦風凄砧杵悲
八月九月正長夜　千声万声無了時（白居易「聞夜砧」）（後句は『和漢朗詠集』秋「擣衣」三四五）。

（11）賓雁繫書飛上林之霜　忠臣何在
寡妾擣衣泣南楼之月　良人未帰（江都督）（『新撰朗詠集』秋「擣衣」三二六）。

（12）たとえば、「山色遥連秦樹晩　砧声近報漢宮秋」（韓翃「同題仙游観」『三体詩』所収）、「檣帆落処遠郷思　砧杵動時帰客情」（梅尭臣「和韓欽聖学士襄陽聞喜亭」『宋詩別裁集』所収）など。

（13）日本古典文学大系『歌論集能楽論集』三三頁。

（14）ただし、為家の実作はこれ程の集中化傾向を見せていないから、終生を通じて多様な詠み方を試みてはいたようである。

（15）峯村文人「和歌表現の中世的性格」（『国文学言語と文芸』第四十八号、昭和四十一年九月）。

【附記1】 初出稿の掲載公刊（昭和四十二年五月）とほぼ並行して、増田欣「擣衣の詩歌―その題材史的考察―」（『富山大学教育学部紀要』第十五号、昭和四十二年三月）。→『中世文芸比較文学論考』（汲古書院、二〇〇二年二月）があり、本稿の第三項で簡単に述べた「擣衣」題の、漢詩からの影響と消長を詳細に跡づけられた。

【附記2】 続後撰和歌集の伝本のうち、最も信頼すべき精撰本として、為家の書写奥書並びに融覚の付属奥書をもつ宮内庁書陵部蔵（四〇五・八八）本が知られ、初出稿の時点では当該写本に拠って考察した（第二節第三節も同断）のであるが、その後同本は『新編国歌大観』（第一巻勅撰集編）（角川書店、昭和五十八年二月）「続後撰和歌集」の底本とされ（樋口芳麻呂校訂解題）、さらにその親本である為家自筆本が冷泉家の秘庫の中に発見されて、冷泉家時雨亭叢書第六巻『続後撰和歌集　為家歌学』（朝日新聞社、一九九四年二月）に影印公刊された（佐藤恒雄解題）。

第二節　続後撰和歌集の撰集意識

一　はじめに

『続後撰和歌集』の研究は、近時（一九六八年）ようやくその緒についた段階で、樋口芳麻呂氏や家郷隆文氏らによる貴重な二・三の業績（注1）をもつにすぎない。この集に限らず、特定の二・三の集を除く十三代集の研究業績が寥々たるものであるのは、一般に行われている否定的評価を認めるほかない点が存在するからであろう。しかし、それらの集を和歌史の上に正しく位置づけるためには、様々な角度から各集の実態を究明する必要がある。本稿は、そのような関心のもと、『続後撰和歌集』の集名をとりあげて考察し、この集の一性格を闡明するとともに、中世和歌史上に占める位置にも言及しようと試みるものである。

二　集名の意義に関する諸説

従来、『続後撰和歌集』という集名の意義に関するまとまった考察はないが、断片的な言及はいくつか拾い出すことができる。早くは、順教房寂恵が（注2）、

続後撰は後撰集を模せらる。天暦の御門の御例にかなへり。

といい、また、北村季吟も、(注3)

題号は、天暦の御時梨壷の五人に仰せて撰ばせ給へる後撰和歌集に続と云心なるべし。古今集をも始め続万葉集といひしたぐひ、はじめ其書ありて後に続の字をかうぶらせ名づくる事、異朝にも其例あげてかぞへがたし。荘子に哥階の名ありて、後に続哥階記あり。後漢書ののち司馬彪が続後漢書等あり。我朝にも続日本紀・続日本後記等あるがごとし。

と注しているが、まだ、『古今和歌集』にあたるものが何であるかは問われなかった。昭和になって、石川佐久太郎氏がはじめて『新勅撰和歌集』との関係に触れ、(注4)

父定家の新勅撰の残屑を拾って得たりとして、新勅撰と今日の勅撰集との関係は、古今と後撰との関係に似ているものとして、続後撰と命名したものであろうか。自信の無い事夥しい。

と、極めて否定的な評価にもとづく理解を示されたし、また、

これ（集中の主な作者）を通覧するに、その多くは新古今時代の歌人であるのを見れば、続後撰の名は、定家の新勅撰の選択方針によった、新古今に対する続後撰の意味であるかもしれない。

とする一説をも示された。近くは樋口芳麻呂氏が、『新勅撰和歌集』の性格を論拠に、(注5)

新勅撰集の撰集方針は、新古今集を否定して、寧ろ古今集に帰ろうとしている様に思われる。為家が続後撰集と命名したのも、或は定家の新勅撰集を古今集に擬し、それにつづく自己の勅撰集を後撰集に擬したのかも知れないのである。

と推考され、また田中裕氏も、(注6)

序はないが命名からみると、新勅撰集を古今集に見立てて自ら後撰集に擬したのであろう。

と説かれている。概して、定家の『新勅撰和歌集』を『古今和歌集』に見立てた、『続後撰和歌集』の意味だろう

とする考えが優勢ではあるが、なにぶんにも論拠に乏しく、推測の域を出ないこと、また、石川氏の一説が『新古今和歌集』をも勘案しているのに対し、可否何れの批判もないことなどをみても、必ずしも問題が解決しているとは称しがたい。

三　先行集の部立の取り合わせ

季吟の言をまつまでもなく、集名は、この集が天暦の『後撰和歌集』に準拠していることを明らかに示している。両集の内部にはいくつかの類似点を見いだすことができる。樋口氏は、①春・秋の部立を各三巻にし、四季部に八巻をあてたこと、(注7)②巻十九を羇旅、巻二十を賀の巻としていること、③巻二十「賀歌」巻頭の実氏と院の贈答歌が、後撰集「賀歌」中の忠平と村上天皇の贈答歌を踏まえていること、④序文の付せられていないこと、などをあげて、為家は「或程度は後撰集を規範として意識し」、外形的な面で「後撰集になるべく倣おう」としていると説かれた。そのほか、村上天皇の御製を二首も巻頭歌に採用していること（ちなみに、巻頭歌に採用された御製は、ほかに醍醐天皇・後鳥羽院・土御門院・後嵯峨院のもの各一首である）、しかも、そのうちの一首、巻十九の場合には、巻末に後嵯峨院の御製を配して、下命者が対比されるように仕組まれていること、また、「目録序」で強調される、撰進に関係ある年の干支が、ともに「辛亥」であることなど、何れも『後撰和歌集』およびその時代との密接な関係を証している。為家自身は、「目録序」の一節で次のように述べている(注8)【附記】。

元久には親父定家新古今をえらべり。その時撰者五人うけ給るといへども、ひとり和歌所にしてことばをあらためしるせり。これをおもへば、むかし古今集四人うけたまはれるなかに、貫之ひとり御書所にてえらびさだめたてまつるにおなじ。撰者の子たるものつたへてうけたまはりおこなふこと、かの貫之延喜に古今集をえらびてのち、時文天暦に後撰集をうけたまはるばかりなり。これによりてなしつぼのあとをたづぬるに、はじめて宣旨をたまはりしこと、天暦五年辛亥なり。あしはらのいまのことばをあつめて奏せんとするに、建長三年辛亥なり。かれも素律はじめていたる月、これも玄英すぎなんとする時也。いまをみていにしへをおもふに、世のためきみのためこれをならぶるに、ことにあひにたり。あとをたづね、ためしをたづねてこれをくらぶるに、またおなじかるべし。

『後撰和歌集』を強く意識し、類似性を強調しようとする姿勢を読みとることができよう。ただ、為家は、『古今和歌集』における貫之と『後撰和歌集』の時文との関係が、『新古今和歌集』における定家と『続後撰和歌集』の為家との関係に類似していることを強調しており、すなおに解すれば石川氏の一説も無視しえないことになる。それは後の問題として、ともかく、『後撰和歌集』との類似・相関は多岐にわたっており、大きな規範にされていたことは明白である。

樋口氏の指摘された『後撰和歌集』との類似点のうち二つは部立に関するものであったが、部立については、なお考究すべき問題がある。『和歌文学大辞典』(田中裕執筆)は、これについて、

本集は凡ゆる点で新勅撰を範とする。まず部立は春・夏・秋・冬・神祇・釈教・恋・雑・羇旅・賀に分れているが、巻数・巻序に僅かの異同がある外は前集に等しく、撰歌範囲が万葉以後歴代の歌人に亘っているのも同様である。

と述べて、巻数・巻序の異同を無視する立場をとる。後述するように、『新勅撰和歌集』との類似への注目は貴重ではあるが、後の勅撰和歌集の部立が、『古今和歌集』における部立のいわば部分的修正であることを思えば、むしろ小異にこそ注目すべきではなかろうか。つまり、巻数や巻序の小異によって、いかなる新しみを創造しえたかが問われねばならないと考える。

前記『後撰和歌集』との類似のほか、樋口氏は、

神祇・釈教を巻九・十に排列することは新勅撰集に、恋を五巻に分けることは古今集や千載集、新勅撰集に、雑を三巻に分類することは千載集や新古今集に一致するのであり、特定の勅撰集の部類を踏襲したのではなく、かなり自主的に部類されているが、(下略)

とも指摘される。神祇・釈教を巻九と巻十に配するのは、たしかに『新勅撰和歌集』にしか先例がないから、おそらく為家はそれに倣ったと考えてよいであろう。恋と雑の巻についても氏の指摘は正しいが、特に創始した集に着目すれば、恋を五巻として巻十一から巻十五に配するのは『古今和歌集』に、雑を三巻として巻十六から巻十八に配するのは『千載和歌集』に倣っていると認められる。さらに、完成した部立からみて、為家にはおそらく前半十巻と後半十巻の対称性を考慮する意図があったと思われ、もしそうなら、前半の四季八巻と対応させるべく、恋と雑をあわせた八巻を巻十一から巻十八に配したものと考えてよく、その方法は、それをはじめて行った『千載和歌集』に倣ったのではあるまいか。そのような見方が許されるならば、『続後撰和歌集』の部立に関連をもつ先行集として、『後撰和歌集』のほかに『千載和歌集』と『新勅撰和歌集』がうかび上ってくることになり、それがともに父祖の撰集であるだけに注目されるところである。

ところで、『千載和歌集』が釈教・神祇の部をはじめて設け、雑を三巻として巻十六から巻十八に配したり、『新古今和歌集』が哀傷・離別・羇旅の順序で巻八・巻九・巻十に配し、神祇・釈教の順序で巻十九と巻二十に配したり、『新勅撰和歌集』がまた、神祇・釈教を巻九・巻十に配し、雑を五巻として巻十六から巻二十に配したように、各集はそれぞれに、先行するものを継承しながらかなりの新しい試みを加えている。にも拘らず、『続後撰和歌集』にはそのような新しみはなく、強いて求めれば、『後撰和歌集』で哀傷と併置されていた賀の巻に一巻を与えたことを指摘しうるにすぎない、という事実を見るならば、先行集の部立を取捨選択して、その取り合わせによって一つの調和あるものを造形しようとした形跡を認めることができるであろう。この「取り合わせ」による調和こそ、先行集になかった本集の唯一の新しみだと思われる。

四　撰集枠組における新勅撰集との類似

これまで、『続後撰和歌集』とは『新勅撰和歌集』を『古今和歌集』に見立てた名称かと推考されながら、その実、両集の関係を指摘したものは皆無に等しく、わずかに『和歌文学大辞典』が、既にみたとおり部立の類似を説き、さらに、撰歌範囲が等しいこと、歌壇・政界の事情をかなり顧慮していること、歌風の継承などをあげている。けれども、歌風の継承以外は、多かれ少なかれ他の集とも共通することで、とりたてて『新勅撰和歌集』とのみの類似が云々される筋合いはないであろう。実は、『新勅撰和歌集』との類似は、それ以外の撰集の枠組の面でまことに顕著なものがある。

第一は、総歌数が極めて近似している(注9)ことである。

	精選本歌数	除棄歌数
新勅撰集	一三七四	八
続後撰集	一三七一	一一

奏覧以後の改訂をも経た最終的精撰本の歌数を比べてみると、極めて似かよっているし、除棄歌を加えると、ともに一三八二首となって完全に一致する。かくの如き一致は到底偶然の結果であるとは考えがたい。しかし、両集の関係を説くのに数字の比較だけでは不十分であろう。両集の完成に至るまでの経緯をたどり、それぞれの段階における本文のあり方をさぐっておく必要がある。

『新勅撰和歌集』の撰集経過は岩波文庫本の解題に的確に説かれているので、それに拠りながら要点を押えておきたい。まず、『明月記』天福二年五月某日、ならびに六月三日の記事[注10]により、この五月に一度奏覧した本は、一四九八首をおさめていたことがわかる。この時の奏覧本は、結局、後堀河院が崩御されるまで手許にとどめおかれたので、形式的にはこれをもって奏覧本と認めねばならないであろう。しかし、定家自身は「廿巻草案」とか「未定狼籍」と記しているので、仮奏覧の未完成本としか考えていなかったことも、また明らかである。その後、鎌倉幕府の意向を顧慮した道家の指示に従って、後鳥羽・土御門・順徳三上皇の御製を悉く切り出すなどのことがあって、文暦二年三月十二日に、道家の許に清書本と草稿本を進入している。同日の記事[注11]から、定家も道家もこの時をもって撰集事業の実質的完了と考えていたことが判る。その時点の本が何首を収載したものであったか確実には知りがたいが、おそらくは除棄歌八首を含む一三八二首程度、あるいはそれ以下のものであったと考えられる。穂久邇文庫蔵本に代表されるような精撰本は、それ以後、主として先行勅撰集との重出歌を切り出して成ったものである。

一方、『続後撰和歌集』も、建長三年十二月に奏覧した本の実体を確実に知ることはできないが、樋口氏は、書陵部蔵の二本に残された建長七年撰者の奥書と、その一本に五首の見せ消ち歌があることから、五首は既に除棄されていたであろうと推定される。[注12]すなわち、一三七七首以下のものであったことになる。しかし、為家が校合に用いたのは奏覧本そのものではなく、「校奏覧本」すなわち奏覧本で校合しておいた本であること、また、奏覧四年後の書写で、撰者自身の手を経ているだけにかえって、その間の除棄歌を見せ消ちにした可能性が大きいことなどから、この数はなお確定的ではない。ここに注目すべき一本があり、それは次のような奥書をもつ陽明文庫蔵二冊本（近五三・二）である。□は虫損欠字を示す。

（A）
以民部卿本書写校合了

本云

書写本後日不□(審)多　仍更申出奏覧御
本悉校合了　為備証本也
撰者三代愚臣
前亜相戸部尚書　在判
以奏覧本重校□(合)畢』

（B）

本云
建武三年十一月上□(旬)之比　□(以)家証本
五ケ日馳筆畢　不□(可)有他□(見)云々
拾遺三品藤　在判

（C）

官記載から、（B）は為世の、（C）は為親の識語と認められる。本書の書写者は明らかでないが、書写年代は室町末期かと思われる。これが注目される所以は、為世が奏覧本で再度校合しておいた本の転写本であることと、「心より」（四二六歌の次）「あか月は」（九七六歌の次）の二首を除く九首の除棄歌が含まれているという事実である。イ本注記は、冷泉家時雨亭文庫蔵為家自筆本、書陵部蔵（四〇五・八八）本などの精撰本にほとんど一致するので、かなり正しく奏覧本の面影を伝えていると考えられ、もしこれによって奏覧本を想定すれば一三八〇首を収載していたことになる。[注13] また、さらにそれ以前の草稿本を想定すると、除棄歌二首に対する補充がなかったと仮定すれば、一三八二首を含むものであったと思われる。これまで、奏覧以後の改訂を経た精撰本をもって最も完成された本と考えてきたことはまったく正しいが、撰集の過程を段階的に探るためには、未精撰ではあっても、草稿本や奏覧本もまた注目されねばならない。未精撰段階における両集総歌数のかくのごときほとんど完全な一致は、決して偶然の所産ではありえず、おそらく為家は、草稿本あるいは奏覧本の時点で、文暦二年道家に進覧した『新勅撰和歌集』とまったく同じ歌数の撰集を企図していたと見てよいであろう。ちなみに、『袋草子』が伝える『後撰和歌集』の総歌数一三九六首は、また両集に最も近く、何らかの関連があるかもしれない。

第二は、総歌数のみならず、前半と後半十巻ずつの歌数も近似していることである。『古今和歌集』に既に二十巻を二分する意識が認められるし、[注14]勅撰和歌集の伝本が多く二帖仕立てで残存しているのもかような意識の存在を証するものであろう。先に想定した奏覧本を比較すると、『新勅撰和歌集』は前半六三二首、後半七五一首、『続後撰和歌集』は前半六三八首、後半七四二首となっている。先行集の場合、『古今和歌集』と『拾遺和歌集』が大幅に後半の歌数が多い以外は、ほぼ折半するのが普通なのだが、その中にあって、巻々の順序がかなり異っているにも拘らず、かく近似しているのは、やはり為家が『新勅撰和歌集』に倣った結果であると思われる。

第三は、上位入集歌人数と歌数における類似である。両集を対照して示すと、次表のとおりである。

	新勅撰和歌集			続後撰和歌集		
1	○	家隆	43		定家	43
2		良経	36	○	実氏	36
3		俊成	35		俊成	30*
4	○	公経	30		後鳥羽院	29
5		慈鎮	27		良経	28
6		実朝	25		土御門院	27*
7	○	道家	25	○	後嵯峨院	23

第一位の歌人がともに四十三首、第二位の歌人がともに三十六首とまったく等しいほか、両集がほぼ同じ均衡を保っていること、二十首以上入集歌人八名、十首以上入集歌人が二十四名であることも完全に一致している。さらに、そこまで意図的であったと断定することは困難だが、両集の奏覧時点における現存歌人と物故歌人の比率の類同も、決して無関係ではないであろう。このように両集は極めて相似

8		雅経	20		慈鎮	22
9		相模	18	○	知家	19
10		殷富門院大輔	15		家隆	18
11	○	定家	15	○	道家	18
12	○	実氏	15	○	信実	17
13		貫之	14		順徳院	17
14		西行	14		和泉式部	16
15		式子内親王	14		基俊	15
16		俊頼	13		式子内親王	15
17		讃岐	13		公経	14
18	○	八条院高倉	13	○	家良	14
19	○	知家	12		西行	13
20	○	道助法親王	11		実朝	13
21		清輔	10		人麿	11
22		長方	10	○	俊成卿女	11
23	○	信実	10	○	為家	11
24	○	教実	10	○	光俊	11

○　現存歌人　　＊除棄歌一首を含む

た様相を呈しており、これら諸点に関しても為家は『新勅撰和歌集』に倣っていると考えざるをえないのである。

第四は、撰者とその嗣子の入集歌数の類似である。このことについて頓阿は『井蛙抄』で次のように説いている。(注15)

新勅撰の撰者の歌十一首、家督の歌六首、続後撰の撰者歌十一首、家督の歌六首、続拾遺の撰者歌十一首、家督の歌六首、これを尤風体の本と見ならふべきにや。（巻六・雑談）

当流撰者初度撰之時、自詠を撰入られたるは定至極本意歌なるべし。風体本様のために書出之。千載集には撰者歌初は十一なり。勅定によりて廿五首を加て三十六首也。（巻一・風体事）

『新勅撰和歌集』の定家の歌が十一首だというのは誤り（頓阿が巻一説の後に掲げる例歌は現存本と同じく十五首）であるが、為家が嗣子為氏の歌を六首採っているのは事実で、これは多分、父の『新勅撰和歌集』に為家の歌が六首採られたことに倣ったものであるにちがいない。また松野陽一氏によれば、『千載和歌集』初度撰の時の撰者の歌は、何れと断定はできないがほぼ確実に十首または十一首であったらしい。[注16] 俊成はもちろんその数に特別の意味をこめていたわけではあるまいが、もし十一首であったとすれば、為氏の入集数を六首にした態度に鑑みて、その十一首に規範的な意味を見いだした最初が為家であった可能性は十分にありうる。為家がそのような意識をもって自詠の入集数を十一首にしたとすれば、ここでも『新勅撰和歌集』とともに俊成の『千載和歌集』がもう一つの規範にされていたことが証される。撰者と家督の入集数をめぐる二条派の撰集故実は、為家の意識に始っていると考えてよいのではあるまいか。

かくのごとく、『続後撰和歌集』は、撰集の枠組において定家の『新勅撰和歌集』と極めて密接な関係を有している。従来指摘されたことのなかった『新勅撰和歌集』とのかくも緊密な関連の事実は、歌風の面で、定家晩年の好尚を反映した新勅撰風を祖述・継承していると半ば常識的に考えられてきたところとも相通うことであり、天暦の『後撰和歌集』とともに、父の撰集がもう一つの大きな規範にされていたことは疑いないところである。『新勅撰和歌集』の撰進時、老年の父を助けて為家が大きな働きをしていることを考えれば、かような事実は、半ば血肉化した知識がおのずと形を成して現れたとも考えられなくはないが、その基盤には、やはり父祖随順の姿勢があったからだと思われる。

五　俊成・定家判歌合判定への随順

父祖随順の姿勢は、たとえば撰歌規準の面からも跡づけられる。次の表は、俊成・定家が、判者をつとめたか、衆議判で後日に判詞を書き付けた歌合からの採歌数を示したものである。

歌合における勝り劣りの判定は相対的なものにすぎないから、[注17] 採歌にあたって悉く勝負の判定が参酌されたと考えてはならないが、また、まったく無視しえたはずもない。

	所載歌合名	歌数	勝	持	負	備考
俊成	六百番歌合	1（2）	1（2）			
	民部卿経房家歌合	1（1）	1	（1）		
	建仁元年八月十五夜和歌所撰歌合	1	1			
	千五百番歌合	2	2			
定家	（宮河歌合）				（1）	
	千五百番歌合	1（2）	1（1）		（1）	
	建保四年内裏百番歌合	7	4	1	2	＊
	（右大臣家歌合）	（1）	（1）			＊
	建保五年内裏歌合	2	2	3		＊
	光明峯寺摂政家恋十首歌合	9（1）	3（1）		3	
	光明峯寺摂政家名所月三首歌合	1（3）	1（1）	（1）	（1）	

括弧内は題詞に歌合の歌である旨の明示がないものの数。備考欄の＊印は衆議判後日定家判詞書付

まず、俊成判の歌合の場合、八首のうち七首が勝、一首が持で、負歌はないし、題詞に記されたものだけに限れば、すべて勝歌である。このことから、為家と俊成の撰歌眼は近似していたと考えることは誤っていないであろうが、それは為家が祖父の世界を忠実に祖述した結果でもあるわけで、俊成の判定が為家に与えた影響の大きさこそ注目されねばならない。もちろん、定家も『新勅撰和歌集』で父の判定を尊重しているが(注18)、一首は完全な負歌をとっているし、持の歌も多いのに比べ、為家の場合には、はるかに尊重の度合いが大きい。

定家関係の歌合からはかなりの負歌が採られているように見えるけれども、子細にみればやはり皆無に等しい。「宮河歌合」の一首は題詞に記されていないし、為家が撰歌合形式の歌合からは採択しない方針をとっていること[注19]に鑑みて、直接には『山家集』から採ったと思われるので、除外して考えてよい。その他七首のうち四首は相手に勝を譲った歌で、もとより実質的な負歌ではない。完全な負歌としては、「建保四年百番歌合」の一首（十二番右）と「光明峯寺摂政家恋十首歌合」の二首（六番左、一〇七番右）、計三首があるけれども、この二つの歌合は純粋な定家判とは称しがたい。前者は類従本に定家判とし、「或本衆議判後日付詞畢」と注しているように、判詞の内容からみて衆議判と考えて然るべきであるし、後者も形式的には確かに定家判だが、後記によれば、定家は座中で退屈しきっていて、衆議に任せてなげやりな判定をしているから、これも衆議判とほとんど異ならない。[注20]従って、この三首の採択で無視されたのは、父定家の判定ではなく、近き世の衆議であったと解されねばならない。かように、定家への依存度もまた俊成の場合に劣らないし、基家の「なきぬべきゆふべのそらをほととぎすまたれんとてやつれなかるらん」の夏歌への採入（一七五）も、『井蛙抄』[注21]の伝承が真を伝えているなら、定家の意向に従った可能性が大きい。俊成・定家への随順は、かくのごとく採歌規準にまで及んでいたようであり、それは枠組の面で父祖の撰集に依存した姿勢と基盤を同じくするものであった。

六　父祖の権威への随順と後撰集標榜

他方、『新古今和歌集』とはほとんど交渉するところをもたず、強いて求めれば、石川氏が注意されたごとく、『後撰和歌集』に古今集時代の歌が多いのと同様、新古今時代の歌がかなり多く採られていることをあげることができようか。しかし、著しく多いわけではなく、各時代の均衡はよく考慮されているし、歌人数もさして多くはない。つまり、新古今時代には傑出した歌人が多かったために一人当りの入集数が増え、それゆえ、上位入集歌人だけをみる時には前代への傾きが強く印象づけられるだけなのであって、当時の撰集としてそれはほとんどやむをえぬことであった。『新古今和歌集』との相関はやはり皆無であるといわねばならない。

以上、先行集との類似を検討し、集の志向を探索してきたが、その限りでいえば、『続後撰和歌集』における『古今和歌集』は、『千載和歌集』を背後にもった『新勅撰和歌集』以外には考えられない。さらにまた、『後撰和歌集』ならびに『新勅撰和歌集』との著しい類似は、それらになるべく倣おうとする為家の意図なくして生じえなかったはずだから、撰者為家の意識においても、それはやはり『新勅撰和歌集』であったと考えねばなるまい。従来の説はそれぞれの立場で正しかったことになる。

しかるに、為家自身は「目録序」で、先行集とのかような類似には触れず、撰者の父子関係だけをとりあげ、『新古今和歌集』における定家と『続後撰和歌集』の為家との関係が、『古今和歌集』における貫之と『後撰和歌集』の時文との関係に符合するものとして、その類似を強調する。この記述のし方から推せば、為家は『古今和歌集』に相当するものとして『新古今和歌集』を考えていたと解さねばならないであろう。けれども、この説明は甚だ当を得ていない。なぜなら、『後撰和歌集』における時文は複数撰者の一人にすぎないのに、為家の場合は単独撰であること、貫之は『古今和歌集』だけにしか関係しなかったのに、定家は後に『新勅撰和歌集』を独撰していること、撰者の子がひき続き勅撰集撰者を拝命した先例は、俊成と定家の場合にも指摘できることなどの相違があるのに、一切不問に付されているからである。為家の撰集は、撰者の関係など外在的な類似からは『古今和歌集』にあたるものを単純に指定できぬ立場にあったはずなのである。にも拘らず、『新古今和歌集』だけを指定したこと、また説示のし方自体も、いかにも付会めいている。とはいえ、為家がまともにそう信じていたことを否定するに足る論拠ももちろんありはしない。とすれば、むしろこの際問われねばならないのは、表面の不合理性ではなく、為家がなぜ、内面的には明らかに『新勅撰和歌集』に拠りながら、表向きには『新古今和歌集』をもち出さねばならなかったのかということであると思われる。それには、撰者の関係に注目する限り『新勅撰和歌集』よりも『新古今和歌集』にはるかに近似していたとか、『新勅撰和歌集』の模倣を表だてたくなかったのではないかとか、いくつかの直接的な理由を想定できようけれど、根源的には、たとえ晩年の定家がそれに対して否定的な見解を持っていたとしても、父が重要な役割を果して成った『新古今和歌集』を完全に無視しえなかったからだと思われる。為家が無意識裡に『新古今和歌集』を捜し当てたとしてもことは同じだが、少くとも、『新古今和歌集』をもち出したことによって、父の関係した二つの集をともに否定することにはならないという結果をえたことは確かであり、それは、父祖のすべてを否定できなかった、というよりもすべてを継承しようとする為家の姿勢に由来している。先行者の到達した最高の境地のみならず、彼がそこに至るまでにたどる諸段階をも同時に承け継ぐことが、世阿弥たち中世人の考えた「継承」にほかならなかったが、(注22)それと同じ意識が既に為家に存在していたのではなかったか。

ところで、なぜ『後撰和歌集』が顧みられねばならなかったのであろうか。一つの理由は、これまで自明のこととして考えてきた、『後撰和歌集』との「立場の相似」にあると思われる。すなわち、『新勅撰和歌集』という集名は、岩波文庫本解題に説かれるとおり、明らかに「勅撰集の再出発を企図した」ことを示すものであり、それに続く集であったことが、ちょうど、最初の勅撰集である『古今和歌集』と『後撰和歌集』との関係に相当するものだったからである。為家が父の撰集の集名を意識しなかったはずはないであろう。しかも、既に述べたように『後撰和歌集』との多くの類似が求められ、また「新後撰和歌集」ではなく「続後撰和歌集」と命名されたところには、『後撰和歌集』そのものとの密接な関係が認められる。とすれば、もう一つ、より直接的な契機として、巻二十「賀歌」巻頭の前太政大臣実氏と後嵯峨院の贈答歌を考えていいのではないかと思われる。この贈答歌が『後撰和歌集』賀歌の中に見いだされる太政大臣忠平と村上天皇の贈答(注23)を下敷きにしていることは、早く『古今著聞集』にも指摘されているとおり、明白である。題詞によれば、宝治二年、実氏の西園寺第御幸の折の所詠ということになるが、しかし、この題詞の年次は誤りで、前年の寛元五年二月二十七日に詠まれたものである。[注24]一方、為家が勅撰集撰進の院宣を奉じたのは、宝治二年七月二十五日、実氏の宇治真木嶋山荘御幸の時であった。[注25]従って、この贈答歌は院宣を奉じるよりも一年半も前に詠まれていたことになる。多分、撰集事業の当初からこの贈答歌は意識され、『後撰和歌集』準拠のきっかけになったであろうと思われるし、どんなに遅くとも、部類の段階でこれが「賀歌」巻頭に配され、後嵯峨院讃頌の志向をになうことになった時、[注26]『後撰和歌集』は明らかに為家に意識されていたであろう。

かくして『後撰和歌集』が顧みられ、それと『新勅撰和歌集』、また『千載和歌集』をも拠りどころにして撰集されたところに、この集のもつ二面的な性格がいみじくも露呈している。つまり、『千載和歌集』『新勅撰和歌集』と続いてきた御子左家の三代目の集であったという一面と、延喜・天暦の聖代にも比すべき、今の後嵯峨院時代歌壇の記念碑としての勅撰集であったという一面とである。為家に要請されたのは、かような二面性をあわせもつ勅撰集だったはずであり、為家は、父祖の権威に従いながら、一方で『後撰和歌集』を標榜するという方法によって、それに応えたのである。集名はそのような集の性格を反映したものとして理解されねばならない。

七　父祖以外の先行権威への随順

かように、『続後撰和歌集』は、『後撰和歌集』と『新勅撰和歌集』に最も大きく拠りどころを求めてその形式を踏襲し、また父祖の権威に随順する姿勢の上に成り立っている。ひるがえって、かかる方法を支えていたものに思いをめぐらしてみるならば、それは『後撰和歌集』や『新勅撰和歌集』などを「既に存在するもの[注27]」と見なす意識にはほかならないことを知るであろう。そのような意識はまた、おしなべて広く為家の仕事全般に認められるところでもある。たとえば、「千五百番歌合」から採択した歌について、各判者の加判状況をみると次のとおりである。

	勝	持	負	計
釈阿	2			2
良経	2（1）	（1）	1	3（2）
後鳥羽院			（1）	（1）
定家	1（1）		（1）	1（2）
季経	3（3）	1		4（3）
師光	1	（2）		1（2）
顕昭	2（1）			2（1）
計	11（6）	1（3）	1（2）	13（11）

括弧内は題詞に歌合の歌である旨の明示がないものの数。

定家は『新勅撰和歌集』で、六条家の顕昭が負と判じた歌を五首、(注28) 師光判の負歌二首、忠良・後鳥羽院・慈円判の負歌を各一首採択して（勝を譲った良経判の一首は加えない）、その合計は勝歌八首をしのいでいた。けれども、為家の場合には、俊成や定家判同様彼等の判定と齟齬するところはない（良経・後鳥羽院・定家判の負歌は何れも自詠を判じて勝を譲ったもの）。定家の顕昭判に対する態度は、峻烈な抗争の余燼としての対抗意識に負うものであろうし、同時にまた明らかな歌観の相違を示すものでもあるが、為家にはもはやその何れも存在しない。歌合における判定は相対的なものだとはいえ、この数から、顕昭・師光・季経などの判定に従っていると結論することは、おそらく誤っていないであろうし、そうでないとしても評価規準を同じくしていたということになり、やはり御子左系以外のものを同時に継承したことを意味する。為家の意識においては、「千五百番歌合」そのものが既に動かしがたい権威になっていたのである。

為家歌論の形成を支配したのも同じ意識や姿勢だったようである。『宗尊親王三百首』などには、「亡父正しく申しき」「亡父申し候ひき」などといった評語が頻々と現われ、父定家への依存度の大きさを示しているし、『詠歌一体』や『為家書札』[注29]にも、俊成・定家への絶対的ともいうべき随順の姿勢が顕著である。父祖のみならず、その歌論には、古くは『新撰髄脳』から六条家の『和歌初学抄』[注30]『和歌一字抄』などに至るまで、数多くの先行歌論が摂取されている事実を、容易に見出だすことができる。「既に存在するもの」を取り合わせて調和あるものを形造る方法は、部立について既に指摘したところだし、それはまた『詠歌一体』の末尾に、

歌はめづらしく案じ出してわが物と持つべしと申すなり。さのみあたらしからむ事はあるまじければ、おなじふる事なれども、こと葉つづきしなし様などを珍しくききなさるる体をはからふべし。

と述べられた詠作法とも重なりあう。平淡美と位置づけられる為家歌論の、形成面における特質は、先行するものすべてを承けいれながら、そこに調和ある一つの綜合を試みたことにあったのである。かつて島津忠夫氏が、『秀歌大体』の三代集主義がそのまま『詠歌一体』に受けつがれてゆく、と述べられた[注31]のに対し、福田雄作氏が、『詠歌一体』の別の部分には明らかに『近代秀歌』の「寛平以往」が継承されているから、為家のは三代集主義などではない、と反論された[注32]ことがある。しかし、両氏の指摘はそれぞれに正しいのであり、このような矛盾めいた事態がまた、為家歌論の以上のような性格を裏づける一つの証左にほかならない。

八　おわりに

かく見てくれば、「既に存在するもの」に依存してそれを継承しようとする姿勢の端的なあらわれが、『続後撰和歌集』の「続」であったといっても過言ではない。それは、俊成や定家における古典意識ないし先蹤に対する態度とはまったく質を異にするものであった。為家における、そのようないわば守成の意識は、たしかにその資質に深

く関わっているであろうから、今日的な立場から否定的な扱いを受けるのは強ち不当とはいえない。けれども、その「既に存在するもの」への依存が、最も中世的と見なされる「家」とか「道」の存立に不可欠の基盤であること[注33]は、いま少し重視されてよいのではあるまいか。守成とは、必ずしも消極的な意識ではない。少くとも歌人の意識に注目する限り、定家と為家、『新勅撰和歌集』と『続後撰和歌集』の間にはかなり大きな隔りが認められねばならないであろう。もとより、和歌史の区分は、歌風史・歌論史・歌壇史など様々な観点から行う考察の綜合の上に立論されねばならず[注34]、歌風などに関してはむしろ密着していて截断不可の状態なのだから、これをもって軽々に画期性を云々すべきではあるまい。しかし、以上のような事実、換言すれば、歌人の意識における中世深化[注35]の事実を確認しておくことは無意味なことではないであろう。それが、後世歌壇史的に主流を占めた二条派を完全に規制し、陸続として同工の集名を冠する勅撰和歌集を生む基盤となった意識だったのである。

【注】

（1）樋口芳麻呂①「続後撰和歌集伝本考」（『和歌文学研究』第七号、昭和三十四年三月）、②「続後撰目録序残欠とその意義」（『国語と国文学』第三十六巻第九号、昭和三十四年九月）。家郷隆文「続後撰集の選歌以後について―藤原為家ノート・その六―」（『国語国文研究』第三十五号、昭和四十一年九月）。佐藤恒雄「衣を擣つ女―続後撰和歌集の一考察―」（『国文学解釈と鑑賞』第三十二巻第六号、昭和四十二年五月）。→本書第三章第一節。

（2）尊経閣文庫蔵『寂恵法師文』（弘安三年ころ成立）。石澤一志・加畠吉春・小林大輔・酒井茂幸「『寂恵法師文』翻刻」（『研究と資料』第四十二輯、一九九九年十二月）。久保田淳「順教房寂恵について」（『国語と国文学』第三十五巻第十一号、昭和三十三年十一月）。→『中世和歌史の研究』（明治書院、平成五年六月）参照。

（3）宮内庁書陵部蔵『続後撰和歌集口実』（元禄十六年写、三冊）。『北村季吟古注釈集成』第四十二冊・四十三冊（新典社、昭和五十三年十月・十一月）に影印がある。

（4）『校註国歌大系』第五巻『十三代集一』（講談社、昭和三年二月）「解題」一一頁。

（5）前掲注（1）、樋口②論文。

（6）『和歌文学大辞典』（明治書院、昭和三十七年十一月）「続後撰和歌集」の項。

（7）福田秀一「中世勅撰和歌集の撰定意識―序・題号・部立構成からみた―」（『成城文芸』第四十七号、昭和四十二年七月）も同じことを指摘し、四季部の増加分が恋・雑の減少分によって補われている関係を説かれる。なお、氏の論は、中世勅撰和歌集の題号が部立と密接に関係していることその他を十三代集全体にわたって通覧したもので、裨益される点が多い。また、二十一代集全体の詳細な部立対照表が付載されていて便利である。参照されたい。

（8）前掲注（1）、樋口②論文に本文は翻刻されているが、尊経閣文庫蔵伝為親筆『続後撰和歌集』付載の原本文によって確認しつつ使用する。なお、本節末尾に［附記］として逸文を集成した。

（9）久曾神昇・樋口芳麻呂校訂『新勅撰和歌集』（岩波書店、昭和三十六年四月）、前掲注（1）樋口氏①論文参照。

（10）（五月）廿巻草案、片時可進入、御一見之後、即可被返下之由、被仰之、雖未定狼籍、倉卒注出之、（六月三日）当時所載歌一千四百九十八首、後拾遺佳例、加給御製今二首、可満五百首之由令奏之、

（11）（文暦二年三月十二日）（前略）申時許又帰来云、行能朝臣終勅撰清書送遣之、仍清書廿巻［入冠絵箱］、草廿巻、持参大殿、進入之、此事已果遂、悦思食由被仰者、聞此事心中殊感悦、即帰、

（12）前掲注（1）樋口①論文。

（13）実は、一〇一八、一〇一九の二首が、一〇二六の題詞の次に重出していて、総数は一三八二首であるが、ちょうど一丁を隔てた改頁の箇所であり、題詞も類似しているので一往この本または建武三年書写時の誤謬と判断した。

（14）小西甚一校注『古今和歌集』（『新註国文学叢書』講談社、昭和二十四年九月）解説。

（15）『日本歌学大系』第五巻。一一九頁、一二六頁。

（16）松野陽一「千載集の成立事情と伝本の派生について」（『平安朝文学研究』第六号、昭和三十六年一月）、同「俊成自撰詠藻『保延のころをひ』について―長秋詠藻・千載集との関係―」（『国文学研究』第二十七集、昭和三十八年三月）。→『藤原俊成の研究』（笠間書院、昭和四十八年三月）。なお、『寂恵法師文』にも、「詞花集ののち勅撰ひさし

くたえて、皇太后宮大夫老後にえらばれ侍時の千載集に、自詠十一首をのせられたり。別勅ののち廿六首まで侍れども、一々の秀逸いづれこそ金玉のこゑならずといふ事なくや侍らん」とある。

(17) 峯村文人「中世の歌合における批評について」(小樽商大『人文研究』第七集、昭和二十九年一月)など参照。

(18) 樋口芳麻呂「新勅撰和歌集と歌合―新勅撰和歌集出典考(一)―」(『国語国文学報』第七集、昭和三十三年二月)。

(19) 原資料から撰歌結番して成ったこの種歌合との共通歌には、一首として歌合名を明記していない。資料的価値の低さを慮って使用されなかったのであろう。

(20) たとえ、衆議の投影を認めない立場をとるとしても、この歌合はやはり例外的に扱わねばならない。

(21) 「新勅撰時、光明峯寺殿より鶴どの歌事執申さるる時、撰者御返事に、後京極殿鍾愛御子として三十七にならせ給候、尤其仁と申べく候へ共、御風体猶存旨之由被申子細て、但、なきぬべき夕の空を郭公またれんとてやつれなかるらむ、是等は宜候のよし被申云々」(『日本歌学大系』第五巻・九五頁)。

(22) 小西甚一「道の形成と戒律的世界」(『国学院雑誌』昭和三十一年九月)。

(23) 『後撰和歌集』一三七八・一三七九。

(24) 『葉黄記』同日の裏書(『大日本史料』第五編第二十一)、及び『古今著聞集』和歌第六(岩波日本古典文学大系一九三頁)。なお、翌二月二十八日改元して宝治となる。

(25) ①九大本『代々勅撰部立』(康応元年写)、②『歴代和歌勅撰考』所引『勅撰次第』(井上宗雄『中世歌壇史の研究南北朝期』や福田秀一氏によれば、この原形が①本かという)、③『宝治百首』(樋口氏蔵本・書陵部蔵本など)巻頭注記、④『尊卑分脈』など、すべて七月二十五日宇治御幸の時として異説なく、『百錬抄』『葉黄記』『歴代編年集成』などによれば、上皇は二十四日出京、二十六日に還御されている。

(26) 佐藤恒雄「続後撰集の当代的性格」(『国語国文』第三十七巻三号、一九六八年三月)。→本書第三章第三節。

(27) 小西甚一『日本文学史』(弘文堂、昭和二十八年十二月)。同(講談社学術文庫、一九九三年九月)。

(28) 前掲注(18)論文。

(29) 谷山茂「為家書札とその妖艶幽玄体―附、越部禅尼消息等の伝本ならびに紫明抄のことなど―」(『文林』第一号、

昭和四十一年十二月）に翻刻。冷泉家時雨亭叢書第六巻『続後撰和歌集 為家歌学』（朝日新聞社、一九九四年二月）に影印と解題。

（30）『日本歌学大系』（第二巻）、冷泉家時雨亭叢書第三十八巻『和歌初学抄 口伝和歌釈抄』（朝日新聞社、二〇〇五年八月）所収。奥書によれば、為家は弘長二年六月にこれを書写している（口絵図版7参看）。

（31）島津忠夫「定家歌論の一考察―近代秀歌をめぐって―」（『国語と国文学』第四十一巻第二号、昭和三十九年二月）。→『和歌文学史の研究 和歌編』（角川書店、平成九年六月）、『島津忠夫著作集』（第七巻・和歌史上）（和泉書院、二〇〇五年六月）。

（32）福田雄作「新勅撰和歌集における寛平以往の歌」（『日本文芸研究』第十六巻四号、昭和三十九年十二月）。→『定家歌論とその周辺』（笠間書院、昭和四十九年七月）。

（33）たとえば、小西甚一は「道」の属性として、「専門性」「普遍性」「継承性」「尊厳性」の四項目をあげ（『能楽論研究』塙書房、昭和三十六年四月、一二二頁）、石津純道は、「伝承的意識」と「宗教的意識」を考えている（『中世文学と芸道』至文堂、昭和三十六年六月、五六頁）。

（34）福田秀一「中世和歌史序説」（『心の花』第八〇〇号、昭和四十年六月）。→『中世和歌史の研究』（角川書店、昭和四十七年三月）。

（35）石津純道は前掲注（33）論考で、主として為家の稽古思想に注目し、その宗教性から同じことを説いている。私見と相補うものである。

【附記】「続後撰和歌集目録序」の逸文を集成し、掲示しておく。

○ 尊経閣文庫蔵伝為親筆『続後撰和歌集』付載本文。

（前欠）「天暦にかさねて後撰集をあつめらる。そのゝち花山のふかきほらに、身づから拾遺集をえらび給。白河のひさしきながれに勅して、後拾遺をたてまつらしむ。金葉・詞華ふたつの集おの〳〵十巻ハ、木工頭俊頼朝臣・左京大夫顕輔卿等、一人これをうけ給る。これらのあとをゝひて、文治には祖父俊成千載集をあつめ、元久には親父定家新古今をえらべり。その時撰者五人うけ給るといへども、ひとり和歌所にしてことばをあらためしるせり。これをおもへば、むかし古今集四人うけたまはれるなかに、貫之ひとり御書所にしてえらびさだめたてまつるにをなじ。撰者の子たるものつたへてうけたまはりおこなふこと、かの貫之延喜に古今集をえらびてのち、時文天暦に後撰集をうけたまはるばかりなり。これによりてなしつぼのあとをたづぬるに、はじめて宣旨をたまはりしこと、天暦五年辛亥なり。あしはらのいまのことばをあつめて奏せんとするに、建長三年辛亥なり。かれも素律はじめていたる月、これも玄英すぎなんとする時也。いまをみていにしへをおもふに、世のためきみのためこれをならぶるに、ことにあひにたり。あとをたづね、ためしをたづねてこれをくらぶるに、またおなじかるべし。このゆへに、春のはなにほひをそへて夏にうつり、秋の月ひかりをまして冬にわたる。吾くにゝあとをたるゝ神のちかひをあふぎ、三世に人をあはれぶ仏のゝりをたのミ、又しらぬ人をこひ、おもふ心をしのび、ゆふべをちぎり、あかつきをゝしみ、かはるをしたひ、わするゝをうらみ、あるは所にしたがひて名をあらはし、あるは時につけて心ざしをよせ、ふるきをこひ、おもひをのべ、かりごろもたつわかれをゝしミ、たびまくらむすぶ夢をたのむのミにあらず、ちひろのはまのまさごにちとせのかずをかぞへて君をいはひ、さはたがはのせゞのしらいとによろづよへてもすむべき御世をいのるにいたるまで、二十巻として続後撰和歌集となづく。さきの新勅撰集ハ、定家おいのゝちかさねてうけたまはる。そのころをひの歌、ことばをかざりてまことすくなきさまを人おほくこのみ、世みなまなべるによりて、すがたすなをに心うるはしき歌をあつめて、みちにふけるともがら、心をわきまうるたぐひあらば、歌のみち世につたはれとて、えらびたてまつれりき。しかるをいま、わがきミ礼につき文をまもりたまふ時として、もゝしき」（後欠）

○『代集』「続後撰」の項。

もくろくの序云、「宝治二のとし勅をうけたまはりて、建長三のとしの冬つゝしむでそうす」云々。

第三節　続後撰和歌集の当代的性格

一　はじめに

『続後撰和歌集』に対する大方の評価は、「見るべき価値を殆んど有してゐない」(注1)とされている。歌そのものの検証によって得られた評価は、それなりに十分な根拠をもつはずであり、否定しえぬ妥当性がある。しかし、『続後撰和歌集』に最も近い時代の『越部禅尼消息』には、全く逆に過当とも思えるほどの褒辞が述べられているし、『夜の鶴』にも阿仏尼の好意に満ちた評価がみえる。このような当時のなまなましい称讃のことばを、我々は全く無視し去っていいのであろうか。いったい、何がかような評価を可能にしたのか。本節は、そのような疑問から出発し、個々の歌ではなく、その集積としての『続後撰和歌集』を検することによって、一つの性格を明らかにしようとするものである。

二　「賀歌」による後嵯峨院讃頌

『続後撰和歌集』巻二十「賀歌」巻頭の(注2)、

宝治二年、さきのおほきおほいまうちぎみの西園寺のいへに御幸ありて、

かへらせ給ふ御おくり物に、代々のみかどの御本たてまつるとて、

つつみがみにかきつけ侍りける　前太政大臣

つたへきくひじりの代々のあとを見てふるきをうつすみちならはなん（一三三〇）

御返し　大上天皇

しらざりしむかしにいまやかへりなんかしこき代々のあとならひなば（一三三一）

この贈答歌が、『後撰和歌集』巻二十「慶賀」歌中の贈答歌、

今上帥のみこときこえし時、太政大臣の家にわたりおはしまして、

かへらせ給ふ御おくりものに、御本たてまつるとて　太政大臣

君がためいはふ心のふかければひじりのみよのあとならへとぞ（一三七八）

御返し　今上御製

をしへおくことたがはずはゆくすゑの道とほくともあとはまどはじ（一三七九）

を踏まえていることを、樋口芳麻呂氏は指摘された。(注3) そして氏は、『後撰和歌集』との関連について、右の二首を続後撰集最終巻たる巻二十の賀の巻頭に据えている所に、後撰集、更には後撰集を撰進せしめられた天暦の治世を慕い、この続後撰集の撰進される後嵯峨院・後深草天皇の御世も、同じく聖代である様にと祈る為家のひそかな願いが籠められている様に思われるのである。

と説いている。後嵯峨院と実氏との贈答が、疑いなく忠平と村上天皇の贈答の吉例を襲ったものであり、従って、この贈答歌の背後にある『後撰和歌集』時代への為家の仰慕をここに読みとることは全く正しい。

同時にまた、「為家のひそかな願い」が、部分的にここに顕現したというにとどまらず、この贈答歌はいまひとつ大きな意味をもっているようでもある。この贈答が行われた際の状況がどうであれ、「賀歌」巻頭に定着した時、

これは単なる個人的な贈答歌以上の意味を担った存在になったと見なければならない。なぜなら、贈歌は時の最高の権力者としての公人実氏のものであり、従って、「ひじりの代々のあとを見てふるきをうつすみちならはなん」と希う歌の内容もまた公の性格をもつもので、為家を含めた「民意」がここに代表されている、という図式で理解されようからである。つまり、この歌は広く臣民の立場から、「治者」としての後嵯峨院に向けられた賀の歌なのであり、答歌における上皇の心中披瀝は、かような民意に対する決意表明にほかならない。

いずれの巻の場合にも巻頭歌は大きな存在であるが、とりわけ「賀歌」の巻頭歌は、往々にして巻全体の、さらには当該集全巻の特異な性格をさえ反映しているようである。たとえば、『新勅撰和歌集』の「賀歌」は、

貞永元年六月、きさいの宮の御方にて、はじめて鶴契遐年といふ題を

講ぜられ侍りけるに　　　　　前関白

つるの子のまたやしはごのするゐまでもふるきためしをわが世とや見む（四四三）

関白左大臣

ひさかたのあまとぶつるのちぎりおきし千世のためしのけふにもあるかな（四四四）

の二首にはじまる。前者は九条道家の、後者はその息男教実の詠であり、題詞中の后宮は道家の女竴子、後の藻璧門院である。この二首は、天皇や上皇に奉った賀歌でもなく、また、ごく普通の算賀の歌でもない。専ら、外戚として顕栄を誇る自らの九条家への衿侍と奢りを露わに謳った、異例とも称すべき内容をもつ賀の歌である。定家をしてこの歌を巻頭に配せしめたものは、例の三上皇の歌を切り出さねばならなかったと同じ外圧、ないしは政治的妥協であったにちがいなく、必ずしも彼自身の文芸的理想に発した措置ではなかったであろう。が、それはそれとして、『新勅撰和歌集』を最初に企図し、事業の実質的な宰領者であった九条道家に対する、あまりにもあからさまな配慮が、この巻頭歌には顕われている。まさしく新勅撰集的性格を反映した巻頭歌だといってよい。

また、『新古今和歌集』の「賀歌」巻頭には、次の歌が配されている。

みつぎものゆるされてくにとめるを御覧じて　　仁徳天皇御歌

たかき屋にのぼりてみれば煙たつたみのかまどはにぎはひにけり（七〇七）

いわれるごとく、この歌は仁徳帝の御製ではなく、時平の歌を原型とする伝説的な歌なのであろう。それはともかく、御製として載録されたこの歌が、「治者」の立場で詠まれていることに注目しなければならない。至尊の御製を「賀歌」巻頭に据えることはままありはしても、「被治者」への志向を有するこのような内容の歌は、ほかに例を見出せない。この歌を巻頭に配した意図は、後鳥羽院自身を仁徳帝に擬し、仁徳帝の御製によって後鳥羽院の大御心を代弁させるところにあったとみて誤りはあるまい。仁政を布き、後世の範と仰がれる治世を招来した仁徳天皇のごとき君たろうとする後鳥羽院の、あるべき治世観の示された歌であり、やはり後鳥羽院の立場から執筆された仮名序の「賀歌」を説明した文言「たかきやにとほきをのぞみて民のときをしり」と相まって、「賀歌」の志向がここに存することを物語っている。『新古今和歌集』における院の親撰的性格は、いくつかの点に指摘されている(注4)けれども、この巻頭歌もその一つに加えられてよいであろう。『新古今和歌集』もまた、集の最もそれらしい性格が「賀歌」の巻頭歌に反映しているのである。

かような近接二集の事例に徴するならば(注5)、『続後撰和歌集』「賀歌」巻頭の贈答歌が担っている意義もおのずから了解されるであろう。天暦の古例を背景とし、先に述べたような内容と意味をもつ贈答歌が配されることによって、この巻頭に、さらには「賀歌」一巻に、今の世を讃え、天暦の聖代にも比すべき時代であれと希う、後嵯峨院とその世への「讃頌」の性格が付与される結果をえたのである。巻頭の二首のみならず、一首大納言典侍の歌を含むけれども、七首目までが後嵯峨院と実氏の歌によって占められていること、しかもすべてが、君を祝い御代長久を希う歌、また治世への自覚を歌った御製であることよりすれば、巻頭部分が讃頌を志向しているといい換えるべきかもしれない。

もちろん、撰進下命者を讃える手段はほかにもある。たとえば、俊成は、下命者たる後白河院の御製をかざることによってそれを表現しようとしたようである。しかし、『千載和歌集』の場合、歌の内容は先帝近衛天皇の齢に対する祝の心を扱ったものであり、それは二首目三首目においても同断である。従って、御製を巻頭歌に用いたという一事以外に、それを表現すべき内容面の深さに乏しく、多分に外交辞令的であることを否めない。ほぼ同じことを意図していながら、両者の志向に明らかな差違の存する所以である。

巻頭部にそれだけの意味を読みとってよいであろうことは、巻末にも同様の志向が顕われていることによって証される。巻二十の巻末には、鳥羽天皇の大嘗会歌二首（一三六六・一三六七）、仁治三年後嵯峨天皇の大嘗会歌二首（一三六八・一三六九）、寛元四年後深草天皇の大嘗会歌二首（一三七〇・一三七一）、計六首が配されている。大嘗会歌を「賀歌」巻末に配した先行集としては、『千載和歌集』と『新古今和歌集』があり、『続後撰和歌集』がそれらに倣っていることは疑いない。しかし、徒らに多きを競わず六首にとどめられ、撰集下命者である後嵯峨院、及び今上天皇の大嘗会歌が巻末に配されることによって巻頭との照応が保たれていること、また最末の歌、つまり全二十巻の最後の一首が「千代のかざしは君がためかも」という歌詞で結ばれていることなどは、為家の意図したところを窺わせるに足る。さらに、鳥羽天皇の大嘗会歌が採択されていることも極めて象徴的である。なぜなら、後世の史家が「白河・鳥羽ヨリ以来、穏カナル御代ニテゾ渡セ給ヒケル」(注6)と評しているように、全般的に眺める限り、後嵯峨院の御世は久しく白河朝鳥羽天皇以来の静穏な時代であった。だとすれば、この六首の巻末配置は、騒擾の世を経て久々に訪れた静謐を喜び、後嵯峨院がかつての白河朝を目標に王朝盛時の復興再現を積極的に進められた(注7)、今の後嵯峨院ならびに後深草天皇の世を寿ぎ、栄えの長久を希うべき意図をもってなされたものと理解されるであろう。巻頭同様、『千載和歌集』の巻末にはいくらか『続後撰和歌集』に似通った性格を認めうるが、内質は著しく稀薄であり、『続後撰和歌集』の比ではない。ただ大嘗会歌は限りあるものだし、残存の状況や先行集とのかねあいなど特殊な事情はあったはずで、それを容認してもなお、ここに讃頌志向の一端を認めることはできる。

巻頭と巻末のそのようなあり方のみならず、「賀歌」の内質からもまた同じような性格を抽出できる。賀歌には概ね賀の対象となる人物が存在する。いまそれを基準にして、便宜的に、天皇及びそれに準ずる人々に何らかの関連を有する慶賀の歌と、対象不定のものも含めてそれ以外の、主として貴顕に関係のある賀の歌の二つに分ち、(注8)その消長をみると、『古今和歌集』では前者が八首、後者が十四首、『後撰和歌集』では前者が九首、後者が九首、『拾遺和歌集』でも前者が十五首、後者が二十三首という状況にあったものが、『続後撰和歌集』に至ると後者はごく少く、四十二首のうちわずか八首にすぎなくなっている。(注9)もっとも、『千載和歌集』は三十五首中の八首、『新古今和歌集』は五十首中の十八首、『新勅撰和歌集』も五十一首中の十五首程度だから、この傾向が時代的な趨勢であったことは確かであろう。しかし、このうちで詠作の場などが題詞に記されていない、対象不定の歌が占める割合は、『千載和歌集』一首、『新古今和歌集』九首、『新勅撰和歌集』五首であり、それぞれの残り、七首、九首、十首は、概ね貴顕と何らかの関連を有する場から生まれた詠作である。ところが『続後撰和歌集』では、逆に対象不定の歌がほとんどで六首、あとは「右近大将定国四十賀屏風歌」(一三五四)と牛車の宣旨を聴された喜びを歌った実氏の詠(一三四一)の二首があるにすぎない。つまり、賀の対象が判明する歌にあっては、二首を除いて天皇や皇族たちと何らかの関連をもつ歌なのであり、ここに先行三集との相違が認められねばならない。その結果、「賀歌」の大部分が君が代を祝い万代までも続かんことを希う歌、またそれに対する御製によって占められることになったのである。このことは「賀歌」内質の志向しているところが皇室への讃頌であることを示すものと解されるであろう。もとより、ここに現われる天皇や上皇また皇族は、後嵯峨院・後深草天皇とその周辺の人々には限らないが、皇統をもって一括すれば当然二人の上に帰することになる。為家をしてかような種類の歌によってこの巻を構成させた要因は、後嵯峨院と後深草天皇の御代長久を希う為家自身の姿勢と別物ではなかったであろう。とにかく、『続後撰和歌集』の「賀歌」は、巻頭部、巻末部、内質のすべての面にわたって、後嵯峨院及び後深草天皇とその世への讃頌を志向している。もちろん、それがすべて撰者為家の意図的にねらった結果であるとは断じえない。潜在意識が図らずも顕在化したものもあるであろうが、しかし、為家の内面にあった姿勢がこの巻の志向を決定し、顕著な性格たらしめたのである。「賀歌」の性質上、どの集のそれにも程度の差こそあれ、讃頌的性格はあるはずだ、と論断してはことの本質を見失ってしまうことになる。『続後撰和歌集』ほど強くそれがにじみ出ている「賀歌」はない。

三　部立構成による讃頌志向の顕現

「賀歌」に内在する讃頌の性格は、単に「賀歌」一巻内部の問題にとどまらない。そのような内容をもつ「賀歌」が巻二十に配されている部立構成がまた、大きな意義を内包しているようである。

十巻より成る『金葉和歌集』と『詞花和歌集』を別にしてみれば、『古今和歌集』以下、『続後撰和歌集』に先行する七つの勅撰集のうち、『後撰和歌集』を除く六集までが、大きく前半十巻と後半十巻に分けられる。そして、概ね、前半には四季の歌を主とする比較的フォーマルな歌が、後半には恋と雑の歌を主とする比較的インフォーマルな歌が集められているのが通例である。(注10) 特にそれが顕著に認められるのは、『後拾遺和歌集』と『新勅撰和歌集』の二集である。すなわち、『後拾遺和歌集』では、前半が四季六巻と賀・別・羇旅・哀傷各一巻から、後半が恋四巻と雑六巻とより構成され、『新勅撰和歌集』は、前半が四季六巻と賀・羇旅・神祇・釈教各一巻から、後半が恋五巻と雑五巻とによって構成されている。しかし、撰者の企図した二十巻の勅撰集が一個の統一体であるはずだとすれば、問題は実は、二分されているか否かではなく、二つの異質の歌の集積を統一体として統べるべき要因を有するか否かにあることになる。かような見地からすれば、『後拾遺和歌集』と『新勅撰和歌集』は、前半と後半があまりに截然と分離しすぎていて、統一の要因は何一つないというほかない。雑歌はやはり雑多な歌であり、全巻の終結の役目を果すには無力すぎ、各巻々は羅列されたに等しい。たとえ、各々の最終巻の最後の一群を考えてみても、「俳諧歌」や「物名歌」では、無論そのような要因とはなりえない。『後拾遺和歌集』におけるこのような不統一は、「よき歌あまりこぼれて候ひける世なれど、えらびたてられたるやう、げすしく候ふ」(注11)と越部禅尼に評された所以かもしれないし、『新勅撰和歌集』における統制のなさは、外形的にも内面的にも見出される「杜撰さ」(注12)と軌を一にするものと見てよかろう。また、『拾遺和歌集』の部立には幾分疑問はあるけれども、最終の巻が哀傷歌であることよりすれば、全巻の統一性は著しく稀薄であることを否めない。逆に、『古今和歌集』における「大歌所御歌」、『千載和歌集』における「釈教」「神祇」、『新古今和歌集』における「神祇」「釈教」などの巻々は、いずれも神事めいたフォーマルさをもつ歌の集合であり、従って、それらが最終に位置することによって、全二十巻には一往の統一がもたらされている。

かような先行集に比べてみる時、『続後撰和歌集』における統一は二つの要因によっていると認められる。一つは、前半が八巻(四季)と二巻(神祇・釈教)、後半が八巻(恋五巻・雑三巻)と二巻(羇旅・賀)となっている分量上の対称性によってえられる統一であり、二つは、巻二十に配された最もフォーマルな「賀歌」によってえられる統一である。巻二十に「賀歌」を立てることは、既に『後撰和歌集』に先蹤があるけれども、『後撰和歌集』の場合には「慶賀」と「哀傷」の二つの部分から合成されていて、全巻の末尾にあるのは個人的な哀悼を内容とす哀傷歌群なので、必ずしも十全の統一があるとは称しがたい。従って、実質的に「賀歌」で終結した集は『続後撰和歌集』が最初であることになる。『続後撰和歌集』の部立は、『古今和歌集』『後撰和歌集』『千載和歌集』『新勅撰和歌集』の部立の取り合わせによって成り立っており、この一点以外には一つとして新しい創設を見ることができない。とすれば、「賀歌」を巻二十に配したことの意味は、看過しえない重要さをもつことになる。

為家がこの「賀歌」に特別の意味を託して最終巻に配したであろうことは、「目録序」の次の一節から窺える。(注13)

春のはなにほひをそへて夏にうつり、秋の月ひかりをまして冬にわたる（四季）。吾くにゝあとをたるゝ神のちかひをあふぎ（神祇）、三世に人をあはれぶ仏のゝりをたのみ（釈教）、又、しらぬ人をこひ、おもふ心をしのび、ゆふべをちぎり、あかつきをゝしみ、かはるをしたひ、わするゝをうらみ（恋）、あるは所にしたがひて名をあらはし、あるは時につけて心ざしをよせ、ふるきをこひ、おもひをのべ（雑）、かりごろもたつわかれをゝしみ、たびまくらむすぶ夢をたのむ（羇旅）のみにあらず、ちひろのはまのまさごにちとせのかずをかぞへて君をいはひ、さはだがはのせゞのしらいとによろづよへてもすむべき御世をいのる（賀）にいたるまで、二十巻として続後撰和歌集となづく。

「離別」と「羇旅」の二つのグループから成っていることを示そうとした「羇旅」の説明は、必然的にやや長くなっているけれども、わずか一巻の紹介としては他に例を見ないだけのスペースを割いて、君を祝い、御世をいのることをくり返し、また、「のみにあらず」の語を介することによって、「賀歌」の内容を強調している。あたかも、『続後撰和歌集』二十巻はすべてこの巻に収斂するもののごとくである。『古今和歌集』の「又つるかめにつけてきみをおもひ、人をもいはひ」とか、『新古今和歌集』の「たかきやにとほきをのぞみて民のときをしり」などのように、他の巻々と同じ比重で途中にはめこまれた叙述とは明らかな相違があるといわねばならない。樋口氏が「最終巻たる巻二十の賀の巻頭に」と注意されたのは正鵠を射ている。

ところで、「ちひろのはまのまさごにちとせのかずをかぞへて君をいはひ」は、「賀歌」中の、

題しらず　　よみ人しらず

見えわたるはまのまさごやあしたづのちよをかぞふるかずとなるらん（一三五〇）

堀河院に百首歌たてまつりける時、祝歌　　権大納言公実

きみがよのかずにくらべばなにならしちひろのはまのまさごなりとも（一三五二）

の二首に、また、「さはだがはのせぜのしらいとに、よろづよへてもすむべき御世をいのる」は、

延喜御時、女一宮の裳き侍りけるに、さうぞくてうじてつかはすとて、裳にかかるべき歌めされけるに、よみてたてまつりける　　躬恒

さはだ河せぜのしらいとくりかへしきみうちはへてよろづよやへん（一三五五）

に基づいた表現である。巻二十に「賀歌」をあてて、あたかも全巻をここに収斂させるがごとく構成し、延喜時代、堀河院の時代という、理想的な治世の下で和歌が隆盛したと信じられた時代（注14）の賀歌を踏まえつつ、「目録序」でこの巻を強調したのは、後嵯峨院の世がそれら古先聖代にも比肩しうる時代となり、そのもとで和歌が盛栄するようにと祈念する心が為家の内にあったからにほかならない。「賀歌」内面の性格や、目録序における記述のみならず、比較的形式的な部立構成にまで讃頌の志向は顕現しているのである。

四　「守文の君」後嵯峨院讃美

以上のように、『続後撰和歌集』には後嵯峨院とその世への讃頌の志向が認められ、常識的に考えて、それは撰者為家のかなり意識的な企図の結果であったと思われる。いま、集にそのような志向を付与したであろう撰者の主体的な立場に注目するならば、撰集という行為を通じて院を讃えようとした為家の方法は、ちょうど『人間の学としての倫理学』（注15）に規定された意味での「倫理」実現の企図であったといえようし、さらに、かかる企図の由ってくるところを求めるとすれば、結局、為家の「倫理」意識に逢着せざるをえない。それが、『続後撰和歌集』に叙上の志向を性格として付与したのである。

しかし、そのことを確実に提言するためには、常識的に撰者の意識や意図と集の志向とを結びつけるだけでは不十分であり、さらに傍証が用意されねばならない。以下、若干の他の資料を提示して、為家の内面にあった意識を裏づけるとともに、併せてその構造を探っておきたい。

たとえば、建長三年「影供歌合」一〇七番の実氏歌、

神路山さこそこの世をてらすらめくもらぬ空にのぼる月影

は、為家自身の歌と結番された歌であるが、判詞は次のように記されている。

うちつづき神路山にて、ゆくするはるかに世をてらすべきひかり、十三夜の月にあらはれて、上下満座の詠吟に、はこやの山もげに万歳の声を奏する心ちし侍りしか。無是非勝字をつけられ侍りき。(注16)

「ゆくするはるかに世をてらすべきひかり」とは、上皇の威徳を思わせる表現であるし、仙洞御所も「万歳の声を奏する」心地がしたと述べられる。もとよりこれは、歌合の主催者である院と歌の作者実氏に対する儀礼的讃辞ではあろう。けれども、賀歌としてではなく、単なる「名所月」の題を詠んだ歌に触発されての感懐であることは注目されてよい。後嵯峨院を讃え、永遠に続かん世を希う為家の心が儀礼的表現の奥深く流れているようである。

また、「仙洞十首御歌合」五十三番の院の御製、

塩がまのうらの煙も絶えにけり月みむとてのあまのしわざに

に対する判詞を、為家は次のように記している。

左、このしほがまの浦こそ、業平朝臣、我がみかど六十余国の中に似たる所なしと申し侍るにもなほすぎて、めづらしくありがたきあまのしわざとみ給へ侍れば、今の世まで、いかでよみ残し侍るにか、世くだれりとはおもふべくも侍らざりけり。もろもろのみちもかく侍らめとたのもしく侍るかな。(注17)

ここには、古えの聖代にもなかったものを、「もろもろのみち」において、後嵯峨院が実現されるであろうこと

を頼みに思い、そのあらわれの一端をごく些細な点に発見して欣然としている為家を見いだせる。これもまた院主催の歌合であり、従って儀礼に満ちた讃美にちがいないけれども、基底にはやはり本物の讃嘆があるように思われる。俊成や定家には概してこのような姿勢は見られなかった。御製に対する他の判詞の場合も含めて、外交辞令以上の意味をもつ記述だとみなければなるまい。

ところで、そのような為家の後嵯峨院讃美は、単なる仰慕ではなく、深く彼自身の立場から発していたようである。すなわち、自らの立つ和歌の道が護られ、助長されるような治世こそ讃美されるにふさわしいものだったのである。「賀歌」の中に俊成九十賀宴の歌二首を選び入れたこと、俊成・定家の歌を多数入集させたこと、また俊成の歌で巻一巻頭をかざったことなどは、二人が和歌史上に傑出した歌人だったからにちがいないが、同時にそれは、為家にとって我が歌の道の絶えざる連続と盛栄が悲願であったからではなかったか。為氏の歌六首を採ったのは、父の『新勅撰和歌集』に為家の歌が六首採択された先例に倣ったのであるが、そこにはまた、俊成・定家・為家と続いてきた御子左家の道統が、為氏の代にも絶えることなく続くようにとの希求が籠められているように思われる。歌道盛栄への悲願は、たとえば、「目録序」の次のごとき記述からも読みとることができる。

さきの新勅撰集は定家おいのちかさねてうけたまはる。そのころをひの歌、ことばをかざりてまことすくなきさまを人おほくこのみ、世みなまなべるによりて、すがたすなをに心うるはしき歌をあつめて、みちにふけるともがら、心をわきまふるたぐひあらば、歌のみち世につたはれとてえらびたてまつれりき。しかるを、いま、わがきみ礼につき文をまもりたまふ時として、ももしき（以下欠）

後嵯峨院讃美は、院が「文をまもりたまふ」君であることと切り離せぬ関係[注18]にあったのである。「守文」とは「創制」[注19]に対する概念であり、先朝の法則を遵守して国を治めることを原義とする。我が国の用例も概ねその意味であり、この場合もその原義を逸脱してはいない。つまり、「守文」における「文」とは、もともと、現代的な

「文芸」一般を意味したのではなく、礼楽制度など伝統的文化の謂だったのである。(注20)重要なところが欠文のため推測の域を出ないが、「しかるを、いま」という接続語を介して連続する叙述は、必然的に、定家が後代に希望を託した「心をわきまふるたぐひ」の出現を述べているであろうことを予想させる。さらに、「として」という語に注意するならば、「礼につき文をまもりたまふ時」、と対置されるのは、歌道隆盛の現実であるべきはずである。すなわち、「守文の君」が万般にわたって先朝の遺礼を遵守される一環として、古えからの伝統久しい和歌の道の存続とさらなる興隆に尽力され、今、理想実現のきざしを見た喜びを述べようとしているにちがいないのである。かく、為家が「守文」をもち出したのは、「先朝の礼楽制度を遵守すること」と「和歌を守ること」が不可分の関係にあったからなのであろう。為家にあっては、和歌は「文芸」としてよりもむしろ、長い伝統を有する文化遺産として、より強く意識され、故に、「文」に包摂されるべきものだったのではなかったか。(注21)君としての責務は、もとより政治万般に相わたらねばならないが、就中、歌道を理解し護らせたまう後嵯峨院への讃美だったのであり、間に距離を有するありふれた讃仰ではなかった。従って、『千載和歌集』序や『新勅撰和歌集』序に述べられた讃辞とは異質のものと見なされねばならない。後白河院・後堀河天皇と後嵯峨院の、歌道への対し方のちがいにもよるであろうが、俊成・定家の言説の場合は、歌道と政治はほとんど結びつくところをもたない。ちなみに、「草創」「守文」は、当時の教養人必読の書であった『貞観政要』開巻「君道」篇第三章の有名な話柄の主題であり、為家もこの書を閲読していた。(注22)多分、為家は「君道」のあるべき姿をこのような書から学びとっていたにちがいない。

「守文」はまた、「仙洞十首御歌合」一一八番の院の御製、

わが末の絶えずすまなん五十鈴河底にふかめて清き心を

に対する判詞の中にも現われる。

おほよそやまとうたは、いにしへも今も、人の心より出て世のことはりをあらはし、神のをしへに随ひて君の

まつりごとをたすくるにも、此みちいちじるしかるべきをや。この故に、神代のはじめより今に絶えざるなるべし。然るを、今の左の歌は、ただに人の思ひより、たはぶれに誰もいひつらぬべき心詞に侍らず。これひとへに、天照おほん神、すでに我君のふかきおほんまことにこたへて、この歌をあらはし給へり。我君またあまてるおほん神のひろき御めぐみをかたじけなくして、この願いをみて給ふべき時也。これによりて位につき給ふ君は、はるかに百王にいたり、文をまもる代は、久しく万歳を期せんものをや。(注23)

歌は古えより政治を輔けるものであり、我が君はいま、天照大神の「ひろき御めぐみ」によって歌の道を体得された。従って、今や理想の政治が実現されうべき時であり、歌道を根抵とする故に、「文をまもる代」は永遠に繁栄するだろう、という。ここで為家が、ことさらに歌道政治一体観を強調しつつ、「文をまもる代」の永久ならんことを希ったのは、何を措いても歌道の存続と栄えが悲願だったからであり、しかも、歌の家の人としての自分の存在が、現実には政治と不可分の関係にあったからにほかならない。政治と絶縁したところで和歌が存続しうるならば、必ずしも為政者を称える必然性はない。然らざる現実の上に求められたのが「歌道政治一体」の論理であったのではなかったか。(注24)だとすれば、後嵯峨院讃美は、為家にとっていわば「当為」だったことになる。

五　高位入集歌人と巻頭歌作者に見る為家の意識

かく検すれば、『続後撰和歌集』における後嵯峨院とその世への讃頌の志向が、歌道と深く結びついた為家の「倫理」意識に淵源していることは、もはや明白であろう。そこで、いま一度集に立ち帰って、かような為家の意識が反映した形跡を二三の点に探ってみたいと思う。

第一は実氏の入集歌数について。『続後撰和歌集』の高位入集歌人は、定家（四三首）、西園寺実氏（三六）、俊成（二九）、後鳥羽院（二九）、良経（二八）の順位である。定家・俊成・後鳥羽院・良経など、一時代前の代表歌人を厚く遇したことは、一つの性格として注目されてよいが、当時としてはあるいはごく自然な扱いだったかもしれない。とすれば、彼等よりもむしろ、その中に一人混った当代歌人実氏の、二位三十六首という数字こそ注目されねばならないであろう。その他の当代歌人の入集数が、多いところで七位に後嵯峨院の二十三首、九位に蓮性（知家）の十九首などがあるにすぎないからである。

もちろん、実氏がかく厚遇された第一の理由は、阿仏尼に「道にたへたる人」と称されたように、秀れた歌人だったからにちがいない。実氏は定家相伝の歌観をもち、重代の歌人為家らの歌を正面から批判しうる力量をもっていたようだし、『続古今和歌集』に六十一首、『続拾遺和歌集』に二十八首、『玉葉和歌集』に三十一首など、総計二百数十首の勅撰集入集歌もまたそれを証している。しかしながら、たとえば大部分の歌人がごく少数ずつしか採られていない「宝治百首」から、実氏だけは十二首も採入されているのは、やや無理を思わせる採歌であり、この理由だけですべてを割りきることはできない。

あるいはまた、実氏と為家が姻戚関係にあり、個人的に極めて昵懇であったようなことも、一つの理由にはなっているであろう。為家の母実宗公女は実氏の父公経の異腹の姉で、実氏は主家であるとともに従兄弟でもあって、『源承和歌口伝』に伝えられるように、二人の交遊は篤かった。

さらに、実氏の政治的地位の高さに対する配慮も当然なされているであろう。宝治から建長にかけての西園寺家は、かっての九条家に替って外戚の地位を占め、顕栄を誇っていた。実氏のみならず、亡父公経の十四首、息公相の六首、公基の三首など、彼等を厚く遇したのも、やはり枢要の地位にある一族への儀礼からであったにちがいない。一方、往年の栄華は失ったけれども、なおいま一つの権門であった九条家の扱いも同様である。伝えられるごとく、道家は四条帝薨後、後嵯峨天皇ではなく順徳院の皇子忠成王の擁立を図ったような事情はあるけれども、後嵯峨院との関係は離反していたわけではない。院は実氏とともに道家にも万機を諮詢されたようであり、それは西園寺家と姻戚関係にある九条家の扱いとして当然でもあった。九条家系歌人の優遇も、重代の主家であることのほかに、政治的地位の高さを顧慮してなされたはずなのである。実氏も含めて、彼等にはおしなべて「時ノ大臣英雄公達ナドハ、秀逸ニ非ズト雖モ入ルベシ」(注31)という撰集故実が適用されたものと思われる。

以上のような諸種の条件が重なって、実氏は厚遇されたのであろう。しかし、実はそれが主として入集数の多さの上にだけ現われた現象であって、たとえば『新勅撰和歌集』「賀歌」巻頭に見られた、九条家へのあからさまな阿りのような形では現われていないことに注意しなければならない。(注32)実氏の歌は、「賀歌」巻頭部分に象徴されるように、多く、後嵯峨院との連関において扱われている。入集総数三十六首のうち、賀の歌が五首もあるのをはじめ、ほとんどが公人実氏の詠作であるのはそのためである。そのことは、少くとも実氏厚遇が第一の目的だったのではなく、後嵯峨院讃頌と不即不離の関係にある故の厚遇であったことを意味するものと解される。後嵯峨院の世を、延喜・天暦に典型を見るような、歌道と政事が一体をなした理想の状態にするためには、守文の君を助ける外戚実氏の内輔を欠くことはできない。前にあげた「守文」がそもそもかかる意味を内包しているし、(注33)『貞観政要』にはいたるところ、良臣の必要が説かれている。かような意味で院と実氏は不可分であり、故に、後嵯峨院への期待は必然的に実氏にも向けられ、彼を介して理想の実現が希求されたのではなかったか。就中、為家の固執する歌道の興隆に、実氏は不可欠の存在であった。後嵯峨院歌壇の形成を領掌し、御子左家の庇護者であった実氏の、歌道への直接的な参与によって得られる和歌の殷賑はもとより、さらにそれと相即の関係にある今の世の隆栄が実氏に依存する度合は大きかった。やや図式的にすぎるかもしれないが、実氏厚遇は、前にあげたいわば外的理由の底にある、そのような、内的欲求に深く根ざしていたと理解されてよいであろう。

第二は、『新勅撰和歌集』で除外された後鳥羽院・土御門院・順徳院の三上皇と後嵯峨院の歌を多く採りあげたことについて。三上皇の厚遇を、承久の乱後既に三十余年を経過した時点における「三院の怨霊を鎮撫するための補償行為[注34]」と捉えることは正しいであろう。それはそれとして、より重要なことは、四上皇が、後鳥羽院・土御門院・後嵯峨院・順徳院の順位で入集しているところに示唆されているように思われる。後鳥羽院の歌は傑出したものので、最高数採択は衆目の一致するところだろうし、また、土御門院の平明温雅な歌風が為家の好尚にかなったであろうことが、この順位には投影しているにちがいない。けれども、さらにこの順位からは、撰進下命者である後嵯峨院の尊厳を、後鳥羽院・土御門院と続いてきた皇統の上から印象づけようとする用意を読みとることができる。後嵯峨院の偉大さは、すぐれた人物だとか、歌道のよき理解者・庇護者であったりしたことよりも、本質的には後鳥羽院の孫・土御門院の皇子であることに関わっていたのである。為家は、二十九首、二十六首、二十三首という数字に、そのような意味を託しているように思われる。

とりわけ、後嵯峨院が土御門院の皇子であることの意味は大きい。『五代帝王物語』は「されば今は継体守文の君、いづれもいづれも土御門院の御末にてわたらせ給べしとみえたり」と記し[注35]、承久の乱に際して武功を肯んぜず、「守文の君」としての態度を貫かれた土御門院の皇統が、以後の継体の君として連続したことの歴史的必然性を説いている。同じ思想は、前にあげた「目録序」と「仙洞十首御歌合」判詞における「守文」の中に包摂されている。「守文」とは「創制」に対する概念で、その本義が先朝の法則を遵守して国を治めることにあるとは既に述べたが、一方、それを実現する方法についていえば、当然、創制の君が用うべき武功は排斥され、専ら成法に遵わねばならぬことになるからである[注36]。後嵯峨院の存在は、そのような意味でのまさしき「守文の君」土御門院の皇統であるところに最も大きく由来すると、為家には考えられていたのであろう。建保期歌壇の中心であり、若き日の為家が近習として殊遇をえた順徳院が[注37]、一段少く十七首しか採られなかったのは、院の承久の乱に際しての態度が、「守文の君」としてふさわしくなかったからであり、また、後嵯峨院と直接しない故にほかならなかった[注38]。そのように考えれば、四上皇の歌数を以上のように定着させたものも、つきつめれば為家の「倫理」意識であったと了解されるであろう。

第三は巻頭歌作者について。いうまでもなく、勅撰集における巻々の巻頭歌は特殊な位置を占めており、『八雲御抄』が「撰集」の一項として、その人選についての注意を促がさねばならなかった所以もそこにある。(注39) 順徳院はそこで、法師や顕官ならざる非歌人、その他然るべからざる人物の詠を巻頭に据えるのはよろしくないと教えている。中には『新勅撰和歌集』巻六の大伴池主や巻九の中納言源当時のような例もありはするが、故実を無視して、万葉時代の歌人でありながら、勅撰集入集歌がこれ一首にすぎない無名歌人の歌を巻頭に配した定家の扱いが異例なのであって、大方の勅撰集は概ね故実に違反するところをもたない。『続後撰和歌集』ももちろん例外ではない。為家の選んだ巻頭歌作者は次のとおりである。

①　皇太后宮大夫俊成　②　菅贈太政大臣　③　天暦御製　④　右近大将公相
⑤　後鳥羽院御製　⑥　壬生忠岑　⑦　太上天皇　⑧　藤原信実朝臣
⑨　前太政大臣　⑩　大僧正行基　⑪　読人しらず　⑫　柿本人麿
⑬　延喜御製　⑭　読人しらず　⑮　読人しらず　⑯　後京極摂政太政大臣
⑰　読人しらず　⑱　土御門院御製　⑲　天暦御製　⑳　前太政大臣

醍醐・村上・後鳥羽・土御門・後嵯峨の天皇たち、道真・良経・実氏・公相らの卿相、人麿・忠岑・俊成・信実らの歌仙たちと見てゆけば、確かに続後撰的な人選だといえる。貫之や定家また女流歌人が入っていないことの意味については、さらに考えねばならないけれども、一つには五人の御製を六巻にわたって用いたことの結果だと思われる。『新古今和歌集』は四人四巻だし、『新勅撰和歌集』また二人二巻にすぎぬ御製に比べて、『続後撰和歌集』の場合はたしかに多い。さらに、数が多いだけでなく、より重要なのは、五人が前に見た後鳥羽院・土御門院・後嵯峨院と、遠くたどれば一系の祖である醍醐天皇・村上天皇であることの方にある。延喜・天暦の世は古えの理想の時代であり、これら御製の巻頭歌採択は、既に見た「賀歌」の巻頭や、また巻十九巻末に後嵯峨院の御製を配して巻頭の天暦御製と照応させるべく配慮していることに窺えるように、確かに聖代への仰慕や憧憬を示すものではあろう。しかし、それ以上に、和歌の隆盛をもたらした古えの聖王の皇統が、後嵯峨院に直接連続していることを示唆すべき意図を担っているように思われる。後嵯峨院の今の世が類いまれな時代であり、和歌の興隆が実現されるにふさわしい世であることを、このような形で為家は表現しようとしたのではなかったか。集名もまた、その点に関わっているであろう。為家の意図はともかく、少くとも集の志向はそのように理解されてよい。ここでも順徳院の御製が採用されなかったのは、先の場合と同じ理由に基づいている。『新古今和歌集』にも四首の御製が巻頭歌として採用されているが、後鳥羽院のほかは、持統・仁徳・元明という古代の天皇たちであって、「賀歌」巻頭と同じ新古今的性格がここにも顕われている。数字上はわずかなちがいでも、『続後撰和歌集』の御製とは質的に大きな隔りがある。巻頭歌人の採択が周密な計算に基づいてなされているはずだとすれば、ここにもまた、後嵯峨院讃頌の志向とそれをめざす為家の意識を読みとることができる。

六　越部禅尼と阿仏尼の讃辞——当代的評価——

これまで検証してきたとおり、『続後撰和歌集』の随所には、後嵯峨院及び後深草天皇とその世への讃頌の志向が見出される。かような志向は、少くとも先行九代集にはほとんど見られないか、もしくはあってもごくわずかな徴候にすぎない。それが『続後撰和歌集』に多分に認められるとすれば、ここに本集の最も重要な性格を認めることができるであろう。いうまでもなく、一つの勅撰集の性格は、撰集の背景をなした種々の環境と分離して考えることはできない。『新古今和歌集』にしろ『新勅撰和歌集』にしろみなそうであり、この場合も例外ではない。その讃頌の志向も、確かに、後嵯峨院と後深草天皇治政下の、時代・社会・政治・歌壇のあり方などの中で、はじめて現われえた性格であったといわねばならない。しかし、集の性格にとって、背景は必ずしも十分な条件ではないはずである。いわば、それは「因」が存在したというだけで、その可能性が一つの「果」に定着するためには、さらに「縁」となるべきものがなければならないからである。勅撰集の場合、撰集という撰者の主体的な行為によって完成されるものである以上、撰者の意図ないし意識がその役目を果すことになるであろう。とすれば、『続後撰和歌集』における讃頌の志向も、撰者為家のそれを目指す姿勢が存在してはじめて集の性格たりえたことになる。

では、かような志向をもたらした為家の意識はどのように背景と関わりあっていたのか。前に為家の後嵯峨院讃美が、深く自身の存在基盤から発していたことを、「守文」に注目しつつ論証したが、そこで引用した「仙洞十首御歌合」の判詞を見なおしてみたい。五十三番の「もろもろのみちもかく侍らめ」とか、一一八番の「みてたまふべき時」「期せんものをや」などの記述は、決して現状に対する満足や歓喜の披瀝ではなく、いまだ実現されざることへの期待、または願望のトーンをもっていることに気づく。かような表現は、政治においても和歌に関しても、為家は決して現状を理想の状態・満足すべきものとは考えていなかったことを物語っている。後世の史家が見るように、後嵯峨院の時代は総体的に見れば確かに平穏な世であったようである。けれども、『続後撰和歌集』成立に至るまでの世上はそれほど安穏なものではなかったし、為家を含めた当時の人々が世を泰平と意識していたか否かは甚だ疑わしい(注40)。この時代はうち続く擾乱の後にやっと訪れた静謐の時であり、故にそれが永遠のものになることが強烈に希求されたのではなかったか。和歌についても、建保期以来絶えていた仙洞歌壇は再興されたものの、未だ規模は小さく、理想には程遠かったにちがいない。延喜・天暦の世が顧みられ、強く仰慕されたのは、皮相的に憧憬の対象にされたのではなく、その根抵に、あらゆる面でそれには劣るという意識があって、故になおさら、その理想状態への接近が願われるという論理を含んでいたものと思われる。後嵯峨院讃頌は、今の世に至ってあらわれた理想実現の可能を思わせる兆しと、叙上のごとき一種の消極的批判を含んだ為家の現状認識とが、同時に存在することによって、はじめて集の志向となりえたのであった。

最も早い時期に『続後撰和歌集』を評した『越部禅尼消息』がこの集を称揚する内容は、二つに要約できる。一つは集全体の美しさについて、過去の勅撰集がもつそれぞれの欠点をもたず、歌・配列・序のないことなど、どの点をとってみても中正をえ、過不足なく調和と完成を実現した集であること、二つは撰者と下命者について、俊成の孫・定家の子である御子左家の正統為家が撰び、後鳥羽院の孫・土御門の皇子である後嵯峨院が治定された集である故に、尊く信頼しうるということである。第一の理由も重要で、当然考察されねばならないが、ここで論及する余裕はない。第二の理由については、先に森本元子氏が問題にされ、(注41)

和歌の興隆と表裏一体をなす天皇親政の理想の再現、それに対するよろこびがこの一首（空きよくあふぎし月日そのままにくもらざりけるかげのうれしさ）の主題であり、同時に越部禅尼消息一編の結論でもあった—、とはいえないだろうか。

と述べられた。「宝治百首」における禅尼の詠歌姿勢などの傍証もあって、この説は肯綮に当っている。さらに家郷氏は前掲論文で、森本氏説をふまえて、

つまりこの消息の主題は後鳥羽院統の後嵯峨院によって重代の勅撰撰者為家が撰進した続後撰集において、後鳥羽・土御門・順徳三院を作者として優遇したことに対する讃嘆にあると理解する。

と論じられた。単に為家撰・後嵯峨院下命という外在的事実だけから導かれた称讃ではなく、集の内質と関わりをもつ讃嘆だとされたのは極めて重要な指摘であるけれども、ただ、関わりあう内質は、後鳥羽・土御門・順徳の三院を「作者として優遇したこと」だけではなく、さらに大きな集の性格だったと考えるべきであろう。禅尼は、表面的には撰者と下命者の資格が申し分ないことを述べるにすぎないけれども、『続後撰和歌集』の内部に顕現している後嵯峨院讃頌の志向と、それを支えている為家の「倫理」意識が、禅尼のかねてより希求し、理想としていた

ところに合致したために、図らずも触発された嘆賞だと思われる。彼女は、集の志向や為家の意図を、意識せぬまでもたしかに感じ取っていたのである。禅尼の続後撰評の観点は、かく、集の最も特異な性格に深く関わっているものと理解されるのであり、従って、その称讃は為家の仕事に報いるに最も適切な批評だったにちがいない。

やや後の『夜の鶴』は『続後撰和歌集』を次のように評している。(注42)

その後、続後撰たちかへり道をしろしめす御代にあひて、常磐井の太政大臣をはじめたてまつり、衣笠の内大臣・信実・知家など道にたへたる人、家の風吹きたえぬ人々多く、君も臣も身をあはせ、時をえたりける撰集なれば、さすがに見所も候らむ。

これもまた、直接的には撰集の背景についての称讃である。しかし、「道をしろしめす御代にあひて」とか「君も臣も身をあはせ」「時をえたりける撰集」などの表現は、やはり集の性格に深く関わりある讃辞であるように思われる。俊成卿女はおもてむきは為家のおば、事実上はいとこであったし、阿仏尼は為家の後妻で、ともに近い間柄にある女性の評である故か、両者ともその内容は長所ばかりを強調して短所にはほとんど言及していない。従って、これらを必ずしも全面的な称讃と受けとってはならないであろう。しかし、我々はこのような当時における評価のもつ意味を再確認し、あわせて『続後撰和歌集』の重要な一面を認知しなければならない。当時の享受者が、多分無意識のうちに注目させられたのは、この集が後嵯峨院讃頌を志向し、撰集を通じて君臣「倫理」の実現が企図されていたことだったのである。しかし、以後の『続後撰和歌集』評は、きわめて抽象的な風体論ばかりで、(注43)越部禅尼や阿仏尼の如く撰集の核心にふれた評価を与えたものは一つとしてない。それは、後嵯峨院を讃えるということが、当時の人々には理解できても、時代を異にしてはほとんど理解不可能なことだったからなのであろう。いわばそれは当代的な「流行」の性格であったわけで、不易性をもたぬ故に、埋もれて発見されるところとはならなかったのである。

七　おわりに――「体制」をあげて――

讃頌的性格はただ歌の内容として集中に散在しているのではなく、「賀歌」の内質はもとより、歌の配列・巻々の構成・歌人待遇・巻頭歌人構成など、歌そのものとは別次元に属する「体制」の上にあらわれているところに、他の集にはない特徴が認められよう。越部禅尼が着目したのも、歌のほか、配列・歌人構成・序のないことなどの「体制」であり、この点への注目にほかならなかった。

田中裕氏によれば、『新勅撰和歌集』にもやや類似の「体制」依存が見られるという。(注44) しかし、それはわずかに序文の記述の中にのみ認められる、主として撰集下命者及び撰者の資格に関するものであって、種々の「体制」の上に広範に顕現しているわけではない。それをもって標榜される『後拾遺和歌集』依拠も、結局は、『新古今和歌集』への対立意識の所産であり、対立を際だたせるためにたまたま顧みられたのが「体制」であったにすぎない。『新古今和歌集』と『新勅撰和歌集』との間の差違は、その程度のものでしかなかった。両集の間には歌風や完成度のちがいはあっても、和歌の本質に関わるような変化はなく、その意味で定家の「体制」依拠は皮相的であった。『続後撰和歌集』で「体制」が顧みられたのもある程度当然ではあった。なぜなら、「讃頌」を歌そのものによって表現しようとしてもわずかに賀歌しかその用をなさぬわけで、さらに強くそれをうち出そうとすれば、それ以外の「体制」によるほかはなかったはずだからである。しかし、重要なのはこの場合には、「体制」が文芸における思想表現の手だてになっていて、主題を支えていることであり、このことは、以前のどの撰集についてみても、かって企図されたことはなかった。「体制」依存はまた、歌群単位の配列という形でもあらわれている。(注45) とすれば、『続後撰和歌集』の最も特異な性格は、撰集の「体制」を通じて後嵯峨院讃頌が志向されているところに存するものと認められねばならない。それは勅撰集に限らず、和歌の撰集の可能性を一段と拡大したことにおいて、大きな達成であったと評されてよいであろう。

しかして、それは従来の方法に一つ新しいものが加わったにすぎぬというような性質のものではない。「体制」という全機構によってある思想を表明しようとするたてまえからすれば、必然的に個々は構成要素として嵌めこまれることになり、「集」としての可能性は広げえても、独立した和歌の可能性は縮小されるおそれを多分に含んでいたからである。かような意味で、それは和歌の存在に関わる問題であったはずであり、和歌は為家に至って一つの変質を遂げるべき要素を内包していたとさえいえるであろう。しかし、結局、和歌は本質的に変らなかったし、『続後撰和歌集』がはじめて見せたこの方法も、その流行的志向とともに、後世に承け継がれてさらに新しい展開を遂げることにはならなかった。

【注】

(1)『日本文学史　中世』(至文堂、昭和三十九年六月)四四頁。

(2) 和歌本文の引用は、『新編国歌大観』(第一巻勅撰集編)(角川書店、昭和五十八年二月)により、若干表記を改めた。以下同じ。

(3) 樋口芳麻呂「続後撰目録序残欠とその意義」(『国語と国文学』第三十六巻第九号、昭和三十四年九月)。

(4) 小島吉雄「新古今和歌集の撰定と後鳥羽上皇」(『新古今和歌集の研究　続篇』新日本図書株式会社、昭和二十一年十二月)。

(5) その他の集の場合には、『千載和歌集』を除き、それほど特徴的ではなく、集の性格と密着した特別な意味は見出しがたい。しかし、時代的に隔りのある集よりも、近接する集との比較こそが必要であり、またそれで十分でもある。

(6)『保暦間記』(『群書類従』第二十六輯、四八頁)。ほぼ同文が『神皇正統記』にも見える。

(7) 佐藤恒雄「後嵯峨院の時代とその歌壇」(『国語と国文学』第五十四巻第五号、昭和五十二年五月)。↓本書序章第一節。

（8）松田武夫『古今集の構造に関する研究』（風間書房、昭和四十年九月）は、『古今和歌集』の賀歌を考察して（三三六頁）、「誰が、誰を」祝うものであるかを基準に三類に分けられた。『古今和歌集』一集についてはけだし至当な分類であるが、通時的な比較を容易にするために、個別性を排除してこのように分類してみた。

（9）『新編国歌大観』（第一巻勅撰集編）の番号を示すと次のとおり。一三四一、一三五〇、一三五一、一三五三、一三五四、一三五九、一三六〇、一三六一。

（10）小西甚一『古今和歌集』（新註国文学叢書）（講談社、昭和二十四年九月）解説、三〇〜三一頁。

（11）森本元子編『俊成卿女全歌集』（昭和四十一年五月）、二〇四頁『越部禅尼消息』。

（12）①樋口芳麻呂「新勅撰和歌集と歌合―新勅撰和歌集出典考―」（『国語国文学報』第七集、昭和三十三年二月）。②佐藤恒雄「衣を持つ女―続後撰和歌集の一考察―」（『国文学解釈と鑑賞』第三十二巻第六号、昭和四十二年五月）。→本書第三章第一節。

（13）前掲注（3）論文に樋口氏が翻刻された本文、ならびに尊経閣文庫蔵伝為親筆『続後撰和歌集』付載の原本文による。傍点及び括弧内は編者注。この目録序が撰者為家の筆になるものであることは疑いない。なお「続後撰和歌集目録序」（残欠）の全文は、本書第三章第二節の【附記】四八二頁に掲げた。

（14）延喜時代はさておき、堀河院の歌壇はさして大規範なものではなかったらしい。しかし、「堀河百首」の後代への影響は甚大であり（峯村文人「堀河百首と中世和歌」『国語』第二巻第二・三・四合併号、昭和二十八年九月。同「西行の作風形成」『国文学言語と文芸』第六巻第四号、昭和三十九年七月）、そのことは、中世歌人たちにとって、堀河院の世がきわめて大きな存在であったことを意味している。

（15）『和辻哲郎全集　第九巻』（岩波書店、昭和三十七年七月）所収。

（16）『群書類従』（第十二輯）五九五頁。本歌合は衆議判であったと思われる（『群書解題』第七巻・一六六頁、峯岸義秀執筆）が、多分、為家の指導統率のもとに行われたものにちがいない。また、二十三番・六十五番・八十六番などの為家の歌に対する判詞記載の態度からみて、判詞を記したのも為家だったと考えてよいであろう。従って、判定は衆議に従っているとしても、この判詞には為家の感懐がよく表出されていると考えてよい。なお、実氏のこの歌は『続後撰和歌集』五四三番に入集している。本歌合については、その後『新編国歌大観』（第五巻歌合編）に本文が収載され、安田徳子氏の解題によって、私見の推測どおりであったことが証明された。なお、佐藤恒雄編著『藤原為家全歌集』「解説」七五四頁参照。

(17)『群書類従』（第十二輯）五六四頁。『新編国歌大観』（第五巻歌合編）六〇九頁。

(18)『大漢和辞典』（巻三）九〇七頁参看。

(19)たとえば、『太平記』巻第一「関所停止事」（岩波古典文学大系・一・三八頁）、同第十四「新田足利鶴執奏状事」（岩波古典文学大系・二・四四頁）などの用例参看。

(20)たとえば、「子畏於匡、曰、文王既没、文不在茲乎。天之将喪斯文也、後死者不得与於斯文也。天之未喪斯文也、匡人其如予何」（『論語』子罕第九）における「文」について、集註は「道之顕者謂之文、蓋礼楽制度之謂」と注する。

(21)中国の用例においても、「守文之徒、滞箇所稟」（後漢書・鄭玄伝）のごとく、「古の藝文をまもる」という意義を派生している。

(22)『明月記』寛喜元年五月四日と五日の条によれば、近日殿上に『貞観政要』の沙汰があり、驥尾に付かんとする夜前為家の求めに応え、五日定家はその本を借し送っている。「五日、壬申、朝天晴、貞観政要借送宰相、適披書巻、雖一巻可懇求也」。

(23)『群書類従』（第十二輯）五七五頁。『新編国歌大観』（第五巻歌合編）六一四頁。

(24)福田秀一「中世勅撰和歌集の撰定意識―序・題号・部立構成からみた―」（『成城文芸』第四十七号、昭和四十二年七月）によれば、和歌を政教の具とする考え方は、勅撰集の真名序に系譜的に見られるという。

(25)『夜の鶴』（『日本歌学大系』第三巻・四〇八頁）。

(26)『新撰六帖題和歌』の歌を批判した話が『源承和歌口伝』（『日本歌学大系』第四巻・一頁）や『井蛙抄』（『日本歌学大系』第五巻・九三頁）に見えるし、『万葉集』の詞を好み詠むことに対して知家を批判した話が『延慶両卿訴陳状』（『日本歌学大系』第四巻・一三四頁）に伝えられている。

(27) 実氏以外の歌人の入集数は以下のとおりである。括弧内は総入集数。五首、実雄(8)。四首、基良(7)、為経(5)、後嵯峨院(23)。三首、道助法親王(9)、公相(6)。二首、少将内侍(5)、源俊平(3)、後鳥羽院下野(6)、行家(2)、資季(5)、俊成女(11)。一首、経朝(1)、光俊(10)、成茂(8)、弁内侍(4)、師継(3)、鷹司院按察(2)、信実(15)、忠定(5)、藻壁門院但馬(3)、基家(8)。実雄や基良・為経・公相らについても、実氏と同じことがいえる。『源承和歌口伝』によれば、本百首では秀逸を詠んだ歌人は少なかったらしいが、これら貴顕のみが秀逸を詠んだとは考えられない。

(28) 『日本歌学大系』(第四巻)一六頁。

(29) たとえば、『神皇正統記』(岩波日本古典文学大系)一六二頁など。

(30) 「さて世上の御政は成人の君にてわたらせ給へば、何事も叡慮にて有べきうへ、関白の御父にて東山の入道殿、主上の御しうとにて前右府などあれば、此両人に仰合られて計申されける上、(下略)」(弓削繁校注『六代勝事記・五代帝王物語』三弥井書店、平成十二年六月)一一八頁。『葉黄記』寛元四年三月十五日の記事などに徴して、この説は信頼に値する。

(31) 『八雲御抄』(『日本歌学大系』第三巻・六六頁)。

(32) 一首だけ例外があって、一三四一番の歌はややそれに似通った性格をもっているが、巻頭と巻の途中では、効果に格段の相違がある。

(33) たとえば、「自古受命帝王、及継体守文之君、非独内徳茂也。蓋亦有外戚之助焉」(『漢書』外戚伝序)、「守文之際、必有内輔、以参聴断」(『後漢書』和帝記)(いずれも大漢和辞典による)など。

(34) 家郷隆文「続後撰集の選歌以前について―藤原為家ノート・その六―」(『国語国文学研究』第三十五号、昭和四十一年九月)。建長元年七月二十日「順徳院」の追号贈与をはじめ、時代の空気がまさにそうであったことを詳細に記述している。

(35) 弓削繁校注『六代勝事記・五代帝王物語』一一六頁。『神皇正統記』や『保暦間記』にもほぼ同旨の記述がある。

(36) 「師古曰、守文、言遵成法不用武功也」(漢書註)(大漢和辞典による)。

(37) 風巻景次郎「藤原為家の家業継承の意義」(『改造社日本文学講座』第七巻『和歌文学篇下』昭和九年十一月)。↓『新古今時代』(人文書院、昭和十一年七月)(塙書房、昭和三十年九月)(『風巻景次郎全集』桜楓社、昭和四十五年十月)。石田吉貞「藤原為家論」(『国語と国文学』昭和十三年八月)、同「藤原為家の生涯」(『国学院雑誌』昭和十四年三月)。↓『新古今世界と中世文学(下)』(北沢図書出版、昭和四十七年十一月)などに詳しい。

(38) 四院の優遇について、家郷氏はいずれかといえば後鳥羽院を中心に、順徳院をも同じ比重で扱われた点において、私見とは異っている。

(39)『日本歌学大系』(第三巻)六九頁。片桐洋一編『八雲御抄の研究 [正義部・作法部]』(和泉書院、二〇〇一年十月)本文篇一一八頁、研究篇四〇五頁。

(40) 公家の日記類には、寛元から宝治にかけて、しばしば鎌倉擾乱の記事が見える。将軍頼経(九条道家息)側近によるクーデターの動き、その鎮圧と頼経追放、北条時頼による執権政治確立(宝治の乱)へと連続する政争と実力行使に、京都方が敏感に反応していた証左である。『続後撰和歌集』の撰集が行われた建長初年とは、そのような騒擾が一応終焉した時点であった。

(41) 森本元子「越部禅尼消息試論」(『和歌文学研究』第十九号、昭和四十一年三月)。↓『俊成卿女の研究』(桜楓社、昭和五十一年十一月)。

(42) 注(25)に同じ。

(43) たとえば、『近来風体抄』に「勅撰は続後撰、民部卿入道の独してえらばれたれば、風体この集よしと申しき」(『日本歌学大系』第五巻・一四三頁)、『耳底記』に「新古今、花すぎたりとて、新勅撰、実又すぎたり。為家の中をとりて続後撰をあまれたり。花実相通の集なり」(『日本歌学大系』第六巻・一六一頁)ほか、同種の評は多い。

(44) 田中裕「新勅撰序の問題」(阪大『語文』第十七集、昭和三十一年七月)。↓『中世文学論研究』(塙書房、昭和四十四年十一月)。

(45) 注(12)②佐藤稿。

第四節　続古今和歌集竟宴記

一　はじめに

「奏覧」の儀をもって公的な撰集終功を果すのが勅撰和歌集の通例であるが、二十一代集のうち、『新古今和歌集』『続古今和歌集』『風雅和歌集』三集の場合に限って、「竟宴」が催されている。本節でとりあげようとする『続古今和歌集』の場合、その竟宴は文永三年（一二六六）三月十二日に催されたものであった。儀は盛大をきわめ「いとおもしろかりき」と『増鏡』は伝えているが、この日竟宴のありさまを具さに伝える資料として、既に私たちは後深草院の『続古今竟宴御記』の存在を知っている。前田家尊経閣文庫に蔵される伝宸筆の一巻がそれであって、早く『列聖全集』（宸記集上）に翻刻され、その後『史料大成』（歴代宸記）にも収められるなどして、容易に利用しうるようになっている。さらに最近になって、東山御文庫所蔵の霊元天皇宸筆「後深草院御記　続古今竟宴事」（勅封六七・五・三・一）と、それよりも書写年代の古い同内容の無題の巻子本（勅封六七・六・五）が公開され、後者を透写したのが尊経閣文庫蔵本であるという関係も明らかになった。（注1）

ところで、その竟宴から約八十年後、貞和二年（一三四六）十一月九日に催された「風雅集竟宴」の記録、すなわち『園太暦』同日の条の詳細をきわめた別記を見てゆくと、洞院公賢が勘案して奏上した式次第の中に次の記事がある。

次講師読之、

文永指声読之、不及詠吟、

次被開勅撰第一巻、

講師読上春始歌五首、資季卿已下記如此、奉行人資平并雅親卿記七八首云々、文永相国頗詠之、但不引声、指声也云々、

撰集の披講にあたって、両序を講じたあと、巻一巻頭の歌を何首詠みあげるべきかが問題になり、公賢は一応五首とし、その典拠と異説を挙げた部分である。『風雅和歌集』の竟宴が元久（新古今）と文永（続古今）の先規にのっとり、殊に「続古今和歌集竟宴」を徹頭徹尾模して行われたことは、公賢の記録するところを一読すれば明瞭であるが、それはおそらく、「新古今和歌集竟宴」の記録がほとんど残っていなかったのに対し、「続古今和歌集竟宴」の記録は数多く残存していて、儀式内容の細部にまでわたって追尋できたからであるにちがいない。「資季卿已下記」と書いているところからみると、これ以外にもなおいくつかの記録が当時存在していたものと思われる。右の記中に見える資季と資平はいずれも「続古今和歌集竟宴」に列席した歌人であった（雅親については不審。雅言か雅忠また隆親などの誤写か）が、公賢の記にはほかにも「抑文永集歌講師読之之間、読師前相国詠吟之由資季卿記有所見」といった記事がみえ、前引の部分と考えあわせると、公賢は「資季卿記」を最も主要な拠りどころとして諸記を勘案し、風雅和歌集竟宴の内容を立案したらしい。ともあれ、「続古今和歌集竟宴記」は「後深草院御記」のみならず、ほかにも幾人かによって記録され、後世に残されていたのである。

さて、貞和のころ公賢が「風雅和歌集竟宴」内容立案の拠りどころにした右のごとき諸記は、その後悉く散逸してしまったわけではなく、少くともそのうちの二記、すなわち「資季卿記」と「資平卿記」は現在もなお伝存している。「雅親卿記」はいま存否を確認できないが、二記同様に残っている可能性も十分にあろう。

本節では、現存する三種の竟宴記について、全文を翻刻し、本集の撰集をめぐる若干の問題点をとり出して考察を加えることを目的とする。基礎的な資料紹介の域を出るものではないが、『続古今和歌集』ならびにその他の勅撰和歌集研究に資するところがあれば幸いである。

二　続古今竟宴御記・資季卿記・資平卿記の本文

「資季卿記」ならびに「資平卿記」は、ともに書陵部蔵『続古今竟宴御記』と外題される一冊（一七五・三〇一）に、後深草院の御記とあわせて収められている。該本の簡略な書誌を記すと次のとおりである。たて二六・七センチ、よこ一九・三センチ、薄茶色紙表紙、左上に「続古今竟宴御記」と打ちつけ書きの外題がある。料紙は楮紙、袋綴。墨付九丁（御記四丁、資季卿記二丁、資平卿記二丁半）。奥書はないが江戸中期の写し。一面十二行書。各記冒頭に「外題／続古今竟宴御記」「外題／続古今竟宴資季卿記」「外題／続古今竟宴資平卿記」と小字の内題がある。このことからみて、おそらく各人の記中からこの日の条のみを抄録集成して成ったものと思われる。以下、三記の全文を、私に句読点を付して掲げる。初出稿においては、誌面節約のため翻刻のある「御記」は省略したが、本書においては三記を並べて一覧することとする。なお『後深草院御記』については、東山御文庫蔵巻子本（勅封六七・六・五）を底本として、霊元天皇宸筆本（勅封六七・五・三・一）と書陵部本を参照校訂した。

〔後深草院御記　続古今竟宴支〕（底本なし。霊元天皇宸筆本により補う）

三月十二日、乙巳、今日於太上天皇御在所、可被行撰集竟宴也、朕為内々見物所参也、仍御八講可忩行之由仰奉行弁、巳刻高俊朝臣申、参議平朝臣一人参、権大納言源朝臣可参之由申之、而未参、若可被忩行者、且始行如何、参議一人着行之例有之云々、仍且可始之由仰之、即始之、朝座説法了、論義一問答之間、車輦於北廊乗之女院同車、隆顕卿奉仕之、北面許在共、於冷泉殿入東面北門、自一對妻下車、参女院御方、小時上皇入御、有御雑談、抑続古今和歌集、依両代古今之例、以當乙丑歳、去年十二月被撰定之、欲被行竟宴之處、彗星出現、仍空延引、及于今日所被行也、参議源朝臣資平為行事、兼奉仕御装束、其儀、寝殿南庇南面五箇間除西二箇間、并東面妻戸一間御簾巻之於妻戸者、放扉覆御簾、母屋四箇間御簾垂之、東庇南鳥居障子、南庇西鳥居障子等、覆御簾垂之、南庇階間敷繧繝二枚、装東京茵如常、御座前頗寄西方居撰集手筥梨地蠻繪螺鈿浅蓋、金銅口青村濃緒、牙象臺、階東西簀子敷厚円座二枚、西一枚敷之、各為大臣座、申刻人々参集、上皇出御常間、関白候御簾、御随身等布衣冠、下臈烏帽、自西方参進、発前聲、即着御々座、関白着簀子円座東、召蔵人頭右中将源具氏朝臣、仰可召諸卿之由、即前太政大臣西、前左大臣東、兵部卿藤原朝臣隆親、西、大納言藤原朝臣良教、東、前権大納言藤原朝臣資季、西、皇后宮大夫藤原朝臣師継、右大将藤原朝臣通雅、中宮大夫源朝臣雅忠、左大将藤原朝臣家経、已上東、侍従藤原朝臣為氏、西、権中納言藤原朝臣長雅、東依座狭着渡殿南座、右中将藤原朝臣経平、同、参議源朝臣資平、同北、右京大夫藤原朝臣行家、同南、右兵衛督藤原朝臣為教、西、左中将藤原朝臣公雄、北、左大弁源雅言朝臣南、等、東西相分着座、次関白召男共、仰可持参文臺円座之由、蔵人左衛門権佐藤原親朝、持参硯蓋、経公卿前入階間、置御座前中央仰天置之、右兵衛佐平棟望持参円座一枚、敷文臺南、次右京大夫藤原朝臣参進、経公卿座前、入御座間膝行進寄、開筥蓋取出初二巻序并春一巻、置文臺上硯蓋、並置之、宇都不勢天退着講師座、前太政大臣参進開序巻以下方向、御前方、如本置之、即候講師西方無座、為読師也、関白、左大臣等依召参上、候講師座東方無座、次右京大夫藤原朝臣読之、微音而不聞也、或又違失等有之歟、次和字序一巻之中奥端書之、読様如先、次太政大臣開春一巻置之、其様如初、々歌五首読之、次三公復本座、右京大夫藤原朝臣所講二巻、皆巻返如本納筥件筥、講序之時、相国押遣御座西辺也、覆蓋之時頗打落之、然後、藤原朝臣復座、次人々自下臈次第持参和歌置文臺以下向御前、各作法不同、或膝行、或蹲居、或立昇長押上、或於長押懸膝及置之、或於座先披見之、或於御前披見之後置之、面々所為不同也、公卿之外、蔵人頭右中将源具氏朝臣、左小弁藤原経任、左少将藤原隆博等、献和歌、次関白召具氏朝臣、即参上着講師座、前太政大臣参上勤読師、即撤懐帋押遣後方、右兵衛督藤原朝臣令重之、藤原朝臣候簀子重之、関白前左大臣、侍従藤原朝臣、右京大夫藤原朝臣等、依召参進講之、右兵衛督藤原朝臣重懐帋之儀散々、相国頗周章、抑大臣歌已置之後、左兵衛督藤原朝臣（高定）参上、不得置和歌仰天、而具氏朝臣為講師参之時、彼便宜付進之、講了具氏朝臣退下、大臣猶留候、侍従藤原朝臣、右京大夫藤原朝臣、右兵衛督藤原朝臣等退下、而侍従藤原朝臣依仰留候、太政大臣撤庶人懐帋、上皇自懐中被取出御製、関白賜之置文臺上（以下向講師方）、侍従藤原朝臣着円座講之、大臣等数反詠之、了関白取御製懐中、三公復座、人々起座、関白、前太政大臣、前左大臣、兵部卿藤原朝臣、権中納言藤原朝臣等留候、左大臣、大納言藤原朝臣等、下座移着次円座（左大臣辞厚円座、着薄円座）、太政大臣移着東座、召権中納言藤原朝臣、近令候南欄下（人々起座之間、円座多闕之故也）、正二位藤原朝臣（房名）、左中将藤原朝臣（信嗣）等、同加着簀子座、左中将藤原公孝朝臣、藤原忠資朝臣等、依召参上、候透渡殿、公孝朝臣殊蒙御旨、近候公卿末、五位殿上人置御遊具、先笛筥、次琵琶（号堅田、於相国前置之）、次箏（葦鶴、大納言藤原朝臣前置之）、和琴（左中将藤原朝臣弾之）、次笛筥納物、次第取下之、権中納言藤原朝臣（笛）、正二位藤原朝臣（笙）、忠資朝臣了（ママ）篥、公孝朝臣拍子也、又於簾中、従二位藤原成子朝臣、命婦藤原任子調箏、前掌侍藤原博子弾比巴、于時太政大臣召本役人令取替比巴、堅田腹破之故也、即持参三冬、次雙調々子、安名尊、鳥破、席田、鳥急（三反）、律、青柳、万歳楽、三臺急（三反）、于時日流西嶺、月明東天、依被賞清光、所被略掌燈也、御随身等乍居於座前立明許也、無列立之儀、事了入御、関白褰御簾、御随身進出発前聲、于時戌刻、亥一點帰六条院、今日之儀、凡希代事也、元久被撰新古今之時、適雖被行此儀、彼者内々儀、於弘御所被行之、今日者已大儀也、可謂此道之繁昌乎、今日御装束、御烏帽子直衣、織物御指貫（薄浅黄色也）、関白以下諸卿直衣、左大将藤原朝臣呉綾桜萌木出衣、侍従藤原朝臣、左大弁雅言朝臣等束帯、侍従藤原朝臣勤御製講師之時、揖着座、置歌之時作法、両人共不見及、抑此集叶古今両度之例、遇支干乙丑之期、即被号続古今歟、去年十二月廿六日欲被行竟宴、而依彗星出現俄停止、仍件日被撰定之由、被載序也、序草従二位菅原朝臣（長成）、仮名序前内大臣（基家）、撰者、前内大臣、入道民部卿藤原為家卿、右京大夫藤原朝臣依為去年儀、被注侍従藤原朝臣、入道右大弁光俊朝臣等也、故内大臣家良雖蒙勅、未終其功薨去了、尤不便也、此撰者之中、両入道於序如俗被注之、後人定成不審歟、沙汰趣如何、抑又萬葉集時代事、今度殊有沙汰、序者前内大臣并菅原朝臣、聖武之朝仰諸兄公被撰之由分明存之歟、仍両序共、聖武之由載之、而猶有議、古今之時猶無所據、何及于今分明可載之乎云々、仍猶平城之由載之云々、此事長成卿定委細記置歟、清書前内大臣、裏絵色帋下絵、羅表帋、水精軸書之、外題、以泥書之、

外題／続古今竟宴資季卿記

文永三年三月十二日、乙巳、晴、続古今集被仰前内大臣基家々良等、召入道民部卿為家卿、右京大夫行家卿、入道右大弁光俊朝臣等、令撰進和歌、上皇御手自所令撰御之集也、而家良公者早世、今四人撰歌計也、竟宴也、午剋可豫参之由、源宰相兼日相催、然而未剋着直衣参御所大炊殿、而奉行人之外都無人、不被改御簾、寝殿南庇東五箇間上御簾、南東庇障子覆御簾、母屋御簾垂之、階間昼御座如例加東京茵、臨期置今度撰集於御座前頗寄西、入唐草蒔絵螺鈿箱、有組緒、居臺花足足、南面御座間、簀子東西并透渡殿二行、等、敷円座大臣料、厚、東西公卿座垂御簾、殿上日来無弘筵、今日之料敷之、御車令装束、申剋出御御烏帽子、直衣、浅黄織物奴袴、関白褰御簾、御随身上臈冠、進階西方発御前、御前、関白直祇候円座、以頭中将具氏朝臣於巽簀子承之、召公卿候殿上云々、不見及、爰前相国公自西方進出着座、兵部卿隆親、資季、侍従中納言為氏、束帯、右兵衛督為教、等、侍東座、人々次進出、前左府実、二条大納言良教、皇后宮大夫師継、右大将通雅、中宮大夫雅忠、左大将家経、已上南簀子、花山中納言長雅、南、衣笠宰相中将経平、同、別当高定、追参加北、源宰相資平、北、右京大夫行家、南、富小路三位中将公雄北、頗遅参、左大弁宰相雅言朝臣束帯、南、等候、東方透渡殿者自寝殿簀子板敷下也、左大弁経任依召参進巽簀子下、承文台円座等事歟、蔵人佐親朝持参硯蓋置御座前、唐草蛮絵螺鈿沃懸地、被借召左府云々、次勘解由次官棟望、持参円座敷其南、次召右京大夫、参進開手筥取出序并第一巻、置文台上退降、仰候円座、前相国依召参上、候西方披序、関白前左府等昇候東方、行家卿読序先漢字、菅二位長成卿草、次和字、前内府草、此集皆此内府清書也、内陰色帋、青羅標紙、唐組紐、水精軸也、只指声読之、不及詠吟、

次読春上和歌五首許歟、相国頗詠之但不引声、只指声也、事了大臣復座、行家卿返入両巻退去、次人々自下臈置和歌、殿上人、右少将隆博、左少弁経任非今度集之作者歟、頭中将今日殿上人皆束帯、蒙催之内、中将具房朝臣不参、公卿見端、但別当遅参之間付講師参進々之、関白自東腋間進昇被置之、依仰留祇候、召講師、頭中将参進円座、相国候初所、勤読師、右兵衛督候長押下、重人々和歌、左府依関白命参進、侍従中納言、右京大夫等、依召候講師左右腋、詠吟但任近代例ウルハシク不詠上、只如形ナカメアクル也、講(誦カ)接終、次源宰相持参女房歌大宮院権中納言局者為教卿娘、同中納言局者光俊入道娘云々、一首紅薄様、一首白薄様也、男歌講了重之、頭中将退座、侍従中納言候円座、関白給御製披之先是、他歌相国撤之、御製如恒字首在北、人々数反詠吟猶非如法詠、関白懐中、人々復座、此度相国移者東方、為御遊所作也、皇后宮大夫以下非所作人々、自下臈起座、西座雖不可無骨、不別清濁者祇候無其要之間、退帰於西方了、聞華納言、四条二位房名、大炊御門三位中将信嗣、等、加着簀子座、五位殿上人置御遊具、而比巴持帰、更置他琵琶、不知故、若取違歟、殿上人所作人、忠資朝臣候透渡殿、公孝朝臣在東簀子、等、依召参加、呂、安名尊、鳥破不打拍子、此間資季退出、未及秉燭也、

御遊所作人

拍子、中将公孝朝臣初度、笛、長雅卿、笙、房名卿、篳篥、中将忠資朝臣、琵琶、前相国、女房刑部卿新院女房、箏、良教卿、女房大納言二位、新兵衛督、和琴、信嗣卿也、

後聞、席田、鳥急、律、青柳、万歳楽、三臺急、

外題／続古今竟宴資平卿記

文永三年／三月

十二日、乙巳、天晴、是日被行続古今集竟宴、余着直衣早参、事々催沙汰、御製昨日清書余書之、御装束、寝殿

西第三間以東五箇間撤南廂鳥居障子、加東廂定、垂母屋御簾西鳥居障子懸覆、南廂并東面妻戸巻御簾、當階間寄北敷繧繝帖二枚東西行、其上供東京茵為御座、御座前置撰集納筥、南簀子透渡殿敷菅円座、(行間補記)「南簀子円座除階間両方敷之」、為諸卿座大臣厚円座、

撰集箱居臺花足、蒔絵唐草蛮絵交貝組緒栗形、如恒集廿巻、序一巻漢字、和字、各内絵(陰カ)色紙、泥絵、水精軸、青羅表紙、組紐、外題、以金泥書之、已上、前内大臣基家公、去年十二月被清書也、

未剋許人々参集、公卿着殿上、頃之上皇出御御烏帽子直衣、関白被候御釼便候簀子円座給、御随身上臈冠、進前庭発御前戸、御座定退候西砌下、以頭中将具氏朝臣召諸卿関白傳召之、前太政大臣公相公、兵部卿隆親、二条大納言良教、二条前大納言資季、皇后宮大夫師継、右大将通雅、中宮大夫雅忠、左大将家経、侍従中納言為氏、束帯、花山院中納言長雅、衣笠宰相中将経平、予、右京大夫行家、右兵衛督為教、冨小路三位中将公雄、雅言朝臣束帯、参議左大弁、

前相国、兵部卿、二条前亜相、拾遺納言、右武衛、着階間以西座、関白以下人々着階以東座并透渡殿円座、公卿大略着直衣、

別當高定卿遅参、人々置和歌了、講師具氏朝臣参進之間也、付懐紙於具氏朝臣、追加着透渡殿座、具氏横持其歌参進置文臺、此作法不可然歟、竊可令懐中歟、可尋加也、

次博陸伺御気色被召院司、左少弁経任参、被仰可進文臺円座之由、蔵人左衛門権佐親朝、持参文臺置御前御硯蓋也、自左府進中高古箱云々、蒔絵唐草、次勘解由次官棟望、敷円座文台南、次右京大夫行家卿依召参進、開撰集箱取出序并集第一巻、置文臺、便着講師円座但先下簀子暫祗候、参進之後令着円座也、読師前太政大臣依仰参上、開序置文臺、関白并前左大臣起座、昇長押被進候、次読上之、又春始歌七八首被講了、行家卿返納集於筥了退、次置和歌自下臈置之、殿上人、具氏朝臣、経任、隆博已上束帯、公卿見右各置歌、具氏朝臣依召着講師座、前相国又為読師、次為教卿令重和歌、為氏、行家等卿、依召参進講誦之、両三首披講之間、自二棟南面妻戸被出女房歌居扇、予参進取之不取扇、許取之、歌参進献読師也、女房歌

二首大宮院権中納言局書紅薄様、院中納言局用柳薄様、大臣詠等披講已後、披講女歌、次読師撤臣下和歌、次博陸給御製、開之被置文臺、侍従中納言講之退、大臣猶留座、講師数反之後、執柄被懐中御製、帰着簀子円座、次置御遊具、五位殿上人役之、次召堪事侍臣、忠資、公孝朝臣参着、糸竹合奏、呂、安名尊、席田、鳥破、同急、律、青柳、万歳楽、三臺急、御遊及半欲挙掌燈、而依仰略之、御遊了、全撤管絃具役人如初、次入御、諸卿退出、

御遊所作人

拍子、左中将公孝朝臣、笙、四条二位房名、

笛、花山院中納言長雅卿、篳篥、左中将忠資朝臣、

比巴、前太政大臣、刑部卿局、箏、二条大納言良教卿、大納言二品、

和琴、三位中将信嗣卿、

比巴、堅田、箏、芦鶴、自蓮華王院宝蔵、取出之、在御所、近日被今日被用之、

三　竟宴当日の儀式・竟宴和歌・御遊

以上三種の竟宴記をあわせてみると、『続古今和歌集』の撰集に関して判明することがいくつかある。いま若干を取りあげて指摘し、考察したいと思う。

まず第一に、詳細なこれらの記録によって、「竟宴」当日のありさまを具さに窺うことができる。三つの竟宴記によると、竟宴は申の刻に人々が参集し後嵯峨院以下諸人著座して開始されたが、まず文台の上の手箱に納められていた撰集の披講が行われる。読師は前相国公相がつとめ、右京大夫行家が講師となって真名序仮名序の順に読みあげ、次いで春上の巻頭歌五首（七八首とも）を読む。撰集の披講が終るとすぐに、諸人和歌を献じ、その披講が行

われる。講師は頭中将源具氏、読師は先と同じく公相、また御製講師は侍従中納言為氏がつとめた。竟宴和歌の披講がはてたあと管絃御遊に移り、「日流西嶺、月明東天」(御記)なった戌の刻、すべての儀を終える。以上の式次第の大筋はまったく『新古今和歌集』の場合と同じである(『明月記』元久二年三月二十七日の条参照)。元久二年三月二十六日に催された「新古今和歌集竟宴」は、古来行われてきた「日本紀竟宴」を規範にしたとはいえ、勅撰集史上はじめての試みだったため、その内容について計画途上いろいろと模索しつつ変更を重ねたようであるが[注2]、『続古今和歌集』の竟宴は、既に確立した先例があったのでそれをほとんどそのまま継承することができたのである。

しかし、先例をそのまま踏襲しただけでなく、規模においては「新古今和歌集竟宴」をしのぐ盛大なものであったらしい。「後深草院御記」の次の一節に関係者の意気ごみが窺える。

今日ノ儀凡ソ希代ノ事ナリ。元久ニ新古今ヲ撰セラレシ時、適マ此儀ヲ行ハルト雖モ、彼ハ内々ノ儀、弘御所ニ於テ之ヲ行ハル。今日ハ已ニ大儀ナリ。此ノ道ノ繁昌ト謂フベキ乎。

『新古今和歌集』の竟宴は、たしかに弘御所(二条殿におかれた和歌所)で内々に行われた規模も小さい催しであったようだが、この集の場合には、仙洞御所の寝殿で美々しく催された[注3]、まさに希代の大儀だったのである。

竟宴当日の盛儀の中心は「竟宴和歌」であったが、『群書類従』巻第百七十八に為氏筆本が収められていて、全容を知ることができるが、最近になって、早稲田大学蔵本(為氏筆本からの江戸初期透写本)が影印刊行され[注4]、冷泉家時雨亭文庫蔵本も公刊された[注5]。この竟宴和歌の出詠者は以下の二十五名であった。括弧内は本集に入集した歌数。

後嵯峨院(五四首)大宮院権中納言(一)中納言(九)実経(一三)公相(一〇)実雄(一三)隆親(五)良教(四)資季(五)師継(三)通雅(二)雅忠(三)家経(二)為氏(一七)長雅(四)経平(七)高定(二)資平(三)行家(一七)為教(三)公雄(二)雅言(二)具氏(五)経任(〇)隆博(一)

以上のほか、蔵人佐親朝・勘解由次官棟望、御遊所作人として公孝・房名・忠資・信嗣・女房刑部卿・大納言二位・新兵衛督、また御記を記した後深草院などが、この日竟宴に参列した人々であった。なお、このうち竟宴の奉行（行事）をつとめたのは資平であり、前もって諸歌人への連絡をしたり（資季卿記）、前日には御製の清書をし（資平卿記）、当日の御装束に奉仕したり（御記）、諸事をとり行ったのであった。

さて「新古今和歌集竟宴和歌」の場合、定家は「歌人又非歌人、其撰不審」（明月記、前記条）と人選について甚だしく不審を抱いているが、事実それは不可解な人選であった。それに比べ、この集の竟宴和歌の場合は大体において妥当な人的構成だといってよいが、二三不審がないわけではない。

一つはこの集に一首も入集していない藤原経任（続拾遺集以下の勅撰集には一五首入集）が加っていることである。このことには資季も不審を抱いたらしく「非今度集之作者歟」と注して異例さに注目している。「新古今和歌集竟宴和歌」にこのような人物が二十人中四人も加っていたのに比べれば少いが、異例であったことに変りはない。経任は中御門為経の男で、この時三十四歳（正五位上、左少弁）、後嵯峨院も出詠された文永二年七月二十四日仙洞当座歌合[注6]に資平らとともに出席しているので、おそらく院側近の寵臣だった故であろう。『経光卿記』によると、前年十二月二十六日に予定されていた竟宴の奉行を、十二月四日に院命を奉じ経光に伝えたのが経任で、「院司左少弁経任」とある。院司として特に深く今次の撰集に関わってきたことが、許されて竟宴和歌作者とされた理由であろう。

もう一つの不審は、為家・基家・行家・真観の四人が撰者であったのに、このうち行家一人が出席し、あとの三人は出席も出詠もしていないことである。『新古今和歌集』の場合にも撰者すべてが加っていたわけではなく、定家だけは出詠しなかったのであるが、その他の四人はむろん加っているし、定家には父の服喪中という理由があった。それに比べてこの場合を見るといかにも不審であり、何らかの事情があったものと考えたくなる。あるいは為家と真観ら反御子左派の撰集をめぐっての確執が原因になっているのではないか、そういえば撰者追加の時不満を表明したという（源承和歌口伝）実氏も出席していない、などといったことがすぐ思い浮ぶけれども、実は理由は全く別にあり、おそらくそれは彼等が桑門の身だったからだと思われる。法体歌人が公事の場にふさわしくないのは当りまえで、この場合に限っても確かにそのような意識があった証跡がある。たとえば、為家が、はじめ撰集の命を受けた時、それを理由に一旦辞退を申し出ていること（延慶両卿訴陳状所引融覚書状）、また弘長二年九月に撰者が追加された時のことを、「而ルニ桑門両輩けしからぬ次第と、当時ト云ヒ後代ト云ヒ、尤モ予ノ儀有ルベク候フカ」（文永元年九月十七日付教定宛融覚書状）と追懐していることなどにそれが窺われるのであって、後深草院が御記で「此ノ撰者ノ中、両入道序ニ於テ俗ノ如ク之ヲ注セラル、後人定メテ不審ヲ成サンカ、沙汰ノ趣キ如何」と述べていることも、もちろんそのことと関連している。真名序にも仮名序にも融覚と真観の二人が俗人のごとく記されているのは、勅撰集に桑門撰者はふさわしくないと意識していたからにほかならない。「新古今和歌集竟宴」に、寄人の一人慈円が加っていないのも、やはり彼が法体であったからにちがいなく、二十人はすべて俗人であった。この集の竟宴の場合も同じく二十五人の出詠者はすべて俗人であり、出家歌人は一人も加っていない。基家が入っていないのは、何らか別の理由によるものとして、入道していた融覚（為家）・真観（光俊）・実空（実氏）が出席しなかったのは当然のことであった。

四　仮名序草者と全巻の清書者は基家

第二に注意したいのは、仮名序の執筆者と全巻の清書者が前内大臣基家であったことを明らかにできることである。仮名序の草者については、既に暗黙の了解事項になっているようにも思われるが、『歴代和歌勅撰考』所引『勅撰目録』に「序内大臣、漢序長成卿」とあるのを引いて、『和歌文学大辞典』が「冬忠カ」と注されたことに対し、後藤重郎氏が歌人としての力量という点から冬忠より「前内大臣」基家とみる方が妥当であることを詳細に説き、しかしなお断定をさしひかえているのであるが[注7]、大坪利絹氏が『後深草院御記』を引いて基家が正しいと断定された。(注8)「御記」の「序草従二位菅原朝臣長成、仮名序前内大臣基家」の他、「資季卿記」にも「次和字、前内府草」と記されているし、加えてまた、静嘉堂文庫蔵伝為重筆本・内閣文庫蔵一本・国立東京博物館蔵一本など同一系統の『続古今和歌集』にも、仮名序冒頭に「続古今和歌集序　正二位臣藤原朝臣基家上」と位署がある。最も信頼すべきこれらの記録に明示されているのだから、仮名序が基家の執筆によって成ったことはもはや一点の疑いもない。序の執筆と関連して、全巻の清書を担当したのもまた基家であった。『園太暦』の「風雅集竟宴記」の中にも次の記事がある。

復今度清書事有御案、去春比予参入之時、被仰出、近来撰者書進歟、而千載集伊経書之、新勅撰行能書之、新古今後京極、続古今九条内府書之、撰者入木尤有其寄、今度無如此之人難儀也、宸筆不可叶、青蓮院二品親王当時入木人也、可為何様哉者、勿論更不可有義之旨申、

かく、公賢も（院の言ではあるが）『続古今和歌集』の清書者が基家であったことを伝えている。もちろんこれだけではなお部分的な清書であったかと疑われなくはないが、諸記の伝えるところは次のとおりである。

○清書前内大臣、裏絵色帋下絵、羅表紙、水精軸、書之、外題、以泥書之、（御記）

○此集皆此内府清書也、内陰色帋、青羅表紙、唐組紐、水精軸也、（資季卿記）

○如恒集廿巻、序一巻［漢字、和字］、各内絵(陰カ)色紙、泥絵、水精軸、青羅表紙、組紐、外題、以金泥書之、已上、前内大臣［基家公］、去年十二月被清書也、（資平卿記）

「後深草院御記」はやや曖昧だが、「資季卿記」「資平卿記」の書き様は、明らかにそれが全巻にわたる清書であったことを示している。竟宴に用いられた二十巻と真名序・仮名序のすべてを基家が、すでに昨年十二月に清書していたのであった。『続古今和歌集』撰集の中心的な存在が真観であったことは動かぬ事実であるが、基家もまた、『新古今和歌集』の撰集において父良経が果したと同じ役割を与えられて、特別に遇されていたことが窺え

るのである。

五　撰集の完了「撰定」と「竟宴」の関係

第三に注意したいのは、文永二年十二月二十六日のいわゆる奏覧（この語が適当でないことは後に述べる）と竟宴との関係が明らかになることである。すなわち、後深草院は御記の中二箇所にわたってそのことに言及している。一つは最初の方に、

抑モ続古今和歌集、両代古今ノ例ニ依リテ、乙丑ノ歳ニ当レルヲ以チテ、去年十二月ニ之ヲ撰定セラレ、竟宴ヲ行ハレント欲スルノ処、彗星出現シ、仍リテ空シク延引、今日ニ及ビテ行ハルル所ナリ。

とあり、また末尾近くにも、

抑モ此ノ集、古今両度ノ例ニ叶ヒ、支干乙丑ノ期ニ遇ヒ、即チ続古今ト号サルカ。去年十二月廿六日、竟宴ヲ行ハレント欲スルニ、而シテ彗星出現スルニ依リテ、俄ニ停止、仍チ件ノ日ニ撰定セラルルノ由、序ニ載セラルルナリ。

と記されており、これによって、竟宴は当初文永二年十二月二十六日に行われる予定であったにも拘らず、彗星の出現によって延引し、三年三月十二日になって催されたのだという事情が判明する。このころ彗星が現われたというのは事実であり、記録類によると、十二月十日すぎに出現して徐々に大きくなり、翌三年正月下旬に至って消滅するまで連夜人々の目を驚かせているし、諸所においてたびたび祈禱が行われてもいる。延期された竟宴はその天変の騒ぎが一段落した後に行われたのである。（文永元年中にも、六月二十六日東北方に出現、光芒三尺、九月十九日に漸く消滅している。）

ところで、御記の記事中に、ふつう「奏覧」といい習わされている文永二年十二月の行事を「撰定」と称してい

ることは安易に見すごせない問題である。単なる称呼のちがい以上にもう少し大きな意味をもつと思われるからである。『勅撰目録』の類には文永二年十二月に「奏之」とか「奏覧」したとか伝えるものがある（そういわずにただ年月日のみを記すものも多い）し、『続史愚抄』のような史料もまたそう伝えているのであるが、いずれも時代はかなり下る。この集に最も密着した序は、決して奏覧が行われたとは述べていないのである。すなわち真名序には「文永二年玄陰季月大網ノ趣右筆而勒シテ爾云フ」、仮名序は「時に文永二年十二月二十六日なむ此の集を記しをはりぬる」と、いずれも本集が完成したことをいうのみであって、『千載和歌集』の「文治三の歳の秋長月の中の十日に撰び奉りぬるになんありける」とか、『新勅撰和歌集』の「貞永元年十月二日これを奏す」などのごとく記されてはいない。もちろん『新古今和歌集』に倣って序が院の立場で執筆されているからにほかならず、当然といえば当然だが、着目すべきはむしろ、序といい詞書といいすべて親撰のかたちが貫かれているということ、つまり親撰体の集であったことの方であろう。およそ『続古今和歌集』に限らず親撰による撰集の場合、「奏覧」の儀は存在しえないのであって、集完成の公式の催しは、「竟宴」を措いてほかになかったはずなのである。『新古今和歌集』の場合にしても、元久二年三月六日荒目録を添えて院に奉ったことを定家は「申ノ時許リ家長撰歌並ビニ荒目録等ヲ持シテ、彼御所ニ参ジ了ンヌ」と記しており、決して「奏覧」とは言っていない。撰者をおかず文字どおりの親撰であった『風雅和歌集』には、もちろん「奏覧」はありうべくもなかった。

親撰形態の集に「奏覧」の儀は存しえず、「竟宴」あるのみだということを、いち早く明確に断じたのは公賢であり、彼は「風雅集竟宴記」の中で次のように述べている。

抑竟宴事、元久始被行不甘心之輩有之歟、然而撰者於里第撰整集者、奏覧有之、於御前被沙汰撰整歌、不可有奏覧之号、就之元久文永雖被定撰者人数、於御前採択之間、無奏覧之儀、被行竟宴也、况亦今度撰者号、凡不被定、偏以叡慮被撰、彌以勿論歟、

『新古今和歌集』の場合にも『続古今和歌集』の場合にも、たしかに撰者は任命されたけれども、撰者の里第ではなく後鳥羽院・後嵯峨院の御前で採択され、親撰の形式がとられたがために、「奏覧」の儀はなく「竟宴」が行われた、と公賢はいうのである。

『続古今和歌集』の撰集も、撰者が追加され、各撰者はそれぞれに撰者進覧本を奉った後、後嵯峨院が御前評定による撰集を主宰する立場で、撰集の実際に深く関わっていた。（注9）

かれこれ考えてくると、たしかに公賢のいうとおり、『続古今和歌集』の場合も、文永二年十二月に行われたところのものを「奏覧」と称するのはまことに適切ではない。撰者の側からいえばそれはまさしく院に奉ることであったが、親撰のたてまえをとる公式の立場からはやはりそれは「撰定」と称すべきものだったのである。このことについては従来曖昧にされてきた（私自身も奏覧と称してきた）けれども、かかる用語はやはり厳密に区別して使用しなければならない。

ただ、竟宴が彗星の出現によって延期されたのなら、では何故、「撰定」を行う必要があったのか、竟宴を延ばせばそれでこと足りたはずではないか、という疑問は当然出てくるであろう。しかしその理由は明白である。つまり、『新古今和歌集』の跡を襲って撰ばれた集として、乙丑の年文永二年中に形式的にもせよ成立を意味する何らかの区切りを必要としたからにほかならない。あらゆる面で『新古今和歌集』を模した（注10）この集の場合、『新古今和歌集』の竟宴が催された（つまりそれは公的な撰集終功を意味する）元久二年の干支「乙丑」に、是が非でもあわせなければならなかったのであり、そのために、はじめ「竟宴」を予定していた十二月二十六日に、「撰定」を行なって撰集完了を画したにちがいないのである。

六　おわりに

最後にもう一つ、先に引用した「資平卿記」の「已上前内大臣基家公去年十二月被清書也」という記事に注目しておきたい。竟宴に使われた『続古今和歌集』が前年十二月に清書されたということについてである。柳原紀光の『続史愚抄』の説として、文永二年十二月には春上下二巻だけしか奏覧されず、竟宴の時までに全巻周備したと見ている。しかし、竟宴の奉行をつとめ、撰集関係のことを知悉していた資平が、竟宴本二十巻すべては文永二年十二月に清書されたと証言しているのだから、これは容易に否定できない。『続史愚抄』の説そのものも、掲げられた依拠史料（五代物語ほか）の中に該当する所説を見出すことはできないし、甚だ消極的な付加的推量表現で説得性を欠くことなどを勘案するなら、文永二年十二月の時点で一往全巻を対象とした「撰定」が行われたと考えるのが妥当であろう。『続史愚抄』の説が出てきたのは、「風雅集竟宴記」中の次の記事と関係があると思われる。

斯宴、撰終之後須被行也、然而近来天下惣別太平時分難得也、仍今度以序漢和、并春上一巻被行此宴、先日勅語曰、続古今之時文永二年冬以春許可被行此宴之由治定了、而依天変事延引、及翌年之春周備被行了、元久又以中書被行云々者、

柳原紀光は『園太暦』を依拠資料に挙げていないけれども、洞院公賢のこの説に拠っているにちがいない。(注10)では『園太暦』の説はどこから出てきたのか。思うに、公賢の時代にも『経光卿記』の記事（続古今集沙汰事）は知られていなかったのではなかったか。文永二年十月十七日に後嵯峨院が実氏の菊第に渡御されて、持参した春部二巻を資平に読ませご問答があった、との記事を拡大解釈(注11)してもたらされた説なのではあるまいか。竟宴の時までに、またそれ以後も若干修訂が行われたらしい証跡はあるものの、文永二年十二月の時点において、全巻を対象とした「撰定」が行われたのであった。

【注】

(1)『皇室の至宝　東山御文庫御物』(第二巻)(毎日新聞社、平成十一年八月)。

(2) 後藤重郎『新古今和歌集の基礎的研究』(塙書房、昭和四十三年三月)。なお以下一々記さないが「新古今和歌集竟宴」に関しては後藤氏説に負う所が大きい。

(3)『新抄』(外記日記)に「十二日[乙巳]、於仙洞有続古今竟宴事、関白前太政大臣、前左大臣以下参入之、有□遊」、『続古今竟宴御記』に「其儀寝殿南庇南面五箇間云々」とある。

(4)『早稲田大学蔵資料影印叢書』(国書篇第七巻中世歌書集)(早稲田大学出版部、昭和六十二年六月)。

(5) 冷泉家時雨亭叢書第十三巻『中世勅撰集』(朝日新聞社、二〇〇二年二月)。

(6)『図書寮蔵桂宮本叢書』(第十四巻歌合)(養徳社、昭和三十二年九月)、『新編国歌大観』(第五巻歌合編)(角川書店、昭和六十二年四月)。なお、本書序章第一節注(11)参照。

(7) 前掲注(2)著書、一五九~一六一頁。

(8) 大坪利絹「撰者の考察」(『語文』第二十八輯、昭和四十三年五月)。→『風雅和歌集論考』(桜楓社、昭和五十四年六月)。

(9) 家郷隆文「続古今和歌集研究—その外形をめぐって—」(『国語国文研究』第十号、昭和三十二年四月)、『和歌文学大辞典』の「続古今和歌集」の項(井上宗雄執筆)など参看。

(10) 本書第三章第八節に詳述した。

(11) 竟宴以後の歌の切入れや削除もある(本書第三章第六節参照)し、数多い本文の異同の中には「撰定」以後の修訂を反映するものもある。また例えば巻二十賀歌の中の「此集かきてたてまつるとてつつみがみにかきつけ侍し」と詞書する基家と後嵯峨院の贈答歌(一九〇四・一九〇五)も、「撰定」以後の追加であるにちがいない。

第五節　続古今和歌集目録と前田家本続古今和歌集

一　続古今和歌集目録　当世

『続古今和歌集』に「目録」の伝存することは樋口芳麻呂氏の紹介によって知られている。氏は、史料編纂所所蔵の富田仙助氏所蔵文書中の『続古今和歌集目録　当世』を翻刻され、その資料的意義を解明されたのであった。(注1)

勅撰和歌集の撰進にあたって、「目録」が撰定され奏覧されたことは、現存する記録や資料から窺い知ることができる。たとえば、寛治元年（一〇八七）秋八月の年記をもち、「目録」に付されたと思しい「後拾遺和歌集目録序」（真名）が伝存している。定家も『新勅撰和歌集』の撰進に際し、貞永元年（一二三二）十月二日に「仮名序代并二十巻部目録」を奏覧している。撰集の勅命を拝したのが同じ貞永元年六月十三日のことであったから、その間わずか三箇月あまりしか隔らない。十月四日四条天皇に譲位された下命者後堀河天皇の在位期間中に、「奏覧」の形式を整えるためにとられた措置であった。(注2)従ってその目録は、おそらく二十巻の部立を記しただけのごく簡略なものだったにちがいない。また、建長三年（一二五一）十二月二十五日に『続後撰和歌集』を奏覧した為家も、撰集に付随して「目録」を撰定したらしい。残欠ではあるが「目録序」と称する資料が残されているからである。(注3)このように「目録」を作成することは、おおかたの勅撰和歌集撰進に際して行われる、いわば撰集故実の一つだったたかと思われるのであるが、しかし、いずれの場合も「目録」そのものは伝存しないので、その内容がいかなるものだったかを明らかに知ることはできない。かくてこの『続古今和歌集目録 当世』は、類い稀に現存する勅撰和歌集の「目録」として、甚だ貴重な資料なのである。

『目録 当世』（以下この略称による）の巻末および奥書は、左のとおりである（引用は史料編纂所蔵透写本による）。

僧都二人　　律師二人
凡僧八人
女院一人
庶女十八人
已上當世作者并百二十九人
以前續古今和歌集目録依
院宣注申如件
文永三年五月十五日　　真観撰
（八九行分余白）
応長元年五月二日傳領之了
□□花吉
文永五年閏二月廿六日書之
□聖記之

史料編纂所蔵の『目録 当世』の原本は、『続古今和歌集』撰者の中心人物であった真観自らが、文永三年五月十五日に撰定を完了したもので、真観筆の原本を文永五年に□聖が書写したのが透写原本の富田本であった。但し文永五年の閏月は正月だったから、「閏二月」は「閏正月」の誤りである可能性が大きい。ともあれ真観筆の原本ではないが、厳密な写本からの透写本であり、忠実に原資料本文を伝えていると見られる。

『目録 当世』は、しかし、四七〇人ほどもいる『続古今和歌集』入集全歌人にわたる目録ではなく、表題に明記されるとおり、現存歌人のみを収めたもので、わずか一二九人を収載するにすぎなかった。しかも、途中七八紙ほどの欠脱があるため、現存部分に見えるのはさらに少く八十七人であり、ために『目録 当世』撰定の基準とされた『続古今和歌集』の内容については部分的にしか明らかにすることができず、樋口氏も、「目録の現存部分のみに限定していえば」とことわった上で、「前田家蔵伝為氏筆本が奏覧本に近く、国歌大観本も、奏覧本系統の伝本である」と、やや漠と結論するほかなかったのであった。

二　早稲田大学本続古今和歌集目録

ところで、『目録 当世』とは別に、それと相補いあういま一本の『続古今和歌集』目録が現存している。それは、早稲田大学附属図書館に収蔵される『続古今和歌集目録』(二5・一〇九二)一巻であり、『目録 当世』が現存歌人のみを収めるのに対し、本書は物故歌人ばかりを集め収めた完本である。『目録 当世』とほとんど同じ体裁で記される目録であるが、貴重この上ない資料と称してよいであろう。

この『目録』(以下この略称による)は、大永五年から七年にかけての『仮名暦』の紙背を用いて書写されており、函架番号も暦の分類によって付されている。紙高二六センチ、長さ三八センチと四九センチ程度の二種類の料紙を主に、四三枚(うち四二枚が楮紙、残り一枚は鳥の子歌懐紙)をつなぎあわせ、全長が一七米余りに及ぶ浩瀚な目録である。表紙や外題、紐の類などすべてなく、巻頭六センチほどの余白を残して、「続古今和歌集目録」と内題し、直ちに巻割りから本文へと続く。

『目録』の巻末、および奥書は、左に示すとおりである。

明神六所
帝王十一人
太上天皇十一人
追号天皇一人
親王十一人
執政十四人　　大臣廿五人
大納言廿五人　　中納言廿三人
参議十四人　　散位廿五人
四位卅二人　　五位廿五人
六位六人　　不知官位二人
大師二人　　僧正八人
法印五人　　僧都二人
律師三人　　法橋一人
凡僧廿六人
院宮八人　　内親王四人

女御六人　　　　　公卿室三人
三位一人　　　　　庶女四十四人
　已上故者并三百三十八人
本云 後拾遺千載集目録名字
異訓注付仮名今度不載之　　　　　　（A）

本云 洞院大納言為家卿筆也云々
　無相違歟　後成恩寺
　　　　　　沙門　判　　　　　　（B）

這一巻者最依存披見之望
或人不堪固辞遂許与之訖
為備早速之人主令配巻頭
一日之中終写功者也
　享禄元年九月中旬
　　　　　　従一位（花押）
　　　校合落合書加了
　　　追而可清書也　　　　　　（C）

本書は、この奥書も合めて、疑いなく全巻一筆であり、従って（C）は本『目録』の書写奥書である。享禄元年

（一五二八）（紙背『仮名暦』大永七年の翌年）九月中旬に、従一位某が一日の中に写功を終えたという本そのものが伝存しているのである。享禄元年従一位の該当者は、近衛稙家（二六歳）、近衛尚通（五七）、九条尚経（六一）、鷹司兼輔（四九）、二条伊房（三三）、三条実香（六〇）、大炊御門経名（四九）の七人いるが、花押が実香の内相府時代（永正四年四月九日～同十二年四月十六日の間）のそれと酷似しているので、本『目録』は、全巻、転法輪実香の筆になると断定してまちがいないであろう。実香は、書写のあと底本との校合を行い、脱落や誤写を補訂しているので、忽卒の間の書写になるとはいえ、親本の姿をほぼ忠実に伝えていると見てよいであろう。しかし、本書書写時以前の段階で生じたと思われる明らかな誤脱が数箇所認められる。

一つは「執政」の項におけるもので、前掲の巻末合計では「執政十四人」となっているにもかかわらず、本文中には十三人の名前しか見出せない。これは、

○洞院摂政前左大臣四首　［光明峯寺入道前摂政一男／准三宮従一位掄子西園寺入道前太政大臣女］

　夏一　［郭公］　冬一　［神楽夜返哥］

の部分に欠脱があるためで、「郭公」「神楽夜返哥」の二首は「岡屋入道前摂政太政大臣」の歌だから、元来この二行の間に次の三行が存したはずである。

　　春下一　　　　夏二

　　恋三

　岡屋入道前摂政太政大臣二首

おそらく本書書写者実香であろう、欠脱に気づいて○印を付している。

二つは「凡僧」の項におけるもので、巻末には「凡僧廿六人」とあるのに、本文中には二十五人しか見えない。この場合も、

山（朱）
○祐盛四首　［母二条太皇大后宮東屋法橋頼清女］
　夏一　［橘］　冬二　［千鳥　氷］
　釈教二　［弟子品　清涼寺］　羇旅一　［秋風］
　恋第二一　［煙］

の○印の行間に、元来次の三行があったはずである。

　夏一　離別一
　雑下二
寂蓮七首

これは「夏一」の目移りによって生じた脱落であるにちがいない。実香が底本との校合を行っている事実から考えて、以上二箇所の誤脱は享禄元年書写以前の段階で生じたものであろう。すなわち、原本と本書とは直接しているのではなく、中間でいま一度の転写が行われたと推定されるのである。

また、既に『目録』原本の段階からの脱漏と思われるものが三箇所ある。一つは中古三十六歌仙の一人大江嘉言で、当然「六位」の項に、

大江嘉言一首
　羇旅一

とあるべきなのにないし、巻末の「六位六人」の数の中にも入っていない。二つは源重之女で、やはり「庶女」の項に、

源重之女三首

夏一　　　　　　　　離別一

雑上一

となければならないのに実際にはない。巻末の「庶女四十四人」の数の中にももちろん入っていない。三つは後京極摂政太政大臣（良経）の歌一首（七三二番）で、

神祇三　［春日山　玉津島　客人宮］

の中にこの一首を加え、総歌数「二十七首」は「二十八首」となければならない。現存諸本はもちろんすべて以上三人五首を収めており出入りは全くない。

では『目録』作成にあたって依拠した『続古今和歌集』にこの五首がなかったのかというと、そうではなく、これらを加えねば総歌数や歌人数が合わないので、従って、『目録』原本の段階から既に脱していたと考えざるをえないのである。ちなみに、建武四年元盛撰の『勅撰作者部類』初撰本に、嘉言と重之女の二人が漏れているのは、本『目録』が『作者部類』作成の資料として用いられたことを意味しているのではあるまいか。

次に（B）の奥書は、原本に加証されたものであろうが、これを記した後成恩寺沙門、すなわち一条兼良によると、『目録』原本は「洞院大納言為家卿」の筆になるものだったという。定家の息男為家を「洞院大納言」と呼称した例は他に知らないが、「大納言為家」はこの人以外にいないから、『続古今和歌集』撰者の一人前大納言藤原為家を指しているとみるほかない。原本がはたして為家筆だったか否かは定かでないが、『目録 当世』が真観撰であることから考えると、『目録』が為家撰であった可能性は大きく、従ってまた為家筆の原本は十分にありえたと思量される。

（A）の奥書はもちろん『目録』撰者の加えたものである。『後拾遺和歌集』や『千載和歌集』の目録には記されていた、作者名の異訓や注付、仮名等は、この『目録』には載せなかったのだという。たしかに、位階・官職など

を朱書する以外に、人名に関する注記は加えられてはいない。おそらく撰者の一人為家が、右のごとき方針で本書を作成し、奏覧に供したのであろう。

ところで、巻末に「已上故者并三百三十八人」とあることから明らかなように、本書は物故歌人のみを収める目録であって、『目録 当世』所載の現存歌人は一人も含まれない。『目録 当世』の奥に真観が、「以前続古今和歌集目録依院宣注申如件」と記していることは既に述べたが、その「続古今和歌集目録」とは、樋口氏が推測されたように、いかにも全歌人を収載する完全な目録だったかに思われなくはないが、これは『目録 当世』を指していると見なければならない。「以前」とは、古文書学の専門用語。勅や太政官符などの公式様文書において、事書の次の行の本文（事実書）の書き出し部分に使われた文言で、事書の内容が一箇条のときは「右」、二箇条以上にわたるときは「以前」と書くのを常とした。一般的な「以上」と同じであるが、実務官僚として公式文書に通暁していた前右大弁入道光俊の面目躍如といった用語である。そして、『目録』と『目録 当世』とは何ら重複するところなく、両者をあわせてはじめて『続古今和歌集』入集全歌人の完全な目録となるのであって、この事実は、二つの目録が同じ意図で緊密な連携を保ちながら作成されたことを証している。『目録 当世』は全歌人にわたる目録から抄出した略目録だったのではなく、正式の目録の片われだったのである。

三　「故者」と「当世」境は竟宴の日

かように二つの目録は密接に関連しているのであるが、では『目録』はいつ撰定されたのであろうか、『目録 当世』には成立を示す記載があって明らかだが、残念ながら『目録』にその記載はない、樋口氏は全歌人を収めた正式の目録が、既に『続古今和歌集』奏覧（撰定が正しい）と同時か、あるいはほぼその前後に撰定されていたのではないかと推定しておられるのであるが、果たしてそのころ、すなわち文永二年十二月二十六日前後の成立であろうか。撰集の区切り目となった文永二年（一二六五）十二月二十六日以前にこのような目録が作られたとは考えられず、少なくともその日以降、翌三年五月十五日真観の『目録 当世』以前の間に、撰定されたのではあるまいか。

成立の範囲をもう少し限定するために、両目録の内容を検討してみよう。『目録』の「散位」の項は、藤原教定朝臣の項で終っている。教定は、『新抄』（外記日記）『吾妻鏡』『公卿補任』等によると、文永三年四月八日、関東の地で腫物の所労のために薨じており、これを疑うべき資料は何もない。四月八日に薨じた教定が故者として扱われているという事実は、『目録』が四月八日以後に成立したことを示していよう。けれどもその一方で、『目録』巻末には「散位二十五人」と記されているのに、本文中の「散位」の項には二十六人の名があげられ、教定はその最後に位置している。このことは、『目録』が四月八日までに一往の完成をみていたであろうこと、そして教定の薨去直後に彼のみが追加記入され、総計は未訂正のままになってしまったことを意味しているにちがいない。合計する際の誤算であった可能性もまったくないわけではないが、追加であったと考える方が蓋然性は大きい。教定は、たぶん並行して撰定が進められていた『目録 当世』から『目録』の方に移されたのである。

同じく「散位」の項、教定の直前に収められる藤原基雅朝臣、「四位」の項の末尾にあげられる源俊定、「五位」の項の最後に録されている源俊平の三人は、『新抄』（外記日記）によれば、それぞれ文永三年正月三日、正月四日、正月六日にあい次いで卒去した歌人たちである。三人が故者として『目録』に収録され、巻末の合計も彼らを含めた数で合致する。すなわち『目録』は、文永三年正月六日以降四月八日以前の間に一旦成立したのである。そして、注目すべきは、この間三月十二日に竟宴の儀が催されており、この日こそ『続古今和歌集』二十巻の最終的撰集完了の日であった。「故者」と「当世」歌人を二分する目安を竟宴の日三月十二日に設定して、為家と真観がそれぞれの目録の撰定にあたったにちがいないのである。

しかし、そのように考えて不都合がないわけではない。一つは荒木田延成が、故者として『目録』の「四位」の項に収録されていることである。巻末の合計「四位三十二人」は延成を加えての数である。注（5）の推定によれば、『目録 当世』にも収載はなかった。延成の歌は、真観撰『現存和歌六帖 第二』（冷泉家時雨亭文庫蔵）にも一首（一二一九）採択されているから、建長二年九月時点で、真観は現存歌人として扱っていた。『類聚大補任』文永三年の項に「内宮禰宜同前」とあり、文永二年に「正四位上延季、正四位上延成」（以下略）とあって、確実に現存している。『内宮禰宜年表』によると、延成の没年は建治四年（一二七八）であった。『目録』記載の順序が概ね没年順になっている中で、延成は、寛喜二年（一二三〇）没の藤原教雅の後、建長六年（一二五四）没の祝部成茂の前に配されている。延成の父成定（一禰宜。非歌人）が嘉禎四年（一二三八）に没しているので、おそらくはその没年と混同して、為家と真観はともに故人として扱ったのではあるまいか。

二つは、藤原信実が現存歌人として『目録 当世』の方に収められていることである。『扶桑画人伝』などの資料によれば、信実は文永二年十二月十五日、つまり奏覧直前に薨じたと伝えられる。この点については樋口氏も不審を抱かれ、『目録 当世』が厳密に、現存歌人に限定しなかったのか、没年が奏覧日にごく近くかつ有力歌人なので省くにしのびなかったのか、あるいはまた信実の没年が通説とは異っていたのかなど、いろいろ推考されたが、結局存疑とし、『目録 当世』が「続古今奏覧頃生存の歌人を目安として撰定されているとはいえるであろう」と結論されたのであった。しかし、信実の没年を伝える資料がいずれも二次的なものばかりで、『新抄』（外記日記）のように信憑度が高くない点を重視すべきではあるまいか。すなわち、信実は文永三年四月八日以降まで生存していたと考えたいのである。『続古今和歌集』に一十八首も入集する主要歌人の一人であった信実の薨去を無視して、一方で文永三年正月卒去の三人を故者とし、教定をも故者に移しながら、一人だけ例外的に現存歌人として扱ったとは到底考えがたいことであろう。

かくして、二つの疑点には一往の解答が与えられるのであって、これ以外に、竟宴の行われた三月十二日を目安に、入集歌人を二分したと考えて、矛盾を生ずる点はない。『続古今和歌集』の二つの目録は、文永三年三月十二日を境にして故者と当世歌人を二分し、故者の『目録』は四月八日までに一度完成し、それ以後教定だけが追て加えられる。一方現存歌人の『目録 当世』は、五月十五日をもって完成奏覧されたのである。

ちなみに、両目録作成にあたっては先行勅撰集の「目録」が利用されたようである。前に示した『目録』奥書に「後拾遺千載集目録云々」の記載があったし、本文中にも、「後撰目録云中納言長谷雄末葉」(六位、紀友則の注)、「後撰目録注凡僧烈」(凡僧、蝉丸の注)と、二箇所にそれがみえるのであって、これら先行勅撰集の「目録」が少くとも『続古今和歌集』成立当時までは世に存在していたことを確認できるとともに、それらの形式にならい、かつまた特に古歌人の場合にはその記載事項を参酌しながら、目録が作成されたことを跡づけることができるのである。

四　伝記研究資料としての価値

『続古今和歌集』の二つの目録は、作者部類の形式によって草されている。すなわち、入集歌人を位階別に分類配列し、父母の名と官職などの伝記事項を略注し、そして各巻の入集歌を簡略なことばで表記するという方法をとるのである。従って、両目録の記載内容は二つの点で重要な資料的意義を伴っている。

第一は、略注された伝記的事項が、その歌人研究にあたって有用な伝記資料となる場合がままあることである。もとより時代の遠く隔った歌人に関する記載は別だが、当代ならびに当代に近い歌人については、極めて信憑度の高い第一次資料となる。二つの目録は、まがいもなく『続古今和歌集』成立直後に撰定されたものだからである。殊にほかにほとんど拠るべき資料をもたない片々たる歌人の伝記について、数多くの事実を我々の前に提供してくれる。『目録 当世』の伝記資料としての意義は樋口氏が詳しく述べておられるので、ここではもっぱら『目録』についいて、その一端を示してみよう。

たとえば、「法印」良守について、『和歌文学大辞典』付載の「作者部類」には「〔三井寺法印、大納言基良子〕頓阿らと句題百首を詠む」と注されている。『尊卑分脈』などによればたしかに基良の子に法印良守はいるけれども、『続古今和歌集』所収歌の作者は、『目録』の記載「醍醐入道前太政大臣男」により、良平の子と認定すべきである。系図類に良平息の良守は見あたらないが、『大納言為家集』（家集Ⅰ）詞書に見える「野寄法印良守」がその人と思われ、その四十九日は文永元年二月二十八日であった（藤原為家全歌集四五一一）から、死没は正月九日であった計算になる。ちなみに飛鳥井雅有『嵯峨のかよひ』に登場し、雅有が転任のことにつき頼りとし親交した、良平女子「南御方」の甥に当る「野寄方眼良珍」は、系図では高実の子とされているが、その呼称から良守の息男だったと推定される。句題百首云々の注も、だぶん類従本『句題百首』巻頭の作者注「法印良守　大納言基良子　続後撰続古今　新後撰　玉葉集作者」をそのまま踏襲したための誤りで、たとえ良守が基良の子であったとしても、建治二年以前所生の人が『句題百首』成立時まで生存しえたはずはなく、頓阿らと同座したのは別人の良守だと考えねばならない。しかして『続古今和歌集』以外の勅撰集入集歌がどの良守の詠であるかは判別不能とするほかない。

同じく「法印」良印は、前引「作者部類」に「源家重の子家長の男に良印あり」と注される。良印なる人名を求めて参考に注したのであろうが、『目録』によると三井寺の僧で、「衣笠前内大臣男」であった。この場合にも系図類に家良息の良印は見出せないが、『目録』の記載を信じるべきであろう。

また、「凡僧」明教（光氏）について、前引「作者部類」は「秀郷流家綱の男、末茂流清秀の男その他に光氏多し」と注し、断定していないが、『目録』は「按察使光親末男、母修明門院大弐」と注記する。従って、『続古今和歌集』入集歌人光氏は、『尊卑分脈』に「正五位下　丹後守　母成清法印女」とある、真観弟の光氏であることが判明する。脩明門院大弐は法印成清の女である。

ごく大まかに没年を推定するための資料としても見のがせない。文永三年三月十二日以前に没した歌人が『目録』に収めれら、しかも近い者についてはほぼ没年順に配列されているからである。たとえば家隆の子隆祐は、建長五年まで活動したあとが確認されているが、生存の下限は知られていない。しかし『目録』に収められているので、文永三年三月十二日以前に物故していることは確かだし、さらに弘長元年没の平重時よりも前に（両者の間に没年不明の三人が）記されているから、建長五年から弘長元年の間と没年を推定してほぼ誤りないものと思われる。以上若干の例をあげるにとどめるが、伝記資料としての有効性は証されたであろう。

五　竟宴本続古今和歌集の様態

第二は、これこそ目録がもつ最も重要な意義なのであるが、両目録の記載内容からそれが拠り所とした『続古今和歌集』のありようを、ほぼ確実に推定できる。二つの目録が竟宴の日を基準にして撰定されたとすれば、それらが依拠した『続古今和歌集』は、竟宴の時点における本文であったにちがいない。そのことは次の二つの記録によっても裏づけられる。『続古今竟宴資平卿記』によれば、竟宴に用いられた本集の形態は、次のごとくであった。

　如恒集廿巻、序一巻（漢字、和字）、各内絵（陰カ）色紙、泥絵、水精軸、青羅表紙、組紐、外題、以金泥書之、

『後深草院御記』にも『資季卿記』にも同様の記述がある。他方、『目録』巻頭には巻割りが記されている（後掲）が、これによると『目録』が依拠した『続古今和歌集』もまた、二十巻に和漢の序一巻を添えた巻子本であった。両書記載の形態上のかくのごとき一致は、『目録』が竟宴本そのものを基準にして作成されたことを証するであろう。従って、二つの目録の記載内容を手がかりに竟宴本『続古今和歌集』の内容を察知できることになる。

管見にふれた『続古今和歌集』の三十余の伝本を比較調査してみると、明らかに転写過程で生じたと思われるものを除いて、出入のある歌が二十二首ある。それらについて、『目録』ならびに『目録 当世』の記載を手がかりに竟宴本における有無を検してみよう。

（1）巻三・夏歌（国歌大観番号二七四）（新編国歌大観番号一九一六）柿本人丸「ふる道に」の歌はなかつた。（目録）

（2）巻四・秋歌上（三〇五）（一九一七）女御徽子女王「あきのひの」の歌はなかった。（目録）

（3）巻五・秋歌下（四五二）（一九一八）紀友則「たれきけと」の歌はなかった。（目録）

（4）巻五・秋歌下（五四二の次）（五三九の次）前大納言基良「いく秋か」の歌はなかった。（目録 当世）

（5）巻六・冬歌（五八六）（五八三）藤原信実朝臣「さらにまた」の歌はあった。（目録 当世）

（6）巻七・神祇歌（七四三）（一九二〇）慈鎮大僧正「わしのやま」の歌はなかった。（目録）

（7）巻八・釈教歌（七六二）（一九二一）権大納言教家「まことしく」の歌はなかった。（目録）

（8）巻八・釈教歌（八一七の次）（八一〇の次）崇徳院御歌「名をだにも」の歌はなかった。（目録）

（9）巻九・離別歌（八三九の次）（八三二の次）清原深養父「心にもあらぬ」の歌はなかった。（目録）

（10）巻九・離別歌（八三九の次深養父歌の次）（八三二の次の次）土御門院御歌「朝ぎりに」の歌はなかった。（目録）

（11）巻十・羇旅歌（九二四）（一九二三）読人しらず「くるしくも」の歌はなかった。（目録）

（12）巻十三・恋歌三（一一九二の次）（一一八四）後鳥羽院御歌「うつつこそ」の歌はなかった。（目録）

（13）巻十四・恋歌四（一三〇〇）（一二九二）源時清「みちのくに」の歌はあった。（目録 当世）

（14）巻十五・恋歌五（一三九五の次、巻末）（一三八七）前大納言為家「あふならば」の歌はなかった。（目録 当世）

（15）巻十七・雑歌上（一五四二）（一五三四）平時茂「人しれぬ」の歌はあった。（目録 当世）

（16）巻二十・賀歌（一八六八）（一九二六）躬恒「ちよをふる」の歌はなかった。（目録）

右の十六首は、確実にその有無を認定することのできるものである。

さらに、『目録 当世』の欠脱部に関係するその他の六首についても、いろいろな条件から、有無を推定することができる。『目録』巻頭に記される本集の所収歌数は「都合千九百十五首」であり、これが竟宴本『続古今和歌集』

の総歌数であった。そして、『目録』収録の歌人数は三百三十九人（巻末には三百三十八人となっているが、それに教定を加えた数。また岡屋入道前摂政太政大臣と寂蓮の二人はもちろん加えられている）、歌数一二〇六首、これに当然入るべくして漏れている大江嘉言一首、源重之女三首、良経の一首を加えると、三百四十一人、歌数一二一一首となり、これが『目録』に収められるはずの歌人数と歌数であった。従って、入集総歌数一九一五首からこの一二一一首をさし引いた残り七〇四首が、『目録 当世』所載歌数だったことになる。（注4） また、『目録 当世』の巻末、奥書の前に次の部分が残存している。

僧都二人　　律師二人
凡僧八人
女院一人
庶女十八人
　己上当世作者并百二十九人

これによって、『目録 当世』所載の僧都・律師・凡僧・女院・庶女それぞれの歌人数、ならびに総歌人数がわかる。以上の条件から次の三首の有無が確実に推定できる。

(17) 巻八・釈教歌（七九一）（一九二二）権大僧都憲実「見る夢の」の歌について。巻末記によれば、『目録 当世』所載の「僧都」は二人であったが、現存歌人中の有資格者として、憲実のほかに定円（三首）・公朝（四首）の二人がいる。二人は歌数も多く、かつ諸本まったく出入りがないから、竟宴本にこの歌は収載されていなかったはずである。

(18) 巻十九・雑歌下（一七五〇）（一九二五）西音法師「むかし思ふ」の歌について。巻末記によれば、『目録 当世』

所載の「几僧」は八人であったが、残存部に、定修・心円・円勇・慶政上人・思順上人・心海上人・隆専・道円の八人の名がみえる。従って西音のこの歌はなかったはずである。

(19) 巻十九・雑歌下(一八三三の次)(一八二四)法印厳恵「なにごとの」の歌について。『目録 当世』所収の歌人は一二九人であったが、現存部分に八十七人の名がみえ、従って散佚部分には四十二人いたことになる。法印以外の該当者を求めると、中納言一人、参議四人、散位九人、四位三人、僧都二人、律師一人(巻末記に「二人」とあるうちの一人は現存部分にあり)、女院一人、庶女十八人、計三九人となり、残る法印は三人だったことになる。法印の有資格者は、良覚・行清と厳恵の三人しかいないから、この歌はあったはずである。

残り三首については、必ずしも決定的ではないが臆測することはできる。『目録 当世』に収められていたはずの歌は七〇四首であったが、残存部分の歌を合計すると五二三首になる。従って欠脱部には一八一首収録されていたことになるわけで、問題の三首を除いて確実に欠脱部にあったと推定できる歌は一八〇首だから、三首のうちどれか一首があり、他の二首はなかったはずである。

(20) 巻五・秋歌下(四七三)(四七〇)従二位成実「いまよりは」の歌について。この歌を収めない伝本は静嘉堂文庫蔵本と内閣文庫蔵一本の二本のみで、しかも両者は同一祖本から派生した兄弟関係の本である。両本には明らかにそれぞれの書写時以前の段階で生じたと認められる誤謬がかなりあるので、この一首は両本祖本における不用意な誤脱であった可能性が大きい。たぶん竟宴本には存在していたであろう。

(21) 巻十八・雑歌中(一七〇九)(一九二四)藻璧門院但馬(流布本系の伝本は藻璧門院少将とする)「あすかがは」の歌について。巻末記によれば『目録 当世』所載の庶女は十八人であった。この一首がもし但馬の詠と認定されていたとすれば、庶女の該当者は但馬を除いて既に十八人いるから、従ってこの歌はなかったことになる。もし少将の詠と認められていたとすれば、右の推定はなりたたず、少将の歌数が十二首収載されていた可能性もでてくるのであるが、たとえその場合でもなかった可能性が半ばはあるのだから、竟宴本にこの一首はなかったと考える方が真実に近いであろう。

(22) 巻六・冬歌（六二九）（二九一九）中納言「ふゆさむみ」の歌について。決定的な論拠はないが、もし(20)(21)の二首に関する推定が正しいなら、この一首はなかったはずである。

最後の三首については、右のとおりやや疑問が残らぬではないが、歌数の計算からすると、三首すべての推定が正しいか、または二つ誤っているかのいずれかしかありえない。おそらく右の推定は誤っていないと考える。(注5)

六　前田家本は竟宴本の忠実な書写本

諸本の間で出入りがあって問題となる二十二首の、竟宴本における有無の状態は以上のとおりであるが、これを三十余の伝本における歌の有無と比較してみると、ほとんどすべての伝本は、いずれかの点で合致しないところがある。やや疑問の残った三首を除外してもやはり完全に一致するということはないのである。そうした中にあって注目されるのは前田家尊経閣文庫蔵伝為氏筆本（二三・古）で、この本だけは二十二首ともに竟宴本における有無と完全な一致を示している。つまり、前田家本は、歌の出入に関する限り、竟宴の時点における『続古今和歌集』の本文を忠実に伝えた唯一の伝本だということになる。（前田家尊経閣文庫には、ほかに二十一代集中の一本が蔵されているが、以下伝為氏筆本を「前田家本」と略称する。）

しかし、歌の出入の比較だけをもって、竟宴本『続古今和歌集』と前田家本との正確な関係を断定することはできない。さらに子細に、『目録』と前田家本とを比較検討してみなければならない。

『目録』の巻頭には、各巻々の歌数や入集総歌数が記されていて、『目録』が依拠した竟宴本の形態と内容とを如実に知ることができる。左にそれを掲げ、下欄の括弧の中に前田家本における当該所収歌数を示す。

続古今和謌集目録

			（前田家本歌数）
一巻	和漢序		
第一巻	春上	九十九首	（九九）
第二巻	春下	八十二首	（八二）
第三巻	夏	百二首	（一〇二）
第四巻	秋上	百五十首	（一五〇）
第五巻	秋下	百七首	（一〇七）
第六巻	冬	百四十五首	（一四五）
第七巻	神祇	六十二首	（六二）
第八巻	釈教	七十一首	（七一）
第九巻	離別	三十九首	（三八）
第十巻	羇旅	八十六[七]首	（八七）
已上上帙九百四十三首			（九四三）
第十一巻	恋一	百七首	（一〇七）
第十二巻	恋二	七十七首	（七七）
第十三巻	恋三	八十二首	（八二）
第十四巻	恋四	九十八首	（九八）
第十五巻	恋五	八十首	（八〇）
第十六巻	哀傷	九十六首	（九六）

第十七巻　雑上　百五十首　（一五〇）
第十八巻　雑下　九十二首　（九二）
第十九巻　雑下　百三十二首　（一三二）
第二十巻　賀　五十八首　（五八）
已上下帙九百七十二首　（九七二）
都合千九百十五首　（一九一五）

数字を比較すれば明らかなように、竟宴本と前田家本とは、総歌数はもとより、巻々の歌数もほぼ完全に一致しているのであるが、ただ一箇所巻九と巻十の歌数がちがっていることに気づく（「六」の右に傍記される「七」は別筆か。同筆としても書写時のものではない）。この相違は、次の一首の所収位置のちがいに由来している。

登蓮法師とほき所へまかりけるに、きぬをつかはすとて　従三位頼政
かぎりあればわれこそそはねたびごろもたたむ日よりは身をなはなれそ

前田家本はこの歌を巻十・羇旅歌中の八八一番（八七三）「露しげき」の歌の次に収めているが、竟宴本『続古今和歌集』にあっては、流布本などと同様に、巻九・離別部、八四九番（八四一の次）に配属されていたのである。それは、『目録』「散位」頼政の条に次のごとくあることによって確かめられる。

従三位（朱）
源頼政朝臣四首　［兵庫頭仲正男／母勘解由次官藤原友実］
秋上一　［月］　離別一　［衣］

雑下一　［松］　　賀一　［橋］

頼政の歌は、内容からみて当然「離別」部に収められるべきものであるから、最初巻十・羇旅の部に配されていたこの歌を、後に巻九・離別部に配属変えしたのだと思われる。

歌数や歌序に関するものではないが、いま一つの相違点は、巻三・夏歌・二七六番（二七五）の一首、

夏哥中に

そまがはの山かげくだすいかだしよいかがうきねのとこはすずしき

の作者名のちがいである。前田家本はこの歌の作者を「後法性寺入道前関白太政大臣（兼実）」としているのに対し、『目録』におけるこの一首の扱いは次のようになっている。

同（従一位）（朱）
後法性寺入道前関白太政大臣五首［法性寺入道前関白三男／母大宮権大進仲光女］
春上一　［立春］　　春下一　［花］
夏一　［納涼］（朱ミセケチ）　　羇旅一　［草枕］
恋第一一　［初恋］　　恋第三一

同（朱）
後京極摂政前太政大臣二十七首［後法性寺入道前関白二男／母従三位季行女］
春上三　［春風　春雨　／帰雁］　　春下二　［花］
夏三　［夏衣　蟬　納涼（朱）］　　秋上一　［月］（以下略）

すなわち、一度兼実の歌としたものを朱で見せ消ちにし、良経の歌としてやはり朱で書き加えられているのである。この歌は『秋篠月清集』に収められる「後鳥羽院正治初度百首」中の一首であり、従って良経の歌とした朱の訂正の方がもちろん正しい。『目録』の書写態度は親本に忠実だと思われるし、また後人がかような訂正をなしうるはずはないから、朱によるこの訂正は、原本の段階で、『目録』撰定者によってなされたと見てよいであろう。『目録』と前田家本『続古今和歌集』とは右の二つの点で相違しているのであるが、そのことは必ずしも『目録』が依拠した竟宴本の内容と前田家本との間にわずかながらちがいがあったということを意味しないと考える。相違はあまりにも少いし、何よりも注目しなければならないのは、頼政の歌の位置のちがいの場合も、二七六番（二七五）の一首の作者認定の場合も、『目録』記載事項の方が前田家本よりも訂正された内容を示していること、しかも後者の場合、明らかに一度は前田家本の内容と同じく記載され、しかる後に訂正されていることである。この事実は、『目録』撰定の際拠り所とした竟宴本『続古今和歌集』が、現存する前田家本と全く等しい本文内容をもっていたであろうことを示唆しているのではあるまいか。つまり、わずかに認められる相違は、『目録』撰定途上、あるいは完成直後の訂正によってもたらされたと理解するほかないと思われるからである。もとより、竟宴の際使用された『続古今和歌集』は基家筆で、序一巻を添えた二十巻の巻子本であったのだから、四冊の冊子本である前田家尊経閣文庫蔵伝為氏筆本が、竟宴本そのものであるわけはない。とすれば、前田家本は竟宴本を書本とした、その忠実な転写本だと断定してよいであろう。

前田家本『続古今和歌集』には、堯孝が修理を加えた際の識語と、古筆了栄の極め札が添付されているが、残念ながら書写奥書はなく、従って臆測以上のことは言えないのであるが、了栄はこれを為氏筆と極めている。為氏の筆になるものであるか否かは、にわかに断定できないが、しかし鳥の子紙の紙質も筆跡も、この本が『続古今和歌集』完成の文永三年からあまり隔たらない時期に書写されたものとみて不自然ではない。

以上、縷縷考証してきたとおり、前田家本『続古今和歌集』は、正式の完成本である竟宴本の内容を忠実に伝える、最も筋のよい伝本である。また、諸本の間でかなり異同の多い本文について検討してみても、やはりこの本が、最も精撰された内容をもっていると認められるのであり、『続古今和歌集』を論ずる際に拠るべき最良のテキストであると確信する。(注6)

【注】

(1) 樋口芳麻呂「『続古今和歌集目録 当世』とその意義」(『愛知学芸大学研究報告・人文科学』第十四輯、一九六五年三月)。以下に引く樋口説は、すべてこの論文による。

(2) 久曾神昇・樋口芳麻呂校訂『新勅撰和歌集』(岩波書店〈岩波文庫〉、昭和三十六年四月)解題に詳しい。

(3) 樋口芳麻呂「続後撰目録序残欠とその意義」(『国語と国文学』第三十六巻第九号、昭和三十四年九月)。

(4) 既に樋口氏が指摘しているとおり、『目録 当世』には、中務卿親王(宗尊親王)の入集歌を「六十八首」とし、「雑下二夢昔」とする点不審である。現存のどの本に拠っても「雑下」所収の親王の歌は、

ゆめはなほむかしにまたもかへりなんふたたびみぬはうつつなりけり(一八〇四)

の一首しかない。しかし、このことから直ちに、『目録 当世』撰定当時の本には「雑下」にもう一首親王の歌が収められていたと考えるのは正しくないであろう。おそらくこれは『目録 当世』の方に問題があり、当初「夢昔」で一八〇四番の一首を指していたのに、歌数を合計する段階で二首と誤認したものと思われる。ここでは、親王の入集歌を六十七首として計算した。

(5) 参考のため『目録 当世』欠脱部に収められていたと推定される歌人名と歌数を示す。現存部の形式に拘泥せず、各巻別の歌数と一首の所在を示す短語その他は省略し、括弧内に新編国歌大観番号をもって歌の所在を示した。各歌人の順序も推定の域を出ない。

○(第九紙と第十紙の間)。

藤原長雅朝臣四首（二八一・八四一・一〇一二・一五八九）

参議

藤原高定朝臣二首（一四九九・一七七三）

源資平朝臣三首（一三三・四三一・五一〇）

藤原基氏朝臣三首（一四五三・一六〇〇・一六九三）

藤原忠兼朝臣二首（一四三四・一五八八）

散位

藤原経家朝臣一首（一一〇八）

藤原教良朝臣一首（五一七）

藤原顕氏朝臣二首（一三五八・一四三一）

藤原成実朝臣五首（二七八・四七〇・一一〇〇・一五九〇・一六三九）

藤原経平朝臣七首（一〇七・三三八・三七五・五一八・九八〇・一二〇六・一七三四）

藤原行家朝臣十七首（一〇六・二一八・二五九・二七一・四二二・六一四・六五七・九八八・一〇一三・一〇六四・一〇七四・一一五三・一二二四・一三三四・一五六九・一七七六・一八〇五）

藤原為教朝臣三首（五五六・一〇八七・一三六一）

藤原公雄朝臣二首（三七三・一八九一）

藤原経朝朝臣一首（一三二二）

四位

藤原光俊三十首（五〇・一六三・一七六・一七七・二二三・二七六・三八八・四一六・五一一・五三二・五四九・六〇八・七一〇・七六〇・八八三・九〇九・九三四・一〇〇二・一〇八一・一一一〇・一一二〇・一二〇七・一五一五・一五六〇・一七〇四・一七三一・一七三二・一七七一・一八五六・一八五七）

源雅言二首（六〇三・一二一六）

荒木田延季二首（五六〇・六九六）
○（第十六紙と十七紙の間）
良覚二首（七八五・一五四四）
行清一首（七二三）
厳恵一首（一八二四）
僧都
定円三首（四〇七・一二一八・一六九二）
公朝四首（五〇一・一一四二・一八一七・一八五二）
律師
仙覚一首（一五二二）
○（第十七紙と十八紙の間）
女院
月華門院八首（一二六・二〇九・三六九・四九一・五八〇・八四〇・一二七四・一六六九）
庶女
土御門院小宰相十二首（七七・二二六・三五〇・三七〇・四四一・六四一・一一九二・一二八二・一三二三・一三五三・一五三六・一八一五）
藻璧門院少将十一首（二四一・三七六・四六九・八七三・九八三・一〇一九・一〇六五・一二一四・一二九七・一三八六・一五八二）
新院弁内侍六首（二三三・四四〇・六五四・一〇二六・一〇五八・一三五一）
式乾門院御匣七首（七三七・九〇一・一〇四一・一一三六・一一九一・一三六六・一四三二）
鷹司院按察七首（一〇九・三二九・五七九・一一三五・一三六八・一八三九・一八四四）
中納言九首（七六・三四三・五三五・七三一・九九九・一一七六・一一七七・一三六九・一八六二）

中務卿親王家小督三首（一一九七・一二二二・一三〇四）
醍醐入道前太政大臣女二首（一〇九五・一六七〇）
鷹司院帥四首（二五八・三九九・五二五・一六五二）
安嘉門院高倉二首（一二七五・一三一七）
安嘉門院右衛門佐三首（九三三・一五五六・一八三二）
平親清女二首（一〇八二・一六二六）
東二条院兵衛佐一首（二九八）
大宮院権中納言二首（四五八）
皇后宮内侍一首（九八九）
中務卿親王家備前一首（一三八一）
安嘉門院大弐一首（一四四四）
中宮権大納言一首（一六二九）

帝王一人
大上天皇一人
親王三人
執政二人　大臣十人
大納言十一人　中納言三人
参議四人　散位九人
四位十九人　五位十七人
六位三人
僧正六人　法印九人

（6）　尊経閣文庫蔵伝為氏筆本の簡単な書誌を記しておく。

二重箱入（杉板の外箱と梨子地蒔絵の内箱）。四冊。たて三二・三センチ、よこ一六・八センチ。本文料紙は鳥の子紙。列帖装。一面九行、和歌は上下句二行分ち書きとする。上冊、八折、墨付一三六丁、遊紙端一丁。上之下冊、六折、墨付一〇〇丁、遊紙端一丁、奥一丁。下冊、六折、墨付九九丁、遊紙端一丁、奥七丁。下之下冊、七折、墨付一二六丁、遊紙端一丁、奥八丁。表紙は各冊同一の金襴、左上に朱地に野草を描く題簽を付し、「続古今倭謌集上（上之下、下、下之下）」と外題する。この外題は、奥書「此草子古幣之間表紙等／加修理畢／和歌所老拙法印尭孝」と同筆である。なお、この本が価値高いことを最初に指摘されたのは久保田淳氏で（氏は『十三代集異同表』でこれを取りあげられた）、その後樋口氏も前掲論文の中で注目されたのであるが、本稿では『目録』との関連からその優れている所以を明らかにした。

該本はその後『新編国歌大観』（第一巻勅撰集編）（角川書店、昭和五十八年二月）「続古今和歌集」の底本とされた（久保田淳校訂解題）。

【附記】 早稲田大学附属図書館蔵『続古今和歌集目録』は、初出稿の後、柴田光彦「翻刻『続古今和歌集目録』」（『国文学研究』第四十一集、昭和四十四年十二月）として翻刻され、また、早稲田大学蔵資料影印叢書 国書篇 第七巻『中世歌書集』（早稲田大学出版部、昭和六十二年六月）に「続古今和歌集目録」として影印公刊された。

第六節　石橋本続古今和歌集考

一　はじめに

兼好の感得奥書を持つ重要文化財『続古今和歌集』（巻下）について、昭和四十三年ころ少しく伝本調査をしたことがあって以来、調査の素志を持ち続けてきたが、所有者を突き止める努力をするでもなく、荏苒として年月が経過し、果たせぬままになっていた。先年たまたま目にした『神奈川県文化財図鑑 書蹟篇』（昭和五十四年六月、神奈川県教育委員会）に、巻十三巻頭見開きの写真図版が掲載されていて、この本の所有者が横浜市神奈川区白楽九七石橋年子氏であることを初めて知った。昨平成六年四月直接書面で素志を述べ閲覧調査を願い出たところ、石橋氏は快く応諾して下さり、ただ現在は東京国立博物館に寄託してあるので、博物館において許可を得た上で閲覧してほしいとのご返信をいただいた。早速東京国立博物館に特別閲覧の願書を提出し手続きを経て、六月二十日に宿願の閲覧を実現することができた。閲覧調査に当たっては、総務部管理課企画調査係と書跡室島谷弘幸氏のご高配と、古谷稔室長以下書跡室の方々のご厚意を忝けなくした。以上、経緯を記して所蔵者石橋年子氏ならびに博物館の方々に謝意を表する次第である。

二　書誌と兼好奥書

まず最初に当該本の書誌について、概要を記すことから始める。

二重箱（茶漆塗り外箱、桐内箱）入り。本の大きさは、たて二四・〇センチ×よこ一六・二センチ。綴葉装。特別な表紙はなく、本文料紙共紙の一番外側の一丁を仮の表紙とし、表紙中央に仙花紙題簽（一八・六センチ×五・四センチ）を貼付し、それに「続古今集兼好奥書」と本文とは別筆で打付け書きしてある。本文料紙は薄手鳥の子紙。仮表紙を含め全冊一五九丁。本文墨付一五四丁。全部で九折より成り、各折の様態は以下のとおりである。

第一折　七枚　一四丁　第一丁は仮表紙、表紙裏から本文開始。
第二折　九枚　一九丁　巻十二巻頭から始まる最初の一丁の前外側に、巻十一の末尾部分一丁を貼付する。
第三折　一〇枚　二一丁　外から八丁目巻十四巻頭部の一丁脱落、対応する一丁を十三丁目の後に貼付する。
第四折　一二枚　二四丁
第五折　一一枚　二二丁
第六折　一〇枚　二〇丁
第七折　八枚　一六丁
第八折　七枚　一五丁　最終丁に一丁貼付。これは書写段階からの形態であろう。
第九折　四枚　八丁

さて、仮表紙の裏から本文が書写されて、一面九行、和歌一行書き。詞書と題詞は約三字下がり。作者名は上下ほぼ中央に頭部を揃えて書写される。

全体に大きく水損を受けており、そのために前後付着していた丁面を剝がして補修してあるが、なお対向頁に剝離の断片が多々付着して、文字の判読不可能な箇所もある。また裏表紙の右半分は紙を継いで補修してあり、外周部等も紙を補って補修が施されている。後記次田香澄氏論文中に掲載される奥書の写真は一見して補修以前に撮影されたものと思しく、補修は比較的近年に行われたと見られる。

国宝指定通知書が附随しており、次のとおりである。

昭和十年四月三十日

文部省

薄金次助殿　　福井市相生町

貴殿所蔵ノ別記物件本日

国宝ニ指定セラレタリ

右通知ス

重要文化財指定の年月日は右の日付になっているから、戦後法律の改正により、自動的に重要文化財になったものと知れる。

極札や極書の類は一切ない。本文筆者は「伝為家筆」と伝えられているようであるが、その確証は何もなく、明らかに為家の自筆とは異なる別人の筆蹟である。

兼好の感得奥書はよく知られているが、本文の最終一五四丁裏の次に白紙一丁を置いて、一五六丁表に次のとおりある。

正平六年　十二月三日

感得此本秘蔵〻〻

兼好

この兼好奥書について、冨倉徳次郎氏は、

こゝに只最近寓目した續古今和歌集の一写本の奥書にこれと少しく矛盾するものがある。即ち伝為家筆の續古今集（福井市相生町薄金次助氏蔵本）の奥書に（中略）とある。この書については千代田文学第三号に入田整三氏が紹介せられてゐるが、これを兼好自筆と見ると兼好は正平六年即ち観応二年十二月に生きてゐたこととなって、法金剛院過去帳と矛盾することになる。奥書は一見すると兼好の書らしく見えるが実は後人のさかしらではなからうか。

と、これを疑われた。[注1] しかるに、次田香澄氏が、兼好の自筆奥書と見て誤りないことを論証して以来、[注2] 兼好真跡の代表的遺品として遇されるようになり、その後冨倉徳次郎氏も説を改められた。[注3] 古谷稔氏は『墨美』一八四号の特集号に、兼好の真跡を集めて比較検討しているが、[注4] まぎれもない真筆の奥書と極めており、今やこの奥書を兼好の真蹟とすることは定説となっていて、疑いを挟む人はいない。

すなわちこの石橋本『続古今和歌集』は、少なくとも正平六年（一三五二）十二月以前の書写になるものであることは疑いなく、おそらくは鎌倉末期を下らない時期の写本であると見られる。同じく鎌倉期の写本としては、前田育徳会尊経閣文庫蔵伝為氏筆本と静嘉堂文庫蔵伝為重筆本があり、前者には「此草子古幣之間表紙等／加修理畢／和歌所老拙尭孝」と尭孝が修理を加えた旨の識語があり、後者には「右為重卿真筆也／寛永第九年春上澣／亜槐藤（花押）」の極め識語がある（亜槐藤は烏丸光広であろう）。しかしいずれにも書写奥書はないから、書写年次において三本のうちどれが最古の写本であるかは不明とするほかないが、三本とも撰集の完成時点から程遠からぬ時期に書写された写本であることは疑いない。

なお兼好奥書中の「感得」の語は、和製の漢語であろうか。『大漢和辞典』には見えない語彙である。思いがけず入手し得た喜びを、兼好は感動をもってこの語にこめたのであろう。[注5]

三　諸本間の歌の出入り

『続古今和歌集』の伝本については、未だ全体像を把握するまでには至ってないが、本節では肝要のことのみを示して前提とし、石橋本の特質を明らかにしたい。

石橋本を含めて、『続古今和歌集』の伝本を比較してみると、諸本間に認められる歌の出入は、以下のとおりである（括弧内は旧国歌大観番号）。その本のみの独自の誤脱と思しきものはなお多いが、それは除外してある。

①　巻三・夏歌・異本歌一九一六（二七四）

題しらず　　　　　　　　　　　　　　柿本人丸

ふる道にわれやまよはんいにしへの野中の草はしげりあひけり

＊拾遺集・物名歌・三七五・すけみ

②　巻四・秋歌上・異本歌一九一七（三〇五）

題不知　　　　　　　　　　　　　　女御徽子女王

あきの夜のあやしきほどのたそがれに荻ふくかぜのおとをきくかな

＊後拾遺集・秋歌上・三一九「村上御時、八月ばかりうへひさしくわたらせたまはで、しのびてわたらせ給けるを、しらずがほにてことにひき侍ける　斎宮女御」。初句「さらでだに」、三句「ゆふぐれに」、五句「おとぞきこゆる」。

③　巻五・秋歌下・異本歌一九一八（四五二）

題不知　　　　　　　　　　　　　　紀友則

たれきけとこゑ高砂にさをしかのながながし夜をひとり鳴くらん

＊後撰集・秋歌下・三七三・よみ人しらず

④　巻五・秋歌下・四七〇（四七三）

（秋歌中に）　　従二位成実

いまよりは身にしむものとあきかぜのふくにつけてやころもうつらん

⑤　巻五・秋歌下・五三九（五四二）の次

宝治二年百首歌中に暮秋を　　前大納言基良

いく秋かくれぬとばかりをしむらん霜ふりはつる身をば忘れて

＊続後撰集・秋下・四五〇

⑥　巻六・冬歌・五八三（五八六）

百首歌の中に　　藤原信実朝臣

さらにまたおもひありとやしぐるらんむろのやしまのうきくものそら

⑦　巻六・冬歌・異本歌一九一九（六二九）

題しらず（イ氷留水声といふことを）　　中納言

ふゆさむみしのぶの山の谷水はおとにもたてずさぞこほるらん

＊雲葉集・冬・八二七　＊三十六人大歌合・一八三　＊新時代不同歌合・一三〇

⑧　巻七・神祇歌・異本歌一九二〇（七四三）

日吉の百首の歌の中に　　慈鎮大僧正

わしのやまありあけの月はめぐりきてわがたつ杣のふもとにぞすむ

＊続後撰集・神祇歌・五七〇

⑨　巻八・釈教歌・異本歌一九二一（七六二）

平常心是道　　　　（権大納言教家）

まことしく仏の道を尋ぬればただよのつねの心なりけり

⑩　巻八・釈教歌・異本歌一九二二（七九一）

同じ仙洞にてかさねて如法写経し侍りし時、普賢大士

乗白象夢の心をよみ侍りける　　　　権大僧都憲実

みる夢のおもかげまでやうかぶらんきさのをがはの有明の月

⑪　巻八・釈教歌・八一〇（八一七）の次

百首歌めしける次に、於無量国中乃至名字不可得聞の心を

崇徳院御歌

名をだにも聞かぬ御法をたもつまでいかで契りをむすびおきけん

＊続古今集・釈教歌・七七四（七八〇）に重出

⑫　巻九・離別歌・八三二（八三九）の次

題不知　　　　清原深養父

心にもあらぬ別れはありやせんたれも知る世の命ならねば

＊続古今集・哀傷歌・一四六二（一四七〇）に重出

⑬　巻九・離別歌・八三二（八三九）の次の次

別の心を　　　　土御門院御歌

朝霧によどのわたりをゆく船のしらぬわかれも袖ぬらしけん

*続千載集・羇旅歌・七七二　*雲葉集・羇旅歌・九四七

⑭　巻十・羇旅歌・異本歌一九二三（九二四）

題しらず　（読人しらず）

くるしくも降りくる雨かみわのさきさののわたりに家もあらなくに

*新勅撰集・羇旅歌・五〇〇

⑮　巻十三・恋歌三・一一八四（一一九二）の次

千五百番歌合に　後鳥羽院御歌

うつつこそぬるよひよひもかたからめそをだにゆるせ夢の関もり

*続拾遺集・恋歌二・八四二　*千五百番歌合・二五二〇　*後鳥羽院御集・四八五

⑯　巻十四・恋歌四・一二九二（一三〇〇）

中務卿親王家十首歌合に　源時清

みちのくにありてふ河のむもれぎのいつあらはれてうき名とりけん

*宗尊親王家百五十番歌合・二九〇

⑰　巻十五・恋歌五・一三六三（一三七一）の次

ものいひわたりける人にほどなくわかれてよめる

前中納言匡房

さきの世のあさき契りをしらずして人をつらしと思ひけるかな

*詞花集・異本歌四二〇（巻八、二七〇の次）「たえにけるをとこにいひつかはしける　赤染衛門」

*江帥集・四一九「ものいひわたりける人に、ほどなくわすれて、をんなにかはりて」

⑱　巻十五・恋歌五・一三八七（一三九五）の次（巻末）
（六帖題にて歌よみ侍りけるに　　　　　　前大納言為家）
あふならば命をだにもすつべきにうき名のたつはもののかずかは
⑲　巻十八・雑歌中・一七〇〇の次、異本歌一九二四（一七〇九）
（述懐のこころを）　　　　　　　　　　藻璧門院但馬（イ少将）
あすかがはかはるふちせもあるものをなどうきながら年のへぬらん
＊万代集・雑歌三・三二二二「九条前内大臣家十五首に　藻璧門院但馬」
⑳　巻十九・雑歌下・一七四〇の次、異本歌一九二五（一七五〇）
題不知　　　　　　　　　　　　　　　　西音法師
むかしおもふ涙の雨のはれやらで月のみやこにすむかひもなし
㉑　巻十九・雑歌下・一八二四（一八三三の次）
述懐歌あまたよみ侍りけるに　　　　　　法印厳恵
なにごとのまづなげかれてそむくべきみをもわするる心なるらん
㉒　巻二十・賀歌・一八五八の次、異本歌一九二六（一八六八）
延喜十五年の御屏風の歌　　　　　　　　躬恒
千世をふる松にかかれるこけなれば年のをながくなりにけるかな
＊新古今集・七三一「題しらず　読人しらず」初句「ときはなる」　＊古今六帖・二二六八・みつね

四　重出歌の切出しと撰集途中の追入歌

以上のうち、先行勅撰集の既出歌並びに続古今集内の重出歌、①・②・③・⑤・⑧・⑪・⑫・⑭・⑰・㉒の十首は、京都府総合資料館蔵（特・八三一・一二）本に見える③の巻五紀友則歌の注記「被出後撰読人不知云々」や、同じく⑤の巻五基良歌の注記「被出了続後撰真観注申之」を持ち出すまでもなく、一旦撰集歌として入集されながら、途中で重複に気付いて切出された歌であること、明らかである。また後続の勅撰集歌として採られた、⑬の土御門院歌と⑮の後鳥羽院歌の二首も、撰集途中で除棄された歌と見てよい。

⑨は、教家の釈教歌が三首連続している二首目の歌で、竟宴時点の本文を伝える尊経閣文庫蔵本他にはない歌であり、マイナーな歌人が釈教歌ばかり一箇所に三首連続は異例であるし、歌の出来ばえも平凡極まるものであることを思うと、これまた撰集途中で除かれた歌だと見てよい。教家の勅撰集入集歌は『続古今和歌集』にのみ、これを含めても五首しかない。⑱の為家歌は、巻十五の巻末に為家の六帖題歌が二首連続する後の方の歌で、一三八七歌は確かに『新撰六帖』第三帖の「しほ」題歌（一二〇一）であるが、これは『新撰六帖』中には見えぬ歌で（しかも為家の歌として他には所伝のない歌で）ある。そしてこれは京都府総合資料館蔵（特・八三一・一二）本と内閣文庫蔵（二〇〇・一二六）本のみにあって、他本には見えない歌なので、これも撰集途上早い段階で除かれた歌と見てよい。

④の成実歌と⑥の信実歌の二首は、ごく早い時期の未精選段階の本文の特徴を多く残している静嘉堂文庫蔵伝為重筆本や内閣文庫蔵（二〇〇・一二四）本などにはなく、竟宴時点の本文を伝える尊経閣文庫蔵本他には存する歌であることから考えると、これらは逆に撰集途中で切り入れられた歌と見るべきであろう。⑯の時清歌も、ごく早い時期の未精選段階の本文の特徴を多く残している東大寺図書館蔵本と大東急記念文庫蔵本のみになく、他本にはあるから、同じく撰集途中で追加されたものと見てよい。

残る五首のうち三首には、次のような注記がある。

⑩の憲実歌―「追而被入之文永四年五月」（東大寺図書館蔵本）

⑳の西音歌―「追被入之」（書陵部蔵四〇〇・七本）

㉑の厳恵歌―「被出了」（石橋本）

またついでにいえば次の二首にも、竟宴以後に加えられた注記がある。

○　巻十一・恋一・一〇〇三（一〇二一）作者名「前太政大臣

「文永四年十十二薨」（書陵部五一〇・一三本、静嘉堂文庫蔵本、内閣文庫二〇〇・一二四本、龍谷大学附属図書館本）

○　巻十六・哀傷・一四一一（一四一九）作者名「心海法師

「後上人卜直」（静嘉堂文庫蔵本、内閣文庫蔵二〇〇・一二四本）

さて⑩・⑳・㉑の三首に関わる注記の信憑性について、それぞれに考証してゆきたい。

五　憲実歌注記の信憑性

まず⑩の憲実歌について。この歌の前後は以下のとおり（括弧内は旧国歌大観番号）で、諸本間に歌序の異同もある（後述）。

弘長元年六月亀山の仙洞にて如法写経し侍りし時、十種供養の散花、

従一位貞子調じてたてまつりしむすびばなに　　入道前太政大臣

七八三　むすびおくちぎりとならばのりのはなのちりのするまでかずにもらすな（七九〇）

同じ仙洞にてかさねて如法写経し侍りし時、普賢大士乗白象夢

の心をよみ侍りける　　権大僧都憲実

一九二二　みる夢のおもかげまでやうかぶらんきさのをがはの有明の月（七九一）

題不知　　　　　　　　　　　　　　　　前関白左大臣

七八四　ゆく水にとどまるいろぞなかりけるこころのはなはちりつもれども（七八九）

憲実の歌は尊経閣文庫蔵本にはないので、竟宴時点の本にはなかったと見てよい。『目録 当世』はこの部分を欠いているが、目録記載内容の検討から、確実になかったと推定できた（本書第三章第五節）。前記東大寺図書館蔵本の「追而被入之文永四年五月」の注記と符合するが、この年記は果たして信じうるか否か。後嵯峨院の御如法経書写については、『増鏡』「北野の雪」に次のごとく記されている。

其年（弘長三）にや、五月の比、本院、亀山殿にて御如法経書かせ給ふ。いとありがたくめでたき御事ならんかし。後白河院こそかかる御事はせさせ給けれ。それも御髪おろして後の事なりけり。いとかく思し立たせ給へる、いみじき御願なるべし。さるは、あまた度侍しぞかし。おとこは、花山院の中納言師継一人さぶらひ給ける。やんごとなき顕密の学士どもを召しけり。むかし、上東門院も行なはせ給たりしためしにや、大宮院の、おなじく書かせおはしますとぞうけ給し。十種供養はてて後は、浄金剛院へ御身づから納めさせ給へば、関白・左大臣・上達部歩み続きて御供仕ふまつられけるも、さまざまめづらしくおもしろくなん。

古典文学大系『神皇正統記・増鏡』の補注に指摘があるとおり、これは『五代帝王物語』をもとにして書かれているのであるが、後白河院文治の先例を襲って発願されことは両者ともに同じながら、四度のうち三度は俗体の時行われたという一連の写経を、「あまた度侍しぞかし」とは言うものの弘長三年度に一括して記し、実際には第三度文永四年時に行われた大宮院の写経と奉納も、初度の浄金剛院への奉納も、全てをまとめて記す方法をとっている（五代帝王物語は、少し後に、文永八年の夏、第四度の如法経書写十首供養が行われたことを記している）。(注6)

この件については、『叡岳要記』「如法堂」の項下の記事が最も詳細である。すなわち、「文治三年八月十四日。後白川法皇手自如法経御書写。同九月御登山。横川如法堂御奉納云々。御導師澄憲法印。」と後白河院の先例を記したあとに、次のとおり詳細に記述されている。

弘長元年辛酉自五月十五日。上皇於嵯峨亀山殿。御如法経始行。御先達前大僧正公豪。同六月十日十種供養。御導師法印聖憲。同十二日御奉納横川如法堂。横川長吏法印智円登山。御経衆八口。


公豪大僧正。　俊豪法印。

実信法印。　信昌少僧都有快法印俄辞退之間被召也。

聖憲法印。　宗澄大僧都。

祐宗御読経衆。　憲実已講静明法印辞退之間被召也。


俊豪法印祐宗大僧都両人。前方便中被転之歟。御経三部。内一部横川如法堂。一部八幡。一部浄金剛院奉納之。如法経奉納勅使権弁平高輔。（中略）

文永四年丁卯自四月二十三日。上皇於亀山殿被始行如法経第三度。大宮女院同御勤行御同行皇后宮大夫師継卿。大納言二位局。御同行今出川故禅門息女。


前大僧正公豪御先達。　俊豪法印。

実信法印。三井。　宗澄法印。

祐宗大僧都。　憲実大僧都。

信昌少僧都。　親守少僧都寺。前宰相親頼卿子。


同五月二十三日。十種供養御導師聖憲法印。

女院御経寿量薬王品御自筆。提婆普門大納言二位云々。自余御宸筆等相加歟。

同二十七日。女院御経奉納横川如法堂。逐長元上東門院之例奉納之云々。勅使右衛門権佐藤兼頼民部卿経光卿息。長吏前権僧正智円登山参会。御経衆俊豪法印。憲実大僧都等登山云々。此日即以勅使有職二口被寄附之由被仰下云々。

第二度御如法経。弘長三年癸亥五月一日。正懺法亀山殿。僧名如初度。但有快法印参勤之。

六月三日。十種供養。御導師信昌法印。

奉納三箇所。先新日吉御経供養。憲実律師。次新熊野御経供養。聖憲法印。勧賞於当座申権少僧都畢。次八幡奉納大師如法経。奉埋大地之底畢。如大師記文而巳。可秘之可秘之。(下略)

第三度と第二度が相前後するのは、そもそもこの部分全体が、もともとの本文にはなく、円光寺乗空本の乗空による書入れを付加した部分であり[注7]、乗空は如法堂への奉納の連続として文永四年度をまず付記し、如法堂とは関係のない第二度弘長三年度のをその後に付記したと見られることによる。さて幸いに残されたこの乗空の書入れによって、三度の如法経の詳細を知ることができることになった。

「如法経」とは、一定の規則に従って写経すること。特に法華経を書写供養し、これを埋経する行事をいい、また供養の法会、書写した経巻をもいうという(岩波仏教辞典)。「十種供養」とは、法華経法師品に記される経巻供養のための十種のもの。すなわち華・香・瓔珞・抹香・塗香・焼香・繒蓋・幢幡・衣服・伎楽の十種で、或いは繒蓋幢幡(幡蓋)を一つとして合掌を加える場合もあるという(同辞典)。『五代帝王物語』『増鏡』に、後嵯峨院の特別な事跡として記されるとおり、この如法経は後嵯峨院の一大発願に始まる、法華経への篤い信仰心に基づく儀式であった。

さて、七八三の実氏の歌は、初度弘長元年の時の十種供養の法会に際し散花用の造花につけて歌われたものであった。それに続く憲実のこの歌は、第三度文永四年の時の歌であったろう。「同仙洞にてかさねて如法写経し侍りし時」とある書きぶりは、二度目の弘長三年度のことであったかに解されなくはないけれども、もしそうであったら、竟宴本に入っていなかったはずはなく、大宮女院もともに加わって行われた文永四年度に詠まれた歌で、注記のとおりその直後に追入された歌であったと思われる。「普賢大士乗白象夢の心」とは、「法華経第七普賢勧発品」に、普賢菩薩は自ら法華の修行を勧発すべきことを述べ、「是ノ人若シハ行キ、若シハ立チテ此ノ経ヲ読誦センニ、我レ爾ノ時、六牙ノ白象王ニ乗ジテ大菩薩衆ト倶ニ其ノ所ニ詣リ、而モ自ラ身ヲ現ジテ供養守護シ、其ノ身ヲ安慰セン」と言っており、普賢菩薩は、六牙の白象に乗って来て、法華経を読誦する行者を守護してくれると信じられていた(注8)、その普賢菩薩が白象に乗って来臨してくれたことを夢見た心を詠んだとの謂いである。一首の意味するところは、夢に見た白象に乗る普賢菩薩の面影までもありありと浮かんでいるであろうか、「象」の古名でもある「きさ」の小河のさやかな有明の月のもとに目覚めて、という内容の歌である。「象の小河」は、吉野町宮滝の対岸で吉野川に合流する喜佐谷川の古称。『万葉集』巻三・三一六の「昔みし象の小河を今見ればいよよ清けくなりにけるかも」(大伴旅人)をも背後に踏まえている。法華経の行者たる後嵯峨院を普賢菩薩が現れて守護してくれているという、後嵯峨院のこの度の篤信を慶賀する願ってもないめでたい内容の歌を憲実は詠んだのであった。後嵯峨院の勅定を以て、直ちに切り入れられた歌であるに違いない。

憲実は、文治三年後白河院如法経の導師を勤めた安居院流の能説の誉れ高い山の法印大僧都澄憲を曾祖父とし、この度文永四年五月二十三日の十種供養の導師を勤めた聖覚を祖父にもつ、誉れ高き家門の人であった。これ以後も、文永九年九月久我雅忠四十九日の仏事に請われて導師をつとめ、文永十二年六条殿長講堂の堂供養には定朝堂供養の導師を、さらにはまた弘安八年北山准后九十賀においても説教の講師をつとめるなど、宮廷内外に重きをなした(とはずがたり)。勅撰集には『続古今和歌集』のこの歌を初出とし、合計十二首が採られている。

六　西音歌注記の信憑性

次に⑳の西音の歌は、尊経閣文庫蔵本・東大寺図書館蔵本・大東急記念文庫蔵本の三本になく、他本にはあるので、竟宴時点の本に入ってなかったことは確かである。この西音法師については、久保田淳氏「配所の月を見た人々」に詳しく、平時忠男時実は同名異人であることが考証されていて、(注9)『古今著聞集』に次のような話が見える。

二二二　西音法師が秀歌の事

西音法師は、昔後鳥羽院の西面に、平時実とて、おさなくより候しものなり。世かはりて後、嘉禎比、五十首の歌をよみて、遠所の御所に、藤原友茂が候けるにをくりたりけるを、君きこしめして叡覧ありて、みづから十余首の御点をくだされける中に、

見ればまづ涙ながるる水無瀬川いつより月のひとりすむらん

此歌を、ことにあはれがらせおはしましけりとぞ、さて御自筆に、阿弥陀三尊を文字にあそばしてくだし給はせける、いまに忝き御かたみとて、常にをがみまいらせ侍となん。（巻第五和歌第六）

また、『沙石集』にも次の話が伝えられる。

一後鳥羽院ニ召ツカハレテ、ヲリヲリノ御幸思出テ、悲シカリケルアマリ、隠岐へ奉リケル。

思出ヤ片野ノ御狩カリクラシ返ルミナセノ山ノハノ月

見レバマヅ涙ナガルルミナセ河イツヨリ月ノヒトリスムラン（巻第五末・九哀傷歌ノ事）

西音は、『続古今和歌集』のこの一首を初出とし、以下六首の勅撰入集歌があり、湛空上人との贈答（新後撰集六三五・六三六）、藤原秀能の男秀茂との贈答（新千載集二二六八・二二六九）などが含まれる。『新和歌集』に三首の歌を残している「西音法師」も同一人とみてよい。すなわち四二九歌によれば信生法師の同行として修行の旅をしていたこと、四七八・四七九歌によれば時朝との交遊関係も知られる。後鳥羽院の西面の武士で、幼時より仕えていたこと、藤原友茂と親しく、湛空上人や秀茂とも交友関係を持っていたこと、また宇都宮氏との関わりも深かったことなどが判明する。

久保田氏はしかし、西音法師のこの歌は尊経閣文庫蔵本にないところから、「草稿本には入れられていたが、最終的には除かれた歌であるらしい」とされる。この歌も旧恩を忘れず後鳥羽院を追慕するやさしい心を詠じた内容のものであることは疑いなく、あるいは五十首中の一首であったかもしれないと思われる。積極的にこの歌を追入すべき理由を特定することはできないけれども、一本の注記は無視しえない。西音法師との何らかの特別な関係からか、後鳥羽院を追慕するこの歌に感じてか、ともあれこの歌の存在を知った後嵯峨院が、追ってこの歌を切り入れさせたのではなかろうか。

七　法印厳恵歌の信憑性

次に㉑の法印厳恵の歌について。この歌は尊経閣文庫蔵本にある歌なので、竟宴時点の本には存在していたはずであるが、流布本系統の諸本ほかかなり多くの本にはない。石橋本に「被出了」とある注記は、いつとは分らないが、竟宴以前なら尊経閣文庫蔵本にないはずだから、竟宴以後に除棄されたことになる。

厳恵は、『吾妻鑑』に「左大臣法印厳恵」の呼称で登場する。建長四年十一月二十二日、持仏堂供養の導師として初めて名が見え、以来将軍家の護持僧として仏事に参仕、また願文・祭文などの清書役をしばしばつとめた能筆の人であった。同じく将軍側近の護持僧に松殿僧正良基がいて、この二人は文永三年七月の宗尊親王失脚事件に重大な関わりをもった人物である。宗尊親王失脚事件については、樋口芳麻呂氏の研究に詳しいが、失脚に至る前奏として、宗尊親王室宰子と松殿僧正良基の密通事件があったという(注10)。良基は松殿摂政基房の孫にあたり、父忠房も松殿と称されていたので、父祖以来の家の名による呼称であったにちがいない。その良基は、時宗亭に重臣たちが集まり「深秘御沙汰」があって、失脚のことが実行に移され始めた六月二十日、逐電して姿を隠し（七月八日、遠流に処せられている）、二十四日には厳恵が遁世して跡を晦ました。二人ともに嫌疑をかけられても致し方ない立場にあり、責任をとっての逐電・遁世であったのであろう。厳恵の勅撰入集歌はこの一首のみで、『和歌文学大辞典』付載「勅撰作者部類」は次のごとく注する（横書きを縦書きに改めた）。

［旧部類不見］分脈一本：厳慧。北家大納言高実の子。小野法印権大僧都。弘誓院と号す。文永3、宗尊親王の件で遁世。

この人物比定は、専ら『尊卑分脈』に拠ったものと見え、確かに『尊卑分脈』にはこれ以外に相当する人物はいない。もしこれが正しいなら、「左大臣法印」の呼称は父大納言高実ではなく祖父良平の「左大臣」に拠ったことになろう。しかし、『吾妻鏡』文応元年七月二日の条に、「京都飛脚到来。院御悩御減之由申之。御験者左大臣法印。近衛右府御息云々」とあり、上洛して後嵯峨院の病気平癒を祈っていた験者左大臣法印に注して「近衛右府御息云々」と記しているのである。「近衛右府」は兼経である。『尊卑分脈』の系図中、兼経の子息息女には、これに相当する人物を見出だせないが、もし兼経の息男であったとすれば、「左大臣法印」の呼称も、その兼経が文暦二年十月二日から嘉禎三年三月十日の間在任した「左大臣」に拠るものと考えられ、高実息の場合よりもより相応しいといえる。さらにまた兼経息であれば、宗尊親王室宰子の、兄か弟であったことになる。姉妹の密通事件といい、それに端を発して起こった親王将軍失脚事件といい、遁世して跡を晦まさねばならなかった理由は十分にあったことになる。系図にそれらしい人物が記されない点で不審は残るが、高実息の醍醐の厳恵よりもずっと近いと考えられ、『吾妻鏡』の「近衛右府御息云々」の伝聞記事は、十分に信憑性があると思量する。

さてその厳恵の歌が除棄されたとすれば、それはやはり宗尊親王将軍失脚事件によってだと考えるほかはない。後嵯峨院は、上洛直後の宗尊親王を義絶し、我が子でありながら逢うことすらされず、ひたすら幕府との関係修復を心がけられた（五代帝王物語・増鏡）。とすれば、自らの手で完成させた『続古今和歌集』に一首入集せしめていたその歌を抹殺して、幕府への恭順の証しとしたことは十分にありえたであろう。これは、文永三年七月、事件のあった直後に除き去られた歌だと考えてよい。

ところでこの歌は、草稿段階のかなり早い時期の本文を伝えていると見られる静嘉堂文庫蔵本や内閣文庫蔵甲本などにはないことからみて、初期の段階の草稿本にはなかったものを、宗尊親王関係の歌を多く取り入れていった撰者追加以後の撰集途上において、追加された歌であった可能性が高いとも考える。切り入れてまた除かれた歌であったと考えておきたい。

八　中納言歌と藻璧門院但馬歌の信憑性

以上、五首のうち三首は、竟宴後の追入歌と除棄歌であった。残るところは⑦中納言の「ふゆさむみ」の歌と⑲藻璧門院但馬の「あすかがは」の歌の二首で、ともに女流の歌である。これらについては、いずれも尊経閣文庫蔵本にないことから、撰集途上での除棄歌だと考えてきたのであったが、竟宴後の確かな追入歌が確認できるとすると、同じケースであったかも知れないと一応は疑ってみる必要があろう。
⑦の歌は、尊経閣文庫蔵本と書陵部（四〇〇・七）本・書陵部（四〇〇・一〇）本・龍谷大学図書館蔵本の四本になく、他の大多数の本には存在する。ただ尊経閣文庫蔵本にない（『目録 当世』は欠脱部）ことから、竟宴時の本になかったことは確かである。この作者「中納言」は、光俊女典侍親子のことである。そしてこの歌は『三十六人大歌合』では五首中の一首、『新時代不同歌合』では三首中の一首として選ばれており、親子の名歌中の名歌といってよい歌であった。これらはともに基家撰に成る撰集であったから、基家の撰歌眼にかなった歌であったことになる。親子の歌は、『続後撰和歌集』に三首入集、『続古今和歌集』にはこの歌を含めて十首も採択されている。試みに『続古今和歌集』における上位入集女流歌人と歌数をあげてみると、家隆女土御門院小宰相（一二首）、信実女藻璧門院少将（次の⑲歌を含めて一二首）、式子内親王（九首）、通光女式乾門院御匣（八首）、信実女後深草院少将内侍

（八首）、俊成女（七首）、信実女後深草院弁内侍（六首）といった状況で、これらに比較する時、親子の十首はやや多きに過ぎるといわざるをえない。追入した旨の注記など明確な外証がない以上、いかに基家の撰歌眼にかなった歌であったとしても、九首の上にさらに追加撰入しなければならぬ理由は、何もない。むしろ最終段階で合計してみたら十首と二桁の数になるので、それを避けるべく一首を削除したと考えてしかるべきであろう。削除に真観の意向が反映しているとすれば、基家との撰歌眼の違いが露呈していることになる。後代の勅撰集がこの歌を拾うことをしなかったのは、例えば『歌枕名寄』に「続古六、谷水、中納言」としてこの歌を載せていることに窺えるように、多くの写本がこの歌を残していたため、後代はこれを『続古今和歌集』歌として遇していたからであったにちがいない。（なお、この歌は『雲葉和歌集』から採られたとみてよい。詞書中の異文「氷留水声」は、『雲葉和歌集』のこの歌の直前にある俊成歌の詞書によっているからである。）

⑲の但馬の歌は、『目録 当世』は欠脱部にあたるが、巻末一紙に「女院一人、庶女十八人」とあって、現存入集庶女を拾ってゆくと、但馬を除いて十八人になるから、但馬のこの歌は『目録 当世』にはなかったと推定できる（但馬の続古今和歌集入集はこれのみ）。藻璧門院但馬は家長女であるが、信実女の藻璧門院少将と混同され、作者部類は異文によって少将の項下にこの歌を載せているが、この歌の作者は但馬か少将か、簡単には決めかねる。この歌は尊経閣文庫蔵本と書陵部蔵（四〇〇・七）本の二本のみになく、他の大部分の本にはあるが、この歌も⑦歌同様に、追加入集の確かな外証はなく、竟宴直前に除棄されたと考えざるをえない。しかしこの歌もまた後世は『続古今和歌集』歌として遇し、残りを拾うことをしなかったらしく、後続の勅撰集歌とはなっていない。作者の帰属が不明確であったことも、最終段階でこれを除き去る理由となったかも知れない。

かくて、この二首はやはり、従前からの理解のとおり、一度撰入されながら、それぞれの理由によって、撰集途上のかなり遅い段階において除棄されたと結論しなければならない。

九　考証結果の表示

以上、出入りのある歌に関して考証してきたところを表示し、『目録』（当世）（故者）、ならびに尊経閣文庫蔵本、静嘉堂文庫蔵本、石橋本を含む主要十本における有無を併せ示すと、以下のようになる。

	①	②	③	④	⑤	⑥	⑦	⑧	⑨	⑩	⑪	⑫	⑬	⑭	⑮
目録	×	×	×		×	○		×	×		×	×	×	×	×
石本															○
尊本	×	×	×	○	×	○	×	×	×	×	×	×	×	×	×
書B	×	×	×	○	×	○	×	×	×	○	×	×	×	×	×
京甲	○	○	○	○	○	○	○	○	○	○	×	○	○	×	○
京乙	○	○	○	○	○	○	○	○	○	○	○	○	○	○	×
板本	○	○	○	○	×	○	○	○	○	○	×	×	×	○	×
書F	×	×	×	○	×	○	×	×	×	○	×	×	×	×	×
龍本	×	○	×	○	×	○	×	×	×	○	×	×	×	×	○
静本	×	○	×	×	×	×	○	○	×	○	×	×	×	×	○
東本	×	×	×	○	×	○	○	×	×	○	×	×	×	×	×
以前竟宴以後	○↓×	○↓×	○↓×	×↓○	○↓×	×↓○	×↓○	○↓×	○↓×	×↓○	○↓×	○↓×	○↓×	○↓×	○↓×

⑯	○	○	○	○	○	○	○	○	○	×	○	×→○
⑰	×	○	×	×	×	×	×	×	×	×	×	○→×
⑱	×	×	×	×	○	×	×	×	×	×	×	○→×
⑲	×	○	×	×	○	○	○	○	○	○	○	×→○
⑳		○	×	○	○	○	○	○	×	○	×	×→○
㉑		○	○	○	○	○	×	○	×	×	×	×→○→×
㉒	×	○	×	×	○	×	○	○		○	○	○→×

歌の出入りに関していえば、石橋本は、ごく早い時期に除かれたと考えてよい⑱の歌を持たない他は、下巻における問題となる歌の全てを有し、他のどの本にもない⑰の匡房歌を独自歌として持っており、撰集途上で除棄された歌を保存しつつ、一方でまた竟宴以後に追入された歌をも有しているのであって、全ての歌を包含して残そうとする姿勢で書写されているといえる。㉑の厳恵の歌も、見せ消ちにしたり抹消したりすることなく、歌はそのままとして「被出了」と注記して、後に削除されたことを示す方式によっているのである。

十　諸本間における歌序の異同

『続古今和歌集』における歌序の異同は、以下に示すとおり八箇所に認められる（歌末括弧内は旧国歌大観番号）。

①　巻六・冬歌

水鳥を　　　　　　　　　　　　式子内親王

六二〇　あしがものはらひもあへぬしものうへにくだけてかかるうすごほりかな（六二四）

題不知　　　　　　　　　　　　　　　　真昭法師

六二一　よはにふくはまかぜさむみまののうらのいりえのちどりいまぞなくなる（六二三）

② 巻八・釈教歌

弘長元年六月亀山の仙洞にて如法写経し侍りし時、十種供養の散花、

従一位貞子調じてたてまつりしむすびばなに　入道前太政大臣

七八三　むすびおくちぎりとならばのりのはなのちりのするゑまでかずにもらすな（七九〇）

同じ仙洞にてかさねて如法写経し侍りし時、普賢大士乗白象夢

の心をよみ侍りける　　　　　　　　権大僧都憲実

一九二二　みる夢のおもかげまでやうかぶらんきさのをがはの有明の月（七九一）

題不知　　　　　　　　　　　　　　　前関白左大臣

七八四　ゆく水にとどまるいろぞなかりけるこころのはなはちりつもれども（七八九）

③ 巻十・羈旅歌

登蓮法師とほき所へまかりけるに、きぬつかはすとて

従三位頼政

八七四　かぎりあればわれこそそはねたびごろもたたむ日よりは身をなはなれそ（八四九）

④ 巻十・羈旅歌

題不知　　　　　　　　　　　　　　（読人不知）

一九二三　くるしくも降りくる雨かみわのさきさののわたりに家もあらなくに（九二四）

九一七　おしてるやなにはをすぎてうちなびくくさかのやまを今日みつるかな（九二五）

⑤　巻十四・恋歌四

久安百首歌に　藤原清輔朝臣

一二九一　かくばかりおもふこころはひまなきをいづくよりもるなみだなるらん（一二九九）

中務卿親王家十首歌合に　源時清

一二九二　みちのくにありてふかはのむもれ木のいつあらはれてうき名とりけん（一三〇〇）

⑥　巻十九・雑歌下

述懐歌中に　後鳥羽院下野

一七六一　ゆくすゑはうきよりほかになにをかはむかしはとても人にかたらん（一二七一）

すずりを人のもとにつかはすとてよめる　和泉式部

一七六二　あかざりしむかしのことをかきつくるすずりの水はなみだなりけり（一二七二）

⑦　巻十九・雑歌下

述懐歌あまたよみ侍りけるに　法印厳恵

一八二四　なにごとのまづなげかれてそむくべき身をもわするるこころなるらん（ナシ）

洞院摂政家百首歌に　正三位知家

一八二五　そむくべきわがよやちかくなりぬらんこころにかかるみねのしら雲（一八三四）

建保四年たてまつりける百首歌に　慈鎮大僧正

一八二六　身ばかりはなおもうきよをそむかばや心はながくきみにたがはで（一八三五）

⑧　巻二十・賀

石に海まつのおひたるをみて　恵慶法師

一八九九　うごきなきいはほにねざすうみ松のちとせをたれになみのよすらん（一九〇九）

建保三年六月和歌所の五首歌合に、松経年　権大納言忠信

一九〇〇　かぎりなき時しもきみにあふみなるしがのはままついく世ふりなむ（一九一〇）

この八箇所における歌序の類型は、以下のとおりである。

①＊六二〇・六二一の順　○
　＊六二一・六二〇の順　×
②＊七八三・七八四の順　×
　＊七八三・一九二二・七八四の順　△
　＊七八四・七八三・一九二二の順　○
③＊八七三の次に有　○
　＊八四一の次に有　×
④＊九一七　○
　＊一九二三・九一七の順　△
　＊九一七・一九二三の順　×

⑤＊一二九一・一二九二の順　○
　＊一二九二・一二九一の順　△
　＊一二九一　×
⑥＊一七六一・一七六二の順　○
　＊一七六二・一七六一の順　×
⑦＊一八二四・一八二五・一八二六の順　○
　＊一八二四・一八二六・一八二五の順　△
　＊一八二五・一八二六の順　×
⑧＊一八九八の次に有　○
　＊一八五八の次に有　×

これら歌序の異同の、代表的な伝本におけるありようを表示すると、次のとおりである。

	石本	尊本	書B	京甲	京乙	板本	書F	龍本	静本	東本
①		○	×	○	○	×	×	○	○	○
②		×	○	△	△	○	○	○	○	○
③		○	○	○	×	×	×	×	×	×
④		○	○	○	×	△	○	○	○	○
⑤	○	○	○	○	○	○	○	○	△	×
⑥	○	○	○	○	○	○	○	○	○	×
⑦	○	○	△	○	△	×	△	×	×	×
⑧	×	○	○	×	○	○	○	○	×	×

おおむね×から（△を経て）最終的には○へと整序されたとみてよいと思われるのであるが（但し②のみは竟宴後であったこと、既述のとおりである）、石橋本は、相前後する歌序の場合はみな修訂されているけれども、巻二十の巻頭近くから巻の中ほどへと大きく位置を動かされた⑧のみは、整序されぬままに残っている。あるいはこの移動は時間的にやや後のことであったのだろうか。

十一　主要本文異同十例

最後に、後半部における主な本文の異同を十例だけ抜粋してあげると、次のようなものがある。

①　九四九詞　恋を×　初恋を△　同じ心を○

②　一〇七三作　中納言雅忠×　前中納言雅忠△　中宮大夫雅忠○

③　一四二一作　　心海法師×　　心海上人○
④　一五一六詞　　皇太后宮大夫俊成×　　殷富門院大輔○
⑤　一六六八詞　　人のまゐらせたりける×　　ナシ○
⑥　一六七二作　　太宰権帥資実×　　前大納言資実△　　前中納言資実○
⑦　一七一七詞　　ナシ×　　題しらず△　　懐旧を○
⑧　一七一七作　　従三位頼輔×　　刑部卿頼輔○
⑨　一七二〇詞　　暁の心を×　　同じ心を○
⑩　一八五三詞　　ナシ×　　述懐△　　おなじ心を○

①は、前の九四八歌の詞書に「和歌所にて六首歌合侍けるに、初恋」とあるのを承けて、「右大臣の時の百首、恋を」（静本）「右大臣の時の百首に、初恋を」（石本他）「右大臣の時の百首に、同じ心を」（尊本他）と三種類の本文がある。「右大臣家百首」は「初恋」題であったようで、『万代和歌集』も「右大臣の時の百首に、初恋を」である。かくて「同じ心を」が最終本文であり、石橋本は整備される前の古い本文を示している。

②は、「中納言雅忠」（書B）「前中納言雅忠」（京乙）「中宮大夫雅忠」の三種類の本文があり、文永三年の雅忠は、権大納言、正二位、中宮大夫であった。「中宮大夫雅忠」が最終本文である。

③は、「心海法師」（書F他）「心海上人」（尊本他）の二種類の本文があり、静本に「後上人ト直」の注記あり、「心海上人」が最終本文。

④は、「皇太后宮大夫俊成三輪社にて人々に歌よませ侍けるに」（静本他）「殷富門院大輔三輪社にて人々に歌よませ侍けるに」（尊本他）の二種類の本文があるが、『長方集』の同じ歌の詞書に「皇后宮の大輔、三輪のやしろにまうでて人々にうたよませしに、春の歌とて」とあって、「殷富門院大輔」が正しく、「皇后宮の大輔」に俊成を比定

した誤りを、早い時期に正したものと見られる。

⑤は、「新院いまだ御くらゐの時、人のまいらせたりける宮こ鳥の侍けるを題にて、人々に歌よむべきよしおほせられける時」(静本他)「新院いまだ御くらゐのとき、みやこどりの侍けるを題にて、人々に歌よむべきよしおほせられける時」(尊本他)の二種類の本文があり、「人のまいらせたりける」を不要とし、削除したものであろう。

⑥は、「太宰権帥資実」(静本他)「前大納言資実」(東本他)「前中納言資実」(尊本他)の三種類の本文があるが、『目録』(故者)の「中納言」の項にあり、「藤原資実朝臣」の肩に「前」と注する。「前中納言資実」が最終本文である。

⑦は、前の歌一七一六の詞書「五百首御歌の中に後鳥羽院御歌」を承けて、ナシ(板本他)「題しらず」(京甲他)「懐旧を」(尊本他)の三種の本文がある。ナシは誤りで、「題しらず」から「懐旧を」へと修訂されたと見てよい。

⑧は同じ歌一七一六の作者名で、「従三位頼輔」(静本他)「刑部卿頼輔」(尊本他)の二種類の本文がある。頼輔は『目録』(故者)の「散位」の項にあり、「従三位前刑部卿」と注記があるから、「刑部卿頼輔」が最終本文である。

⑨は、前の歌一八一九の詞書「百首歌たてまつりしに、暁を」を承けて、「暁のこころをよみ侍ける」(静本他)「おなじ心をよみ侍ける」(尊本他)の二種類の本文があるが、もちろん後者が最終本文である。

⑩は、前の歌一八五二の詞書「述懐歌のなかに」を承けて、ナシ(書B他)「清輔朝臣家歌合に、述懐」(静本他)「清輔朝臣家歌合に、おなじ心を」(尊本他)の三種類の本文がある。ナシはさらに前を承けて「だいしらず」となり、誤りとは言えないが、前の詞書と重なる「述懐」を「おなじ心を」に改めて、それが最終本文となったことは疑いない。

以上のとおりであるが、歌序の場合と同じく代表的伝本におけるそれぞれのありようを表示すると以下のとおりである。

	①	②	③	④	⑤	⑥	⑦	⑧	⑨	⑩
石本	△	○	○	×	○	○	○	○	○	×
尊本	○	○	○	○	○	○	○	○	○	○
書B	○	×	○	×	○	○	○	×	×	×
京甲	○	○	○	○	×	△	△	○	○	○
京乙	○	△	○	○	○	○	△	○	○	○
板本	○	○	○	○	○	○	×	○	○	○
書F	△	○	×	×	○	○	×	×	○	×
龍本	○	○	×	○	×	×	○	○	○	○
静本	×	○	×	×	×	×	○	×	×	△
東本	△	○	×	×	×	△	○	×	×	△

おおむね×から△を経てさらに○へという順序に整備されていったとみてよいこと前言のとおりであるが、石橋本はこれら本文においても、尊経閣文庫蔵本ほどには完成していない。さりとて静嘉堂文庫蔵本などのような極めて初期的なありようを残す、未精選段階の草稿本に比べれば随分整備が進んでいて、完成に至る一歩手前のありようを示していると把握することができる。

十二　おわりに

以上、重要文化財石橋年子氏蔵『続古今和歌集』(下巻)について、概要を報告した。上巻が欠けていることは確かに残念なことではあるが、兼好の感得奥書はもとよりとして、下巻のみについてではあっても、撰集の時代に極めて近い時期の写本のありようを捕捉できることを、喜びとしなければならない。
なお、以上の表中に用いた略号は、それぞれ以下の伝本である。

石本　重要文化財石橋年子氏蔵本
尊本　前田家尊経閣文庫蔵（一三・古）本（新編国歌大観底本）
書B　書陵部蔵（四〇〇・七）本
京甲　京都府立総合資料館蔵（特八三一・一一）本
京乙　京都府立総合資料館蔵（特八三一・二三）本
板本　正保四年板本他流布本
書F　書陵部蔵（四〇〇・一〇）本
龍本　龍谷大学附属図書館蔵（〇二二・五四四・二）本
静本　静嘉堂文庫蔵（一〇五・四・一八六八六）本
東本　東大寺図書館蔵（四二・一一）本

【注】

（1）冨倉徳次郎『兼好法師研究』（丁字屋書店、昭和十八年二月）第二章伝記、末尾「註一」。
（2）次田香澄「兼好の終焉伝説と没年」（『国語と国文学』第三十一巻第十一号、昭和二十九年十一月）。
（3）冨倉徳次郎『卜部兼好』（吉川弘文館〈人物叢書〉、昭和三十九年二月）。但し兼好が全巻を書写したとする。
（4）古谷稔「兼好法師―新発見の和歌懐紙―」（『墨美』第一八四号、昭和四十三年十一月）。
（5）『時代別国語大辞典　室町時代II』には、①あることが原因となって、それに応じた結果や報いを受けること（『一休法語』と『為盛発心因縁集』の用例を引く）、②思いもかけなかったものを入手できたことに対して、感謝していう語（『看聞日記』嘉吉三年五月二十五日の条と『康富記』文安元年十月十一日の条を用例として引く）とあり、兼好の用例は②に当たる。『日本国語大辞典』は、語義を二つに分けるが、用例から②の意味にまとめてよいと思われ、そこに引かれる『後二条師通記』応徳三年（一〇八六）の用例が最も古く、兼好の用例はそれに次いで古い。

（6）伊藤敬『増鏡考説―流布本考―』（新典社、平成四年四月）三九八頁「2『如法経書写』初度考」に、古本改修の可能性あることが説かれている。

（7）『群書解題』第七巻（続群書類従完成会、昭和三十七年七月）「叡岳要記」の項（浅香年木執筆）。
なお、『一代要記』は、亀山天皇の項下弘長元年に「五月八日、上皇御如法経前加行被始之、於嵯峨殿有此儀、自十五日正懺悔、自六月七日写経二部并四要品、十日十種供養、同十三日奉納八幡宮、有御幸、同十四日還御、今一部奉納横河、四要品奉納浄金剛院」、弘長三年に「五月一日於嵯峨殿、一院御始如法経、廣懺悔被始之、自八日正懺悔、同二十八日御筆立、六月三日十種供養、同七日奉納新日吉新熊野八幡等三所、皆以有臨幸」とあるけれども、文永四年の如法経の記事はない。また、『新抄』（外記日記）文永四年四月二十三日の条に「自今日上皇大宮院於嵯峨殿被始行御自行如法経」、五月二十三日には「上皇自写御如法経十種供養〔今度三箇度也〕也、関白前太政大臣左大臣以下参入之、御導師法印聖憲、今日被行免者、権中納言信嗣蔵人権大進経長以下参入之、外記不参」、同二十七日に「大宮院自嵯峨殿御幸北野宮、如法経御奉納以後也、藤大納言為氏卿以下参入之、今日御如法経一部被奉納横川、勅使左衛門権佐兼頼云々」とある。

（8）『望月仏教大辞典　第五巻』（世界聖典刊行会、昭和八年初版）四四〇五―四四〇七頁。

（9）久保田淳「配所の月を見た人々」（『リポート笠間』第十八号、昭和五十四年二月、笠間書院）。↓『中世和歌史の研究』（明治書院、平成五年六月）。

（10）樋口芳麻呂「宗尊親王の和歌―文永三年後半期の和歌を中心に―」（『文学』第三十六巻第六号、昭和四十三年六月）。

第七節　続古今和歌集の撰集下命

一　はじめに

『続古今和歌集』の撰集は、最初為家（融覚）一人に下命され、のち四人の撰者が追加された。それは周知のことに属するが、その下命の場および形式については、和歌辞典類の解説・解題に若干の過誤が含まれているように見える。代表的な解説を列挙して点検する（引用文中の西暦年号は省略した）。

① 正元元・三・一六、為家は後嵯峨院から撰者たるべき院宣を受けた。当時為家に対抗して真観らは一派を形成していたが、やがて真観は、歌道の弟子である将軍宗尊親王の勢威を背景として、弘長二・九、同心者たる基家以下と共に撰者に加った。（『和歌文学大辞典』井上宗雄）

② 正元元年三月十六日、単独撰者として為家が後嵯峨院の院宣を受けたが、弘長二年九月、真観・基家・家良・行家の四人が加わった。（『和歌辞典』有吉保編）

③ 正嘉三年三月十六日、西園寺一切経供養の際、後嵯峨院の院宣が藤原（御子左）為家一人に下されたが、その後弘長二年九月、……が撰者に追加された。（『新編国歌大観』「続古今和歌集」解題、久保田淳）

④ 正嘉三年三月十六日、最初は為家一人に院宣が下されたが、弘長二年に至って、新たに……が撰者に加えら

れた。（岩波書店『日本古典文学大辞典』久保田淳）

⑤　正嘉三年三月十六日、実氏の西園寺第における庚申連歌会の折、為家は再び後嵯峨院から第十一代の勅撰集の撰集を命じられた。……弘長二年九月、四人の撰者が追加された。（『和歌大辞典』佐藤恒雄）

右を通観して、正嘉三年（一二五九）三月十六日の受命の日付については一致するが、それが「一切経供養の際」（③）であったのか、「庚申連歌会の折」（⑤）であったのか、またその時の院命は、⑤以外の全ての解説が言うように「院宣」として下されたのか否か、どの解説も触れないが、弘長二年九月撰者追加時の下命の形式如何、といった疑問がもたれる。些細なことではあるが、少しく気になることなので、以下やや系統的に整理しておきたいと思う。

二　一切経供養之比、庚申御連歌之次

当初為家（融覚）一人が受命したことを伝える最も確実で根源となる資料は、『延慶両卿訴陳状』所引の為家書状である。すなわち、「続古今之時、属常磐井入道相国、載慇懃之詞吹挙之畢、彼状云」として、次の文章が続く。

勅撰事、去正嘉三年三月一切経供養之比、於西園寺殿、庚申御連歌之次、重可奉行之由、当座被仰下候之間、再三申子細候之処、於今度者、為氏最雖可奉行、融覚佐天候上、桑門撰者、祖父俊成始撰千載集之例、不可求外、早重可奉行、取詮、又言、誠為氏不堪非器、不似当時傍輩博覧候、然而歌之善悪許波定存知候歟、取詮、

当座に仰せを受けた直後、実氏に依頼して、自らは辞退し、代りに息為氏を吹挙した書状であり、『訴陳状』の中では、為氏が撰者たるべき十分の器量をもっていたことを証する為世側の証拠書類として提示される文脈の中に見出せる。二箇所に「取詮」の語がみえることから、全文ではなく、要約・省略を含んだ書状ではあるが、為家当人の書いた直接の文章ではあり、他集に類をみない。

さて、ここにいう「一切経供養」とは、後嵯峨院后大宮院の主催になる三月五日の法会を中心とする盛儀で、上皇と大宮院は、前日の四日に北山第に御幸、五日の一切経会を営み、六日には管絃御会と和歌御会（応上皇製翫花和歌）が催された（群書類従所収「正嘉三年北山行幸和歌」は、この日の詠歌を集成したもの）。七日は後宴あるべきところ、雨によって延引。八日に実氏主催するところの後宴（舞楽・膳事等）があって、九日に還御、という日程であった。為家書状の文言に就けば、この「一切経供養之比」の「庚申御連歌之次で」であったという。前記一切経供養の日前後の西園寺第滞在期間中に「庚申」の日は含まれず、三月中のその日を求めると十六日がそれに当る。為家の意識を忖度してみると、一代の盛儀であった「一切経供養」が強く印象に残っていたので、その盛儀を引きあいに出しながら、少しあと、同じ北山西園寺第において催された庚申連歌（庚申の方違え御幸の際の連歌会であろう）の折、その場における受命であった、と指定した書き方をしたのであろう。

この書状を認めてから三年後、弘長二年（一二六二）中に、為家は編年の自撰家集『為家卿集』を編んだが、その「正元元年」中の「翫花」題「むそぢあまり」の歌（初句と四句の他は損滅）の題下に、「三月庚申御会西園寺御連歌之次一首」と注した。この歌が再度奉勅の喜びを表明したものであることは、次にみる『中院詠草』の記により明白である。すなわち、書状から三年後には「一切経供養之比」は削除されているのであって、それは意識的にまぎらわしきを排除したというより、一切経供養が奉勅とは無関係のこととして、為家の意識の中で分離してしまっていたことを意味しよう。

さらにそれから二年後の文永元年（一二六四）五月以降当年中に、為家は進行中の『続古今和歌集』の撰集資料とすべく珠玉の小家集『中院詠草』を自撰し、同じ歌を次のごとき注記を付して収めた。

花　正元元年三月十六日庚申、御幸西園寺之次一首
今日奉　勅撰事

六十余はなにあかずと思ひきて今日こそかかる春にあひぬれ

ここに至り、為家は、「正嘉三年」を「正元元年」と改め、「庚申」の月日を明記した。改元は三月二十六日であったから「正嘉三年」がもちろん正しが、時間が経過して振り返った時、改元のあった新元号の元年と言い換え、三月中の「庚申」の月日を明記して、時間の経過とともに薄れゆく事実関係を、最も明確な形で後世に伝えようとした、為家の意識を反映しているにちがいない。

以上三種の資料は、いずれも為家自身が書き残した第一次資料ばかりであり、最も高い証拠能力をもつ。そして、これら三種の記述から、九州大学細川文庫蔵『代々勅撰部立』（『歴代和歌勅撰考』所引「勅撰次第」と同一）の次の記事前半への距離は至って近い。

正元元年、乙未、三月十六日、為家卿先直蒙勅定、弘長二年九月追被加撰者之時、面々被下院宣。

すなわち、「正元元年三月十六日」は『中院詠草』に拠り（「庚申」を「三月十六日」と割り出すことは拠るものがなくても難なく可能だが、「正嘉三年」でなく「正元元年」とする点において密接である）、また「先直蒙勅定」は、書状に基づく内容であるとみて誤らない。そして、現在通行の解説類の「三月十六日」は、『中院詠草』よりも、むしろこの『代々勅撰部立』（勅撰次第）の類に拠るものが多いのである。

三　勅撰目録類への継受の二系列

さて、為家書状から自撰家集の注記へと辿れる右のような推移変化とは別に、最初にあげた、一切経供養会と庚申連歌会の二つのことがらを含んだ為家書状の内容は、その後勅撰目録類に二系に分れて継受されてゆく。

その一つは『拾芥抄』で、以下のように見える。

或云、正嘉三年三月、於西園寺亭、庚申御会之次、為家卿奏勅、雖挙申為氏卿、勅定云、融覚候之上者、桑門撰者祖父俊成卿撰千載集之例不可求外、重可奉行之由、弘長二年被加撰者五人、

明らかに書状に密着したこの記述からは、二種類の家集注記を参看した形跡は認めがたい。にもかかわらず『拾芥抄』編者は、書状でまぎらわしかった「一切経供養之比」を削除して、誤解の余地をなくしたのであった。

いま一つの継受のルートは、『井蛙抄』に始まる。

> 故宗匠被語申云、続古今は正元元年西園寺の一切経供養時、民部卿入道一人可撰進之由、直被仰下侍しを、其後被加撰者、結句真観下向関東、将軍家 中務卿宗尊親王 此道御師範と成て、毎事関東より被申とて、我思ふさまに申行へり。民部卿入道、我撰進のうたの外は一事以上不可有申子細とて、口を閉侍き。和歌評定時、治定の事も後又申改。かやうにして評定には治定し侍しに、何様事哉之由被申ければ、いさなにと候けるやらん、鶴内府無参被申行侍しと、真観返答しけり。仙人のわたましのやうに、鶴に物を負するはと民部卿入道利口し申されけると云々。集治定之後、所存相違事ども一巻に書て、常磐井入道相国のもとにつかはす。（後略）

つまり、こちらは「一切経供養」の方だけが残って、「庚申連歌会」が欠落し、あまつさえ「一切経供養時」となって、大きな過誤をおかしてしまったのである。為世が語ったこととして記されているから、その談話の根底には、前引『延慶両卿訴陳状』所引の為家書状があったことは疑いない。誤謬は為世談話の際すでに起っていたか、頓阿の聞き誤りか、いずれとも決しかねるが、後者であった可能性の方がやや大きいであろうか。

そして、この『井蛙抄』の記事を要約引用するのが、神宮文庫蔵『勅撰歌集一覧』である。

> 正元元年西園寺一切経供養御幸之時、為家卿直奉勅、其後弘長被加撰者、真観称関東竹園之仰、申談九条前内府毎事申行、奏覧之後、参差之条々、入道民部卿勒一巻被送遣入道相国、

冒頭に整理した③が、三月十六日としながら「一切経供養の時」と誤ったのは、やはりこの『井蛙抄』の記にまどわされたために他ならない。

なお、正嘉三年初度における受命の形式は、為家書状に「当座被仰下候之間」（『代々勅撰部立』には「直蒙勅定」、

『井蛙抄』も「直被仰下」とあるところから、庚申連歌会の席上、院じきじきの口頭による院命授受であったに相違ない。「院宣」は、上皇・法皇に近侍する役人すなわち院司が、上皇・法皇の御気色を奉じて、その者の名において下す文書であるから、従って、この時「院宣」が下されたとする大部分の解説類は、誤りだとしなければならない。『続後撰和歌集』の場合も、これと同じ、いわば略式の院命授受であった。

その後、為家に対し正式の院宣が下されたのか否か、明らかではないが、『代々勅撰部立』に、「弘長二年九月追加撰者之時、面々被下院宣、奉行人按察使顕朝卿」とある書きぶりからすると、この時院司別当であった顕朝が、追加の四人と従前からの為家の五人全員に対し、院宣を発給したものと思われる。『源承和歌口伝』にも顕朝は「勅を伝へし納言」と見える。(なお、正式の院宣発給は二箇月ほど遅れて弘長二年十一月に入ってからだったらしいことについては、次節で言及する。)

かくして、為家に対する当初の下命は、正式の院宣宣下の形式によらない、北山西園寺邸における庚申連歌会の席上、院じきじきに口頭で仰せ下されただけの、略儀による下命だったのである。

四　おわりに

以上、勅撰集の成立に関する所伝中では比較的資料が豊富な『続古今和歌集』の場合を整理することによって、些細なことのようではあるが、事実関係を明確にしてきた。こうした作業を通じて、『続古今和歌集』個別の事例を解決しうるのみならず、さらに一般化して他集にも及ぼしうる知見や示唆を得ることができる。勅撰目録類その他の所伝は、できる限り系統的に整理することによって、自ら真偽の程度や軽重を判別できるであろうし、さらにまた実証的研究における資史料批判の重要性を、再認識させることにもなるであろう。

第八節　続古今和歌集の撰集について

一　はじめに

最近公刊された『民経記九』（大日本古記録）所収の「続古今集沙汰事」（『経光卿記』文永元年二年記抜粋）は、これまで考究してきた『続古今和歌集』の撰集、とりわけ最終段階のありように、極めて多くの知見を追加し、所説の変更を余儀なくされる、瞠目すべき新資料である。以下、原文のままに一覧し(注1)、これを加えながら、『続古今和歌集』撰集の経緯を整理しなおし、記述してゆきたい。

二　再度の単独撰者為家の事跡

藤原為家は、第十番目の勅撰集『続後撰和歌集』の撰集を、宝治二年（一二四八）七月二十五日、折りから宇治真木島の西園寺実氏別業に御方違え御幸中の後嵯峨院から内々に承り、三年後の建長三年十二月二十五日に完成奏覧した。五十四歳の時のことであった。

後嵯峨院の代に再び勅撰の儀が持ち上がったのは、それからわずか八年後の正嘉三年（一二五九）のことだった。この年三月十六日実氏の北山西園寺第において庚申御連歌会が催されたその次でに、御幸中の後嵯峨院が、直々に口頭で為家一人に申しつけられたのだった。(注2) 三年前に出家していた六十二歳の為家は、再三辞退し、代わりに嫡男為氏を推挙したが、祖父俊成が桑門の身で『千載和歌集』を撰んだ先例があり、融覚がなお健在なのだから、と説得されたという。(注3)『続古今和歌集撰進覚書』(注4)第一段落によれば、受命した庚申連歌会のその場において、為家は特に撰歌範囲について、三代集は上古からの歌を撰入、『後拾遺和歌集』は天暦以後、『千載和歌集』には永延（一条朝）以往の歌も少々交っているもののそれ以後の歌が撰入されている、『新古今和歌集』からまた上古以後の歌を撰ぶようになり、『新勅撰和歌集』『続後撰和歌集』も同じく上古の歌から撰入してきたので、古い時代の秀歌はきわめて得がたくなっている、『後拾遺和歌集』『千載和歌集』の例にならって、永延（一条朝）以後の歌を撰歌の範囲とするのがよろしいかと、撰者としての意見を具申奏上したと言っている。とりわけてその冒頭段落において、古い時代の歌が得にくいことを強調しているのは、為家が今次の撰集にとってそれが必須の重大事だと意識していたからに他ならない。為家はそこで『続後撰和歌集』奏覧以後ごく最近に披露された二つの私撰集、すなわち建長五年四月から翌年三月の間に完成した基家撰の『雲葉和歌集』、建長三年十二月の『続後撰和歌集』奏覧以降正嘉二年十一月の死没以前の間に藤原知家（蓮性）が撰した『明玉和歌集』(注5)をひもとき、点検して確かめるのであるが、上古の歌どもはただ作者の名前が大切といわんばかりで、代々の撰者たちが嫌い捨てた秀歌ならざる歌ばかりだと見える、それでは集のためは勿論、歌のためにも詮ないことになると憂えるのである。撰者としては、『続後撰和歌集』後まだ日も浅いいま、どうやって払底している古い時代の秀歌を確保するかということが、最大の関心事であり、またきわめて難事でもあったにちがいない。

『続古今和歌集撰進覚書』は、「弘長二年五月廿四日」付で認められた文書で、撰者追加が実行される弘長二年九月の三箇月余り前にあたる。最後の段落に窺える口吻からみて、五月下旬のこの時点において、すでに後嵯峨院は「東風」すなわち宗尊親王将軍の意向（それは真観の熱望を反映するものであった）を理由として、複数撰者とする撰集方針の変更の意向を固め、院周辺で撰者の追加が取り沙汰されていたと見てよい。為家は「おほかた撰者事、私にとかく思ふべき事にてなし」とはいいながら、許容できる追加撰者の候補者としては、飛鳥井雅経の息男左兵衛督教定（為氏の岳父）、九条侍従三位藤原行家、重代堪能先達の生き残り信実入道寂西の三人がいて、これらは申し分ないという。「和哥所の寄人餘流」というのは、良経息前内大臣九条基家、家隆息藤原隆祐、家長息源家清（最智）らを念頭においていると思われ、しかし彼らは「いとを（ほ）しけれど、これらハいたづら事、しるまじき事歟」というから、撰者には届きにくい面々と見ていたのであろう。非重代の衣笠家良と真観は、さらにその外側にあったということであろうが、趨勢の赴くところこの二人が撰者となる可能性の大きさは、為家とても十分認識していたにちがいない。本覚書は、最後を「心ぼそきさまなれバ、子孫のためにかきを（お）」く、と自記する文書であるが、直接には、撰者追加が公然と取り沙汰されるようになった事態の推移を前提にして、自分の代わりに再度為氏を撰者に推挙することを決意し、それが実現した場合を想定して、撰集に関する具体的なあれこれについての教訓を書き残した覚え書きだと思量される。最晩年に認められた『延慶両卿訴陳状』所引「勅答畏申状」[注6]によれば、文永十一年病床において、為氏が次の勅撰撰者に内定した報せを受けて驚喜し、「しばしもながらへ候うて、撰集のさかしらをも申候はばやとも覚え候」と述べた、その気持ちを先取りして、『続古今和歌集』撰集途中のいま、近い将来の為氏のために書き残したものであるにちがいない。第一段落は、前述のとおり最も関心の高い撰歌範囲の問題で、為家は、『新古今和歌集』の場合「部のたてやうなどハ和歌所にて評定、上より御さだめあり」と、撰集方針は最終的に後鳥羽院の沙汰として、寄人・撰者に命じられたといい、それと同様に、今次撰集の奉勅直後、「定（らカ）て上古哥難得候歟」、「後拾遺・千載集の例にまかせて」「永延以後哥を可撰進之由申上」げたのであるが、「これよりも又さだめて上よりともかくも被定仰候んずらん」と書いて、その時の自分の進言に対する後嵯峨院の御沙汰は、いずれ勅定として示されるはずだと述べている。この認めようを素直に考えれば、正元元年三月に口頭で略式に受命したものの、正式の院宣は下されぬまま三年有余を経過してきたということになる。この疑義は小林強氏も抱いてきたところで、(注7)完全に否定しさることは難しいけれども、しかし撰集を進めようとしたが思うに任せなかったとの述懐その他（後述）に徴して、口頭での受命後、追って上古以降の歌を撰進すべき正式の院宣が下され、為家はすぐ撰歌にとりかかったと考えたく、この部分は結局、撰者が変わった段階で後嵯峨院から下知されるはずだと述べていると見ておきたい。第二段落は一般的な撰歌の心得を、第三段落は具体的な人名を挙げての心得が記されており、多くは結局自分が関わらざるをえなかった撰集の中で生かされることになった注意事項であった。

さて奉勅の後、為家は「五社百首」の詠作奉納を思い立つ。祖父俊成が、氏神である春日社と日吉社への奉納歌合を諸人に勧進したものの、言請けばかりで作品が集まらなかったので、自詠百首の奉納に計画を変更、それならば賀茂・住吉にもまた大神宮にもと計画を拡大し、文治五年から六年にかけて「五社百首」を詠作した先例を見出し、為家も、同じ五社への奉納百首をと思い立ったのである。「七社百首」序文に、

> おやのおやのかきおき侍りけるわかのうらのあとを見侍れば、家々のしきしまのやまと歌をあはせて、なにはづのよしあしをさだむることおほくつもりぬる。みちをおそれおもふによりて、春日・日吉の社に、人々すすめて歌合をしてたてまつらんとおもへりけれども、みなことうけばかりにてとしをおくりければ、みづから百首歌をよみてたてまつるべきよし思ひたちけるに、賀茂・住吉にもおなじくはとおもふに、大神宮にもまいらせんとて、五社の百首は、文治六（「五」カ）年にはじめてつぎの年建久元年によみをはりけるよし見いだして、いままた、はまちどりあとふむべくもあらぬ身に、ふたたび勅撰をうけたまはりえらぶべきにあたれるも、すゑの世にはいよいよ人の心ざしも身のあやまりも、かたがたおそるべきことなれば、うらのはまゆふかさねて思ひたちて、（下略）

とあり、再度の奉勅が本作詠作の契機になっていたことを窺わせる。ただ俊成の「五社百首」は、『千載和歌集』

を奏覧した翌年の文治五年に詠みはじめて、次の年に詠了し各社に奉納しているので、勅撰集と直接の関わりはない。俊成は、歌合の判断ちをして後「よしなき判をのみ書き積りたることを思ひて」歌合の奉納を思いたったが果たさず、百首の詠進に切り替えてなったものであった。為家の場合は、再度勅撰集の撰者となり、末世のいま他者の思うところも身の誤りも、どちらからしても恐るべきことなので、いわば勅撰集の成功を祈願するために俊成の先例を借りようとしたのだと思われる。(注8)

その上実際にその詠作を始めたのは奉勅後一年以上も経過した文応元年（一二六〇）九月からであって、その間は撰歌に勤しんでいたものと推察される。

為家はかなり早い段階で、今次の勅撰集を、前回建長の「後撰和歌集」を続ぐ「続後撰和歌集」としたその後をうけて、「拾遺和歌集」を続ぐ「続拾遺和歌集」とする方針を固め、その枠組みのもとで撰歌を続けていたであろう。白鶴美術館蔵『手鑑』所収為兼筆歌集切(注9)は、弘安元年十一月九日に為兼が故大納言入道為家自筆の未詳歌集を書写したことを示す最末部の一葉であるが、そこに「拾遺和歌集」系二十巻の部立て名が列記されているところから、為家単独撰の撰集が「拾遺和歌集」系の撰集として編まれ、完本の形で伝存していたことを窺わせるからである。その本を御子左家では「続古今中書本」と称していて、それに増補を加えて為家の撰者進覧本（後述）が形成されたと臆断されるのである。

思い立ったまま一年以上も経ってようやく詠み始めた「五社百首」は、五社分の詠作を終えた後さらに二社（住吉・北野）への百首を加えて、翌文応二年正月十八日に『七社百首』として完成する。冷泉家時雨亭文庫に残る『七社百首』（冷泉家時雨亭叢書第十巻所収）は、歌題ごとに七社分をまとめた集成本で、為家の自筆（途中から為家に酷似した異筆に変わり、奥書はすべて為家の筆）。別に清書された各社ごとの百首が、それぞれの神社に順次奉納された。

発企して一年以上も経つ間に、為家の恐れていた事態（「人の心ざしも身のあやまりも、かたがたおそるべきことなれば」）

が、いよいよ顕在化してきたらしい（というよりもこの序文は詠作を開始した時点あるいは詠作終了後成書の段階で書かれたと考える方が真に近いであろう）。完成した七百首の歌には、為家と袂を分かって異風を立て、後嵯峨院の皇子である将軍宗尊親王への接近をはかり、文応元年十二月二十一日にはその歌道師範として鎌倉に招請されることになる真観を寓し、また真観に対する憤懣やるかたない感情を詠み込んだ多くの歌が見える。(注10) 文応元年九月から詠み始められた定数歌の中にそうした歌が顕著であるということは、少なくとも九月かそれ以前から、真観の宗尊親王への接近が顕在化していたことを意味しているであろう。この年五月、真観は本寺欝訴のため鎌倉荏柄天神に止宿して『簸河上』を執筆しているから、直接の目的は訴訟のためであっても、鎌倉にいる間に宗尊親王に接近する素地を作っていた可能性は十分にありえたであろう。歌学大系『簸河上』解題のごとく、宗尊親王の依頼によって執筆されたかと推定するむきもある。

真観への激情がほとばしり出たそれら作品とともに、為家自身の老いと病からくる悲哀や憂愁・自信喪失などの感情があふれた述懐性の強い歌も多数ある。同じ文応元年十月六日院司殿上人の一人宮内卿資平から依頼された「宗尊親王三百首」への合点を、おそらく十月中には終えて、同じ宮内卿資平にあてたとみられる返信書状の中で為家は、「年老い候ひて後は心もうせたる様に罷りなり候ひて、手もわななき人の様にも候はねども」と老耄をかこち、「此の度勅撰には力つき候ひぬとおぼえ候ふ」と述べ、(注11) 翌弘長元年中の『弘長百首』にも、「和歌の浦に老いずはいかでもしほ草波のしわざもかき集めまし」（和歌の道に長く携わってきて、私がこんなに年老いてなかったら、歌草をかき集めて何としてでも勅撰集を完成させたものを）（藤原為家全歌集四二五七）と述懐している。受命後三年目の弘長元年末に至っても、撰集ははかばかしく進捗していないと、主観的には思わざるをえない状況だったのであろう。

三　複数撰者による撰集へ

そのような為家側の負の事情と、宗尊親王の師範となりその威を背景とし利用した真観の発言力がますます増大して、弘長二年（一二六二）九月の撰者追加という事態を招来する。撰者追加を直接に伝える資史料は残らないが、前内大臣藤原基家、前内大臣藤原家良、侍従藤原行家、前右大弁藤原光俊（真観）の四人が追加され、従前からの前権大納言藤原為家（融覚）を加えて、五人の撰者に改めて撰集の下命があった。

撰者追加直後のころの動静を窺わせる資料として、香川大学附属図書館蔵神原文庫無銘『手鑑』所収「按察殿宛融覚書状」がある。(注12)

前半（おそらくは一紙か）が欠けているのは誠に残念であるが、本文書は、『源承和歌口伝』（愚管抄）に、

其後真観あづまにまかりて、中務卿の御師範にまいりて心のままに申おこなふに、人おほく彼風をならへり。都にのぼりて竹園の仰とて、おなじ心なる人々撰者にくははる。常磐井入道殿、代々撰者皆秀逸をよみてゆるさる、今の撰者の秀歌いづれにかと申されけるに、あきらかなる御返事なし、ただあづまより申さるるによりて御さだめ仰らるる由也。

と述べられているのに相当する内容が前提になっているに相違ない。とすれば「傳承候」で受ける欠けた前半部の直前には、後文にいう「関東御計」、すなわち宗尊親王の権威をもってする上皇への働き掛けによって、真観ほかの撰者が追加された事実、また、それに至るまでの、宗尊親王の直接の歌の師としての立場を利用した真観の、親王に対する教唆の噂などが述べられていたであろう。

その権威に恐れを成して、為家はまだこの時に至るまで「子細」を申し入れられないで、異議申し立ても出来ないでいたという。するとこの書状は、撰者追加のあった弘長二年九月の少し後、十一月十三日のものとなる。按察

殿は前権中納言正二位、按察使、藤原顯朝（五一歳）で、撰者追加の「勅をつたへし納言」（源承和歌口伝）であった。

さて、真観は上洛後、噂を全面的に否定、一切宗尊親王に対して教唆したり働きかけをした事実はないし、親王から「御一言」の相談もなかった、と自称釈明したという。困り果てた為家は、相國禪門西園寺実氏に歎き寄り申し合わせたところ、禪門は内々に後嵯峨院に申し入れられたらしく、御返事として女房奉書を下され、御意が伝えられた。いわく、「関東の御計の由仰せ下され候ひし上は、更に是非子細に及ぶべからず。早やかに撰進すべく候ふなり」と。為家は、この御意のままを各撰者や関係者に披露周知されるよう、撰集の事務責任者だったとみられる顯朝に申し送ったのである。

ちなみに、相國禪門実氏が後嵯峨院に申し入れた内容は、前引『源承和歌口伝』の「代々撰者皆秀逸をよみてゆるさる、今の撰者の秀歌いづれにか」がそれであり、それに対する院の「あきらかなる御返事」はなかった。そして本書状にいう女房奉書の内容がそのまま「ただあづまより申さるるによりて御さだめ仰らるる由也」に相当すること、いうまでもない。この女房奉書は実氏宛ての消息だったはずである。「早可撰進」とは、五人の撰者に命じられた撰者進覧本を為家も速やかに提出するようにとの意味であるにちがいない。為家はこの日に至るまでなお撰者追加を受け入れられず、単独撰者であり続ける方途を模索していたのだと思われる。

ちなみに、撰者追加のころ鎌倉にあった真観は、上洛して十二月二十一日の亀山殿十首和歌御会に参加していた（本書第七章第五節）が、撰者となって以後初めての上洛は、本状の十一月十三日以前であったと判る。亀山殿十首和歌御会における「あきまではふじのたかねにみし雪をわけてぞこゆるあしがらのせき」（続古今集九〇九）の歌の内容からは、十月以降と限定でき、おそらくは十月下旬から十一月上旬のころ上洛したものと見てよいであろう。

いま一つ撰者追加後の動静を窺わせる資料に、早稲田大学図書館蔵『続古今和歌集』室町期写本一帖（へ四・八一〇五）奥書中の、「弘長二年〔壬戌〕十一月奉　勅」がある。[注13]他に全く所見のない記事ではあるが、九月の撰者追加は院宣を伴わぬ内々の勅定下達であって、真観が上洛するのを待って、十一月に五人の撰者に正式の院宣が伝達されたということだった蓋然性はきわめて高い。「都にのぼりて竹園の仰せとておなじ心なる人々撰者にくははる」（前引）は、ことの順序を正確に言いとっていることになる。先の書状に窺えた為家と実氏の動きと結果は、正式の奉勅後のことだったであろう。

為家は、勅撰集において子弟が同時に撰者に名を連ねる先例はないことを理由に辞退したが、慰留されて仕方なく撰者に留まったという。(注14) 院宣は院司別当の一人前中納言按察使藤原顕朝によって伝達され、その御教書には、上古以来の歌を撰進すべきことが書かれていたはずである。(注15) また家良薨去後の撰者補充を望む飛鳥井教定に対する、文永元年九月十七日付融覚書状(注16)の中で、

> 融覚不堪ノ間、一身ノ撰者ヲ改メラレ、四人ヲ申シ加ヘラレ候フカ。鬱念ヲ為スト雖モ、東風ノ御計ヒノ由内々承リ及ブノ間、更ニ子細ヲ申サズ候ヒキ。且ツ御在京ノ時、粗アラ申シ談ジ候ヒ畢ンヌ。桑門ノ撰者、祖父千載集ノ佳例、仍リテ融覚忝ケナクモ両度撰者ヲ奉ジ、生涯ノ面目ト為ス。而シテ桑門両輩ケシカラヌ次第ト、当時ト云ヒ、後代ト云ヒ、尤モ豫儀有ルベク候フカ。早カニ此ノ次デヲ以テ、融覚ニ於テハ、相除カルベク候フ哉。

と述べて、身の不堪故に撰者が追加され、その後桑門撰者が二人も名を連ねているのはけしからぬことだと批判が強かったこと、それならばこの際自分は身を引きたいと考えたりもしていたのであった。

この撰者追加に先だって、後嵯峨院は第二度百首として、鎌倉にいた真観を除く在京の主要歌人七人（実氏・基家・家良・為家・為氏・行家・信実）に百首歌の詠進を命じ、『弘長百首』（七玉集）が成立、『続古今和歌集』には二十五首、『続拾遺和歌集』には四十七首の歌が取り入れられ、勅撰集全体では実に四分の一強の一八五首が採入されるという、二条派好みの応制百首となった。(注17)

さて撰者追加は、五人の撰者による複数撰者方式への撰集方針の大転換であり、そのことは『古今和歌集』『新古今和歌集』の先例に倣ったもので、最終的に撰者の一人が欠けて四人になるという点でも『古今和歌集』に類同している。さらにまた後鳥羽院親撰の『新古今和歌集』のあとを襲い、後嵯峨院による親撰の集にするという意図も付随していた。この時点で、おそらく「中書」段階まで進んでいたかと思われる為家単独の撰集も一旦ご破算となり、『新古今和歌集』の場合と同じく各撰者による撰者進覧本の提出が求められたのだった。五人の撰者が同じスタートラインに立っての再出発が画されたのである。

すなわち、②の文永二年四月七日の記に、「来ル十日、仙洞ニ於テ卌首歌合有ルベキノ由、……又十三日、勅撰評定〔撰者各奏覧と云々〕、両事行ハルベキノ処、俄ニ以テ延引ス」とあり、二十八日に行われた評定始めは当初十三日に予定され、それまでに各撰者から「撰者進覧本」が提出されることになっていたと思われること、③の二十八日の評定始の日の記事によると、撰者進覧本は、基家のが先ず二年三月二十五日に提出され、その後四月十三日までに、そして延期されて二十八日の御前評定始までの間に、督促を受けて撰歌を急いだ他の四人の提出もあった。為家の場合「拾遺集」系の「続拾遺集」とすべき方針で進めてきたそれまでの撰集をそのまま継承し、さらに二年余りの時間をかけ整備改変を加えて進覧本に至ったものと思われる。撰者の一人前内大臣衣笠家良は、前年九月十日に没していたが、撰者への執着強く選び残し封を付けて残し置かれた草本を、子息の三位中将経平がその遺志をついで封のまま進入した。しかし撰歌始の評定の席でその本は取り出されず（③④）、四人の進覧した本のみが撰歌資料とされたという。

真名序に「仍詔前内大臣藤原朝臣、前大納言藤原朝臣為家、侍従藤原朝臣行家、右大弁藤原朝臣光俊等、人々家々集、尊卑緇素之作、皆究精要、各令呈進」とあり、仮名序にも「これによりて古今のあとをあらためず、四人のともがらをさだめらる。いはゆる前内大臣藤原朝臣、民部卿藤原朝臣為家、侍従藤原朝臣行家、右大弁藤原朝臣光俊等なり。これらにおほせて、万葉集のうち、十代集のほかを、ひろくしるし、あまねくもとめて、おのおのたてまつらしむる」と表現されている文章、また『続古今竟宴資季卿記』にも、「続古今集［被仰前内大臣基家々良等、召入道民部卿為家卿、右京大夫行家卿、入道右大弁光俊朝臣等、令撰進和歌、上皇御手自所令撰御之集也。而家良公者早世、今四人撰歌計也］竟宴也」とあるのは、いずれも文飾ではなく、撰集の実態を正しく反映した記述である。

そのことと関連して、これまで問題とされてきた「続古今中書」本(注18)には、三種類の意味がある。第一は公的な「中書本」で、完成直前の十月五日真観が勅使となって、宗尊親王の御覧に供すべく東下持参した草本を指す（後述）。第二は為家関係の私的な「中書本」で、撰者追加があった弘長二年九月（十一月）までに到達していた、為家単独撰になる草稿本続古今和歌集（為家撰「続拾遺和歌集」）を指す。そして第三には第二の一旦ご破算となった本を核とし撰者追加以後さらに整備を加えて文永二年四月はじめのころ為家が提出した「撰者進覧本」を指す場合である。しかして第二と第三は甚だ区別しにくい。旧稿（注18所引拙稿）において、第二の本を基本として以後の御前評定が継続して行われたとしたのは、事実からはほど遠く、撤回しなければならない。

撰者が追加された弘長二年九月（十一月）から文永二年三月末までの二年半は、各撰者による撰歌のためにあてられた時間であったこととなり、『新古今和歌集』の時の一年半に比べても十分にその時間は確保されていたことになる。しかし、その後実質的に完成する文永二年十二月末までの御前評定撰定の時間はわずかに九箇月で、『新古今和歌集』の「御点時代」「部類時代」を併せた、元久二年三月竟宴時点までの十二箇月に比べても随分短かかったことを知る。

四　四月二十八日勅撰評定始

撰者追加後のそのような様々な事情と推移を窺うことのできる記事として、四月二十八日の勅撰評定始の記は、特別に注目させられる。

廿八日。〔丁卯〕。伝ヘ聞ク。今日勅撰叡覧、歌仙等参入シ、評定始ト云々。関白以下参仕スト云々。撰者五人、九条前内府・衣笠故内府〔子息三位中将之ヲ献ズ。故内槐封ヲ付シテ之ヲ置クヲ、撤セズ進入スト云々〕・民部卿入道〔為家〕・侍従三位行家卿・入道光俊朝臣等也。古今集、大内記友則以下五人撰之〔此内一人欠ト云々。今度ニ相似タリ〕、新古今集、又彼ノ例ヲ模シ五人之ヲ撰ス。今度彼ノ芳躅ヲ追ハルルカ。或説、一定落居ノ後、関東三品親王家ニ遣ハサルベク、其後、来ル七月宣下セラルベシト云々。元久宣下ノ儀、尋ヌベシ。件ノ度ハ、乙丑ニ新古今集ヲ撰セラル。今年又乙丑也。彼ノ例ヲ追ハルベシト云々。今度ハ続古今集ト名ヅケラルベシト云々。其レニ就キテ真名序有ルベキノ由沙汰有リ。作者ノ仁、同ジク沙汰有リト云々。

後ニ聞ク。勅撰評定ノ儀、按察中納言奉行ス。関白殿・左府・前相国・前左府・民部卿入道・行家卿・光俊朝臣入道等参候シ、沙汰有リ。先ヅ撰者四人献ズル所ノ春歌、初メノ喚頭歌許リ沙汰有リ。公卿ニ非ザルノ人ノ歌ヲ喚頭ニ用ヒル例ノ沙汰有リ。千載集俊頼朝臣ノ例ヲ仰セ出ダサルト云々。歌仙ニ非ザルノ人此ノ座ニ臨マズ。都護独リ奉行タルニ依リ免サレテ祗候スルカ。

九条前内府、去ル三月廿五日ニ撰シ進覧セラレ了ンヌ。自余ノ人々遅引、頻リニ責メ出ダサルト云々。衣笠前内槐ニ於テハ、取リ出ダサレズト云々。

この日のことは、『新抄』（外記日記）に、

廿八日〔丁卯〕。亀山殿新御所御徒移也。今日、亀山殿ニ於テ和歌撰集評定ノ事有リ〔続古今〕。関白・左大臣・前太政大臣・前左大臣以下之ニ参入ス。

とあった、その日のことであるが、「評定始め」であったとは判らなかったし、格段に詳細にその内容を知ることができる。

御前における勅撰集評定の儀は、按察使中納言藤原顕朝（五三歳）が奉行となり、関白二条良実（五〇）、左大臣一条実経（四三）、前太政大臣西園寺公相（四三）、前左大臣藤原実雄（四九）、民部卿入道為家（六八）、侍従三位行家（四三）、光俊入道真観（六三）らが御前に候し、各撰者進覧本の巻頭一首を読み上げてから評議が行われたという。経光はことさらに「喚頭」（六月二十五日条の「換頭」が正しく、書写者の誤記か）の語を用い、詩学への学殖の深さをにじませている。『文鏡秘府論』所引「換頭」とは、則天武后のころの人と推定されている天競の詩論で、五言詩の頭二字の平仄を順次交替させせてゆく修辞技法を意味する。[注19] 撰者の一人前内大臣九条基家（六三）の名が見えないのは、何らか差し支えがあったものか。基家は最後の竟宴にも参加しておらず、欠席がちであったように見える。『井蛙抄』「巻第六雑談」の冒頭、真観の強引さをいう文脈の中で、為家と真観の問答が伝えられている。

和歌評定時、治定の事も後又改む。（為）「かやうにして評定には治定し侍りしに、何様事哉」之由、被申ければ、（真）「いさなにと候ひけるやらん、鶴内府無参被申行侍りし」と真観返答しけり。（為）「仙人のわたましのやうに、鶴に物を負するは」と民部卿入道利口申されけると云々。

真観は欠席した基家が決めたことだと言い逃れる、それほどに基家の不参は多かったのであろう（「無参」には「被参」の異文があるが、出席するのが普通だったはずの基家が「被参」では不合理である）。

さてこの日の評定においては、公卿でない歌人の歌を巻頭歌とすることの可否が議論されて、『千載和歌集』に俊頼の例があると後嵯峨院が仰せ出された。四人のうちの誰かの進覧本巻頭歌が非公卿歌人だったのであろう。また勅撰評定の座に出席を許されるのは「歌仙」（歌の専門家）であって、顕朝だけは奉行だから特に免されて伺候していたと、参加資格において極めて厳格だったことを知る。確かに良実と実経は現任の、公相と実雄はいずれも前任の高官ではあるが、同時に十分に「歌仙」と呼びうる歌人たちでもあったし、顕朝も歌仙とされて一向におかしくない一廉の歌人ではあった。なお奉行の顕朝は、閏四月二十五日の除目で、一門の長者前中納言正二位藤原忠高を超越して、権大納言に昇任するという殊遇を受けていて、以後の撰集の要となる寵臣であった。

また前後の記事を総合して推考すると、撰者進覧本の締切は文永二年三月末、四月に入って御前評定を繰り返し、宗尊親王への最終の奏上進覧を経て七月に完成宣下、というのがおおよそ描かれた予定だったと思われる。また元久乙丑年に「新古今集」の撰があり、その跡を追って今年乙丑の年内に「続古今集」を撰すべきこと、すると真名序が必要となる、その人選のことも議されたという。この件は⑧の六月二十五日の記にさらに詳しく語られる。ここに併せて取りあげると、四月二十八日の初度の評定において集名のことが議され、『古今集』『後撰集』の複数撰者方式に倣うとすれば「続後撰集」が相応しい、建長撰集の名目を俊成単独撰「千載集」との類同から「続千載集」と改めて、今次撰集は「続後撰集」とすべしとの後嵯峨院の勅定が示され、真観が(同じ代の)勅撰集の名称変更は差し支えないと、勅定に迎合するように賛同したが、左大臣実経が、『古今集』も『新古今集』も「乙丑」の年に撰せられ、今年も同じ「乙丑」の年に当たっている、その干支の相応をこそ重視すべきで、すればその跡を継ぐ「続古今集」の称を措いてないと主張して一決したこと、『古今集』『新古今集』に倣うとすれば、真名序が必要となる、その作者の議があり、経光・信盛・長成・俊国らの名が候補としてあがった後、菅原長成に命じることに決したこと、『新古今集』の先例に倣い閏四月八日後嵯峨院が冷泉殿に還御の後、顕朝を奉行として長成を召し正式に宣下すべきことなどが議されたという。この日の勅定の趣に徴すれば、撰者追加の時点においては、ただ複数撰者とすることに主眼があったようで、『新古今集』との干支の一致も親撰の集とするということも、後嵯峨院の念頭には顕在化していなかったことが判る。真観の画策は一にかかって自分ならびに語らった仲間たちが撰者に名を連ねることの一点にあったということであろう。さすが気鋭の左大臣一条実経の主張は、撰者追加の持ついまひとつの大きな意味合いを後嵯峨院に気づかせ、以後の御前評定の質をも変えることに繋がったように見える。

その後定例のメンバーによる御前評定は連々続き、閏四月十八日には春部上下の部類配列がほぼ終っていたこと、毎回御前において範忠と忠雄が切継ぎ役を、撰者の中で最も若い行家が部類を担当し（④）、また行家は毎度御前において和歌を読み上げる講師役を勤め、評議に入ったという（⑧）。範忠は、和歌所において「新古今和歌集」の切継ぎなどにも関わった後鳥羽院の近臣蔵人清範の息男で、後嵯峨院の近臣四位兵部大輔、能書で書記役を勤めた。「白河殿当座七百首」の作者の一人で、完成した『続古今和歌集』には一首（一六二六）採られて報いられた。評定は月三回の定例の日（式日）を設けて開かれたともいう（⑨）。一回の時間は区々ではあったろうが、⑧に「数刻に及ぶの間、供御を供し一献を勧めらる」とあるのによると、八時間十時間に及ぶことも少なくなかったらしい。御前評議の期間の短さは、このような集中によってある程度は克服されたと思われる。

五　六月二十五日源兼氏朝臣談話

⑧の六月二十五日の記事は、すべて源兼氏朝臣が民部卿経光に語った、今次の勅撰集に関する長文の記事で、様々に興味深いことがらが記されている。

廿五。〔辛卯〕。兼氏朝臣来談ス。勅撰ノ間ノ事ナリ。

四月廿八、初度評定ノ時、換頭三首ノ沙汰有リ。名目ノ事、勅定ニ云ク、「古今・後撰ノ撰者、或ヒハ四人、或ヒハ五人。今度又此ノ如シ。然レバ続後撰ト号スベキカ。以前建長ノ勅撰ニ於テハ、続後撰ノ号ヲ改メテ続千載ト為スベキカ。千載ハ俊成卿独リ之ヲ撰ス。建長ノ撰ハ又民部卿入道、彼ノ孫ト為テ独リ撰シ、例ニ叶フ」ノ由仰セ出ダサル。光俊朝臣入道、「勅撰ノ名替フル、何事候フ哉、然ルベキ」ノ由申シ出ダス。而シテ当殿下申サレテ云ク、「古今集ハ乙丑ノ歳ニ撰セラレ、新古今又然リ。今年彼ノ支干ニ相当レリ。然レバ猶続古今ノ号宜シカルベキカ。支干ノ相応棄テラレ難キ」ノ由申セシメ給ヒ、然ルベキノ由一同ス。然ラバ、真名序有ルベキノ由沙汰有リ。其ノ作者又沙汰ス。下官・信盛卿・長成卿等、又新古今ノ序者親経卿ノ遺孫也、俊国ハ如何ノ由仰セ出ダサレ、長成卿宜シカルベキノ由沙汰有リ。是レ所望ノ気有ルカ。引級有ルノ人カ。菅氏ノ長者然ルベシト云々。閏四月八日冷泉殿ニ還御ノ後、新大納言顕朝卿ヲ奉行ト為テ、長成卿ヲ召シテ仰セ下サルト云々。是レ新古今召シ仰セラルルノ例ナリト云々。

其ノ後連々評定シ、上帖十巻ヲ撰定セラレ、下帖一巻恋部一、当時沙汰有リト云々。

去ヌル比、三条坊門殿ニ於テ評定有リ。水閣便有ルノ故カ。数刻ニ及ブノ間、供御ヲ供シ一献ヲ勧メラル。人々興ニ入リ、当座ノ和歌有リ。戸部禅門歌（「題」カ）〔水辺納涼・夏月〕ヲ献ジ、忽チニ宴筵ヲ展ベラレ、披講連々。此ノ会宜シカルベキノ由、定メ仰セ有リト云々。

行家卿、御前ニ於テ毎度和歌ヲ読ミ上ゲ、評議スト云々。

禁裏ノ御詠多ク入レラルト云々。今上御製ノ撰入、古今・新古今ニ於テハ然ラザルカ。後撰・後拾遺ノ例ナリ。或ハ「今上御製」、或ハ只「御製」ト之ヲ書クト云々。

又云ク、長成卿序代ヲ書キ連ネ、内々已ニ奏覧有リ、両様二通之ヲ草スト云々。叡感ノ気有リト云々。凡ソ古今・新古今ノ二代ニ於テハ、和ト漢字ノ序代、其ノ詞一字モ依違セズ。然レバ仮名序ヲ真名序作者ニ下サレ、真名序ヲ仮名序作者ニ下サレ、相互ヒニ之ヲ見テ製作スル所ナリト云々。今度モ定メテ然ル如キカ。

仮名序ハ未ダ進ゼラレズト云々〔九条内大臣、最先ニ承ハラルト云々〕。是レ新古今ノ序ヲ後京極殿承ハラシメ給フノ芳躅ナリ。尤モ貴ブベシ貴ブベシ。後京極殿此ノ序ヲ草セシメ給フノ時、父月輪殿申セシメ給ヒテ云ク、「芳削（「筆」カ）ニ於テハ、何事之ヲ草スルト雖モ、其ノ煩無キカ。仮名ニ於テハ子細ヲ述ブルノ条、以テノ外ノ大事ナリ。能ク御案有ルベキ」ノ由諷諫申サル。幾程ヲ経ズ〔二十箇日許リカ〕、草ヲ成シ、持参セシメ給フ。月輪殿御覧有リ、「凡ソ是非ニ及バズ、珍重殊勝」ノ由申サル。又「建仁革命、一上トシテ御奉行ス。此ノ条術道ナリ。頗ル心得ザルノ重事ナリ。宇治左相府ハ宏才博覧ノ人、猶以テ意得ズ僻案等ヲ申シ出ダサレ、遂ニ以テ通達ノ後、已ニ僻事ヲ申シケリト謝シ申サル。而シテ後京極殿ニ於テハ最前自リ通達、子タリト雖モ大略神道ニ通ズルカ」ノ由、褒美申セシメ給フト云々。

又云ク、「我ガ此ノ道ニ耽ル事、曩祖盛明親王ハ後撰ノ作者ナリ。其後代々、分ニ随ヒテ之ヲ嗜ミ、我ニ於テハ不堪ヲ顧ミズ、余執已ニ代々ニ超エタリ。亡父有長朝臣ハ故京極納言禅門ノ門弟タリ。仍リテ又我ガ身ハ戸部禅門ノ弟子トシテ、今度撰歌ノ間、一向扶持随順シ、一身ニ奔営スル所ナリ。建長撰集ノ時ハ、光成卿・家清入道、是等随順ス。彼ノ卿モ今ニ於テハ安嘉門院ノ院中執務、頗ル隙無キニ似タリ。家清入道モ又早世シ、我レ漸ク四品ニ昇リ、傍ノ人何ゾ免サレザラン哉。仍リテ一向ニ居住随順シ、奔営スル」ノ由談ゼシム。

近日此ノ道殊ニ繁昌スルカ。先人ノ御詠一首、下官ノ詠四首、息女斎宮内侍局、去年群行ノ時、十三夜壱志駅ニ於ケル長奉送使納言トノ贈答ノ詠等、戸部禅門撰入スト云々。面目ト謂フベキカ。

又談ジテ云ク、「去ル十四五ノ両日、仙洞ニ行幸ノ時、御前ニ於テ連句・連歌等有リ、主上ノ御句秀逸済々、上皇叡感有リ。御比巴・御笛大略達セシメ給ヒ、詩歌又此ノ如シ。珍重ノ由、褒美申セシメ給フ」ト云々。貴ブベシ貴ブベシ。

この日六月二十五日の時点における撰集の進捗状況は、巻十までの選定が終わり、巻十一恋部一にかかったところだったと知れる。

今上亀山天皇（一七歳）の御製を多く入集しているという。『後撰和歌集』の村上天皇が二首（今上御製）、『後拾遺和歌集』の白河天皇（御製）が七首であるのに比べて、最終的に十一首入集した亀山天皇は確かに多い。途中の段階では『後撰和歌集』と『後拾遺和歌集』に倣ってであろう「今上御製」または「御製」とする方針であったが、最終的には「今上御歌」として、独自色を出そうとしたようだ。亀山天皇の秀逸の才は、最後の段落にも示され、詩歌（連句・連歌）、管弦（琵琶・笛）ともに十分に達して、後嵯峨院も褒美して叡感うるわしかったと伝えられる。

正元元年十二月二十八日の即位以後、ほぼ一年を隔てた十三歳の弘長元年（一二六一）から亀山天皇内裏の和歌御会は始まり、判明するものだけでも、元年七回、二年四回、三年六回、文永元年三回、二年五回を数え、初度芸閣作文も十六歳の文永元年三月から始まっている。

閏四月八日に真名序の執筆を命じられた菅原長成は、この日以前すでに二種類の草稿を完成して進覧していたという。「二様」の内容は不明であるが、一つは完成した本に付されている現存序の基になった草であろう。両序を備える『古今和歌集』『新古今和歌集』の二集の場合、仮名序と真名序の作者は互いにその内容を見せ合って製作するのが故実で、今次『続古今和歌集』もそうされるであろうが、最も早くに作者を仰せつかった基家の仮名序は、この時点ではまだ提出されていなかったという。それとの関連で引き合いに出される『新古今和歌集』仮名序を執筆した後京極摂政良経の場合、父兼実を殊勝と感心させたのは、真名であれば何事も煩いなく簡単に書けるが、仮名で後鳥羽院の立場において子細を記述するのは以ての外の難事であるのに、苦もなく成し遂げたことへの称賛であろうか。「芳削」は正解をえないが、後の「仮名」と対句関係にあるように見える。また小川剛生氏の示教によれば、「又建仁革命一上として御奉行、此の条術道也、頗る心得ざるの重事也」以下は、建仁辛酉（一二〇一）改元の仗議（革命定）において左大臣として奉行を勤めた良経が、紀伝・明経・算・歴・陰陽の諸道から勘文を勘申させて詮議する、困難きわまりない仕事を見事にやり遂げたことへの称賛である。(注20)「術道」は『日葡辞書』に「術・方法・または驚嘆すべきこと」とあり、最後の意味。宇治左府頼長の引例は、天養元年（一一四四）二月十七日の甲子革令の折のことと見られ、さすが博覧の頼長もまだ若くて（二五歳）間違いを犯し、後に謝ったとの意であろう。(注21)このことも、小川氏の教示に負う。

次に兼氏自身のことが語られ、父有長は定家の門弟で、自分は為家の弟子として、今回の撰集には一人奔走し営んでいる。建長撰集の時は、御子左一門の光成卿と源家清入道最智（和歌所開闔家長嫡男）が、為家に随順して撰集を助けた。しかし、光成はいま安嘉門院の院中執務に多忙で不可、家清入道も早世して、結局自分が専ら為家の許に居住して撰集を助けているのだという。光成は『続後撰和歌集』に一首（一二一七）、家清は三首（二七七・七六七・七八六）入集して、為家はそれぞれに遇している。為家は前引『続古今和歌集撰進覚書』において、兼氏を、則俊・秀茂・兼泰・孝行などの筆頭にあげて「すてられん不便事なり」と言って高く買っているし、その事跡を見ても為家の晩年に親近したことは事実で、ここに言うとおり為家の撰歌の周辺で奔営したのである。『井蛙抄』には、

兼氏朝臣は稽古も読み口もあひかねたる由戸部被申き。勅撰方の事は官外記にもおとり侍るまじきよし、人のもとへの状に書きて侍りけり。続拾遺の時和歌所寄人にて侍りけるが、勅撰事終らざる先に卒して侍りき。彼朝臣寄橋恋に、「をばただの板田の橋とこぼるるはわたらぬ中のなみだなりけり」と云ふ歌を可被入と云う沙汰ありけるを、慶融法眼議を被申ける。其の夜の夢に、冷泉亭の中門の角の縁のほどにて、彼の朝臣に慶融行きあひて侍るに、こしにいだきつきて、歌よみは没後をこそ執する事にて侍るに、此の歌に議仰せらるる事うらめしくといひけると見えけりと、覚めて後より法眼腰のいたはり出来て、つひに平癒の期なし。恐ろしく詮なき執心なり。

と伝えられ、「勅撰方の事は官外記にも劣」らないと為家が高い評価を示したのは、随順奔営する兼氏の働きを目の当たりにしての感嘆であったにちがいない。先の建仁革命定のような極めて特殊で専門的な事柄に通じていたというのも、その学殖の深さを窺わせて余りある。ただそれにしては、『続古今和歌集』に一首（一四三六）入集するのみであるのはやや不審で、『井蛙抄』の伝えるいま一つの説話、

民部卿入道出行之時、弁入道家前を被通、雀文車立たり。以下部誰人の御車候哉と被尋之処、日向守殿御車云々〔兼氏朝臣也〕。以之外腹立、被帰之後直入和歌所、兼氏朝臣歌三首被書入たるを悉被切出云々。

が、あるいはその一斑の真を伝えているのかもしれない。

兼氏はまた、経光一家入集の朗報も伝えて、経光を満足させている。すなわち、その父頼資の歌一首、経光の作四首、息女斎宮内侍局の斎宮群行長奉送使藤原長雅との贈答歌の合計五首が、為家の撰者進覧本には入っているというのである。経光一家は、主家近衛家の縁で、途中没してしまった前内大臣家良から歌草を求められて、前年三月に持参していた（①）のであったが、家良の進覧本は評定の場では取りあげられず、手づるを失った状態にあった。しかし、最終的には、頼資の歌は採られず、経光の歌も大嘗会歌一首が採られた（七四一）のみで、長雅の贈歌はある（八四二）が斎宮内侍局の返歌の方は、評定の場で削除されてしまったらしい。

六　宗尊親王への中書本進覧から撰定完了へ

文永二年後半の歌壇は、勅撰集の完成に向けて活況を呈し、七月七日「白川殿当座続七百首」、七月二十四日「仙洞当座歌合」（真観判）（入集なし）、八月十五日「仙洞五首歌合」（衆議判、後日為家判詞書付）（四首採入）、九月十三日「亀山殿五首歌合」（衆議判、後日真観・為家判詞書付）（一〇首採入）等の催しがあって、それらの新作も採り入れながら、御前の評定は続けられた。そして、十月五日、いよいよ完成間近の撰集の草本（中書本）を帯びて真観が勅使として将軍宗尊親王の許に出立して行く（⑩）（⑪によれば中書本は未完で、中旬ころ追送の予定と）。

従来から知られていた『続史愚抄』文永二年十月十七日条、

十七日壬午。一院　新院御所［富小路殿］ヘ幸サル。次デ東二条院御所ニ入リ御シマス。次デ菊第［入道前太政大臣実氏第］ニ渡リ御シマス。撰集春部二巻［続古今集。未だ奏覧已前也］御持参有リ。美乃宰相［資平］ヲシテ読マシメラル。次デ和歌ノ事御問答ニ及ブトイヘリ。［○水草宸記］

は、時間的に宗尊親王の御覧に供された「中書本」と同じ本の副本の一部であったことになる。実氏への事前の披露を目的とした、資平の講誦と御問答であったと思われる。

さて、十月十八日、真観とその後を追った範忠は鎌倉に下着、『吾妻鏡』は宗尊親王姫宮誕生奉祝の勅使としているが、内々は勅撰集の最終調整を主目的としていた。

十八日。癸未。天晴。右大弁入道真観自京都参向。兵部大輔範忠朝臣又下着。依御産無為事也。但内々各依勅撰集事云々。

そして『吾妻鏡』によれば、範忠は十一月十三日に鎌倉を出発している。

十一月十三日。丁未。天晴。京都御使兵部大輔範忠朝臣帰洛。去比下向。是被賀申御産無為事。又勅撰事云々。

範忠は十一月二十七日に帰洛する⑫。『経光卿記』抜書によればこの条は十月となるが、十一月が正しいであろう。

かくして十二月四日から、竟宴の準備が始まる。

十二月四。〔戊辰〕。左少弁経任示シ送リテ云ク、「勅撰竟宴ノ儀奉行スベシ。元久二年三月廿六日ノ新古今集竟宴ノ儀不審、注シ給フベシ」ト云々。所見無キノ由答フル所ナリ。九条前内府内々ニ注シ遣ハサルト云々。「来ル廿六日タルベシト云々。今度ノ集ノ清書、一身ニ奉仕スベキナリ。元久ノ竟宴別儀無シ。和歌ヲ披講サレ、御遊有リ」ト云々。

経任の奉じた院命により経光が竟宴の奉行を勤めることとなり、元久二年三月の新古今集竟宴の不審が質され、経光は所見なしと返答、同時に同じことを質された基家は内々に返答し、日は十二月二十六日と決定、今度の集の清書は基家がすべて奉仕することを了諾したという。竟宴そのものは別儀なく、和歌を披講し、管弦御遊があるのみだと。そして当日。

廿六日。勅撰ノ竟宴、今日行ナハルベキノ処、院司左少弁経任ニ仰セ下サレ、勅命ヲ蒙リテ奉行スルノ処、彗星ノ事ニ依リテ今日ハ沙汰無シト云々。明春行ナハルベキカ。古今集・新古今集、皆乙丑ノ歳ヲ以テ撰セラレ畢ンヌ。彼ノ二代ノ勝躅ニ任セテ、今日行ハレント欲ルノ処、参差スルハ遺恨カ。就中竟宴ノ儀ヲ行ハル、元久二年三月廿六日ナリ、和歌ヲ披講シ、糸竹ヲ合奏サルト云々。今度此ノ儀ヲ守ラルベキノ処、已ニ以テ相違シ了ンヌ。今度ノ勅撰「続古今」ト号スベシト云々。仍リテ延喜・元久ノ例ヲ追ハルカ、折節ノ変異出現、旁タ骨無キカ。

この日竟宴を行って、撰集の完成（選定）を宣下し披露する予定のところ、彗星出現という変事が出来したため、この日を形式的な選定完了の日とし、竟宴は延期して翌三年三月十二日に催行することとなった。『続史愚抄』十二月二十六日条に、「此の日先ヅ春部二巻ヲ奏ス。周備ハ異日タルベシ〔或ハ翌年冬ニ作ルハ謬ナリ〕」、翌年三月十二日に「周備シ之ヲ奏覧シ」たとするのは誤認で、この日までに宗尊親王の意向を容れた修訂はもとより、真名・仮名両序も、また全巻の清書も完了して、撰集はあらかた完成していた。

そして予定どおり、三月十二日の竟宴当日、『新古今和歌集』の竟宴に倣い、それを凌駕する盛儀となった和歌御会と管弦御会が行われた(注22)。その三月十二日を境として、物故者の目録を為家が四月八日直後に選定、現存歌人の目録は真観が五月十五日に選定して、撰者追加と撰集方針変更という違例の経過をたどった『続古今和歌集』の撰集は終わった。

ところで真観が鎌倉に持参して宗尊親王の御覧に供し、後嵯峨院が実氏に披露した「中書本」は、どのような内容の本であったのか。現存諸本を検すると、諸本間で出入りのある歌が二十二首ある。そのうち、竟宴以後に勅定により切入れられた歌が二首（①巻八・釈教歌・異本歌一九二二・権大僧都憲実「みる夢の」歌、②巻十九・雑歌下・異本歌一九二五・西音法師「昔おもふ」歌）、静嘉堂文庫蔵本等初期の本と目される写本にない歌が四首ある（①巻五・秋下・四七〇・従二位成実「いまよりは」歌、②巻六・冬歌・五八三・藤原信実朝臣「さらにまた」歌、③巻十四・恋歌四・一二九二・源時清

「みちのくに」歌、④巻十九・雑歌下・一八二四・法印厳恵「なにごとの」歌）。中書本に至る途上の御前評定中の本が流布する可能性は考えがたく、するとこれら六首を除く十六首は、基本的に中書本に含まれていたのではあるまいか。竟宴までの間に、前記四首を切入れ、先行集との重出歌十首を切出すなどの修訂を施して、竟宴本の歌数（一九一五首）に落着し、その後二首を追入、一首を削除（前記④法印厳恵歌）して[注23]、最終的に『続古今和歌集』[注24]は完成する。後嵯峨院の親裁のもと、複数撰者によることの利点が生かされ、先行勅撰集との重複歌は二首のみ、また多様な歌が撰入されて、正確度と多様性において優れた勅撰集として完成したのであった[注25]が、基家進覧本の詞書きの誤りが正されることなく、そのまま残っているような小さな不備は少なくない。[注26]

七　おわりに

以上、『続古今和歌集』の撰集経過を、『民経記』第九巻の文永元年二年の記を加えて辿り、これまでよく判らなかった撰者追加から後、最終段階における撰集の実態のあらましを主として記述してきた。最も特徴的なことは、撰集作業がすべて後嵯峨院の御前評定という場で執り行われていることである。訴訟制度としての院評定制は後嵯峨院政期に成立したのであった[注27]が、同じ方式を勅撰集の編纂作業にも準用して、あるいは院評定という政治制度そのものに載せて、この親撰の集の撰集は行われたのである。[注28]『続古今和歌集』が先例とし規範とした『新古今和歌集』の場合、後鳥羽院はまず「和歌所」を設置し寄人を任命、開闔を決めて撰集の事務機構を整え、寄人の中から撰者を任命、各撰者別の進覧本を奉らせ、院自ら三度までも進覧本に目を通して精選を繰り返し、撰歌の段階において十二分に親撰の実を上げた上で、次なる段階として部類配列と切り継ぎの作業を撰者たちに命じ、自らもそれに深く関わって、全体として強力なリーダーシップを発揮された。その後鳥羽院の、和歌所という役所の机上を主とした集への対し方と、院評定という制度に載せて自らも評議に加わり、その評議の中で指導力を発揮された後嵯峨院の場合とでは、同じ親撰とはいえ、実態は大きく異っていたことに注目させられる。後嵯峨院の撰集内実への関与は相当に大きかったと推察される。文永二年九月十三日の「亀山殿五首歌合」の判詞を具さに読めば判るとおり、後嵯峨院の発言は、特別な意味をもって歌人たちに受け取られ、真観は実に巧みにその勅定を利用し、多弁かつ強引に評定を取り仕切っている。勅撰評定の御前の場においても、真観は強引かつ周到に、事毎に関東の意向を盾に、我が思ふさまに申し行ったと推察される。

先例のないこの方法が、完成した『続古今和歌集』にどのように反映しているか、御前評定のさらに具体的な実態究明とあわせて、次なる課題としなければならない。

【注】

（1）文永元『続古今集沙汰事』　経光卿記

①三月廿二、［丁酉］、参北野、凝信力退出、次向衣笠前内府亭、先人并下官和歌少々書出、撰集之間、有御尋之故也、

同（文永）二

②四月七、［丙午］、勘小路三位［経朝］、入来、以兼仲問答、談云、来十日於仙洞可有卅首歌合之由、兼日有其聞、歌仙清撰、勅喚不広、御製・将軍宮以下、経任相催、又十三日勅撰評定、［撰者各奏覧云々］、両事可被行之処、俄以延引、

③廿八日、［丁卯］、伝聞、今日勅撰叡覧、歌仙等参入、評定始云々、関白以下参仕云々、撰者五人、九条前内府・衣笠故内府［子息三位中将献之、故内槐付封置之、不撤進入云々］・民部卿入道［為家］・侍従三位行家卿・入道光俊朝臣等也、古今集、大内記友則以下五人撰之、［此内一人欠云々、相似今度］、新古（今）集又模彼例五人撰之、今度彼追彼芳躅歟、或説、一定落居之後、可被遣関東三品親王家、其後来七月可被宣下云々、元久宣下儀可尋、件度乙丑被撰新古今集、今年又乙丑也、可被追彼例云々、今度可被名続古今集云々、就其可有真名序之由有沙汰、作者仁同有沙汰云々、後聞、勅撰評定儀、按察中納言奉行、関白殿・左府・前相国・前左府・民部卿入道・行家卿・光俊朝臣入道等参候、有

沙汰、先撰者四人所献之春歌、初喚頭歌許有沙汰、非公卿之人歌用喚頭例有沙汰、千載集俊頼朝臣例被仰出云々、非歌仙之人不臨此座、都護独依奉行被免祇候歟、九条前内府撰去三月廿五日被進覧了、自余人々遅引、頻被責出云々、於衣笠前内槐者不被取出云々、

④閏四月十八日、〔丙戌〕、勘三位入来、――、又云、勅撰事連々有評議、春歌許被部類寄歟、範忠朝臣・忠雄於御前切続之、行家卿令部類云々、歌仙四人所書進之集被部類也、衣笠前内府撰不被入云々、

⑤廿九、〔丁酉〕、今日有撰集評定云々、

⑥五月廿五、〔壬戌〕、今日於仙洞有勅撰評定、終日歌仙祇候歟云々、

⑦六月三、〔己巳〕、今日於仙洞有勅撰評定云々、

⑧廿五、〔辛卯〕、兼氏朝臣来談、勅撰間事也、四月廿八、初度評定時、換頭三首有沙汰、名目事勅定云、古今・後撰々者或四人、或五人、今度又如此、然者可号続後撰歟、於以前建長勅撰者、改続後撰号可為続千載歟、千載俊成卿独撰之、建長撰又民部卿入道為彼孫独撰、叶例之由被仰出、光俊朝臣入道、勅撰名替何事候哉、可然之由申出、而当殿下被申云、古今集乙丑歳被撰、新古今又然、今年相当彼支干、然者猶続古今号可宜歟、支干相応難被棄之由令申給、可然之由一同、然者可有真名序之由有沙汰、其作者又沙汰、下官・信盛卿・長成卿等、又新古今序者親経卿遺孫也、俊国如何之由被仰出、長成卿可宜之由有沙汰、是有所望之気歟、有引級之人歟、菅氏長者可然云々、閏四月八日還御冷泉殿之後、為新大納言顕朝卿奉行、召長成卿被仰下云々、是新古今之被召仰之例也云々、其後連々評定、上帖十巻被撰定、下帖一巻恋部一当時有沙汰云々、去比、於三条坊門殿有評定、水閣有便之故歟、及数刻之間、供々御被勧一献、人々入興、有当座和歌、戸部禅門献歌〔水辺納涼・夏月〕、忽被展宴筵披講連々、此会可宜之由有定仰云々、行家卿、於御前毎度読上和歌評議云々、禁裏御詠多被入云々、今上御製撰入、於古今・新古今者不然歟、後撰・後拾遺例也、或今上御製、或只御製書之云々、又云、長成卿書連序代、内々已奏覧、両様二通草之云々、有叡感気云々、凡於古今・新古今二代者、和漢字序代其詞一字不依違、然者被下仮名序於真名序作者、被下真名序於仮名序作者、相互見之所製作也云々、今度も定如然歟、仮名序未被進云々、〔九条内大臣、最先被承云々〕、是新古今序後京極殿令承給之芳躅也、尤可貴々々、後京極殿令草此序給之時、父月輪殿令申給云、於芳削者雖何事草之、無其煩歟、於仮名者述子細

条、以外之大事也、能可有御案之由被諷諫申、不経幾程〔二十箇日許歟〕、成草、令持参給、月輪殿有御覧、凡不及是非、珍重殊勝之由被申、又建仁革命為一上御奉行、此条術道也、頗不心得之重事也、宇治左相府宏才博覧之人、猶以不意得被申出僻案等、遂以通達後、已申僻事けりと被謝申、而於後京極殿者自最前通達、雖為子大略通神道歟之由、令褒美申給云々、又云、我耽此道事、曩祖盛明親王者後撰作者也、其後代々随分嗜之、於我者不顧不堪、余執已超代々、亡父有長朝臣為故京極納言禅門々弟、仍又我身為戸部禅門弟子、今度撰歌之間、一向扶持随順、一身所奔営也、建長撰集之時者、光成卿・家清入道、是等随順、彼卿も於今者安嘉門院々中執務、頗似無隙、家清入道又早世、我漸昇四品、傍人何不免哉、仍一向居住随順、奔営之由令談、近日此道殊繁昌歟、先人御詠一首、下官詠四首、息女斎宮内侍局、去年群行時、十三夜於壱志駅贈答長奉送使納言詠等、戸部禅門撰入云々、可謂面目歟、又談云、去十四五両日、行幸仙洞之時、於御前有連句・連歌等、主上御句秀逸済々、上皇有叡感、御比巴・御笛大略令達給、詩歌又如此、珍重之由、令褒美申給云々、可貴々々、

⑨廿六日、〔壬辰〕、今日仙洞有勅撰評定云々、毎月三箇日被置式日歟、今日雑訴評定日也、然而延引、

⑩十月五日、〔庚午〕、伝聞、今暁入道右大弁光俊朝臣参向関東、日来所被撰定之勅撰草給之、為勅使所参向中書大王也、其後有竟宴、可被遵行云々、為撰者為勅使、禅門栄華歟、珍重々々、

⑪七日、〔壬申〕、勅撰中書未出来、然而如路次雑事用意之間、先下向、中旬比追以可被下遣云々、

⑫廿七日、後聞、今夕兵部大輔範忠朝臣自関東上洛、随身勅撰下向御使也、

⑬十二月四、〔戊辰〕、左少弁経任示送云、勅撰竟宴儀可奉行、元久二年三月廿六日新古今集竟宴儀不審、可注給云々、無所見之由所答也、九条前内府内々被注遣云々、可為来廿六日云々、今度集清書一身可奉仕也、元久竟宴無別儀、被披講和歌、有御遊云々、

⑭廿六日、勅撰竟宴今日可被行之処、被仰下院司左少弁経任、蒙勅命奉行之処、依彗星事今日無沙汰云々、明春可被行歟、古今集・新古今集、皆以乙丑歳被撰畢、任彼二代勝躅、今日欲被行之処、参差遺恨歟、就中被行竟宴儀、元久二年三月廿六日也、被披講和歌、合奏糸竹云々、今度可被守此儀之処、已以相違了、今度勅撰可号続古今云々、仍被追延喜・元久例歟、折節変異出現、旁無骨歟、

（2）佐藤恒雄「『続古今集』の撰集下命について」（『和歌史研究会会報』第九十一号、昭和六十一年十二月）。↓本書第三章第七節。

（3）『延慶両卿訴陳状』所引為氏推挙状は、以下のとおりである（注6所引申状に後続する）。

加之、続古今之時、属常盤井入道相国、載慇懃之詞、吹挙之畢、彼状云、

勅撰事、去正嘉三年三月一切経供養之比、於西園寺殿、庚申御連歌之次、重可奉行之由、当座被仰下候之間、再三申子細候之處、於今度者、為氏尤雖可奉行、融覚佐天候上、桑門撰者、祖父俊成始撰千載集之例、不可求外、早重可奉行、取詮、又云、誠為氏不堪非器、不似当時傍輩博覧候、然而歌之善悪許波定存知候歟、取詮、

（4）「続古今和歌集撰進覚書」の全文は、以下のとおりである。

勅撰事、十代集のうち八代集は廿巻、二代集金葉・詞華十巻。部類集ごとにかはれり。新古今五人の撰者あれども、部のたてやうなどハ和歌所にて評定、上より御さだめあり。はじめの三代集〔古今・後撰・拾遺〕同体に上古哥入、後拾遺天暦以後、千載集にハ永延以往も少々相交歟。新古今之時、更上古以後哥可撰進之由和哥所之寄人に被仰て、新古今とも名づけられたり。新勅撰・続後撰おなじく上古哥撰入之上者、上古哥定難得歟。仍重勅撰事被仰下し〔ら〕カ日当座に申上き。後拾遺・千載集の例にまかせて、定て上古哥難得候歟。永延以後哥を可撰進之由申上き。これよりも又さだめて上よりともかくも被定仰候んずらん。人丸・赤人・伊勢・小町・貫之・躬恒、名ハまことに大切なれども、哥なくハ先々の集に哥ハ劣て、今更書連られバ作者のためきハめて不便いとをしかるべし。且ハ雲葉・明玉集など披露の時、打聞共も見及き。上古哥どもハたゞ作者名大切バかりにて、代々撰者きらひすてたる哥どもとこそ見えしか。さてハいまも哥のため詮なかるべくや。後拾遺作者以後ハ、少々などかもとめいださゞらん。まづこれらまでもよく〳〵見わきて存知すべき事也。』ちかき世の千載・新勅撰などかきをきたるを見るだにも、猶おぼつかなき事おほし。ましてたゞそらにをして、我身バかりたのみてハ、ひが事おほかるべし。かまへて才学もいり心にもそめて、よく〳〵思惟すべき事也。ときハ井のほかにハ、しかるべき哥もちたる人ありがたくやあらむ。まことに当座にハいくらもいできもせむずらん。関東に上下たとひ多〔とも、それはその撰者あらんずらん、いたく〕入たちてしらねどもくるしかるまじ。その中にも年来の門弟ども、哥よろしきあらバ見いだして可入。京にも、重代のものゝこのたびいら

ずハ家もたえぬべきハ、一首づゝも哥にしたがひて、かならずすつまじき事也。重代ニもあらず、集のためも面目もなき物の、撰者に物とらせていらむと思たるが、返々おそろしき事にて候也。又哥ハ次の事にて、それがしいればたれがしいらでいかゞあるべきなどいふこと、ずちなき事也。』有長子兼氏、永光子則俊、秀能子秀茂、兼倫子兼泰、光行子共などは、すてられん不便事也。続後撰時、親行奏覧之後哥たびて、追て入も又むつかしかりき。又住吉神主国平、内宮一禰宜延季、日吉祝成賢兄弟などハ、一首もいれられればうれしがりて本社に世をいのり候。君臣民事物のため御いのりにてもあれバ、心をゆるすべきこと也。高僧たちもおなじ事也。されバとて、いたく徳行きこえぬ人、左右なく上人などかきいるれバ、傍輩難出来てうるさし。』おほかた撰者事、わたくしにとかく思べき事にてなし。たゞし、新古今撰者五人の内の餘流、みな公卿にて四十五十バかりにて、左兵衛督（教定）・九条侍従三位（行家）などハ、尤其仁歟と覚。桑門中に信実入道、九十にをよびて重代堪能先達にていきのこられたり。和哥所の寄人餘流、いとをしけれど、これらハいたづら事、しるまじき事歟。猶々よく〱さたあるべき事也。脚気てわなゝきてもじかた見えねバ、おなじ事なる人にかきうつさす。心ぼそきさまなれバ、子孫のためにかきをく也。

弘長二年五月廿四日　　在判

（5）『明玉和歌集』の成立は、本覚書の記述に徴して『続後撰集』以後であることは疑いなく、実際には建長四年以後と押さえてよい。知家は完成後、院司別当の一人顕朝を介して後嵯峨院に勅撰集への格上げを懇請したが、勅許は得られなかった、との事実を伝える古筆切（手鑑『諫早』所収伝明融筆）一葉「知家卿続後撰のゝち明玉集といふことせむして／なく〱宣旨をあきともの卿をもて申けれとも／御せうゐんなくてつゐになくてやみぬ／（以下略）」を小野恭靖氏が紹介している（「『明玉集』成立をめぐる古筆切資料一葉」『和歌文学研究彙報』第七号、一九九九年十月）。

（6）『延慶両卿訴陳状』所引阿仏自筆申状の全文は、以下のとおりである。

且就勅答畏申状［阿仏自筆］云、ちよくせむの事、ためうぢうち〱うけたまはりて候よし申候つるも、たゞ心やすく思をき候はむずる、御じひばかりに、かつ〲御なぐさめ候かとうけたまはり候つるだにも、よわ〱しく候心地、いきいで候やうにおぼえ候て、しばしもながらへ候て、撰集のさかしらをも申候ばやともおぼえ候。又こゝのしなののぞみも、いまはいとゞさはり候はじと、此の世ひとつならずよろこび、かしこまりうけたまはり候ぬ。又ためすけが事、いふがひなく候ほどをうちすてゝ、心のうちは、たゞおほせにたがふ事候はず。歌よみにもなにゝもをしへたて候て、きみの御ようにたつものになし候はばやとのみ、老の後の心にかゝり候つれども、かひなく候、こゝろのやみはかなしく、よしなくおぼえ候つるに、猶々ためうぢがめんぼくきはまり候ぬるも、ためすけがみやうがひとかたならず、よろこびのなみだにくれ候程に、いとゞくりごとのみ申され候云々。

（7） 小林強「続古今和歌集の成立に関する疑義—弘長二年九月の撰者追加下命に至るまでの—」（『研究と資料』第十八輯、昭和六十二年十二月）、同「続古今和歌集の成立に関する一疑義続考」（『研究と資料』第二十輯、昭和六十三年十二月）。

（8） 『為家詠草集』「七社百首」（冷泉家時雨亭叢書第十巻所収、朝日新聞社、二〇〇〇年十月）の解題において、「五社の百首は」に連続する前の部分を為家の事跡と解して記述したのは誤りで、すべて俊成の事跡である。

（9） 同廿五日書始部

第一春　第二夏　第三秋　第四冬
第五賀　第六恋一　第七恋二　第八恋三
第九恋四　第十恋五　第十一雑春　第十二雑夏
第十三雑秋　第十四雑冬　第十五雑上　第十六雑中
第十七雑下　第十八羇旅　第十九尺教　第二十神祇

弘安元年十一月九日以故大納言入道殿御自筆
本書写了　同校合　為兼（花押）

池尾和也「『原・続古今集』の痕跡を求めて（下）—真観撰『八代和歌集』について—」（『中京国文学』第十一号、平成四年三月）に、為兼が書写したのは、為家筆「続拾遺集草稿」であり、それが「原・続古今集」で、「続古今中書本」であった可能性が大であると指摘しており、肯綮にあたる。

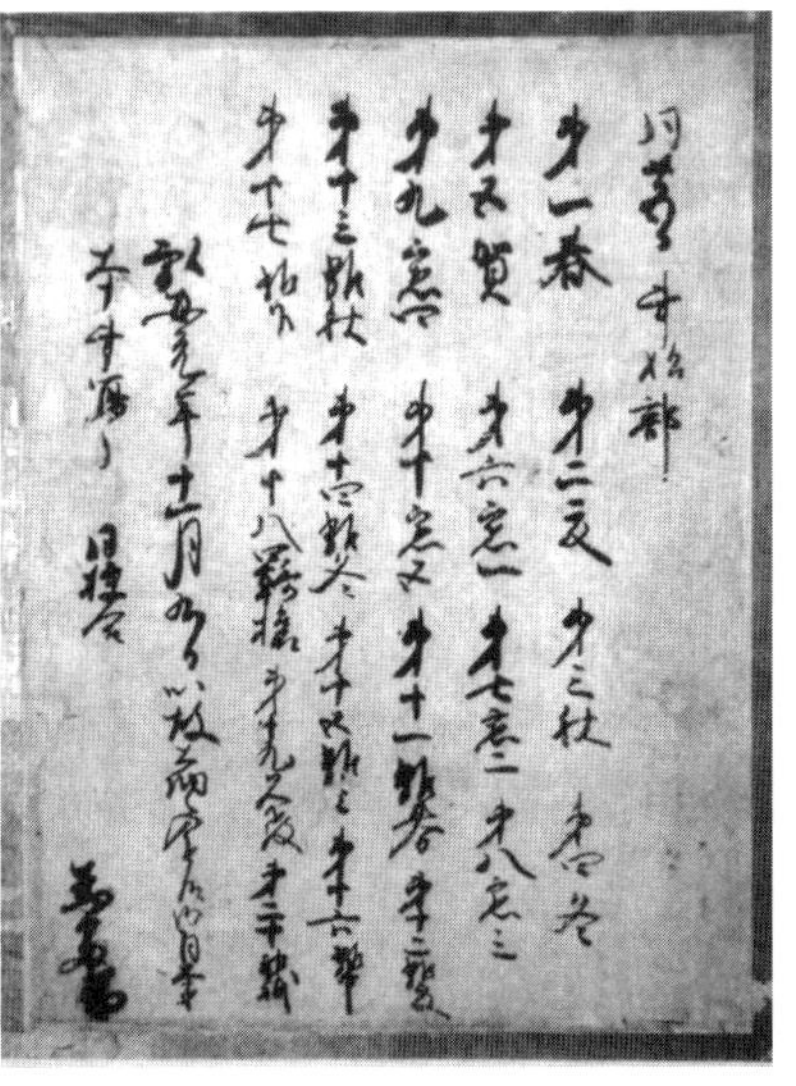

白鶴美術館蔵『手鑑』所収「大納言為兼筆歌集切」複製本より転載

（10）佐藤恒雄「藤原為家『七社百首』考」（『国語国文』第三十九巻第八号、昭和四十五年八月）。↓本書第二章第五節。
（11）『宗尊親王三百首』付載文書三通は、以下のとおりである。

鎌倉殿御詠事申入候之処、先日如被仰候、御所存之旨、具可令注申給候之条、尤可宜之由、御気色候也、恐惶謹言

十月六日　　宮内卿資平奉

謹上大納言入道殿

○第一状（大納言入道為家宛　宮内卿資平奉　後嵯峨院御教書）

○第二状（宮内卿資平宛　為家返状）

此一巻給候て見まいらせ候。大かた心も詞も不及候。末代には歌も難有成候ぬと存候つるに、かくやすらかにいでき候御事、世のためもたのもしく、道も今更さかへ候ぬと覚え候。本歌取なされて候、面白もたくみにも候。中々みじかき詞をろかなる心に申のべがたく候。定家は九十一に成候し俊成に、四十余年そひて候ひしかば、申事を承候けん。融覚は八十まで候し定家に又四十余年おなじくそひ候て、申事も時々承候キ。書置て候物も今にひき見候にも、か様のすぢにこそ歌はよむべきやうに申候しか。身こそ不堪、申計候はねども、庭のをしへばかりは慥に承置て候へども、年老候て後は、心もうせたる様に罷成候て、手もわなゝき、人の様にも候はねども、此めづらしく目出たくかたじけなく候御事、存候旨可申之由被仰下候に、何事も思忘れ候て、かやうに申候よ。返々かたはらいたく恐思給候。此度勅撰には力つき候ぬとおぼえ候。目うつりし候まゝに、点もおほくなり候時に、急々候て罷過候へども、猶ちからをよび候はぬよしを、よく〳〵御意得候て、申させおはしますべく候。あなかしこ〳〵。

○第三状（将軍側近某宛　宮内卿資平書状）

此よし申候へば、か様に申され候。世にめでたく候。鎌倉殿の御歌おかしきやうなる御事にてぞ候はんと思ひまいらせ候に、さやうの御事にてわたらせおはしまし候らん、返々めでたく覚え候。かやうにまことに申され候御文ども、あの御前にゆかしき御事にて候時にも、「こそ」カまいらせられ候はんずるにも。まことにて候哉らん。（後欠か）

第一状は、上位者後嵯峨院の御気色を奉じ、宮内卿の官にある資平が認め、為家に命じた御教書。同じ御教書は、為家以外の七人の合点者（実氏・家良・基家・行家・真観・鷹司院帥・安嘉門院四条）にも遣わされたであろう。第

二状は、資平の奉じた御教書に対し、合点を付し所存を申し述べたあと、三百首に対する為家の総合的感想を記し、その最後の「目うつりし候ままに、点もおほくなり候時に、急ぎ候て罷過候へども、猶ちからをよび候はぬよし」を、よくよくお心得のうえ、宗尊親王に申し上げていただきたいと、資平に申し送った書状。日付はないが、すぐに依頼に応じたとすれば十月中の文書であろう。第三状は、為家の返信を受け取った資平から、将軍側近の某にあてて、為家の合点と添えられた書状を受け取ったので、将軍がゆかしくお思いの時に、差し上げていただきたいと指示した書状と見られる。「此よし」は「御所存之旨、具可令注申給候」を、「か様に申され候」は、為家の第二状の如き返信を得たことを指す。以上によれば、合点を付した各評者の返信は個別に親王に伝えられ、現存本の如くに集成されたのはすべてが出揃った最終段階においてであったと推察される。なお、本書三九三頁注（14）参看。

(12)「按察殿宛融覚書状」（たて二九・六センチ、よこ一九・〇〜一九・五センチ）は以下のとおりである。極め札は剝落し失われているが、伝為家筆の切れのあと、切り出された一点をはさんで伝為定筆の切れの前に押されていることと、ならびにその内容から、この手鑑の中では、おそらく為家筆の切れとして扱われていたであろう。前欠の文書で、一見為家らしからぬ筆跡ではあり、署名も「融覚」と読むのはかなり苦しいが、内容は限りなく為家に近いので、融覚書状（写）として扱いたい。

傳承候間　成恐未申入子細候之處　真観
房上洛以後　一切無其儀　雖御一言無之由
自稱云々　仍一日比歎申合相國禪門候之處
内々被申入候歟　御返事女房奉書　関東御計
由被仰下候之上者　更不可及是非子細
早可撰進候也　任此御意可有御披
露候　恐々謹言
十一月十三日戌了　　融覚
謹上　按察殿

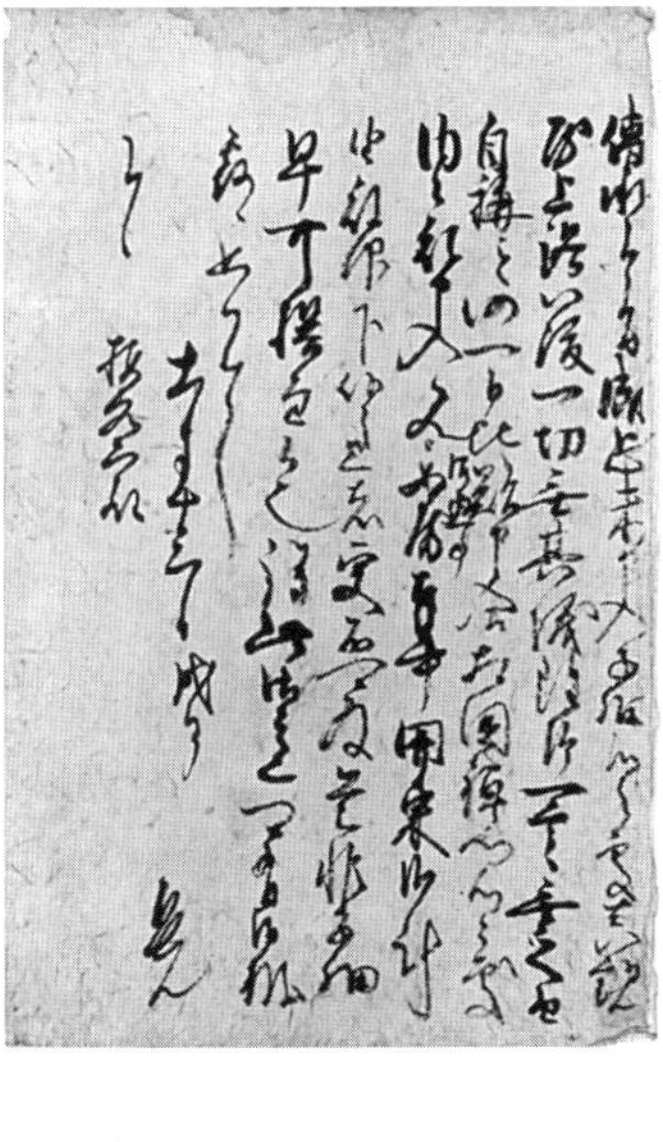

(13)早稲田大学図書館蔵『続古今和歌集』の奥書は、以下のとおりである。

本云貞治四年二月三日書写終了
弘長二年壬戌十一月奉　勅
文永二年乙丑十二月廿六日奏覧之撰者五人
（一行アキ）
正東山部類内也　　（以上第一奥書）
本云応永卅一年三月三日書写終畢
　　正三位行中納言臣藤原朝臣宣輔
嘉吉弐年十二月三日　於燈下書写了
　　　従五位上藤原親長
（二行アキ）
文安六年三月十一日書写了件本左道之間書
改者也　此本頭柳原右大弁資綱朝臣／所望之間遣之
　　従四位上行権右中弁藤原／親長　　（以上第二奥書）
本云享徳元年九月借請帥大納言 実雅本 件本飛鳥井中納言入道浄空俗名雅水自筆
合校合畢但猶有不審事／参議右大弁藤原朝臣
　件本奥書云
　嘉吉二年仲夏中旬之候／終数日之書功　　右金吾藤　判
（三行アキ）
　明応九年七月十一日　　（以上第三奥書）

(14)『源承和歌口伝』に、「先人、朝集撰者子弟ならべる例なし。侍従三位〔行家〕は定家の孫弟也。真観は門弟也とて辞申を、重仰ありて、とかくの子細恐ありとて、身あやまりなからむ事ばかりにて、人の撰歌には一言の難を申いでず」とある。

(15)『弘文荘敬愛書図録II』（昭和五十九年二月）「19藤原為家自筆書状」は、勅撰集下命の御教書書様についての下問に対し、為家（融覚）が答申した文書である（図版は部分）。

被仰　勅撰御教書々様　分明所見雖不
見出候　建仁元年十一月一日右中弁長房朝臣　奉書　上古
以後哥可令撰進給云々　被仰所之寄人云々
此外無所見候　以此趣可有御披露候歟　謹言
十一月七日　　融覚

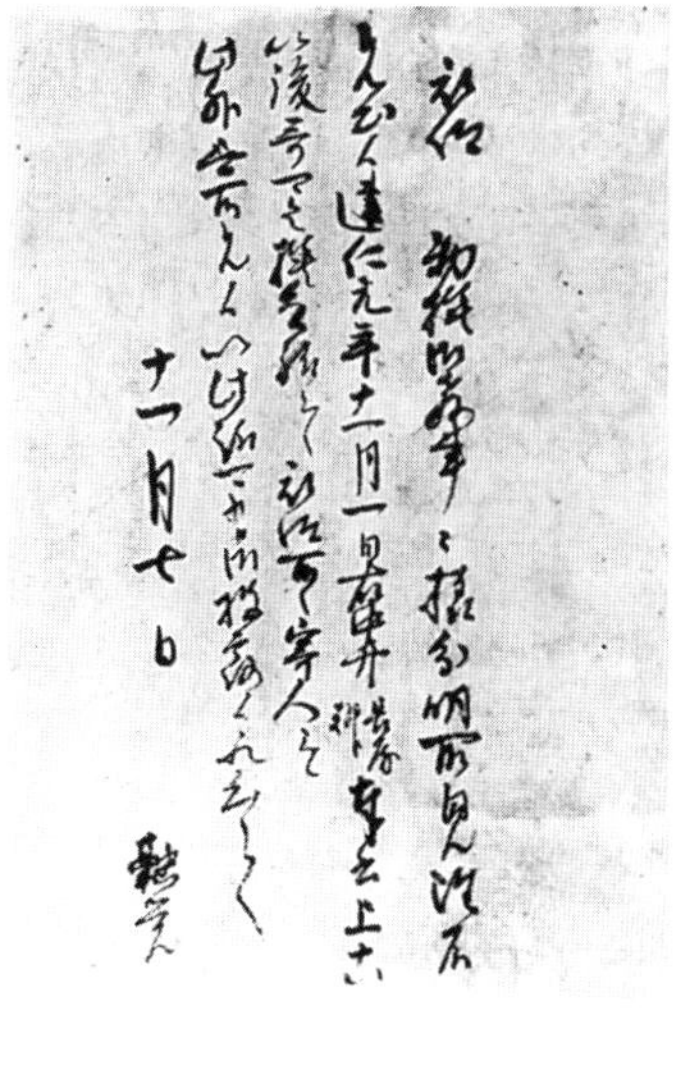

図録解説は文永十年頃と考証しているが、筆跡はいま少し若く、あるいは弘長二年この度の撰者追加に伴う御教書発給を前にした時期の下問に答え、按察使顕朝宛に送られた文書の案か写しではあるまいか。先に見た十一月奉勅説は、この文書によっていよいよ動かしがたくなる。

(16)「飛鳥井教定宛融覚書状」（『砂巌』所収）の全文は、以下のとおりである。

衣笠前内府、痢病脚気計會、遂薨卒、有待之習、今更添悲哀候、於此道弥無堪能之仁候、為世為道不可不歎、為之如何、撰者已以其闕出来候歟、御所望頗相叶其仁候歟、新古今撰者沙汰之時、土御門内府雖為其仁、依無大臣之例、子息頭中将奉之、季経、々家卿、以重代雖望申、於歌不堪不可知優劣云々、以有家朝臣被召加、御厳親相公、壮年浅位依重代并器量被清撰候、且佳例也、追元久家跡御競望之条、争無採用候哉、融覚不堪之間、被改一身之撰者、被申加四人候歟、雖為鬱念、東風之御計之由内々承及之間、更不申子細候き、且御在京之時、粗申談候畢、桑門之撰者、祖父千載集之佳例、仍融覚忝奉両度撰者、為生涯面目、而桑門両輩けしからぬ次第と、云当時、云後代、尤可有豫儀候歟、早以此次、於融覚者、可被相除候哉、世被行徳政、於当道瑕瑾出来之条、素礒照見まて、其恐不少候、衣笠遺跡三位中将、又以何事候哉、定被撰寄候歟、愚意定不叶時儀候歟、然而、以此等之趣、可有御秘計候、仍所令馳申也、

他事期後信、恐々謹言、

九月十七日　　　　　　　　　　　　融　覚

前左兵衛督殿　教定卿　雅経卿息

(17) 安田徳子「弘長百首について」(『名古屋大学文学部研究論集』文学、一九八二年三月)→『中世和歌研究』(和泉書院、一九九八年三月)。

(18) 注(5)所引小林強論考。注(8)所引池尾和也論考。池尾和也「『続古今和歌集』の編集をめぐる諸問題」(『やごと文華』第五号、平成四年八月)。佐藤恒雄「続古今和歌集中書本について」(『王朝文学　資料と論考』笠間書院、平成四年八月)。

続古今和歌集中書本の存在を示唆する文献として、以下のものが指摘されてきた。

①寂恵法師文

続古今の時、中書の三首、御前評定の合点二首、存外にもれ候あいだ、

②遺塵和歌集

続古今えらばれ侍りしに、入道民部卿えらびあげられけるなかがきにはいりたりけるが、かたへの撰者に心よからぬことありてもれ侍りにければ、

③如願法師集(冷泉家時雨亭叢書第二十九巻『中世私歌集五』、同第六十八巻『資経本私家集四』所収本)

続古今中書
月まつとたちやすらへばしろたへのころものそでにをけるはつしも

続古今中書
ふるゆきのしたたくけぶりたちまよひいとどさびしきふゆのやまもと

その他「続古今」集付二首→入集(一五六一)(一七二九)

④源承和歌口伝(九条家本)

「続古今」の集付二十五首にあり。うち以下の三首は現存本になし。

続古
おもひねの夢のただぢはみやこにてさむれば草のまくらなりけり(作者不記)

続古
千はやぶる神のをばまに舟とめて大崎みれば月ぞさやけき(光俊朝臣)

続古
いまもなをふじの煙はたつものをながらの橋よなどくちにけん（中書王）

⑤源承和歌口伝（九条家本）

たえせじと中にむすべるかたいとをあだにや人の猶みだるらん

先人此歌を、続古今の撰歌中に載て侍しを、十日許之後、猶延真僧都歌に似て侍れば、とどむるよしかたり侍き。

⑥源承和歌口伝（九条家本）

竹園の御歌新古今時の御製にまさる御事いかがとて、三十三首のせたてまつりたりし、なをたちいらず（「たらず」か）とて五十一首しるし申、治定の時六十首也。光俊朝臣歌からくして十八首しるす、それも三十首のせらる。此外、当家権中納言俊忠は金葉集より以来朝集六代の作者也、彼歌をとどめて、新古今時兄弟三人［経家卿・顕家卿・有家卿］中にもれたりし、正三位顕家詠をのせらる。又、愚詠勅点五首仰ある由、先人評定座より告をくりたりし歌は三首いだされて、定圓［于時籠居］詠は三首のせらる。

⑦井蛙抄

其後被加撰者、結句真観下向関東、将軍家［中務卿宗尊親王］此道御師範と成て、毎事関東より被申とて、我思ふさまに申行へり。民部卿入道、我撰進のうたの外は、一事以上不可有申子細とて、口を閉侍き。

又云、民部卿入道出行之時、弁入道家前を被通、雀文車立たり。以下部誰人の御車候哉と被尋之処、日向守殿御車云々。［兼氏朝臣也］。以之外腹立、被帰之後直入和歌所、兼氏朝臣歌三首被書入たるを悉被切出云々。

⑧代々勅撰部立・勅撰次第など

和歌所開闔源兼氏朝臣［中書勤仕］

⑨歌苑連署事書

続古今の、関吹きこゆるすまの浦風は、光俊朝臣選び入れて侍りけるを、行平中納言の集にもなきよし沙汰ありけるに、

右のうち、①②③は、「中書」あるいは「なかがき」と表記される点において、御子左家に伝えられていた第二の意味の本と考えられるが、①②についてはむしろ第三の意味の撰者進覧本と解した方が素直に理解できる。③の『如願

法師集』の集付は、両本とも上巻に「新勅撰」（七）「続後撰」（二）「続古今」（二）「続古今中書」（二）「続拾遺」（五）「新後撰恋二」（一）「万代集」（一）があり、すべて本文と同筆、資経本中巻の「新古今」（一五）「新勅撰」（三）「続後撰」（二）「続拾遺」（三）「続後拾」（一）も最後の一例を除きすべて同筆、中世私家集五所収本下巻の「入続拾遺」（一）も同筆と見られる。かくて、基本的にそれぞれの写本以前の祖本に施されていた集付を写したものと見てよいであろう。「万代集」は別として、いづれも御子左家の為氏・為世までの撰集に関わるものであるから、第二の意味の本と見たいところだが、これも第三の撰者進覧本と甚だ区別しにくい。④⑤⑥⑦は、問題なく為家の撰進した「撰者進覧本」としてよく、⑨は真観の「撰者進覧本」である。⑧も、続古今集の撰集時公的な「和歌所」は置かれておらず、前記『経光卿記』⑧に語られる、兼氏が為家邸の私的な和歌所（井蛙抄⑦にいうところ）に出入りして撰集を助け進覧本の清書をした事実を公的な和歌所と誤解したか、または続拾遺撰集時との混同であろう。

（19）興膳宏『古代漢詩選』（日本漢詩人選集・別巻）（研文出版、二〇〇五年十月）七頁。

（20）佐藤均「建仁辛酉改元と九条良経」（竹内理三先生喜寿記念論文集刊行会編『荘園制と中世社会』、東京堂出版、一九八四年九月）。→『革命・革令勘文と改元の研究』（佐藤均著作集刊行会、一九九一年十二月）。

（21）佐藤均「天養度の革令勘文について」（『古代文化』第三十五巻第二号、一九八三年二月）。→『革命・革令勘文と改元の研究』（佐藤均著作集刊行会、一九九一年十二月）。

（22）佐藤恒雄「続古今和歌集竟宴記をめぐって―資季卿記・資平卿記の紹介と二三の問題―」（『和歌文学研究』第二十六号、昭和四十五年七月）。→本書第三章第四節。

（23）佐藤恒雄「石橋年子氏蔵『続古今和歌集』（巻下一帖）について」（『中世文学研究』第二十一号、平成七年八月）。→本書第三章第六節。

（24）①一〇七六・紀貫之（拾遺六五六・よみ人しらず）、②一二八〇・延喜御歌（後撰九四三・読人しらず）。

（25）谷山悦子「続古今和歌集の基礎的研究」（『同志社国文学』創刊号、一九六五年三月）。

（26）池尾和也「『続古今集』生成論の試み―反御子左派私撰集重出歌を手掛かりにして―」（『花園大学国文学論究』第十九号、平成三年十一月）。

(27) 橋本義彦「院評定制について」(『日本歴史』第二六一号、昭和四十五年二月)。→『平安貴族社会の研究』(吉川弘文館、昭和五十年九月)。美川圭「院政をめぐる公卿議定制の展開―在宅諮問・議奏公卿・院評定制―」(『日本史研究』第三四八号、一九九一年八月)。→『院政の研究』(臨川書店、平成八年十一月)。

(28) 安田徳子「『続古今和歌集』の撰集について」(『中世文学』第二十七号、昭和五十七年十月)。→『中世和歌研究』(和泉書院、一九九八年三月)が、早くに政治の場での撰集であったことを強調している。

第九節　続古今和歌集の御前評定

一　はじめに

『続古今和歌集』は、はじめ正嘉三年（一二五九）三月十六日、藤原為家（融覚）一人に撰進が命じられたが、弘長二年（一二六二）九月、藤原家良・藤原基家・藤原行家・藤原光俊（真観）の四人が追加され、改めて五人の撰者に院宣が下されて（院宣発給は十一月か）、撰者進覧本の提出が求められた。そして文永二年（一二六四）四月からは院評定という政治制度に載せ、後嵯峨院の御前評定によって編集作業が進められた。先に『民経記九』（大日本古記録）の記事を加え用いて、本集の撰集過程全体にわたる再考察を行った（注1）が、そこで考究し尽せなかった、御前評定という先例のない方法で行われた撰集のさらに具体的な実態究明と、それが完成した『続古今和歌集』にどのように反映しているかという二点について、主として追究することを本節の課題とし、補足としたい。

二　続古今集御前評定の定式

寛元四年（一二四六）十一月三日に発足した後嵯峨院中の評定は、毎月六回上皇の臨席のもとに開くのを定例とし、当初の評定衆は太政大臣西園寺実氏・内大臣徳大寺実基・前内大臣土御門定通・中納言吉田為経・参議葉室定嗣の五人であった。その後評定衆の員数は増加し、十四年後の正元元年（一二五九）四月二十二日の評定には、関白以下九人が参仕、さらに後嵯峨院政末期の文永五年（一二六七）五月には三名の増員により十二人となり、かつ結番参仕させることとし、当初六度だった評定回数も十度に増やされたという。（注2）たとえば『民経記』によって文永四年三月二日の評定をみると、前左大臣関白二条良実・関白一条実経・前権大納言二条資季・権大納言皇后宮大夫花山院師継・前権中納言民部卿勘解由小路経光・権中納言太宰権帥吉田経俊・参議源資平・参議左大弁源雅言・前参議土御門通持の九人が参仕して、全六項目の案件を評定している。同三月六日の評定には、二条良実と花山院師継は見えず前太政大臣西園寺公相と前権大納言北畠雅家が加わり、その他は関白以下同じメンバーで、五件と上皇入御後は関白の計らいとして二件を議している。同じく七月二十六日の評定には、良実と源資平は見えず西園寺公相と前大納言兵部卿四条隆親が入り、その他は関白以下同じ面々が評議に加わっている。若干の出入りはあるが、いずれの場合も員数は関白以下九人であり、後嵯峨院の臨席をまって評議し裁定してゆくのを定式とした。三月六日の記事において二件を別扱いに記録していることから、後嵯峨院の臨席は不可欠の要件であったことも判る。

さて『続古今和歌集』の院御前評定に参仕した評定衆は、どのようなメンバーであったのか。文永二年四月二十八日亀山殿新御所において開かれた勅撰集評定始の日の『民経記』記事は、次のとおりである。

伝へ聞ク。今日勅撰叡覧、歌仙等参入シ、評定始ト云々。関白以下参仕スト云々。撰者五人、九条前内府・衣笠故内府［子息三位中将之ヲ献ズ。故内槐封ヲ付シテ之ヲ置クヲ、撤セズ進入スト云々］・民部卿入道［為家］・侍従三位行家卿・入道光俊朝臣等也。（中略）後ニ聞ク。勅撰評定ノ儀、按察中納言奉行ス。関白殿・左府・前相国・前左府・民部卿入道・行家卿・光俊朝臣入道等参候シ、沙汰有リ。先ヅ撰者四人献ズル所ノ春歌、初メノ喚頭歌許リ沙汰有リ。公卿ニ非ザルノ人ノ歌ヲ喚頭ニ用ヒル例ノ沙汰有リ。千載集俊頼朝臣ノ例ヲ仰セ出ダサルト云々。歌仙ニ非ザルノ人此ノ座ニ臨マズ。都護独リ奉行タルニ依リ免サレテ祇候スルカ。

すなわち、当初からの院司別当で後嵯峨院の信任篤かった按察使中納言藤原顕朝（五三歳）が奉行となり、関白藤原（二条）良実（五〇歳）、左大臣藤原（一条）実経（四三歳）、前太政大臣藤原（西園寺）公相（四三歳）、前左大臣藤原（山階）実雄（四九歳）、民部卿入道藤原為家（六八歳）、侍従三位藤原（九条）行家（四三歳）、藤原光俊入道真観（六三歳）が御前に参候している。撰者の一人前内大臣藤原（九条）基家（六三歳）の名が見えないのは、この日欠席したと思しく、前段に挙げられているとおり、撰者として衆員の一人であったことは疑いない。

撰者に任命されながら撰集途中文永元年九月十日に没した前内大臣藤原（衣笠）家良を含めて十人の、当時における歌人としての評価の目安を、勅撰集私撰集入集歌数によって示すと以下のとおりである。

	新勅撰	続後撰	万代集	雲葉集	秋風集
関白藤原良実	1	4	9	3	17
左大臣藤原実経		3	20	2	2
前太政大臣藤原公相		6	6	10	6
前左大臣藤原実雄		8	7		6
按察使中納言藤原顕朝		1		1	
前内大臣藤原基家		8	14	9	12
前内大臣藤原家良＊	7	14	10	6	23
民部卿入道藤原為家	6	11	31	10	22
侍従三位藤原行家		2	7	1	8
藤原光俊入道真観	4	10	7	9	6

「歌仙に非ざるの人此の座に臨まず」というとおり、政治の中枢にいて雑訴評定のメンバーでもあった撰者以外の顕官たち四人も、十分に歌人としての評価をえた存在であったことが肯ける。彼らに比べると顕朝の入集数は少なく見劣りがする。「都護独り奉行たるに依り免されて祗候するか」とはその点に関わり、彼は「歌仙」とは見なされていなかったのであるが、新古今集のときの和歌所開闔源家長に相当する役割を帯び、勅撰集編集という大きな一案件を統括する奉行として、評定の進行ほかの運営にあたったものと思われる。

家良を除く以上九人が評定の正規のメンバーで、その員数はこの前後の院評定一般の通例の数に合致しており、これに「治天の君」である後嵯峨院（四六歳）が臨御されて、実際の評議にも加わったのである。九人の中に撰者四人が含まれ、それ以外のメンバーも特に「歌仙」たちが選ばれているという点で、一般の雑訴評定とは異なるが、後嵯峨院の臨席を要件とし、御前で九人が評議と裁定にあたるという院評定の制度に載せ、まさしく政治の場において勅撰集の編集を企てようとしたのであった。

撰者は、『新古今和歌集』の場合同様、撰者進覧本を自編して提出したが、評定の場においては関わり方次第で、積極的にも消極的にも身を処しえたであろう。『井蛙抄』に「其後被加撰者、結句真観下向関東、将軍家〔中務卿宗尊親王〕此道御師範と成て、毎事関東より被申とて、我思ふさまに申行へり。民部卿入道、我撰進のうたの外は、一事以上不可有申子細とて、口を閉侍りき」と伝えられる話のように、真観とは対照的に為家が自分の撰進した歌以外には一切発言しないという態度を通すことも可能だった。

三　続古今集御前評定の評議内容

御前評定において、どのようなことが議されたのか。六月二十五日の兼氏朝臣来談の長文の記事は、今回の撰集にあたり兼氏が為家の許に居住随順し奔営していると語っていることから、実際に評定の座に臨んでいた為家からの伝聞であるに相違ない。その兼氏が当初四月二十八日評定始の日の評議の内容を詳しく経光に語っている。この日まず議されたのは、集名のこと、またそれとの関連で真名序撰者のことについてで、何れも撰集の枠組みに関することがらであった。

まず集名のことについて、後嵯峨院の勅定は、『古今和歌集』と『後撰和歌集』の撰者は四人であり或いは五人で、今度の撰集もまた同じ（五人を任命一人欠けて四人）である、とすれば『続後撰和歌集』とすべきか、そこで以前建長の「続後撰」は「続千載」と改称する、『千載和歌集』は俊成が単独で撰進し、建長の撰集は為家がその孫として独撰したのだから、先例に叶うはずだ、との理由だった（「新古今」は六人に命じ一人欠けて五人になった故か、後嵯峨院の念頭にはない）。すでに成立して十五年も経過している『続後撰和歌集』を『続千載和歌集』に名称変更するという、無謀ともいうべき提案であったが、真観はすぐ勅定に迎合して、（後嵯峨院治世下の）勅撰集の名称を変更して何の不都合があろうかと賛成する。真観は、撰者を追加し増員することにのみ腐心し、宗尊親王に働きかけ後嵯峨院を動かしてきたので、それが叶って複数撰者となった今次撰集と、単独撰の建長撰集の集名改称につき、いささか明快さを欠く勅定にすり寄って賛同し、かつて『続後撰の難』を著して為家を非難した（井蛙抄）鬱憤を晴らそうとしたのであろう。

実は為家が「続後撰」の名称を選んだ理由は、「続後撰和歌集目録序[注3]」に、次のとおり記される。

撰者の子たるものつたへてうけたまはりおこなふこと、かの貫之延喜に古今集をえらびてのち、時文天暦に後撰集をうけたまはるばかりなり。これによりてなしつぼのあとをたづぬるに、はじめて宣旨をたまはりしこと、天暦五年辛亥なり。あしはらのいまのことばをあつめて奏せんとするに、建長三年辛亥なり。かれも素律はじめていたる月、これも玄英すぎなんとする時也。いまをみていにしへをおもふに、世のためきみのためこれをならぶるにことにあひにたり。あとをたづねためしをたづねてこれをくらぶるにまたおなじかるべし。

『後撰和歌集』奉勅の天暦五年の干支と自撰の勅撰集奏覧予定の建長三年が、ともに「辛亥」の年に当たっているという干支の一致が最も大きな理由として強調され、撰集内容においても『後撰集』を意識し、『新勅撰集』とともに最も大きく依拠した撰集になっていた。(注4)「続千載」では為家の意図は雲散霧消してしまう。おそらくそのことを知っていたであろう左大臣一条実経が、『古今和歌集』は乙丑の年の撰、『新古今和歌集』もまた同じ、さらに今年も同じ干支乙丑に当たっている、三集の干支が相応するのだから『古今和歌集』『新古今和歌集』に続く『続古今和歌集』の号こそが適当で、干支の相応は捨てがたいと主張して、然るべく決定したという。その結論が四月二十八日の条に記され、さらに新古今の先例を追って上皇親撰の集とし撰定完了の「宣下」(竟宴)をすることも決めた。「親撰」の名辞は見えないが、

或ル説ニ、一定落居ノ後、関東三品親王家ニ遣ハサルベク、其ノ後来ル七月宣下サルベシト云々。元久ノ宣下ノ儀尋ヌベシ。件ノ度乙丑ニ新古今集ヲ撰セラル。今年マタ乙丑ナリ、彼ノ例ヲ追ハルベシト云々。今度続古今集ト名ヅケラルベシト云々。

とあり、ほぼ完成した段階で宗尊親王に進覧したあと七月完成にこぎつけ、「奏覧」ではなく「宣下」する予定という言の中に、「親撰」の意は含まれている。実経の主張は、撰者追加の持ついまひとつの大きな意味合いを後嵯峨院に気づかせ、撰集をあるべき軌道に乗せた概があり、院評定の合議によった大きな成果と評しえよう。

さて「古今」「新古今」のあとを襲い、親撰の集とし「続古今」と名づけるとすると、真名序が必要となる。その作者を誰にするかの沙汰があり、前権中納言正二位民部卿藤原経光・前参議正二位勘解由長官藤原信盛・非参議従二位豊前権守菅原長成の名が挙げられ、また新古今の序者藤原親経の遺孫正五位下蔵人宮内権大輔俊国はどうかとの勅定もあったが、本人の所望と推挙者もあって菅原長成と決した。閏四月八日冷泉殿に還御の後新大納言顕朝を奉行として長成を召し、新古今の時の例にならって正式に仰せ下された。

評定始の四月二十八日に至ってまず第一に集名のことが議され、その中で『新古今和歌集』との類似が急浮上し、急遽真名序作者の沙汰があったということは、弘長二年九月に撰者を追加して五人とはしたものの、その時点ですべてを『新古今和歌集』にならい、親撰の集にするという明確な撰集方針の変更があってのことではなかったことを、端なくも示している。院司別当の顕朝が勅を奉じ上古以来の歌を撰進すべきことを撰者たちに伝え、各撰者において進覧本の作業が進められていた二年半の間に決められたのは、仮名序作者を九条基家にするということだけであったらしい。六月二十五日の兼氏言談記事によると、長成はわずか二箇月の間に両様二通の序代の草を完成、内々に奏覧して叡感に預かったことを述べたあと、凡そ「古今」と「新古今」二代の集にあっては、和字と漢字の序代の詞は一字も依違していない、それは仮名序を真名序作者の許に送り、真名序を仮名序作者の許に遣わして、相互に見合わせながら製作したからで、今度の集の場合も定めてそうするであろう、しかし「仮名序は未だ進上されていない」というその割注に、「九条内大臣、最先に承はらると云々」とあるからで、いつと特定できぬながら撰者追加後の早い時点で、前内大臣九条基家がその執筆を命じられていたことがわかる。父後京極摂政良経が『新古今和歌集』の仮名序を草した先例を追ってのことで、評定のメンバーが決まるよりも以前のことだから、後嵯峨院の御気色を奉じてやはり院司別当の顕朝が基家に伝えたと推察される。後嵯峨院はここに至るまで、仮名序作者の手当しかしてなかったのである。

『新古今和歌集』の場合、親経に真名序撰進の命を伝え、集名のことが諮られたのは、撰集第二期御点清撰時代終了の元久二年七月二十二日のことであった。周知のとおり『延慶両卿訴陳状』所引「定家卿元久元年七月廿二日記」に以下のとおり見える。(注5)

左大弁ヲ召シニ遣ハスベキノ由仰セアリ。尊勝寺ニ参ルト云々。召シニ遣ハシテ待タセ御シマス。ヤヤ久シクシテ参入シ、召シニヨリ参上ス。殿下仰セヲ伝ヘテ云フ、勅撰序ノ事奉ルベシ。又名字当時ノ如クハ続古今内々ノ儀なり、如何定メ申スベシト云々。続字ハ、多クソノ次ニ撰ブ時ノ名ナリ。今六代ヲ隔テテ更ニ続字、モシクハ理無キカ、新撰古今宜シキカノ由申ス。上御評定、新撰古今集アリ、新撰ハ古今ノ歌ヲ撰ル集ナリ、今新撰古今トイハバ偏ニ彼ノ集ニ似ルカ。又四字頗ル長キカ。事未ダ仰セ切ラレズニ入御ノ後、殿下仰セテ云フ、新撰、件ノ集頗ル不吉ノ物ナリ、仍リテ然ルベカラザルカト。予又コノ由ヲ申ス。

『古今和歌集』を続ぐ撰集にすることとし（内意は「続古今」）、そこで必要となる真名序撰者を親経と決め、尊勝寺に他出中の当人を召し返し、後鳥羽院の御前において良経が勅定を伝えたのである。親経はその席ですぐ集名のことについて諮問を受け、意見を申し述べている。この直後に、親経・良経・定家らの意見を総合して「新古今」とする勅裁が下されたものと見られる。六月二十五日の兼氏朝臣来談記事に「是れ新古今召し仰せらるるの例なり」とあるのは、この日のことでこの記事内容を指している。

後嵯峨院は、評議によって新古今準拠の方針を固めると、すぐ序者を決めてこの先例に拠ることとし、また上皇親撰の集とし撰定完了の竟宴をも行う方針を確定して進み始めたのである。

四　行家「部類本」の作成と評定の進行

四月二十八日評定始の日の記事には見えないが、評定の場では藤原範忠朝臣と藤原忠雄の二人も書記役として祇候を許されていた。すなわち閏四月十八日の記事に、勘三位（経光弟藤原経朝）の言として次のとおりある。

又云ク、勅撰ノ事連々評議アリ、春歌許ヲ部類寄セラルルカ。範忠朝臣ト忠雄、御前ニ於テ之ヲ切リ続ギ、行家卿部類セシムト云々。歌仙四人ノ書キ進ズル所ノ集ヲ部類セラルルナリ。衣笠前内府ノ撰ハ入レラレズト云々。

「切り続ぎ」と「部類」は明確に区別して扱われている。

寛元四年以来の院司殿上人で、撰者の一人でもあった行家が担当した「部類」とは、「歌仙四人の書き進ずる所の集を部類せらるる也。衣笠前内府の撰は入れられずと云々」とあることから勘案して、評定に先立ち、四人の撰者から進上された、部類も配列もされていた撰者進覧本を合わせて一本とし、すべての歌をしかるべく配列しなおす作業を意味していたであろう。(注6) その「部類本」は、撰者ごとにある程度まとまりをなして連続させていたであろうか。四月二十八日の評定始の記に「先づ撰者四人献ずる所の春歌、初めの喚頭歌許り沙汰有り」とあるのは、撰者四人が進献した進覧本の巻頭歌各一首合計四首が「部類本」の最初に並べられているのを取り上げて、どれを新撰集の巻頭歌とするかについて評議が行われたということであるに相違ない。その時、「公卿に非ざる人の歌を喚頭に用ひる例沙汰有り。千載集俊頼朝臣の例を仰せ出ださると云々」とあるのは、誰かの進覧本の巻頭歌が非公卿歌人の作だったからで、後嵯峨院が『千載和歌集』に俊頼の例があると仰せ出されたという。六月二十五日の兼氏談話中に「四月廿八、初度評定の時、換頭三首の沙汰有り」とあるのは、新撰集の巻頭三首を確定したということであるべく、行家編の「部類本」には、『新古今和歌集』における撰者名表示のように、選出者が判るような工夫がされていたかもしれない。撰者進覧本四本を座右に置いて、順次読み上げてゆく方式ではなかったであろう。それだと評定の場ですぐの「切り続ぎ」はできない。

また、六月二十五日の条に詳述される兼氏朝臣の言談の中に、「行家卿、御前に於いて毎度和歌を読み上げて評議すと云々」とあるのに拠れば、行家は毎度御前において、自身が用意した「部類本」の歌を読み上げてから、具体的な評議に入ったのである。一般の院評定において上皇臨席の後まず訴陳状等の文書を読み上げてから評議に入るのに倣ったのであるが、いま少し実際的な意味をもつ講誦であったろう。部類本の作成は正確さと早さも要求される重要な事前作業であったはずで、撰者の中で最も若い行家があてられた。行家は、六条藤家流蓮性(知家)の嫡男として歌学の知識も豊かで(「亀山殿五首歌合」十三番判詞など)、為家からは、飛鳥井教定・信実とともに最も撰者にふさわし人物と認められてもいた（続古今和歌集撰進覚書）。建長三年（一二五一）九月「影供歌合」の講師となり、基家・蓮性・真観とともに判の一部を分担、文永二年七月七日「白河殿当座七百首」では為家・真観とともに題者となり、九月「亀山殿五首歌合」には右方講師を、そして三年三月十二日の竟宴には講師の大役をつとめるなど、中堅歌人としての実力を備え、事務能力にも長けていたと思われる。（注7）

一方、範忠と忠雄の二人が担当した「切り続ぎ」とは、行家編になるその「部類本」を基に行われた評定の進行と結果に即応して、歌を切り出したり、配列を変えたり、新たに歌を切り入れたりしてゆく作業と、さらにその日に到達したところを整理し清書する作業など、必要な書記作業全般を担当したものと考えられる。

『尊卑分脈』系図によれば、範忠は、後鳥羽院の和歌所において『新古今和歌集』の切り継ぎなどにも関わった近臣で能書の蔵人従五位上内蔵権頭藤原清範の男。注記に「正四位下昇殿、内蔵権頭、兵部大輔、能書」とあり、後嵯峨院の近臣で彼もまた能書であった。年齢は不明であるが、正四位下となったのは文応元年（一二六〇）九月八日（経俊卿記）。文永二年は兵部大輔の官（位階相当は正五位下）にあり、内蔵権頭は前官であろう。有職故実に通じ漢詩文にすぐれていたという。（注8）その範忠は、七月七日「白河殿七百首」の作者の一人として十四首の詠作を残し、完成した『続古今和歌集』には別の一首（一六一八番歌）が採られている。そして十月五日、完成直前の撰集中書本を将軍宗尊親王に進覧する勅使として真観が関東に下向、その時は未完であった中書本の完成を急ぎ範忠があとを追って随行、十月十八日鎌倉着（吾妻鏡）、十一月十三日真観よりも一足早く鎌倉を出発（同）、十一月二十七日に帰洛している（「随身勅撰下向御使也」とある）。範忠は、宗尊親王の意向を承りそれを容れて撰集の最終微調整をするという実際的な用務を帯びての随行下向だったと推測され、終始撰集実務の中心にあって奔走していたのである。

忠雄は、これも『尊卑分脈』系図によれば、『前権典廐集』『藤原長綱集』の作者で『京極中納言相語』の筆録その他よく知られた事跡を残している正五位下右馬権頭蔵人藤原長綱の男。注記に「蔵、従四位下、右馬権頭、能書」とあり、年齢は不明で、「右馬権頭」「蔵人」も現官か以後の官かも判らない。「従四位下」となるのはこれ以後のことであったか。歌は一首も残らず閲歴もほとんど判らないが、文永二年当時は、後嵯峨院側近の蔵人の一人だったのではあるまいか。

二人とも重代の能書の技能を買われて書記役に抜擢されたことは疑いなく、前記九人の評定衆の末席に常侍し、撰集実務に携わっていたのであった。

五　評定による撰集が結果した不備

さて撰集の枠組みに関する評定の後は、具体的な内容の評議に移り、前言したとおり行家が「部類本」を読み上げてから評定に入り、範忠と忠雄の二人は、「部類本」を基に行われた評定の進行と結果に即応して、歌を切り出したり、配列を変えたり、新たに歌を切り入れたりしてゆく作業を繰り返したにちがいない。そして閏四月十八日の記事によって、二十日ほどの間に春歌上下の部類・配列をほぼ終わっていたこと、また六月二十五日の記事中に、「其の後連々評定し、上帖十巻を撰定せられ、下帖一巻恋部一、当時沙汰有りと云々」とあるので、約三箇月経過したこの日以前に巻十までの撰定を終わり、いま現在は巻十一恋部一の途中を選定中という進捗状況であったと辿れる。この年九月十三夜の「亀山殿五首歌合」の四十六番判詞（真観書付）に、「右歌、わが身にのこるゆふぐれの空、今度の撰集に、しらざりきたのめしなかのあとたえてゆふぐればかり身にとまれとは、といへる入道相国歌にいとかはらずや、と被仰出、（後略）」と勅定に指摘されている実氏歌は、恋五（一三四〇）に見えるので、九月以前に恋部も撰集を終えていたであろう。

六月二十六日の記事には、「今日仙洞に勅撰評定有りと云々。毎月三箇日式日を置かるか。今日雑訴評定の日なり。然り而して延引す」とあって、評定は毎月三回の定例の日（式日）を設けて開催され、その日が六回ある雑訴評定の日と重なる場合はそちらを延期、勅撰評定を優先して撰集を急いだ様子が窺える。

撰者が追加された弘長二年九月から文永二年四月初めまでの約二年半は、各撰者による撰歌のために当てられた時間であった。「新古今」のときの一年半に比べて十分にその時間は確保されていたといえる。しかし、その後実質的に完成する文永二年十二月末までの御前評定撰定の時間はわずかに九箇月で、「新古今」の「御点時代」「部類時代」を併せた、元久二年三月竟宴時点までの十二箇月に比べても随分短かかった（新古今集はその後も延々と切り継ぎが続けられた）。評定始の日「乙丑」の相応を基軸とした撰集方針の確定が、年内の撰定終了を迫り、そのために勅撰評定が優先されたのであろう。また六月二十五日兼氏談話中に、「去ぬる比、三条坊門殿に於いて評定有り。水閣便り有るの故か。数刻に及ぶの間、供御を供し一献を勧めらる。（後略）」とあるのによると、数刻の長きにわたって評議が行われることも稀ではなかったようで、かかる評議の集中によっても、時間不足のいくらかは補われたであろう。

しかし、撰定終了の時限が年末までという制約のもとに行われた御前評定による編集作業は、やはり無理をきたし、一見目立たないが、明らかな不備となって影を落としている。

『続古今和歌集』は、「最初万葉集ハ濫觴タルニ依リテ猶シ之ヲ採リ、其ノ後十代集ハ綴玉多シト雖モ悉ク之ヲ除ク」（真名序）方針のもと撰歌されたから、前代三集の場合同様『古今和歌集』以下先行勅撰集に既に採られている歌は排除された。『新古今和歌集』と先行集の重出歌は一首のみ、『新勅撰和歌集』は九首、『続後撰和歌集』は七首重なっている中にあって、本集の重出歌は二首であり、（注9）そのことは複数撰者とさらに歌仙評定衆による御前評定の方法が機能して排除された成果として評価できる。

しかし集内重複歌が二組あって、数ではなくそのありかたに少しく目を惹かれる。すなわち一つは、巻第六冬歌（六一六）「題しらず」順徳院御歌「ふかきよのくもゐの月やさえぬらんしもにわたせるかささぎのはし」が、巻第十七雑歌上（二五九九）にも全く同じ形で収載されている。二つは、巻第十四恋歌四（一二二九）「かよひける女のほどとほくまかれりけるをなげきけるに、ほどをへておとづれたりける返事に／忠義公／みのうさをおもひしりぬるものならばつらきこころをなにかうらみん」と同じ歌が、巻第十五恋歌五（一三七〇）に「（被忘恋を）」の詞書を付し「本院侍従」の歌として収められている（初句「身をうしと」四句「つらきこころも」）。前者は、別の撰者が別の部立に配してあった同じ歌が、行家の「部類本」にそのまま収められ、評定の場でも気づかれぬまま残ってしまった事情を窺わせる。後者は、『本院侍従集』によれば、忠義公藤原兼通の歌で、それを「本院侍従」歌と誤ったのは、『万代和歌集』（二五八六）歌をそのままに採った誰かの撰者進覧本に拠ったためで、二人の選出した歌が同じ歌と気づかずに両首とも残ってしまった結果と認められる。ともに撰者進覧本に寄りかかり過ぎた撰集の実態を窺わせ、評定による編集作業の密度の希薄さが露呈している。

「本院侍従」歌の集内重出を含め、池尾和也氏は『続古今和歌集』詞書の表記（出典・作者表記）の誤りを多く指摘している。(注10) それによれば、特に基家撰『雲葉和歌集』の誤った詞書きと一致する誤記が多く認められる。以下のような例である。

宝治元年十首の歌合に、五月郭公　　土御門院小宰相
さとわかずなけやさつきのほととぎすしのびしころはうらみやはせし（二二二六）
中宮大夫雅忠
ほととぎすしのびしころのひとこゑをいまはさつきとなきやふりなん（二二二七）

前歌は、嘉禎二年七月「後鳥羽院遠島歌合」の「郭公」題歌。『雲葉集』（三〇三）は「十首歌合に待郭公といふことを」の題で収載する。後歌は、宝治元年「後嵯峨院仙洞十首歌合」の「五月郭公」題歌。基家進覧本の誤りを承け、「十首歌合」を宝治のそれと誤解して二首を並べてしまったもの。また次の歌々。

百首御歌の中に　　　　　　　　　　　　　　　　土御門院御歌

あやめおふるぬまのいはがきかきくもりさもさみだるる昨日けふかな（二三二）

百首御歌のなかに　　　　　　　　　　　　　　　順徳院御歌

かぎりあればきのふにまさるつゆもなしのきのしのぶの秋のはつかぜ（二八五）

百首御歌の中に　　　　　　　　　　　　　　　　順徳院御歌

あきやまのよものくさ木やしほるらん月はいろそふあらしなれども（四七七）

百首御歌の中に

いかばかりふもとのさとのしぐるらんとほやまうすくかかるむらくも（一六二二）

第一首は、『土御門院御集』（一二〇）承久四年正月二十五日「詠二十首歌」の「夏雨」題歌。『雲葉集』（三三一）は「百首御歌の中に」。第二首は、『紫禁和歌草』（三九三）建保二年秋「内裏当座秋三首和歌会」の一首。『雲葉集』（三九三）は「百首御歌に」。第三首・第四首は、『紫禁和歌草』（八四六・八五八）建保四年「二百首和歌」の詠。『雲葉集』（五四〇・七四〇）にはともに「百首御歌の中に」とある。さらに、

（題不知）　　　　　　　　　　　　　　　　　　中納言家持

うばたまの夜はふけぬらしたまくしげふたかみやまにつきかたぶきぬ（四二九）

この歌、『万葉集』（三九七七）原歌の作者は「史生土師宿禰道良」。『雲葉集』（六一九）は、「中納言家持」の歌とし、本集と一致する。

詞書の書式についても、「建保四年百首歌たてまつりし時」（一五・一七四）、「十首歌合侍りしに、夜鹿を」（四四一）、「五十首歌たてまつりし時、旅泊月」（八八一）などの助動詞「き」の使用において、『雲葉集』の詞書と一致しているという。

基家は最も早く進覧本を完成して提出したのであったが、以上の諸例は、『雲葉和歌集』歌を主体としていたにちがいない基家の進覧本が、実は多くの誤りを含むものだったことを物語っている。その誤りを一次資料に当たりなおして確認訂正することなく、そのまま評定の場を潜り抜けて『続古今和歌集』に採り入れられたのであって、撰者進覧本に依拠しきった撰集評定の実態が浮上してくる。

そのほか、真観撰進覧本の誤りを踏襲すると見られる例（三六〇・五六六・五六七）、また基家や真観の進覧本とは特定できないし誤認理由も明らかでない例（一二一・四八四・五二三・六五三・六五四・九〇五・九〇六・九二〇）も指摘されている。確証はないがそれらのいくつかも行家か為家の撰者進覧本の誤りを受け継いでいる可能性が大きい。

本集がこのような不備を多く含み持つ勅撰集となったのは、行家が四人の進覧本を合わせて部類本を作成するにあたり、何よりも進覧本を忠実に書き写すことを至上命題としたからであったろう。評定のための部類本を作成するこの段階で、撰者の見識を無視し原典に当たり直して確認するようなことは考えがたかったであろうし、またその時間的余裕もなかったにちがいない。評定の席で誰かが指摘し問題とすれば正されることになるが、誰も気づかず声をあげなければそのままになってしまう。机上における資料群をもってする調査確認の個別作業の累積に依らないで、講誦された歌を前提に衆議によって進められたであろう御前評定の、方法的な危うさが結果として露呈することになったのである。

六　おわりに——後嵯峨院はどこまで関与されたか——

院評定のなかで勅撰集の編集が行われたことは、真名序に「伏シテ惟ミルニ、位ヲ九禁ニ遁レ、二帝ノ父トシテ、桃花源ノ春、菊花源ノ秋、春秋ヲ姑峰ノ花色ニ留メ、青松澗ノ風、赤松澗ノ月、風月ヲ仙洞ノ松陰ニ移シ、斯ノ方外ノ居ニ就キテ握翫ス。彼ノ端右ノ才ヲ引キテ琢磨シ、華ヲ摘ミ実ヲ摘ミ、深ク風骨ノ妙ヲ索リ、或ヒハ諷ジ或ヒハ吟ジ、広ク露胆ノ詞ヲ捜シ、取捨シテ二千首ヲ得タリ。部類シテ二十巻トシ、名ヅケテ続古今和歌集ト曰フ」と端的に述べられ（「端右」は尚書省の長官。関白以下才幹ある歌仙評定衆を引命しての評議による撰集であったことをいう）、仮名序には「（四人ニ奉ラセタ歌ガ）かれこれいづれもわきがたきによりて、新古今のときはじめおかれたるあとをとりおこなひつつ、きのふは心のみづのきよきおきてにまかせ、けふはあさのなかのよもぎのただしきまことをほどこして、われとさだめてづからととのふるおもむきは」と朧めかし親撰を強調して表現されているが、その御前評定の中で、後嵯峨院はどの程度撰集に関与されたのであろうか。

評定の場の具体的な評議のやりとりを窺うことのできる資料はきわめて乏しい。僅かに先にも取り上げた評定始の四月二十八日、巻頭歌が議され、非公卿歌人を巻頭に用いた先例があるか否かが問題となったとき、後嵯峨院が『千載和歌集』に俊頼の例があると仰せ出されたということのみである。ただ、これと同じく後嵯峨院の先行歌に関する博識を窺わせる例が、九月十三夜「亀山殿五首御歌合」の真観判詞中に何度も見出せる。

十二番（野鹿）右　　融覚

おいてすむさがのの草のかりいほにいく秋なれぬ棹鹿の声

（前略）かすが山もりの下草ふみわけていくたびなれぬさをしかのこゑ、といふ歌は後京極摂政詠、新勅撰歌歟之由被仰出しかば、とかくの陳ずる方はなくて（後略）。

十八番（野鹿）左　　隆親

これもまた老の友とやなりぬらんききてふるのの棹鹿のこゑ

左歌、あはれなるさまにて心詞優にこそ侍るを、これもまた、といへる五字なにのためともきこえず、と右方難じ侍りしかば、鹿の声ならぬ友もありぬべきことなれば、これも又とよめるはとがなくこそ、これもまたといふ句は、ながきわかれになりやせん、と知家卿よみて新古今にいれり、行家はいかが此句をば難ぜん、と被仰下るれば、かしこまりて申す旨なかりき。

三十一番　不逢恋　左　　　　　　　真観

命をばわれやためしと思ふにもはかなきもののねをのみぞなく

左歌、非恋歌之由入道民部卿申之、われやためしにあはぬしにせん、といへる古歌を思ひてよめる歌はいかでか恋歌にあらざらん、と勅定有りしかば、其後は申す旨もきこえざりしにや。(後略)

三十四番（不逢恋）右　　　　　　　前左大臣

淵となる涙の川に身をなげてかこちやせまし後のあふせを

右歌は古歌の由被仰出しを、撰集の歌には侍らざるよし、右方人申し侍りしかど、恋ひわたるなみだの河に身をなげんこの世ならでもあふ瀬ありやと、まさしくかかる歌はありと重ねて勅定侍りしかど、(中略)件古歌後日被引勘之処、千載集宗兼歌にてありけりとぞ御気色侍りし。

何れも後嵯峨院が即座に先行の類歌や本歌を指摘したり、またこだわって後日調査し確認したりした例である。左方人の筆頭として衆議に参加された歌合と、評定衆員の議を統括する立場にあった評定とでは、必ずしも同じではないが、これらの例によれば、院の古歌や先行歌に関する博識と記憶力は並々でなかったことが判り、また十八番判詞のようにその場の全体を指導するような説示言説も随所に見える。このような該博な知識を駆使して、評定の中でリーダーシップを発揮されたであろうことは想像にかたくない。

しかし、源承が「竹園の御歌新古今の御製にまさる御事いかがとて、(為家進覧本ニ)三十三首のせたてまつりたりし、なをたちいらずとて五十一首しるし申し、治定のとき六十首也。光俊朝臣歌からくして十八首しるす、それも三十首のせらる」(源承和歌口伝)と伝える、毎事関東の仰せを盾にした真観の「我が思ふさま」なる振る舞いとその結果に対し、仮名序が「せきのあなたのたけのそのも、かぜのこゑよはにはぢずして、かずかずにいひしらぬすがたにたへざるあまり、たちどころにあひならびて、おのおのしるしいれたてまつることは、いにしへよりいまだきかざるためしなりと、もてなしあへるあだのいつはりは、よそのそしりとなるべけれど、しばらくはかれらがい、い、心にまかせたるなるべし」と、当時の世評に対する言い訳めいた言辞を連ねていて、評議の流れに委ねてしまったような姿勢も垣間見える。どこまで、どのように関わられたのか、後嵯峨院の果たされた関与の定量については、なお慎重に見きわめてゆかなばならない。

【注】

(1) 佐藤恒雄「続古今和歌集の撰集について（再考）」（『香川大学教育学部研究報告』第Ⅰ部第一二二号、二〇〇四年九月）。→本書第三章第八節。

(2) 橋本義彦「院評定制について」（『日本歴史』第二六一号、昭和四十五年二月）。→『平安貴族社会の研究』（吉川弘文館、昭和五十一年九月）。「摂政・関白」は本来評定衆員数の外にあって評議に加わるのを建前としていたが、のち同列に扱われるようになったということなので、すべて合わせ数えた。

(3) 樋口芳麻呂「続後撰目録序残欠とその意義」（『国語と国文学』第三十六巻第九号、昭和三十四年九月）。

(4) 佐藤恒雄「続後撰集の撰集意識―集名の考察から―」（『国文学言語と文芸』第五十七号、昭和四十三年三月）。→本書第三章第二節。

(5) 小川剛生校注「延慶両卿訴陳状」（『歌論歌学集成』第十巻、三弥井書店、平成十一年五月）に拠る。

(6) 行家の「部類本」作成に先立ち、後嵯峨院が新古今撰集時の後鳥羽院のように、撰者進覧本に目を通し清撰された段階があったか否か。もしあったとすれば、行家は、後嵯峨院が一覧して撰び残された四人の撰者進覧本を基に「部類本」を作成したことになる。しかし、当初四月十三日に予定されていた評定始は、延期されて四月二十八日に行われた、その当日の記に「九条前内府、去る三月廿五日に撰し進覧せられ了んぬ。自余の人々遅引、頻りに責め出さると云々」とあり、三月二十五日の段階で基家だけが進覧、督促を受けた他の撰者たちも撰歌を急いだというから、この日までには出揃っていたであろうか。たとえ最初予定の十三日に出揃っていたとしても時間は乏しく、その上評定始以前の段階で、後嵯峨院の念頭に新古今準拠の考えは全くなかった。『民経記』の記事にも清撰のことは一切見えない。おそらく上皇は事前に撰者進覧本を一覧されることはなかったであろう。『源承和歌口伝』に「又愚詠勅点五首仰せある由、先人評定の座より告げをくりたりし歌は三首いだされて」とある「勅点」は、評定の座において仰せ出されたもので、当初からの勅点とは考えがたい。

(7) 行家については、井上宗雄「藤原行家の生涯―年譜風に―」（『立教大学日本文学』第六十一号、一九八八年十二月）。→『鎌倉時代歌人伝の研究』（風間書房、平成九年三月）がある。

(8) 井上宗雄「歌壇・文永二年―白河殿七百首の作者を中心に―」（『立教大学日本文学』第五十号、一九八三年七月）。→『鎌倉時代歌人伝の研究』（風間書房、平成九年三月）。

(9) 樋口芳麻呂「勅撰和歌集の重出歌」（『久曽神昇博士還暦記念研究資料集』ひたく書房、昭和四十八年五月）の「勅撰集重出歌一覧」を勘案取捨し、『新編国歌大観』（第一巻勅撰集編）番号で示すと以下のとおりである。

○『新古今集』①一三六五・読人しらず（拾遺九三〇・よみ人しらず）。

○『新勅撰集』①七四・赤人（後撰一一六・よみ人しらず）、②二四二・よみ人しらず（後撰三四三・つらゆき）、③四九七・持統天皇御製（拾遺七七七・よみ人しらず）、④六六四・権大納言宗家（千載六九七・大納言宗家）、⑤七一〇・読人しらず（詞花二〇二・読人不知）、⑥八一八・伊勢（後撰七九〇・藤原有好）、⑦一一二五・読人しらず（後撰一一七四・土左）、⑧一二〇一・貫之（後撰一一七五・閑院）、⑨一三五二・みつね（拾遺三七三・すけみ）。

○『続後撰集』①二八三・伊勢（拾遺一六四・よみ人しらず）、②四六八・相模（新勅撰一一〇三・相模）、③六八九・読人しらず（新勅撰七一九・読人しらず）、④七一一・貫之（拾遺六四七・よみ人しらず）、⑤七一三・伊勢（後撰一〇三六・忠岑）、⑥七九〇・兼盛（後拾遺六三八・平兼盛）、⑦八一三・読人しらず（新勅撰八七一・読人しらず）。

○『続古今集』①一〇七六・紀貫之（拾遺六五六・よみ人しらず）、②一一八〇・延喜御歌（後撰九四三・読人しらず）。

(10) 池尾和也「『続古今和歌集』生成論の試み―反御子左派私撰集重出歌を手掛かりにして―」（『花園大学国文学論究』第十九号、平成三年十一月）。

附節　後深草院御記（文永二年十月十七日）

先に『続古今和歌集』の竟宴記について紹介考察した（本章第四節）際、後嵯峨院が撰集に関与された一証跡として、『続史愚抄』文永二年十月十七日の条があることに言及した。[注1] 次の記事である。

十七日壬午。一院幸新院御所〔富小路殿〕。次入御東二条院御所。次渡御菊第〔入道前太政大臣実氏第〕。撰集春部二巻〔続古今集。未奏覧已前也〕有御持参。令美乃宰相〔資平〕。被令読。次和哥事及御問答者。〔○水草宸記〕

後嵯峨院が入道前太政大臣実氏の菊第に行幸され、そこで持参した『続古今和歌集』春部上下を参議資平に読ませ、その後、和歌の御問答があったということを、柳原紀光は「水草宸記」（後深草院御記）によって記したのであるが、しかし、当該宸記同日の条は現存せず、これまで事の実否を確かめえなかった。

ところが、最近たまたま嘱目した今治市河野記念文化館蔵『井蛙抄』の末尾に、宸記同日の条が書き留められているのを見出した。『井蛙抄』の伝本に疎いので、他にも同じ記事を収める写本があるかもしれないが、ともあれ、この御記一日分の記事によって、『続史愚抄』の所説はより確実なものとなる。

件の『井蛙抄』は、たて一六・一センチ、よこ二三・八センチの横本一冊。縹色無地表紙左上に「井蛙抄」の題簽がある。楮紙、袋綴。墨付一一三枚、遊紙が巻首に二枚、巻尾に一枚。一面一四行、和歌二行書。奥書はないが、江戸中期の書写であろうか。巻一「風躰事」から巻六「雑談」までの完本で、巻末の一条、「故宗匠云、初心なる時は常に恋歌をよむべし。それが心もいでき、詞をもいひなるる也」の次に、一行の余白をおいて、問題の御記は記されている。全文は以下のとおりである（私に句読点を付す）。

文永二年十月十七日後深草院御記

上皇渡御（御直衣）、御車被寄中門、自東面入御、暫御坐女院御方之後、被改御装束、渡御菊亭、撰集春部二巻、御随身令資平被讀之、入道相国頻感申、其次和哥問〔聞カ〕事、与入道重々有御問答、入道申云、哥者生時為不離身之友、没後貽佳名於万代、尤人之所可好也、叉入道語申云、イキテシモアスマテ人ハツラカラシ、此哥者式子内親王被遣定家卿許哥也、正彼卿所語云々、自院被申哥之時、恋題之時、此哥被詠進者後事也云々、先遣定家卿許云々、叉申云、俊頼朝臣

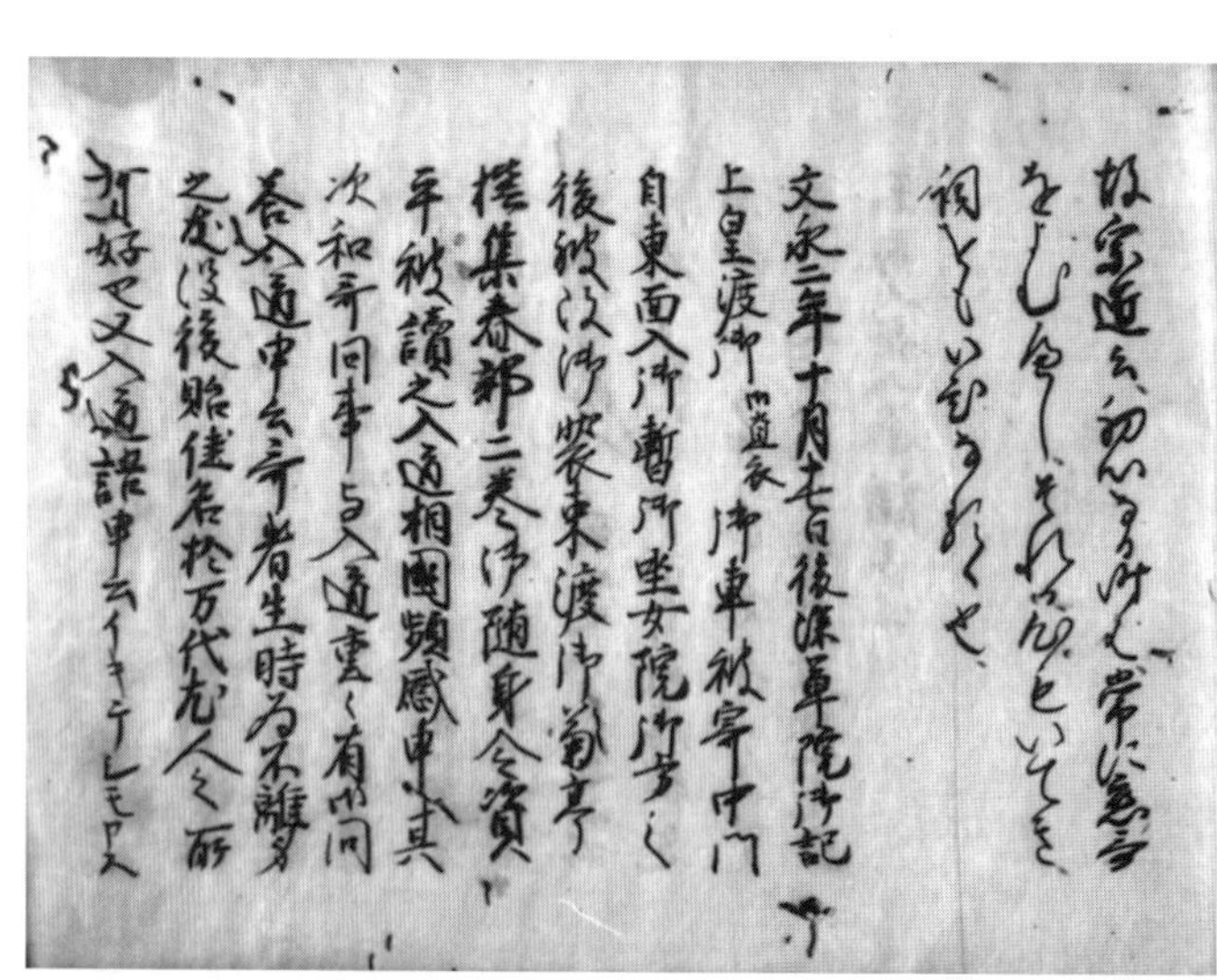
故宗匠云、初心なる時ハ常に恋哥
をよむへし、それか心もいてき
詞をもいひなるゝ也、
文永二年十月十七日後深草院御記
上皇渡御御直衣御車被寄中門
自東面入御暫御坐女院御方之
後被改御装束渡御菊亭
撰集春部二巻御随身令資
平被讀之入道相国頻感申其
次和哥問事与入道重々有御問
答入道申云哥者生時為不離身
之友没後貽佳名於万代尤人之所
可好也又入道語申云イキテシモアス

哥、ウカリケル人ヲハツセノヤマヲロシ、此哥
家隆所存人ヲ恥心也云々、定家所
存人ヲ捨心也云々、而自所存彼是
不然、只イノラサリシノ句ニ付テハツセト
置也、更ニソヘタルニハ非ス、以此趣先年
互両人共以承諾云々、

右に見るとおり、菊第への行幸、春部二巻を資平に読ましめた事実が確認できるのであるが、その後の研究史の進展（本章第八節第九節）を踏まえて言えば、『新古今和歌集』の後鳥羽院に倣って、自らの御前において、自身も評議に加わって進めてきた院評定による撰歌の結果、この時までにほぼ完成して中書段階にあった撰集の、春部上下二巻の内容を、亭主実氏に自慢の気をこめて披露するという意味をもたせた一種の披講であったと思われる。実氏が「頻に感じ申」したのは、上皇のそのような気息を感じとっての褒辞の表明であったと理解される。

この御記を『井蛙抄』の巻末に記し留めた人物は、不明とするほかないが、もしこの記録が他本に見出せぬものであるなら、頓阿が記したのではなく、後人の所為だと考えねばなるまい。がその人が誰であれ、巻末の御記同日の条は、「雑談」の本書における最後の一条との関連で記されたであろうことはほぼまちがいない。最後の一条は

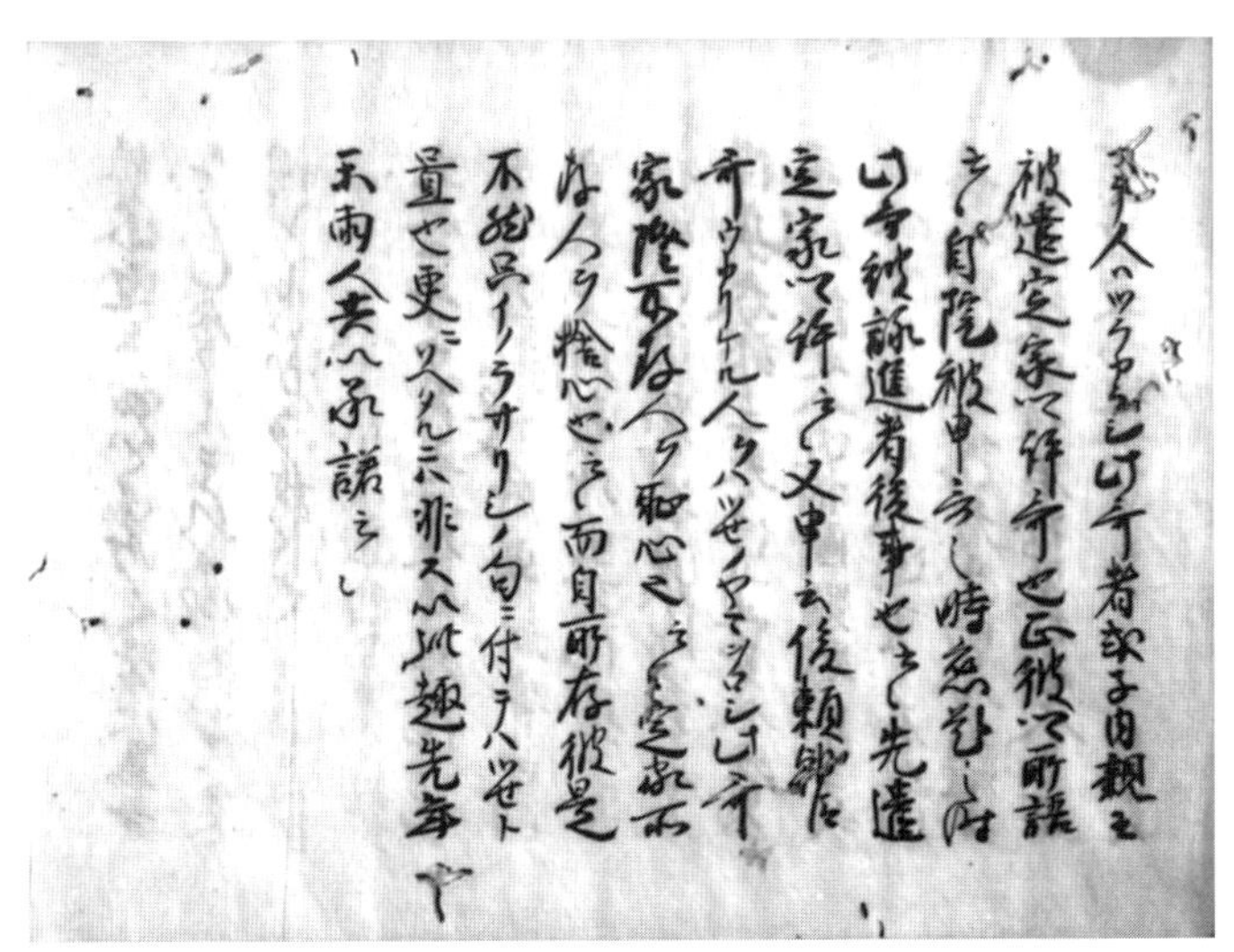

故宗匠（為秀）の恋歌についての言説であり、実氏の答えた和歌故実が、やはり恋歌に関するものだからである。おそらく、「恋の歌」の縁で、たまたま目にした御記の一節を注記しておいたのが、いつの間にか本文に混入したのででもあろうか。

さて、新撰集春部二巻講誦の後、実氏が後嵯峨院との間に交わした問答の一つは、おそらくは「そちにとって歌とは如何なるものか」とでもいうような御下問に対する答えと思しく、「歌とは、生きてあるときには常に身を離たぬ友として慣れ親しみ、没後においては佳名を万代に残すことが可能でありますから、人たるもの最も好むべきであります」と答えたものであろう。

実氏が語ったことの第二は、式子内親王の「生きてしも」の歌が、最初定家の許に遣わされたものであって、後、院より召された百首（後鳥羽院正治初度百首）中の「恋」の一首として再利用したのだという、この歌の来歴についてであり、しかもそのことは定家その人から直接に聞いた、疑いない事実だということである。

そして第三は、俊頼の「うかりける」の歌の第二句「はつせ」の部分の解釈をめぐって、家隆・定家両人の解があるが、自分はいずれにも満足できず、「いのる」から「はつせ」が詠み出されただけで副次的な意味はないとの実氏の解に、二人とも納得の意を示したという、自讃めいた話である。

俊頼歌の解釈にまつわる話はともかくとして、私はもう一つの式子内親王の歌に関する話の方に二つの意味で注意を惹かれる。というのは、一つには、既に常識的なことがらに属しているとはいえ、和泉式部の場合などにその例が多い、私的な場で詠んだ歌や習作の類を、晴の定数歌の一首として再度用いるということを、式子内親王も実行していた跡が窺えるからである。御記断片中の一首が「イキテシモ」であり、『新古今和歌集』所収のかたちが「生きてよも」であるのは、あるいは初稿と改稿の相違なのかもしれない。いま一つこの話に興味を惹かれる理由は、ここに記されたようなことがらが、定家葛の巷説や謡曲を生み出す、直接的な素因の一つになったのではある

まいか、と考えられることによってである。馬場あき子氏が、
「定家葛」の巷説は、単に野次馬的風説と考えるのではなく、式子の作品から連想される人間的真実が、形をなしたものとして、貴重な資料というべきである。いずれにしても、式子の作品は、このような臆測や風聞が生まれなければおかしいくらいな一面をもっている。

と言われたのは、(注2)蓋し正鵠を射ているが、ここに見えるような信ずるに足る一事実が、より直接的なきっかけの一つとなった可能性は小さくないように思う。ことの真相は、式子内親王が定家に批評を求めたのかもしれないし、あるいはまた秘儀めかした戯れであったかもしれないが、事実はいかにあれ、かくのごとき「恋歌」を式子が定家の許に遺した、という御記の伝えるところと、彼女と定家との間に恋愛や妄執に織りなされた関係があった、という風聞巷説との間の距離は至って近い。

【注】

（1）佐藤恒雄「続古今集竟宴記をめぐって―資季卿記・資平卿記の紹介と二三の問題―」（『和歌文学研究』第二十六号、昭和四十五年七月）。→本書第三章第四節。

（2）馬場あき子『式子内親王』（紀伊国屋書店〈紀伊国屋新書〉、一九六九年三月）。講談社文庫（一九七九年七月）。ちくま学芸文庫（一九九二年八月）。馬場あき子全集第五巻（三一書房、一九九六年四月）。

第四章　歌学歌論

第一節　詠歌一体考

一　はじめに

『詠歌一体』には三種類の伝本があり、これまでは甲本（広本）を為家が著作し、乙本（略本第五類）・丙本（略本第三類）は後人によって抄出または縮少されたものと考えられてきた。(注1)ところが最近（一九六五年）、佐佐木忠慧氏がこれを否定して、丙本（略本第三類）及び乙本（略本第五類）一つ書きの部分が為家の真作であり、甲本（広本）は為秀によって偽作された著作だとする新説を提示された。(注2)本節は、『詠歌一体』の諸本を、二条家系統本と冷泉家系統本の二系統に分類しなおし、その知見を援用しながら、佐佐木氏説を批判的に検討して、『詠歌一体』の真偽ならびに基本的問題点を解明することを目的とする。なお、初出稿における諸本分類は不完全だったので、そのままに提示することはせず、その後に至りえた諸本論（本章第二節第三節）を前提として、大きく修訂を加えながら、記述してゆく。なおまた、第二節第三節においては、広本と略本という名称を用いて「詠歌一体」の諸本を整理しなおすのであるが、佐佐木氏稿との関係から細部においては煩瑣にわたるので、しばらく初出稿のまま甲本・乙本・丙本という旧来の呼称を優先して記述することとする。

二　甲本（広本）乙本（略本第五類）丙本（略本第三類）の成立順序

『詠歌一体』の真偽をめぐって、佐佐木氏は、第一に甲本・乙本・丙本の三本の成立順序を問題にし、それが通説とは逆に、丙本・乙本・甲本の順序で成立したと結論される。まずこの点についての検討からはじめたい。

①　甲本（広本）と乙本（略本第五類）

甲本と乙本の先後関係について、氏は両本に類似する本文の比較によって、乙本成立の後それを借用し、敷衍・追加して成立したのが甲本だと断定される。

論拠の第一は、甲本「歌の詞の事」の末尾の部分「か様の詞は、主々ある事なれば詠むべからず。古歌なれど人のひとり詠みいだして我がものと持ちたるをば取らずと申すめり。桜ちる木の下風、などやうなる事は、昔の歌なればとて、取ることひがごとなるべしといましめたれば、必ずしもこの歌に限るべからず。一首の詮にてあらん事をば、さらさらに思ひよるべからず。足引きの山時鳥、玉鉾の道行き人、これていの詞はいくたびも苦しかるまじ。それを除かむとせむには、歌あるべからず。させる詮にてもなき詞のゆゑなり」が、乙本「主ある詞」の末尾の部分と「一つ書き」の一条（一五条目）「一、いそのかみふるき都、郭公鳴くや五月、久方の天のかぐ山、玉ぼこの道行き人は、いくたびもこれをよまでは歌いでくべからず」とが巧みに合成されて成立しているとされる点にある。確かにこの部分に関してはその順序で成立していると解することも不可能ではないが、しかし、それがそのまま、逆に甲本から乙本への順序を否定する根拠になるわけではない。なぜなら、氏は甲本から乙本へか、乙本から甲本へかの、何れかの関係しかありえないと考えているが、今一つ、両本が別々に同一の典拠『近代秀歌』によっている可能性が残されているはずであり、むしろそれこそが両本の正しい関係ではないかと思われるからである。

佐佐木氏は論拠の第二として、乙本一つ書き部分に列記されている「一、朝霞をあさ霞と詠じ……」以下の三箇条が借用され、巧みに合成されて甲本の一部が成立したと解される点を挙げているが、この点についてもまた俄に賛同することはできない。一般的にいえば、小部から大部へ、簡より繁へという改編の可能性は大きいかもしれない。しかし、一部の著述にはそれぞれの特質があるはずで、それを無視して機械的に一方から他方へ取り入れられたと論断することは大きな危険を伴うであろう。一読明瞭であるように甲本は極めて体系的・論理的な構成になっているのに対し、乙本は前後の脈絡を欠いた非論理的な構成になっているのであって、一個人のメモかノートのごとき感を与える。およそ一つ書きとは、各箇条が独立してあるまとまった思想を表現しているのが普通である。その意味でこの一連の一つ書きでは「一、せんもなからんかさね句……」の条までが最もそれらしいといえるのであるが、それ以降は題詠の心得を述べた条が続き、大きく一まとまりをなした記述になっていて、いわば異質の一つ書きである。従って、この一つ書きが甲本に先行しているとは到底考えられないのであり、逆に何かの目的で甲本の要点を抜き書きしたものが、乙本一つ書きの後半部分をなしていると考えて然るべきである。氏は引用されなかったが、一つ書きのもう一条前には「一、文字もすくなくやすき題をばすこし様ありげによみなすべし」とあり、この具体的な例が次の条だという関係になっていることを知る。この一条だけではその意味するところを読者に伝えることは不可能であり、前後二箇条を一まとめにして、甲本のごとく「仮令」の語を間に挟むことによってはじめて、筆者の意図するところは理解できる。おそらく甲本を機械的に抜き書きしたために、乙本はかような形をとることになったと思量されるのである。

さらにより確実な論拠を求めて、乙本一つ書き部分の各箇条がいかなる文献の所説と対応しているかを検討してみると、以下のとおりである。

No.	文献名
2　1	宗尊親王文応三百首為家評詞
6～3	不明(注3)
7	宗尊親王文応三百首為家評詞
8	甲本詠歌一体
14～9	八雲御抄
16　15	近代秀歌
27～17	甲本詠歌一体

＊数字は便宜的につけた通し番号

甲本と乙本の何れが先であれ、『詠歌一体』が為家の比較的晩年の歌論であるとすれば、(注4)「宗尊親王三百首評詞」『八雲御抄』『近代秀歌』に対応する部分は、それら先行文献からの摂取だと解されよう。しかも、それらをほとんどそのままの形で抽出している点に注目しなければならない。佐佐木氏説のごとく一つ書きを為家自身が書いたと解することは、一つには「宗尊親王三百首評詞」とあまりに一致しすぎていること、(注5)二つには自らの筆になる「三百首評詞」を『八雲御抄』や『近代秀歌』のような為家以外の先達の論書に対すると同じ態度で掲示していることと、以上二つの点から考えて妥当ではない。乙本一つ書きの筆者は「宗尊親王三百首評詞」を記した為家以外の人物だと考えねばならない。一つ書き前半部分は、三つ以上の先行文献がそれぞれブロックをなして取り入れられているのであり、前半部分のかような成立の様態から類推するならば、一大ブロックをなしている後半の甲本と対応する条々もまた、同じ態度で甲本から抽出したものと解されねばならない。一つ書きは全て先行文献からの抜粋であり、その先行文献の一つ、しかも最大の拠り所となったのが「甲本詠歌一体」だったのである。乙本一つ書きを甲本が取り入れたと考えることは、一つ書き前半部分に対応する内容の記述が甲本にはないという一事によって否定されるであろう。小部のものから大部のものを構成するのなら、脱落がこれほど多くなることはありえない。

次に、甲本・乙本・丙本の「主ある詞」を比較してみると、甲本では詞だけを四季・恋・雑の部門別に列挙するのに対して、乙本では歌一首を掲げて合点によりその詞を示すという形式を用いている。もしも小部な乙本から甲本へという順序で成立していったのなら、当然甲本も乙本と同じ形式を踏襲する可能性が大きいと考えられるのにそうなっていないのは、やはり甲本の方が原形であることを示しているであろう。乙本が歌一首を掲げねばならなかったのは、それらの歌が詠まれた時代から既にかなり遠ざかったため、詞だけを列挙したのでは誰のどの歌に詠まれた表現であるのか、理解しにくくなっていたからであろう。乙本の末流本に出典と作者名を付記したものがあるの(注6)は、そのような事情が更に進んだことを物語っている。また、天理図書館蔵『八雲口伝』(第二節諸本分類の⑦本)の主ある詞の形態(注7)も、甲本から乙本の形態へと変化してゆく可能性が十分にあることを裏づける一つのサンプルとみなしうる。

乙本を構成するいま一つの部分である「先達加難詞」(「一つ書き」も「先達加難詞」の一部であると考え直しているが、今はしばらく初出稿のまま、三部構成と記述する)は、明らかに為家の手になったものではなく、為家をも含めた先達によって難じられた詞を後人が集成したものである。その詞の中には、おそらく甲本から抜き出したと見てよい「べらなり」「蛍を夏虫とよむべからず」などがあることから、この部分もまた甲本以前に成ったとは思われない。甲本をも先行文献の一つとして成立しているのである。

かく見るごとく、乙本の「主ある詞」「先達加難詞」「一つ書き」のどの部分も、全て甲本以後の成立である。甲本は決して、乙本一つ書きを借用し、敷衍し、また追加して成り立ってはいない。

②　慶融法眼抄

次に、佐佐木氏は、通説と異り『慶融法抄眼』(注8)を丙本に追加されたものと解し、さらにこれを支点にして三本の成立順序を決定しようとする。これを批判するために、『慶融法眼抄』の中で最も重要な制詞を、他のものと較べて表示すると次のとおりである。

慶融法眼抄	主ある詞（甲・乙・丙本）	先達加難詞（乙本）	不可好詠詞（丙本）
雨の夕暮れ	○（二条家系統本）		○
見ゆるあけぼの			○
おもひせば		○	○
心ちこそすれ		○	○
物にぞ有りける		○	○
△み山べのさと		○	○
△ふくあらしかな		○	○

身こそつらけれ		○	○
身をいかにせむ		○	○
△おほかたは			○
△ほのぼのと			○
△白雲これる		○	○
花ざかりかも			○
みねごし		○	○
谷ごし		○	○
△うきがうし			○
うき身		○	○
(ありければ)			○
(松の葉ごし)			○

＊△印の語は、「近来風体」所引「慶融法眼抄」にはない。
＊括弧付き二語は、現存本「慶融法眼抄」になく「冷泉家和歌口伝抄」「近来風体」所引同抄のみにあり。

まず甲本「主ある詞」との関係については、一覧により明らかに、二条家系統本と重なる詞はない。乙本・丙本の「主ある詞」(制詞歌)は、ともに冷泉家系統本文で、「雨の夕暮」があるから、それに追加したという関係にはない。二条家系統甲本の「主ある詞」を前提にして、先人為家の遺命に従って、慶融は詞を追加したにちがいないのである。『慶融法眼抄』の他の部分の用例からみて、「先人」が「為家」を指していることは疑いない。

佐佐木氏は『慶融法眼抄』の冒頭部分を俎上にのせ、それが甲本の記述と類似のことを述べているのは、これが甲本に追加されたとする前提に立つ限り撞着することであり、また慶融が甲本を抄出・摘記したとも考えがたいから、『慶融法眼抄』は甲本に先だって成立していると断定される。一読するところ確かに類似の感を与えはするが、しかし、よく見れば完全に所説が重っているわけではない。『慶融法眼抄』のこの部分は、おそらく「題の字の中、山・川・田・野のたぐひはかならず其字を、歌の表によみすゆべし……」という定家の歌合判詞(注9)によっているであろう。慶融は、為家が「題を能々心うべき事」の項でいう「三十一字の中に題の字をおとす事はふかく是を難じたり」に対する実例をここに示したのである。すぐあとに俊成の歌をあげたのもやはりその部分の補説であり、それは彼自身「是ぞ題の字よみすゑられざる例なり」と明記していることによってさらに疑いはない。すなわち、『慶融法眼抄』の冒頭部分は、甲本が先に存在しなければ、絶対に書きえない行文なのである。

次に乙本との関係について氏は、『慶融法眼抄』の制詞を含みながらさらに多くの加難詞を記したのが乙本だとされるが、この点に関して異論はない。ただ『慶融法眼抄』にあって乙本にない七語は当然問題となるが、「ありければ」「松の葉ごし」の二語は乙本のよった本が現存本と同じくこれを欠いていたから、「うきがうし」は「うき身」の誤読、「おおかたは」「ほのぼのと」二語は、初五字のみに関するもので、他とは異るために取らなかったもの、「見ゆるあけぼの」「花ざかりかも」は脱落などででもあろうか(なおこの二語は不審を残す)。

丙本との関係については、氏は東洋文庫蔵本(第三節⑬本)を重視されないため、『慶融法眼抄』は丙本に追加されたと考えられたのであろう。しかし、⑬本には「主ある詞」のあとに「不可好詠詞」が加わっており、その中には『慶融法眼抄』の制詞すべてが包含されているのだから、これを無視して慶融が丙本に追加したと考えるのは無理である。よし丙本が「主ある詞」のみから成っていたとしても、前述のとおり「雨の夕暮」が重複するからそれに追加したと考えることはできない。また、氏は『近来風体』所引の『詠歌一体』が丙本だと断定し、その事は良基の時代に『慶融法眼抄』が丙本に追加された書として信じられていたことを示すと考えるのであるが、後述するごとく良基が引用したのは明らかに冷泉家系統甲本であるから、これまた否定されねばならない。

さらに佐佐木氏は、『続拾遺和歌集』『新拾遺和歌集』などには『慶融法眼抄』の制詞を犯した歌が三首見えるから為家歌論を正しく伝えるとは思われぬこと、慶融は二条家の歌人とはいえ傍流であるからその奥書が不審であること、の二つの理由をもって、『慶融法眼抄』は為家に仮託した書であろうとされる。しかし、為氏や為世の撰集に抵触する詞があるとしても、だから為家歌論を伝えていないとはいえない。『源承和歌口伝』によれば、「主ある詞」は既に為家の晩年から乱れはじめており、『続拾遺和歌集』にはなおその乱れが現われていると明言している。(注10)『源承和歌口伝』の所説に合致する事実を有することは、逆に『慶融法眼抄』の正しさを示しているであろう。第二の理由も、二条家にあっては比較的影のうすい存在であり、重視されなかったとはいっても、晩年の為家に親しく近侍して仕え、『続拾遺和歌集』撰進時には、撰者為氏に重用されて、兼氏薨後は彼に替って和歌所開闔を勤めたほどの歌人でもあったのだから、為家の教えを祖述できなかったはずはない。これまた『慶融法眼抄』を疑う根拠とはなしえない。

③　乙本（略本第五類）と丙本（略本第三類）

乙本は「主ある詞」「先達加難詞」「一つ書き」の三つの部分から、また丙本は「主ある詞」と「不可好詠詞」(注11)の二つの部分から構成されている。従って、丙本との関係をつきとめるためには、その「主ある詞」の関係、および乙本「先達加難訓」と丙本「不可好詠詞」の関係を究明しなければならない。

前者の関係については、甲本のものを加えて三本間の詞の出入りを検すると、乙本は冷泉家系統甲本と完全に一致（四三語）しており、また丙本も冷泉家系統甲本に殆んど一致し、ただ「木枯の風」一語が二条家系統甲本と重なっていることを知る。また、これらの詞の後文は、乙本・丙本共に二条家系統本と完全に一致し、両者の混態本文となっている。更に、丙本「主ある詞」の形態がまず詞をあげ次にそれの詠みこまれた歌一首を掲げていることこと、「雨の夕暮」の例歌として『玉葉和歌集』所載の永福門院の歌を掲げていることなどの点が注意される。かような事実、および「主ある詞」の形態が甲本から乙本への順序を予想させるとした先の考察の結果とを考え合せると、乙本「主ある詞」は冷泉家系統甲本を承け、また二条家系統本の本文も取り入れて成立していると認められる。丙本から乙本へという順序は、丙本のもつ永福門院の歌と「木枯の風」とが乙本にはないこと、「空さへ匂ふ」の例歌が、乙本は「花ざかり春の山辺を見渡せば」(後二条関白)であるのに対し、丙本は「吉野山花のさかりや今日ならん」(守覚法親王または俊成)であるという事実から見てありえない。乙本と丙本の「主ある詞」(制詞歌)は、基本は同じくしながらも、細部においては別々に成立していると認められるであろう。

次に乙本「先達加難詞」と丙本「不可好詠詞」の関係はどうであろうか。「先達加難詞」は百有余の詞から成り、「不可好詠詞」は三代宗匠が歌合で嫌った詞を五十七語収録している。これらはいずれも同様に先達の難じた詞を集めていながら、両者に共通しているのはわずかに二十二語に過ぎない。従って、いずれか一方から他方に取り入れられたという関係にあるのではなく、それぞれ別個に集成されたと考えざるをえない。もちろんその資料となった文献には共通のものがあったはずであり、それが共通語二十二語となって現われているにちがいないのである。

つまり、乙本と丙本の関係は、「主ある詞」の部分においても、「先達加難詞」と「不可好詠詞」の部分においても、直接の影響関係は認められないのである。これは乙本を構成する三つの部分も、また丙本を構成する二つの部分も、それぞれが個々別々に成立したところからくる必然的な結果だと思われる。従って、現存する乙本と丙本の成立順序を決定することは今のところ不可能であり、乙本はその奥書から大永二年(一五二二)以前、丙本は『玉葉和歌集』所載歌を例歌とすることから正和元年(一三一二)以後であるという以上に明確なことはいえない。しかし成立順序として、甲本が最初に位置していることは疑いないところである。

成立順序の検討に続いて、次に甲本・乙本・丙本の為家歌論としての信憑性を検討し、どの本が為家の歌論として最もふさわしいかを究明しておきたい。

三　為家歌論としての信憑性

① 丙本（略本第三類）詠歌一体

佐佐木氏は久曾神昇氏蔵本と東洋文庫蔵本とを比較考察して、丙本の「主ある詞」はもともと四十二語であったろうと推定され、これらの詞を冒した例を勅撰集中に探った結果、二条家正系の撰集では厳しく固守されているから、丙本は為家の歌論書とするにふさわしいと主張される。四十二語に関する勅撰集の抵禁状況は指摘のとおりであるし、また、丙本「主ある詞」が四十二語から成っていたと推定された点についても、一語「露の底なる」の見落としを除き基本的にそのとおりで、合計四十三語は冷泉家系統甲本の「主ある詞」と一致している（東洋文庫本にはいま一語二条家系統の「木枯の風」が加わって、「主ある詞」後文とともに二条家系統本との混態が進んでいる）。為家歌論としての信憑度は低くない。しかし、丙本のいま一つの構成要素である「不可好詠詞」は、決して為家の作ではない。その題下には、「俊成卿・定家卿・為家卿等代々歌合被嫌詞也」と割注されていて、三代宗匠を等しく扱っている態度から、為家没後に後人の誰かによって集成されたものであること明白だからである。そして、俊成や定家の説を含むのだから、為家がいくら忠実に父祖の教えを祖述したとしても、全部が全部為家の歌論であるわけでもない。

つまり、丙本を構成する二つの部分の、一つは確かに為家の教えをほぼそれとして伝えてはいるけれども、いま一つの部分にはなお為家以外の説も混っているのだから、全体として為家の歌論を正しく伝えているとは言えない。かくて、丙本が為家作「詠歌一体」の原形だったと考えることはできないのである。

② 乙本（略本第五類）詠歌一体

佐佐本氏は乙本を三つの部分に分け、まず「主ある詞」の部分について原初の本である丙本に一致するから、為家の正しい歌論を伝えているとされる。その結論は首肯されるが、前項で述べたとおり、乙本は丙本にではなく甲本に拠っているのである。

次に、「先達加難詞」の部分について、氏は、後人が為家の加難詞に追加したもので、それは、為家以後のどの勅撰集においても抵禁例が多いし、為家・為氏・為世らも全く無視して使っていることから明らかであり、為家の名に仮託して成立したものであろうと考えている。私もまた、この部分が為家の歌論を正しく伝えているとは考えないが、しかし、為家の加難詞に追加したとか、彼の名に仮託したとかいったものではない（注12）。ただ、後人が、為家をも含めた先達の加難詞を機械的に集成して成ったものが、今みる「先達加難詞」である。もちろん、これらの詞の中には明らかに為家が難じたものもかなり含まれてはいるが、それはあくまでも一部にすぎず、全体としてみる時には、為家歌論としての信憑度は極めて低いとしなければならない。

第三に、一つ書きの部分について、氏は五つの理由を挙げて凡そ為家の歌論を伝えるものであるとされる。理由の第一は、一つ書き中に「宗尊親王三百首為家評詞」と一致する条があるということ。「宗尊親王三百首評詞」の一部が為家の筆になるものであることが明らかな以上、それとそっくり一致する一つ書きの二条は、確かに為家の歌論を伝えているとは言える。しかし、それはこの二箇条だけについて確言できることであり、それを推し広げて、一つ書きの全体がそうであるとまではいえない。理由の第二として、氏は一つ書きの「一、あはれはあはれなること……」と「一、心なき草木、月、雪におのれとよむべからず」の二箇条が『井蛙抄』にあることを指摘される。前者は『井蛙抄』が「宗尊親王三百首為家評詞」の説をそのまま引用したものであるから、為家の説を伝えていることは確かだが、「三百首評詞」が為家の評言として残されている以上、何ら新しい事実を提供するものではない。また、後者に対応する『井蛙抄』の記述というのは、実は、「一、月花をおのれとよむ事」という見出しだけであって、これが誰の説であり、またその出典が何であるかも示されてはいない。頓阿はこの『井蛙抄』巻三で、世の人が「そのいはれをわきまへず」に書き持っている「きんせいの詞」を挙げ、その源泉を弁えねば誤りを犯すであろうことを恐れて、それが制せられた「濫觴、そののち代々の用捨」を調査して記しているのであるが、もし、この一つ書きを為家作と判断したならば、当然それを典拠として引用せずにはおかなかったであろう。それをせずに、ただこの詞のみに典拠を挙げていないということは、頓阿にもこれが何に源を発しているのか不明だったことを示すものにほかならない。従って、これを以て、一つ書き部分が為家の歌論を正しく伝えていることを証する理由とはなしがたいのであり、逆に頓阿によって無視されていることは、その真作性を疑う根拠にさえなるであろう。理由の第三は、一つ書きの一条として「よせ」の見解が述べられているが、これは歌合判詞において為家がしばしば主張しているところであるから、為家の歌論に相応しいというのである。指摘のとおり、確かにこの一条は為家の教えを伝えるものではあるが、しかし、必ずしも一つ書き全体がそうであることにはならない。理由の第四は、一つ書きに「本歌などある事、心深きやうなれども好みよむべからず」とある教えを受けて、『夜の鶴』の本歌取りに関する記述がなされているという。ところが、この「本歌」は中院本その他大部分の写本では「本説」となっているのであり、また、本歌取りについては別に一箇条設けているのだから、「本説」を妥当としなければならない。しかして、この「本説などある事」云々の教えは先に示したように明らかに『八雲御抄』からの摂取であるから、為家の歌論そのものであるとは言えない。理由の第五として、氏は、一つ書きが借用されて甲本の本文が成立していると指摘される。氏は、甲本は為秀が為家の名に仮託して書いたものであるとする考えに立ち、その為秀が主要な資料としているから一つ書きは為家の真作であり、従ってそれは為家の歌論を正しく伝えているのだと推論されるのであろう。しかし、必ずしも決定的とはいえぬ先後関係の判定結果をもって信憑性を測る根拠とするのはいささか無理であろう。何よりも、甲本に対応する部分は一つ書きの約半分にすぎず、残りの多くは『八雲御抄』や『近代秀歌』の所説と一致しているのだから、これらを為家の歌論だと言いきることは何としてもできない。かく見てくれば、到底、一つ書き全体が為家の歌論を正しく伝えているとは言えないのである。

佐佐木氏は、乙本が三つの部分に分けられるところから、元来別綴であったそれらの各部分が合綴されて現存の形になったと推定され、三つの部分を完全に分離して考察を加えられた。私もまた、これら各部分の成立やその目的がそれぞれ別々であろうとは考えるけれども、現存本の如き形態にもまた注意を払う必要があろう。「先達加難詞」は明らかに為家以後の後人の所為であり、しかも為家の歌論ならざるものを多分に含んでいる。もし、氏の主張されるように、一つ書きが為家の真作であるならば、明らかに真作でないものと合綴されるような扱いを受ける可能性は極めて少いのではないか。二条家においても冷泉家においても、三代宗匠の歌論は非常に重視されている。『近代秀歌』や『詠歌大概』は小部な歌論書ではあるけれども、決してこの乙本一つ書きや「主ある詞」のような扱いを受けてはいない。それは定家その人の権威によってであろうが、為家もまた御子左家の三代の宗匠として後人に対しては絶大な権威をもった人物である。その先人の歌論を後人がかように安易に付加したり合綴したりするとはまず考えられないのであり、もし真作であればそれは単独で伝存していて然るべきである。そういう本がまったく残されていないということは、それだけ乙本の真作性に疑義をさしはさむ余地を残すことになるであろう。

③　甲本（広本）詠歌一体

佐佐木氏は「甲本詠歌一体」を最も遅く成立したとされ、なお内部徴証からいくつかの点を挙げて為家の作であることを否定し、為秀によって執筆された為家仮託の偽書であろうと主張される。為家の作であることを疑う理由の第一は、甲本に引用される例歌の多くが『古今和歌集』『千載和歌集』『新古今和歌集』などの勅撰集を出典とする歌であるのに、「三日月のわれてあひ見しおもかげの有明までになりにけるかな」と「池水をいかに嵐の吹き分けてこほれるほどのこほらざるらん」の二首は、『玉葉和歌集』『風雅和歌集』を出典にしていると考えられるという点にある。まず「三日月の」詠から考えよう。確かに甲本の例歌には勅撰集入集歌が多い。しかし、だからといって全てが勅撰集から採られているわけではなく、そうでない歌も明らかに四首は指摘できる。(注13) このうち二首は好ましからざる例歌だから勅撰集から引こうにも適例がなかったと解されようが、しかし、あとの二首はそうは解されないし、いずれも「三日月の」の歌と相前後して引用されている点が注意される。すなわち、問題の歌の前後は、種々の恋の歌題に対して詠むべき歌のスタイルにも様々なものがあるということを例示した部分であって、例歌を選ぶ場合、勅撰集だけに限定していたのでは適例を見出しがたかった。そこで、「津の国の生田の河に鳥もゐば身をかぎりとや思ひなりなむ」の歌、「わが恋は木曽のあさぎぬきたれどもあはねばいとど胸ぞくるしき」の歌は他の資料から求めてこざるをえなかったのであろう。だとすれば、その間にある「三日月の」の歌も『玉葉和歌集』を出典とするのではなく、『新撰六帖題和歌』に拠ったと考えて不都合はない。「わが恋は木曽のあさぎぬきたれども逢はねばいとど胸ぞくるしき」の真観の歌もまた、『新撰六帖』にしか収載されない歌であった。氏はまた、もし後人の所為でないにしても為家が自詠を例歌にしている点を疑っているが、様々なスタイルの歌を例示するためには、自詠他詠に関りなく最適例を選ぼうとするのがむしろ当然であり、為家が『新撰六帖題和歌』で詠んだ自詠をその一つの例として用いたとしても不思議とするに足りない。しかも、この一首は為家の歌にあって最高のできばえを示す数少い歌の一つであり、彼が自信をもって子孫に示しえた歌だと考える。『玉葉和歌集』所載歌だからということを根拠に、後人の所為であると短絡することはできない。次に、「池水をいかに嵐の吹き分けて」の歌について、氏はこれを『風雅和歌集』所載歌だとしているが、それは誤認で、勅撰集では『続古今和歌集』(六三一・後京極摂政前太政大臣)の歌である。しかし、この歌前後の記述からみて『和歌一字抄』との関係も無視できないから、出典が『続古今和歌集』と断定することもできない。もしまた『続古今和歌集』からの採歌だったとしても、次の「はしたかの」詠と同じ理由で、疑問は氷解する。

氏はまた、「はしたかのみよりのつばさ身にそへてなを雪はらふうだのみかりば」の歌が『続古今和歌集』を出典にしているのは、「弘長之比」云々とある流布本の奥書に照らして時代が合わないから、これは偽作者の不用意だと説明する。しかし、実は既述のとおり流布本の奥書の方があやしいのであり、『詠歌一体』が『続古今和歌集』以後の成立だとすればこの歌に関する疑問も氷解するはずである。むしろ私は、この歌が『続古今和歌集』を出典にしていることは、『詠歌一体』がそれ以後の成立であり、流布本及びその奥書には後人の手が加わっている可能性が大きいと考える。

第二の疑問点は、甲本に遠白体の主張がみられるけれども、これは元来歌林苑の歌論であって、俊成・定家にも、また為家以後の二条派・京極冷泉派いずれの歌論にも無視されているから、為家の歌論であるとは考えられないという。しかし、俊成には「広田社歌合」に「とほしろし」の用例のあることが知られているし、(注14)俊成は俊恵と極めて親密な関係にあったようだから、(注15)彼がこの用語を用いているのは不思議ではない。定家に用例の見られないのは事実だが、かつて父祖たちが熾烈な抗争を演じた六条家清輔の『和歌初学抄』を書写したり、『和歌一字抄』をもち出したりしてその歌学を摂取している為家であることを考えてみる時、たとえ遠白体の秀歌論が俊恵から真観・蓮性(知家)へと受けつがれていった一つの流れがあったとしても、為家がこれを庶幾しなかったといいきることはできないであろう。

また、為家に「遠白し」の用例がないのならばともかく、『河合社歌合』一番の判詞にそれが見られるのだから、これを疑うことはなおさら困難である。氏はしかし、為家が当時、蓮性・真観・行家らと対立関係にあったと考え、実はこれは為家が遠白体を庶幾したことを示すのではなく、蓮性の歌が彼等の理想とする遠白体と評するにふさわしいものだったからそう評したにすぎないのだと解している。しかし、既に通説になっていることだが、反御子左派が明確に結成されるのは寛元四年十二月の『春日若宮社歌合』以後[注16]であるし、更に、蓮性に限っていえば、彼が風体の上ではっきり異風をうち出すのは、『源承和歌口伝』によれば『宝治百首』からである[注17]。『河合社歌合』は寛元元年十一月に成っているから、従ってまだ彼等の旗あげ前ということになり、後に生起したところの両派の対立関係を理由にしてこの判詞を解釈することは、当を得たものとはいえない。もちろん、それ以前に反御子左派結成の動きがなかったとは断言できないが、未だ対立が表面化していなかった時点で、円満柔和な人格者為家が挑発的な評を投げかけるとはまず考えられない。また、為家がこの歌合でいかに謙虚に判に当ったかは末尾に添えられた歌、「そむる色の深き浅きもわかぬ身にいかにただすの森のことの葉」（藤原為家全歌集一八五六）によっても知ることができるが、判および判詞の内容をみても公正かつ謙虚な態度がにじみ出ている。かような点から考えても、氏の解釈は妥当ではない。

なお、氏は「詠歌一体甲本が秀歌の理想を遠白体に求めている」と言われるが、前後の記述からみて、「秀歌の一風体」として認めていたとしか解されない。その理想は、むしろ「続けがら」の素直な歌にあったと思われ、その程度の扱いであり、歌合において頻用したものでもなかったので、後の二条派にも京極冷泉派にも評語としては伝わらなかったのであろう。

第三の疑問として、佐佐木氏は、甲本に見える「主ある詞」のうち信じうべき丙本にないものとして、「浪に花さく」「雪のした水」「空さへかけて」「月にうつろふ」「露の底なき」「月のかつらに」「木がらしの風」「われのみけたぬ」の八語を挙げ、これらのうち、「空さへかけて」「木がらしの風」は為家や為氏にそれを詠みこんだ歌があると指摘する。このことについては、実は、甲本を一括して『日本歌学大系』（第三巻）所収本により、他を顧みられなかったところにこそ問題がある。二条家系統本と冷泉家系統本とでは、その「主ある詞」に截然たる違いがあることは既に述べたが、歌学大系本は、竹柏園本（私の言う為氏本）を底本にして流布の諸本[注18]で校訂し、底本に補った語は〔　〕を施して示しているのであって、これを一本として扱えば両系統の本文を混合した全く別の本文になってしまう。さて、氏の示された詞のうち、「浪に花さく」「露の底なき」の二語は、諸本にはそれぞれ「浪にはなるる」「露の底なる」となっていて、為氏本のみの独自異文だから問題とはならない。他の六語はいずれも、為氏本以下二条家系統本のみのもつ詞であり、冷泉家系統甲本や、乙本にはない。従って、これらの詞の中に為家が制したとは考えられないものが含まれていたとしても、それは二条家系統本の不純性を証するにすぎないのであって、冷泉家系統本までを否定する根拠にはならない。かように、第三の疑問も諸本間の本文の異同という事実を根拠として解決できるのである。[注19]

以上のごとく、甲本が偽書であることを証する根拠として佐佐木氏の挙げられた三点は、いずれもその証左とはならないし、その他甲本の内容には為家晩年の執筆にかかる歌論として不自然なもの、撞着するものは何一つ見出しえない。「甲本詠歌一体」の為家歌論としての信憑性を、内容の面から疑うことはできないのである。

「甲本詠歌一体」の信憑性を検討したところで、ついでに佐佐木氏の提示される為秀偽作説に言及しておきたい。実は、この説の基礎には、諸本の成立順序では甲本が最後に位置するということ、また甲本の内容には為家の歌論として信を置きかねるものがあるという二つの前提がある。叙上の批判によってその前提のいずれもが否定されたのだから、もはや為秀偽作説は問題とする必要もないことになるが、なお、かかる前提と切り離して考えてみても、それは到底成り立ちえないであろう。既述のごとく、『詠歌一体』は冷泉家のみならず二条家においても尊重され、相伝されてきた。もし、為秀が甲本詠歌一体を偽作したのだとすれば、いかにそれを為家の著作であるかのごとく擬装して書いたとしても、おそらく二条家側でそれを見破りえないはずはなく、従って、二条家側がそれを為家の歌論として大事に扱うようなことも起りえなかったであろう。『悦目抄』や『愚秘抄』や『三五記』には、二条家に相伝されたことを示す奥書が文字通り書き連ねられているが、明らかな偽書なればこそ、冷泉家では全くそれに食指を動かさず、また『桐火桶』などは冷泉家に伝承されたものであるが、やはり偽書であるからこそ、二条家ではそれを伝えなかったにちがいない。為世の『和歌庭訓』は、かなり時代は下るにしても冷泉家においても重視されていたというから[注20]、両家の間は完全に隔絶されていたとは考えられない。かような状況下で、なおかつそれを自家に取り入れようとしないのは、それが偽書であることをお互いに知っていたからである。両家共に『詠歌一体』甲本を相伝の歌論書として伝承している事実は、それが真作であることを裏書きしているようなものである。

また、既に井上宗雄氏が前記論文で疑問を投げかけていることであるが、為氏本（建治二年）および為相本（嘉元年間）の奥書が信じうべきものであってみれば、時間的な観点から為秀偽作説は成立しえない。

為家歌論としての信憑性という観点から諸本を検討してみる時、そこからは甲本を疑うに足る何ものをも見出すことはできず、その信憑度は、乙本や丙本をはるかに凌駕していることをつきとめることができるのである。

四　おわりに――「詠歌一体」と後代文献――

最後に、『詠歌一体』が良基の時代に至るまで文献上に姿を現わさないのはなぜかという問題について、考えておかねばならない。

この件についての佐佐木氏の見解は、

①詠歌一体の書名は阿仏の『夜の鶴』や『源承和歌口伝』、為世の『和歌庭訓』『和歌用意条々』にも、また『延慶両卿訴陳状』にも現われないし、題の心得は甲本が詳しく説く所であるにも拘わらず、阿仏や為世はそれを清輔によって説いているから、彼等は『詠歌一体』を享受しなかったのである。

②『井蛙抄』に引用される歌論書の歴史的下限は『源承和歌口伝』であるのに『詠歌一体』の名はみえず、しか

も頓阿が制禁の詞を『詠歌一体』から引用することなく、「宗尊親王三百首為家評詞」に原典を求めているのは不審である。

③『詠歌一体』が歌論史上に姿をみせる最初は『愚問賢注』における良基の問であり、頓阿の答に現われる「主ある詞」により、それは丙本系統であることを知る。

④『了俊一子伝』に書名を現わす『詠歌一体』は明らかに甲本系統であり、これ以後甲本が主となる。

以上四点に要約できる。つまり、明言はされないが、これらのことによって甲本を疑い、丙本を原初の著述であったと考える傍証を用意されているのである。

さて、まず③について言えば、氏は頓阿の答に現われる三語が丙本『詠歌一体』にみえるから、それは丙本であったとされるのであるが、これらの語は全て丙本にも乙本にもあるのだから、それを丙本のものと断定する根拠はどこにもない。それが正しい判断でないことは、同じく『愚問賢注』にみえる「一、歌をば題の心をえてよむべしといへり。文字すくなき題をば、ちと様あるやうによみ、むすび題をばまはしてよむといへり。……」および「一、題の文字をあらはさでよむ事、……」という良基の問い二箇条がいずれも甲本を念頭においた発言であることによって明らかである。さらに、そこに引かれる「又等思両人恋に、いくたの河に鳥もゐば、と寂蓮がよめる」の歌によって、それが甲本のうちでも冷泉家系統本であったことをも知ることができる。良基が冷泉家系統甲本を見ていたことは、少し後になるけれども、『近来風体』に書名を伴って引用される「主ある詞」によってもまた明らかである。故に④も訂正を要することになり、甲本が文献上に現われるのは『了俊一子伝』からではなく、貞治二年（一三六三）成立の『愚問賢注』からとしなければならない。(注21)

次に②については、『井蛙抄』が「詠歌一体」の書名もまたその内容も引用していないのは事実ではあるが、しかし、だから当時存在しなかったとは断言できない。『愚問賢注』が成立した貞治二年以前に既に冷泉家系統甲本が存在していたことは今述べたとおり確実なのだが、『井蛙抄』の成立がもし、『日本歌学大系』の解題が推定するとおり、[注22]正平十五年（一三六〇）から十九年の間だとすれば、両者の成立はほぼ同時代（本章第二節の諸本分類参照。第三類から第四類まではすでに成立していた）ということになり、従って頓阿は引用しなかったけれどもそれを執筆した時にはすでに確実に存在していた。また、氏は頓阿が禁制の詞を『詠歌一体』から引用せず、直接「宗尊親王三百首為家評詞」に源泉を求めていることを不審とされるが、それは決して不思議ではない。後には「禁制の詞」とか「制詞」とかの名称で混同して扱われるようになるけれども、元来、「主ある詞」と「禁制の詞」は全く同じ概念を表わす用語ではなかった。頓阿の時代にそれがはっきり別物と意識されていたことは、良基の『近来風体』において、両者が相前後する別の条として記述されていることによっても明らかである。しかして、『詠歌一体』にあるのは「主ある詞」であり、頓阿が『井蛙抄』で云々しているのは「きんせいの詞」である。別物なのだから甲本を参照しないのは当然であり、『詠歌一体』が信じられないから慎重を期して「宗尊親王三百首為家評詞」に典拠を求めたという事情ではなかったはずである。

さて、為家没後良基の時代に至るまで文献の上に『詠歌一体』の引用が見られないという①の疑問は、確かに我々に大きな不審の念を抱かせる。このことをどう考えればいいのであろうか。

私は、『詠歌一体』が為家の「口伝」であったところに、その原因があると考える。「口伝」の実態について確実なところを把握してはいないが、折々の口伝の累積としての書き付けはあっても、書名もなく生前には、明快な為家筆の著述として公開されていなかった故に、阿仏も源承も為世も為兼も、明確にそれを引用することができなかったのではあるまいか。その「口伝」を最初に成書化したのが為氏であり、為家の没後まもなく建治二年八月に、まるで為氏の自著であるかのごとき奥書を付して残した。少し間をおいて冷泉家の為秀が、為氏本を参酌しつつ、意図的に「為家自筆本」の存在を標榜した写本を数度にわたって残し、冷泉家の優位を喧伝するが、最後はまた「為家口伝」に回帰していった、と思量する。なおこのことについては、本章第二節で詳論することとしたい。

【注】

（1）『日本歌学大系』第三巻（風間書房、昭和三十一年十二月）所収「八雲口伝」解題。

（2）佐佐木忠慧「『詠歌一体』の批判」（『宮城学院女子大学研究論文集』第二十三号、昭和三十八年十二月）。

（3）「八雲御抄」「毎月抄」「宗尊親王三百首評詞」に同類の所説は見出せるが、一応不明とした。これらの文章がいずれも簡単なものであることは、あるいは「宗尊親王五百首」（吾妻鏡によれば文永三年十月二十八日為家は五百首和歌に加点し、書状を添えて返上している）などの評詞類によったことを意味するのかもしれない。

（4）流布本の「弘長之比」云々の奥書は、為家自身による奥書ではないが、たとえその奥書の内容を信ずるとしても、弘長年間（一二六一〜六三）以前には遡りえない。

（5）「宗尊親王三百首評詞」は、親王の歌の間に書きこんだ短い批評にすぎない。目的と対象のちがう文章を認めようとする時に、かような一致の起る可能性は極めて少いであろう。

（6）筑波大学附属図書館蔵（ル二〇五・一〇五）本（第二節㉓本）など。

（7）一例を示すと次のようなものである。

よしの山花の古郷後たえて　むなしき枝に春風そ吹　後京

駒とめて猶水かはんふる郷の　花の露そふ井手の玉河　俊成

これも最初は甲本一般にみられるように一つの詞だけを列挙していたはずであるが、それに加えられた注記が漸次本文化しつつあることを示している。

（8）『慶融法眼抄』（追加）の伝本には、①島原市図書館蔵松平文庫本、②篠山市青山文庫本、③宮内庁書陵部蔵（伏・一四一）本（同番で二本あり）、④神宮文庫蔵（三・一二一三）本（日本歌学大系第三巻所収本）、⑤東京大学国文研究室蔵本居文庫（一一七・四四一）本の存在が知られているが、すべて一系で、以下の奥書を持つ。

以先人遺命私書加之　法眼慶融／右此抄周嗣禅師［新千載集作者／頓公和歌門弟］所持之本也　以昵近之功被付属

畢／貞治三年三月日　頓宗／

（9）寛喜四年三月『石清水若宮歌合』八番。

（10）「ぬしある詞、是も文永新撰歌よりみだれはじめて、弘安勅撰にも猶とどまりしにや、今も繁盛以遺恨」。

（11）これは実は題ではなく、「主ある詞」の最後に「不可好詠詞但用捨之」と記された但し書きである。しかし、次に列挙する詞はその実例を示しているのだから、これを事実上の題と考えてさしつかえない。

（12）為家によって集成された加難詞というのはおそらくは存在しなかったはずだから、それに追加したというのもおかしいし、元来乙本には作者名はなかったであろう（為家作なる著者名が加わるのは群書類従本以後。中院本以下の写本には全く見られない。全体がそうだからその一部分にももちろんなかったであろう）から、為家の名に仮託したという事情でもありえない。

（13）「五月雨にふりいでてなけと思へども明日のためにやねを残すらむ」（「時鳥」の題を落して難ぜられた例）「からにしき秋のかたみをたちかへて春は霞のころもでの森」（「春の題に秋の物をよみならべ」て難ぜられた例）。

（14）岡崎義恵「『たけたかし』と『とほしろし』」（『美の伝統』弘文堂書房、昭和十五年九月）所収。

（15）峯村文人「幽玄美の形成過程」（東京教育大学文学部紀要Ⅱ『日本漢学文芸史研究』、昭和三十年六月）。

（16）井上宗雄「真観をめぐって」（『和歌文学研究』第四号、昭和三十二年八月）。久保田淳「為家と光俊」（『国語と国文学』昭和三十三年五月）。→『中世和歌史の研究』（明治書院、平成五年六月）。福田秀一「鎌倉中期歌壇史における反御子左派の活動と業績（上）（下）」（『国語と国文学』昭和三十九年八月・十一月）。→『中世和歌史の研究』（角川書店、昭和四十七年三月）。

（17）「三品禅門（佐藤注、知家）元久の比より前中納言（佐藤注、定家）の門弟に成て後道をおこして、先人（佐藤注、為家）と兄弟の様に侍しも、真観と同じ心に成て、風体をあらためたり。其趣宝治百首にあらはれたり」。なお『井蛙抄』にもほぼ同趣旨の言がある。

（18）私のいう流布本のみならず、久曾神昇氏は冷泉家系統本をも含めての称呼とされているらしい。「主ある詞」のうちの「色なき浪に」「露の底なる」を詠みこんだ歌を『藤原為家全歌集』中に見出せるが、いずれも初学期のものだから問題とするには及ばない。

(19) 初出稿の時点においては、二条家系統本の不純性をあげつらい、冷泉家系統本の優位性を強調する意図を含んでいたが、現時点においては、両系統本間の「主あることば」本文の差は、時間差によるもので、たとえ一方に抵禁の事実はあっても、ともにある時点における為家の口伝の実態を反映している、と考えを改めている。

(20) 井上宗雄「毎月抄・定家物語・詠歌一体・浄弁注古今集の二三の伝本について」(『立教大学日本文学』第十二号、昭和三十九年六月)。なお、為相本の奥書は偽装されたものである(本章第二節参照)が、しばらく初出稿のままとする。

(21) 実は、佐佐木氏もこのことに気づいていないわけではない。すなわち、氏はここでは『愚問賢注』所引の『詠歌一体』は丙本であったとしながら、甲本が為秀によって偽作された時代考証においては、それは甲本であったと明らかに矛盾した言説をたてている。

(22) 『日本歌学大系』(第五巻)(風間書房、昭和三十二年七月)。『歌論歌学集成』第十巻(三弥井書店、平成十一年五月)所収、小川剛生校注「愚問賢注」「近来風体」。

【附記】 本節第三項までの推論は、真偽問題に敏感であった初出稿時点の学会の動向に掣肘されていて、本章第二節以下に展開する論旨と(たとえば為秀の果たした役割などにつき)微妙に整合しないところが残っている。しかし、詠歌一体論の基本的問題点を含みもつ故に捨てがたく、また愛惜の念もあって現時における見解を主とした第四項を加えて成稿しなおし、収載したものである。

第二節　広本詠歌一体の諸本と成立

一　はじめに

『詠歌一体』の諸本には、互いに内容・構成を異にするいくつかの系統がある。それらは、かつて広本・略本の名で呼ばれていたが、『日本歌学大系』第三巻の解題に、甲本・乙本・丙本という三分法がとられて以来、それが踏襲されて現在に至っている。しかし、その後改めて数多くの伝本に当り、諸本の整理を試みてみると、必ずしも三種に類別できない種類の本がかなり存在している事実に遭遇する。網の目を漏れてしまうそれら諸本を無視することなく正当に位置づけるためには、呼称を旧に復するのが最も適切な方法だと確信するに至った。以下の記述にあたっては、再び「広本」「略本」という呼称を復活し、諸本を二系統に大別して、適宜甲・乙・丙の呼称も併用しつつ、まず広本から考察を加えてゆくこととする。

「詠歌一体」（広本）の諸本とその分類については、これまでに考察したり解説したりする機会が何度かあった。(注1)しかし、最近の研究の進展に伴い再考してみると、従前の拙論は大きな錯誤を含んでいたことに思い至る。その一つは二条家系統為氏奥書本（天理図書館蔵本）の位置づけの問題であり、二つは冷泉家系統為相本（秋田大学蔵本）の位置づけに関する問題である。

再考を促された直接のきっかけは、近年、小林一彦氏によって、秋田大学本は外題を含め全冊為秀の書写になる写本で、書写年次は奥書にいう建武三年を含めたそれ以降の南北朝初期と推定する新説を提示されたことにある。(注2)すなわち従前の理解では、冷泉家系統本を、奥書の指示するところに従って、

第一類（為相本）秋田大学蔵「詠歌一体」（桑門某写、為秀外題）

第二類（為秀本）河野美術館蔵「和哥一体」（為秀筆）ほか五種

と分類して記述してきたのであったが、書写者と書写年次についての小林氏の見解は、虚心に検討してみると全く正当で、異論の余地はないと判断される。秋田大学本は、為秀筆本の一本として位置づけ直されねばならない。小林氏は、なお為相筆本の存在や、為家自筆本の存在までを否定してはおらず、その点で不徹底の誇りを免れないと考える。稿者は、奥書中にいう「嘉元之比」「柏木枯株」為相の筆になる本というのは実在しなかったし、完全なる自著を自筆で書記した為家自筆本が存在したというのもかなり疑わしいと考える。

再考し考究を続ける過程で浮上してきたのが、第一の為氏奥書本の位置づけの問題であった。奥書識語ならびに本文の大きな異同箇所とのみからする判断と、加えて二条冷泉両家の関係を極めて閉鎖的に考えてきたことの不当さが炙り出されてきたのである。二条家系統為氏本の本文は、冷泉家系統為秀本（冷泉家の家の証本）の形成に、抜きがたく極めて密接に関わっていると見なければならない。

それらの問題の大概を説き明かすために、本節ではまず最も基礎的なことがらに属する詠歌一体（広本）の諸本を博捜し、分類整理して一覧することからはじめたい。

二　広本詠歌一体の諸本と分類

これまでに調査しえた詠歌一体（広本）の諸本を、「奥書」ならびに「本文内容」の特徴を基準に、分類して一覧

すると、以下のとおりとなる。

二条家系統本

第一類 ①天理図書館蔵（九一一・二・四九五）「詠歌一体」（為氏奥書本）→『日本歌学大系』第三巻所収

②宮内庁書陵部蔵（鷹・四八九）「詠歌一体」（為氏奥書本）（「和歌聞書」と合綴）

第二類 ③北海道大学附属図書館蔵（L・一一〇七・TA）「三賢秘訣」（錯簡アリ）

④宮内庁書陵部蔵（二一〇・六九八）「三賢秘訣」（同）

⑤大和文華館蔵（三・三九六八）「三賢秘訣」（同）

⑥今治市河野美術館蔵（三三二・六四七）「三賢秘訣」（同）

第三類 ⑦天理図書館蔵（九一一・二・七二二）「八雲口伝」（奥書ナシ。「詠歌大概」「和歌口伝（近代秀歌）」他を後付）

⑧島根大学附属図書館蔵（九一一・一〇四・Y一六）桑原文庫「八雲口伝」（奥書ナシ。「詠歌大概」を後付）

第四類一種 ⑨尊経閣文庫蔵（一三・二書）「八雲口伝　号詠歌一体」

二種 ⑩篠山市立図書館蔵青山文庫（二六一）「八雲口伝　号詠歌一体」（奥書ナシ）

第五類 ⑪九州大学附属図書館蔵細川文庫「和歌六部抄」（四七・五四三・ワ・三七）の内「八雲口伝　号詠歌一体」

（三重県立図書館「和歌六部抄」祐徳文庫「和歌六部抄」他も）

⑫宮内庁書陵部蔵「和歌部類抄」（三五三・一〇二）の内「八雲口伝　号詠歌一体」（立教大学附属図書館「和歌秘書部類」大洲市立図書館「和歌秘抄部類」他も）

⑬天理図書館蔵「和歌秘抄」（九一一・二・六三五）の内「八雲口伝　号詠歌一体」（熊本大学附属図書館北岡文庫「和歌秘抄」東京大学国文研究室「和歌秘抄」国文学研究資料館蔵久松本「和歌秘伝抄」他も）

⑭宮内庁書陵部蔵（二六六・三九〇）「八雲口伝　号詠歌一体」
⑮宮内庁書陵部蔵（二六六・二四九）「八雲口伝　号詠歌一体」
⑯元禄九年八月刊本「八雲口伝　号詠歌一体」
⑰刊本「和歌六部抄」の内「八雲口伝　号詠歌一体」
⑱元禄十五壬午孟春日刊本「和歌古語深秘抄」の内「八雲口伝　号詠歌一体」

第六類
⑲歴史民族博物館蔵高松宮本「八雲口伝　号詠歌一体」

冷泉家系統本

第一類　「散位為秀」（「左少将藤原為秀」加証識語）筆本。（〜一三三〇年以前書写）
⑳今治市河野美術館蔵（一二五・六五二）「和哥一体」（為秀筆）→重要古典籍叢刊4（和泉書院）に影印
㉑蓬左文庫蔵（一〇七・一）「為秀歌話」

第二類　「右近権中将為秀」筆本。（一三四七〜一三五五年間書写）
㉒冷泉家時雨亭文庫蔵「詠歌一体」（為秀筆）→冷泉家時雨亭叢書6に影印
㉓筑波大学附属図書館蔵（ル二〇五・一〇五）「詠歌一体」
㉔国立公文書館内閣文庫蔵（古一七・三三五）「歌道之書」
㉕三手文庫蔵（歌・久）「詠歌一体」
㉖北海学園大学蔵北駕文庫（文・一七五）「八雲口伝」
㉗架蔵「和歌一体」
㉘天理図書館蔵（九一一・二・タ五）「詠歌一体」→岩波文庫『中世歌論集』所収

第三類 「羽林枯株」為秀筆本。（一三五五年書写）（為秀筆本ハ現存セズ）

㉙篠山市立図書館蔵青山文庫（一四九）「和歌一体」

㉚徳川美術館蔵（歌書二・四）「和歌秘抄」（了俊筆）→徳川黎明会叢書和歌篇四に影印。『歌論集一』所収

㉛蓬左文庫蔵（一・九二）「為家卿和歌之書」

㉜多和文庫蔵（四・六）「かたほなみ」（無題本）

第四類 「参議兼侍従藤原為秀」筆本。（一三六〇～一三六二年間書写）（為秀筆本ハ現存セズ）

㉝松浦家旧蔵「詠歌一体」（所在不明。為秀筆奥書写真ノミ史料編纂所蔵）

㉞大谷大学附属図書館蔵片仮名本「和歌一体」（不明除籍本。現存セズ）

㉟島原市図書館蔵松平文庫（一一七・六三）「詠歌一体」貞治四年五月二十六日某書写奥書

㊱陽明文庫蔵（近・一四二・一七）「詠歌一体」（為秀奥書ナク、貞治四年五月二十六日奥書以下）

㊲蘆庵文庫蔵（三号・四一）「詠歌一体」（為秀奥書ナク、貞治四年五月二十六日奥書ノミ）

㊳高城功夫氏蔵（「古今集名所」「和歌秘々」合綴）「詠歌一体」（為秀奥書ナク、貞治四年五月二十四日奥書ノミ）

㊴尊経閣文庫蔵（九六・古）「詠歌一体」（為秀奥書ナク、貞治四年五月二十四日奥書以下）

㊵天理図書館蔵（九一一・二・六五七）「為家卿和歌用意」（為秀奥書・貞治奥書ナク、正保三年書写奥書ノミ）

第五類 「建武丙子歳沽洗十九日桑門」（実ハ為秀）筆本。（一三六六～一三六八年間書写か）

㊶秋田大学附属図書館蔵（九一一・二五・Ｔａ八一）「詠歌一体」（嘉元頃の為相筆本を建武三年桑門某書写と偽装）→重要古典籍叢刊４（和泉書院）に影印

第六類 「権中納言為秀」筆本。（一三六六～一三六八年間書写）（為秀筆本ハ現存セズ）

㊷久保田淳氏蔵「新三十六人自讃歌」合綴無題本

㊸宮城県立図書館蔵伊達文庫（伊九一一・二〇七・四）「詠歌一体」
㊹天理図書館蔵吉田文庫（八一・吉一六四）無題本（「為家卿和歌口伝」）
㊺立教大学附属図書館蔵（八九五・六一〇四・F九六）「詠歌一体」
㊻国立国会図書館蔵（九一一・一〇一・四）「詠歌一体初学抄」（「後鳥羽院消息」合綴本）
㊼冷泉家時雨亭文庫蔵「為秀御詞　口伝抄」（錯簡アリ。末尾部欠逸）
㊽冷泉家時雨亭文庫蔵「詠歌一体」（明応八年為広筆。「自讃歌」他と合綴）（為氏奥書本）（冷泉家系統本と混態）

三　本文の主要異同箇所と諸本におけるあり様

右の分類の基準とした「本文」の主要異同箇所を掲示すると、以下のとおりである。

①冒頭
- 和歌を詠することかならすしも才学によらす、たゝ心よりおこる事と申たれと　○
- 歌を詠する事必しも才学によらす、只心より起る事と申たれと（も）　△
- 歌を詠する事かならすしもさいかくによらす、たゝ心よりおこると申したれとも　▽
- 和歌を詠事かならす才学によらす、たゝ心よりおこれる事と申たれと　×

②冒頭続き
- あるへきすちをよくよく心えて歌ことにおもふところをよむへきなり　○
- あるへきすちをよくよく心得入れて歌ことにおもふところをよむへきなり　◎
- あるへきすちをよくよく心得て（歌を）よむへきなり　△

・あるへきやうをよくよく心得て歌をはよむへし　▽

・あるへきをよくよく心得て歌をはよむへき事なり　×

③落題

・詞（の）字の題をは　○

・詞の字のあらはれたる題をは　×

④「（等）思両人恋」の例歌

・思両人恋　いつ方もよかれんことのかなしきにふたつにわくる我身ともかな　○

・等思両人恋　津の国の生田の川に鳥もゐは身をかきりとや思ひなりなん　×

・等思両人恋　いつ方もよかれんことのかなしきにふたつにわくる我身ともかな（二行分ち書き一首を見せ消ちとし右中央に「本マヽ」、左下半に「是は平懐にみくるしき也」、行間に「つのくにのいくたのかはに鳥もゐは身をかきりとや思なりなん」を小字書入れ）　△

・等思両人恋　いつ方もよかれんことのかなしきにふたつにわくる我身ともかな
是は平懐にみくるしき也
津の国の生田の川に鳥もゐは身をかきりとや思ひなりなん　▽

・等思両人恋　いつ方もよかれんことのかなしきにふたつにわくる我身ともかな
津の国の生田の川に鳥もゐは身をかきりとや思ひなりなん　◎

⑤難題

・難題をはいかやうにもよみつつけむために本歌にすかりてよむ事もあり　○

・難題をはいかやうにも本歌にすかりてよむ事もあり　×

⑥難題

・か様の事は更々によむへからす　○

・か様の事はこのみよむへからす　△

・か様の事眼前ならすは（更々）よむへからす　×

・か様の事は眼前ならすはこ（さ）のみ詠すへからす　＋

⑦月の題に

・月（の題）に暁月をよ（ま）む事あるへからす　○

・月の題に暁の月をよまむ事歌合にはあるへからす　△

・月の題に暁月をよむ事歌合にはしかるへからす　×

⑧異名

・されと夜半の夏虫ともよみ思ひにもゆるかけなとよむなり（へし）　○

・されは夜半の夏虫ともよみもゆるかけなとよむへし　△

・されは夜半の夏虫とも思ひにもゆるなとよむなり、たたほたるとよむへきにこそ　×

⑨「近代よき歌と申合ひたる歌とも」の例歌四首目

・旅人の袖ふきかへす秋風に夕日さひしき山のかけはし　○

・（一首ナシ）　×

⑩歌を詠みいだして

・それを難してうきかせはつくも、うき雲はつ風にてこそあるへきをなとよみたかる　○

・それを難してうきかせはつくも、うき雲はつ風にてこそあるへきをか様によみたかる　◎

・それを難してうき風はつ雲なとよみたかるよし ×
⑪「かさね詞の事」例歌一首目
・けふかともあすともしらぬ白菊のしらすいくよをふへき我身そ ○
・けふかともあすともしらぬ白菊のしらす我身はいくよふへきそ △
・(一首ナシ) ×
⑫重ね詞
・あはれその人の歌よとおほえて風情なきやうにもみゆ、人に例のことといはるるも ○
・あは其人の歌よとおほえて風情なき様にもみえ、人に例の事といはるるも ○
・あはその人の歌とおほえて風情のなき様にもみゆ、人に例の事といはるるも ○
・あはその人の歌よと人に例のことといはるるも ×
⑬「主あることば」前文
・このころ(の)人のよみいたしたらんことはさら〳〵(に)よむへからす ○
・近き世のことましてこのころの人のよみいたしたらん詞は一句も更々(に)よむへからす ×
⑭「主あることば」
・「雪のした水」「空さへかけて」「月にうつろふ」「月のかつらに」「こがらしの風」「我のみけたぬ」の六語あり、「あやめそかほる」「雨の夕くれ」「雪の夕くれ」「月やをしまの」の四語なく、合計　四十五語 ○
・六語なく、四語あり、合計四十三語 ×
・六語、四語ともにあり、合計四十九語 ◎
⑮「主あることば」表示法

・春・夏・秋・冬・恋・旅に部類表示して、詞を列記　○
・春・夏・秋・冬・恋・旅に部類表示して、歌一首（作者名も）の中で表示　◎
・部類名表示なく、詞のグループ別けを残して表示　△
・部類名表示なく、詞のグループ別けもなく連続表示　×

⑯「主あることば」後文
・必すしもこの歌にかきるへからす、一首のせんにてあらん事をはさら（に）〳〵思ひよるへからす　○
・必すしもこの歌にかきるへからす　×

以上の異同箇所の、諸本におけるあり様を記号をもって一覧表示すると、以下のとおりである。

		①	②	③	④	⑤	⑥	⑦	⑧	⑨	⑩	⑪	⑫	⑬	⑭	⑮	⑯
二条家系一類	①本	○	○	○	○	○	○	○	○	×	○	×	○	○	○45	○	○
二類	③本	△	△	○	○	○	○	○	○	×	×	×	○	○	○45	○	○
三類	⑧本	△	×	×	○	×	△	○	△	×	×	×	×	○	○43欠2（＊1）	◎	×
四類一種	⑨本	△	△	×	◎	×	△	○	△	×	×	○	×	○	○45	○	○
四類二種	⑩本	△	▽	×	◎	×	△	○	△	×	×	○	×	○	◎49	○	○
五類	⑪⑫本	▽	▽	×	◎	×	＋	△	△	×	×	△	×	○	◎49	△	○
	⑬本	▽	▽	×	◎	×	＋	△	△	×	×	△	×	○	◎46欠3（＊2）	×	○
	⑭本	▽	▽	×	◎	×	＋	△	△	×	×	△	×	○	◎49	×	○
	⑮⑯本	▽	▽	×	◎	×	＋	△	△	×	×	△	×	○	◎49	×	○

⑰⑱本	冷泉家系一類 ⑳本	二類 ㉒本	㉗本	三類 ㉛本	四類 ㉟本	五類 ㊶本	六類 ㊷本	㊼本
▽	×	×	×	×	×	×	×	×
▽	◎	◎	◎	◎	○	◎	◎	○
×	○	○	○	○	○	○	○	○
◎	×	×	×	×	×	△	▽	▽
×	○	○	○	○	○	○	○	○
＋	×	×	×	×	×	×	×	×
△	×	×	×	×	×	×	×	×
△	×	×	×	×	×	×	×	×
×	×	○	○	○	○	○	○	×
×	◎	◎	◎	◎	◎	◎	◎	◎
△	×	×	×	×	×	×	×	×
×	○	○	○	○	○	○	○	○
○	×	×	×	×	×	×	×	○
◎ 46欠3（＊3）	× 44増1（＊4）	× 43	◎ 48欠1（＊5）	× 43	× 43	×（43）	× 42欠1（＊6）	◎ 48欠1（＊7）
×	○	○	○	○	○	○	○	○
○	×	×	×	×	×	×	×	○

＊1「月にうつろふ」「色なる波に」無。　＊2「われても末に」「身を木枯の」「袖さへ波の」無。
＊3「われても末に」「身を木枯の」「袖さへ波の」無。　＊4「雪の下水」有。　＊5「月にうつろふ」無。
＊6「渡ればにごる」無。　＊7「我のみけたぬ」無。

四　二条家系統本から流布板本へ

二条家系統本第一類の①為氏奥書本は、以下の奥書をもつ。

> 本云
> 如此不審猶臨其座出来　随思出追可注付
> 是不可有外見　家中僻案所存也　志同者
> 可随之歟

天理図書館蔵「詠歌一体」　巻頭

建治二年十一月十一日　四代撰者　前亜相　判

わかの浦のなみのたよりのもしほくさ

かきをくあとをあはれともみよ

建治二年（一二七六）七月に亀山院の院宣を受けて、『続拾遺和歌集』の撰集を開始したばかりのころに書き付けた、為氏の識語である。写しは室町後期ころか。為氏は、この歌論が父為家の著作であるとは言っておらず、其の座に臨んで出来した不審を思い出すに従って注付した「家中僻案所存也」と断言し、書き添えられた和歌の内容からみても、為氏自身の著述であることを主張していると見られる。冷泉家系統本第一類の為秀若年のころの筆になる⑳河野美術館本の奥書「以相伝秘本具書写校合訖」（「相伝秘本」ではあったが、為家筆本とは認識していない）と、独自異文の多い極めて特異なその本文のありようを根拠に臆測すれば、「詠歌一体」の原本は、著者を明示して著述された、今日いうところの純然たる為家の歌論書ではなく、主としては為家の口伝の累積ではあっても、他筆も混じり、中に為氏の関与した部分もなくはなかった体の「相伝秘本」であったと推察される。為家筆のみで全体が書き留められた著作物ではなかったと見なければならない。このことについては、なお冷泉家系統本の分析を通して追究しなければならない。

この為氏奥書本は、時代の新しい②本(注3)の他には後にとりあげる㊼為広筆本の奥書に見えるのみで、広く流布する

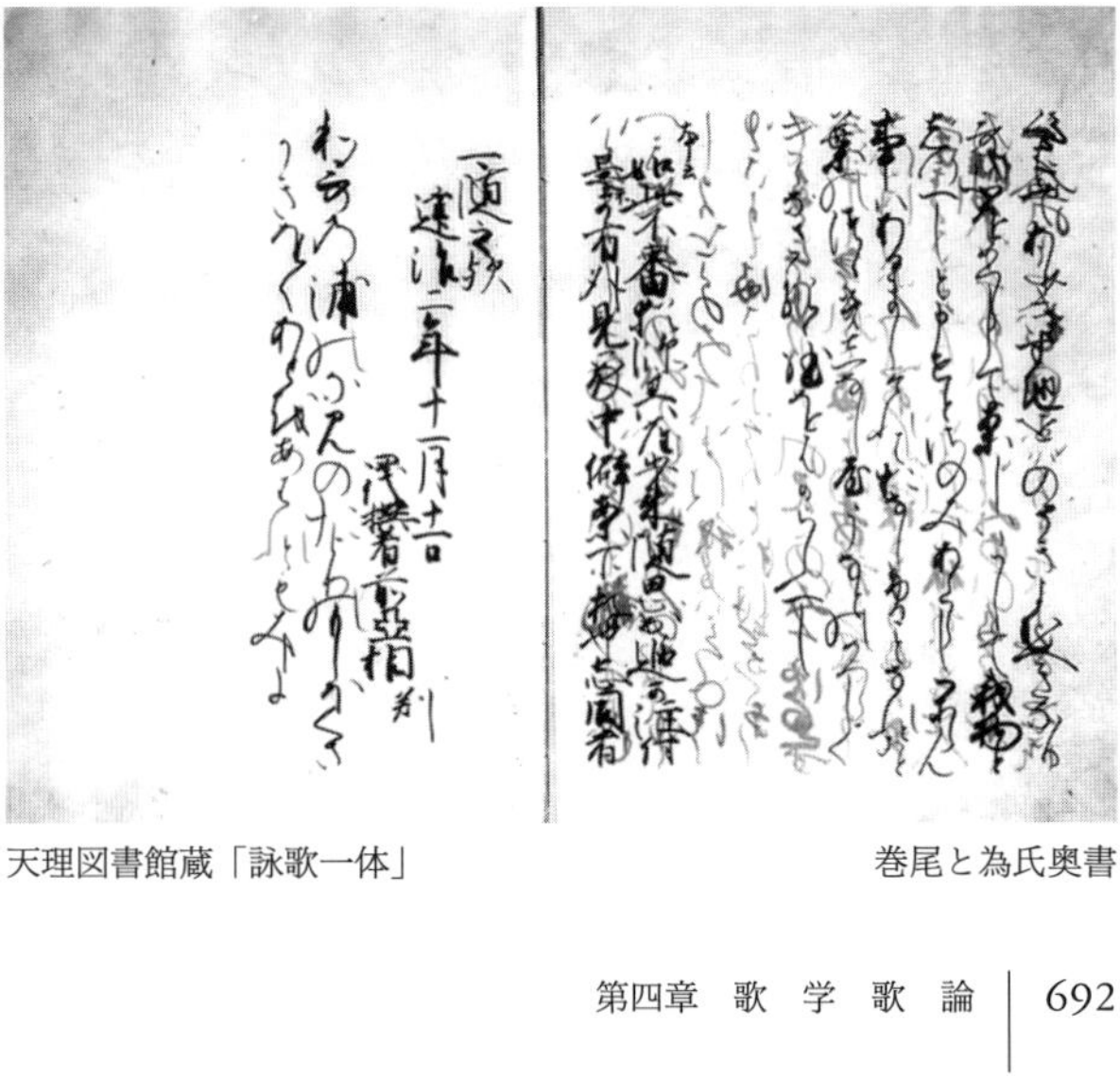

天理図書館蔵「詠歌一体」　巻尾と為氏奥書

ことはなかったらしい。おそらくは為秀の時代、冷泉家において家の証本を校訂確立する際に参酌し（後に詳述する）、「詠歌一体」を冷泉家本の書名として採用して以後、二条家（派）が「詠歌一体」の書名を標榜することはなかったこと、また右の本文異同箇所のうち②③⑤⑩⑫についてみれば、二条家系統本の二類ないし三類から訛伝しはじめ、一類①為氏本の本文はむしろ冷泉家系統本に受け継がれ残っていることなどを主として勘案すれば、為氏本はおそらく冷泉家の秘庫に隠匿されて、外部に出ることはなかったのではあるまいか。二条家側では、書名を持たない為家の口伝（為氏奥書本を基本とし若干訛伝した本文）が流布していったと思われる。

二条家系統本第二類は、すべて③北海道大学図書館本の錯簡を承ける。本文は為氏本に最も近いけれども、大きな脱落もあり、為氏本そのものではない一本（書名もなかったであろう）を承け、「三賢秘訣　為家作」の書名が付されたと見られる。為氏本と同じく、④「思両人恋」の例歌は「いつかたも」一首のみ、⑨「近代よき歌と申合ひたる歌とも」の例歌四首目の「旅人の」の一首はなく、⑭「主ある詞」も基本的に為氏本と同じである（若干順序を異にする）。「三賢秘訣」固有の奥書はなく、書名の下に「為家作」とあるのは、すでに不分明となっていた作者を注しておく必要があったからであろう。その「三賢」とは、俊成・定家・為家を意味せしめていると思われ、「御子左家三代の蓄積した和歌の秘訣」の謂いであるにちがいない。

③本には、次の書写奥書がある。

于時正長弐年二月中旬之候　為初学
稽古　常住院殿以御本書写之畢
悪筆可恥之　右筆　春能」
寛正二年五月十日　法橋実勝」

本文と第一奥書までが一筆と見えることから、正長二年（一四二九）右筆春能が書写した本に、寛正二年（一四六一）に実勝が年月日を別筆で書記した本であろう。「常住院殿」は不明。④書陵部本⑤大和文華館本にも同じ奥書があり、③本の錯簡を丁替わりでない箇所にそのまま連続して書写し、弥縫の手直しを加えている。(注4)

二条家系統本第三類の⑦天理図書館本⑧桑原文庫本は、近世中期から後期の写本で、基本的には為氏本系の一本（やはり書名はなかったか）を承け、④「思両人恋」の例歌は「いつかたも」一首のみ、⑨「近代よき歌と申合ひたる歌とも」の例歌四首目の「旅人の」の一首はなく、⑭「主ある詞」も基本的に為氏本のものである。本文は二類本よりもさらに為氏本から遠ざかっていると見え、「主ある詞」の表示も、春・夏・秋・冬・恋・旅に部類して、歌一首（作者名も）の中で表示する方式に移行途中にある点において特異で（詞の欠脱もある）、直接第四類に連接してゆくことはない。また⑦⑧本ともに本書「八雲口伝」に固有の奥書はない。⑦本は、「詠歌大概」「和歌口伝（近代秀歌）」「下官集（抜粋）」などを後付合綴して、その末尾に全体にかかる次の書写奥書がある。

寛文四暦辰卯月二十日書写畢／　我足軒　在判
正徳四暦午卯月二十六日書写畢／藤原宗晃

筆跡から正徳四年（一七一四）の写本と知れる。今は残っていないけれども、「主ある詞」の表示が四十五語の詞を部類して列記する一段階前の方式をとり、「八雲口伝」の書名を冠し、本文細部は次の四類本に近似する一本があって、それを基にして第四類本は成立したであろう。

この第三類本では、書名が「八雲口伝」とされたことが重要で、以後これが二条家系統本の書名として定着する。「八雲口伝」の意味するところは、「三賢」よりもさらに広く、「八雲の道の口伝」「和歌の道の口伝」の意であるにちがいなく、何人の命名になるかは不明ながら、二条流の誰かによる命名ではあろう。冷泉流に対抗する意識もあったであろう。後付「詠歌大概」の奥に、「此集物も民部卿入道為家作云々」とあり、「和歌口伝（近代秀歌）」の奥に、「此集物京極中納言入道定家作也」とあるのは、作者のことにあまり明るくない人物の関与があったことを思わせる。

二条家系統本の第四類は、為氏本系の本文を基本としながらも、冷泉家系統の本文が取り入れられて、混態の本文が形成されてゆく。

第四類第一種⑨尊経閣文庫本は、室町期の写本で、「八雲口伝 号詠歌一体」の書名を冠し、次の奥書をもつ。

弘長之比 任先人之庭訓 為後学之
遺鏡 不顧老眼之不堪 雨中記之 当家之
外莫出他家 努々可秘之
桑門融覚 在判

「先人之庭訓」に主として寄り掛かりながら記した著作であるとしていることは、口伝の集成であるらしくも見える歌論の内容に鑑みて、むしろ積極的に評価してもよいと思われもするが、奥書の書式に照らし為家が自記したものとは到底考えがたい。ただ「当家」とは二条家以外ではありえないとすれば、二条流の何人かが「弘長之比」の「桑門融覚」を騙り偽装した奥書であると見なすべきであろう。このような奥書を付したことは冷泉流への対抗姿勢の現れであろうし、書名副題の「号詠歌一体」は、世上に流布する冷泉家系統本の書名を無視できず取り入れたことの表示であるにちがいない。④「等思両人恋」の例歌は、「いつかたも」の歌と冷泉家系統本の「津の国の」の歌を、「是は平懐にみぐるしき也」で繋ぐことなく（繋げば二条家本本文を否定し冷泉家本を優位に位置せしめることになる）、対等に並記する方式をとりはじめ、⑪「重ね詞の事」の例歌一首目に「けふかともあすともしらぬ白菊のしらずいくよをふべき我が身ぞ」が加わってくる。⑨本の「主ある詞」はなお四十五語で、二条家系統本の数のままである。

第二種⑩青山文庫本には奥書はないが、「主ある詞」として冷泉家系統本に固有の「あやめぞかほる」「雨の夕ぐれ」「月やをじまの」「雪の夕ぐれ」の四語が追加されて、混態の度合いが一段と増大し、第五類に連続してゆく。

二条家系統本第五類の写本・板本には、⑨本奥書の最後の部分が「当家之外而他家努々可秘之」と若干訛伝し、署名の「桑門」が消えて「融覚判」のみとなる。また「主ある詞」は、「春」「夏」以下の部類名がなくなって詞を列記するのみの方式となり、本文細部の訛伝も増加してゆく。

写本⑪細川文庫本⑫書陵部本⑬天理図書館本は、天正十九年（一五五〇）十二月四日に細川幽斎が編んだ「和歌秘抄（六部抄）」の一部をなすもので、この系統の写本が頗る多い。叢書全体の奥書が『近来風体抄』の末尾に、

出窓外耳矣
　　天正十九暦蜡月初四／玄旨（花押）
今作一帖　於座右為披見也　敢不可
右和歌秘抄　随一覧連々加書写

と記されており、「和歌秘抄」の叢書名で、『近代秀歌』『正風体抄』『毎月抄』『八雲口伝』『夜の鶴』『近来風体抄』の六部の著作が、細川幽斎によって集成されたことを知る。なお⑪本には右の幽斎奥書の後に、「右一冊幽斎以自筆本令書写之／慶長六年正月十六日　実顕／一校畢」とある。（注5）

刊年は確かめられないが、⑰板本「和歌六部抄」の末尾にも同じ天正十九年の奥書が付されており、「主ある詞」は部類分けせずに列記するのみの書式で、「われても末に」「身をこからしの」「袖さへなみの」の一行分三語を脱

している。⑬の写本（同じ函架番号で二部架蔵される内の形の大きい方、渋引き表紙で、幽斎の花押似書きのある一冊）は、行数・各行の字詰めまで全く同じであることから、この本が板本「和歌六部抄」『八雲口伝 号詠歌一体』の底本とされたことは確実である。さらに「和歌六部抄」の全体についてみても、天理本「和歌秘抄」と完全に一致するので、これが板本の底本であると断定できる。「和歌六部抄」板本『八雲口伝』は、無界の板心に「六部抄中　一ヨリ〇廿二」～「六部抄中終　〇四六」とある。

⑱元禄十五年（一七〇二）刊本「和歌古語深秘抄」の『八雲口伝 号詠歌一体』も、六部抄本と全く同じ板下が使用されている。

⑮書陵部本は、『八雲口伝』融覚奥書の後に、

　右写本之通写置重而合他本可校合者也

　　元禄十三年庚辰重陽日　　春山樵夫　判

為家卿作三賢秘訣之号重此事歟猶可尋

此秘書中津川先生より借用写置者也

　　明和元年甲申陽月日

とあり、この本の内容と⑯元禄九年（一六九六）刊本とはきわめて近い関係にある（板本からの写しではない）。その⑯刊本『八雲口伝 号詠歌一体』は、⑰⑱の「和歌六部抄」「和歌古語深秘抄」両叢書板本とは異なる版で、「主ある詞」の内、「空さへ匂ふ」「空さへかけて」の順序になっていることなど小さな相違がかなりある。同じ幽斎編叢書「和歌秘抄」の系統下にあることは疑いないものの、やや異なった位置にあると見える。この元禄九年の単行本と二つの叢書所収本が、近世期を通じて広く流布することになったのであった。

二条家系統第五類の写本・板本の特徴は、①「重ね句の事」の例歌「今日かともあすともしらぬ白菊のしらずい

くよをふべき我身ぞ」の下句が「しらず我身はいくよよふべきぞ」となっていること、②「歌のことばの事」のいわゆる「主ある詞」が、二条家系統本固有の四十五語の上に、冷泉家系統本にしかない四語もすべて取り入れて、全部で四十九語からなっていること、そして列記の仕方に二種類（詞のグループ別けを残すものと、全てを列記するもの）の別はあっても、それらの語を部類分けすることなく列記していること、の三点に顕著である。

ちなみに『近来風体抄』（一三八七年成立）所引の「主ある詞」は、「詠歌一体にしるせり」「以上詠歌一体にあり」とあるとおり、冷泉家系統本「詠歌一体」の本文にほぼ一致する（四三語）が、「乱れてなびく」（冷「絶え間になびく」）「われても末に」（冷「われて末にも」）「我のみけたぬ」（冷「我が身にけたぬ」）の形は二条家系統の本文であり、ごく些細な部分において混態が生じはじめている。二条良基と冷泉為秀の生きた時代は重なり、直接の交渉もあったが、為秀の没（一三七二年）後間もない時期のことであった。

二条家系統本第六類の⑲歴史民族博物館蔵高松宮本『八雲口伝　号詠歌一体』は、第五類の本文であるにも関わらず、「歌の詞の事」が略本第三類（丙本）の形（部類分けがあって、詞と作者ならびに歌一首を掲げる）で、後続の文は広本のもので「させる詮にてもなき詞のゆへなり」まで。そして「古歌を取る事」以下がなく、代わりに「一不可好詠詞但用捨之事」と「粟田口大納言基良卿被注送草云」が付加された、広本（甲本）と略本（丙本）の混合本とでも言うべき不思議な内容の本で、しかも次の奥書を持つ。

以曽祖父卿自筆本令写校合畢　尤可為証本矣
　　　　　　左兵衛督為秀　判
文明第十一暦林鐘下旬之候　於周防勝音寺閑窓令
書写而已／　　　　右相府　在判

延徳三年五月十四日書写之　　堯淵　在判

為秀の左兵衛督は、延文元年（一三五六）正月二十八日から延文四年（一三五九）正月二十六日まで。右相府は三条公敦（一四三九―一五〇七。実量の子、従一位右大臣）で、文明十一年（一四七九）四月に周防に下向、大内政弘や被官と交流した人物。堯淵は、生没年未詳。下冷泉政為の息男で、天文二年（一五三三）周防に下り山口に滞在した。「左兵衛督為秀」の奥書は冷泉家系統本にも見えず、これのみである点も不審で、為秀が為家を「曾祖父卿」というはずもなく、このことも不審である。しかし、下冷泉家の者が関わっていることが注目され、地方における流布の一斑を窺うことはできる。これは板本の成立とは無関係の特殊な孤立した一本と位置づけられる。

以上、元禄年間の三種類の板本成立に至るまでの、二条家系統諸本と成立について概説してきた。いまそれを概念図として示すと以下のとおりである。

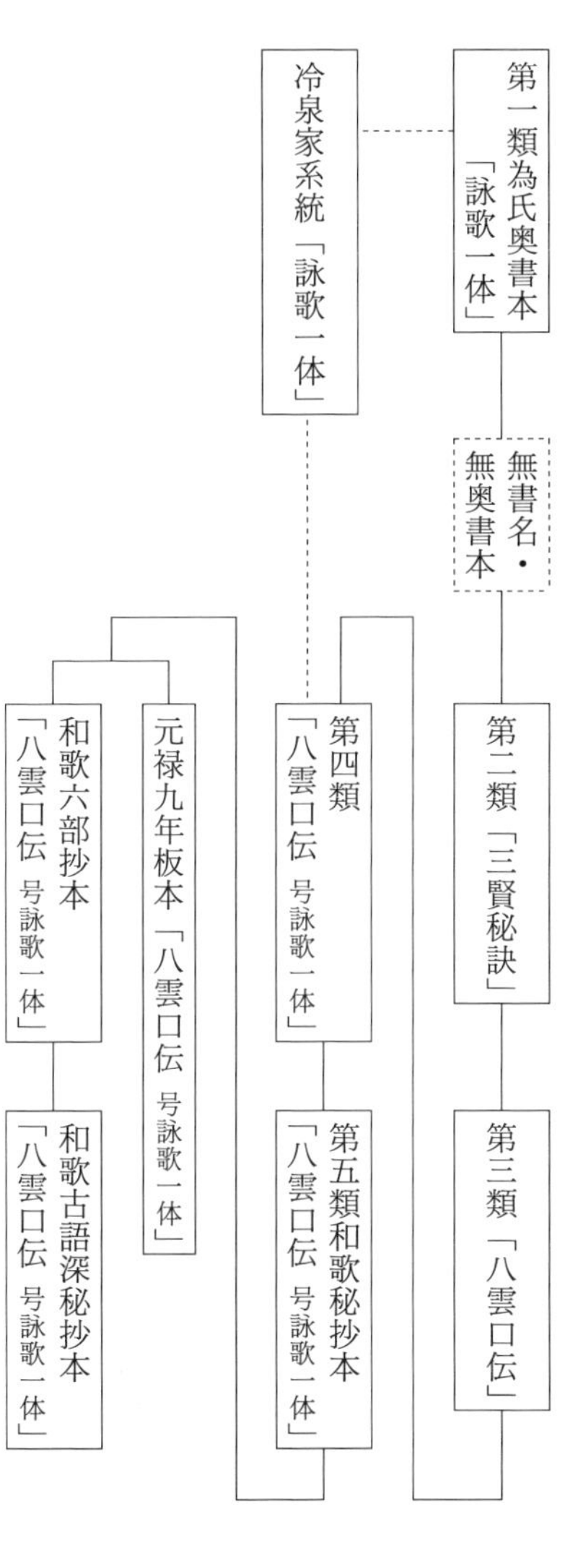
第一類為氏奥書本「詠歌一体」
冷泉家系統「詠歌一体」
無書名・無奥書本
第二類「三賢秘訣」
第三類「八雲口伝」
第四類「八雲口伝 号詠歌一体」
第五類和歌秘抄本「八雲口伝 号詠歌一体」
元禄九年板本「八雲口伝 号詠歌一体」
和歌六部抄本「八雲口伝 号詠歌一体」
和歌古語深秘抄本「八雲口伝 号詠歌一体」

五　冷泉家系統の諸本

冷泉家系統本は、すべて冷泉為秀が関与した本で、書写した時期によって六類に分かたれる。

第一類の⑳河野美術館本は、以下の奥書をもつ。

以相伝秘本具書写
　校合訖
　　　　散位為秀（為秀花押）』
少年之筆跡甚狼籍　雖不被見解
以相伝秘本 祖父卿筆 具令書写校合訖
尤可為証本哉
　　　　左少将藤原為秀』
　　了俊七帖秘抄内也（了俊花押）

了仲・牛庵その他多数の極めにいうとおり、疑いなく為秀の真蹟である。「散位為秀」は井上宗雄氏によれば「少年の頃、侍従になる前（つまり元徳某年以前）のことではなかろうか」という（注6）。為秀の左少将は、暦応二年（一三三九）十二月以前から貞和三年（一三四七）右中将になるまでの間。為秀は生年も年齢も不明であるが、嘉元・徳治（一三〇三～一三〇六）ころの

河野美術館蔵「和哥一体」　巻頭（右）と為秀奥書（左）

生まれで、仮に嘉元三年（一三〇五）の生まれとすれば、(注7)三十五歳から四十三歳のころに、「少年之筆跡」と加証したことになる。文字は明らかに若々しく、これを仮に二十歳ころの筆跡と仮定すれば、正中・嘉暦ころ（一三二四～一三二八）の書写となろうか。必ずしも正確を期しがたいが、為秀によって書写された最初の「詠歌一体」であり、現存最古の「詠歌一体」の写本であることは間違いない。「了俊七帖秘抄内也（了俊花押）」も、極めにいうとおり了俊の自記と認められ、㉚本奥書にいう、了俊が九州において紛失し、その後発見の報を受けたという、為秀相伝の抄物中にみえる「詠歌一体」が、他ならぬこの⑳本であったとみて誤らない。なお、当該本の書名「和哥一躰」は本文とは別筆（飛鳥井雅章筆か）で、近世期改装時に付されたものと見てよい。為秀が少年のころ写した書本は冷泉家に伝来していた「相伝秘本」で、その時には為家筆と認識してはいなかった。後年それを「祖父卿筆」と断定し直している。この変化は重要で、二類本以後四類本までの諸本の奥書においては、原本としての為家自筆「詠歌一体」の存在が強調されることになる。㉑蓬左文庫本は⑳本からの忠実な転写本である。

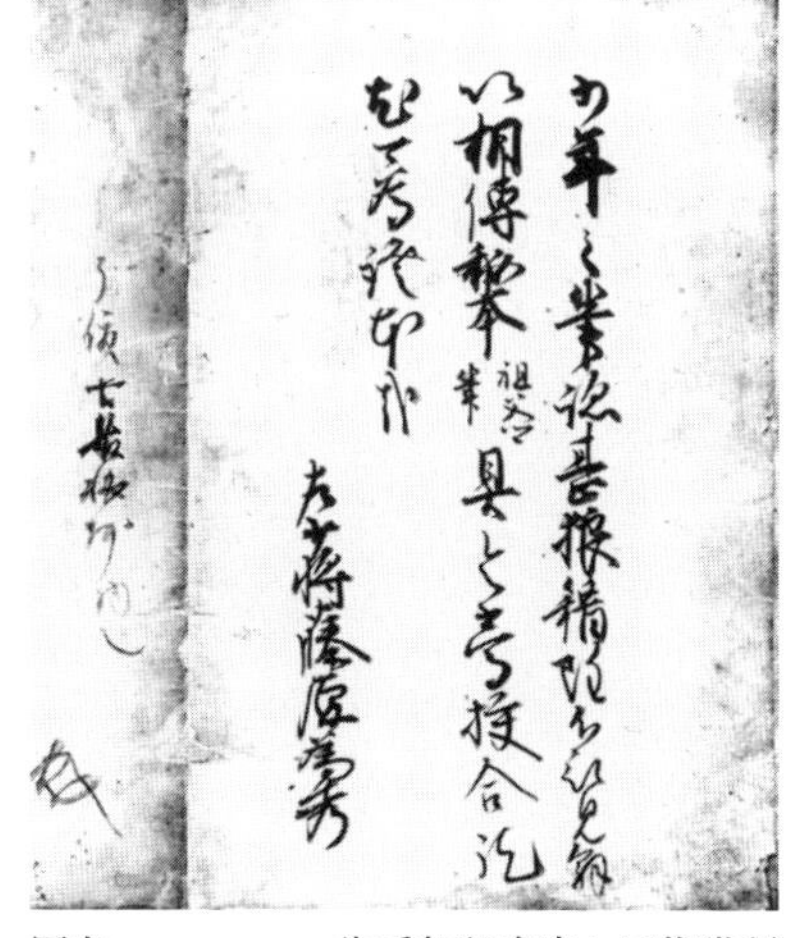

為秀加証奥書と了俊識語　　同右

第二類の㉒冷泉家時雨亭文庫本は、以下の奥書をもつ。

此一帖　以祖父入道大納言 為家卿

自筆本　令書写校合訖　尤

可為証本矣

右近権中将為秀（為秀花押）

これも確実に為秀の筆跡と花押である。打付け書きの外題「詠歌一躰 中院」と本文もまた同筆で、全冊が為秀筆であることは疑いを容れない。為秀の右近衛権中将は、貞和三年（一三四七）三月二十九日から文和五年（一三五六）正月二十八日までの間であるから、その九年ほどの間に為秀が書写したもので、これが冷泉家の家の証本となった。というよりも家の証本として作り上げられた特別な本であった。(注8) 為秀の仮年齢四十三歳から五十二歳の間であるが、第三類本の存在を考慮すると、その比較的早い時期の書写だったのではあるまいか。冷泉家時雨亭文庫に為秀筆本そのものが残り、証本ゆえに多くの写本が派生して今に伝えられている。(注9) 第二類のその他の諸本を列記する。㉒本は冷泉家時雨亭叢書第六巻『続後撰和歌集 為家歌学』（朝日新聞社、一九九四年二月）に所収される。

第三類㉚徳川美術館本は、以下の本奥書をもつ。

此一帖 以祖父入道

大納言為家卿自筆本

具令書写校合了 尤

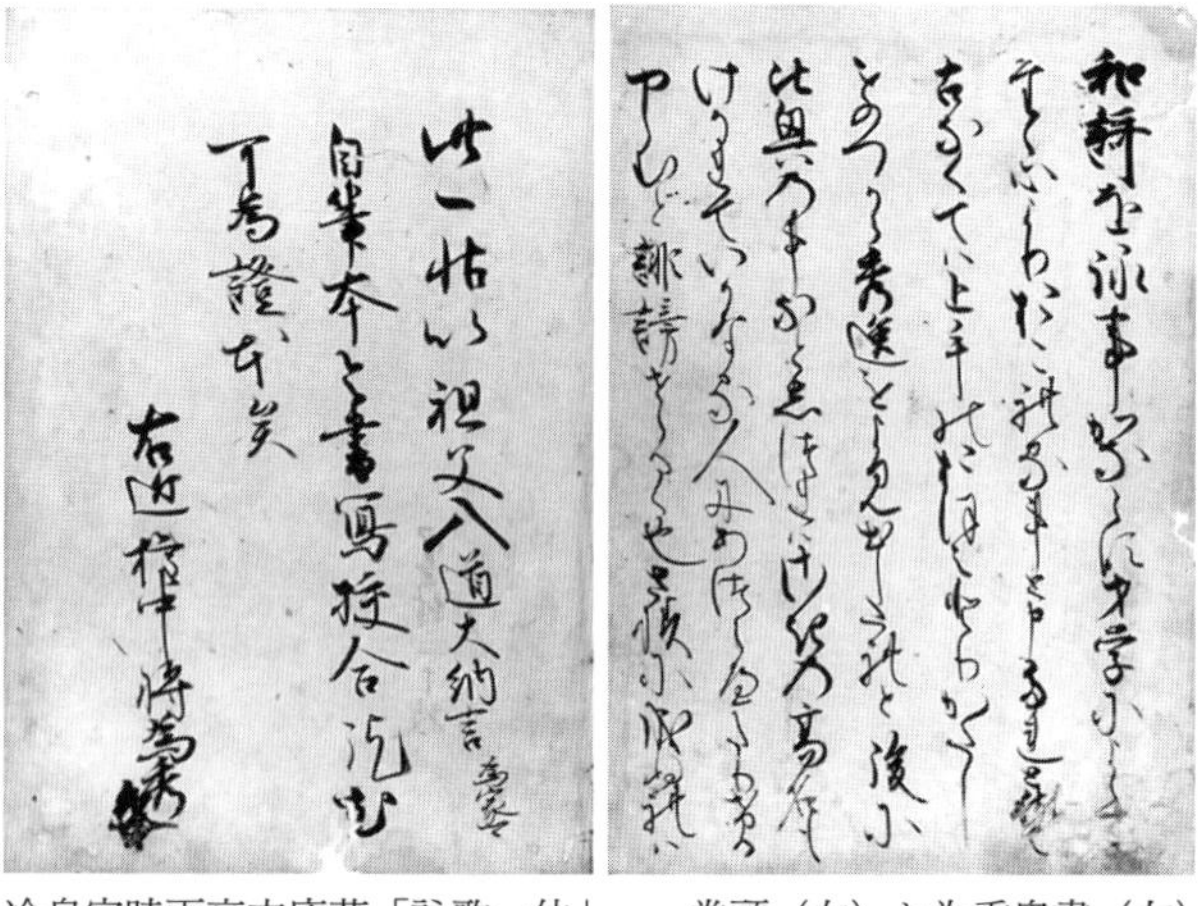

冷泉家時雨亭文庫蔵「詠歌一体」巻頭（右）と為秀奥書（左）

可為証本矣

羽林枯株　判 為秀卿也

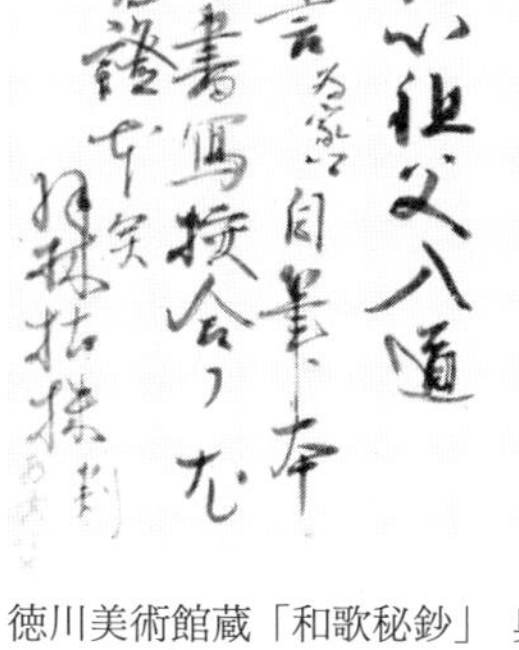

『公卿補任』（延文三年初出時尻付）によれば、為秀は、文和五年（一三五六）正月二十八日に右近衛中将を退き、同じ日に左兵衛督に遷任している。「とるに足らぬ老残者」の意の卑称である「枯株」は、前官の意で用いられることもあるが、定家の場合には、長く勤めた近衛の官の終末期、上階をなかば諦めたころの自称として用いられている。すなわち、『五代簡要』には「承元三年暮春下旬／羽林枯木」とあり、また、承元三年四月十四日為家の侍従任官時、源信定の賀礼に対する答返詩にも「羽林枯木藤原定家」と署名し、承元三年十月と考証した「初冬宿大原山洞書懐詩」にも、「羽林枯木　残栄」と自署していた。この承元三年という年は、足かけ八年勤めた近衛中将の終りの時期で、翌四年正月二十一日自らの官を辞して替わりに為家を左少将に申任する、その準備をはじめた老残の意識の強い時期にあたっていた。（注10）その例に則すれば、為秀の場合も、貞和三年（一三四七）三月二十九日右近中将に就任して以来、足かけ九年に及ぶ在任期間の終期のころ、おそらくは文和四年中の書写だったと臆断されるのである。為秀の仮年齢五十一歳の頃である。

その為秀筆本を書本として、了俊が応永九年（一四〇二）八月に書写したのが、徳川美術館本であった。

右の奥書に続く了俊の長文の識語は以下のとおりである。重要な情報が多々確認できるので、全文を引用しておくことにする。

此一帖或人以相伝之本／書写者也　愚身所持之／抄物等皆以此卿自筆也／雖然於鎮西安楽寺／社頭紛失之間先書／留也　彼本等安楽寺／宮師律師如申者／尋出云々　路次静謐／之時分可召上　若愚／老存命中不到来者／子

徳川美術館蔵「和歌秘鈔」奥書

孫之中数奇志之／輩可伝取　仍後証／如此申置者也／

其預置抄物等

詠哥一躰　為秀卿筆同奥書

詠哥大概　同筆同奥書

和歌秘々　同筆奥書

千載集一帖　俊成卿自筆 後鳥羽院勅筆御奥書也

古今説奥書　為秀卿筆 同加判

古来風躰抄上下　了俊加判

書札和哥説一帖　為秀卿筆 同奥書

伊勢物語一帖　定家卿家隆卿 大輔三人之説／了俊加判也

新古今集一帖　為秀卿筆同奥書

万葉集　貫書　為家卿撰同説等 為秀卿十八歳時筆也同奥書

新勅撰　同卿筆

此一帖。更々無写本之間／殊々秘蔵物也
万葉注詞（朱筆）

後撰　拾遺秘説一帖　同筆

以上皆以奥ニ以了俊自筆／書付了　相伝乗阿　代三

此外ニ条摂政家御書／以下数通在之　連哥／当道之可鏡之由御／伝記也

一　夫木抄一部　正本也 勝田備前入道本也

此内ニ帖預置他所之間／今所持也』

応永九年八月日／了俊（花押）／

浜千鳥たち居の／まなく跡つけし七十七／かたみをいかて／身にしそえ／まし

一　古集と書たるは万葉／集の事也　無左右人の／しらさる事なれは此次に／注付者也　たしか／なる師説也／

定家卿説也／

九州にてしせんと御／尋有へきために此／草子を土居之御／道場ニ進者也

珠阿（花押）』

多々良（花押）

最後は了俊側近の時宗の物語僧珠阿（古山氏）の奥書（珠阿の花押は了俊の花押に酷似する）と、大内教弘（多々良）の所蔵署名である。最初の「詠哥一躰　為秀卿筆同奥書」が⑳河野本そのものであり、また「書札和哥説一帖」が『為家書札』の一部であること、冷泉家時雨亭叢書第六巻の解題に記したとおりである。なおこの本の外題「和歌秘鈔」は本文とは別筆で、後世改装時に付されたものであるに相違なく、了俊はこの本を「詠歌一体」と称していた。㉛蓬左文庫本は、㉚本からの転写本で、外題不明時の書写になるものであろう。㉜多和文庫本は、本文とは別筆で意味不明打付け書きの外題を付し、実質的には無題本。この本も外題不明時に書写されたからであろう。「羽林枯株」の奥書の次丁に「右一部、高祖父公壮年之／賢毫不可他見矣／権大納言兼済」とある。兼済は藤原（花山院）、その権大納言は宝暦六年（一七五六）六月十九日（二一歳）から同十二年十一月六日長煕と改名するまでで、その間の書写本であった。

第四類の㉝松浦家旧蔵本は、松浦資料博物館には現蔵されず所在不明であるが、東京大学史料編纂所所蔵の台紙写真（五九三・八三二六）「冷泉為秀自筆詠歌一体奥書」（東京都北区豊島郡巣鴨町字平松一五三五伯爵松浦厚氏所蔵）による

と、綴葉装のウラ面に、

以相伝秘本 祖父入道大納言為家卿筆 被書写畢 尤可為証本矣

参議兼侍従藤原為秀（為秀花押）／

と書記されている（裏面ゴム印によると、この台紙写真は「昭和弐年十一月廿四日」に作製されている）。付載書付に「縦七寸五分」「横五寸一分五厘」とあり、換算すると、縦二二・七センチ、横一五・六センチとなり、冷泉家に現蔵される第二類の為秀筆本（㉒本）とほぼ同じ大きさの（横幅が〇・七センチ小さいのは綴じ代を含まぬ写真そのものの大きさ故と思われる）本であったと判る。筆跡は確かに為秀の真跡であり、為秀が参議と侍従を兼ねていた、延文五年（一三六〇）十一月二十七日から康安二年（一三六二）九月九日の間に書写した本であったことになる。為秀の仮年齢五十六歳から五十八歳である。なおこの本は、国立国会図書館蔵『書籍捜索記』（特り・五五）に、加賀前田藩の書物奉行津田太郎兵衛が、おそらく貞享三年四月下旬に一見して記録している。「持主町人神田喜兵衛」とある。加賀前田家に入ることなく、これ以後松浦家が直接購入した可能性が大きいであろう。

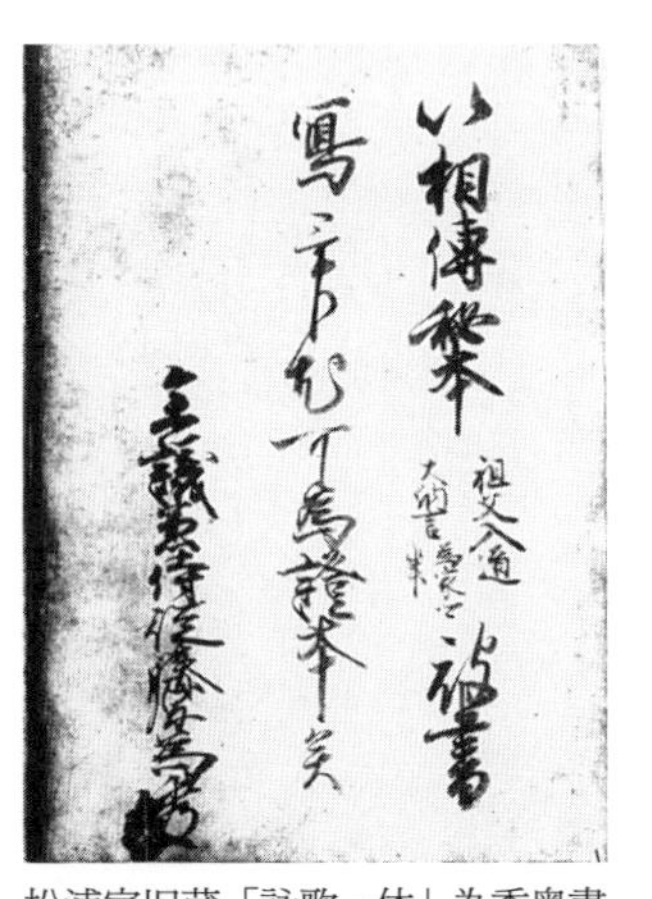
松浦家旧蔵「詠歌一体」為秀奥書

㉞大谷大学本は、同大学附属図書館に照会したところ、行方不明となり、一九九三年三月末をもって除籍本とされ、複写物も残っていないという。以前この本を調査された井上宗雄氏の教示によれば、二八・九センチ×一九・五センチ、薄茶色無地厚手鳥子紙表紙、左に「和歌一体」と打付け書きの外題があり、本文料紙は楮紙、袋綴、一面十行の片仮名本で、墨付は十七丁、巻首に遊紙一丁があり、内題はなく、奥に「参議侍従藤原為秀」の奥書と花押似書があり、その後に「元本鳥子。墨付弐十七枚。今以片仮名写之。元本有外題、表紙／上有外題。此本杏庵先

生之手澤也。正堅」とあったという。

㉟島原図書館本は、外題「和歌一体」、内題「詠歌一体」。「参議侍従藤原為秀」の奥書の後に、次のとおりある。

此一帖者三代之宗匠大納言為家／卿之所作也　以彼自筆之本孫子参／議為秀卿書写之　重以後彼本所(ママ)／書写校合也　尤可為証本歟　但三写／則烏焉成馬云々　必須有其錯也　見／者莫偏之矣

貞治四年五月廿六日

貞治四年（一三六五）は為秀在世中であり、何人による、何のための識語であるかはよくわからない。江戸初期の写しである。第四類のその他の諸本を列記する。(注11)

第五類とした㊶秋田大学本は、以下の奥書をもつ。

本云　此草子先人口伝也

嘉元之比朱夏之天　於
灯下片時所写也　於正本者
不可出閫外　仍為借人也　即
披閲之處廿五無字数　自身
既不読解　他人之周章矣
以暇日可書改之
柏木枯株　在判』

冷泉黄門為相卿往年自筆

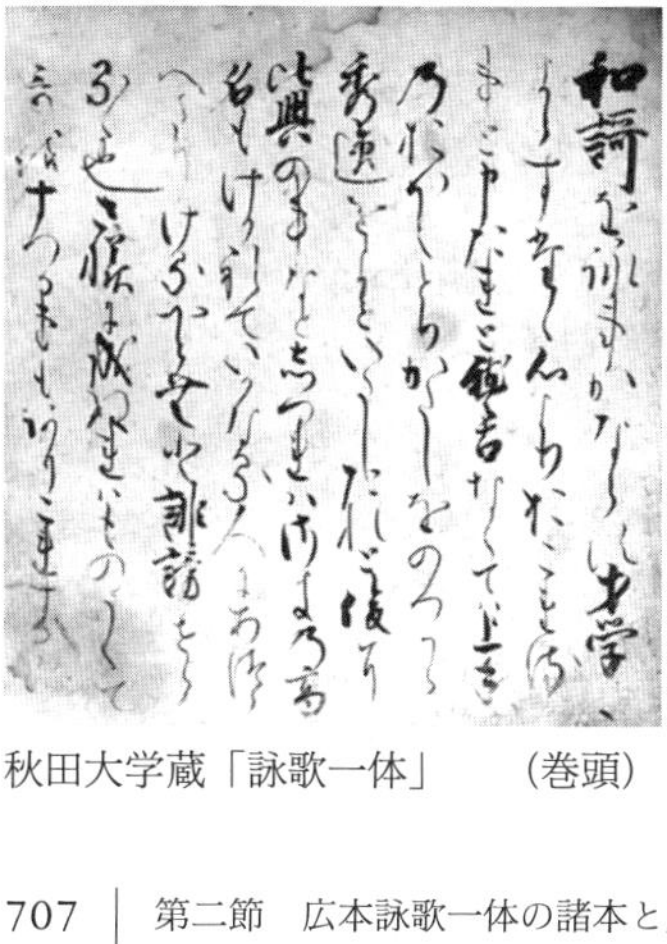

秋田大学蔵「詠歌一体」（巻頭）

本也　任正本書写訖　但
彼者四半草子也　是者用
六半　依無料帋也
于時建武丙子歳沽洗十九日
桑門（花押）

嘉元年間（一三〇三―六）に為相が書写してあった本を、建武三年（一三三六）三月十九日に桑門某が書写したと伝える奥書である。為相の奥書を持つ故にこれまで為相本と呼称し、為秀による数次にわたる諸本より以前に、為相の関与した本が、為家の原本との間に存在したと素直に位置づけてきた本であったが、数々の問題をはらんでいる。第四類本までの奥書にはなかった「此草子先人口伝也」が加わり、第六類奥書に受け継がれてゆく。また「等思両人恋」の例歌の見せ消ち修訂も、第六類本にしか連続してゆかない（第四類本以前には遡れない）。この本をここに位置づけたことの理由は、第六項において詳論する。

第六類㊷久保田氏本は、以下の本奥書をもつ、室町後期の写本である。

写本云
此一帖祖父入道大納言（為家卿法名融覚）口伝也
尤可秘蔵矣

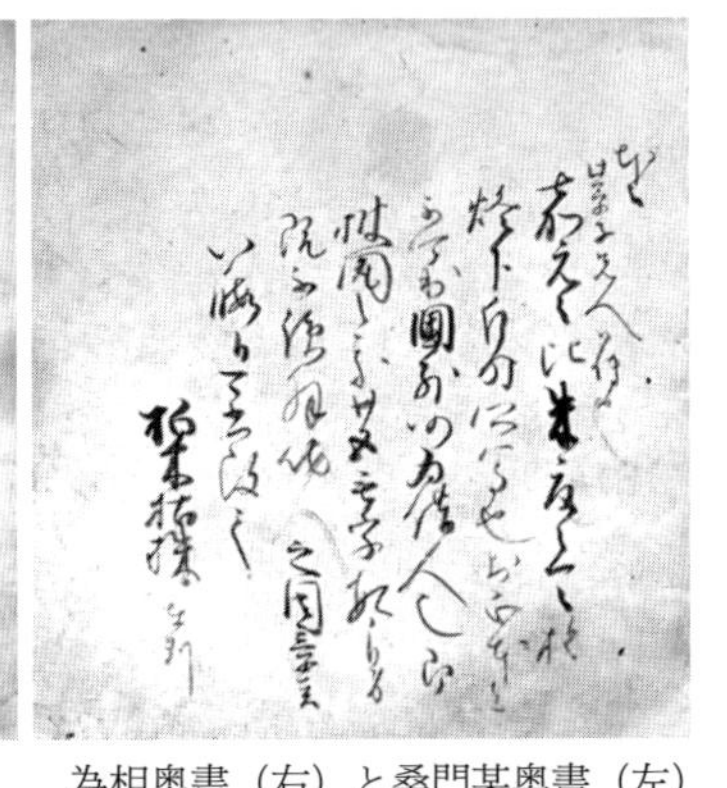

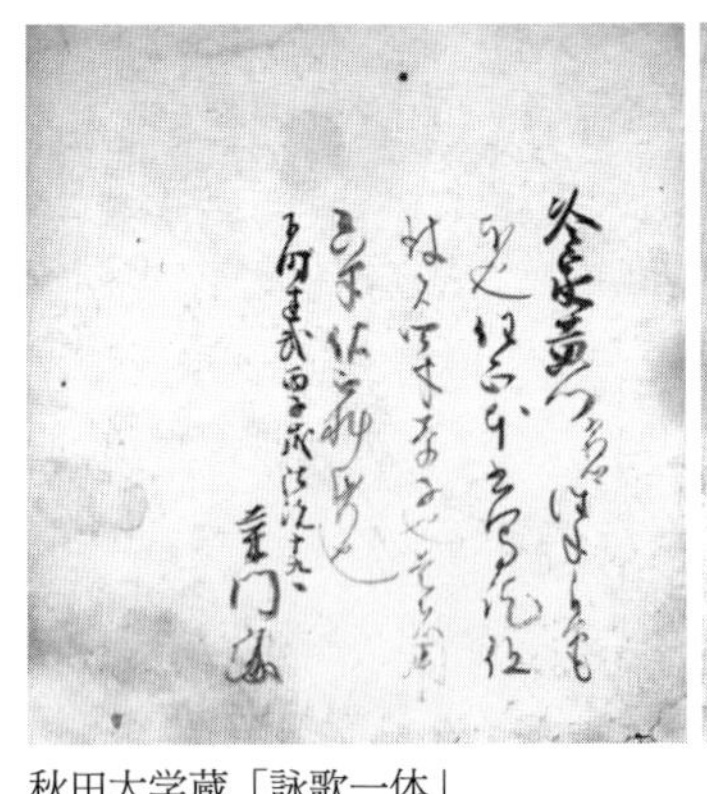

秋田大学蔵「詠歌一体」　為相奥書（右）と桑門某奥書（左）

権中納言為秀　在判』

此一帖行甲乙手尓葉以下／雖不憢候任本令草案者也／以證本可加校合而已／

為秀が権中納言の官にあった、貞治五年（一三六六）十二月七日から同七年（一三六八）四月十九日までの一年四箇月ほどの間に書写した本であったことがわかる。為秀の推定年齢六十二歳から六十四歳である。この奥書で注意すべきは、「此一帖祖父入道大納言（為家卿法名融覚）口伝也」とある点で、秋田大学本の奥書「此草子先人口伝也」と連動しているにちがいない。「等思両人恋」の例歌のありかたも、秋田大学本の形からのみ連接しうる。第六類のその他の諸本を列記する。[注12]

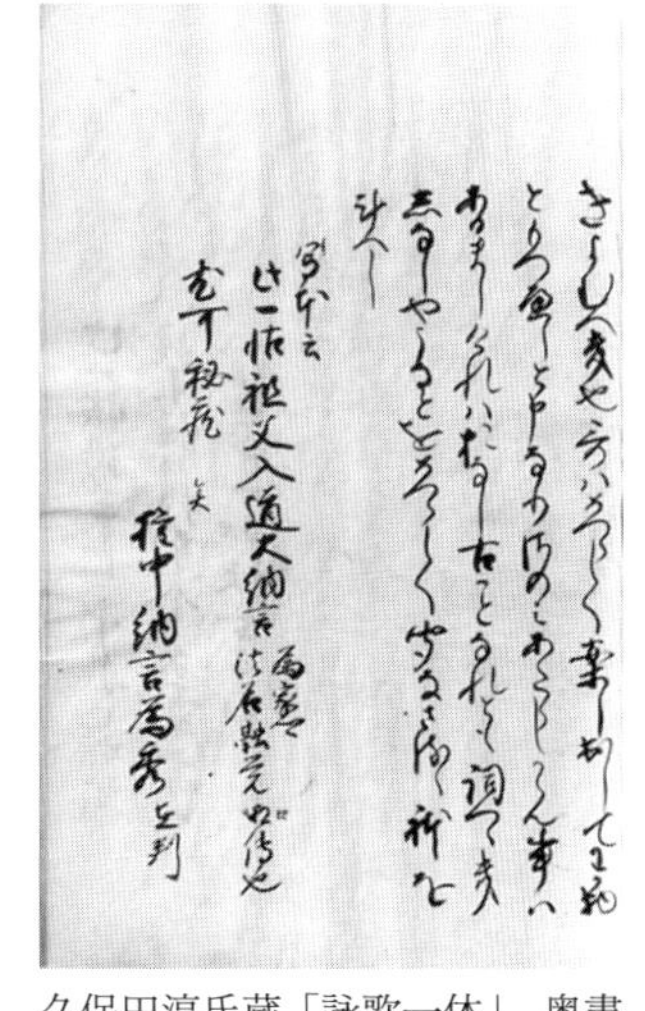

久保田淳氏蔵「詠歌一体」奥書

六　河野本の独自異文と為氏本本文

冷泉家系統第一類⑳河野美術館本には、以下の第二類から第六類までのどの本にも見られない独自異文が多い。そのことは早くから判っていて、「詠歌一体二題」に問題提起したり、[注13]『歌論集一』の解題に言及し、「校異」にも詳記したのであったが、[注14]その異文の意味するところを解明することができぬまま、ほとんど無視に近いかたちで放置してきたのであった。秋田大学本の奥書を文面どおりに理解し、嘉元のころに書写された為相本の本文と第二類本以下の為秀本の本文がほとんど変わらないのに、その中間で書写された河野本本文だけが大きく異なっていることの理由は何か、どうしても答えが出せなかったからである。

しかし、河野本が為秀によって書写された最初の本であり、秋田大学本は第五類に位置する為秀本の一本であると定位してみると、ことは簡単である。独自異文を含めて河野本の本文は、冷泉家に伝来していた相伝の秘本（為家口伝）によっていたはずだからである。そしてその本文は、書き入れなどの多い、かなり錯雑したありかたを示していたらしいことも推察にかたくない。

冷泉家の家の証本とすべく第二類本を制作する段階で冷泉為秀の手許に存在したのは、当初の「相伝秘本」とこの河野本のみだったはずであるが、二条家系統の為氏本は既にそれ以前から存在していた。その奥書のありかたから判断して、これまた為氏に伝えられていた、主としては為家の口伝の累積であったと見なされる。そこで、いま河野本の独自異文を根幹とし、その後の冷泉家系統諸本の本文と、併せて為氏本の本文を並記して示すと、以下のとおりである。

①・夜千鳥をさよ千とりなとよみたらん無下に事あさき也、それも上手のよくとりなしてよめるときは無難きこゆる也　河

・夜千鳥をさよちとりなとよみたらむは無下に事あさく侍へし　二・三・四・秋・六

・よるの千鳥をさよちとりなと読たらんは無下にことあさく侍へし　氏

②・題のはしめの字に朝の何と出したらんにやかてけさのとはしめの句にをく事もこひねかはぬ也　河

・題のはしめの字に朝の何と出したらむにやかて歌のはしめにけさのとよみたるたにあなかちにこひねかはぬ体にてあるへし　二・三・四・秋・六

・題のはしめの字にあしたのなになといたしたらんにやかて歌のはしめにけさとよみたるたにあなかちにこひねかはぬ体にてあるへし　氏

③・月の題に暁月をよむ事歌合にはしかるへからさるよしむかしはきゝをきしかと今は非殊難、しかあれとも思わきてもつへき也　河

・月の題に暁月をよむ事歌合にはしかるへからす　二・三・四・秋・六
・月に暁月をよむことあるへからす　氏

④・むかしは歌にも対をとるなと申けれはさる事もあるへけれとよからぬ事也　河
・むかしは歌にも対をとるなと申けれはさる事もあるへし　二・三・四・秋・六
・むかしは歌にも対をとるなと申けれはさることもあるへし　氏

⑤・泉を題にてのきのした水五月雨をさ月のあめなとよむ事みくるし、たゝいつみともよみさみたれともよむへき也、泉をもいはまの清水むすふなとは又よむへき也　河
・泉を題にてのきのした水なとよむ人々あり、たゝいつみの水とよみたる難なし　二・三・四・秋・六
・泉を題にてのきの下水なとよむ人あり、たゝいつみの水とよみたる難なし　氏

⑥・萩を鹿鳴くさとよまむ事不甘心、可依時也　河
・萩を鹿鳴草とよまむと好事其詮なし　二・三・四・秋・六
・萩を鹿なく草なとよまん事その詮なし　氏

⑦・此歌は蟬ときこえたり、されと夏むしまきれてよろしからす、たゝほたるとよむへきにこそ　河
・此歌は蟬ときこえたり、されは夜半の夏虫とも思にもゆるなとよむ也、たゝほたるとよむへきにこそ　二・三・四・秋・六
・この歌は蟬ときこえたり、されとよはの夏虫ともよみおもひにもゆるけなとよむなり　氏

⑧・(なし)　河
・近代よき歌と申あひたる歌とも　二・三・四・秋・六・氏

⑨・(なし)　河

・せんもなからんかさね句も更〳〵にあるへからす　二・三・四・秋・六
・せんもなからんかさねの句さらに〳〵あるへからす　氏

対比すれば見えてくるように、為氏本本文を介在させてみると、為氏本に合わせる形で河野本の異文が削除され、また本文が追加され若干改変されたりして、二類本の本文が形成されていった跡を辿ることができる（⑦はやや様相を異にし、為氏本と河野本を折衷合成していると見える）。

いま少し規模の小さい事例としては、

⑩・その中に秀逸出来（いてきたり）ぬへき題をよく〳〵案すへし、さのみ心をくたく事も詮なき事也　河
・その中に秀逸出来ぬへき題をよく〳〵あんすへし、さのみ心をくたく事も其詮あるへからす　二・三・四・秋・六
・その中に秀逸いてきぬへからん題をよく〳〵案すへし、さのみ心をくたく事も其詮あるへからす　氏

⑪・か様歌は心うへし　河
・かやうの歌にて心うへし　二・三・四・秋・六
・かやうの歌にて心ゆへし　氏

⑫・うき雲はつかせと申こそあるへきを　河
・うき雲はつかせにてこそあるへきを　二・三・四・秋・六・氏

などもある。

第二類本は、冷泉家の家の証本として作成された本であった。為氏奥書本は二条家系統の本だという先入観に

よって、冷泉家本の埒外に置いて考えてきたのであったが、以上のように顕著な一致や類似がみてとれる事実を前に考えるならば、これはもう直接的な関係を想定せざるをえない。為秀は為氏奥書本を何らかの方法で入手し、若年のころに書写した河野本とその為氏本を座右に置き、そして為氏本の本文をほぼそのままに取り入れ生かして、第二類本の本文を確定していったと思量されるのである。

冷泉家の家の証本作成にあたっては、もちろん為氏本に従うのみでなく、逆に為氏本本文を退け、冷泉家の主張を押し通してもいる。すなわち例歌については、次のようなあり方を示している。

○「等思両人恋」の例歌

・いつ方もよかれんことのかなしきにふたつにわくる我身ともかな　氏

・つのくにのいくたの河に鳥もゐは身をかきりとや思ひなりなむ　河・二・三・四

（秋・六は本文の主要異同箇所④に別記した）

○「近代よき歌と申あひたる歌とも」の例歌四首目

・（一首なし）　河・氏

・旅人の袖ふきかへす秋かせに夕日さひしき山のかけはし　二・三・四・秋・六

前者は、河野本の当初から「つのくにの」を例歌としていた。為氏本が「いづ方も」であるのを見ても、為秀はそれを採ることをしなかったのである。冷泉家に伝えられていた「相伝秘本」がすでにこの歌のみを採っていたと思われるし、加えて冷泉家における阿仏の庭訓が、この歌をよしとしていたからである。すなわち、『夜の鶴』に「ことに結題ども、題の理をあらはさず思はせたる事どもを上手たちは詠まれ候ふと覚え候ふ」として、定家の「色かはるみのの中山秋こえてまたとほざかるあふさかの関」（逢不逢恋）、俊成の「思ひきやしぢのはしがきかきつめて百夜もおなじまろねせんとは」（臨期変約恋）とともに、寂蓮のこの歌（思両人恋）を掲げて、「大和物語の聟二人のこと、又おなじく記すにおよび候はず。かやうに題の心を古きためしに思ひよそへてよまれたることども、もしほ草書き尽くすべくもあらず」と説いているからである。

後者は、冷泉家の「相伝秘本」にも所載はなかったはずで、為氏本の祖本も同じく本来「近代よき歌と申あひたる歌ども」の例歌は十首であったと思われるのであるが、為秀は祖父定家の『新古今和歌集』（九五三）の名歌を追加して家の証本としたのであった。

いま一つ「主あることば」についても、「雪のした水」「空さへかけて」「月にうつろふ」「月のかつらに」「こがらしの風」「我のみけたぬ」の六語があり、「あやめぞかほる」「雨の夕ぐれ」「雪の夕ぐれ」「月やをじまの」の四語がなく、合計四十五語からなる為氏本には従わず、逆に六語がなく四語があって、合計四十三語からなる冷泉家系統本の「主あることば」を確立している（河野本の段階では、為氏本の「雪のした水」があり、合計四十六語で、冷泉家伝来の「相伝秘本」にはそうあったであろう）。この違いは、為氏に残した少し早い段階の本文と、冷泉家に伝えられた最終段階の本文との差に基因していると思われ、為家は最晩年に至るまで、「主あることば」に関する具体的な関心を持続して改訂を続け、口伝として周囲に伝えることも少なくなかったであろう。

七　秋田大学本『詠歌一体』について

前掲奥書によれば、嘉元年間（一三〇三―六）に為相が書写してあった本を、建武三年（一三三六）三月十九日に桑門某が書写したと伝えられるのであるが、打付け書きの外題も本文の全部もこの奥書も、すべてが為秀の筆跡である。（注15）そうであるならば、桑門某がすなわち為秀であるか、桑門某書写本を為秀が更に転写したかの何れかでしかありえない。為秀による更なる転写本であるなら、為秀関与のその他の奥書に鑑み、為秀の書写奥書があってしかるべきなのに、それはない。そして「桑門」の署名と「花押」を据え、桑門某の書写本であることを装っている。為秀は桑門某になりすましているとしか考えられないのである。しかも筆跡は、建武三年（為秀の仮年齢三二歳）はもとより、第二類㉒本（為秀の仮年齢四三歳から五二歳）よりもさらに後年と見られる老筆である。

桑門某の書写年次として設定された建武三年三月十九日は、『史料綜覧』によれば「石清水臨時祭」が行われている。この年は為秀にとって特別に思い入れの深い年だったらしく、父為相の遺領等の為秀一身への保全を願い出た「冷泉為秀申状案」（冷泉家古文書一四九）によれば、代々の武家奉公の功績を述べて、

（前略）為秀代々ノ武家奉公、争デカ優異無カランヤ、是三。就中、亡父中納言、昔関東ニ於テ、当道之恢弘抜群之功労、内外ニ就キ、他者ニ異ナルカ、其ノ跡孤独ニシテ、已ニ牢籠ニ及ブ、何ゾ御扶翼ノ儀無カランヤ。将夕又当御代建武三年、将軍家八幡・東寺等ノ御所ニ御坐ノ時、為秀一人、或ヒハ諸社御願ノ歌題ヲ献ジ、或ヒハ不退寓直ノ功ヲ抽ンヅ、（下略）

と回想している。何らかの記憶の糸が、三十年も前の特定のこの日を選ばせたのであろう。

嘉元年間の為相書写本の痕跡は、本書奥書前半部以外には存在しない。「嘉元之比」の為相は、正安三年（一三〇一）四月五日に右兵衛督を辞し、延慶元年（一三〇八）参議に任じられるまでの散位の時代であったから、たしかに「前右兵衛督」であり、すなわち「柏木枯株」ではあった。しかし、本文は冷泉家系統第二類以下の諸本と類同し、独自異

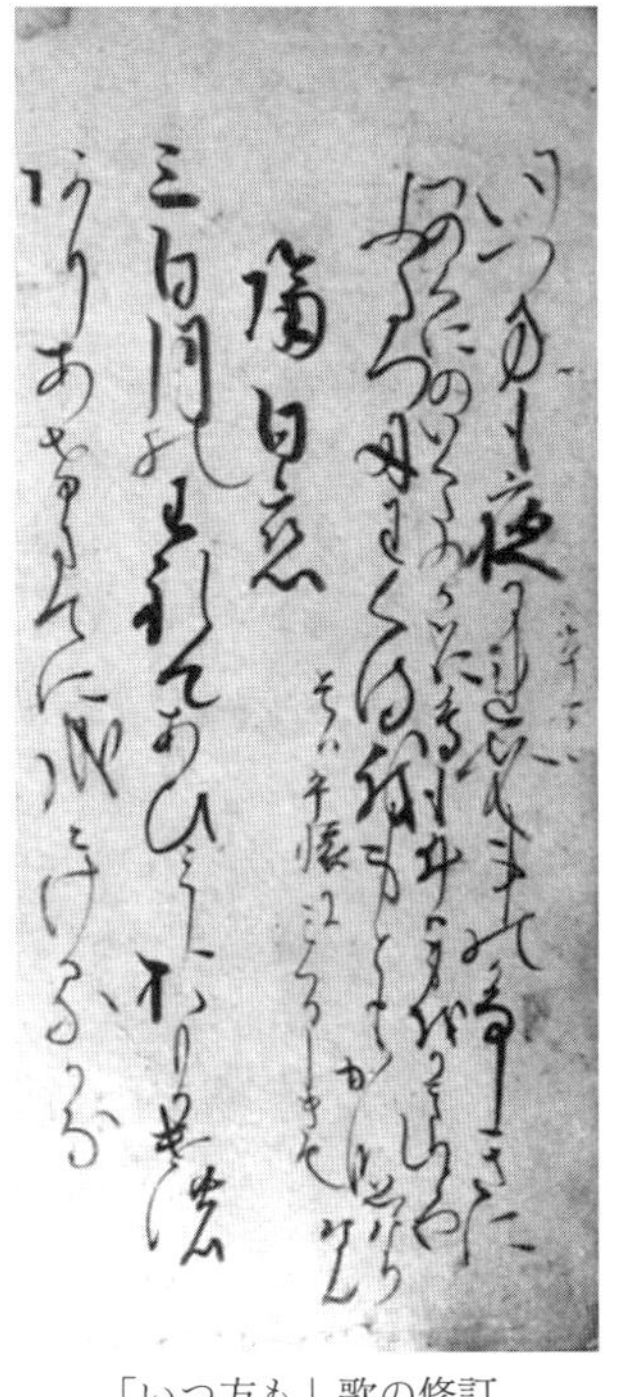

「いつ方も」歌の修訂

文の多い若年時の一類「散位為秀」筆本より以前に遡ることはありえない。加えて第四類本までのありようとは対立し、第六類本にしか連接しない徴表が二つある。一つは、奥書に「此草子先人口伝也」とある点で、第二類本から第四類本までの「祖父入道大納言為家卿自筆本」を標榜してきた姿勢を改め、方向転換がはかられていること。二つは、「等思両人恋」の例歌が、第一類河野本の段階から第四類本にいたるまで一貫して「津の国の生田の川に鳥もゐば身をかぎりとや思ひなりなん」一首であったものが、ここに至り二条家本の例歌「いづ方もよがれんことのかなしきにふたつにわくる我身ともがな」をはじめて取り入れて、それを二行分かち書きとし、歌頭に見せ消ち記号を付し、右中央に「本マゝ」、左下半に「是は平懐にみぐるしき也」、その行間に「つのくにの」の一首を小字で書入れるという、手の込んだ措置を講じていることである（前頁図版）。二条家系統本文への顧慮ないし融和がはかられているのだと思われる。第六類本は、「いづ方も」の一首を見せ消ちにすることなく、「是は平懐にみぐるしき也」と否定的扱いはするものの、「津の国の」の一首を並べ繋いでいるのであって、秋田大学本はこの第六類本にしか連接しえない（ちなみに二条家系統本の第四類以下の流布本では、二首を対等の関係で並べ掲げることになる）。

嘉元年間の為相筆本としての整合性を求め、本文に修訂を加えた部分においては、特に細心の注意が払われている。冷泉家系統本における、修訂を加えた本文異同箇所は、以下のとおりである。

①・さみたれにふりいてゝなけともあすのあやめやねをのこすらん　河
・五月雨にふりいてゝなけともあすのあやめやねをのこすらむ　二
・さみだれにふり出てなけともあすのあやめやねを残すらむ　三・秋
・五月雨にふりいてゝなけともあすのあやめのねをのこすらむ　四

・五月雨にふりいてゝなけとおもへともあすのためにやねをのこすらん　六・氏

②・春興秋興、いつれもおなし《おもしろき》事をつくしてよむへし　河

・春興秋興、いつれもおもしろき《かしき》（おなし）事ともをつくさむとよむへし　二

・春興秋興、いつれも興をつくさむとよむへし　三

・春興秋興、いつれも面白ことゝもをつくさむとよむへし　四

・春興秋興、いつれもおなし事ともをつくさむとよむへし　秋

・春興秋興、いつれもをかしき事ともをつくさむとよむへし　六

・春興秋興、いつれもおもしろき事をつくさんとよむへし　氏

③・われか身はとかへるたかとなりにけりとしはふれともこひはまさらす　河・秋

・われかみはとかへるたかとなりにけりとしはふれともこひはまさらす《わすれす》　二

・我か身はとかへるたかとなりにけりとしはふれともこひはわすれす　三・四・六・氏

④・山人のむかしのあとをきてとへはむなしきゆかをはらふ谷かせ　河・二・三・四・氏

・山人のむかしのあとをきて見れ《とへ》はむなしきゆかをはらふたにかせ　秋

・山人の昔の跡をきてみれはむなしきゆかをはらふたに風　六

⑤・其具足もなきはわろし、かくはいへとも事そきたる《おちきたるか》よき也　河

・その具足もなきはわろし、かくはいへとも事そきたるかよき也　二・三・四・秋・六

・そのくそくもなきはわろし、かくはいへともおちきたるかよきなり　氏

嘉元年間の為相筆本としての整合性を求め、このうち①②③⑤において、最も早い段階の本文が採用される。河

野本と第二類本によればすむことだから、そのこと自体は簡単である。たとえば最も複雑な②について見ると、河野本当初の「おなし」の本文は、前後の文脈の中で意味をなさないから、誤読による誤記であるにちがいない。それを為氏本によって「おもしろき」と改め、二類本はさらに同じ意味の「おかしき」と訂正し、三類本はさらに同じ意味の「興を」と改めたのである。（しかし四類本はまた「面白き」に返し、六類本は「おかしき」とするなど、為秀の思考は揺れに揺れていると見える）が、秋本は当初の本文として誤記のままに「おなし」の本文をとっているのである。そうした中にあって④の場合は最も端的で、初め最も新しい第六類本時点の本文「きて見れば」と書いた後、「とへ」と傍記して当初の形に改めている。この措置はケアレスミスというべく、本文操作の実態がはしなくも露呈してしまう結果となった。「きて見れば」は、嘉元年間はもとより建武三年時点の本文でもあるはずなく、更に後来の本文だったにちがいないのである。

為秀は、第四類本までは強調し続けてきた「為家自筆本」から、何らかの要請をうけ、または必要に迫られて、原本は「先人口伝」だったと態度を変更することにした。河野本の最初に回帰したと言うべきかもしれない。「相伝秘本」と「先人口伝」との間は至って近いであろう。態度変更にあたり、自分自身の名においてする変更は、繰り返し「為家自筆本」が冷泉家に存在することを主張し続けてきた手前、為秀にはできかねることだったにちがいない。そこで、変更を合理化する権威として為相書写本が仮構されたのだと思量される。

かくて為相筆本も為秀による仮構で、「借人」のために書き与えたというのも、一旦冷泉家の外に出ていた為相筆本に架空の桑門某が巡り会って書写したという状況設定に合わせた偽装と見なされる。奥書にいう「彼者四半草子也」は、第二類㉒の冷泉家時雨亭文庫本を指し、「是者用六半」は秋田大学本そのものを意味せしめているはずである。第六類本とほとんど同時、為秀の仮年齢六十二歳から六十四歳の間のことだったであろう。筆跡もその時期のものとしたとき最も無理なく妥当する。

八　おわりに

建治二年に為氏の許にあった「家中僻案所存」も、為秀が最初の河野本を書写したときの書本「相伝秘本」も、ともに為家の口伝を主とする歌論の累積であり、為家以外の言説や他筆も若干は含まれていたかもしれない著作物であったと思われる。定家における『近代秀歌』のような確実な自作自筆の歌論書とはレベルを異にする、為家の「口伝」であって、さればこそ、『夜の鶴』にも『源承和歌口伝』にもその書名と確とした内容は引用されていないのである。『毎月抄』とともに『詠歌一体』も、かつて真偽問題の批判の対象とされたことがあり、いまも必ずしも完全な決着をみているとは言えない。今にして思えばそれは、定家以外の言説の混入もなくはない「定家の口伝」であり、為家以外の言説も皆無ではない「為家の口伝」であるが故の必然だったとの思いに至りつく。「近代秀歌」に相当するような為家の歌論「詠歌一体」の自筆本は、存在しなかったであろう。為氏は、まるで自分の著作であるかのような奥書を付して残し、為秀はその本文を参酌しつつ、第二類本の段階であえてそれを「為家自筆本」と強弁する姿勢を打ち出し、第四類本まではそれを通して、冷泉家の優位を誇示し続けた。何らかの要請により実は「為家口伝」だったと態度を変更する必要に迫られ、秋田大学本を仮構捏造して辻褄をあわせたために、研究者たちもその術中に墜ち、五十年以上もその煙にまかれて今日に至った。冷泉家本の本文は確かに優秀で（為氏本の本文もまた優れている）、為家の歌論として遜色のない著述を後世に残した為秀（そして為氏）の功績は甚だ大であるが、為秀による同じような虚偽や偽装は、他にもなお多いのではあるまいか。多方面にわたる為秀の目覚ましい活動のすべてを洗い直し、実態を把握しなおしてみなければならない。

最後に、広本（甲本）詠歌一体の為家歌論としての信憑性とその扱い方について言及しておかねばならない。為家の口伝を嫡男為氏と冷泉為秀が成書化して成立した著作であるとすれば、その成書化に際し若干の付加や整理や改変が加えられた可能性は十分にありえたであろう（前記為秀による本文細部の操作は、その目に見える一例である）。しかし、その具体的な部分の判定と計量は極めて困難な問題で、およそ不可能とせざるをえない。為氏と為秀の手を経てほぼ一元に帰した著作という限定を付した上で、為家歌論とのなにがしかの差異はあるかもしれないことを留保しつつ、従前どおりすべてを為家真作の歌論として扱うほかはないと思量する。

【注】

（1）①佐藤恒雄「詠歌一体考」（『言語と文芸』第四十号、昭和四十年五月）。②福田秀一・佐藤恒雄「詠歌一体」校注・解説（中世の文学『歌論集一』昭和四十六年二月、三弥井書店）。③佐藤恒雄「詠歌一体　解説」（徳川黎明会叢書『桐火桶・詠歌一体・綺語抄』平成元年七月、思文閣出版）。④佐藤恒雄「詠歌一体　解題」（冷泉家時雨亭叢書第六巻『続後撰和歌集　為家歌学』平成六年二月、朝日新聞社）。

（2）錦仁・小林一彦『冷泉為秀筆　詠歌一体』（平成十三年十月、和泉書院）。

（3）第一類②書陵部本は、為氏奥書のあとに、前置する『和歌聞書』と併せた奥書を、一丁九行の罫紙に記す。

此両冊　東本願寺光勝大僧正所持請一覧　此一冊（詠歌一体）ハ懇／切にて有益事共也　深可味者　当時にも有用也　初一冊（和歌聞書）／ハ　愚眼浅学にても不審之事有尠之旨答　返却畢　／以愚筆写之畢／　安政三年五月　（花押）

安政三年（一八五六）の書写本で、①本を忠実に書写している。

（4）④書陵部本には、さらに次の奥書がある。

右以羽林博意朝臣〔東久世殿〕御本写之／併令一校

源博意は、天和三年（一六八三）正月五日叙従四位上（二五歳）、元禄元年（一六八八）二月二十九日（三〇歳）任右中将、元禄三年（一六九〇）四月一日（三三歳）博高と改名しているから、天和三年以降元禄三年四月以前の間の書写本である。

（5）⑭書陵部本⑮書陵部本も同系の本文であるが、⑭本は「八雲口伝」「愚問賢註」「近来風体」の三本を合綴し、それぞれの奥書の末尾に、以下のとおりある。

慶長五年九月自妙庵伝領之／内也／也足叟素然（花押似書）」

寛永第十五歳五月十三日肖柏自筆本不慮／実覧之間一校了［但件本有欠字欠行所々／の落字等在之也］　特進亜相通村

慶長五年（一六〇〇）の中院通勝筆本に、寛永十五年（一六三八）嗣子通村が肖柏筆本によって校合を加えた本という素性がたどれるが、校合のあり様をみると「近来風体」のみの奥書であるらしい。全体の奥には「烏丸家本ヲ以令写之／甲寅仲秋（花押）」とある。花押の主は特定できないが、筆跡や本の形態などから、「甲寅」は延宝二年（一六七四）であろうか。

（6）井上宗雄『中世歌壇史の研究』南北朝期（改訂新版）（明治書院、昭和六十二年五月）九〇三頁。

（7）『和歌大辞典』「為秀」（井上宗雄執筆）。『中世歌壇史の研究』南北朝期（明治書院、昭和四十年十一月）「冷泉為相・為秀略年譜」には、嘉元三年（一三〇五）の項に「○為秀生まれるか」とある。

（8）注（2）所引編著。

（9）㉓筑波大学本は、右の為秀奥書に続けて、「此一冊以嚢祖黄門為秀卿自筆本令書写者也／宝暦三年八月上旬　侍従為栄」とあり、宝暦三年（一七五三）当時十六歳の下冷泉家の為栄（正五位下侍従）の筆跡である。内容の純良さから冷泉家に現存する為秀筆本（㉒本）から直接に書写した写本と位置づけることができる。

㉔内閣文庫本は、右の為秀奥書に続けて、次のとおりある。

以家本令校合了／尤可為証本矣

右近権中将藤原為尹　判

永享八年八―　借親長筆本書写了

親当　判

永正十五年二月写之（花押）

極札（二種）によれば、蜷川親孝（道玫）の筆跡という。永正十五年（一五一八）の写本である。

㉕三手文庫本は、右の為尹までの奥書があるが、これも近世後期の写本で、「主ある詞」のうち「昨日のくもの」一語が欠逸している。

㉖北駕文庫本も、為秀奥書のみしか持たないが、近世後期の写しで、書名の訛伝並びに「主ある詞」のうち「われはにこる」一語の欠逸がある。

㉗架蔵本は、為秀の奥書に続けて、次の奥書を持つ。

以後小松院宸筆御本書写校合畢

前権大納言入道栄雅　判

此一冊依亡父一位入道高雅門弟之儀／江雪斎懇志之条以栄雅自筆令書写遣之者也　　重雅

天正四年五月二十二日

右重雅之正本和歌一体者近来吾先師／衝雪不意求出授予以速有可令披見之旨／則不恥禿筆於江府旅館北向之幽斎書／写之畢

寛文弐年卯月十一日　二位清貞（花押）

高雅は栄雅の息男雅俊の息雅綱の法名で、その門弟であった江雪斎に書写して与えた天正四年（一五七六）書写本からの、寛文二年（一六六二）の転写本である。重雅は雅綱の息男とはわかるが、具体的にどのような人物であったかは不明。寛文の「清貞」も同じく知るところがない。

㉘天理図書館本㉙青山文庫本にも、為秀の奥書に続けて、以下のとおり類似の奥書がある。

此詠歌一体以後小松院／宸筆御本写書校合畢

前大納言入道栄雅　判

此一冊亡父一位祖父栄雅／以自筆本安藤源左衛門尉／依懇志書之遣也

天正六年霜月十三日　重雅

「亡父一位」は先の雅綱で、こちらは二年後の天正六年（一五七八）にやはりその門弟であった安藤源左衛門尉に与えた本（㉘本）とその転写本（㉙本）である。㉗本㉘本㉙本の三本の内容は、「主ある詞」が冷泉家本の四三語に二条家本特有の「雪のした水」「空さへかけて」「月のかつらに」「木からしの風」「われのみけたぬ」（「月にうつろふ」のみは欠ける）の五語が付加されていて、合計四十八語を連ねている。後小松院宸筆御本の段階で生起した混態であろう。

(10) 佐藤恒雄『藤原定家研究』（風間書房、二〇〇一年五月）第六章第四節。

(11) ㊱陽明文庫本は、為秀の奥書はなく、貞治四年奥書が最初にあって（「重以彼本」）それに続けて、「享禄元年十月伊勢山田にて書写之　正俊（花押）」と、享禄元年（一五二八）飛鳥井正俊の書写奥書がある。正俊は大永三年（一五二三）六十一歳の四月十一日に周防国で没したとされており（公卿補任）、この奥書は不審であるが、享禄の写本であるとは見られる。外題・内題ともに「詠歌一体」。

㊲蘆庵文庫本は、貞治四年奥書のみの、江戸初期写本。外題・内題ともに「詠歌一体」。

㊳高城氏本も、貞治四年奥書のみの（但し日付は五月二十四日）、江戸初期写本。

㊴尊経閣文庫本は、貞治四年奥書（五月二十四日）の後に、「此一冊大納言入道為広卿真跡／無疑依所望記之者也／貞享二年仲春下旬／左中将為綱」と極め書きがあり、三種類ある極札も為広筆とするが、為広の筆跡とは見えない。室町期の写本。内題は「詠歌一体」、外題はないが、極札に「和歌一体」とあるので、それが外題であったと見られる。

㊵天理本には、為秀奥書も貞治奥書もなく、「以中院通村卿自筆本書写訖／同遂校合訖／正保三年二月下旬」と書写奥書がある。細かい本文の特徴から、この類に属する一本であると判断される。

(12) ㊸伊達文庫本は、為秀奥書の後に、「為持本人々書写所也指此一帖者／初心後心共可用者也後学末生／可備心腑而已一校了／里村玄祥法橋以自筆本写之者也／万治元年仲冬日　保重」と奥書がある。万治元年（一六五八）の写本。

㊹天理図書館吉田本は、為秀奥書の後に、「此一帖以為秀自筆之本不違仮名真名／一字書写之／康正三年九月四日専順　判／写本云／明暦二年霜月中旬写之畢保全庵／万治三庚子仲春後八日以保全庵／写本写之畢／洛東八坂祇園禰宜蕪民神主／臼井氏定清」とある。万治三年の写本。

㊺立教大学本㊻国会図書館本は、為秀奥書の後に、「以冷泉黄門為秀自／筆之本令書写畢／従五位下三河守（前司）孝範」とあり、㊻本には更に、「元禄六癸酉稔親月書写之／如観堂庵主右松軒浄阿」とある。ともに近世後期の写本。

㊼冷泉家時雨亭文庫本は、「一古歌を取事」の標題のみがあって以下を欠逸しているが、「等思両人恋」の例歌のありようその他それまでの本文の特徴から第六類の一本と認定される。

㊽冷泉家時雨亭文庫為広本には、次の奥書がある。

本云
如此不審猶臨其座出来　随思出追可注付　是不可有外／見　家中僻案所存也　志同者可随之歟／

建治二年十一月十一日　四代撰者　前亜相

わかのうらのなみのたよりのもしほくさ／かきをくあとをあはれともみよ

本云
文明九年十一月廿八日　以禁裏御本終書写之功訖

按察使親長　』

明応八年季穐七月書之　　左衛門督為広（為広花押）』

前半は二条家系統為氏本の奥書であり、事実として為氏奥書本の本文を基本としながら（「近代よき歌」の例歌に「旅人の」の一首がないことその他、本文細部の特徴はおおむね為氏本に基づいている）、①冒頭部分の本文が「和歌を詠事かならす才学によらす、たゝ心よりおこれる事と申たれと」と冷泉家本の形になっていること、②「等思両人恋」の例歌としてまず「いつかたも」の歌を掲げ、「これは平懐にみくるしき也」とし、しかる後「つのくにの」の歌を掲げて、両者を生かす措置がとられていること（この措置は冷泉家系統第六類本に共通する特徴である）、③「難題」の項で「かやうの事眼前ならずはさらさら読べからず」、また「月の題に暁月をよむ事歌合にはしかるべからず」となっていること、④「異名」の項で「されば夜半の夏むしとも思ひにもゆるなどよむなり。ただ蛍とよむべきにこそ」とあること、⑤「主あることば」の部分は冷泉家本の本文を取り入れて四十八語を掲げている（「我のみけたぬ」欠。同じ四十八語ながら「月にうつろふ」を欠く後小松院関与の㉗本㉘本㉙本と僅かに異なるが、奥書にいう「禁裏本」の姿を伝えているであろう）ことなど、全体として二条・冷泉両系統の混態本となっている。この混態はいつの時点で生じたのであろうか。明応八年（一四九九）に為広が親長本を写した時、冷泉家本の本文をもって改変した可能性はまず考えがたく、文明九年（一四七七）十一月に親長が書写した禁裏本がすでに混態本となっていた蓋然性が高い。その禁裏御本を親長が写したものと思われる（注（1）所引④「詠歌一体　解題」における本写本の扱

第二類

b ②叡山文庫蔵「定家卿筆作禁制詞」（真如蔵・七六・三二）　A 45

③慶応義塾大学図書館蔵（一四一・四八）「禁制詞」　B 43

④島原市図書館蔵松平文庫（一一七・四六）「和歌制詞」　C 41

⑤彰考館文庫蔵（巳・二〇）「詠歌一体制詞歌」（「東野州聞書」と合綴）　C 42

⑥宮内庁書陵部蔵（五〇一・八六四）「詠歌制之詞」　C 46

⑦早稲田大学図書館蔵「詠歌一体制詞歌」　D 43

⑧久曽神昇氏蔵「詠歌一体云制詞」（「雨中吟」を後付）（巻尾四首欠）　D 43

⑨国立国会図書館蔵（わ九一一・一〇一・一二）「詠歌一体制詞歌」（「和歌十体」他と合綴）　A D 45

⑩陽明文庫蔵（二四四・三三三）「制詞」（「和歌抄類聚」の内）　D 42

第三類（丙本）

⑪広島大学附属図書館蔵（二七九七）「□□□□（体）制詞歌」（「老談」と合綴）　C 42

⑫東京大学国文研究室蔵「制詞」　D 42

⑬東洋文庫蔵（三・Ｆａへ・一〇二）「詠歌一体」　B 44

⑭慶応義塾大学図書館蔵（一一六・四七）「詠歌一体云」（「群書」所収）　C 44

⑮宮内庁書陵部蔵（一五一・三八一）「詠歌一体」（「莫伝抄」と合綴）　C 44

⑯陽明文庫蔵（近二四四・三三一）「詠歌一体」（「万葉草木鳥虫異名」他と合綴）　C 44

⑰彰考館文庫蔵（巳・二一）「詠歌一体云有主詞」（「竹園抄」と合綴）　43

⑱彰考館文庫蔵（巳・二二）「ぬしある歌の事」（「竹園抄」と合綴）　C 47

第四類

⑲広島大学附属図書館蔵（三一二〇）「先達加難詞」

⑳島原市図書館蔵松平文庫（一一九・六）「先達加難詞」（「歌書集」所収）

第五類（乙本）

第一種

㉑【大永二年堯空奥書系】

『群書類従』巻第二百九十二所収「詠歌一体」 D42

㉒慶應義塾大学斯道文庫蔵（〇九一・ト三八・一）「詠歌一体」（塙保己一旧蔵） D42

㉓中田光子氏蔵「詠歌一体」（半紙本） D42

㉔名古屋大学附属図書館皇學館文庫（皇W九一一・一〇四・R）「詠歌一体」 D42

㉕今治市河野美術館蔵（三三二・六四四）「詠歌一体」 D42

㉖龍谷大学附属図書館蔵（九一一・二〇七・一三・一）「詠歌一体」 D44

【大永二年堯空奥書＋天正十七年也足子奥書系】

㉗京都大学附属図書館蔵中院本（中院・VI・二）「詠歌一体」 D42

㉘京都大学附属図書館蔵清家文庫（四・二二・エ・二）「詠歌一体」 D42

㉙陽明文庫蔵（近二四四・二二四）「詠歌一体」 D44

㉚スエーデン王立図書館蔵（二六七・七・六）「詠歌一体」 D42

㉛宮内庁書陵部蔵（伏・六二）「詠歌一体」 D42

㉜天理図書館蔵（九一一・二・四九五）「詠歌一体」 D42

㉝筑波大学附属図書館蔵（ル二〇五・一〇七）「詠歌一体」 D42

㉞歴史民族博物館蔵高松宮本（七七）「制詞」 D42

【大永二年堯空奥書＋天正十九年也足子奥書系】

㉟宮内庁書陵部蔵（四〇五・一八五）「詠歌一体」 D42

㊱神宮文庫蔵（三・一一一）「詠歌一体」　D42
㊲名古屋市鶴舞図書館蔵（河ヱ・四）「詠歌一体」　D40
㊳宮城県立図書館蔵伊達文庫（伊九一一・二〇七・二）「詠歌一体」　D45
㊴岡山大学附属図書館蔵池田文庫（P九一一・三五）「詠歌一体」（「歌学叢書一」の内）　D42

第二種【無奥書系】

㊵天理図書館蔵（九一一・二・四九五）「詠歌一体」（日野資枝刊本）書陵部蔵（葉・四六九）本他も　D42
㊶歴史民族博物館蔵高松宮本「詠歌一体」（後水尾院宸翰）　D42
㊷天理図書館蔵（九一一・二・タ五）「詠歌一体」　D42
㊸宮内庁書陵部蔵（五五三・一五・九）「詠歌一体」　D42
㊹中田光子氏蔵「詠歌一体」（横本）　D44
㊺園部市教育委員会蔵小出文庫「詠歌一体」　D42
㊻臼杵市臼杵図書館蔵「詠歌一体」　D42
㊼金沢市立図書館蔵藤本文庫（〇九六八・四）「詠歌一体」　D42
㊽京都大学附属図書館蔵平松文庫（平松七門・キ・七）「詠歌一体」（「近代秀歌」と合綴）　D44
㊾宮城県立図書館蔵伊達文庫（伊九一一・二〇七・三）「詠歌一体」　D42
㊿陽明文庫蔵（近二四三・四〇）「詠歌一体」　D42
51陽明文庫蔵（二二九・一六）「詠歌一体」　D42
52陽明文庫蔵（二四三・四〇）「詠歌一体」　D42
53叡山文庫蔵（毘沙門堂・三二一・二八一）「詠歌一体」　D42

(54)彰考館文庫蔵（巳・一八）「詠歌一体」（「近来風体抄」他と合綴）　D42

(55)彰考館文庫蔵（巳・二二）「詠歌一体」（「了俊不審条々」他と合綴）　D42

第三種　(56)国立国会図書館蔵（二八一・二八〇）「小点和歌」　C42

三　第一類の諸本

第一類①松平文庫本は、略本中でも最も簡略な種類の本で、冒頭に「時しもあれ」「ここちこそすれ」「物にぞありける」「ものなれや」「吹あらしかな」「つゆの夕ぐれ」「くもるるかぜ」「しろき」「あをき」「み山辺のさと」の十語を列挙、次に「春　かすみかねたる　家隆朝臣　うつるもくもる　具親」以下、「主ある詞」とその「作者」を列記して、最後「なみにあらすな　三位入道　以如御本写之」まで、広本『詠歌一体』の「主ある詞」四十五語（二条家系統本のことばとその数）とその「ぬし」を示してゆく。そして、尭孝が書写時に付したと思われる後文、

此一冊御本のままうつしたてまいらせ上候。不審の所々にしるしをつけ候。作者なとかき様もをほつかなく存候。又もれたる事ともあけてかそへかたく候。およそこれらの詞の事一流に条々申置く子細候。口伝云「代々宗匠不庶幾て被申たる詞ともあり。（以下「井蛙抄」第三冒頭の一文を引用）」遺訓にまかせてこれをまもりこれをつつしむへしと云々。これにつゐて秘伝あり。故実あり。能々可得御意候哉。

があって、

文安五年八月日　　法印

右尭孝以御筆かさねて是をうつし申／ものなり

慶安二年卯月日

との本奥書と書写奥書がある。文安五年の尭孝筆本を、慶安二年（一六四九）に某が転写したものと知れる。後文

中の「二流」は、頓阿『井蛙抄』の引用といい、「主ある詞」が二条家系統広本の四十五語に一致することからも、「二条流」であることは間違いない。後述するとおり、第二類本と三類本は冷泉家系統の「主ある詞」四十三語を基本とするのに対し、二条家系統本文を基礎とするこの第一類本は第四類本へとつながってゆく。書名の「定家卿筆作」には特に根拠があるとは思えない。この本の成立は、少なくとも文安五年（一四四八）八月、尭孝以前にまで遡り、上限は、為氏奥書本広本（甲本）『詠歌一体』が成立した、建治二年（一二七六）十一月十一日以後と括ることができる。

なお、略本すべての基本構成要素となる「制詞歌」に関しては、「空さへ匂ふ」の例歌と作者の比定においていくつかの類型があり、分類の指標とすることができる。すなわち、次の四つの場合である。

A　空さへにほふ　　権大納言

B　よしの山花のさかりや今日ならん空さへ匂ふみねの白雲　　俊成

C　よしの山花のさかりや今日ならん空さへ匂ふみねの白雲　　守覚法親王

D　花ざかり春の山辺をみわたせば空さへ匂ふ心地こそすれ　　後二条関白

Aは『新古今和歌集』（春下・一〇三）の権大納言長家の歌、

花の色にあまぎるかすみたちまよひ空さへ匂ふ山ざくらかな

を念頭に置くもの。BとCに関しては「守覚法親王家五十首」の歌で、作者は俊成が正しいが、守覚法親王の歌と誤ってしまったのは、『続拾遺和歌集』（春下・七五）から引用したとき、「守覚法親王家に五十首歌よみ侍りける時」とある詞書だけを見て即断してしまったためである。従って、Cとする本は、『続拾遺和歌集』（弘安元年〈一二七八〉十二月二十七日奏覧）が上限となる（ほとんど有効ではないが）。この指標を①本にあてはめ検してみると、中に「そらさへにほふ　権大納言」とあるので、この本がまさしくAであることを知る。御子左家の曩祖長家の歌を比定したのは、この本のみで、それは二条流の比較的早い段階における所為として了解できるであろう。この指標については、記号をもって先の諸本分類一覧中の末尾に記し、歌数もあわせ示した。

②の叡山文庫本は「定家卿筆作禁制詞」の外題（と内題）で、①本とまったく同系の本を前半に収め、後半に「先達加難詞」（一二九語）が付加された写本で、巻首扉に「浄教房　真如蔵」の書付け、巻尾に次の奥書がある。

本云
応永十三年七月廿日　以家本令／書写畢／（一行空白）

元禄九年九月二日　令一校畢／写本者萬殊院宮御本也／

校讐権大僧都実顕／筆者権律師万證

応永十三年（一四〇六）の書写者は不明であるが、このころすでに第四類本にほぼ等しい「先達加難詞」を付加した形態の本が成立していたことが判る。①本の文安五年（一四四八）よりも四十年も遡る時期である。「主ある詞」は、二条家系統本に独自の「雪のした水」「こがらしの声（風）」「我のみけたぬ」「みだれてなびく」（冷は「絶間になびく」）の四語があり、冷泉家系統本独自の「雪の夕暮」一語があって、若干の混態がはじまってはいるものの、基本的に二条流の本文が基礎になっている点でも、前半の「定家卿筆作禁制詞」の素姓と整合性がある。

四　第二類の諸本

第二類本は、「制詞歌」のみからなる諸本で、冷泉家系統本の「主ある詞」四十三語を含む「制詞歌」四十二首を基本として列挙、合点により、もしくは別掲してその詞を示し、作者名を添えるのを基準とする形態の本である。四十三語が四十二首となるのは、「あやめぞかほる」「雨の夕ぐれ」の二語を含む歌として、『新古今和歌集』夏・二二〇・良経の、

うちしめりあやめぞかほるほとゝぎすなくや五月の雨の夕ぐれ

一首を挙げることによる。広本「主あることば」が本来意図していたのは、この歌一首であったと思われるのであるが、一語に一首をあてる原則のようなものが意識されて、四三首が掲示されるようにもなり、その場合は、「雨の夕ぐれ」の例歌として、『玉葉和歌集』一四七二・永福門院の、

つねよりも涙かきくらすをりしもあれ草木を見るも雨の夕ぐれ

があてられる。従って、この歌を持つ本は、『玉葉和歌集』が成立した正和元年（一三一二）三月二十八日以後の成立ということになる。また、四十四首が掲示されることもあり、その場合は冬の部の最後に「木がらしの風」一語を加え、『新古今和歌集』六〇四・雅経の、

秋の色を払ひはててやひさかたの月の桂に木がらしの風

があてられる。元来この「木がらしの風」は「月の桂に」と続けて二条家系統本に固有の詞であって、如何にしてかは不明ながら、冷泉家系統本の四十三語四十二首を基本とする中に、二条家系統本文が混入し混態が生起しはじめていると見える。

さて③慶応義塾本のみには、冒頭に①本の十語を収め、歌は四十三首（雅経歌「秋の色を」がある）。巻尾に、

為遣赤松兵部少輔殿　染悪筆訖

延徳二年拾月廿八日／　宋世（花押似書）

と奥書があって、延徳二年十月二十八日に、飛鳥井宋世（雅康。雅世の二男。栄雅弟）が、播磨国の守護赤松民部少輔政則に書写して与えた本であったことが判る。「制詞歌」のみからなる二類本は、少なくとも延徳二年（一四九〇）以前には成立していたと知れる。「空さへにほふ」の例歌はBで正しいが、類例は少なく、他には三類の⑪本しかない。

④松平文庫本は、歌数は四十一首。「龍田山あらしや峰によわるらん渡らぬ水も錦たえけり」（宮内卿）の一首が

足りないので、機械的な欠脱であろう。

⑤彰考館文庫本は、歌数四十二首。

文明弍年十月廿八日依所望書写／之者也　家之本云々　雖然於有誤／者可被改之　　銘巫

との書写奥書があり、書写者「銘巫」については未詳ながら、文明二年（一四七〇）以前にこの「制詞歌」は成立していたことが判る。

⑥書陵部本は、以下の内容を持つ特異な本である。

i「あやめぞかほる」の語を欠き、「雨の夕ぐれ」の例歌は「うちしめりあやめぞかほる」の一首（良経）のみを掲示。

ii「雪の玉水」の語（二条家系統本の独自語）があり、式子内親王「山ふかみ春ともしらぬ松の戸に絶えだえかかる雪の玉水」の歌を掲げる。

iii「色なる波に」の例歌は、俊成の「明日もこん」の一首のほかに、「玉川の岸の山吹かげ見えて色なる波にかはづ鳴くなり」（後鳥羽院）を掲げる。

iv末尾に、「嵐も白き」「べらなり」の二語を加え、後鳥羽院の「みよしのの高嶺の桜ちりにきや嵐も白き春のあけぼの」と、貫之の「山高み見つつ侘びこし桜花風は心にまかすべらなり」の歌を掲げていて、総計四十五語四十六首からなる。

冷泉家系統の本文を基礎としながら、二条家系統本文との混態がはじまっている。

⑦早稲田大学本は、四十三首（永福門院「常よりも」歌がある）の歌を収め、

此本招月庵正徹自筆之／本を以　明暦三年八月十八日／文字不違写之者也

との書写奥書がある。書写した人物は不明であるが、伝正徹自筆本が明暦三年（一六五七）のころまで存在してい

たことが確かめられる。「空さへにほふ」の例歌は、Dである。

⑧久曽神昇氏蔵本は、「雨中吟」を後付する巻子本（冊子本改装）で、伝牡丹花肖柏筆。「詠歌一体云制詞」の内題下に「制詞合点」と注記するとおり、上下句二行書きの歌に合点を付して制詞を示し、歌の末尾に作者名を添え、歌頭に集付を付している。惜しむらくは最末部の一丁分が欠脱して「旅」の四首が見えず、「雨中吟　十五首」に連続している。「空さへにほふ」の例歌は、Dである。

⑨国会図書館本は、歌を部類ごとに作者別に配列編成替えした本で、永福門院の「常よりも」歌があり、「空さへにほふ」の例歌は二首（後二条関白「花ざかり」権大納言長家「花の色に」）、「色なる浪に」の例歌も二首（俊頼「あすもこん」後鳥羽院「玉川の」）を掲げ並べているので、あわせて四十五首から成る。

⑩の陽明文庫本は、歌数四十二首。これも「空さへにほふ」の例歌は、Dである。

以上の第二類本の成立の上限は、冷泉家系統「主ある詞」の四十三語が基礎となっているので、為秀が冷泉家の証本を確立した、貞和三年（一三四七）三月二十九日～延文元年（一三五六）正月二十八日の間（為秀の「右近権中将」時代）以後となる。

なお、『耳底記』（慶長三年、一五九八）付載（烏丸光広別記）の「詠歌制之詞」も、形態上はこの第二類の変型と言える。

五　第三類の諸本

第三類本は、従来これを丙本と称してきた系統の本で、「制詞歌」と「不可好詠詞但用捨之」「栗田口大納言基良卿被注送草云」の三部分から成る。「制詞歌」は各ことばと作者名を一行に書き、歌は別行に一行または二行書きの形態で書写されるのが基本で、「主あることば」には前文と後文が付随する。すなわち、前文は内題下に「此ごろ人のよみいだしたらんことば、さらさらよむべからず」と割注の形で示され、後文は「か様の言葉、主あることなれば詠むべからず。古歌なればとて、人のひとり詠じいだして我が物と持ちたるをば取らずと申すめり。桜散る木の下風など様なることは、昔の歌なればとて取ること僻ごとなるべしと誡めたれば、必ずしもこの歌に限るべからず。一首の詮にてあらん言葉、ゆめゆめ思ひよるべからず」とある。最後の一文「一首の詮にてあらん言葉、ゆめゆめ思ひよるべからず」は、冷泉家系統本になく、二条家系統本にのみある本文で、冷泉家系統本文を基本としながら、二条家系統本文との混態がはじまっていることを知る。四十二首の上に、「雨の夕暮」の例歌として永福門院「常よりも」歌、「木枯らしの風」の例歌として雅経の「秋の色を」歌を加えた四十四首が基本の数であり、ここにも訛伝の痕跡が認められる。そして「制詞歌」が終わった後に、「不可好詠詞但用捨之「俊成卿・定家卿・為家卿等、代々歌合被嫌詞也」」（五七語）「栗田口大納言基良卿被注送草云」（七語）が付載される。⑬本をはじめとしてほとんどの本の奥に、

本云
或世許而不為難　或人忘而更用之　猶僻案者不甘心

とする識語があるが、⑪の広島大学本には、この識語のあとに、「招月迷路者」の署名があって注意される。すなわち、

或世許而不為難　或人忘而更用之　猶僻□□□（案者不）甘心候　招月／迷路者　在判

とある。「招月迷路者」は正徹の跡を継いだ正広であるという。（注2）この本は、一般の三類本に至る直前の一段階に位置するらしく、最初の「制詞歌」の部分は、歌一首と作者名を一行に書き連ねる形式で、歌数が四十二首である点を除けば他の本と変わりないが、その次の「不可好詠詞但用捨之「俊成卿・定家卿・為家卿等代々歌合被嫌詞也」」の部分は、「春の夕暮」「秋の明ほの」以下「谷こし」「うきかうき」に至るまで、全部で三十九語しかない。しかも、その標題に続く部分は、「□□□□（無子細詞）合点了」と標題を一行どりで記したあとに、「春の夕暮・秋の明ほのなど云事・

まゝ・そゝや・夜すから・ふるやあられ・人こころ・うつや衣のやの字・景色」の九語が列記され、さらに「聊有許方詞ニ合小点也」と一行どりで標題を記して、「ゆかしき」「雪の明ほの」以下「べらなりなど云詞」まで十九語が列記される。そして、「自是不引本歌」とまた標題を記して、「雨のゆふ暮」以下「うきかうき」まで十一語が記され、先の「招月迷路者　在判」の奥書に続いている。この形態は、⑫東京大学伝正徹筆本と同じで、東大本は、「主ある詞」の前文と後文がなく、「不可好詠詞」の途中以下を欠くが、他の本で「紅葉しにけり」の下に割注の形となっている「無子細詞合点畢」を改行して「春の夕暮」〜「けしき」の見出しとし、その十二語に朱点があり（朱点は「紅葉しにけり」までの一〇語にもある）、また「けしき」の下の「聊有許方詞ニ合小点也」も、次の「ゆかしき」以下「雨の夕暮」までの見出しとされていて、「雪の曙」「こなた」「おほかた」の三語に朱点がある。そしてその次に又改行して「自是不引本歌」と記したところで終っている。ただこの本は、「制の詞」も広本「主ある詞」の順序に並べる通例によらず、四季・恋・雑の、各類内で作者別に部類する形態を取る点で、広大本とは異なっている。東大本の歌数は四十二首、「空さへ匂ふ」の例歌は、Dである。広大本は、通例の三類本「不可好詠詞但用捨之」よりも少し早い一段階の集成であると思われる。かくて、三類本の成立も、正広（一四一二〜一四九三）以前に遡り、『玉葉和歌集』成立の正和元年（一三一二）三月二十八日以後と、その範囲を括ることができる。「不可好詠詞」五十七語には、排列上『為家口伝』（和歌口伝抄とも）の末尾や『慶融法眼抄』（追加）と一致する部分があり、これら三書の間に何らかの関連があると見られる。またこの「不可好詠詞」は、宗長の『永文』冒頭にも収められており、この種の本が連歌師たちの間に広く流布していたことを窺わせる。

⑬東洋文庫本は、歌数四十四首、「空さへ匂ふ」の例歌は、Bである。『歌論集一』（三弥井書店、昭和四十六年二月）の「詠歌一体」（丙本）の底本とした。

⑭慶応義塾本には、右の奥書（「或世許而不為難」云々）のあとに、

右一冊者申出冷泉民部卿家之本［筆者藤原孝範］令書写畢　桑門偃月　判

とあり、孝範の手を経た本であったことを知る。

⑮書陵部本は、「制詞歌」四十四首（合点四二首）、「不可好詠詞」六十五語、「粟田口大納言基良卿被注送草云」七語から成り、奥に、

此一冊以勅本雖書写 有不審／数多 重以類本可勘合者也／
寛永四年八月十九日／　李部

とある。寛永四年（一六二七）智仁親王筆本からの転写本である。

⑯陽明文庫本は、歌数四十四首、「空さへ匂ふ」の例歌はCである。

⑰彰考館本は、前文と後文はあるものの、「制詞歌」の部分が歌ではなく、「主ある詞」四十三語を並べている点において、特異である。

⑱彰考館本は、四十二首の後に、「山ふかみ春ともしらぬ」（式子）「花ざかり春の山べを」（後二条関白）「桜花空さへにほふ山風に」（兵部卿成実）「玉川の岸の山吹かげ見えて」（後鳥羽院宮内卿）「秋の色をはらひはててや」（慈鎮）の五首を列記して、合計四十七首。前文はなく、後文も「右のぬしぬしある詞よむべからず」のみで、簡略化されている。「空さへ匂ふ」の例歌は「吉野山花のさかりやけふならん」同（殷富門院大輔）と作者を誤記しているが、Cのバリエーションではある。

六　第四類の諸本

第四類本は、「制詞歌」を持たず、「主ある詞」四十一語を含む「先達加難詞［并ぬしあること葉の内／先達難之条々］」一三六語（⑳本は一三二語）と、一行の余白もおかず連続して記される「一つ書き」部分三十四箇条（⑳本は

三三箇条）とから成る本。一つ書きの条々も「先達加難詞」の内題下に統括されて、構造的にその一部をなしている本である（これまで、詞単位の加難の部分と一つ書き部分を分離したものと考えてきたが、認識を改めねばならない）。すでに見たとおり、「主ある詞」は、二条家系統本に独自の「雪のした水」「こがらしの声（風）」「我のみけたぬ」「みだれてなびく」（冷は「絶間になびく」）の四語があり、冷泉家系統本独自の「雪の夕暮」一語はあるものの、基本的に二条流の本文が基礎になって、若干の混態がはじまっていると見られる。とすれば、第一類本から第四類本へと繋がる系譜が認められることになる。

⑲広島大学本は、奥に次の授与奥書がある。

建武五年後七月十三日　拾遺／三品為親卿授与之訖　当／道之亀鏡也

さらに、次の丁に本文と同筆で、

元文二年五月十七日　於／江府自平山氏授／受之　書写訖／　充直（花押）

と書写奥書がある。建武五年閏七月十三日に為親から授与された本からの転写本ということであろう。為親は為氏の玄孫、為世の孫にあたる歌道家の人で、二条家流の本文を基礎としている事実に符合している。この本は少くとも建武五年（一三三八）七月十三日か、それ以前にまで遡ることができよう。成立の上限は、為氏奥書本広本（甲本）『詠歌一体』が成立した、建治二年（一二七六）十一月十一日以後となる。

建武五年といえば、広本（甲本）もまだ初期の段階で、写本として世に存在していたのは、建治二年の為氏奥書本と為秀若年の筆になる河野本の二本のみ（嘉元の頃の為相本は架空の本で実在しなかった）で、「右近権中将」時代（貞和三年〈一三四七〉三月二十九日～延文元年〈一三五六〉正月二十八日）の為秀が、冷泉家の家の証本として確立した冷泉家時雨亭文庫現蔵『詠歌一体』もまだ出現する以前であった。その時期においてすでに、「先達加難詞［并ぬしあること葉の内／先達難之条々］」の言葉が集成され、一つ書き部分が広本（甲本）「詠歌一体」や「宗尊親王三百首」その他から抜き出されていたとすれば、四類本の成立は随分と早く、広本(甲本)「詠歌一体」と踵を接するようにして始まっていたことになる。

諸所に蔵される「隆源口伝」合綴の「先達加難詞」も同種の伝本である。なお、この広島大学本「先達加難詞」の詳細については、井上宗雄・佐藤恒雄稿(注3)を参照されたい。

⑳島原松平文庫本には、奥書はなく、内容に若干の出入りはあるが、基本的に⑱広島大学本とほぼ同じである。

七　第五類の諸本

第五類本は、これまで乙本と呼称されてきた系統の本で、「詠歌一体制詞歌」と「先達加難詞」(前半は詞単位の規制、後半は「一つ書き」形式の規制)の整然とした二部構成となっている。第一部「制詞歌」の部分は、冷泉家系統の制詞歌四十二首(四三語)を基本とし、前文「このごろ人の詠みいだしたらむ言葉、さらさら詠むべからず」と後文「か様の詞は、主ある言葉なれば詠むべからず。古歌なりとも人ひとり詠じいだして我が物と持ちたるをば取らずと申すめり。桜散る木の下風、ほのぼのと明石の浦などの、様あることは、昔の歌なればとて取ること僻ごとなるべしと誡めたれば、必ずしも此の歌に限るべからず。一首の詮にてあらん言葉をば、ゆめゆめ思ひよるべからず」(広本「詠歌一体」の文章をほぼそのままに引く)を前後に配置して(最後の一文が二条家系統本にのみ見える本文であること前述のとおり)、広本(甲本)「詠歌一体」の「歌の詞の事」(主ある詞)の部分が基本となっていることが示される。この点で第三類本(丙本)の「詠歌一体制詞歌」も同じであるが、その形態が三類本のそれ(各ことば・作者・歌一首)よりも簡略で、その詞を詠んだ「主ある歌」一首を掲示する形で示され、合点によって「主ある詞」を示し、歌の作者名は記されない。「空さへ匂ふ」の例歌はDの「花ざかり春の山辺をみわたせば空さへ匂ふ心地こそすれ」で、これは五類本の諸本すべてに共通する。第二部の「先達加難詞」は、前半には、春・夏・秋・冬・恋・雑に部類したことば単位の加難詞一〇〇語を列記し、間をおくことなく「一つ書き」形式の加難条々が二十七箇条掲げられている。略本の諸本の中では、簡潔にもっともよく整えられた本である。

第一種本のすべては、桑門堯空の奥書を持つ。

此小冊馳悪筆授与斎藤宗甫　々々者／知己四十年来　而今予衰老不知旦暮／
他日為陳跡披之者　須令哀憐而已
　　大永第二仲冬下澣　　桑門堯空

堯空は三条西実隆入道である。伝写本の数もすこぶる多く、乙本の大半はこの系統の本で、調査の及んでいないものや個人蔵のも含めれば、さらに厖大な数にのぼる写本群となると思われる。日野家蔵の本が板行された（㊵本）が、これは写本に見紛う形態の本で、一般の板本のようには流布しなかったらしい。しかし広本（甲本）「詠歌一体」は収載されていないのに、この乙本が「詠歌一体」の書名で『群書類従』に収められた（㉑本）ことが、広範な流布を促したと思しく、略本中では最も流布した種類の本であった。関連諸本の奥書を付記する。（注4）

㉒斯道文庫本は、「和学講談所」の印記があり、一つ書き二十七箇条の後に、「令付属塙検校了（棭斎花押）」と狩谷棭斎書付けのある、塙保己一旧蔵本で、裏見返しに「屋代古写本奥書」として、右の桑門堯空奥書を書付けてあるので、この本が群書類従所収本の底本となったと思われる。

㉔皇學館本は、江戸後期の新しい写本であるが、堯空奥書の後に、

右写本者逍遥院真跡也　奥書之大永／第二者正当壬午　今年又同　夫于聴雪／寿算六十八歳　予亦六十九歳余、齢聊／相類　雖然才芸筆力隔穹壌　頗沐猴而／冠耳歟　近曾因日野黄門芳命凌老眼／於閑窓染禿毫於凍硯　以不違一字而／汚猪国併招後日之嘲者乎　仰異来誓／清書而已／
　　　　権中納言兼成
龍集天正壬午冬至前十日』元文元年季冬　度会常彰

と水無瀬兼成の識語がある。堯空真跡奥書本は兼成が伝え所持していたと判り、日野資枝の命を受けて写本を作ったことを伝える内容であろう。関連諸本の奥書を付記する。(注5)

その所持する堯空三条西実隆真跡本を借りて、中院通勝也足子が写しを作製した。すなわち、㉗京大中院本、㉘京大清家本には、大永二年堯空奥書の後に、

右奥書之正本備請水無瀬中納言兼成卿／不違一字卒終書写之功　則遂校合加／朱点訖　尤可為証本　深秘函底勿／出窓外耳／

于時天正第十七仲春下六候　　也足子（花押）

と、通勝による天正十七年二月二十六日の書写奥書があり、その本が転写されて、㉙本㉚本㉛本㉜本㉝本㉞本の写本が伝存することになった。関連諸本の奥書を付記する。(注6)

通勝はまた、実隆筆本からの天正十七年写しを自家の証本とし、転写して所望の仁に与えることもあったようだ。すなわち、㉟本には、大永二年の堯空奥書の後に、

以右之奥書本　不違一字卒写之　是／依幸賀公所望也　可為証本　莫／免外見矣

天正十九年季春中旬　　也足子（花押）

と同じ也足子による二年後三月中旬の書写奥書があるからである。幸賀公は細川幸隆（後の妙庵）で、幽斎の三男。この年二十一歳であった。この本は『歌論集一』（三弥井書店、昭和四十六年二月）所収「詠歌一体」（乙本）の底本として用いた。その本が転写されて、㊱本㊲本㊳本㊴本の諸本が残された。関連諸本の奥書を付記する(注7)

第二種としたのは、以上述べ来たった三条西実隆堯空の奥書も、中院通勝也足子の奥書も持たない諸本（その他の書写奥書や識語がある場合は若干ある）を便宜的にまとめ並べたものである。本来あった奥書を省略して書かなかっ

たものも少なくないであろう。これら一群の写本も、冷泉家系統の四十二首の「制詞歌」と「先達加難詞」（詞と一つ書き条々）を基本とする点において、第一種の諸本と何ら変わるところはない。

㊵天理本（刊本）には、奥に河村殷根の筆による以下の識語がある。

右詠歌一体 日野資枝卿為亜相之時／潤毫 命弟子某令手刻所賜也

寛政五年七月　殷謹記

また、㊷天理本には、次の奥書がある。

此一冊日野前大納言資枝卿より／伝授之本也 他見不可有候／

寛政十一歳未八月廿八日／渡辺綱光謹写（花押印）

また、書陵部蔵（一五二・一七）「詠歌一体」は、資枝による「詠歌一体」（乙本）の註解で、奥に「此一冊依博陸公仰註進／安永六年十二月　資枝」とある。これらのことから窺えるように、日野資枝は「詠歌一体」（乙本）の書写のみならず、研究にまで深く関わった篤志の仁で、それが嵩じて写本をそのまま刻した板本を作製し、諸家に配布寄贈するような奇特な行為をしたのであった。関連諸本の奥書を付記する。(注8)

第三種とした㊻国会図書館本は、まず作者別に部類した「制詞歌」四十二首を掲げる（前文と後文はなく、改編にあたり省略されたものと見える）。作者別に部類する形態の本としては、⑨国会図書館本⑫東大本などがあるが、少数である。「空さへ匂ふ」の例歌は、Cの「よしの山花のさかりや今日ならん空さへ匂ふみねの白雲　守覚法親王」で、第一種・第二種の諸本がDの「花ざかり春の山べをみわたせば」（後二条関白）であるのとは異なり、第三類の「制詞歌」に近いところがある。続いて「先達加難詞［新古今以来代々禁制之詞等也］」（九二語の詞と一つ書き三〇箇条）を掲げ、奥に、

右小点之通於詠歌諸家用之　此等之詞毎度令禁制訖　常以握翫而宜以慰給者也　乍去輙不可有他見而巳

土州　一条後葉桑門尊俊　(花押似書)

とある。尊俊は、土佐一条家に連なる室町期の僧侶歌人で、大永・享禄・天文ころ(一五二一～一五五五)に事跡がある。(注9)

以上、基本的にほとんど一系である五類本諸本のありようから推考してみると(末流本の乱れは様々にあらわれてはいるが)、五類本の始原は、三条西実隆(堯空)の大永二年(一五二二)十一月下旬書写(授与斎藤宗甫)本に行き着くであろう。「制詞歌」は、二類本ではそれだけが構成内容であったし、三類本の基幹構成要素でもあったから、実隆の手柄はそれらを承けて形式を最もシンプルに整えた点に認められる。「先達加難詞」については、四類本の「先達加難詞〔幷ぬしあること葉の内／先達難之条々〕」を承けて、前半の「ことば」単位の加難詞の中から「主あることば」を「制詞歌」の方に移動させて残りを整理し(それでも「雪の下水」「露の底なる」「雪の夕暮」「我のみけたぬ」「我が身にけたぬ」「渡らぬ水も」の六語は残り重複してしまった)、「一つ書き」形式の加難の条々も条項の数と記述内容を減らして整理し簡潔で明快な内容とした点に、その功績を認めてよいであろう。実隆以前の誰かがすでに完成していた祖本があって、実隆はそれを書写しただけという関係は、甚だしく想定困難である。

八　略本流布の時代

以上、略本詠歌一体の諸本を蒐集して、便宜的・形式的な分類を施し、記述しながらその成立の問題を追究してきた。その結果として得られた各類本の成立の期間は、以下のとおりであった。

第一類本：建治二年（一二七六）十一月十一日〜文安五年（一四四八）八月
第二類本：貞和三年（一三四七）三月二十九日〜延徳二年（一四九〇）十月二十八日
第三類本：正和元年（一三一二）三月二十八日〜明応二年（一四九三）
第四類本：建治二年（一二七六）十一月十一日〜建武五年（一三三八）閏七月十三日
第五類本：大永二年（一五二二）十一月下旬

これを平均し略本全体の成立を考えてみても、あまり意味はない。それよりも、各類本の系譜を加味して考えてゆく方が、実態の把握に近づきやすいと思われる。途中でも若干述べてきたところであるが、改めて各類本の系脈に思いを馳せて整理してみると、以下のように図示できるであろう。

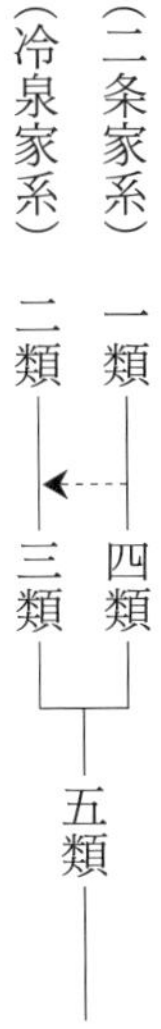

（二条家系）　一類――四類
（冷泉家系）　二類――三類　――五類

一類本の「主ある詞」に作者を添えた形と、二類本の制詞歌に作者を付した形態の本の、先後を確定することは難しい。両者とも、甲本の転写本の段階においても現れているほどだから、自然の勢いとして甲本「主ある詞」から独立してすぐに生起しうべき形態である。広本が流布しはじめたごく初期に、ともに成立していたと思われる。三類本の「不可好詠詞」と四類本の「先達加難詞」の集成も、歌人や連歌師たちの詞への関心が高まり、作者層が拡大するにつれて、付合の参考書として、あるいは直接的なマニュアルとして、需要が増大していったはずだから、これもそれほどの時間をおくことなく始まり、増補と書写が繰り返されていったと思われる。前言したとおり、三類本の「主ある詞」後文には、二条家系統本文の混入が認められ、両系統本の混態がはじまっており、これはそのまま五類本に継承されてゆく。

そうした中で、四類本の「先達加難詞」の集成が、建武五年為親以前に遡ることが明らかとなったことは、甚だ注目されるところである。すでに述べたことであるが、建武五年といえば、甲本「詠歌一体」もまだ初期の段階で、写本として世に存在していたのは、建治二年の為氏奥書本と為秀若年の筆になる河野本の二本のみであって、冷泉家時雨亭文庫現蔵『詠歌一体』もまだ出現する以前であった。四類本の成立は、甲本「詠歌一体」と踵を接するようにして始まっていたのであった。

本節で時々に指摘してきた略本詠歌一体の奥書によれば、建武五年為親の時代以後においても、尭孝や正徹・正広の時代にも、歌人・連歌師たちの間に広く流布し、転訛しつつあったようである。『正徹物語』や『東野州聞書』には「制の詞」に言及したところがあるし、もう一時代前の頓阿も『井蛙抄』（巻第三）の冒頭で、次のように述べている。

代々宗匠不庶幾之由被申たる詞どもあり。あるひは優美ならざるにより、或は義理のたがひたるにより、あるひは詞のあしきにはあらねども、時俗のきほひよむによりてとどめられたるあり。しかるを今の後学末生、きんせいの詞と名付けて書きもちて侍れども、つやつやそのいはれをわきまへず。仏の制戒にも通局をあかし、法曹の律にも軽重をたてたり。その源をわきまへずは、いかでかあやまりなからん。よて先達のいましめられたる濫觴、そののち代々の用捨、管見のおよぶところ少々これをしるす。是につきてよくよく了見をくはへて、これをまもり、これをつつしむべし。

ここで頓阿が「今の後学末生きんせいの詞と名付けて書きもちて」いたというのは、まさしくこの略本系の諸本だったにちがいないのである。

『近来風体』における二条良基の制詞論も、頓阿のそれに類同している。「一、ぬしある詞は詠歌一体にしるせり。ながくよむべからず」として冷泉家系統の四十三語を列記したあとに、「一、制詞事」として、

近代おほく禁制の詞ありといへども、いまだその出所不分明。あるひは定家・為家の一向止むべきよし申され

たるも有るべし。或は其の歌にとりてわろしと申されたるもあるべし。或は又あまりによき詞にてあるあひだ、人ごとに是を用ゐるゆへに止められたるもあるにや。今所見にしたがひて少々これを注しいだす。用捨よろしく人の所存にあるべし。更に将来の亀鏡には備へらるべからず。見出されんにしたがひて書き加へらるべきなり。頓阿・慶運なども此の事は更に分明に申す旨無かりき。

と説き、「一、一向不可用詞」として、「けしき・浪しろし・吹く嵐かな・みやまべの里」以下五五語（「慶融法眼抄」の書名とその所収一二語を含む）をあげて、その出所を考証してゆくのであるが、うち五十一語までは第三類本の「不可好詠詞但用捨之」（一語は「先達加難詞」）と一致していて、良基の手許には三類本に近い一本があったらしいことが窺える。またその用捨における柔軟な姿勢も頓阿に相近く、あるいはそれ以上で、当時多くの歌人や連歌師たちが詞への高い関心をもって略本系の諸本を所持し享受していた背景のなかで、その形骸化の陥穽に対し警鐘をならす啓蒙家としての良基がおり、また頓阿がいたのであった。

九　おわりに

略本『詠歌一体』は、歌書というには余りに片々たる存在であるけれども、中世和歌の一つの特質である「制詞」意識の萌芽とその展開のあとをたどり、実際にどのように利活用されていたかを想見するための、有用かつ貴重な資料となるはずである。

【注】

（1）久曽神昇編『日本歌学大系』第三巻「八雲口伝（詠歌一体）」解題（風間書房、昭和三十一年十一月）。
（2）金子金治郎「宗長の『老談』の成立」（『中世文芸』第三十号、昭和三十九年十一月）。

（3）井上宗雄・佐藤恒雄「『先達加難詞』の一本について―詠歌一体乙本との関係―」（『和歌史研究会会報』第二十九号、昭和四十三年三月）。

（4）㉓中田本には、大永二年堯空奥書の後に、「以中院中納言殿真筆本一校也」とある。「中院中納言殿」は中院通勝で、その「真筆本」とは、㉗本か㉟本かであろう。

（5）㉔河野本には、堯空奥書の後に、次のとおりある。

此壱冊三条西家［宰相中将実称朝臣］借求之／一字不違令模写畢 世流布之／本多誤亦有之歟 逍遥老槐／入道奥書有之上者 三条家本／尤可為証本者也／

宝暦二年初冬中旬 戸部尚書（花押）

実称は、三条西家の当主で、参議右中将二十六歳。戸部尚書は前権中納言従二位民部卿藤原宗家（下冷泉）五十一歳である。

（6）㉛本には、也足子奥書のあとに、

天和二年四月三日夜於灯前令書写之訖／ 藤公前

と書写奥書があり、㉜本には、さらに公前奥に続けて、

風早従三位公雄卿御所持公前卿［後改公長］／御自筆正本奉借請書写之耳／宝暦五年十一月五日 鷹見保具

とある。

㉝高松宮本には、也足子奥書に続けて次のとおりある。

右詠歌一体者也足之真筆 中院前亜相道茂卿之本頬／請借而遂書写校合畢 不違一字為備従鑑者也／

右之本者四半九行也 今此小冊雖為十二行之字数／如何令模写畢

天和三年禊月下旬 八座羽林実（花押）

書写者は、参議従三位左中将清水谷実業、三十六歳である。

（7）㊱神宮文庫本には、さらに以下の書写奥書がある。

斯一冊烏丸黄門資慶卿本也／某直々申上遂恩借不違一字令／

書写者也　中院也足子素然御／自筆本也　誠可謂正本而巳
　戊戌仲春二日　　　盛庸書
㊲鶴舞図書館本は、天正十九年也足子奥書のあとに、次の奥書がある。
右者故大納言資慶卿以御自筆本／写之者也／源頼永
詠歌一体　源頼永以伝本写之畢
　元禄十五年季穐　　源充長　朱印
右者源充長以伝本　不違一字写之者也
　宝永四年丁亥終夏上旬　　源重共
㊳伊達文庫本は、天正十九年也足子奥書のあとに、以下の奥書がある。
右詠歌一体〔為家卿作〕以也足軒〔中納言入道通勝卿〕／自筆本　不違一字書校之　尤証本也
　享保十年六月下澣　権大納言光栄
斯一冊者中院通枝卿本／所写也
　寛延第三十一月廿一日　平入道兼誼
㊴池田文庫本は、天正十九年也足子奥書まで。伝烏丸光雄卿写本という。
㊹中田本には、
（8）
　寛保二年四月中旬／春原成充写
㊼藤本文庫本には、
　文化十一甲戌のとし秋九月朔日執筆以須臾に写畢　庸之（花押）
と書写奥書がある。
㊿彰考館文庫本は、巻頭の制詞歌なく、前文も後文もない「主ある詞」四十三語を列記する。「先達加難詞」も表題なく、詞を連記するのみ。「二つ書き」も若干少なく二十三箇条。最末に表題もないまま制詞歌四十二首を連記する（最初の「主ある詞」の補いか）。そして、奥には、「右故大納言資慶卿以御自筆之／本写之者也」とある。

（9）井上宗雄『中世歌壇史の研究　室町後期』（明治書院、昭和四十七年十二月。改訂新版、昭和六十二年十二月）。『和歌大辞典』（明治書院、昭和六十一年三月）「尊俊」（井上宗雄執筆）。

【附記】 本節の論は、中世の文学『歌論集　一』（三弥井書店、昭和四十六年二月）所収の「詠歌一体」（福田秀一と共書）解題に簡略に述べたところを基礎としており、それに増補と補訂を加えて成稿したものである。

第四節　為家書札について

一　はじめに

『為家書札』をはじめて紹介されたのは谷山茂氏で、所蔵本を翻刻して若干の考察を加えられた。(注1)「為家書札」の書名は、その外題であるが、後に発見された冷泉家時雨亭文庫蔵本(注2)には、外題も内題もない。冷泉家本は各別に伝わった二通の仮名消息を為広が合写したもので、第二消息に付随する「正五位下」今川貞世による本奥書に「無名外題也」とあり、第一消息にも書名のあった形跡はない。従って本書には、元来書名はなかったはずであるが、後記為秀奥書中に「祖父入道大納言為家卿書札也」とあるところから、為広以後の誰かが命名したものであろう。端的な書名ではある。

時雨亭文庫蔵本は、『蓮経八軸骨髄』の奥に合綴されている。『蓮経八軸骨髄』は、法華経二十八品の要文、たとえば序品では、「如是我聞」「照于東方」「入於深山」「悉捨王位」「其後当作仏号名曰弥勒」「我見灯明仏」の語句を掲げて、その内容の要点を説示したり、直接経文を引用したりしながら、簡明に解説したもので、勧発品「作礼而去」まで、二十八品、一〇二項に及ぶ。法華経の基本的知識習得の必携として編まれ、おそらくは釈教歌制作などの実用にも供されたと思われる書物である。その『蓮経八軸骨髄』が一四丁裏まで。表紙左の外題下に「南禅寺僧／真乗院／之自筆議」と三行の割り書きがあり、本文と同筆なので、ここまでは南禅寺僧真乗院某の自筆と認められる。そして第一五丁表裏白紙一丁をはさんで、一六丁表から一八丁裏までに、「為家書札」は書記されている。表紙中央に、別筆で「此奥三枚為広卿筆也、自中院大納言殿／被送教定卿書状也、又二枚同御筆」と二行に注記されている。奥二枚が為広筆であること、一枚目の書札は為家から教定に送られた書状であること、さらに奥二枚の第二書札も為広筆であることを伝える、冷泉家の誰かの書き付けである。奥書の自署ならびに花押と本文の筆跡が同一であることに鑑みて、すべて為広筆と見てよい。

二　為家書札の全文

冷泉家時雨亭文庫蔵『為家書札』の全文は、以下のとおりである。

一九品事、凡無才学候、哥事ハ、只重代好士構〳〵面〳〵に勇をなし興をもよほして、いよ〳〵道のため廣大なるべき事にて候歟、而近来先達の世にもちゐる姿をあらためて、いまわが人にたがふおもむきを思事出来候て、花鳥のなさけ、月雪の光まで、得をすてゝ失を賞、まことをしりぞけていつハりをもてあそぶ事、これ風情すぎておもしろからんと案じ候程に、きゝにくき事も候歟、これもかく存候へば宗論に成てむつかしく候へバ、身ひとつおやおほぢ申候し事思て、さて候なんと思候て、まかりすぎ候程に、此風躰をよまぬ物ハ哥よみにてもなく、我にしたがハぬものハながく

すてられ候事、難治の事にて候へども、重代ハかまへてたえ
ぬやうになだめもちゐ、非重代も好士をバいさミあるやうに
候べしとハ思候へども、自他みな平等大會ハかなはず候、まこ
とに凡夫の程ハ力不及候、

一少将殿御意趣、是又不可及御制止候、光行子孝行入道も、何と』
やらん書て候物ハ、至極道理など申人〱候と承候、身にハ
無益候へバ、如此事まことに無詮事と存候へども、顕然偏
頗などハ不可有其隠候歟、さ候へバこそ虎鼠おりに
よる事にてハ候へ、

本云
関東将軍（中務卿親王宗尊）御詠合點之次　遣左兵衛督
（教定卿雅経卿子）祖父入道大納言（為家卿）書札也　可秘蔵矣

権中納言藤原朝臣　判

右為秀卿筆也

左衛門督藤原為廣（為広花押）』

条々

御詠所存少々注進候、自先度拝見御詠旨、地躰
殊神妙之上、被思食入候姿詞尤珍重々々候、凡卌一字
事、父祖庭訓とて、はか〲しく存分たる事も不候、

只為先理世廻風情、叶義理兼華實、思比類取辟（ママ）喩候も、妖艶幽玄を存候ハゞ、をのづから不可背六義、且者、古今序、花をたづね月をそふとて、と賢愚を書顕候歟、又、千載集序に、本文法門をもさとらず、只仮名四十七字之内、思ふ事を、詞に卅一字にいひつらぬるゆへに、八雲のそこをしのぎ、敷嶋のさかひに入すぎたりとのミおもへる成べし、しかハあれども、まことにハきればいよ〳〵かたく、あふげばいよ〳〵たかき物ハ哥道也、と書候、寂蓮、いなばをわたるさをしかの聲とよみて、自讃つかまつり候けるをバ、』祖父俊成、末代の哥損ぜんずる哥也、まことすくなし、戀述懐などにハ利口もゆるす事なれど、四季哥に虚誕ハ不可然之由申候ける、千載集にいれず候けるを、餘になく〳〵申候ける不便さに、父定家平に申入て候き、今思合候へば、猶よく申候けり、近代哥、此風出来て、ひた虚言に成にたりと申候き、如此事、此中風いとゞ手振候て、委不申候、又、新勅撰の比、橘長政と申候し好士、自讃哥に、開にけり雲のはたての山ざくらあまつあらしに物思へとて、と詠候て、平ニ可入之由懇望候き、亡父いとをしげに、さくら程の物を、人の物思へとてさくといひなさん、いま〳〵し、と申候き、就之、近年見及候へば春の明ぼの、秋の夕ぐれ、秋の夜の月、ミな此義に罷成候、只時節すごく身にしミ、景物の心をうご』かし、たへがたき事を賞翫事とこそ思給候へ、是等事次私存知申候、不可有御披露候、如此事ハ、祖父ニ亡父四十餘年、亡父ニ融覺四十餘年、承をき候之間、さすがに多候へども、老病相侵、心神衰疲、無下によはく罷成候て、忘却候之上、右筆不合調候之間、きと存候事を申候也、返々片腹痛も候歟、愚點事、師點など無左右合候ぬれバ、撰哥之時、臨期、哥次第も違乱、作者つゞきも無骨候し時、相違出来之間、さてやいかに、師點ハ合たりしぞと、つめられ候、難堪に候間、少々略候を、被處奇恠不審候、公私難堪々々、』

本云
無名外題也
此一帖貞世得古今説之時（今河了俊事也）自為秀卿相伝也 此外更々無類本 可秘蔵々々 於得御門弟者 一身面目者歟　　正五位下　判

本云
号光行子孝行入道　光源氏紫明抄作者歟
定家卿源氏之説事難申事歟　可尋明也

右為廣所書写之者也（為広花押）』

二通の仮名消息の内、第一消息の奥書によれば、為秀の言として、宗尊親王の御詠に合点を加えた際、為家から教定に遣わされた書札だという。また、第二消息の奥書に見える「貞世」は今川了俊、「正五位下」も了俊である。了俊が為秀から古今伝授を受けた時、為秀から相伝した一帖だという。「号光行子」以下二行は、何人の識語であるか不明。

従来、『為家書札』の伝本としては、谷山本のみが知られていた。当該本はしかし、第二消息の「条々」本文が最初に位置し、間を置くことなく第一消息の一つ書き本文と為秀の奥書までが続き、次に正五位下今川貞世の奥書と「号光行子孝行入道」以下の識語があって、さらに時雨亭文庫本にはない、

応永廿二年卯月十二日　以了俊庵主本不違一字書写了　彼本為秀卿自筆也云々

の奥書がある。従って、内容形態としては一書のごとくに見える、為広の手を経ない別伝の一本であったことになる。時雨亭文庫本の出現により、元来二通の消息であったことが明白となり、内容と伝来の理解も容易となった。

三　第一消息――教定宛て為家書札――

第一消息の内容は、弘長三年（一二六三）七月三十日、飛鳥井教定を介して為家に依頼のあった「宗尊親王五百首」への合点を完了し、十月二十八日一巻の状を副えて返上した（後述）際に、教定あてに認められた為家の書札

であると断定してよい。「宗尊親王五百首」の合点を仲介した序でに、教定から為家に投げかけられた二つの質問に答えたものであったと思われる。

第一の質問「九品事」の内容はよく分からないが、それを契機として、鎌倉のみならず京都歌壇をも席巻する、真観の非伝統的言動、強引な異風強要に、圧倒されて如何ともしがたい自分自身の立場、歌壇経営に対する当惑難治の思いが静かに開陳されている。第二の質問「少将殿御意趣」も、真観の顕然偏頗な仕打ちに対する教定嫡男雅有の意趣遺恨とみるべく、教定が、わが子雅有の血気にはやり意趣を含んで真観に抗しようとする動きが、鎌倉将軍の側近として生きてきた自家に災いすることを恐れ、為家に相談を持ちかけてきたのに対し、為家の家人であった孝行（明月記、嘉禄元年四月三日条）の場合を引き合いに出して、制止するに及ばぬ旨を返答したものと受け取れる。かくのごとく第一消息は極めて私的な内容の書札である。

これ以前、文応元年（一二六〇）にも為家が、宮内卿資平奉書をもって、すなわち後嵯峨院御教書をもって依頼のあった(注3)「宗尊親王三百首」に、合点を付して返送した際、資平にあてたと思われる消息が残っている(注4)。しかし、その時はまだ真観東下の直前であり、本消息の文言の端々に横溢する真観の強引な行動の影と為家の困惑至極の思いのごときは全く認められず、本消息をその時の関連文書と見なすことはできない。もとより署名も宛て所もないこれは、教定あての為家の私信そのものではありえず、おそらくはその草稿または控えであるに相違ない。貞治五年（一三六六）十二月七日から応安元年（一三六八）四月十九日の間に、権中納言為秀がその末尾に書札の来歴について識語を加えてあった為家筆の原本を親本として、左衛門督為広が、文明十一年（一四七九）二月三十日から同十八年十二月二十六日の問に書写したのが、時雨亭文庫本第一消息だということになる。

四　第二消息——教定宛て半公的な「一巻状」——

第二消息の「条々」は、同じ弘長三年（一二六三）十月二十八日、「宗尊親王五百首」への合点に副えて、親王に注進すべき内容を、直接にはその側近で仲介役であった飛鳥井教定あてに認められた、半公的な「一巻状」であるとみられる。

まず「御詠の所存少々注し進らせ候ふ。先度自り御詠の旨を、拝見するに、地体殊に神妙の上、思食し入られ候姿詞、尤も珍重々々に候ふ」と書き起こされる文言の敬度は極めて高い。これはやはり宗尊親王クラスの高貴な人物の御詠を一読しての所存の開陳であることを示していよう。続いて、卑下しながらの改まった総論的揚言が続き、「古今和歌集序」(注5)「千載和歌集序」(注6)の引用がそれに連続しているのも、そのような種類の消息であったことを思わせる。

そのあとの寂蓮の話は『京極中納言相語』(注7)に、また長政の話は慶融の『慶融法眼抄』（追加）中に伝えられているエピソード(注8)で、ともに為家の言として信じうるものである。話の性質上ややくだけたトーンを感じさせるものの、近代歌の表現が「ひた虚言」に傾いてゆく、その行き過ぎへの戒めが話題の中心をなしている。「春の明ぼの」「秋の夕ぐれ」「秋の夜の月」の具体例も、「みな此義に」、すなわち「ひた虚言」に向かってゆく現実を憂え、景物が心を動かし、その感動に堪えがたくなった時に、それをことばとして表現し、賞翫するのが歌なのだとの所信を披瀝して、「思ひ給へ候ふ」と謙譲語を用いて説述するのである。

そして、是等は事の次でに私の存知するところを申し上げたばかりなので、「御披露有るべからず候ふ」と続ける。「是等」とは寂蓮の話以下のくだけた具体的な話柄を指していよう。するとこれは、宗尊親王その人に向って他言を禁じているのではなく、当然親王その人に伝わることを期待しつつ、取り次ぎの側近あてに記してきた書信の内容が、ここに至ってややくだけすぎたから、そのままには宗尊親王に披露しないでいただきたいと制止した言であると受けとれる。「宗尊親王三百首」付載為家消息も「猶力及び侯はぬよしをよくよく御意得候て、申させおはしますべく候」と、親王への取り次ぎを宮内卿資平に依頼していたことが思い合わされる。

「祖父に亡父四十余年」云々は、同じ「宗尊親王三百首」付載為家消息にも出てくることで、由緒正しい相伝の教えを多く持していることの誇らかな宣揚であるが、それも老耄して忘れてしまい、ふつと思い浮かんだことのみを申し上げたばかりで片腹痛いことだ、と卑下の文言で包み隠している。

「愚点事」以下は、確かには把捉できないが、「愚点」は「文応三百首」における為家の点、「師点」は同じく真観の点を指し（「文応三百首」には、他に実氏・家良・基家・行家・鷹司院帥・阿仏の合点がある）、「撰歌之時」は、『続古今和歌集』撰進途中弘長二年撰者追加以後の、複数撰者が合議にあたった評定の座における、真観の嫌味に満ちた陰湿な攻撃に関わることであると考えられる。

かくして、第二消息の内容も、弘長三年十月の「宗尊親王五百首」に付随するものであるべく、宗尊親王に注進すべき内容を、直接には仲介役であった教定あてに認められた、こちらは半公的な書札であるとみてよい。『吾妻鏡』弘長三年十月二十八日の条には、

将軍家五百首御詠。民部卿入道融覚加点返上。則副遣一巻状。六義奥旨猶可被凝御沈思之由。申条々諷諫云々。

と記されている。「六義の奥旨」「御沈思を凝らさるべきの由」「条々諷諫」の内容を含んでいたというこの「一巻状」が、すなわちこの第二消息であったと認定して誤ることはないであろう。「公私難堪々々」で中断するように終止し、署名も宛て所もない本書は、もとよりその草稿もしくは手控えの案だということになる。

五　おわりに

周知のように了俊は、徳川美術館蔵『和歌秘鈔』（詠歌一体）の奥に、鎮西安楽寺社頭において紛失、その後発見の報を受けた、為秀から相伝の抄物等を列記しているが、[注9] その中に、

書札和歌説一帖　為秀卿筆 同奥書

がある。「書札」の形式で、為秀筆、そして為秀から相伝されたという条件を満たすものは、本書札以外には考えがたい。しかも「和歌説」というにふさわしい内容をもっていたこと、奥書から了俊はその素性来歴を知らなかったらしいこと、という条件を勘案すれば、第一消息は該当せず、この第二消息の祖本もしくは別時の為秀筆本であった可能性が極めて大きい。時雨亭文庫本為広筆第二消息は、その了俊が関与した写本からの転写本である。

【注】

（1）谷山茂「為家書札とその妖艶幽玄体―付、越部禅尼消息等の伝本ならびに紫明抄のことなど―」（『文林』第一号、昭和四十一年十二月）。

（2）冷泉家時雨亭叢書第六巻『続後撰和歌集　為家歌学』（朝日新聞社、一九九四年二月）。

（3）宗尊親王三百首付載文書第一状は、以下のとおりである。

鎌倉殿御詠事申入候之処、先日如被仰候、御所存之旨、具可令注申給候之条、尤可宜之由、御気色候也、恐惶謹言

十月六日　宮内卿資平奉

謹上大納言入道殿

（4）宗尊親王三百首付載文書第二状は、以下のとおりである。

此一巻給候て見まいらせ候。大かた心も詞も不及候。末代には歌も難有成候ぬと存候つるに、かくやすらかにいでき

候御事、世のためもたのもしく、道も今更さかへ候ぬと覚え候。本歌取なされて候、面白もたくみにも候。中々みじかき詞をろかなる心に申のべがたく候。定家は九十一に成候し俊成に、四十余年そひて候ひしかば、申事を承候けん。融覚は八十まで候し定家に又四十余年おなじくそひ候て、申事も時々承候キ。書置て候物も今にひき見候にも、か様のすぢにこそ歌はよむべきやうに申候しか。身こそ不堪、申計候はねども、庭のをしへばかりは慥に承置て候へども、年老候て後は、心もうせたる様に罷成候て、手もわなゝき、人の様にも候はねども、此めづらしく目出たくかたじけなく候御事、存候旨可申之由被仰下候に、何事も思忘れ候て、かやうに申候よ。返々かたはらいたく恐思給候。此度勅撰には力つき候ぬとおぼえ候。目うつりし候まゝに、点もおほくなり候時に、急々候て罷過候へども、猶ちからをよび候はぬよしを、よく〳〵御意得候て、申させおはしますべく候。あなかしこ〳〵。

(5) 古の代々の帝、春の花の朝、秋の月の夜ごとに、候ふ人々を召して、事につけつゝ、歌を奉らしめ給ふ。あるは花をそふとてたよりなき所にまどひ、あるは月を思ふとてしるべなき闇にたどれる心々を見給ひ、賢し愚かなりとしろしめしけむ。

(古今和歌集仮名序)

(6) そもそもこの歌の道を学ぶることをいふに、唐国日の本の広き文の道をも学びず、鹿の園鷲の峰の深き御法を悟るにしもあらず、たゞ仮名の四十あまり七文字のうちを出でずして、心に思ふことを言葉に言い連ぬるならひなるがゆゑに、三十文字あまり一文字をだによみ連ねつる者は、出雲八雲の底をしのぎ、敷島大和御言の境に入りすぎにたりとのみ思へるなるべし。しかはあれど、まことには鑽ればいよく堅く、仰げばいよ〳〵高きものはこの大和歌の道になんありける。

(千載和歌集序)

(7) 一寛喜元年八月十九日

和歌はただ、初の五字より終七字まで、さりさりと覚ゆることを詠みたるがよきなり。寂蓮入道が歌に、

尾上より門田に通ふ秋風に稲葉を渡るさを鹿の声

殊の外に自嘆の気ありて、千載集撰ばれし時、枉て入べき由申しを、撰者、「面白き歌なり。是は道理叶はぬにはあらねども、末代の歌損ぜむずるものなり。入べからず」と申されしを、作者、「則ち一首書き入られたらん、何事かあらん」の由、泣く泣く申しかば、予が得分に申し入れ畢ぬ。(下略)

（8）　さきにけり雲のはたての桜花あまりあらしに物おもへとて

此歌も平にいるべきよし懇望しけるを、撰者いとほしげに、桜ほどの物を、人の物思へとて入れられき。か様にのみ有りしに、近年見及歌は、春の明ぼの、秋の夕ぐれ、秋の夜の月、皆此儀になれり。たゞ時節すさび身にしみ、景物の心をうごかし、たへがたき事を可賞翫とぞ、先人は仰せられし。新勅撰集に、家隆卿、

思ひかねながむれば又夕日さす軒ばの山の松もうらめし

えせ歌なりけるを撰入られたりけるを口惜事と、是同物がたりにありし。（慶融法眼抄）

（9）　徳川黎明会叢書（和歌篇四）『桐火桶・詠歌一体・綺語抄』（思文閣出版、平成元年七月）に影印があり、本書第四章第二節に奥書の翻刻を掲げた。

第五節　中世歌論における古典主義

一　はじめに

いわゆる「制詞」は、自由な抒情を束縛して歌の貧困をもたらしたとして、否定的に扱われるのが常であるから、その最初の集成であった為家の「主ある詞」の評価もはなはだよろしくない。「主ある詞」というのは『詠歌一体』の中で、「霞かねたる」「うつるもくもる」「花のやどかせ」「嵐ぞかすむ」「月にあまぎる」「霞に落つる」「空しき枝に」など合計四十三語（冷泉家系統本。二条家系統本は四十五語）の使用を禁じたものであるが、「か様のことばは主々あることなれば詠むべかず」と明記されるとおり、為家の意図は、先覚苦心の表現に対する畏敬の念から発したものであった。この部分は、略本系の諸本にあっても最も主要な部分をなしていて、多くは典拠歌をまるごと示すかたちで流布し、時代が下るにつれて制詞の数は増え、本来の意味は見失われて形骸化してゆく。

四十三語の原拠歌の出典をみると、新古今三十一・千載四・新勅撰三・金集一・詞花一・続後撰一・続古今一という分布になっていて、大部分を『新古今和歌集』とその前後の二集から採歌しているし、歌の作者も、俊頼を最古としてほとんどやはり新古今集前後の歌人たちで占めれている。つまり、時代からいっても、詠者の点からも、明らかにこれらは新古今時代の歌であり表現である。加えて個々の表現に目を留めるならば、おおむねこれらは最も新古今的な歌風の特徴を具備した、その意味で典型的な新古今歌にほかならぬことに気づく。四十二首の歌、特に主ありとされた問題のことば（言いまわし）が、とりたてて新奇なことばを用いたものでなく、一語一語はさして目だたぬことばでありながら、意想外の続けがらや、隠喩を駆使した表現、あるいは擬人的表現などによって、まったく新しい情趣や情調を伴った内容を生み出しており、とりわけその手法がはなはだ構成的であるという点において、新古今的歌風の特質としてあげられるところと一致する。つまり、為家が集成した「主ある詞」は、禁制という枠をはずしてそのものを検するとき、最も新古今的な手法による典型表現の集成であったということになるはずで、そのように考えをめぐらしてゆくと、為家がかかる種類の表現を選んで規制したことの意味を、ただ結果論的にみて否定するだけでなく、むしろ定家歌論からの継承の問題として、その功罪を検討してゆく必要を感ずる。

二　歌論における古典主義の確立

俊成歌論の主眼を、「歌はただよみあげもし詠じもしたるに、何となく艶にもあはれにも聞ゆることのあるなるべし。もとより詠歌といひて、声につきてよくも悪しくも聞ゆるものなり」（古来風体抄。ほかに民部卿経房家歌合跋・慈鎮和尚自歌合にも同旨の言がある）という立言に認め、和歌の本質を言語の韻律（および映像）効果によってとらえる微妙な情趣に見いだしたことにあるとする理解が、いまや定説となっているが、そのような甚深微妙な情趣の発見にまで俊成を導くに力あったのは、依憑すべき古典であると同時に和歌伝統の起点としての『古今和歌集』の発見であり、やや別の意味で和歌表現を豊かにすることができる古典としての『源氏物語』の発見であった。

『古今和歌集』については、『古来風体抄』に、「この集のころほひよりぞ、歌のよき悪しきも選び定められたれば、歌の本体にはただ古今集を仰ぎ信ずべきことなり」「万葉集は、時世久しく隔たり移りて、歌の姿詞、うちまかせて学び難かるべし。古今こそは本体と仰ぎ信ずべきものなれば」と、二回にわたってくり返し主張され（同旨の言は御裳濯河歌合判詞にもみえる）、「歌の本体（もと）」を体現する古典としての『古今和歌集』に対する規範意識が、明瞭かつ確固として俊成のうちに存在していたことがうかがえる。そしてもちろん、この主張は依憑すべき価値ある古典として『古今和歌集』を仰ぎ信ずることにより、当代和歌を蘇生させる方途にしようとするものにほかならなかった。換言すれば、『古今和歌集』を起点とする和歌伝統の把握による創造が目ざされたわけであって、そのような意味における古典主義（注1）の確立を、かかる俊成の姿勢や立場の中に認めないわけにはゆかない。

後に定家が近代の秀れた先達としてあげたのは、経信・俊頼・基俊・顕輔・清輔・俊成の六人であったが、俊成に至る五人の場合、その古典主義の認識はまだ十分自覚的なところまでは至っていない。中世和歌の先達として最も大きな影響を俊成や定家に与えた俊頼にしても、その目指したところは、行きづまった平安朝和歌の壁を破る方法を模索して、新しさ・珍しさ・おもしろさなどによる回生を図るところにあったといってよく、そのようなレベルで古語を認識しなおそうとする志向にもとづく古典発見であった。そのことは、「おほかた、歌のよしあしといふは、心をさきとして珍しきふしをもとめ、詞をかざり詠むべきなり」という言明と、その具体策として、題詠という人為的・虚構的創作方法における実際的技法と具体例を縷々説くことに、『俊頼髄脳』の大部分が割かれているところに最も端的にあらわれている。歌論における古典主義は、俊成に至ってはじめて確立されたのである。

三　『白氏文集』『源氏物語』の効用

定家の歌論は、よくいわれるように俊成の到達したところから出発しているが、それとはかなり隔たった、そしておおむねそれを凌駕したところに到達している。

まず、選び見習うべき古典という点についてみても、俊成と定家の間にはかなり大きな相違がある。俊成の古今集本体主義は、決して『古今和歌集』のみを見習えばいいという主張ではなく、それを起点とする三代集以下の和歌の伝統への志向であったと理解できるが、定家は、詠歌技法の実際に即した論として、「殊可見習者」は「古今・伊勢物語・後撰・拾遺・三十六人集之中殊上手歌、可懸心〔人麿・貫之・忠岑・伊勢・小町等〕」（詠歌大概）であるとしており、この順序がそのまま依るべき古典の重要度の順位を示していると解される。『伊勢物語』など、もちろん俊成の作品に投影しているし、歌合判詞でもよくひきあいに出されるけれども、歌論として特に強調して表明されることはなかった。しかし定家は、「寛平以往」志向の一つの具体的実践として、『伊勢物語』や小町の集を明記したに相違なく（伊勢物語は定家の時代には業平の家集のごとく扱われていた）、いずれもまだ技巧性が前面に出てくる以前の自然な抒情の流露した歌人たちの集が、主として選ばれているのであって、そこに俊成を一歩超えた定家の強く一貫した古典意識を看取することができる。

『白氏文集』への傾倒にも、定家らしさは強くあらわている。定家の目的は、「時節ノ景気、世間ノ盛衰、物ノ由ヲ知ランガタメ」（詠歌大概）と明示されているし、「また、古詩の心・詞を取りてよむこと、およそ歌に戒め侍る習ひと古くも申したれども、いたく憎からずこそ。しげう好まで時々まぜたらむは一節あることにてや侍らむ。白氏文集第一第二帙の中に大要侍り。かれを披見せよとぞ申しおき侍りし。詩は心を気高く澄ますものにて候ふ」（毎月抄）とも説かれるとおり、これは決して古歌の場合におけると同じ対し方ではない。

もちろん俊成にも白詩や漢詩作品に対する知識や関心がなかったわけではないし、「白氏文集・古万葉集などは、いささかとりすぐせるにとがなきにやあらん」（中宮亮重家朝臣家歌合）とさえいっているから、定家のいう「戒め侍る習ひ」が何を指すか分明でないが、右の一文も判詞の文脈の中でみれば決して積極的な推奨ではないし、『六百番歌合』などの判詞に徴しても、俊成は漢詩句を取りすぎたり本説として詠歌することを、さして高く買っていないという事実はあり、逆に顕昭らは好んで詠み、またその知識を楯にしばしば論争を展開している。

そうした俊成のいわば消極的姿勢が定家と異なるのみならず、なお俊成の漢詩に対する態度が、詞や心を「とりすぐす」ことの是非に向けられていること、つまり古歌や『源氏物語』に対する場合と同じ目的で向かうべき古典の一つだという認識を持っていたことが注意されるのであって、この点定家の姿勢はちがっている。定家が見習うべき必須の古典の一つとして『白氏文集』を位置づけたのは、「文集百首」詠作の実際をみても明らなように、詞や心を「とる」ことに関心が向かっているというよりも、詩句に表現された情趣や情調をも含めた内容を翻案して、真に和歌らしい和歌を構想するという点をこそ重視したからで、そうしたいわば構想源としての古典にほかならなかった。その上さらに、詩がもつ「心をけだかく澄ます」効用を重視したことも特徴的なことがらであった。『毎月抄』のみでなく『京極中納言相語』にも、『源氏物語』に本歌を求めたり、学問的考証を事とするような姿勢をしりぞけ、「紫式部の筆を見れば、心も澄みて、歌の姿詞の優に詠まるるなり。文集の文この定なるものにて、文集にて多く歌を詠むなり。筆のめでたきが、心はいかさまにも澄むにや」と説く。『白氏文集』だけでなく、『源氏物語』もまた詞と心の拠りどころとしての存在を超えて、詠歌主体の精神的静安を得るための具として認識され希求されているのであって、「とりすぐす」ことの是非に関心をよせる俊成と、「文集にて多く歌を詠むなり」と説く定家の志向との質的隔たりは随分大きい。

四　構想力に依存する古典主義

周知のとおり、定家歌論の肝要は、作歌の根幹原理を説いた次の立言の中に認められる。

①詞は古きをしたひ、②心は新しきを求め、③及ばぬ高き姿をねがひて、寛平以往の歌にならはば、④おのづから宜しきことなどか侍らざらむ。（近代秀歌）

①情以新為先〔求人未詠之心詠之〕、②詞以旧可用〔詞不可出三代集先達之所用、新古今古人歌同可用之〕、③風体可効堪

能先達之秀歌［不論古今遠近、見宜歌可効其体］。（詠歌大概）

両者の所説には、説示の基調に微妙な変化がみられるが、とりわけ後半（③以下）の「姿」「風体」論において、前者が六歌仙時代の素直な抒情による余情妖艶の風体志向と関連させて説くのに対し、後者は「堪能先達秀歌」とするのみで、特に時代の限定を設けないことにおいて、大きな相違をみせているのであるが、それがいずれの場合であっても、二つの論書における風体志向が、すでに完成されている典型としての風体を価値ありとし、それを規範視する姿勢をとることにおいて、明らかに古典主義の立場を示している。「効」とは、つとめて（力）、その典型にのっとり（法）、それをかたどり（象）、ならひ、まなぶ（学）意にほかならない。

前半（①②）の「詞」と「心」「情」に関する所説も少異はあるが趣意においては異ならず、定家歌論中で最も重要な意味をもつ立言だと考える。「詞」は、もとより「用語」の意であるが、それを限定している「古」または「旧」は、むろん時代的な古さをのみ意味するのではなく、これもやはり、すでに完成された典型としての歌語、もしくは表現を指していると考えてよい。一方「心」または「情」は、「詞」に対して、それによって「表現される内容」の意で使われるのが普通であるが、この場合のそれは「詞」と対等並列の関係でならぶ概念だとは思われない。もしそのような意味で「詞」に対しているとすれば、新しい「心」「情」が古い「詞」そのものの中に宿っているはずはないから、論旨の矛盾をきたさざるをえない。しかしこれは矛盾ではなく、定家の「心」または「情」の内質が、一般的な意味におけるそれとはちがっていたと理解すべきであって、それは、表現する歌人の理性的な連想性、もう少し具体的にいえば題意にもとづいて歌を着想したり構想したりする心の働き、もしくはそうした心の働きによってもたらされる情調内容の世界、を意味していると考えねばならない。(注2) だとすると、定家における「詞」と「心」の論は、どうしても後者により大きな比重のかかった説として解されねばならないであろう。つまり、古詞のもつイメージや伝統を下敷きにしたり媒介として、いかに一首を構想し、創造的表現を獲得するか、ということが定家にとって最大の関心事であり、最重要課題だったのであり、そのような「心」「情」の扱いにおいて、明らかに俊成の立場を超えていた。

「風体」に対する姿勢と合わせて、「詞」と「心」「情」に対するこのような定家の姿勢や立場は、すでに完成された典型に根ざしながら、新たな創造を目ざすものであったという意味で、古典主義の立場を鮮明にしているし、しかもそれは、創造への踏みこみの度合いにおいて、俊成歌論の場合よりも一歩進んだ境に到達しているといえる。為家が「主あることば」として集成したことばや表現は、そのような古典主義の立場からする、定家の一つの到達目標、もしくは理想の表現だったといってもよいであろう。

以上にみたような定家の「心」または「情」の論は、二十世紀初頭にあらわれた、T・E・ヒュームの「構想力」(fancy)重視の論と酷似している。(注3) ヒュームはT・S・エリオットらとともに、ロマン主義にとって変わる新しい古典主義の到来を主張したのであったが、ロマン主義者が、心象(image)に関する創作活動の機能のうち、直観性を重視して「想像」(imagination)を優位においたのに対し、理性的な連想性を重くみて「構想」を優位にたつものと考え、それを古典主義詩の卓越性を成り立たせる特有の武器だとしたのであった。そして彼が、「構想は平板な言葉につけ加えられた単なる装飾ではない。平板な言葉は本質的に不正確なものである。それはただ新しい比喩によってのみ、すなわち構想によってのみ、精確なものとすることができるのである」といったときの、その「構想」は、おそらく定家におけ「心」「情」と相近い意味をもつ概念であったと理解される。しかも定家にあっては、「古詞」のもつ伝統的イメイジを加え、介在させた新しい「心」また「情」であった点において、エリオットの「伝統」論を想起させもする。が、そのような類比の当否はどうであれ、たとえ西行が、直観的・感性的な「想像」に多くよりかかった、そういう意味でロマン主義歌人であったのに対し、定家は、理性的な連想性をより重視する「構想力」に多く依存して、それを作歌の基本姿勢とし、またそのように説いたという意味で古典主義の歌人であった、という対比で理解することは間違ってはいないであろう。定家が、「歌よみ」に対して「歌つくり」を自認したことは、そうすると、「詞古心新」「情新詞旧」という定家歌論の肝要部分から必然的に出てきた認識であったといえる。

五　「いりほが」への戒め

定家は一方で、しばしばいわゆる「いりほが」への警告を発している、『近代秀歌』に、

ただし、この頃の後学末生、まことに歌とのみ思ひてそのさま知らぬにや侍らむ、ただ聞きにくきをこととして易しかるべきことを違へ、離れたることを続けて似ぬ歌をまねぶと思へるともがら、あまねくなりにて侍るにや。

と説き、遣送本秀歌例のあとの補足説明で、

易きことをちがへ、続かぬを続くとは、風ふり、雪ふき、うき風、はつ雲などやうなるものを、見苦しとは申すなり。

とあるから、隠喩的表現の度がすぎて、奇矯で理不尽な表現になることを戒めたわけであったが、定家が推し進めた「詞古心新」「情新詞旧」の方法には、その積極的優位性とは裏腹に、このような危険性がたえず伴っていたのである。『毎月抄』にも、

宜しき歌と申し候ふは、歌毎に心の深きのみぞ申したためる。あまりにまた深く心を入れむとてねぢすぐせば、いりほがのいりくり歌とて、堅固ならぬ姿の心得られぬは、心なきよりもうたてく見苦しきことにて侍る。この境がゆゆしき大事にて侍る。

と述べており、また別の部分では、「春の曙」「秋の夕暮」といえばいいところを、「曙の春」「夕暮の秋」などと、

表現をもてあそぶ輩がいるが、おこがましく、いまいましきことで、「歌のすたるべき体」だと、詞をきわめて否定している。ほかにも相似た注意は散見するが、『八雲御抄』によれば「詞のいりほが」のほかに「風情のいりほが」があるし、『京極中納言相語』の文中にも、「風情」とか「結構」とかの用語が見えるから、当然これらの訓戒には、前代的な風情（趣向）主義の弊害として現出したゆき方に対する注意が含まれていると考えねばなるまいが、このようにしばしば警鐘を鳴らさねばならなかったのは、彼の主張する「詞古心新」「情新詞旧」の方法が、まかりまちがえば歌の廃亡を将来する危険をはらんでいたからで、それはたとえばカミソリの刃の上を渡るような境に実現できるものだったことを示している。まさしく、「その境がゆゆしき大事」であったはずで、「いりほが」とは結局、定家の唱えた新しい方法が本来的にもっていた、危険な一面のあらわれにほかならなかった。

六　古典主義から擬古典主義へ

為家の歌論は、公任や俊頼や俊成ら、多くの先行歌論を部分的に取捨して、それを再構成するという基本的方法で構成されているから、一つ一つの所論において独創性を主張しうる種類のものではない。そのような基本的方法の一環として、定家歌論の場合にも、『近代秀歌』『詠歌大概』ともに採り入れられるのであるが、為家における定家歌論継承の第一の特徴は、にもかかわらず、やはり『近代秀歌』よりも『詠歌大概』により密着していること、つまり定家晩年の歌論をより強く承け継いでいることである。それは「主あることば」を扱った「歌の詞の事」の項に典型的にみられるところであるが、この部分の内容を論述の順序に要約して、『詠歌大概』ならびに『近代秀歌』の場合と比較して表示すると次頁のとおりである。

一目して、為家の論が『詠歌大概』に準拠して説述されていることを了解できるし、本歌取り論についても（すぐ次の項で扱われているが）、五句のうち二句と三・四字までの許容とか、四季歌をもって恋歌を詠むなどの、同想を

『詠歌一体』

①いかにも古歌にあらむほどの詞を用ふべし。

②近き世の事、ましてこのごろ人の詠みいだしたらむ詞は、一句も更々に詠むべからず。（主ある詞）

③古歌なれども、独り詠み出して我が物と持ちたるをばとらずと申すめり。

a（とってはならぬもの）「桜散る木の下風」の類。

b（とってよいもの）「足引きの山時鳥」の類。

『詠歌大概』

①情以新為先、詞以旧可用、風体可効堪能先達之秀歌。

②近代之人所詠出之心詞、雖一句謹可除棄之。

③於古人歌多以其同詞詠之、已為流例。（本歌取り論）

a雖何度不憚之「あしひきのやまほととぎす」の類、五例。

b雖二句更不可詠之。「さくらちる木の下風」の類。

『近代秀歌』

①詞は古きを慕ひ、心は新しきを求め、及ばぬ高き姿をねがひて。

②古きをこひねがふにとりて、昔の歌を改めず詠みすゑたるを、即ち本歌とすと申すなり。（本歌取り論）

a（幾度よんでもよいもの）「いそのかみふるきみやこ」の類、四例。

b（よむべからざるもの）「さくらちる木の下風」の類、四例。

③今の世に肩をならぶるともがら、たとへば世になくとも、昨日今日といふばかり出で来たる歌は、一句もその人のよみたりしと見えむことを、必ずさらまほし。

させる工夫の必要だとかを述べる点など、やはり同じく『詠歌大概』に拠っている。

定家歌論継承の第二の特徴は、しかし大事なところで誤解または曲解による所説のすりかえがみられることである。右の部分についてさらに細かくみると、定家の場合、本歌取り論の一部で、「何度ト雖モ之ヲ憚ラザル」もの、「二句ト雖モ更ニ之ヲ詠ムベカラザル」もの、それぞれの実例として挙げられていた初二句表現（③のａ・ｂ）を、為家は本歌取り論から完全に切りはなして、古歌の場合にも、近代の秀歌と同じく、「独り詠み出して我が物ともちたる」表現だからという理由で、詠んではならないと規制したのであって、この間に大きな「すりかえ」が行われていることに気づく。定家が「桜散る木の下風」などの表現を禁じたのは、それが趣向や発想の核心にかかわる表現であるゆえで、再度そのような表現を用いて歌を詠んでも、「古詩古情」になって決して「新情」は出せないという、純然たる表現上の理由からであったにかかわらず、為家はそれをも主ある表現のゆえであると、質的に異る倫理的・道義的問題にとりなしてしまったのであって、このことは為家が定家歌論の肝要としての「詞古心新」「情新詞旧」の方法を、それほど深く理解していなかったことを、端なくも露呈している。

第三の特徴も、つまるところそのような為家の不十分な理解に起因すると思われるが、定家歌論の最も主要な部分をほとんど欠落させているという事実である。すなわち『詠歌一体』の場合、歌の姿への言及はあるが、詞や題詠の実際に対する、いわば詞とその周辺に対する関心が大部分を占めていて、定家歌論の肝要としての「心新」「清新」に言及したところは見出せない。もちろん為家も「心」なる用語はしばしば用いているが、「ただ心・詞かきあひたらむをよしとは知るべし」とか「詞少く言ひたれど、心深ければ」とかの用例に明らかなとおり、「詞」に対する平板な意味での「心」であって、定家歌論におけるような深い意味を付与されてはいない。そのような「詞」志向、定家的「心」軽視の姿勢は、定家にあっては「詞古心新」「情新詞旧」という歌論の核心部との関連で顧みられた、『三代集』『伊勢物語』『三十六人集』中のあるもの、『白氏文集』『源氏物語』などといった古典に向かうべき関心をも閉ざしてしまったごとくであり、かくして取り落としたもろもろのものを補うべき新たな方法をも提示しえなかったから、その欠落部分の大きさは、為家の歌論を定家歌論とは比較にならぬほどやせ細ったものにしてしまった。

もとより歌論を考える場合、その位相について考慮をめぐらすべきで、『詠歌一体』の場合にも、幼い子孫に対する初歩的な庭訓であり口伝の集積であったらしく思われるから、そのことが右にあげたような欠落をもたらした原因であって、したがってそこに表明されたところがすなわち為家歌論のすべてであることにはならない、と弁護できなくはない。が、たとえそうであったとしても、残された資料によって定家歌論から為家歌論への継承の問題を考えるとき、最も評価の低い「主ある詞」の集成が、定家における古典主義理論のネガティブな敷衍であったことになるという、意図せざる効果や意味を見いだせると同時に、少なくとも古典主義という観点に立ってみる限りにおいて、定家の古典主義は、似て非なる擬古典主義にとって変わった、もしくは後退したと評価するほかないであろう。

【注】

(1)「古典主義」を一概に規定することは難しいが、一応、「典型としての古典伝統の把握」と、それによる「創造」を必須の要件と考えることにし、本文中で一々限定を加えながら用いる。なお、「古典主義」と「新古典主義」の区別はあえて設けず、すべて「古典主義」で統一したが、「擬古典主義」は要件を欠いた古典主義の意味で用いる。

(2)「寛平以往」志向との関連で、「詞古」を重視し「心新」を軽視する論者(田中裕『中世文学論研究』塙書房、昭和四十四年十一月)もあるが、藤平春男氏が『詠歌大概』冒頭の「情」について、「俊成定家の歌論では、『心』または『情』は、題の本意にもとづく場面構想の立て方と密接な関係を保たせられていることが多く、ここも新しい着想にもとづいて展開される情調の世界」と注している説(日本古典文学全集『歌論集』小学館、昭和五十年四月)に従うべきである。

（3） T・E・ヒューム著、長谷川鑛平訳「ロマン主典と古典主義」（『ヒューマズムと芸術の哲学』法政大学出版局、一九七〇年八月）。なお、「構想力」（fancy）と「想像」（imagination）については、斎藤勇編『英米文学辞典』増訂新版（研究社、一九六一年）「imagination」の項、文学批評ゼミナール6『Fancy and Imagination』（R. L.Brett。児玉実英訳）、研究社、昭和四十六年四月）など参看。

第六節　歌学と庭訓と歌論

一　はじめに

前節では、「古典主義」「偽古典主義」という観点から、為家歌論の和歌史的位置づけを試みたが、[注1]所与の「歌学と歌論」という視点に、「御子左家における庭訓と為家歌論」という問題意識を加えた視点から、『為家書札』と『詠歌一体』を主とする為家歌論の、成り立ちないし構造の問題、ならびに定家の晩年から没後にかけての時代状況の中における意義を追究しようとするのが、本節の課題である。本章第一節に前言したとおり、『詠歌一体』は主として為家の口伝を為氏と為秀が著述化した歌論で、為家以外の言説が含まれている可能性もなしとしないが、すべてを為家の著作として扱ってゆくこととする。

二　「為家書札」第二消息の本文

最近公開された、冷泉家時雨亭文庫所蔵『為家書札』[注2]は、二通の消息よりなる為家の片々たる歌論ではあるが、為家の歌論を考えようとする時、ないがしろにできない内容を有している。本章第四節において考証したとおり、第一の消息は、弘長三年（一二六三）七月三十日、飛鳥井教定を介して依頼のあった「宗尊親王五百首」への合点を完了し、十月二十八日に返上した際、教定あてに認められた為家の私信であり、第二消息は、同じ時、「宗尊親王五百首」への合点に副えて、宗尊親王に注進すべき内容を、親王の目に触れることを前提として、直接にはその側近で親王との仲介役であった飛鳥井教定にあてて認められた半公的な書状で、『吾妻鏡』にいう「一巻状」の草稿もしくは手控えの案である。私信である第一消息には、歌論として見るべきものはほとんどなく、為家の歌論は、やや改まって論述される第二消息の方に、より鮮明に顕れている。

第二消息は、最初に「条々」と内題があって、次のような内容から構成されている。影印により翻字して句読点を付し、段落を分かち、漢文体の部分は返り点と送り仮名を付け、踊り字は開いて示すことにする。

御詠ノ所存少々注シ進セ候。自二リ先度一拝二見御詠ノ旨一ヲ、地躰殊ニ神妙之上、被二思食入一候姿詞、尤珍重々々ニ候。

凡ソ卅一字ノ事、父祖ノ庭訓とて、はかばかしく存ジ分たる事も不レ候ハ。只為レテ先二ト理世一ヲ廻二ラシ風情一ヲ、叶二ヘテ義理一ヲ兼二ネシメ華實一ヲ、思二ヒテ比類一ヲ取二リ辟（ママ）喩一ヲ候も、妖艶幽玄を存ジ候ハゞ、をのづから不レ可レ背二ク六義一ニ。

且者、古今序、花をたづね月をそふとて、と賢愚を書キ顕シ候歟。又、千載集序に、本文法門をもさとらず、只仮名四十七字之内、思ふ事を、詞に卅一字にいひつらぬるゆへに、八雲のそこをしのぎ、敷嶋のさかひに入すぎたりとのミおもへる成べし。しかハあれども、まことにハきればいよいよかたく、あふげはいよいよたかき物ハ哥道也、と書候。

寂蓮、いなばをわたるさをしかの聲とよみて、自讃つかまつり候けるをバ、祖父俊成、末代の哥損ぜんずる哥也、まことすくなし、戀述懐などにハ利口もゆるす事なれど、四季哥に虚誕ハ不レ可レ然之由申候ける。千載集にいれず候けるを、餘になくなく申候ける不便さに、父定家平に申入て候き。今思合候へば、猶よく申候けり。近代哥、此風出来て、ひた虚言に成にたりと申候き。如レ此事、此中風いとゞ手振候て、委不レ申候。

又、新勅撰の比、橘長政と申候し好士、自讃哥に、開にけり雲のはたての山ざくらあまつあらしに物思へとて、と詠候て、平ニ可レ入之由懇望候き。亡父、いとをしげに、さくら程の物を、人の物思へとてさくといひなさん、いまいまし、と申候き。

就レ之、近年見及ビ候へば、春の明ぼの、秋の夕ぐれ、秋の夜の月、ミな此ノ義に罷リ成リ候。只時節すごく身にしミ、景物の心をうごかし、たへがたき事を賞翫スル事とこそ思ヒ給ヘ候へ。是等事ノ次ニ私ノ存知ヲ申シ候。不レ可レ有ニ御披露一候。

如レ此事ハ、祖父ニ亡父四十餘年、亡父ニ融覺四十餘年、承をき候之間、さすがに多ク候へども、老病相侵シ、心神衰疲、無下によはく罷リ成リ候て、忘却シ候之上、右筆不ニ合調一候之間、きと存ジ候フ事を申シ候也。返々片腹痛も候歟。

愚點事、師點など、無ニ左右一合候ぬれバ、撰哥之時、臨レ期、哥次第も違乱、作者つゞきも無レ骨候し時、相違出来之間、さてやいかに師點ハ合たりしぞと、つめられ候。難レ堪に候間少々略シ候を、被レ處ニセ奇恠不審一ニ候。公私難レ堪々レ々。

三　一般的概念的な総論

冒頭、先般より御詠の旨趣を拝見してきたが、基本的な才能が優れておられる上、深く思いを凝らして詠み出された姿・ことばが大変に珍重で優れている旨の、褒美の総評を枕とし、「およそ三十一字のこと、父祖の庭訓とて、はかばかしく存じ分きたることも候はず」との謙退卑下のことばを前置きとしたあとに、「ただ理世を先として風情を廻らし、義理を叶へて華実を兼ねしめ、比類を思ひて譬喩を取り候ふも、妖艶・幽玄を存じ候はば、をのづから六義に背くべからず」という、為家の詠歌理念の根幹をなすと見られる言説が表明されている。

谷山茂氏は、この部分を「ただ理世を先となして風情をめぐらさば、義理にかなひ華実を兼ぬ（べけむ）。比類を思ひ譬喩を取り候ふも、妖艶幽玄の体を存じ候はば、おのづから六義に背くべからず」とよんで、やや概念的な一般論ではあるが、和歌師範家の継承者たる為家の、中庸を行く無難な姿勢をおもわせる。「理世を先として」というのは、むしろ文学自体に対する自信を喪失しかけた当時の人びと一般のうたい文句でもあるが、一方ここに「妖艶幽玄体」ということばを端的に提示していることは、注目に値する。幽玄が感覚的に具象化し、妖艶が余情的に抽象化する傾向は、かなりふるくからもあった。それらの傾向を受けて、とくに為家の世界では、色調的属性においても、妖艶の幽玄化、幽玄の妖艶化が著しく、そのことは、彼の判詞などから、だいたいに帰納されるところではあった。がその妖艶と幽玄との結合を、ここに「妖艶幽玄体」という一語で明示していることは、単に為家研究の立場だけではなく、妖艶美や幽玄美の展開史研究の立場からも、大きく取りあげていいのではないかと思われる。

と述べておられる(注3)。

たしかに「概念的な一般論」であり「中庸を行く無難な姿勢」をみることができるが、しかし、この見解には二つの問題があると思う。一つは「妖艶幽玄体」を一語とみている点に関わり、冷泉家本には「体」の字がないことである。谷山本も冷泉家本もともに写本で、為家筆の原本ではないが、前後の錯乱がない点において冷泉家本の方がやや信頼に足る善本であるといってよく、「体」は原本にはなかった可能性が大きい。また為家が「妖艶幽玄体」という術語と概念を新しく打ち出したと見るよりも、旧来の用法を踏襲して「妖艶」と「幽玄」という二つの概念を並列したと見ておくのが穏当ではあるまいか。「妖艶の幽玄化、幽玄の妖艶化」はそのとおりだとしても、そうでありながらなお、「妖艶」と「幽玄」は為家の意識において、完全には重なりあわぬ概念として存在していたと理解しなければならない。

第二の問題は、この部分の読み方とも関わるのであるが、「理世を先として」の「理世」をどう解釈するかということである。「理世」とはもとより「世をおさめる」また「おさまった世」のことであり、政教的な意味あいの強い用語であることは確かであるが、この場合のそれは、『愚秘抄』に「理世体撫民体は有心体の本意なり」とし、また『三五記』に「同じ有心体と申しながら、まことしくありのままに、げにさることと覚ゆるやうに、心を深く詠み据えたらん類」だと説明する、理世撫民体の「理世」に繋がって行く内容であると思われる。すなわちこの「理世」はむしろ仏教的な意味で「万有の本性」を意味する「理性」に近い内容を指しているとみるべきではあるまいか。詠歌しようとする対象や事柄の本性、真実の姿をよく見定めて、それに応じた風情（趣向）を廻らすというのが、為家の言わんとする趣旨であったと思われる。その次の文は、「義理に叶ひて華実を兼ね」とも読めるが、前後との読みの整合性を考えれば、他動詞として読んだ方がよく、意味や理が叶っているようにして、なおかつ華やかさも実も兼ね備えているようにする意と取りたい。第三文「比類を思ひて譬喩を取り」は、よく似た類いのものに思いを廻らし比喩をとって表現することを意味していよう。

かくてこの部分の読みは、「理世を先として風情を廻らし」「義理を叶へて華実を兼ねしめ」「比類を思ひて譬喩を取り」の三文が並列の関係にあって、「候ふも」がそれらに承接している。つまり、「理世を先として風情を廻らし」候ふも、「義理を叶へて華実を兼ねしめ」候ふも、「比類を思ひて譬喩を取り」候ふも、ということであるべく、それら三文の何れもが、「妖艶・幽玄を存じ候はば、をのづから六義に背くべからず」との最後の一文に集約してゆく構造になっていると見られる。妖艶・幽玄の境を心中深く刻みこんでそれぞれのことに当れば、自然と六義に背くことにはならないと、為家は説述しているのである。ここにいう「六義」とは、『古今和歌集』序にいう六義であると思われ、和歌の基本的様式を意味するであろう。

以上は、一般的・概念的な総論であり、また妖艶・幽玄の内容もこれだけでは不分明であるが、「理世」「風情」「義理」「華実」「比類」「譬喩」「妖艶」「幽玄」「六義」と、キーワードを並べてみると、為家の目指した和歌が、極めて穏当で堅実なものであったことを窺わせる。

四　利口虚誕行き過ぎへの戒め

続けて「古今序、花をたづね月をそふとて、と賢愚を書き顕はし候ふ歟」とあるのは、いうまでもなく仮名序に、「古の代々の帝、春の花の朝、秋の月の夜ごとに、候ふ人々を召して、事につけつつ、歌を奉らしめ給ふ。あるは花をそふとて、たよりなき所にまどひ、あるは月を思ふとて、しるべなき闇にたどれる心々を見給ひ、賢し愚かなりとしろしめしけむ」とある部分を踏まえて、歌に携わる者には賢愚の差があることをいう。また「千載集序に」云々とあるのは、「そもそもこの歌の道を学ぶることをいふに、唐国日の本の広き文の道をも学びず、鹿の園鷲の峰の深き御法を悟るにしもあらず、ただ仮名の四十あまり七文字のうちを出でずして、心に思ふことを言葉に言い連ぬるならひなるがゆゑに、三十文字あまり一文字をだによみ連ねつる者は、出雲八雲の底をしのぎ、敷島大和御言の境に入りすぎにたりとのみ思へるなるべし。しかはあれど、まことには鑽ればいよく堅く、仰げばいよいよ高きものはこの大和歌の道になんありける」とある部分を指している。漢詩などのように複雑な文芸様式に比べて、和歌は簡単な形式であるところから、歌人たるもの、ともすればすぐに歌の道を極め和歌の境地を深く理解し切ったと思いがちであるが、歌の道というのは、極めようとすればいよいよ堅く、仰げばいよいよ高く深遠な道であることを強調している。意図するところは、以て宗尊親王の更なる精進を促しているのであろう。

それに続く寂蓮自讃歌の話は、『京極中納言相語』(注4)に次のごとくあるのと関連している。

一寛喜元年八月十九日

和歌は、ただ初の五字より終七字まで、さりさりと覚ゆることを詠みたるがよきなり。寂蓮入道が歌に、

尾上より門田に通ふ秋風に稲葉を渡るさを鹿の声

殊の外自嘆の気ありて、千載集撰ばれし時、枉て入べき由申ししを、撰者、「面白き歌なり。是は道理叶はぬにはあらねども、末代の歌損ぜむずるものなり。入べからず」と申されしを、作者、「則ち一首書入れたらん、何事かあらん」の由、泣く泣く申ししかば、予が得分に申入れ畢んぬ。しかるに、近頃「海辺鹿」といふ題に、「松の枝洩るさを鹿の声」と侍りしは、此の体に侍りき。「月だにつらき浦風に」といへる浦風ばかりこそ海辺にて候へ、その外海の心なし。又、「松の枝洩る」など侍る下の句も、鹿の声はいかに松の枝をば洩るにか、心得難し。そのかみ、家隆の歌に、

時雨降る比にしなればさを鹿の上毛の星もまづ曇りつつ

とありしを、作者、よく詠みたりと思はれたりしを、入道、「これも道理はあり。冬毛に変る比、上毛の星曇れるほど面白し」とて、点を加えられざりき。しかれば、いかさまにも面白かるまじき物と思う給ふるなり。かつは歌損ぜんずると申し置かれたるが符合したるなり。「稲葉」「松の枝」にて知らるるもの也。

また、同じ『京極中納言相語』巻末に見える、定家の長綱歌への評語に、

古寺夏草

夏深き野寺に風や過ぎつらん草葉に靡く入相の鐘

鐘の声の草葉に靡きなどし候事は、面白き歌と申して、亡父違背の物に候へば、え賞め候はず候。

とある、俊成の「末代の歌損ぜむずる」風体への戒めとも関わっている。為家は、長綱の聞書メモに発する『京極中納言相語』に就いて、一部分のみを引用したとは考えがたい。寛喜元年八月十九日に長綱に語ったのとほぼ同じ話を、すなわち俊成の言として恋や述懐などの歌には利口も許されるけれども、四季の歌に虚誕はよろしくないと語ったということを、定家から聞いていたにちがいないのである。俊成から定家へ、そして定家から為家へと、口伝による庭訓の授受が行われたのである。

もう一つの橘長政自讃歌の話[注5]と詠歌における理想とについては、『慶融法眼抄』（追加）に次のごとく見える。

さきにけり雲のはたての桜花あまりあらしに物おもへとて

此歌も平にいるべきよし懇望しけるを、撰者いとほしげに、桜ほどの物を、人の物思へとて入れられき。か様にのみ有りしに、近年見及歌は、春の明ぼの、秋の夕ぐれ、秋の夜の月、皆此儀になれり。ただ時節すさび身にしみ、景物の心をうごかし、たへがたき事を可賞翫とぞ、先人は仰せられし。新勅撰集に、家隆卿、

思ひかねながむれば又夕日さす軒ばの山の松もうらめし

えせ歌なりけるを撰入られたりけるを口惜事と、是同物がたりにありし。

『慶融法眼抄』（追加）は、冒頭に「遂加書之」とあり、奥に「以先人遺命私書加之　法眼慶融」とあり、その内容から見ても、慶融が父為家の『詠歌一体』に取り上げられていない、しかし日頃の教えの中で聞き及んだ断片的なことがらを、思い出すままに追記した片々たる歌論である。ことばの一致の度合いから判断して、慶融は「たへがたき事を可賞翫とぞ」までの部分は、この『為家書札』から直接引用した可能性が大きいであろう。あるいはまた為家から、『新勅撰和歌集』家隆歌の件とともに、一括した談話として語られたものであったかもしれない。いずれにしても、為家から慶融へ、口伝の歌話として伝えられた内容であったにちがいない。

為家が、利口・虚誕を戒めたことについては、阿仏の『夜の鶴』に次のように語られている。

まづ歌をよまむ人は、ことにふれてなさけをさきとして物のあはれをしり、つねに心をすまして、花のちり、この葉のおつるをも、露しぐれ色かはるおりふしをも、めにもこころにもとどめて、歌のふぜいをたちゐにつけて心をかくべきにぞ候らむ。又、四季の歌にはそら事したるはわろし。ただありのままの事をやさしくとりなしてよむべし。恋の歌にはりこうそら事おほかれど、わざともくるしからず。「枕のしたに海はあれど」、「むねはふじ袖はきよみがせき」とも、ただおもひのせちなるふぜいをいはむとて、いか程もよそへいはむ事、

四季の歌にことなるべし、と申され候き。

前半は、阿仏が抱いていた詠歌理念の開陳だと思われるが、「又、四季の歌には」以下は、「申され候き」とあることから、為家の口伝に基づく言説であったことは疑いない。

五　詠歌の本然の在り方・理想の提示

以上定家から聞いた二つの具体的な話を承けて、「之に就きて、近年見及び候へば、春の明ぼの、秋の夕ぐれ、秋の夜の月、みな此の義に罷り成り候ふ」と続けられる。「みな此の義に罷り成り候ふ」の「此義」とは、先の「ひた虚言」を指すことというまでもなく、『毎月抄』に「当時、「曙の春」「夕暮の秋」などやうの詞続きを、上なる好士共も詠み候ふ事、いたくうけられぬ事にて候ふ。やうやうしげに、「明ぼのの春」「夕暮の秋」など続けて候へども、ただ心は「秋の夕暮」「春の曙」を出でずこそ候めれ。げに、心だにも、詞を置き替へたるにつきて、新しくも目出度くもなり侍らんは、尤も神妙なるべく候ふを、すべて何の詮ありとも見えず、殊にをこがましき事にて候ふ。是ぞ歌のすたるべき体に候ふめる。且は、いまいましき事と返す返す申し置き候ひしに候ふ」とある部分に例示されているような、行き過ぎた表現を指している。

そうすると、寂蓮の自讃歌、橘長政の自讃歌をめぐるエピソードは、歌における利口・虚誕の行き過ぎが、近代の歌を「ひた虚言」に向かわせたことの具体的例示であることは明らかで、このように論を展開したのは、おそらく親王の歌に微かに顕われていた、何らかの虚言過多の徴候に対し、具体的な一般論をもって婉曲に戒めようとしたからだと思われる。そうしておいて、「只時節すごく身にしみミ、景物の心をうごかし、たへがたき事を賞翫する事とこそ思う給へ候へ」と、為家の考える詠歌の本然の在り方・理想が提示され、親王にそうあることを勧奨するのである。すなわち、時節の景気が身に染みて感じられ、景物が心に感動を呼び起こし、それら内に沸いてくる感動に堪えられなくなった時に、心の内のその感動を実情実感に即して賞翫する（ほめもてあそぶ）のが歌だというのである。ここに端的に示されている為家の和歌観は、着実ではあるが専ら静的にして受身的であり、それを少しく敷衍して観相的な態度を中心に説いたのが、阿仏の「まづ歌をよまむ人は、ことにふれてなさけをさきとして物のあはれをしり、つねに心をすまして、花のちり、この葉のおつるをも、露しぐれ色かはるをりふしをも、めにもこころにもとどめて、歌のふぜいをたちゐにつけて心をかくべきにぞ候ふらむ」との言説であるとみてよい。そして、「ただ理世を先として風情を廻らし、義理を叶へて華実を兼ねしめ、比類を思ひて譬喩を取り候ふも、妖艶・幽玄を存じ候はば、おのづから六義に背くべからず」という冒頭の総論といい、ここに「只時節すごく身にしみ、景物の心をうごかし、たへがたき事を賞翫する事とこそ思う給へ候へ」という具体的詠歌論といい、いずれも極めて堅実で中庸をゆく為家の思念に基づくものであったことを示している。この総論と具体的詠歌論が、為家の抱懐した和歌観の要諦であったことは疑いなく、そのような基盤の上に、『詠歌一体』の具体的・実用的ないわば技術論的歌論が展開しているという関係にあるのである。

六　四十余年随順庭訓を受く

さて、その次の段落に、「かくのごとき事は、祖父に亡父四十餘年、亡父に融覺四十餘年、承りをき候ひし間、さすがに多く候へども、老病相侵し、心神衰疲、無下によはく罷りなり候ひて、忘却候ひし上、右筆合せ調はず候ひし間、きと存じ候ふ事を申し候ふなり。返す返す片腹痛くも候ふか」と述べていることにも、とりわけ注意を払っておきたい。父定家は祖父俊成に四十餘年間随伴して口伝を受け、為家は父定家にまた四十餘年間つき随って口伝を受け、寂蓮や長政の話のような具体的な口授・庭訓を数多く聞き知っているけれども、老と病によって心神が衰疲し、すっかり弱くなって忘れてしまった上、右筆も調達できないので、しかと覚えていることを言っただけだという。

為家は三年前の文応元年冬『宗尊親王三百首』付載文書（宮内卿資平の奉じた後嵯峨院の御教書を受け、三百首に合点を付して返送した際、資平あてに認められたと思われる為家の書状）にも、「定家は、八十一に成候し俊成に四十余年そひて候ひしかば、申事を承候けん。融覚は、八十まで候し定家に又四十余年同じくそひ候て、申事も時々承候き。書置て候物も今に引き見候にも、か様の筋にこそ歌はよむべきやうに申候しか。身こそ不堪申計候はねども、庭のをしへばかりは慥に承置て候へども、年老候て後は、心もうせたる様に罷成候て、手もわななき、人の様にも候はねども、此めづらしく目出たくかたじけなく候御事、存候旨可申之由被仰下候に、何事も思忘れ候て、かやうに申候よ。返々かたはらいたく恐思給候」と、同じことを書きつけている。すなわち、定家は四十余年間俊成の側にいて「申す事」（口伝）を承り、為家はその定家の側に四十余年間いて、「申す事」も時々承り、また「書置て候物」（書き物として残された典籍）を、今に至るまで引き見ることがあるという。

俊成から定家へ、そして定家から為家へと伝えられる庭訓の授受を、為家はさりげなく、しかもやや誇らしげに話題としているのであるが、四十餘年もの長きにわたって、口伝として口頭で伝えられていった歌に関するさまざまな話柄の累積がいかに多かったか、むしろそれこそが主要な庭訓であったことに思いを致し、御子左家の歌学・歌論を考察する際には、残された歌学書・歌論書のみならず、それら口伝の類をも視野に入れ、ある場合には資料として時代の中に位置づけつつ、立体的・総合的に追及してゆく必要があるとの思いを新たにする。

七　「詠歌一体」序と俊成・定家の庭訓

『詠歌一体』(注6)は、小見出しを立てて論点を明確にしつつ、整然としかも明快に論述された詠歌技術論的歌論である。いま、その小見出しを列記して全体の構成を知り、それぞれどの程度の分量の記述になっているかを見るため、『歌論集一』(三弥井書店)所収本文により行数を付記すると、以下のとおりである。取り上げられた事柄は、いずれも執筆時の為家にとっての関心事であったはずであるが、そのために割かれる分量の多寡には、さらにその関心の程度が表れており、またこのような教えを必要とした歌壇や歌人たちの状況が反映してもいるであろう。

(序) 六行
一 題をよくよく心得べき事 八〇行
一 歌もをりにより て可詠様有べき事 二〇行
一 歌の姿の事 七三行
一 歌にはよせ有がよき事 五行
一 文字の余る事 七行
一 重ね詞の事 七行
一 歌の詞の事 三四行
一 古歌を取る事 二五行
(跋) 一〇行

『詠歌一体』の歌論は、全体に俊成・定家の歌論書や庭訓を、ある場合にはそのままに祖述していたり、またそれらを分解して組み合わせ、別の文脈の中に生かすような形で影響を受けつつ、為家の論として展開していたりする。まず冒頭の(序)において、早くも俊成・定家の庭訓が踏まえられ、とりわけ『近代秀歌』『毎月抄』の影響が著しい。

和歌を詠ずる事、必ず才学によらず。只、心よりおこれる事と申したれど、稽古なくては上手の覚え取りがたし。おのづから秀逸を詠み出したれど、後に比興の事などしつれば、先の高名もけがれて、いかなる人にあつらへたりけるやらむと誹謗せらるるなり。さ様に成りぬれば、物憂くて、歌を捨つる事も有り。是れすなはち、此の道の荒廃なるべし。されば、有るべき筋をよくよく心得いれて、歌ごとにおもふ所を詠むべきなり。『近代秀歌』に、「おろそかなる親の庭の訓へとては、歌は広く求め遠く聞く道にあらず。心より出でて、自ら悟る物なりとばかりこそ侍りしか」とある。「歌は広く求め遠く聞く道にあらず」とは、「昔も今も歌の式といひ、髄脳、歌枕などいひて、あるいは所の名を記し、あるいは疑はしき事を明しなどしたる物は、家々、我も我もと書き置きたれば、同じことのやうながら、数多世に見ゆるものなり」(古来風体抄序)とある、古来の歌学書とその内容に通暁することを意味し、それはすなわち「才学」だということになる。俊成以来の「才学」否定を承けて、定家は、必ずしも才学によらず、心に自得する道だというのであるが、為家は、さらに上手となるためには「稽古」が必要であると説く。中世の諸道に繫がる「稽古」の観念の登場は、『詠歌一体』歌論の中世的性格として捉えられるのが普通であるが、現代の用法と同じく「習練」「練磨」の意味で用いられているその「稽古」は、実はすでに『毎月抄』に三例も見出だすことができ、別に「練磨の後」という用例もみえる。

序文の後半もまた、『毎月抄』に「此の道を嗜む人は、仮初にも執する心なくて等閑に詠み捨つる事、侍るべからず。無正体歌詠み出して、人の難をだに負ひぬれば、退屈の因縁ともなり、又、道の毀廃ともなり侍るべきにこそ」とある部分に負っているにちがいない。

かくて、『詠歌一体』の序は、俊成の歌論を継承する『近代秀歌』の所説を前提として踏まえ、さらに承久元年定家『毎月抄』の直接的な影響下に、歌道の継続維持と「稽古」という中世的理念を導入して、執筆されていると思量されるのである。

八　「歌の姿の事」における歌論構成

「歌の姿の事」の条（全体の二七％の分量を占める）にも、俊成・定家歌論からの影響の跡を確認することができる。まずその冒頭。

詞なだらかに言ひ下し、清げなるは、姿のよきなり。同じ風情なれど、悪く続けつれば、「あはれ、よかりぬべき材木を、惜ら事かな」と難ぜらるるなり。されば、案ぜんをり、上句を下になし、下句を上になして、事柄を見るべし。上手といふは、同じ事を聞きよく続けなすなり。聞き難き事は、只一字二字も耳に立ちて、三十一字ながらけがるるなり。まして一句悪からんは、よき句混りても更々詮有るべからず。

ここには、『毎月抄』の、詞についての所説ではあるが、「申さば、すべて詞に悪しきもなく、よろしきも有るべからず、ただ続けがらにて歌詞の勝劣侍るべし」とある部分を、風情、事柄に関する説として転用しているように思われる。そして、七首の歌を例示して解説を加え、「かやうの歌にて心得べし」と結び、「近代、よき歌と申しあひたる歌ども」として十一首を掲げて、「これらにてなどか心得ざらん」と締め括った（このように作例をもって説述に変える方法も、俊成の『古来風体抄』以来の御子左家の伝統を踏襲していると見える）、その後に続く部分にも、影響は歴然である。

昔の歌は、時代変りて、今の事には叶ふまじと思へり。大方のありさまはまことにさる事なれど、よく詠める歌どもは、寛平以往にもいたく勝劣なしと申したり。近き世にも、基俊・俊頼・顕輔・清輔・俊成などは、古き姿を詠まるるよし申すめり。其の人々こそ上手の聞えは侍れば、猶その姿を好み詠むべきにこそ。此ごろ、歌とて詞ばかり飾りてさせる事なき物有り。和歌は詠めて聞くに、よき歌はしみじみと聞ゆるよし申し置きたり。

この部分は、『近代秀歌』の「しかれ共、大納言経信卿・俊頼朝臣・左京大夫顕輔卿・清輔朝臣、近くは亡父卿則ち此の道を習ひ伝え侍りける基俊と申しける人、此の輩、末の世のいやしき姿を離れて、常に古きことをこひねがへり。此の人々の思ひ入れて、姿すぐれたる歌は、高き世にも思ひ及びてやはべらん」、および例の「詞は古きを慕ひ、心は新しきを求め、及ばぬ高き姿を願ひて、寛平以往の歌に倣はば、自からよろしき事も、などか侍らざらん」とある部分、ならびに和歌の韻律性に言及した俊成の言説「大方、歌は必ずしもをかしきよしを言ひ、事のことわりを言ひきらんとせざれども、もとより詠歌といひて、ただ読み上げたるにも、うち詠じたるにも、何となく艶にも幽玄にも聞ゆることのあるなるべし。よき歌になりぬれば、その詞姿のほかに、景気の添ひたるやうなることのあるにや」（慈鎮和尚自歌合跋による）をないまぜて、為家の所説としている。さらに、その次の部分に、

歌を詠みいだして、姿・事柄を見んと思はば、古歌に詠じくらべてみるべし。いかにも事柄のぬけあがりて、清らかに聞ゆるはよきなり。へつらひてきたなげに、やすく通りぬべき中の道を避きて、あなたこなたへ伝はむとしたるは悪しきなり。それを難じて「うき風」「はつ雲」。「うき雲」「はつ風」にてこそ有るべきを、かやうに詠みたがるよし、先達申すめり。心の珍しきをば構へいださぬままに、ゆゆしき事案じいだしたりと、かく様のそぞろなる僻事を続くる事、更々詮なき事なり。これゆゑ歌は悪くなるなり。優しからんとて、すずろに萎え萎えと詠むも悪し。したたかならんとて、あまりに確かに詠みたるも品なし。只、古き歌どものよきを常に見て、我が心に、「かくこそ詠みたけれ、この姿こそよけれ」と案じとくべし。歌を案ずるをりは、沈思したるに随ひてよくも覚え、又、後に詠みたるは勝りたる心地すれど、それにもよらず。只、心・詞かきあひたらむをよしとは知るべし。

とある、「うき風」「はつ雲」云々は、遣送本『近代秀歌』の秀歌例後の巻末注、「易きことをちがへ続かぬを続くとは、風ふり、雲ふき、うき風、はつ雲などやうなるものを、見苦しとは申すなり」とある所説を承けているし、「古き歌どものよきを常に見て」云々は、『毎月抄』の「歌には先ず心を澄ますが一の習ひにて侍り。我が心に日比

面白しと思ひ得たらむ、詩にても又歌にても、心に置きて、それを力にて詠み侍るべし」(古詩の心・詞を取りて詠むこと)と見える言説が、「只、心・詞かきあひたらむをよしとは知るべし」は、「所詮、心と詞とを兼ねたらむを、よき歌とは申すべし。心・詞の二は、ただ鳥の左右の翅のごとくなるべきにこそとぞ思ひ給へ侍る」(心と詞の論)とある、定家の言説と関わるところが大きく、それらを巧みにちりばめ織りなして、論を構成していると見える。

さらに右に続けて、「古く歌の品をたてたる、九品・十体などにも見えたり」として、『和歌九品』と『古今和歌集』歌から六首を例示して、歌の品格について解説したあと、「歌の姿の事」の末尾近くに説示される結論、

すべて、少しさびしきやうなるが、遠白くてよき歌と聞ゆるなり。詞少く言ひたれど、心深ければ、多くの事ども皆其の中に聞えて、詠めたるもよきなり。

も、『毎月抄』に「先ず、歌に秀逸の様と申すべき姿は、万機をも抜けて物に滞らぬ歌の、十体の中のいづれの体とも見えずして、しかも又その姿を皆さしはさめるやうにて、心直く衣冠正しき人を見る心地するにて侍るべし。(中略)その歌は先ず、心深く巧みに、詞の外まで余れるやうにて、姿けだかく、詞なべて続け難きが、しかもやすらかに聞ゆるやうにて、遠白くかすかなる景趣立ち添ひて、面影ただならず気色ばみて、さるから心も詞もそぞろかぬ歌にて侍るなり」と説かれるところに負っているであろう。「詠めたるもよきなり」には、前引俊成の韻律論を家説として受け継いでいることの証跡を見ることもできる。

以上、「歌の姿の事」の条には、定家の『近代秀歌』と『毎月抄』、特に多くは後者に見える歌論と、俊成以来の核となる家説が影を落とし、それらを骨格として為家は自分の歌論を構成しているし、説述の方法においても、俊成・定家の作例重視主義を踏襲しているのである。さらに「歌の詞の事」の条にあっては、『近代秀歌』と『詠歌大概』の所説を承け、いわゆる制詞を具体的に特定し列記しているところに、為家の時代の歌学・歌論の特質を見ることができ、「古歌を取る事」の条においても、俊成の庭訓を背後とした『詠歌大概』『毎月抄』『衣笠内府歌難

詞』など、建保期以後の定家の歌論に大きく拠りながら、為家の歌論は説述されている。

九　口伝と日々の庭訓

定家の『近代秀歌』『詠歌大概』『毎月抄』や俊成の『古来風体抄』のような「書き置きて候ふ物」(書き残されていた書物)の場合は、最も利用しやすかったと思われるが、それ以外の口伝や日々の庭訓がどのように『詠歌一体』の所説に参画しているか、御子左家の著作以外の先行する歌学書とその歌学は、どの程度に、またどのように取り入れられているか、主として冒頭の「題をよくよく心得べき事」の条(全体の三〇%の分量を占める)を取り上げて検討する。

「題をよくよく心得べき事」の条は、題詠の心得を、①落題のこと、②詞字題、心を廻らす詠法、③題字の詮と一字難題の詠法、④文字数少き題の詠法、⑤題を上句に尽すこと、⑥傍題のこと、⑦春秋並詠のこと、⑧特殊題の解説、⑨異名のこと、⑩名所題の詠法、の十段落に分って論が展開される。まず①②の部分は次のとおりである。

①一、題をよくよく心得べき事

天象・地儀・植物・動物、すべて其の体あらむ物をば、其の名を詠むべし。三十一字の中に題の字を落す事は、深く是を難じたり。但し、思はせて詠みたるもあり。

落葉満水

筏士よ待て言問はん水上はいかばかり吹く山の嵐ぞ

月照水

住む人も有かなきかのやどならし蘆間の月のもるにまかせて

此の二首は、其の所に臨みて詠める歌なれば、題をば出したれど、ただ今見るありさまに譲りて「紅葉」「水」

など詠まぬなり。五月四日の歌合に、

郭公

五月雨にふり出て鳴けと思へども明日のあやめやねを残すらむ

此の歌は、落題とて難じたり。

②詞の字の題をば、心を廻らして詠むべしと申すめり。恋の題などはさまざまに侍るめり。

臨期違約恋

思ひきや榻のはしがきかきつめて百夜も同じまろねせんとは

等思両人恋

津の国の生田の川に鳥もゐば身を限りとや思ひなりなむ

隔日恋

三日月のわれて逢ひみし面影の有明までになりにけるかな

来不逢恋

我が恋は木曽の麻衣きたれども逢はねばいとど胸ぞ苦しき

周知のとおり、題詠法については、『俊頼髄脳』が初めて、題を構成する一つ一つの文字の性質と軽重に応じた詠み方への注意を喚起して以来、『和歌初学抄』に、題の本意をよく理解して詠むべきことが説かれ、さらに『和歌色葉』は、その両方を承けて敷衍した論を展開している。『詠歌一体』の「題をよくよく心得べき事」は、それら題詠論のあとに位置するもので、後述するとおり『和歌初学抄』を直接参照しながら、その上に俊成・定家の所論や庭訓を介在させて成り立っていると見られる。

題詠法の①「天象・地儀・植物・動物、すべて其の体あらむ物をば、其の名を詠むべし。三十一字の中に題の字を落す事は、深く是を難じたり」は、『俊頼髄脳』にいう「よむべき文字」「ささへてあらはによむべき文字」に関わることであるが、『蓮性陳状』(注7)に、

みよしのの奥まで花にさそはれぬかへらん道のしをりだにせで

一山花の右歌、みよしのの奥、まことに山はさぶらふらめど、ためしならずや候ふらん。嶺・谷・瀧・梯・路など申し候ふらん題とても、吉野の奥とよみては候ひぬべきやらん。先達おほくかやうの事秘事口伝にて、申すむねども候ふ中にも、定家卿ことさらわきまへ申す事にて候ひき。天象・地儀のたぐひをば題にあらはし、詞字の題をば心をめぐらして詠むべしなど、末座までにも申しをしふる事、承りおき候ひき。今判者此の旨をこそ存知候らめ。他人教訓の趣と、賢息に口決のむねとは、かはりめはことにしりがたく候へども、或所の歌合に、深山花、

尋ねきて一木がするゑを見るからにおくゆかしきはみよしのの花

判者、左、故攀百仭之嶺、只望一樹之梢、名所之風景已失本意。又三十一字之中、山字無之。題字中山尤可詠載候也。是は定家卿判に如此候。いかでか今彼家を伝て其あとをまもらず候べきや。

とあることから、定家の教えであったことを知る。『為兼卿和歌抄』に「大方は、天象・地儀はその字を慥に詠め、こと葉の字はまはして心をよめ、結題は上下にその心を分けてよみ入れよ、詞は三代集の中にてたづぬべしとも教へ、深く入りたる人に向けては、又かはる事多し」とある所説も、定家晩年の教戒を祖述していると見てよいし、また、『石清水若宮歌合』(寛喜四年三月二十五日)「河上霞」八番の定家判にも、「右の歌、水上・岸などいへるに、河の心は侍らめど、題の字の中、山・川・田・野のたぐひは、かならず其の字を歌の表によみすゆべしと、昔ならひて侍れば、歌のさまもいうなるうへ、川字侍れば、以左かちとす」とあり、文言は異なるけれども、同じ趣旨のことを定家は俊成から学び、それを「天象・地儀」云々の言い方で、後進に指導していたらしいことも窺える。定

家の指導を受けて真観も、「題に必ずよむべき文字といふは、天象・地儀・居所・植物・動物・雑物などをば、題のままによむべきにや。関をよまむには、必ず其の名をさしてよめとぞ、先達は申されし。誠にただの野山こそあれ、その関とあらはさでは荒涼なるべし」（簸河上）と述べている。定家に四十年随伴した為家も、彼らに対して説かれたと同じことを庭訓として受けたはずで、それに拠ってかく説示したのである。さらに、『慶融法眼抄』（追加）にも、「地儀、河・海・山・野・関、如此字をば、必ず歌に詠みあらはすべし。（以下、具体例略）」ともある。為家は定家から受けた庭訓としての口伝を、また次の世代に向かって説いたのであった。

十　詞の字の題をば心を廻らして詠むべし

題詠法の②「詞の字の題をば、心を廻らして詠むべしと申すめり」というのも、前引『蓮性陳状』によって、定家の教えに基づく所説であったことを知る。真観も、前引部分に続けて、「まはして心をよむべき文字とはすべて詞の字なり。仮令「鴬声稀」など申さむ題に、ささへて「まれなり」などは詠むべからざるにや。念なかるべし。「鳴く日少し」とも、久しく聞かざりつるに今なくこそ珍しけれなどやうに詠むべきやらむ。又まれなる事をよめらむ古き歌を本文として、其の心をとりて詠みたらむ、いといみじかるべし。又「年に稀なる」などいふ古き詞をとりたらむは、ささへたりとも、是は古くよみきたれる詞にて、とがとも聞えざるべし。ただ題にすがりて「鳴く鴬の声ぞまれなる」などやうによむまじきにや。（以下略）」と、四季の歌題を例に引きながら詳述している。当然に真観における敷衍も多いであろうが、基本的にこれらは定家の教えの祖述であると思われる。為家の場合もまたそうであるが、『詠歌一体』のこれは「恋の題などはさまざまに侍るめり」として、恋四題の秀歌を例示して模範例歌とする。

ここにいう「詞の字」の「ことば」とは、種類としての言語、すなわち国語・日本語の意味であるべく、題の中で訓読する字のこと。少し後に出てくる「こゑのよみのもの」(音で訓む語)の対概念であると考えるのが適切であろう。(注8)「臨期違約恋」では「臨」「違」、「等思両人恋」では「等思」、「隔日恋」では「隔日」、「乍来不逢恋」では「乍来不逢」の部分がそれにあたる。「思ひきや」の歌は、嘉応二年十月の『建春門院北面歌合』で詠まれた俊成の歌(一番、臨期違約恋、右)で、俊成の自判に「右歌、すがたことばよろしきよし、人々定め侍りしかば、おさへ侍らんも又あやしくやとて、右の勝になりにしなるべし」とある。百夜通ひの伝説を本説としたもので、自選して『千載和歌集』に入れ、定家も遣送本『近代秀歌』の俊成の秀歌七首中の一首とするなど、御子左家の名歌中の名歌として伝えられていた。「つのくにの」の歌は寂蓮の歌で、これも生田川伝説に題材をとった歌。「三日月の」の歌は、『新撰六帖題和歌』の為家詠で、『和歌一字抄』に追加されていることから見ても、最も自讃にたる歌であったと見える。「我が恋は」の歌は、同じく『新撰六帖題和歌』の真観の歌で、これも最も新しい秀歌として為家が選んだ歌であった。歌壇一般に対する定家の教え、家説・庭訓に加えて、自らが主導した『新撰六帖題和歌』の内容への自信がさりげなく露呈しているといってよい。

十一　題詠技法論の縷述

題詠法の⑤は、題の内容を上句に詠み尽してしまうことに対する戒め、⑥は傍題の戒めである。

> ⑤題を上句に尽しつるは悪し。只一句に詠みたるも悪けれど、堀河院百首題は一字づつにてあれば、さやうならむ題にて多く詠むには、初めの五字に詠みたらむも苦しからず。但し、其れも一首と詠まむ歌に、やがて初五字に詠み入れたらむは、無念に聞ゆべし。
>
> ⑥「花」の題に「落花」を詠み、「月」の題に「暁月」を詠む事、歌合には不レ可レ然。「羇中」と「旅宿」とのごとし。題にいできぬべき物の、題にもいださぬを詠み入るる事、詮なきにや。連歌の傍題のごとし。但し、こ

れも事により様に随ふべければ、一筋に嫌ふべからず。

前半⑤は、『毎月抄』に、「又、題を分ち候事、一字題をば幾度も下句に顕すべきにて候。二字三字より後は、題の字を甲乙の句に分ち置くべし。結題をば一所に置く事は無下の事にて侍るとかや。又、頭に戴きて出でたる歌、無念と申すべし。古くも秀逸どもの中にさやうの例侍れども、それを本に引くべきに候はず。構へて有るまじき事にて候。但し、よく出来たる歌にとりて、すべて五文字ならでは題の字の置かれざらむは、制の限りにあらずとぞ承り置て侍りし」とある所説に負い、また、『京極中納言相語』の「一、安貞二年二月十四日前民部卿定家卿に見参す」の条下の聞書き、

結題の事

外記大夫頸に乗るといふことは、譬へば、山の題に海を詠じさせ、花の題に帰鴈出来などして、同体の物を詠ませて、互に言ひおほせずして、はしうかひ（ママ）たる事なり。朝といはむ題に、朝霞、朝霧、朝露などひきかけられんことは、さらに憚りあるべからず。又、題の心は、初の句ばかり、もしは終の句ばかりにて、そのこととなき物の歌を多く領する、謂れなき事なり。後京極殿の御会に、「余寒」といふことを「猶冴ゆる」と詠みたる人ありき。詠み上げし時、「以二五文字一題顕はれぬ。さて有りなん、はて詠まずとも」といふ事ありき。一首の題の心分きすへらるべきなり。

に見える、定家の長綱に対する教えの内容とも関わるところ大である。為家の説くところと力点の置き所は少しずれているけれども、それは対象や時と場によって異なって説かれた訓説の跡を留めているにちがいない。このようなことも俊成に淵源する教えであり、庭訓であったことを窺うことができる。

後半⑥にいう傍題は、落題とともに問題にされることが多かった。前引『京極中納言相語』の第一文も、その戒めであったが、同書巻末の定家の評語もまた、傍題に関わる言談である。

待春月

春雨の名残の軒の薫るなり月待つ里の梅の下風

是は雨後の梅を詠む歌にて候や。

近代、言葉・姿はなだらかに優に候へども、題のあるべきやうを心得ぬ歌の聞え候なり。御心得候べし。主の仰せらるべき要事候て、卿、出居へ、民部大夫左衛門尉藤内参れと仰せられ候はんずるに、先づ召さぬ外記大夫馬允が、召さるる者の頸に乗りて、脇戸より出て候はむは、心得ず候べきやうに、「待春月」と候に、雨・梅などが混り候事を申し候なり。

『京極中納言相語』のこれらの言談は、長綱による聞書きであったが、定家の評言と、裏書きした総評の消息体の文章が、『長綱百首』とともに残り、ほぼ同じことをやや詳しく記している。

(前略) 此殿の御歌真実尋常におもむきて、うた読みつべくおはしますと見候。詞なびなびとして歌すがたよくならせ給ひぬべく候なり。只春夏秋冬と申すうたはよみよく候。聊も文字あまた候題の歌は、あるべき様と申すもの候なり。それを近代の人はおほかたならはずして、むざむざとよみて、一定題の歌には失錯の候なり。此四五十年がさきまで候ひし歌よみどもは、其骨も候はず、秀歌一もよみいださず、みたてなげに候ひしかども、題よむやうをばみなしりてよみ候ひしかば、唯天性のにくさげなる身の、見たてなき歌にて候ひしかども、ひが事はよみ候はず。近代は言葉すがたはなだらかに優に候へど、心えぬ歌の聞え候なり。御心得候べし。主の被仰べき要事にて、御出居へ、民部大夫左衛門尉藤内まゐれと被仰候はんずるに、先召され候はぬ外記大夫馬允が、めさるるものがくびにのりて、腋戸よりいでて候はむは心得ず候べき様に、待春月と候に雨・梅などがまじり候事を申候なり。(下略)

『長綱百首』における定家の評言の多くは、廻してよむこと、落題、傍題の注意など、題の詠み方に関するもので満ちている。初心者長綱への教育的配慮というものがかなり大きかったことは確かであるが、「此四五十年がさきまで候ひし歌よみどもは、其骨も候はず、秀歌一もよみいださず、みたてなげに候ひしかども、題よむやうをばみなしりてよみ候ひしかば、唯天性のにくさげなる身の、見たてなき歌にて候ひしかども、ひが事はよみ候はず。近代は言葉すがたはなだらかに優に候へど、心えぬ歌の聞え候なり。御心得候べし」（四五十年前までの歌よみたちは、題の詠み様をみな知っていた、しかるに近代の歌人は、言葉すがたはなだらかに優ではあるが、題の詠みかたを知らない）といっていることは、大いに注目されなければならない。定家の当代歌人たちに対する危機的意識はかなり露骨であって、決して長綱一個人に対する発言とのみは受け取れない。

ここで思い合せるべきは、『後鳥羽院御口伝』の初心者の心得七箇条中の一条で、「一、時に難き題を詠じならふべきなり。（中略）寂蓮は殊に結題をよく詠みしなり。定家は題の沙汰いたくせぬ者なり。これによりて、近代初心の者も皆かくのごとくなれり。結題をばよくよく思ひ入れて題の中を詠ずればこそ興もある事にてあれ、近代の様は念なき事なり。必ず必ず詠みならふべきなり。（下略）」と説いていることである。すなわち後鳥羽院は、初心者に対して、建暦二年三年ころの時点において早くも、[注9]結題の詠み方に留意して詠作すべきことを説き、定家が題にあまり拘泥せずに詠作を続けてきたこと、そのような姿勢が近代の初心者の間に蔓延し、多くが題を無視した詠作に走る風潮を一般化する結果を将来した、との認識を示していることである。定家もおそらくは建保期以降徐々に自分の蒔いた結果の重大さに思い至り、苛立ちながら、承久の乱後はなおさらに歌壇全体に向かって、題詠技法をこまごまと説く必要に迫られていたのではなかったか。

かくて前引『蓮性陳状』や『簸河上』に窺えた、定家の歌壇全体に対する積極的な題詠技法に関わる発言指導は、定家自身が新古今期以降の詠作において蒔いてきた「つけ」の精算であったという一面をもっていると理解されるのである。『毎月抄』歌論の大方の傾向である、具体的な教戒の多さも、特定の対象を念頭に置いた位相の違いがあったにしても、基本的には同じような状況と定家の姿勢に根差す特質であったと見られよう。為家の『詠歌一体』は、そのような状況の中で、さらに定家からの庭訓をプラスして、題詠に関する具体的注意を多く記載することになったのだと思量される。いわば当代歌人たちの状況と庭訓（口伝）が歌論を規制しているのであり、何よりも時代の関心事であった題詠技法論を縷述しているところに、『詠歌一体』歌論の当代性と意義があると考える。

十二　清輔歌論の摂取

さて、御子左家の著作以外の先行する歌学書やその歌学を、為家はどの程度に、またどのように取り入れて自家の所説を構成しているか、次に少しく検討してみよう。

まず題詠法の冒頭の標題「題をよくよく心得べき事」は、『和歌初学抄』総序に「歌をよまむにはまづ題をよく思ひとき心うべし。花をよまむには花の面白く覚えんずる事、月を詠ぜむには月のあかず見ゆる心を思ひつづけてをかしく取りなして、古き詞のやさしからむを選びて、なびやかにつづくべきなり」とあるのに拠っているであろう。阿仏の『夜の鶴』にも、本文の冒頭に「初学抄と申して、清輔朝臣の書き置かれて候ふ物にも、歌をよまむには、まづ題の心をよく心うべしと候ふと覚え候ふ」と書名を挙げて、為家の教えを祖述している。為家は『和歌初学抄』を何度も書写し、文永五年九月には為相に書き与えて推奨しているし、冷泉家時雨亭文庫本（重要文化財）[注10]は、「弘長二年六月」云々の為家自筆奥書を有する本（口絵図版7参照）で、歴代の手垢のついたこの本は、『夜の鶴』にいうところを裏付けるかのように、為家・阿仏・為相以下冷泉家における握翫の跡を留めている。

題詠法の⑩は、名所題の詠法についての所説であるが、ここにも『和歌初学抄』の影響は著しい。

⑩名所を詠む事、常に聞き馴れたる所を詠むべし。但し、其の所に臨みて詠まむには、耳遠からむも苦しかるまじきなり。築紫にて、

染川を渡らむ人のいかでかは色になるてふ事のなからむ

つづみの滝にて、

音に聞くつづみの滝をうち見ればただ山河のなるにぞ有りける

其の所の当座の会などには、只今の景気・有様を詠むべし。たとひ秀歌なれども、儀違ひぬれば正体なきなり。大方、題に名所をいだしたらむに、詠み慣らはしたる所ども、さらでは少しよせ有りぬべからむを求めて、案じ続けてみるべし。花さかぬ山にも花を咲かせ、紅葉なき所にも紅葉をせさせん事、只今、其の所に臨みて歴覧せむに、花も紅葉もあらば、景気に随ひて詠むべし。さらでは、古き事をいく度も案じ続くべきなり。大淀の浦にも今は松なし。住吉の松にも浪かけず。かかれども、猶言ひ旧したる筋を詠むべし。長柄の橋などは昔より絶えにしかば、言旧りにたり。水無瀬川、水あれども「水なし」と詠むべきなり。かくは思へども、今も又珍しき事ども出で来て昔の跡にかはり、一ふしにても此のついでに言ひ出でつべからむには、様に随ひて必ず詠むべきなり。事一つしいだしたる歌は、作者一人の物にて、撰集などにも入るなり。

『俊頼髄脳』に、「世に歌枕といひて、所の名書きたるものあり。それらが中に、さもありぬべからむ所の名をとりて詠む、常のことなり。それはうちまかせて詠むべきにあらず。常に人の詠みならはしたる所を詠むべきなり。その所にむかひて、ほかの所を詠むは、あるまじきことなり」とあり、『和歌初学抄』にも、「所名」の末尾に「その所にのぞみてよむには、よしあしいはず、かしこの名をよむべし。さらぬはふしになることこそあれ、さらぬはききなれたるところのよきなり」、また「読習所名」の冒頭に「又花さかぬのべに花をさかせ、紅葉なき山に紅葉をせさするは、歌のならひなれど、ものにしたがひて、よみならはしたる所のあるなり」として列挙している。これらの先行歌学書の所説を踏まえ、為家は『和歌初学抄』の説をさらに徹底させて、名所における当座詠とそうでない一般的な名所題の詠み方を峻別し、とりわけその名所が持っている本意を追及すべきことを説く。本意の追及は定家の題詠技法論の核心にあったはずであるが、為家はそのさらなる徹底を企図し、ほとんど「範型」と化しているると見える。固定化の度合いの強さが、「かくは思へども」以下の付帯の言の影を薄くしている。

前引題詠法①の「但し、思はせて詠みたるもあり」以下に挙げられる例歌三首は、いずれも『和歌一字抄』に見出せるものであり、少し後に書名が挙げられていることからみても、それに拠っているとみてよいであろう。しかし、題と歌を列記するのみのその本文によるだけでは、許容されるか否かの判断基準となる「其の所に臨みて詠める歌」であったか否かは分らない。「筏士よ」の歌は、『新古今和歌集』（冬・五五四）に「後冷泉院御時、うへのをのこども大井河にまかりて、紅葉浮水といへる心をよみ侍りけるに　藤原資宗朝臣」、「住む人も」の歌も、『新古今和歌集』（雑上・一五三〇）「家にて、月照水といへる心を、人々よみ侍りけるに　大納言経信」（経信集にも）として収められている。それらを参照したと思われるが、なおその場における当座詠であるから落題が許され、『新古今和歌集』歌として採用されたとする説は、あるいは定家の庭訓であったかもしれない。「五月雨に」の歌は、『袋草子』下「古今歌合難」によると、「応和二年五月四日内裏歌合」（勅判か）六番「待郭公」左の侍従佐理の歌で、「郭公といふことなければ、歌のすがたきよらかなりとて、左勝」とあり、落題を難じられてはいない。にもかかわらず為家が「此の歌は落題とて難じたり」としているのは、定家から常々そう教えられていたからではないかと思われる。先行の歌学書には就かず、それよりも家説・庭訓を重んずる為家の姿勢を見て取ってよいであろう。

題詠法の③には、難題を知るための便利な文献として『和歌一字抄』の書名が示されている。

③題の文字多けれども、必ずしも字毎に詠み入るまじきも有るべし。此の題は其の字其の字こそ詮にて有るべけれと、見わけてよみ入るべし。心みの題とて、字毎に捨つまじきも有り。難題は一字抄といふ物に記せり。

池水半氷

池水をいかに嵐の吹きわけて氷れるほどの氷らざるらん

「半」の字の難題にて有るなり。難題をばいかやうにも詠み続けむために、本歌にすがりて詠む事も有り。風情の廻り難からむ事は、証歌を求めて詠ずべし。但し、古集には、秋郭公を詠み、冬鹿をも鳴かせたり。か様の事、眼前ならずは更々詠むべからず。

例として挙げられている「池水を」の歌は、良経の家十首歌合での詠で、これも『和歌一字抄』に追加され、また『後鳥羽院御口伝』にも取り上げられている。「本歌にすがりて詠む事も有り」というのは、真観の言説の中にも見えたから、おそらく定家の教えによっているであろう。「風情の廻り難からむ事は、証歌を求めて詠ずべし」という「証歌」は、一般的な証拠となる歌というのではなく、『和歌一字抄』の最後のところに列挙されている、一三〇首あまりの「証歌」を指していると見てよいであろう。「秋郭公を詠み、冬鹿をも鳴かせたり」云々にも、眼前か否かという判断基準が設けられる。

所論の表には以上の程度にしか現れていないけれども、かく見てくると、『和歌一字抄』も、『和歌初学抄』とともに為家が座右に置いて握翫していた、手択の歌学書であったらしいことを突止めることができる。晩年の定家が顕昭の学問を批判的に顧みて『顕注密勘』を著したように、為家は清輔のこの二つの著作を基本的な歌学知識を習得するための必須の文献として用い、自らの歌論の糧とするとともに、為相ほかの後進にも推奨したのであった。

十三　朗詠題への注目

題詠法の⑧は、特殊題の詠法と本意の解説であり、⑨は、題の異名についての説で、以下のとおりである。

⑧「泉」を題にて「軒の下水」など詠む人々有り。只「泉の水」と詠みたる、難なし。「春興」「秋興」、いづれ(注11)も興を尽さむと詠むべし。朗詠の題に見えたり。「山居」〔山ずみなり〕、「山里」には少し替るべし。「野亭」〔野の家〕。「野径」〔野のみち〕。「海路」〔舟の路〕。「水郷」〔水のさとなり〕、宇治、淀、吉野河、〔近江湖にもよみたり〕。

⑨殊に名誉ある題を、わざと異名を求めて、鹿を「すがる」と詠み、草を「さいたづま」と詠み、萩を「鹿鳴草」と詠まんと好む事、其の詮なし。蛍を「夏虫」と詠む事は、うち任せたる事なれど、それも後撰に、

八重むぐら茂れるやどは夏虫の声より外に問ふ人もなし

此の歌は蟬と聞えたり。されば、「夜半の夏虫」とも「思ひに燃ゆる」など詠むなり。ただ「ほたる」と詠むべきにこそ。

牡丹〔ふかみ草〕、紫苑〔鬼のしこ草〕、蘭〔藤ばかま〕、かやうに声のよみの物は、異名ならずはかなふべからず。歌にも声のよみ数多あり。国の名、又所の名の中に、言い旧して聞きよき事どものあるは別儀なり。六帖の題は、かの歌どもをみて心得べし。

「軒の下水」の用例は、『兼盛集』(一〇四)に「雨やまぬ軒の下水かずしらずこひしきことのまさるころかな」と見える(後撰集五七八は「軒の玉水」)。が、これは恋の歌で、意味するところも、「軒の下に溜った雨水、軒の下を流れる雨水」(注12)であり、「泉」題を詠んだ歌ではない。為家の時代に誰かが詠んだ目新しい表現があり、追随する歌人がいたので、言及したものであろう。「春興」「秋興」は、漢詩題であり漢詩撰集の部立名。『千載佳句』『和漢朗詠集』『新撰朗詠集』などの部立名として用いられ、朗詠集ではそれに和歌も配されているが、現存作品に見る限り、歌題としてはまだ定着していない。しかし、漢詩に淵源する新興の歌題として為家の周辺で試詠されていたと見られ、その本意を興を尽さんとするところにあると説き、朗詠集の歌を参照することを指示したのである。先に見た『古今和歌六帖』題や『一字抄』題への注目とともに、『朗詠集』題への注目も、為家が創始した時代の新しい傾向を反映しているであろう。「山居」「野亭」「野径」「海路」「水郷」は、いずれも院政期以降に詠まれるようになった歌題で(注13)、「水郷」は新古今時代に初めて現れた。そうした新しい歌題の本意を解説して、詠作の際の注意としたのである。

⑨の異名については、『俊頼髄脳』に「よろづの物の名に、みな異名あり。これらをおぼえて、詠まれざらむ折は、つづきよきさまにつづくべきなり」とあって、異名を列記した中に、「さいたづま」と「すがる」はあるが、他は見えない。『俊頼髄脳』に拠る『奥義抄』も同じ。『和歌初学抄』の「物名」の項には、「すがる」「さいたづま」「しかなぐさ」「ふかみぐさ」「おにのしこぐさ」が見え、『八雲御抄』（巻三、枝葉部）には、さらにその上に「ふじばかま」と「蛍……夏虫とも云」ともある。「すがる」については、『僻案抄』（顕注密勘にも同種の言あり）に「すがるは、少年の昔、古今の説うけし時、すがる、鹿の別名なりとぞ申されし」とあり、古今集歌解釈に関わる歌学知識として俊成から定家に伝えられ、為家につながっていた。最も一致度の高いのは『八雲御抄』であり、かつ同書（巻六、用意部）には別に、「なでしこをとこなつといひ、猿をましらといはんと好む事、尤この道を知らぬ人の所以なり。鶴をば、あしたづといふこそ、あしづるとはいはねばちからなけれ、ただつるといはんをわろがりて、たづなどとこのむ、返す返す見苦し」との言もあり、異名を求めて詠めというのではなく「……と詠まんと好む事、其の詮なし」と逆に否定する『詠歌一体』の所説に合致するから、為家が主として拠ったのは『八雲御抄』であったと見てよいであろう。清輔の『和歌初学抄』『和歌一字抄』とともに、最も近い時代の『八雲御抄』も為家の歌学を支えた手沢書の一つだったのである。(注14)「蛍を夏虫と詠む事」云々の説は、(注15)『新撰和歌六帖』題（『古今六帖』題も同じ）では、「せみ」の次に「なつむし」があり、「ほたる」は別に数項目後にある。そして「なつむし」は普通「飛んで火にいる夏の虫」の蛾の類いの虫が詠まれている。『後撰和歌集』の用例は蟬を意味しているなど、かれこれ紛らわしいので、蛍の異名とする場合には「夜半の夏虫」とも「思ひに燃ゆる」などと詠んで区別するのがよいが、しかしそれでもやはり紛らわしいので、ただ蛍は「ほたる」と詠むのがよいと説くのである。同じ異名でも、声のよみしかない植物名の異名を、別の範疇にあるものとして区別したことも、為家の独自の見解であったと思われる。

かく見れば、これらの項には、多くの歌会の歌題を出題し、また『古今和歌六帖』題や『朗詠集』題に注目し、実際にそれらの題によって詠作してきた、為家の試行経験とそれから得た自信が露呈しており、小さいけれども為家による新しい歌学の提示であるといってよいであろう。

十四　おわりに

以上、一斑を検討してきたところによると、『詠歌一体』歌論が拠り所としている先行歌学書は、清輔の『和歌初学抄』『和歌一字抄』と、順徳院の『八雲御抄』を主とし、それに『和歌九品』『和歌十体』などが少し顔をのぞかせている程度である。同じ清輔の歌学書でも『奥義抄』『袋草子』など本格的な難義の書ではない、初学者用の、また便利なハンドブック的な著作を利用している点において、俊成・定家以来の才学軽視の思想は、依然継承されているると見えるが、それにしても六条藤家清輔の二著を利用している点に、俊成・定家とは隔絶した、為家の時代の歌学と歌論のあり方が象徴的に示されているであろう。

【注】

（1）佐藤恒雄「中世歌論における古典主義―俊成・定家から為家へ―」（鑑賞日本古典文学第二十四巻『中世評論集』角川書店、昭和五十一年六月）。→本書第四章第四節。

（2）冷泉家時雨亭叢書第六巻『続後撰和歌集　為家歌学』（朝日新聞社、一九九四年二月）。

（3）谷山茂「為家書札とその妖艶幽玄体―付、越部禅尼消息等の伝本ならびに紫明抄のことなど―」（『文林』第一号、昭和四十一年十二月）。

（4）『京極中納言相語』の本文引用は、『歌論集一』（三弥井書店、昭和四十六年二月）所収本（久保田淳校注）に拠る。

（5）長政の話は、『今物語』（第一一話）にも見え、「能登前司橘長政といひしは、今は世をそむきて、法名寂縁とかや申すなめり。和歌の道をたしなみて、その名きこゆる人なり。新勅撰えらばれし時、三首とかや入りたりけるを、「すくなし」とて、きりいでたりける。すこしはげしきには似たれども、道をたてたるほどは、いとやさしくこそ」とある。なお、長政と定家の関係については、久保田淳『中世和歌史の研究』（明治書院、平成五年六月）七四一頁、七六四頁に言及がある。なおまた、定家の庭訓に相違して、為家は『続後撰和歌集』に長政の歌を五首も採入しているると、田淵句美子「定家と好士たち」（『明月記研究』第一号、一九九六年十一月）は指摘している。

（6）『詠歌一体』の本文引用は、『歌論集一』（三弥井書店、昭和四十六年二月）所収本に拠り、若干の私意による校訂を加えた。

（7）『蓮性陳状』の本文引用は、『群書類従』所収本の底本国立公文書館内閣文庫蔵（二〇一・一八五）本に拠り、若干の私意による校訂を加えた。

（8）田村柳壱「題―『結題』とその詠法をめぐって―」（『論集和歌とレトリック』笠間書院、昭和六十一年九月、）、中田大成「題詠に於ける『まはして心を詠む』文字について」（『和歌文学研究』第六十号、平成二年四月）。家永香織『「まはして心をよむ」詠法に関する一考察」（『中世文学』第三十九号、平成六年六月）などに言及があり、現代的な知見を照射して理解しようとしているが、私は当時の概念で理解するのを是としたい。

（9）田中裕「後鳥羽院御口伝の執筆時期」（阪大『語文』第三十五輯、昭和五十四年四月。→『後鳥羽院と定家研究』和泉書院、一九九五年一月）。

（10）冷泉家時雨亭叢書第三十八巻『和歌初学抄　口伝和歌釈抄』（朝日新聞社、二〇〇五年七月）。

（11）この部分の本文は、「おなし事を」（誤記）→「おもしろき事ともを」→「おかしき事ともを」→「興を」と為秀が改変を加え推移したであろうことを、本章第二節七一八頁に説いた。

（12）高橋正治校注・訳『兼盛集注釈』（私家集注釈叢刊第四巻）（貴重本刊行会、一九九三年六月）。

（13）瞿麦会編『平安和歌歌題索引』（一九八六年六月）の当該題の項など参照。

（14）『日本歌学大系』（別巻三）解題によれば、為家は文永五年八月に『八雲御抄』を書写している。『弘文荘待賈古書目』第三十九号（昭和四十六年一月）所掲の、重要美術品『八雲御抄』四帖（巻第三・四・五・六）がそれで、添えられている「世俗言」冒頭部写真一葉によれば、これも本文は右筆書きで、奥書のみ為家の自筆であったと見られる。

(15) 『六百番歌合』恋八「寄虫恋」二十七番判詞に、「蛍を夏虫といふ名につきて、秋はなからんやうに詠む事は如何。朗詠集にも夏部にはたてたれど、同集詩にも「万点水蛍秋草中」といへり。潘安仁が秋興賦にも、「熠燿乃蛍階闥に照り、蟋蟀のきりぎりす軒屏に鳴く」と作れり。凡そ秋の蛍、不可勝計を、いかが秋はなしと詠みきり侍るべき」とあるが、為家の所説と直接の関わりはない。

第五章　仏事供養

第一節　定家七七日表白文

一　はじめに

東大寺の宗性（そうしょう）上人（建仁二年〜弘安元年）（一二〇二〜一二七八）は、歌人藤原信実の甥（兄隆兼の男）にあたる貴族出身の学侶で、厖大な著述を残した上、僧綱としても東大寺別当職にまで至り、後嵯峨院時代に重用された高僧であった。[注1]その宗性の著述中の一編『春華秋月抄草』（全二六巻）の「第十九」に、藤原定家七七日の法会に際し、施主為家の誂えを受けて草されたと見られる文章の草稿が収められている。同じ宗性による『春華秋月抄』（全一一巻）には採録されていないから、作者としてなにがしか不足を感じる文章であったようで、従って加除の多い草稿のままで、法会に用いられたはずの清書定稿も伝わらない。

この文章については、最初平岡定海師が『東大寺宗性上人の研究並史料』[注2]に、原本文にはない「○藤原定家七七遠辰表白文」の仮題を付して翻刻紹介され、その後、辻彦三郎氏が『藤原定家明月記の研究』[注3]中に全文引用、また『鎌倉遺文古文書編』[注4]にも「藤原定家七七忌表白文」の標題で採録されているが、本文はすべて、最初にこの文章を紹介された平岡師の訓み（草稿の最終形による）のままで、また三者とも注解等内容に関わる考察はない。定家は、仁治二年（一二四一）八月二十日に没したので、その七七日は、八月（大）九月（小）を中にはさんで、十月九日であった。

原本は、東大寺図書館蔵（一三五・目二七九）。縦二九・〇センチ×横二三・五センチ、厚手斐紙表紙（大きな簀子目が見える）は、膠様の透明な塗料でコーティングされる。表紙中央に「春華秋月抄草　第十九」左下に「権大僧都宗性」と打付け書きの外題がある。本文料紙はやや薄手の斐紙、すべて裏打ち補修されている。右端より一・六センチの上下二箇所、上から七・五センチの位置から一・五センチ、下から七・五センチの位置から一・九センチの部分を紙縒で綴じた、大和綴。なお、さらに右端上下（上〇・七センチ、下〇・五センチの位置）を小さく綴じてメクレを防ぐ手立てとする。三丁表から本文が始まり、一面八行書き。墨付五二丁。大型の鎌倉期古写本で、すべて宗性の自筆である。

二　原　文

本節では、まず自筆原本の写真版（東京大学史料編纂所蔵。紙背文書と紙背書付を含む。現装丁に改装される前に綴じ糸を解いて撮影されている）に拠り、平岡師翻刻の若干の誤読を正し

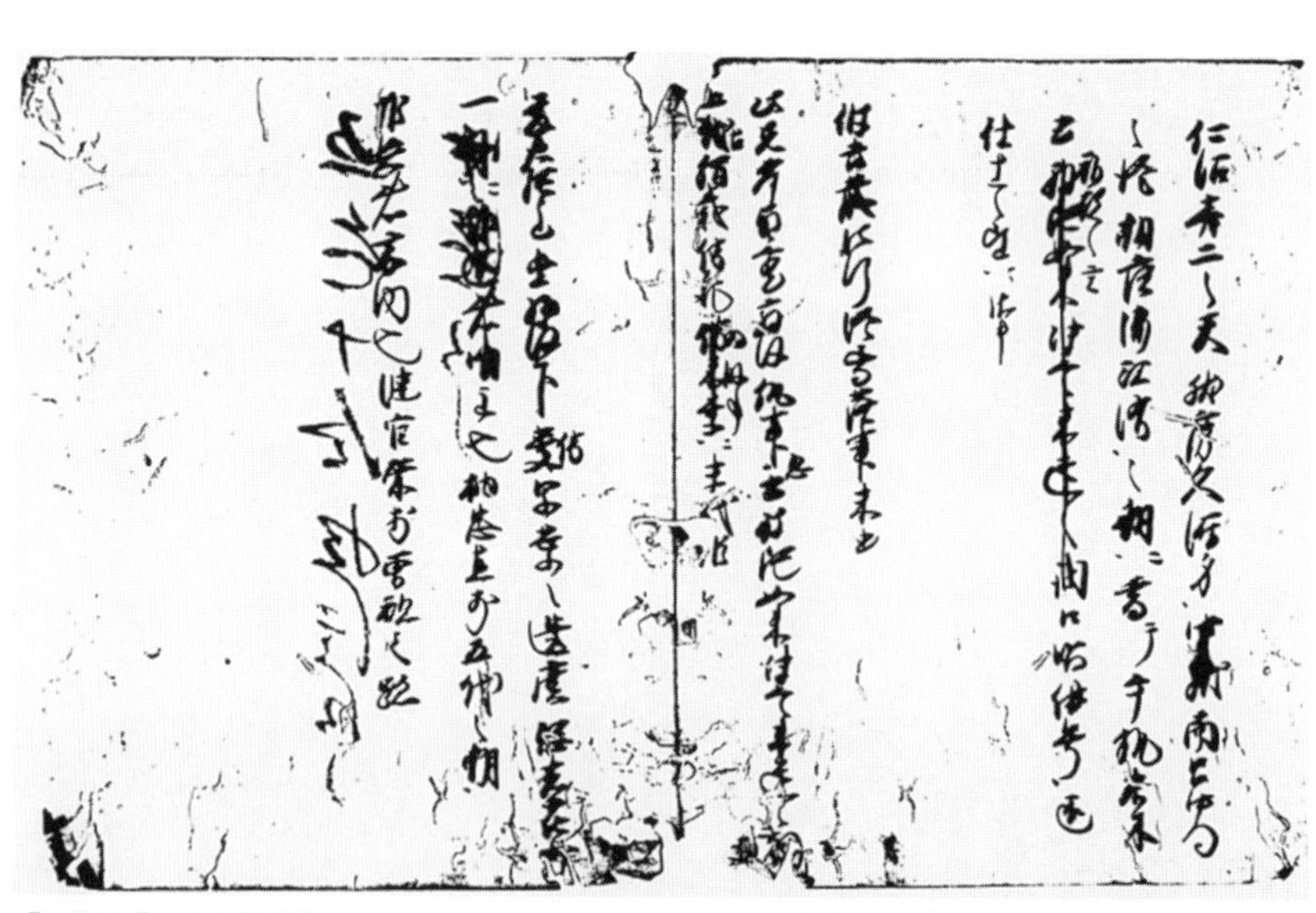

［図版１］３丁表裏書付　　東京大学史料編纂所蔵資料写真より

ながら、文章制作の機微を窺うべく、見せ消ちや修訂の多い草稿の姿を出来るだけ忠実に再現することに努め、併せて下段に影印を添えることとした（図版1〜5参照）。

［前丁書付］

仁治第二之天、秋霧久纏身、中秋南呂中旬
之候、朝露漸欲消之期ニ當テ、手執春木
書弥陀如来決定来迎之詞（祈願之言）、口唱佛号、遂
往生之望御キ、

（一行余白）

彼吉蔵法印終焉蕪筆未書

（二行余白）

此先考聖霊最後執筆忽書弥陀如来決定来迎之詞
上代（古）猶載傳記託来葉（為後事）ナ、末代非』（3オ）

（二行余白）

爰大施主亜相殿下幸（傳）累葉之遺塵、忝光花於
一身ニ、難遇者明主也、抽忠直於五代之朝、
難興者家門也、継官栄於曾祖之跡、

（五行余白）』（3ウ）

［図版２］ 4丁表裏本文

［本文］

捧講經論議所生惠業、併奉資先考禪定黄門

侍郎御菩提ニ、夫慈父恩徳、内教外典同載之、上聖下

凡皆報之、思其恩山之高々於二花之山（峯）、顧其徳海

之深々於七葉之水、貴賤有心之人誰不報其徳（恩）哉、

伏惟、先考聖霊者、爲大廉五葉之後胤、仕明主

數代之聖朝ニ、以忠直報君以廉潔□□、詩歌風

月、窮深粋於意底、仁義礼智、惣才湛廉直於身（才智 胸内）

世□廉直之性、君施殊□之恩、世賞廉潔之誉、君施

上十。君施殊聖之恩、家忝光来之栄、朝□頗加

□□恩ヲ、伏シテ以ク、□賞頗加官蹤、高進ス〻（4オ』（4オ）

［4丁紙背］　宗性　承源（以下二行　4オ末尾修訂の最終形）

詩歌風月、窮粋深於意底、仁義礼智、湛才智於胸内、

世賞其直廉之誉、君施其殊絶之恩、

高路高進、伏シテ以ク、初經羽林而□□（昇移）八座、後備龍作而至

二品、遂使字功成身退之玄訓、類浮業於春夢

遂出家入道之素懐、澄観念於暁月ニ、然間仁治

第二之天、秋霧寞纏身、金商中（南呂）秋之候、朝露

漸欲消之期ニ当テ、手執春木、書祈願之書、中（心住正念、口唱佛号、辭南浮之棘路、移西刹之）

唱佛号、忽告□□浮生之別御キ（花臺ニ御キ）、彼吉藏法印ハ終焉

［図版３］　５丁表裏本文

執筆書見、其初生即知終死之言、此先考聖霊ハ、最
後右筆書弥陀如来決定来迎ト、彼只永生死必然』（4ウ）
之深理、此懇述往生浄刹之深志、以昔思今、々遍
超昔、彼猶載傳記、而永来葉、此豈於末代、而非
勝事哉、先考聖霊、出離生死、往生極楽更無
其疑者歟、爰大施主亜相殿下、傳累葉之遺塵、
忝光花於家門、難値者明主也、忝抽忠直於賢
王聖主五代之朝、難興者家門也、□再繼官禄
於ヽヽヽ曩祖之跡、抑是誰力哉、偏為先考聖霊
之餘慶、依之報恩謝徳之御志銘肝也、孝行』（5オ）
追修之御誠、切ニ意底ニ御スヲ以テ、中陰一周之内、
励如法如説妙經書寫之行、遠辰七廻之今、
展本門迹門開講談論之筵ヲ、所講者四佛知見
難解之妙理、瑩明疎少髻上之月、所談者一乗
奥底甚深之要義、駕牛車於門外之風、道儀
雖為勤重、感應定為速疾者歟、若爾先考聖霊、
住行向地之間術、頻宿理行於三僧祇之秋霜、
戒定惠解之果徳、□□□於二轉依之曉甫露、』（5ウ）
化功歸命、故大施主亜相殿下、高官厚禄、久施

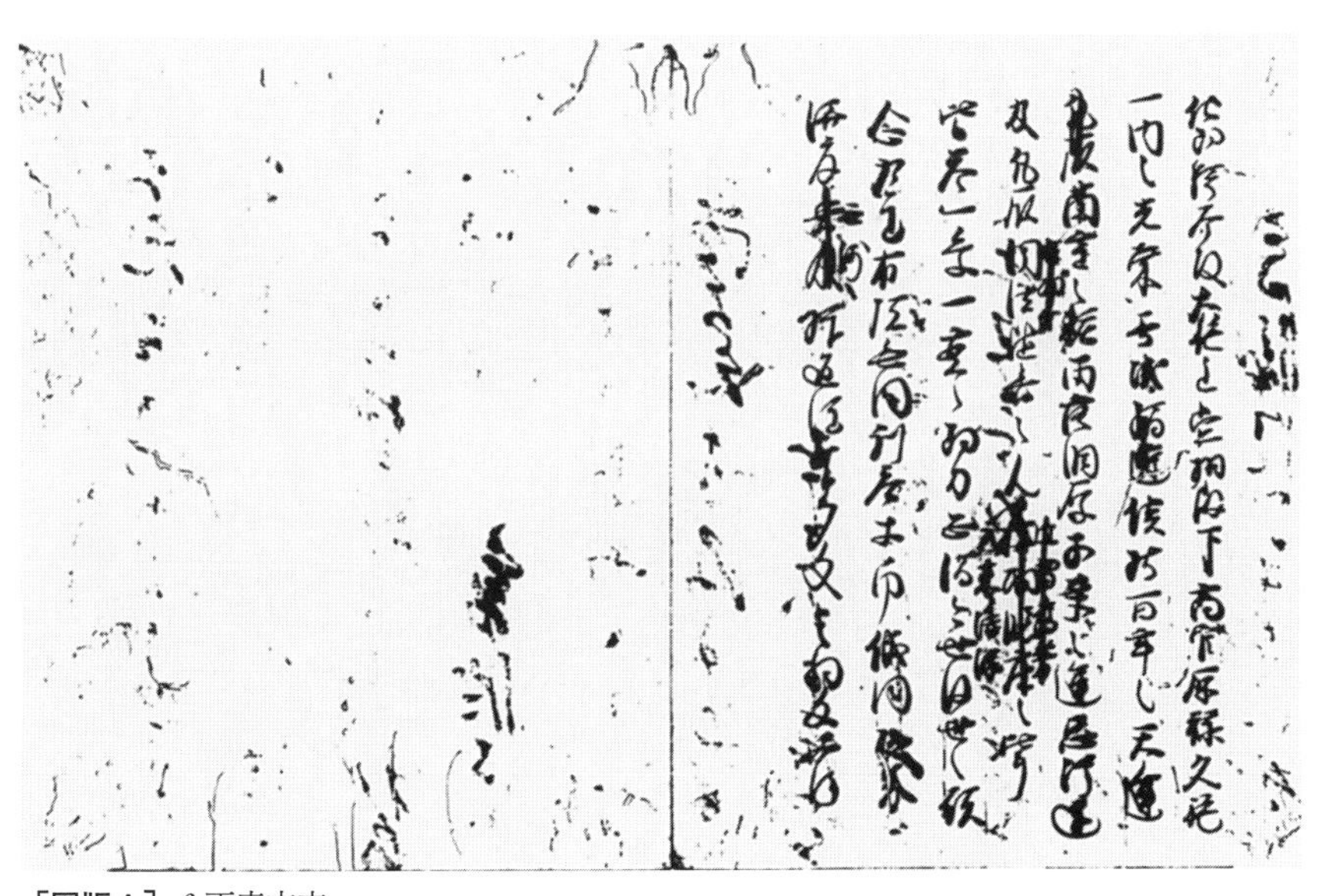

［図版４］６丁表本文

一門之光榮貴職、猶逓□□百年之天運、~~凡~~厥蘭臺之粧、雨露潤厚、千葉之蓮、思浄遠及、凡厥聞法~~□□□~~随喜之人、~~□□~~[近習旧労／入来結縁]臨床之輩皆答一乘一實之功力、必満今世後世之願念、乃至有頂無間利益等南、儀同沙界濟度~~□~~[無漏]~~及~~、抑通經有多文、其解文如何、

（一行余白）』（6オ）

三　訓　読　文

この文章を、修訂の最終形に拠って訓み下すと、以下のとおりである。

［前丁書付］

仁治第二ノ天、秋霧久シク身ニ纏ハリ、南呂中旬ノ候、朝露漸ク消エナント欲ルノ期ニ當リテ、手ニ春木ヲ執リ、祈願ノ言ヲ書シ、口ニ佛号ヲ唱ヘテ、往生ノ望ミヲ遂ゲ御シマシキ。

（二行余白）

彼ノ吉蔵法印ハ、終焉ニ筆ヲ蕪シテ未ダ……ヲ書セズ、

［図版５］ 4丁紙背書付

（一行余白）

此ノ先考聖霊ハ、最後ニ筆ヲ執リテ忽チニ弥陀如来決定来迎ノ詞ヲ書セリ。上古猶ホ傳記ニ載セ後事ト為シ、末代……ニ非ズ。

（一行余白）

爰ニ大施主亜相殿下、累葉ノ遺塵ヲ傳ヘ、光花ヲ一身ニ恣キママニス。遇ヒ難キハ明主ナリ、忠直ヲ五代ノ朝ニ抽ンズ。興シ難キハ家門ナリ、官栄ヲ曾祖ノ跡ニ継ゲリ。

（五行余白）

［本文］

講經・論議ヲ所生ノ惠業ニ捧ゲ、併シナガラ先考禪定黄門侍郎ノ御菩提ニ資シ奉ル。夫レ慈父ノ恩徳ハ、内教・外典同ジク之ヲ載セ、上聖下凡皆之ヲ報ズ。其ノ恩ヲ思ヘバ山ノ高キコト二花ノ峯ヨリモ高ク、其ノ徳ヲ顧ミレバ海ノ深キコト七葉ノ水ヨリモ深シ。貴賎・有心ノ人誰レカ其ノ恩ヲ報ゼザラン哉。

伏シテ惟ンミレバ、先考聖霊ハ、大廉五葉ノ後胤トシテ、明主數代ノ聖朝ニ仕ヘ、詩歌風月、粋深ヲ意底ニ窮メ、仁義礼智、才智ヲ胸内ニ湛フ。世ハ其ノ直廉ノ誉レヲ賞シ、君ハ其ノ殊絶ノ恩ヲ施サル。（伏シテ以ヘラク）初メ羽林ヲ経テ八座ニ昇リ移リ、後チ龍作ニ備ハリテ二品ニ至ル。遂ニ字功ヲ使テ身退ノ玄訓ト成シ、浮業ヲ春夢ニ類ヘテ、出家入道ノ素懐ヲ遂ゲ、観念ヲ暁月ニ澄マス。然ル間仁治第二ノ天、秋霧寠シバ身ニ纏ハリ、金商南呂ノ候、朝露漸ク消エナント欲ルノ期ニ当タリテ、心ヲ正念ニ住ドメ、口ニ佛号ヲ唱ヘテ、南浮ノ棘路ヲ辞シ、西刹ノ花臺ニ移リ御シマシキ。彼ノ吉蔵法印ハ、終焉ニ筆ヲ執リテ書見シ、其ノ初生即終死ナルヲ知レリ。此ノ先考聖霊ハ、最後ニ筆ヲ右リテ弥陀如来決定来迎ト書セリ。彼ハ只ダ生死必然ノ定理ヲ永クシ、此レハ懇ロニ往生浄刹ノ深キ志ヲ述ブ。昔ヲ以テ今ヲ思ヘバ、今ハ遍ヘニ昔ニ超ヘタリ。彼ハ猶ホ傳記ニ載セテ来葉ニ永クシ、此レハ豈ニ末代ニ於ケル勝事ニ非ズ哉。先考聖霊ノ、生死ヲ出離シ極楽ニ往生セルコト、更ニ其ノ疑ヒ無キ者歟。

爰ニ大施主亜相殿下、累葉ノ遺塵ヲ傳ヘ、光花ヲ家門ニ恣キママニス。値ヒ難キハ明時ナリ、忝ケナクモ忠直ヲ賢王聖主五代之朝ニ抽ンズ。興シ難キハ家門ナリ、再ビ官禄ヲ長家・忠家曩祖ノ跡ニ繼ゲリ。抑ソモ是レハ誰ガ力ナル哉、偏ヘニ先考聖霊ノ餘慶タリ。之ニ依リ報恩謝徳ノ御志肝ニ銘ズルヤ、孝行追修ノ御誠、切ニ意底ニ御スヲ以テ、中陰一周ノ内ニ、如法如説妙經書冩ノ行ヲ修シ、遠辰七廻ノ今、本門迹門開講談論ノ筵ヲ展ク。講ズル所ハ四佛知見難解ノ妙理、瑩明ヲ髻上ノ月ニ疎ケヅル。談ズル所ハ一乗奥底甚深ノ要義、牛車ヲ門外ノ風ニ駕ス。道儀勤重ト雖ドモ、感應定メテ速疾ナル者歟。若シ爾レバ、先考聖霊、向地ノ階級ニ住行シ、因行ヲ三僧祇之秋霜ニ縮メ、恵解ノ内證ヲ戒定シテ、果徳ヲ二轉依ノ暁露ニ備ヘン。

化功ニ歸命ス。故(まこと)ニ大施主亜相殿下、高官厚禄、久シク一門ノ光榮ヲ貴職ニ施(ほこ)リ、猶ホシ□□百年ノ天運ヲ遁(つた)フ。蘭臺ノ粧ヒ、雨露潤厚ニ、千葉ノ蓮、思浄遠及セン。凡ソ厥レ聞法随喜ノ人、入来結縁ノ輩、皆ナ一乗一實ノ功力ニ答ヘ、必ズヤ今世後世ノ願念ヲ満タサン。乃至有頂無間利益等南、儀ハ沙界ノ濟度ニ同ジク無漏ナリ。抑モ通經スレバ多文有リ、其ノ解文ヤ如何。

四　読解私注

この文章の読解を試みる。多用される仏教語については、中村元著『仏教語大辞典』(注5)（縮刷版）ほかに依るが、一々に典拠を示すことはしない。分段して示したように、この文章は四部より構成される。

第一段落は、全体の序にあたる部分。「講經」「論議」は、経文を講じ問答論議することで、後文に「本門迹門開講談論ノ筵ヲ展ブ。講ズル所ハ四佛知見難解ノ妙理、瑩明ヲ髻上ノ月ニ疎ケヅル。談ズル所ハ一乗奥底甚深ノ要義、牛車ヲ門外ノ風ニ駕ス」とあるのを、要約提示した。「所生」は、生みの親、父母。「惠業」は、善業、追善供養。「先考」は、死んだ父、亡父。「侍郎」は、中国唐代には門下省・中書省の次官級の者を呼ぶ名称で、また少輔の唐名であるが、ここは「黄門侍郎」で「権中納言」を意味せしめたものか。「菩提」は、死後の冥福。本日の講經・論議を生みの親の追善供養に捧げ、法会のすべてを入道権中納言定家の死後の冥福に資し奉る、と最初の一文にまず法会の主旨が明言される。そして、慈父の恩徳については、内典も外典も同じく之を載せ、上聖も下凡も皆その恩徳に報いてきたところで、二花の峰よりも高いその恩、七葉の海よりも深いその徳に対し、貴賎の心ある人は誰もがその恩を報じてきたと、慈父の恩徳への報謝を普遍的一般論として説き、序としている。

第二段落は、追善を受ける定家について、最要の事跡が述べられる。「大廉」はこの上なく廉潔な人物。「五葉」は五世代。「大廉五葉之後胤」とは、長家・忠家・俊忠・俊成・定家と連続してきた廉潔なる御子左家の五代目の意。「明主数代之聖朝」は、明君が数代にわたって続いた聖代。後文に「賢王聖主五代之朝」というのに同じ。後鳥羽・土御門・順徳・(仲恭)・後堀河・四条の五代の朝廷に仕えてきたことをいう。「粋深」は「深粋」に同じ。奥深く、趣深く、かつ雑りけがないこと。「才智」は、才能と知恵、心の働き。先考定家の聖霊は、長家以来続いてきた廉潔なる御子左家の五代目として、明主數代の聖朝に仕え、詩歌風月の道にあっては、深粋を心の底に窮め尽くし、仁義礼智の徳や学問の世界にあっては、才智を胸の内に湛えていた。世間はその廉直を誉れとして称賛し、明君たちは特別にすぐれた聖恩を施してくれた、とまずその生涯が概括される。この部分、紙背の書付に気付かなかった従前の訓みは「詩歌風月、窮涼粋外意底、信義礼智、湛才智於胸内。世賞廉潔之誉、君施聖恩」であった。文章の完成度からしても、紙背本文によるべきであろう。

次の「伏シテ以ク(おもへら)」は、修訂の際挿入されたまま消されずに残っているが、すぐ前の「伏惟」と重複するから、削除されるはずの文句であろう。「八座」は、定員が八人の参議のこと。「龍作」は、中納言の異称。「字功」は文字の功（いさおし）で、古典書写や『明月記』の筆録をいうか。「身退」は身の進退か。「玄訓」は奥深い教え。初め近衛府の少将から中将を経て参議に昇進し、その後権中納言正二位に至った。遂には、文字の功を以て生涯の玄訓とし、浮世の業は春夢に等しいと達観して出家入道の本懐を遂げ、暁月のもと観念を澄ましていた、とその閲歴が辿られる。

「秋霧」は、季節の秋霧であるとともに、病気の隠喩。「金商」は、秋の異称。「南呂」は、陰暦八月の異称。「南浮」は、南閻浮提。須弥山の南方の海上にあるという島の名。転じて人間世界、現世。「棘路」は公卿のこと。「西刹」は西方浄土。阿弥陀仏の極楽浄土。「花臺」は蓮花の台。然る間、仁治二年になって病気が身を冒し、秋八月の候、朝露が漸く消えようとする最期に当たって、心を正念に住どめ、口には南無阿弥陀仏の佛号を唱えつつ、現世における公卿を辞し、西方極楽浄土の蓮の台に移り住まわれた、と臨終の時に説き及ぶ。そして臨終に際しての定家の行為が、往昔の吉蔵法印のそれと比較しつつ記される。吉蔵は、唐の僧で、号は嘉祥大師。三論宗を大成し、著に中論・百論・十二門論・維摩経等の注があり、嘉祥大師をまつる法会「嘉祥会」は、東大寺の惣持院で毎年五月十五日に行われる。その吉蔵法印は、終焉に当たり筆を執って書見し、「初生即終死」であるとの理を悟り、生死必然の定理を将来永くに残された。「右筆」は、筆を執ること、執筆に同じ。「浄刹」の「刹」は、国土、清浄なる国土、浄土のこと。定家は、最期臨終に際して筆を執り「弥陀如来決定来迎」と自ら書き付けて、懇ろに往生浄刹の深い志を表明した。かくして昔の吉蔵のことを以て今の定家のことを考えてみると、今の方が遥かに昔に超越して立派である。吉蔵の行為は伝記に記して末代まで永く伝えたが、定家の行為は類まれな末代における勝事であって、このことある故に、先考の聖霊が、今や生死を出離し極楽に往生していることは、まったく疑いないところだ、とその奇特さが強調されるのである。

この部分の推敲の跡をたどってみると、初案は「仁治第二之天、秋霧久纏身、中秋南呂中旬之候、朝露漸欲消之期ニ當テ、手執春木書~~弥陀如来決定来迎之詞~~（祈願之言）、口唱佛号、遂往生之望御キ」であった。[注6] これを二分して増補し、後半を吉蔵法印と対比する形としてからは、「彼吉蔵法印終焉撫筆未書」「此先考聖霊最後執筆忽書弥陀如来決定来迎之詞」「上代（古）猶載傳記~~託来葉ニ~~（為後事）、末代非」と、何度か修訂を繰り返して、本文の形に落ち着いたらしい。特に「手執春木」→「執筆」→「右筆」と推敲された跡を見ると、定家臨終時のこの奇特な行為は、為家から宗性に誂えられた最重要事項であったことを思わせる。[注7]

第三段落は、追善する大施主権大納言為家の事跡が述べられる。「累葉之遺塵」は、累代の先祖たちが残してきた跡。「光花」は、美しい輝き。「家門」は、家、一家一門。「明時」は、太平の世。「賢王聖主五代之朝」は、後鳥羽・土御門・順徳・（仲恭）・後堀河・四条の五代の朝廷。「再繼官禄於長家忠家曩祖之跡」は、官禄において初代長家二代忠家の跡である大納言の官を再び継いだこと。ここまでは、大施主亜相殿下為家は累代の先祖たちが残してきた跡を伝え、さらに恣に美しい輝きを家門に加えた。遇いがたいのは太平の世だが、忝なくも賢王聖主五代の朝に際会し抽んでた忠直をもって仕え、興しがたいのは家門だが、官禄において初代長家二代忠家の跡（である大納言正二位の官位）を再び継いだ、と述べられる。「再継」とは、初代長家が正二位権大納言民部卿、二代忠家が正二位大納言であった官位が、三代俊忠になると従三位権中納言、四代俊成は正三位皇太后宮大夫、五代定家は正二位権中納言民部卿と、羽林家としては久しく低迷してきた、その家の官禄回復の悲願を、為家の代に果たしえたことを意味している。この部分の初案が、「爰大施主亜相殿下~~受~~（傳）累葉之遺塵、恣光花於一身ニ。難遇者明主也、抽忠直於五代之朝、難興者家門也、継官栄於曾祖之跡」であったことを考慮すると、前半の文章もそのことを婉曲に表現したものであるに相違ない。為家半生の功績の最要が、まさしく任権大納言の実現にあったことを自らが認め、宗性に誂えて、先考定家聖霊の前に誇らかに強調していることになる。[注8]

さて、抑も官位の回復は誰の力に依るのか。それは偏に先考定家聖霊の餘慶であると、追善される定家の徳を称揚し、その先考聖霊に対する報恩謝徳の志を肝に銘じて、孝行追修の誠を心底に抱き、大施主亜相殿下為家は中陰一周の間法華経書写の行に励んで、七七日忌の今ここに法華八講の法会を開き、本門迹門を談論する場とした、と続ける。「本門」は本地のことで、法華経二十八品のうち、仏身の本地と本地法身の徳を明かした後半の十四品をいう。「迹門」は、垂迹のことで、仏の応迹（救うはたらき）を示す方面の意、また法華経二十八品のうち、前半十四品をいう。「四仏知見」は、法華経方便品に、仏が世に現れたわけは一切衆生をしてこの仏の知見を開・示・悟・入させるためであると説いたので、これを開示悟入の四仏知見という。「瑩明疎於髻上之月」の、「瑩」は、輪郭を浮き出させる光。あきらか。「髻」は、もとどり。「疎」は、うとい。まばら。くし。くしけずる。「瑩明ヲ髻上之月ニ疎ル」と訓み、後文の「牛車ヲ門外ノ風ニ駕ス」と対句を構成する飾りであろうが、意味するところはよく判らない。「一乗」は、仏の真の教えは唯一無二であり、それによってすべての衆生は成仏できると説く教法で、特に法華経を指すことが多く、ここもその意。「奥底」は、奥深い底。「要義」は、要旨。「道儀」「勤重」は未詳。「向地之階級」も未詳。「因行」は、仏となるための因となる行。「三僧祇」は、「三阿僧祇劫」の略で、菩薩が仏となるまでに経過する無限に長い時間を三分したもの。悟りを得るまでの無限に長い時間。「恵解」は、賢くさといこと、智恵が早いこと。「内証」は、真理を自己の心内で証悟すること。「戒定」は、身を制する持戒と心を静める禅定。「果徳」は、結果に備わった功徳。「二転依」は、煩悩を転じて涅槃を得ること。この部分は仏教語をちりばめた美文で、不明の語彙も多く、正確を期しがたい。今この法会において講ずるのは四佛知見難解の妙理、談ずるのは法華経の一乗奥底甚深の要義であるから、仏の感応は定めて速やかであろう。もしそうなら、先考聖霊は向地の階級に住行し、菩薩から仏となるための行に要する無限に長い時間を短縮し、賢く聡い内証を戒定して、煩悩を転じ涅槃をうる暁に備えているであろう、との内容であろうか。施主為家が、法華八講の法会を開き、本門迹門を談論する場を設けたことが、先考定家聖霊の菩提に資していることを述べていると見える。

なお、この段落に述べられている表現（「修如法如説妙經書寫之行」「展本門迹門開講談論之筵ヲ」「所講者四佛知見難解之妙理」「所談者一乘奥底甚深之要義」など）のはしばしから、何度かそれに言及したように、この日の法会が法華八講であったことは、ほぼまちがいない。それも四日間をかけて行う正規の八講ではなく、この時代に例の多い「一日八講」(注9)であったと見てよいであろう。

第四段落は、全体の結語にあたる部分である。「化功」は、造化の働き、天地万物の運行。また教化の功徳。「帰命」は、自己の身命をささげて仏に帰依すること。「故」は、ことさらに、まことに。「施」には「侈」に通じ「ほこる・おごる・ほしいまま」などの意味があり、「キハム」の古訓もある（字鏡集）。「貴職」は高い官職。「逓」は、次へおくる、つたえる。「天運」は、運命。「蘭臺」は、楚の宮殿の名。「潤厚」は「潤洽」に通じ、あまねく潤うこと。「千葉之蓮」は、極楽の蓮の台。『法華経』提婆達多品に「文殊師利、坐千葉蓮華」とある。「思浄」は阿弥陀仏の浄土を思うことであろうか。「一乘一實」は、唯一無二の真如。「功力」は、功徳の力、修行によって得た力。「有頂」は、物質世界の最高所。「無間」は、絶え間のないこと。「利益」は、すぐれた利点、功徳。「沙界」は、恒河沙（ガンジス河の砂のように数が多い）の世界の意。「済度」は、衆生を導いて悟りの境界に渡すこと。「無漏」は、有漏の対で、漏れ出る不浄なものがない、煩悩のないこと。「通経」は、経義に通じること。「返経」と読んできたが、その義は未詳。「多文」は、学問の深いこと。「解」は、解脱、さとり、理解だが、この文字は他の「解」とは字形が異なるから、別の字である可能性も大きい。「解文」は「布施」のことかとする解もある。(注10)この部分もまた仏教語を重ねて文なした難解な文章で、判読の誤りもなお残るかもしれないが、おおよそ以下のような内容であろうか。

天地万物の運行に帰依し奉る。まことに大施主亜相殿下は、高官厚禄にして、久しく一門の光栄を高い官職に施（ほこ）って、なお百年の運命を次代へと送る。極楽浄土の蓮華の台を思えば遠く及ぶであろう。この法会の筵に集う聞法随喜の人、入来結縁の輩もすべて、皆一乗一實の功徳の力に答えて、必ずや今世後世の願念を満たすであろう。さらに仏は、最高の絶え間ない功徳に至るまで、恒河沙世界の済度に同じく、衆生を導いて煩悩のない悟りの境界に渡してくれるであろう。(最後の一文「抑通經有多文、其解文如何」は、正解をえない)。

正確な把捉は困難であるが、大施主亜相殿下から御子左家の百年・千年に及ぶ運命に言い及び、法会の筵に集うすべての聞法随喜・結縁の人々の済度に筆を及ぼして、結語としたものであろう。

五　宗性自筆消息案(紙背文書)

同じ『春華秋月抄草』第十九の紙背文書(第十七丁目紙背)に、宗性自筆の消息案がある。以下のとおりである。

(袖書)藤大納言の母ハ去年にて候歟
又今年にて候歟　いつうせられ
候そ　しるしたまはるへく候

京極中納言入道御事
さきにくはしくしるし

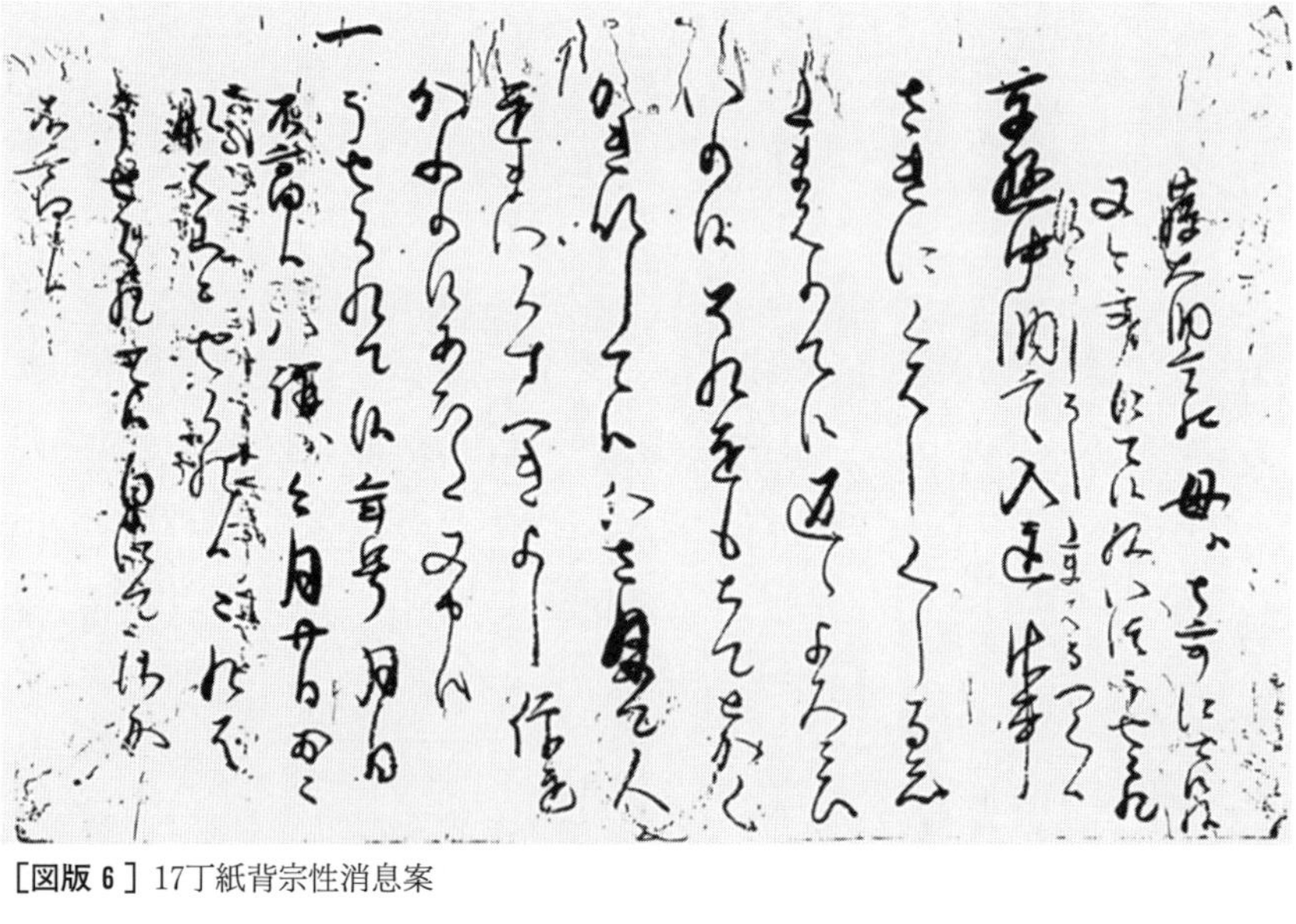

［図版６］17丁紙背宗性消息案

たまはりて候　返々よろこひ
いり候　それをもちてとかく
かきなして候　かさねて人
遣まいらすへきよし仰を
かふり候あひた　又申候
一うせられて候年号月日
不審候　八講ハ今月廿日おこ
なはむとせられ候　これは
うせられて候日にて候か
不審候

本消息の内容は、定家の何回忌かのための願文か表白文の執筆を依頼された宗性から、藤大納言為家家の政所か家司の誰か宛に遣わされた消息の案と思しく、今月二十日に行われようとしている八講のその日は、定家が亡くなった日なのか否か、不審がある旨の質問状で、あわせて為家母の没年が去年であったのか今年なのかを尋ねている。それらのことを勘案すると、宝治元年（一二四七）八月上旬ころ、八月二十日の定家七回忌と十一月四日の定家室一周忌に関するものと特定できる。

このような消息案が残っていることから、藤大納言為家からの誂えにあたっては、八講の日取りや故人の死没年月日、施主としてどのような内容を盛り込み、また特にどのようなことを強調してほしいか、といった希望が予め宗性に文書で伝えられ、その後実際の執筆に直面して新たに生じる不審については、この消息のようにそれを質し、使いの往来が何度か繰り返されて、文書や口上をもって不審が晴らされ、完成稿に到達したものと推察される。いま考察している定家七七日忌の文章の場合も、同じ手順をふんで作成されたにちがいないのである（『春華秋月抄草』は元仁元年中に抄し始められているが、巻第十九は、宝治元年八月以降の短期間に整理されたと見られる）。

六　表白文の属性

この文章には、標題もなく、末尾に日付も願主の名も記されていない。草稿だから書かれていないと見えなくもないが、施主為家が、「大施主亜相殿下」「報恩謝徳ノ御志」「孝行追修ノ御誠、切ニ意底ニ御スヲ以テ」などと、敬体で遇されている点に特色がある。そのことは、施主為家の立場からではなく、執筆を依頼された宗性の立場において書かれた文章であることを意味しよう（第一段落は、「所生」「惠業」「先考」などの語彙において、施主為家に寄り添う形で書かれているが、第三者の筆としても不自然ではない）。

この文章に「藤原定家七七遠辰表白文」の呼称を与えたのは平岡定海師で、宗性その人による標題はない。念のため「表白文」と称することの可否について検討しておきたい。

「諷誦文」という形式の文書がある。本文の前に三行にわたって、「敬白／請諷誦事／三宝衆僧御布施」の標題（事書）を有し、次いで布施の品名並びに数量、そして「右」として供養の趣旨・願意を述べて、「諷誦所請如件」に類する文言で本文を結び、日付と願主の名を添えるのを定型とする。従来の理解では、「仏事を修するに当り、三宝衆僧に布施を贈り、諷経を請ふ為めに出す文書」(注11)、すなわち僧に経・諷誦文の読誦を請う文書とされてきたが(注12)、諷誦とは布施のことで、仏・僧に向かって布施を受納するよう請うというのが本来的な性格だとする説が出されている(注13)。当然のことながら、願主の立場において執筆された文章である。しかし、この文章は、その冒頭の様式を欠き、記主の立場を異にする故に、諷誦文ではない。

「表白文」とは、法会や修法の時に、その趣旨を仏および参加した僧俗の人びとに告げ知らせる文章である。[注14]また「表白」とは、仏教用語としては、法会や修法などで導師が趣旨を書いた文章を仏前で三宝と参会者に告げ知らせる意であるが、古文書学では、祈願の趣旨を書き、呪願文を副えた願文のことをいい、呪願文だけを表白ということもあるという。[注15]「呪願文」とは、施主に仏菩薩の加護利益が与えられることを祈願する文章で、法会において呪願師によって誦され、四字句を長く連ねた構成をもつ点が一番の特徴であるという。[注16]この呪願文の定義をこの文章に及ぼしてみると、定家追善を措いて施主への利益加護というのも一面的であるし、何よりも四字句を連ねる形式・構成において当らない。

『本朝文粋』巻第十三に「表白文」としてはただ一編、前中書王の「396天皇御筆法華経供養講説日問者表白」(天暦九年〈九五五〉正月四日)が収められている。短編ながら、「金輪聖主」に始まる問者としての立場からするもので、宗性の本作は時代は下るけれどもこの系列に連なる文章であるように見える。先に見た紙背書付の一文(「詩歌風月、窮粋深於意底」云々)の前に、「宗性　承源」の名を覚えとして標題の如くに記している。これは定家七七日の法会に招請された問者が宗性、答える講師が承源であったことを伝えているであろう。つまり宗性は、この法会の問者(また講師)として法会に参加し、この文章を実際に仏前で三宝並びに参会者に読み聞かせたものと思われる。だとすれば、この文章はやはり「表白文」と呼称されて然るべきもので、『本朝文粋』の標題に倣えば、「藤原定家七七日法華八講問者表白」などとあり、述作者「宗性」の名を付随するものだったのではあるまいか。

山本真吾氏によれば、[注17]法会の導師はスポンサーたる施主への讃辞を重視してこれを特立し、文章中に「施主段」あるいは「施主分」を設けるに至ったという。そして施主(願主)の呼称において、表白の場合には、「博陸尊閤」「内相府殿下」「左僕射殿下」「前黄門侍郎殿下」などのように、姓名は記さず、それぞれの官職を唐名で表し敬称を付すのを常とし、対して願文の場合には、「弟子為光前白仏言」「女弟子敬白」「弟子正二位藤原朝臣実成、至心稽首、白仏而言」のごとく実名を表し、み仏の弟子として施主（願主）の立場から仏に申し上げるという体裁をとるのを常態としていて、法会の主宰者たる施主の呼称は、表白と願文とでは、明確に異なっていると説かれる。本文章の場合、まさしく第三段を「施主段」として特立し、施主為家は「大施主亜相殿下」と敬称を伴った唐名でもって呼称されている点において、表白文としての特性を具備している。本文章が「表白文」であることは確実である。

以上、甚だ迂遠な方法でこの文章の素性を追究してきたが、小峯和明氏「表白」によれば、(注18) 狭義の「表白」は、「法会のはじめに僧がその趣旨を三宝や会衆に告げる言説」のことで、平安朝以降、文人貴族や学侶によって述作され（表白は主として学侶が担当）、繰り返し朗誦されてきた晴儀の言説であるという。簗土鈴寛氏はこれを、（1）講会表白（法華八講他の講会におけるもの）と（2）法会表白に大別し、後者は、①普通法会表白（堂塔供養・追善供養など）、②論議表白（講師表白・問者表白）、③竪義表白（探題表白・竪者表白）に三分している。(注19) 小峯氏は、講会表白と普通法会表白とは形式上大きな違いはないから、ひろく（1）法会表白と（2）論議表白（含竪義表白）に大別すればこと足りるとする。宗性の本表白は、内容としては簗土①小峯（1）で、それを講師・問者を勤めた宗性が述作したということになるであろう。

七　おわりに

この文章の意義の第一は、数多く残されていながら全く読まれていない学侶宗性による表白文の一編として、定家追善の仏事法会における具体的ありようと内容を窺わせる資料であるところに存するであろう。ただ門外漢として、その点に関する追究の不徹底を自覚しているが、当面の私の関心の中心である、定家と為家の伝記資料としてこれを読めば、定家についてもまた為家についてもその意義は小さくない。すなわち、定家については、第二段落に展叙されるその生涯の業績の総括と、とりわけ臨終時に自ら筆を執って「弥陀如来決定来迎」の願念を書き付けるという奇特の行為を伝えていること、施主為家については、第三段落に強調される半生の業績の総括が、値いがたい明時に遇って忠直を賢王聖主五代の朝に抽んで、興しがたい家門を興して再び官禄を曩祖の跡に繼いだことだとされている点にある。宗性の文章ではあっても、為家からの依頼の趣旨がまさしくその点にあったからに他ならず、してみればそれは、為家の定家理解であり、為家の誇るべき自己評価であったことになる。

【注】

（1）『尊卑分脈』系図を取捨して、宗性の略系図を示す。

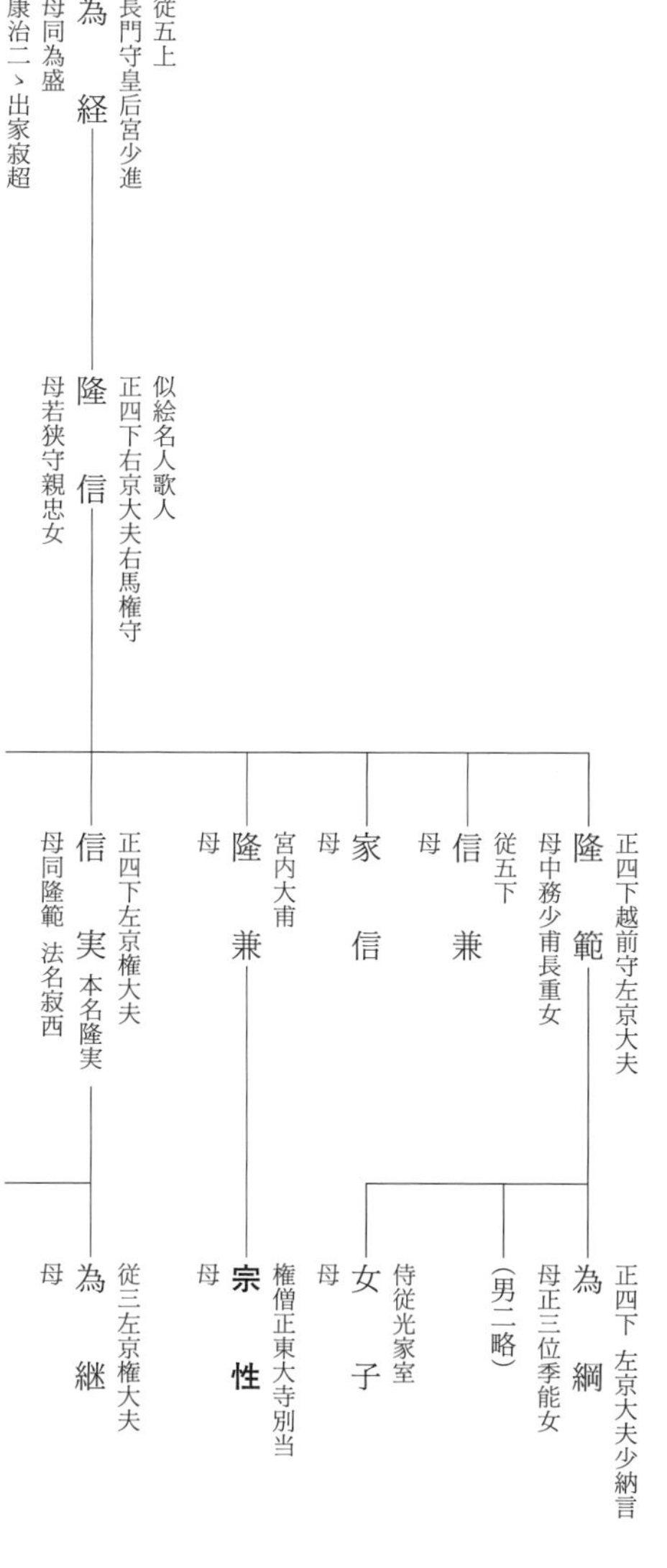

従五上
長門守皇后宮少進
為経
母同為盛
康治二〻出家寂超
似絵名人歌人
正四下右京大夫右馬権守
隆信
母若狭守親忠女
正四下越前守左京大夫
隆範
母中務少甫長重女
従五下
信兼
母
家信
母
宮内大甫
隆兼
母
正四下左京権大夫
信実 本名隆実
母同隆範 法名寂西
正四下 左京大夫少納言
為綱
母正三位季能女
（男二略）
侍従光家室
女子
母
権僧正東大寺別当
宗性
母
従三左京権大夫
為継
母

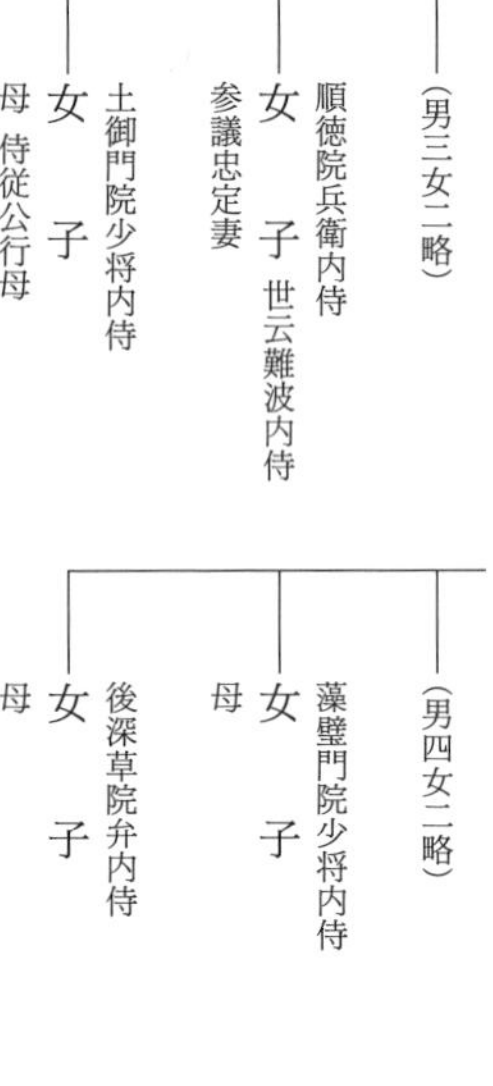

（男三女二略）
女子 世云難波内侍
順徳院兵衛内侍
参議忠定妻
女子
土御門院少将内侍
母 侍従公行母
（男四女二略）
女子
藻壁門院少将内侍
母
女子
後深草院弁内侍
母

宗性伝については、（注2）平岡著書のほか、『国史大辞典』第八巻（吉川弘文館、昭和六十二年十月）「宗性」（そうしょう）の項（平岡定海執筆）に簡明な解説がある。

（2）　平岡定海『東大寺宗性上人の研究並史料　上』（日本学術振興会、昭和三十三年三月）「宗性上人年譜」「元仁元年是年」の条。

（3）　辻彦三郎『藤原定家明月記の研究』（吉川弘文館、昭和五十二年五月）。

（4）　『鎌倉遺文　古文書編』第八巻（五九三五）（東京堂出版、昭和五十年四月）。

（5）　中村元『仏教語大辞典』（縮刷版）（東京書籍、昭和五十六年五月）。

（6）　「春木」は筆のことか。「芸圃荒而詞少、春木之筆已禿」（大江家国「夜月照階庭詩序」）。

（7）　佐藤恒雄「定家の最晩年」（明治書院「和歌文学大系」第六巻『新勅撰和歌集』月報第二十七、平成十七年十月）。

（8）　佐藤恒雄「御子左家三代の悲願」（『香川大学教育学部研究報告』第Ⅰ部第一一七号、二〇〇二年十一月）。→本書第一章第二節。

（9）　「一日八講」については、「藤原為家の仏事供養について」（『広島女学院大学大学院言語文化研究紀要』第九号、二〇〇六年三月）。→本書第五章第二節、参照。

（10）後藤昭雄「諷誦文考補」（『詞林』第三十七号、二〇〇五年四月）。
（11）相田二郎『日本の古文書　上』（岩波書店、昭和二十四年十二月）。
（12）今成元昭「『諷誦文』生成考」（『国文学研究』第一〇二号、平成二年十月）。奥田勲「善妙寺の尼僧—明行・諷誦文をめぐって—」（『聖心女子大学論叢』第九十二集、一九九九年三月）など。
（13）後藤昭雄「諷誦文考」（『講座平安文学論究』第九輯、風間書房、平成五年十一月）。注（10）所掲稿。
（14）後藤昭雄「表白文」（新日本古典文学大系『本朝文粋』岩波書店、一九九二年五月。「文体解説」）。
（15）野瀬精一郎「表白」（『国史大辞典』第十一巻、吉川弘文館、平成二年九月）。
（16）後藤昭雄「呪願文」（新日本古典文学大系『本朝文粋』岩波書店、一九九二年五月。「文体解説」）。
（17）山本真吾「表白・願文の用語選択—金沢文庫本言泉集の記述をめぐって—」（『訓点語と訓点資料』第一〇二号、平成十一年三月）。→『平安鎌倉時代に於ける表白・願文の文体の研究』（汲古書院、平成十八年一月）。
（18）小峯和明「表白」（仏教文学講座第八巻『唱導の文学』）（勉誠社、平成七年三月）。
（19）築土鈴寛『日本仏教文化の研究』（『築土鈴寛著作集』第五巻、せりか書房、一九七七年十一月）。

第二節　為家の仏事供養

一　はじめに

定家や為家と同時代の人たちの、神仏への崇敬と父母への没後孝養の念はあつく、たとえば『明月記』の記事に就くと、定家は、俊成と母美福門院加賀の毎年の忌日仏事や遠忌はもとより、寛喜元年（一二二三）七月九日には、祖父にあたる帥殿俊忠の遠忌（一〇八年）を自邸に修し、為家夫妻も参会して法会を聴聞している。また、故殿良経の忌日は元久三年（一二〇六）三月七日であったが、安貞元年（一二二七）に至ってもなおその忌日ごとに、笠置寺への施物を欠かさないなど、その種記事は枚挙にいとまがない。定家に比べて為家の場合格段に資料が乏しい現実はいかんともしがたいが、為家が施主となって営んだ仏事を、『明月記』以外の資料の中に探り、具体的に整理して、父母に対する孝養の念発露の実際を追究することを、本節の課題としたい。

二　藻璧門院・後堀河院追善小仏事

『明月記』によると、為家は、父母の追善がはじまるよりもずっと早く、天福元年（一二三三）九月十八日に急逝された藻璧門院と、翌文暦元年八月六日に崩御された後堀河院追善の小仏事を、ともにその中陰中に営んだことがあった。

九条家出身の藻壁門院竴子の逝去は、定家一家にとっても悲嘆して余りある出来事で、九月二十三日にはその死に殉じて入内以来近侍してきた為家の姉民部卿典侍因子と同腹の次姉香が相次いで出家、父定家自身も十月十一日に出家することになった。

その定家出家の二日前、三七日にあたる十月九日、為家は、前中納言藤原頼資に誂えて諷誦文を草し、御墓所において小善の仏事を修した。『明月記』天福元年十月の記事は、以下のとおりである。

八日。[巳卯]。（故藻壁門院の旧院における仏事に参列した定家が、参会した為家を呼び止めて会話中、為家の言の続き）、此ノ次デニ云ク、御墓所ニ於テ軽微ノ仏事ヲ修セント欲スルニ、若シ思ヒ企ツレバ最前宜シカルベキカト。尤モ然ルベシ、人修セザル以前宜シカルベキ由、之ヲ答フ。諷誦文ヲ誂フベキ人無ケレバ、之ヲ為スコト如何ト。予云ク、近代ノ儒、実ハ只名字許リカ。経範等ハ身ニ憚リ有リ、前中納言ノ外人無カランカ。然ラバ行キ向ヒ触ルベキ由示ス。即チ行キ向フニ領状スト云々。（中略）金吾又来タリ、小善ハ明日ノ由俄カニ思ヒ企ツト云々。

九日。[庚申]。（中略）夜ニ入リテ、金吾微少ノ善ヲ遂行シ了ンヌ。惟長朝臣感涙ヲ拭フノ由示シ送ル。軽忽ノ謗リ有リト雖モ、最前ハ尤モ神妙ナリ。

敬白

請諷誦事

三宝衆僧御布施麻布　端

右、

国母聖霊、当暮秋之微寒、先朝露而即世、中陰之御忌、漸向半、本覚之妙果、宜奉祈、是以所彫刻者、西方教主弥陀仏、瑩黄金貴顕尊像、所模写者、中道実相最上乗、連玉軸貴加貝経、方今吉曜也、良辰也、供養之、称揚之、仰願諸天衆会、哀愍証明、花開合掌、何求籬根之残露、香従至心、不待海岸之暮煙、以此功徳資御菩提、抑弟子久慣犬馬之心、遥仰蜚螽之徳、恵路枡塗之露底、忠勤無懈、姒幄尭門之月前、恩憐非空、至于彼光沈響絶、出有入無、華帳灯消、望故宮而増悲、玄池波咽、含新土而添哭、当憶芝砌長静、竭忠誠於夙夜之中、豈図柳車忽去、営終制於陵墓之畔、不定之理何勝言焉、聊叩三下之響、遍驚十方之聴言、不尽心任仏知見、乃至自界他界順縁逆縁、依此諷誦威力、悉耀相好光明、所修如件、敬白、

天福元年十月　日　　弟子参議正三位行右衛門督兼伊予権守藤朝臣敬白

一搩手半皆金色、阿弥陀如来像一体、法華経二部〔開結経／龍女成仏〕

布施　導師、被物一重、絹裏一、絹十疋、請僧三人、被物一重、絹裏一、絹五疋

（頭書）導師五石、請僧二石

諷誦文を依頼すべき儒者として経範が最も適当であるが、彼は身に憚りがあって（服喪か）不可である故、「前中納言」しかいないという。この「前中納言」について、『大日本史料』は「藤中納言」と訓み藤原成実を比定しているが、自筆本は「前中納言」。当年の「前中納言」には、頼資と定家の他に藤原教成と藤原定高がいるが、二人とも非歌人で漢才にも見るべきものなく、左大弁から参議・権中納言と昇進し、儒者としての学才を誇った名家勘解由小路家の藤原頼資（経光父）を措いていない。また、『明月記』定家自筆本中、本諷誦文のみは別筆の清書稿を切入れ継ぎ合わされている。頼資の自筆文書ではあるまいか。頼資に誂えて草された文章ではあっても、為家の名において導師が仏前で読み上げたものであり、貴重な資料なので、句読点のみを付加して翻字した。

翌文暦元年八月六日の後堀河院の崩御も、とりわけ『新勅撰和歌集』を撰集中の定家にとって一大事件で、為家もまた没後は毎日二度故院に参入、懺法と例講に明け暮れて、余念なく追福の誠をつくしていた（八月十六日条）。

そして四七日を前にした九月一日、今度は文章博士藤原経範の忌月明けを待ち、誂えて諷誦文を草し、顕誉法印を導師として、小善の仏事を修したのであった。『明月記』文暦元年八月末と九月の記事は以下のとおり。

廿七日。〔癸巳〕。(中略)金吾注シ送ル、昨日三七日ニ、殿下参ラシメ給フ。(中略)(欠文あり。小善の仏事を志し、諷誦は経範を予定したき旨の文章あるか)御仏事ハ今月ノ由ヲ存ズルニ、諷誦ノ経範朝臣、今月ハ忌月也、今一両日ヲ過グシテ猶彼ノ朝臣ニ誂フベキカト。尤モ然ルベシ、他ノ人ニ書スベキ人無キ由、之ヲ答フ。(下略)

卅日。〔丙申〕。(中略)未ノ時許リニ金吾来タリ、小善ノ事、明日遂ゲント欲ス。諷誦、経範朝臣清書ヲ書キ送ル。右佐、三尺ノ地蔵菩薩像ヲ法華六部ニ摺リ写ス。顕誉法印ノ導師ナリ。請僧、惣ジテ一重一裹、導師ノ裹物絹二十疋、請僧同ジク七疋、他ノ物無シト云々。近代ノ事ニ似ズ、人ノ謗リ有ルベシト雖モ、只堪フル所ニ随フノミ、何ヲカ為サン乎。素服ノ外ノ出仕ノ人、惣ジテ幾バクナラズ、殿上人ハ惣ジテ見エズト云々。時儀実ニ言フニ足ラザル事カ。信実〔隔日ニ三日許リ〕・実任〔時々〕・光資等ノ外見エズト云々。天下ニ物ノ由ヲ弁ヘ知ル人無キ故ナリ。

(九月)三日。〔己亥〕。(中略)夜ニ入リテ金吾来臨。小善ノ事、見苦シカラザル由、僧徒沙汰スル由伝聞ス。貞恵故ラニ書状ヲ送リ、円経モ又其ノ由ヲ称ス。今日四七日、殿下参ラシメ給フ。(下略)

「右佐」は「右衛門佐」で右衛門督為家の下僚であろう。経範朝臣の清書した諷誦文が、ここに留められていないのは残念であるが、院没後に及ぶ為家の至誠は周囲の人たちにも共感をもって迎えられていたようである。

三　一日八講の次第

藤原定家の七七日は、仁治二年(一二四一)十月九日であったが、その法会を営むにあたり、施主為家が、東大寺の学僧宗性に誂えて草された『春花秋月抄草』所収の「表白文案」があって、未だ詳しい注解もないところから、前節において読解考察した。(注1) 同じ宗性の厖大な著述の中の『諸宗疑問論議抄』『諸宗疑問論議本抄』『諸宗疑問論議草抄』『法華経第二巻抄』『法華第四巻抄』『法華疑問論議抄』『法華疑問用意抄』などの中に、為家が営んだ父と母追善の周忌における法華八講の、講経問答の具体的な文章が数多く見出せる。平岡定海師『東大寺宗性上人の研究並史料』(注2) に拠りながら、それらを一括整理して、為家の父定家ならびに母京極禅尼に対する追善仏事について考察してゆきたい。

これらは何れも端書きに「藤大納言為家八講」「民部卿為家八講」と記されている。「八講」とは「法華八講」のことで、法華経八巻を八座に分け、一日を朝座と夕座の二座に分けて、一度に一巻ずつ講説し、四日間で講讃し終わるのが、正規の法会である。その正規の法華八講を、一日で修してしまう方式を「一日八講」と称し、『明月記』の記事に就き、また宗性が克明に書き残した資料から帰納してゆくと、定家・為家の時代には、追善法要の場合かなり普通の方式として広く定着していたと思量される。一日八講の具体的な内容や進行については、『明月記』建暦二年（一二一二）八月四日の条に、以下の記事が見える。

（前略）午ノ終リ束帯ニテ承明門院(在子)ニ参ル。事始マル後ナリ。中門廊ノ北ノ妻戸ヲ入リ座ニ加ハル。今日母儀(範子)三品ノ十三年ノ忌日、一日八講ヲ修セラル。早旦ニ新院密々御幸ト云々［世間ノ儀ヲ案ジテ猶以テ尋常ニ背ク、時々然ルベキ御幸有ルニ、何ノ難カ在ラン乎、密儀尤モ不便ナリ］。第四座ノ講師昇リ着スルノ間ナリ。堂童子発願シテ、花筥ヲ賦リ、結願ノ座ニ撤スベシト云々。頗ル珍事カ。頼房行事ス。透渡殿ニ坐ス。先ニ着座シタル人、定通・高通・清長卿・頭中将通方朝臣ナリ。第五座ノ間ニ長兼卿参入ス。第六座ノ間ニ大納言参入シ、頭起座ス。着座シ了リテ、又座ニ復シ了ンヌ［家礼カ。但シ跪カズ］。七座了リ、第八座ハ更ニ新写経ヲ置キ、顕円供養ス。次デ論議了ンヌ。行香ノ足ラザル一人ニ、守通朝臣加ハル。末座ノ僧［成長ノ弟。寺ノ僧］行香ノ机下ニ進ミテ、次第ニ之ヲ賦ル。綱所役セザルノ時ハ蔵人之ニ役スル常ノ事カ。但シ已ニ起座シテ机下ニ来ル、仍リテ何事カ在ラン乎ノ由各議定シ、簀子ヲ経テ西面ノ縁ニ立ツ。次デ南面ノ西一間ニ入リ、東ノ一間ヲ出デ、東ノ透渡殿ニ立ツ。次デ返輪。次デ各起ツ。次デ例時了ル。先ヅ御経供養ノ布施ヲ引ク〔此ノ儀心ヲ得ズ。新写経ハ尤モ発願シ、供養有ルベキカ。顕円必ズ供養スベキノ料ト云々。惣ジテ心ヲ得ズ〕。被物ハ源大納言之ヲ取リ、裹物ハ皆悉ク殿上人之ヲ取ル。次デ公卿次第ニ口別ニ被物ヲ取ル。予第五ノ被物ヲ取リ了ンヌ。直チニ退出シ廬ニ帰ルニ、日入リ了ンヌ。（下略）

承明門院（在子）主催の母範子十三年忌の「一日八講」記事である。これに拠れば、遅刻して定家が実際に見ていない第四座までの冒頭の次第は窺い知れないが、「藤原定家七七日表白文」から類推すれば、おそらく冒頭は、何らか用意された表白文か願文が仏前で読まれてから、第一座の講説が始まり、最終の第八座に至るまで順次連続して説教が行われた模様である。新写の経供養は第八座に附随して行われ、八巻全部の講説が終わった後で、論議が行われている。この「論議」というのが、宗性が書き留めている「問答」のことであるべく、次いで行香・返輪（意味不明）・例時・布施引きの順序で進行したことがわかる。

なお、『明月記』に見えるその他の「一日八講」について瞥見しておくと、寛喜二年（一二三〇）九月二十二日条によると、七条院御忌日（九月十六日）の仏事も、若干の行き違いはあったものの、歓喜寿院において一日八講として修されている。建暦元年（一二一一）九月二十九日・同二年九月二十九日・建保元年（一二一三）九月二十九日・嘉禄二年（一二二六）九月三十日は、何れも為家母の同母弟藤原国通の主催になる父泰通の年忌仏事で、毎年定家と為家に招請があって記事となったのであるが、すべて「一日八講」として営まれている。なおまた、「一日四座」の八講もあり、建暦二年六月二十八日条の、八条院暲子のための忌日仏事は、猶子左大臣良輔の主催で、蓮華心院において二日八講として行われ、翌年も踏襲されている（別に上皇の御沙汰として安楽寿院において「一日八講」が行われ、毎年修することになったともいう)。また嘉禄二年(一二二六)十二月七日の条によると、翌日からの北山西園寺八講も「二日儀」であったし、安貞元年(一二二七)三月二日の条には、先月二十五日と二十六日北白河院に入道顕俊が「二日四座」の八講を営んだ記事が見える。

四　父母追善法華八講(宝治元年)

平岡定海師『東大寺宗性上人の研究並史料上』「宗性上人年譜」中に年次別に摘録される「藤大納言為家八講」「民部卿為家八講」の記事、並びに東大寺図書館所蔵の宗性関係典籍写真帖ならびに原本によって、以下、宗性が筆録して書き残した問答記を、年次を逐って見てゆきたい。なお、冒頭のみで限界はあるが、問の内容から推定できる法華経の巻・品を、末尾に○をつけて付記することにする。

【宝治元年】(一二四七)

[諸宗疑問論議抄]八 [宝治元年中/自七月至中冬]

(端書)「宝治元年藤大納言為家八講、宗性問房源律師」

①問、経文付説五百声聞授記作仏相、且、五百人倶第三周預記別歟、答、尓也、(下略)

講答云、五百声聞倶第三周預記別云事経文既分明也、(下略)　○巻第五・勧持品第十三

(端書)「宝治元年藤大納言為家八講、宗性問房源律師」

②問、阿難羅云授記別時可明供養仏耶、答、可明也、(下略)

講答云、(以下ナシ)　○巻第四・授学無学人記品第九

(端書)「宝治元年藤大納言為家八講、宗性問房源律師」

③問、経文説称念観音人離貪嗔癡三毒、尓者可離界内界外三毒耶、答、可離界内界外三毒也、(下略)

講答云、(以下ナシ)

○巻第八・観世音菩薩普門品第二十五

(端書)「宝治元年藤大納言為家八講、宗性問房源律師」

④問、円頓行者感見普賢身必在三七日後歟、答、必可在三七日後也、(下略)

(講答云以下ナシ)

○巻第八・普賢菩薩勧発品第二十八

[法華経第二巻抄]

(端書)「宝治元年藤大納言為家八講、房源問宗性大僧都」

⑤問、経文云我本着邪見為諸梵志師文、舎利弗着邪見為梵志師者指今生事歟、答、指今生事也、(下略)

(講答云以下ナシ)

○巻第二・譬喩品第三

[法華疑問論議抄]

(端書)「宝治元年藤大納言為家八講、宗性問房源律師」

②に同じ。

[法華第四巻抄]

(端書)「宝治元年藤大納言為家八講、宗性問房源律師」

①にほぼ同じ(問、五百声聞倶第三周預記別歟、答、尓也)。

この年、為家が施主となるべき仏事は、八月二十日の定家七回忌と、十一月四日の為家母一周忌の二回があった。問答の内容が、法華経のどの巻どの品に関係するものであるかを検すると、①は、妙法蓮華経巻第五・勧持品第十三、②は、巻第四・授学無学人記品第九、③は、巻第八・観世音菩薩普門品第二十五、④は、巻第八・普賢菩薩勧発品第二十八、⑤は、巻第二・譬喩品第三の内容に関するものである。同じ巻第八に関する問答が二つあることに窺えるように、これは同一の法会における質問と講答ではないであろう。この年における正月から十一月までの宗性参加の「諸講雑載」によれば、貞禅大僧都百日忌八講・西八条八講・長講堂八講・法性寺報恩院八講・安楽光院八講・大外史師憲八講・久我八講・藤原実持八講・師員八講・西宮八講・吉祥院八講・法雲院定玄僧正百日忌八講・安居院八講は、八講の日数に関わりなく（宗性の場合も一日八講が多かったと見える）、何れも宗性の質問二問（成恩院八講のみ四問）が記録されていて、これが一法会八講における定式であったと推定される。とすれば、この年為家八講における宗性の四問というのは、二度の八講における質問であったはずで、定家七回忌と、為家母一周忌の二度の法会の質問であったにちがいない。その宗性の「問」に対し、「講答云」として記されるのが講説に当たった講師房源律師の返答である。⑤は問者が逆になっているから、房源の「問」に対して講師宗性が答返したことになる。為家八講にあっては、おそらく宗性と房源の二人とあと二人の四人の僧が講師ならびに問者として招請され、それぞれが二巻を担当して講説し、また問者となって二問ずつ質問し、講師の返答があって、一日のうちに妙法蓮華経全八巻の講説と問答を完了したのではあるまいか（法会の実際についてはなお不審。識者の示教を待ちたい）。

なお、前節で紹介した『春華秋月抄草』第十九の紙背文書（宗性自筆消息案）は、この年八月はじめのもので、おそらく為家が父母追善の八講の導師を宗性に依頼することにしたのは、この年宝治元年からであったと見られる。

五　父母追善法華八講（宝治二年〜建長六年）

同じ方式で、次年度以降建長六年までの問答記を列挙し、若干の考察を添える。

【宝治二年】（一二四八）

［諸宗疑問論議抄］十［宝治二年之中／自七月至窮冬］

（端書）「宝治二年藤大納言為家八講、宗性問智円法印」

○巻第一・序品第一

①問、仏輪王可有並出義耶、答、可有此義也、（下略）

講答云、大乗実義意、増劫可有仏出世、減劫可有輪王出世也、（下略）

（端書）「宝治元年藤大納言為家八講、宗性問房源律師」

○巻第一・方便品第二

②問、穢土唯説一乗義可有耶、答、可有此義也、（下略）

講答云、穢土之習大旨実雖為前三後一之化儀、自有戒緩乗急之土者、（下略）

（端書）「宝治元年藤大納言為家八講、宗性問房源律師」

○巻第五・提婆達多品第十二

③問、不思議境界経所列提婆達多今経所説提婆達多其体可同耶、答、其体可同也、（下略）

講答云、一代之間、無有二類提婆達多、故二経所説提婆達多、其体可同也、（下略）

（端書）「宝治元年藤大納言為家八講、宗性問房源律師」

④問、宗師釈令我具足六波羅蜜経文、以十善対判六度、尓者四重禁不貪等対判何度耶、答、宗師釈不飲至不妄語是檀乃至不貪嗔是禅文、（下略）

講答云、宗師対判無別委典、以六度次第対判十度、故不殺生等四、属檀波羅蜜、不貪嗔対戒波羅蜜也。

［諸宗疑問論議本抄］三

（端書）「寛元四年五月安居院八講之時承源已講挙之不用之、

宝治二年藤大納言為家八講、宗性問智円法印」

○巻第五・提婆達多品第十二

④にほぼ同じ（問、経文為欲満足六波羅密文、疏中釈此文、束十善対六度、見尓以四重禁不食等対何度耶、進云、不殺生至不妄語是檀乃至不貪嗔是禅、）。

［法華疑問用意抄］

（端書）「宝治二年藤大納言為家八講、宗性問智円法印」

④に同じ。

当年の「藤原為家法華八講」の問答は、その全てが『大日本史料』（第五編之二十八「宝治二年雑載」「仏寺」）に引用されていて明らかであるが、この年についても、宗性の質問と講答は四箇条を基本としている。八月二十日の定家八回忌と十一月四日の為家母三回忌に、それぞれ修された法華八講に用いられた二回分であったと見える。同じ巻一に関する①と②、巻五に関する③と④が、それぞれ別時の質問と講答であったと思われる。

【建長元年】（一二四九）

［諸宗疑問論議抄］十二［建長元年之中／自七月至中冬］

（端書）「建長元年藤大納言為家八講、宗性問智円法印」

①問、経文云住王舎城文為指上弟城為当可寒林城耶、答、或云上弟城或云寒林城之二義可有也、（下略）

講答云、（以下ナシ）

○巻第一・妙法蓮華経序品第一

（端書）「建長元年藤大納言為家八講、宗性問智円法印」

②問、南岳大師意十如是可有三転読耶、答、十如是有三転読者天台義也、（下略）

講答云、（以下ナシ）

（端書）「建長元年藤大納言為家八講、宗性問智円法印」

③問、世流布提婆品可云羅什所訳耶、答、可云羅什所訳也、（下略）

講答云、（以下ナシ）

○巻第五・提婆達多品第十二

（端書）「建長元年藤大納言為家八講、宗性問智円法印」
④問、安楽行品疏中釈深入禅定見十方仏経云、即第十地中無垢三昧文、妙楽大師如何釈耶、答、第十地位合等覚可釈也、（下略）
講答云、（以下ナシ）

○巻第五・安楽行品第十四

［諸宗疑問論議草抄］四
（端書）「建長元年藤大納言為家八講、宗性問智円法印」
②にほぼ同じ（問、経文付説十如是相、且十如是有三転読者南岳大師義歟、答）。
この年についても同断。③と④は別時の質問で、八月の定家九回忌と十一月の為家母四回忌の二回、為家は八講を催したであろう。

【建長二年】（一二五〇）
［諸宗疑問論議抄］十四［建長二年之中／自七月至窮冬］
（端書）「建長二年藤大納言為家八講、宗性問聖憲大僧都」
①問、経文説五百声聞授記作仏相、尓者五百声聞倶権化人歟、答、尓也、（下略）
講答云、（以下ナシ）

○巻第五・勧持品第十三

（端書）「建長二年藤大納言為家八講、宗性問聖憲大僧都」
②問、多宝世尊涌現今経会座、可由釈尊光明耶、答、可由釈尊光明也、（下略）
（講答云以下ナシ）

○巻第五・提婆達多品第十二？

（端書）「建長二年藤大納言為家八講、宗性問聖憲大僧都」

③問、称念観音人可転決定応受業耶、答、宗師定業亦能転釈也、(下略)

○巻第八・観世音菩薩普門品第二十五?

講答云、(以下ナシ)

(端書)「建長二年藤大納言為家八講、宗性問聖憲大僧都」

④問、普賢菩薩勧発品時始来歟、答、尓也、(下略)

○巻第八・普賢菩薩勧発品第二十八

講答云、普賢菩薩勧発品時可始来也、(下略)

この年についても同じ。①と②また③と④がそれぞれ別時の質問であるとすれば、八月に定家の十回忌を催し、十一月には母の五回忌の八講を営んだと見える。

【建長三年】(一二五一)

[諸宗疑問論議抄]十六[建長三年之中/自七月至中冬]

(端書)「建長三年藤大納言為家八講、宗性問聖憲法印」

①問、経文云、其心泰然歓喜踊躍文、所云歓喜者長者歓喜歟、答、宗師釈此中諸子歓喜也、(下略)

○巻第二・譬喩品第三

講答云、(以下ナシ)

(端書)「建長三年藤大納言為家八講、宗性問聖憲法印」

②問、頂善根位発無漏義可有耶、答、不可有此義也、(下略)

○巻第二・信解品第四

講答云、頂善位発無漏之義云、(下略)

(端書)「建長三年藤大納言為家八講、宗性問聖憲法印」

③問、経文付説開迹顕本相、且応成菩薩可有執近謂耶、答、不可有執近謂也、(下略)

講答云、(以下ナシ)

（端書）「建長三年藤大納言為家八講、宗性問聖憲法印」
④問、六根清浄人可令所化衆得秘密益耶、答、妙楽大師釈稟教之人、仍無密益也、（下略）
講答云、（以下ナシ）
[諸宗疑問論議本抄]七
（端書）「建長三年藤大納言為家八講、宗性問聖憲法印、
建長二年十月鷲尾八講之時、智円法印挙之、未用之」
④に同じ。
[諸宗疑問論議草抄]六
（端書）「建長三年藤大納言為家八講、宗性問聖憲法印」
②に同じ（問、信解品疏中、付明四無根相、且頂善根位可発無漏耶）。
③④に同じ。
この年もまた同じく、①と②が別時のもの。八月に定家十一回忌、十一月に母の六回忌が営まれたであろう。

【建長四年】（一二五二）
[諸宗疑問論議草抄]七
（端書）「建長四年民部卿為家八講、宗性問房源大僧都」
①問、経文云羅睺羅密行唯我能知之文、所云密行者指何行耶、進云見大師解釈以持戒為密行判也、（下略）
（講答云以下ナシ）
○巻第四・授学無学人記品第九
（端書）「建長四年民部卿為家八講、宗性問房源大僧都」

②問、経文云一切菩薩阿耨多羅三藐三菩提皆為此経文、所云菩提者権実中何耶、進云権果釈也、（下略）

（講答云以下ナシ）

○巻第四・法師品第十

この年のみ『諸宗疑問論議抄』の記載がなく、『諸宗疑問論議草抄』に残る二問のみであるが、①と②は同じ巻第四に関わる質問項目であるから、別時のものと思しく、すればやはりこの年も、八月に定家十二回忌が、十一月に母の七回忌が営まれたことになるであろう。

【建長五年】（一二五三）

［諸宗疑問論議抄］二十［建長五年之中／自七月至中冬］

（端書）「建長五年民部卿為家八講、宗性問房源大僧都」

①問、宗師意第七識唯縁第八識歟、答、常途義相唯縁第八識也、但、解釈中有所可思也、（下略）

講答云、（以下ナシ）

（端書）「建長五年民部卿為家八講、宗性問房源大僧都」

②問、経文云於此経巻敬視如仏文、在世滅後中説何師相耶、答、説滅後師相也、（下略）

講答云、（以下ナシ）

○巻第四・法師品第十

（端書）「建長五年民部卿為家八講、宗性問房源大僧都」

③問、観音大士過去可唱果満究竟成道耶、答、難測也、（下略）

講答云、（以下ナシ）

（端書）「建長五年民部卿為家八講、宗性問房源大僧都」

④問、依一七日修行見普賢大士類可有耶、答、可有此類也、（下略）

講答云、（以下ナシ）
［法華疑問用意抄］上天台
（端書）「諸宗疑問抄第二十有之
建長五年民部卿為家八講、宗性問房源大僧都」
③に同じ。
この年は父定家の十三年にあたり、特別の年であった。為家は早くから諸人に勧進して、『一品経歌』と『二十八品並九品詩歌』(注3)を完成させ、その上に八月二十日の忌日を期して、十三年の一日八講を催したにちがいない。十一月四日の母の八回忌は、為家は関東旅行中で、この日施主となって開催することは物理的に不可能である。四問が二回分だとすれば、別の日を設定して行われたのであろうか。定家十三年忌に併せ催したか。不審を残す。

【建長六年】（一二五四）
［諸宗疑問論議抄］二十一「建長六年」
（端書）「建長六年民部卿為家八講、宗性問房源法印」
○巻第二・譬喩品第三
①問、譬喩品末師解釈中付明中忍位滅縁滅行相、且中忍満心一行一刹那、心者七周滅縁二十四周滅行内歟、答、可有二意也、（下略）
講答云、（以下ナシ）
（端書）「建長六年民部卿為家八講、宗性問房源法印」
②問、譬喩品疏中云、欲界貪未来定已断文、尓者、妙楽大師如何釈之耶、答、妙楽大師釈性障未除名伏為断也、（下略）

講答云、（以下ナシ）

○巻第二・譬喩品第三

（端書）「建長六年民部卿為家八講、宗性問房源法印」

③問、寿量品疏中付明釈尊超劫相、且出曜経中可説釈尊超九劫旨耶、答、経文雖不分明解釈尓判也、（下略）

講答云、此事有ニ義也、（下略）

○巻第六・如来寿量品第十六

（端書）「建長六年民部卿為家八講、宗性問房源法印」

④問、円教意十住位八相作仏者出何経論耶、答、妙楽大師釈唯華厳起信彰灼明文十住八相也、（下略）

講答云、（以下ナシ）

［諸宗疑問論議本抄］九

○巻第六・如来寿量品第十六

（端書）「建長六年民部卿為家八講之時、信承法印挙之未用之」

⑤問、経文我本行菩薩道所成寿命今猶未尽文、尓所云寿命分文報命歟、為当報土恵命歟、進云、分段報命釈也、

（下略）

（講答云以下ナシ）

（端書）「建長六年民部卿為家八講之時、信承法印挙之即用之畢、講師房源法印」

④にほぼ同じ（問、円教十住位八相作仏云者何経論耶、進云、妙楽大師出花華厳起信論釈）

この年は、宗性の四問はこれまでと同じであるが、信承法印が用意して用いなかった⑤が留められている。実際に信承法印が質問して講師房源が答えたのは、④と同じ内容だったようで、少しく不審を残すけれども、①と②が別時、③と⑤も別時の質問と応答で、八月の定家十四回忌と十一月の為家母九回忌の二度の催しが営まれたことは、例年のとおりだったと思われる。

六　おわりに

以上、宝治元年から建長六年に及ぶ『諸宗疑問論議抄』ほかに残された問答記を検討してきた結果、為家は毎年正確に、父定家と母の忌日ごとに、宗性・房源・智円・聖憲・信承その他の僧侶たちを招請して、追善の仏事を修している事実が明らかとなった。このことをもって宗性関係の資料の残らないこれ以前の年のことを推測してみると、仁治三年（一二四二）八月の定家一周忌から寛元四年（一二四六）八月の六回忌に至るまでの各年の定家追善法要も、同じ方式で逐年催されたにちがいない。一周忌のころの感懐詠が一首（藤原為家全歌集一八四九）、嵯峨に籠居していた三回忌のころの、後鳥羽院下野との贈答歌二組四首（同一八六三・一八六四）、覚寛法印との贈答歌一組二首（同一八六五）、入道太政大臣公経との贈答歌一組二首（同一八六六）、前右大臣実氏との祥月命日の日の贈答歌一組二首（同一八六七）、さらに雨の中三回忌の仏事を営んだ際の感慨詠二首も残っている（同三〇三五・三〇三六）。

なおまた建長七年（一二五五）以降のことに思いを廻らしてみると、なおしばらくは同様に毎年父と母の忌日ごとに法会を営んだのではあるまいか。少なくとも正嘉元年（一二五七）の定家十七回忌とか正嘉二年（一二五八）の母の十三回忌法要が、催されなかったはずはないと考える。

【注】

（1）佐藤恒雄「藤原定家七七日表白文について」（『広島女学院大学研究論集』第五十五号、二〇〇五年十二月）。↓本書第五章第一節。

（2）平岡定海『東大寺宗性上人の研究並史料』（日本学術振興会、昭和三十三年三月）。

（3）佐藤恒雄「定家十三回忌の二つの法文詩歌作品」（『広島女学院大学日本文学』第九号、平成十七年十二月）。↓本書第五章第三節。

第三節　定家十三回忌二つの法文詩歌作品

一　はじめに

『二十八品并九品詩謌』をはじめて紹介されたのは赤羽学氏で、(注1)作者名の官位記載から成立は建長五年（一二五三）中、成立事情は不明とされた。それを承けた拙論第一稿(注2)において、『続古今和歌集』（一四二六）前参議忠定歌の詞書「定家卿十三年に、前大納言為家、一品経歌とて人々にすすめ待りけるついでに、秋懐旧といふことを」があることを指摘し、建長五年定家十三回忌に為家が勧進して成った作品であるとした。それに対し安井久善氏は、前年建長四年に薨じた九条道家の追善供養会のものであったかもしれないとの説を示され、(注3)若干補訂して『藤原光俊の研究』の一部に加えられた。(注4)安井説への反論として、拙論第二稿(注5)では、その可能性が皆無であることを説き、やはり為家為氏父子を中心とする御子左家関係の催しで、「定家十三回忌法華経二十八品并九品詩歌」であると結論した。その後、赤羽学氏が再度問題点を整理され、(注6)池田家文庫本の親本にあたる慶應義塾大学斯道文庫蔵本と島原市図書館蔵本の二本の所在情報を加え、『岡山大学国文学研究資料叢書三』に収め、詳細な解説と注解を付して刊行された。(注7)

二　作品は二つあった

以上の研究史を踏まえ、その後に見出しえた二三の事実を加えて、いま改めてこの作品に関し整理してみると、私の論証には大きな錯誤があったことに思い至る。すなわち、定家十三回忌の為家勧進法文和歌作品は一つしかないはずだとの暗黙の前提に立ち、『二十八品并九品詩謌』と『一品経歌』という性格も内容も異なるはずの二つの作品を短絡してきたのであったが、両者は別々に並存した作品で、ともに定家十三回忌を期した法文詩歌作品であり、またともに為家の勧進により成立した作品であると、峻別して考えなければならない。

すなわち、完存している『二十八品并九品詩謌』は、詠作者の官位記載から、建長五年正月十三日から翌六年正月十三日の間、おそらくは建長五年中に成立した作品である。(注8) 定家十三回忌にあたる八月二十日はその期間内にあるから、定家十三回忌に付随する法文詩歌であったことは疑いないところである（十一月四日は為家母の八回忌、十一月三十日は俊成の五十回忌であったが、ともに関係はないであろう）。そこまでで留めて「一品経歌」の厳密な意味内容の吟味をこそ優先すべきであったのに、それ以上の確実さを求めて、定家十三回忌にちなむ作品であることを示唆する証拠として、『続古今和歌集』巻第十六哀傷歌（一四二六）の、

定家卿十三年に、前大納言為家、一品経歌とて人々にすすめ待りける

前参議忠定

ついでに、秋懐旧といふことを

むかしわがつらねしそではくちはててなみだにのこる秋のよの月

があることを第一稿で指摘した。そして、忠定が『二十八品并九品詩謌』の作者に名を連ねていないこと、「一品経歌」とあって「二十八品并九品詩謌」とはないとの重大かつ本質的な不審に対し、「為家の勧進が法文歌の実作を依頼する人たちと、その他に懐旧歌のみを依頼する人たちと二種類あったと考えれば、異とするに当たらない」

とか、「ただ忠定は『二十八品幷九品詩謌』の作者としてではなく、それに付随する「秋懐旧」歌のみの提出を求められたのである」とか、法文歌の慣例や故実を無視した苦しい理由を構えて、両者を強引に結びつけ、第二稿の再説においてもそのままに踏襲してきたのであった。

しかしその後、忠定の一首のみならず、別に以下の二首が存在することを知った。

前中納言定家十三年の法事に一品経すすめ侍りける次でに、
秋懐旧といふことをよみてつかはしける　　常磐井入道太政大臣
あとしのぶときさへ秋のゆふぐれをいかにとどめしかたみなるらん　（新千載和歌集二二六五）

前中納言［　］かくれはべりて十三年の二（ママ）品経歌に、
人々歌つかはしける時、おなじ品（序品）の心を　　常磐井入道太政大臣
いにしへにおもひあはするひかりかなそなたをてらすやまのはの月　（閑月和歌集四八八）

後者の「二品経歌」は、用語そのものがないから「一品経歌」の誤りとして問題ないが、「前中納言」とのみあって実名部分が欠字になっている点で、いささかの不審は残るけれども、ほぼまちがいなく「定家」と推断される。これら二首によれば、為家勧進『一品経歌』において、実氏は「序品」の心と「懐旧歌」を詠んだのであった。「一品経歌」とは、二十八品もしくはその上にプラス二経、開経「無量義経」と結経「普賢経」（仏説観普賢菩薩行法経）のうちの一品（一経）のみを分担してその心を詠み、「懐旧歌」を副えて応えるのが通例であった（注9）から、まさしくこれらは定家十三回忌の『一品経歌』であったことになる。実氏の場合に準じて、忠定もまた何らか一品の心を分担して詠み、それに前記「懐旧歌」が副えられていたにちがいないのである。そして忠定と同じく実氏もまた、『二十八品幷九品詩謌』の作者ではなかった。

とすれば、定家十三回忌を期して為家が勧進した法文詩歌作品は、『二十八品幷九品詩謌』のほかに、いま一つ

『一品経歌』もあったということに他ならない。為家の自撰家集『為家卿集』（家集II）には、建長五年詠はわずかに九首を収めるのみで、二つの作品からは一首も採録されていない。しかし、『二十八品并九品詩謌』の場合と同じように、『一品経歌』の方も各品（経）の内容を詠じた歌と懐旧歌が一組になった作品が、ほぼ確実に存在し、後述するとおり、為家の「厳王品」詠もその中に含まれていたにちがいない。

三　『二十八品并九品詩謌』と『一品経歌』

『二十八品并九品詩謌』の作者と品（経）別配当等は、以下のとおりである（作者名下の括弧内は年齢）。

儒者（＊は非成業）	（二十八品）	（九品）
前権中納言藤原経光（四一）	無量義経・方便品・湧出品	上品中生
式部大輔藤原経範（六五）	序品・人記品・随喜功徳品	上品上生
式部権大輔菅原公良（五九）	譬喩品・勧持品・勧発品	中品上生
菅原良頼（六〇）	信解品・陀羅尼品	
＊入道大納言寂空（四条隆衡）（八二）	薬草喩品・薬王品	
従三位高辻長成（四九）	授記品・五百弟子品・神力品	下品上生
＊浄空（入道季房、隆衡弟）	化城喩品・寿量品・属累品	上品下生
日野光国	法師品・不軽品	中品下生
藤原俊国	宝塔品・法師功徳品	下品下生
菅原在章（四九）	提婆品・厳王品	

藤原茂範（五〇）	安楽行品・妙音品・普賢経	下品中生
＊源雅具（七〇）	分別功徳品・普門品	中品中生
歌人		
前内大臣藤原家良（六二）	無量義経・勧発品	
民部卿藤原為家（五六）	序品・勧持品	上品上生
右衛門督藤原為氏（三二）	方便品・分別功徳品・厳王品	
入道三品蓮性（藤原知家）（七二）	譬喩品・人記品・属累品	中品上生
如舜（入道源具親）	信解品・普門品	中品中生
入道三位寂能（世尊寺行能）（七四）	薬草喩品・湧出品・神力品	上品下生
真観（葉室光俊）（五一）	授記品・寿量品・妙音品	下品中生
寂西（藤原信実）（七七）	化城喩品・五百弟子品・随喜功徳品	下品上生
九条行家（三一）	法師品・法師功徳品	下品下生
祝部成茂宿禰（七四）	宝塔品・陀羅尼品	
土御門院小宰相（家隆女）	提婆品・薬王品	
藤原隆祐（家隆息）	安楽行品・不軽品	中品下生
入道前大納言縁空（藤原基良）（六七）	普賢経	上品中生

儒者は勘解小路経光以下十二人、歌人は衣笠家良以下十三人、合計二十五人で、一人二首ないし四首の詩歌の詠進を勧進したことがわかる。そして、和歌のみでなく「詩歌」の催しとしたところに、漢詩をもよくした定家の追

善に相応しい、為家の周到な配慮を窺うことができる。一人が複数品（生）を詠んでいるので、この作品自体は「一品経歌」ではない（両者を結びつけてきたことの不当さは明白である）。これらの作者は、定家に最も近しかった人々であって、複数首を割り当てたため、人数は極く少数に限られてしまった。

特に歌人について見れば、これでは定家ゆかりの人々を網羅することは到底できない。中山忠定（六六歳）・西園寺実氏（六〇）のみでなく、宇都宮頼綱入道蓮生（七六）もまだ健在であったし、西園寺公相（三一）・山階実雄（三七）・二条資季（四七）・二条良実（三八）・一条実経（三一）・飛鳥井教定・花山院師継（三二）・藤原成実（六三）・源家清（四三）・藤原（法性寺）為継・四条隆親（五二）・後鳥羽院下野・藻璧門院少将・藻璧門院但馬・後深草院少将内侍・後深草院弁内侍と指を折ってゆくと、二十八人（あるいは三十人）はすぐにも満たされよう。為家の勧進は、あるいは藤原長綱などに及んでいたかもしれない。『二十八品并九品詩哥』の作者からは外れていた九条基家（五二）も、この『一品経歌』の人数には入っていたであろう。御子左家には為教（二七）がいるし、為家と為氏は重なるけれども『一品経歌』にも名を連ね、俊成十三回忌の定家の例にもならって、主催者として必ずや為家が厳王品を詠んでいたであろう。また、俊成・定家の跡を襲って、この『一品経歌』の方を十三回忌における法文歌の正統とする意識もあるいは強かったかもしれない。

一方『二十八品并九品詩哥』では、序品と勧持品と上品上生歌を為家が詠み、嫡孫為氏に方便品・分別功徳品・厳王品が割り当てられている。すでに険悪な間柄になっていた真観や蓮性らにも呼びかけて、等しく定家の門弟として参加せしめている点で、為家勧進の説得が力あったことは動かしがたく、いわば定家後の歌壇ならびに詩壇を挙げての追善作品にふさわしい法文詩歌となったのであった。一品経歌では主催者が詠むべき「厳王品」を為氏が詠んでいることの意味は、御子左家の嫡男為氏を準主催者として世に示し、二つの品経詩歌が重複しないように、父子二人の役割をすみ分けた為家の深慮に基づいていたであろう。

四　おわりに

以上、従前の理解の不備を改めて補正を加え、これをもって定稿とする。

【注】

（1）赤羽学「岡山大学所蔵『二十八品并九品詩謌』」（『国文学言語と文芸』第五十六号、昭和四十三年一月）。

（2）佐藤恒雄「定家十三回忌一品経歌」（『和歌史研究会会報』第三十四号、昭和四十四年八月）。

（3）安井久善「『二十八品并九品詩謌』の成立について」（『和歌史研究会会報』第四十八号、昭和四十七年十二月）。

（4）安井久善『藤原光俊の研究』（笠間書院、昭和四十八年十一月）。

（5）佐藤恒雄「二十八品并九品詩歌再説」（『和歌史研究会会報』第五十六号、昭和五十年六月）

（6）赤羽学「『二十八品并九品詩謌』についての諸問題」（『岡大国文論稿』第二号、昭和四十九年三月）。

（7）赤羽学編著『二十八品并九品詩謌　現存廿六人詩歌屏風詩歌』（岡山大学国文学研究資料叢書三）（福武書店、昭和五十年八月）。

（8）注（1）赤羽論文。菅原（高辻）長成の叙従三位が建長五年正月十三日、源雅具の辞権中納言が建長六年正月十三日で、その間の成立となる。

（9）『釈教歌詠全集　第三巻』（東方出版、昭和九年七月。昭和五十三年九月復刊）によると、約一世紀後の作品ではあるが、貞和五年（一三四九）八月五日の藤原（二条）為世十三回忌に、早世した息男為道に代わり孫の為定が勧進した「詠法華経和歌」は、十七人の作品が残り、それによれば各品の歌と懐旧歌がセットになっている。また永享六年（一四三四）十月一日の飛鳥井宋雅七回忌品経和歌は息男雅世の勧進になる催しで、二十八人の作品が完存しているが、同じくすべてに懐旧歌が付随している。またいずれも勧進した当人が厳王品を詠んでいる。為家以前の例としては、如願法師秀能が、嘉禎二年（一二三六）中の源家長三回忌に息男家清が勧進した九品和歌の上品上生歌（九三〇）と懐旧歌（六六一）を詠んでいる。為家の時代にも品経和歌と懐旧歌は一組のものとされていたと見てよい。

第六章　自筆断簡

第一節　為家筆人麿集切

一　はじめに

『古筆手鑑大成』第二巻として複製刊行された『手鑑　白鶴美術館蔵』(注1)の中に、伝承筆者を為家とする「人麿集切」一葉がある（本節末尾図版）。これが伝承どおり為家の筆跡であることは、冷泉家旧蔵穂久邇文庫蔵『新勅撰和歌集』（重要文化財）の為家筆跡と並べてみれば歴然である。『新勅撰和歌集』には、為家が書写した旨の奥書や花押はなく、定家が巻末に「扶老眼一校直付字誤訖／非器撰者明静」と識語し、何箇所か実際に訂正した跡が見えるのみであるが、近年相次いで公刊された冷泉為人氏所蔵の数通の為家譲状や冷泉家時雨亭文庫所蔵の『続後撰和歌集』(注2)、またこれまで知られていたその他の真跡と比較して、これが為家の真跡であることは寸毫の疑いもない。『新勅撰和歌集』の方は、日本古典文学影印叢刊（第十三巻）『新勅撰和歌集』（日本古典文学会、昭和五十五年五月）により、ともに複製された印刷図版から複写した筆跡（従ってかなり不鮮明になっている）を並べて示すことにする。（A）が「人麿集切」、（B）が『新勅撰和歌集』の筆跡である。

〔例一〕

(A)

(B)

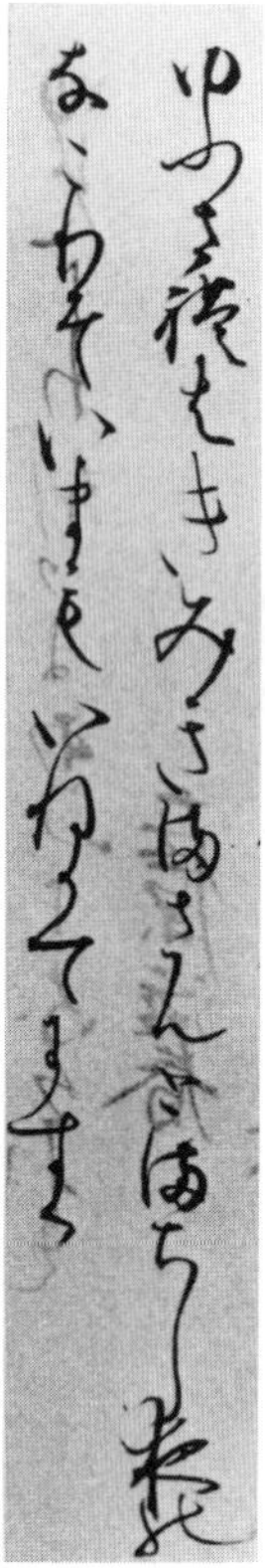

(巻十四・恋四・八六一)

〔例二〕

(A)

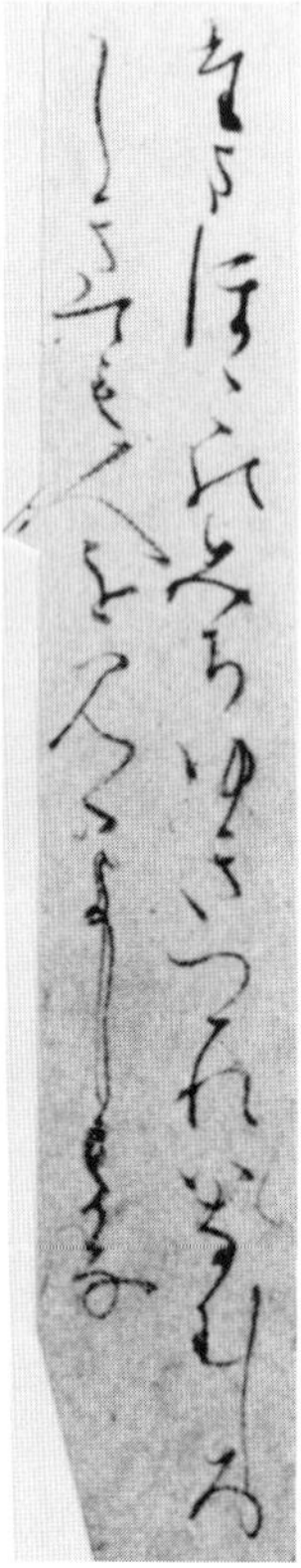

(B)

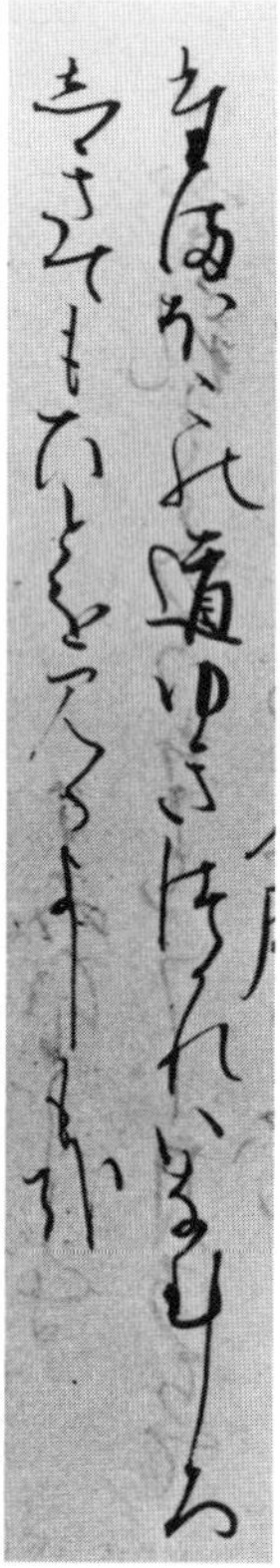

(巻十四・恋四・八八〇)

(巻一・春上・三八)

〔例三〕

(A)

(B)

(巻十九・雑四・一三三二)

(巻十九・雑四・一三三一)

〔例四〕

(A)

(B)

(巻十六・雑一・一一一〇)

(巻十四・恋四・八六二)

後述するとおり、この『人麿集』断簡が書写されたのは、建長五年（一二五三）から六年のころ、為家五十六歳から五十七歳のころと見てよい。一方、『新勅撰和歌集』の方は、定家が清書本を道家の許に進覧した文暦二年（一二三五）三月十二日以降、定家が没する仁治二年（一二四一）八月二十日までの間、為家三十八歳から四十四歳の間と限定することができる。為家四十歳の時と仮定しても十六年、最大幅でみれば十八九年にも及ぶ時間の隔りがあることになるのであるが、それにもかかわらず、これだけ酷似し、筆癖や用字法など、ほとんど変わっていないことに驚嘆させられる。

二　本文校異と真観本人麿集

久保木哲夫氏の解説によると、「歌の配列から見て、この断簡の本文は、明らかに西本願寺本系に属する」という。確かにこの部分は、歌の配列の上で、いわゆる第一類本の①散佚前西本願寺本三十六人集と一致するが、同時に同じ第一類本の②正保版歌仙家集本（以下正保版本と略称）とも一致するのであって、配列のみからは何れと断定することはできない。そこで、さらに細かく本文の異同を見ることにし、上段に当該断簡の本文を示し（便宜通し番号を付す）、下段に両本の校異を記すと、以下のとおりである。①は久曽神昇『西本願寺本三十六人集精成』（風間書房、昭和四十一年三月）所収醍醐本により（補写本によっても異文は同じ）、略号「西」、②は略号を「正」とする。

①みくまのゝうらのはまゆふもゝへなる
　こゝろハおもへとたゝにあハぬかも
②神かせの伊勢のはまおきおりふせて

---

①集付「拾」（正）。おもへと—おもへ（西）。あはぬ—あら[は]ぬ（正）。
②神かせの—秋風の（正）神かきや（西）。おりふせて—をりしきて

たひねやすらんあらきはまへに

（紙継）

③なつのゆくをしかのつの〻つかのまも
わすれすそおもふいもかこ〻ろを

④あさねかミわれハけつらしうつくしき
人のたまくらふれてしものを

⑤ゆふされハきみきまさんとまちしよの
なこりそいまもいねかてにする

⑥おもひつ〻ねにハなくともいちしろく
人のしるへくなけきすなゆめ

（折目）

⑦とききぬのおもひミたれてこふれとも
なとなかゆへと〻ふ人もなし

⑧あつさミみひきみひかすみこすはこす
こはこそをなとよそにこそ見め

⑨たまほこのみちゆきつかれいなむしろ
しきても人を見るよしもかな

（西）。たひねや—旅ねか（正）。

③集付「新古」（正）。わすれすそおもふ—忘れす思ふ（正）わすれて思へ（西）。下句「みねはこひしき君にも有哉」（正傍記）。

④集付「拾」（正）。われは—我も（西）。

⑤集付「新勅」（正）。まちしよの—まちしより（西）。なこりそいまも—なこりそ今も[はイ]（正）名残は今も（西）。

⑥いちしろく—いちしるく（正・西）。しるへく—しるへき（西）。なけきすなゆめ—なけきすな君（正）歎きする君（西）。

⑦なとなかゆへと—なとなか[たイ]ゆへと（正）なそなにゆへと（西）。〻ふ人もなし—いふ人も[のイ]なし[きイ]（正）問人もなき（西）。

⑧集付「拾」（正）。なと—なそ（正）。

⑨集付「新勅」（正）。人を—君に（西）。

⑩とにかくにものハおもはすひたゝくみ
うつすミなハのたゝひとすちに
⑪あしひきの山田もる~~をの~~（いほに）をくかひの
したこかれつゝわかこふらくハ

⑩集付「拾」（正）。
⑪集付「新古」（正）。いほに—おの（正）をの（西）。をくかひの—をける火の（西）。したこかれつゝ—下かくれつゝ（西）。わかこふらくは—我こひをらく（西）。

これによると、両者とも小さな異文はかなりあるものの、集付を除くと、西本願寺本の方が偶発的でない有意の異文が多く、断簡本文は正保版本の本文により近いと判断される。してみると、この断簡は、正保版本系人麿集の、鎌倉期古写本の一部であると認めねばならなくなる。

周知のとおり、正保版本『人麿集』には、左記の奥書がある。

書写本色紙手跡古体也
　建長五年六月　日
　（一行余白）
此本以三箇之本校正了
　同六年三月　日　藤原朝臣　在判

この「藤原朝臣」について、一部為氏かと見るむきもあるものの、為家とみる説が有力である。(注3) 建長五年、六年という年記に鑑み、たしかに為家が最も蓋然性に富むが、花押などもなく、確証はなかった。しかし、ここに為家の真跡として寸毫も疑いのない断簡が出現し、それが正保版本『人麿集』に近似した内容をもっているのであるから、「藤原朝臣」が為家である蓋然性は、さらに格段に高くなる。すなわち、正保版本『人麿集』の祖本は、建長五年に為家が書写、六年に三本を以て校正（島田氏はこれを「校企」と読んでいるが否）して成ったと推断して誤らないと考える。校正とは、おそらく校訂とほぼ同義であろう。

ここで、正保版本『人麿集』の奥書に類似の奥書をもつ本として、『弘文荘善本目録』(注4)所掲の『人麿集 赤人集』（以下「真観本」と略称）が思いあわされる。解説によると奥書は以下のとおりである。

本云書写本色々色紙草子也　手跡も古体物也
　宝治二年三月十八日酉刻書之　　沙門真観
建長六年閏五月四日雨中治居之日午剋許書写訖　同日校合訖
建長八年九月十八日病中加一見訖　右親衛亜将源具氏　在判
正嘉三年二月十四日書之　此本以或縁借取校合訖　源次将也
　　羽林藤原　一校訖

そして『赤人集』が合載され、勘物十行のあとに、

本散々間雖引勘萬葉集不直付事等多之　尋証本可校勘歟　写本一校訖

とあり、最後に同筆で、

右人丸赤人集予数年／所持之本也　正俊公依歌道／執心令譲与訖
　天文十二年八月十八日　右大将（花押）

とあるという（「右人丸」以下の識語は写真図版あり）。伝中山宣親筆。右大将は徳大寺実通。

この本が現在どこに所蔵されるか、その所在は突き止めえず、全体にわたって内容を検討することはできないが、幸い巻頭一面（内題「人丸集上」から一〇首目「おもひつつ」の歌まで）の写真図版が掲載されており、奥書とともに大きな手がかりとなる。

この真観本を正保版本と比較してみると、「夏野ゆく」の歌の下句の異文として「ミねハ恋しき君にもある哉イ」と傍記されていること、奥書最初の本奥書「書写本色々色紙草子也手跡も古体物也」が「書写本色紙手跡古体也」と酷似し、おそらくは同一祖本から分枝した関係を示していること、赤人集を一具のものとして合冊されていること、以上三点を最重要証拠として、真観本が正保板本系の一本であることはまちがいないところである。一方、真観本と問題の為家筆断簡との間には、「みくまのの」の歌から「夏野ゆく」の歌まで六首分が共通していて、比較可能である。為家筆断簡本文を基準に異同を記すと次のとおりである。

①あはぬかも―あらぬかも
②たびねや―旅ねか
③わすれすそ―わすれす　わすれすそおもふいもかこゝろを―わすれす思ふいもか心を（ミねハ恋しき君にもある哉イ）
⑥いちしろく―いちしるく　なけきすなゆめ―歎すな君

先の校異一覧と見比べてみれば明らかなとおり、真観本本文の方が①の傍記がない点を除き完全に正保版本に一致している。ただし集付はなく、また②の初句は「神風の」とあり、これは為家筆断簡と一致、「秋かせの」は版本の誤刻、ないしはそこに至る間の訛伝であろうと判断される。

三　正保版本に至る伝流と為家筆断簡の関係

以上の事実をふまえて、ここで正保版本に至るこの系統本の伝流と、為家筆断簡との関係の究明が要請される。まず、前記本奥書と本文の近似から、これらの共通祖本として、色々色紙（唐紙か）の草子で、筆跡もいかにも古態を保った古本が存したことは疑いない。そして、それには集付はなく、本文は正保版本の基幹本文ならびに真観本に極めて近かったと思われる。それにしても、正保版本と真観本の本奥書が酷似していながら、逆に完全に一致していないのは、どういうことなのであろうか。真観と為家が、ともにその古本から直接書写し、その古態ぶりを別々に記した文言が、たまたま類似してしまったのであろうか。それとも、真観ならびに為家と古本との間に、古本から転写した一本が介在し、その本奥書として古本の形状が録されていて、為家の方がそれをやや簡略化して記し留めたのであったか。あるいはまた、いずれかが一方を写し、奥書の文言を若干改めたのであろうか。これだけの材料では到底決しがたいけれども、いずれにせよ、定家・為家・真観らの周辺にはその「古体本」が伝えられていて、古態を存する故に信頼に値する家集とされたのではあるまいか。定家と為家は、それ（または転写本）を『新勅撰和歌集』と『続後撰和歌集』の撰歌資料として用いたにちがいなく、真観もまたそれを用いて『秋風和歌集』を編んだのだと思われる。『新勅撰和歌集』『続後撰和歌集』『秋風和歌集』が、ともにこの系統の本を使用して撰歌しているのは、そのような事情によるものと思われる。（注5）

しからば、為家筆断簡は、正保版本祖本とどのような関係にあったのか。

正保版本には、異文をただ並記するもの、「イ」として異文を記すもの、あるいは先行集所収本文との比較的大きな異文を記すものなど、何種類かの校合のあとがうかがえる。版本として刻印される際に加えられたであろう若干の校訂や誤刻、あるいはそれ以前の書写段階における誤謬などが、為家筆祖本の姿を若干はゆがめて伝えているであろうから、版本の姿がそのまま為家の校訂になる本文であるとは認めがたい。そのことを十分考慮に入れた上で、基幹本文としたであろう「古体本」のありようを真観本によって窺いながら考えてみると、「新勅撰」まででそれ以後に及ばない集付は、おそらくはじめから為家によって施されていた（あるいは古体本との間に介在する本があったとすれば、定家が施したものを承けているかもしれない）のではあるまいか。また、何種類かの校合も、その多くは為家によって加えられたものであろうと臆測される（「なつのゆく」歌下句の傍記などは、古体本の段階から存したであろうか）。

しかしながら、為家筆のこの断簡が、正保版本人麿集の祖本そのものの一部であるとみることは到底不可能である。本文の校異ですでに見たように、近似はしているけれども、単純な訛伝とは考えがたいかなりの相違点を含みもっているからである。文字がややぞんざいで、書写態度も途中で行数が増加したりして不統一であるなどといったことを加味して推測すれば、校正本を作る際の比校本の一本として草卒の間に書写した本でもあったのではあるまいか。それにしても、「山田もる~~きの~~（いほに）」のごとき、校訂の証跡もあって、それが見せ消ち符号を欠いた形で歌仙家集本の本文となっているような事実は、両者がいよいよ近い位置関係にあったことを示している。為家筆で正保版本人麿集の祖本となった、古体本本文を基幹とする校正本そのものではないけれども、その周辺にあって「三箇之本」による校正作業の一翼を担った一本の残欠であることは動かないと思量する。

島田氏は、「『三箇之本』の一本を第二類本とすれば、為家が二類本から増補したとも考えられるし、そうでないとすれば、すでにそれ以前にあったとも考えられる」が、「さらに臆測するなら（続古今集に）隠題歌を八首も採った為家が第二類本から増補したのではなかろうか（注3）」という。けれども、人麿歌として信憑度の高い古本系の正当な本文を得たいという意識の下での書写であり、「三箇之本」による校正であったらしいこと、『続古今和歌集』の八首は必ずしも為家のみの撰歌とは限らぬこと、また「校正」なる用語の表示する概念を考慮してみても、為家が大きく内容を異にする他類本を採りいれて、混態本を編したとは、到底考え難いことではあるまいか。一類本の②正保版歌仙家集本人麿集は、やはり古く古本の段階から存したにちがいない。

四　人麿集断簡原態の推定

久保木氏の解説によれば、この人麿集断簡は、たて一九・九センチ、よこ三九・二センチの楮紙で、四行目と五行目の間に紙継ぎがあり、一二行目と一三行目の間に折目があることから、もと袋綴の冊子本であったという。このこと、ならびに「なつのゆく」に始まる面の行数が八行であること、そして字の大きさの類同することから類推して、「みくまのゝ」の歌の前にさらに二首四行分があって、すなわち「いはしろの」「むらさきに」の二首と「みくまのゝ」「神かせの」の歌まで、計四首で第一丁の裏が構成されていたであろう。そして、第一丁表には、内題「柿本集上」（真観本の「人丸集上」であったか）が三行どりで書かれ、「いはみの国よりきける人に」の題詞一行、「いはみなる」「秋山に」の歌二首四行が書写されていたとみられる。第二丁の裏からは、一面の行数が二行増えて十行になっており、当然行間がつまり字も若干細くなっている。この断簡が書きさして反故とされたものの一部であった可能性もないわけではないが、後続する部分もこの行数のままで書写されていたとすると、上巻が八丁半程度、下巻が二十八丁と奥書半丁程度であったかと推断される。裁断された部分を考慮して、大きさはたて約二〇センチ、よこ一五・五センチから一六センチ程度の、この時代のものとしていかにもふさわしい冊子であったと思われる。

五　おわりに

この断簡が書写され、正保版本人麿集の祖本が校正された建長五年六年といえば、すでに三年に『続後撰和歌集』の奏覧を終えた後にあたる。『続後撰和歌集』の撰集に当たっては、前記したとおり、為家は、古体本ないしはその転写本の一本を資料として撰歌したと思われるが、さらに後日のために、同類の諸本を求めて比校し、校訂本文を作成しようとしたのであろう。島田氏によれば、書陵部蔵三十六人集の『信明集』にも、

以相伝之本書写校合了　漢字等如本也

建長元年八月日　　藤原朝臣　在判

と、為家とみられる奥書があり、同じく、『素性集』に、

本云御□(後カ)院御本　行家朝臣筆書写之

建長三年七月日

また『朝忠集』には、

本云備請(借カ)右大弁入道本

建長六年十二月廿四日申剋

書写之　同夜於灯下校合了

在判　能伯

と、いずれも為家が関わっていると思われる奥書があるという。御所本三十六人集の『素性集』（書写者不明）にも、

以前藤大納言　為家　本書写之

寛元三年十二月十日

とあり、為家所持本が書写されている。

『続後撰和歌集』の完成奏覧は、建長三年十二月二十五日であったが、為家はその前後に、証本や撰歌資料とすべき様々な歌集を求めて、内裏や院の御所にある本をはじめ、真観など周辺からも借り出して、これらの集を書写し、校合していたにちがいないのであって、そうした広がりをもつ作業の一環として、正保版歌仙家集『人麿集』祖本の校訂作業があったのだと位置づけることができる。もとより為家の手許には、定家から伝襲した歌書や記録など多数が存したはずであるが、定家亡きあとの歌壇再編期を経て、ようやく自らの権威と声望を確立しはじめたこの建長期、為家は孜々としてかかる営みを繰り返していたのであった。

正保版歌仙家集本『人麿集』の祖本が、為家の手によって校正されたことを明確にできるとともに、右のようなことを垣間見させてくれる資料として、この一葉の断簡は貴重である。

【注】

（1）『古筆手鑑大成』第二巻『手鑑　白鶴美術館蔵』（角川書店、昭和五十九年五月）。

（2）冷泉家時雨亭叢書第五十一巻『冷泉家古文書』（朝日新聞社、一九九三年六月）、同叢書第六巻『続後撰和歌集　為家歌学』（朝日新聞社、一九九四年二月）。

（3）島田良二『平安前期私家集の研究』（桜楓社、昭和四十三年四月）。

（4）『弘文荘待賈古書目』第三十号（弘文荘、昭和三十二年九月）。

（5）安田徳子「『人麿集』の伝来―『万代集』人麿歌の検討を中心に―」（『和歌文学研究』第三十八号、昭和五十三年三月）。→『中世和歌研究』（和泉書院、一九九八年三月）。

【附記】 初出稿以後、冷泉家時雨亭文庫蔵「人麿集」四本が公開された。①清誉本「人麿集」と②義空本「柿本人麿集」（冷泉家時雨亭叢書第七十二巻『素寂本私家集 西山本私家集』朝日新聞社、二〇〇四年二月）、③「人丸集」と④「柿本家集」（同叢書第七十八巻『詞林采葉抄 人丸集』朝日新聞社、二〇〇五年六月）である。このうち、本断簡と最も関係深いと見られるのは③の後半付加部分（第一類本の上巻に相当する）である。やや佶屈して真筆とは認め難いが、為家の筆跡に酷似した文字で書記され、⑦の初五字は「ときぬのゝ」⑪二句は「もるをの」とあって、本断簡修訂の直前の形を示している。同じ⑪の四句は「したこかれのミ」、五句は「わかこひをらく」と西本願寺本に近い本文もある。いずれにしても、この「人丸集」と本断簡の関係は慎重に再考してみなければならない。

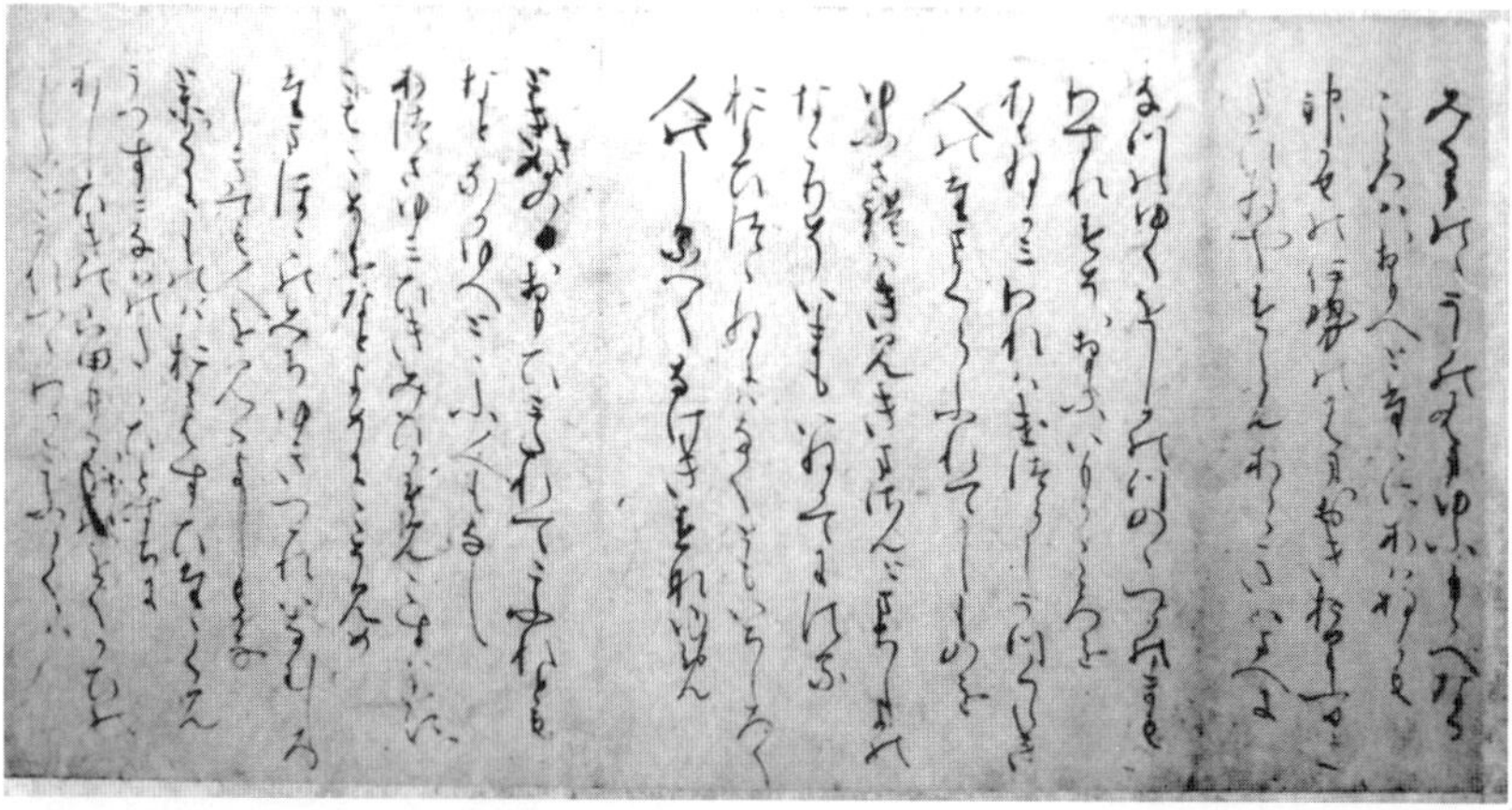

白鶴美術館蔵『手鑑』所収「藤原為家筆人磨集切」　　複製本より転載

第二節　為家定家両筆仮名願文

大正十年十月十日の大阪美術倶楽部における「当市八木騎牛庵氏所蔵品入札」目録に、「八幡名物 定家為家 両筆横物」として、その図板が掲載されている。さらに、昭和十五年二月十六日の大阪美術倶楽部における「三楽庵所蔵品入札」目録にも、「八幡名物定家為家両筆墨跡」と題する軸物の図版が掲載されている。後者によると、「遠州侯箱」「表装、一文字、白地時代紗、中風帯、萌黄地銀欄」「竪九寸三分、巾二尺一寸五分」とある。換算すると、縦、三〇・七センチ、横、三八・〇センチほどである。「八幡名物」とは、かつて石清水八幡宮に伝えられた名品の意味であるにちがいない。本文は以下のとおりである。

いはけなき嬰児等もし人となりて
これをミむ時ハ　さらに神明の御たすけ
のかたしけなきしるしをもおとろ
き　ち〻ハ〻のあハれひのふかきところ
をも思しらハ　礼拝恭敬の信心をも
まし　孝養報恩のなかたちともなれと

思ニよりて ことさらにこのむかしの
事をうつしとゝめて いまゆくすゑ
のたからにそなへをかむと也 又我
先祖のふるきあとにいさゝか一堂を
たてゝ ほとけをあんしたてまつる事
あり おなしく神明ニつけたてまつり
仏陀ニいのりこふおもむき しかし
なから祖師の遺跡を思ニよりて
大菩薩の照見をあふきたてまつる
所也

おやをとふのりのともし火わす
　れめや子を思やみのたれも
　　　　　　　　くらくは

神にいのり仏をたのむ
　まきはしらたつる心の
　　もとをくたすな

貞応元年六月　日

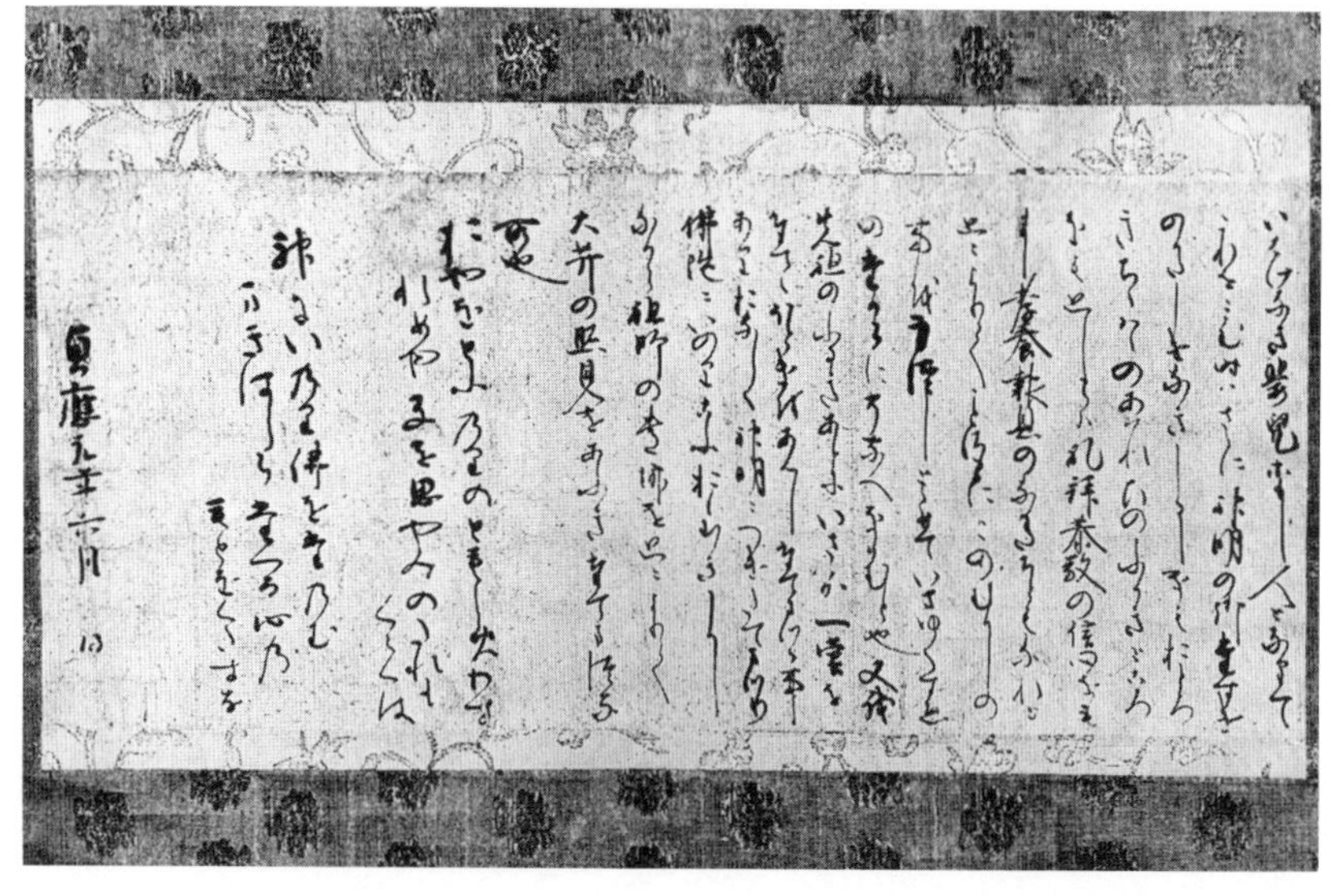

一見して、「たてまつる所也」までは為家の真跡と認められ、また巻尾の歌二首と年月記は定家の筆跡と見てよいであろう。「八幡名物」として伝えられてきたこと、そして、為家の文章の末尾が「大菩薩の照見をあふきたてまつる所也」とあること、また全体の内容からも、この文書は、石清水八幡宮に奉納された仮名による一種の願文であったと思われる。

為家の文章は、内容から二つの部分に分けられる。「そなへをかんと也」までと、「又」以下とである。前半の意味は十分には把捉しがたいが、それは二行目の「これをミむ時ハ」の「これ」の指すものが、この前にあったからであろう。いくらかの量の文章か、もしくは「このむかしの事をうつしとゝめて」とある、その写し留めた一巻の本の如きものが前提になっているか、何れかであろうか。いずれにしても、その写し留めた昔の事は、子供たちに神明を礼拝恭敬する信心を起こさせ、孝養報恩の心を抱かしめる「なかだち」となるような内容の何ものかであって、それを将来にわたって家に伝えてゆきたい、というのが第一の立願であったと思われる。これは将来を志向している。後半は、先祖から承け継いだ土地（嵯峨か）に一堂を建てて仏を安置した善根を告げ、大菩薩の照見を仰ぎたいとする、いわば過去を振りかえり、神仏への帰依の念を抱懐したことを表明する立願であると受けとれる。

貞応元年（一二二二）は、為家二十五歳、定家六十一歳。承久の乱の騒擾の翌年にあたり、一月二十四日に美作権介（正四位下、左中将）を兼ねた年であった。そして、長男為氏の誕生は、従来この貞応元年中と判っていたが、本文冒頭の「いはけなき嬰児等」が為氏を指すことは疑いない（為家にはこれ以前に子女をもうけた形跡はないから、「等」は複数ではなく腕曲表現であろう）ところから、為氏は六月以前（おそらくは五月か六月）の誕生と限定できる。

この長男為氏の誕生を契機として、父母に対する孝養報恩の心にめざめ、子孫に残し伝えてゆかねばならぬ何かがあるという、「家」の意識を強めて、前半に記される何かを写し留めたものと思われる。定家の歌の一首目は、そのような為家の心中の変化と成長を暖かく見つめている趣きである。二首目は、立願の後半の内容、一堂を建て、神明につげ仏陀に祈る心をようやく起した、その心をいつまでも朽ちさせず持ち続けてほしい、という父の願いを歌い込めているにちがいない。両首とも為家の願文の内容とまことによく対応している。

以前、為家の青年期を扱った論の中で、承久の乱と『詠千首和歌』をとりあげてみごとに論断した風巻景次郎説に対し、いま少し前からの徐々なる変化と実践があったことを主張したことがある(本書第二章第二節)。しかし、この資料に接して、「千首」に象徴される一大転換を決意し、実行するに至った、もう一つの、そして最も直接的で大きな契機となったのは、為氏の誕生であったにちがいないことに思い至るのである。二十五歳にして長男為氏を儲けた時、為家ははじめて、父定家の自分に対するこれまでの期待の何たるかを、また自分がこれから精進すべき道が歌道以外にはないのだということを、痛切に悟ったにちがいない。そのような為家の心の動きを窺わせる文章として、この未紹介の資料は貴重である。

第三節　為家の書状一通

一　はじめに

現存する数少ない為家の自筆書状のうちでは、父定家に南所（結政所）における公事進行上の不審を質した書状（不二文庫蔵。「猶此指図南所事不審候」にはじまる）が、最もよく知られているが、本稿は、従来ほとんど知られていない、宮内庁書陵部蔵「藤原為家書状」一巻（五〇九・七六）の紹介を目的とする。

当該巻の書目カード（横書）には、

藤原為家書状　嘉禄三・二・二八 紙背明月記断簡　箱入一巻

附、添状等（一綴）

藤原為家記　原本

水谷家旧蔵（明治三十六年売立）

とあるが、「添状等（一綴）」は不明。外箱小口に、「南都一乗院伝来」とある。全二紙。縦、二八・六センチ、横八五・九センチ。

大阪古典会六十周年記念『古典籍展観入札目録』（昭和三十六年五月三十日入札、於大阪美術倶楽部）に図版が掲載さ

れ、宮内庁書陵部『和漢図書分類目録　増加』（昭和二十六年四月～四十二年三月末増加分）に収められているので、明治三十六年水谷家の入札で流出し、昭和三十六年五月の入札以後、書陵部に購入されたと推察される。本書状は、まがいもなく為家壮年期の真跡である。

二　書状の本文内容

若干の判読困難な文字もあるが、私に読みえたところを示すと、以下のとおりである。

今日　欲参候　無牛之間
籠居候　去夜　行幸
左大将殿　別当　範輔
成実
　宗平　資季　資俊　定平　氏通
　資雅　有教　親氏　頼氏
為綱　宣経　時兼 奉行　光俊

（紙継）--------------------

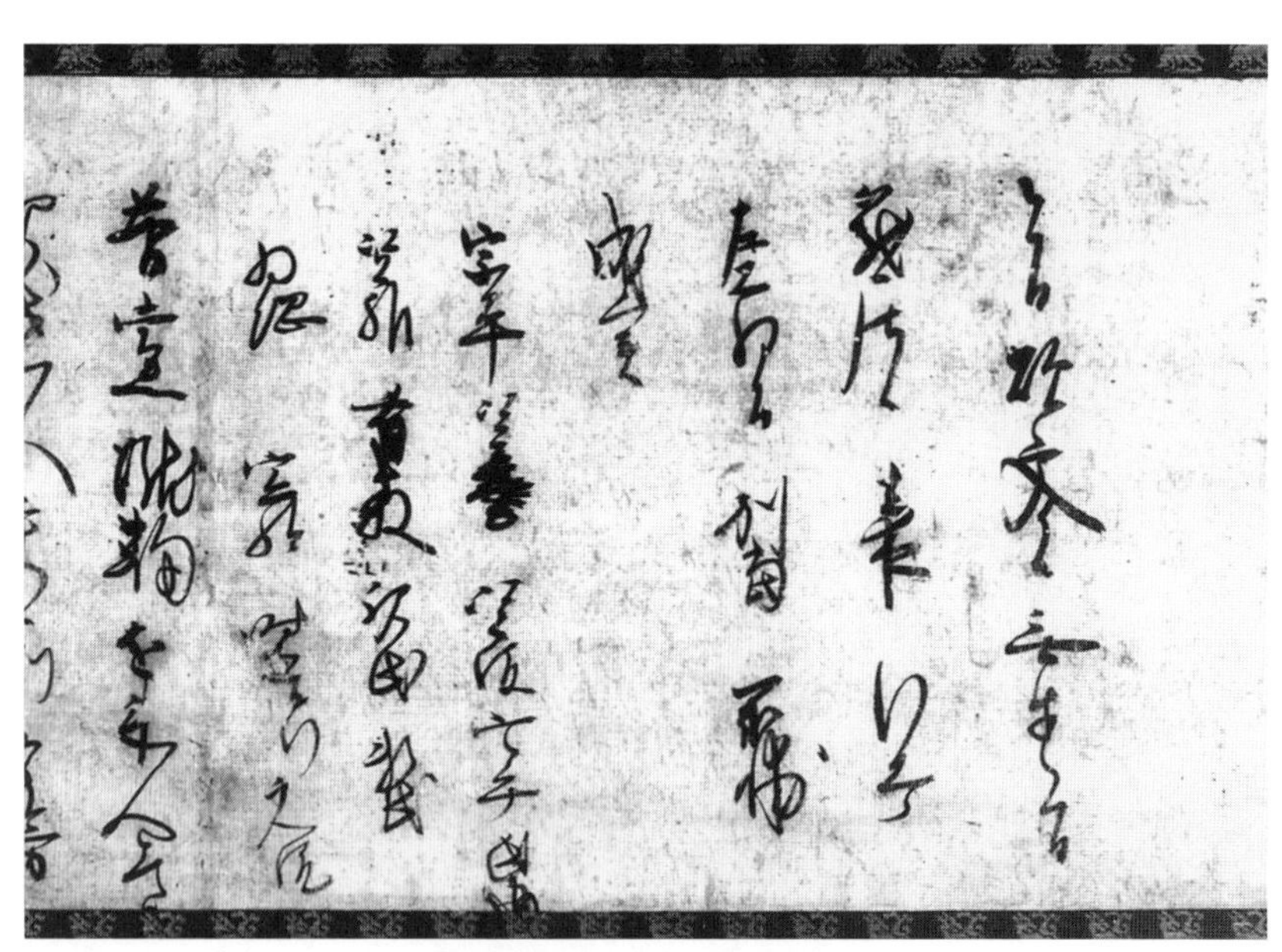

宮内庁書陵部所蔵藤原為家書状

蹴鞠　近参人とてハ
親氏一人交候つ　宮御方
ゐしく〳〵　ゆゝしき晴にて候つ
明日　仁王会　只如次第　別儀
よも内裏ハ候ハし　南殿の
作法委可承存候　次第以外
筵打て候　沓階一級ニて脱
候覧な
又東一条仁王会　可参行候も
事行候らん　諸院宮様
つや〳〵不知候　恐々謹言　為家

本書状の内容は、①前夜某所への行幸供奉の廷臣交名、②蔀壺における蹴鞠会のこと、③明日二十九日に予定されている内裏ならびに諸院宮における仁王会に関すること、の三箇条よりなる。

書目カードにいうとおり、本書状は、『明月記』嘉禄三年（一二二七）二月二十八日の条と密接な関係がある。この時の為家は、従三位、参議、侍従、阿波権

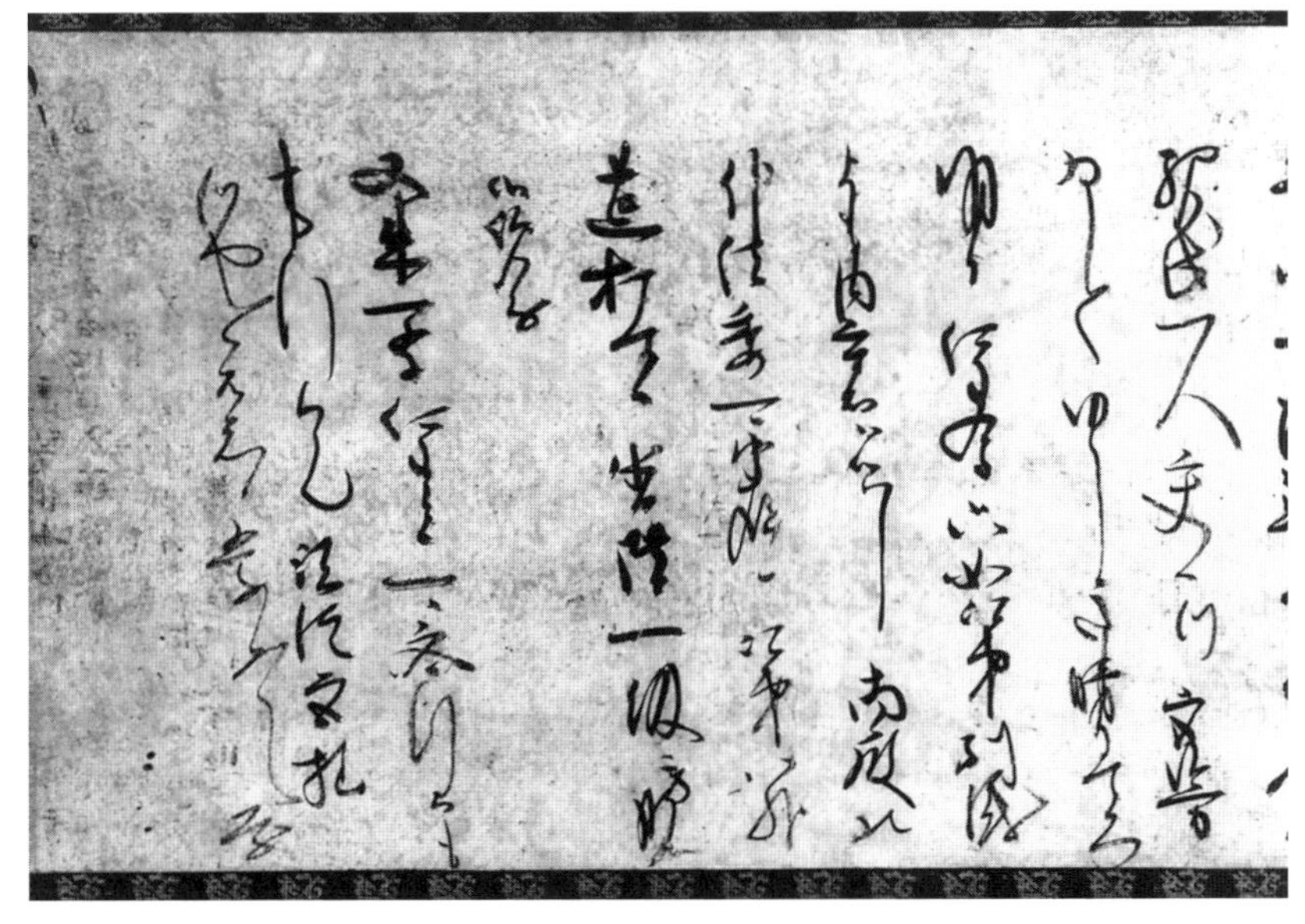

守。定家は、従二位、前参議、民部卿である。

定家は、前日から日吉社参中で、この日早暁に神社を出発、巳の終刻に一条京極の自邸に帰宅、「長途ノ車中ニ老膚破損シ、足摺リ損」じ、心寂房に相談して「猪油」を塗布した後の記事に、以下のとおりある。

（前略）宰相示シ送ル。夜前ノ行幸、左大将殿（教実）・別当（実基）・侍従宰相（為家）・右大弁（範輔）・宮内卿（成実）・宗平・資季・資俊・定平・氏通・資雅・有教・親氏・頼氏。職事、宣経・時兼 奉行・光俊。少納言為綱。

還御之後、弘御所東ノ壺ニ於テ蹴鞠、宗平・資雅・親氏。宮御方ノ女房見物ト云々。

明日、仁王会ニ、参ルベキ所々。

一読明らかに、定家は為家の本書状による報告を受けて、この日の記事を書き、その紙背を後日『明月記』の料紙として使用したにちがいないのである（紙背の『明月記』は痕跡のみで、年月日を確認できない）。還御後に蹴鞠の会があったという「（閑院内裏）弘御所東壺」が、本文中の「藺壺」で、「藺」はフジバカマだから、そこは秋になると藤袴が咲く壺庭であったらしい。

さらに、『明月記』の翌々三月一日の条も、為家が直接定家の許を訪れて語った内容が、本書状の理解を助けてくれる。

一日。［庚戌、彼岸ノ始メ］。朝天快晴。朔日無為、風静カニ、陽春ノ気有リ。午ノ時許リニ法眼来タル。（道助法親王家十五首に関する相談記事略す）未ノ時許リニ宰相来タリ、十五首ノ事示シ了ンヌ。

一夜ノ行幸、殊ナル事無シ［左大将殿ノ御共人、袍ノ御前ヲ引キ下シ奉ラズ、中門ヲ入ラシメ給ヒ、告ゲ奉リテ即チ引キ下ゲシメ給フ。前駆ノ不覚、不便ノ事カ］。遅明ニ還御、成実ノ外他ニ人無シ。天曙ノ後、俄カニ蹴鞠［宣経相加ハリ、往事ノ近臣四人］。忽チニ宮ノ御方ノ臺盤所ノ妻戸ヲ開カレテ、殿下御直廬ヨリ昇ラシメ給フ。存外ノ晴カ。地湿リ、鞠極メテ以テ狼藉タリ。

昨日ノ仁王会、公卿、定通〔上卿〕・雅親・兼経〔大納言〕・家嗣・経通・国通〔南殿〕・経高・範輔〔南殿〕・公長卿。出居ニ、実俊・宗平・資俊〔南殿〕・氏通・親氏。弁遅参。上卿云ク、大弁ニ伝ヘテ鐘ヲ仰セヨ、納言ノ上卿ト雖モ、其ノ例有リ〔天喜、土御門大納言ノ時〕。範輔卿云ク、弁不参ノ時、常ノ例ハ史之ヲ承ルト雖モ、只ダ上宣ニ随フベシ。此ノ間ニ親俊参会ス。仍リテ之ヲ仰ス。北白川院ヨリ公卿一人不参ノ由ヲ申サル。仍リテ人々ヲ催ホサル。定通・経通卿相共ニ彼ノ院ニ参ル。四位ノ院司宗明遅参シ、五位光時ヲ以テ之ヲ始ム。上卿退出ス。経通卿ト安嘉門院ノ御方ニ参ジ、事始マル間ニ退出ス。又東一条院ニ参ジ、一身ニ事ヲ行フ〔女院、春日・長谷ニ参ラシメ給ヒ、定高卿御共スト云々〕。顕性僧都ト云フ山ノ僧死去ス。頼資・家光卿軽服ト云々。前ノ殿仰セテ云ク、忠弘法師宅、檀所ト為テ召シ進ズベシト、召シ仰セラレ了ンヌ。

三　背景としてある物語

為家書状の「宮御方、ゐしく〳〵ゆゝしき晴にて候つ」を、定家は「宮御方女房見物云々」と、女房たちが見物した事実のみを、二十八日の条に記したのであったが、三月一日条の傍点部ならびに『増鏡』（藤衣）に叙される、政権交替とともに変わる後宮盛衰の悲喜の様相を重ね合わせて読むと、意味深長で一編のドラマを見る思いがする。

この前後の物語は、以下のように叙せられている。

（後堀河天皇ハ）その十二月（承久三年）に御即位、あくるとし貞応元年正月三日、御元服し給ふ。御いみな茂仁と申す。御かたちなまめかしくあてにぞおはします。御母、基家の中納言の女、北白川院と申しき。家実の大臣、又摂政になり返らせ給ひて、よろづおきての給ふも、さまざまに引きかへたる世なりかし。（中略）

さきの御門（仲恭）は、四つにて廃せられ給ひて、尊号などの沙汰だになし。御母后 東一条院 も、山里の御住居にて、いと心細くあはれなる世を、つきせずおぼしながげく。この宮は、摂政殿 後京極良経 の御姫君にてものし給へば、歌の道にもいとかしこくわたらせ給へど、おおかた奥深くしめやかに重き御本性にて、はかなきことをもたやすくもらさせ給はず。御琴なども、限りなき音をひきとり給へれど、をさをさかきたてさせ給ふ世もなく、あまりなるまで埋もれたる御もてなしを、佐渡院も、限りなき御心ざしの中に、飽かずなん思ひきこえさせ給ひける。（中略）

はかなく明け暮れて、貞応もうち過ぎ、元仁・嘉禄・安貞などいひしもほどなくかはり、寛喜元年になりぬ。このほどは光明峯寺殿（道家）又関白にておはする。この御むすめ（竴子）女御にまいり給ふ。世の中めでたく花やかなり。これよりさきに、三条太政大臣（公房）の大臣の姫君（有子）まゐり給ひて后だちあり。いみじう時めき給ひしを、おしのけて、前の殿（家実）の御女（長子）、いまだ幼くおはする、まゐり給ひにき。これはいたく御覚えもなくて、三条（有子）の后の宮、浄土寺とかやにひきこもりてわたらせ給ふに、御消息のみ日に千度といふばかり通ひなどして、世の中すさまじく思されながら、さすがに后だちはありつるを、父の殿摂録かはり給ひて、いまの峯殿なり返り給へれば、又この姫君入内ありて、もとの中宮はまかで給ひぬ。めづらしきが参り給へばとて、などかかうしもあながちあらん。唐土には、三千人などもさぶらひ給ひけりとこそ、伝へ聞くにと、しなじなしからぬ心ちすれど、いかなるにかあらん。後にはおのおの院号ありて、三条殿后（有子）は安喜門院、中の度の（長子）は鷹司院とぞ聞えける。今の女御（竴子）もやがて后だちあり。藤壺わたり今めかしく住みなし給へり。御はらからの姫君も、かたちよくおはする、ひきこめがたしとて、内侍のかみになしたてまつり給ふ。

すなわち、君寵あつかった中宮有子（三条公房女、後の安喜門院）を押しのけて、長年摂関の地位を保ってきた関白家実が、わずか九歳の我が娘長子を入内させ、中宮に柵立、有子を皇后宮としたのは、前年嘉禄二年七月二十九日のことであった。有子はすぐに浄土寺に入り、直前の三年二月二十日には皇后宮職を止めて安喜門院となす院号定があったばかり、という事実を踏まえてみる時、為家書状にいう「宮御方」は、当然十歳になったばかりの長子である。幼い中宮とそれをとりまく女房たちが、壺庭に面した台盤所の御簾のなかで押出しも美々しくこの蹴鞠会を見物し、あまつさえ父殿下家実も妻戸を開けて直廬から昇殿して、我が娘とともに見物したことが、「ゆゆしき晴れ」「存外晴」と、為家をして感ぜしめたのだと思量される（妻戸を開けてその狭い空間から見物したのではあるまい。「晴」も雨の後の天候のみを意味しているのではない）。翌安貞二年末の政権交替で家実は失脚、長子もその地位を失い、翌寛喜元年四月十八日院号宣下があって「鷹司院」となり、七月一日には父家実の土御門第に退去する。かわって十一月十六日に新関白九条道家の娘竴子が入内して女御となり、「寛喜元年女御入内屏風和歌」が成立する、という推移をたどったのであった。

四　おわりに

本状のごとく、為家が定家に書き送った報告が、「金吾示送」「宰相示送」などとして『明月記』の記事の一部となり、そして後日その紙背が『明月記』の料紙とされた為家の書状は多かったはずである。その種のものとして、わずかに風間幸右衛門氏蔵『明月記』天福元年五月条の紙背（貞永元年十二月十五日の除目聞書。史料編纂所に影写本）を知るのみであるが、おそらく現存する『明月記』の紙背には、確認されていないだけで、もっと多くの為家書状が残っていると考えてよい。とりわけ冷泉家時雨亭文庫に残る大量の『明月記』紙背に、大いなる興味と関心がもたれるのである。

【附記】初出稿以後、冷泉家時雨亭文庫蔵『明月記』の影印による公刊が進み、冷泉家時雨亭叢書第五十六巻『明月記一』から第六十巻『明月記五』（二〇〇三年二月刊）までの五冊に、すべてを収めて完結した。紙背文書も悉皆が収められ、その中には予想どおり為家の書状も多数含まれている。紙背文書研究も徐々に進展しつつあり、喜びに堪えない。

第七章　周辺私撰集と真観

第一節　公条抄出本現存和歌六帖

一　はじめに

鎌倉中期、建長年間に、真観によって類聚された『現存和歌』ならびに『現存和歌六帖』については、本位田重美氏(注1)・福田秀一氏(注2)・安井久善氏(注3)等によって解明されてきた。そして、その成立を考えるに際し、有力な手がかりになる資料として抄出本の存することも、福田氏解題ならびに本位田氏「続考」によって知られていたところであり、奥書などとともにそれを活用して、この作品の成立や内容が推考されてきた。さらにまた、ごく最近（昭和五十五年）、福田氏が「校本と索引」稿を公にされ、解説を付した校本が提供された。(注4)すなわち、抄出本の伝本六種（神宮文庫本・彰考館文庫本・高松宮本・ノートルダム清心女子大学黒川本・久曽神昇氏本・島原松平文庫本）を精査された上、神宮文庫本を底本に若干の校訂を施した本文を掲げ、脚注形式で校異等を示されたのであった。

一方、ここ数年『新撰六帖題和歌』の伝本を調査したり、成立その他の問題を考察したりしてきた稿者は、その関連から、『北岡文庫蔵書解説目録—細川幽斎関係文学書—』所掲の「六帖抜萃 現存 新撰 大一冊」なる書に注目し、昨年八月、荒木尚氏のご厚意により、熊本大学国文研究室所蔵のマイクロフィルムを閲覧させていただいた。その時の関心は専ら「新撰」の抜粋本の方にあり、同じ抜書とはいえ河野美術館のそれとは全く異なる別の本であることを確認してこと足れりとしてしまった。その前に位置する「現存」の抜粋本の方も当然一見したが、巻頭部分があまりにも異っていたため、これまた既知の諸本とは全く異るものであろうと速断して、その時はそれ以上詳細に調べることを放棄してしまったのであった。かくして、この前半が、実は既知の諸本と同系の一本であり、しかも以下に紹介するようにその完本で、甚だ貴重な資料であることに気づいたのは、十二月になって、『新撰六帖題和歌』の歌題のことを考えるべく、同種の諸本の歌題と比較しはじめて以後のことであった。そのため、福田氏の折角の労をより完璧なものとして結実させるに無力であったことを遺憾に思い、また不明を恥じてもいる。

そのようなわけで、本節は、『新撰六帖題和歌』と周辺の私撰集そのほかとの総体的な把握を企図してきた稿者の立場からする、当該抄出本の概要紹介を主目的とし、若干の私見を記しておきたいと思う。

二　永青文庫本の書誌

まず、永青文庫本の書誌について略述しておく。ただし、マイクロフィルムによる調査であるため、法量や表紙の色などは不明であるが、やや横に幅広の大形本で、表紙は無地、同文庫蔵幽斎筆『新撰六帖題和歌』六冊本などと同形同装と思われる。表紙左上に題簽があり、「六帖抜萃 現存 新撰」とある。内題は、巻頭に「現存和歌六帖」、中ほどに一丁の余白をおいて「新撰六帖題和歌」とあり、それぞれの抜書本文を記している。料紙は楮紙と思しく、袋綴一冊。墨付は、「現存」分三五丁、「新撰」分二六丁。一面一二行、和歌一行書、題ならびに作者は一行どり、題は二、三字下り。前半の『現存和歌六帖』の巻一と巻二には、「新撰六帖」「新撰六」の集付があり、巻二の途中から巻六の終尾までの間は、合点によってそのことを表示している。集付（含合点）は一〇四首に施されているが、実際に『新撰六帖題和歌』と一致する歌は一二一首ある。後半の『新撰六帖題和歌』の方には、同題の歌二首以上を採る場合、二首目以下の歌の右肩に作者名を注記するのを原則としている（第一首目の作者は題の下部に示される）。

『現存和歌六帖』の巻尾には、左記の奥書がある。

右申出　禁裏御本欲書写之處　歌

数多不遑于書之　仍加一覧難題之哥

或有一興之哥駈其楚而已　于時大永丁亥

臘天十五一天兵乱豺狼當路閉門抄之　待

秦平時節可清書者也

園(ママ)外都督郎　　判　称名院右府也

また、『新撰六帖題和歌』の末尾で全巻の巻尾には次の奥書がある。

大永第七臘廿六命羽林令(三光院殿也)書之　禁裏

御本申出之　夜於灯下抜萃者也　歌数

毎題五首也

右同前称名院右相府御奥書也

以右之本書写校合訖　可為證本耳

幽斎叟玄旨（花押）

両奥書とも幽斎の筆跡であるが、本文は別筆（右筆書き）である。この奥書によると幽斎の書写した時の書本が、すでに両抜粋本を合綴するものであったらしい。

右奥書のうち前者は既に知られていたものであるが、二つの奥書をあわせ考えると、称名院右府すなわち三条西公条は、四十一歳の大永七年十二月十五日に、禁裏本『現存和歌六帖』を借り出して書写しようとしたが、歌数が多過ぎて果たさず、やむなく難題の歌や一興ある歌のみを抜粋した。そして、さらに十日ほど後の二十六日には、同じく禁裏御本『新撰六帖題和歌』を借り出して、今度はその息男三光院殿実枝（当時は実世、一七歳）に命じて抜粋書写させた、といった事情が判明する。前者奥書にみえる「一天兵乱」云々は、『言継卿記』大永七年（一五二七）十二月十四日条に、「今日下に合戦候由申候、三吉名字（ママ）両人討死仕候、其外あまたうたれ候由申候了、柳本方四百許手をひ候由申候了」とみえる騒乱のことで、京中騒然たる中での作業であった。

三　公条抄出『現存和歌六帖』の内容

さて、当面の課題である公条抄出『現存和歌六帖』の方に限って、既知の諸本と比較しながら内容を見てゆくが、利用の便を考えて、福田氏校本の漢数字による歌番号を使用し、永青文庫本のみに存する歌には、算用数字による通し番号を付することにする。

永青文庫本が既知の六本と最も大きく異る点は、巻一部分の歌数であり、既知の諸本にはわずか六題九首、または七題一〇首しかなかったのに、これには四二題六三首（うち二題は題のみで歌なし）を収めている点である。すなわち、神宮文庫本と彰考館文庫本の二本にのみ見える巻頭歌、

白馬の節会

（一）さかのやま雲ゐの春に引初てたえすもけふは渡る青馬

の一首をもたず、すなわちそれ以外の四本の巻頭歌、前大納言為家の

（二）とやまなるそはの青しはかたよりて下風あらく夕立の空

の前に、次の五十四首の歌が存するのであって、歌題にてらして、巻頭部は完全に備っている。

現存和歌六帖

はるたつ日

1 今朝よりはかすまぬ山もなかりけり花のみやこに春やたつらん　前太政大臣

2 いとはやも春たちくらしあさ霞たなびく山に雪はふりつゝ　正三位知家 法名蓮性

むつき

3 むつきたち春には成ぬ三わ山の杉がえしのぎ朝霞せり

ついたちの日

4 とをつかはよし野の国栖いつしかもつかへぞまつる春のはじめに　衣笠前内大臣

のこりのゆき

5 春来ても野はらはいまだ松もひきわかなもつまず雪はふりつゝ　前大納言為家

6 春きてもそともの山のみねわけに日影しられで残るしら雪　右兵衛督基氏 法名円空」(1オ)

子日

わかな

7 けふとてやあさなつむらん雪のこるさはの玉水そでにかけつゝ　入道前摂政

8 またやさはしづがあさぎぬ水渋つきさはたのわかなけさはつむらん　前摂政左大臣

9 春をあさみ野沢の氷とけぬまは袖もぬらさでわかなをぞつむ　下野

10 あをむま 為家
新撰六帖 くれ竹のあを葉の色のこまなめてよゝのためしを雲ゐにぞ引

11 なかの春 為家
長日にまたるゝ花はさきやらでくらしかねたるきさらぎの空

12 やよひ 為家 」（1ウ）
花さきしときの春のみ恋しくて我身やよひの空ぞのどけき

13 衣笠
新撰六帖 あづさ弓するの ゝ草のいやおひに春さへふかく成ぞしにける

14 三月 為家
新撰六帖 から人もけふをまつらし桃の花かげゆく水にながすさかづき

15 信実
新撰六帖 三ちとせの数にもめぐれ春をへてたえぬ三月の花のさか月

はるのはて

（一行分空白）

16 はじめのなつ 衣笠前内大臣
おしみこし春はとまらでかはすがきたてるは夏のはじめなりけり

17 うづき 前摂政左大臣 」（2オ）
神樹とるうづきになればみむろ山なべて梢の茂りあひつゝ

前大納言為家

18 今ははや五月もまたずみたや守わさほのいねのさなへとる也
うのはな　衣笠―

19 郭公はやもなかなむ山がつのかきね卯の花いまさかりなり
神まつり　祝部成茂

20 神祭屋戸にけふさすさかき葉のときはにかくる八重のゆふしで
行家朝臣

21 さかき葉に卯月のみしめひきかけて三むろの山は神まつる也
さつき　信実―

22 五月雨のみかさかたよせ川辺なるつゝみの中に早苗とる也
入道前摂政　」(2ウ)

23 昔おもふ袖こそにほへ橘の玉貫月のさみだれのそら
五日　前太政大臣

24 郭公はなたちばなになく声を五月のたまにけふやぬかまし
祝部成茂

25 けふかくるあやめもわかぬ袖にさへあまたむすべる花の色かな
あやめぐさ　卜部兼直宿祢

26 千世ふべきやどのさき草ひきわけて三葉四葉にふくあやめ哉
最智法師

27 あやめゆふ五月の夜半のかり枕さぞつかのまの夢はみじかき

下野

28 あやめ草さやまの池のながきねをこれもみくりのならひにぞ引

みなつき　正三位知家　」（3オ）

29 立よりて衣ぬぎかけさほがはの岸の木かげにすゞみをぞする

なごしのはらへ　前大納言為家

30 河あひやきよきかはらにあさのはのぬさとりしでゝいざみそぎせん

正三位知家

31 あさぢかる今日はなごしのはらへ草たかまのはらの神もみそなへ

卜部兼直

32 おりかくる荒世和世の刺竹のよもふけぬとや風の涼しき

（二行分空白）

十五夜　祝部成茂

33 もち月のみつしほあひの奥つ洲によぶねこぎよせみつる秋かな

こまひき　衣笠―

34 うちなびき秋はきにけり花すゝきほさかのこまも今や引らん　」（3ウ）

あきのはて　真観

35 なに事か心に物のかなひけるそへにさこそは秋もいぬらめ

はつふゆ　衣笠

36 いつしかとけふはみ冬の初とやあさけの空にしぐれきぬらん

神無月　　入道前摂政

37 手向山霜もしぐれもそめ〳〵て紅葉にあける神無月かな

しもつき　　藤原行家朝臣

38 もろ人のむれても庭にたつの日はとよのあかりぞいやめづらなる

中原師光

39 やゝふくるとよのあかりの夜半の月光をあけの袖にそふらし

神楽　　嘉陽門院越前

40 神木差とよみや人の神あそびたちまふ袖のかさへかぐはし　」（4オ）

しはす　　入道前摂政

41 年の内にいやしきふれる雪の色にしろくぞさける宿の梅がえ

うるふ月　　前大納言為家

42 ほかのちるのちのやよひの遅桜年にまれなる春やしるらん

43 新撰六帖 七夕のゆきあひの空（月イ）もかさならば二たびわたせかさゝぎの橋

（二行分空白）

ほし　　入道前摂政

44 仰見ほしのくらゐの数ごとに君をぞいのる代々の末まで

九条前内大臣

45 くもりにきかひなき星の位山うはの空なる身さへしぐれて

前大納言為家　」（4ウ）

46 くるゝまにいでそふほしの数しらずいやましにのみなる思ひ哉［新撰六帖］
正三位知家

47 むら雨の雲まにみゆるゆふづゝのほしあへずぬるゝ秋の衣手
夏のかせ　前大納言為家

48 しげ山のそがひの道の谷あひは夏とて風のふかぬ日もなし［新撰六帖］（まイ）
ざうのかぜ　前大納言定嗣

49 いかほかぜ吹ひふかぬ日まじはらばなど我袖のほす時のなき
あめ　前大納言為家

50 天河とをきわたりになりにけりかたのゝみのゝさみだれのそら
むらさめ　藤原行家朝臣

51 をくがうへに猶露そへて我かたの夕かげ草にむら雨ぞふる
しぐれ　前摂政左大臣」（5オ）

52 嵐ふくうらのとやまのあさかしはぬるやしぐれの色にいでつゝ
信実朝臣

53 風渡みねの木の間のよこしぐれもる山よりもしたばそむらん
ゆふだち　前摂政左大臣

54 かきくもるほどこそなけれあま雲のよそに成行夕立の空

既知の諸本では巻一分の歌数が極端に少く、しかも末尾に近い題しかないことなどから、巻頭部に欠脱のあることが予想されないではなかったが、その予想をはるかに越える歌が欠けていたことになる。これらの題ならびに歌は、総計一〇九行ないし一一一行分であり、後に述べるとおり、ちょうど五丁(表裏)分の欠脱であったと思われる。

神宮文庫本と彰考館文庫本のみが巻頭に配する「白馬の節会」「さがのやま」の一首は、『夫木和歌抄』巻一に「現存六(二)」の集付を付し、為家の歌として収載されている。ところが永青文庫本は、「あをむま」の歌として『新撰六帖題和歌』の為家詠「くれ竹の」(10)の一首を抜いている。だとすれば、おそらくこれは、既知六本の祖本の巻頭が落丁によって失われた後、後人の誰かがこの一首を書き加えたと考えて然るべきであろう。その書き入れが『現存和歌六帖』そのものを資料として行われなかったとも言いきれないが、五十四首の欠脱のうちたった一首のみの補充である点などから判断するならば、後人某がたまたま目に触れた『夫木和歌抄』の一首を集付に従って補入したと考える方が自然であろう。いずれにせよ、この歌は公条抄出本に抜かれていなかった一首であるので、この系統の抄出本を考える際には、異質のものの混入として除外されなければならない。

第二の大きな異同は、既知の諸本巻二の次の二首、

井　　　入道前摂政

(六七)かつしかのまゝのゐづゝのかげばかりさらぬおもひのあとを恋つゝ

わかいこ　　　為家

(六八)すてゝ行人したふこのかたいざりよにたちやらでねこそなかるれ

の間、すなわち六七歌と次の題・作者名との間に、次の十一首の歌が存することである。

為家

55　いかにせんゐのそこにみるおほ空の我身ひとつにせばきうき世を

にはとり　　信実

56 きゝわかぬゆふつけ鳥の声よりも老のね覚ぞ時はさだむる

すだれ　　為家

57 すくもたくなにはをとめがあし簾世にすゝけたる我身なりけり

正三位知家

58 とし月をかけてぞ思玉簾いとのたえまの人めばかりに　」(12ウ)

とこ　　衣笠

59 ぬるとこのますげのをごもよな〳〵の涙とをりてくちやはてなん

むしろ　　信実

60 秋風の吹井のむしろさむきよに心づくしのいもをまつかな

おうな　　知家

61 我せこがとしのかずをもあらはさでなをわかゆてふさくさめのとじ

おや　　同

62 おほぢ父なにぞは三の位にて我さへつらき名をとゞめけん

うなひ　　為家

63 うなひこがをぐしもさゝぬあさねがみとくるまなくや思ひみだれん

知家

64 うなひこがこまのはつせに草かけてかへる野はらはゆふべ涼しも　」(13オ)

信実―

65　をじか鳴かどたまもりのうなひこははやねにけらしひたの音せぬ

この部分は、永青文庫本の行数で二十二行分あり、これまで全く気づくようすがもなかったけれども、既知の諸本すべてに欠けていたのであった。

第三の大きな異同は、既知の諸本巻六の次の一首、

（二三七）尋来ておりもぞやつすこのさとに花咲そむるといひなちらしそ　式乾門院御匣

の、題・作者名と歌本文との間に、永青文庫本では次の十二首が入っていることである。

きりぎりす

66　なべて世のあはれはしるやきり〴〵すかべにおふてふ草のゆかりに　知家

すゞむし

67　秋はゝや夜さむに成ぬ乙女子が袖ふり山のすゞむしのこゑ　信実朝臣

ほたる

68　みなそこにもえたるかげのうつらずはかた思ひなる螢ならまし　鷹司院按察

69　ひろふてふ玉にもがもなひさぎおふるきよきかはらに螢とぶ也」（28ウ）

70　千はやぶる神だにけたぬ思ひとやみたらし河に螢とぶらん　知家

はたをりめ

71　うらがるゝ草のいとすぢをさをあらみまどをにもをる虫のこゑ哉

入道前摂政

くも

72　さゝがにのてだまもゆらに引糸のくるれば人をまたぬよぞなき

前摂政左大臣

73　まつ人はむなしきくれに何と又あしたゆくくるさゝがにのいと

前参議宣経

木

74　年へぬるゆげのかはらの埋木のうかびいづべきしるべしらせよ

信実朝臣

75　ふる枝のふしのみのこるうつほ木のたてるもさびしはたのやけ山　」(29オ)

76　里人はさてもや道をこりぬらんゆきおれひろふ山のつま木に

橘則広

77　とだちばの岡のかやのゝふるたつき恋になれたるとしぞへにける

皇后宮大夫隆祐

はな

この部分の欠脱については、巻六のみの流布本『現存和歌』との比較が可能であるところから、本位田重美氏がつとに問題として指摘してきたところで、

(ロ)の「きりぎりす」も、もちろん二三七の題ではない。これは、類従本によれば「はな」の歌で、作者は皇太后宮大夫俊成女である。類従本の「きりぎりす」には、式乾門院御匣の歌として左の二首が載っている。

つれもなき人こそとはね蛬鳴音にまさる秋のおもひを

なべてよの哀はしるやきりぎりす壁におふてふ草のゆかりに

このうちのどちらかが抜かれていたのを、その歌の部分から「はな　皇太后大夫俊成女」という詞書の部分までが脱落したのであろう。すなわち、神宮文庫本の原本に落丁でもあったのではないかと思われる。と、まことに的確な推定をされたとおりであったことになる。欠脱部前の題・作者と、欠脱部後の歌本文とで一首が合成されるというよくある結果となったのである。福田氏も、二三七の題「きり〳〵す」を「せみ」に、作者「式乾門院御匣」を「皇太后宮大夫俊成女」と改訂して、「コノ題、作者ト歌トノ間ニ少クトモ「きり〳〵す」ノ「式乾門院御匣」ノ歌脱カ」と注している。そして、この場合も永青文庫本の行数で二十二行分あり、既知の諸本はすべてこれらを欠いていたのであった。

第二、第三の欠脱部分の行数がともに二十二行分であることから考えて、既知の諸本の共通祖本は一面十一行書写の本であり、その二面分の欠脱をおかしていたとみてよいであろう。その二面分は、あるいは書写時の二枚めくりによる見開き二頁分の欠脱であった可能性もないではないが、巻頭の大量の欠脱とともに考えるなら、やはり落丁のある一本に由来しているとみる方がすなおだと思う。かくて、一面十一行書の祖本であったとすれば、巻頭の欠脱一〇九行ないし一一一行分は、ちょうど五丁（表裏）分に相当することになる。

四　二箇所三首の歌の出入り

さて、以上のような大量の出入りはあるものの、公条の奥書を同じくしていること、また欠脱部以外の部分ではほぼ完全に一致していることなどからみて、既知の六本と永青文庫本とが、同一祖本公条抄出本に発する同系本であることは確実である。ところが、不思議なことに、両者の間には次の二箇所、三首について歌の出入りがある。

[I]

	神宮文庫本（彰考館文庫本）	島原松平文庫本（その他三本）	永青文庫本
225	あゐ　衣笠 はりまなるしかまの里にほす藍の いつか思ひの色にいづべき	あゐ　信実朝臣 はりまなるしかまにつくるあいばたけ いつあながちのこぞめをかみん	あゐ　衣笠— はりまなるしかまのさとにほす藍の いつか思ひの色に出べき
226	信実 はりまなるしかまつくるあいばたけ いつあながちのこぞめをかみん	衣笠前内大臣 はりまなるしかまの里にほす藍の いつか思ひの色にいづへき	
227	山たち花　同 あとたゆるやまたち花のいはがくれ 身のなるさまをしる人もなし	山たちばな　信実朝臣 いはがねはみどりもあけもはえいろの 山たち花のときはかきはに	山たちはな　信実— いはがねはみどりもあけもはえいろの 山たち花のときはかきはに
228	衣笠 いはがねはみどりもあけもはえいろの 山たち花のときはかきはに	衣笠前内大臣 あとたゆるやまたち花のいはがくれ 身のなるさまをしる人もなし	

[II]

232	みくり　為家 今ははやとをちの池のみくりなは くるよもしらぬ人にこひつゝ	みくり　為家 今ははやとをちの池のみくりなは くるよもしらぬ人にこひつゝ	みくり　為家 今はゝやとをちの池のみくりなは くるよもしらぬ人にこひつゝ
233	いちし(彰本ナシ)　同イ衣笠トアリ かくれぬにおふるみくりのくりかへし	いちし　衣笠 かくれぬにおふるみくりのくりかへし	

234	したにや物を思ひみだれん （彰本「いちし」）知家 人をいかでおもひわすれん大原や このいちしばのつかのまばかり	したにや物を思ひみだれん 知家 人をいかで思ひわすれん大原や 此のいちしばのつかのま斗	いちし　知家 人をいかで思ひ忘れん大原や このいちしばのつかのまばかり

なぜこのような現象が生じたのであろうか。この際考慮しなければならない事項は、次の四条である。

①共通祖本たる公条抄出本は一本のはずであり、現存七本はすべてその本文に出発している。

②神宮文庫本・彰考館文庫本の二本と、高松宮本・島原松平文庫本等四本との歌序が異っている。

③永青文庫本は、二二五、二二八、二三三の三首を欠いている。

④その三首は、流布本『現存和歌』にはない歌であり、しかも三首すべては『新撰六帖題和歌』の歌である。

この四条件を総合して判断するならば、この相違は、おそらく、次のごとき行間書入本文に由来していると考えられる。

［I］

あゐ　衣笠前内大臣

はりまなるしかまのさとにほす藍のいつか思ひの色に出べき

はりまなるしかまにつくるあいばたけいつあながちのこぞめをかみん　信実

やまたちはな　信実—

あとたゆる山たち花のいはがくれ身のなるさまをしる人もなし　衣笠前内大臣

いはがねはみどりもあけもはえいろの山たち花のときはかきはに

［II］

みくり　　　　　　　　　　　　　　　　　　為家

今ははやとをちの池のみくりなはくるよもしらぬ人にこひつゝ

いちし　　　　　　　　　　　　　　　　　　知家

かくれぬにおふるみくりのくりかへししたにや物を思ひみだれん

人をいかで思ひわすれん大原やこのいちしばのつかのまばかり

神宮文庫本と彰考館文庫本の共通祖本（もしくはいずれか一本）は、補入記号を無視して右から左へ順に書写していったのに対し、高松宮本以下の四本の共通祖本（もしくはそのうちの一本）は、指定どおりに写していったところに歌序異同の生じた原因があるにちがいない。「山たち花」の歌二首の作者は、島原松平文庫本の方が正しいが、神宮文庫本・彰考館文庫本が誤ったのも、このようなまぎらわしい書入補入であったことに起因していると思われる。また、二三三は「みくり」の歌なのに、彰考館文庫本を除く五本が「いちし」と誤ってしまったのも、補入記号の位置があいまいで、「いちし」の題と「人をいかで」の歌本文との間に位置していた（あるいはそのように見えた）ためであったにちがいない。

しかして、このような書入補入がどの段階でなされたかについては、二つの場合が想定される。

一つは、既知六本の共通祖本（落丁所有本もしくはそれ以前の写本で公条抄出本以後の一本）における補入であったとみる場合である。つまり補入を行ったのは公条以外の後人であり、しかも④により『新撰六帖題和歌』からの増補であったと見るのである。この場合、元来公条本にはなかった本文であったから、永青文庫本は当然三首を欠いているのだと、③が無理なく説明できることになる。ただし、後人が果してそういう賢しらをなしうるものか否かいささかの疑念は残る。

第二は、公条抄出本の段階ですでにこのような書入補入があったと想定する場合である。公条が書本とした禁裏御本『現存和歌六帖』は、流布本『現存和歌』成立以後、巻一から巻五までを完備した際、巻六部分についてもさらに若干の改訂が加えられたと想定すれば、この三首もその時増補されていた可能性はある。そこで公条は、これら三首を有する完本『現存和歌六帖』をもとに、右のような書入をなした。そして六本はそれを前記二とおりの方法で書写した結果、歌序の異同が生じ（②）、永青文庫本は三首を無視して書写した（③）ということになる。しかし、もしそうなら幽斎右筆の単純な書写ミスであったか、もしくは六本の共通祖本が見せ消ち符号を無視して全部生かしたか、いずれであれ書写ミスを想定しなければならず、その点が大きな難点となる。

かくて、①の条件が固定的である限り、蓋然性としては第一の場合の方がはるかに高いと判断せざるをえない。

右の検討をとおして、公条抄出本『現存和歌六帖』は、幽斎（右筆）によるそれからの直接の転写本である永青文庫本が、ほぼそのままを伝えていると断定して大きく誤ることはないであろう。とすれば、公条抄出本の収載題数ならびに歌数は次のとおりであったことになる。

巻一	四〇題（プラス二題）	六三首
巻二	四七題	七七首
巻三	二六題	四〇首
巻四	三題	四四首
巻五	二九題	四一首
巻六	五九題	一二四首

計　二〇四題　　三二九首

五　おわりに

『現存和歌』ならびに『現存和歌六帖』の諸本と内容、また成立の問題については、次節以下において考察を加えてゆくことにするが、六帖すべてが完備した完本『現存和歌六帖』の奏覧本か、もしくはその書写一本が禁裏本として伝襲されていて、三条西公条はそれによって難題の歌、一興ある歌を、大永七年（一五二七）十二月十五日に抄出したのであった。

その公条による抄出よりも早く、鎌倉末期から南北朝期ころの成立かと見られる『明題部類抄』（伝為重書写の書陵部蔵本が最古の写本）が、歌題のみを列記するに際して依拠した『現存和歌六帖』も、同じ内容のものであったと考えてよい。(注5) この場合、最後の「つばくらめ」の歌題を含んでいること、「とり」題があって流布本『現存和歌』所載の「みづこひどり」題がない（ただし「みづこひどり」の歌を含めて抜く）こと、などによってである。異る点として、『明題部類抄』所引「現存六帖題」ならびに流布本『現存和歌』が、「かひご」「つる」の題を連続しているのに、公条抄出本は、題としては「かひご」のみで「つる」を欠いている。しかし、歌は「つる」の歌をも抜いているので、これはおそらく抄出方法上の原因にもとづくと思われ、右の結論を否定する材料とはならない。『夫木和歌抄』もまた、時系列に位置づけてみるとき、同じ完本『現存和歌六帖』によって採歌しているらしく見えるのであるが、このことについては本章第四節において、若干位相を異にする別の完本『現存和歌六帖』に拠っていることを究明する。

【注】

（1）本位田重美「現存和歌六帖考」（『国語国文』第二十八巻第八号、昭和三十四年八月）。同「現存和歌六帖補考」（『日本文芸研究』第十三巻第四号、昭和三十六年十二月）。

（2）福田秀一『群書解題』第九（続群書類従完成会、昭和三十五年十一月）「現存和歌六帖」の項。

（3）安井久善「宝治・建長期の私撰集について」（『語文』第三十八輯、昭和四十八年六月）。

（4）福田秀一「抄出本『現存和歌六帖』（校本と索引）」（『国文学研究資料館紀要』第六号、昭和五十五年三月）。

（5）佐藤恒雄「新撰六帖題和歌の成立について」（『香川大学教育学部研究報告』第Ⅰ部、第四十九号、昭和五十五年三月）の「歌題対照一覧表」に紹介表示した。→本書第二章第三節。

第二節　現存和歌六帖の成立（I）

一　はじめに

現存和歌六帖については、本位田重美氏、(注1)福田秀一氏(注2)らに論考があり、稿者も先に、公条抄出本『現存和歌六帖』の完本紹介を主とし、若干の私見を公にしてきた。(注3)その後安田徳子氏が、『国書遺芳』所収の鎌倉期古写『現存和歌』を加えて諸本を分類された。(注4)本節では、それらを承けて、『現存和歌六帖』の成立をめぐる諸問題について、考察し記述することを課題とする。

なお、現存しないけれども第一帖から第六帖までを完備し、『明題部類抄』や公条が抄出に際し依拠したテキストが『現存和歌六帖』であり、その前段階としての第六帖分のみに相当するテキストが『現存和歌』と呼称されて伝存してきた。妥当な書名であるので、本稿でも両者を区別して用いるが、後者は前者の一過程における書名であり、最終的には前者の書名下に完本は成立することになった。

二　『現存和歌』の諸本分類

『現存和歌』に関し、安田氏は、呉文炳氏旧蔵の鎌倉期古写本を加えて諸本の内容を調査した結果、伝本を三類に分類された。首肯される分類なのでそれを踏まえ、私に一本（②本）を追加して、現存諸本を一覧すると次のとおりである。

Ⅰ類本

①呉文炳氏旧蔵『国書遺芳』所収（天理図書館現蔵）重要美術品「現存和謌」

②斯道文庫蔵群書類従本（〇九一・F一〇五・一）狩谷棭斎校合書入伝為氏筆「現存和謌」

Ⅱ類本

③彰考館文庫蔵（巳・一〇）「現存和謌」

Ⅲ類本

④ノートルダム清心女子大学附属図書館蔵（H九）「現存和歌」

⑤国立公文書館内閣文庫蔵（二〇〇・二一八）「現存和謌」

⑥ノートルダム清心女子大学附属図書館蔵（F四〇）「現存和謌」

⑦京都大学文学部資料室蔵（Eu三）「現存和謌」

⑧宮内庁書陵部蔵（三五一・一七〇）「現存和謌」

⑨群書類従巻第百五十所収「現存和謌六帖」

⑩宮城県立図書館蔵伊達文庫（九一一・二〇八・五）「現存和謌六帖」

⑪大阪市立大学図書館蔵森文庫（九一一・二〇八・森・三〇四八二）「現存和歌六帖」

これらはすべて類従本と同内容の巻六のみの一巻本で、異本と目されるものはなく、その意味ですべて流布本だといってよい。公条が抄出に用いた禁裏本のように巻一から巻六までの全巻が完備した本の存在は今のところ確認されていない。近年発見された巻二のみの零本「現存和歌六帖第二」については、本章第四節において詳論する。

さて、追加した一本（②本）は、『弘文荘待賈古書目』第十六号（昭和二十三年年七月）、第二十号（昭和二十六年六月）、第三十六号（昭和四十四年十二月）所掲の本であるが、最近所在をつきとめ調査することができた。[注5]①本と著しく近似し一見同一本ではないかと誤たれるほどであるが、しかし棭斎が校合に用いたのは①本とは異る本であったと考えられる。その根拠は、第一に、①本には「為氏卿筆」との伝承が全く付随していないのに対し、棭斎は「二条為氏卿真跡本」「為氏卿本」等と記していること、第二に、①本にはある錯簡（歌序移動）を棭斎は何ら注記せず、錯簡のない本であったと見られること、第三に、①本には三三一歌を付箋で補っているが、棭斎は丁変りした第一行目「衣笠前内大臣」の上部右に○印をつけ、上部欄外に「校本ニアリ」として前関白右大臣の歌を三行に記しており、②本には付箋ではなく本文中に入っていたと見られること、第四に、①本にはある二七〇歌の削除符号はある勅撰入集歌であることを示す合点（新千載和歌集の歌まであるので、あるいは新拾遺和歌集の撰集資料としたものか）が②本にはなかったらしいこと、第五に、①本にや九〇歌作者「信実朝臣」の移動記号、また七八九歌の移動記号が②本にはなかったらしいこと、そして第六に「うへをきて」（①）「うゐおきて」（②）（二四七歌）、「しめをきし」「しめおきし」（二四八歌）、「なをみたれつゝ」「なほみたれつゝ」（二五八歌）などの仮名遣いの相違（これは棭斎による訛伝であるかもしれない）などによってである。

①本と②本の書写年時の前後はわからないが、直接的な書本と写本の関係にあったと思われるほどに極めて相近い伝為氏筆本が、少くとも文政元年（一八一八）までは存在していたのである。

諸本分類の指標を、歌の有無など比較的大きな異同に求め、私に整理しておきたい。歌番号は最も歌数の多い①本による通し番号であるが、本来あったはずの三三一の付箋歌を加えたことにより、安田氏の与える番号とはそれ以降において一首のズレ（プラス1）を生じる。

ア　二六歌作者「正三位知家」から三四歌末尾「かれにしものは人めなりけり」まで九首の有無。
イ　二六歌上句と三四歌下句とで一首を合成した「いまたにもひく人あれやゝましろのかれにしものは人めなりけり」の有無。
ウ　一四七歌作者「安嘉門院甲斐」から一五四歌作者「信実朝臣」まで八首の有無。
エ　「くひな」題二首目八七一歌の作者「正三位知家」から「つはくらめ」題八七五最終歌末尾「いしのつはめもいまやとふらん」まで五首の有無。
オ　三〇四（信実朝臣）歌「秋かせにそらもゆふへはかなしきをくさのはにのみむしのなくらん」の有無。
カ　三三一付箋補入歌「前関白左大臣　きり〳〵すなくゆふかけのくさのはらいかになみたのつゆをそふらむ」の有無。
キ　三三四歌「御製　あかつきのまくらのしたにすみなれてねさめことゝふきり〳〵すかな」の有無。
ク　三五七歌「すゝむし　正三位知家　秋はゝやよさむになりぬをとめこかそてふるやまのすゝむしのこゑ」の有無。
ケ　五〇六歌「下野　しる人とまつをたのむもあはれなりそれもむかしはなれしともかは」の有無。
コ　五三九歌「入道前摂政　うへをきてむへもさきけりむめのはないやめつらしくにほふはるかせ」の有無。
サ　五四〇歌「衣笠前内大臣　むめさかはとひこと人にちきらねとこゝろせらるゝはなさかりかな」の有無。
シ　六四八歌「(正三位知家)しはかこふふちのわかろ（え）にとりそへてはなのしなひをねるやたれそも」六四九歌「平重時朝臣　よそなからこゝろにかけてみつるかなたれまつやとのいけのふしなみ」二首の有無。
ス　六四八歌上句と六四九歌下句で一首を合成した「平重時朝臣　しはかよふ（ママ）ふちのわか枝にとりそへて誰まつやとの池のふち波」の有無。

セ　七四四歌「かひこ　従三位行能　もゝとりのふるすにとめしすもりこのかへらぬものはくるゝとしなみ」

七四五歌「空暁法師　ためしあれはつるのかひこも君かためとをつゝとをやちよをかさねん」二首の有無。

ソ　八四歌「をみなへし」題から九〇歌末尾「まねくすゝきの袖かへるみゆ」まで、七五歌「ちらすなかめのひかすもそふる」の次に入る。①本一一丁と一二丁の錯簡の有無。

以上十五項目の指標について、各本におけるありようを表示一覧すると次表のようになる。

諸本	I類		II類	III類							
	①	②	③	④	⑤	⑥	⑦	⑧	⑨	⑩	⑪
ア	○	○	×	×	×	×	×	×	×	×	×
イ	×	×	○	×	×	×	×	×	×	×	×
ウ	○	○	×	×	×	×	×	×	×	×	×
エ	○	○	×	×	×	×	×	×	×	×	×
オ	○	○	×	×	×	×	×	×	×	×	×
カ	○	○	×	×	×	×	×	×	×	×	×
キ	○	○	○	×	×	×	×	×	×	×	×
ク	○	○	○	○	×	×	○	○	○	○	○
ケ	○	○	×	×	×	×	×	×	×	×	×
コ	○	○	○	×	×	×	×	×	×	×	×
サ	○	○	×	×	×	×	×	×	×	×	×
シ	○	○	○	×	×	×	×	×	×	×	×
ス	○	○	×	○	○	○	○	○	○	○	○
セ	×	×	○	○	×	×	○	○	○	○	○
ソ	×	○	×	○	○	○	○	○	○	○	○
総歌数	八七五		八五二	八四七（八四三）							

安田氏は、歌題の有無、本文の相違など、いま少し微細な異同についてもあれこれ含めて検討した結果、

このように三系統の相違する部分を検討すると、II類本は①を直接の祖本として派生したもので、書写の際、①の錯簡・誤脱もそのまま写し、さらに数箇所の誤脱を生じたものと思われる。III類本はそのII類本の錯簡・誤脱によって生じた矛盾を正せる範囲で直して書写することによって成ったのであろう。従ってI類本からII類本へ、II類本からIII類本へは、意図的改編によるものではなく、書写ミスおよびそれを訂正しようとしたことから派生したものであって、本来同系統のものであったことになる。

と結論された。総歌数に大きな相違があるにもかかわらず、すべての伝本がI類本に発することが解明された点において瞠目すべき結論であった。大筋において首肯されるところであるが、細かい点について若干の異見もある。その一つは、①本を直接の祖本としてII類本（③本またはその祖本）が派生したのではないことである。たしかに③本は①本の錯簡をそのまま承けているように見える。本来あるべき丁数と歌番号によりその部分を示す。

（七五）ぬれ〳〵もおりてかざゝんはぎがはな　前摂政左大臣
ちらすながめのひかずもぞふる
をみなへし　鷹司院按察

（10ウ）

（八四）ゆふさればなにをうしとかをみなへし
いはぬいろにもつゆこぼるらん（む）　明珎法師

（二首略）

（八七）をとこやまよそにみつのゝをみなへし　（12オ）
たれゆへはなのひもゝとくらん
すゝき　　　衣笠前内大臣
（一首略）
正三位知家
（八九）さてもまたたれかはきますはなすゝき
こてふにゝたるたもとなれども○
（九〇）ゆふぐれはふきもさだめぬあきかぜに
まねくすゝきの袖かへるみゆ
信実朝臣　（12ウ）

＊「信実朝臣」の作者名を（八九）と（九〇）歌の間○印の位置に移動すべき記号を付す。

（七六）しばしみむあやなゝちりそしらつゆの
たまもてさける秋はぎのはな
（二首略）

（七九）秋はぎはうつろひぬらしをとめごが
ゆきあひのわせもまだからぬまに
藤原基政　（11オ）

（八〇）さかばまづみせむとおもひし秋はぎの
うつろふまでに人はとひこず
（二首略）

（八三）　うき人の心もしらずあきはぎの
　　　　した葉をみずはなをやたのまむ　　　　　尚侍家中納言　（11ウ）＊第一折末尾

（九一）　秋かぜにおきふしわぶるおぎのはや
　　　　おいのねざめの心しるらん　　　　　　　　　　　　　（13オ）＊第二折冒頭

③本は、九〇歌が八九歌の作者「正三位知家」を承け、七六歌の作者が「信実朝臣」となっている。ということは、①のごとく「信実朝臣」の作者名を九〇歌の右側に移動させる記号を付さない祖本に基いていることを示している。かつまた、後述するようにIII類本との関わりからみて「信実朝臣」の作者名は、一一丁オの最初の行にあったとみられ、この点でも①本とは一致しない。

II類本が①本を直接に承けるのでない証拠は他にもある。二七〇歌「衣笠前内大臣」の歌は①本で次のように除棄されている。

　　　　　　　　　　　　　　　　　　衣笠前内大臣

たまざゝのはわけにむすぶしらつゆの
我よばかりのうきふしはなし

しかるに、③本及び④本以下のIII本類は、いずれもこれをそのまま収載している。また三三二歌は、

　　　　　　　　　　　　　　　　　　衣笠前内大臣
　　　　　　　　　　　　　　　　　　前関白左大臣

きりぐ〵すねになきあかすあきのよを
ねずて我身におもひしりぬる

とあって、歌頭右に○印を付し、同筆による付箋で押されている三三一歌、

前関白左大臣
きりぐ〵すなくゆふかげのくさのはら
いかになみだのつゆをそふらむ

がその位置に入るべく指示している。これは最初三三一歌を書写すべく「前関白左大臣」と作者名を書き歌を書いたところ、初句同文の目移りによって次の歌を書記してしまった。そのことにすぐには気づかず、少くともその丁面を終って以後に、おそらくは書本との校合の段階ではじめて気づき、本文中の作者名を見せ消ちとして「衣笠前内大臣」と訂して歌を生かし、三三一歌の方を付箋により補入したものであるに相違なく、①の書本には一連に書写されていたはずである。現に②の為氏筆本にはそうなっていたらしい。しかるに③及び④以下の諸本はいずれも三三一歌を欠いている。

以上のような事実から、II類本（③またはその祖本）は①本を直接に承けて成立しているのではなく、①本に極めて近いI類本の一本に基いているとみなければならない。

II類本からIII類本が派生したとする点については、イの二六歌上句と三四歌下句で一首を合成してしまった歌を、次に書写する段階で内容を吟味し除棄しうるものか否か。現にスの六四八上句と六四九下句による合成歌はIII類本のすべてに存続しているのと比べ、いささか奇異の感を抱く。またI類本錯簡をそのまま承けて書写されたII

類本から、その錯簡を訂して書写しうるものかどうか。この場合歌題という判断基準はあるのだが、書写者の心理としてそこまで修訂に関与しうるか否か、いささか疑問ではある。が、前引錯簡箇所のうち、九一歌は、③本では八七歌を承けて「尚侍家中納言」の歌としている。④本以下のIII類本は八九歌「正三位知家」の作者名を承けて、三首が同一作者の歌のごとくなっている。これは、II類本が基づいた①に近い錯簡本文の、九〇歌「信実朝臣」の作者名が、①本のように十二丁ウの最末行にあったのではなく、十一丁オの最初の行にあったため、錯簡を正した時こうなったものと思われる。錯簡テキストが介在しなければ起りえないことであろうから、具体的なメカニズムは不明であるが、II類本からIII類本へという順序は、方向としては認められてよいであろう。

ちなみに、II類本における三箇所の大きな欠脱は、脱葉のある祖本を写した結果であるとも考えられなくはないが、綴葉装が普通であった時代の写本であることを思うと、いずれも二枚めくりによる草卒の書写が招来した結果であろうと思われる。エの巻尾の欠脱も、①本とは合致しないけれども、それだけが裏から次の丁の表にかけて書写されていたであろう。草卒の書写は、三〇四歌の脱（末句目移りによる）、五四〇歌脱（初句目移りによる）ほかの単純な欠脱歌の多発をも同時に惹起したらしい。①本の錯簡は、六枚半からなる第一括り（『国書遺芳』解題）末尾外側の二枚が入れかわったもので、対応する七枚綴じの一番外側巻首部の二枚はともに白紙（一枚は仮表紙、一枚は遊紙）であったから、いつの時点でか綴じ誤られたものかと考えられるが、なお祖本の錯簡を承けついでいる可能性もある（本章第三節参照）。

以上のように、若干の疑問がもたれはするが、『現存和歌』はもとより『現存和歌六帖』の諸問題を追尋するに際して、拠るべき最良のテキストは①本（及び②本）を措いて他になく、その錯簡と欠脱を正して用いればよいことを確認して、先へ進みたい。

三　奥書の分析と成立過程

①②本には元来奥書があった形跡はないが、③本が依拠したⅠ類本の一本には奥書があったらしい。③本には、以下の奥書が留められている。

（A）　建長元年十二月十二日類聚畢
　　　同廿七日依召進入　仙洞了
　　　　作者百九十七人也
　　　　　僻案寺住侶釈

（B）　同二年九月上旬可注付作者之由
　　　被仰下　仍更清書　同廿四日進入了
　　　　已上本記

この奥書は仮に（A）（B）と付したように二つの部分からなる。最終行の「已上本記」によって、右の奥書すべてが本奥書であったことが判り、従ってこれはⅠ類本に付随するものとして読んでよいことになるであろう。前段の奥書（A）からは、『現存和歌』は、建長元年歳末の十二月十二日に類聚作業を完了して、後嵯峨院の召しによって仙洞に進入されたこと、その時の撰集は、（B）の奥書にてらして、作者を注しない題と歌のみを列記した形態のものであったこと、作者名はなかったが、歌人総数は一九七人であったことなどを知る。「僻案寺住侶釈」は、真観が止住していた実際の寺ではなく、僻案に満ちた自らを卑下し自嘲した真観の戯称である。

後段の奥書（B）からは、翌年九月上旬になって、各歌の作者を注記せよとの命を受けたので、作者名を書き入れ清書しなおして、二十四日に再度仙洞に進入した、という事実が判明する。この段階では、当然まだ第六帖のみのI類本であって、作者を行間に小さく注記する①本の形態は、おそらく建長元年初度進入本の手控本に作者名を注記した、いわば草稿本の形を伝えるものであるに相違なく、再度進入本はもっとゆったりと、作者名にも一行をとって清書されていたであろう。抄出本の書写形式がそのことの一斑をうかがわせる。

一方、周知のとおり、III類本には以下の奥書がある（適宜改行して示す）。

（A′）建長元年十二月十二日類聚畢
　　同廿七日入　仙洞　依召也
（B′）同二年九月六日　可註附作者之由被仰下　仍令書顕也
（C）名之事続六現存此二様令申　可為現存倭歌之旨也
（D）部類末微少　重而選加而可為六帖之趣　仰也
（E）和歌之数八百五十首　作者百九十七人也

この奥書は、（A′）が前記（A）に、（B′）が（B）に相当する内容であるが、（B′）の後半が（B）と微妙に異ること、（C）（D）という新たな別の条項を加えもつことに鑑みて、II類本かIII類本の別の一本に書き記されていた、やはり撰者真観自身による識語であったと見てよいであろう。ただし（E）は、後半が前記（A）の最末に記されていた数字そのままであり、前半の八百五十首は、II類本またはIII類本の歌数に近いことなどから、安田氏もいうとおり後人の付加であった可能性が大きい。

問題は（C）と（D）である。内容が異るので二項に分けて記したが、構文としては一連のもので、（C）の

「旨」と(D)の「趣」が並列して、ともに「仰也」にかかってゆくと見られる。

(C)は書名に関することで、「続六」(「続六帖題和歌」または「続六帖和歌」で、「新撰六帖題和歌」に対する「続」の謂であろう)「現存」(「現存和歌」の謂であろう)の二種類を用意して、いずれかにしたいという意向を申し上げ院命を仰いだところ、院からは「現存和歌」とするのがよいとの仰せを受けたという。これはいつの時点のことであったのか。類聚し終って奏覧に供することになった撰集を無名のまま提出することはまずありえないであろう。すれば、建長元年十二月仙洞に進入した際、書名を決定しえないまま二案併記の形で後嵯峨院の勅裁を仰いだのではなかったか。「現存和歌」ならば、現存歌人の詠作のみに限定しなければならない。「続六帖題和歌」なら、時代の枠を広げても採歌できる。二つの書名のいずれかに決しかねていたというのは、撰集方針が確固としていなかったことを意味している。この種の撰集で普通にはありえない作者無注記本を初度奏覧に供した理由も、そのことと関わっているであろう。おそらくは現存歌人を主としながらも、物故歌人たちの詠作もいくらか含んだ内容の選集だったのではあるまいか。(A)の奥書、すなわち建長元年十二月初度奏覧の際の奥書の最後に記される「作者百九十七人也」という数字は、『現存和歌』I類本、すなわち建長二年九月再度奏覧本の歌人数一三五人(安田氏も同じ。本位田氏は一四四人で錯誤か)よりも六十二人も多い。この数字は、III類本奥書の末尾にも記されていて、数字の誤記とは考えがたい。とすれば、これだけの物故者の詠作を含む撰集が、建長元年十二月初度奏覧時の撰集だったということになるであろう。そして翌二年九月六日になって、作者名を書き顕すようにとの命を受け、同時に書名を「現存和歌」とすべしとの意が伝えられ、現存歌人に限る撰集方針が決定し、故人の詠を削除し、新歌を補った上、作者名を付し「清書」して成ったのが、I類本であると思量する【附記2】。

(D)の奥書は、かくして完成奏覧された第六帖分のみに相当する一巻の撰集を前にして、それだけでは十全でないので、重ねて第一帖から第五帖までの歌題に相当する歌を撰び加えて、全六帖分を完備した撰集に増益せよとの趣きの仰せを蒙ったという。これはもちろん、二年九月二十四日Ⅰ類本『現存和歌』の形態にとりまとめて、再度上進した直後のことであったろう【附記2】。

建長元年二年の段階で、第六帖分のみの撰集がまず成ったのは、歌題が明快で歌を収集しやすかったという事情があったと推察される。他の帖にはかなり多い抽象的な歌題などは、『新撰六帖題和歌』のように新しく詠み出す分にはよいが、既に詠まれた歌の中から該当するものを見つけるには、かなりの困難を伴うに相違ないからである。しかし、一案として「続六」という書名を用意していたことに鑑みて、一帖から五帖までの歌題に相当する歌も同時に収集し、かなりな程度の蓄積もあったのではあるまいか。

序文中に建長二年四月十八日の日付をもつ『秋風和歌抄』は、同じ真観の撰になるものであり、撰集の時期は『現存和歌』とほぼ重なる。かつまたその作者もほとんど重なっているという事実がある。おそらく両者は、同時進行の形で撰歌編集が進められていたのであって、同時に集めた現存歌人の歌で六帖題に該当しない歌が、部類を異にする『秋風和歌抄』に入れられたりしたのであろう。両者に共通する歌が四十六首（本位田氏による）あることとともに、両者の相関は密接である。

以上、奥書そのものを分析して時間軸の上に配置し、『現存和歌』の成立過程と関連づけて解釈してきた。そのような方法や姿勢はすでに本位田のとってきたところであり、氏の場合③本の奥書を知らない時点でのことであったから限界はあったけれども、考えの筋道としては氏の説と私見は一致する点も多い。

四　物故歌人詠は存在せず

『現存和歌六帖』の成立を考える際の重要な問題点の一つは、物故歌人詠が収載されていたとされてきたことである。すなわち本位田氏が、『夫木和歌抄』に「現存六」の集付を付して採られている一四〇首余りの歌の中に、洞院摂政教実（五首）、光台院入道二品道助親王（二首）、西園寺入道前太政大臣公経（二首）、慈鎮（二首）、西行（二首）らの歌があることを指摘され、西行や慈鎮は定評ある歌人であるにもかかわらず一首しか見えないので集付の誤りとみてもよいが、教実、道助法親王、西園寺公経など、建長二年の時点で既に物故していた歌人たちの歌は、採られていたと判断せざるをえないとされた。稿者もこれまでそれを踏まえて立言し、安田氏もそのことを既定の前提として考察を進めてきたのであった。

しかし、いま改めてこのことに注目し、具体的に個々の歌に当ってみると、その大部分は『夫木和歌抄』編者の誤認にもとづく作者表記の不備であって、現在収集できる『現存和歌六帖』の副文献資料の中には、物故者の詠作は含まれない、と断定してよい。

（その一）　洞院摂政（教実）

教実は建長二年より十六年前の嘉禎元年（一二三五）三月二十八日に薨じている。教実の詠作は『夫木和歌抄』に全部で十七首収められているが、うち十二首については貞永二年『洞院摂政家百首』を主とする作で、教実の作品と見てよいが、次の五首が問題となる。（夫木和歌抄の本文は、新編国歌大観による。）

山を　　現存　　洞院摂政
あふさかの関のあなたのいかごやまいかにまちみん年はへぬとも（巻二〇・雑二・八一三一）

山　　現存六　　洞院摂政
いづみ河いまこほるらしふたいやま山なみみれば雪しろくして（巻二〇・雑二・八六二四）

鷹狩を　　現存六　　洞院摂政
しひてこそなほかりゆかめいはせののはぎのかりふはゆきふかくとも（巻二二・雑四・九六二六）

御集　　　　　　　　　　現存六　　　　　　　　　　　　　　洞院摂政

あしはらのくにつによせしいは舟のさして契りし末なたがへそ（巻二〇・雑一二・一四一三一）

やな　　　　　　　　　　現存六　　　　　　　　　　　　　　洞院摂政

はや川にやなうちわたすあだ人のこころのせにぞおもひわびぬる（巻三三・雑一五・一五九三二）

このうち最後の一首は、抄出本『現存和歌六帖』の巻三（九三）に、「前摂政左大臣」の歌として見える。ということは、『現存和歌六帖』にも「前摂政左大臣（実経）の作として収載されていたのである。他の四首も同様に「前摂政左大臣」とあったはずのその作者名を、『夫木和歌抄』編者が洞院摂政教実を指すと誤認して作者名を記してしまった、という事情を明らかにしてくれる。教実は、寛喜三年四月二十六日任左大臣、七月五日関白、同四年十月四日新帝践祚と同時に摂政となり、嘉禎元年三月四日に摂政をやめ、その二十八日に薨じたから、「前摂政左大臣」と呼ばれるにふさわしい経歴の持ち主だった。教実の歌は『現存和歌六帖』に採られてはいなかったのである。

（その二）　光台院入道二品親王（道助）

道助法親王は、建長元年正月十六日、この撰集の直前に薨去しているが、『夫木和歌抄』に、

かひ　　　　　　　　現存六　　　　　　　　　　　　光台院入道二品のみこ

かみしまのいそまのうらによるかひのみはいたづらになりはてぬはた（巻二五・雑七・一一四〇一）

とある。この歌は、抄出本『現存和歌六帖』の巻三（一七五）に「入道三品親王」の作として収載されている。「入道三品親王」なら『現存和歌』Ｉ類本に十一首採られている。そしてそのうちの二首、

（五一一）さびしくてふりぬるものはみの山の一木の松と我となりけり（まつ）

（七五六）むばたまのよわたるかりのこゑす也いまはたはぎの露あまるらし（かり）

が、『雅成親王集』中の、四八「奇松述懐」と、一九「夜雁」題歌と一致する。『本朝皇胤紹運録』によると、後鳥羽院皇子で土御門と順徳天皇の御弟宮である雅成親王は次のようにある。

三品。承久三七移但馬国。嘉禄二十二出家廿七。建長二於国薨。号六条宮。母同順徳。

没年については『百錬抄』（建長七年二月条）に「〇十日丁丑。但馬宮［雅成親王。後鳥羽院皇子。］於配所［但馬国。］令入滅給」とあり、これに従われるが、この場合も、『夫木和歌抄』編者が「入道三品親王」を「入道二品親王」と誤認して光台院道助法親王を比定、作者として表示したにちがいないのである。道助法親王の歌も『現存和歌六帖』に収載されてはいなかった。

（その三）　後光明峰寺摂政（家経）

家経は物故者ではなく、若すぎる人物として問題とされてきた。すなわち宝治元年の生れだから、建長二年にはわずか四歳で、増補本の成立時期を正嘉二年としても十二歳で、いくらなんでも若すぎるというのである。これについては、本位田氏が、『夫木和歌抄』では父の実経を家経と誤っている例があるので、これも同じ誤りをおかしているのであろうとされたのが正しい。『夫木和歌抄』所収歌は、

御集　　現存六　　後光明峰寺摂政

ちりまがふこのはの里をたちわかれさぞすみうしと秋もゆくらむ（巻一五・秋六・六三〇一）

たで　　現存六　　後光明峰寺摂政

水たでのほつみにかよふ村どりのたちゐにつけて秋ぞかなしき（巻二八・雑一〇・一三六〇一）

であるが、後者が『現存和歌』に「前摂政左大臣」（実経）の歌として採られているので、前者も実経の作と認定してよいであろう。実経は、寛元四年正月二十九日摂政となり、五年正月十九日また後深草幼帝の摂政をつとめた。『続拾遺和歌集』以下に家経も「前摂政左大臣」と呼称されているので、父子が混同されたに相違ない。これまた『夫木和歌抄』編者が『現存和歌六帖』の官記による作者名を誤認したことに由来する誤りであった。

（その四）　西園寺入道前太政大臣（公経）

やはり『夫木和歌抄』に次の一首が収められる。

寛喜元年女御入内御屏風、海辺松下行人、現存六　　西園寺入道前太政大臣
おきつかぜ吹あげのはまのまつかげにたちよるなみのおとぞすずしき（巻二五・雑七・一一八二四）

公経は、寛喜三年前太政大臣従一位で十二月二十二日病気により出家、建長二年から七年前の寛元二年八月二十九日、七十四歳で薨じた。『新勅撰和歌集』に「入道前太政大臣」、『続後撰和歌集』に「西園寺入道前太政大臣」として入る。しかし『現存和歌』に公経の入集はなく、その息男実氏の歌を「前太政大臣」の作者名で収載している。実氏は、『続後撰和歌集』に「前太政大臣」で入集、正元二年十一月二日に出家したので、『続古今和歌集』には「入道前太政大臣」の呼称で入集している。

この場合、前三例ほど確実な根拠はないが、『夫木和歌抄』編者の官記による作者誤認の例が多いことに照らして、おそらく実氏を指していた「前太政大臣」の呼称を、父の公経と誤認したものと思われる。樋口氏の屏風和歌収集の業績(注6)によっても、『夫木和歌抄』のこの歌のみが拾遺されているので如何ともしがたいが、実氏の作品と考えてまず誤ることはないであろう。

（その五）　西行と慈鎮

本位田氏は、右のほかに次の二首をあげている。

　家集　　　　　　　　　　　　　　　　　　　　西行上人

夜もすがらあらしの山に風さえて大井のよどに氷をぞしく（巻二六・雑八・一二三〇二）

　後京極歌合　羈中眺望　　　　　　　　　　　　慈鎮和尚

浪のうへにへだつる松の梢よりはまなの橋に秋風ぞ吹く（巻二二・雑三・九四〇五）

しかし、新編国歌大観の本文ではこれらの歌に「現存六」などの集付はない。後者については、静嘉堂文庫本・北岡文庫本には集付があり、編者の校訂による削除かと推測されるが、直前の「つり」題「藤原基政」歌の集付などとの混乱によるものと見なしてよいのではないか。本位田氏もいうとおり、集付の誤りとして処理してよいであろう。その他『夫木和歌抄』集付の誤りは、後述する雅有歌の場合にも見られる。

以上の考証の結果、従来『夫木和歌抄』が拠った『現存和歌六帖』に物故者の歌が混在していたと見なされてきたのは誤りであって、主として『夫木和歌抄』編者の官位呼称の誤認に基因する錯誤で、実は別の現存歌人の歌であった。それと、若干の集付そのものの誤記もあった。完全な正確さを期すことは難しいけれども、『現存和歌』はもとより、それを増補して完成されたはずの『現存和歌六帖』にも、現存しない歌人の作品は収載されていなかった、と断定してよいと思量する。

大永七年十二月公条が抄出本を作成した際に依拠したのは、奥書から禁裏本『現存和歌六帖』であったと知れるが、もっと早く鎌倉末期から南北朝期に『現存和歌六帖』の歌題のみを抜き出した『明題部類抄』が拠り所とした本も、その歌題完備の状況からみて、同種のテキストであったと思われる。さらに遡って、延慶三年（一三一〇）ころ未精撰のまま撰定作業を終えたかとされる『夫木和歌抄』が採歌した「現存六」帖も、やはり六帖全部が完備したテキストであったが、これは若干位相を異にするものであった（本章第四節参照）。建長二年九月作者名顕示以後の『現存和歌』また増補『現存和歌六帖』は、文字どおり現存歌人（建長二年奏覧時点）の歌を集成した撰集だったのである。

五　おわりに

建長二年九月作者名を注記して進覧した『現存和歌』から、六帖完備の『現存和歌六帖』が完成する過程で、どの程度の増補が行われたのであろうか。

前節に記したとおり、抄出本『現存和歌六帖』には、第一帖六十三首、第二帖七十七首、第三帖四十首、第四帖四十四首、第五帖四十一首、第六帖一二四首、合計三八九首の歌が抜き出されている。また、『夫木和歌抄』に「現存六」の集付をもつ歌のうち、『現存和歌』（第六帖分）と合致するもの三十一首、その他（第一帖〜第五帖分とみられるもの）一一八首、合計一四九首を数える（うち抄出本との重複歌三五首。『夫木和歌抄』内の重複歌は一首と数え、前記誤記と思われるものは除外してある）。さらに『高良玉垂宮神秘書紙背歌書』中に四首（第一帖、二帖、五帖、六帖各一首）、早く本位田氏が指摘されたとおり、『前長門守時朝入京田舎打聞』に「現存六帖に入歌」として七首（第一帖一首、三帖一首、四帖一首、五帖三首、六帖一首。うち抄出本との重複歌五首）が残っている。

以上の残存歌、及び『明題部類抄』所収「現存六帖題目録」に鑑み、第一帖から第五帖のすべての歌題について、歌の収集が行われ、編次が進められたことは疑いない【附記1】。

さて増補が完了し、三度目に完本『現存和歌六帖』が奏覧されて、禁裏本となったのはいつのことであったろうか。本位田氏は、『夫木和歌抄』中の一首、

春歌中　　現存六　　　　民部卿雅有卿

吹きおろす春の嵐の山風にとなせの滝の花のしら浪（巻四・春四・一五〇一）

をとりあげ、雅有は仁治二年生まれだから、建長元年はわずか九歳、従って増補本の成立も、建長二年直後とすることは無理で、少くとも雅有が十五六歳以上になった建長八年以後、建長末か正嘉の頃の成立ではないかとされた。しかし、右の雅有の歌は、弘安元年二年の詠作を自撰したと考えられている『別本隣女和歌集』三九三番に入る「御室五十首題歌」で（三句「山さくら」、四句「となせのたきや」）、明らかにずっと後年、既に撰者真観も没して後の詠作である。増補がそこまで継続したとは到底考えられず、これは先にも何例かあった『夫木和歌抄』集付の誤りと認めるほかない。本位田氏説の、増補本成立時期推定の根拠は失われることになる。

先述のとおり、建長元年十二月に第一次奏覧本を進入した段階で、第一帖から第五帖分に相当する歌の収集も、同時進行的にかなり進んでいたと思われる。かつまた、本位田氏もいわれたとおり、抄出本の歌数などから推察されるところでは、第一帖から第五帖に至る巻々は総じて歌数も少く、第六帖ほどに完備したものであったとは思えない。とすれば、二年九月に作者名を注付して再度進入後、六帖完備の撰集への増益を命じられてから、それほど長い時間を要することなく完成をみたと考えるのが自然であろう。早ければ建長二年中にも、遅くとも翌三年の前半には完成していたと見ておきたい【附記2】。

【注】

（1）①本位田重美「現存和歌六帖考」（『国語国文』第二十八巻第八号、昭和三十四年八月）。②同「現存和歌六帖補考」（『日本文芸研究』第十三巻第四号、昭和三十六年十二月）。①②とも『古代和歌論考』（笠間書院、昭和五十二年九月）所収。

（2）福田秀一「抄出本『現存和歌六帖』（校本と索引）」（『国文学研究資料館紀要』第六号、一九八〇年三月）。

（3）佐藤恒雄「公条抄出本『現存和歌六帖』考―永青文庫蔵幽斎筆本をめぐって―」（『中世文学研究』第六号、昭和五十五年八月）。↓本書第七章第一節。

（4）安田徳子「『現存和歌』『現存和歌六帖』の成立」（『東海学園国語国文』第二十一号、昭和五十六年十一月）。

（5）井上頼圀旧蔵。群書類従本『現存和歌六帖』に朱校書入がある。巻首遊紙の表に「以下九首在下草条藤原為綱朝臣之歌下」として、二六歌作者から三四歌末尾まで、裏に「以下五首在菰条信実朝臣哥之上」として、一四八歌「こも」題作者名から一五三歌末尾まで、巻尾「明珎法師」八七〇歌の後の余白に、八七一歌作者名から八七五歌末尾までをまとめて注記するほか、行間と上部欄外などに為氏本にあった歌を補入の形で記し、作者名や本文の大きな異同なども注している。巻頭の書名「現存和歌六帖」の「六帖」を見せ消ちとし、上部に「為氏卿本無六帖二字与跋文合」とあり、巻末奥書には「為氏本ナシ」と注する。そして類従本末尾の校合奥書あとの狭い余白に「以二条為氏卿真跡本比校了、為氏卿本歌数八百七十五首、与跋文所謂数不合、然決非後来続補、俟後考／文政元年八月四日狩谷望之」とある。

（6）樋口芳麻呂「寛喜元年女御入内屏風和歌とその考察」（『愛知学芸大学研究報告』第十輯、昭和三十五年三月）。

【附記1】 初出稿第五項において、「そして同時に、第六帖分についても若干の増補や改訂が行われたらしい痕跡を見る」として、以下の六首をあげ考証した。

増①カキホナルオキノハスリノカセノヲトモアキノナラヒトエヤハナクサム　衣笠前内大臣

（「高良玉垂宮神秘書紙背歌書」所収歌四首中の一首）

増②

あゐ　　信実朝臣

はりまなるしかまにつくるあいばたけいつあながちにこぞめをかみん

（永青文庫本以外の抄出本。二五〇衣笠前内大臣歌の前か後に）

増③

やまたちばな　　衣笠前内大臣

あとたゆる山たち花のいはがくれ身のなるさまをしる人もなし

（永青文庫本以外の抄出本。二六〇信実朝臣歌の前か後に）

増④　さゝ　真観

もとつてのいそしのさゝふわけみれど我よばかりのうきふしはなし

（全ての抄出本。二六九入道前摂政歌二七〇衣笠前内大臣歌の替わりに）

増⑤　信実朝臣

山がつのしづかかきねの篠くるみにぎはふまでのすみかとはみし

（抄出本中、松平文庫本・黒川本・久曽神氏本。増④歌に続けて）

増⑥　みくり　衣笠

かくれぬにおふるみくりのくりかへししたにや物を思ひみだれん

（永青文庫本以外の抄出本。二七八前大納言為家歌に続けて）

これらについては、その後、池尾和也氏の批正（「『現存和歌六帖』の成立に関する諸問題」『研究と資料』第十八輯、昭和六十二年十二月）を受け、是として受け入れたので、本書にあってはその詳細を割愛した。すなわち「増①」と「増④」は、『現存和歌』の落丁か二枚めくり書写による欠脱部分にあった歌、「増②」「増③」「増⑤」「増⑥」の四首は、公条抄出本が一旦成立して以後における、公条自身または後人による『新撰六帖題和歌』からの増補歌、と判断を改めた。従って『現存和歌』（第六帖分）の増補の痕跡は皆無となる。

【附記2】本章第四節において、第一次奏上本の段階ですでに六帖は全部完備していたこと、作者数「百九十七人」はその段階における六帖分全部の合計歌人数であること、書名を「現存和歌」とし未だ十全でなかった第一帖から第五帖までの歌を選び加えて完全な撰集にせよとの指導を受けたのは建長元年第一次奏上本よりもさらに一段階前のことだったこと、の三点について拙論を大きく変改するのであるが、それ以外についてはなお残すべき見解もあり、研究史の上に位置してもいるので、初出稿の論述のトーンをいく分薄めながら整理して載録した。

第三節　天理図書館蔵現存和歌覚書

一　はじめに

長尾欣哉氏旧蔵呉文炳氏蔵重要美術品『現存和歌』は、『国書遺芳』(注1)に写真版が掲載され、『新編国歌大観』第六巻(注2)には校訂本文の底本とされる、当該作品の伝本中最古の鎌倉期古写本で、古態を留め、成立の問題を考究する上で逸することのできない最善本である。はじめてこの本の写真版を伝本の一つに加えて『現存和歌六帖』の成立論を展開したのは安田徳子氏であったが(注3)、その後、佐藤恒雄による成立論(注4)と、佐藤稿に対する池尾和也氏の疑義提起(注5)、佐藤の反論(注6)と研究は展開してきた。しかるに、肝腎の重要美術品『現存和歌』そのものの所在はしばらく不明となっていたのであるが、最近池尾氏が天理図書館に現蔵されていることとつきとめ、調査報告とそれに基づいた考察を公にしている(注7)。私もまた最近当該本を調査する機会をえたが、いくつか重要な点で池尾氏の見解とは異なる知見を得たので、覚書としてそのことを記しておきたい。

二　天理本『現存和歌』の書誌

当該本の書誌については、『国書遺芳』解題（吉田幸一氏）ならびに池尾氏稿に記され、両者間に若干の相違点があるが、私の見るところはその両者とも異なるところがあり、また論述に便宜でもあるので、私の調査結果をまず最初に記すことにする。

鎌倉期古写本、一帖。黒漆塗り（金縁取り、箱内部は梨地）箱入り。箱の表中央に金文字で「現存和歌集 為氏卿筆一冊」とあり。たて二一・三センチ、よこ一四・五センチ、白緑地に紺で七宝網目細紋を織り出した古代裂表紙。見返しは、厚手鳥の子紙の全面に銀の小切箔を散らす。綴葉装。本文料紙は、斐楮混漉。総丁数、一二二丁。うち遊紙は、巻頭に一丁、巻尾に三丁。墨付、一一八丁。一面八行、和歌は上下句二行分ち書き、下部行間に小さく作者名を書く。外題や題はないが、内題に「現存和謌」とある。筆者は特定できないが、内題・作者名・題・歌本文はもとより、本文の修訂や傍記も含めて全て一筆と認められる。ただ所々歌頭に施され、勅撰集入集歌であることを示す合点のみは墨色を異にしており、『新千載和歌集』の歌までに付されているところから、延文四年（一三六〇）十二月以降、『新拾遺和歌集』成立の貞治三年（一三六四）十二月までの間に、後人が加えたものと見られる。

一帖は全部で六折よりなり、各折の枚数と丁数は、以下のとおりである。

第一折　七枚　一三丁（一番外側の最初の一丁分は表紙裏にくるまれる）
第二折　一四枚　二七丁（第一四丁目に当る一番外側の最初の一丁に対応する最末の一丁分は、欠逸して存在しない）
第三折　一三枚　二六丁
第四折　一二枚　二四丁
第五折　一〇枚　二〇丁
第六折　六枚　一二丁（裏表紙にはくるみはない）

第一二二丁目の最末の一丁の裏、外側の面は、手擦れその他による汚れが甚だしく、現在の形態に改装される以前の、ある時点における本文料紙共紙の表紙であったと見られる。あるいは原表紙であったかもしれない。表表紙と見返しの間にくるまれた一丁も、現在の改装時既にかなり損傷していたらしく、一部紙が補われている。

裏表紙の内部、貼合せ部分に、

松平豊後守様御用

御本丸御経師　桜井　左近（花押）

同　市兵衛

宝永二年酉八月四日

と書き付けがある。宝永二年（一七〇五）乙酉八月四日に改装した時の、経師桜井左近の覚書きであるにちがいない。しかし、現在の装丁はもっと時代が下ると見られ、この貼合せ部分書き付けが見えるように、わざと開いたままにしてある。そのこととの関係で、最終丁を裏表紙にくるむことはしなかったのであろう。ちなみに宝永二年時の「松平豊後守」は、豊後、木付藩の松平（能見）重栄か、府内（大分）藩の松平（大給）近陣か（宝永二年時点の江戸幕府諸職中に、豊後守を通称の官名とし、松平姓である者は見出せない）。

三　転写本であることの証跡

天理本は、『現存和歌』の原本ではなく、明らかに写本である。上下句二行分ち書きにした歌本文の右側行間下部に、小さく作者名を書き入れた形態が、当初に編者真観が作者名を付注したある段階の姿を髣髴とさせ、書写年代もずば抜けて古いけれども、原本そのものではなく、原本ないしはそれに極めて近い位置にある一本からの写しであると判断せざるをえない。

転写本であることの第一の証跡は、親本における落丁をそのままに継承している事実である。池尾氏が前稿で、抜粋本に抄出される歌との関係から落丁があったはずだと指摘し、私もそのことは確実で正当な推定だと認めた、第三八丁裏末尾の作者名「衣笠前内大臣」と第三九丁表との間に位置する落丁箇所である。しかし、天理本にはこの一丁に対応する部分に欠脱はなく、本文は完備している。従って、この箇所は天理本固有の落丁ではなく、親本における落丁（一丁八首か）を継承していると断定するほかない。すると、親本が綴葉装であったとすれば何らか機械的・物理的原因による一丁分の欠如、袋綴であったとすれば一丁分の欠落ということになる。何れにせよ抜粋本に抄出されている真観の「さゝ」題歌「もとつてのいそしのさゝふわけみれと」は、その中に含まれていたはずである。なお、この部分は丁変りの箇所なので、天理本・親本ともに二枚めくり書写による脱落ではありえない。かくの如く、天理本は、親本の一面行数までもそのままに、忠実に書写しているのである。

転写本であることの第二の証跡は、墨色の濃淡のありようから、作者名と歌本文が連続して書記されている事実にある。原本なら、作者名はことごとく後からの追記でなければならない。

すでに池尾氏が四例（五六三〜五六七、六六六〜六六七、七五六〜七五七、八一九〜八二〇）を例示して、「これらの部分は、和歌本文と作者名がひと続きに書かれたものと判断せざるを得ないのではなかろうか」というとおりである。とりわけ典型的なのは、五六六番の歌本文「はるかぜのわきてもふくかやまかげに／こだれてなびくあをやぎのいと」と薄墨で書記されたのに続けて、次の五六七番歌の作者名「入道前摂政」も同じく薄墨で書記したあと、墨継ぎをして、濃い色の墨で「あをやぎのはるのけしきもたをやめの／かざしのたまのつゆぞみだるゝ」の歌本文が記されている部分である。一続きに書写されていることは明々白々で、一点の疑いもない。

そのほかの部分においても、少くとも第七丁の裏（「さうのくさ」の途中）以降は、原則として前から後へ、右から左へと機械的に書写されていると見て誤らない。ただ第七丁の表までは、少しく様相を異にする。すなわち、おそらくは一面ないし見開きごとにまず題と歌本文をまとめて書写していったあとで、引き返して作者名を書き添えて行く方式をとったものと思量される。第二丁裏の五番歌の作者「真観」は、何かを擦消してその上に書かれている。擦消の大きさ（四字分程度）からみて、つぎの六番歌の作者「法眼長尋」と一旦書いたあと、すぐ誤りに気付いて擦消し、「真観」と書き直したものと見られる。第六丁裏から七丁表にかけての見開き部分において、三七番歌から四〇番歌にいたる四首の歌の作者名がいずれも擦消され、あとの三首はその上に重ねて書記されている。これは、最初三六番歌の作者として「信実朝臣」と書いたあと、信実の歌が二首続くので一首分空白にしなければならないのに、三七番歌の作者として三八番歌の作者「正三位知家」を、以下順次一首ずつ繰り上げて四〇番歌の作者には「皇太后宮大夫俊成女」と書いていって、四一番歌に至りその作者名がないことによって、一首のズレに初めて気づき、擦消して改めて正しい作者名を書き付けていった痕跡であるに相違ない。擦消部分の大きさが、そのことを如実に物語っている。編者自身がこのような誤りを犯すことはありえない。親本をそのまま機械的に書写してなった一写本であること確実である。

そして、第七丁裏以降においては、このような作者名の全部にわたる擦消は皆無である。蓋し、ここでの大量の過誤に恐れをなした天理本の書写者が、すぐに書写方針を変更して、歌本文も作者名も通して、順次右から左へと書記してゆく方式に改めた結果であると思われる。第七丁裏以降においてこの原則は貫徹しており、墨色の濃淡は極めて自然に推移している。

なお、関連していえば、移動符号による作者名の本来あるべき部処への移動訂正は、天理本の書写段階において生起したことではなく、親本にすでにそうなっていたものを、忠実に写し留めた結果であるとみて誤らない。本文訂正箇所は、一概にいずれと断定することは困難であるが、あるものは親本を継承し、またあるものは天理本独自の修訂と、二種類が含まれているであろう。

以上二つの証拠により、天理本が転写本であることは確実であり、のみならずその書写の在り様の機微までも、推知されるのである。

四　天理本『現存和歌』の原態

前言したとおり、池尾氏も和歌本文と作者名がひと続きに書かれているとの判断を持ちながら、しかし、それをおそらくは部分的なものと見てであろうか、結局無視してしまい、「しかし、天理本に認められる作者表記は、概ね歌本文の後から注記されたものである」として、三例（四九番歌の末句「やまふき」の「や」と五〇番歌の作者「従二位行能」の「行」、一七一番歌の作者名「最智法師」の「智」と歌本文三句目「ねをたへて」の「を」、二二八番歌の作者名「皇太后宮大夫俊成女」の「女」と歌本文三句目「みる人も」の「人」）を挙げて、それぞれの文字の重なりを問題とし、「これらの箇所からは、明らかに作者名が和歌本文の上から書かれていることが見て取れる」という。確かに一字が僅かに重なり交差していることは事実であるが、わずかにこの程度の重なりが果して「明らかに作者名が和歌本文の上から書かれている」ことを証しうるものかどうか。どちらが上に重なっているかをどうやって確認できるのか。極めて疑わしく、はっきり否と言わざるをえない。狭い行間に書記してゆかねばならぬという制約のもとでの作者名の書写であることを思えば、順次右から左へ、歌本文と作者名を書記してゆく書写方式であっても、十分に起こりうる重なりであって、何ら不自然ではない。むしろ少々重なる方がはるかに自然であり、写本としての天理本の書誌的事実からは、前述のとおりの結論に導かれるだけである。

さらに、氏はかかる事実誤認の上に立って、「そうであれば、先の和歌本文・作者名の連続部分は、一体どのように解釈すべきであろうか」として、「これは、『現存和歌』の原態が、私たちが共通理解として持っていた「作者無記名本」などではなく、『古今六帖』に認められるような部分的作者付注本であったことを示しているのではなかろうか」と臆測を記し、さらに再説稿における私の文章を意図に反した形で引用して根拠とし、「天理本から想定される『現存和歌』の原態は、寧ろ『古今六帖』そのものの完全な模倣・踏襲であったことが理解される」と断定してしまう。しかし、和歌本文と作者名が連続するという書写方式が（あるいは作者名を後から書いてゆく書写方式との混在が）、どのような理屈で「私たちが共通理解として持っていた「作者無記名本」などではなく、『古今六帖』に認められるような部分的作者付注本であったことを示している」といえるのか。飛躍がありすぎて言わんとしていることの真意をはかりかねる。従来から知られているⅢ類本の奥書き、

建長元年十二月十二日類聚畢

同廿七日入　仙洞　依召也

同二年九月六日　可註附作者之由被仰下　仍令書顕也

の読解に加えて、天理本の精査の結果を不動の基礎として、虚心に考えを廻らせば、『現存和歌』の原態（第一次奏上本）[注8]は、作者無記名本以外ではありえない。

五　天理本は第一次奏上本に非ず

冷泉家時雨亭文庫蔵『現存和歌六帖第二』とその解説の内容に言及して、池尾氏は次のような論を展開する。天理本は、前述したように、和歌本文とその行間に部分的な作者付注がなされた本の上に、後からその他全ての作者名を書き入れて現在見るような形態に至ったものであり、この作者名の書き入れ以前の形態が、第一次奏上本そのものの形態であったものと想定される。(A) また、作者付注とともに、若干の本文の訂正（見せ消ち及び傍注等）が、同筆で加えられており、このような点からも、天理本自体が第一次奏上本（或いは、少なくともその手控え本）そのものであった可能性が示唆される（このような形態からは、同本が転写本であるとは考え難い）。(B) また、天理本の作者名注記には、若干の消し跡が認められるが、それらは、その消し跡の大きさや微かに見える墨痕から判断して、概ね作者名を一つ飛ばして付してしまったものを訂正したものであることがわかり、この点か(C)

らは、同本に作者付注がなされるに当たって、付注者の手元に別の作者完全付注本が存したことが推測される(即ち、撰歌をカード様に書き溜め、ファイリングしたようなものを、一々参照して作者を付していったものではなく、まして、その撰歌資料に戻って作者を確認したものでもないと考えられ、従って、その手元にあった作者完全付注草稿の誤りは、付注者がその時点で気付かない限り、全て現存本に吸収されているものと考えられる)。

内容の異なることがらが連ねられているので、仮に(A)(B)(C)に三分して見てゆくことにする。

まず、(A)については、その後半で第一次奏上本を、この前段階として想定する点は、問題なく正当であるが、しかし、その前半に述べることは、既に検証したとおり事実誤認である。二つの階層をなした付注の痕跡などあるはずもなく、平面的・連続的な書写作業の結果として理解すべきものである。

(B)については、若干の本文の訂正(見せ消ち及び傍注等)が同筆で加えられていることを根拠として、天理本イコール第一次奏上本だと主張する。しかし、この根拠のみをもって、なぜそう言えるのか。転写本でも全冊同筆はごく普通で、この推論は意味をなさない。そもそも、さきに転写本であることの第一の証拠として挙げた、落丁箇所が天理本固有のものではなく、親本段階の落丁を継承したものであることに、氏自身も気付いていながら、「元原稿から転写の際に、目移り或いは元原稿の二枚めくり等によって生じたものを、後に書写者(おそらく真観)が気づいて歌本文頭に合点を付してチェックしておいたものであろう」と、ありえないような事態を想定する。全ては天理本即ち第一次奏上本という結論を予断として持つところからくる推論の誤りであろう。素直に事実のままに解釈してゆけば、天理本は転写本だからだという結論に、簡単に導かれるはずである。著者や編者が直接に関わった原本が残存している確率は極めて低く、むしろ稀有に属することを肝に銘じなければならない。

(C)については、前半に述べられるところは事実としてよい。しかし、後半の「同本に作者付注がなされるに当たって、付注者の手元に別の作者完全付注本が存した」というのは、いかがなものか。編著者の手元に草稿本あるいは手控え本としての本があったと考えることは、一向に不自然ではない。しかしこの場合、これまで見てきたような証跡を押さえて、付注者と書写した人物が別人だと考えれば、ごく自然な理解に到達できるはずである。

六　天理図書館本の錯簡と内題

天理本の錯簡は一箇所、第一一丁と第一二丁が前後して、本来の八四番歌前の「をみなへし」題から九〇番歌、ゆふぐれはふきもさだめぬあきかぜに　まねくすゝきの袖かへるみゆ

末尾までの一丁が、七五番歌、

ぬれ〳〵もおりてかざゝんはぎがはな　ちらすながめのひかずもぞふる

で終る一丁のすぐ次に位置し、本来の七六番歌、

しばしみむあやなゝちりそしらつゆの　たまもてさける秋はぎのはな

から八三番歌、

うき人の心もしらずあきはぎの　した葉をみずはなをやたのまむ

までの一丁がその後に位置して、第一折の最終丁として綴じられている（新編国歌大観では、他の諸本により整序して本来あるべき歌番号を与えた）。書誌の項で記したとおり、この一丁に対応する片割れの一丁が、表紙と見返しの内部にくるまれているのであって、その部分には何も書写されていないと観察される。つまりこの部分をあるべき姿に復元すると、内題の前に二丁分の白紙が存在したことになり、末尾における在り様から類推して、その外側の一枚はおそらく本文共紙の表紙とされていたと見られる。現在の表紙にくるまれた一枚がかなり損傷していたらしいこと、現在の遊紙の外側の面は特に汚れや損傷がないことから推考すれば、この錯簡は天理本が書写されて最初に装丁された時以来のものであるか、あるいは書写の段階で錯簡に気付かず親本をそのまま書写した結果であるか、い

ずれかであると考えられる。前記したとおり、親本における落丁を継承した確実な事例があることに徴し、また作者名記載における親本への忠実な書写態度から類推して考えれば、ここも親本における一面の行数までそのままに踏襲して書写した、後者の可能性の方がはるかに大であると思量される。ともあれ、表紙の次に一丁分の遊紙があって、内題、本文と続いて行く天理本の在り様は、写本として極めて自然な形態であって、基づいた親本も勿論そうであったはずである。本文内容から見て、天理本と親本の錯簡を正すことのほかには、この部分について不審は何も残らない。

しかるに池尾氏は、この対応する一丁分は切除されて存在しないとして、現在の遊紙の内側、内題との間に二丁分以上の落丁を想定し（二丁分以上になるということも理解できない）、そこに『古今六帖』（や後に整備されて完成態となる『現存和歌六帖』）のように、歌題目録があったのではないかとの予断をもちこんで、天理本の内題の位置は不自然だという。しかし、一面の行数八行から考えても、内題は親本の段階で既にこの位置に「現存和歌」とあったことは確実であり、『現存和歌』には本来歌題目録はなかったのである。歌本文や配列など本来的な内容に関わらぬその種形式の整備は、常識的に考えても後来的で、後人が最も手を加えやすいことがらである。

七　天理図書館本の落丁

落丁も一箇所あり、一丁分の脱落を確認できる。すなわち、第四〇丁裏の末尾二八四番歌、藤原隆祐の、

しもふかきにはにおれふすよもぎふの　たつかたなくて身はふりにけり

から、第四一丁表の「こけ」題と二八五番歌の御製、

おくやまのたにゝは冬もよそなれや　しもがれもせぬこけのいろかな

に移る間である。この部分は、第二折から第三折に移る折の境目の部分であるが、書誌の項に記したとおり、第二

折の一番外側にあたる一枚は、左半分が切除され右半分のみが第二折の最初の一丁として綴じられている、その失われた左半分に相当する一丁分である。おそらく何らかの機械的・物理的な理由により失われたものであろう。従って、ここは天理本固有の落丁であること疑いなく、親本にはここに一丁分「よもぎ」題八首が存在したことを確認することができる。この点は池尾氏の見解も同様である。

以上一箇所のほかには、天理本固有の落丁はないと見られる。ただ池尾氏はなお、第一一三丁裏の末尾「藤原忠兼朝臣」と第一一四丁表の八三〇番歌、

いはこゆるかはをとすめるあきのよの　ふけゆく月にちどりなくなり

の間にも、一丁分の落丁があると見ている（それに対応する一丁分は、末尾の遊紙部分となる）。池尾氏が前稿で想定した、忠兼の「ほととぎす」題歌を含む一丁があって、その中に題としては唯一欠逸している「ちどり」の題も含まれていたとする推測は蓋然性が高くて妥当であり、本来ここに八首の歌があったと見ることは正しいであろう。しかし、天理本にあって第六折の外側から数えて三枚目にあたるこの一枚が、何故に失われたのか、説得的な理由は見当たらない。八三〇番歌の右側作者名記載スペースに二字分の擦消のあとが見える（前丁末尾の作者名「藤原」の裏写りではない）のも不審である。そのことの意味は今定解をえないけれども、天理本が親本の極めて忠実な写本であり、一面行数までそのままに書写している事実を重く見て考えれば、この部分もおそらく天理本固有の脱落ではなく、親本における落丁を継承した脱落とみるべきものと考える。そして、ここも丁変わりの箇所であることから、天理本・親本ともに、二枚めくり書写による脱落ではないと思われる。

八　おわりに

かく見てくれば、転写本たる天理本の書写態度は、親本に極めて忠実であり、おそらく機械的・物理的な要因に

よるとみてよい一丁分の欠逸（第四〇丁と四一丁の間）を除いて、全ては親本に由来する落丁・脱落の継承であったと思量されるのである。

なお、「名闕」及び「作者不詳」と記される歌を若干持つ、冷泉家時雨亭文庫蔵『現存和歌六帖第二』をめぐって、成立史上への位置づけを含めて、十全に考察を加えなければならないが、本節では以上天理本に関わることのみにとどめ、新たに発見された巻二の後半が紹介された後に、究明を期すこととしたい。

【注】

（1）呉文炳『国書遺芳』（理想社、昭和四十三年六月）。
（2）『新編国歌大観』（第六巻）私撰集編Ⅱ（角川書店、昭和六十三年四月）。
（3）安田徳子「『現存和歌』『現存和歌六帖』の成立」（『東海学園国語国文』第二十一号、昭和五十六年十一月）。
（4）佐藤恒雄「現存和歌六帖の成立について」（『中世文学研究』第十二号、昭和六十一年八月）。↓本書第七章第二節。
（5）池尾和也「『現存和歌六帖』の成立に関する諸問題」（『研究と資料』第十八輯、昭和六十二年十二月）。
（6）佐藤恒雄「現存和歌六帖の成立について（再説）」（『中世文学研究』第十七号、平成三年八月）。佐藤恒雄「現存和歌六帖」解題（『新編国歌大観』（第六巻）私撰集編Ⅱ（角川書店、昭和六十三年四月）。
（7）池尾和也「『六帖題和歌』の周辺(上)―『現存和歌六帖』の原態について―」（『中京国文学』第十三号、平成六年三月）。
（8）池尾氏が『現存和歌』あるいは『現存和歌六帖』の原態という時の「原態」の概念に揺れが見られる。私は、第一次奏上本を「原態」と考えるものであるが、池尾氏は、第一次奏上本とは区別して、天理本の元の形態という意味で用いているところと、私と同じ意味で用いているらしいところと、両方があって曖昧である。あまり細かく区分して考えるなら、写本の数だけ成立の段階があったことにもなりかねず、私は大同をもって成立段階を押さえて行く方法を是としたい。

第四節　現存和歌六帖の成立（II）

一　はじめに

冷泉家の秘庫の中に眠っていた資料に光があたり、冷泉家時雨亭叢書に影印刊行された『現存和歌六帖第二』[注1]は、従来第六帖のみしか残存していなかった『現存和歌六帖』の研究に、いくつかの新しい知見をもたらすことになった。本節では、『現存和歌六帖』の成立をめぐる従来の議論に、どのような視界と展望が開け、また所説の変更を迫られるか、できるだけ客観的に事実を整理して提示することを課題としたい。冷泉家時雨亭文庫蔵本の具体については、二回にわたるその解題に巨細に説き尽くされ、本稿もそれを前提にするが、一々にすべてを断りきれないところがあることを諒とされたい。

二　「名闕」歌と「作者不詳」歌

冷泉家時雨亭文庫蔵『現存和歌六帖第二』は、作者注付本であるが、所収歌総数五五四首のすべての歌に作者名が記載されているわけではない。すなわち、作者名欄に「名闕」と記される歌が六首、「作者不詳」と記される歌が十首あって、まだ作者注付は完結せず不完全さを留めたままの途中段階にある。この形で公的に仙洞に進入されたはずはなく、その一段階前の姿を伝えると目される不思議な内容の一本である。
解題によれば、「名闕」歌はすべて真観の歌として問題はない。具体的には、以下のとおりである。

（やま）　名　闕
① さびしさのたぐひやいづくひばらもる　ふるの山べのあきのゆふぐれ（一七）
② あまのがは井ぜきのやまのたかねより　月のみふねのかげぞさしこす　同（一八）
（うづら）　名　闕
③ かりごろもすそのゝきゞすゆきずりに　しのぶのたかをあはせつるかな（三七九）
（くに）　名　闕
④ つのくにのこやのあしぶきのわきして　ひまこそあれと人につげばや（四一一）
（にはとり）　名　闕
⑤ こえあかす山ぢのすゑの人ざとに　とりのやこゑもいましきるなり（四七八）
（うし）　名　闕
⑥ いなばわけ人のたのあぜひくうしの　よこみちもなきときよなりけり（五三二）

②は、『夫木和歌抄』（八五二二）や『宝治百首』（一五八三）他により、真観の歌。歌末の「同」は他筆とはいえ作者名に関し前歌を承ける記号であるから、①も真観の歌としてよい。④は、『続古今和歌集』（一一二〇）他によって、やはり真観歌。⑤も、『新撰六帖題和歌』（八二五）により、真観歌。⑥は、『新撰六帖題和歌』（八九〇）や『夫木和歌抄』（一二九五八）によって、これも真観の歌と確定できる。とすれば、残る一首③も確証はないが真観の作と認めてよいであろう。真観は、撰者である自らの歌である故に、謙退の意をこめて、「真観」と明記することを

一時的にしなかったのであろう。

ところで、真観が作者を書き顕してゆく中で、自分の歌に「名闕」と注したとは考えがたい。「名闕」とは撰者真観以外の書写者某による所為であるべく、作者不記により空欄となってしまう箇所に読者が不審を抱かぬよう、ここは作者名が欠けている旨を明示した記号に他なるまい。冷泉家時雨亭文庫蔵『現存和歌六帖第二』は、真観注付本からの転写本にあたることになる。

対して「作者不詳」歌の方は、作者を書き顕してゆく中で一時的に本当に作者が判らなくなった歌に、真観が仮に付した記号であるべく、作者の考証が進むとともにその数は減じていったであろう。

その「作者不詳」歌は、以下のとおりである。

（しか）　　作者不詳

⑦　いつとなく世をうぢやまにすむしかも　あきこそわきてねをばたてけれ（七一）

（やまびこ）　　作者不詳

⑧　山びこのこたへばかりはかひもなし　さてもゆくゑのしられやはする（一六六）

（みね）　　作者不詳

⑨　たれをかもいまきのみねといひそめて　つまゝつのきのとしをへぬらん（一七八）

（そま）　　作者不詳

⑩　そま人のいかにまたれんみわのやま　しげきなげきをひくよなりせば（一九三）

（そま）　　作者不詳

⑪　ひだゝくみそまのみや木にうつすみの　いでいらぬよやわがきみの御代（一九七）

（をか）　　　　　　　　　　　　　　　　　　作者不詳

⑫　こゝにしもなにしげるらんたまざゝや　うきふしゝげきかたこひのをか（二三七）

（みち）　　　　　　　　　　　　　　　　　　作者不詳

⑬　などやこの人やりならぬみちだにも　かへりみがてにものうかるらん（二七一）

（あきの野）　　　　　　　　　　　　　　　　作者不詳

⑭　あきのゝのくさばにむすぶしらつゆの　ほすひまなくて袖やくちなん（三四〇）

（にはとり）　　　　　　　　　　　　　　　　作者不詳

⑮　あかつきをうしとはなにゝおもひけん　わかれぬとりもねをばなきけり（四七九）

（おや）　　　　　　　　　　　　　　　　　　作者不詳

⑯　みぬ人もこひしかりけるためしとは　わがたらちをにおもひしりにき（五一九）

この内の⑩は『夫木和歌抄』（九〇三）により「鷹司院按察」の歌、⑫も『夫木和歌抄』（九一五四）に「鷹司院按察」の歌となっており、⑪は『現存和歌六帖抜粋本』（七六）には「義淳法師」の歌とされていて、作者は特定できる。解題にもいうとおり、これらは最初からあえて名を隠したのではなく、一旦隠した作者を書き顕わそうとした際に、作者を付記した手控えの副本など、本来簡単に復元できる用意があったはずなのに、若干の混乱から本当に一時的に判らなくなった段階があったと見られ、その時点の本文のありかたをそのまま伝えているのだと思われる。中途半端な本であり、真観の私的なメモ程度ならいざしらず、このようにきちんと清書された本が残っていることの理由は計りかねる。

とまれ、第二帖がこうであるとすれば、第一帖、第三帖〜第六帖についても、「名闕」「作者不詳」記を含む、同じ時点の本文を伝える完本「現存和歌六帖」が存在したはずだと思量される。

三　『夫木和歌抄』と公条抄出本が依拠した『現存和歌六帖』

『夫木和歌抄』が依拠し採歌した『現存和歌六帖』は、「作者不詳」記を含む種類のテキストだったようである。『夫木和歌抄』は、「名闕」歌を採ってはいないが、「作者不詳」の⑨歌一首を「読人不知」の歌として九〇四二番歌に採っている。『夫木和歌抄』が撰歌資料としたのは、冷泉家時雨亭文庫蔵『現存和歌六帖第二』と同じ形態の、「作者不詳」を作者名とする一本だったはずである。『夫木和歌抄』中に「現存六」と集名注記されながら「読人不知」とされる歌が九首あるのをいかに解するかとの疑問は、池尾和也氏から提起されていた(注2)が、『夫木和歌抄』の独自誤謬として無視してきた。しかし、この問題はきわめて大きな意味をもっていたことに思い至り、考えを改めねばならない。

『夫木和歌抄』が拠った『現存和歌六帖』は、第一帖から第六帖までのすべてに「作者不詳」歌を含むものだったらしい。まず第六帖分を検すると、「読人しらず」歌として四首が採られている。

春歌中、現存六　　よみ人しらず

① あをによしならのあすかはいたづらに猶八重ざくら今もさかなん（夫木和歌抄一〇九一）

杜若、現存六　　よみ人不知

② いその神ふる川のべのかきつばたはるの日数はへだて来にけり（同二〇〇六）

ひざくら、現存六　　同（読人不知）

③ 散る度にもえこがれてもをしけきはかまど山なるひざくらのはな（同八三六四）

①歌は、第六帖分の『現存和歌』（五七二）に、「入道前摂政」の歌として採る。②歌は、『現存和歌』（一四六）に、「二条院讃岐女」の歌とする。③歌は、『現存和歌』（六四四）に、「蓮信法師」の歌とする。従って、考証すれば確定する作者名を、顕すことなく、「読人しらず」とされていた冷泉家時雨亭文庫蔵『現存和歌六帖第二』に類する『現存和歌六帖』の第六帖に拠って採歌したにちがいない。また、

題しらす　　　　読人しらす

④　かへるさのあしたのはらの青つづらくるしき道といまぞしりぬる（同一三四〇四）

この歌は、重出する歌（九九三二）には「宝治二年百首」から採歌して「源俊平朝臣」とし、『現存和歌』（二一七）にも「源俊平」の歌とする。とすると、『現存和歌』から採歌した（一三四〇四）歌の方に「作者不詳」となっていたのを、そのまま採って「読人しらず」としたことになる。

これら四首を『夫木和歌抄』は何れも「読人しらず」としており、『夫木和歌抄』が依拠した『現存和歌六帖』第六帖は、時雨亭文庫本第二帖と同じ形態の本であったとしなければならない。

また、第六帖以外の巻も、同断であったらしい。『夫木和歌抄』（一一六五三）歌は、

うら　現存六　　　　読人不知

⑤　うかりけるみしまのうらのもしほ火のもえてこがれてよをつくせとや

とある。これは『現存和歌六帖』第三帖（散佚）の「うら」題歌から採歌したと見てよいであろう。『拾遺風体和歌集』（三一二）は「衣笠内大臣」の歌とするから、作者は家良であったと見てよいが、『夫木和歌抄』は『現存和歌六帖』第三が「作者不詳」と表記しているのに拠って、「読人不知」歌として採り入れたと見られるのである。

また『夫木和歌抄』(一五六三二)歌に、次のようにある。

同(六帖題)、現存六　　読人不知

⑥　山しろの井での下おびいくよへてむすぶちぎりのあはれしるらん

この歌は、『万代和歌集』(二一八〇)には「寄帯恋といふことを　従三位行能」とあり、「おび」の歌として採ったと見られる。「帯」題は第五帖分の中にあるから、『現存和歌六帖』第五帖(散佚)からの採歌であったことになる。或いは「ちぎり」題であったかとも考えうるが、もしそうだったとしても、同じ第五帖の内であり、実は従三位行能の歌なのに「作者不詳」とされていたのに拠って「読人不知」としたにちがいないのである。

かくて、第三帖・第五帖についても、「作者不詳」歌を含む系統の本であったことが判明する。残るは第一帖と第四帖の二帖となり、類推を及ぼせばこの二帖の場合についても、同断であったと見られる。

すなわち『夫木和歌抄』が依拠した『現存和歌六帖』は、冷泉家時雨亭文庫蔵『現存和歌六帖第二』と同じ形態の本だったのである。「名闕」歌を含んでいたか否かの確証はないが、「作者不詳」を作者名として含む系統の本であったことは確かであろう。

しかし、それは冷泉家時雨亭文庫蔵『現存和歌六帖第二』そのものではなかった。

(ふるさと)　　入道前摂政

⑰　みかのはらふりにしくにのみやこにも　山とかはとぞあとのこりける(四三一)

この歌は道家の歌であるが、これをも『夫木和歌抄』(九九四二)は「読人しらす」歌として採っている。『夫木和歌抄』は、冷泉家時雨亭文庫蔵本とは若干の相違点もある、しかしほぼ同類の一本に拠ったのであった。

一方、公条抄出本に代表される『現存和歌六帖抜粋本』が依拠した禁裏本は、『夫木和歌抄』の拠った『現存和歌六帖』とは異なる本であったようだ。冷泉家時雨亭文庫蔵『現存和歌六帖第二』(一九七)「ひだたくみ」歌は、「作者不詳」歌であるが、抜粋本(七六)は「義淳法師」の歌としている。また前引『夫木和歌抄』(八三六四)「ひざくら　現存六　同(読人不知)」を、抜粋本(三二二)は「蓮信法師」詠としており、これは第六帖分の『現存和歌』(六四四)に「蓮信法師」とあることに拠っている。とすれば、第二帖も第六帖も、現存の第六帖分『現存和歌』と同じく、「作者不詳」表記のまったくない、完成された形態の一本であったと推定される。第一帖・第三帖・第四帖・第五帖についても同じだったはずである。第一帖に一首「真観」歌を抜き、第六帖にも「真観」歌を採っているから、「名闕」表記もない本であったと知られる。公条が抄出に用いた禁裏本は、作者が全体にわたって書き顕わされた形態の完本だったのである。

かくて、『現存和歌六帖』には、二種類のテキストがあったことになる。冷泉家時雨亭文庫蔵本は禁裏に嘉納される一段階前の系統の一本で、「作者不詳」「名闕」(又は空白)記を残すまだ不完全なテキスト、さらに作者考証に完璧を期してすべての作者を書き顕して仙洞に進入されたテキストが禁裏本となっていたと思われる。二つのテキストは、きわめて短い時間差の中に生起し、書写されたであろう。前者は、冷泉家時雨亭文庫蔵『現存和歌六帖第二』のみ残りその他は散佚、後者は、第六帖分の『現存和歌』のみが残りその他は散佚して不明となっているが、ともに将来出現する可能性は残されているであろう。

四　第一次奏上本の様態

冷泉家時雨亭文庫蔵『現存和歌六帖第二』の作者注付は、どの時点で行われたのであろうか。解題によれば、冷泉為久の書き付けとして、「為経卿、按察使トアリ。然者、建長二年比ノ撰歟。／公相公、権大納言トアリ。建長二年十二月、兼右大将」とあり、為経の任按察使が建長二年正月十三日（三年正月二十二日まで）であり、公相の兼右大将が同年十二月二十四日であるところから、「建長二年比歟」としたもので、この考証は正鵠を射ている。

これに関連して、第Ⅱ類彰考館文庫蔵本の奥書を再検討しておきたい。

（A）建長元年十二月十二日類従畢
　　同廿七日依召進入　仙洞了
　　　作者百九十七人也
　　　　僻案寺住侶釈

（B）同二年九月上旬可注付作者之由
　　被仰下　仍更清書　同廿四日進入了
　　　　已上本記

建長元年十二月十二日に類従を完了し、二十七日に召しによって仙洞に進入された第一次奏上本は、第二奥書と関連させて判断するかぎり、作者無注記本であった。なぜ作者を隠したのか、その理由は判らないけれども、同二年九月上旬（第Ⅲ類本奥書によれば九月六日）になって、作者を顕わし注記して、再度進上せよとの仰せを受けて始められた作業で、九月二十四日には完了して仙洞御所に進入したという。為経の官記の範囲は、この時として完全に符合する。作者顕示は、建長二年九月六日から二十四日の間に行われたのであった。提出したのは、途中段階の「名闕」歌「作者不詳」歌を含み持つ時雨亭文庫蔵本系統の本ではなく、さらに増補してすべての歌の作者を注付し終えた完成本だったはずで、それが嘉納されて禁裏本となったと思われる。短い時間差の中にある二段階の作業ではあっても、第二次奏上本のための作者注付の作業がこの期間内に行われ、しかもそれが第六帖のみならず、第二帖においても（またその他の巻々も）同時並行的に行われたことは確かであろう。また十八日間という期間は、機械的に書き加えてゆくだけの単純な作業だったとしても、全巻の作者顕示に必要な最短の時間だったにちがいない。

ここで付随して、広く流布するIII類本の奥書も、再検討しておきたい。

（A′）建長元年十二月十二日類聚畢
　　同廿七日入　仙洞　依召也
（B′）同二年九月六日可註附作者之由被仰下　仍令書顕也
（C）名之事続六現存此二様令申　可為現存倭歌之旨也
（D）部類未微少　重而選加而可為六帖之趣　仰也
（E）和歌之数八百五十首　作者百九十七人也

このうち（A′）は（A）に一致し、（B′）は（B）にほぼ重なる（二十四日進入の事実を欠くのみ）。第一次奏上本は、第六帖分のみの『現存和歌』だったと考えてきた従前の理解に連動させて、（C）（D）については、（B′）の作者注付の仰せを受けた時、同時に受けた仰せとして解し（構文的に、B′の「被仰下」に付随するのが、Cの「之旨也」とDの「之趣仰也」だと読めるし、そう読むのが至当と判断したことによる）、この時点から「現存和歌」を書名と確定、部類がまだ不十分な巻々を増補して『現存和歌六帖』としての増補改修が行われ、建長二年冬から三年のころ完成したと推測してきたのであった。しかし、冷泉家時雨亭文庫本第二帖の出現によって、この推測も、また第二次奏上本までは第六帖のみの『現存和歌』だったと考えてきた拙論は、成り立たなくなる。第二次奏上本は、六帖すべてが完備した『現存和歌六帖』であったと見なければならない。

では、第一次奏上本はどうだったか。右の第II類本（A）奥書にいう「作者百九十七人也」について、これまでは第六帖のみの本体の歌人数の上に物故歌人を加えた数であろうと都合よく解釈してきたのであったが、現存の作品中に物故歌人の痕跡は皆無であることに加え、[注3]第二帖が出現してその作者構成や数が明らかになってみると、甚だしく無理な推測として、これまた却下されねばならない。すなわち、第六帖のみの『現存和歌』の作者総数は、一三五人（プラス欠脱部分のα人）、冷泉家時雨亭文庫蔵『現存和歌六帖第二』（五五四首）の作者は、総歌数の割には少なく、それにわずかに二十六人[注4]をプラスできるのみで、あわせて一六一人。一九七人との間の差はまだ三十六人もあり、それは第一帖・第三帖・第四帖・第五帖をあわせて増加することになる歌人数であろうと予測される。第一次奏上本の段階で示される「百九十七人」という数は、その時点における第一帖から第六帖までの、全巻にわたる作者の総数であったと見るほかはない。この作者数の問題がなければ、第一次奏上本の直後に、前記第Ⅲ類本奥書の（C）（D）の指示を受けて作業を進めれば、第二次奏上本までの八箇月ほどの間に、増益作業を完成することは不可能ではないと考えをめぐらしてみたけれども、「百九十七人」については前記以外の解はない。だとすれば、建長元年十二月末の第一次奏上本の段階から、繁簡はあってもすでに六帖全部が周備し整った『現存和歌六帖』であったと推考せざるをえなくなる。第二次奏上本はもとより、第一次奏上本ももちろん第六帖分のみの『現存和歌』だったと主張してきた拙論は、完全な撤収を余儀なくされる。奥書の「解釈」と「現存和歌」という書名と写本の伝存の偏りという情況証拠に頼りすぎ、確とした根拠をもたなかった推論の弱点は、時雨亭文庫本の出現という物証の前に崩れてしまうことになった。

さて、第一次奏上本の段階ですでに六帖全部が周備した『現存和歌六帖』であったとすれば、前掲第Ⅲ類本奥書の（C）（D）に伝えられるところについては、時間をそっくり繰り上げて、（A）に先行する時期のこととして理解するほかはない。建長元年の早いころか、真観の準備していた撰集が第六帖分の『現存和歌』を中心にある程度まとまった段階で、書名の件で二案（「続六」「現存」）を用意し仙洞に相談し指示を仰いだところ「現存和歌（六帖）」とすべしとの方向付けと、第六帖以外は「部類未ダ微少」であるから「重ネテ選ビ加ヘテ六帖ト為スベシ」との趣の仰せを蒙った。その時点から始めた増益作業がほぼ完成したのが建長元年十二月十二日であったということになる。時期はさかのぼっても、第六帖分が最初に完成し、それ以外の巻々に及んで増益作業が行われたという、撰集の順序と経過についての考えは変わらない。かくて『現存和歌六帖』の最終的成立は、第二次奏上本進入の建長二年（一二五〇）九月二十四日であったとしなければならない。

五　おわりに

冷泉家時雨亭文庫蔵『現存和歌六帖第二』の出現によって、以上のことを新たな知見として加えることができる。池尾和也氏との間の争点は、第一次奏上本の形態如何と増補の問題にあったが、形態如何という点については池尾説（と安田説）の方が、結果として正しかったことになる。増補の問題については、第一次奏上本に先行する時期のこととして、そのまま前にスライドさせて考えたく、「現存和歌」という現存諸本の書名を重視する立場から、第六帖分のみの成立とそれ以外の巻々をあわせた完本成立との間に段差があることを強調してきた点については、拙論の主旨を変更する必要はないと考える。

『現存和歌六帖』は、第一次奏上本の段階で、巻により繁簡のアンバランスはあっても、既に第一帖から第六帖までを完備した完本であり、作者総数は一九七人、書名のとおり現存歌人ばかりで、中に物故者は含まれていなかった。また、第三次奏上本の段階は存在せず、『現存和歌六帖』の最終成立は、第二次奏上本進入の建長二年九月二十四日であり、それ以降には及ばない。最後に、成立の概念図を掲げる。

『現存和歌六帖』成立概念図

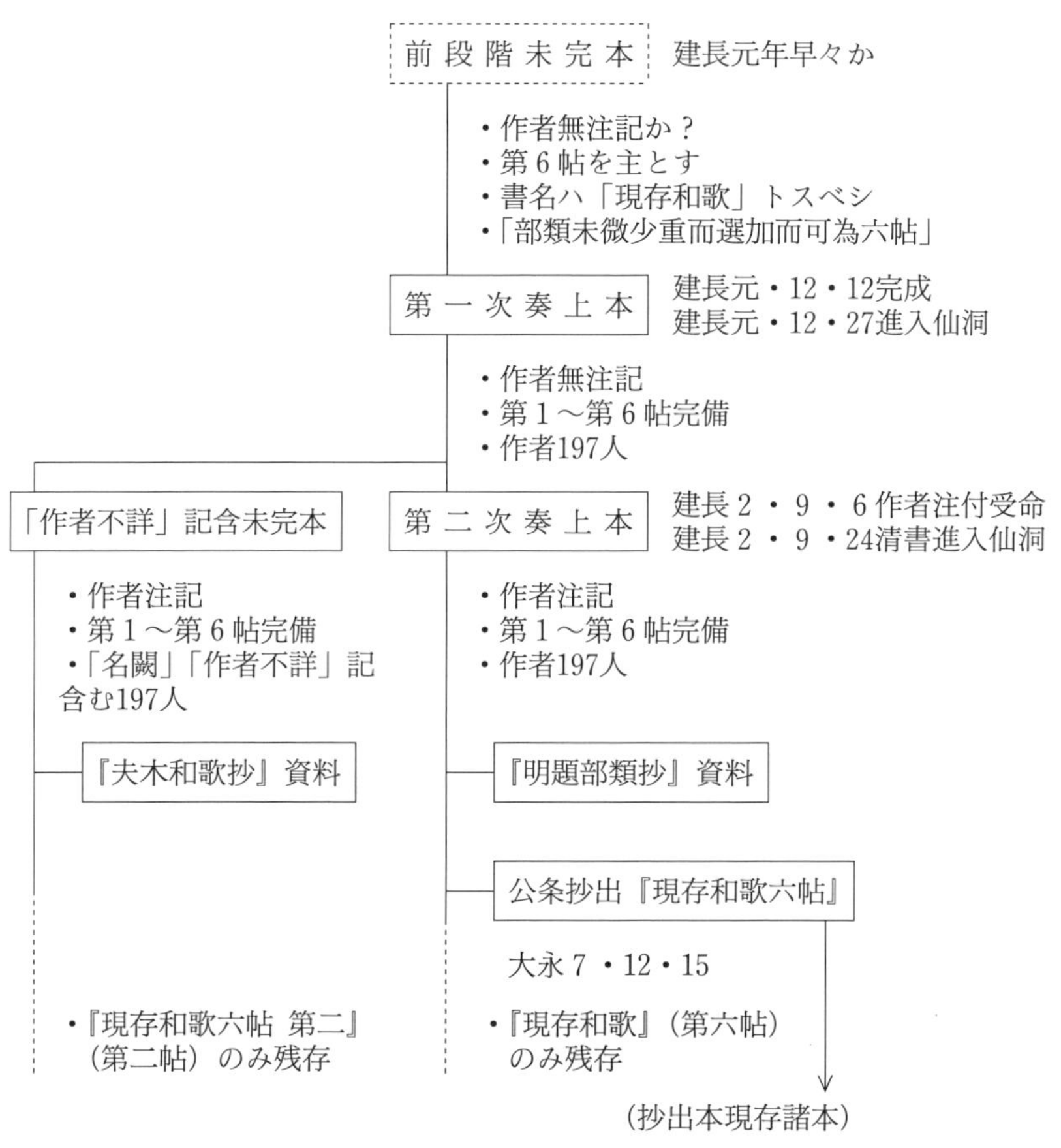

前段階未完本
建長元年早々か
・作者無注記か？
・第6帖を主とす
・書名ハ「現存和歌」トスベシ
・「部類未微少重而選加而可為六帖」
第一次奏上本
建長元・12・12完成
建長元・12・27進入仙洞
・作者無注記
・第1～第6帖完備
・作者197人
「作者不詳」記含未完本
第二次奏上本
建長2・9・6作者注付受命
建長2・9・24清書進入仙洞
・作者注記
・第1～第6帖完備
・「名闕」「作者不詳」記含む197人
・作者注記
・第1～第6帖完備
・作者197人
『夫木和歌抄』資料
『明題部類抄』資料
公条抄出『現存和歌六帖』
大永7・12・15
・『現存和歌六帖 第二』（第二帖）のみ残存
・『現存和歌』（第六帖）のみ残存
（抄出本現存諸本）

【注】

（1）冷泉家時雨亭叢書第七巻『平安中世私家集』（朝日新聞社、一九九三年八月）（赤瀬信吾・岩坪健解題）。同叢書第三十四巻『中世私撰集』（朝日新聞社、一九九六年六月）（赤瀬信吾解題）。

（2）池尾和也「『現存和歌六帖』の成立に関する諸問題」（『研究と資料』第十八輯、昭和六十二年十二月）。

（3）佐藤恒雄「現存和歌六帖の成立」（『中世文学研究』第十二号、昭和六十一年八月）→本書第七章第二節。

（4）追加できる二十六人は、以下のとおりである（括弧内は歌番号）。賀茂重敏（二一・五五一）権律師公朝（二七）慶政上人（三八・八〇・三三七）源経雅朝臣（五三）遊女真如（五四）藤原光成朝臣（七七・二一四）源兼朝 法名円恵（八一）藤原伊長朝臣（一一七）権少僧都聖俊（一二四）権少僧都定修（一二九）小槻為景（一三一）源仲昌（一五七）藤原経朝朝臣（一六四）藤原親朝（一八九）藤原時家（二〇六）荒木田延成（二一九）源兼賢（二四八）藤原為頼 木工助（三五四）中原友景（三五九）隆恵法師（四四二）藤原定頼朝臣（四四八）安陪維範朝臣（四六〇）権律師定円（四八二）源具親朝臣 法名如寂（四九七）紀宗茂（五三〇）前大僧都行遍（五三九）。

第五節　三十六人大歌合撰者考

一　はじめに

「三十六人大歌合」の書名で「群書類従」に収められる作品がある。この歌合は、また「三十六人歌合 弘長二年九月」「歌合 弘長二年九月」などの書名を冠しても伝えられており、後述するとおり、それらの方が本来の書名であったと思われる。そして、序文に明記されるように、これは公任の『三十六人歌合』（三十六人撰）を襲い、その系列に属する作品であって、判や判詞はない。公任の『三十六人歌合』は、一五〇首より成り、一首三行書きで上下二段に相対する歌人の歌（一〇首または三首）を配して番える形式が本来のかたちであったが、[注1]本歌合の場合は、その変型した一伝本である書陵部蔵『金玉集』（一五〇・六二五）[注2]の形態に近く、各番の歌人の歌を左・右・左・右と連ねてゆく形式をとっている点に特徴があり、この点で十首の歌をまとめて左右対させる『治承三十六人歌合』や、各人十首の歌をただ並べるだけの『新三十六人撰』（正元二年、真観撰か）[注3]とも異っている。歌数については、公任『三十六人歌合』が、一番（人丸、貫之）二番（躬恒、伊勢）十八番（兼盛、中務）の六歌仙が各十首、その他の三十歌仙が各三首の、合計一五〇首から成っていたのに対し、一番（宗尊親王、基家）二番（実氏、家良）十八番（融覚、真観）を重視して各十首を撰ぶ方法は同じであるが、その他の三十歌仙については各五首を撰び、合計二一〇首から成っている。従って公任『三十六人歌合』よりは若干規模は大きいが、全歌仙各十首、合計三六〇首より成る『治承三十六人歌合』や『新三十六人撰』に比べると小さい。

かれこれ比較すると、「三十六人大歌合」という俗称の由来はわからなくなるが、近時解明されつつある、十三世記中葉に続出した、多くは一人一首の小規模な歌仙秀歌撰(注4)を念頭においての「大」なのであろうか。

撰ばれた歌人は、左が、宗尊親王・実氏・良実・実経・公相・実雄・忠家・澄覚・基良・資季・師継・顕朝・為氏・具氏・実伊・寂西・院中納言・融覚、右が、基家・家良・顕恵・土御門院小宰相・通成・三品親王家小督・鷹司院帥・隆弁・如舜・基政・公朝・長時・行家・能清・素暹・政村・藻璧門院少将・真観の三十六人で、序文に「いけるもろ人の数をさだめてよめる哥の五首をつがふべきよしなり」とあるとおり、すべて成立時点における現存歌人であった。

この作品の成立については、序文の末尾に「時に弘長二年なが月のころ筆をそめてこれをしるしをはりぬ」と明記されていて、内容と矛盾しないことから、弘長二年(一二六二)九月中の成立と見なしてよく、この点疑いの余地はない。しかし、その撰者については近世初期以降、為家・真観共撰説、為家説、真観説の三説があって、近年は何となく真観説有力といった趨勢ではあるが、いずれも解題程度のものばかりで、まとまって論じられたことはないから、決して確定的ではなく、検討すべきことは多分に残されている。

本節では、この作品の諸本を瞥見した上で、研究史をたどり、いわば通説である真観撰者説を批判して、新たに基家撰者説を提唱することを目的とし、あわせてそのことがもつ歌壇史上の意義にも言及する。

二　諸　本

撰者の問題を考える前に、まず諸本について、現在までに調査しえたところを報告しておきたい。

本歌合の現在諸本には、大きく分けて広本と略本の二種類がある。普通に「三十六人大歌合」と称しているのは広本の方で、前項で概観したのも勿論それであったが、あまり知られていない略本[注5]の方は、後人が広本から各人一首を抄出して成立したとみるべきものである。

広本の現存諸本を比較してみると、成立段階の異りや修訂のあとを留めるような大きな異同は全く認められない。異文はおおむね小さく、すべて伝写過程で生じたと思しいものばかりであって、その意味で現存諸本はすべて一系に属すると断定してよい。

しかし、広本にはわずかながら形態のちがいなどはあり、また、略本は数は少いながら、内容を異にする二種類の伝本があるので、管見に及んだ諸本を、便宜、主としてその形態や内題を基準に類別してみると次のとおりである。[注6]

【広　本】

第一種

A（無奥書本系）

①天理大学附属天理図書館蔵（九一一・二九・イ七）「三十六人歌合　弘長二年九月」

B（常緑書写本系）

②宮内庁書陵部蔵（特・六二）「三十六人歌合　弘長二年九月」

③国立公文書館内閣文庫蔵（二〇一・一八〇）「三十六人歌合　弘長二年九月」

④宮城県立図書館蔵伊達文庫（九一一・二八・二四）「三十六人歌合　弘長二年九月」

⑤宮城県立図書館蔵伊達文庫（九一一・二八・二二）「三十六人歌合　弘長二年九月」（「宝治二年百三十番歌合」合綴本）

⑥東京大学史料編纂所蔵富田仙助所蔵文書（三〇七一・六三・一一・一）「三十六人歌合　弘長二年九月」
⑦神宮文庫蔵（九六八）「三十六人歌合　弘長二年九月」
⑧彰考館文庫蔵『歌合部類』（巳一二）所収「三十六人歌合」

第二種

A⑨熊本大学附属図書館寄託北岡文庫蔵『歌合類聚』（午三六―五印）所収「歌合　弘長二年九月」
⑩ノートルダム清心女子大学附属図書館蔵黒川文庫『歌合類聚』（G六九）所収「歌合　弘長二年九月」
⑪京都女子大学国文学研究室蔵『歌合集』所収「歌合　弘長二年九月」
⑫今治市河野美術館蔵『歌合集』所収「歌合　弘長二年九月」
⑬国立国会図書館蔵白井文庫（特一・四二九）「三十六人歌合　弘長二年九月」
⑭名古屋市立鶴舞図書館蔵（河コ・二五）「歌合　弘長二年九月」
⑮宮内庁書陵部蔵「待需抄」（二六六・四）第四冊所収「歌合　弘長二年九月」

B⑯宮城県立図書館蔵伊達文庫（九一一・二八・五八）「三十六人大歌合」
⑰群書類従巻第二百十六所収「三十六人大歌合　弘長二年九月」
⑱東京大学国文研究室蔵『歌合類纂』所収「三十六人大歌合　弘長二年九月」

第三種

⑲島原市図書館蔵松平文庫（一二八・八八）「三十六人歌合」
⑳島原市図書館蔵松平文庫（一二八・八九）「弘長三十六人歌合」
㉑大東急記念文庫蔵（四一・一八・三〇二九）「弘長二年卅六歌仙」

【略　本】

第一種

①国立歴史民俗博物館蔵高松宮本「後三十六人歌合」

②宮内庁書陵部蔵（五〇一・五七二）「後三十六人歌合」

第二種

③大谷女子大学附属図書館蔵『釈門三十六人哥合』合綴「三十六人歌合 弘長二年」

④大東急記念文庫蔵（四一・一八・三〇三四）『新三十六人歌仙』所収「三十六人哥合 弘長二年」

広本の第一種としてまとめた諸本は、ほぼ共通して、①内題が「三十六人歌合 弘長二年九月」となっており、かつ、②巻頭の作者一覧が、「左方」「右方」の順序に記されている、という特徴をもつ。AとBは、無奥書本であるのと、おおよそ宝徳四年および寛正六年の東常縁奥書、さらに文明十三年常和奥書をもつ本とのちがいである。

第二種としてまとめた諸本は、作者一覧が、上段に「左」方を、下段に「右」方を並列している点で共通している。そしてAは、内題が「歌合 弘長二年九月」とあり、次の「作者」の下に「三十六人」と注記を有するのに対し、Bは内題が「三十六人大歌合 弘長二年九月」となっている点にちがいがある。

第三種としてまとめた本は、巻頭の作者一覧がなく、各番二首目の「左」「右」は歌頭に細字注記し、三首目以下は記さず連記するという点で共通している。

略本は、広本所収歌中より、抄出して成ったと考えてよいものであるが、内容の異る二種類がある。

第一種は内題を「後三十六人哥合」とし、三十六人の各一首を選んで左右左右と列記したもので（「番」は記されない）、各作者とも選ばれた歌はまちまち、おそらく抄出者が比較的秀歌と考えたもの一首を抜粋したものとみてよい。①②本に「以二楽軒筆書写之」の奥書があることから判断して、おそらく二楽軒飛鳥井宋世が、広本中から抄出して成ったものと思われる。

第二種は、内題を「三十六人哥合 弘長二年」とし、広本におけるもとの「番」を重視した抄出本で、六番（左大臣実雄・三品親王家小督）、九番（沙弥縁空基良・前大納言資季）、十一番（皇后宮大夫師継・権律師公朝）、十二番（按察使顕朝・平長時）が広本の二首目の番いを、十三番（中納言為氏・侍従行家）が五首目の番いを、十七番（院中納言・藻璧門院少将）が四首目の番いを、十八番（沙弥融覚為家・沙弥真観光俊）が九首目の番いを、その他十一番は広本第一首目の番いを、それぞれ抄出している。一種本とは十五首の歌が一致する。奥書等はなく、成立年時や事情等は不明であるが、後世の抄出本であることは疑いなく、その内容から、第一種本とは別人による別時の抄出本であると思われる。

以上の諸本調査の結果、次の結論に到達する。

（1）広本の、第二種本のB、および第三種本の多く「三十六人大歌合」の書名を冠する諸本は、末流本である。

（2）広本の、第一種本と第二種本は、互いに極めて近い関係にあり、それらの中で転訛が少く比較的原態をよく保存するのは、第一種では①②③④本、第二種では⑨⑬本である。

（3）従って広本は、それらのうちの何れかを底本にして基幹本文とし、ごく少数の異文を校勘すれば、拠るべき最良の本文が得られる。

（4）略本は①②または③本に拠れば十分である。

以下広本撰者の問題を考察するにあたっては、比較的善本と目される⑨本を底本として使用することとする。

三　諸説とその論拠

本歌合の撰者または序者に言及した最も早い資料は『本朝通鑑』（寛文十年、林羅山草稿、林鵞峯編）で、その弘長二

年の項に、

九月。宗尊請権大納言入道藤為家。右大弁入道藤光俊。選京師関東能倭歌者三十六人為一集。為家作倭字序。

とある。為家と光俊の共撰、序は為家執筆説である。

前項で見たとおり、本歌合（広本）の伝本は一系で、それら伝本のありように鑑みて、撰者または序者が当初から明記されていた形跡は全くない。わずかに彰考館文庫本のみが、序のあと、本文一番との間の余白に、「序者藤為家入道融覚」と小字で注記しているが、筆跡からみて本文とは別筆（もしくは同一筆者としても別時の筆）であり、各作者名下の「宗尊」「九条前」以下の注記と同筆だと認められる。すなわち、この伝本のみに存する右の一行は、後人による注記であるにちがいなく、本歌合には、元来序者も編者も明記されてはいなかった、と考えざるをえない。一方、さればといって現在、為家・真観共撰、序者為家説に結びつくような外部徴証があるわけではなく、『本朝通鑑』の時点においても事情は同様であったと思われる。とすれば、その説は羅山もしくは鵞峯が、おそらく本歌合序の記述内容を主たる根拠に、当時の歌壇の状況を勘案しながら、かく推定したものと思量される。書写年時を明確にしがたいが、彰考館文庫本の注記は、逆に『本朝通鑑』の説を踏襲したものであろう。

二番目に古い資料は『扶桑拾葉集』（元禄二年、水戸光圀編）で、その巻十一中に本歌合の序を収め、標題に、

弘長歌合序　　藤原為家

と、為家の名を記している。もちろんこれは、序の作者が為家であることを主張しているのであるが、だから撰者も為家だというのか、また為家・光俊共撰であるというのか、それともそれ以外の撰者がいたというのか、そこまでは不明としなければならない。『扶桑拾葉集』は、厳密には本歌合の序者が為家であることのみを主張しているのである。とはいうものの、『本朝通鑑』との先後関係および当然にあったはずの直接的な関係などから、おそらくは彰考館文庫本の注記同様に、『本朝通鑑』いうところの為家・光俊共撰、為家序者の説を承けて、その序を為

家作としているると思われるのであって、撰者をも為家だと拡大解釈し、両者を全く別の説とみなしてきた従来の理解は、事実をかなり歪めているにちがいない。

その後、本歌合に対する関心は薄く、戦後ようやく顧みられて、まず安井久善氏が為家撰者説を主張された。(注7) その論拠は、

① 真観は文応元年から弘長三年七月まで鎌倉にいたとみられること。

② 為家は都にあって、宗尊親王と甚だ密接な関係にあった人物であること。

③ 扶桑拾葉集に為家とあること。

の三箇条に要約できる。しかし、氏はその後全面的にその説を撤回して、次にのべる井上氏の真観説に従い、『続古今和歌集』編撰のための準備であったと、その説を改めておられる。(注8)

次いで井上宗雄氏が、新しく真観撰者説を提唱された。(注9) すなわち、

序によると宗尊親王の命を受けて京都の誰かが撰んだのであるが、扶桑拾葉集によると為家の撰であるという。しかし類従本にも書陵部の諸本にも為家の撰とは記されていない。作者は、宗尊・実氏・基家・家良・公相・実雄らの権門歌人が多く、その他は為氏・資季・顕朝・具氏・行家・鷹司院帥・寂西・実伊・院中納言・土御門院小宰相・藻璧門院少将・真観・為家らで、真観派と目される人々が多く、むしろ撰者は真観と見る方が妥当ではあるまいか。

と述べ、さらに〈注〉で、

安井久善氏は「右大弁光俊攷」で、真観は文応元年より弘長三年七月まで鎌倉にいた、とされているが、撰者追加の命が下った弘長二年九月には在京していたと考える方が穏当であろう。それ故この月に真観は遥かに将軍の命を奉じて京都でこの歌合を撰んだ、と見てよいであろう。尚、本朝通鑑は為家・光俊共撰説をとってい

るが、これも注目すべき見解である。

とその根拠を補強し、なお共撰説への含みも残されたのであった。この井上説を承けて、樋口芳麻呂氏も真観撰者説を支持され、

撰者は、序文で記されるように、宗尊親王の命をうけて都のうちで撰しており、宗尊親王に関係の深い歌人でなければならない。また「むそぢのまよひ霧ふかし」と序文にあるから、当時六十歳に達していたことが察せられる。これらの条件をよく満足するのは宗尊親王の歌道師範として鎌倉にも滞在し、弘長二年当時六十歳（建治二年七十四歳没）であった真観である。さらに、この歌合の一番左に宗尊親王の歌を、最後の番の右に真観の歌を配しているのも、光俊の撰にかかることを示すものであろう。真観に関係の深い歌人が多いことも傍証となろう。

と、一二の傍証的根拠を加えられた。(注10)

さらに、『和歌文学大辞典』（山岸徳平・久保田淳氏執筆）と福田秀一氏（『中世和歌史の研究』一一六頁）も、やはり井上氏提唱の真観撰説を支持しているが、いずれも特に新しい根拠は示されていない。

かくて、現時における中世和歌史研究の最先端をゆく研究者たちがこぞって真観撰説を支持し、もはや絶対的であるかのような趨勢であるが、果して問題はないのであろうか。

いま、念のため真観撰説の論拠を整理してみると、次の四箇条に要約できるであろう。

①真観は、都にいて撰んだという条件をみたすこと。弘長二年九月当時、真観は都にいたと考えるのが穏当であること。

②真観は、宗尊親王に関係深く、弘長二年当時六十歳に達していた、という条件をみたすこと。

③真観派と目される（真観に関係の深い）歌人が多いこと。

④一番左に宗尊親王を、十八番右に真観を配する構成は、真観撰らしさを示していること。

以下、これらの論拠についてその当否を検討してゆくことにするが、序の文言から本歌合撰者の条件は何よりもまず、

ア　弘長二年九月当時都にいた歌人であること。

イ　この年「むそぢ」の歌人であること。

の二箇条にあることを確認しておきたい。つまり①と②がまず問われるべきことであって、③と④は真観撰らしさを示す（そして為家撰でないことの有力な証拠となる）ことは確かだが、必ずしも真観と特定するに十分な根拠ではなく、従って副次的に検討すべき事項だと判断されるからである。

四　弘長二年の真観

序には、「関のひむがしのかしこきことをうけて都のうちにあつめしるせる事侍り」とあって、本歌合が都において撰ばれた編著であることを、撰者である序者自らが語っている。従って第一の論点は、当然まず、弘長二年九月当時、真観は在京していたか、また鎌倉にあったかということでなければならない。

先に整理した論拠の①は、撰者に追加された同じ月だから、「都にいたと考えるのが穏当」という思考の妥当性そのものが根拠とされていて、都にいた、あるいは鎌倉にはいなかったという確証が示されているわけではない。果せるかな、諸資料の指し示す情況証拠は、逆に鎌倉滞在中であったことを浮び上がらせるのである。（なお、以下の論証の理解に資するため、稿末に「参考略年譜」を付したので、参照されたい。）

安井氏は、「右大弁光俊攷」において、現在残された資料によってたどれる、真観の鎌倉下向滞在を、

①正元元年（一二五九）八月、新和歌集成立以前。（同集入集歌）

②文応元年（一二六〇）五月、本寺欝訴により荏柄天神に滞在中『簸河上』を著す。（静嘉堂文庫蔵同書奥書）
③文応元年十二月二十一日、宗尊親王の和歌師範として下着。弘長三年（一二六三）七月十六日上京。（吾妻鏡）
とたどり、前述のとおり③の期間中は鎌倉に滞在したと考えられた。

①については、『夫木和歌抄』に、康元元年（一二五六）九月から十一月、関東にあったことを証する左注が散見し、それは同じ折の関東旅行であろうことを述べたことがあり、[注11]安井氏も新著では考えを改めておられる。[注12]そして、『拾遺風躰和歌集』「離別」（一二一六）に所収される、[注13]

藤原光俊朝臣都へのぼり侍りける時つかはしける　中務卿宗尊親王
みとせまでなれしさへこそかなしけれせめて別れのをしきあまりに

は、弘長三年七月時における離別歌であろうと推定されたのであった。

しかし、氏はその後、本歌合の撰者について考えを改めると同時に、③の期間鎌倉に滞在したとする考えをも修正された。すなわち『続千載和歌集』巻十三（一三三六）に、

弘長二年亀山殿の十首の歌に、稀逢恋　光俊朝臣
このままにうき身にさめぬ夢ならばうつつにかへてまたやなげかむ

と詞書する歌があることから、「多分弘長元年末から二年にかけてのある時期一度帰京したものと考えられる」とし、翌三年正月早々に第四回目の関東下向を果したとされたのである。安井氏の跡づけられたとおり、真観の事績として①と②の下向滞在はまちがいない。ただ若干の補足をしておくと、①については、前記のごとく康元元年（一二五六）九月から十一月ころの鹿島社参詣時の旅が記録にみえる最初の関東旅行であり、従って『新和歌集』

所載の「稲田姫社十首」はおそらくこの旅行中の作品であると認めてよいであろう。この点『吾妻鏡』の記事のみを根拠に、弘長元年初夏の催しと推定する石川速夫氏の考えは誤認である。[注14]②については、さらに、文応元年二月五日都を離れた地にあって『新三十六人撰』を撰し、その旨を序に記したのもおそらく真観であったとみられることから、少くともこの年の早春以降はずっと滞在していた可能性が大きいと思われる。[注15]しかし、なおその間に上京したことがあったかもしれないし、また康元元年からこの年までの間に往還したことがなかったとはいえないから、第何回目といういい方は必ずしも正確ではないであろう。

さて、安井氏のいう③については、旧説にも、また改訂説にも同じられない。私は弘長二年およびその前後の真観の動静を以下のように把握するからである。

真観は確かに、文応元年十二月二十一日に下着、二十三日に初めて和歌師範として将軍家に出仕している。[注16]そして、翌弘長元年正月二十六日の和歌御会始には、顕氏や宗世・基政ほかとともに参加、[注17]五月五日の御所の会にも参仕している。[注18]また七月七日の『宗尊親王家百五十番歌合』にも、おそらくは指導者として出詠しているし、[注19]九月には親王が諸人に詠ませたという百首に参加したのであろう、「中務卿親王の家の百首（の歌の中）に」と詞書する歌が残存する。[注20]それ以降『吾妻鏡』の記事は簡略となることもあって、弘長元年中は和歌会の記事はなく、また真観の名前も出てこないし、翌弘長二年は記事を欠いているので、真観の動静を把握することは難かしい。

しかし、その手がかりがまったくないわけではない。すなわち、その第一は、『吾妻鏡』弘長三年六月二十五日の条で、そこに次の記事がみえる。

廿五日癸酉。天晴。巳刻。将軍家百首御詠被終篇。昨日未刻被始之。則於御前清書。掃部助範元候之。

卅日戊寅。天晴。去廿五日御詠。右大弁入道於御前拝見之奉合点。而勝于去年一日百首御歌之由。点者雖申是不通賢慮。去年御詠猶宜之由。被思食云々。

二十四日から二十五日にかけて、約二十時間の間に詠んだ親王の習作速詠による百首を、三十日に真観が拝見し、合点を加えたのであったが、その時「去年一日百首御歌」と比較して、それより勝れているとお褒め申し上げたところ、親王は去年の習作百首の出来ばえの方がよかったといって聞き入れなかった、というのである。去年の一日百首がいつ詠まれたものであったか、残念ながら確かめることはできないから大した手がかりにはならないが、ただ弘長二年中のある時期、真観は鎌倉にいて、親王の百首を拝見し、指導したことがあったということは疑いない。親王の場合、京都へ送って批点を求めた作品はある程度精選したものばかりであって、速詠の習作百首そのままをわざわざ都へ送って真観の指導を仰いだとは考えがたいからである。

手がかりの第二は、問題の核心である撰者追加の時点における真観の動静に直接関わる資料である。すなわち『夫木和歌抄』巻七（二六五〇）にみえる光俊の歌とその左注で、[注21]そこには次のように記されている。

（菖蒲）家集　　　　　　　　　　　　　　光俊朝臣

わかのうらのいりえにくちしあやめぐさことしはじめてよにひかれぬる

此の歌は続古今の撰者にくははり侍りける比、鎌倉中書王御会に、菖蒲をよめると云々。

弘長二年九月の『続古今和歌集』撰者追加の後、歌の内容などからおそらくはその直後に、真観は宗尊親王家の御会に出詠して、撰者に加えられた喜びを吐露しているのであって、この年九月撰者追加のあったころ鎌倉にいたことを証しているからである。『夫木和歌抄』所引の真観の家集が、自撰であったとしても二次資料、他撰であったとすれば三次資料となり、信憑度は決して高くはないが、この一首、ならびに左注の語るところは甚だ重大で、真観は、撰者追加の命を鎌倉にあって受けた可能性が極めて大きい、と考えざるをえない。もちろん、撰者追加決定の報を都で受けてすぐ下向、将軍家の会に出席したということが理論的に全くありえないことではないから、これのみをもって一〇〇パーセント確実に鎌倉滞在中であったことを証することはできない。しかし、この左注が「侍りて後」ではなく「侍りける比」と記されているニュアンス、そして前記したとおり、二年中のある時期鎌倉にあって親王の指導にあたっていたこと、また、後に述べるとおり、「秋までは」の歌の内容が九月以後十二月以前の上京を明証していること、「みとせまで」の歌が二年九月撰者追加後の離別上京時のものであると思われること、などの情況証拠を綜合して判断する限り、撰者追加の報を受けた弘長二年九月のころ、真観はほぼ確実に鎌倉滞在中であったと判断されるのである。

香川大学附属図書館蔵神原文庫無銘『手鑑』所収、十一月十三日付「按察殿宛融覚書状（写）」や早稲田大学図書館蔵『続古今和歌集』奥書中の「弘長二年〔壬戌〕十一月奉　勅」の記載など、新資料を加え勘案して判断すれば、この弘長二年九月の撰者追加は、正式の院宣を伴わぬ内々の勅定下達であった[注22]と思しく、その後の真観の上洛を持って、十一月中に五人の撰者に正式の院宣が奉行の院司（別当）顕朝によって伝達され、御教書のかたちで上古以来の和歌を撰進すべく、各撰者に対し等しく撰者進覧本の提出が命じられた、と推察される[注23]。

かくて、撰者に追加された直後の将軍御所の和歌御会で、真観は宗尊親王への感謝をこめて、「今年はじめて世にひかれぬる」とその喜びを歌ったのであったが、その後おそらく十月下旬から十一月上旬には上洛し、そして十二月二十一日の亀山殿十首会に参加した。第三の手がかりはその会における真観詠三首の存在である。前引『続千載和歌集』所収「このままに」の歌について、安井氏はいつの催しか不明としておられるが、これは実は弘長二年十二月二十一日の亀山殿における後嵯峨院主催十首和歌御会での詠作であった。『明題部類抄』[注24]に、

十首　弘長二年十二月院

早春霞　静見花　野郭公　深夜螢

海辺月　山紅葉　朝寒蘆　関路雪

忍待恋　　稀逢恋

とあり、『続史愚抄』も、

（十二月）ヽ(廿二)日ヽヽ(癸酉)。於一院被講和歌。十首題。○明題部類抄

としており、「稀逢恋」の歌題が一致するからである。そして、『続古今和歌集』巻十（九〇九）の、(注25)

十首歌講じ侍りし時、関路雪を　　藤原光俊朝臣

あきまではふじのたかねにみし雪をわけてぞこゆるあしがらのせき

同じく巻十九（一七三二）、

弘長二年勅撰の事おほせられて後、十首歌講じ侍りしに、海辺月を　（藤原光俊朝臣）

わかのうらやしらぬしほぢにこぎいでて身にあまるまで月をみるかな

もまた、歌題の一致とその内容から、同じ会における詠であったと見てよい。なお、この会における真観以外の歌人の詠は、九歌人十三首を拾遺できる。(注26)

鎌倉の地で、宗尊親王に「今年はじめて世にひかれぬる」と喜びを表明し感謝したと同じように、上洛して初めての後嵯峨院の会では、「この秋までは鎌倉にあって富士の高嶺の雪を仰ぎ見ていましたが、その雪のように手のとどかぬものとしてながめていた撰者の名誉を受け、喜びにうちふるえながら雪の足柄の関を超えて上洛してまいりました」と、その喜びを謳い、身にあまる光栄を謝したのであった。このうち特に「あきまでは」の歌の内容は、撰者追加の報を鎌倉の地で受け、しかる後に上洛したことの動かし難い証拠となるであろう。

なお、安井氏は『藤原光俊の研究』附載の「藤原光俊年譜」でも、『藤原為家全歌集』附載の「藤原為家全歌集

和歌年次索引」「藤原為家年譜」でも、十二月の仙洞十首会と亀山殿十首会とを別の会としているが、それは誤りで、同一のものと認定する『和歌文学大辞典』附載「和歌史年表」の扱いに従うべきである。

その後、翌弘長三年二月八日には、息男俊嗣とともに、相州（北条政村）の常磐亭における歌会に参加している(注27)から、おそらく一月中には下向したと考えてあやまらない。以後二月十日の歌会に参加し、(注28)六月三十日には一日百首に加点、(注29)そして七月十六日には、上京する真観に対し、政村以下の諸人による餞送の儀があったと『吾妻鏡』は伝えている。(注30)

前述のごとく、安井氏は「みとせまで」の歌を、この時の宗尊親王の離別歌だと考えておられるが、確かに弘長三年は、文応元年の下向時から数えて満三年になんなんとする時点にあたるから、「みとせまでなれし」という歌意にふさわしいかにみえる。しかし、この当時、年齢はもとよりこの種の数え方も、満何年という意識は普通ではなく、むしろ足かけでの数え方こそ一般的ではなかったか。つまり、「みとせまで」は文応元年親王の歌の師として正式に招かれてから足かけ三年の歳月が過ぎたことを意味しているとみるべきで、弘長二年九月に鎌倉で撰者を拝命して間もなくの別れに際して、宗尊親王が真観に贈った惜別の歌であったと私は考えたい。このような怨ろな内容の歌の存在することからも、記録の空白がある弘長元年末から二年九月までの間に、真観が上洛したことはおそらくなかったと考えてよいのではあるまいか。

さらに真観は、『続古今和歌集』の撰集が大詰めの最終段階にさしかかっていたと思われる、文永二年十月十八日にまた、兵部大輔範忠とともに鎌倉に下着している。(注31)十月二十一日に誕生する宗尊親王姫宮の誕生祝いのためというのが表向きの理由で、内々は勅撰集の入集歌などについて最終的な詰めをするためであったという。そして、使者の一人範忠は十一月十三日に帰洛の途についているが、(注32)真観は留まり、十二月五日の左京兆（北条政村）亭における当座続歌の会に参加している。(注33)十二月二十六日には『続古今和歌集』の撰定終了、翌三年三月十二日には竟宴が行われ、真観の担当した『続古今和歌集目録 当世』は、五月十五日に完成しているから、おそらく十二月中には帰洛したのであろうが、正確にいつ上洛したかはわからない。

以上の考察によって、弘長二年九月『続古今和歌集』の撰者に追加任命された時、真観が鎌倉にいたことはもはや確実である。その後上洛したのは、くり返しになるが十月下旬から十一月上旬。とすれば、本歌合が編成された弘長二年九月という月、真観は在鎌倉で、都にはいなかったのであった。かくて、真観撰者説は、最も根本的な第一の論点「弘長二年九月当時都にいた歌人であること」という条件に当て嵌まらず、ほぼ完全に成立の基盤を失うのである。

五 「むそぢ」の歌人

第二の論拠を検証する論点は、弘長二年九月当時「むそぢ」の歌人を、真観と特定してよいか否か、真観以外に該当者はいなかったか、ということでなければならない。

『公卿補任』によると、この年六十歳前後の人物には、前太政大臣徳大寺実基（六二歳）、前内大臣藤原基家（六〇）、前大納言藤原隆親（六一）、前権大納言源通行（六一）、前参議源有資（五九）、正二位藤原兼忠（五八）、正三位藤原信時（六〇）、正三位源家定（六〇）などがおり、また融覚（為家）は六十五歳であった。

この九人のうち、『続拾遺和歌集』以下に二首しか入集しない実基、また、勅撰集に一首もとられていない通行・有資・兼忠・信時・家定などは、基本資格の点から当然除外されねばならない。また隆親は、『新勅撰和歌集』に二首、『続後撰和歌集』に三首、『続古今和歌集』に五首、『続拾遺和歌集』以下に十七首入集し、祖父に隆房をもつ人物ではあったが、歌壇に占める位置や力量の点から、また本歌合の歌人でないという点からも失格であろう。さらに融覚（為家）については、宗尊親王との関係や実力の点では申し分ないが、六十五歳という年齢の点でやはり除外されねばならないであろう。六十歳前後二三年の幅は「むそぢ」といっておかしくはないが、六十五歳を「むそぢ」というのは不自然であると思われるからである。

だとすると、この年まさしく六十歳であった基家一人が残ることになる。基家なら、その家系、閲歴、打聞や撰集の実績、歌壇における地位など、どの点からみても撰者として不都合はない。ただ、基家と宗尊親王との関係は、真観や為家と親王との関係[注34]のように、緊密な師弟関係にあったわけではなく、その意味で二人に比してやや疎であったことは否めない。しかし『宗尊親王三百首』の批点に加わり、弘長元年七月七日の『宗尊親王家百五十番歌合』の判者を都にいながら担当するなど、本歌合以前にも十分に関係は存在しているから、それは撰者たることを否定するほどの障害とはならない。

右の事実を無視して、「むそぢ」の歌人を真観と特定してしまうことはできない。少くとも基家では不適当だと否定できなければ、真観ということにはならないはずだからである。

かくて、前項の結論を考慮の外に置くとしても、基家は真観と同等もしくはそれ以上の資格をもつはずであり、撰者追加のあった弘長二年九月当時、真観は在鎌倉で都にはいなかったという先の結論とあわせ考えるならば、本歌合の撰者は、九条基家を措いて他にない、と断言して誤りないと考える。しかし、なお念のため、第三、第四の論拠についても瞥見し、検討しておかねばならない。

六　歌人構成と結番

第三の論拠である、真観派と目される（真観に近い）歌人が多いという点についてはどうであろうか。選ばれた歌人を通覧すると、たしかに融覚よりは真観に近い歌人は多い。御子左家は融覚と為氏の二人の他には、近い歌人として実氏・公相・実雄らの権門しか入っていないのに、真観の方は、鷹司院帥、院中納言の二人の子女をはじめ、顕朝・行家・宗尊親王・基家・家良など極く近い歌人たち、また、隆弁・基政・公朝・長時・能清・小督・素暹・政村らのような関東の地で真観が直接に接したであろう歌人たち、と見てゆくと、確かに歌人構成は真観に近く、融覚（為家）からは遠い人選であるとはいえる。しかし、そのことが果して真観以外の者が絶対になしえない人選であるといえるであろうか。私は必ずしも真観に直結しなければ理解できないといったものではないと考える。

なぜなら、少しく別の観点からみるならば、本歌合の歌人三十六人のうち、建長八年九月十三夜基家家『百首歌合』の参加者と重なる歌人が十二名にのぼるという事実がある。（注35）『百首歌合』の側からこれをみると、その参加歌人十九名中十二名までが本歌合に選ばれているということであって、さらに重ならない七名も大部分は物故したり病気だったりで、それぞれ何らかの事由があったらしく思われる。

すなわち、忠定は、康元元年に没しているし、忠基は、『公卿補任』によると弘長二年閏七月、病気のため左衛門督別当を辞し、十二月には全ての官職から退き、翌年二月に没しているから、詠歌は不可能だったにちがいない。経家は、弘長三年三十七歳の時出家しているので、在世中ではあったが、出家の原因を臆測すれば、やはり病気とか道心の故であったと思われるから、おそらくこの時点ですでに詠歌から遠ざかっていたのではあるまいか。伊長と前摂政家民部卿の没年は不明であるが、この二人は為家撰『続古今和歌集目録』（故者）の部に入っているので（後者は「関白家民部卿」の名で「真観女」と注される人物と同一人）、文永三年三月の時点ではすでに故人となっていたと知れる。従って弘長二年九月現在すでにもう生存しなかった可能性も大きく、また前記忠基などと同様の状態にあったとも臆測されるであろう。伊嗣は、経歴も没年も不明であるが、あるいはこの人物も同様だったであろうか。良教のみは、弘安十年に六十四歳で没しているから明らかに在世中ではあったが、『公卿補任』によると、この前後ずっと大納言正二位で兼官の全くない状態が続いている。おそらく個人的な何らかの事情で選からはずされたのではなかろうか。かように見てくると七名の大部分はそれぞれに選ばれなかった理由をもっているのである。

かくて、基家家『百首歌合』の人撰と本歌合の人選との間には極めて高率の一致がみられるということになるのであって、そのことは、真観撰を否定はしないにしても、その主催者であった基家の方にさらに強く結びつく事実であると考えねばならない。

第四の論拠である結番の問題も、真観以外なら絶対こうはしないというほど決定的な証拠にはならない。身分からいえば、宗尊親王には実氏を配し、基家は家良と結番するのが順当だと思えるのに、そうしなかったのは、序でも強調されるとおり、宗尊親王の歌を強調するために、一番の右には余人でなく基家自身が、あえて自分の歌を配した結果ではないか。歌壇の双壁で、共に宗尊親王の歌の師であった融覚と真観のいずれかを親王の相手とするのも憚られたことであろう。この二人は桑門ではあり、やはりこういう形で末尾に組まざるをえないと頷かれるのである。弘長元年七月七日の『宗尊親王家百五十番歌合』は、おそらく真観が結番指導にあたったものと考えてよいが、一番は女房（宗尊）と真観の組みあわせになっていて、まさしく本歌合の場合と合致しているほか、同様の結番例はあげるにこと欠かない。

結番の問題もまた、少しく見方を変えるならば、真観よりもむしろ基家にこそ結びつく論拠となるのである。

七　撰歌傾向

以上四つの論拠をめぐっての考察を通して、弘長二年九月当時、真観はほぼ確実に鎌倉滞在中であり、従って本歌合の撰者ではありえないこと、そして「むそぢ」を迎えて在京中という条件をみたす撰者としては基家が最有力であり、この人を措いて他に考えられないことを突き止めてきた。以下、さらに基家撰者説を補強すべく、基家らしさの証跡を、本歌合の内部に探ってみたいと思う。

第一に着目したいのは、撰歌傾向についてである。いま、真観の撰集『秋風和歌集』（一三六五首）(注36)（建長三年冬）と基家の撰集『雲葉和歌集』（一〇六四首[注37]）（建長五年三月〜六年三月）、また若干の疑念は残るがほぼ真観の撰とみてよい『新三十六人撰』（一二五六首[注38]）（正元二年）、および『新古今和歌集』以下『続古今和歌集』までの勅撰集への入集歌と、本歌合に撰抜された歌の重なり具合を表示してみると、次表のとおりである。点線の下の数字が当該歌人の入集総数、上の数字が本歌合歌との一致数である（撰集間の重複は考慮しない）。

歌人＼撰集	秋風集（上）	秋風集（下）	雲葉集（上）	雲葉集（下）	新三十六人撰（上）	新三十六人撰（下）	新古今集（上）	新古今集（下）	新勅撰集（上）	新勅撰集（下）	続後撰集（上）	続後撰集（下）	続古今集（上）	続古今集（下）
三品親王（宗尊）						10							5	67
前内大臣（基家）		12		9		10						8	2	21
入道前太政大臣（実氏）		27	3	4	3	10			2	17	3	35	1	61
衣笠前内大臣（家良）	1	23	2	6		10			2	7		14	1	26
関白前左大臣（良実）	1	17		3						1		4		13
沙弥顕恵（伊平）			1	5						1	1	2		5
前摂政左大臣（実経）	1	2	1	2								3		15
土御門院小宰相	2	11	2	9						2	1	6	1	12
前太政大臣（公相）	1	6		10							5	6		10
権大納言通成		1		1							2	3		3
右大臣（実雄）	1	6									4	8		13
三品親王家小督														3
九条前内大臣（忠家）												1		4
鷹司院帥				2								1	2	4
前権僧正澄覚				1									2	5
僧正隆弁												2		4

沙弥縁空（基良）	沙弥如舜（具親）	前権大納言資季	藤原基政	皇太后宮大夫師継	権律師公朝	按察使顕朝	平長時	中納言為氏	侍従行家	源具氏朝臣	藤原能清朝臣	法印実伊	素暹法師	沙弥寂西（信実）	平政村朝臣	院中納言	藻壁門院少将	沙弥融覚（為家）	沙弥真観（光俊）	
																		1		8
4	4	3		2	1		1	6	8				2	18			10	22		186
								1				1	1	3		1	1	3	1	21
	4					1	1	1	1			1	3	7	1	3	2	10	9	96
	2													1			3	1		10
	10													10			10	10	6	86
	2																			2
	7																			7
2		2																2		10
3	3		4											10	1		6	6	4	65
1				2				1										1		21
7	3	5	1	2		1	2	6	2			1	2	17	3	3	5	11	10	174
1			2	1		1			1		1	1	1	3		3			2	31
6	3	5	6	3	4	7	5	17	17	5	3	4	5	28	13	9	12	44	30	492

この表によってみると、『秋風和歌集』と一致する歌の割合は極端に少く四パーセント強であるにすぎないこと、それとは逆に『雲葉和歌集』との一致の状況はかなり高く、『雲葉和歌集』所収歌についていえば、当該歌人所収歌の合計で約二二パーセント、本歌合の側からいえばちょうど一〇パーセントの一致率を示していることがわかる。また、本歌合に近接した撰集であるにもかかわらず、『新三十六人撰』の場合、一致率は一一・六パーセントで、『秋風和歌集』に比べるとずっと高いものの、『雲葉和歌集』よりはやはりはるかに低率であるといってよい。本歌合は現存歌人の秀歌を選抜しているので、成立年時の違いが数値の上にかなりの変動をもたらすにちがいなく、その点十分注意して判断する必要があるが、この場合少くとも、これだけ歴然としたちがいがあるということは、真観が本歌合を撰したと考えることを、ほとんど完全に拒否するはずであり、逆にその間にかなりの隔りがありながら、四首か五首に一首の割合で同じ歌をまた選び採っているということの故に、基家撰の可能性を格段に補強することになるであろう。

それでも、なお一致しない歌が多いのは事実であるが、それは大部分、『雲葉和歌集』成立後本歌合までの七八年間に詠まれた歌を多く採り入れたらしいこと、また『雲葉和歌集』では関東歌人はほとんど採用しなかったのを、将軍の意向をくんでとりわけ多く採入したことなどの、撰集資料および撰集方針のちがいに起因する結果であると思量される。

ちなみに、右の数字を少し別の角度からみると、そこには真観と基家との選歌眼のちがいがある程度露呈していると受けとれる。基家は選歌に関して真観と相容れない部分をかなりもっていたと考えざるをえない。一方『続後撰和歌集』(建長三年)との一致率が一二パーセントであること、とりわけ公相や通成・実雄・実氏ら、融覚に近い権門の歌において多く一致しているなどの点で、やはり隔りのあることは否めないが、その撰歌眼はむしろ融覚の方により近かったと判断してよさそうである。

基家自身の歌が『雲葉和歌集』所収歌と全く一致しないのは、一見不審を抱かせる数字であるが、これはどういうことであろうか。基家歌十首の出典は四首についてしか突き止められないが、その四首はすべて最新作『弘長百首』における詠作であった。[注39] とすると、その他の六首もおそらく『雲葉和歌集』以後の詠作であった可能性が大きく、従って、一致しないことが基家撰者説を否定する根拠にならないのみか、逆に撰者なればこそなしえた結果であると判断されるのである。

ついでに、『弘長百首』の歌は、基家の四首の他、家良一首、為氏一首、行家一首の三首が撰ばれている[注40]が、この『弘長百首』は（融覚が最終的なとりまとめをしたと思われる）、本歌合編撰時点ではまだ十分に流布しない状態にあったと思えるのであって、百首の人数にも入らず、また鎌倉にあった真観には、そうたやすく利用できるものではなかったであろう。

僧正隆弁の歌五首のうち、三首までが弘長元年七月七日『宗尊親王家百五十番歌合』の作品であることも特徴的であるが[注41]、このことも、都にあって依頼を受け、その判を担当した基家の撰であったからこその結果であると思われる。隆弁は隆房の男で、『吾妻鏡』によると、文暦元年（一二三四）二十七歳の時「大納言阿闍梨隆弁」として鎌倉に登場し（「大納言」は父隆房の官名にちなむ呼称だと思われる）、以後、嘉禎三年（一二三七）律師、延応元年（一二三九）僧都、寛元元年（一二四三）法印と昇進し、宝治元年（一二四七）七月十六日四十歳の時鶴岡八幡宮若宮別当に叙され、さらに建長五年（一二五三）九月に僧正、文永二年（一二六五）十一月大僧正に転ずるといった具合に、生涯の大部分を関東に過し、当然宗尊親王との関係は深かった。しかし、その間柄は、歌人としてよりも鎌倉幕府の長とその守護の宮の官僧といった公的な色あいが強かったと思しく、歌は決して多いとはいえない。ために都へもたらされる隆弁の歌は極めてわずかしかなかったと思われ、やむなく基家は前年自らが判をした歌合における隆弁詠を採用せざるをえなかったのではなかったか。長期間鎌倉にあった真観なら、もっと多くの隆弁の歌を収集して、その中から撰歌できたにちがいない。

八　序の内容とトーン

第二に、序の記載内容およびそのトーンから窺える基家らしさに注目したいと思う。いま、便宜、序を六段に分って全文を示すと次のとおりである。私に句読点、濁点を加える。

やまとうたは、我が国の花の春たかきいやしき家々のことわざとそなはり、敷嶋の月の秋、しるしらぬよなよなのもてあそび物となれり。これによりて、道をふかくわきまへしれるむかしの赤人・人丸のたぐひより、ちかごろの定家・家隆にをよぶまでも、なにはづにたちいでてふるきあしはらの三穂をひろひ、つくば山にわけいりてしげきはやしの一枝をたをれり。（第一段）

すべては、この道の事人の心まちまちなるゆへに、海ありとみてもそこをさとらず、山ありとききてもおくをしらざるともがらの、やはらかなるつとめのてにしたがへるにばかされて、やすく道にいれるおもひをなしつつ、身をゆるせるたぐひおほくきこゆれど、まことには、杣山にたてるふし木はきればことさらにかたく、神代の空の雲はあふげばいよいよたかき物なり。（第二段）

しかはあれど、あづまぢのとを山あらし世をなびかし、和歌のうらの浪まの月道をてらせるころなれば、関のひむがしのかしこきことをうけて、都のうちにあつめしるせる事侍り。すなはち、いけるもろ人の数をさだめて、よめる歌の五首をつがふべきよしなり。（第三段）

しかるに、これをいなび申さば、あらはれたる本意をうしなひ、かくれたる恨みもありぬべし。又しりがほにもてなさば、未得為得未證為證のつみもかさなるべければ、慭に痓狗のつちくれをおひ、粉蛾のともし火にたはぶるるたぐひになずらへて、をのをの三十一字のたへなるをえらびて、三十六人となづけてつがへる事は、

前大納言公任卿しるしはじめたるより、すでにたびかさなれるしわざなるべし。（第四段）

つらつらいまのいきほひをうかがひみるに、いづかたもおのがさまざまみがけるなかに、一番の左のうた、猶いひしらずすぐれたるすがたふるまひ、ふるきにはぢざる所なり。かの歌の山風たかくして、こと葉の花八重の跡をつたへ、筆のその露わかれて、心の色むくさの玉をむすべり。（第五段）

ここに、かしこかりし代々のあとにのこりて、つたなき老のつとめをまじへつる事、さだめて道のやつれをもあらはし、身のはぢをもまねき侍らん。かつは家のかがみ影あれども、一巻のたはぶれちりにくもり、うらみのもくづ道くらければ、むそぢのまよひ霧ふかし。たとひふりにしことわざをとどむといふとも、さらにあらたなる情ともちゐられがたかるべし。時に弘長二年なが月のころ、筆をそめてこれをしるしをはりぬ。（第六段）

右のとおり、序はまず第一段で、和歌史を大局的に通観することからはじめる。そして、第二段に入って歌の道の奥深さ、至りがたさを述べているが、ここまでは個性のあまり感じられない、常套的な文章だといってよい。

第三段では、本歌合撰修の命を受けたことに及ぶのであるが、ここにいう「東路の遠山あらし世をなびかし」とは、遠く関東の地に本拠を置く鎌倉幕府の威光が日本全土に及んでいることを遇し、「和歌の浦の浪まの月道を照らせるころなれば」は、都の朝廷が我が国の風俗たる和歌の道をことさらに奨励する好文の時代に当たっていることを、対句仕立てで表現したものであろう。「関のひむがしのかしこきことをうけて」とは、宗尊親王の畏れ多い命を（真観を経由して）受けたことを意味しているに相違なく、かくて撰者は都にあって撰集にあたったのである。すなわち、現存歌人の詠作各五首を選び、歌合として結番せよとの命を受け、選ぶ歌に若干の多寡をつけて、現存作品を完成したのであった。

第四段に移ると、この部分はおそらく俊成の『慈鎮和尚自歌合』一番判詞を踏まえていると見られる。[注42] すなわち俊成は、しかるに、いま二百首の歌を百番につがひて、七の御社の宝の御前に、をのをの十五番にて、たてまつり給ふ事有り。よりて、この歌の劣り勝り注したてまつるべき由、おほせかくることは、且つは神事に事を寄せ、且つは結縁のため也。是を強ゐて辞び申さば、本意なくもなりぬべく、かくれての恐れも有りぬべし。又、知り顔に注し申せば、すでに未得為得、未證為証の罪さりがたくなりぬべけれど、神事といひ結縁といひ、のがれがたきによりて、癡狗塊を逐ひ、犛牛の尾を愛するがごどくに、愚かなる心、短かき詞にまかせて、しるし申すべきなるべし。

と記しつけていて、完全には一致しないながら、主要な表現と論述の順序において、極めて相近いからである。

いま、谷山茂氏の頭注(注42)に導かれながら、二三の語句を注解し、この部分の所論を読みとっておきたい。まず、「未得為得未証為証の罪」は、『法華経』方便品に出典をもつ語で、「此輩罪根深重。及増上慢。未得謂得。未証謂証。有如此失。是以不住」とある。岩波文庫『法華経　上』（昭和三十七年七月、坂本幸男・岩本格訳注）は、「この輩は罪の根深重にして、及び増上慢にして、未だ得ざるを得たると謂い、未だ証せざるを証せりと謂えり。かくの如き失あり。ここを以て住せざるなり」と訓んでいる。同音から「謂」に「為」また「已」をあてることが多かったらしく、基家自身も「左下句無念之躰也。為止当道之偏頗、不顧愚智之浅見、姿難申之条、未得為得未証為証罪、更以難遁、然而以右為勝」（建長八年百首歌合・四十一番判詞）と同じ表現を判詞に記し、「法華云、未得為得、未証為証、心得べし」（至花道）、「仏道を修行せん人、努々未得已得、未証已証して、中途に留る事莫れ」（無住、妻鏡）などの用例もある。未だ得ざるを得たるとおもひ、未だ証せざるを証しえたとおもう、増上慢心の罪のことで、谷山氏指摘のとおり、俊成は、これより前建久六年『民部卿経房家歌合』跋においても「未得為得未証為証の罪も、この世、後の世よしなきに」と同じ語を用いている。

「癡狗の塊を逐ひ」については、谷山氏は、「一切凡夫、惟観於果、不観因縁、如犬逐塊不逐於人」（涅槃経）と

「狂狗逐塊」（宝積記）をあげ、「結果のみを見て因縁を求めない迷愚のたとえ。癡狗は愚かな犬」と注しており、過不足なく的確である。投げた人を逐わないで、投げつけられたつちくれや石を逐いかける犬のように、愚かだというのである。

「犛牛の尾を愛する」については、谷山氏頭注は「深著於五欲如犛牛愛尾」（法華経方便品）をあげ、「本質を忘れ、つまらぬものに執着する愚かさのたとえ。犛牛はたてがみの長いから牛」と注している。『大漢和辞典』によれば、「犛牛（バウギウ）」は「からうし。やく」で、昔はその尾の長く柔かい毛で旄をつくったという。岩波文庫『法華経』は「犛（ヤ）牛（ク）が尾でつながれるように」と解しているが、いずれもいかなるたとえになるのか、これだけではやや意味をとりにくい。一方、「犂牛（リギウ）」の項には、「如犂牛愛尾」の見出しを設けて、『法華経』の右の引用と同じ部分を「如犂牛愛尾、以貪愛自蔽」と引き、「犂牛が自己の尾を愛して身命を顧みず、遂に人に殺されて尾を取られるようだ。愚昧の衆生が愛欲に身命を堕す喩」と注している。引用の本文に若干疑問は残るが、俊成の言わんとした喩えの意味は、この説明によるほうが理解しやすいであろう。

通説によれば、この歌合は、慈円が自分の旧作を甥の良経に撰歌結番させて、俊成をして判ぜしめ、七社に奉納したものであった。従って文中の「是を強ゐて辞び申さば、本意なくもなりぬべく、かくれての恐れも有りぬべし」の、「本意」および「かくれての恐れ」は、「神事」と「結縁」に関わるものであったことが理解できる。谷山氏頭注は、「せっかくこの歌合を企画した人の本意も失われ、又これを期待される神仏の冥慮にそむくことになるおそれもあるだろう」と注している。あるいは、文章の対句的構成に注意するならば、「本意」が「神事」にかかわり、「かくれての恐れ」は「結縁」にかかわるというように理解することもできるかもしれないと思われもするが、いずれにせよ、俊成にあっては、「本意」と「恐れ」は、明らかに「神事」「結縁」との関わりにおけるそれであったことを確認しておきたい。

さて、『三十六人大歌合』序の第四段にかえると、「癡狗」とあるべきところは、写本はすべて「痓狗」となっている。『大漢和辞典』によると「痓」は「狂」に通じ、「狂狗」は「狂った犬。狂愚な人の喩」で、「渇鹿逐炎、狂狗嚙雷、何有得理」(止観・五)の用例をあげている。従って「癡」でも「痓」でも意味はほぼ同じだということになろう。

「粉蛾の灯に戯るるたぐひ」は、俊成の判詞における「犂牛の尾を愛する」にかかわる比喩であって、未だこの出典を詳かにできないでいるが、「粉蛾」は「文蛾」と同じものであろうか。『大漢和辞典』は「蚕より化したる美しき喋」と解し「不安其味而楽其明、譬猶文蛾去暗赴灯而死也」(符子)の用例をあげている。あるいはまた、「粉蝶団飛花影転、采鴛雙泳水紋生」(温庭筠)、「風軽粉蝶喜」(杜甫)、「黄鶯呼友、遷万年之枝、粉蝶作舞、戯百里囿」(太平記・四〇)などの用例がある「粉蝶」(白い羽の蝶)と同類で、「白い羽の蛾」なのであろうか。いずれにせよ、美しい蛾が灯に戯れて結局命を失ってしまうというような愚かな行為の喩えであることにちがいなく、文意は俊成の場合と大差ないことになる。

ところで、俊成が、「神事」「結縁」を目的とした企画である故に、辞退すれば、発企者慈円の本意も失われ、神慮に違い、仏罰のおそれもある、という意味で用いていた「本意」および「かくれての恐れ」を、本歌合序にあっては、神事や結縁とは全く無関係な文脈の中に転用し、辞退すれば、「あらはれたる本意を失ひ、かくれたる恨もありぬべし」と述べている。ここで、ただ「本意」というのではなく「あらはれたる本意」(発現した本意、実現した本意)と言い、「恐れ」ではなく、「かくれたる恨み」といい変えたことの意味は甚だ大きいと思う。なぜなら、この文言は、本序執筆の直前に、『続古今和歌集』の撰者に追加された事実があって、ここでもし辞退すれば、せっかく、実現した撰者の地位を危ういものにする恐れがあることを背後にして、はじめて可能な物言いであったと理解されるからである。「かくれたる恨み」とは、そうなった場合の序者自らの内心の恨みとも、また心なく辞退したことに対する将軍または真観の恨みとも解しうるが、いずれにしても、この部分の文章の紙背に、『続古今和歌集』撰者追加が関東（宗尊親王と真観）の意向によって実現したこと、そしていまその意向に背けば、折角実現した我が「本意」を失って再び撰者からはずされるかもしれない、といったような危倶の念を読みとることができるのではあるまいか。また、この歌合の撰修は、表向きは宗尊親王の命によるものであったが、その背後に真観の有無を言わせぬ強要に類する行動があったらしいこと、そしてその意向に従わざるをえなかった基家の立場が露呈しているとも思われるのである。

右のように読むと、この種撰集の序としてふさわしからざる感があり、深読み、あるいは誤読ではないかとの恐れを抱くけれども、しかし私はやはりそう読みとりたい。ちなみに、撰集の序らしくない点といえば、第二段の「海ありとみても底をさとらず、山ありと聞きても奥を知らざる輩の、柔かなるつとめのてに従へるに化かされて、やすく道に入れる思ひをなしつつ、身を許せる類多く聞ゆれど」のあたりも、表面はたしかに一般論として展開していながら、その実、宗尊親王と真観の師弟関係を寓しているように思えてならない。ことに「柔かなるつとめのてに従へるに化かされて」のあたりに、そのようなニュアンスを感じないではいられない。

かれこれあわせて、宗尊親王ならびに真観に対する、基家の基本的姿勢—表面は同調しながら、内面ではいささか反撥し、軽蔑しているといった対し方—の片鱗を垣間見ることができるのではあるまいか。

なお、良経が撰歌結番にあたった歌合の判詞を踏まえているという事実もまた、序の筆者が真観よりも基家に近いことを示す一証となるであろう。

序は続いて第五段に入り、一転して宗尊親王の歌のすばらしさをほめあげ、出自の高貴さに言い及ぶのであるが、この物言いもまたいかにも唐突であり、真情あふれる賛辞とは受けとりにくい。ことばのみによる皮相的なトーンが感じられるからである。

そして最後の第六段に至って、極めて謙抑した姿勢で序をしめくくっているのであるが、このような書きぶりもまた、常套的方法であるとは言ってよいであろう。しかし、このあたりの文章には、必ずしも文飾のみではない、撰者としての本音がにじみ出ているのではあるまいか。

とりわけ、「家の鏡影あれども」の一言に、良経というとび抜けて優れた父を持ち、兄道家なきあとは殊に、家の風を再興すべき使命を負わされ、またそれを強く自覚したであろう権門歌人として、偉大な父に対する負い目と、それ故よけい世間に対する自負の心を持ち続けていたと思われる基家の、内面のわだかまりのようなものがほの見える思いがする。その意味でこれは基家でなければ書けない文言だと私は確信する。真観にはもとより、そう言いうるほどの「家の鏡」はなかった。[注43]

また「つたなき老いのつとめ」とか「むそぢのまよひ霧ふかし」とか述べていることについて、この前後全体が対句仕立てになっていることとともに、多分に文飾的ではあるが、しかし、「むそぢ」あるいは「老い」へのこだわりは、この時期の基家に顕著な特徴であったことに注意しなければならない。

すなわち、前年弘長元年七月七日の『宗尊親王家百五十番歌合』の判詞を検すると、次のような例がみえる。

①六十二番

左　従二位

彦星の妻むかへ舟きよれとて八十のわたりにひれぬらすらん

右　僧正

ながらへばしばしも月をみるべきに山のはちかき身こそつらけれ

右、心外にふるまへる歟。但右、老身の上おもひよそへられて、誠よろし。可謂玄隔歟。

②六十七番

左　　　　　　　　　　　　　　　　　時遠
今更に思ひをそへて歎くべき人のためとや秋のきぬらん
右　　　　　　　　　　　　　　　　　藤原基隆
雁のくる嶺の秋かぜさむき夜の深ぬる空にすめる月かな
左、愚老が心あくがるることばにや侍らん。

③八十五番
左　　　　　　　　　　　　　　　　　時家
いつをかはかぎりにもせむ六十年までみれどもあかぬ秋のよの月
右　　　　　　　　　　　　　　　　　藤原行俊
いはき山こえてぞみつるいそざきのこぬみの浜の秋の夜の月
右もおかしくきこゆれど、左、愚老がよみ侍るべき風情に侍れば、歌がらのかつべきにはあらねども、是又方人に成り侍るべくや。

いずれもそれほど深刻であるというのではないが、「むそぢ」を迎えた基家は、他人の歌でありながら、老年の心境にふれた歌に心を移し、共感を禁じえなかったのである。数年前の建長八年『百首歌合』の判詞には、まだ満ち満ちていた壮気や自負は徐々に失われ、今や老いの自覚を抱きはじめていたのであり、そのようなこだわりが、自ずとこのような序の文章の色調となって現れたものと解される。このあたりの文章に、文飾以上の真情発露が感じられる所以は、そのような序者内面の変化に求められるにちがいない。

以上で序の分析を終えることにするが、この序全体を通じて、どこにも「桑門」であることに言及していないことも、真観ではなく基家撰であることの有力な傍証とされてよいであろう。『新三十六人撰』では、おそらくは真観が、「むかし花洛にすむべき里をはなれて、いまは桑門のさびしき道にぞ入りぬる」と記しているごとく、このことは自らを卑下するための恰好の材料として、持ち出され易い言辞であるのに、本序の場合、「むそぢ」や「老い」に対する強いわだかまりや、卑下の気持を述べながら、このことに言及しないのは、撰者が出家の身でなかった何よりの証拠であると見られるからである。

かくのごとく、序の記述内容と序全体をおおう消極的なトーンもまた、基家の編撰とする時、最もすなおに理解できるのである。

九　おわりに

以上の考察の結果、本歌合の撰者はほぼまちがいなく基家であったと断定できる。樋口芳麻呂氏の精確無比の考証(注44)によれば、基家はこれより三十年も前の天福元年七月八月のころ「三十六人撰」を撰び、信実に歌人の真影を描かせて隠岐の後鳥羽院に進献しており(結局それは後鳥羽院の思し召しにかなうものではなかったらしい)、それが現存『新撰歌仙』一〇八首であるという。また後年、文永五年から八年のころにも同種の秀歌撰『新時代不同歌合』を撰したとも考証されている。天福元年から弘長二年に至る間にも多分同じような試みは何度かあったと思われるが、真観はおそらくそのような経験をもつ基家に、『続古今和歌集』撰者追加へむけての一つの示威運動として、今度は現存歌人に限った、そして関東歌人をことさらに優遇した秀歌撰を依頼したものと思われる。

融覚(為家)と真観・蓮性(知家)の間に大きな対立があったこと、とりわけ真観・蓮性の側に、融覚に対する強烈な対抗意識と、それをそのまま表出した行動があったことは事実である。しかし、基家や家良や信実その他大勢の歌人は、決して彼ら二人と同じ立場、同じレベルで彼らに左袒したのではなかったのではあるまいか。

『井蛙抄』は巻六「雑談」の冒頭に、為世が語った話として、故宗匠被語申云、続古今は正元元年西園寺の一切経供養時、民部卿入道一人可撰進之由、直ニ被仰下侍りしを、其後被加撰者、結句真観下向関東、将軍家（中務卿親王）此道御師範となりて、毎事関東より被申とて、我が思ふさまに申し行へり。民部卿入道は我が撰進の歌の外は一事以上不可有申子細とて、口を閉し侍りき。和歌評定の時治定の事も後に又申し改む。「かやうにこそ評定には治定し侍りしに、何様の事哉」之由被申ければ、「いさなにと候ひけるやらん。鶴内府無参被申行侍し」と、真観返答しけり。「仙人のわたましのやうに、鶴に物を負するは」と、民部卿入道利口し申されけると云々。

というエピソードを伝えているが、このような話の中にも、『続古今和歌集』撰集中の真観と基家の間がいかなるものであったか、また、御子左家（融覚と置き換えてもよいが）が両者をどのように見ていたか、といったような諸々の関係が、浮き出して見える。

九条家の末にあって、一代の歌仙後京極摂政良経を父にもち、超一流の出自をほこる基家には、とりわけ強い自恃があったにちがいない。歌人としての本質においては、真観よりもむしろ融覚に近かったと思われるにもかかわらず、自らの利（勅撰集の撰者になること）のために、あえて真観と手を携えたのではなかったか。しかし、真観ごときに牛耳をとられてよしとしたはずはなく、内心反撥し蔑みながら行動をともにしていた、といったあり方での関係だったのではなかったか。当時の歌壇における基家という人物の立場とその内面の一端が読みとれるという点において、この歌合およびその序が歌壇史の理解に資する意味は看過できない。

参考略年譜

年号（西暦）	月日	真観事跡	関連事項
康元元（一二五六）	9〜11月	関東を旅行し、鹿島社に参詣す。	
正元元（一二五九）	3・16		為家勅撰集（続古今和歌集）撰者を拝命
文応元（一二六〇）	2・5	『新三十六人撰』撰了。	
	5・	本寺欝訴のため荏柄天神に止宿、『簸河上』を著す。	
	12・21	将軍家歌道師範として鎌倉下着。	
	12・23	将軍家和歌御会に初出仕。	
弘長元（一二六一）	1・26	将軍家和歌御会始に参仕。	
	1・18		融覚七社百首を詠了
	5・5	将軍家和歌御会に参仕。	
	7・7	将軍家『百五十番歌合』に参仕。	
	9・	将軍家百首を詠進す。	
弘長二（一二六二）	9・	基家・家良・為家・行家と共に続古今和歌集撰者に任命さる。	『三十六人大歌合』撰了
	9・	将軍家和歌御会に参仕。	
	10末11初	上洛するか。	
	11・7		融覚、勅撰御教書様についての下問に対し答申す。
	11・13		融覚、按察殿顕朝宛書状を認む。

	11・13後		各撰者に、上古以後の歌を撰進すべき旨の院宣（御教書）発給か。
弘長三（一二六三）	12・21	亀山殿十首和歌御会に出詠。	
	是年	将軍家一日百首に合点す。	
	2・8	政村常磐亭一日千首探題和歌会に参仕	
	2・10	千首披講会に参仕。	
	6・30	二十五日詠作の将軍家速詠百首を御前において拝見、合点す。	
	7・5		将軍家本年詠歌中より三六〇首を抄出清書、合点のため為家の許に送る。
	7・16	政村以下に餞送の儀を受けて帰洛の途につく。	
	7・23		将軍家五百首詠を教定に託し、合点のため融覚の許に送る。
	10・28		融覚、五百首に加点、一巻状を副えて返上。『為家書礼』成る。
文永元（一二六四）	9・10		衣笠家良没（73）。
	12・9	『瓊玉和歌集』を撰了。	
文永二（一二六五）	10・18	勅使として範忠とともに将軍家姫宮誕生祝いに下着。	
	12・5	政村亭当座続歌会に参仕。	
	12・26		続古今和歌集撰定完了。

文永三（一二六六）	3・12		続古今和歌集竟宴（基家、仮名序を草し、全巻を清書す）。
	4・8後		融覚『続古今和歌集目録』（故者）を注進す。
	5・15	真観『続古今和歌集目録 当世』を注進す。	

【注】

（1）①久曽神昇『西本願寺本三十六人集精成』（風間書房、昭和四十一年三月）。②樋口芳麻呂「『三十六人撰』の一伝本について」（『和歌史研究会会報』第七十一号、昭和五十四年九月）。①著に、原態を伝える定家筆臨模本、書陵部蔵（五〇一・一九）「三十六人歌合」が翻刻されている。同書所収毛利家旧蔵伝公任筆『三十人撰』も、一首三行書、上下二段対照方式をとる。③樋口芳麻呂「『三十人撰』考」（『国語と国文学』第五十四巻第九号、昭和五十二年九月）に概説がある。

（2）注（1）所掲、樋口②論文。

（3）石川常彦「十三世紀中葉の歌仙秀歌撰のこと—（二）—「新続歌仙」—」（『武庫川国文』第十二号、昭和五十二年十一月）→『新古今的世界』（和泉書院、昭和六十一年六月）に考証があり、真観撰説はほぼ確定的と考えてよい。

（4）石川常彦「十三世紀中葉の歌仙秀歌撰のこと」（角川書店刊『阪倉篤義教授還暦記念論集　中世篇』昭和五十三年一月）、同「十三世紀中葉の歌仙秀歌撰のこと　その（三）—「新三十六人歌合」（ＡＪ～Ⅲ）および本文—」（『武庫川女子大学紀要』第二十五集、昭和五十三年二月）→『新古今的世界』（和泉書院、昭和六十一年六月）。

（5）山岸徳平「宗尊親王とその和歌」（『国語と国文学』第二十四巻第十二号、昭和二十二年十二月。→山岸徳平著作集Ⅱ『和歌文学研究』有精堂、昭和四十六年十一月）には、弘長二年末か三年始めころの別時の撰かとする説がみえるが、『和歌文学大辞典』（明治書院、昭和三十七年十一月）の「三十六人大歌合」の項（山岸・久保田淳執筆）では、簡略ながら抄出本かとする説に改めている。

（6）主要伝本の略解題を記しておく。

［広本］

①天理大学附属天理図書館蔵（九一一・二九・イ七）本　一冊

二〇・九㎝×一三・六㎝。薄茶色無地表紙、左上題簽剥落跡に「三十六人謌合」とうちつけ書き、右上に「加持井文庫本」と墨書。料紙は厚手楮紙、袋綴、墨付三三丁、遊紙なし。一面八行、和歌一行書き。巻首に「竹柏園文庫」「加持井御文庫」その他の蔵書印あり。作者一覧の「左方」「右方」の内部は一行二人を記す。奥書はないが、本の形態、料紙、字体などから室町期の写しで、本文も純良であるが、二箇所作者名を欠く。

②宮内庁書陵部蔵（特・六二）本　一冊

二八・二㎝×二〇・四㎝。縹地に緑で大丸唐草紋描の表紙、左上に題簽「三十六人哥合弘長二年九月」。楮紙、袋綴、墨付四九丁、遊紙首尾各一丁。一面八行、和歌二行書。全巻霊元天皇宸筆。奥書は次のとおり。

本云
以家本為持本書之　則令校合畢
　寛徳（ママ）四年二月三日　平常縁　判在　　A
蒙昧之身上殊若年之比書之　猶以／後見之憚多之　不可被出文庫者也
本云
以先人本為持本蒙昧身上不顧令書写／者也
　寛正六年九月九日　常縁　判在　　B
　文明十三年二月十八日　平常知（ママ）　　C
右以平常知（ママ）自筆本令書写遂一／校畢　　D

宝徳四年（一四五二）常縁書写本（A）に、寛正六年に加証識語した本（B）を、文明十三年（一四八一）息男常和が書写した本（C）を転写した本（D）であることがわかる。Dは本奥書なのか、書写奥書であるのかは判らないが、他本と見合わせて、本奥書である可能性が大きい。本文は①本とほとんど異ならず純良であるが、作者一覧は一行に一人宛記す方式をとっている。⑨本とともに最も優れた伝本と認められる。

③国立公文書館内閣文庫蔵（二〇一・一八〇）本　一冊

二七・四㎝×一九・四㎝。茶色無地表紙、左上に題簽「弘長二年歌合　全」。楮紙、袋綴、墨付四九丁、遊紙首尾に各一丁。一面八行、和歌二行書。②本と行数、字詰ともほぼ同じで、奥書も同じ。わずかに奥書の「常和」は正しく、「寛徳」はやはり誤っている。

④宮城県立図書館蔵伊達文庫（九一一・二八・二四）本　一冊

二四・五㎝×一七・九㎝。薄茶色無地表紙、左上に題簽「三十六人歌合弘長二年九月」。楮紙、袋綴、墨付四九丁、遊紙なし。一面八行、和歌二行書。行数、字詰、丁数等すべて②③本と同じく、奥書も③本に同じ。

⑨熊本大学附属図書館寄託北岡文庫（午三六―五印）本　一冊

マイクロ写真による調査。寸法未詳。表紙左上題簽「謌合類聚」。「若狭守通宋朝臣女子達歌合」「備中守仲実朝臣女子根合哥」「無名歌合」のあとに合綴。本歌合分墨付二三丁。楮紙、袋綴。一面一二行、和歌一行書。、幽斎自筆本で、巻末に「慶長五四廿二日一校畢」とあり、さらに合綴四歌合すべてにかかる奥書として「以勅本奉書写校合訖慶長五年仲夏中瀚　玄旨（花押）」とある。禁裏に伝えられた由緒正しい一本を写した本であることがわかり、本文も①本や②本とほとんど異らず純良で、②本とともに最もすぐれた伝本と認められる。

⑬国立国会図書館蔵白井文庫（特一・四二九）本　一冊

二六・五㎝×二〇・三㎝。縹色無地表紙、左上楮題簽「歌合 嘉禎二年七月 弘長二年九月」（本文と同筆）。楮紙、袋綴、墨付五三丁、本歌合分二〇丁。遊紙首一丁、尾なし。一面一二行、和歌一行書。行数などすべてにわたり⑨本と一致、奥書はないが、祖本を同じくすると思われる。江戸初期写か。

［略本］

①宮内庁書陵部蔵（五〇一・五七二）本　一冊

二七・八㎝×二〇・三㎝。縹色巴小紋表紙、左上題簽「後三十六人歌合」（伝桜町天皇宸筆）、楮紙、袋綴、墨付一〇丁、遊紙は尾一丁。一面八行、和歌三行書。扉および内題も「後三十六人歌合」。奥書「以二楽軒筆書写之」。江戸初期写。

(7) 安井久善「右大弁光俊攷」(『中世私撰和歌集攷』私家版、昭和二十六年一月)。
(8) 安井久善『藤原光俊の研究』(笠間書院、昭和四十八年十一月)。
(9) 井上宗雄「真観をめぐって―鎌倉期歌壇の一側面―」(『和歌文学研究』第四号、昭和三十二年八月)。
(10) 『群書解題』(第九)(続群書類従完成会、昭和三十五年十一月)「三十六人大歌合」(樋口芳麻呂)。なお樋口氏は、成立時期について、所収歌中『瓊玉和歌集』や『柳葉和歌集』に重出する歌の詞書や配列などから、最終的な成立は九月よりやや時期が下るかもしれないが、また真観の老齢による記憶ちがいとすれば九月撰と考えて差支ないのかもしれない、と若干の疑念を残している。私は、文永元年の『瓊玉和歌集』よりも本歌合序の記載を重視したいこと、そしてまた、百首を後嵯峨院に奉ったのが冬十月に入ってからであったとしても、その作品が九月以前に詠まれ、本歌合の資料とされたことを全面的に否定しないこと、の二つの理由から、序の記述どおり、九月成立と断定してよいと考える。
(11) 佐藤恒雄「藤原為家『七社百首』考」(『国語国文』第三十九巻第八号、昭和四十五年八月)。→本書第二章第五節。
(12) 注(8)所引著書。
(13) この歌は『新拾遺和歌集』(巻八・離別・七三七)にも「藤原光俊朝臣、あづまよりのぼりける時」の詞書で収められる。
(14) 石川速夫『新式和歌集』(二荒山神社、昭和五十一年十月)解説。
(15) 注(3)所引石川論文に、若干の言及がある。
(16) 廿一日。晴。入道右大弁光俊朝臣［法名真観、光親卿息］。自京都下着。当世歌仙也。
廿三日丙辰。小雨降。右大弁禅門始出仕。和歌興行盛也。(『吾妻鏡』文応元年十二月)。
(17) 廿六日。(中略)今日。和歌御会始。題。読師紙屋河二位［顕氏。直衣］。講師中御門侍従宗世朝臣［布衣］也。右大弁入道真観［裘袋］。相州。武州。越前々同時広。左近大夫将監義政。壱岐前司基政。掃部助範元。鎌田次郎左衛門尉行俊［已上、布衣］。等構此席。(『吾妻鏡』弘長元年正月)。
(18) 五日丙寅。御所有和歌御会。紙屋河二位。右大弁入道。越前々司。陸奥左近大夫将監。後藤壱岐前司等参会云々。

（『吾妻鏡』弘長元年五月）。

(19) 谷山茂・樋口芳麻呂編『未刊中世歌合集　下』（「古典文庫」第一四七冊、昭和三十四年十月）による。

(20) 『柳葉和歌集』に「弘長元年九月、人々によませ侍りし百首歌」とあり、一方真観詠の中に、年時は示されないが、『続古今和歌集』一五一五、一七三一、『続拾遺和歌集』一〇〇〇などの歌に、かく詞書される。

(21) 『夫木和歌抄』の本文は、『新編国歌大観』（第二巻私撰集編）による。

(22) たとえば『代々勅撰部立并巻頭巻軸作者』（九大細川本）によると、「宝治二年戊甲七月廿五日直蒙　勅定」「正元々年己未三月十六日為家卿先直蒙　勅定、弘長二年九月追被加撰者の時、面々被下院宣、奉行人按察使顕朝卿」とあり、『歴代和歌勅撰考』所引「勅撰次第」その他にも、同じ文言が記される。直かの勅定伝達と院宣によるものとは明確に区別され、『続後撰和歌集』も『続古今和歌集』も、最初為家一人が勅を奉じた段階では、御教書を伴わぬ直かの勅命拝受であった。

(23) 佐藤恒雄「続古今和歌集の撰集について（再考）」（『香川大学教育学部研究報告』第Ⅰ部第百二十二号、二〇〇四年九月）。→本書第三章第八節。

(24) 『明題部類抄』の本文は、宮内庁書陵部蔵（五〇九・七）本による。

(25) 『続古今和歌集』の本文は、最も完成度の高い前田家尊経閣文庫蔵本を底本とした『新編国歌大観』（第一巻勅撰集編）により、漢字と仮名は適宜改めた。

(26) 真観歌三首以外の歌について、撰集名・歌番号・歌題・作者名を示す。

『続古今和歌集』一一二（静見花）（太上天皇）一一三（前関白左大臣）一一四（衣笠前内大臣）二一八（野郭公）（侍従行家）五九八（朝寒蘆）（太上天皇）六七八（関路雪）（前関白左大臣）九八四（忍待恋）（太上天皇）。『新後撰和歌集』一六三（野郭公）（花山院内大臣）。『続千載和歌集』二六四（野郭公）（山階入道左大臣）一七九一（朝寒蘆）（前大納言為家）。『新千載和歌集』五五四（山紅葉）（前大納言為家）。『新拾遺和歌集』一一〇三（忍待恋）（土御門入道前内大臣）。『夫木和歌抄』一三四一三（朝寒蘆）（按察使資平卿）。

(27) 八日戊午。天晴。申剋雨降。今日。於相州常磐御亭有和歌会。一日千首探題。被置懸物。亭主［八十首］。右大弁入道真観〔百八首〕。前皇后宮大道俊嗣〔光俊朝臣息、五十首〕。掃部助範元〔百首〕。証悟法師。良心法師以下作者十七人。辰剋始之。秉燭以前終篇。則披講。範元一人勤其役。

九日己未。天晴。昨日干首和歌為合点。被送大掾禅門云々。(『吾妻鏡』弘長三年二月)。

(28) 十日庚申。朝間雨降。被千首合点之後。於常磐御亭更被披講。今夜以合点員数被定座次第。一座弁入道。第二範元。第三亭主。第四証悟也。亭主以範元下座之儀。可着対座之由。被称之処。大縁禅門云。以合点員数。可守其座次之由。治定先訖。而非一行座者。頗可為無念歟云々。某詞未終。亭主起座。欲被着于範元之座下。于時範元又起座逐電之処。既令人抑留之給。(下略)(『吾妻鏡』弘長三年二月)。

(29) 廿日戊寅。天晴。去廿五日御詠。右大弁入道於御前拝見之奉合点。而勝于去年一日百首御歌之由。点者雖申。是不通賢慮。去年御詠猶宜之由。被思食云々。(『吾妻鏡』弘長三年六月)。

(30) 十六日甲午。陰。右大弁入道真観帰洛。相州以下諸人有餞送之儀云々。(『吾妻鏡』弘長三年六月)。

(31) 十八日癸未。天晴。右大弁入道真観自京都参向。兵部大輔範忠朝臣又下着。依御産无為事也。但内々各依勅撰集事云々。(『吾妻鏡』文永二年十月)。

(32) 十三日丁未。天晴。京都御使兵部大輔範忠朝臣帰洛。去比下向。是被賀申御産无為事。又勅撰事云々。(『吾妻鏡』文永二年十一月)。

(33) 五日己巳。入夜。於左京兆亭。有当座続歌会。右大弁入道以下好士等群集云々。(『吾妻鏡』文永三年十二月)。

(34) 真観が宗尊親王の直接の和歌師範としての地位にあり、その線で撰者追加を実現せしめたことは疑いない事実である。しかし、宗尊親王自身における真観への依存度は、真観が親王を利用したほどには全幅的ではなかった。『宗尊親王三百首』において複数の点を求めたことをはじめ、真観が弘長三年七月十六日上京の途につく直前の七月五日、つまりまだ鎌倉滞在中に、この年前半に詠んだ歌の中から三六〇首を抄出して清書し、合点のため為家の許へまず送付している(五日癸未。天晴。将軍家今年中御詠歌数巻之中、抄出三百六十首被清書。是為合点可被遣入道民部卿為家卿云々)し、真観が帰洛したあと、同月二十三日にも、五百首和歌を飛鳥井教定に託して為家の許に送り合点を乞い、十月二十八日には一巻状とともに返送されている(廿三日庚子。天晴。将軍家五百首御詠歌。付前右兵衛督教定卿。為合点被遺入道民部卿之許。範元清書之。（十月）廿八日乙亥。天晴。将軍家五百首御詠。民部卿入道融覚加点返上。則副一巻状。六義奥旨猶可被凝御沈思之由。中条々諷諫云々）といった具合だからである。以上の事実は宗尊親王の意識における歌の師は、真観とそして同じ程度に為家も並存していたことを物語る。

(35)『百首歌合』の参加者は、前内大臣基家、衣笠前内大臣、入道大納言伊平、＊権大納言良教、権中納言顕朝、＊正二位忠定、＊右近中将経家、＊右近中将忠基、左京大夫行家、法印実伊、＊左近中将伊長、＊右近中将伊嗣、右近中将具氏、沙弥寂西、沙弥真観、土御門院小宰相、院中納言、鷹司院帥、＊前摂政家民部卿の十九名で、＊印以外は本歌合に撰ばれている。

(36) 安井久善編『秋風和歌集』（「古典文庫」第二六〇冊、昭和四十四年二月）による。総歌数一三六五首。→『新編国歌大観』（第六巻私撰集編Ⅱ）

(37) 内閣文庫蔵本等の九八〇首に、樋口芳麻呂「雲集和歌集巻第十一以降の和歌について」（『国語国文学報』第十二号、昭和三十五年十一月）に拾遺される、彰考館文庫本附載の巻十五恋五の五〇首、『夫木和歌抄』から抽出できる三四首をあわせた、合計一〇六四首による。→『新編国歌大観』（第六巻私撰集編Ⅱ）。

(38)『群書類従』巻第百五十九所収本による。歌数一二五六首。→『新編国歌大観』（第十巻定数歌編Ⅱ）。

(39) 松かげの入海かけてしらすげのみなと吹きこす秋のしほ風（海路）
やま人の出でたる跡の秋のいほのこれる鶴や夜はになくらん（山家）
まだよひの葉山のほぐしもえそめてしか待つとだにいかでしらせん（初恋）
わたりする人もあはれやまさるらんすみだがはらの春の曙（河）

(40) さしも草さしもひまなき五月雨にいぶきのたけのなほやもゆらん（家良、五月雨）
いまよりの衣かりがね秋風に誰が夜さむとかなきて来ぬらん（為氏、初雁）
時わかぬこしのしらねの雪を見て秋とはいかに雁のきぬらん（行家、初雁）

(41) ながらへばしばしも月をみるべきに山のはちかき身こそつらけれ（六二番右）
秋きてもいはねの松はつれなきに涙色づく苔の袖かな（七七番右、勝）

いかにして涙は袖にとまるらんかよふ心はひまもなき身に（一二二番右）

本文は、『新編国歌大観』（第十巻歌合編Ⅱ）による。

（42）日本古典文学大系『歌合集』（岩波書店、昭和四十年三月）所収、谷山茂校注「慈鎮和尚自歌合」本文による。

（43）「家のかがみ影あれども」については、有吉保氏から、伝良経筆三十六歌仙絵巻などの所伝もあり、良経撰のその種秀歌撰があって、それを念頭においた文言である可能性を示唆された。ありうべきことだと考えるが、いまはまだその確証をつかんでいない。また橋本不美男氏からは、歌道のみに関わることではなく、摂関の家としてのもっと広い「家」の意味ではないかとの教示をいただいたが、これまた十分に考えを定めかねている。ただ、いまは何となく、前後の文脈を限定的に理解しておくことにしたい。なお、有吉保「歌仙絵の混同」（『書斎の窓』第二四八号、昭和五十四年五月）参照。

（44）樋口芳麻呂「新撰歌仙・新時代不同歌合の撰者と成立時期について」（『愛知教育大学研究報告』「人文科学」第二十号、昭和四十六年三月）。

第六節　新和歌集の成立

一　はじめに

『新和歌集』の成立について初めて立論された石田吉貞氏は次のように考証を展開された。(注1)

① 為氏を「権中納言」としていることから、正嘉二年（一二五八）十一月一日から文応二年（一二六一）三月二十七日までの間。

② 為教を「左近中将為教」としていることから、正元元年（一二五九）七月二日以前。

③ ①②から、正嘉二年十一月一日から正元元年七月二日までの約九箇月間の成立。

④ 詞書の中に「藤原時朝館にて正元元年八月十五夜会し侍りけるに、池月を　浄意法師」があって、これによれば八月十五夜以後となって②と矛盾する。しかし、これは為教の右兵衛督任官がまだ宇都宮まで伝わっていなかったためで、正元元年八月十五夜以後の成立としてよい。

⑤ 宇都宮頼綱（蓮生）は正元元年十一月十二日に没し、当主泰綱は弘長元年十一月一日に没するが、その関係の歌は収載されないから、それ以前の成立。

⑥ 公綱は、元弘頃の人物ではなく、藤原秀郷流結城氏の公綱（広綱孫、親綱息）で、当代宇都宮氏一族の子弟で

ある。

⑦以上から、正元元年八月十五日以後十一月十二日までの間で、八月十五日を多く下らない時期に成立した。

石田氏の説を受けて、石川速夫氏は、後年における切り継ぎ増補説を提起された。(注2) すなわち、この集成立に関する手がかりとして、

①作者名の合致できる下限は、正元元年（一二五九）七月二日であること。

②その年八月十五夜の詠があること。

③その年十一月十二日の蓮生の入滅については歌がないこと。

④弘長元年（一二六一）初夏と推定できる稲田姫社十首歌講の歌があること。

⑤弘長二年の宇都宮泰綱の卒去や文永二年（一二六五）の笠間時朝卒去に関する歌がないこと。

⑥それらの数十年後と考えられる「藤原公綱」の歌があること。

⑦しかし、宇都宮景綱の後半生の歌は入れられていないらしいこと。

⑧目録と実数との上で、歌数に出入りがあり、大規模な切り継ぎが想定されること。

以上八条件をあげて勘案した上で、

1　作者名に矛盾のない正元元年七月二日までの時期に、一応成立した。

2　それ以降弘長元年夏過ぎまでの約二年間のうちに、追補・削除などの切り継ぎ作業がなされた。

3　数十年後、宇都宮公綱自身あるいはこれに近い者などによって、公綱の歌二首が加えられた。

4　歌集は最後まで完成したものとしての十分な点検や整理がなされることなく、書名や内容も未精撰本のまま現在に残された。

の四項目を結論とされた。石田説③までの作者表記からの年次限定を認め、それ以後の増補を想定する論旨である。

本節は、右の二説に代表される成立説について、根本に立ち返って検討し直し、現存『新和歌集』の成立時期と撰者が誰であるかを確定することを課題とする。

二　官職人名表記は統一されていない

石田説も石川説も、為氏を「権中納言」、為教を「左近中将為教」とする、二つの官職表記のみを根拠に、その交差する期間に成立したと押さえる点で一致している。

しかし、ここに「右兵衛督」の官職名で入集する一首（四四九）がある。この「右兵衛督」を、「目録」は「飛鳥井教定」としている。教定は『吾妻鏡』建長三年二月二十四日に「二条中将」、同四年五月十九日に「右兵衛督教定」とあり、この間正月十三日に除目があったからおそらくその日から右兵衛督となり、同五年四月八日に非参議従三位に叙し、同六年六月一日右兵衛督を辞した。その後散位非参議の期間に正三位に叙し、文応元年八月二十八日左兵衛督、弘長三年八月十三日にその官を辞している。従って、この右兵衛督が教定だとすると、建長年間まで五六年も成立時期は遡ってしまうことになる。石田説におけるこの矛盾は、何とも説明できない。

石田説は、官職表記が、編纂のある時点において、ほぼ集全体に及んで徹底しているという前提に立った立論であり、その前提に立つ限り、この矛盾は解けない。実は集中二〇五番歌に「二条右兵衛督中将ときこえし時、鶴岳社にて五十首歌講じ侍りけるに、山路月」と詞書する藤原泰綱の歌があり、この詞書の「二条右兵衛督」は、明らかに教定を指している。これある故に「目録」は先の「右兵衛督」を教定と誤認してしまったに相違ない。そして更に、この詞書は建長四年から六年のころに書かれたことを明白に示しており、その時点における記載と最終編纂時との間には、ある時間が経過していることを物語ってもいる。少なくとも建長のころから編纂が行われ、そして最終編纂時にもそれが修正されないままになってしまったのが、この詞書なのである。

つまり、詞書や官職人名表記は、必ずしも最終的に一律に統一されてはいないというのが『新和歌集』の実態である、ということを前提に考究しなければならないことを、まず確認しておきたい。

三　「右兵衛督」は誰か

さて、問題の四四九番歌「右兵衛督」の前後の歌、「哀傷」部の巻頭は以下のとおりである。

尾張権守藤原経綱すみ侍りける人身まかりてのち、夢に「なもあみだ仏といふもじをはじめにおきて歌をよみてとぶらへ」と見侍りけると聞きて、よみておくりける

冷泉前大納言

見しはうく聞くはかなしき世の中にたへて命のうたてのこれる　（四四七）

権中納言

ふかかりしちぎりのほどをおもひがはあさからずとは涙にぞしる　（四四八）

右兵衛督

つひに行くみちのしるべとたのむかなすすむる夢にむすぶちぎりは　（四四九）

左京大夫信実朝臣

もらすなよちひろの底はおもくともちかひのあみのうけにすくひて　（四五〇）

左中将光成朝臣

詠めつるはなもうき世の色なれば散るをわかれとなほしらせけり　（四五一）

中務大輔為継朝臣

つてにきくみのりのうみはふかくともなほ行きやすきかたをたのまむ　法眼円瑜　（四五二）

なにとしておくれさきだつならひのみさだめなき世にかはらざるらん　蓮生法師　（四五三）

あはれなほとまるいのちもあるものをかはるならひのなどなかりけむ　藤原泰綱　（四五四）

身のうさもつらさもひとつわかれにて思ひとくにもねはなかれける　藤原頼業　（四五五）

ふして思ひおきても夢の心地してうつつならでもよをすぐすかな　藤原時朝　（四五六）

ありてうき身はながらへて世の中にをしみし人の別れをぞ思ふ　藤原経綱　（四五七）

露の身のきえにしあとの別れにはぬるるたもとぞかたみなりける　藤原時光　（四五八）

見し人のなきを夢とはおどろかじあるもうき世のうつつならねば　藤原景綱　（四五九）

なにかその人の哀れもよそならむうき世の外にすまぬ身なれば　（四六〇）

一首によみておくりける　平長時

なもあみだ仏といまはちぎりても浮き世の夢をおどろかすらむ　（四六一）

四四七番歌の詞書に見える藤原経綱は、『尊卑分脈』宇都宮系図によれば、泰綱の嫡男景綱（蓮瑜）の弟で、母は同じく平朝時女。「従五位下、尾張守」とあり、頼綱からは孫にあたる。女子が二人あり、その母の注記に「母平重時女」と見えるから、「尾張権守藤原経綱すみ侍りける人」とは、けだしその執権北条重時の女であったに相違ない。果たせるかな、『吾妻鏡』康元元年（一二五六）六月二十七日の条に、「廿七日丙戌。雨降ル。奥州禅門息女［宇都宮七郎経綱妻］卒去ス。去ヌル比流産シ、其後赤痢ノ病ヲ煩フト云々」と記されており、死亡の日時はもとより、流産の後赤痢を患って死んだことまでも確認できる。最後に一首の歌（四六一）を送った平長時は重時の嫡男で、康元元年二十七歳から執権となった人物であつたから、亡くなった経綱室はその姉か妹であったことになる。ただし、系図には、長時の兄弟中にこの女子を確認することはできない。

四五六番の歌を寄せた頼業は、泰綱の異腹の兄（本書第一章第五節、一五一頁参照）で、経綱の伯父にあたり、四五七番歌を詠み送った時朝は、頼綱弟朝業（信生）の息男、もとより宇都宮歌壇中最有力歌人であった。一人藤原時光のみその出自を詳かにしえないが、一族近親の誰かであったはずだから、あるいは頼業息「時業」の誤りででもあるかもしれない。以上、後半八首の歌を寄せたのは、時朝一人をやや例外として、経綱とは格別に近しい宇都宮宗家の面々である。なお、四五三番歌の法眼円瑜については知るところがないが、景綱の蓮瑜と同じ「瑜」の字を名に持つこと、羇旅の歌中「だいしらず」として、蓮生、泰綱に続いて四三四番歌「草まくらふたたびむすぶやどもなしそこら旅寝のかずはつもれど」が収められていること、法眼位を持つことから、宇都宮一族で官寺に属した一人であったと見られる。根拠はないが頼綱弟永綱あたりででもあろうか。

一方、前半に名を連ねる人物たちについて検すると、冷泉前大納言為家は、宇都宮頼綱女を妻室とし、頼綱女の同腹の弟が泰綱であったから(注3)、経綱は為家の外甥にあたり、為氏・為教には母方の従兄弟に当たるという、最も近い縁戚関係にあった。経綱は、その為家に呼びかけて、御子左家とその縁辺にあるごく親しい人たちの結縁を依頼したにちがいない。為家は、頼綱女所生の為氏と為教の二人にまず声をかけたに相違なく、してみればこの「右兵衛督」は、御子左家の為教以外ではありえない。(注4)光成は、俊成の兄忠成から光能、光俊、光成と続く、長家流御子左家の一員。定家と同様に為家も、俊成流に準じる御子左家の一門として遇していたのである。(注5)

信実は、定家亡き後いち早く『河合社歌合』を主催、為家を判者に仰いで歌壇の統一をはかった無二の親友であり、為継はその嗣。光成を含め信実・為継の三人とも、為家・為氏・為教とともに、為家歌壇草創期の『河合社歌合』に集ったメンバーで、為家が終生最も信頼してやまなかった人たちであった。為家は、御子左家一門の外にはわずかに信実父子だけに呼びかけて、ともに経綱妻室の菩提を弔らおうとしたにちがいないのである。

四　経綱室追善名号冠字七首詠

前記したとおり、経綱室の死没は康元元年六月二十七日、暑さの盛りであったが、経綱が夢に亡妻の哀願を聞き、諸人に名号冠字詠を勧進したのはいつのことであったか。これについては、四五一番歌に、「詠めつるはなもうき世の色なれば散るをわかれとなほしらせけり」とあることが手がかりとなり、光成がこの歌を詠んだのは春三月、すなわち翌正嘉元年（一二五七）三月と特定でき、為家以下の詠作もほぼ同じころだったと見てよいであろう。経綱の諸人への勧進は少し前二月末から三月初めのことであったろうか。同じ年二月十五日に八十の賀を祝ってもらったばかりの蓮生入道頼綱も、「あはれなほとまるいのちもあるものをかはるならひのなどなかりけむ」と、あやにくな愛孫室家の早すぎる逝去を悲しみ、老いの涙を流したのであった。

かくて名号冠字七首詠は、経綱のもとに集成され、追善供養に供されたはずであるが、為家がとりまとめて贈ったと思われる在京歌人たちの詠作には、端作りとその時点における位官記・署名が付随していたはずである。宇都宮歌人たちの詠作にも、それはあったであろうが、『新和歌集』の作者表記が、俗人は姓と名のみで統一されているので、今は問題とする必要はない。

為家は、ちょうど一年前の康元元年二月に出家して融覚を名乗っていたから、「(沙彌)融覚」、すでに宝治二年(一二四八)三月に出家していた信実も、[注6]「(沙彌)寂西」としていたであろうか。あるいは為家の融覚はまだなじみが薄く「前権大納言藤原朝臣為家」であったかも知れないが、『新和歌集』はこれら出家者をすべて最終の極官と通称で示す方式をとっている(定家は「京極入道中納言定家」、真観は「右大弁光俊朝臣」、蓮性は「九条正三位知家」など)ので、この二人については問題にならない。為氏は、建長三年(一二五一)一月二十二日以来参議の官にあったから「参議藤原朝臣為氏」、為教は、建長二年十月十三日から三年九月十三日の間に左近衛権中将に任官していたから[注7]「左近衛(権)中将藤原朝臣為教」、光成は、暦仁元年(一二三八)十二月二十日に左近衛権中将に任官し、文応元年(一二六〇)四月八日に辞しているから、「左近衛(権)中将藤原朝臣光成」、為継は、寛元元年(一二四三)十一月十七日の『河合社歌合』の時すでに中務大輔とあり、それ以来同じ官にあったから、[注8]「中務大輔藤原朝臣為継」と、それぞれに正嘉元年三月時点における現官職名をもって記載されていたはずである。

『新和歌集』編纂にあたっては、経綱のもとに集成されてあった原冠字七首詠の中から各人一首が抜粋され、一部は最終編纂時の官記に改められたと考えてよいであろう。この部分について見ると、改められているのは為氏と為教の官記であり、従ってその二人の官記の交差する範囲内に、成立時点はまず求められるはずである。

「権中納言」為氏は、正嘉二年(一二五八)十一月一日に、参議から権中納言に転じ、弘長元年(一二六一)三月二十七日に中納言に移っているから、その間。「右兵衛督」為教は、正元元年(一二五九)七月二日に任じてから、文永六年(一二六九)七月十九日に辞するまでの間。両者の重なり合う期間は、正元元年七月二日から弘長元年三月二十七日までとなる。

さらに官記はそのままの歌人たちの動静を見ると、左中将光成は、文応元年(一二六〇)四月八日に中将を辞し、散位非参議に転じ、為継は、正嘉二年（一二五八）正月十三日までは中務大輔であったが、その日以後は従三位に叙し散位非参議に転じている。(注8)光成の方は前記期間中であるから、文応元年四月八日以前とさらに限定できることになるが、為継の方は、その期間内の官記としては整合しない。しかし、それは最終段階における改修漏れで、原官職表記がそのままに残った結果であるに相違ない。あるいは、光成の場合にしても、最初の表記が改められないままに残っている可能性も十分にあると考える。石田説以来、時として除目の情報伝達の遅れを理由として官記不整合の理由としてきたけれども、この種の情報一般（とりわけ一握りの最上層公卿クラスの情報）は、迅速詳細に鎌倉に伝わっていたはずで（吾妻鏡の記事に就けば、宣下状、叙書、除目の聞書などは六日から八日で鎌倉に到着している）、理由とはしがたい。むしろそれは集編集上の遺漏の問題と考えて然るべきことだと思量する。

結局この部分の官記載から得られる成立の範囲は、正元元年（一二五九）七月二日から文応元年（一二六〇）四月八日までの間と、一応限定しておくこととする。

五　新和歌集の最終成立時期

御子左家と宇都宮家を結ぶいま一つの催しは、蓮生八十賀和歌である。すなわち巻五賀歌の巻頭二首目から、

八十賀し侍りし時の歌に　　蓮生法師

のりのみちあとふむかひはなけれどもわれもやそじの春にあひつつ　（三四一）

冷泉前大納言

はかりなきいのちはやそじたもちきぬするゐのみのりのよろづよもみよ　（三四二）

土御門大納言

やそぢまでひさしくへたる年のをのながきかひある春にあふらし　（三四三）

権中納言

めぐりあふかぎりもしらぬ春なればやそじのするもなほぞ久しき　（三四四）

左京権大夫信実朝臣

わがよはひ君がやそぢにおよぶてふなほゆきづれの千代をまちける　（三四五）

左中将経定朝臣

やそぢふるけふをちとせのはじめにてなほゆくするのほどぞひさしき　（三四六）

少将内侍

なほもまた千代のよはひのしるきかないまのやそぢのこころならひに　（三四七）

弁内侍

はるかなる人のよはひをかぞふればかつがついまぞやそぢなりける　（三四八）

下野

かぞへしるやそぢのみねのまつかぜになほよろづよと山ぞこたふる　（三四九）

法印長恵

にしの山やそぢのさかはたかくともなほのぼるべきみねぞはるけき　（三五〇）

日吉禰宜成茂

神にいのるやそぢのかずはおいらくのよろづよふべきはじめなりけり　（三五一）

と十一首の歌がまとめて収められ、また釈教部の最初にも、

八十賀し侍りけるに

蓮生法師

たきぎつきてふたちとせにもなりぬれば空も煙とかすむはるかな　（三八五）

左京権大夫信実朝臣

かすむ夜もこのはがくれににたるかなわしのみ山の春の月影　（三八六）

権中将光成朝臣

わしの山常にすみける影なればかはらずみゆるはるのよの月　（三八七）

左近中将為教

たえずすむ面影みせてきさらぎや同じむかしの望月の空　（三八八）

藻璧門院但馬

行く道をしふるのりのなくはこそひみづの河の波にさはらめ　（三八九）

の五首が収載されている。このほか為家の屛風歌が九首（九、二二、四〇、九三、一二六、一五二、一七一、一九九、二九六）分散収録されている。

この催しは、蓮生の女婿為家が中心となって、蓮生と関係深い在京歌人たちに呼びかけて成ったと見てよい祝賀の歌で、それは正嘉元年二月十五日、釈迦入滅の日に合わせて行われた。既に考察した経綱室追善冠字詠の直前のことであった。

この作者を冠字詠の場合と比較すると、冠字詠には入っていた為継がなく、土御門大納言通成と左中将経定が加わり、信実息為継に代わる女流として少将内侍と弁内侍（ともに信実女）、また下野と藻璧門院但馬、さらに法印長恵と日吉社禰宜成茂も加わっている。

この催しの時点で、為家がとりまとめて蓮生に贈った原資料の官記載は、どうあったであろうか。為家と信実、さらに女流四人と長恵・成茂を除いて考えてみると、為氏は「参議藤原朝臣為氏」、為教は、「左近衛（権）中将藤原朝臣為教」、光成は、「左近衛（権）中将藤原朝臣光成」と、現任の官記を伴って記されていたであろうこと、前記したところと同じである。この催しにのみ名の見える二人について見ると、土御門大納言源通成は、頼綱女為家室とは腹違いの姉を妻としていた頼綱の女婿の一人（本書一五〇頁系図）で、その故をもってこの催しに参加したと見てよいが、彼は、建長四年（一二五二）十一月十三日に権大納言に任じ、文永二年（一二六五）十月五日に大納言に転じているから、「権大納言源朝臣通成」とあったはず、また経定が参加した理由は詳かにしがたいが、彼は寛元四年（一二四六）十二月の「春日若宮社歌合」以前から左近衛権中将で、文永六年（一二六九）八月に出家するまでその官にあったから、「左近衛権中将藤原朝臣経定」と記されていたにちがいない。

このうち『新和歌集』の作者表記と異なるのは為氏のみで、為教の官記はもとの表記のままである。為氏は成立時の官記に改めたけれども、為教の方は修訂漏れとなったのであろう。為氏の歌とやや離れて位置していることが、かかる不統一を招来した原因と見られるのである。この場合も、先の成立期間はそのまま当てはまる。

ただ、為教の官記が修訂されていないことについては、この部分の最終整備と、冠字詠の部分の最終整備の間に時間差があったことを意味しているとも解される。すなわち、この部分の官記についてすべての条件を満たすのは、為氏が権中納言となった正嘉二年（一二五八）十一月一日から為教が左中将から右兵衛督になる正元元年（一二五九）七月二日までの間であって、この部分の最終整備はこの期間に行われ、最終成立時点では為教の官記を改めることをしないままになったと解するのである。既述のごとく教定に関する建長の詞書がそのままになっている（二〇五番歌）ように、部分部分によって、整備の時間は層をなしていたと考えてよい。それは杜撰ないし不統一ということに他ならないが、成立を論ずるに当たっては、それが『新和歌集』の実態であるということを押さえてかかる必要がある。最終的統一的な整備は完遂していないのである。

以上、官記載からする考証の結果、正元元年七月二日から文応元年四月八日までの間と限定しうるところまで到達したのであるが、当初から成立を考える際の条件とされてきたことを勘案して、さらに限定を加えなければならない。すなわち、正元元年八月十五夜の詠作が収載されていることからは、それ以後でなければならず、また同年十一月十二日に没した蓮生の死に関する歌がないことからは、当然それ以前という結論が導かれることになる。石川氏は後者の条件をほとんど顧慮しないが、哀傷部を繙けば宇都宮宗家の悲しみを主として編まれているこの撰集が、蓮生の死没以後ならその死を悼む歌を大々的に収めないはずはないから、私はこのことは無視しえぬ絶対的な条件だと考える。

かくて、現存する『新和歌集』の最終成立時期は、正元元年(一二五九)八月十五日以降、同年十一月十二日以前の約三箇月間の内だったと、明確に限定することができるのである。これは結果的に石田氏の結論とするところと一致するが、論証の過程と根底的認識において全く別の考証である。

六 「稲田姫社十首歌」と「鶴岳社十首歌」

石川氏による増補説のうちの、正元元年七月二日以前第一次成立という、前提ともいうべき一点については、根拠が失われた。また、最も早い段階の増補と考えられてきた、正元元年八月十五夜詠の入集という徴証も、それ以後の成立と確定して、消滅した。残るは、「稲田姫社十首歌」が果たして弘長元年初夏のころの催行であったか否かという問題であるが、石川説は、『夫木和歌抄』の所伝を見落したまま立論されている上、「弘長元年初夏のころ」も、何ら確証を持たぬ臆測である。

このことについて、私は早くから真観最初の東下時、康元元年九月から十一月の間の催行と考えてきたのであるが、それは正元元年に成立した『新和歌集』に採られているのだからそれ以前だと考える、単純な論拠に基づく解釈と判断であった。しかし私はその判断と論拠をこそ基本にした考証を展開すべきだと思う。

その後中川博夫氏が石川氏説に沿って増補説を展開し、「稲田姫社十首歌」については、①出詠歌人に蓮生の名が見えないこと。②正嘉三年正月二十九日詠作歌の改作かと推測される歌があること。③文応元年五月成立の真観の歌論書『簸河上』の冒頭の記述を踏まえたと推測される歌があること、の論拠三点をあげて、康元元年催行は無理であると結論された。[注9]近時小林一彦氏がそれに詳細に反論を加えられたが、[注10]この三点のみについてみても正鵠を射たありうべき反証と結論で、全面的に首肯しうるところである。①は、ずっと京都西山にいて物理的に参加できなかったのであり、②③は、推測そのものが危うすぎて、証拠能力を持たない。

中川氏は同じ稿で「鶴岳社十首歌」についても論じられ、康元元年の催行を否定している。論旨は単純でないが、康元元年だとすると、参加歌人のうち安達時盛が十六歳の時となって早すぎる、ということが重要な判断材料になっている。しかし、十六歳は決して若すぎる年齢ではない。定家は、十七歳で賀茂別雷社歌合に、為家は、十五歳で内裏詩歌合に、為教は十七歳で河合社歌合にと、それぞれ公私の歌合に参加しているし、後嵯峨院大納言典侍為子が、宝治二年八月三十日の後嵯峨院御幸鳥羽殿一首和歌御会に出詠したのも、十六歳の時であった。[注11]私的な詠作について見ても、為氏の白河の関での詠作（新和歌集三六〇）は、少将在任中の十三歳から十七歳の間だった[注12]し、また『十六夜日記』の為相と為守は、十七歳と十五歳である。いずれも御子左家の例で、やや特殊との印象を与えるかもしれないが、延応元年（一二三九）九月尽日の頼経将軍家三首和歌会に出席した後の執権北条左親衛経時も、やはり十六歳であった（吾妻鏡。注（24）参照）。男性も女性も、当時の人たちは一様に早熟であった。時盛は姉妹が宇都宮景綱の室になるという姻戚関係にあった。とすれば、若年から和歌に親近する素地は十分にあったと見てよい。安達一族の他の人物、兄泰盛などをさしおいて特に若年の時盛が加えられるべき理由は見あたらないというのも、いかがなものか。泰盛は政治的に傑出した人物ではあっても、歌は一首も残していない非歌人である。一族内部の序列ではなく、たとい若年ではあっても歌をよくする上手の者を選ぶのが、歌会の常だったのではあるまいか。

以上肝要の点についてのみ反論するに止めるが、「稲田姫社十首歌」と「鶴岳社十首歌」の二つの催しは、ともに康元元年、真観第一回東下時の催行であったと考える。ほかの諸々の資料とともに、それを撰歌資料として『新和歌集』の編纂が行われ、『時朝集』にも採録されるし、『東撰和歌六帖』も編まれたのである。

中川氏は、増補説に加袒する立場から、いま一つ弘長元年七月七日の『宗尊親王家百五十番歌合』と一致する歌が八首ある事実を指摘し、歌合以後の増補の一証と考えようとされる。[注13] 後藤基政の四首、基隆の三首、安達時盛の一首が、歌合と『新和歌集』に共通しているのは事実であるが、『新和歌集』には、歌合の作品であるとは詞書に何ら明示されていない。権威ある将軍家の歌合歌であることは、強調すべきことではあっても、故意に隠さねばならぬ必然性は全くないはずだから、この場合歌合から採歌したと考えるべきではない。歌合とは別にこれらの歌は『新和歌集』に撰入され、それと没交渉裏に三人の同じ歌が歌合にも採択された、という関係にあると考えて然るべきであろう。

『宗尊親王家百五十番歌合』は、『吾妻鏡』当日の条にもその前後にも記載がないことから推して、披講や難陳を伴って七月七日その日に開催された、普通一般の歌合ではない。真観が中心となって机上で結番、都に送って基家の判をえた、特殊な歌合であった。そしておそらくこの歌合は、将軍家を中心とした和歌御会始や折々の和歌会、[注14]あるいはまた近習の者の中から歌仙を選んで結番し、各々当番の日に五首歌を奉らせた[注15]詠草の累積など、いわば鎌倉柳営歌壇のかなり広範な詠歌資料の中から、歌と歌人を選りすぐって（和歌会や五首歌の常連メンバーでありながら選ばれていない者も多い）結番した、実質的な撰歌合であったと思われる。だとすれば、歌合と『新和歌集』の歌の重なりは、起こるべくして起こりえた、異とするにたりぬ結果だということになる。両者に共通する歌があるから、即ち歌合から撰集への経路しかない、と考えるのは早計である。

公綱の歌が二首入集していることをめぐっては、石田説以来議論の分かれるところであるが、いま明快に人物を特定するだけの史料はない。ただ前記したとおり、藤原時光は、宇都宮一族で随分近しい関係にあったことは確かなのに、その出自や経歴をたどりえないし、法眼円瑜についても同じである。同様に公綱も、景綱の孫にあたる元弘頃の公綱ではなく、同時代の宇都宮一族の誰かであった、と見るのが最も蓋然性が高いであろう。大きく時代を隔てた後世の、たった一人二首だけ、しかも他に歌も残していない人物の、末尾への慎ましやかな追加ならまだしも、集途中への切り入れ追補のごときは、断じて考えがたいことである。

かくて、一旦完成して以後の増補という過程を想定しなければならぬ事実は、皆無となると考える。

以上の考証をとおして、『新和歌集』の成立年次を新たに確定することができた。付随して、特に一つだけ注意を喚起しておきたいのは、巻尾付載の「目録」は成立当初のものではなく、作者比定の誤りや数値の誤りを多数含む、後世の編になるもだということである。成立の当初、勅撰和歌集の目録よろしく撰者が作成した目録として、その記載する数値と現存集における実数の差違をもって、増補が行われた証拠とする扱いがなされてきたけれども、それは甚だしく不当であるといわねばならない。「目録」は現代の我々がする考証と同列か、あるいはそれ以下のものでしかないのである。

七　為氏は撰集に関与しなかった

『新和歌集』の撰者については、目録末尾の記載「此宇都宮打聞新式和歌集者、藤原為氏卿下向宇都宮撰之」から、為氏を監修者ないし閲覧者とみるのが一般である。(注16) 為氏は、前記したとおり少将時代（一三歳の天福二年四月十二日から、一七歳の嘉禎四年十一月十六日の間）、初めて宇都宮に下向し、白河の関まで赴いている（新和歌集三六〇）。しかし、まだ和歌初学のこの時期、為氏単独での撰集はありえない。後年、弘安二年（五八歳）四月十五日には公務を帯びて下向したことが確かめられ、(注17) またその時かあるいは別時かは不明であるが、景綱十首歌合に参加した下向もあった。(注18)『新和歌集』の「景綱五十番歌合」（三四、三五、三六、六三）「景綱百五十番歌合」（一〇、一一、四一、四二、一六五、一六六、一六七、四二四、五三六〜五四〇）は、十首歌合であった可能性もなくはないが、『沙彌蓮瑜集』は弘安・正応・永仁ころの歌を主として、後年の歌ばかりを集めていると見られるから、その「十首歌合」も後の時期の催しだったと考えてよい。さらにまた為氏は、弘安九年九月十四日に死没した時も鎌倉にあったから、(注19) 晩年には何度か鎌倉との間を往還したと見られる。(注20) しかし、為氏の歌はすでに見た三首しか『新和歌集』に採られておらず、『新和歌集』が成立した年（為氏三八歳）以前に為氏の再度の下向があったとは考え難い。為氏を「権中納言」、為教を「右兵衛督」としているのが、唯一為氏撰を思わせる徴証であるが、すでに見たような為教や為継の官記載の遺漏は、それを否定する材料となるであろう。それ以外に為氏が撰集に関与した形跡は皆無であり、目録末尾の本記載の信憑度は著しく低いといわざるをえない。この記載は、過誤の多い目録を編んだその人か、さらにその後の誰かの書付けであると見られるから、一伝承として以上の証拠能力は認めがたく、形式的一方的に推戴した撰者であったか、もしたとえ関与があったとしても、草卒に一覧した程度以上のものではなかったであろう。

八　時朝撰者説の可能性

さて、実際に編集に当たった撰者については、時朝説[注21]、景綱説[注22]、西円法師説[注23]の三説があって、一決しない状況にある。いまここに成立の問題を論じてきた最後の締めくくりとして、撰者を特定するための追究を不可欠とする。『新和歌集』哀傷部は、宇都宮宗家の悲しみに満ち溢れている。巻頭には、先に見たとおり、十五人の近親者による藤原経綱亡室追善のための冠字七首詠のうち、各人一首計十五首が配され、ごく最近に宇都宮宗家を襲った大きな悲しみが、読む者の胸をうつよう配慮された編集になっている。同じ哀傷部には、平経時室の死を悼む歌も多く収められている。

あひともなひたりける女わづらふことだいじになりて、ほかへうつり侍りける時、をりからしぐれのし侍りければ　　平経時
思ひねのなみだあらそふはつしぐれいづれかまづはそでぬらすらん　（四六五）

武蔵の守平経時の室身まかりにけるころ　　蓮生法師
たれよりもこころやすしと思ひしはまさるなげきのふかきなりけり　（四六八）

武蔵守平経時の室身まかりにける中陰にこもりて、九月十三夜に
あめのふりけるに申しつかはしける　　藤原時朝
ものおもふこのさとばかりかきくれてほかにや月のさやけかるらん　（四七六）

武蔵守平経時室身まかり侍りける比　　藤原泰綱
夢とのみおもひてだにもなぐさまぬみしおもかげのうつつならずは　（四八九）

ここに悲しみの種となっている平経時室は、寛元三年（一二四五）九月四日に他界した。『吾妻鏡』同日の条に「四日丙申。天晴。武州室家卒去ス。年十五。是レ、宇都宮下野前司泰綱ノ息女ナリ」とあり、当年二十二歳の執権武蔵の守平経時に嫁していた宇都宮宗家泰綱鍾愛の娘で、わずか十五歳であったことを知る。[注24] 少し前の七月二十六日には、経時の妹十六歳の桧皮姫が、七歳の将軍頼嗣の御台所になったばかりであった。これ以前五月ころから黄疸を病んで苦しんでいた経時もまた、翌年四月一日、両息幼稚の故に執権を弟時頼に譲って病没する（吾妻鏡）。妻室は嬰児二人を残しての夭折であった。臨終近くなった妻の側を離れた際の時雨に寄せる経時の悲傷（四六五）、夢とのみ思っても慰まぬ父泰綱の沈痛な悲しみ（四八九）、祖父蓮生の誰よりも心やすかった孫娘に寄せる深い嘆き（四六八）が、それぞれにさして巧みでない表現の底から、惻々と迫ってくる。蓮生は、後年その墓所へも詣でている。

武蔵守平経時の亡室墓所へまうでて、それより尾羽といふ山寺へまかりけるみちにて

蓮生法師

みし人のすみけるやどをゆきすぎてたずぬるやまは秋の夕暮れ　（八〇〇）

すでに時間は経過し、「亡き人の住みける宿」をよぎる心の静謐を取り戻している。さて、ここで亡室の中陰に籠もっていた藤原時朝が四七六番歌を「申しつかはし」たのは、妻を失った当の平経時に対してであったにちがいない。経時夫妻は、小町上にある祖父泰時の旧宅に住んでいたが、寛元二年十二月に焼亡の後、新造した邸第に住まい始めたばかりであった（吾妻鏡、宝治元年七月十七日条）。時朝は、後の明月を隠して降り暗らす雨を、この家全体を覆う悲しみの涙に類えて、病臥中の喪主経時と悲しみを共にすべき心を贈って慰めたのである。

哀傷部にはまた、次の詞書と歌が収められている。

若松の禅尼の四十九日卯月の六日なりしに、「けふはみなきみしのびねをなく人もしらずがほなるほととぎすかな」と申しつかはしたりし返事に　藤原景綱

けふのわが心をしらばほととぎすしのばぬほどの音をぞなかまし　（四八一）

「若松の禅尼」が誰であるか、就くべき史料を知らないが、詞書と歌の内容から、景綱と極めて近い血縁関係にあった禅尼で、景綱は喪主に等しい立場にあったらしい、とは推察できる。そうだとすると、この禅尼は景綱の母平朝時女だったのではあるまいか。本来なら夫たる泰綱が弔歌を受けて然るべきであるが、おそらく泰綱が在洛勤務中の禅尼の卒去であったため、かくなったのではあるまいか。泰綱は、正嘉二年八月十五日以降関東には不在で、弘長元年十一月一日に没した時も、在京中であった。(注25)

さてこの詞書の中の「けふはみな」の歌を、景綱に「申しつかはし」た人物は、その名を明記していない。『新和歌集』にあってこの種の贈答歌は、贈歌と答歌を対等に並べ、贈った人物の名前も顕示するのが普通であるのに、この場合そうしていないのは、詞書中の贈歌を贈った当人が、すなわち撰者だったからであるに相違ない。この歌の作者を突き止めえないのは残念だが、この贈歌作者が撰者だとすれば、その歌を贈られた景綱は撰者ではない。また、「申しつかはしたりし」とある書き様と、景綱との相対的な身分関係を顧慮するならば、西円法師も撰者ではありえまい。

二人が消去されれば、残るところは時朝という仕儀になるが、そのような消極的理由からではなく、その他の人物の可能性を視野に入れてもなお、時朝撰の可能性が最も大きいと私は考える。そもそも、景綱に「けふはみな」の歌を「申しつかはし」た人物は、その状況の類似から、前記執権北条経時に四七六番歌を「申しつかはし」た、藤原時朝であったにちがいないと思量するからである。

九　時朝が撰者であることの確証

さらに哀傷部の詞書から、時朝が撰者であったことのより確実な徴証を指摘することができる。先の経時に贈った四七六番歌に続くのは、次の詞書と歌である。

長門守藤原時朝めにをくれて侍りけるころ、人々に無常十首よませけるに

寄雪無常　　浄忍法師

久かたの雨にまじりてふる雪はしばしあるべきよとはたのまん　(四七七)

(以下、西音法師の「寄露無常」「寄雲無常」、源頼明の「寄花無常」の三首略す)

『新和歌集』の詞書は、普通にはその歌の作者の立場に立って書かれるのを原則とする。「館にて百五十番歌合し侍りけるに　藤原景綱」(一〇)「藤原時朝よませ侍りける五十首歌中に　藤原基政」(一五)「衣笠内大臣家によみてたてまつりける三百六十首歌中に　藤原時朝」(一九)「藤原時朝、稲田姫社にて十首歌講じ侍りしに、夜梅薫風　藤原時家」(二〇)「藤原景綱よませ侍りける歌に　藤原時盛」(五八) などのごとくである。しかるにこの場合、浄忍法師の詞書としては、甚だ相応しくない。もし浄忍法師の立場でこの詞書を書くとすれば、前半は「長門守藤原時朝すみ侍りける人身まかりて後」(四四七詞からの類推) となるはずであり、後半は「人々に無常十首よませ侍りけるに」とあるべきところである。その規範形に比べ、この詞書の「めにをくれて侍りけるころ」(四七六詞ほかからの類推)、あるいは「長門守藤原時朝室身まかり (侍り) にけるころ」の「め」とは、女を見下げたり自分の妻を卑下したりするニュアンスを持つ言葉であり、随分へりくだった書き様である。「無常十首よませけるに」も、人々に勧めて詠ませた、当の時朝の物言いに他ならない。詞書は、ともども時朝の立場に立って書かれていること明白で

あって、この詞書には、時朝が撰集にあたり、詞書を書いたという事実が、端なくも露呈していると言わねばならない。

次は、雑歌と恋歌の中の例であるが、この場合もまったく同断である。

　　藤原時朝かしまのおきすの社にまいりて、彼の社僧中に十首歌すすめ侍りけるに　　理念法師

うなばらやおきつしほあひに立つ波のしづめがたきは心なりけり（八五六）

　　藤原時朝、十首歌よませける中に　　藤原泰重

ただならぬゆふべの空のけしきかな思ひいでても袖ぬらせとや（六四六）

八五六歌で、「かしまのおきすの社」に参ったのは時朝自身であり、その社僧たちに十首歌をすすめたのも時朝であるが、「彼の社僧中に」は、社僧の一人理念法師でなく、時朝その人の立場からでなければ言いえない。六四六歌の場合も、十首歌を詠ませた時朝の立場が透けて見える書き様である。

以上、詞書の書式に顕れた、些細ではあるがしかし決定的な痕跡、撰者のことさらに謙抑した書き方を主たる根拠として、『新和歌集』の撰者は藤原（笠間）時朝であったと断定してよいと考える。

十　おわりに

時朝撰者説に対して、これまでに提示されてきた疑義は、二点ある。第一は、晩年の自撰家集『時朝集』に、自身の歌を五十一首収める『新和歌集』の名が見えないこと、第二は、『時朝集』に収めた詠歌と『新和歌集』中の時朝歌はほとんど一致して然るべきなのに、実際には五十一首中約三分の一にあたる十六首が家集中に見えない

こと、の二つである。[注26] いま詳しく論証する用意を持たないので、西円撰の『新玉集』との関係をも顧慮しつつ、現時点における私の見通しだけを述べておきたい。

西円は、建長五年かなりの高齢で生存していたが、[注26] その後間もなく没した後、その撰集『新玉集』(宇都宮打聞)を時朝が引き継ぐ形で、さらに拡充した宇都宮打聞の編纂を目指したのではなかったか。両者の書名が近似し、共通する歌がかなりあり、かつ多数の重ならない歌が存在するという事実は、そのような関係を想定する時、はじめて了解可能である。そして時朝は、建長末年ころから『新和歌集』の編纂に力を注ぎ、正元元年に一応完成する。一方、『時朝集』自編の作業も同時並行的に進められたと見られるが、西円撰『新玉集』の歌までを採録した後、『時朝集』も『新和歌集』も、ともに自分の家集であり撰集であるので、あえて家集にその書名を顕示して、所収歌の全てを採録することはしなかったのではあるまいか。詞書の書き様において、先述の如き謙抑の姿勢を無意識のうちに示した時朝の性格に就けば、ありうべき措置だったと思われる。

その理由については、いま少し緻密に追究すべき今後の課題としなければならないが、何れにしてもその追究は、時朝が『新和歌集』の撰者であったということを前提にして、展開されねばならない。

【注】

(1) 石田吉貞「宇都宮歌壇とその性格」(『国語と国文学』第二十四巻第十二号、昭和二十二年十二月)。↓『新古今世界と中世文学』(北沢図書出版、昭和四十七年十一月)。
(2) 石川速夫「『新式和歌集』解説」(二荒山神社、昭和五十一年十月)。
(3) 佐藤恒雄「為家室頼綱女の生没年」(『香川大学国文研究』第二十二号、平成九年九月)。
(4) 教定は、その女が為氏室となっていたから、御子左家と姻戚関係にはあった。しかし宇都宮氏との関係はないし、前記のとおり官記の上で整合せず除外されるが、念のためその動静を『吾妻鏡』によって確認しておく。教定は、建長四年十一月十一日まで鎌倉幕府に出仕しているが、その後上洛したらしく、次に幕府出仕が始まるのは、正嘉元年二月二日からである。経綱からの勧進を受け為家が周囲の数人に呼びかけたのは、教定が離京して以後であった。

（5）『明月記』寛喜三年正月七日臨時の叙位の日の記事中、為家の正三位昇叙と同時に正五位下になった光成の昇叙を喜び、定家は「一門叙人二人、尤可謂年始光華」と記している。

（6）井上宗雄「藤原信実年譜考証―寛元から文永まで―」（『立教大学日本文学』第五十九号、昭和六十二年十二月）。→『鎌倉時代歌人伝の研究』（風間書房、平成九年三月）。

（7）井上宗雄「藤原（京極）為教年譜考」（『立教大学日本文学』第五十七号、昭和六十一年十二月）。→『鎌倉時代歌人伝の研究』（風間書房、平成九年三月）。

（8）井上宗雄「藤原（法性寺）為継と為信と―隆信・信実の子孫たち―」（片野達郎編『日本文芸思潮論』平成三年三月。→『鎌倉時代歌人伝の研究』風間書房、平成九年三月）は、『公卿補任』の「元左京権大夫」によって、建長三年九月以降、為継は父と同じ左京権大夫となったとしているが、『公卿補任』正嘉二年の叙非参議従三位記事の注記は「正月十三日叙。元左京権大夫。中務大輔信実朝臣男。母」とあって、『尊卑分脈』もこれに拠っているようだが、恐らくこれは「元中務大輔。左京権大夫信実朝臣男」とあるべきを誤記したものと思しく、為継は、正嘉二年正月十三日までは「中務大輔」の官にあったと考える。

（9）中川博夫「『新和歌集』成立時期補考―「稲田姫社十首歌」「鶴岳社十首歌」をめぐって―」（『徳島大学教養部紀要』（人文・社会科学）第二十五巻、平成二年三月）。

（10）小林一彦「康元元年の藤原光俊―鹿島社参詣と稲田姫社十首をめぐって―」（『北陸古典研究』第十号、平成七年九月）。

（11）岩佐美代子「後嵯峨院大納言典侍考―定家『鍾愛之孫姫』の生涯―」（『和歌文学研究』第二十六号、昭和四十五年七月）。→『京極派歌人の研究』（笠間書院、昭和四十九年四月）。

（12）『新和歌集』三六〇番歌の詞書に、「少将にて宇都宮にくだり侍りけるに、白河の関見侍りて　権中納言」とあり、白河の関を見たのは、左少将に任じた天福二年（一三歳）四月十二日から、中将に転じた嘉禎四年（一七歳）十一月十六日の間のことであった。

(13) 中川博夫「『新和歌集』成立時期小考」（『三田国文』第六号、昭和六十一年十二月）。

(14) 『吾妻鏡』建長五年五月五日、康元元年七月十七日、正嘉二年九月二十九日、弘長元年五月五日などに記事が見え、そのほかにも和歌会は少なくなかったであろう。

(15) 『吾妻鏡』弘長元年三月二十五日の条に、「近習ノ人々ノ中、歌仙ヲ以テ結番サレ、各々当番ノ日ニ五首歌ヲ奉ルベキ由ヲ定メ下サル。冷泉侍従隆茂、持明院少将基盛、越前前司時広、遠江次郎時通、壱岐前司基政、掃部助範元、鎌田次郎左衛門尉行俊等、其ノ衆タリ」とある。この「五首歌」が春・夏・秋・冬・恋の五首題であった可能性は極めて大きく、すればそれは「宗尊親王家百五十番歌合」の春・夏・秋・冬・恋各二首という題に直結して、両者の関係はいよいよ緊密なものとなる。

(16) 石田吉貞、注（1）所引論文。長崎健「新和歌集」（『和歌大辞典』明治書院）など。

(17) 『吉続記』弘安二年四月十三日の条に、「明後日、前藤大納言為氏関東ニ下向。龍蹄ヲ下サル。前藤大納言、御所ニ於テ之ヲ給ハル」とある。このこと、注（20）金子稿に指摘あり。

(18) 『沙彌蓮瑜集』に、次のとおり見える。

　　大納言為氏卿関東へ下られ侍りし時、十首歌合の時、
　夏ふかき山井の水に影とめて秋かぜちかくすめる月かな（二一四）

(19) 『沙石集』の一本に、次のとおり見える。このこと、注（20）金子稿に指摘あり。

一、大納言為氏卿鎌倉ニテ隠レ給ヒケリ。葬ノ後遺骨モチテ、子息達鎌倉ヲ立チ給ヒケル朝、孫ノ十一歳ノ少人ノ歌ニ、名ハウケ給ハラズ。

　ナキ人ノ烟トナリシアトヲダニナヲワカレユクケフゾカナシキ

家ノ事ニテ哀レニ侍リ。

十一歳の孫とは為藤（正しくは十二歳）であると見られ、事実関係はほぼ正確で、この説話全体の信憑度も高い。

(20) 金子磁「藤原為氏の生涯」(『立教大学日本文学』第三十一号、昭和四十九年三月)。

(21) 石田吉貞、注(1)所引論文。

(22) 石川速夫、注(2)所引論文。

(23) 小林一彦「新和歌集撰者考―西円法師をめぐって―」(『三田国文』第九号、昭和六十三年六月)。

(24) 経時の年齢は、『吾妻鏡』寛元四年四月一日死没の日の注記に「年三十三」とあるが、文暦元年三月五日首服の日の注記に「歳十一」とあるので、「二十三」の誤りとしてよい。なお、『尊卑分脈』が「二十八才」とするのも誤り。安田元久編『吾妻鏡人名総覧―注釈と考証―』(吉川弘文館、平成十年二月)は、『鎌倉年代記』によって、二十三歳と考証する。経時と泰綱女は、幼少のころから結婚の約束が整っていた。『明月記』嘉禄二年七月六日条に、「武蔵太郎嫡男［五六歳歟］、可為修理亮泰綱婿［女子二三歳］之由、泰時朝臣成約束云々、東方之習皆如此占定云々」とあり、夭折ではあったが、許嫁の期間を含めれば、すでに二十年になんなんとする、契り深い二人であったことを知る。

(25) 『吾妻鏡』弘長元年十一月一日の条に、「前下野守正五位下藤原朝臣泰綱［年五十九。于時在京。］卒」とある。

(26) 注(23)所引論文。

【附記】 初出稿の後、小林一彦「二つの宇都宮打聞―『新和歌集』成立の経緯と撰者を探る―」(『中世文学の展開と仏教』おうふう、平成十二年十月)が公刊された。採るべき見解や反論もあるが、煩瑣にわたるので、あえて旧稿のままとした。

第七節　藤原光俊伝考

一　はじめに

藤原光俊の伝記や事蹟については、「右大弁光俊攷」(注1)以来、安井久善氏が鋭意追求を続けてきたところで、先年『藤原光俊の研究』(注2)として一書にまとめられた。今日、光俊に関するほとんど唯一のまとまった業績で多大の恩恵を受けているが、子細に検討すると、なお補うべきことや訂すべきことも少くない。本節では、出家に至るまでの官歴を中心に伝記事項若干について考察し、とりわけ文人として出発した事実を指摘し所見を述べたい。

二　生　年

光俊の生年が建仁三年（一二〇三）であったことについては、安井氏の考証に尽くされており、従うべきである。すなわち、①群書類従所収『職事補任』に「中宮大進正五位下藤光俊〔廿四〕、嘉禄二十一四還補」とあること、②書陵部蔵『範永朝臣集』の「建長六年二月二十七日」付本奥書に「五十二老比真観」とあること、③高松宮蔵『玉吟集』の奥にも「建長六年十一月廿三日／五十二老比丘真観」とあること、④関戸家蔵片仮名本『後撰和歌集』の「寛元四年歳次丙午二月廿八日丁巳終書写之功了」云々の奥書末尾に「地蔵行者真口〔年四十四、臈十二〕」とあること、以上それぞれの年次における年齢から逆算して、いずれも建仁三年誕生となる。安井氏は右の事実を、建治二年六月九日死没年齢が七十四歳であったことの考証材料とし、然る後生年に溯っているが、結果は同じ。さらに補強材料を指摘しておく。『弁官補任　第一』（続群書類従完成会、昭和五十七年一月、飯倉晴武校訂）がそれであり、嘉禄三年（一二二七）の項に、

右少弁　正五位下　同（藤）光俊　二十五　十月四日還任、去年十一月四日還補蔵人、前右少弁也、節史官、中宮大進、

と年齢が記されている。安井氏が続々群書類従所収本『弁官補任』の嘉禄三年の項に「廿一」、還補蔵人の時を「廿歳」としていることを指摘、最終的に否定したが、二つの記載がこれにはなく、建仁三年誕生説を裏づける記載になっている。

光俊が昇殿を聴されたのはいつか。『明月記』建保元年十一月十二日の条に、この日五節所に参仕した人々を、

（前略）関白殿・内大臣殿、大納言、公卿従フト云々、殿上人幾クナラズ、両頭・国通・伊時・隆仲・雅清・雅経・信能・実信・範茂・範宗・時賢・家兼・知長、職事二人、兼隆・基保・頼親・資通・親平・家季・資宗・資俊・資隆・顕平・経長・家光・光俊。（下略）

と記し留めている。光俊は少くともこの時確実に殿上人の末席に連っていたことがわかる。もっともこの光俊は、御子左家の一族の一人、光能息、正五位下、三十六歳の別人であった可能性も考慮の要があり、今川文雄氏はそう扱っているが、（注3）右兵衛督、太宰大弐などを歴任の後建長元年（一二四九）八月十六日に七十一歳で出家した（法名静空）光能息光俊ではなく、以下の理由から、これは当の葉室光俊と見てよいであろう。

これより前『明月記』建保元年（一二一三）五月二十六日の条に、次の記事がある。

（前略）堂童子、左方知長〔今一人分明ニハ聞カズ〕、右方経兼・光俊〔按察ノ大夫ト云々〕、勤メ了リテ還リ出ヅルノ後、経兼小板敷ノ長押ニ昇リ、東ニ向ヒテ座ス〔見物スルカ〕、漸ク良ヤ久シ。尾籠ノ至リト雖モ、頗ル礼無キ

ニ似タリ。蔵人〔行事〕永光小板敷ノ前ニ在リ。予招キ寄セテ問ヒテ云ク、彼は殿上人ナリ、なんぞ蹔居スルヤト。答フル所無シ。予云ク、殿上人ならば御障子ノ前ノ小台盤ノ下ニ追ハルベシ、殿上人ノ座スベキ所ニ非ズ、太ダ不当ナリト。此ノ音ヲ聞キテ、愁ヒニ退クノ間、之ヲ見レバ、其ノ東ニ光俊同ジク長押ニ尻ヲ懸ケテ坐ス。予此ノ事ヲ知ラズ、之ヲ見テ頗ル後悔ス。稚少ニシテ父有ルノ人ナリ。尤モ其ノ過ヲ見忍ブベキニ、故ラニ咎ムルニ似タリ。極メテ以テ悔ミ思フ。但シ人ノ不覚ニ随ヒテ、当時無礼ナリ。且ツハ是レ世間ノ礼儀ヲ失スルニ依リ示ス所ナリ。人定メテ悪気ニ処センカ。小時ニシテ按察参入ス。又源大納言参入ノ後、朝座訖リヌ。謦ヲ打ツ音ヲ聞キ、経兼奔リ昇リ上戸ヲ出デント欲スルモ、出居ノ為咳止メラレ、此ノ男有リテ亡キガ若キカ。猶愚兄愚父ニ劣ルカ、(中略)蔵人等氷ヲ催シ、次第ニ之ヲ居フ。経兼大臣ノ御前ニ居ヘ、以下六位之ニ役ス〔持通ハ折敷〕。(下略)

安井氏もこの日の光俊を記録に見える初出とし、「清涼殿朝座に右方堂童子として出席。無礼の態あり」と記す。この日は宮中における最勝講の第二日目であった。光俊は「按察大夫」(按察使光親息男の五位の意であろう)とあり、かつ「稚少にして父有るの人なり」と記されていることから、明らかに当の光俊に他ならない。

宮中におけるこの種法会の堂童子は、多く四位五位の殿上人等から選抜されるのが普通であったことからも、光俊はこの時既に殿上していたと推定されるが、さらに右の記事内容がそのことを証している。定家は行事の蔵人永光を呼び寄せて、経兼(光俊の母の兄弟、光経の兄)が、小板敷の長押上に座しているのを指して「彼は殿上人なり」「殿上人ならば御障子の前の小台盤の下に追はるべし、殿上人の座すべきの所に非ず、太だ不当なり」と言った。身分にあわぬ座についた点で経兼と光俊は同罪であったから、光俊もまた殿上人だったのである。

建保元年五月のころ既に殿上人であったとすれば、さらに溯って、四月十六日の記事、

十六日。天陰ル。伝へ聞ク、侍従資俊・少納言顕平、祭ノ比昇殿スト云々。近日雲路甚ダ固シト云々。近日加

ハル所ノ五人、悉ク凡骨ナルハ如何ト云々。光俊・家光・経長・今両人。

また、前年建暦二年十二月十七日の記事、

十七日。天晴ル。賀茂臨時ノ祭早速ノ由ニテ重ネテ催シ有リ。（中略）行事ノ蔵人家光猶ホ遅参シ、久シクシテ出デ来タル。（中略）人語リテ云ク、舞ノ間ニ着座スルニ、忠房・定通卿、裾ヲ檻欄ニ懸ク〔自余ハ然ラズト云々〕。伝へ聞ク、右少将敦通・右兵衛佐成実・右衛門佐信俊・侍従資宗。伝へ聞ク、侍従資俊・少納言顕平、祭ノ比昇殿スト云々。近日雲路甚ダ固シト云々。近日加ハル所ノ五人、悉ク凡骨ナルハ如何々々ト。光俊・家光・経長・今両人。

中にみえる光俊も、同じく当の光俊だとみてよいと考える（明月記人名索引はやはり別人として扱う）。十二月十七日の記事の後半と四月十六日の記事は同一のもので、いずれかが竄入であるにちがいない。『公卿補任』によれば、家光は、建暦二年正月任蔵人（六位か）、建保元年正月十六日従五位下、そしてそのあとに「月日昇殿」「四月七日宮内権大夫」と続いているので、共通する部分は建保元年四月十六日の記事としてふさわしい。自筆本（この前後は定家の筆ではない）によれば、事実「伝聞」以下の記事はない（最初の伝聞記事「伝聞、右少将敦通・右兵衛佐成実・右衛門佐信俊・侍従資宗」はどこからの竄入であるか不明）。

さてこの記事で、定家は、近日「雲路」（殿上人たるの路の意であろう）は甚だ困難で、近日召加えられた五人の者も悉く凡骨で如何ともしがたい。その五人は光俊・家光・経長ともう二人（侍従資俊と少納言顕平を指すのであろう）だという。光俊の幼稚故の失態は前引のとおりだが、家光もまた幼少故にへまをしでかして定家の顰蹙をかっており[注4]、ともに凡骨と評されるにふさわしい。これら五名がいずれも前引建保元年十一月十二日の記事中殿上人の最末輩として名を連ねていたことも思いあわすべきであろう。

かくて、光俊の昇殿は建保元年春、十一歳になったばかりのころか（正月六日叙位あり）と推定される。翌建保二年七月十三日に弟の光嗣（後の定嗣）が七歳で叙爵しているところから見て、光俊の叙爵は何年か前であったはずで、昇殿を聴された建保元年ころはすでに従五位上に昇叙していたのではあるまいか。

三　建保年間順徳帝内裏作文御会

安井氏の指摘する光俊の官歴の初見は、承久二年（一二二〇）正月二十二日の任右少弁（正五位下）であるが、そこに至るまでの事跡も二三追加することができる。

第一は、建保年間、順徳帝内裏で行われた作文御会に参加していることである。

まず、建保四年十月三十日の会。（御記の本文は東山御文庫蔵本により、活字本によって補える欠字部分は【　】に入れて示す。）

卅日。己卯。晴ル。今夜詩会有リ。題、松上有新雪。読師、資実卿。当時【如法】内々ノ儀ナリ。御製読師各別スベカラズ。仍リテ通具【之ヲ勤ムベシ。而ルニ資実ニ譲ル。通具ハ重服】。朕ノ詩講師ハ長貞ナリ。講師笏ヲ取リテ参上。中【殿】已前ニハ別ノ講師ヲ用ヒズ。公卿ハ著座。侍臣已下ハ無何徘徊ナリ。朕引直衣例ノ如シ［生袴］。

作　者

左右府、障リ有リテ詩許リヲ奉ル［奉行、我ガ詩ヲ取副ヘ之ヲ置ク］。

権大納言［通具］・大宰帥［資実］・中宮権大夫［教家］・宰相中将［通方］・左大弁［宗行］・三位中将［家嗣、初参］・大蔵卿［為長］。

侍　臣

宗業朝臣［（六七字分欠字）頭也。宗業ヨリ詩ヲ置ク。下臈］・範時朝臣・信定朝臣・（六七字分欠字）資経［奉行ニ依ル］・長資・頼資・経兼・範輔［初度、未練カ］・家長・光俊・家光・長員（貞カ）。

（順徳院御記）

「松上有新雪」題の内々の儀であって、着座することなく「無何徘徊」だったという侍臣たちも詩は献じたことが、宗業朝臣の割注により明らかである。位階も官職も記されないが、光俊十四歳の年であった。家嗣は「初参」であったとか、範輔は「初度未練歟」と注記されるのに、光俊には格別注記がないのは、これ以前から作文会に連っていたからに相違ない。同じころに殿上した家光も、また叔父経兼もやはり共に参加している。

次いで建保六年春の作文御会。

（月日欠字）午。雨雪交リ下ル。今夜作文有リ。人々院ノ尊勝陀羅尼ニ参リ、供養ノ後参ル。兼テ文台ヲ置ク、或ハ硯ノ蓋ナリ。而シテ只文台ヲ用フ常ノ事ナリ。次第ニ詩ヲ置ク。次デ切灯台并ニ円座ヲ立ツ〔一ハ講師、一ハ読師〕。左大臣読師為リ。仍リテ左大弁〔定高〕膝下ニ進ミ之ヲ重ヌ。講師ハ頼資、予ノ講師ハ為長卿。事了リテ人々退ク。今夜ノ人々ノ詩、頗ル秀句少々有ルカ。

左大臣〔直衣〕・前帥資実〔同〕・中宮大夫教家〔束帯〕・中納言宗行〔同〕・三位中将家嗣〔同〕・三位頼範〔直〕・大蔵卿為長〔同〕・式部大輔宗業〔束〕・左大弁定高〔束〕。已上九人。

（四五字分欠字）右大弁範時〔束、持笏〕・左中弁経高〔束〕・少納言信定〔同〕・左京大夫重長〔同〕・中将実基〔同〕・右中弁家宣・右衛門権佐頼資〔同、持笏、講師〕・勘解由次官光俊〔同〕・宮内権大輔家光〔衣冠〕・大内記長員（貞カ）〔束〕。凡ソ廿一人。通方ハ辞退ス。是レ中殿ニ参ゼザルノ恨ミナリ。

（順徳院御記）

月日を欠いているが、この作文会はいつ行われたものか。『大日本史料』はこの日の条を二箇所に収載する。一つは「院尊勝陀羅尼」について「建保六年正月是月」に配し、「作文御会」の方は「建保六年是歳」に配している。天候が「雨雪交下」とあることから春、しかもまだ浅いころであったにちがいなく、かつ干支が「（月日欠字）午」とあることから、午の日を取り出すと、正月十日（壬午）、二十二日（甲午）、二月四日（丙午）、十六日（戊午）、二十八日（庚午）、三月十一日（壬午）、二十三日（甲午）の七日のうちに絞られてくる。また、この年の正月十三日に除目があり、中宮大夫教家・権中納言宗行・右大弁範時・右中弁家宣らは、その日に昇任した官名で記されているから、それ以後となって正月十日は消える。霙が降ったことは他記録によっても確認できず、臆測によるほかないが、通常の気候なら正月二十二日の可能性が最も大きく、次いで二月四日、十六日あたりまでのことであったかと見ておきたい。

総勢二十一人の交名は、公卿と殿上人を分けて記したもので、これを見ると、建保四年十月の会とほぼ重っているところから、前回欠文中の人名もある程度推測できる。通方は中殿御会（建保四年十二月八日の会であろう）で何らかの恥辱を受けたものか、辞退してこの日は出席しなかったという。

その中殿作文御会や、五年十月十日の内裏作文御会（順徳院御記には「今夜有詩会、中殿会之後可然会也」とある）のような最も晴儀の会には出席を許されていないけれども、光俊はこうした内裏における内々の詩会には、常のメンバーとして出席していたのであった。一方、建保六年八月十三日の中殿和歌御会、同年九月十三日の内裏和歌御会、承久元年正月二十七日の内裏和歌御会などの和歌の会には、晴儀であれ内々の儀であれ、光俊は、全く参仕していない。つまり、当年十六歳の光俊は、歌人としてではなく、専ら儒者の末輩として順徳帝内裏詩壇の中で活動していたということに十分注意しておきたい。

さらに右の記事でいま一つ注目すべきは、「勘解由次官光俊」の官記である。建保五年二月十七日の、宣陽門院長講堂彼岸御懺法会の最終日、殿上人の一人として参仕している（明月記）が、その記事には「殿上人、奉行弁相交四人、公長朝臣・宗房〔五位蔵人如何〕・光俊〔三人皆束帯〕」とあるのみで官名は記されていないから、おそらくそれ以降、六年初春までの間に勘解由次官（従五位下相当）に就任したものであろう。五年十二月十二日の除目か六年正月十三日の除目か、いずれかの折であったかと思われる。

追加しうることの第二は、承久元年正月二十二日の除目で右衛門権佐に任じていることである。『群書類従』（第

三輯）所収『皇帝紀抄』の順徳院の項中、「三事」として「藤原資経（二箇月）。」とあるその次に、

同光俊（六箇月）。〔承久元年正月廿二日任右衛門権佐、同二年正月廿二日兼右少弁、同三年正月十三日補蔵人、六月十四日依父事配流西国〕

と記される。右衛門権佐に任官した経歴をもつことについては、『職事補任』や『弁官補任』などによって、既知のことがらであったが、その任官の年月が承久元年正月二十二日であったことを確認することができる。

四　承久二年右少弁任官

承久二年（一二二〇）の右少弁任官については、従来『続々群書類従』所収『弁官補任』に「正廿二任歟」と補われた記事に基いて、正月二十二日とされてきたのであったが、前記新『弁官補任』によると、

右少弁　正五位下　藤成長　蔵人、正月廿二日転権右中、
　　　　正五位下　同光俊　正月廿二日任、

とあり、確かに同日、前任者藤原成長が権右中弁に転じた後任に補されたことを知る。前記『皇帝紀抄』も同じく伝えている。時に光俊十八歳。これ以後「右少弁光俊」は『玉蘂』など諸記録にしばしば登場し、実務家としての活動が盛んとなる。

この年、昨年来の右衛門権佐と新任の右少弁を兼任していたことは、前引『皇帝紀抄』の「同二年正月廿二日兼右少弁」により明らかだが、ほかにも証跡がある。

『吾妻鏡』文永三年三月二十九日、難波宗教が将軍家に進上した蹴鞠勘状中に、「順徳院御時承久之比、康光・宗仲上之。同二年後鳥羽法皇熊野山臨幸之時、光俊朝臣〔于時靭負佐〕上之」と見える。後鳥羽院の熊野御幸は承久二年三月五日であって、その記録の中に直接光俊の名は見出せないが、当時光俊が靭負佐、すなわち衛門佐であった

ことができる。

という事実を伝えており、のみならず院の鞠の御遊に召されて上鞠を勤めるほどの技量を持っていたことをも窺うことができる。

また『玉蘂』同年三月二十五日の条には、同日付の「定文書様／定諸司所々諸寺検校別当」なる文書そのものが登載されている。すなわち関白以下の検校別当すべき内蔵寮以下の諸司、所々、諸寺の分担を一覧した文書であるが、その中の光俊に関する部分を抜粋して示すと次のとおりである。

（前略）

西市司

右衛門権佐藤原朝臣光俊

（中略）

天下御書所

右少弁藤原朝臣光俊

（中略）

元慶寺

相応寺

安祥寺

已上右少弁藤原朝臣光俊

広隆寺

右衛門権佐藤原朝臣光俊

「元慶寺」以下は文書の記事内容としての最末に当る。すなわちこの文章には「右衛門権佐」としての担当と

「右少弁」としての担当が截然と分けて記されていて、それぞれの任務管轄の範囲を知ることができる。

さて、承久二年次においても光俊は、順徳帝内裏詩壇の文人メンバーとして参仕を続けている。『順徳院御記』によると、七月三十日の御書所作文会の参加者は以下のとおりであった。

文人。従三位範時［在奥座］・頭中将雅清［端］・頭宮内卿経高・前少納言信定・前少将時通・右中弁頼資・左少弁宗房・右少弁光俊・蔵人家光・東宮学士長員（貞カ）・少納言雅継。

地下。公輔・孝範・淳高・資高・長倫［已上四位］、長清・範房・忠倫・義高・経範・公良・忠範［以上五位］、光嗣・宗範・高長［已上六位］。

会進行の次第等は省略するが、覆勘考範、開闔忠倫、別当は範時で、序者には孝範、講師は忠倫が当り、「孝範ノ序筆ヲ尽シテ之ヲ書ス。中戌楼ノ句神妙、三秋ノ興又哀レナル者カ。人々之ニ感ズ」「今夜ノ講師忠倫神妙ナリ」と評されている。また「今度ノ地下ノ輩清撰ナリ」とあり、公輔以下の地下は、天皇自らの撰によって選ばれた者たちだったことを知る。

この会に先立ち、七月二十三日に「作文人之沙汰」と出題の儀があった。『御記』二十三日の条によると、「儒者等ニ十句ノ詩ヲ召ス。是レ各ノ身ニ於テ詩ヲ致スベキヲ撰進スベキノ由之ヲ仰ス。公輔已下ナリ。但シ孝範ハ名儒ナリ、之ヲ召サズ。其ノ外ノ地下ノ者ハ皆悉ク之ヲ召ス。或ハ十句、或ハ十首之ヲ奉ル。皆以テ神妙ニ非ズ。長衡ノ詩ノ如キハ、声多ク違ヘリ。身ニ於テノ自讃詩猶ホ以テ此クノ如シ。況ンヤ自讃ニ非ザルヲヤ。何ゾ況ンヤ当座詩ノ声定メテ違ヘルカ。尤モ不便、不可説々々」と記されている。地下の作文人を清撰決定するに当り、これ以前、予め、孝範を除く公輔以下の地下の儒者たちに、十句の詩を詠進させ、集った詩を検すると、自讃の詩であるはずなのに出来ばえは芳しくなく、長衡の詩などは韻のまちがいが多かった、まして当座の詩会ともなればどうなることか、と当代文人たちの質的低下を慨嘆している。長衡は結局撰にもれ三十日の会には出席できなかったが、同様にこの日はずされた者も何人かいて、前記のごとく決定したのだと思われる。この夜決定された題は「禁庭秋色勝」（情字）で、出題には従三位範時が当り、まず題を書いて、覆勘孝範が韻字を付したという。

光俊ら殿上人たちが、彼ら地下の連中ほど厳しい審査を受けていないのは、常連のメンバーで力量がわかっていたためにちがいなく、光俊についてみてもかなりな程度に熟達していたと考えてよいであろう。しかし、三十日の会後の連句会では早退したらしく、「抑モ光俊連句ノ時、早出スルハ頗ル苦有ルカ」とある。「頗有苦歟」は光俊の心中を付度したものか、早退したことが無様だったということか、やや不確かだが、前者の意なら連句のような当座の詩句詠作は苦手であったということになろう。

同じ承久二年八月十五日、中秋の夜、内裏弘御所の北屋大炊殿で催された詩歌御会にも、文人として出席している。すなわち『御記』によると、参加者は、

詩方。関白［不参］・左大臣・権中納言家嗣・三位在高・頼範・為長・範時。

侍臣。経高・信定・重長・時通等朝臣・宗房・光俊・長員（貞カ）・雅継。

謌方。左大臣［兼両座］・右大将公経・九条大納言良平・三位基良・家衡・（雅経欠か）・家隆［両人不参］・保季・知家・通平。

侍臣。経高［兼両座奉行也］・範宗・為家・伊平・信実等朝臣・光経・藤康光・頼範。

であった。詩題は「遊楼秋夜」、歌題は「待月」「見月」「惜月」三題で、何れも順徳天皇の御出題。御製講師は経高、講師は範宗が勤め、家隆と雅経は所労により歌のみを献じて出席はなかったという。

この会においても、為家・信実・光経らの歌人たちとは対照的に、また左大臣道家のように和漢兼作の作者としてでもなく、光俊は「詩方」の一員として参列していることに、特に注目させられる。ここに至る以前に、光俊が歌会や歌合に参加した事実はなく、また私的にも歌を詠んだ形跡はない。弁官としての職掌と素養の然らしめると

ころが大きかったにちがいないが、光俊の出発は儒者としてであり、順徳帝近侍であった間は終始、専ら文人として詩会に臨み、詩作に励んでいたことを確認しておきたい。

島津忠夫氏は、『別本和漢兼作集』の編者に後年の光俊（真観）を擬しており、[注5] 池田家文庫蔵『歌書目録』には書陵部本と思われる「和漢兼作集二十巻」に「前関白鷹司殿仰ニヨツテ在嗣朝臣詩ヲ集同元俊（光カ）朝臣ニ仰テ和歌ヲ撰バシム」と注する。島津説の蓋然性は甚だ高いと考えるが、いま一本の『歌書目録』に伝えられるように二人に撰を命ぜられたのだとしても、光俊は和歌のみの撰者だったのではなく、『和漢兼作集』の撰集を命ぜられ、またそれをなしえたと考えたい。そしてその素地は、他ならぬ出発時における右のような閲歴にあったにちがいない。歌人としてのみの閲歴しか持たぬ為家（為家の詩作が一首も残らず、『和漢兼作集』にも採られていないのは、製作しなかったからである。為家は寛元元年から二年にかけての『新撰六帖題和歌』「ふみ」題歌において「うたてなどやまとにはあらぬからふみのあとをまなばぬ身となりにけん」と、一人だけことさらに「唐文」を取り上げそのことを慨嘆している）とは、この素地において既に大きな懸隔を有したのであって、そのことは意外に重要なことであろうと思量する。

このころの作品であるとは特定できないが、『和漢兼作集』（巻第七）「秋部中」（六六七）に、光俊の詩一首が収められている[注6]ので、ここに指摘しておきたい。

月前即事　藤原光俊朝臣

遠樹星残鐘漏曙　禁松風起管絃秋

遠樹星残リテ鐘漏曙ケ　禁松風起チテ管絃秋ナリ

五　承久三年三事兼帯から解官へ

承久三年（一二二一）、三事兼帯したことに関し、安井氏は『職事補任』の記事（「承久三月日補」）に基き、「承久三年の初頭頃」としている。任蔵人の月日は、その他の人々の任官の日時等から『大日本史料』が正月十三日に配していること、また前引『皇帝紀抄』の注記によっても、正月十三日の県召除目の折のことであったとしてよい。
その御礼言上のため、光俊は、十六日、右大臣道家の許に拝賀に赴いている。

十六日。辛丑。天晴ル。未ノ刻許リニ、蔵人右少弁光俊、拝賀ノ為ニ来ル。中次ノ職事基邦、堂上ニ昇リテ吉書ヲ申ス。而シテ障子ノ上ニ着セズ、中門ノ廊ノ辺リニ坐スト云々。此ノ条甚ダ以テ奇怪ナリ。仍リテ吉書ヲ見ズニ退帰シ了ンヌ。件ノ人一両度入来シ、毎度此クノ如シ。未ダ其ノ由緒ヲ知ラズ。或ハ云フ、光頼花園相門ニ参ズルノ例ト云々。甚ダ以テ拠ル所無キ者ナリ。彼ハ貴種ト雖モ准ジ難ク、顕頼ハ彼ノ家ノ家司ニ補サレズ、仍リテ為ス所カ。光俊ノ父祖光雅光親等ノ卿ニ於テハ、一門ノ家司ニ補ス。就中、光親ハ先年年預ノ家司ニ補ス。其ノ子息仍チ予ニ於テ礼式無シト致ス。今ヨリ以後彼ノ男公事ヲ奉行スルハ、緩行スベカラザル者ナリ。(下略)

(玉蘂・承久三年正月十六日)

正月二日条にもこれに関連する記事がある。すなわち「右衛門権佐光俊来ル。殿上人ノ座ニ著スルハ、太ダ尾籠ナリ。祖父光雅卿禅閤ニ於テ重恩ノ家人タリ、光親故殿ノ年預トシテ予モ家司ト為スニ、其ノ子息障子ノ上ニ居ラズ。不当ノ輩責メテ余リ有リ、須ク追ヒ立ツベキ事カ」とある。

しかし、道家は任官に対する祝意を表するどころか、光俊の仕事に対する不快感を露わにしている。すなわち、光俊の父祖光雅光親等を我が一門の家司に補し、父光親の場合には年預の家司に補して恩顧を与えてきた。従って光俊は我が家の先例に則って公事を行うべきであるのに、そうはしないで、曽祖父光頼が家司でもない花園家に出入していた時の先例を典拠に公事に当ったなどと、奇怪で無礼なことが多い、今後彼には公事を奉行することを許さない、とまで息まいているのである。

この記事によって、光俊の父祖は葉室家の傍流となった祖父光雅の代から九条家の家司となり、父光親は殊に年預の家司として近仕してきたことが明らかとなる。後年の定家と光俊との関係もまず同じ家司であるところから出発したと考えられる。同時に、右の条からは、光俊の極めて強引な仕事ぶりや、他人の思惑など意に介さない、あるいは忖度できない、強靭すぎて繊細さを欠くような性格が窺えるであろう。

承久三年四月二十日、順徳天皇が譲位、仲恭新帝が践祚したが、光俊はひき続き三事を兼帯する。安井氏は、『職事補任』の前条「承久三四廿」を受ける「同日補」を根拠とされ、また『大日本史料』も四月二十日にこの記事を配する。ただし新『弁官補任』には、「廃帝」「承久三年」の項に、

右少弁　同光俊　月　日　補蔵人、右衛門権佐、

正五位下　同（日野）家光　閏十月十八日任、

とあって、これによれば任官の日は不明であるが、形式的には新帝践祚の四月二十日と見てよいであろう。一方解官の月日も不明で、右によれば閏十月十八日に後任として家光が任じられるまで、形式的に光俊の右少弁は続いていたと受けとれなくもないが、配所に赴いた七月二十五日以前に解官されていたはずで、右少弁はしばらく空位となっていたのであろう。

ともあれ光俊は、順徳帝、仲恭新帝の時代を通じ、右衛門権佐、右少弁、五位蔵人の三事を兼帯して、六箇月勤めたところで承久の乱に遭遇、父光親に連座して失脚したのである。

筑紫へ配流された直後、母方の叔父光経の慰めの贈歌、

月のいるそなたの空をながめてもきみゆゑ袖のぬれぬよぞなき（光経集七四）

に返した、

月かげの山のはいでしよなよなはかわきやはせしふぢのたもとも（同七五）

は、斬罪された父の喪に服しながらの、精神的出家者の詠であるという点でまず注意を惹かれるが、同時にこの歌は、現実の悲嘆落魄の中で、弁官文人と袂別して光俊がはじめて詠んだ「歌」だったのである。

六　承久四年から嘉禄二年までの事蹟

承久四年（一二二二）配流先筑紫から帰京後、再度任官することになる嘉禄二年までの事蹟については、『光経集』詞書によりたどれるところ若干があるにすぎない。『光経集』は、いくらか混乱例外はあるが、ほぼ詠作年次順に歌が配されているとみてよく、その配列を手がかりに、光俊の動静をある程度見きわめることができる。

まず最も早い年次を示す詞書は、「貞応二年三月十七日、前右少弁光俊、勧修寺にて詩歌合し侍りしに、花開古寺中といふことを」（以下「暮山霞色多」「水郷春望満」題。八六〜九一）である。光俊は帰京後ほぼ一年を経過したこの年暮春、おそらく生涯はじめて人々に勧めて詩歌合を結構したのであった。それが歌合ではなく、詩歌合であったところに、承久の乱以前の順徳帝内裏詩壇における文人としての経歴の余映を見てとることができる。と同時に、流謫中また帰京後の逼塞生活の中で、徐々に和歌への思い入れと転向が模索されていたであろうことを窺わせる。三題は詩歌に共通するもので、当季眼前の景を表したものであったにちがいなく、同題で光経が女房の代作をしている（九二〜九七）こと、「同夜当座にて、探題を人人よみ侍りしに、野外残鶯を」（以下「河風」「池鷺」題。九八〜一〇〇）、「同夜、又詩歌合侍りしに、山水落花多」（一〇一〜一〇二）と続き、兼題の詩歌合のあと、探題当座歌、当座詩歌合も開かれていることなどから、僧俗男女を交えた、しかもかなり近しい間柄の人たちを集めた会だったらしいことが想像される。

この詩歌合は勧修寺で開かれたものだったが、同じ勧修寺の名が現れる「六月十九日、勧修寺にまかりて、前右少弁のもとにて夏水といふことを」（以下「夏草」「夏月」題。一五二〜一五四）も、直前の一四九歌が貞応二年四月二十六日の作品であるので、同年夏の催しだったと認定してよい。

さて、右の二つの詞書は、光俊が光経と示しあわせて一時的に勧修寺を会場としたといった趣きではなく、光俊が長期的に勧修寺に滞在していて、そこでの会に光経が参列したという関係であることを物語っている。光俊は、少くとも貞応二年三月四月のころ、勧修寺に滞在していたのである。「前右少弁光俊春日社歌合とてすすめ侍りしとき、春風といふことを」（以下「夏雨」「秋雲」「冬月」「秋雑」題。三五九〜三六三）とある、「春日社歌合」も貞応二年の催しであったが、勧修寺滞在中の勧進であると見てよいであろう。

さらに、『為家卿集』（編年）の「嘉禄元年」中の一首に、「古寺郭公　前右大弁光俊勧修寺歌合」とあり（藤原為家全歌集一四一八）、『光経集』にも、主催者は明記されないが、「勧修寺歌合に、深山花」（以下「古寺郭公」「海辺月」「羇中雪」「夕松風」題。四七六〜四八〇）と、同題を含む「勧修寺歌合」の詠作を収めている。両者は歌題の一致から同一の歌合とみるべく、年次は『為家卿集』に従われる。安井氏は、『明月記』嘉禄元年四月三日条の「前右少弁光俊先日示送歌合、付勝負返中将了」とある歌合が、この「勧修寺歌合」だったのではないかと推定し、当歌合を春の催しとする。歌題からは春と特定はできないが、蓋然性はきわめて高い。嘉禄元年次にも、光俊は勧修寺におそらく滞在し、そこで自ら歌合を催し定家の判を仰いだのであった。

かくしばしば登場する勧修寺は、現在も京都市山科区勧修寺仁王堂町にある古刹（真言宗山階派総本山）で、『拾芥抄』に「醍醐西、右大臣定方建立」と注されているから、この当時も同じ場所にあった。その勧修寺と光俊とはいかなる関係にあったのか。

詳細な『勧修寺長吏次第』（続群書類従巻第九十七）（第四輯下）をも参看して、『読史備要』の「真言宗勧修寺門跡歴代」を抄出すると次頁のとおりである。

貞誉までの出自は不明だが、雅慶は一品式部卿敦実親王息、済信は右大臣源雅信息、深覚は九条右大臣師輔息（尊卑分派には仁和寺とあり勧修寺との関係は示されない）、信覚は師輔九男公季息、厳覚も小一条院の孫参議源基平の息男である。また聖基は松殿摂政基房の孫（隆忠息）、道宝は九条兼実の孫（良輔息）で、いずれも他系であるが、寛

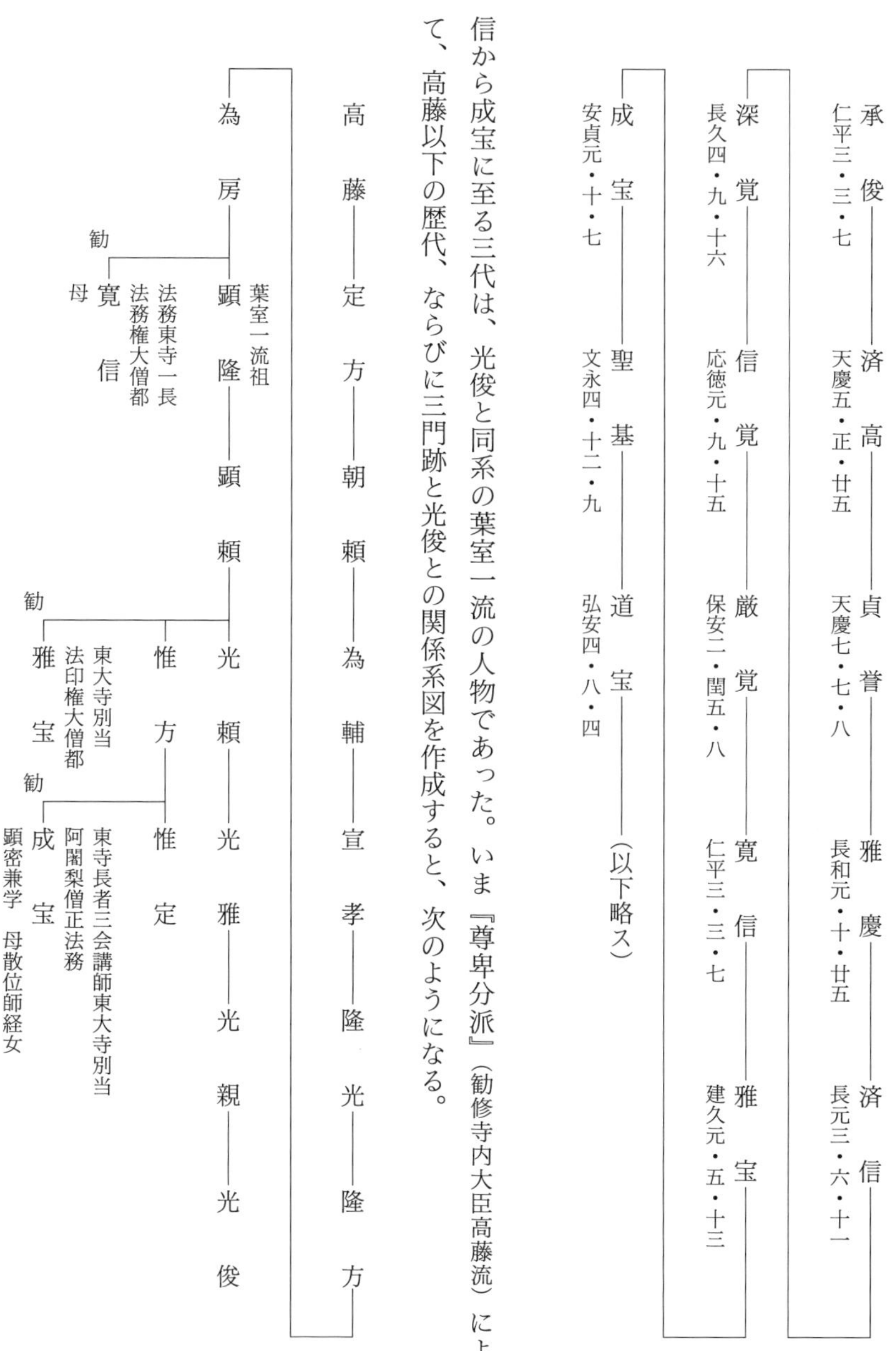

承　俊
仁平三・三・七
済　高
天慶五・正・廿五
貞　誉
天慶七・七・八
雅　慶
長和元・十・廿五
済　信
長元三・六・十一
深　覚
長久四・九・十六
信　覚
応徳元・九・十五
厳　覚
保安二・閏五・八
寛　信
仁平三・三・七
雅　宝
建久元・五・十三
成　宝
安貞元・十・七
聖　基
文永四・十二・九
道　宝
弘安四・八・四
(以下略ス)

信から成宝に至る三代は、光俊と同系の葉室一流の人物であった。いま『尊卑分派』（勧修寺内大臣高藤流）によって、高藤以下の歴代、ならびに三門跡と光俊との関係系図を作成すると、次のようになる。

高　藤
定　方
朝　頼
為　輔
宣　孝
隆　光
隆　方
為　房
顕　隆
葉室一流祖
法務東寺一長
法務権大僧都
寛　信
勧
母
顕　頼
光　頼
光　雅
光　親
光　俊
惟　方
東大寺別当
法印権大僧都
雅　宝
勧
惟　定
成　宝
勧
東寺長者三会講師東大寺別当
阿闍梨僧正法務
顕密兼学　母散位師経女

そもそも勧修寺の名は高藤の諡号に発したもので、その息男が『拾芥抄』にいう定方である。そのような遠祖における由縁に加えて、寛信、雅宝、成宝と三代葉室流の門跡が続いていたために、光俊と時の勧修寺との関係は極めて近かった。後年、弘長年間に光俊の弟定嗣が葉室山浄住寺を中興して葉室家の菩提寺とした(注7)が、それ以前においては拠るべき唯一の氏寺だったのである。

光俊の時代の門跡は、もちろん成宝であった。『光経集』にも、「勧修寺僧正成宝、池辺に水閣をかまへて、管絃あるべきよし先日対面の時かたられ侍りしを、そののち心にかかるよし申し侍りしついでに」(四五八)、「五月二日、勧修寺の僧正のばうにて、暁郭公といふことを」(以下「夕早苗」「寄山祝」題。四五九〜四六一)、「おなじき三日、池の辺にておのおの歌よみ侍りしに、山家夏」(以下「池辺松」「寄舟恋」題。四六二〜四六四)と、一連の歌が収められている。この時の勧修寺の会は、配列から貞応三年次のことと認められる。

以上のような諸事実を勘案すると、おそらく光俊は、貞応元年春、配流先から許されて帰京するとすぐに、勧修寺の成宝を頼って寄寓することになったに相違ない。そして、それはただとりあえず落ちつき先をそこに求めたという以上に、配所における精神的出家者としてのあり方の延長、すなわち出家することへの志向を秘めての選択止住であったと思われる。少くとも初めて詩歌会を主催した貞応二年春までの一年間は、かなり真剣に仏とともにある生活が模索されたのではなかったか。

かくして勧修寺の人となった光俊は、しかし、嘉禄二年の再出仕までずっと勧修寺に滞在し続けたのではなかったらしい。『光経集』に、「前右少弁、いづもぢに侍りしころ、まかりて探題を人人よみ侍りしに、水辺花を」(以下「春寺」「寄火恋」題。四四七〜四四九)、「同所にまかりて、三首題を人人よみ侍りしに、遠村梅」(以下「浦帰雁」「春竹風」題。四五〇〜四五二)とある。この探題三首会及び三首会は、歌の配列と歌題とからみて、貞応三年の春と見なしてよい。おそらく貞応二年末から三年のころの時期、光俊は勧修寺を離れ「いづもぢ」に滞在していたのである。

「いづもぢ」は、仮名遣いの指し示すところは「出雲路」で、それなら居住した場所を漠然と指したことになり、現在の出雲路、京都市北区出雲路町のあたりを考えて大きくは誤らないであろう。そして、具体的に光俊が止住したのは「下つ出雲寺」であったと思われる。出雲寺は上下二寺あったが、上の方は平安末期までに廃亡して、『拾芥抄』には「廿一寺」の一として「下出雲」があげられているからである。その位置については諸説があり、明らかではないが、現在の上御霊社（京都市上京区御霊竪町）の南、あるいは東南にあったとされる。[注8] ともあれ、何のために居を移したかはわからないが、光俊は一時下出雲寺に寄寓していたのであった。前に引用した、勧修寺僧正成宝を光経が訪れて詠歌したのは貞応三年で、ちょうど光俊が下出雲寺に移っていた留守の間であったことになる。そして、勧修寺歌合を催した嘉禄元年（一二二五）の春までの間に、再度勧修寺に帰住したものと思われる。

なお、『光経集』に「前右少弁もとにて、当座十五首よみ侍りしに、春山雪」（以下「春河風」「春野遊」「春関月」「春橋霞」「春岡草」「春島雲」「春旅雨」「春浦松」「春庭竹」「春池鳥」「春里煙」「春滝水」「春夜恋」「春述懐」題。四二八～四四二）とある「当座十五首会」を、安井氏年譜は貞応元年に配する。しかし、『光経集』の直前に「貞応三年三月二十七日、九条新大納言家御会に」（四二三～四二七）とあるので、これは元年のことではなく、三年春のことと見なすべきで、するとこれも、おそらく下出雲寺滞在中のかなり大がかりな雅事であったことになる。

また、光俊が百首詠を光経に送り披見を請うたこと（光経集五九九詞書に「前右少弁、百首歌みせにつかはしたりしおくに」とある）を、安井氏は貞応三年のこととしているが、これは根拠のない誤認である。この歌は嘉禄二年正月二十八日公賢出家の際の光俊との贈答歌の直前に位置しているところから、嘉禄元年末か、二年当初のことと考えねばならない。

貞応元年から嘉禄初年は光俊二十歳から二十三歳のころであったが、失意のこの時期、光俊は、出家への志向を底に持ちながら、徐々に詩歌会や歌合・歌会などを勧進して催し、和歌への傾斜を深めていった。しかもそれは周りに影響されて他動的になされた転回ではなく、自ら積極的に勧進主催するといういわばプロデューサー的な才能を発揮して始まったところに、光俊の性格を見る思いがする。もちろん自らも詠歌し、百首の習作に手を染めたりしたのであるが、光経に見せた百首にしても、初歩的な習作の集積だったのであろう。披見した光経の返しは、

もしほぐさかきすてがたき中にまたたまにこゑあるわかのうらなみ（光経集五九九）

であった。

この時期の光俊の歌はほとんど残らず、ただ知られるのは、光経との贈答歌のみである。

ひごろより、三月尽日は可惜よし、前右少弁に申しちぎりて侍りしほどに、さはることありてほかに侍りしに、まうできてかきておきかへりける

もろともにをしむべきけふの春の色をうきみひとつにくらしつるかな（同一三六）

かずならぬわが身をしらで君がただつゆのかごとをたのみけるかな（同一三七）

返事

もろともにちぎりしはるのくれにしもあしわけをぶねわれもうらみき（同一三八）

まくずはらうらみなはてそおのづから露のかごとはこころならぬを（同一三九）

配列からおそらく貞応二年三月尽日の詠とみてよいこの歌は、まだ幼い歌ではあるが、「うきみひとつに」「かずならぬわが身」などの常套表現の底に、やはり沈淪の悲哀が漂っているように思われる。

七　官界への復帰——右少弁還任——

嘉禄二年（一二二六）正月二十八日、光俊の妹の夫滋野井公賢が二十四歳の若さで出家した。以前から右近中将、中宮権亮であった公賢は、この年正月二十三日の除目で、正四位下、参議に叙任され、越中権守をも兼ねたので

あったが、わずか五日後、それらすべてふり捨てて出家を遂げてしまったのである。[注9]周囲の耳目を集めたであろうその出家に触発された、光経と光俊の贈答歌が残されている。

辛相中将公賢卿、よをのがれて侍りしころ、前右少弁光俊もとにつかはし侍りし

八座やはねのはやしもなにならしさとるはちすのここのしなには（光経集六〇〇）

返事

ことはりやうきことの葉のしげければ羽林をとびわかれける（同六〇一）

光経は、俗世の位階や官職のはかなさを、悟りをひらき極楽浄土の九品蓮台に至ることとの対比において、いわば仏教的な道理を説き、公賢の出家を静かに、そしてまた羨望に近い心情で受けとめているようにみえる。光経は、光俊がこの年公賢と同じく二十四歳になったばかりであることを、十分意識しながら歌を贈ったと思われるのだが、それに対する光俊の返歌は、意外にそっけない。光俊も光経歌の「ことはり」をそれと認めてはいるが、公賢の出家を、憂きことの多い現実からの逃避であるとでもいいたげに、かなり冷やかに、批判的に受けとめている趣きが強い。「ことの葉」「繁し」「羽の林」「飛ぶ」と縁語で結んだ技巧が、特にそう感じさせるのかもしれないが、公賢とは逆に光俊には、公賢の捨てた、憂苦とともに栄光にも満ちた現実への執着が強かったのではあるまいか。官界への復帰という、現実的な目的に向けて心を動かしつつあったのではなかったか。

しかしまた、時として出家を思うこともあったらしい。三月一日に定家を訪れた心寂房が、「前右少弁光俊出家云々」との情報をもたらしているところをみると、噂とはいえ、おそらく感情の起状によって、あるいは出家を思いつめ、口にするような日々もなくはなかったのであろう。

右の贈答に続けて『光経集』は、次の贈答を収めている。

隠岐院御のぼりあるべしなど申し侍りしころ

あはれとてしづむまくづ（みカ）をかきながせおきつしらなみたちもかへらば（同六〇二）

返事

おきつなみたちもかへらばもしほぐさかきおくあともむなしからじを（同六〇三）

この返歌も光俊のものとしてよい。後鳥羽院他の還京を道家が正式に幕府に申し入れて実現しなかったのは、文暦二年（一二三五）三月四月のことであったが、それ以前嘉禄元年四月ころから翌年にかけて土御門院還京の風説が流れ、三月末隠岐の清範が事情偵察のため上京して九月に帰島している（明月記）し、前の贈答が嘉禄二年正月末であることから、これも二年春のこととみてよいであろう。後鳥羽院が帰京されたら、再び和歌が盛んになる世の到来を期待していたのである。

『明月記』四月十六日の条に、

（前略）今日前右少弁光俊出仕交衆ス、［宮司ニ加フベキカト云々、］何ノ面目アリヤ。（中略）後ニ聞ク。前右少弁光俊今日出仕シ役ニ随フノ間、誤リテ裾ヲ懸ケ、人之ヲ嘲ルト云々。（下略）

との記事がみえる。この日は、為家が宣陽門院（後白河内親王覲子）の院司、姫君（長子）方の職事に補せられて、定家が面目を施し感激した日であったが、また、関白家実の女長子（宣陽門院養女）が、入内を前に従三位に叙された日でもあった。光俊が出仕を許されたのは、その後堀河天皇后長子（後の鷹司院）の宮司に加えてはどうかという話が具体化してきたからであった（安井氏は「宮司」を「女院司」と解しているが、当らない）。しかし、定家は「何面目哉」と批判的であり、また人々も随役の間の失態を嘲笑するなど、総じて白い目で見ていた様子が窺える。

そのような空気の中で、しかし、光俊の再出仕への執着はいよいよ強く、長子の宮司となることへ向けて直進する。六月二十日の『明月記』は、為家からの報告として、前夜の長子入内の儀に「殿下以下公卿十九人、殿上人五十人許供奉」したことを伝え、そのあとに伝聞した供奉人の交名を掲げているが、中に「光俊［前右少弁］」も含まれている。また二十二日の条には、昨日の節会のことを記し、「三箇日之間光俊〔前右少弁〕頻リニ出仕、高声ニ言咲スト云々」と伝えている。わざとらしく声高にものを言ったり、高笑いをしたり、人目を惹くような振舞いが多かったようで、再出仕にかける執念とそしてまた人となりの一端を垣間見ることができる。

約一箇月後、七月二十四日の小除目で、光俊は越中守となった（明月記・民経記）。宮司になることとあるいは関連する任官であったのだろうか。翌二十五日、長子が内裏より退出した際の供奉人の中にも、もとより光俊の名を見出すことができる（明月記）。

そして、いよいよ七月二十九日、女御長子が中宮として冊命された日、越中守光俊は、念願の宮司となり中宮大進を手中にしたのであった（民経記・明月記）。この日命じられた中宮職の職員は、大夫が長子の兄大納言兼経、権大夫が藤原実基、亮は頭弁平範輔、権亮は侍従藤原定雅、その次席が大進越中守光俊で、権大進が治部少輔平範頼以下の面々であった。

かくみると、光俊の出仕交衆は、ただひたすら中宮長子の宮司となるためのものであって、それ以外のものではなかったことを知る。中宮大進光俊の誕生には、あるいは何らかの引きや推輓もあったかと臆測されるが、それ以上に強い光俊自身の再出仕への執念が実った結果であったにちがいない。後に鷹司院となるこの中宮長子に参じたことが、後年、自分の妹（鷹司院按察）と娘（鷹司院帥）を、この女院に仕えさせる端緒となったのであった。

『明月記』や『民経記』によると、以後光俊は、初参内の行列供奉（八月二十二日）、春日祭中宮使（十一月九日）、五節中宮淵酔（十一月十七日）等々、中宮大進としての職務に精励するようになる。

しかし、光俊の参仕ぶりには、なかなか向う意気と我執の強いところがあり、物議をかもすことも少くなかったらしい。『明月記』八月四日の条が伝える、七月二十九日の立后の夜の、頭弁とのやりとりは、そのことをよく示している。

（前略）立后ノ夜、頭ノ弁大進光俊ヲ罵ルト云々。典侍ノ祿送ルベキ由、光俊渋ルナリ。亮云フ、元永ニ一度此ノ事有リ、典侍早ク出ヅルノ間、忽ニ此ノ儀有リ。其ノ外ハ典侍早出セズ、皆本所ニ於テ之ヲ給フ、何故ニ送ラルベキヤ。光俊云フ、送リ遣ハサル、是レ流例ナリ。又一向ニ元永ヲ用ヒラルル由、毎事沙汰有リ。此ノ事何ノ例ヲ用ヒラルルカ。亮云フ。全テ典侍出デザル時、送ラルル例無シ。流例とはながるゝ例カ、我ガ身ノ例ナリト。此ノ詞吉事ノ中頗ル以テ憚リ有リ。頼資・経高等ノ卿、其ノ気色ヲ表ハスト云々。（下略）

頭弁とは、右大弁、蔵人頭で中宮亮でもあった平範輔である。光俊は、典侍に対する祿は送遣すべきものだと主張したのに対し、上官の亮である範輔は、元永にたまたま典侍が早退した時にそうしたことはあったが、普通、典侍は早退せず、従って当所において与えるべきだと説示する。それを受けて光俊は、強引に送遣するのが「流例」であり、また専ら元永の例を襲用すべしとの沙汰もある。送らないでこの場で与えるというのは、いかなる先例に拠るのか、と逆に開きなおる。さすがに「ながるゝ」という、吉事に忌むべき詞を用いた不用意さを咎められて後に引いたようであるが、先の「高声言咲」と同様、光俊の鼻っ柱の強さと、性格の核心の部分を垣間見させてくれる話である。

この年嘉禄二年（一二二六）十一月四日、臨時除目において、光俊は蔵人に還補された。『職事補任』当年条末尾に、「中宮大進　正五位下　藤光俊　廿四　十一月四日還補」とあり、『民経記』（十一月三日）『明月記』（十一月四日）にも、また新『弁官補任』嘉禄三年の条の注記にも、同じことが伝えられている。

同じ除目で、藤原頼俊が越中守に任じられている（明月記十一月五日条）のをみると、七月二十四日以降の光俊の越中守は、この日をもって終ったのであろうか。わずか四箇月ほどの在任で交替するのは異例で、特に貞永二年度の事蹟との関連において、不審を残す。

当然これ以後は、除目に祗候したり（十二月十六日）、弓場始の奉行をつとめたり（十二月二十一日）といった、蔵人と位置づけることができるであろう。

かくして、名実ともに官界への復帰を果したこの年は、光俊の生涯の中でも大きな転換点となった一年であったとしての仕事が加ってくる。

八　道助法親王家十五首会

翌嘉禄三年（一二二七）（十二月十日改元、安貞元年）三月、道助法親王家十五首会が催された。この会の作品は、定家と為家の十五首が完存しているほかは、ごく限られた数の歌を拾遺できるにすぎない。(注10)『明月記』三月一日の条に準備段階の記事があり、以下のとおりである。

(前略)午ノ時許リ法眼来タル。一日比注シ送ル卅首題ノ内、十五首撰ビ出シ、宰相以下然ルベキ好士ニ誂フベキ由ニテ、好士等ヲ勧進スル由之ヲ示サル〔密々ノ御気色カ〕。題一両ヲ直シ付ク。作者、侍従宰相・大宮三位・信実・家長・教雅・隆祐。本ト之ヲ書カルモ、前宰相中将〔信成卿〕已ニ詠歌ノ人ナリト云々。尤モ補サルベキカ。家清何事候フヤ。長綱〔忠綱子〕其ノ骨ヲ得タル由見給フ、蔵人大進光俊モ堪能、如何ト。答ヘテ云フ、彼ノ御辺ニ参リ来ラザル人ナリ、若シハ自然ノ事カ。即チ退帰ス。(下略)

依頼を受けて先に定家が送信した三十題の中から、道助法親王が十五題を選んで、それを為家以下の歌人たちに勧進せよとの命を、使者覚寛法眼は伝えたのである。そこで定家は一二の題を手なおしする（決定した題は早春梅・湖上霞・閏三月花・夕卯花・郭公何方・行路夏草・田家初（早）秋・月前懐旧・里紅葉・暁時雨・河千鳥・竹間雪・庭松・渓水・幽閑鐘）。法親王の方から挙げてきた「宰相以下可然好士」とは、為家・知家・信実・家長・教雅・隆祐の六人の歌人たちであったが、定家は「可然好士」として、そのほかに、信成はすでに一廉の歌人だからぜひ加えるべきだし、家清（家長息）も加えて然るべきだ。また、若いけれども長綱も骨を得ているように見えるし、光俊も堪能（十分熟達している上手）だから、彼らは如何か、と意見を具申した。それに答えて法眼は、「道助法親王の身辺には参候したことのない人（たち）のようだ。しかし、彼らも加えるのが自然か」といって帰ったというのであろう（「答云」を安井氏は、光俊のみに関することとし、法眼が「彼は来ないであろう」と答え、定家が「さもあろう」と思ったと解している）。

翌二日の条には、「西郊ヨリ十五首題人々ニ示スベキ由、法眼示シ送ル［実ハ指シタル事ニ非ズ］。少年ノ好士等少々ニ之ヲ示シ送ル」とある。おそらく、昨日の定家の意見を勘案し最終的に決定した歌人を示し、彼らに十五首題を送り詠歌を勧進すべく命じられたので、早速「少年好士」らに題を送ったのであろう。ここで定家が「少年好士」と呼びうるのは、法親王から示された六人のうちにはなく、自らが追加推挙した信成以下家清・長綱・光俊らであったにちがいない（三一歳の信成はあるいは「少年」の内には入らないかもしれない）。

さらに、閏三月二十七日の条に「夜ニ入リテ前左馬頭長綱来リテ見シム。少年初学頗ル其ノ骨ヲ得タリ。相逢ヒテ委シク之ヲ示シ合ハス」とある記事は、おそらく長綱の十五首詠をねんごろに添削したことを示していると見てよいのではあるまいか。だとすれば、光俊もまたこの催しに参加した可能性が大きくなるであろう。

かつまた、久保田氏は、光俊の『続古今和歌集』入集歌、

閏三月花といふこころをよみ侍りける　　藤原光俊朝臣

まれにあふやよひのつきのかずそへてはるにおくれぬはなをみるかな（一七六）

を、この十五首会の詠として集成している（前記稿）。この年に「閏三月」はあり、それを題の一つとしたにちがいないとすれば、この一首が当十五首会の作品であった可能性は十分にある。

もとより断定することはできないが、以上のような情況証拠をつみ重ねてみると、光俊が「密々儀」であったこの十五首会に加って詠歌した可能性はすこぶる大であると思量される。少くとも、定家が一応のレベルに達した歌人と認め、法親王の会に推挙しうる最低の程度までは、光俊の技量も上達していたのである。

安井氏は、嘉禄三年の『明月記』に登場する光俊は、専ら「能吏」としての一面をのぞかせているという。その例証の一つ、二月二十九日、三月七日の記事から読みとれる、定家の官納米を軽減した件については、ほぼ氏の理解に従ってよいと思う（ただし、同年七月二十五日の条によると、また官使や宮仕法師の誅求を受けており、光俊の裁断も実効はなかったようではある）。ただそれは、速断実行型の能吏であって、別のタイプの能吏ではないという印象が強い。いま一つの例証は三月三十日の記事に関するもの。

（前略）日ノ入リニ及ビテ相門ニ参ル。清談ノ次デ、去ル廿二日後院ノ庁始メ、先例ヲ勘見スルニ、保元ニ［三条内府］此ノ事内覧奏聞セズ。只家ニ於テ吉書ヲ覧テ之ヲ下ス。故左大臣ハ内覧奏聞シ、殿下ニ於テ書キ下サルト云々。其ノ事拠ル所無シ。資朝ヲ召シ問ヒタルノ処、全ク先例ヲ知ラズ。左府ノ御時ハ此クノ如クノ由之ヲ申ス。仍リテ光俊ヲ以テ［当時ノ行事、院司］、保元ニハ内覧奏聞候ハズ。近例其ノ事有ルニ、無音ニ之ヲ止ムレバ其ノ恐レ有リ。仍リテ保元ノ時ハ此クノ如キ由ヲ申ス。殿下猶ホ奏スベキ由之ヲ仰セラルレバ、奏聞スベキ由相示ス。（下略）

これについて、氏は「要するに、後院庁始の行事についての先例が問題となり、資朝を召して問われたが知らないので、改めて光俊に問うたところ、明確に答えたという記事であり、光俊の博識ぶりを紹介したことになっているのである」と解しているのであるが、これは誤解である。傍点部分は、拠り所とした先例が尋ねられぬまま、両論並記で歯切れの悪い一応の回答を、行事院司光俊を通じて殿下に申し上げたという意味であって、決して光俊が先例を明確に勘見して答申したというのではない。この「後院庁始」は、後堀河天皇の後院（譲位後の隠居所として定められた居所）に関するもので、『明月記』によると、三月十日に、藤原光経が別当となり、資朝はその次席の預（明月記には年預とある）、つまり実務の最高責任者であったので、まず彼を召して、保元の三条内府とは逆に故左府が内覧奏聞した拠り所としての先例を尋ねたのである。「行事院司」であったという光俊は、天皇の蔵人であると同時に、その後院の蔵人の任をもつとめていたということであるに相違なく、この場合も伝奏役として立ち働いたにすぎない。速断実行型の能吏であったことは確かだが、「博識」というイメージは、先の「流例」の話ともども大部分減殺払拭されねばならない。

十月四日、光俊は、承久の乱以前のもとの官たる右少弁に還任した。新『弁官補任』嘉禄三年の条に、

> 右少弁　従四位下　藤為経　十月四日転権右中、
> 　　正五位下　同光俊　二十五　十月四日還任、去年十一月四日還補蔵人、前右少弁也、節史官、中宮大進、

とみえる。他に『職事補任』また『明月記』（十月五日）によっても、その事実は確かめられる。蔵人、中宮大進を兼ねたままであった。注記にみえる「節史官」とは、節部省（大蔵省）の史官ということだから、これ以前いつからか、大蔵少輔をもつとめていたものと思われる。

この日の右少弁還任は約一年前から予定されていた。それは『明月記』嘉禄二年十二月十四日条から窺える。

> （前略）雑人ノ説ニ云フ、公雅卿猶ホ解官、範輔之ニ任ゼラル。宣経ハ三位ヲ申ス［忠雅公ハ中納言ノ子、通方ハ禁色ヲ聴サレズ、又我ガ子ノ由ヲ入道申サル］。頼隆ノ頭已ニ一定ナリ。而ルニ親長泣キテ北白川院ニ申シ、又御書ヲ禁裏ニ献ゼラレ、兄ノ如ク弁ヲ去リ補セラルベシト。仍リテ光俊弁ニ加ヘラルト云々。近衛ノ中将前途ヲ失フノ時カ。定経ヨリ以来尾籠ノ弁官、弁ヲ去リ人ヲ超ユルノ道出来シ、近将ノ耻是ヨリ始マル。之ヲ聞ク毎ニ心肝ヲ摧ク。堪ヘ難キ事カ。定経・親経［狂事也］・通具ノ謀横・親国・清長［兼定・盛経・宣房・成長モ猶ホ放埒ナリ］。親輔・経高［器有リト雖モ家卑シキニ依ルカ］。六人定経ニ習フノ故ナリ。宣経ノ三位甚ダ僻案カ。其ノ理ニ非ズシテ其ノ職ヲ黷スト雖モ、散位ト為ルニ於テハ、前途ニ兼忠・基良・具定・基保・光俊・実有・実平ヲ戴クベキカ。此ノ輩何ゾ超越セラレンヤ。其ノ身ニ於テ極メテ無益、朝庭ニ於テ又非拠カ。末代ノ事又此クノ如シ。

すなわち、昨年十二月十四日段階の風聞によると以下のとおりである。参議従三位藤原公雅が解官となる予定（十二月十六日辞職）で、そのために空席となる参議のポストに、蔵人頭で右大弁、中宮亮の平範輔を任ずる（十二月十七日任参議）。そこでいま一人の次席の蔵人頭宣経（正四位下）は三位を望んだ（しかし、これは無理な希望であったらしく、翌三年四月九日に参議にはなったけれども、正四位下のままで三位は実現しなかった）。かくて、蔵人頭の空席には頼隆の昇格が決定的である（十二月十七日任）。ところが、左中弁の親長が、後高倉院妃で平頼盛女北白河院、ならびに禁裏に申文を献じ、兄親国のように弁官を去って蔵人頭に補してもらいたいと歎願した。その空席となる弁官を順送りで転任させた最末に光俊を加えようという含みであったという。親長の願いはすぐには実現しなかったが、十箇月後の嘉禄三年十月四日の除目で転任を果たし、それに伴って光俊の右少弁還任も実現したのであった。

ちなみに、定家は右のことを記したあと、建久六年に定経がそうして以来、弁官が弁官を去って蔵人頭になり、人を超越する道が出来てしまったこと、ためにそれに最も近い位置にある近衛中将が前途に希望がもてなくなってしまったことを慨嘆している。親経以下の六人はいずれも定経の開いた道を踏んだ者たちである。また宣経の如く、道理もなく三位や参議の職をのぞんでその職をけがすならば、散位の者たちは前途を思い嘆くであろう。兼忠以下はいずれもこの時点における散位の者たちであるが、彼らが超越されていいはずはない。末代はこんなありさまなのだ、と憤りをぶちまけている。除目・昇進などの裏面が知られるほか、当代の官界における出世欲、権勢、理不尽、非合理などの具体相が窺えて興味深い。

ともかく、十月四日以後、光俊は中宮大進・蔵人・右少弁の三官を帯びて多忙となる。『石清水文書』第五の中に「嘉禄三年八月十四日、宣旨云〔奉行職事藤原光俊〕」とみえ、同じく『石清水文書』第四の方には、「八幡別当法印御房（幸清）」あて、八月十四日付の「中宮大進（光俊）」名の綸旨が収められている。また十一月九日には、春日祭の弁をつとめている（明月記・春日祭歴名部類）。それぞれ、蔵人・中宮大進・右少弁としての職責に応じた事蹟であることはいうまでもない。

翌安貞二年は、『明月記』も欠巻で、光俊の足跡はほとんどわからない。わずかに、正月五日の除目で、正五位上に叙し、同時に蔵人を退任した（弁官補任・職事補任）こと、四月十八日の賀茂祭に、中宮使として参じたこと（師守記）などを知るのみである。

九　右大臣教実家作文和歌会

安貞三年（一二二九）（三月五日改元、寛喜元年）三月二十三日、右大臣教実家作文和歌会が催され、二十七歳の光俊は、文人作者ならびに歌人としても出席し、和歌会の講師もつとめた。この会に関して『明月記』は以下のように伝えている（自筆本による）。

廿三日。辛卯。天晴ル。午ノ時許リニ殿ニ参ズ、秉燭以前ニ御渡リノ由之ヲ聞ク。車ヲ召サルルニ依リ退出シ、即チ新車ヲ進ゼシム。夕ニ住吉神主国平来タル。夜ニ入リテ車不入ノ由ヲ称シテ帰リ来タル。今夜右大臣殿御作文、和歌等訖リ、宰相ノ家ニ渡ラシメ給フト云々。文人、中納言定高卿・参議経高卿・家光卿・大蔵卿［為長］・三位中将実有卿。殿上人、淳高朝臣・師季〻〻・長倫〻〻・親長〻〻［頭］・国房〻〻・雅継〻〻・有親〻〻・時兼〻〻・光俊・信盛・忠高・宣実・兼宣・経光。地下、信定〻〻・孝範〻〻・資高〻〻・長清〻〻・範房〻〻・忠倫〻〻・義高・光□［講師］・経範・親氏・久良・長成・宗範・良頼・高嗣・高長・菅原在氏。歌人、両宰相・侍従宰相・大蔵卿・三位［知家］・中将［実有］。殿上人、行能〻〻・親長〻〻・信実〻〻・光俊［講師］・経光。地下、信定〻〻・孝範〻〻・家長〻〻・有長〻〻・親氏・隆祐［侍従］。

廿四日。壬辰。天晴ル。夜ニ入リテ宰相来タリテ云フ、夜前詩講ノ間、天已ニ明ケ了ンヌ。歌講師光俊、読師平相公。其後右大臣殿冷泉ニ入御。馬二疋、牛一頭ヲ立ツ。又厨子一脚ヲ作リ、手箱二ツヲ居ユ［皆色々ノ物ヲ以テ作ル」。其ノ中ニ紺ノ帷六十ヲ置クト云々。今日件ノ牛ニ乗ラシメ給フト云々。

安井氏は、歌講師となったことのみに注目され、その他のことは看過されているが、この会に光俊は和漢兼作の人として、特に文人としても出席していることを等閑にはできない。会そのものの規模も、参加者の人数等からみても、作文会を主とする催しだったことは疑いなく（歌人一七名のうち一〇名は文人と兼ね、純粋に歌人としてのみ出席したのは七名にすぎない）、順徳帝内裏にあったころと同様に、ここに至っても光俊は、依然文人として遇されていたのである。もちろん、勧修寺にあったころから開始した和歌の習作や勧進活動が徐々に芽を吹き、先述のとおり安貞元年には定家から一応の歌才を認められるまでになっていた。さればこそ、和歌会の方にも歌人として出席を許され（「歌人」として列挙した交名の途中にあること、読師をつとめた平相公経高も歌人として名を連ねていること等から、光俊も歌人として歌を詠んだと考えてよい）、かつ講師の役を与えられたのであった。

すなわち、この作文和歌会への参加のありようは、光俊が、かつての文人作者から専門歌人として徹する方向に移行してゆく、まさに過渡期にあったことを示しているという点において、注目されてよい。（なお、安井氏はこの会を「摂政教実の為家家作文和歌会」と解しているが、教実は自邸における作文和歌会の後、為家の冷泉第に来る予定であり、事実天明の後渡御されたのであって、為家邸における催しであったのではない。）

この年の和歌活動として、他に為家の主催したいわゆる『為家家百首』の人数の一人として参加したことが、その百首から為家が自撰し結番した『日吉社撰歌合』によって知られる。しかしそこに選ばれた四首をみると、一応歌が難なく詠めるようになったといった程度で、決して人なみ秀れた歌であるとは評しがたい。十一月十六日の『寛喜元年女御入内屏風和歌』の作者に、為家は既に加っているが、光俊はまだその歌人とはなっていない。そのことも含めて光俊は、歌人としての力量において、まだ十分ではなかったのである。

しかし、成宝や光経のような近親者たちのごく内輪の和歌習作から、徐々に歌壇の中心人物たち（主家の教実や定家父子ら）の集団内における和歌活動へと、質をかえ、飛躍しつつあったことはまちがいない。

四月十八日、中宮長子は鷹司院となった。光俊の中宮大進はこの時点で消滅したが、ひき続き院司となった形跡はない。『弁官補任』にも「右少弁　正五位上　藤光俊」とあるのみで、官は右少弁のみとなる。

十月十二日、光俊は「厳重成功」により安房国を望んだが、それは叶わず、二十八日になって、御教書を以て近江国を給った（明月記）。光俊もまた、当時の風に従って、成功により受領を買ったのであったが、それはかなりの無理を伴ったことであったらしく、その出費が以後一両年の彼の経済生活を圧迫することになる。

寛喜二年（一二三〇）。続々群書類従本『弁官補任』は、この年以後「右少弁」の項が空欄となり、以後光俊の名は見えない。然して、新『弁官補任』には、寛喜二年の項にも「右少弁　藤光俊」とあり、さらに後年に及んでいる。この年光俊がひき続き右少弁であったことは、記録類の記載に徴して、全く疑いの余地はない。

安井氏の指摘するとおり、この年、光俊ははじめて連歌の会に連った。閏正月十六日、定家第で、連歌禅尼・定家・知家らと賦五色連歌に興じ、夕刻いささか酒饌が入り、戌の終りころに百句を連ね終えた。八月三日にも、道家第において、道家・定家・為家・兼康・有親らと連歌に加わっている（明月記）。

この年、光俊は役夫工の弁をつとめた。『明月記』三月二十二日の条によると、「役夫工弁有親称軽服辞之。姑云々。右少弁光俊領状了云々」、また、八月一日の条にも「右少弁［役夫工大神宮］」とみえる。軽服を理由に辞退した左中弁有親に替り、大神宮式年遷宮のための費用徴収の責任者となることを、光俊が了状したのである。以後このことに奔走したらしく、四月一日の条には、「光俊役夫工奉行之間、所労更発之由申」とある。

なお、この年以後天福元年度にかけて、光俊は、法勝寺担当の弁として、その行事に関わることが多かった。[注11]

前年来の歌壇への進出と、歌人としての声価の確立は、この年もさらに進んで、貞永元年に成立する『洞院摂政家百首』の作者候補の一人に加えられるまでに至った。[注12]

十月十日、右少弁光俊は南都興福寺の維摩会に勅使として参じた（維摩会講師研学竪義次第・三会定一記）。そのことに関し、『明月記』九月三十日の条は、次のような事件を伝えている。

（前略）権弁為経、去ヌル比南都ノ訴へ有リ、勅使ノ坊ニ於テ魚鳥料理ニテ、飲酒高会ス。去年ノ事今年不可口口ト云々。仍リテ右少弁光俊ニ仰セラルルニ、清貧無従ニ依リテ辞退ス。昨日内裏ニ召シ、内侍ヲ以テ殊ニ仰セラルルニ、猶ホ固辞ス。何様ニ仰セ下サルト雖モ参ズルコト能ハザル由ヲ申シ、勅定ハ何様ナルヤト申ス。即チ解官カノ由仰セラル。仍リテ信盛又所望ニ馳走スト云々。今日殿下光俊ヲ召シ、猶ホ秘計ヲ廻シテ下向スベシ、解官ニ及ババ不便ナルニ依リ、御教訓有ルノ由仰セラル。猶ホ承伏セズト雖モ、内々ノ仰セニ依リ愁ヒニ承諾スト云々。（下略）

光俊の上席にあたる権右中弁為経が、先日南都から訴えられた。それは去年勅使として下った時、魚鳥料理を食し飲酒高会したかどによるもので、今年はそんな勅使をよこされては困るという訴えだったのだろう。そこで光俊に勅使役が回ってきたのだが、光俊は清貧を理由に固辞して従わない。内裏に召して内侍（後述する「侍従内侍」であろう）を通じ特別に仰せ下されたにもかかわらず、なお固辞したため、あわや解官かというところまで進む。光俊の次席たる信盛が早速点数をあげるべく勅使を所望して走りだす。そこで今日、道家殿下が光俊を召して、何とか秘計を廻らして受諾下向せよ、解官になるのは不便だと懇ろに教訓を与え諭す。なお承伏しなかったけれども、内々の仰せによってやっとのことで承諾した、というのである。

安井氏のいうとおり、傲岸でてこでも動かぬ強烈な個性がむき出しになった話であり、天皇から特別の仰せをいただいても「何様に仰せ下さると雖も参ずること能はず」と返答したあたりに、いかにもよくそれが現れている。しかし、そうせざるをえないほど「清貧」であったことも、また事実であったにちがいない。おそらく、前年十二月の「成功」に要した多大の出費が尾を引いて、満足に宮仕えもできぬほどに、生活を圧迫していたものと思われる。道家殿下から最後に与えられた「内々仰」というのも、おそらく光俊の支えきれない経済的負担に対する援助の約束のようなものではなかったかと思量されるのである。

十　侍従内侍との交情

寛喜三年（一二三一）の事蹟として、安井氏はまず、正月三十日に紀伊守になったことをあげている。これは国書刊行会本『明月記』同日条の除目交名の中に、「紀伊守光俊〔兼〕」とあるのに基づく判断であるが、『民経記』二十九日の除目聞書中には、「紀伊守藤定俊」とあり、この時紀伊守となったのは光俊ではなく定俊であったとみて然るべきである（大日本史料所引明月記には「光俊」を本文とし、「光」の右に（定カ）と注し、やはり光俊の方を疑っている）。この年、光俊の官は権右中弁まで昇進し、位階は従四位下となる。新『弁官補任』寛喜三年の項で、光年の昇進の跡が歴然とわかる部分を引用する。

権右中弁　従四位上　△藤為経　三月廿五日転正、
　　　　　従四位上　△平時兼　三月廿五日転、四月廿九日転正、
　　　　　　　　　　藤光俊　四月廿九日転、
左少弁　　従四位上　△平時兼　三月廿五日転権右中、
　　　　　　　　　　△藤光俊　三月廿五日転、四月廿九日転権右中、
　　　　　従五位上　同信盛　四月廿九日転、
右少弁　　　　　　　△藤光俊　三月廿五日転左、

光俊は、三月二十五日の除目でまず左少弁に転じ、さらに四月二十九日の除目で権右中弁に転じたのである。三月二十五日の御前における臨時除目で昇任したことは、『民経記』同日の条によっても確かめられる。なお、右の

記載では、光俊のみ位階を欠いているが、『民経記』四月二十九日の条に引かれる除目聞書には「権右中弁藤原光俊」、叙位の交名には「従四位下藤原光俊」と明記されているので、四月二十九日にあわせ行われた叙位で、従四位下に加叙されたことを知る。安井氏年譜に「九・九任権右中弁」とするのは、従って誤りである（明月記九月九日の条に「権右中弁光俊」とあるのに基づく判断かと思われるが、それは重陽の平座に出席したことを示すもので、この日の任官を意味しない）。

『民経記』五月七日の条によると、四月二十九日の昇進のあと、光俊は勅勘を受け一時出仕を止められたことがあった。

（前略）権弁光俊朝臣、出仕ヲ留メラルベキノ由沙汰有リト云々。其ノ故ハ、拝賀遅々、法勝寺卅講ニ口入セザルノ間ト云々。尤モ不便カ。未ダ拝賀ヲ申サザルノ以前ニ此クノ如キ事、定メテ先規頗ル稀ナル者カ。（中略）兼高又参内、侍従内侍ヲ以テ、光俊朝臣勅勘ノ間ノ子細ヲ殿下ヨリ奏セラレ、昨日兼高ヲ以テ内裏ニ申サル。御返事ハ夜中殿下ヘ又申サルト云々。其ノ趣、光俊朝臣ノ不仕ハ奇恠ナリ、公事ニ依リテ遣状有ル事、而シテ他行ノ由ヲ称シ取入レズ。弁官ノ作法豈ニ此クノ如カルベキカ。頗ル荒者ナリ。其ノ上卅講未ダ拝賀ヲ申サザルノ由ヲ称シ、沙汰ヲ申サザルノ条、返ス返ス奇恠ナリ。尤モ勅勘ニ処セラルベキノ由申請セラルカ。光俊朝臣内々侍従内侍ニ密通シ、縁者トシテノ申次、尤モ不便カ、如何。比興ナリ。（下略）

風聞では、出仕停止の理由は、四月二十九日に転任昇叙したにもかかわらず拝賀が遅れていること、また法勝寺の弁として三十講の奉行をすべきなのに、転任と叙四位を理由に奉行しない、という二つのことにあった。関白道家から、蔵人大輔兼高を以て、勅勘に処すべき子細を昨六日はじめて天皇に奏上、夜中に天皇方から御返事があり、七日再度兼高を参内させて説明奏上したという。奏上した内容（勅勘に処すべき理由）は、光俊は、公事の招集状を遣しても他行の由を称して受け取らない、これは弁官としての作法に大いにもとる、その上、まだ拝賀がすんでいないからと称して三十講の弁としての沙汰をしないというのも奇怪至極であり、従って勅勘に処せらるべきである、というのであった。

この奏上を受けてすぐに勅定は発せられたらしく、『民経記』五月十日の条に「卅講ノ事、兼高奉行ス。本寺ノ弁光俊朝臣未ダ拝賀セザルノ由ヲ称スルノ上、勅勘ノ事ニ依リテ籠居ノ間、仮ノ弁ヲ催シ渡ス」とみえる。

この勅勘事件で、関白道家の意を受けて内裏に赴いた兼高の説明を、天皇に取り次いだ申次は、「侍従内侍」であった。『民経記』の筆者経光は、「光俊朝臣内々密通侍従内侍。為縁者申次、尤不便歟、如何」と同情を注ぎ、かつ「比興也」と申し添えている。はからずも光俊の恋があぶり出されてしまった形であるが、この事実は光俊の伝記上かなり重要なことを教えてくれる。

光俊がひそかに愛情を交しあったというこの「侍従内侍」こそ、「侍従」というその呼び名から、光俊の最初の妻室となり二年後の天福元年に長男高雅（高定）を生み、さらに三年後の嘉禎二年（一二三六）に長女鷹司院帥を生んだ（鷹司院帥の年齢は、『葉黄記』宝治二年正月十八日の条の「宝治百首」作者交名中に、「鷹司院按察［予妹］、同帥［右丞禅門息、年十三］」とあり、逆算して嘉禎二年生まれとなる）、「侍従盛季女」であるに相違ない。弁官や蔵人として殿上に出仕する間に近づきになった、天皇膝下の内侍司の女官と懇ろになったのであった。

それにしても、前年の勅使固辞の際には光俊当人と天皇の間に立ち、この勅勘事件では苦境にある恋人当人の件につき、申次を勤めなければならなかった彼女の心中はいかばかりであったことか。経光ならずとも同情を禁じえないところだが、内侍という職掌柄いたしかたなかったとはいえ、二度とも、たじろぐ気色もなく職責を果たしたらしいところをみると、かなりしっかり者の女性であったらしく思われる。そのような女性と恋におち、妻室としたというところに、光俊の意外な一面と、また彼ららしい一面を同時に見ることができるであろう。

この勅勘事件を通しても、やはり光俊の図太く強靭な性格が強く印象づけられるのであるが、しかし、拝賀の遅延はそのような性格のみに由来することではなかったであろう。むしろ根源的な理由は、前年の南都勅使固辞の場合と同じく、おそらく「清貧」にあったものと思われる。居留守を使って欠勤しなければならぬほど、日常の宮仕えにもこと欠いていたのであり、経済的負担に堪えられるなら、光俊とて速かに拝賀や三十講の弁としての義務を果し、勅勘など望むはずはなかったにちがいない。一昨年の「成功」の費えがここに至ってもまだ尾を引いていたのではあるまいか。

かくて、十九日に至り、ようやく光俊の拝賀は行われた。『民経記』を引く。

(前略)此ノ間又権右中弁光俊朝臣、転任并ニ四品ノ後拝賀ヲ申スコト常ノ如シ。但馬権守以良ヲ申次ト為ス。先ヅ殿ノ御方ニ二拝ヲ申シ、次デ北政所ノ御方ニ又二拝〔前庭ニ立チテ之ヲ拝ス〕。次デ中門廊ニ昇リテ障子上ニ著キ、以良ヲ以テ吉書ヲ覧ル。光俊朝臣土御門殿ノ御袍ヲ著ス。予漸ク退出スル所ナリ。光俊朝臣、袖中八葉三中小八葉ノ車ニ駕ス。是レ葉室大納言(顕隆)ノ余流、四位中弁ノ時此ノ車ニ駕スト云々。(下略)

葉室一流のしきたりを襲って、袖中八葉、三中小八葉の車を使ったという。(「袖中」「三中」は八葉の紋の種類か。)

これをもって勅勘は赦され、翌二十日以降はまた旧に復し、権右中弁として参仕している(民経記五月二十日、五月二十五日。洞院摂政記五月二十一日、五月二十五日、五月二十九日等条)。

『明月記』八月三日の条に、「権ノ弁年来借ス所ノ拾遺集ヲ返ス。此ノ弁一昨日勧修寺ニ入ル、老僧等涙ヲ垂ルト云々」とあり、安井氏は、光俊が出家しようとしたのではなかったかと推測している。そのような心の揺れがあっての勧修寺入りであった可能性は大きいが、十日以降はまた従前どおり公務に当っている(民経記)から、それほど深刻な問題ではなかったのかもしれない。

そのことよりも、この記事によって、光俊が定家から『拾遺和歌集』の証本を長期にわたって借用していたという事実の方に注目したい。

ほぼ同じころ、定家自筆の『後撰和歌集』を借り出して書写したことも、関戸家蔵片仮名本後撰和歌集の真観奥書によって判明する（引用は、関戸家蔵弘安十年正月書写本を、大正九年から十年にかけて臨模した本の写真による）。

寛元四年歳次丙午二月廿八日丁巳　終書写之
功了（干時黄昏）去十四日雖借請前藤亜相之秘本
（入道中納言自筆）依小悩送多日　都合十箇日果此功
者也　為不違彼字点透而写之了　即校合了
抑此集先年以彼本書写之処　天福元年
炎上之時焼失　其後以荒本文至要　而今
為奉息女中納言局　不顧遁世之身多口（恥カ）
於世之假重書写之而已
地蔵行者　真覌（年四十四 臈十一）

すなわち、先年定家存生中（天福元年以前）にその自筆本を借り写して所持していた『後撰和歌集』を、天福元年の火災で焼失してしまった。そこで寛元四年二月十四日、同じく定家自筆の天福二年三月二日書写本を為家から借用、二十八日に書写し終えたというのである。ちなみに、右奥書中の「息女中納言局」とは、光俊の長女（鷹司院帥の姉）かと推定される（安井氏説）「典侍親子」（中納言典侍）のことであろう。なおこの奥書をめぐっては、石村正二氏が「真観伝補遺」（注13）にはじめて取り上げ、福田秀一氏が『中世和歌史の研究』で、詳細に考証された。（注14）なおまた、日本古典全集『後撰和歌集』の翻刻では「真□」と欠字になっているが、異体字の「覌（観）」がはっきりと判読できることを、特に指摘しておきたい。

さらに、貞永元年には、定家から自筆の『古今和歌集』を借り写してもいる。『国書聚影』[注15]所収『古今和歌集』一本の真観奥書は以下の通りである。

安貞之比書写本不慮紛失　仍重
借請入道中納言本自筆　貞永元年
八月廿日仰或書生写之　即校合
其後時移事変雖交山林　志猶
在斯　仍今以同自筆之他本校
合者也　両本之文字仕雙写之
還似無益歟　　　　　　　　』（改丁）

後本之奥書云
貞応二年七月廿二日　癸亥　戸部尚書藤　　判
同廿八日令読合訖　書入落字了
伝于嫡孫可為将来之證本
真名序在今本之奥　仍令書入之
　　宝治二年二月九日
　　　　西山隠真観記之

この前にある本奥書（解説所引）から、貞応二年七月二十二日書写本（「戸部尚書藤判」のあとに「後朝以人令読合書入落字了」（とある本）を借りて書本とし、誰かに書写させて自ら校合し所持していた本に、定家没後の宝治二年、定家が全く同じ日に書写したもう一本を得て、さらに校合を加え、巻末にあった真名序を書き入れたという。なお、吉田幸一氏の解説は、題簽もあわせて本書全体が光俊筆だとしているが、本文と奥書は別筆か。題簽はさらに第三の別筆であろう。

以上三例は、源承が「右大弁光俊朝臣法名真観、寛喜貞永の比より、当家の門弟として、歌人につらなりて」（源承和歌口伝）と書き残しているのと、時間的にちょうど符節を合している。おそらく、定家から借りた歌書は、これら三代集にとどまらなかったであろう。歌人として光俊が自立してゆく過程には、このような点でまず、定家に依存するところ多かったにちがいないのである。

十一　「洞院摂政家百首」詠進と「中宮和歌御会」参加

寛喜四年（一二三二）（四月二日改元、貞永元年）度（三〇歳）もひき続き従四位下権右中弁のまま変化はなかったが、この年の官歴は二つの点で注目される。

一つは「記録所匂当」となっていること。『民経記』二月十日の条に「今日記録所ニ於テ評定有リト云々。匂当権右中弁光俊朝臣著行スル所ナリ」、また三月二日の条にも「今日記録所寄人等ヲ召サレ、松尾社領池田庄ノ間ノ事、沙汰有ルベシト云々。左大弁範輔卿〔直衣〕、権右中弁光俊朝臣（右傍記「記録所匂当」）、開闔大舎人頭為景（右傍記「大外記師兼・頼尚・大夫史季継」）已下寄人七八許ノ輩参入ス」とある。匂当は弁のことで、上官の上卿と下位の開闔の間に位置する、いわば記録所（記録荘園券契所）担当の弁官であった。『民経記』によれば、前年七月二十三日の条に「権右中弁光俊朝臣、記録所評定ノ事ニ依リテ祇候、参賀ノ事殊ニ急ガルト云々」、二十五日の条に「今日記録所評定ノ事ニ依リテ、権右中弁光俊朝臣祇候ス」と見えるのも、おそらく同じ匂当としての参仕であったとみられるから、光俊は少くとも前年来記録所勾当となっていたのであろう。

いま一つは、十二月十五日の京官除目で、内蔵頭を兼ねたことである。新『弁官補任』に、「権右中弁　従四位下　藤光俊　十二月十五日兼内蔵頭」（弁官至要抄にも同旨）とあり、また『大日本史料』によれば、『明月記』天福元年四月五月の条の紙背文書（風間幸右衛門氏所蔵）を、「本文書、本条（十二月十五日の除目）ト関係アルニ似タルヲ以テ、姑ク茲ニ附載ス」として掲載しているが、除目の聞書消息らしいこの文書の中にも「内蔵頭光俊欠」と見えることによって、光俊はこれ以後内蔵寮の行政にも関与したことを知る。ちなみに、右の紙背文書は、史料編纂所所蔵影写本によると、原資料は為家の筆跡と認めてよいと思われる。『明月記』にしばしば登場する、為家からの報告消息である可能性が大きいと思う。

なお、『民経記』九月二十九日条によると、後堀河天皇譲位後の院司を、光俊も人々とともに所望して執奏している。後院の職員はそのまま院司となるケースが多かったらしい（官職要解）が、十月四日に譲位があり、決定した院司の交名中に光俊の名はなく、この件は実現しなかったものとみえる（ただし、この後間もなく追補されたらしきこと、次項参照）。

貞永元年（一二三二）の事蹟中最も注目すべきは、歌人として歌壇に進出し、多くの和歌行事に参加したことであった。

まず、三月十四日に成立した『日吉社撰歌合』に、四首撰入されたこと。しかし、これは先年寛喜元年（一二二九）に為家が諸人に勧進した『為家家百首』の中から、為家自身が撰歌結番した歌合であったから、光俊の歌も三年前の旧詠ではあった。

次いで三月二十五日の『石清水若宮歌合』に参加し、三首の歌を残した。さすがに進歩の跡がみえ、

くれぬとて雲に一よの宿とへば花こそあるじみよしのの山

のような佳吟を残している。「春きてぞ人もとひける山ざとは花こそやどのあるじなりけれ」（拾遺集一〇一五・公任）と、「行きくれて木の下かげを宿とせば花や今宵のあるじならまし」（平家物語・巻九・平忠度）の影響を否定できないが、みごとな換骨奪胎だといえよう。判者定家も、「但右歌、姿詞殊得其骨、叶雅頌之躰、仍猶勝にさだむ」と称賛して、勝を与えた。

同じころ光俊は、関白教実の催しになるいわゆる「洞院摂政家百首」を詠進した。定家の百首は「貞永元年四月」（拾遺愚草）とあるが、光俊のは端作に「暮春同詠百首応　教和歌　権右中弁光俊」とあるので、三月、おそらくは月末に詠進進上したと思われる。二十三名以上の当代の歌人たちを連ねた本百首への参加は、光俊を一躍専門歌人たちに伍せしめた。個々の歌の出来ばえも、表現が緊密でよく彫琢がこらされ、努力と精進のあとを窺うことができる。「述懐」題歌中、

のぼるべき春のみやまのみちはあれどなほも霞のへだてつるかな

松ねはふ山の岩ねをゆく駒のつまづかでよにつかへてしがな

したくつる谷のしば橋かたぶきてわたりかねたるわが世なりけり

などに、官途における若干の述懐の心情があらわれているが、いずれもさして深刻なものとは見えない。

さらに光俊は、六月二十五日の「中宮和歌御会」に歌人の一人として出席した。『百錬抄』同日の条に「中宮有和歌会。両殿下内府已下参入。先御遊。次講和歌会。題。松契遐年。」とあり、『民経記』五月十九日の条に、以下のような準備段階の記事がみえる。

（前略）大殿ニ於テ京極中納言云フ、来月上旬、中宮ニ於テ和歌御会有ルベシト云々。寛弘承暦ノ勝躅ヲ見追シ、赤人貫之ノ雅頌ヲ詠ズベキノ由風聞有リ。（中略）歌人ノ沙汰有リ。人数、大殿・殿下［教実］・内大臣［実氏］・前内大臣［通光］・按察使兼宗・春宮大夫［宗嗣］・中宮大夫［通方］・九条新大納言［高実］・京極中納言［定

家〕・高倉中納言〔経通〕・藤中納言殿〔頼資〕・新藤中納言〔家光〕・二位宰相〔経高〕・右兵衛督〔為家〕・前宮内卿〔家隆〕・三位知家・範宗・兵部卿〔成実〕。殿上人、前修理大夫行能朝臣・左京権大夫信実朝臣・少将親氏・親季等朝臣・権弁光俊朝臣・少将通氏朝臣・蔵人大進兼高・予等云々。（下略）

寛弘・承暦の旧蹤を追う、規模の大きい中宮竴子の雅会であったらしいが、この和歌会における光俊の歌は散佚して伝わらない。

『民経記』七月十一日の条によると、光俊はこの日開かれた「光明峯寺摂政家七首歌合」にも参加している。

（前略）午ノ刻許リニ大殿ニ参ル。今日和歌御会有ルベシト云々。二棟ノ東面ヲ御所ト為シ、御簾ヲ巻カレ、障子ノ前ニ御屏風ヲ立テラレ、殿下御出ト云々。京極中納言定家卿祗候スト云々。歌仙、前修理大夫行能朝臣〔布衣〕・左京権大夫信実朝臣・権弁光俊朝臣〔布衣〕・勘解由次官知宗〔布衣〕等参集ス。先ヅ兼日ノ和歌題七首、諷合有ルベシト云々。左右各相分レテ著座、京極納言当座ニ於テ勝負ヲ付クベシト云々。其後又出題、当座御会有ルベシト云々。歌合ノ時、各不審ノ事等御尋ネ有ルベク、歌仙等弁ジ申スト云々。有長朝臣奉行スト云々。

この催しについては、久保田淳氏が残存する歌を集成され、(注16)簡略ながら要をえた解説がある。この日、兼題の七題七首を歌合に番え、難陳の後、定家が当座に勝負をつけ（判詞も残存）、終って当座歌会（三首会か）があったという。光俊の歌は一首『新後撰和歌集』（春下・八八）の中に残っている。

光明峰寺入道前摂政家の歌合に、雲間花　　藤原光俊朝臣

吉野やまたなびく雲のとだえとも外には見えぬ花の色かな

この年の大きな歌会として、同じ七月に『光明峯寺摂政家恋十首歌合』があったが、これには光俊の参加はない。また、六月二十日「光明峯寺摂政家小和歌会」（洞院摂政記）、八月六日の「光明峯寺摂政家和歌会」（民経記）などの会もあったが、その作者の中にもやはり光俊の名は見えない。過去にあれこれと事件を起し手を焼かせられた

光俊に対する道家の評価は芳しくなかったのであろうか。

一方、以前なら当然名を連ねたはずの作文会への参加は、この年に至って皆無となる。七月十日の「内裏当座作文御会」(民経記)、八月十五日の「内裏秘書閣作文御会」(民経記)のような、晴の詩会が催されているにも拘わらずである。「秘書閣作文御会」と同じ日、『歌合 貞永元年八月十五夜』が道家第で催されており、光俊はその方に出席、

すみわたるひかりもきよし白妙のはまなのはしのあきの夜の月(新勅撰和歌集一二九三)

の詠ほかを残していることに象徴的であるように、この年光俊は、かつての文人としての存在を清算し、専ら歌人として歌にのみ専念するようになったのである。

その意味においても、また「洞院摂政家百首」のごとき完成された実作を多く残しえた点においても、貞永元年は、光俊にとって画期的な年であったと言いえよう。いわば歌人光俊が全力疾走をはじめた年なのであって、この一年の間に摑んだ自信が、出家後に展開する詠作や撰集など、諸活動の原動力となったにちがいないと思われる。

十二　定家一家への接近

貞永二年(一二三三)(四月十五日改元、天福元年)は、長男高雅(高定)を儲けた年であるが、『民経記』正月二十四日の条にみえる話は、光俊の日ごろの勤務ぶりを窺わせる。

(前略)今日院ノ尊勝陀羅尼ヲ行ナハル。別当権右中弁光俊朝臣、蔵人茂範等奉行ス。(中略)抑モ右大臣殿御参ノ時、殿上人屛前ニ雑人充満スルニ、権弁祗候シ、笏ヲ以テ雑人ヲ払ヒ、雑色ノ鳥帽子ヲ打落スト云々。本鳥ヲ於テ走リ去ルト云々。万人目ヲ驚カス。光俊朝臣ノ所行ハ然ルベキカ。(下略)

笏で雑人らを打擲、鳥帽子を打ち落して追い払ったという。咄嗟の荒治療でことを解決してしまう、力に満ちいかにも光俊らしい、面目躍如たる話である。なお「別当権右中弁光俊」とあるので、光俊はこれ以前(前年十月四日

以後）、後堀河院の院司（別当）に追補されていたものとみえる。

四日後、正月二十八日の春の除目で、光俊は右中弁となり、さらに十二月十五日の京官除目で、従四位上に叙された。新『弁官補任』に、

右中弁　従四位上　平時兼　正月六日正四下［鷹司院御給］、廿八日叙従三位、
　　　　従四位下　藤光俊　正月廿八日転、十二月十五日叙従四位上、
権右中弁　従四位下　同光俊　正月廿八日転正、

とある（大日本史料所引弁官補任にも）。右中弁への転任については『民経記』（二十八日条）『明月記』（二十九日条）にも除目聞書があり、また叙従四位上については『明月記』（十二月十六日条）にそのことが見え、昇進と加叙の事実が裏づけられる（安井氏年譜は明月記に拠っているので、両者とも一日ずれる）。

四月三日、中宮竴子が院号を受けて藻璧門院となったのに伴い、光俊は女院院司となった。『民経記』同日の条に、「院司、［大夫］権大納言通方卿・［権大夫］権中納言実有卿・［権亮］左中将顕定朝臣・右少将隆盛朝臣・右中弁光俊朝臣［已上別当］」とある。また『明月記』四月十二日の条に、夜前のこととして「院申継為経奉行。女院申継［光俊］、院号之時、宮司之外隆盛光俊加院司云々」（民経記十一日の条にも同旨）とみえ、宮司以外に、隆盛と光俊が特別に院司に加えられ、別当となったことを知る。以後、御幸供奉（四月十九日、六月二十二日等）、御産定の奉行となる（八月二十一日）など、女院司としても奔走しており、九月十八日御産後に崩御された以後にも精勤している。

四月十六日には、前年十月に即位された四条天皇の大嘗会国郡卜定のことがあり、光俊は悠紀方の行事の弁となった（民経記・明月記・百錬抄）。しかし、二十一日になって、軽服（三箇月の服喪）のことが出来して、この悠紀所行事の役を辞退している（民経記二十一日条。明月記二十四日条）。ちなみにこの大嘗会、五月十七日に行事所始が行われたが、九月十八日の藻璧門院崩御によって延期され、次の年も八月に後堀河院が崩御されて、さらに翌年に延引

することとなった。

『民経記』四月二十九日の条に、次のような話が録されている。

（前略）其ノ後院ニ参ル。天文士維範朝臣［布衣］・季尚朝臣［衣冠］。下侍ニ参ル。（中略）右中弁光俊朝臣同ジク祗候シ、彼ノ人云フ、此ノ間越中国ニ（右傍記「光俊朝臣知行国也」）無尾ノ鼠出来、大略変化ノ者カ。青苗并ニ麦隴、皆以テ之ヲ喰損スト云々。一度ニ鼻ヲ竝ベテ五六十疋、或ハ百疋許モ之有リ、鼻ヲ用ヒテ皆以テ損亡、希有ノ災難ナリト云々。此ノ事承久逆乱ノ時之有リ。又寛喜三年飢饉ノ時之有リ。然リ而シテ寛喜度ハ幾モ非ズト云々。今度ハ凡ソ雲ノ如ク霞ノ如シ。恐ルベシ恐ルベシ。少々ハ打死ヌト雖モ弥ヨ以テ増シ、如法捕蝗ノ如シ。之ガ為如何セン。（下略）

光俊が、越中国に尾の無い鼠の大群が出没し農作物を食い荒して大被害を与えたという話を、院御所の下侍に同席した人たちに語ったというのである。珍しく無気味な話として興味を惹かれるが、越中国が光俊の知行する国であったという注記（おそらく経光自身による注であろう）も、また注目される。すなおに読めば光俊はこの時も越中守であったと解されるであろう。ただ越中守は、嘉禄二年十一月四日の除目で藤原頼俊に変ったらしいことは前述のとおりで、だとすれば再任したのであろうか。嘉禄二年から数えれば当年は七年目にあたる。

安井氏が特に師弟関係という点から注意するとおり、この年前後、光俊は定家をしばしば訪ね、「好士之数奇」「過分之芳心」を示しながら清談に時を移している。

定家への接近は、第六項で既述したとおり、まだ失意の中にあった勧修寺時代の光俊が、嘉禄元年三月におそらく初めて勧進した「勧修寺歌合」の判を、為家を介して定家に依頼したことに始まるであろう。（注17）定家はその依頼に応え、勝負の判と判詞を付けて為家に返したのだった。その後官界に復帰し右少弁に返り咲いた五年後の寛喜二年正月二日、年頭のあいさつのためであろう、突然定家邸を訪れて、定家を慌てさせ、このときは丁重に謝し返している。(注18) その後光俊は毎年のように年初めに定家邸を訪れては、「好士之数奇」を見せ、定家は「過分之芳志」と感じはじめている。(注19) 貞永から天福のころになると、光俊は定家と為家一家に対しますます芳心を募らせ、定家はその「芳心」を刑罰のごとくに感じたりもするが、清談に時を移すことも多かった。(注20)

これらの記事を見ると、やや無骨なほどの敬意を抱きながら定家の許に出入りしている光俊がいる。「好士の数奇」とは、和歌の好士であり数奇であるはずだから、当然和歌に関する教えを受け、すでに見たとおり写本を借りることもあった。撰集途中の『新勅撰和歌集』への入集を期待しての、現実的・巧利的な目的もあったかもしれないが、光俊の定家に対する態度と姿勢は並々のものではなかったと見える。

さて、天福二年(一二三四)は、十二月五日に改元されて文暦元年となったが、この年十二月二十一日、光俊は右大弁に転じた。新『弁官補任』に、

右大弁　正四位下　同親俊　二十八　蔵人頭、十二月廿一日参議〔于時去之〕、

　　　　従四位上　同光俊　　　　十二月廿一日転、

とある。安井氏年譜が、翌嘉禎元年の項に「年末までに任右大弁」とするのは、『玉蘂』十二月十五日の条に「右大弁光俊」とあることに基づく推測かと思われるが、その昇任は約一年くり上げられることになる。

十三　出　家

文暦二年(九月十九日改元　嘉禎元年)に入り、正月二十三日の除目で、光俊は正四位下に叙された。新『弁官補任』に、

右大弁　従四位上　同光俊　　三月廿五〔四カ〕正四下、

とあるが、底本である書陵部蔵山科家本にあたってみると、「三」は「正」の誤植である。『大日本史料』所引『弁

官補任』には「正月廿五日正四下」、『明月記』正月二十四日の条に引かれる「任人折紙」にも「正四位下。為経・実光・光俊・宗明〔正〕」とみえる。「廿五〔四カ〕」とある日付もやや不審で、二十三日の除目が正しいであろう。

前年からすでにそうだが、この年の光俊の事蹟は、残るところ甚だ少く、わずかに『玉蘂』正月二十一日、『明月記』正月二十八日、五月八日、五月十日、六月三日、十月七日、十一月九日、『玉蘂』十二月十五日の条などに、光俊の名を見出すのみである。

翌嘉禎二年（一二三六）になると、『明月記』や『玉蘂』も欠け、極端に史料に乏しいという特殊な事情の故であるのかもしれないが、元年十二月十五日の内大臣良実著陣の儀に参仕したのを最後として、(注21)光俊は公事の場から完全に姿を消してしまう。

光俊が出家したのは、三十四歳のこの年、二月二十七日であったとするのが、安井氏の説であり、また通説でもある。それは、①『尊卑分脈』に「嘉禎二二廿七出家」と記載があることを直接の根拠とし、前引②関戸家蔵片仮名本後撰和歌集の奥書に、「寛元四年歳次丙午二月廿八日丁巳終書写之功了。于時黄昏（下略）地蔵行者真観〔年四十四、臈十一〕」とあること（寛元四年に十一年の臈を積んでいたとすれば、逆算して出家は嘉禎二年となる）を傍証として成立している。さらに、③嘉禎二年正月以降、右大弁光俊が公事に参仕した記録が確認されないことも有力な情況証拠とされてよいであろう。通説は完璧であるかにみえる。

ところが、これまでしばしば用いてきた新『弁官補任』の記載は、その通説と明らかに齟齬している。すなわち、嘉禎二年の項にも、

右大弁　正四位下　同光俊

とあり、さらに三年にも、

右大弁　正四位下　同光俊

正四位下　同信盛　　正月廿四日転、

と記されているのである（底本についてみても校訂者の加えた×符号を除き異同はない）。両年とも出家や離任の注記がなく、三年正月二十四日に後任が決ったとするこの記録を忠実に解すれば、光俊は、少くとも二年中はずっと右大弁に在任したままであり、出家や離任は三年に入ってから起ったということになる。その場合、①正月二十四日に離任して信盛が後任となり、しかる後に出家をしたか、または、②出家が先に行われてその時点で退任、正月二十四日の除目で後任が補充決定したか、何れかであったということになろう。ただし、三年の注記に正月二十四日に辞した旨の記載がないことは、①の可能性が極めて少いことを意味していると受けとれる。

さて、光俊の後任として信盛が右大弁に任じられた正月二十四日の同じ除目で、光俊の次弟高嗣（後の定嗣）が、弁官の最末席たる右少弁に任じられた。高嗣は、寛喜三年四月十四日叙正五位下、天福二年四月二日右衛門権佐、同十二月二十一日蔵人に補され、嘉禎二年四月十四日の臨時除目で左衛門権佐に転じていたのであったが、この日右少弁に任じられて三事を兼帯した（公卿補任）。その弁官兼任は、『廷尉佐補任』（嘉禎三年）に、

左正五位下　藤高嗣　蔵人。防鴨河使。正月廿四日兼右少弁［舎兄光俊出家之替］。

とあるとおり、光俊が出家離任したその替りとして任じられたものであった。この割注の文言は、光俊がこの日以前に出家していたことを示唆しているに相違なく、この点からも先の①の場合（離任後出家）は完全に消去されねばならない。

かくて、新『弁官補任』の記載に従って考える限り、光俊の出家は、嘉禎三年正月一日から二十四日の間ということにならざるをえないのである。

前引『廷尉佐補任』の割注は、三年正月二十四日を溯ること比較的少い時点での出家であったらしく受けとれるけれども、通説の指示する二年二月二十七日の出家であったとしても必ずしも解釈不可能ではない。

しかしながら、現実の問題として、諸人が任官を競望する状態の中で、右弁官局の最高位にある大弁が欠官のまま約一年間も放置されるという事態が、果してありえたか。常識的にみてそれは考えがたいことであろう。

通説で光俊出家の日とされる二年二月二十七日以後、三年正月二十四日の除目までの間に、除目は五度行われている。うち二度は臨時除目（四月十四日、十一月二十二日）、一度は任大臣に伴う除目（六月九日〜十三日）で、これらは規模も小さく、弁官の移動はなかったから除外されねばならないが、二月三十日の県召除目と十二月十八日の京官除目には、大幅な弁官の昇任人事が含まれていた。とりわけ光俊が出家したとされる二月二十七日から三日後の三十日に行われた除目では、左大弁為経はそのまま（ただし参議を兼任した）であったが、左中弁以下すべてが順送りに昇進した。もし二十七日に光俊が出家し、官を退いていたとするならば、同じ二十七日から始まり一日延引して三十日に入眼したこの除目で、当然右大弁は補充されたはずである。さらにまた、権右中弁以下が昇進した十二月十八日の人事異動においても、右大弁は補われていない。両度の除目で右大弁に任官した者がいないという事実は、少くとも二年十二月十八日を過ぎるまで、光俊は右大弁に在任したままであったこと、つまり出家していなかったことを意味していると解さざるをえない。

かくのごとく、除目の情況証拠から推してゆくと、光俊の出家は嘉禎二年十二月十八日以後、三年正月二十四日の間にしぼられてくるのである。

然らば、新『弁官補任』の指示するとおり、三年に入ってからの出家であったのであろうか。しかし、それは光俊自身による二つの証言によって確実に否定される。一つは通説の傍証とされてきた関戸家蔵片仮名本後撰集の奥書であり、それが嘉禎二年（一二三六）中の出家を指示していること。「臈十一」は誤写も誤認もまず考えられないのである。いま一つは、『新撰六帖題和歌』（第一帖、しはす）中の光俊の歌、

思ひおくことのみさすがありしかど古郷いでし月はこの月

の存在である。「古郷いでし」は、生れ育った家を出た意で、すなわち出家と解される。出家したのが十二月であったことを、後に回想しているのである。最も高い証拠能力を認めてよい以上二つの事実が指示するところに従って、光俊の出家は、二年十二月十九日から二十九日の間に行われたと推断されるのである。『廷尉佐補任』の割注も、そうであれば、最も自然妥当なものと納得されるであろう。『秋風抄』（二八六）に次の歌がある。

光俊朝臣世をのがれて後、時雨しける比、消息して侍りける　小槻為景

山ふかみしぐるる庵の音づれにみやこの人の袖もぬれけり

小槻為景は承久三年右少史正六位上（官史補任）で、解官配流以前の右少弁光俊の下僚であったし、先述したように、寛喜四年の記録所勾当記事中にも、「権右中弁光俊朝臣」「開闔大舎人頭為景」とあって、職場を同じくしていた。この歌も、「時雨」によって、冬の時期の出家であったことを証する一傍証とはなるであろう。

新『弁官補任』の記載は、出家の確証が得られぬまま、合理を求めて三年にも光俊の名を書き加えたものであるに相違なく、同じ傾向は、山科家本の他の部分にもまま見てとれる。

一方、通説の直接の根拠とされる『尊卑分脈』の「二二廿七」は、いかに考えるべきか。その源泉や傍証を見出しえぬこともあって、これを無視し、情況証拠と光俊自身の証言に加担してきたのであるが、これには二つの解釈が可能であろう。一つは、「二十二廿七」からの単純な誤写または「十」の脱落があるのではないかと解する場合で、その可能性も皆無とはいいがたい。しかし、そう都合よく考えるより、数字はそのままに、そこにある意味を見出しうるならば、その方が真実に近いのではあるまいか。すなわち二つは、以下のように臆測する場合である。二年正月以降の官界に光俊の姿を確認しえないというのは、残された史料の範囲内でのことで、絶対的な証拠とはならないにしても、光俊は、二年二月二十七日、例えば出家を前提として勧修寺に入るといった行動をとり、以後実質的な出家生活に入ったのではなかったか（明月記によれば、光俊の叔父顕俊は、嘉禄二年七月二十七日に勧修寺に入り、

翌安貞元年二月十八日に出家している)。すぐに出家を遂げえなかったのは、葉室の家に後顧の憂いがあったからであろう。やはり『新撰六帖題和歌』(第二帖、家)の一首として、

かかるうき身にこそいでめこの家のあとは昔に変らずもがな

と出家した時を回顧し、家への思いを歌にこめた光俊であることを思うと、後継者高嗣が右小弁に任官できる目途がつくまで、弁官を離れえず、従って出家できなかったのではあるまいか。その背後に強力な家の圧力が感じられる。確証はなく臆測の域を出るものではないが、絶対的と見られがちな『尊卑分脈』の記載の方を、疑ってみる必然性は十分にあると考える。

十四　おわりに

かくて、光俊が出家した時、左大臣近衛兼経から歌が贈られた。

光俊朝臣世をのがれぬるよしききてつかはしける　　岡屋入道前摂政太政大臣

うきながらすめばすまるる世の中をおもひとりける君ぞかなしき
(玉葉和歌集二四七一)

兼経は、かつて光俊が中宮大進として官界に復帰した時の上官(中宮大夫)で、それ以来交誼を得ていたのであろう。この歌によっても、また出家に至るまでにかなり長い準備の期間があったらしいことからみても、光俊の出家は衝動的なものであったとは思えない。直接の原因を知ることはできないが、熟慮に熟慮を重ね、しかも家の将来にも十分顧慮を致した上での、思いすました出家であったにちがいない。嘉禄二年に公賢の出家を傍観してから十年余、立場を変えて今は、自らを「うき身」と観じながら、若い兼経からみれば「住めば住まるる世の中を思ひ取」ったかのごとくに、その実さすがに「思ひおくこと」を残しつつ、出家を遂げたのであった。

【注】

（1）安井久善「右大弁光俊攷」（『中世私撰和歌集攷』私家版、昭和二十六年一月）。
（2）安井久善『藤原光俊の研究』（笠間書院、昭和四十八年十一月）。
（3）今川文雄『明月記人名索引』（初音書房、昭和四十七年三月）同『新訂明月記人名索引』（河出書房新社、昭和六十年三月）。
（4）『明月記』建暦二年十月十九日条。
（5）島津忠夫他『別本和漢兼作集と研究』（未刊国文資料刊行会、昭和五十一年七月）。
（6）図書寮叢刊『平安鎌倉未刊詩集』（明治書院、昭和四十七年四月）。
（7）注（2）所引安井久善著書、七一頁。
（8）森本茂『校注歌枕大観　山城篇』（大学堂書店、昭和五十四年二月）。
（9）公賢の出家については、本書第一章第一節「為家の官歴と定家」（第八項）に、父実宣との関わりにおいてやや詳しく考察した。
（10）久保田淳「散佚歌会、歌合佚文集成稿（二）」（『和歌史研究会会報』第二号、昭和三十六年三月）。佐藤恒雄「道助法親王家十五首の新資料」（『和歌史研究会会報』第三十九号、昭和四十五年十月）。
（11）『明月記』寛喜二年正月十一日条。『民経記』寛喜三年正月八日。五月一日。六月二十八日。七月二日。七月五日。七月十五日。天福元年四月四日。四月二十一日。五月一日。五月十日条など。
（12）『明月記』寛喜二年六月九日。六月二十一日条。
（13）石村正二「真観伝補遺」（『国語』第二巻第二・三・四合併号、昭和二十八年九月）。
（14）福田秀一『中世和歌史の研究』（角川書店、昭和四十七年三月）一〇四頁注4。
（15）『国書聚影』（理想社、昭和三十七年十一月）。
（16）久保田淳「散佚歌会・歌合歌集成稿（一）」（『和歌史研究会会報』第二号、昭和三十六年九月）。
（17）「前右少弁光俊先日示シ送ル歌合ニ、勝負ヲ付シ、中将ニ返シ了ンヌ」（明月記・嘉禄元年四月三日条）。

(18)「未ノ時宰相来タルノ間、右少弁同時ニ来臨アリ。隠居スル能ハズ、先ニ相公ヲ以テ謝セシメ、次デ面謁シテ之ヲ謝シ返ス」（明月記・寛喜二年正月二日条）。

(19)「未ノ時許リニ右少弁門前軒ニ控ヘ、物詣ノ由ヲ告ゲ帰ルニ依ルト云々。好士ノ数奇ニ依リ、毎年駕ヲ枉ゲラル、過分ノ芳志ナリ」（明月記・寛喜三年正月二日条）。

(20)「未ノ時許リニ右中弁来臨アリ、言談昏ニ臨ム」（明月記・貞永二年二月十四日）。「夜前、権弁蓬門ニ臨マルノ由之ヲ聞ク。毎年ノ恩問、過分ノ芳心ナリ」（同天福元年正月三日条）。「夜前、金吾ノ家ノ女房等、法勝寺ノ呪師見物ト云々。権弁ノ芳心ト云々」（同天福元年正月十日条）。「未ノ斜メニ権弁来臨アリ、心閑カニ面謁シテ昏黒ニ及ブ。大嘗会奉行スベキノ由之ヲ承ルト云々」（同天福元年正月二十七日条）。「午ノ始メ許リニ法印［覚］来談ス。未ノ始メ許リニ帰リテ後、程ヲ経ズ、右中弁又過ギラルル間、清談自然ニ漏ヲ移シ、夜ニ入リテ帰ル」（同天福元年五月二十日条）。「汗ヲ流シ平臥スルノ間、右中弁来臨アリ。芳心刑罰ノ如ク謁スルノ間、法印［覚］又座ニ加ハル［弁相替リテ帰ル」（同天福元年六月二十五日条）。「未ノ時許リニ右中弁来臨アリ［束帯］、清談ニ時ヲ移ス」（同天福二年八月二十二日条）。

(21)「右大弁光俊朝臣気色ヲ伺ヒ、床子ニ著ス。光俊朝臣犬ノ産穢ニ触ル。然リ而シテ強チニ憚ラザルナリ」（玉蘂・嘉禎元年十二月十五日条）。

終　章　文書所領の譲与

第一節　為家から為相への文書典籍の譲与

一　はじめに

御子左家の三代撰者藤原為家（融覚）は、その晩年阿仏との間に生まれた為相を愛しみ、文書や典籍の多くを譲与付属している。本節は、それら譲与の実態を整理し、そのことがもつ意義の究明を目的とする。

二　定家筆三代集と為家筆続後撰和歌集の付属

藤原為相は、弘長三年（一二六三）、父為家と母安嘉門院右衛門佐（阿仏）の間に生まれた。父為家が主催した三月の住吉社玉津島社三首歌合に、母も参加しているので、あるいは夏以後の生まれかとの推測があり、(注1)また、この年七月に亡くなった後嵯峨院大納言典侍の死に前後して生まれたかとも見られている。(注2)母の年齢は判らないが、父為家は七年前の康元元年に出家して融覚を名のりはじめ、この年は六十六歳の老齢。前年九月に、それまで単独で進めてきた『続古今和歌集』の撰集に、真観ら四人の撰者が追加され、不如意な時期にあった。

為相は、三歳になった文永二年（一二六五）四月十三日、従五位下に叙される。この叙爵を祝って、為家（融覚）は初めて為相に典籍を授与した。すなわち定家筆の三代集ならびに自筆の『続後撰和歌集』とである。(注3)現存するそれぞれの奥書によりそれと知ることができる。

○『古今和歌集』（冷泉家時雨亭文庫蔵、定家筆）

此集家々所称　雖説々多　且任師説又加
了見　為備後学之証本　手自書之
近代僻案之輩　以書生之失錯　称有
識之秘事　可謂道之魔姓　不可用之
但如此用捨　只可随其身之所好　不可
存自他之差別　志同者可用之

嘉禄二年四月九日　戸部尚書（定家花押）

于時頽齢六十五寧堪右筆哉

此本付属大夫為相

于時頽齢六十八桑門融覚
（融覚花押）

○『後撰和歌集』（冷泉家時雨亭文庫蔵、定家筆）

天福二年三月二日庚子　重以家本終書
功　于時頽齢七十三眼昏手疼寧成

字哉（為伝授鐘愛之孫姫也）

桑門明静

同十四日令読合之　書入落字等訖

此本付属大夫為相　頽齢六十八桑門融覚

（融覚花押）

○『拾遺和歌集』（冷泉家旧蔵、安藤積産合資会社蔵、定家筆）

天福元年仲秋中旬　以七旬有餘之

盲目　重以愚本書之　八箇日終功

（為授鐘愛之孫姫也）　翌日令読合訖

此本付属大夫為相

頽齢六十八桑門融覚（融覚花押）

○『続後撰和歌集』（冷泉家時雨亭文庫蔵、為家筆）

建長七年五月十六日中風右筆愍終書写之功

特進前亜相戸部尚書藤原（為家花押）

以校　奏覧之本漸々校合

中風筆跡狼籍　雖不被見解

撰者之自筆何不備証本哉

文永二年四月付属大夫為相了　融覚（融覚花押）
桑門六十八

『続後撰和歌集』に「文永二年四月」とあるのみで、三代集はいずれも六十八歳という年齢しか記されていない。しかし、「付属大夫為相」が共通していることから、為相の叙爵を祝って、任官直後に、おそらくは同時に、一括して与えられたと見て誤らない。

三　定家から鐘愛之孫姫への授与

さて為相に付属した右の四集のうち、『後撰和歌集』と『拾遺和歌集』の二集は、定家が「鐘愛之孫姫」、すなわち為家の長女、後の後嵯峨院大納言典侍に授与した本そのものであった。そして、二つながらその文言は擦消されているが、(注4)いま、二条家系統本に残る文言を括弧の内に表示した。

後嵯峨院大納言典侍は、為家三十六歳の天福元年九月十九日に誕生している。『拾遺和歌集』は、その誕生より も一箇月も早く書写されており、授与するために書写したとの文言との齟齬が、若干の不審を抱かせてきたが、間もなく生まれてくる孫女への授与を予定していたか否かは不明ながら、ともかく少し前に書写してあった本に、女子誕生後、授与奥書のみを加えて与えたと見ればよく、(注5)不審とするにあたらない。『明月記』天福元年八月のころの記事を検すると、四日には「昨今終日草子ヲ書ス、疲レヲ知ラズ、只老狂ト、徒然ノ身携ハル事無キ故ナリ」、五日に「未ノ時千載集下帖ヲ書キ終ル、老骨ヲ顧ミズ功ヲ遂ゲ終ル」とあって、『千載和歌集』を書写している。その後中旬十六日に「朝猶ホシ微雨、終日濛々タリ。午後心神例ニ違ヒ甚ダ奇ト為ス。当時指セル事無ク、又甚ダ不快、口味又例ニ違ヒ、此ノ清書ヲ遂ゲズ。尤モ遺恨ト為スベシ」とある以外に古典書写の記事はなく、この時書写していて間もなく成ったのが『拾遺和歌集』だったであろう。この記事からすれば、予め授与を予定しての書写であったとは思えない。

『後撰和歌集』は、翌年の三月二日、孫姫二歳の上巳の日を祝うべくその日を期して書写し、十四日読合せの後に授与されたはずである。少し前の正月二十日に書写した『伊勢物語』も、あるいは同時に授与された可能性が大きいであろう。学習院大学図書館蔵（三条西家旧蔵）定家筆本模写『伊勢物語』の奥書は次のとおりである。

天福二年正月廿日己未　申刻凌桑門
之盲目　連日風雪之中　遂此書写
為授鐘愛之孫女也
　同廿二日校了

為相に付属された三代集のうち、『古今和歌集』のみには、鐘愛之孫姫への授与奥書がない。実は、後嵯峨院大納言典侍に授与された『古今和歌集』は、嘉禎三年（一二三七）正月廿三日に書写された本で、為相に付属された嘉禄本『古今和歌集』とは別の本であった。嘉禎三年正月本『古今和歌集』（名古屋市鶴舞中央図書館蔵本）の奥書は次のとおりである。

此集家々所称秘説秀歌雖説々多　且
任師説又加了見　為後学之証本所書
之也　近代僻案之輩　以書生之失錯
称先達之秘説　可謂道之魔姓　不可
用　但如此之用捨　只可随其身之所好

不可存自他之差別　志同者可用之
嘉禎三年正月廿三日乙亥書之
眼昏手疼寧成字哉　去十四日書始
同廿七日自読合訖
授鐘愛孫姫訖

嘉禎三年は、鐘愛之孫姫、六歳。おそらくはその裳着を祝って、新写して与えたものと思量される。かくのごとく、まだ幼いころの鐘愛之孫姫に、定家が折々に授与した典籍は、三代集と『伊勢物語』、まさしくそれは歌人たるものの最も基本必須の文献であった。さらにいえば定家は、これから人となり歌詠みとなるべき嫡女のための幼学書として、これらを贈ったにちがいないのである。

四　後嵯峨院大納言典侍の早世

孫姫は長じて後嵯峨宮廷に出仕、十三歳の寛元三年（一二四五）二月十八日には為子の呼び名で典侍に補されている。十八歳の建長二年（一二五〇）十二月前後に一歳年少の九条左大臣道良と結婚、宮仕えを退き一女九条左大臣女をもうけたが、正元々年（一二五九）十一月夫に先立たれて寡婦となる。再度後嵯峨院に出仕するが、弘長三年（一二六三）秋のころに没したかと推定されてきた。(注6) 為家自撰家集『中院詠草』の注記に「建長七年」とある（後掲）が、これは何らかの誤りで、冷泉家時雨亭文庫蔵『秋思歌』の出現によって、その死は弘長三年七月十四日であったと確定される。為相の誕生と相前後するころのことであった。

この時最愛の娘を失った為家は非嘆にくれ、

大納言典侍身まかりての比　建長七年

あはれなどおなじけぶりにたちそはでのこるおもひの身をこがすらむ

（中院詠草一二三、続古今和歌集一四六九）

人のとぶらひて侍りし時

とはれてもこの葉もなきかなしさをこたへがほにもちる涙かな

（中院詠草一二四）

後嵯峨院大納言典侍身まかりけるころ

いまは我れまどろむ人にあつらへて夢にだにこそきまほしけれ

（拾遺風体和歌集二一八）

大納言為家卿、最愛ノ御女ニオクレ給テ、彼孝養ノ願文ノオクニ

アハレゲニオナジ煙ト立チハテデノコル思ヒニ身ヲコガスカナ

彼髪ヲ以テ、楚字ヲヌヒテ、供養ノ願文ノオクニ

我ガ涙カカレトテシモナデザリシ子ノクロカミヲミルゾカナシキ

（沙石集）

などの悲痛な哀傷歌を残したのであった。冷泉家時雨亭文庫に現蔵される『秋思歌』は、これらを含む哀傷歌二百余首を内容とする為家の家集であり、詳細はすでに紹介した（本書第二章第六節）。為家はまた、典侍の没後にその家集『秋夢集』を編み、巻末に、

かたみぞとみればなみだのたきつせもなほながれそふ水ぐきのあと

の一首を書き添えた。（注6）この前後の為家の深い悲しみは、察するに余りある。

五　和歌初学抄の付属

為家自身「老ののちだいぶいできてふびんにおぼえ候へば」（文永六年十一月十八日融覚為氏悔返譲状）と言っている

とおり、典侍の生まれかわりのごとくに誕生した為相に、為家は格別深い愛情を注いだ。(注6)

前記したとおり、その叙爵を期して、定家自筆にして相伝の三代集と為家自筆の『続後撰和歌集』を「付属」したのであった。藤本孝一氏は、定家から鍾愛之孫姫への授与と、為家から為相への付属をめぐって、『古今和歌集』の場合も孫娘への授与奥書があったと推定している。すなわち、嘉禄二年の定家奥書と為家の付属奥書の間に一丁分の切除の跡があるところから、その部分に、嘉禄三年正月本の奥書と孫娘への授与奥書があったので、切除してしまえば、擦消する必要がなかったのだと推測するのである。(注7) しかし、ほとんど内容を同じくする嘉禄二年本と嘉禎三年正月本の奥書を、後人ならいざしらず定家自身が並べて書くはずはなく、この推測には与しえない。氏は「重書」の意味を、嘉禎三年正月本が嘉禄二年本の証本とする意味をこめて、その花押にいたるまで重ねて書く謂であろうと解するのであるが、定家は嘉禄二年本以前に、建保二年秋、貞応元年六月、同九月、貞応二年七月と何度も書写を重ねてきており、「何度も重ねて」の意味以外には解しえない。嘉禄二年本にはもともと授与奥書はなく、嘉禎三年正月本が授与されたのであった。為家が為相に付属しようとした時、何らかの事情で嘉禎三年正月本は手許になかったために、嘉禄二年本が与えられることになったのであろう。『伊勢物語』も同様、手許になかったのではあるまいか。つまり、孫姫への授与奥書は必ずしもあることを要せず、定家筆の証本であればよかったのである。『拾遺和歌集』も『後撰和歌集』も原本にあたっていないので、断言することはできないが、従来考えられてきたように為家がみずから擦消して為相への付属奥書を加えたのではなく、受けとった冷泉家の側において、おそらくは阿仏が擦消したのではあるまいか。孫姫への授与奥書を避けるように、『拾遺和歌集』の場合はそれと並べるようにしてすぐ左に、また『後撰和歌集』の場合には、最後に一行をとって書き加えられており、決して擦消した上に重ねて書記されてはいないからである。このことは、これらを為相に付属した為家の意図に関わることであるべく、なお慎重に原本について確認できる時を待ちたいと思う。

為家から為相への二度めの典籍の付属は、文永五年（一二六八）九月の『和歌初学抄』であった。伝為家筆『和歌初学抄』（天理図書館蔵）の奥書は次のごとくである。

文永五年菊月日書写之

付属大夫為相者也

桑門融覚

この年為相は六歳、八月二十四日に従五位上に叙せられているので、その昇任を祝って書き与えたものと見られる。中村忠行氏は、為相自身が後年書き加えたのではないかと推測しているが、[注8]そう考える必要はないであろう。そろそろ和歌を習い始めよとの意味をこめた、『和歌初学抄』の付属であったに違いない。『和歌初学抄』は、弘長二年（一二六二）六月の校合書写奥書をもつかなり早い時期の為家自筆本（本文は右筆書き）が冷泉家時雨亭文庫に現蔵され、先年重要文化財の指定を受け、[注9]冷泉家時雨亭叢書第三十八巻に収めて公刊された。

為家の『詠歌一体』や阿仏の『夜の鶴』の中に大きく影を落としている清輔のこの歌論書を、為相の初学の用に書写して、これも又「付属」したのであった。なお「付属」の文言はここまでで、これ以降この用語が使われることはない。

ところで、文永二年最初の授与奥書にも今次の奥書にも用いられていた「付属（ふぞく）」という語は、仏教語で、『総合仏教大辞典』[注10]によれば、「付嘱とも書き、嘱累ともいう。付は物を与え、属は事を託し、嘱は意志を語によって託すこと。多く仏が教法を伝えることを託す意味に用いる」とある。中村元『広説仏教語大辞典』[注11]も、「教えを後世に伝えるようにと授け与えること。教えを授け、たのみ託する。伝授すること」と説いている。『大漢和辞典』も、法華経嘱累品の「我於無量百千萬億阿僧祇劫、修習是難得阿耨多羅三藐三菩提法、今以付属汝等」の用例をあげ、「業を付託し手渡す」という語義を示している。二度にわたって初学用の基本典籍を授け与え、歌の道における精進と大成を頼み付託したのである。老来授かった孫にも等しい我が子への溢れるばかりの慈愛、官途のつつがなからんことへの祈念、そして何よりも家業継承への絶大な期待と祈りが、この一語から十分に読み取れよう。定家の一般用語としての「授」と比較しても、この一語に込められた為家の意図は深く重い。

六　相伝和歌文書等悉皆と明月記の譲与

その後、文永八年四月以降、明確に年次を確定できないが、長承三年「朝散大夫藤」の奥書をもつ相傳の秘本『後拾遺和歌集』を、為相に「譲与」している。冷泉家時雨亭文庫蔵当該本の奥書は以下のとおりである。(注12)

出家以後譲与
　小男拾遺為相了
　　桑門（融覚花押）

（改丁）

長承三年十一月十九日以故礼部納言自筆本
書留了　件本奥称云々　寛治元年九月十五日
為披露世間重申下御本校之　先是在世
本相違哥三百餘首　不可信用　件本其
由具書目録序　　　　　　　通　俊

　　　　朝散大夫藤（花押）

相傳秘本也

戸部尚書為家

藤本氏は、「融覚」の花押の変遷史の上に位置付けて、文永十年から翌年にかけての譲与かとされ(注13)、それはかなりの確度を持つと思われる。しかし、今少し引き上げて考えてよいのではあるまいか。すなわち「拾遺為相」とあることから、文永八年四月七日の侍従任官以後とわかり、すればその就任を祝って直後に与えられたか、さらに「相傅秘本也」とわざわざ書き付けていることに鑑みて、次の文書に記される「相伝和歌文書等皆悉」の中の一点として、文永九年八月二十四日に譲与された可能性が極めて大であると考えるからである。

そして、文永九年(一二七二)八月二十四日、相伝の和歌文書等ことごとくを、目録を添えて譲与することになる。融覚(為家)譲状の第二状は以下のとおりである(一一二六頁図版)。

相伝和歌文書等皆悉
為相ニゆつりわたし候 目六同
副遣 返々あたなるましく候
あなかしこ〳〵
文永九年八月廿四日　融覚
(融覚花押)
侍従殿

「相伝和歌文書等皆悉」の量がどの程度であったかは、正確にはわからないけれども、冷泉家に伝襲されることになった大量の和歌文書等の基本は、この時点で正式に十歳の為相に譲与され、阿仏の管理するところとなったのであった。

融覚（為家）譲状の第三状によれば、その文永九年冬為氏に不孝の振舞いがあり、憤り悲しんだ為家は、日吉社百日参籠を思いたち、幼い為相たちを伴って参籠した。同状に、「月日かさなるまゝには、いとはるゝいのちながさもねがひのまゝにきはまりぬべく候しかば、かつは最後の逆修と思て、一期の所作をも申あげ、又身のありさまをもなげき申さんと思て、たよりをよろこびてみやしろに百日参籠を思たち候き。おさなき小男どもひきぐし候しかば、たびのそらかたがたあぶなくおぼえ候しかど（下略）」とあり、『源承和歌口伝』には、「又文永十年四月廿一日より、先人百日日吉社に参籠侍りて、仁治二年八月廿日前中納言かくれ侍りにし朝より、日々の所作善根法楽したてまつるよし（目六在別紙）」（下略）とある。

この年は五月に閏月があり、百日参籠の満旬は七月三日であった。そのようなことがあった後、文永十年七月二十四日、為家は、十禅師の日を選んで阿仏御房宛ての長文の融覚（為家）譲状第三状を認めたのである。

その最後の一紙に、定家生涯の日記『明月記』と「本書ども」も為相に譲与する旨が明記されている。第三状の末尾一紙分は、次のとおりである。

（前略）
まことまこと故中納言入道殿日記 自治承至于仁治 人はなにとも
思候はねとも 一身のたからと思候也 子も孫もさる物見んと
申も候はす うちすてゝ候へは 侍従為相にたひ候也
かまへて見おぼえて 公事をもつとめ 人の世に
ある様をも見しれとをしへさせ給へ
又本書とも 心許はちらさす候 物ならひぬへき

四道博士候はゝ　かたらひよりてよみならへとおほせ
候へ　哥の事よりもてつからかき點して候ふみ
ともにて候也　これらよく〳〵返〳〵
をもくせられ候へし　あなかしく〳〵
文永十年七月廿四日　十禅師日　融覚（融覚花押）
阿仏御房へ
たしかに〳〵まいらせ候

「本書」とは、辞書類に挙げられている一般的意味としては、①副進文書・註釈・付録などに対する書籍の主部・本体となる部分、②下書きや写しに対する正式の文書・正文、③基準・根拠となる正本・原本などといった意味をもつが、この文脈のなかでは「四道博士候はばかたらひよりてよみなら」わねば理解に到達できない種類の、かなり難解な書物であるらしい。とすればそれは漢籍の類をさしているにちがいない。「四道博士」とは、大学寮の四つの学科、紀伝道・明経道・明法道・算道の博士たちで、すなわち、漢籍などの専門書に通暁し、学生たちを指導する任にあった極めて少数の学者たちの謂にほかならない。それら漢籍や漢詩文あるいは仏典なども含まれていたかもしれないが、ともあれそれら「本書ども」は、「哥のたより」すなわち和歌との関わりや詠歌のよすがとなる部分や意味などについて、「てづからかき點じて」ある、為家手沢の文どもだというのである。かかる書籍である故にこそ、御子左家相伝の歌学を伝える典籍として、譲与に値するものだったのであろう。

この時の譲与は、さらに翌年文永十一年六月二十四日付、阿仏御房宛てとみてよい融覚最後の譲状第四状において、「かきつけありとても見候はぬ、日記本書はさきに申候しやうに、おなじく侍従為相に申しをき候也」と、ほかの所領とともに譲与の再確認が行われたのであった。

右のうち、第二状とほぼ同内容で、「文書等」の部分が「文書は」とあり、三行書きとし、融覚の署名と花押のない類文書が、大正六年十月の『高橋男爵家所蔵品入札目録』（東美）、昭和十一年十一月の『田村家蔵品展観図録』（大美）、昭和二十七年十月の『展観入札売立会目録』（東美）等に図版が掲載されている。また、右記第三状末尾の部分を九行に書して、「文永十年八月廿四日　十禅師日　融覚」とし、一行あけて第二状の本文を二行に書し、「文永十年八月廿四日　融覚／侍従殿」と、両者を併せて一つの文書のごとくに記された類文書が、昭和二年十月の『粟山家蔵品入札目録』（東美）に見え、その後保坂潤治氏所蔵文書となり、東京大学史料編纂所にその写真が所蔵されている。

後者は、案だと考えられてきたが、(注14) 文永十年七月二十四日の第三状文書の日付を「八月」とし、また「阿仏御房」の宛て所と押念の文言を欠くこと、第二状の文永九年八月二十四日の日付を「十年」として後ろに付加し、ともに為相にあてられた一通の文書のごとくになっていること、為家の筆跡ではないこと等に鑑みて、少なくとも案でも草でもなく、後人が譲状本文から抄出合成した文書であると見るべく、二通ながら譲状の正文が残っている以上、偽文書と断定せざるをえない。前者は、署名もなく、草と考えても一向におかしくはないが、しかし偽文書とみざるをえない後者と明らかに同筆であることを考えると、これまた一見草らしく見せかけた後人の所為になる写しと見て然るべきであろう。

七　春日社信仰から日吉社信仰へ

以上に見た為相への文書（所領）の付属と譲与の日付が、八月二十四日、七月二十四日、六月二十四日と、いずれも二十四日となっているのは偶然ではない。

第三状の「文永十年七月廿四日」は「十禅師日」と注されていた。これは、日吉社十禅師宮の本地「地蔵」の縁日がこの日だったからで、御子左家の日吉社信仰と深い関わりをもつ。

御子左家の日吉社参詣は、俊成に始まったことであった。『長秋草』（五社百首）の「春日社奉納百首」の「山」題に次の二首が並べ収められる。(注15)

はるの日の山のそなたをきくごとにわれすてはてし秋ぞかなしき　（六八）（俊五二八）

世をすてばよしののおくにすむべきをなほたのまるるかすがやまかな　（六九）（五社二八六）

安元二年九月廿八日

『五社百首』は六八の歌のみを収めるので、六九の歌は初案だとみられるが、ともに安元二年（一一七六）九月二十八日、重病の中で出家したその日の述懐歌である。この背後には、俊成の出家に関する周知の記事で、本書第一章第二節注（1）にも引用した『玉葉』安元二年十月二日の条がある。

（前略）人伝、五條三位俊成、日来煩咳病、去月二十八日両度絶入、第二度絶入之度経両三刻、人皆存一定之由、而験者一人残留、猶以加持、遂蘇生、自春日明神託給云々、因不帰向、俄有此罰、然而於今度者、不可有殊恐云々、即復例了、其後雖非尋常、大略平減云々、其獲麟之間出家了、件人本奉憑春日、今改帰敬日吉、此十余年以来、都不参詣春日、連々参籠日吉云々、雖末代世、神明之厳重可恐事歟、

（人伝へテイフ。五条ノ三位俊成、日ゴロ咳病ヲ煩ヒ、去月二十八日ニ両度絶入ス。第二度絶入ノ度ハ両三刻ヲ経テ、人ミナ一定ノ由ヲ存ジヌ。シカウシテ験者一人残留シ、ナホ以テ加持シ、遂ニ蘇生ス。春日明神ヨリ託シ給フト云々。「帰向セザルニ因リテ、俄カニコノ罰有リ、然リシカウシテ今度ニオイテハ、殊ナル恐レ有ルベカラズ」ト云々。即チ例ニ復シ了ンヌ。ソノ後尋常ニアラズトイヘドモ、大略平減スト云々。ソノ獲麟ノ間ニ出家シ了ンヌ。件ノ人本ト春日ヲ憑ミ奉リ、今改メテ日吉ニ帰敬シ、コノ十余年コノカタ、スベテ春日ニ

参詣セズ、連々日吉ニ参籠スト云々。末代ノ世トイヘドモ、神明ノ厳重恐ルベキ事カ。）

もともと春日神社に帰依していたのを、途中から日吉神社を信仰するようになって、春日社を捨ててしまった罰として、重病に罹かり獲麟に瀕したのだと、春日明神の託宣があったという。歌はそのことへの反省をこめて、氏神としての春日社への変わることない依憑を表白している。

さて、『長秋草』（五社百首）「春日社奉納百首」の「懐旧」題歌と俊成の自注は、つぎのとおりである。

むかしをば神もあはれとおもひいでよ月にやまぢをととせみし人　（一一九）（五社二九六）

先人納言、毎月参仕当社事十箇年也、故云

石田吉貞氏は、この自注を次の日吉社奉納百首のそれと読み誤り、御子左家の日吉社信仰は俊忠に始まったとされるが、(注16)俊忠は春日社に十箇年間毎月参仕してきたとの意である。俊忠は、保安四年（一一二三）に没しているので、そこを起点にすると十年前は永久二年（一一一四）となる。十年は概数で必ずしも正確ではあるまいが、その年正月五日に正四位下参議讃岐権守から従三位に昇叙しているので、あるいは、そのころから春日社への月詣でを始めたような事実があったのであろうか。

また『長秋草』（五社百首）「春日社奉納百首」の「河」題歌と自注は、

をりごとにおもひぞいづるいづみがは月をまちつつわたりしものを　（七四）（五社二八六）

当初毎月参仕当社三箇年、故云

さらに『五社百首』「春日社奉納百首」の「氷」題歌と自注は（この部分、長秋草にはない）、

やまと路や駒打ちわたす山川の氷ふみわけかよひしをわが　（二六三）（五社二六三）

壮年当初常参当社、其後凝寒、故云

とある。これらによって、俊成も、壮年のころ三箇年間は、毎月春日社に参詣していたことを知るが、それ以後は

距離的に近い日吉社に専ら参詣して、出家の際の罰と夢告を得ることとなったのである。ただその境目の時が壮年のどのあたりに位置するかは、かなり不確かである。『五社百首』そのものも、その序文に明記されているとおり、当初は、春日と日吉両社への奉納を企図して、詠作を開始したのであった。

八　十禅師信仰の由来と意義

定家も父俊成のあとを承けて、神社参詣の中では、日吉社参が圧倒的に多いこと、石田氏著書に力説されるとおりである。[注16]

日吉社の神々の中でも、御子左家の歴代が特に信仰したのは、「十禅師宮」であった。『源承和歌口伝』に、定家が、十禅師の御輿屋に通夜していた時に聞いた話を、為家が同じ十禅師の御輿屋に通夜中、ともに籠っていた源承に語ってくれたという記事がある。

金葉集歌、

君が代は末の松山はるばるとこす白浪のかずもしられず

先人云、此歌第二句、年来おもひわかず侍ける。前中納言日吉社にまうでゝ、十禅師の御輿屋に通夜して侍けるに、夜深て、社壇に舞女此歌をたびたびたかくいへりけるに、君が代はするのといへる第二句、かかりよろしからぬ歌也、聞とがめ侍けるよし、愚老先人のもとに御輿屋に通夜して侍しときかたり出て、俊頼朝臣撰歌にもあやまりは侍けるとぞ申侍し。詞のかゝり能々可用意也。

御子左家と十禅師宮の結びつきが緊密で、しかも日常的であったことが窺える話である。「十禅師」については、最も古く信憑性の高い口伝集成とされる『日吉社禰宜口伝抄』[注17]に、次のような記事がある。

小比叡別宮三座、鴨玉依姫神、玉依彦神、別雷神三柱坐、曰樹下宮、又曰十禅師宮、件名者、宝亀年中、内供奉十禅師之延秀於香積寺蒙神託、造小比叡別宮、奉移本宮之玉依姫、玉依彦、別雷神三坐、云々、山中法師殊加崇敬、毎於舞殿為論議決擇、又配祀天津彦彦火瓊々杵尊、年月未詳、又傳曰、賀茂中社在中田、主揷苗、苗俄変槻木、玉依姫在此樹下為神、故曰樹下宮、

十禅師宮の前身となった小比叡別宮についての口伝であるが、最初に配祀された「天津彦彦火瓊々杵尊」を祭神と見なす一説が生じたらしい。一方、『耀天記』（現存しない部分）を引用する『日吉山王権現知新記』に、「古記当社有天児屋禰説、甚謬説也云々」とあるので、「天児屋根命」祭神説も古くからあって、確定しがたかったらしい。永享三年（一四三一）正月二十三日隆清書写の本奥書を持つ『日吉行道記』には、次のとおり見える。

一、明月集云、降臨時代

桓武天皇即位延暦二年〔癸亥〕、天児屋根尊而顕御坐而已、

有記曰、天津彦火瓊々杵尊云々、

一、或書云、

問、如古記者十禅師天児屋根命、是云何、

答、未勘本拠、不審記也、如一記云、天彦穂瓊々杵尊云々、是契本記、第十禅師名義如前、況吾山則天子本命道場、勧請鎮主、亦宗廟帝祖神也、天児屋根命者人臣藤家祖也、三十二神之随一、故葦原降臨之倍従是也、粗如上引、具見本記、社記亦明、各可被耳、〔私云、種々無尽也、少々可注云、〕

一、御本地事

或抄云、十禅師本地地蔵名大地、含納萬法於此聖真、具悪王子、或歓喜天或厳神等、山家御尺已如前引、然嫌悪字、有人従本謂愛王子、其愚而已、（下略）

これによると、祭神については二説があって不審であるが、本記においては天児屋根命説をとり、藤原氏の祖先神

であり天孫降臨時の倍従神であったこととの関わりが、理由として重視されはじめている。この説がどの時代まで遡り得るものか、確証を得ないが、御子左家の日吉社信仰は、藤家の祖たる天児屋根命祭神説の定着と関係がありそうに思われる。藤原氏の氏神である春日神社の祭神は、第一殿、武甕槌命、第二殿、経津主命、第三殿、天児屋根命、第四殿、比売神であり、藤原氏とは直接的には第三殿の天児屋根命が関係している。俊成が距離的に近い日吉社参を主とする信仰に傾いていったのは、その祭神が同じであること、すなわち氏神の代替となり得るとの認識があったからではなかったかと推察され、前引の俊成の事跡に就けば、それはまさしく俊成の時代に確立されたのではあるまいか。

十禅師宮の本地については、前引『日吉山王権現知新記』が「恵心」の記を引いて、次のように言う。

恵心先徳奉釈十禅師記曰、十禅師者三徳究竟神明三身円満冥道也、乃至本地難測、或称当来弥勒、或号付属地蔵、乃至在地号地蔵、在天名虚空蔵、地蔵菩薩神識者当社十禅師是也、文、

これによって、平安中期には、弥勒菩薩説と地蔵菩薩説があって一定しなかったようであるが、源信は、地上世界における地蔵菩薩をもってその本地とする考えに落ち着けようとしたのであろう。しかし、同じく『日吉山王権現知新記』が引く『耀天記』（現存しない部分）などによって見ると、地蔵・弥勒・虚空蔵・不動・如意輪等とする異説紛々の時代が続いた後、地蔵菩薩説に収斂していったらしい。

前引『日吉行道記』の最後の一条には、十禅師宮の本地は、地蔵菩薩とされている。そしてその地蔵の縁日は二十四日であった。七月二十四日のみならず、毎月の二十四日が十禅寺の日とされたことの根元の理由はそこに求められる。そしてこの本地比定は、為家・定家の時代を越えてやはり俊成の時代まで遡ることができるであろう。すなわち、為家が前記譲状第三状において、

又、昔より二十四日は、故入道殿の時より、四季に籠り、月詣でなどの事は、限りありてし付けられたる事に

て候ふ。

と記していることが、そのことを端的に証しているからである。

かくすると、為家から為相への典籍文書（所領）の付属と譲与の日付が、八月二十四日、七月二十四日、六月二十四日と、いずれも二十四日に行われていることの意味合いは、もはや歴然である。為家は、祖父俊成以来厚く信仰してきた日吉社十禅師宮の本地地蔵の縁日である二十四日の日を特に選んで「十禅師日」とし、祖父の照覧のもとに、祖父以来相伝してきた典籍ならびに所領を、為相に譲与すべく企図したのであった。

為家から典籍と所領を伝領した為相もまた、応長二年（一三一二）三月十一日、越部の庄を為成に譲るに際し、「以日吉山王七社別十禅寺聖廟照鑒」と、日吉社十禅師宮を特に引き合いに出して、譲状を認めている。(注18)

なお、石田氏は、定家の各社参詣の目的について、

①日吉社に対しては、主として健康の回復、官位の昇進など現実的なことがらが祈願の内容であった。

②北野社に対する信仰は、全く歌道に関するものであった。

③住吉社への参籠も、歌道のためであった。

と整理して、各社別の違いを析出しているが、(注19)右の考察から、定家の場合も、日吉社参詣は基底において氏神の代替としての意識によるものであったとみるべきではあるまいか。近くにある氏神ゆえに、さまざまの現実的なことがらを祈ることができたにちがいないからである。

九　おわりに

管見によれば、御子左家の日吉社信仰について論じた先行研究はなく、言及された文献もほとんどない。以上はささやかな稿者の追究の結果であるが、さらに関心をもって、補正し深めてゆきたい。なおまた、典籍・文書の譲

与と所領の譲与は、密接に結合しており、為相以外の子息たちとの関わりも当然大きく絡んでくる。それら所領譲与の具体的ありようとその意義については、本章第二節において詳論する。

【注】

（1）　井上宗雄『中世歌壇史の研究　南北朝期』（明治書院、昭和四十年十一月。改訂新版、昭和六十二年五月）。

（2）　岩佐美代子「後嵯峨院大納言典侍考─定家『鍾愛之孫姫』の生涯─」（『和歌文学研究』第二十六号、昭和四十五年七月）。→『京極派歌人の研究』（笠間書院、昭和四十九年四月）。

（3）　藤本孝一「勅撰の家・冷泉家の成立と三代集」（『日本歴史』第四九八号、平成元年二月）はこのことを主たる論点としている。

（4）　このことに言及した文献には、以下のものがある。
①注（2）所引岩佐論文。②片桐洋一「定家本拾遺和歌集について」（古典文庫『拾遺和歌集定家本下』解説、昭和三十九年三月）。③片桐洋一「拾遺和歌集伝本考」（『拾遺和歌集の研究』解説、大学堂書店、昭和四十五年十二月）。④片桐洋一『拾遺抄』（大学堂書店、昭和五十二年三月）研究編。⑤杉谷寿郎『後撰和歌集諸本の研究』（笠間書院、昭和四十六年三月）。

（5）　橋本不美男『原典をめざして』（笠間書院、昭和四十九年七月。新装版、平成七年三月）。

（6）　注（2）所引論文。

（7）　注（3）所引論文。

（8）　中村忠行「為家と『和歌初学抄』」（『天理図書館善本叢書』月報第三十四号、昭和五十二年五月）。

（9）　『月刊文化財』（第一法規出版、昭和六十年六月）。

（10）　『総合仏教大辞典』（法蔵館、二〇〇五年二月）。

（11）　中村元『広説仏教語大辞典』（東京書籍株式会社、平成十三年六月）。

（12）『冷泉家の歴史』（朝日新聞社、昭和五十六年六月）巻頭図版ほかによって知られていたが、冷泉家時雨亭叢書第四巻『後拾遺和歌集　難後拾遺』（朝日新聞社、一九九八年六月）として影印公刊された。

（13）藤本孝一「荘園と冷泉家」（『冷泉家の歴史』朝日新聞社、昭和五十六年六月）。

（14）辻彦三郎『藤原定家明月記の研究』（吉川弘文館、昭和五十二年五月）。注（3）所引藤本孝一論文。

（15）『長秋草（五社百首）』は、書陵部本「長秋草」（五社百首）」の親本にあたる冷泉家時雨亭文庫本が、叢書第二十八巻『中世私家集四』（朝日新聞社、二〇〇〇年二月）に影印公刊されたので、その本文によって若干校訂し、「氷」題歌のみは、『新編国歌大観』（第十巻定数歌編Ⅱ歌合編Ⅱ補遺編）（角川書店、平成四年四月）所収「俊成五社百首」（書陵部蔵五〇一・七六三本を底本とする）による。なお最近刊行された松野陽一・吉田薫編『藤原俊成全歌集』（笠間書院、二〇〇七年一月）の歌番号を並記する。

（16）石田吉貞『藤原定家の研究』（文雅堂書店、昭和三十二年三月）。

（17）『神道大系　神社編二十九　日吉』（神道大系編纂会、昭和五十八年二月）。以下、日吉社関係古記は、いずれもこれに拠る。

（18）本章第二節一一五九頁所掲「応長二年為成あて為相譲状」。

（19）注（14）所引論文。

第二節　為家の所領譲与

一　はじめに

藤原為家（融覚）から為相への所領・文書・典籍の譲与については、早くから関心をもち、昭和六十三年十一月三十日の和歌文学会関西例会（甲南女子大学）における「藤原為家晩年の事蹟について」と題した口頭発表の中で、冷泉為人氏所蔵為家譲状の重要文化財指定披露展観時のメモを基にした本文資料を始め、多くの関係資料を提示して考察しようとしたことがある。それ以前に、細川の庄の訴訟を中心とした福田秀一氏の詳細極まる研究があり、(注1)大いに裨益されるところがあったが、その後、文書・典籍の譲与に限っては、その実際と意義について別に考察した（本章第一節）ところであるし、(注2)所領の一部越部の下庄についても、俊成から定家の代への三分譲与のことを主として考察した際、(注3)その延長として、極めて不十分ながらいささか言及したことがあった。しかしながら、特に所領関係の譲与については、冷泉家に数多くの関係文書が襲蔵されていることが分っており、それらの文書に大きく依存しなければ、この問題についての正確な解明は不可能であることも明白だつたので、全体的な考察は懸案としたまま残してきたのであった。その後、冷泉家時雨亭叢書の一冊として『冷泉家古文書』が刊行され、(注4)待望久しい冷泉家文書の全貌が明らかになったので、本節では改めてこの問題について総合的に考察究明を試みたい。

二　播磨国細川庄地頭職関東裁許状

藤原為家から次代への、所領・文書・典籍類の譲与の全体像を窺う基本資料として、「播磨国細川庄地頭職関東裁許状」（重要文化財。天理図書館所蔵文書）一巻があり、『国書遺芳』（呉文炳、昭和四十年六月）ならびに天理図書館善本叢書第六十八巻『古文書集』（天理大学出版部、昭和六十一年五月）に影印公刊されている。為家の遺領播磨国細川庄地頭職の領有をめぐる、正和二年（一三一三）七月二十日付鎌倉幕府の裁許状（判決文）で、直接の争論は細川庄地頭職にあったものの、証拠書類として提出された関係文書を広く見渡して審理しているので、その中に為家の遺状類の多くが取り上げられ、断片が引用されたり、要約の形でその痕跡をとどめている。原漢文のその本文は、すでに『史籍雑纂』第一所収「冷泉族譜」（明治四十四年）、前記『国書遺芳』解題（吉田幸一氏執筆）、『日本の古文書翻刻編』（天理ギャラリー第六十五回展、昭和五十八年四月）などに翻刻があり、句読点、返点を付して訓読されてもいる。しかし、それぞれに若干のかなり重要な誤読もある。そこでまず、最も基本となるその本文を白文の形で正確に翻字して示す。しかる後、句読点・返点のほか送り仮名も付されている東京大学史料編纂所所蔵近世後期写本を参照して、私に読み下し、漢字仮名交じり文の形で読解文（校訂本文）を提示することとする。

播磨国細川庄地頭職関東裁許状（原文）

　前右衛門督家 為相卿 雑掌尚弘、与民部
　卿家 為世卿 雑掌僧覚妙、相論播磨国
　細河庄地頭職事

右、就尚弘延慶二年越訴状、被尋先度評定事書之処、令紛失之間、以覚妙陳状、召決両方輩、彼是所申枝葉雖多、所詮、当庄地頭職者、京極入道中納言家（定家卿）之所領也、入道民部卿家（為家卿）伝領之後、正元年中、雖被譲于嫡子入道大納言家（為氏卿）、条々称有不孝悔返之、文永十年七月廿四日、同十一年六月廿四日以両通状、被譲与前右衛門督家之間、任彼状、正応二年十一月七日被裁許之処、民部卿家重依被申子細、同四年八月十四日、就先判状所被下知也、而以正元髣髴先状、被破文永慇懃後状之条、違傍例之旨、尚弘令申之処、当庄者嫡子一人

（紙継）

相承之地也、如入道民部卿家正元々年十二月廿三日書状者、庄々譲進多留事、西山入道須賀佐牟料奈登云事仁成弖候浅猿佐、只嫡子知倍幾所々曽土、中納言入道殿書置勢給弖候（間々仁）、譲進弖候云々。守祖父之譲状、先日已被譲与之間、後日任其意、不可被改譲之旨、覚妙雖陳之、

中納言家遺領者、近江国吉富庄・伊勢国小河（ママ）
射賀御厨・播磨国越部庄・当庄領家職以下
数箇所也、不書載当論所名字之間、暗以彼書
札、難破後判譲状歟、而、十二月状雖無所領之名字、
如同十月廿四日譲状者、吉富庄・小河（ママ）射賀御厨・細河
庄、所譲嫡子権中納言也、此内、小河（ママ）射賀・細河庄領
家分者、上﨟御存生之間、可譲進、其後、御子息
中令立嫡子給之仁〻可返給之由、可申置也、此
間子細者、載状後日可進云々、此状為謀書之由、右
衛門督家雑掌、先度雖難之、前後状共為
自筆之間、被比校数通類書、被成実書畢、経
年序之後、尚弘及虚訴之条、難被信用之旨、覚

（紙継）

妙同雖申之、十月状者、自建治元年至正応二年、
首尾十七箇年之間、遂以不備進之、同四年越訴之
時始依進覧之、旁有疑殆、縦又雖為実書、如状者、
彼所々入道民部卿家進退任意之由所見也、以祖父之
命譲渡当庄之旨不載之、還為訴人潤色之由、尚弘
所申非無子細之間、先判棄破状頗不足証文、以当庄

可譲嫡子一人之由、有祖父之素意者、争可不被載其
子細於此譲状乎、且、如十月状者、小河(ママ)射賀・当庄領
家職、上臈二条左大臣家姫君為家卿孫女一期之間、可譲進之由載之、
如十二月状者、小河(ママ)射賀・嵯峨、上臈一期之後者、可被
返付嫡子云々、状中之子細不符合之間、両通状必
難称一具文書、加之、如覚妙所進文応元年七月廿
四日状裏書者、嫡子登弖所領奉譲事、其御身、非
他腹母仁毛、嫡子也云々、如文永九年書状者、細川請取志登
候者、(五六字破損)可譲云々、当庄事、入道民部卿
家自専之条、旁以明白之由、尚弘令申之上、自存日可
譲補当庄之由被申之時、藤大納言家辞退之条、
覚妙載陳状、令承伏畢、以祖父之譲可為領主
者、何可被固辞乎　就中、有祖父本譲之条、被載

(紙継)

十二月状之上、両方申詞一同也、正元両通状者、或無所
領之名字、或不載祖父之素意、仍以本譲状可散不
審之間、尤可出帯彼手継之処、当庄地頭職嫡子可
相伝之条、依為矯餝容隠之旨、尚弘申之処、和歌文
書以下多以北林禅尼為相卿母儀抑留訖、彼手継令紛失之

間、自元不所持之由、覚妙陳之、自余文書等者、大略
所令帯也、限祖父譲状紛失之由、難称申之上、如文応状
裏書者、加様乃事、不悔返奈土申事毛様仁与留覧土
覚候、故入道殿御文、此所波女子仁不可譲、若御前仁
此所々可被奉譲土候於見出弖、随父之遺命也、其文
進候奴留上波、不可有子細、已仁直奉譲同事歟云々、本
主之素意、被誡女子之間、至男子者不及子細之上、被
撰渡祖父手継之条、彼裏書炳焉也、紛失之由、争可遁
申乎之由、尚弘令申之処、称御文者祖父状也、令紛失
畢、号其文者、正元状也、為祖父状者、同可載御字歟之
由、覚妙雖加了見、如状文者、上下為祖父状一通之由、所
見也、随又、如覚妙所進弘安九年六月四日　院宣

(紙継)

者、播磨国細河庄事、任父祖之譲相伝領掌、不可有
相違云々、其時以祖父譲状同備上覧之条、顕然之由尚弘
申之処、謂父祖之譲者、入道民部卿家十二月状也、非本
手継之旨、覚妙雖申之、以彼書状難称祖父之譲歟、当
庄事、嫡子之外不可譲之由、不被載彼状之間、隠密之、就
庄々之詞加了見於正元状、号祖父素意、擬破文永後

状之条、無異儀、而文永両通状事、共以為自筆之処、
覚妙問答之時、始謀書之由雖称之、先年両度沙汰之
時、敢以無異論之上、如今度陳状者、或非入道民部卿
自発之由載之、或不審之旨雖号之、謀書之由不申之、
始加其難之条、不能許容、凡彼地頭職者、右大臣家御
時、為和歌御師範、入道中納言家拝領之間、家嫡之
外不可有競望之旨、覚妙又雖申之、彼薨御者
建保也、如御下文者、承久三年九月也、年紀相違之上、
縦為御師範之時雖被拝領之、右衛門督家、為子息
伝領之状、不可有豫儀、閣此等之子細、賞正元書
状、被奇(棄カ)捐文永譲状之条、正応四年之沙汰令参差

（紙継）

畢、然則、於当庄地頭職者、任文永両通譲状
并正応二年下知状、所被付前右衛門督家也、
次、如文永状之誡詞者、至子孫致違乱者、吉富庄
同可申給云々、可宛給之由、尚弘雖載越訴状、
為本所進止地之間、於関東不及其沙汰者、
依鎌倉殿仰、下知如件、
正和二年七月廿日

相模守平朝臣（花押）

（紙継）――――――――――――――――

前右衛門督家(為相卿)雑掌尚弘、与
民部卿家(為世卿)雑掌僧覚妙、
相論播磨国細河庄地頭職事
右、任去七月廿日関東御下知
可致沙汰之状如件
正和二年八月九日

越後守平朝臣（花押）
武蔵守平朝臣（花押）

播磨国細川庄地頭職関東裁許状（読解文）

前右衛門督家〔為相卿〕雑掌尚弘、民部卿家〔為世卿〕雑掌僧覚妙と、播磨国細河庄地頭職を相論する事

右、尚弘延慶二年越訴の状に就きて、先度評定の事書を尋ねらるるの処、紛失せしむるの間、覚妙陳状を以て、両方の輩を召し決す。彼れ是れ申す所の枝葉多しと雖も、所詮、当庄地頭職は京極入道中納言家〔定家卿〕の所領なり。入道民部卿家〔為家卿〕伝領の後、正元年中、嫡子入道大納言家〔為氏卿〕に譲らると雖も、条々不孝有りと称して之を悔ひ返し、文永十年七月二十四日、同十一年六月二十四日両通の状を以て、前右衛門督家に譲り与へらるるの間、彼の状に任せて、正応二年十一月七日裁許せらるるの処、民部卿家重ねて子細を申さるるに依りて、同四

年八月十四日、先判の状に就きて下知せらるる所なり。而るに、正元髣髴の先状を以て、文永慇懃の後状を破らるるの条、傍例に違ふの旨、尚弘申せしむるの処、当庄は嫡子一人相承の地なり、入道民部卿家正元々年十二月二十三日の書状の如くんば、「庄々譲り進らせたる事、西山入道すかさむ料など云ふ事に成りて候ふ浅猿さ、只嫡子知るべき所々ぞと、中納言入道殿書き置かせ給ひて候ふままに、譲り進らせて候」と云々。祖父の譲状を守りて、先日已に譲り与へらるるの間、後日其の意に任せて、改め譲らるべからざるの旨、覚妙之を陳ずと雖も、中納言家遺領は、近江の国吉富庄・伊勢の国小阿射賀御厨・播磨の国越部庄・当庄領家職以下数箇所なり。当論所の名字を書き載せざるの間、暗に彼の書札を以て、後判の譲状を破り難きか。而るに、十二月の状に所領の名字無しと雖も、同十月二十四日の譲状の如くんば、「吉富庄・小阿射賀御厨・細河庄、嫡子権中納言に譲る所なり。此の内、小阿射賀・細河庄の領家分は、上臈御存生の間、譲り進らすべし。其の後、御子息中嫡子に立たしめ給ふの仁に返し給ふべきの由、申し置くべきなり。此の間の子細は、状に載せ後日進らすべし」と云々。此の状謀書たるの由、右衛門督家雑掌、先度之を難ずと雖も、前後の状共に自筆たるの間、数通の類書を比校せられ、実書と成され畢んぬ。年序を経るの後、尚弘虚訴に及ぶの条、信用され難きの旨、覚妙同じく之を申すと雖も、十月の状は、建治元年より正応二年に至るまで、首尾十七箇年の間遂に以て之を備進せず。同四年越訴の時始めて之を進覧するに依りて、旁々疑殆あり。縦ひ又実書たりと雖も、状の如くんば、彼の所々入道民部卿家進退意に任するの由見ゆる所なり。祖父の命を以て当庄を譲り渡すの旨之を載せず、還りて訴人の潤色為るの由、尚弘申す所子細無きに非ざるの間、先判棄破の状頗る証文に足らず。当庄を以て嫡子一人に譲るべきの由祖父の素意有らば、争でか其の子細を此の譲状に載せられざるべけんや。且つ、十月の状の如くんば、「小阿射賀・当庄領家職、上臈〔二条左大臣家姫君、為家卿孫女〕一期の間、之を譲り進らすべき」の由之を載す。十二月の状の如くんば、「小阿射賀・嵯峨、上臈一期の後は、嫡子に返し付けらるべし」と云々。状中の子細符合せざるの間、両通の状必ずしも一具の文書と称し難し。しかのみならず、覚妙進ずる所の文応元年七月二十四日の状の裏書の如くんば、「嫡子とて所領譲り奉る事、其の御身、他腹の母にも非ず、嫡子なり」と云々。文永九年の書状の如くんば、「細川請け取りしと候ふ者、〔五六字破損〕譲るべし」と云々。当庄の事、入道民部卿家自専の条、旁々以て明白の由、尚弘申せしむるの上、存日より当庄を譲り補すべきの由申さるるの時、藤大納言家辞退の条、覚妙陳状に載せ、承伏せしめ畢んぬ。祖父の譲りを以て領主たるべき者、何ぞ固辞せらるべけんや。就中、祖父の本譲り有るの条、十二月の状に載せらるるの上、両方申す詞一同なり。正元両通の状は、或いは所領の名字無く、或いは祖父の素意を載せず。仍りて本譲状を以て不審を散ずべきの間、尤も彼の手継を出帯すべきの処、当庄地頭職嫡子相伝すべきの条、容隠を矯飭せんと為るに依るの旨、尚弘之を申す処、和歌文書以下多く以て北林禅尼〔為相卿母儀〕抑留し訖んぬ。彼の手継紛失せしむるの間、元より所持せざるの由、覚妙之を陳ず。自余の文書等は、大略帯せしむる所なり。祖父の譲状に限りて紛失の由、之を称し申し難きの上、文応の状の裏書の如くんば、「か様の事、悔ひ返さずなど申す事も様によるらんと覚え候ふ。故入道殿の御文に『此の所は女子に譲るべからず。若御前に此の所々譲り奉らるべし』と候ふを見出して、父の遺命に随ふなり。其の文進らせ候ひぬる上は、子細有るべからず、已に直ちに譲り奉ると同じ事か」と云々。本主の素意女子を誡めらるるの間、男子に至りては子細に及ばざるの上、祖父の手継を撰び渡さるるの条、彼の裏書に炳焉なり。紛失の由、争でか遁れ申すべきやの由、尚弘之を申さしむるの処、「御文」と称するは祖父の状なり。紛失せしめ畢んぬ。「其の文」と号するは、正元の状なり。祖父の状為らば、同じく御字を載すべき歟の由、覚妙了見を加ふと雖も、状の文の如くんば、上下祖父の状一通為るの由、見ゆる所なり。随ひて又、覚妙進ずる所の弘安九年六月四日の院宣の如くんば、「播磨の国細河の庄の事、父祖の譲りに任せて相伝・領掌、相違有るべからず」と云々。其の時祖父の譲状を以て同じく上覧に備ふるの条、顕然の由尚弘之を申す処、父祖の譲りと謂ふは、入道民部卿家十二月の状なり。本手継に非ざるの旨、覚妙之を申すと雖も、彼の書状を以て祖父の譲りとは称し難きか。当庄の事、嫡子の外譲るべからざるの由、彼の状に載せられざるの間、之を隠密す。庄々の詞に就きて正元の状に了見を加へ、祖父の素意と号し、文永の後状を破らんと擬するの条、異なる儀無し。而るに、文永両通の状の事、共に以て自筆為るの処、覚妙問答の時、始めて謀書の由之を称すと雖も、先年両度沙汰の時、敢て以て異論無きの上、今度の陳状の如くんば、或いは入道民部卿自発に非ざるの由之を載せ、或いは不審の旨之を号すと雖も、謀書の由は之を申さず、始めて其の難を加ふるの条、許容する能はず。凡そ彼の地頭職は、右大臣家の御時、和歌御師範と為て、入道中納言家拝領の間、家嫡の外競望有るべからざるの旨、覚妙又之を申すと雖も、彼の甍御は建保なり。御下し文の如きは、承久三年九月なり。年紀相違の上、縦ひ御師範為るの時之を拝領せらると雖も、右衛門督家、子息と為て之を伝領の状、豫の儀有るべからず。此れ等の子細を閣きて、正元の書状を賞し、文永の譲り状を棄捐せらるるの条、正応四年の沙汰参差せしめ畢んぬ。然らば則ち、当庄地頭職に於ては、文永両通の譲状并びに正応二年の下知状に任せて、前右衛門督家に付けらるる所なり。次で、文永の状の誡詞の如くんば、「子孫に至りて違乱を致さば、吉富庄同じく申し給ふべし」と云々。宛て給ふべきの由、尚弘越訴の状に載すと雖も、本所進止の地為るの間、関東に於ては其の沙汰に及ばずといへり。鎌倉殿の仰せに依りて、下知すること件の如し。

正和二年七月二十日　相模守平朝臣（花押）

前右衛門督家〔為相卿〕雑掌尚弘、民部卿家〔為世卿〕雑掌僧覚妙と、播磨の国細河の庄地頭職を相論する事

右、去んぬる七月二十日の関東御下知に任せて、沙汰を致すべきの状件の如し。

正和二年八月九日

越後守平朝臣（花押）

武蔵守平朝臣（花押）

三　融覚（為家）譲状のすべて

この裁許状中に見える融覚（為家）の譲状・書状は、以下のとおりである。

①　正元元年（一二五九）十月二十四日譲状
②　正元元年（一二五九）十二月二十三日書状
③　文応元年（一二六〇）七月二十四日状
④　文永九年（一二七二）書状
⑤　文永十年（一二七三）七月二十四日状
⑥　文永十一年（一二七四）六月二十四日状

一方、現存する融覚（為家）の譲状・書状は、以下のとおりである。

1　文永五年十二月十九日付　阿仏御房宛融覚譲状（冷泉為人氏所蔵）
2　文永六年十一月十八日付　融覚為氏悔返譲状（為氏去状付随）（東京国立博物館所蔵）
3　文永九年八月二十四日付　侍従殿（為相）宛融覚譲状（冷泉為人氏所蔵）
4　文永十年七月十三日付　前藤大納言殿（為氏）宛融覚書状案（為相筆写本）（冷泉家時雨亭文庫所蔵）
5　文永十年七月二十四日付　阿仏御房宛融覚譲状（冷泉為人氏所蔵）
6　文永十一年六月二十四日付（阿仏御房宛）融覚譲状（冷泉為人氏所蔵）

裁許状中の⑤と⑥は、現存する融覚（為家）譲状の5と6に相当する。いま、両者を合わせて時間軸に沿って整序し（漢数字の通し番号を付す）、裁許状中に見える文書は、摘録されるその文言等の全てと、併せて後続文書中の該当文言をも抜き出して示し、現存文書は、2は東京国立博物館貸与の写真画像により、それ以外は最近公刊された

『冷泉家古文書』所収図版によって、その全容を示すことにする。『冷泉家古文書』には、巻末にまとめて釈文が掲示されていて、読みについてはほとんど完璧であると見えるが、なお少しく異議の存するところも残っているので、正確な［本文］を掲げた上、漢字をあて、送り仮名を補い、歴史的仮名遣いに統一した［校訂本文］を示すことにする。

一　正元元年十月二十四日譲状

＊十二月の状に所領の名字無しと雖も、同十月二十四日の譲状の如くんば、「吉富庄・小河(ママ)射賀御厨・細河庄、嫡子権中納言に譲る所なり。此の内、小河(ママ)射賀・細河庄の領家分は、上臈御存生の間、譲り進らすべし。其の後、御子息中嫡子に立たしめ給ふの仁に返し給ふべきの由、申し置くべきなり。此の間の子細は、状に載せ後日進らすべし」と云々。此の状謀書たるの由、右衛門督家雑掌、先度之を難ずと雖も、前後の状共に自筆たるの間、数通の類書を比校せられ、実書と成され畢んぬ。

＊十月の状は、建治元年より正応二年に至るまで、首尾十七箇年の間遂に以て之を備進せず。同四年越訴の時始めて之を進覧するに依りて、旁々疑殆あり。縦ひ又実書たりと雖も、状の如くんば、彼の所々入道民部卿家進退意に任するの由見ゆる所なり。祖父の命を以て当庄を譲り渡すの旨之を載せず、還りて訴人の潤色為るの由、尚弘申す所子細無きに非ざるの間、先判棄破の状頗る証文に足らず。当庄を以て嫡子一人に譲るべきの由祖父の素意有らば、争でか其の子細を此の譲状に載せられざるべけんや。且つ、十月の状の如くんば、「小河(ママ)射賀・当庄領家職、上臈〔二条左大臣家姫君、為家卿孫女〕一期の間、之を譲り進らすべき」の由之を載す。十二月の状の如くんば、「小河(ママ)射賀・嵯峨、上臈一期の後は、嫡子に返し付けらるべし」と云々。状中の子細符合せざるの間、両通の状必ずしも一具の文書と称し難し。

二　正元元年十二月二十三日書状

＊入道民部卿家正元々年十二月二十三日の書状の如くんば、「庄々譲り進らせたる事、西山入道すかさむ料など云ふ事に成りて候ふ浅猿さ、只嫡子知るべき所々ぞと、中納言入道殿書き置かせ給ひて候ふままに、譲り進らせて候」と云々。祖父の譲状を守りて、先日已に譲り与へらるるの間、後日其の意に任せて、改め譲らるべからざるの旨、覚妙之を陳ずと雖も、中納言家遺領は、近江の国吉富庄・伊勢の国小河(ママ)射賀御厨・播磨の国越部庄・当庄領家職以下数箇所なり。当論所の名字を書き載せざるの間、暗に彼の書札を以て、後判の譲状を破り難きか。而るに、十二月の状に所領の名字無しと雖も、

＊十月の状の如くんば、「小河(ママ)射賀・当庄領家職、上臈〔二条左大臣家姫君、為家卿孫女〕一期の間、之を譲り進らすべき」の由之を載す。十二月の状の如くんば、「小河(ママ)射賀・嵯峨、上臈一期の後は、嫡子に返し付けらるべし」と云々。

＊就中、祖父の本譲り有るの条、十二月の状に載せらるるの上、

＊正元両通の状は、或いは所領の名字無く、或いは祖父の素意を載せず。

三　文応元年七月二十四日状

＊覚妙進ずる所の文応元年七月二十四日の状の裏書の如くんば、「嫡子とて所領譲り奉る事、其の御身、他腹の母にも非ず、嫡子なり」と云々。

＊文応の状の裏書の如くんば、「か様の事、悔ひ返さずなど申す事も様によるらんと覚え候ふ。故入道殿の御文に『此の所は女子に譲るべからず。若御前に此の所々譲り奉らるべし』と候ふを見出して、父の遺命に随ふなり。

其の文進らせ候ひぬる上は、子細有るべからず、已に直ちに譲り奉ると同じ事か」と云々。

＊六十の後、法師の家出で申し勧めて、あさましく候ひし時、父に突かせ給ひたりとて、世には不孝の義にて、出仕も叶ふまじき様に聞え候ひし時、老の身一つは如何でも候ひなんとて、細川悔ひて、小阿射賀切て候ひなんとて、宗との吉富は進らせ候ひにき。その序でに、遂に進らすべき文書どもをさへ、ただ疾く進らせ置けと、阿房も御ため良き事をのみ申し候ひしかば、譲状細かに書きて進らせ候ひき。いささかも融覚が心に違はせ給はば、その義候ふまじき由をも、裏書きまで認めて進らせ候ひき。（文永十年七月十三日状）

＊相伝の家領ども、融覚一期の後、嫡子大納言に譲るべき由思ひて、かつがつ譲状などを遣はして候ふ内、宗との近江の吉富庄をば、まづ当時の出仕以下の料に充てて、既に譲り渡し候ひぬ。（文永十年七月二十四日状）

＊かやうに侮づり候ふ友弘も思ひや知り候ふ、又祢宜が恩をも報ひて、辱をや雪ぎ候ふとて、吉富庄取り候ひぬるぞ。その料にこそ、進らせ候ひし譲文の裏にも、心に違ふ事あらば取り返すべき由、書き載せて候ひしかばとて、やがて吉富へ人を下し遣はして候ひしを、（文永十年七月二十四日状）

＊大方大納言に庄どもの文書譲り候ひし状にも、かく申したりとも心に違ふ事あらばその儀あるまじき由書き載せ候ひし時に、没後にて候ふとも、申し置く命を違へ候はば、取り返すべき道理を申し置き候ふなり。（文永十年七月二十四日状）

＊嵯峨住みの初め、大納言に譲り候ふ文にも、裏に心に違はば取るべき由書きて候ひき。（文永十一年六月二十四日状）

四　文永五年十二月十九日付　阿仏御房宛融覚譲状

［本文］

（袖書）
さきにもかきてまいらせ候しと
おほえ候　小阿さかのあつかり所しき
子孫さうてんせさせ候へと
申しをき候　中にも
させる／あやまち／候ハすハ
大夫為相ニ／ゆつらせ／給へく候

伊勢国小阿射賀御厨の預所職
并地頭代官　御はゝ　孝弘母　存日の
ほとハさてをきて候　そのゝちは御はゝ
か定ニ　安嘉門院右衛門佐殿　阿仏房　その御沙汰にて候へし　をのこ子
三人うミて　けふまてさておハしまし
候思いてに　まいらせ候也　大納言にも
よく〳〵申したゝめて候　おほかた
融覚か子孫とて候ハんものゝ　この
事たかへまいらせ候ハん時ハ　京かま
くらへも申て　領家職をもとらせ
（紙継）
給へく候　又不断経の事ハしめ
をき候ぬるハ　一向に無上菩提のためと
思て候　候ハさらんのちの孝養　他の

冷泉為人氏所蔵「藤原為家譲状」（重文）　第一状(1)

追善ハいかても候なん この経の事
たいてんなきやう二たすけさたせ
よと 大納言にも申をき候也 又
あとをもつき 庄ひとつをもしり
候ハん子まこのすゑ〳〵まても おな
しくこのよしを思かへし 返々
かく申をき候事 さうゐあるへ
からす候 あなかしこ〳〵
文永五年十二月十九日　融覚
（融覚花押）
阿佛御房へ

［校訂本文］

伊勢の国小阿射賀御厨の預所職、並びに地頭代官、御ばば［孝弘母］存日のほどはさて置きて候ふ。その後は御ばばが定めに、安嘉門院右衛門佐殿、阿仏房その御沙汰にて候ふべし。男子三人産みて、今日までさておはしまし候ふ思ひいでに、進らせ候ふなり。大納言にもよくよく申し認めて候ふ。おほかた、

冷泉為人氏所蔵「藤原為家譲状」（重文）　第一状(2)

融覚が子孫とて候はん者の、この
事違へまゐらせ候はん時は、京鎌
倉へも申して、領家職をも取らせ
給ふべく候ふ。又、不断経の事はじめ
おき候ひぬるは、一向に無上菩提のためと
思ひて候ふ。候らはざらん後の孝養、他の
追善は如何でも候ひなん、この経の事
退転なきやうに扶け沙汰せ
よと、大納言にも申しおき候ふなり。又
跡をもつぎ、庄ひとつをも領り
候はん子孫の末々までも、同
じくこの由を思ひかへし、返す返す
かく申しおき候ふこと、相違あるべ
からず候ふ。あなかしこ、あなかしこ。

文永五年十二月十九日　　融覚（融覚花押）

阿佛御房へ

（袖書）前にも書きて進らせ候ひしと覚え候ふ、小阿射賀の預所職、子孫相伝せさせ候へと申し置き候ふ。
中にも、させる過ち候はずは、大夫為相に譲らせ給ふべく候ふ。

五1　文永六年十一月十八日付　融覚為氏悔返譲状

［本文］

播磨國越部下庄　もとは
大納言殿ニゆつりて候しかとも
老のゝちたいふいてきて　ふひんニ
おほえ候へハ　大納言殿ニこの一所を
こひうけて　さりふミとりて　大夫
為相にゆつりわたし候　相傳して
さうゐなくしらせ給へく候　代々
相傳の所にて候へハ　他家へゆつりつか
はすましく候　あなかしこ〱
文永六年十一月十八日　七十二入道（融覚花押）
嫡子前大納言（為氏花押）

［校訂本文］

播磨の國越部下庄、もとは
大納言殿に譲りて候ひしかども、
老の後大夫出できて、不憫に
覚え候へば、大納言殿にこの一所を

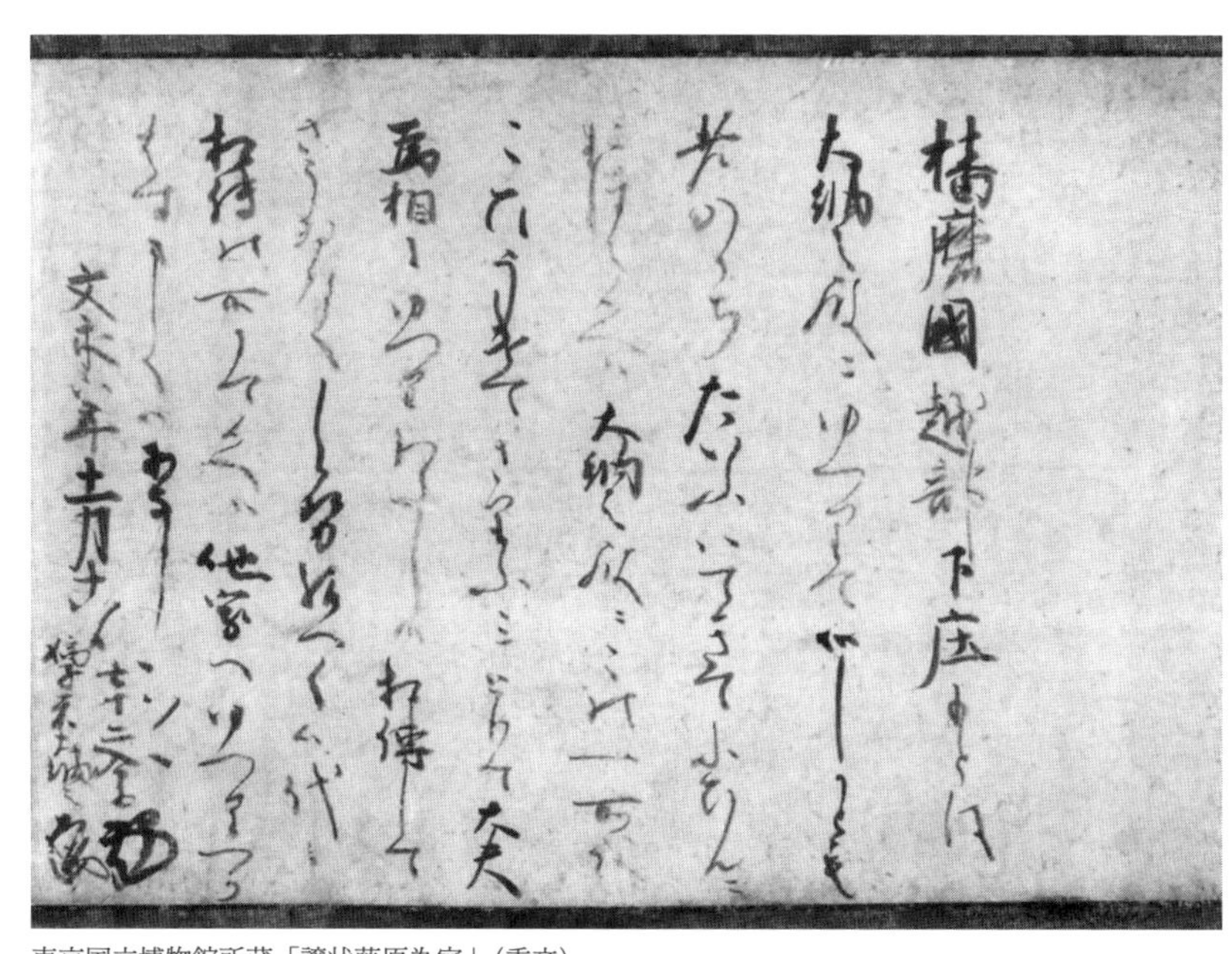

東京国立博物館所蔵「譲状藤原為家」（重文）

乞ひ請けて、去り文取りて、大夫為相に譲り渡し候ふ。相伝して、相違なく領らせ給ふべく候ふ。代々相伝の所にて候へば、他家へ譲り遣はすまじく候ふ。あなかしこ、あなかしこ。

文永六年十一月十八日　七十二入道（融覚花押）
嫡子前大納言（為氏花押）

五2　文永六年十一月十八日付　為氏去状

［本文］

播磨國越部下庄をは　大夫
殿 為相 ニゆつりさり進候　一向
に御沙汰候へし　やかて御相傳
候へく候　一切不可有相違候　さて
大夫殿もし子ももたぬ人にて
他人にたふほとならハ　為氏か
子まこのあひたに　御子にして
ゆつりたひ候へし　ゆめ〳〵
相違あるへからす候　あなかしこ

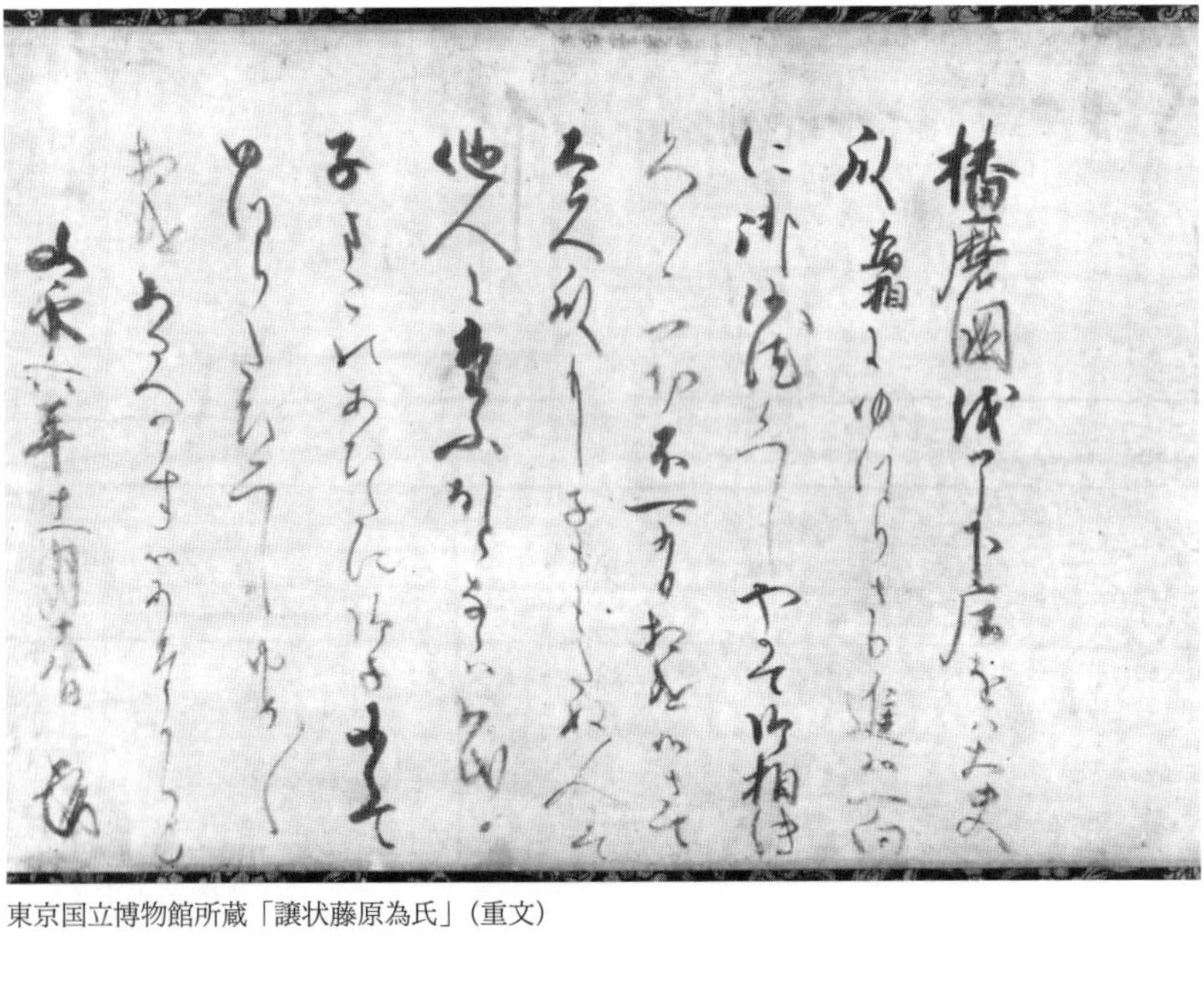

東京国立博物館所蔵「譲状藤原為氏」（重文）

文永六年十一月十八日　（為氏花押）

［校訂本文］

播磨の國越部下庄をば、大夫殿為相に譲り去り進らせ候ふ。一向に御沙汰候ふべし。やがて御相伝候ふべく候ふ。一切相違あるべからず候ふ。さて、大夫殿もし子も持たぬ人にて、他人に賜ぶほどならば、為氏が子・孫の間に、御子にして、譲り賜び候ふべし。ゆめゆめ相違あるべからず候ふ。あなかしこ。

文永六年十一月十八日　（為氏花押）

六　文永九年書状

＊覚妙進ずる所の文応元年七月二十四日の状の裏書の如くんば、「嫡子とて所領譲り奉る事、其の御身、他腹の母にも非ず、嫡子なり」と云々。文永九年の書状の如くんば、「細川請け取りしと候ふ者、（五六字破損）譲るべし」と云々。

七　文永九年八月二十四日付　侍従為相宛融覚譲状

［本文］

相伝和歌文書等　皆悉
為相ニゆつりわたし候　目六同
副遣　返々あたなるましく候
あなかしこ〳〵
　　文永九年八月廿四日　　　融覚（融覚花押）
侍従殿

［校訂本文］

相伝の和歌文書等、皆悉く
為相に譲りわたし候ふ。目六同じく
副へ遣はす。返す返すあだなるまじく候ふ。
あなかしこ、あなかしこ。
　　文永九年八月廿四日　　　融覚（融覚花押）
侍従殿

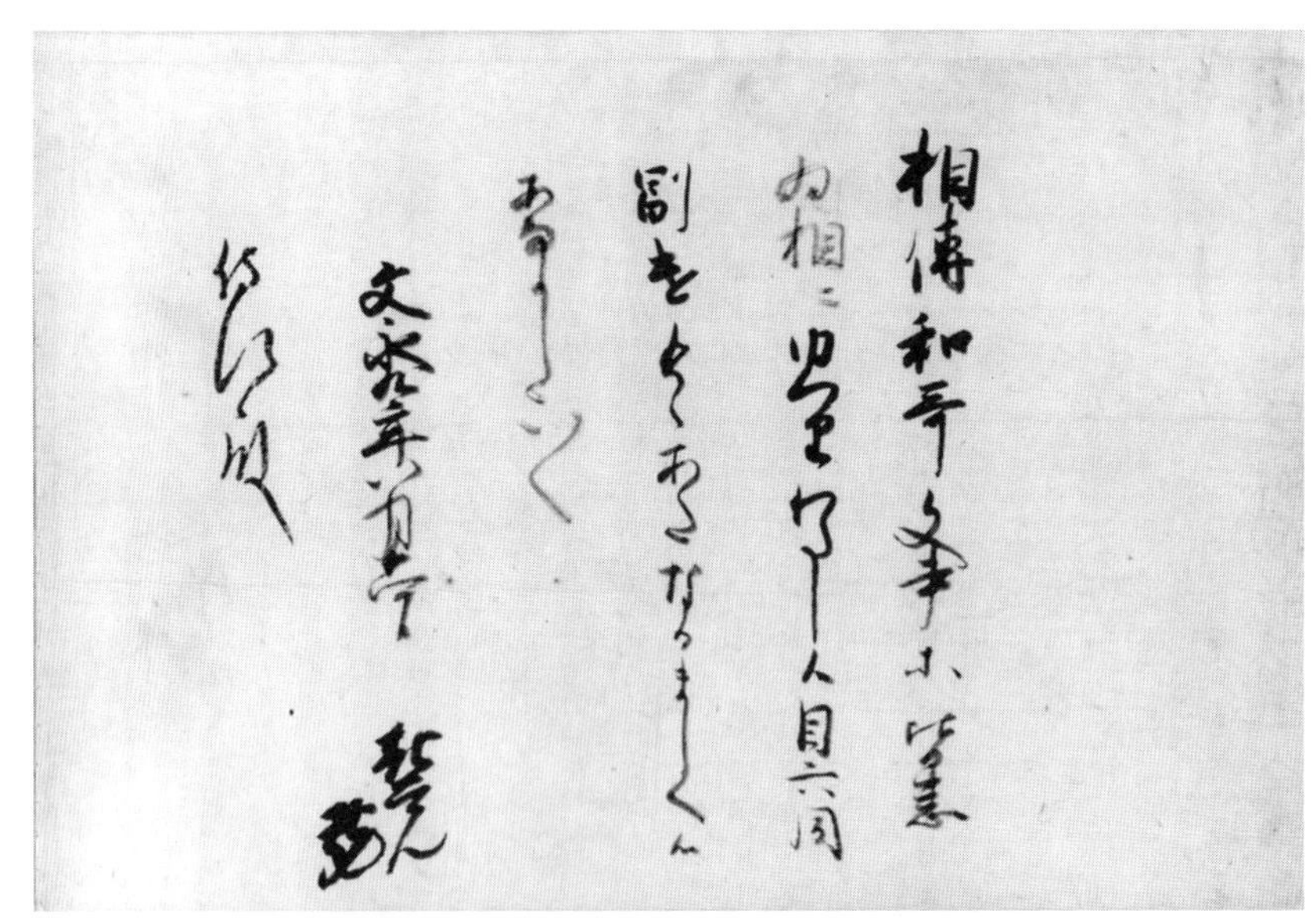
相伝和歌文書等　皆悉
為相ニゆつりわたし候　目六同
副遣　返々あたなるましく候
あなかしこ〳〵
文永九年八月廿四日　融覚
侍従殿

冷泉為人氏所蔵「藤原為家譲状」（重文）　第二状

八　文永十年七月十三日付　前藤大納言為氏宛融覚書状案

［本文］

ひゝ忠直　えんふかくほうあてたく候ける
序に　年ころ四十余年同宿の入道家
の中に候てハ　思ふさまのまつりことしにくゝ思
候けるやらん　六十のゝちはふしの家いて申すゝ
めてあさましく候し時　父につかせ給たりとて　世にハ
不孝の義にて出仕もかなふましき様にきこえ候
しとき　老の身ひとつハいかても候なんとて　細川
くひて小阿射賀きて候なんとて　むねとの吉富ハ
まいらせ候にき　そのついてにつゐにまいらすへき文書
ともをさへ　たゝとくまいらせをけと　阿房も御ためよき
事をのみミ申候しかハ　ゆつり状こまかにかきてまいらせ
候き　いさゝかも融覚か心にたかハせ給ハゝ　その義
候ましきよしをも　うらかきまてしたゝめて進候き　さて
さふらハさらんあとまてもたのもしく思まいらせてすき候
ほとに　思かけぬひめ宮いてきさせおハしまし候ハんする
かねてよりやゝせと申候物そねミ悪心の人ハけあら

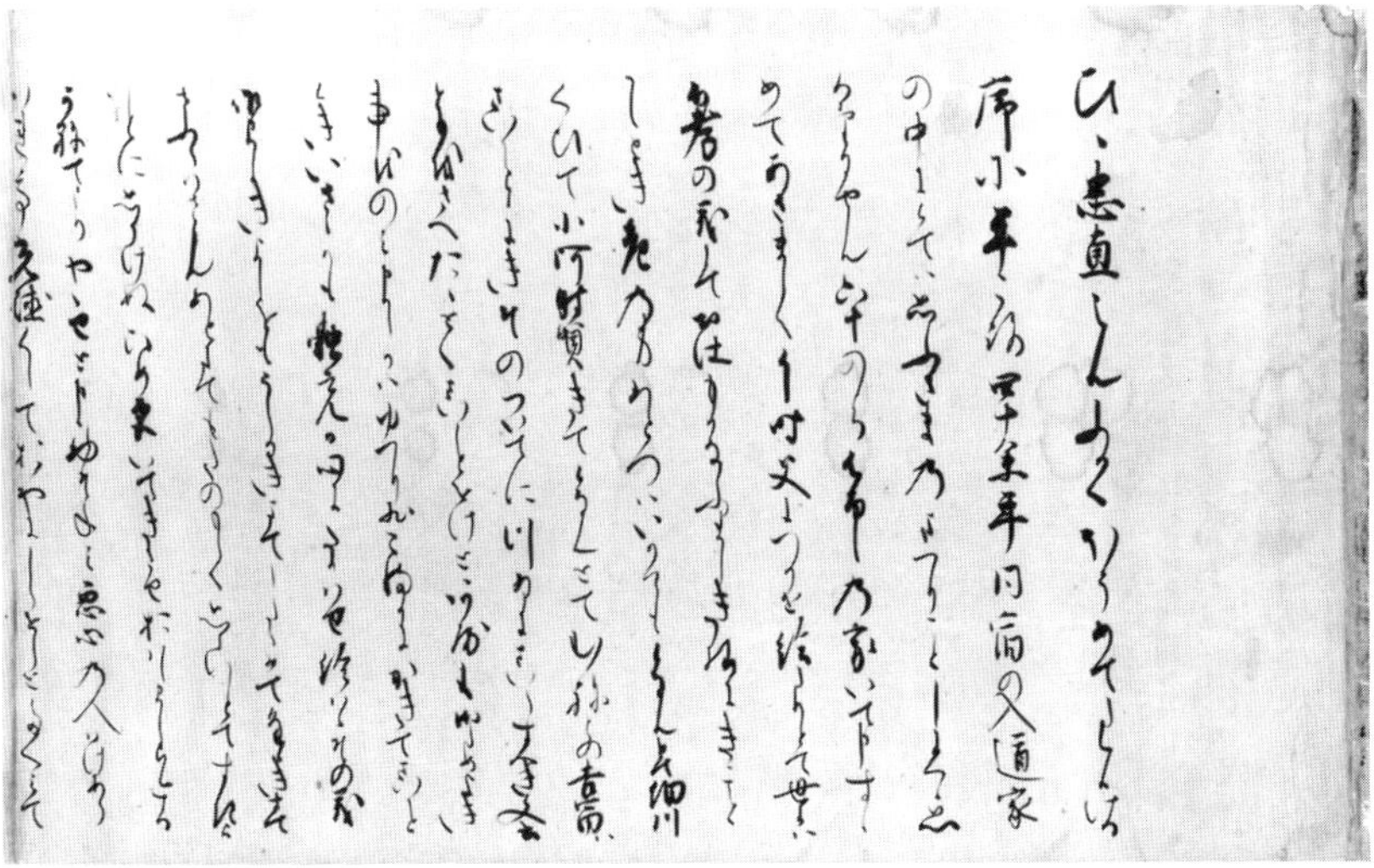

冷泉家時雨亭文庫蔵「融覚藤原為家書状案」（冷泉為相筆）　(1)

ハれて　光徳くしておやにしらせしとたくミて
（紙継）
中院にこもり居て候し程に　大貳殿をさへおなし
さまにおひきをきて候し　文永九年の夏秋のほと
それにもさかの御かよひもしけく候しほとに　いかなる
空事とも申きかせられて候しやらむ　これへおハし
まし候たひにハ　いまたおほえぬほとの御悪口なとを
たひ〳〵うけ給候し　あきれておほえ候き　又友弘吉富
とられまいらせて　宮このうちにもあんとしかたきよし
なく〳〵申候しかハ　一年中八箇月いのちにあて〻候細河庄
あやうなから申つけ候き　案のことくいのちいくへき
やうにも沙汰し候ハさりしかハ　しあつかひ候て　代官大手房か
許より　いのちいくほとの事ハ　すくにさたせさせよと申候し
ハたとそれへうたへ申候て　又おそろしく候き　河尻へ
御ともし候とて　いかめしくあらき御文もてまうてきて
候と　事きらひからせてさり候し事　ふつうのおや子
主従の礼にハたかひたる様に覚候き　何事もいのち
なかくてか〻る事をも見き〻候かと思候しかハ　細川（新兵衛尉隆元事也　号小冠者）
まいらせ候にき　それにつきてこそ　小冠者一人も

冷泉家時雨亭文庫蔵「融覚藤原為家書状案」（冷泉為相筆）　(2)

つかひ候へ　これにハかしらそりつめきるもの（人）候ハすとも
まいれとて　まいらせ候き　そのおり　かきりあるいのちを
人にいそかれて見ぬ世の事をかねてしりぬるとハ
よミて候しとおほえ候　とくしねかし　まいらんと思て
ふるまひ候しおりの事に候　さてそのゝちハ　生きて候世

（紙継）

なをかく候　ましていきたえ身かくれ候なんのち　あとゝハるへき
人もおほえ候ハねハ　よきついてに日吉に百日候て　後生の
事申候ハんとて思たち候き　年ことに二季に七日こもり
御とのひらきに連り候ふ　雑事さすか吉田よりしつけて
候へハ　二三七日かほとゝ申候し　わつかに十日　猶あさましき事
ともにて薬師（やくし）（友弘下人也）にけかへり候き　やゝみこ見候けん　さり
とてハとて一期所作申あけて　逆修にもと思てくひし
ハり仿しほとに　称宜をハしめてむたうかりて　百日いのち
いきて帰て候　存のほかに候　しに候て水うミになけ入
よとこそ思候しほとに　かへりて餓死しぬへけれハ　又むつかしく
申候　百日かするゝ十日さたせよと申て候へハ　返事もし候ハて
御免うれしく候と　申もし候ハぬ事をさへ申て候き
法眼なとかめんして候けるやらん　又いて候ハんするれうに

冷泉家時雨亭文庫蔵「融覚藤原為家書状案」（冷泉為相筆）　(3)

馬草力者の事申て候し　正たい候はす　吉富庄持て候と
人しりて候に　宮こもりのやにて候しハちかましさ
又百日まて思たち候しも　かつハ細川にも年貢の外に
引田とかや申物もたしかに候き　吉富候へハさすかよも
見すてられ候ハしと　身をも神慮をもたのミて思たち候し
ほとに　存の外にてすき候ぬ　大方逆修なと申候ハゝ
仏事一をもしそへてたふまての事にて候ハ　はしめ吉富
にていのちいけ申ことといのるハからひ許はなとかと思候しも
その義さん〳〵にてすき候ぬ　それにハ国もまいりて候
細河もめされて候　殿よりも丹後三箇庄まいりたりと

（紙継）

承候　友弘又国目代ゆゝしくきこえ候　七十六老法師
子とも　わつかなる従者とも　たゝいま餓死し候なは
その御恥にて候　八王子造営の神事も御ハゝかりに
成候なん　かつハ仏神三宝照覧も御不孝に
なり候ハんもいたハしく候へハ　道理つよく思きり候て
吉富庄申うけて　かつハひんきの所にても候へハ
坂本辺の人にたひ候て　とかくひをきて　候つる物をも
かへし　ハちをもすゝきたく候　又心にかなハぬのこりの

冷泉家時雨亭文庫蔵「融覚藤原為家書状案」（冷泉為相筆）　(4)

いのちをやしなひ候ハんとて　吉富庄ハ申うけ
候ぬるぞ　ゝのよしを御心え候へく候　謹言
文永十年七月十三日　判
前藤大納言殿
送此状之処　仰天之旨有返報
其文自筆也（藤大納言入道）
毎日哥中　文永九年十月十二日
いとハるゝなかきいのちのおもはすに
猶なからへハ子ハいかにせん　こハいかにせん　書子字之条　在人口歟
又云
ふるさとに千代もとまてハおもはすと
とミのいのちをとふ人もかな
（紙継）
是ハ日吉参籠之時　不加扶持候時歌也
此外数首猶在之　内三首ハ
雖不及引見候　以此一両首／可足歟／
不孝所見分明候哉

［校訂本文］

日比忠直、縁深く、俸宛てたく候ける序でに、年ごろ四十余年同宿の入道、家の中に候ひては、思ふ様(さま)のまつりごとし難(にく)く思ひ候ひけるやらん、六十の後、法師の家出で申し勧めて、あさましく候ひし時、父に突かせ給ひたりとて、世には不孝の義にて、出仕も叶ふまじき様に聞え候ひし時、老の身一つは如何でも候ひなんとて、細川悔ひて、小阿射賀切て候ひなんとて、宗との吉富は進らせ候ひにき。その序でに、遂に進らすべき文書どもをさへ、ただ疾く進らせ置けと、阿房も御ため良き事をのみ申し候ひしかば、譲状細かに書きて進らせ候ひき。いささかも融覚が心に違はせ給はば、その義候ふまじき由をも、裏書きまで認めて進らせ候ひき。さて候らはざらん後(あと)までも頼もしく思ひ参らせて過ぎ候ふほどに、思ひがけぬ姫宮出で来させおはしまし候はんずる。予てよりややせと申し候ふ、物そねみ悪心の人化け現れて、光徳具して、親に知らせじと企みて、中院に籠り居て候ひし程に、大貳殿をさへ同じ様に誘き置きて候ひし、文永九年の夏秋のほど、それにも嵯峨の御通ひも繁く候ひしほどに、如何なる空事ども申し聞かせられて候ひしやらむ、これへおはしまし候ふ度には、未だ覚えぬほどの御悪口などを、度々うけ給はり候ひし。あきれて覚え候ひき。又友弘、吉富取られ参らせて、宮この内にも安堵し難(がた)き由、泣く泣く申し候ひしかば、一年の中八箇月命に充てて候ふ細川庄、危ふながら申しつけ候ひき。案の如く命生くべき様にも沙汰し候はざりしかば、し扱ひ候ひて、代官大手房が許より、命生くほどの事はすぐに沙汰せさせよと申し候ひし。はたとそれへ訴へ申し候ひて、又恐しく候ひき。河尻へ御供し候ふとて、厳めしく荒き御文持て詣で来て候ふと、事嫌ひがらせて去り候ひし事、普通の親子・主従の礼には違ひたる様に覚え候ひき。何事も命長くてかかる事をも見聞き候ふかと思ひ候ひしかば、細川進らせ候ひにき。それにつきてこそ、小冠者（傍記「新兵衛尉隆元の事也、号小冠者」）一人も使ひ候へ、これには頭剃り爪切る人候はずとも、参れとて進らせ候ひき。その折、「限りある命を人に急がれて見ぬ世の事を予て知りぬる」とは詠みて候ひしと覚え候ふ。疾く死ねかし、参らん、と思ひて振舞ひ候ひし折の事に候ふ。さてその後は、生きて候ふ世なほかく候ふ、まして息絶え身隠れ候ひなん後、後とはるべき人も覚え候はねバ、よき序でに日吉に百日候ひて、後生の事申し候はんとて、思ひ立ち候ひき。年毎に二季に七日籠り、御戸の開きに連なり候ふ。雑事さすが吉田よりし付けて候へば、二三七日がほどと申し候ひし、僅かに十日、猶あさましき事どもにて、薬師（傍記「やくし、友弘下人也」）逃げ帰り候ひき、やや巫女見候ひけん。さりとてはとて、一期の所作申しあげて、逆修にもと思ひて、首縛り彷ひしほどに、称宜を始めて無道がりて、百日命生きて帰りて候ふ。存の外に候ふ。死に候ひて水海に投げ入れよとこそ思ひ候ひしほどに、帰りて餓死しぬべければ、又難しく申し候ふ。百日が末十日沙汰せよと申して候へば、返事もし候はで、御免うれしく候ふと、申しもし候はぬ事をさへ申して候ひき。法眼などか免じて候ひけるやらん。又出で候はんずる料に、馬草力者の事申して候ひし。正体候はず。吉富庄持ちて候ふと人知りて候ふに、宮籠りの屋にて候ひし恥ぢがましさ、又百日まで思ひ立ち候ひしも、かつは細川にも年貢の外に引田とかや申す物も確かに候ひき。吉富候へば、さすがよも見捨てられ候はじと、身をも神慮をも頼みて思ひ立ち候ひしほどに、存の外にて過ぎ候ひぬ。大方逆修など申し候はば、仏事一つをもし副へて賜ぶまでの事にて候へば、初め吉富にて命生け申すこと祈る計らひ許はなどかと思ひ候ひしも、その義散々にて過ぎ候ひぬ。それには国も参りて候ふ、細川も召されて候ふ、殿よりも丹後三箇庄参りたりと承はり候ふ。友弘又国の目代ゆゆしく聞え候ふ。七十六の老法師、子供、僅かなる従者ども、只今餓死し候ひなば、その御恥にて候ふ。八王子造営の神事も御憚りに成り候ひなん。かつは仏神三宝の照覧も、御不孝になり候はんも労はしく候へば、道理強く思ひ切り候ひて、吉富庄申し請けて、かつは便宜の所にても候へば、坂本辺の人に賜び候ひて、科悔ひ置きて、候ひつる物をも返し、辱をも雪ぎたく候ふ。又心に叶はぬ残りの命を養ひ候はんとて、吉富の庄は申し請け候ひぬるぞ。その由を御心得候ふべく候ふ。謹言

文永十年七月十三日　　　　　　　　　　判

前藤大納言殿

此状を送るの処、仰天の旨返報有り。其の文自筆（傍記「藤大納言入道」）なり。

毎日哥中　文永九年十月十二日

厭はるる長き命の思わずになほながらえへば子はいかにせん

「子はいかにせん」、「子」の字を書くの条、人口に在るか

又云

故郷に千代もとまでは思はずととみの命を訪ふ人もがな

是は日吉参籠の時、扶持を加へず候ふ時の歌なり。此の外数首、猶これ在り。内三首は、引見に及び候ばずと雖も、此の一両首を以て足るべきか。不孝の所見分明に候ふ哉。

九　文永十年七月二十四日付　阿仏御房宛融覚譲状

［本文］

（端裏）阿佛御房へ　　　　　　融覚

相伝の家領とも　融覚一期のゝち嫡子大納言に

ゆつるへきよし思て　かつ〳〵ゆつり状なとをつかハし

て候うち　むねとの近江の吉富庄をハ　まつ当時の出仕以下

のれうにあてゝ　すてにゆつりわたし候ぬ　そのほかの所〳〵ハ
いくほとなき所ともにて候へハ　のこりのいのちをもつく
たよりと思て候に　いまやとまたれ候なから　思のほかに
なからへ候とし月を　心もとなく思候やらん　たうし
より細川の庄のあつかり所ニいろひ　事にふれてわか物
かほにして　きゝにくき悪口をもはゝからす候事共
人臣の礼をもわすれ　孝行のみちにもそむくやうニ
候につけてハ　家をつき名をつたへん事　見さらむ
世のゝちわか心にまかせなハ　いかゝとうしろめたくて　かつハ
心のほとをも見はてんれうに　いのちのゝちこそ
やくそく申しかと　細川庄たうしよりまいらす
この庄をもちて　一年八箇月かたのことく相節

（紙継）

にあてゝ　いのちいくる所なれと　あるにつけてハうるさく　わつら
ハしき事のミあれハとて　はゝめなからなけかけ候を　すこ
しもはゝからす　次郎左衛門資親とかやにたひて　ゆゝし
く公用へさせて　庄務して　父いまた存在せりやとたに
もとふことハたになくて　けらはらたてハつくミよろこふとかや
とて　月日かさなるまゝにハ　いとはるゝいのちなかさもねか

冷泉為人氏所蔵「藤原為家譲状」（重文）　第三状(1)

ひのまゝにきはまりぬへく候しかハ　かつハ冣後の
逆修と思て　一期の所作をも申あけ　又身のありさま
をもなけき申さんと思て　たよりをよろこひてミやし
ろに百日参籠を思たち候き　おさなき小男とも
ひきくし候しかハ　たひのそらかたく〳〵あふなくおほえ候し
かと　細川にも年貢のほかに引田とかやとて　これへさたし
たふへき物たしかに候　又吉富候へハ　さすか人めはかりにも
大納言見はなち候ハし　又むかしより廿四日ハ　故入道殿
時より四季にこもり月まうてなとの事ハ　かきりありてし
つけられたる事にて候　友弘かおやおほちさたせし事
なれハ　友弘さためて存知したるらんなと　身をも人をも
たのミて候しほとに　下人薬師おとこをもて　かたのことく
十日ハかりさたするよしにて　うちすて候しほとに　申す
はかりなきありさまにて候しをきゝて　祢宜成賢とふらひ
なとして　からくして百日をもこし候き　物こり
（紙継）
せす下かうのころ十日ハかり　又むかへの力者の事　馬草なと
友弘に申て候しかとも　はてにハ　この事とも御めんうれ
しなときやうまんしておこつき候しうへは　とかく

冷泉為人氏所蔵「藤原為家譲状」（重文）　第三状(2)

申ハかりなく候き　かやうにあなつり候友弘も思やしり
候　又祢宜か恩をもむくひて　はちをやすゝき候とて　吉富庄
とり候ぬるそ　ゝのれうにこそ　まいらせ候しゆつりふミのうら
にも　心にたかふ事あらハとりかへすへきよしかきのせて候し
かハとて　やかて吉富へ人を下つかハして候しを　大納言吉富めさ
れなハいのちいきかたしなと　さまく〳〵申候し時ニ　融覚
存知のやう又くハしく申候につきて　さらハ細川をかへしまいらせ
むと　しきりになけき申候ときに　せんするところ　あまりに
おやありとも主ありとも思ハれぬにつきてかくさたしつれと
かくなけかるれハ　さらハとて吉富にいろはて　細川をとり候ぬ
おほかた大納言ニ所領ともゆつり候し事ハ　没後追善をも
さたし　申をきたらん事ともをも　さりともよもたかへ
しとふかくたのミて候ほとニ　めのまへにたにかくなさけなく
芳心も候ハぬニ　見ぬ世の事ミな思しり候ぬ　かつハおほろ
けならて　文永五年より不断経をハしめをき候て　経衆の
かたのことくの衣食いかゝせんするとなけきゐて候ほとに　細川
庄ひとゝせ唯念ニ検注せさせて候ほとニ　日ころの年貢の
ほかに加増したる分のいてきて候を　しかるへき事也

（紙継）

冷泉為人氏所蔵「藤原為家譲状」（重文）　　第三状(3)

とよろこひて　一年ニ三十六石の供料を六人の衆のくひ物
にあてをき候ハん　融覚没後にかまへてたかへられ候な
やかてこの不断経をもて追善にもちゐて　他の孝養ある
へからす　この事随分の大願也　申をくまゝに相違あるま
しく候と　さま〳〵申候しを　つゐに承引せす　はてハなさけ
なき返事にをよひて　三宝にもはゝからす　おやのめいをも
そむきにし事　中〳〵とかく申にをよはぬうへは
のちの事なと申をき候とても　かなふましく候ときに
細川庄ヲとりかへして　なかくそれへゆつりまいらせ候ぬ
不断経の事をハしめとして　子ともの事をも　何事をも
この所をもていかにもさた候へし　すなハち承久三年
九月廿八日　院庁御下文　同年十月七日武家の地頭職の
免状　已上二通正文　そのほかの具書等たしかにゆつり
まいらせ候　地頭職の事　将軍家下文も候しを
それにハ伊勢小阿射賀なとをなし具せられて候し
時に　大納言ニたひ候しとおほえ候　それもおなしく
取かへしてまいらすへく候へとも　この武蔵守 泰時
免状正文候うへハ　これニすくへからす候へハ申さす
候也　この状をもて　関東の安堵状をも申さるへ

冷泉為人氏所蔵「藤原為家譲状」(重文)　第三状(4)

く候　おほきなる所にても候へハ　吉富庄をとりかへして

（紙継）

かやうに申をき候ハんと思候つれとも　大納言あまりに
なけき申し候時に　心よハくゆるしたひて候也　そのうへハ
この細川ヲ　かやうに没後の事なと　かたく〳〵申をき
候ぬるをハ　よもうらみものこり候ハしとおほえ候　もし
をのつからもとハわれにこそゆつりたりしか　文書とあり
かゝりなと申て　かなハぬまてもわつらひを申いたす
事候ハんにをきてハ　一向ニ不孝の義にて候ハんすれハ
吉富庄冷泉高倉屋地なともとりて　為相か分に
なさるへく候　後判たしかに候へハ　もしさたいて
きたり候ハゝ　この状をもちて　公家にも武家にも申
ひらかるへく候　おほかた大納言ニ庄ともの文書ゆつり候し
状にも　かく申たりとも　心にたかふ事あらハ　その儀ある
ましきよしかきのせ候し時ニ　没後にて候とも申をく
めいをたかへ候ハゝ　とりかへすへき道理を申をき候也
文永九年の冬さまのふるまひ　うちまかせてハ不孝と
申つへく候しかとも　人こそうらめしく候ハめ　老のゝち
いかゝさる事申いたすへき　君か名もわか名もたてしと

冷泉為人氏所蔵「藤原為家譲状」（重文）　第三状(5)

念してすき候ぬ　かやう二申つけ候ぬるうへハ　庄家ニさた
しつけたる人食人給までも　ミな領主の心にまかせて
なにともかとも御進退あるへく候　子孫の中にも
日ころ給物なとかきをきたる事候とも　いまハその儀
あるへからす候也　なにともかとも　御はからひにて候へし
（紙継）
まことく故中納言入道殿日記 自治承至于仁治 人ハなにとも
思候ハねとも一身のたからと思候也　子も孫もさる物見んと
申も候ハす　うちすてゝ候へハ　侍従為相ニたひ候也
かまへて見おほえて　公事をもつとめ　人の世に
ある様をも見しれとをしへさせ給へ
又本書とも　心許ハちらさす候　物ならひぬへき
四道博士候ハゝ　かたらひよりて　よミならへとおほせ
候へ　哥の事よりも　てつからかき點して候ふみ
ともにて候也　これらよくく返く
をもくせられ候へし　あなかしくく
文永十年七月廿四日 十禅師日　融覚
（融覚花押）
阿仏御房へ
たしかにくまいらせ候

冷泉為人氏所蔵「藤原為家譲状」（重文）　第三状(6)

［校訂本文］

相伝の家領ども、融覚一期の後、嫡子大納言に譲るべき由思ひて、かつがつ譲状などを遣はして候ふ内、宗との近江の吉富庄をば、まづ当時の出仕以下の料に充てて、既に譲り渡し候ひぬ。その外の所々は、幾ほどなき所どもにて候へば、残りの命をも継ぐ便りと思ひて候ふに、今やと待たれ候ひながら、思ひの外にながらへ候ふ年月を、心もとなく思ひ候ふやらん、当時より細川庄の預り所にいろひ、事に触れて我が物顔にして、聞き難き悪口をも憚らず候ふ事ども、人臣の礼をも忘れ、孝行の道にも背く様に候ふにつけては、家を嗣ぎ名を伝へん事、見ざらむ世の後、我が心に任せなば、如何がと後ろめたくて、かつは心のほどをも見果てん料に、命の後こそ約束申ししかど、細川庄当時より参らす。この庄を以ちて、一年八箇月、形の如く相節に充てて、命生くる所なれど、有るにつけてはうるさく、煩はしき事のみ有ればとて、阻めながら歎かけ候ふを、少しも憚らず、次郎左衛門資親とかやに賜びて、ゆゆしく公用へさせて、庄務して、父未だ存在せりやとだにも問ふ言葉だになくて、「けら腹立てば鶫喜ぶ」とかやとて、月日重なるままには、厭はるる命長さも、願ひのままに極まりぬべく候ひしかば、かつは最後の逆修と思ひて、一期の所作をも申し上げ、又身の有様をも嘆き申さんと思ひて、便りを喜びて、御社に百日参籠を思ひ立ち候ひき。幼き小男どもも引き具し候ひしかば、旅の空旁々危なく覚え候ひしかど、細川にも、年貢の外に引田とかやとて、これへ沙汰し賜ぶべき物確かに候ふ。又吉富候へば、さすが人目ばかりにも大納言見放ち候はじ。又昔より二十四日は、故入道殿の時より、四季に籠り、月詣でなどの事は、限りありてし付けられたる事にて候ふ。友弘が親・祖父沙汰せし事なれバ、友弘定めて存知したるらんなど、身をも人をも頼みて候ひしほどに、下人薬師男をもて、形の如く十日ばかり沙汰する由にて、打ち捨て候ひしほどに、申す計りなき有様にて候ひしを聞きて、祢宜成賢訪らひなどして、辛くして百日をも越し候ひき。物懲りせず下向のころ十日ばかり、又迎への力者の事、馬草など、友弘に申して候ひしかども、果てには、この事ども御免嬉しなど、驕慢して尾籠づき候ひし上は、とかく申す計りなく候ひき。かやうに侮づり候ふ友弘も思ひや知り候ふ、又祢宜が恩をも報ひて、辱をや雪ぎ候ふとて、吉富庄取り候ひぬるぞ。その料にこそ、進らせ候ひし譲文の裏にも、心に違ふ事あらば取り返すべき由、書き載せて候ひしかばとて、やがて吉富へ人を下し遣はして候ひしを、大納言、吉富召されなば命生き難しなど、さまざま申し候ひし時に、融覚存知の様、又詳しく申し候ふに就きて、さらば細川を返し進らせむと頻りに嘆き申し候ふ時に、詮ずる所、余りに親ありとも主ありとも思はれぬに就きて、かく沙汰しつれど、かく嘆かるれば、さらばとて吉富にいろはで、細川を取り候ひぬ。大方大納言に所領ども譲り候ひし事は、没後追善をも沙汰し、申し置きたらん事どもをも、さりともよも違へじと、深く頼みて候ふほどに、目の前にだにかく情けなく、芳心も候はぬに、見ぬ世の事皆思ひ知り候ひぬ。かつは朧ろげならで、文永五年より不断経を始め置き候ひて、経衆の形の如くの衣食如何せんずると嘆きゐて候ふほどに、細川庄ひととせ唯念に検注せさせて候ふほどに、日ごろの年貢の外に、加増したる分の出できて候ふを、然るべき事なりと喜びて、一年に三十六石の供料を、六人の衆の食ひ物に充て置き候はん、融覚没後に構へて違へられ候ふな、やがてこの不断経をもて追善に用ゐて、他の孝養あるべからず、この事随分の大願なり、申し置くままに相違あるまじく候ふと、さまざま申し候ひしを、遂に承引せず、果ては情けなき返事に及びて、三宝にも憚らず、親の命をも背きにし事、中々とかく申すに及ばぬ上は、後の事など申し置き候ふとても、叶ふまじく候ふ時に、細川庄を取り返して、長くそれへ譲り進らせ候ひぬ。不断経の事を始めとして、子供の事をも何事をも、この所を以て如何にも沙汰候ふべし。すなはち、承久三年九月二十八日院庁下文、同年十月七日武家の地頭職の免状、已上二通正文、その外の具書等、確かに譲り進らせ候ふ。地頭職の事、将軍家下文も候ひしを、それには伊勢小阿射賀などをなし具せられて候ひし時に、大納言に賜び候しと覚え候ふ。それも同じく取り返し進らすべく候へども、この武蔵守泰時免状正文候ふ上は、これに過ぐべからず候へば、申さず候ふなり。この状を以て、関東の安堵状をも申さるべく候ふ。大きなる所にても候へば、吉富庄を取り返して、かやうに申し置き候はんと思ひ候ひつれども、大納言余りに嘆き申し候ふ時に、心弱く許し賜びて候ふなり。その上は、この細川を、かやうに没後の事など旁々申し置き候ひぬるをば、よも恨みも残り候はじと覚え候ふ。もし自ら、元は我にこそ譲りたりしか、文書とありかかりなど申して、叶はぬまでも煩ひを申し出す事候はんにおきては、一向に不孝の義にて候はんずれば、吉富庄、冷泉高倉屋地なども取りて、為相が分になさるべく候ふ。後判確かに候へば、もし沙汰出で来り候はば、この状を以ちて、公家にも武家にも申し開かるべく候ふ。大方大納言に庄どもの文書譲り候ひし状にも、かく申したりとも心に違ふ事あらばその儀あるまじき由書き載せ候ひし時に、没後にて候ふとも、申し置く命を違へ候はば、取り返すべき道理を申し置き候ふなり。文永九年の冬ざまの振舞ひ、うち任せては不孝と申しつべく候ひしかども、人こそ恨めしく候はめ、老の後いかがさる事申し出すべき、君が名も我が名も立てじと念じて過ぎ候ひぬ。か様に申しつけ候ひぬる上は、庄家に沙汰し付けたる人食人給までも、みな領主の心に任せて何ともかとも御進退あるべく候ふ。子孫の中にも、日ごろ給物など書き置きたる事候ふとも、今はその儀あるべからず候ふなり。何ともかとも御計ひにて候ふべし。まこととまことと故中納言入道殿日記〔自治承至于仁治〕、人は何とも思ひ候はねども、一身の宝と思ひ候ふなり。子も孫もさる物見んと申しも候はず、打ち捨てて候へば、侍従為相に賜び候ふなり。構へて見覚えて、公事をも勤め、人の世にある様をも見知れと教へさせ給へ。又本書ども、心許りは散らさず候。物習ひぬべき四道博士候はば、語らひ寄りて、読み習へと仰せ候へ。歌の事よりも、手づから書き點じて候ふ文どもにて候ふなり。これらよくよく返す返す重くせられ候ふべし。あなかしく、あなかしく。

文永十年七月廿四日　十禅師日

融覚

（融覚花押）

阿仏御房へ
たしかにたしかにまいらせ候ふ

十、文永十一年六月二十四日付 阿仏御房宛融覚譲状

［本文］

（袖書）
手いとゝわなゝきて
文字かた候はす 又かき候ハんも
かなふましく候へハ けちたる／
事も ／いれたる／事も／候也

七十七の六月廿四日まていきて候
返々不思議におほえ候 たゝ候たに
もあやうく候ニ 心ち損しおこり心地
つきて候 身のやうたのミなく候
嵯峨中院ふるや 思はぬほかに
とりわたし候事も しかるへき事ニ
おほえ候 これをハ侍従為相ニゆつり候
大納言（為氏 子孫）わか嵯峨ニありし屋なれハ

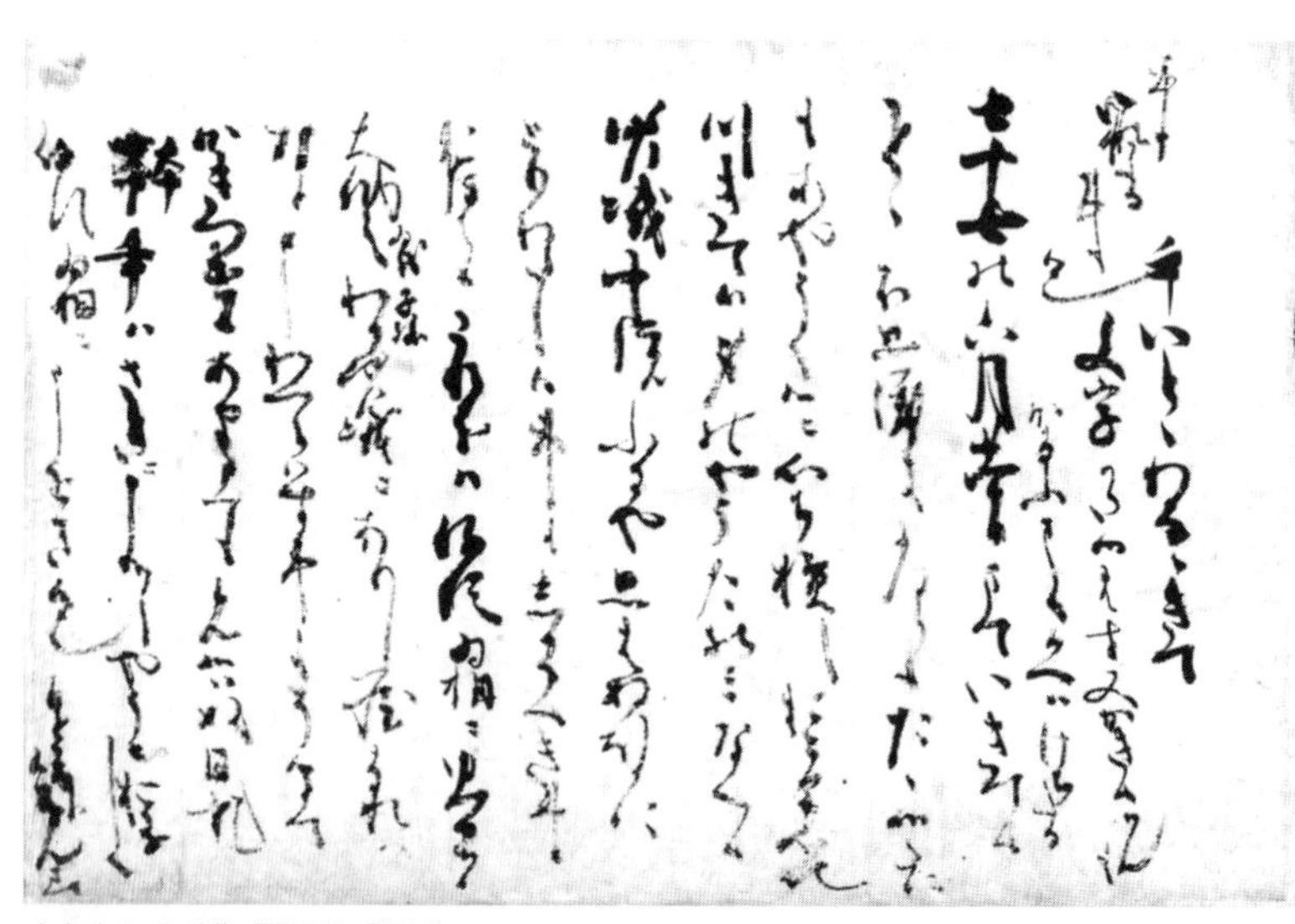

冷泉為人氏所蔵「藤原為家譲状」　第四状(1)

なと申わつらハす事もそ候とて
かきつけニあり候ても見候ハぬ日記
本書ハ　さきニ申候しやうニ　おなしく
侍従為相ニ申をき候也　ひとゝなり候はんまて
（紙継）
とりまとめてたしかにさた候へし
越部庄もとより大納言さりたひて候
細河庄ハ大納言ニと思候しかとも　をとゝ
しの悪口とも候に　うらめしく候しかハ
不断経事も永代後生菩提の
れうと、おなしく侍従 為相 にゆつり候
細川地頭職　それもゆつり候　関東御下文
小阿射賀一にのりて候へとも　かく申をき
候むねニまかせてさた候へし
これをたかへて　大納言も子孫も違乱
なし候ハん時ハ　吉富庄も
うたへ申してとらせ給へく候
嵯峨すミのハしめ　大納言ニゆつり候文
にも　うらに　心ニたかハゝとるへき

冷泉為人氏所蔵「藤原為家譲状」　第四状(2)

よしかきて候き 子細ハ一条殿へ
申をきて候へハ さてもとおほえ候

文永十一年六月廿四日

あなかしく〳〵

（融覚花押）

［校訂本文］

七十七の六月二十四日まで生きて候ふ。返す返す不思議に覚え候ふ。ただ候ふだにも危ふく候ふに、心ち損じ、発り心地つきて候ふ、身の様（やう）頼みなく候ふ。嵯峨中院の旧屋、思はぬ外に取り渡し候ふ事も、然るべき事に覚え候ふ。これをば侍従為相に譲り候ふ。大納言（為氏）・若（子孫）、嵯峨に在りし屋なればなど、申し煩はす事もぞ候ふとて。書き付けにあり候ひても見候はぬ、日記・本書は、先に申し候ひし様に、同じく侍従為相に申し置き候ふなり。人となり候はんまで、取り纏めて確かに沙汰候ふべし。越部庄、もとより大納言去り賜びて候ふ。細河庄は、大納言にと思ひ候ひしかども、一昨年（をととし）の悪口ども候ふに、恨めしく候ひしかば、不断経の事も、永代後生菩提の料と、同じく侍従為相に譲り候ふ。細川地頭職、それも譲り候ふ。関東御下文、小阿射賀一つに載りて候へども、かく申し置き候ふ旨に任せて沙汰候ふべし。これを違へて、大納言も子孫も違乱なし候はん時は、吉富庄も訴へ申して取らせ給ふべく候ふ。嵯峨住みの初め、大納言に譲り候ふ文にも、裏に心に違はば取るべき由書きて候ひき。子細は一条殿へ申し置きて候へば、さてもと覚え候ふ。あなかしく、あなかしく。

文永十一年六月廿四日

（融覚花押）

（袖書）手いとどわななきて、文字形候はず。又書き候はんも叶ふまじく候へば、消ちたる事も、入れたる事も候ふなり。

四　主要四庄権利取得の経緯

定家の所領の実態は、永原慶二氏の研究(注5)に詳しい。前記関東裁許状に「中納言家遺領は、近江の国吉富庄・伊勢の国小阿射賀御厨・播磨の国越部庄・当（細川）庄領家職以下数箇所なり」とあった、吉富庄・小阿射賀御厨・越部庄・細川庄は相伝の家領であり、このほかに概して短期間の得分権のみを実体とする俸禄型の所領十一箇所（三崎庄・苅羽庄・大社庄・小森保・大内東庄・若槻庄・仏田村・山田庄・真壁庄・細川庄隣村・高部）を所持していた。そして、

1　吉富庄は、新熊野社領で、定家は預所の地位にあって、庄務の実権を一貫して保持し、これを子孫に伝えた。現地に地頭代官がいた。

2　小阿射賀御厨は、伊勢外宮領で、定家は実質の庄務権を保持した領家としての地位にあり、これを子孫に伝えた。地頭は関東御家人渋谷氏。

3　細川庄は、八条院領で、領家職は、俊成から一旦定家の姉九条尼に移り、嘉禄元年以前に九条尼から定家に譲られ、その後鎌倉幕府から地頭職も与えられて、両職を子孫に譲った。

4　越部庄は、上級所職の関係は不明だが、領家職は寛喜元年に入手、それ以前は事実上の庄務権をもつ預所の地位にあった。

と結論されたのであった。4の越部庄については先年、母美福門院加賀が父親忠から相伝した所領であり、本家は公家すなわち朝廷であったが、母の没後三分して定家はその下庄の預所職を伝領、寛喜元年に領家職をも取得し、ともに子孫に伝えたことを解明した。(注6)

なお、細川庄については、前掲文永十年七月二十四日の阿仏御房宛て融覚譲状に「承久三年九月二十八日院庁下文、同（承久三）年十月七日武家の地頭職の免状、已上二通正文、その外の具書等、確かに譲り進らせ候ふ」とあ

り、「武家の地頭職の免状」については「この武蔵守泰時免状正文候ふ上は」とあるので、承久三年（一二二一）幕府軍を率いて都に攻め上ぼり、そのまま六月十六日より六波羅探題（北方）として戦後処理や庶政に当っていた武蔵守泰時が、承久の乱が終息して間もない十月七日に発給した免状であったことを知る。(注7) また、「地頭職の事将軍家下文も候ひしを」ともあるので、その後日ならずして将軍家下文をも取得していたことがわかる。ほぼ同じ時期に取得した院庁下文とは、八条院庁が発給した九条尼宛の領家職の下文だったのであろう。なおまた、前記八・九・十などの文書の記載を検すると（後述）、為家は細川庄の預所職をも所持していたとみられ、おそらくはそれも定家から伝領した権利であったと思われる。

小阿射賀御厨の地頭職も、細川庄とともに同じ将軍家下文の中に記載されていたというから、これも同時に取得した所職であったことがわかる。(注8) また、同じ小阿射賀御厨については、前掲文永五年十二月十九日阿仏宛譲状に、領家職のほかに「預所職ならびに地頭代官」とみえるので、預所職もおそらくは定家の代から所持してきたものと思われる。

かくて、定家が晩年に所持していた主要所領の所職ならびに上級領主は、以下のとおりであったろう。

吉富庄	預所職	新熊野社領
小阿射賀御厨	領家職・預所職・地頭職	伊勢外宮領
細川庄	領家職・預所職・地頭職	八条院領
越部下庄	領家職・預所職	公家領

これらのうち、吉富庄・小阿射賀御厨・細川庄の全ての所職については、定家から直接為家に譲られたはずであ

るが、越部下庄の両職は、為家母京極禅尼を経由して為家に譲与されたらしい。「播磨国越部下庄相伝文書正文目録」の一番初めに「為家卿母禅尼状　号京極禅尼」とあって、その次に「為家卿譲状」が挙げられていることその他から、かく判断されるのである。

京極禅尼は、定家の二度目の妻で、内大臣実宗と中務少輔教良女の間に生まれ、嫡女後堀河院民部卿典侍（因子）・次女香・嫡男為家以下を産んだ正室。嘉禄元年（一二二五）二月六日以前（承久元年以降明月記欠巻の間）に出家して「禅尼」とよばれており、仁治二年八月二十日夫定家に先立たれたあと、さらに五年ほど生存して、寛元四年（一二四六）十一月四日に没した（公卿補任）。石田吉貞氏は八十一歳であったかと推定している。（注9）「京極禅尼」の呼名は、晩年一条京極の定家旧邸に居住したことに因むものと見られる。

しかし、京極禅尼の没後直ちに為家に譲られたのではなかったらしい。「越部下庄相伝目安案」（為相筆）によると、「当庄は、曩祖大納言長家卿以来、為相に至るまで、八代相伝の家領なり。後、祖父□□□□（定家卿）後家に□（譲）り、後家、孫女大納言典侍に譲る。典侍、父より先に早世の間、祖母、また為家卿に譲る」とある。最初の「八代相伝」の家領というのは為相の誤解であるが、京極禅尼が、一旦孫娘にあたる為家女後嵯峨院大納言典侍に譲与したというのはありえたことと思われる。おそらくは、自分の死後、全ての権利を大納言典侍に一期を限って譲与するが、没後は嫡家に返戻すべきことが記載されていたにちがいない。また「越部下庄相伝目安案」において、為相が「典侍、父より先に早世の間、祖母、また為家卿に譲る」といっているのもまぎらわしい記述で、為相はこの点も誤解していたのであろう。典侍の死は弘長三年（一二六三）秋で、京極禅尼の没した寛元四年（一二四六）から十七年も経ってのことであったから、その没後に京極禅尼から為家に譲られたというのは、時間的に矛盾があり、これは予めそう決められていたことの履行であったとみなければならない。前記正文目録の最初にある「為家卿母禅尼状　一通」は、為家宛ての正規の譲り状ではなく、大納言典侍への一期譲与の意思表示文言を含む為家宛の書状であったかと考えられる。かくて、寛元四年十一月以降弘長三年秋まで、越部下庄は、潜在的に為家女後嵯峨院大納言典侍の所有するところとなっていたのであって、さればこそ、その間の正元元年に、為家が為氏に対し初めて与えた譲状の中に、吉富庄・小阿射賀御厨・細川庄の三庄の名は明記されていても、越部下庄の名は含まれていなかったのである。九条左大臣道良室となって一女（あるいは二女）をなしながら、正元元年夫に先立たれたあと、自らも弘長三年秋に三十一歳の若さでみまかった娘後嵯峨院大納言典侍の早世の後、為家は、それまでも実質管領してきた相伝の領地を、嫡家として領有することになったと思量されるのである。

以上、為家が所有した四つの所領の、権利取得の経過を追跡した。

五　播磨国越部下庄相伝文書正文目録

さて、為家から次の世代への所領譲与について、具体的な実態を究明すべき段取りとなったが、その前に、先にも断片的に引用した「播磨国越部下庄相伝文書正文目録」（越部庄文書二十二号）の全文を掲示すると、以下のとおりである（下欄の丸数字は、以下の記述の便宜のため仮に付したもの）。

又加元亨三年重安堵倫旨正文一通　⑧

播磨国越部下庄相傳文書正文目録

一通　為家卿母禅尼状　号京極禅尼　①

一通　為家卿譲状　②

一通　京極姫君譲状　③

二通　為氏卿乞状并母禅尼返事等　④

一通　院宣 亀山院　⑤
一通　院宣 大覚寺殿　⑥
一通　院宣 伏見殿　⑦

已上八通

元亨三年十一月六日

本文書は、為相最晩年の嘉暦三年（一三二八）七月十二日、為秀への譲与に先立って、為相の周辺で作成された目録と思われ、同内容の案が一通と年月日を欠く草一通も残っている。

このうち⑥の「院宣 大覚寺殿」とは、「播磨国越部庄文書」一号の「後宇多上皇院宣」がそれで、次の内容の文書である。

〔本文〕

播磨国越部下庄事
源承法眼　難告訴父入道
民部卿行事歟　二条姫君
帯文書所被申　叶理致
乎　御知行　早不可有相違
者

〔校訂本文〕

播磨の国越部下庄の事、源承法眼、父入道民部卿の行事を難じ告訴するか。二条の姫君の文書を帯して申さるる所、理致に叶ふか。御知行、早かに相違あるべからずといへり。院宣かくの如し。この旨を以て、申し入れしめ給ふべし。仍て執達件のごとし。

院宣如此 以此旨可令申入
給 仍執達如件
　　正安三年七月十日　　（花押）
　治部少輔殿

正安三年七月十日（花押）
　治部少輔殿

また、⑦の「院宣 伏見殿」とは、同文書十一号の「伏見上皇院宣」で、以下のとおり。

［本文］

播磨国越部下保事
任京極姫君譲 御領知
不可有相違之由
院御気色所候也 以此旨
可令申入右大臣殿給 仍執達
如件
　　応長元年後六月廿九日　（花押）
　左中弁殿

［校訂本文］

播磨の国越部下保の事、京極姫君の譲りに任せて、御領知相違あるべからざるの由、院の御気色候ふ所なり。この旨を以て、右大臣殿に申し入れしめ給ふべし。仍て執達件のごとし。
　　応長元年後六月二十九日　（花押）
　左中弁殿

「右大臣殿」は二条道平（二四歳）である。また、⑧の「又加元亨三年重安堵倫旨正文一通」とあるのは、同文書二十一号の「後醍醐天皇倫旨」であろう。

［本文］

播磨国越部下庄

前雑掌濫妨事

奏聞候之處　早止其妨　可令

全所務給之由

天氣所候也　以此旨　可令

申入二條前関白殿給　仍

執達如件

十二月十九日　左衛門権佐忠望奉

謹上　右衛門権佐殿

［校訂本文］

播磨の国越部下庄、前雑掌濫妨の事、奏聞候ふの處、早かにその妨げを止め、全く所務せしめ給ふべきの由、天気候ふ所なり。この旨を以て、二条前関白殿に申し入れしめ給ふべし。仍て執達件のごとし。

十二月十九日　左衛門権佐忠望奉

謹上　右衛門権佐殿

本文書は年号を欠いているが、元亨三年（一三二三）の安堵状であることは疑いない。「二条前関白殿」は二条道平（三四歳）である。

⑤の亀山院の院宣は現存しないけれども、これも安堵状であったにちがいない。かくていずれも天皇・上皇の安堵状であることに鑑みて、越部下庄の本家はやはり公家、すなわち皇室領であったと見てよく、冷泉家では紛争の度ごとに、朝廷に対して安堵状を求め、裁可を得てきたのであった。

六　二条前関白家との係争を経て為秀まで

さて、為家から次の世代への所領譲与の具体的な実態究明に返って、まず越部下庄のその後の追尋から始めることとする。越部下庄は、弘長三年秋の娘大納言典侍の没後に、為家の有に帰したであろうことは前々項に述べたとおりであるが、その後どうなったか。前記「越部下庄相伝目安案」（越部庄文書六号）には、

［本文］

（前略）而京極姫君（為家卿孫女）同宿
扶持之時　一期可知行旨　雖与契状　其後有向背
子細　経廻他所之間　変契状譲嫡子為氏卿
（正元々年）　後為相所生　及文永六年乞返此所於
為氏卿　譲為相之時　為氏卿同出避状訖　仍亡父
他界之後　自建治元年至弘安七年　知行無相違之
處　伺関東参向之隙　京極姫君捧先年棄破之
契状　不究訴陳　掠賜　院宣訖　迷惑之間連々
雖申子細　以権威被塞上訴之道畢　剰姫君
早世之刻　不顧一期領主之儀　譲二条前関白家
畢　於此所者不可渡他家之旨　代々誡置之
上　為一期領主之跡相続之管領　太無謂次第也
然者任相傳之道理　可返給旨嘆申之處　以便宜
可相計之由會釈自然送年序訖　而去々年
為世卿捧訴状　當庄者累代之家領也　背置

［校訂本文］

而して京極姫君［為家御孫女］同宿扶持の時、一期知行すべき旨、契状を与ふと雖も、其の後向背の子細有りて、他所に経廻の間、契状を変じて嫡子為氏卿に譲る［正元々年］。後為相生るる所となり、文永六年に及び、此の所を為氏卿より乞ひ返し、為相に譲るの時、為氏卿同じく避状を出され訖んぬ。仍りて亡父他界の後、建治元年より弘安七年に至るまで、知行相違無きの処、関東参向の隙を伺ひ、京極姫君先年棄破の契状を捧じて、訴陳を究めず、掠めて院宣を賜り訖んぬ。迷惑の間、連々子細を申すと雖も、権威を以て上訴の道を塞がれ畢んぬ。剰へ姫君早世の刻り、一期領主の儀を顧みず、二条前関白家に譲られ畢んぬ。此の所に於ては他家に渡すべからざるの旨、代々誡め置くの上、一期領主為るの跡之を相続し管領するは、太だ謂れなき次第也。然らば相伝の道理に任せて、返し給ふべき旨嘆

文被付他家不可然　可被返付其家旨　経
奏聞之由承及之間　為相備為家卿譲状并
為氏卿避状等支申之処　被棄置為世卿訴訟　前
関白家如元被安堵了（下略）

き申すの処、便宜を以て相計らふべきの由会釈して自然と年序を送り訖んぬ。而るに去々年為世卿訴状を捧じ、当庄は累代の家領なり。置文に背きて他家に付けらるるは然るべからず。其家に返し付けらるべき旨、奏聞を経るの由承り及ぶの間、為相為家卿の譲状并びに為氏卿の避状等を備へて支え申すの処、為世卿の訴訟を棄て置かれ、前関白家元の如く安堵せられ了んぬ。

とある。すなわち、為家はすぐ、自宅で養育していたその娘九条左大臣女に、一期を限っての契状を与えたという。九条左大臣女は母が亡くなったこの年九歳ほどで、「京極姫君」とも「上臈」ともよばれていた。[注10] 前記「播磨国越部下庄相伝文書正文目録」の②にいう「為家卿譲状」は、その姫君への譲りを証する文書であったはずである。江戸中期、冷泉家文書を整理した為村は、巻子としたその見返しに、「為家卿譲状被送京極姫君之写／阿仏房筆　仮名」と記しており、為村の時代までは阿仏による写しが残っていたこと、また、為家の譲状も仮名文によるものだったことも判る。そして、ここで対象となっているのは、特に断っていないところから、領家職と預所職の両者を合わせた権利であったと思われる。なお、この姫君には、母大納言典侍経由で、和歌文書等も伝領されていた（寿本新古今和歌集奥書）。

「其の後向背の子細有りて、他所に経廻の間」というのがどういうことを指しているのか判らないが、正元々年（一二五九）に京極姫君への契状を変改して嫡子為氏に譲ったのだという。「正元々年」というのは第一回目の為氏への譲状の年次を指しているであろうが、前記したとおり、その文書の中に越部庄の名は見えないし、為家女大納言典侍の生存中でもあるので、この点はやはり為相の誤認であろう。するとこの変改は、弘長三年以後、次にみる文永六年までの間であった思われ、為家は一旦与えた越部下庄を京極姫君から悔返し、為氏に改譲したはずである。その文書そのものも残らないが、おそらくその時、まだ同宿扶持していたであろう京極姫君に、嫡家（為氏か）に返戻する旨の文書を認めさせた、それが先の「播磨国越部下庄相伝文書正文目録」中の「京極姫君譲状」だったのではなかったかと思量される。

そして「文永六年に及び、此の所を為氏卿より乞返し、為相に譲るの時、為氏卿同じく避状を出され」という段取りになる。この二つの文書はともに残存しているし、冷泉家文書の中に為相の写しも存するから、疑いなく為家は一旦為氏に与えた越部下庄を悔返し、為氏もまた去状を認めて、円満裡にことは運んだのであった。

この文書は、為相への譲りを証する不可欠のものであるから、手継文書の中に含まれていたはずで、前引「越部下庄相伝文書正文目録」の④にいう「為氏卿乞状」がそれであるに相違ない。「乞状」とは、為家の「乞請状」と為氏の「去状」を含め意味せしめているのであろう。ただしかし、付随する「母禅尼返事等」とはいかなるものであったか。詳細は不明であるが、臆測すれば、為氏から「母禅尼」といえば為家室頼綱女である（初出稿で阿仏尼を比定したが、撤回しなければならない）から、為氏は為家から悔返しを受けるに当たって、事前に母に相談し了諾を得た、その返事の書状だったのではあるまいか。為氏は母方の屋地吉田にも住み、母の意向に従うことが多かったようである。なお、この場合の所職も、特に断っていないので、領家職と預所職の両者を併せた権利であったにちがいない。建武元年八月十一日付け、為秀あて「左大臣（二条道平）家御教書」中に、「九條北政所御一期之後、被一円知行云々」とあるのも、そのことを証している。なおまた、初出稿において、「播磨国越部下荘相伝系図」（越部庄文書七号）の記載によって、京極姫君へは領家職を、為氏には預所職を分け与えたかとした考証も撤回する。

為氏が父の悔返しに応じ、為相への去状を認めた文永六年十一月の翌年の文書かと思われる資料が残っている。土橋嘉兵衛氏蔵「為氏書状」がそれで、以下のとおりである（注（1）所掲福田氏初発表稿の図版による）。

［本文］

以久広條々令申候
可令聞給候
抑越部庄文書正本
尤可渡進之由存候
處 自中院如此承之
間 進候了 但去年
十一月比 進覧 禁裏
匂当内侍奉書如此候
此目録已下正文相伝之分
若万一違乱事候者
分明之上者 可被用正文
候歟 謹言
十一月九日 （為氏花押）

［校訂本文］

久広を以て条々申せしめ候ふ。
聞かしめ給ふべく候ふ。
抑も越部庄の文書の正本、
尤も渡し進ずべきの由存じ候ふ
処、中院より此くの如く承るの
間、進じ候ひ了んぬ。但し去年
十一月比、禁裏へ進覧、
勾当内侍奉書に此くの如く候ふ、
此の目六已下正文相伝の分
若し万一違乱の事候はば、
分明の上は、正文を用ひらるべく
候ふか。謹言
十一月九日 （為氏花押）

冷泉家側（阿仏）から越部下庄関係の文書正本を求められたのに対する返答の書状と思しく、おそらく文永七年のものであろう。関係文書の正本を進上しなければと思っていたところ、父為家からも同じ申し入れがあったので、そちらに進上した。ただし、これらの文書を去年十一月に内裏に進覧したところ、勾当内侍奉書をもって、将来この譲与に関し違乱が生じたら、目録以下正文も相伝のものたること明白だから、正文に就けばよいとの返答を得た、という内容であろう。

文永六年（一二六九）十一月の譲与を受けて以後、弘安七年（一二八四）までは、特別なトラブルもなく知行することができたと、為相は振り返っているから、その言は信じてよいであろう。しかし、弘安七年細川庄をめぐる訴訟のため鎌倉下向中に、二条前関白家（藤原師忠）が、先に破棄した為家の京極姫君宛一期譲与を約する契状（先判状）を捧げて訴訟を起こし、有無を言わさず掠め取ってしまったという。それ以後、返戻方の嘆き申しと朝廷への訴えを繰り返したが、応じてはもらえず時日が経過する。前掲「播磨国越部下庄相伝文書正文目録」⑦に掲げられる伏見院の安堵状を、応長元年（一三一一）閏六月に至って得たが、この時は二条関白家に対応する文書なく、無視され捨て置かれて実効はなかった。為世の訴えを契機として、元亨三年（一三二三）九月に至りようやく、「二条前関白家政所下文」並びに「二条道平避状」（越部庄文書十二号・十三号）を得ることができた。さらに十二月十九日には、前雑掌の濫妨を止むべきことを命じた後醍醐天皇の安堵の倫旨をも獲得して、この一件は落着した。前記「播磨国越部下庄相伝文書正文目録」中の院宣三通は、いずれもその間、訴訟の度ごとに「京極姫君譲状」を捧げて得た院の安堵状で、⑦と⑧は直接二条前関白家との係争に関わり、為相の所有権の正統を証する文書であった。

為相は、応長二年三月十一日、為家から譲り受けた細川庄や『明月記』その他の和歌文書とともに、この越部庄も袖書として付加し、嫡男為成に譲り与えた。前田家旧蔵金沢市立中村記念美術館蔵『古筆手鑑』所収「応長二年為成あて為相譲状」が残されている（福田氏稿に初めて紹介され、初発表稿の方に図版が掲載される。小松茂美『日本書流全史』下、同『日本書跡大鑑』第五巻、また『古筆手鑑大成』第十六巻にも図版と釈文がある）。

［本文］

（袖書）同国越部下庄事　先人御譲状并
　故大納言入道避状等　譲渡候也□□□
　令申披　可令管領也

播磨国細河庄事　故入道殿
御譲状二通并前武州禅門
免状以下正文等　所譲与也　件庄
當時越訴最中也　任道理預御
成敗者　即々領知之
抑中納言入道殿御記 自治承至于仁治 并本
書等任目録所譲与也　以上三通譲
状悉不可改譲々分　以　日吉山王
七社別十禅師　聖廟照鑒　為証之状
如件
　応長二年三月十一日　（為相花押）
　右少将殿

［校訂本文］

（袖書）同国越部下庄の事、先人の御譲状并びに
　故大納言入道の避状等、譲渡し候ふなり。□□□
　申し披かしめ、管領せしむべきなり

播磨国細河庄の事、故入道殿の御譲状二通并びに前武
州禅門の免状以下の正文等、譲与する所なり。件の庄
は当時越訴の最中なり。道理に任せ御成敗に預らば、
即々之を領知せよ。
抑も中納言入道殿御記［治承より仁治に至る］并びに本書
等、目録に任せ譲与する所なり。以上三通の譲状、悉
く譲分を改め譲るべからず。日吉山王七社別して十禅
師聖廟の照鑒を以て、証たるの状件の如し
　応長二年三月十一日　（為相花押）
　右少将殿

為相が為家から相伝した主要な財産の大方を、嫡男為成に譲るべく沙汰したのであった。

しかし、為相は、最晩年の嘉暦三年（一三二八）七月十二日、この越部下庄を別して、為秀に譲り与えた。冷泉

家文書中、前掲「播磨国越部下庄相伝文書正文目録」を前に置き、貼り継いだ紙に、右筆による同筆で譲状は書記され、為相は震える手で花押のみを書き添えている（越部庄文書二十三号）。

［本文］

播磨国越部下庄者累代相傳之
地也　相副代々　勅裁并手継　二条
前関白家御避状等　所譲与大夫
為秀也　任代々素意　不可被渡他
家者也　仍譲状如件
　嘉暦三年七月十二日　（為相花押）

［校訂本文］

播磨の国越部下庄は累代相伝の
地なり。代々の勅裁并びに手継、二条
前関白家御避状等を相副へ、大夫
為秀に譲与する所なり。代々の素意に任せ、他家に
渡さるべからざる者なり。仍て譲状件の如し。
　嘉暦三年七月十二日　（為相花押）

嫡男為成は、嘉暦三年三月十六日、散位、非参議、従三位、右衛門督となったが、おそらくは病身であったか、翌々年元徳二年（一三三〇）九月九日に没した。為相は嘉暦三年七月十七日に亡くなるのであるが、その五日前に、一度為成に与えた越部下庄を、次男為秀に与え直したのであった。冷泉家文書中の「播磨国越部下荘相伝系図」（越部庄文書七号）は為秀筆であり、この譲りの前後に、為秀によって作成されたものと見てよい。為秀の代以降に及ぶ伝領については、省略に従いたい。

七　正元両度の譲状——西山入道すかさむ料——

さて、少し遡って、為家から次の世代への所領譲与の最初は、正元元年（一二五九）十月二十四日に行われた。

この時の譲状は、為家の没した建治元年（一二七五）から正応二年（一二八九）まで十五年間の裁判には提出されることなく、正応四年の越訴においてはじめて為世側から進覧されたので、謀書だと為相側は主張したようであるが、筆跡鑑定の結果、実書として扱われたという。内容は、吉富庄（預所職）・小阿射賀御厨（領家職・預所職・地頭職）・細川庄（領家職・預所職・地頭職）の三庄を、嫡子たる為氏に譲るべきこと、そのうち小阿射賀御厨と細川庄の領家職は、二条（九条）左大臣家姫君（母は為家女後嵯峨院大納言典侍で、為家孫女。「京極姫君」「上臈」とも）に一期の間譲り、その後は嫡子となる者に返戻すべきことを申し置いたもので、ただ、定家からの譲状に嫡子のみが領有すべしと命じてあった文言に従っての譲与であるとの明確な文言を含んではいなかった。

第二回目の譲状は、同じ年の十二月二十三日に認められた。先の十月の状に「此の間の子細は、状に載せ後日進らすべし」とあった、その後日の状が本状で、その意味で両者は二通一具の自筆文書であったと思われるが、最初の意図にそぐわぬ内容のものになってしまったようである。これには「庄々譲り進らせたる事、西山入道すかさむ料など云ふ事に成りて候ふ浅猿さ、只嫡子知るべき所々ぞと、中納言入道殿書き置かせ給ひて候ふままに、譲り進らせて候」とあったという。最初の譲りにおいて主要三庄の名を明示し、結果として西山入道を賺すことになってしまったのは浅ましく気の毒なことではあるが、只嫡子が領有すべき所々だとの定家の遺命に従って、為氏に譲ったのだということを強調している。そして本状には「庄々」とのみあって、具体的に個々の庄名は記されていないし、また左大臣家姫君に一期譲りすべき庄の名前が、小阿射賀はそのままであるが、細川の名は消えて代りに嵯峨が指定されており、この点も変化している。「嵯峨」は、文永十一年六月の譲状に「嵯峨中院の旧屋、思はぬ外に取り渡し候ふ事も、然るべき事に覚え候ふ」とある、嵯峨にあった旧い家屋敷を指すであろう。正和二年の裁許状はこの点を不審として、必ずしも一具の文書とは称しがたいという。しかし、これらの大きな齟齬は、おそらく最初の譲りの意図が、たしかに「西山入道すかさむ料」という点にあったことの証左でもあるだろう。

二度目の譲状に特徴的ないま一つの点は、「祖父の本譲り有るの条」とあることである。そのことが記されていたということは、訴訟当事者の双方が認めていたことだという。「祖父の本譲り」(補注)とは、定家から相伝した和歌文書等を譲る旨の意志表示をした文言があったということであるに相違なく、後年、文永九年八月二十四日付侍従殿(為相)宛譲状において、為相に譲与することを約したのと同じ類の内容であったと思われる。為相の場合には、『明月記』は一年後の文永十年七月二十四日の譲状で与えられているが、為氏は嫡男であったことを思うと、「祖父の本」の中に『明月記』が含まれていた可能性もある。そして、この譲りもまた「西山入道すかさむ料」の一つであったはずである。

かくて、正元元年の二度にわたる一連の譲状は、西山入道、すなわち為家の岳父蓮生宇都宮頼綱の目前にせまった死を契機とするものであった。蓮生の八十の賀は、二年前の正嘉元年二月十五日に祝われ、為家も自詠を押月次屏風を新調し、釈教歌を添えて贈ったりしている(藤原為家全歌集三二四三〜三二五三)が、その蓮生は、最初の譲状を認めた日から二旬も経ない正元元年十一月十二日、八十二歳で薨去している。「西山入道すかさむ料」(西山入道蓮生をだます手だて)とは、入道の長女(嫡女)が生んだ長子為氏に遺産譲与の約束をすることによって、御子左家の嫡子たることを認知し、以て最期の病床にある岳父の心懐を慰め、安心して死に赴けるようにとの配慮に発した措置であったことは疑いない。しかしその約束は、為家没後の予約の構図を示したものであって、実際にそれをどう生前に沙汰してゆくかは、別の課題として残っていたはずで、さればこそ、没後一箇月もすると、その内容は微妙な変化を示すことになったのである。

そして、第三度目の譲状は、文応元年(一二六〇)七月二十四日に認められ、ここに至ってはじめて、最大の所領吉富庄の、付帯文書の譲与を伴った生前譲与が行われた。すなわち、文永十年七月十三日の為氏宛書状案によれば、為氏が六十を過ぎた老入道為家に家を出るよう申し勧めてあきれかえったことがあったが、世間的には不孝の振る舞いということで、出仕も叶いがたいように噂されたとき、老の身一つはどうにでもなるからと考えて、最初の譲状にあった細川庄（預所職・地頭職）は悔い返して自身の料にあて、小阿射賀御厨（預所職・地頭職・地頭代官）は切って他（次項にみるとおり、為家乳母孝弘母）にあて、宗との吉富庄（預所職）は当時よりの出仕以下の料として為氏に与えたのだという。その序でに、いずれ譲与することになる付帯文書も一緒に与えたらよいと、阿仏も為氏のために良いようにばかり申したので、こまごまと譲状を認めて譲与したのである。そして、少しでも融覚の心に違う振舞いがあったらこの譲与は無効となる旨を裏書きして与えたという。十年七月二十四日状の最初の一文も、そのことを要約して記したものであるにちがいない。同じく申し置く旨に違背すれば取り返すことがあるとの裏書きは、七月二十四日の状になお二箇所、また十一年六月二十四日の状にも見える。生前譲与であったからこそ、悔返しのことにしばしば言及しておく必要があったのである。裏書きの内容のいま一つは、正和二年裁許状の二箇所に引用されるとおり、為氏は母方からいっても頼綱入道の嫡女の長子であるから真正の嫡子であること、そして吉富の庄は女子に譲ってはならず「若御前」すなわち嫡子たる為氏に与えよとの父定家の遺命に従って譲るのであり、そう書いてある定家の状をも与えるのだから、いますぐ直ちに全ての権利を譲り与えるのと同じだとの主旨を含んでいた。

八　文永五年十一月十九日付阿仏御房宛融覚譲状

その後三年目の弘長三年に為相が誕生して状況は大きく変化し、為相への不憫さから為家は、文永二年四月の叙爵を祝って、定家が為家女後嵯峨院大納言典侍のために書写して与えた定家筆三代集他と自筆の『続後撰和歌集』を付属し、五年九月には加叙を祝って『和歌初学抄』を書写して与えた。(注11) 文永五年十一月十九日の阿仏宛ての譲状は、九月に『和歌初学抄』を譲与したことの延長上にあると受け取れる。まず現代語訳による試解を掲げる。

伊勢の国小阿射賀御厨の預所職と地頭代官の権利は、私の乳母である「御ばば」すなわち孝弘母が生きている間は、そのまま彼女のものとしてある。その没後は、「御ばば」の意向によって、あなたに譲るので、あなたの意志によって沙汰してよろしい。男の子三人を産んで、今日までこうして私の側に居てくれた、その思い出として進上するのである。このことは、為氏にもよくよく言い含め書き与えてある。およそ、私の子孫としてある者が、私のこの決定に違反した時は、六波羅や鎌倉の役所に提訴して、いずれ嫡家（為氏）に返ってくるはずの当小阿射賀御厨の領家職の権利も取り上げてしまってよろしい。

また、不断経のことを始め置いたのは、ひたすら無上菩提のためを思ってのことである。私の死後の孝養としては、他の手段による追善はどうでもよい。この不断経が退転することのないように、助力し継続するようにと、為氏にも申し置いてある。また、私の跡をも継ぎ、庄の一つも領有している子孫の末々までも、同様にこの趣旨を思い返して遵守するようにと、返す返すこう申し置くのだから、相違があってはならない。

（袖書）先にも書いて差し上げたと思うが、小阿射賀御厨の預所職は、私の子孫が相伝するようにと申し置いてある。中でも、さしたる過ちがなければ、あなたの後は、大夫為相に譲っていただきたい。

右に明白なとおり、これは、現在「御ばば」すなわち孝弘母が持っている小阿射賀御厨の預所職と地頭代官の権利を、その没後は阿仏に与えることを約した文書である。

ここに見える孝弘母は、すなわち為家の乳母、その夫忠弘は為家の乳人であった。『明月記』正治元年（一一九九）十二月六日、為家（三名）三歳の魚食の記事は以下のとおりである。

午ノ時許リ、三名ノ魚食〔乳母之ヲ営ム、前ノ物十六以上、高坏ニ之ヲ相儲ク〕ノ後、相具シテ御所ニ参ズ〔袙ノ上ニ猿袴ヲ着セシメ、門ヨリ懐カシメテ下ル〕。先ヅ宮ノ台盤所ニ参リ、又忠弘ニ懐カシメテ殿下ニ参ル。御出居ニテ手本造物ヲ給ハリ、種々ノ感言ヲ蒙ル。尤モ面目ト為ス。此ノ子事ニ於テ物吉ク、今ヨリ悦ビト為スナリ。其ノ後車ヲ入レ乳人ニ下サシメルノ後、又之ニ乗リテ退出ス。乳母ハ即チ予相具シテ帰リ了ンヌ。

この前後、十二月六日条には、「早旦、山法師〔三位カ〕入来ス。事ノ縁有ルニ依リテ、伊勢ノ事ヲ云ヒ付クベキ者ナリ。乳母ノ女房之ヲ伝フ。仍リテ相逢ヒ、事ノ子細ヲ示シ、下文ヲ書カシメ給ヒ了ンヌ」とあり、また翌二年八月二十八日には、「午ノ時許リニ大炊殿ニ参ル。帰路、四条ノ三名乳母宅、夜ニ入リテ帰ル。小阿射賀新地頭ニ補改ノ由、中将ノ消息有ルノ間ノ事ナリ」ともあり、これらの記事によって、この乳母が伊勢小阿射賀御厨のことに関っているらしいので、早くから地頭代などの権利を与えられていたのではないかと思われる。預所職は、前記文応元年の譲りの時「小阿射賀切りて」とあった、その時に与えられたのではないかと臆測される。

為家の乳父忠弘は、『明月記』には建久九年（一一九八）一月十一日初出、正治元年二月二十一日「右馬允」、元久二年十一月三十日「右衛門尉」とあり、嘉禄元年（一二二五）正月十日に「忠弘入道」と見えるのでこれ以前に出家、以後賢寂と号して、嘉禎元年（一二三五）十二月の『明月記』記事の最後まで登場しており、その間吉富や越部庄などの荘園管理に奔走するなど、定家の忠実な家人であった。定家の母の家系を『尊卑分脈』によって点検された石田吉貞氏は、さらにその忠弘が定家の母美福門院加賀の兄親弘の孫に当たることに注目され、「忠弘は定家の家に事へて、生涯定家の為に家計家事の一切を引き受けて処理している無二の忠実な家司であるが、実は定家と遠い血のつながりがあることが知られると共に、定家母の一家が、定家の家に比べると、家格がかなり低かったことも知られるのである」と述べている。(注12) してみると、孝弘もまた為家の御子左家と格別に近しい関係にあったことを知るのである。

そして『明月記』の記事を追って行くと、忠弘・孝弘周辺の人物として、忠弘の弟清弘、忠弘妻、孝弘母の弟である助里、孝弘の兄有弘などが浮かび上がってくる。さらに文永七年冬の『為氏卿記』(注13)を参看すると、孝弘の子息たち三人も浮上してくる。いまその略系図を掲げると、次のとおりである。

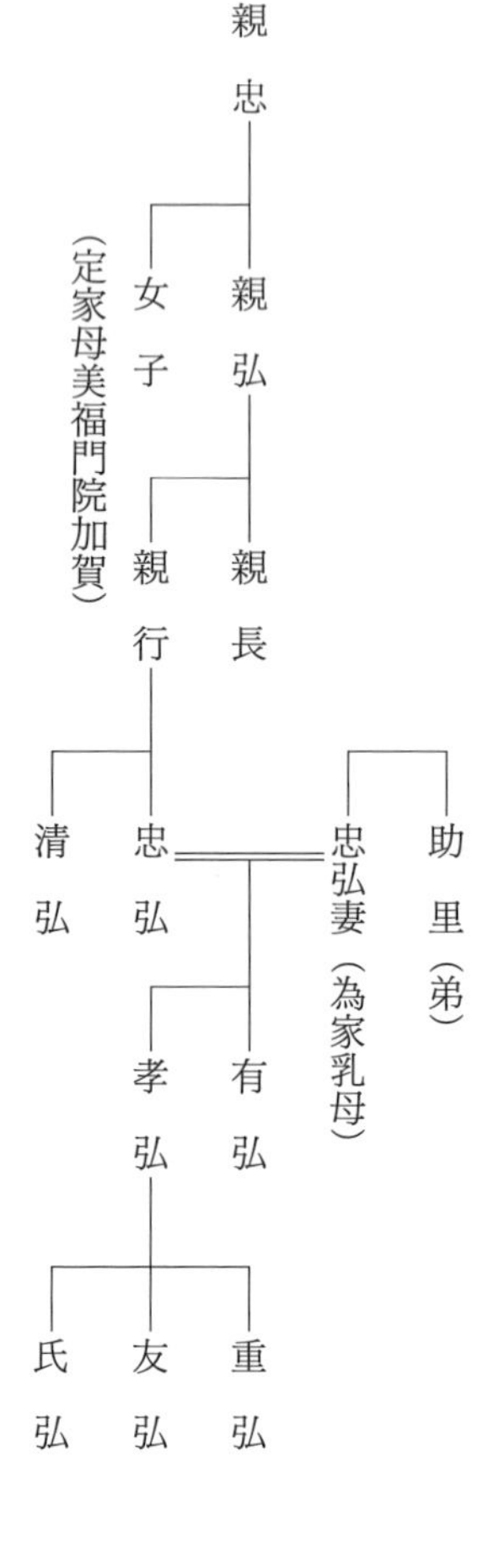
親忠
親弘
女子（定家母美福門院加賀）
親長
親行
助里（弟）
忠弘妻（為家乳母）
忠弘
清弘
有弘
孝弘
重弘
友弘
氏弘

孝弘は為家の乳母子であったはずだから、同年か一歳ほどの年長であったと思われ、当然忠実な家人であったにちがいない。一方文永十年の譲状に「友弘が親・祖父沙汰せしことなれば」と出てくる友弘は、その名前「弘」の一致からみても孝弘の息男であるに相違ない。果たせるかな『為氏卿記』によれば、友弘はしばしば為氏外出の際の供をしており（十二月十一日、十八日など）、十二月十七日の女性関係をめぐる経景と季重の刃傷沙汰を、友弘と重弘が制止しようと立ち働いている。重弘もまた友弘の兄弟の一人と思しく、さらに十一月十日の条に「侍左兵衛尉氏弘、故孝弘末子」、十三日の条に「侍一人〔兵衛尉、孝弘末子〕」と見えるので、氏弘も彼らと父を同じくする兄弟であったことを知る。友弘と重弘の長幼は不明であるが、友弘はおそらく為氏の乳母子であったと思われ、為氏の忠実な家人で、為家にはつらく当る不忠の存在であったことは、文永十年譲状の内容に照らし明らかである。

「男子三人」とは、『十六夜日記』に登場する山の律師定覚・為相・為守のこと。「大納言にもよくよく申し認めて候ふ」とは、地頭職をもつ為氏にもそのことは了解してもらっているということであろう。また途中に見える領家職については、今は左大臣家姫君に一期譲与されていても、いずれ嫡家に返ってくるものとして、「大方、融覚が子孫とて候はん者の、この事違へまゐらせ候はん時は、京・鎌倉へも申して、領家職をも取らせ給ふべく候ふ」といったのである。そして後半は、不断経のことを始めたのはひたすら無上菩提のためで、わが亡き後の孝養は、他の追善はどうでもよいから、この経のことを永く維持すべしとの言い置きである。袖書きは、この預所職は子孫相伝ではあるが、できれば為相に譲ってほしい旨を書き添えている。

九　文永六年十一月十八日付融覚悔返譲状と為氏去状

文永六年の悔返し譲状と為氏の去状は、従来から知られていた文書で、越部下庄を為氏から悔返して、為相に与えるという主旨の文書。もとは為氏に譲ったものであったが、老の後に為相が生れて不憫に思うので、為氏から請い受け去文をとって譲り与えるものであり、代々相伝の所領だから他家に譲り渡してはならぬと戒める。去状において為氏は、為相にもし子供が生れなければ、為氏の子を養子にして譲ってほしいと付言する。定家の遺命であった嫡家相承の遺志が働いていたと思われる。なお、これらの文書が認められたのは、飛鳥井雅有に『源氏物語』を講義中のことで、十四日は早蕨、十九日には宿木の講義があった。間の十五日と十六日は、雅有は自宅において終日なじみの白拍子と遊んでおり、十七日と十八日の記事はない。かくて『嵯峨のかよひ』の雅有の視点からは、為家のこのように差し迫った事情は全く窺えない。

文永九年の書状は、僅かな断片から、細川庄を譲り受けた者は嫡家に譲るべしとの内容を伝えるものであったらしいが、その詳細を知ることはできない。

また文永九年八月二十四日の、和歌文書等悉皆を譲る旨の為相宛て譲状も、従来から知られていたもので、これについては前節で言及したが、この文書中「目六同じく副へ遣はす」とある「目録」は、若干確証に欠ける憾みを残しながらも、冷泉家時雨亭文庫に現存する定家筆『集目録』を指しているとみる藤本孝一氏の見解に従われる。(注14)

十　文永十年七月十三日付為氏宛吉富庄悔返通告状

文永十年七月十三日の為氏宛て書状案は、端的にいえば、吉富庄を悔返す旨の通告状である。この文書は時間的に七月二十四日付けの阿仏御房宛て譲状の直前に位置するもので、内容的に重なり、また相補いあって理解が深められもする。事実関係など不分明な点が甚だ多いけれども、ことばを補って現代語訳を試みておきたい。

貴方と日比忠直とは縁が深く、俸禄を与えてやりたいと思ったついでに、ここ四十余年も同宿してきた入道が同じ家の中にいたのでは、思うように家の政をしにくく思ったのか、六十を過ぎた老法師に向かって家を出るように申し勧めた時には、まったく驚きあきれてしまった。その時父に盾突かれたということで、世間的には不孝を理由に、出仕も叶わぬように噂されていた時、老の身一つはどうにも生きて行けようと、先に没後に与える約束をした細川庄を悔返し、小阿射賀も切り取って生きて行こうと考え、主たる吉富は貴方に進上した。その序でに、ついには進上するはずの文書どもをさえも、ただもう早く差し上げておいたらよいと、阿仏も貴方のために都合のよいことばかりを申したので、譲状を細々と書いて進上した。しかし、少しでも融覚の心に違うことがあったら、この譲りは有り得ずに失効する由をも、裏書きまで認めて進上したのである。

そう処置して、自分が亡き後までも頼もしく思いながら過ぎて行くうちに、思ってもみなかった姫宮がご誕生になった。予てからややせという妬み深い悪心の人が現れ出でて、光徳を引き連れて、親に知らせまいと企んで、中院に籠り居すわっていた時に、大貳殿をさえも同じように誘きよせて置いていた。文永九年の夏から秋のころ、貴方も嵯峨への通いが頻繁であったので、そこでどんなに多くの虚言を聞かせられたのか、ここへくる度ごとに、未だ経験したこともないほどの悪口雑言を度々承り、呆れて悲しく思ったことであった。

また、友弘が、吉富を取られてしまっては、都のうちに安心して住みがたいと、泣く泣く申したので、一年分の年貢のうち八箇月分を自分の命をつなぐ給与や食費に宛てていた細川庄を、危ういとは思いながら申し与える約束をしてしまった。心配したとおり、生きていけるようにもきちんと沙汰してくれなかったので、どうしようもなくて、細川庄の地頭代官大手房のもとより、生きていける程度のことはすぐに沙汰させてくれと申し入れさせたら、友弘は即座に貴方に訴えたので、またおそろしく思った。現地へ行くために河尻へお供しますといって、厳めしく荒々しい文を持ってやってきましたと、わざと嫌うようにしむけて去っていった（この部分定解をえない）ことは、普通の親子・主従の礼儀とは大いに違っているように思った。何にせよ、長生きし過ぎたからこんなことを見たり聞いたりするのだと思ったので、細川庄は結局進上してしまった。その細川庄につけて、小冠者を一人使っていたが、ここには頭を剃ったり爪を切ったり身の回りの世話をする者がいなくなってもかまわぬから、行けといって小冠者隆元も一緒に進上したのだ。その時「限りある命を人に急がれて見ぬ世の事をかねて知りぬる」とは詠んだと記憶している。早く死んでしまえばよい、あの世へ行こうと心にきめて、ことさらに振る舞っていた折のことである。

そんなことがあってから後は、現に生きているこの世においてなおこうだとすれば、まして息絶え死んでしまった後は、後世を弔ってくれる人がいるとも思えないので、よい機会を得て日吉社に百日参籠して、後世のことを祈り申し上げようと思い立ったのである。日吉社へは、毎年春秋の二季に七日間籠り、御戸の開き（ご開帳）に参列してきた。その間の雑事はさすがに吉田からし慣れていたので、今回も二三七日程度と申してあったのに、呆れ返った事に僅か十日で、友弘の下人薬師男は逃げ帰ってしまった。やや巫女は見たことであろう。それではと決心して、一期の所作を申し上げて逆修にもしようと思い、首を縛りさまよっていた時に、祢宜をはじめ神官たちが理不尽だと気の毒がって援助してくれたので、百日参籠の間の命をつないで帰ってきた。まったく存外のことである。参籠中に死んでしまって湖に投げ入れてくれと思っていたのに、帰ってから餓死してしまうことになれば、またきっと難しく言われるであろう。百日の末の十日も世話をしてくれと言ってやると、友弘は返事もせず、その事を免じてくれると嬉しいなどと、言いもしないことをさえ返答してきた。法眼はあの男をどうして許しているのであろうか。又、日吉社を出てくる時の料として、馬草や力者の手配を頼んだけれど、これまた拒否されて正体もなかった。

吉富庄を持っていると人も知っているのに、宮籠りの場で受けた恥じがましさは堪えがたかった。又百日までの参籠を思い立ったのも、一方で細川庄にも年貢のほかに引田とかいうものも確かにあったからである。吉富庄があるのだから、さすがによもや見捨てられまいと、我が身をも神慮をも頼んで百日参籠を思い立ったのに、まったく存外のありさまで経過してしまった。大体逆修などというのは、仏事の一つもし副えて賜うまでのことであるが、はじめは吉富の庄を以て命生きることができるようにと祈る計らいくらいはどうしてないことがあろうかと思ったのだが、その儀は散々のありさまで過ぎてしまった。

貴方には吉富庄も進上した。細川庄も召し上げられてしまった。殿よりも丹後の国三箇庄を賜ったと聞いている。友弘は又吉富庄預所の目代を立派に務めていると評判である。七十六歳の老法師と子供、それに僅かばかりの従者が、たった今餓死してしまったら、まったく貴方の恥以外の何物でもない。八王子の宮造営の神事にも憚りとなるだろう。一方ではまた、仏神三宝の照覧するところも、不孝ということになってしまうのがいたわしいので、ここは道理強く思いきって、吉富庄を返してもらって、一方便宜の所でもあるので、坂本辺の人（世話になった祢宜）に与えて、自らの科を悔い、援助してもらった物をも返し、恥辱を雪ぎたいと思う。また、わが心にも叶わぬ余命をも養おうと考えて、吉富庄は申し請けることにしたのである。そのことを十分心得ておかれよ。謹言。

第一段落は、裏書きを伴っていたということから、文応元年の譲状の時のことであるべく、吉富庄をこの時付帯文書とともに与えたことは、先にみたとおりである。冒頭の日比忠直がどんな人物であったかは、いま手掛かりがなく、分からない。

第二段落の「思ひがけぬ姫宮」とは、九条左大臣道良と後嵯峨院大納言典侍との間の第二女なのではあるまいか。九条左大臣道良は正元元年十一月八日に没しているが、その直前に大納言典侍が身籠もっていたとすれば、翌文応元年九月ころの誕生となる。第三回目の譲状は文応元年七月二十四日に認められたから、そこで一安心していたら「思ひがけぬ姫宮」が出来したというのに符合する。「ややせ」「光徳」「大貳殿」は、いずれもその姫宮付きの関係者か。彼等が為氏に虚言を吹き込んだというのはいかなることであったのか、よく分らない。

第三段落は、友弘に泣きつかれて、為氏から半ば強要されるような形で細川庄を与えてしまったこと、為氏の数々の不孝によって老後の命の保障を失った顛末が記される。「河尻へ御供」云々のあたりは、いかなることかよく分らない。「限りある命を人に」の歌は、『延慶両卿訴陳状』中の為兼陳状に「且は彼の病床に於ける詠歌に云く」として見え（四句「見努世之後緒」）、「此歌、病床に於て詠ましむるの条、其の時世より以て口遊む所なり」と解説されていた。為家の自記するところによって、病床詠ではなく、文永九年ころ細川庄を為氏に召し取られたころの詠嘆だと知れる。

第四段落以下は、日吉社への百日参籠のこと、友弘とその下人薬師男の非道な振る舞いの数々、参籠中の為家の心情と行動が極めてリアルに展叙されていて興味深いが、これについては、次の譲状の考察において、詳しく述べることにする。途中の「雑事さすが吉田よりし付けて候へば」とある「吉田」は、為氏の母頼綱女がその父母（おそらくは母）から伝領した実家であり、為家と離婚後は本拠としたと見られる屋地で、為氏も第二の本宅としていたにちがいなく、一年二季の参籠時の雑用世話の類は、その下人たちがし付けていたというのである。「法眼などか免じて候ひけるやらん」の「法眼」は、為家の晩年に親仕した慶融である可能性が大きいと思われる。かくて、最後にまとめとして主旨が記されているとおり、本状は、吉富庄を悔返す旨の、為氏宛ての通告状であった。

巻末の付記は為相の書き付けである。最初の一行は、この状を書き送ったところ、為氏から仰天した旨の返報があり、それは自筆であったという。

文永九年十月十二日の毎日歌と日吉参籠中の歌は、九条家本『十六夜日記』の「道の記」奥の識語、「中院大納言置文和歌、日吉百箇日参籠之時日歌之内也」によって知られていたものであるが、「いとはるる」の歌の三句目が「つれなくて」とあったのと少異があり、かつまたこれを詠んだ正確な日付も判明する。

為相書き付けの最後が「不孝の所見分明に候ふ哉」であることから、これらの付記は為氏の不孝を証する事実を挙げることに目的があったことを知る。融覚（為家）書状の写しをとったのもまた同じ目的からする行為であったに相違なく、そしてこの文書は、いずれの時と特定はしえないけれども、実際の裁判に際し役所に提出された、証拠書類であったと思量される。

十一　文永十年七月二十四日付阿仏御房宛融覚譲状

前項でみた為氏宛ての書状を認めてから十一日の後、文永十年（一二七三）七月二十四日付けで阿仏に宛てられた譲状は、最も長文で詳しく、為氏あての書状と内容の上で重なる部分が多いが、阿仏への譲状であるから当然にその目的を異にしている。これも同じく、現代語訳による試解を掲げることにする。

相伝の家領どもについて、融覚一期の後は嫡子たる大納言為氏に譲るべきだと考えて、漸次譲状などを遣わしてきたが、それらの内主だった近江の国吉富庄をまず、今現在の為氏の出仕以下の費用として充て、既に譲り渡してしまった。その他の所々は幾ほどもない領地なので、自分の余命をつなぐ資としようと思っていたところ、今死ぬか今死ぬかと待たれながら、思いの外に長生きした年月を待ち遠しく思ったのであろうか、まだ生きている今からもう細川庄の預所に干渉し、事あるごとに我が物顔をして、聞きにくい悪口をも憚らず言うに至っては、いかにも人臣の礼を忘れ、孝行の道にも背いているように見える。かくあるに就いては、この家を嗣ぎ御子左家の名声を後世に伝えることにおいて、自分では監視できない没後の世にあって、為氏の心に任せたらどうなることかと甚だ気がかりであるし、一方で為氏の心の程度をも見てしまいたかったので、死後の譲与を約束したのであったが、細川庄も生存中の今から与えることになってしまった。

実はこの庄を以て、一年の年貢の内八箇月分をわずかばかりの相節（自分用の給与・食費）に充てて、命をつないできた領地なのであるが、所有していればいるでまたうるさく煩わしいことばかりがあるので、為氏を責めなじりながら嘆いてきた。為氏はそんなことには少しも憚らず、二郎左衛門資親とかいう者に我が相節分を与えて、公用（年貢以外の雑税や夫役）を年々きちんと処置させて、庄務に携わる庄官をして「父はまだ生きていたのではないか」とも尋ねる言葉すらなくて、「けら腹立てば鶫喜ぶ」とかいう諺のごとく利害が対立したまま月日が重なってゆく。厭われているわが命長さも、願いのままに極まり命終の時を迎えられそうになったので、一方では最後の逆修だと思って、生涯の所行を懺悔しまた今の我が身の有様をも神前に額づき嘆き申し上げようと思い、ちょうどよい機会があったのを幸いに、日吉神社に百日参籠を思い立ったのだった。

幼い少年たちを引連れて行ったので、旅の空も旁々危うく思われたけれど、この細川庄にも年貢のほかに引田とかいって私に沙汰し賜るべき取り分が確かにある、また吉富があるのだからそうはいってもやはり人目を気にして為氏も見放しはしまい、また昔から二十四日という日は、故祖父俊成入道殿の時代から四季折々に籠り、また月詣でなどのことも限りを設けてし付けてきたことである、友弘の親（孝弘）も祖父（忠弘）も代々がその世話をしてきたことだから、友弘も必ずや存知しているであろうなどと、我が身をも人をも頼みにしていたところ、友弘は自分自身で世話することはなく、下人の薬師男をもって型通り十日ほど世話をするということで、打ち捨てられていた時、申し様もないひどい有様で参籠しているのを聞きつけて、日吉社祢宜成賢が訪ね世話してくれて、辛うじて百日を越すことができたのであった。もの懲りすることなく、下向のころ最後の十日ほどの世話と、また迎えの力者のことや馬草の調達などを友弘に申し入れたが、最後には、この事どもを免じてくれると嬉しいなどと、奢りたかぶって馬鹿にしたので、もはやとかく言い様もない有様だった。

こんなにまで侮って恥じない友弘も思い知るであろうか、また祢宜成賢の恩にも報いて、恥を雪いでやりたいと考えて、吉富庄は取り返すことに決めたのである。そうする根拠としてこそ、文応元年に与えた譲状の裏に、我が心に違うことがあったら取り返すことができる由を書き載せてあったのだといって、すぐに吉富へ人を下し遣わしたところ、為氏は、吉富を取り上げられてしまったら生きてはゆけないなどと、さまざまに申した。そこで融覚が考えていることの趣をまた詳しく申したところ、それならば細川を返し進じますと頻に嘆き申したので、結局は親があるとも主があるとも、余りにも思われていないのでかく沙汰したのであったが、こんなにも嘆かれたので、それならばと譲歩して吉富には口出しせず、細川庄を取り返したのである。

そもそも為氏に所領どもを譲ったのは、我が没後の追善をも正しく処置し、申し置いたことどももそうはいってもよもや違えることはあるまいと深く頼みにしていたからだったのに、目の前に居てさえこうも情けなく芳心のかけらもないことによって、我が死後のことはすべて皆思い知った。

一方、なみ一通りの心からではなくて、文永五年から不断経を始めたのだが、経衆の僧たちのわずかばかりの衣食をどうしたものかと嘆いていたところ、細川庄を先年唯念に検注させたところ、通常の年貢の外に加増した分が出てきたので、それも然るべきことと喜んで、一年三十六石の供料を六人の経衆の食費に充てておくことにする、わが没後に決してこのことを違えられるな、そしてそのままこの不断経を我が追善に用いて孝養とすればよく、他の孝養は考えなくてよい、このことは随分の大願である、申し置くとおり相違があってはならないと様々に申したにも関わらず、結局為氏は承引せず、果ては情けない返事をするに及んで、三宝にも憚らず親の命にも背いたことは、かえってとかく申すに及ばぬことで、これでは我が後世のことを申し置いたとしても叶うはずもないので、細川庄を取り返してこれ以後長く貴女に譲り進ずることにしたのである。不断経のことを始めとして子供たちのことも何事をも、この細川庄を以て、如何ようにも処置してゆくがよい。

そこで、承久三年九月二十八日の院庁下文、同年十月七日の武家の地頭職の免状、以上二通の正文とその他の関連文書等を、確かに譲り進ずることにする。地頭職のことはなお将軍家の下文もあったのだが、それには伊勢の小阿射賀御厨などを一緒に記載されていたので、為氏に与えてしまったと覚えている。それも同じ様に取り返して進上すべきではあるが、この武蔵の守泰時の免状の正文がある以上、これに過ぎるものはないので、為氏には取り返すべく申し入れないでいるのだ。この武蔵の守泰時の免状の正文をもって、関東の安堵状をも申請して獲得すればよい。大きな所領でもあるので、吉富庄を取り返して、このように申し置こうと思ったのだが、為氏があまりに嘆き申したので、心弱く許して与えてしまったのである。そうしてやった以上、この細川庄に関して、このように没後追善のことなどをそなたにあれこれ申し置いたことに対し、よもや恨みも残るまいと思う。もしもことの成り行きで、もともと父は自分に譲ったものである、文書にはこうあるああるなどと申し立てて、叶わないまでも煩わしいことを申し出すようなことがあった場合には、それは一向に不孝故のことなのだから、吉富庄や冷泉高倉の屋地なども取り上げて為相の分になさって結構である。後判が確かにあるのだから、もしも裁判沙汰になったら、この譲状を証拠として、朝廷に対しても幕府に対しても申し開きをすることができよう。そもそも為氏に所領どもの付帯文書を譲り渡した時の譲状にも、このように没後譲与のことを約束したからといって、わが心に違うことがあったらそうなることはないとの旨を書き載せておいたので、たとい没後であっても、我が申し置いた命を違えたならば取り返すことができる道理を申し置くのである。文永九年の冬のころの為氏の振舞いは、一般的には不孝と言うべきものではあるが、人は恨めしく思うけれど、老の後に及んでどうしてそのようなことを世間に申し出すことができよう、為氏の名も我が名も立てまいとじっと我慢して過ごしてきた。このように貴女に申し付けた以上、庄官に報酬として与えることを続けてきた人食人給（免税の田地）までも、皆領主である貴女の心に任せて如何ようにも措置されるがよい。子孫の中にも、日ごろから給物などを与える旨を書き置いたことがあったとしても、今はそのことはなかったことにする。何もかも貴女のお計いのままにされるがよい。

まことにまことに、故中納言入道殿の日記は、人は何とも思わないけれども、我が一身の宝だと思っている。子（為氏）も孫（為世）もそんな物を見ようとも言いもしないで打ち捨ててあるので、侍従為相に譲与することにする。心して一心に読んで理解し、朝廷の公事を努めたり、人がこの世に生きてゆく生き方をも見知るようにと教え諭しなさい。

また歌書や漢籍などの正本どもは、わが心ばかりに散逸させないでいるものだが、受講することができる四道の博士がいたならば、近付きになって読み習うようにと教え諭しなさい。歌のことを始めとして、私が手づから書写し訓点を施した典籍類である。これらの文書は、よくよく返す返すも重んじていただかねばならない。あなかしこ、あなかしこ。

十二　日吉社百日参籠の経緯

先の七月十三日付け為氏宛て吉富庄悔返し通告状は、この譲状の中に「かやうに侮づり候ふ友弘も思ひや知り候ふ、又祢宜が恩をも報ひて、辱をや雪ぎ候ふとて、吉富の庄取り候ひぬるぞ。その料にこそ、進らせ候ひし譲文の裏にも、心に違ふ事あらば取り返すべき由、書き載せて候ひしかばとて、やがて吉富へ人を遣はして候ひしを、大納言、吉富召されなば命生きがたしなど、さまざま申し候ひし時に、融覚存知の様、又詳しく申し候ふに就きて、さらば細川を返し進らせむと頻に嘆き申し候ふ時に」とある部分の、「又詳しく申し候ふ」とある段階における書状であったろう。「やがて吉富へ人を遣はして候ひし」と記される直前の段階のものかとも思われないではないが、しかし書状を遣わしたとは明記していないことから、その段階は自分自身の心の中で裏書きの文言を反芻しながらの直接行動であったと見るべく、対してその時の為氏の応対は「吉富召されなば命生きがたしなどさまざま申し」たとはいえ、それほど本気で受け取ってはいなかったのではあるまいか。さればこそ為家の通告状を受け取った為氏からは、「仰天の旨返報有り」（前記為相追記）ということになったのであろう。そしてその為氏自筆の返報の中に「さらば細川を返し進らせむ」との意味の文言があったのだと思量される。為氏の嘆願と代替提案に対し、情に脆い為家はすぐに自分の決定を翻して、「詮ずる所、余りに親ありとも主ありとも思われぬに就きてかく沙汰しつれど、かく嘆かるれば、さらばとて吉富にいろはで細川をとり候ひぬ」と、矛を収めてしまったのである。

かくて、裏書きの主旨を盾にとっての吉富庄悔返しの決意と、予行としての家司の現地派遣を経て、七月十三日付け通告状の送付、折り返しての為氏仰天の返報と嘆願ならびに代替としての細川庄返還の提案、それを受けての為家の譲歩と細川庄返還受諾、決定措置としての七月二十四日付け阿仏（為相）への譲状、という順序にことは運んだのであった。

日吉社百日参籠を思い立つに至った経緯について、為氏宛て書状案ならびに阿仏宛て譲状の論旨はかなり異っている。いささか前後を通わせ補足しながら、まず為氏宛て書状の要点を示すと、以下のとおりである。

1　正元元年に約束した死後譲与はそのままに、しかし生存中の自分の老後の料として細川庄を、また小阿射賀御厨は孝弘母分として確保した上で、文応元年の譲状によって、吉富庄を、具書とともに為氏に生前譲与し、意思に背けば失効する旨の付帯条件を裏書きとして明記した。

2　その後、思いがけず姫宮が誕生し、「ややせ」「光徳」らに唆され、虚言を吹き込まれて、文永九年の夏秋のころから、為氏も悪口雑言を父に浴びせるようになる。

3　友弘が、吉富を召されたら都に安住できないと嘆くので、自分用の相節として充てていた細川庄の預所職分（二年の年貢の内八箇月分、つまり三分の二。残り三分の一は地頭職分であろう）を、老後の生活の扶持を期待しながら、危ういと思いながら、友弘に与える約束をした。

4　案の定、友弘は満足に扶持してくれなかったので、地頭代官大手房を介して折衝したが、埒はあかず、細川庄はほとんど無理強いに近い形で奪いとられ、身の回りの世話をしてきた小冠者までも差出してしまった。

5　「限りある」の歌はその時に詠んだものであり、早く死んであの世へ行こうと心に決めて、ことさらに振舞うようになった。

6　そこで、後世を祈るため、機会をえて日吉社百日参籠を思い立った。

一方、阿仏宛て譲状の論旨は、以下のとおりである。

①　文応元年の譲状を以て、吉富庄を具書とともに為氏に生前譲与し、正元元年に約束した死後譲与はそのままに、しかし生存中の自分の老後の料として細川庄を、また小阿射賀御厨は孝弘母の分として確保した（この点は同じ）。

② しかるに思いの外に長生きしたところから、為氏と友弘ほかの家司らは、為家が自分用の相節として充てていた細川庄の預所職分（一年の年貢の内八箇月分、つまり三分の二）に生存中から干渉し、憚ることなく悪口を言い、我が物顔に振る舞うようになる。

③ 生存中からこうでは、我が没後を為氏に託したらどうなるか気がかりであるし、また為氏の心の程度をも見るために、細川庄も生前譲与することにした。

④ 為氏はそれを二郎左衛門資親に与えて、為家の取り分を侵略して憚らない。

⑤ かく厭われている命長さも尽きそうになったころ、最後の逆修に一期の所作をも申し述べようと、日吉社百日参籠を思い立った。

②・③・④がそれぞれ大きく相違しているのは、片や嫡男に対する書状、片や阿仏（為相）に対する譲状という、宛所と親疎の相違、ならびに私的文書と半公的なよそゆきの文書という位相の違いに起因しているにちがいなく、真実は為氏宛て書状の内容に近かったであろう。

この時の百日参籠は、『源承和歌口伝』の記事「又文永十年四月二十一日より、先人百日日吉社に参籠侍りて、仁治二年八月二十日前中納言かくれ侍りにし朝より、日々の所作種々善根法楽したてまつるよし（目六在別紙）、啓白すがたにかきなすべきよし誂へ侍りしついでに、伊勢五祢宜すすめの歌詠みて、添へてつかはし侍りし返事に」とあるのによって、四月二十一日から始まり、五月の閏月を挟んで、七月三日の満旬におよぶ期間に実行されたことが確かめられる。

百日参籠中の有様、扱われ方については、両者の結論はほぼ一致する。すなわち、次のとおりである。

1 最初の十日だけわずかに世話したのみで、友弘の下男薬師男は逃げ帰り、宮の内に放置されてしまった。

2 祢宜成賢らが気の毒がって訪い援助してくれたので、かろうじて百日参籠を果しえた。

3　最後の十日ほどの世話と、帰路の力者や馬草のことを友弘に申し入れたところ、またにべもなく拒否されてしまった。それらは為氏からすれば親に対する不孝であり、家司や従者からすれば主人に対する不忠であって、共に許しがたいことである。

4　百日参籠中に友弘から受けた恥辱を雪ぎ、世話になった祢宜成賢の恩にも報いるために、吉富庄を取り返そうと決意するに至った。

などの点においてである。為氏宛ての書状には、捨て置かれた時に「首縛り仿ひし程に」、「死に候ひて水海に投げ入れよとこそ思ひ候ひし程に」とか、「帰りて餓死しぬべければ、又難しく申し候ふ」、また「七十六の老法師・子供・僅かなる従者ども、只今餓死し候ひなば、その御恥にて候ふ」とか、全体に感情的な物言いが多いのは、現実以上の老の僻み心が加わっていたのかもしれない。

この譲状における、細川庄の譲与に関するいま一つの重要な論点は、文永五年から始めた不断経の維持と、それを以てする没後の追善孝養のことである。このことは既に文永六年の阿仏宛て譲状の中に記されていたが、そこではまだ検注や加増分のことは見えなかったから、おそらくはその後のある年、唯念に検注させたところ、年貢のほかに加増分三十六石（「引田」と称しているのはこの加増分であろう）が出て来たという。そこでその加増分を六人の僧侶たちの食費に当てて、退転なく不断経を維持して行くよう為氏に様々命じたけれども、為氏は承諾しなかったので、その故においても細川を取り返して永く阿仏に譲ることにしたというのである。

そして、正文のことならびに裏書きのことに言及し、たとい我が没後であっても、取り返すことができる道理を明示し、人食人給までもすべて阿仏の進止のままであると書き置くのである。

なお、「文永九年の冬ざまの振舞ひ、うち任せては不孝と申しつべく候ひしかど」とある、文永九年冬の為氏の不孝の振舞いは、直接的には為家譲状の第三状、相伝の和歌文書等を皆悉く為相に譲る旨の、文永九年八月二十四日付け侍従殿（為相）宛て文書に、端を発しているとみてよいであろう。『源承和歌口伝』に「さて阿房と亜相と歌の文書の論ありき。其にも愚筆をそめて十七合の文書目安両本を書きて一本を文殿におき、一本は亜相許にとどめたり。阿房前中納言自筆にしるしおきたりし折紙の目六を取りかくして、要書あまたかすめとどめてよろづの人にも見せ侍りし比、二度の夢の告ありて、阿房姉妹打つづきかくれにき」と、文書をめぐる熾烈な論争のあったことが話題となっていることから見ても、秋も半ばを過ぎたころのこの譲状の措置に対する為氏の反抗が、すぐあとに火を噴きはじめたという時間序列であったと思量されるのであり、『源承和歌口伝』に通底する阿仏に対する憎悪と同根の感情に発する為氏の行動であったと思われる。

なおまた、文永九年八月二十四日付けの第二状とほぼ同じ内容の類文書、ならびに十年七月二十四日付けの第三状末尾の「まことまこと」以下と第二状の内容を合成した類文書が残っているが、ともに偽文書であること、前節に考証したとおりである。

十三　文永十一年六月二十四日付（阿仏御房宛）融覚譲状

文永十一年六月二十四日付けの阿仏御房宛て譲状は、それまでに書き与えてきた譲状を再確認するという色合いが強い内容であるが、同じく現代語訳による試解を示すことにする。

七十七歳の六月二十四日に至ってまだ生きている。返す返すも不思議に思われる。ただ生きているだけでも危なっかしいのに、心地も損じ、発り心地までついてしまった、我が身の有様が甚だ頼りないことだ。

嵯峨中院の旧い家屋は、思いもかけなかった人（京極姫君）に取り渡したことも然るべきことだと思うのだが、一期の後はこれを侍従為相に譲ることにする。為氏やその子たちが、嵯峨に住んでいた時の家屋だからなどと、所有権を主張して煩わすことがあるかもしれないので（明記しておく）。

日記と本書は、先の譲状に申したとおり、同じく侍従為相に譲ることを申し置くものである。為相が分別ある一人前の男子となるまでは、取り纏めて散逸させることなく措置されたい。

越部庄は、もとより為氏が去状を書いて了承した上で、為相に与えたものである。細川庄は、為氏にと思ったけれども、一昨年の悪口どもがあって恨めしかったので、不断経のことも退転なく維持して永代にわたる我が後生菩提の料とすべく、同じく侍従為相に譲るものである。

細川庄の地頭職も、やはり侍従為相に譲ることにする。鎌倉幕府の下文は、小阿射賀御厨と同一文書に記載されているけれども、こう申し置く旨に任せて処置していただきたい。

以上のことを違えて、為氏もその子孫たちも違乱をなした時には、訴え申し出て吉富庄も取得されるがよい。嵯峨に住み始めた当初、為氏に与えた譲状にも、裏書きに、私の心に違反したなら取り返すことができる由を書いて置いた。子細は一条殿に申し置いてあるので、相談されてもよいと思う。あなかしこ、あなかしこ。

文永十一年六月二十四日

（袖書）手がひどく震えて、文字の形も明瞭ではないが、また書き直すことも叶わないので、消した所も挿入した所もある（よろしく判読されよ）。

大方はこれ以前の譲状の再確認である中にあって、この譲状の唯一新たな点は、「嵯峨中院の旧屋、思はぬ外に取り渡し候ふ事も然るべき事に覚え候ふ」とある部分である。これは正元元年十二月の譲状に「小阿射賀・嵯峨、上臈一期の後は、嫡子に返し付けらるべし」とあった「嵯峨」のことで、それは中院の旧い家屋敷であったようだが、それを文応元年に約束した嫡子為氏にではなく、為相に譲ることにするというのが、本状の主旨である。この変更によって当然に惹起されるであろう、為氏・為世父子の不満と不服を心配して、「申し煩わすこともぞ候ふとて」と追記するのである。「もぞ」には、そうなると困るというニュアンスが濃厚に込められている。

この「嵯峨中院の旧屋」は『源承和歌口伝』に「(文永八年) 今出河にて西園寺相国の会の侍りし次第、こまかにかたり侍りしを阿房きゝて、みづから名望あらん事を思ひて、にはかに持明院の北林にうつりて、嵯峨の旧屋に和歌文書以下をはこびわたす」とある「嵯峨の旧屋」であろう。とすると、実際には少し前から阿仏が自由に使っていた、おそらく当時誰も住んでなかった旧屋を、この時譲ったということになるが、後に二条道平が改築して住んだという定家の小倉山荘[注15]が、同じ場所同じ家であったとすれば、越部庄の場合と同様、京極姫君一期の後も、一期譲りの約束に反してそのまま二条関白家(師忠・兼基・道平)が伝領していた可能性が大きいであろう。

いま一つこの譲状で注目すべきは、最後の「子細は一条殿へ申し置きて候へば、さてもと覚え候ふ」とある部分である。これはすぐ前の「これを違へて、大納言(為氏)も子孫(為世)も違乱なし候はん時は、吉富庄も訴へ申して取らせ給ふべく候ふ。嵯峨住みの初め、大納言に譲り候ふ文にも、裏に心に違はば取るべき由書きて候ひき」を承けている文言であるべく、阿仏・為相への遺産譲与に関し、為氏と為世が為家の遺志に反した行為をなした時には、宗との吉富庄も訴えて取ってよいとある、そのことの判定と実行の後見役を一条実経・経家に委託してあるとの謂いであるにちがいない。

一条家と阿仏の関係については、井上氏の「為相年譜」[注16]に以下の如く記述されている(括弧内は佐藤補)。

建治元・九月13　一条家経家歌合。作者は家経・阿仏以下。真観判。阿仏尼は、古今集注に円明寺殿一条実経歌合に出席とあり、源承和歌口伝に「一条殿へまゐるとていぬ」とみえ、またここに一条家の歌合に出席し、一条家と関係が深かったらしい。更に延慶両卿訴陳状に「(凡諸道文書之法、以相伝為最) 為世所蓄数代相伝之文書也。又於継母抑留之文書者、先七合被召下之間、皆為雑文書之間、被返遣畢。其後猶有其沙汰。自後一条関白家、任目録、十七合被渡沙汰畢。（御沙汰之次第、当道之面目、何事如之哉）」とあり、阿仏尼は掠めとった文書十七合を家経家に預けていたらしい。なお家経は弘安七年七月六十二歳で没している。何か深い関係があって阿仏尼は一条家に援助を頼んでいたらしい。

為家と一条家との関係は、寛元二年（一二四四）「右大臣一条実経家百首」に参加（家集・夫木抄他から三十二首を拾遺できる。藤原為家全歌集一八六八～一八九九）、三年十二月の「左大臣一条実経家詩歌管絃会」に出詠するなど、詠歌の上での関わりのほか、文永四年（一二六七）春為氏の任権大納言を望んでの実経との贈答（為家からの嘆願の歌とそれに対する実経の返し）があり、(注17)また何時のことかは判らないが、『顕注密勘』の上帖を書写して実経に進献しているよ(注18)うなことから臆測すれば、一条家の和歌師範のような立場にあったのではなかったか。阿仏との間にも何らかの関係があって、為家は一条家に後事を託したのであろう。

十四　おわりに

晩年の為家は、為氏の不孝の振る舞いを嘆きながらも、肉親の愛情から、また嫡子として歌の家を継承してほしいという強い願望から、見捨ててしまうことはできなかったらしい。吉富庄を取り返そうと決意していながら、嘆き付かれ代わりに細川ならと言われると、心弱くも折れて細川庄を取り返し、為相に譲ることになった顚末に、また文永十年七月二十四日付け譲状の終末に近い部分に至っての述懐「文永九年の冬ざまの振舞ひ、うち任せては不孝と申しつべく候ひしかども、人こそ恨めしく候はめ、老の後いかがさる事申し出すべき、君が名も我が名も立てじと念じて過ぎ候ひぬ」などに、その心は透けて見えるのであるが、なお、為氏を頼みしと、勅撰撰者に推挙すべく奔走して、その実現を喜ぶ一面をもっていたことも、見落としてはならないであろう。すなわち『延慶両卿訴陳状』と、『源承和歌口伝』の一節には、次のように見えるのである。

○延慶両卿訴陳状
一同（為兼）状云、且於彼病床詠歌云、
限安留命於人仁伊曽加礼天見努世之後緒加禰天知奴留云々
此歌於病床詠之条、自其時世以所口遊也。況可令吹挙哉。
（為世）都以不存知之。若阿仏之謀作歟。縦依継母之讒言、一旦雖有遺恨之事、於病床挙申撰者之条、何貽疑殆乎。且就勅答畏申状［阿仏自筆］云、
ちょくせんの事、ためうぢうちうちうけたまはりて候よし申候ひつるも、ただ心やすくおもひおき候はむずる。御じひばかりに、かつがつ御なぐさめ候かとうけたまはり候ひつるだにも、よはよはしく候心地、いきいで候やうにおぼえ候うて、しばしもながらへ候うて、撰集のさかしらをも申候はばやとも覚え候。またここしなののぞみも、いまはいとさはり候はじと、此の世ひとつならず、よろこびかしこまりうけたまはり候ひぬ。又ためすけが事、いふがひなく候ほどをうちすてて、心のうちはただおほせにたがふ事候はず。歌よみにもなににもをしへたて候うて、きみの御ようにもたつものになし候はばやとのみ、老の後の心にかかり候ひつれども、かひなく候。こころのやみは、かなしくよしなくおぼえ候ひつるに、なほなほためうぢがめんぼくきはまり候ひぬるも、ためすけがめうがひとかたならず。よろこびのなみだにくれ候ほどに、いとどくりごとのみ申され候云々。
加之、続古今之時、属常盤井入道相国、載懇懃之詞、吹挙之畢。彼状云、（中略）
又文永十一年五月八日、入道民部卿與亡父同車、向経任卿之許、撰者事挙申之。其子細所載記録分明也。
○源承和歌口伝
亜相（為氏）はをさなくより目に身ありて、稽古なしと披露しけるにや。内裏よりおほせ有りて、さほどに稽

古なかりけるには、御師範に挙申されける御心えなきよし、頻に御尋侍りしかば、先人は筆をとらず、もとより思ひよらぬ事にて、阿房申すむねなかりし程に、おしこめて勅撰事すでに大納言に仰下さるる由、女房御文ありて、先人なくなくよろこび畏りて、今は思ふ事なしとて侍りしは、もとより道をゆるせる事あきらかなり。

二条家側為氏側からする、為世ならびに源承による申し状であることは、十分に差し引いて判断しなければならないが、為家が阿仏や為相に対して最後の譲状を認めた文永十年から十一年のまさに同じころ、それと平行するように、一方ではまた、為氏の勅撰撰者拝命を強く願い、画策して、ほとんど実現寸前にまで到達していたことも疑いないのである。阿仏に書かせたという仮名消息には、その時点における為家の、為氏と為相に対する評価と思いが、飾るところなく如実に露われている。

［摂関家略系図］

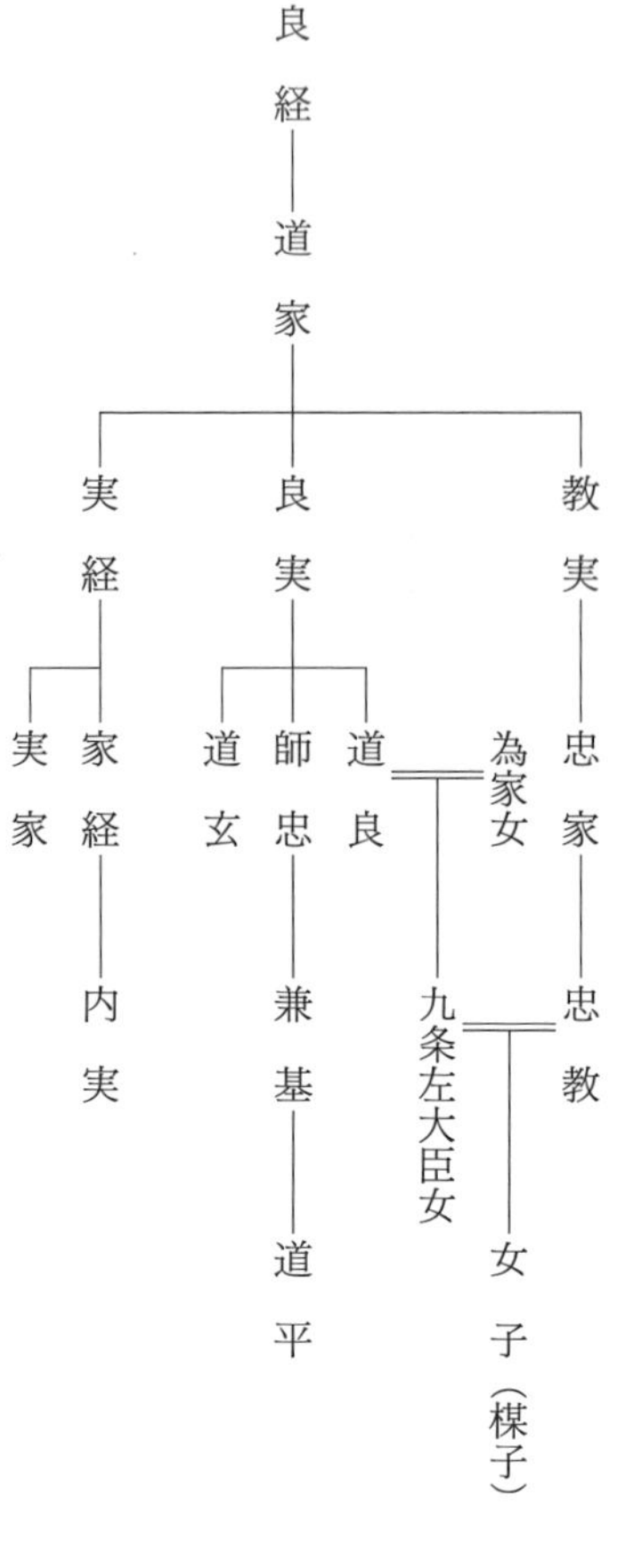
良経
道家
教実
忠家
忠教
女子（棋子）
為家女
九条左大臣女
良実
道良
師忠
兼基
道平
道玄
実経
家経
内実
実家

【注】

（1）福田秀一「〔十六夜日記に記された〕細川庄の訴訟について」（『成城文芸』第三十一号、昭和三十七年十月）。→『中世和歌史の研究』（角川書店、昭和四十七年三月）。

（2）佐藤恒雄「為家から為相への典籍・文書の付属と御子左家の日吉社信仰について」（『中世文学研究』第十八号、平成四年八月）。→本書第七章第一節。

（3）佐藤恒雄「御子左家領越部庄の三分とその行方」（『中世文学研究』第十号、昭和五十九年八月）。同「御子左家領越部庄の三分とその行方（続）」（『中世文学研究』第十五号、平成元年八月）。→『藤原定家研究』（風間書房、二〇〇一年五月）第一章第四節「俊成室美福門院加賀相伝越部庄の三分とその行方」。

（4）冷泉家時雨亭叢書第五十一巻『冷泉家古文書』（朝日新聞社、一九九三年六月。解説は、熱田公・山本信吉）。

（5）永原慶二『日本封建制成立過程の研究』（岩波書店、昭和三十六年四月）一一四頁。

（6）注（3）所引論文。

（7）前掲「関東裁許状」に、為世の雑掌覚妙が、「凡そ彼（細川庄）の地頭職は、右大臣家の御時、和歌師範として、入道中納言家拝領の間、家嫡の外競望有るべからざるの旨」を主張しているが、判決文では、将軍実朝の死没は建保年間、下文は承久三年で、年紀が相違しているとして退けられている。永原氏はしかし、定家がこの頃万葉集を実朝に贈ったことなどもあり、「和歌師範」も事実に合致するとして、地頭職は卿二品兼子から譲られたとする村山修一説を退け（実朝から譲られたとする説に傾い）ている（注（5）著書一二九頁、注11・注12）。しかし、定家が秘蔵の万葉集を実朝に贈ったのは、小阿射賀御厨の地頭渋谷左衛門尉の、積年にわたる非法横妨を愁訴するためで（注（8）参照）、細川庄の地頭職取得とは直接の関係をもたない。「和歌師範」であったとはいえ、免状を与えられた承久三年十月七日に、権利を取得したと見るのが自然であろう。

（8）『明月記』建保元年十一月八日の条に、次の記事がある。
八日。天晴ル。二条中将過談ス。（中略）予、此ノ中将ニ示シ付クル事有リ。且ツハ其ノ事ニ依ル清談ナリ。追従スルヲ恥ヅト雖モ、漁父ノ跡ナリ。将軍、和歌文書ヲ求メラルルノ由之ヲ聞ク。仍リテ相伝ノ秘蔵万葉集ヲ送リ奉ル由ヲ書状ニ書キ、昨日此ノ羽林ニ付ケ了ンヌ。広元朝臣、消息ノ次デニ、下官愁訴有ルカ、委シク承ルベキ由之ヲ示シ送ルノ由、先度対面ノ時、中将之ヲ語ル。其ノ事ニ依リテ此ノ志ヲ表スナリ。勢州ノ地頭ノ事、年来ノ愁訴何事コレニ過ギンヤ。予モトヨリ世事ニ染マザルニ依リ、奔営セザルモ、此ノ事ヲ尋問セラルルノ時、猶シ黙止センヤ。仍リテ其ノ事ヲ示達スルナリ。

また、『吾妻鏡』建保元年十一月二十三日の条に、次の記事がある。

廿三日。己丑。天晴ル。京極侍従三位〔定家卿〕、相伝ノ私本万葉集一部ヲ将軍家ニ献ズ。是レ、二条中将〔雅経〕ヲ以テ尋ネラルルニ依リテナリ。コレニ就キ、羽林之ヲ請ケ取リテ送進シ、今日到着ノ間、広元朝臣御所ニ持参ス。御賞翫他ナク、重宝何物カ之ニ過ギンヤノ由、仰セ有リト云々。彼ノ卿ノ家領、伊勢ノ国小阿射賀御厨ノ地頭渋谷左衛門尉、非法新儀ヲ致スノ間、領家ノ所務ナキガ如シ。三品、年来ノ愁訴ヲ為スト雖モ、モトヨリ世事ニ染マザルニ依リ、此ノ事ニ奔営セズ、思ヒテ旬月ニ渉ル許リナリ。而シテ去ヌル比、広元朝臣消息ヲ以テ、愁訴有ルカノ由、觸レ遣ハサルルノ時ニ至リテ、土民ノ歎キヲ休メンガ為、始メテ発言スルノ間、其ノ沙汰有リテ、件ノ非儀ヲ停止セラルト云々。是レ、併シナガラ歌道ヲ賞セラルルノ故ナリ。

『吾妻鏡』は『明月記』を資料としているが、かれこれ通わせて、定家の態度と思いならびに将軍実朝とその側近がとった行動の全てがよく理解できる。

（9）石田吉貞『藤原定家の研究』（文雅堂書店、昭和三十二年三月）。
（10）岩佐美代子『京極派歌人の研究』（笠間書院、昭和四十九年四月）。
（11）注（2）所引論文。
（12）注（9）所引著書。
（13）冷泉家時雨亭叢書第六十一巻『古記録集』（朝日新聞社、一九九九年三月）所収、付載釈文（美川圭）による。
（14）冷泉家時雨亭叢書第十四巻『平安私家集』（朝日新聞社、一九九三年二月）解題（片桐洋一）参照。なお注（4）所引『冷泉家古文書』の解題（山本信吉）は、この点について否定的見解をとる。なお『源承和歌口伝』に「前中納言自筆にしるしおきたりし折紙の目六」とある目録は、「折紙」とあることから、まぎれもなく定家筆『集目録』であること、片桐氏解題にいうとおりである。

(15) 注(9)注(10)所引著書。

(16) 井上宗雄『中世歌壇史の研究 南北朝期』(明治書院、昭和四十年十一月。改定新版、昭和六十二年五月)付録Ⅰ「冷泉為相・為秀略年譜」。

(17) 『円明寺関白集』に、次の贈答歌が収められている(本文は『新編国歌大観』第七巻私家集編Ⅲによる)。

文永四年の春、民部卿入道、侍従中納言転任のこと申して侍りし消息のついでに

和歌のうらにおいのよおくるあしたづのただこのたびとねをのみぞなく(一〇三)

返し

わかのうらにおいて子おもふたづのねはくもゐはるかにきこえざらめや(一〇四)

(18) 海野圭介「顕注密勘伝本考」(『古代中世文学研究論集』和泉書院、平成八年十月)によると、中央大学国文研究室蔵『顕注密勘』第三冊奥書の一部に、「本云、此上帖故入道大納言〔為家卿〕被備進円明寺殿之処、一条殿廻録之時□煙塵了、申出所被写留御本更書写之者也、藤原朝臣為相(在判)」とある。

(補注) 「祖父の本譲り」について、この前後裁許状の本文を再検討してみると、「本主定家の素意(女子を誡め嫡子一人に譲るべしとする)を体した譲り」の意と解すべく、この段階に展開した見解は撤回しなければならない。

附録

藤原為家年譜

凡例

一　本稿は、藤原為家とその周辺に関する年表である。

二　「一般事項」（生没を含む）と「和歌漢詩等文事関係事項」に分かって立項し、十全ではないが為家が生きた後鳥羽院から後嵯峨院時代の文事索引を併せ企図した。月日欄の○数字は閏月を示す。

三　各事項には、末尾に主な依拠資史料を掲示することを原則としたが、考証によるものは掲示していない。

四　依拠資史料の典拠と略号は、以下のとおりである。
○明月記（国書刊行会本）「明」。○民経記（大日本古記録）「民経」。○葉黄記（史料纂集本）「葉黄」。○平戸記（増補史料大成）「平戸」。○岡屋関白記（大日本古記録）「岡屋」。○深心院関白記（大日本古記録）「深心院」。○吉続記（増補史料大成）「吉続」。○妙槐記（増補史料大成）「妙槐」。○勘仲記（増補史料大成）「勘仲」。○資宣卿記（京都府立資料館本）「資宣」。○経俊卿記（図書陵叢刊）「経俊」。○玉蘂（思文閣出版刊）「玉蘂」。○後鳥羽院宸記（宸記集）「後鳥羽記」。○順徳院御記（宸記集）「順徳記」。○百錬抄（新訂増補国史大系）「百錬」。○一代要記（改訂史籍集覧）「一代」。○帝王編年記「帝王」。○新抄（外記日記）（新訂増補史籍集覧）「新抄」。○吾妻鏡（新訂増補国史大系）「吾妻」。○公卿補任（新訂増補国史大系）「公補」。○尊卑分脈（新訂増補国史大系）「尊卑」。○菟玖波集（日本古典文学大系）「菟玖波」。○古今著聞集（日本古典文学大系）「古今著聞」。○弁内侍日記（新編日本古典文学全集）「弁内侍」。○源承和歌口伝（日本歌学大系）「源承口伝」。○井蛙抄（日本歌学大系）「井蛙」。○明題部類抄（書陵部蔵五〇九・七本）「明題」（版本は誤りが多い）。○類題抄（笠間書院刊）「類題」。その他は略さず示す。

五　和歌集関係は新編国歌大観により、「和歌集（抄・草）」「集」を除いた略号と歌番号で示すことを原則とした。ただし後鳥羽院御集は「後鳥羽集」、類聚歌苑は「歌苑」、定家の和歌は「訳注 藤原定家全歌集」（久保田淳）により「定家（歌番号）」、為家の和歌は「藤原為家全歌集」（佐藤恒雄）により「為家（歌番号）」と表示した。

六　立項に当たっては、以下の文献を参照取捨した。
①久保田淳「藤原家隆作歌年次考」（『藤原家隆集とその研究』三弥井書店、昭和四十三年七月）。
②久保田淳「定家年譜」（『訳注 藤原定家全歌集 下』付載、河出書房新社、昭和六十一年六月）。
③小林 強「為家家十五首歌会および実氏吹田荘十首歌会について」（『解釈』昭和六十二年五月）。
④佐藤恒雄「藤原為家年譜（晩年）」（『中世文学研究』第十三号、昭和六十二年八月）。
⑤小林 強「弘長三年内裏百首に関する基礎的考察」（『研究と資料』第十九輯、昭和六十三年七月）。
⑥小林 強「鎌倉中期主要散佚歌合・歌会等小考（一）」（『中世文芸論稿』第十三号、平成二年三月）。
⑦小林 強「反御子左派旗上げ前後の歌壇について―寛元四年七月為家勧進日吉社五十首」及び光俊勧進「住吉社三十六首」を中心に―」（『東山学園研究紀要』第三十五集、平成二年三月）。
⑧小林 強「後嵯峨院の詠作活動に関する基礎的考察」（『中世文芸論稿』第十六号、平成五年三月）。
⑨池尾和也「『後嵯峨院時代歌壇史年表（中期）』礎稿」（『皇學館論叢』第二十六巻第六号、平成五年十二月）。
⑩海野圭介・滝川幸司「付、文永建治期詩会・歌会略年表稿」（『詞林』第十九号、一九九六年四月）。
⑪井上宗雄『鎌倉時代歌人伝の研究』（風間書房、平成九年三月）。
⑫安田徳子「後嵯峨院年譜」（上）（『岐阜聖徳学園大学国語国文学』第二十一号、平成十四年三月）。
⑬稲村栄一『訓読 明月記』（第一巻～第八巻）（松江今井書店、平成十四年十二月）。
⑭明月記研究会「藤原定家年譜」（『明月記研究提要』所収、八木書店、二〇〇六年十一月）。

西暦	年号	天皇	年齢	一般事項	和歌漢詩等文事関係事項
一一九八	建久9	土御門 正・11	1	正・11 後鳥羽天皇、皇太子為仁親王に譲位、土御門天皇受禅（一代）。 3・3 土御門天皇、太政官庁において即位（一代）。 3・後 為家、誕生。幼名、三名。父、藤原定家。母、内大臣藤原実宗女（母中務少輔藤原教良女）。 5・ 上覚『和歌色葉』を著すか（同書奥）。 11・22 土御門天皇大嘗会。風俗屏風等和歌、悠紀方、式部大輔藤原光範、主紀方、右中弁藤原資実（大嘗会悠紀主紀詠歌）。	5・2 後京極殿御自歌合（俊成判）（同歌合跋）。 是年前 慈鎮和尚自歌合成るか（俊成判）（同歌合）。
一一九九	正治元 4・27	土御門	2	正・7 異腹の兄小男定継、清家と改名（後さらに光家と改む）、定家相具して中宮任子に参り、殿下兼実の御前に参ず（明）。 正・13 征夷大将軍源頼朝没（53）（明・百錬）。 正・16 定家、小男清家を相具して、大炊殿（式子）・三条殿（俊成）に参る（明）。 正・26 左中将源頼家に、頼朝家督宣下（吾妻）。 3・23 定家、兼任安芸権介（建久六年正月五日叙従四位上。文治五年十一月十三日任左近衛権少将）（明）。 7・13 十一日来小児三名病悩、小女毎日発り、小男（清家か）又両三日温気あり、三人の子共に瘧病（わらわやみ）に罹患す。天下の瘧病勝て計うべからず（明）。 12・11 三名、魚食。定家相具して先ず中宮任子の台盤所に参り、乳人忠弘懐に抱きて殿下兼実に見参、手本と造物を賜り、種々の感言を蒙る。夜、三歳年長の女子（後の民部卿典侍）着袴。定家思う所ありて中宮の御衣を申請、着	3・ 前年十二月以降の間に、守覚法親王家五十首（御室五十首）。 8・11 左大臣藤原良経家作文和歌会。絶句（明）。 12・2 前太政大臣兼実家作文和歌会。詩題「冬深眺望中」。歌題「野径雪深・遊月後朝」（明）。 12・7 左大臣藤原良経家作文会。兼題「年光流似水」、当座題「雪飛隠士家」（明）。 12・22 左大臣藤原良経家連歌会（明）。 冬 冬十首後京極摂政家歌合。題「寒樹交松・池水半氷・山家夜霜・関路雪朝・水鳥知主・旅宿千鳥・羇中晩嵐・湖上冬月・炉辺懐旧・契歳暮恋」（明題・定家2330-2337.2450.2546）。

西暦	年号	天皇	年齢	事項	文事
				せしめてこれを行う。(明)。	
一二〇〇	正治2	土御門	3	2・3 定家、妻室と小男小女らを伴い、春日祭上卿(右大臣家実)の南都下向行列を見物す(明)。 2・20 定家同腹の長姉八条院三条(俊成卿女母)没(53)(明)。 ②・11 権大納言民部卿藤原(吉田)経房没(58)(公補)。 3・10 三名、乳母子病患により、定家宅に来る(明)。 3・21 三名、日来無為、この日小瘡多く出で、疑うらくはヘナモ(水疱瘡)か、二十三四日温気出で添い、月末に至り治癒、沐浴す。この病近日世間の小児に流行す(明)。 4・15 後鳥羽院第二皇子守成親王を皇太子とす(一代)。 7・前 後鳥羽院和歌活動を開始。 7・ 俊成、後鳥羽院に和字奏状を献ず(同奏状)。 7・6 三名、乳母の許より帰来、定家に伴われ中宮任子御所に参ず。七日八日十一日十二日二十三日二十四日も(明)。 8・4 後鳥羽院乳母藤原範子(刑部卿三位)没(明)。 8・11 三名、四条の乳母宅より帰来、昨日より痢気あり(明)。 10・7 定家、童(後の定修)に着袴せしむ(明)。 10・26 定家、叙正四位下(公補)。 是年 為家室となる宇都宮頼綱女、誕生。母北条時政後妻牧の方三女と頼綱の間の長女。	2・8 和歌所当座和歌御会。題「霞隔山雲・尋花問主・旅泊春曙・野亭秋夕」(如願417-419.572)。 2・9 左大臣藤原良経家作文和歌会。詩題「春作四時始」(各分一字)。歌題「池岸梅花浮」。序者為長(明)。 2・22 左大臣良経右中将良輔作文会。題「花開遊宮中」(明)。 ②・1 左大臣藤原良経家十題二十番歌合。題「暁霞・朝花・夕郭公・山月・野風・庭雪・冬述懐・春祝・夏恋・秋旅」(定家2055.2056.2107.2170.2200.2349.2373.2382.2432.2547)。同当座二首会。題「近山花・閏二月遅」(明)。 ②・18 左大臣藤原良経家作文会。題「花色古今同」(明)。 ②・21 左大臣藤原良経法性寺第詩歌合。詩題「春日山寺即事」(勒新春人塵)。歌題「山花・瀧水」(明)。 ②・26 右中将藤原良輔家作文会(明)。 ②・28 左大臣藤原良経大原来迎院詩歌会。勒字(間関山還)。和歌序定家(明)。 3・1 定家家作文会。二日三日も(明)。 3・5 御室撰歌合。題「春・夏・秋・冬・雑」(俊成判)(同歌合)。 3・12 右中将藤原良輔家作文会。題「山中春景深」(題中取韻)(明)。 3・30 右中将藤原良輔家作文会。題「春光残一夜」(題中取韻)(明)。 7・ 院北面歌合。題「松契多年・水辺月・初見紅葉」(後鳥羽集1475-1477)。 7・18 院歌合。題「関路月・故郷虫・門田稲花」(後鳥

羽集1478-1480)。

8・1 新宮歌合。題「社頭祝・池上月・野辺虫」(後鳥羽集1481-1483)。

8・4 右中将藤原良輔家作文会。題「閑中秋景多」(明)。

8・26 三百六十番歌合(同歌合)。

9・2 右中将藤原良輔家率爾作文会(明)。

9・19 右中将藤原良輔家率爾作文会(明)。

9・20 六条殿和歌御会、次で連歌会(賦五色)(明)。

9・23 右中将藤原良輔家率爾作文会(明)。

9・ 院十首御歌合。題「神祇・若草・落花・菖蒲・郭公・浦月・山嵐・暁雪・水鳥・庭松」(後鳥羽集1484-1493)。

9・30 院当座歌合。題「月契多秋・暮見紅葉・暁更聞鹿」(俊成判)(同歌合・後鳥羽集1494-1496)。

10・1 院当座三首歌合。題「初冬嵐・暮漁舟・枯野朝」(衆議判、定家執筆)(同歌合・定家3985.3986.2310)。同当座二首歌合。題「社頭霜・東路月」(明月記歌道事・後鳥羽集1497-1501)。

10・3 右中将藤原良輔家作文会(明)。

10・5 仙洞十人歌合。題「神祇・若草・落花・菖蒲・時鳥・浦月・山嵐・暁雪・水鳥・庭松」(俊成判)(同歌合・明題)。

10・11 新宮五首歌合。題「社頭夕風・海辺霞・古寺郭公・林間月・山時雨」(明題・後鳥羽集1502-1506)。

10・12 内大臣通親亭影供歌合。題「初冬・時雨」(定家2302.2303・明)。

11・7 新宮三首歌合。題「紅葉残梢・寒夜埋火・逢不遇恋」(明題・後鳥羽集1507-1509)。

11・8 内大臣通親亭影供三首歌合。題「暮山雪・古寺月・朝遠望」(明題・後鳥羽集1510-1512)。

11・9 左大臣藤原良経家詩歌会(明)。

11・22 後鳥羽院正治初度百首(同百首)。

11・28 内裏二首和歌御会。題「雪中識竹・深夜水鳥」(明)。

11・29 住吉御幸御熊野詣之次三首和歌御会。題「社頭祝・海辺雪・羇中月」(明題・後鳥羽集1513-1515)。

12・9 左大臣藤原良経法性寺第詩歌合。詩題「冬日山家即事」(勒)。歌題「山家雪・山家水・山家嵐・山家歳暮」(明)。

12・20 右中将藤原良輔家率爾作文会(明)。

12・26 内大臣通親亭影供三首歌合。題「暁尋千鳥・山家知春・海辺歳暮」(明・明題・後鳥羽集1516-1518)。

12・ 後鳥羽院正治後度百首(同百首)。

是年 石清水若宮歌合。題「桜・郭公・月・雪・祝」(通親判)(同歌合)。

一二〇一　建仁元(2・13)　土御門　4

正・ 俊成『古来風体抄』(再撰本)成るか(同奥書)。

正・25 式子内親王没(53)(明・家長日記)。

3・前 三名、人見知りする幼児として可愛がらる。「御をもきらひこそよにいとをしく」(明月記紙背女房奉書)。

4・25 三名、瘧病に罹患、伯父静快阿闍梨護身を加うるも、今日殊に重し。「貧家祈禱無力、旁無為方、歎而有余」(明)。

7・25 後鳥羽院、撰和歌所を設置し、寄人を任命す(明)。

8・5 源家長、衆議により和歌所年預(開闔)となる(明・家長日記)。

10・5 後鳥羽院、熊野御幸にご進発、二十六日に還御。その間、定家共人として随行供奉す(明)。

正・7 仙洞年始和歌会。題「初春祝・松間鶯・朝若菜」(定家2027-2029)。

正・18 内大臣通親亭影供三首歌合。題「遠島朝霞・隣家夜梅・山家残雪」(明題・後鳥羽集1519-1521)。

正・30 当座和歌御会。題「山路花・朝遠舟・山路霞」(如願374-376)。

2・1 当座和歌御会。題「山家夜雨」(如願841.842)。

2・16 老若五十首歌合。題「春・夏・秋・冬・雑」(衆議判か)(同歌合)。

3・16 内大臣通親亭影供歌合。題「梅花留袖・翠柳誰家・水辺躑躅・故郷款冬・雨中藤花・山家暮春」(同歌合)。

3・29 新宮撰歌合。題「霞隔遠樹・羇中見花・雨後郭

11・3 左中弁奉書を以て上古以降の和歌を撰進すべき旨の詔下る（明・家長日記）。

11・19 三名、夕刻より温気あり、終夜病悩するも、二十日は別事なし（明）。

12・2 六条坊門坊城に火事あり。三名外祖父藤原実宗邸類焼す（明）。

公・松下納涼・山家秋月・湖上暁霧・嵐吹寒草・雪似白雲・寄神祇祝・遇不逢恋」（俊成判）（同歌合）。

4・26 仙洞鳥羽殿初度一首和歌御会。題「池上松風」（明題・後鳥羽集1535）。

4・30 鳥羽殿影供歌合。題「暁山郭公・海辺夏月・忍恋」（衆議判）（同歌合）。同当座和歌会（竹風夜涼・山家五月雨（後鳥羽集1539-1540）。

5・ 城南寺歌合。題「社頭祝言・雨中郭公・野亭水涼」（後鳥羽集1541-1543）。

6・20 当座歌合。題「久忍恋」（如願574）。

6・22 小御所当座歌合。題「水風暮涼・暁露増恋・山路恋友」（如願463.625.843）。

6・26 鳥羽殿影供歌合。題「暁聞郭公・寒夜冬月・遇不逢恋」（如願451.552.629）。

6・29 当座歌合。題「山家涼風」（如願466）。

7・27 仙洞一首和歌御会。題「暮山遠雁」（明題・後鳥羽集1544）

8・3 和歌所影供歌合。題「初秋暁露・関路秋風・旅月聞鹿・故郷虫・初恋・久恋」（俊成判）（同歌合）。

8・15 撰歌合。題「月多秋友・月前松風・月下擣衣・海辺秋月・湖上月明・古寺残月・深山暁月・野月露涼・田家見月・河月似氷」（俊成判）（同歌合）。同当座会。題「月前雁・月前旅・月前恋」（後鳥羽集1558-1560）。

8・21 新宮当座歌合。題「風声増恋」（如願651）。

8・25 北面歌合。題「暮恋」（如願586）。

9・13 和歌所影供歌合。題「近野秋雨・遠山暮風・寄池恋」（同歌合）。

9・後 仙洞句題五十首（同五十首・定家1729-1778）。

11・24 三位中将藤原良輔家当座作文会（明）。

11・25 和歌所影供歌合。題「松辺千鳥・山家朝雪・旅泊暁恋」(御物和歌懐紙)。
12・2 影供三首歌合。題「寒野冬月・山家暮嵐・初恋」(明題・後鳥羽集1561-1563)。
12・28 石清水社歌合。題「社頭松・月前雪・旅宿嵐」(同歌合・後鳥羽集1564-1566)。
是年 少将雅経勧進住吉社和歌会。題「社頭述懐」(如願916)。

一二〇二 建仁2 土御門 5

3・11 定家、この日初めて妻を相具し冷泉高倉の家に入りて一寝、九条邸を残しながらこれ以後ここを本居とす(明)。
4・16 定家、加賀守清家(光家)を、三位中将藤原良輔の許に出仕せしむ(明)。
5・25 三名、俄に温気、発心地の疑いあり。二十七日、二十九日にも重発、六月一日蓮華王院において落得す(明)。
6・21 三名、定家に伴われて日吉社参、参籠通夜して二十八日に帰宅す(明)。
6・22 左衛門督頼家、叙従二位、補征夷大将軍(吾妻)。
7・9 三名、腹病痢気数日に及ぶ(明)。
7・20 少輔入道寂蓮(藤原定長)没(64)(明)。
8・25 三名、腹病六月より今に平減せず、今日赤痢の気あり(明)。
8・26 守覚法親王没(53)(猪熊記)。
8・27 定家、妻室年来の懇望により、冷泉邸内坤に新屋を増築、その母尼君を迎え取り住まわしむ(明)。
8・27 三名、所悩なお軽減せず、定家資元朝臣をして痢病祭を修せしむ(明)。
10・25 内大臣源(土御門)通親没(54)(公補)。

正・7 仙洞一首和歌御会。題「初春祝」(明題)。
正・13 和歌所三首和歌御会。題「初春松・春山月・野辺霞」(明題・明・後鳥羽集1567-1569)。
2・10 影供歌合。題「海辺霞・関路雪・忍恋」(後鳥羽集1570-1572・如願355.572・明題)。
2・13 当座歌合。題「雪中聞鴬・暮山見花」(如願360.377)。
3・22 三体和歌御会。題「春・夏・秋・冬・恋・旅」(同和歌)。同当座会。題「暮春」(後鳥羽集1579)。
5・26 仙洞影供歌合。題「暁聞郭公・松風暮涼・遇不逢恋」(衆議判)(同歌合)。
6・3 水無瀬釣殿当座六首歌合。題「河上夏月・海辺見蛍・山家松風・初恋・忍恋・久恋」(勅判)(同歌合)。
8・10 新宮三首当座歌合(明)。
8・15 和歌所三首和歌御会。題「月前虫・月前鹿・月前風」(後鳥羽集1589-1591・明)。
8・20 院影供三首歌合。題「江月聞雁・夜風似雨・依忍増恋」(定家3775-3777)。同当座二首和歌御会。題「山家擣衣・関路暁霧」(定家3778.3779)。
9・13 水無瀬恋十五首歌合。題「春恋・夏恋・秋恋・冬恋・暁恋・夢恋・羇中恋・山家恋・故郷恋・旅

⑩・24 定家、転任左近衛権中将(公補)。
11・19 三名、叙爵。叙従五位下。一品昇子内親王御給、朔旦叙位(公補)。
是年 宇都宮頼綱嫡男泰綱(為家室同母弟)、誕生。

泊恋・関路恋・海辺恋・河辺恋・寄雨恋・寄風恋」(俊成判)(同歌合)。同当座三首和歌御会。題「月前秋風・水路秋月・暁月鹿声」。同当座御会。折句「十三夜」隠題「みなせかは」(後鳥羽集1610-1614)。
9・26 若宮撰歌合。題同前(勅判)(同歌合)。
9・29 水無瀬桜宮十五番歌合。題同前(俊成判)(同歌合)。
9・ 千五百番歌合(十人分担判)(同歌合)。

一二〇三 | 建仁3 | 土御門 | 6

正・13 定家、兼任美濃介(公補)。
正・20 小童三名、着袴。健御前から帥局を介して賜わる所の春宮の束帯を用い、母の同母長兄公定・弟国通と定家扶持し、内々にこれを営む(明)。
2・20 定家、小童三名を相具して公経邸に参上す(明)。
2・24 定家、女房と小童を伴い公定とともに密かに大内の花を見る。帰宅後、雅経・具親らに誘われ、家長・最栄・長明・宗安・景頼・秀能と共に、大内南殿の簀子に和歌を講じ、連歌と管絃を楽しむ(明・如願385-388)。
3・1 三名、定家に伴われ初めて後鳥羽院に拝謁、御製一首「すみよしの神もあはれと家の風なほもふきこせ和歌の浦波」と引出物を賜わり、定家落涙感悦す(明・家長日記)。
3・6 三名、定家に伴われ初めて春宮に参じ、造り物を賜わり、女房饗応の詞あり。次で外祖父大納言実宗邸に参じ恩言に預る。「雖少年不嫌外人、於事穏便、非至愚者」。八日、十二日、十四日も春宮に参ず(明)。
3・10 後鳥羽院、熊野御幸にご進発。四月十一日に

正・15 仙洞高陽院殿一首和歌管弦御会(京極殿初度御会)。題「松有春色」(明・明題・後鳥羽集1615)。
2・23 和歌所影供歌合(明)。
2・25 大内花見御幸当座和歌御会(明)。
6・16 影供歌合。題「草野秋近・水路夏月・雨後聞蟬」(同歌合)。同当座御会。題「夏月」(後鳥羽集1619.1620)。
7・15 八幡若宮撰歌合。題「初秋風・野径月・故郷霧・海辺雁・羇中暮・山家松」(俊成判)(同歌合)。
7・27 摂政左大臣良経家初度作文和歌会。詩序、学士頼範、詩題「風景千秋久」(以情為韻)。歌題「秋月久澄」(明)。
8・1 摂政左大臣良経家初度詩歌合。題「花添山気色・水辺涼自秋・雪中松樹低・羇中眺望」(明・定家2053.2054.2127.2128.2152.2153.2351.2352.2551.2552)。
8・5 権中納言良輔太秦率爾作文会(明)。
8・8 権中納言良輔太秦率爾作文会(明)。
8・14 釈阿九十賀屏風十二首和歌(定家1817.3734-3744)。

西暦	年号	天皇	年齢	事項	和歌
				還御（明）。 7・11 定家、六月末より有馬温泉湯治行、この日冷泉に帰宅す（明）。 8・6 安居院澄憲没（78）。 9・7 実朝（頼朝二男千幡）（12）、叙従五位下、補征夷大将軍（吾妻）。 11・23 後鳥羽院、俊成に九十賀を賜う（俊成卿九十賀記・家長日記）。 12・17 八条院按察（定家同腹の姉、藤原宗家室）没（50）（明）。	8・15 和歌所当座「あきのつき」冠字五首和歌御会（明・後鳥羽集1624-1628）。 8・18 摂政左大臣良経邸作文会。題「月影帯河流」（明）。 秋 和歌所歌合。題「海辺雁・羇中暮・山家松」（定家2207.2544.2545）。 11・ 和歌所六首和歌御会。題「故郷春曙・羇中夏蛍・野径秋風・山家冬雪・海辺月明・寄暮雑歌」（後鳥羽集1642-1647）。
一二〇四	元久元 2・20	土御門	7	7・12 源光行『蒙求和歌』を著す（同序）。 7・18 二代将軍源頼家没（23）（吾妻）。 7・22 新古今和歌集、撰歌部類を開始す（明）。 9・17 後鳥羽院、熊野御幸にご進発。十月六日還御（明）。 10・ 源光行『百詠和歌』を著す（同序）。 11・11 藤原良経『秋篠月清集』を自編完成す。 11・30 祖父藤原俊成没（91）（明）。定家、服解（公補）。	6・22 摂政左大臣良経家作文会。詩題「秋近管弦中」（題中）、絶句（明）。 7・16 宇治御幸和歌御会。題「山風・水月・野露・夜恋・秋旅」。この日長柄の橋柱にて製作の文台を初めて使用す（明・定家2142.2169.2201.2433.2541・後鳥羽集1648-1652）。 8・15 五辻殿新御所初度和歌御会。題「松間月・野辺月・田家月・羇旅月・名所月」。同当座和歌会。題「翫月」（明・定家2194・後鳥羽集1653-1658）。 10・29 石清水若宮歌合。題「初冬・時雨・寒野」（同歌合）。 11・10 春日社歌合。題「落葉・暁月・松風」（衆議判、定家判詞書付）（同歌合）。同当座三首歌合（定家判）（明）。 11・11 北野宮歌合。題「時雨・忍恋・羇旅」（衆議判）（同歌合）。
一二〇五	元久2	土御門	8	正・23 定家、小童三名を、大納言実宗邸・八条院・宜秋門院・良経邸に参上回礼せしむ（明）。 2・21 左大弁藤原親経、新古今和歌集真名序を奏	3・26 新古今和歌集竟宴和歌（同和歌）。 4・12 実朝、詠十二首和歌（吾妻）。 6・15 元久詩歌合。題「水郷春望・山路秋行」。四月

覧す(明)。
2・27 藤原隆信(定家異父兄)没(64)(明)。
3・25 定家、左近衛権中将美濃介に復任す(公補)。
3・26 後鳥羽院、京極殿弘御所に新古今和歌集竟宴・同和歌御会を催す(明)。
4・7 太政大臣藤原頼実女麗子、入内して女御、即中宮となる(一代)。
5・15 三名、姉二人・兄定円(定修)とともに、母に引率され日吉社七箇日参籠、二十二日帰宅す(明)。
6・14 三名、母の同母長兄宰相公定に相具され、その桟敷において祇園御霊会の行列を見物す(明)。
6・16 文義、養育しきたれる定家息の童(出家して定円、後の定修)を連れ来たり、この日成円僧都の許に入室せしむ(明)。
7・5 三名姉小女、定家の宿願に依り、今日より日吉社百日参籠を始む。七月十七日～二十二日、八月五日～十五日、その母定家室付添いて参籠す(明)。
⑦・7 定家、この日より有馬温泉湯治行に出立、十六日冷泉に帰宅す(明)。
⑦・19 牧氏の乱発覚、執権北条時政出家、翌日義時執権となり、二十六日朝雅京都に誅殺さる(吾妻)。
8・7 宇都宮頼綱、謀反露顕、出家して十九日陳謝のため鎌倉に到着す(吾妻)。
9・2 内藤朝親、京都より到着、新撰の『新古今和歌集』を持参して実朝に献ず(吾妻)。
10・14 定家男女子息、天明に日吉社に参詣し、申の時に帰宅す(明)。
11・3 三名姉女子、祖母同車して初めて七条院に

二十九日議定行われ、この日披講さる(同歌合・明)。
7・18 北野宮祈雨歌合。題「初秋暁・暮山雨・田家風」(良経判)(明・後鳥羽集1669-1671)。
11・3 藤原良経家詩歌管弦会(明)。

西暦	年号	天皇	年齢	事項	歌
一二〇五	元久2	土御門	8	参り、護りを賜わりて帰る（明）。 11・9 三名姉小女、後鳥羽院に初めて出仕す（明）。 11・23 三名姉小女、初めて後鳥羽院の見参にいる（明）。 11・24 外祖父藤原実宗、任内大臣（公補）。 11・25 定家、三名を内大臣実宗五条大宮の新邸に参ぜしむ（明）。 12・4 三名、定家に伴われ、長途の雪に堪え騎馬にて日吉社参、通夜して翌日帰宅す（明）。 12・15 三名、内大臣実宗第において元服。加冠、実宗。理髪、右中将公雅。この日為家と改名。「親王博陸之儀歟、幸運之令然也、可謂過分面目」（明）。 12・18 為家、定家に伴われて院参、前大納言泰通（母の同母弟国通の父）に相逢い、芳心の詞あり。次で殿下良経と北政所に見参、八条院・宜秋門院に参じ、八条院より白梅狩衣・紫指貫・紅梅衣二領を賜わる（明）。	
一二〇六	建永元 4・27	土御門	9	正・17 為家、叙従五位上（下名次、臨時）（公補）。 3・7 定家、『物語二百番歌合』を撰す（同奥）。 3・7 後京極摂政藤原（九条）良経没（38）（百錬）。 5・4 定家、男女子息を伴って日吉社参詣、奉幣通夜、十一日に帰洛。参籠中、法華経二十八巻を書写、十日経供養す（明）。 5・22 健御前（八条院中納言局）、定家九条邸に出家す（50）。戒師良宴法印。五旬に満ち病患なき時にとの本意に依ると（明）。 6・4 東大寺上人俊乗房重源没（明）。 7・17 為家姉女子、勅定により高祖大納言長家の兼官に因む「民部卿」の名を賜わる（明）。 9・18 参議左大弁藤原公定（為家母の同母長兄）解	正・11 仙洞高陽院殿初度一首和歌御会。題「庭花春久」（明題・定家2411・後鳥羽集1672）。 7・7 上下北面三首歌合。題「旅宿暁恋」（明・如願622）。 7・12 和歌所五首歌合（明）。 7・13 和歌所当座歌合（衆議判、清範執筆）。題「湖辺月・行路風」（明・定家2168.2199）。 7・14 和歌所当座和歌御会（明）。 7・25 卿相侍臣歌合。題「朝草花・海辺月・羇中暮」（衆議判）（同歌合）。同当座歌合。題「暁聞雁・田家鹿・深山恋」（後鳥羽集1676-1678・如願484.485.628.650）。 7・ 当座歌合。題「湖辺月・暮山雲・行路風」（後鳥

官、佐渡国に配流さる（公補・明）。
11・9 為家姉女子（民部卿）、夜前番に入り、衣を賜わる（明）。
11・27 外祖父前内大臣実宗、この日出家す。戒師法然房。出家以前の姿に逢うため、定家室・小女（民部卿）ら一昨日参上見参す（明）。
12・19 定家、小女（民部卿）小男（為家）と健御前を伴い、日吉社に参詣、奉幣通夜参籠、二十六日に帰洛す（明）。

羽集1679-1681）。
7・28 和歌所当座三首歌合。題「寄風懐旧・雨中無常・被忘恋」（明・定家2441.2674.2675・後鳥羽集1682-1684）。
8・1 新古今集の切継大略功を終え、和歌所述懐三首御会（明・定家2570-2572）。
8・5 鳥羽殿新御所当座一首和歌御会。題「庭上月」（明題・明・後鳥羽集1685）。
8・10 後鳥羽院有心無心連歌会（明）。
8・18 後鳥羽院有心無心連歌会（賦浮沈物）（明）。
是年 春日社歌合。題「紅葉」（如願547）。
是年 小御所歌合。題「旅宿」（如願824）。

一二〇七 承元元（10・25） 土御門 10

正・11 為家、定家に伴われ後鳥羽院に参ず（明）。
2・29 定家、越中内侍をして為家の院御所常出仕を願い出で、勅許あり（明）。
3・1 為家、定家に伴われて参院、以後連日伺候す（明）。
3・5 定家、小男為家を賀茂歌合に参ぜしめ、この日題を給わる（明）。
4・5 前関白藤原（九条）兼実没（59）（仲資王記・明）。
4・18 定家、清範を以て為家の名謁を聴さるべき由を所望、即ち勅許あり。二十二日以後定家の代りに名謁に参ずること多し（明）。
4・27 定家、新日吉社御幸に為家を参ぜしむ（明）。
5・9 定家、新日吉社小五月会の見物に、為家を入道内大臣実宗の桟敷に参ぜしむ（明）。
6・28 定家、小男小女を日吉社に参詣せしめ、翌早旦に帰京す（明）。
7・28 為家姉小女（民部卿）、白河新御所への渡御行列御共の員数に入らず「無引挙人之故也」

正・22 和歌所一首和歌御会。題「春松契齢」（明題・明・後鳥羽集1689）。
3・7 鴨御祖社歌合。題「山家朝霞・湖辺夕花・社頭述懐」（同歌合）。
3・7 加茂別雷社歌合。題「海辺帰雁・暮山春雨・社頭夜風」（同歌合）。
12・29 仙洞に作文御会あり、「近日仙洞偏詩御沙汰云々。事若非後干者、好文之世已在近歟」（明）。

西暦	年号	天皇	年齢	事項	文事
一二〇七	承元元	土御門	10	(明)。 8・10 定家、為家を相具して京極殿(卿二位兼子)に参ず(明)。 8・13 定家の男女子息、日吉社に参詣し、一宿す(明)。 8・24 定家、為家を水無瀬殿に参候せしむべき由申し出で、勅許あり(明)。 8・27 為家、定家に伴われて水無瀬殿に参候、近習に非ざる人参ずべからざる由一昨日沙汰あるも、為家は参ずべき由勅定あり(明)。 9・24 後鳥羽院、六月以降十人の歌人詠進するところ各四六首の名所歌から、「最勝四天王院名所障子和歌」を選定す(明)。 9・28 為家、宜秋門院任子御懺法の散花に参候す(明)。 10・1 九条南殿、放火により焼亡、押小路万里小路の俊成卿女宅類焼す。この日、後鳥羽院、生母七条院殖子と熊野御幸に御進発(二十四日還御)、為家、前夜より近辺に宿し鳥羽まで供奉、帰来す(明)。 10・7 定家、為家を伴い宜秋門院任子(御懺法結願)に参候の後、承明門院在子に参ず。門院為家を御前に召して御覧あり(明)。 12・29 為家姉小女(民部卿)、院御所に召し出され、白き物(白粉)の入れる風流の火取を下賜され、定家面目とす(明)。	
一二〇八	承元2	土御門	11	2・5 「近日毎日有郢曲御遊、其道之輩又得時」(明)。 4・14 定家、小女(民部卿)を相具して日吉社に参詣、参籠し二十一日に帰洛す(明)。 ④・15 佐渡国に配流中の前参議左大弁藤原公定(為家母同母長兄)、赦されて帰洛す(明)。	正・24 後鳥羽院水無瀬殿詩歌御会。詩題「山家即事」、歌題「山家祝」。詩は密儀、歌は年始の儀とす(明)。 2・5 顕兼卿家連歌会(明)。 2・16 水無瀬殿密々作文御会(明)。

5・29 兵衛尉清綱、京都より鎌倉に下着、相伝の基俊筆『古今和歌集』を実朝に献上す(吾妻)。
6・3 後鳥羽院、熊野御幸に御進発(七月五日還御)、為家、鳥羽まで供奉して帰来、また伏見に出迎えす。この御幸中十八日熊野に火災あり(明)。
9・27 朱雀門焼亡す。鳩取り松明からの失火によると。「末代滅亡、慟哭而有余」「京洛磨滅尤可奇驚事也、是又非鳩一事、只国家之衰微歟」(明)。
10・6 定家、有馬温泉湯治行に出発、十五日帰京。湯治中、七条院堀川局と藤原家信母子(為家息為顕母の父とその母)に来会す(明)。
12・25 皇太弟守成親王(十二歳)、大内において御元服。加冠、傅太政大臣頼実、理髪、右大将公継(明)。

4・28 仙洞作文御会。題「仙洞命佳遊」。当座会。題「林池夏景清」(明)。
④・4 和歌所和歌御会。題「雨中郭公・遇不会恋・寄述懐雑」(後鳥羽集1699-1701)。
5・17 賀茂橋本社歌合。題「山家五月雨・社頭述懐」(如願454.910)。
5・29 住吉社三首歌合。題「寄月祝・寄旅恋・寄山雑」(後鳥羽集1696-1698・定家2388.2451.2579・如願676・明題ハ三月トス)。
6・2 住吉社三首歌合(五月二十四日給題)(明)。
6・14 左大将九条道家家初度作文和歌会。道家・親経・長兼・教家・定家・詩序為長・詩講師孝範、詩題「勝地有仙鶴」(心字)。歌講師宣房、読師左大弁長兼、歌題「竹契多歳」(明)。
8・16 内大臣九条良輔家作文和歌会(明)。

一二〇九 承元3 土御門 12

3・末 定家、『万物部類倭歌抄』(五代簡要)を撰す(同抄奥)。
4・14 為家、任侍従(公補)。
5・28 為家、脩明門院重子ならびに東宮御所への昇殿を聴さる(公補)。
6・19 定家、『古今和歌集』を書写す(諸雑記所引奥)。
8・13 定家、将軍源実朝の「三十首和歌」に加点返送し、『詠歌口伝』(近代秀歌)一巻を副え贈る(明・吾妻・遣送本奥)。
9・19 正三位藤原経家没(61)(公補)。
是年 前権大納言藤原隆房(寂恵)没(62)。

春 長尾社歌合。題「海辺帰雁・社頭桜花」(夫木1668・定家3885)。
9・ 新羅社歌合。題「紅葉」(定家2290)。

一二一〇 承元4 順徳 11・25 13

正・14 定家、任讃岐権介(公補)。
2・19 院号定。中宮藤原麗子を陰明門院とす(一

2・14 左大将九条道家家密々作文会。題「花下言志」(新馴春人)(玉蘂)。

一二一〇　承元4　順徳　13

代)。
7・21　為家、任左近衛少将(父定家辞中将申任)(公補)。
9・30　前権大納言藤原泰通没(64)(公補)。
11・11　前権中納言藤原親経(新古今和歌集真名序撰者)没(60)(公補)。
11・25　土御門天皇、皇太弟守成親王に譲位、順徳天皇受禅(一代・玉蘂)。
11・30　為家、新帝順徳天皇内裏への昇殿を聴さる(公補)。
12・17　定家、任内蔵頭(公補)。
12・28　順徳天皇、太政官庁において即位。為家、鈴奏に参仕す(玉蘂・百錬)。

2・20　左大将九条道家家密々作文会。題「花前携筆硯」(春字)(玉蘂)。
2・22　左大将九条道家家密々作文会。題「尋花還路遠」(各分一字)成信他両三人(玉蘂)。
2・25　左大将九条道家家作文会。題「郊原春宮(色カ)多」(題中取韻)(玉蘂)。
3・1　左大将九条道家家密々作文会。題「手水有桃花」(春字)。文人、成信他両三人。次で当座会。題「春日遊山寺」(即事。勅言、根痕門尊)(玉蘂)。
8・11　仙洞河崎当座一首和歌御会。題「雨中草花」(明題・後鳥羽集1702)。
9・13　鎌倉幕府和歌御会(吾妻)。
9・13　左大将九条道家家作文会。題「秋情唯在月」(各字)、講師文章生正光。次で当座会。題同じ。長兼・有家以下文人七人(玉蘂)。
9・22　後鳥羽院粟田宮三首歌合。題「寄海朝・寄山暮・寄月恋」(明題・定家2436.2575.2576・後鳥羽集1703-1705)。
9・24　院命により、右大臣良輔と右大将道家、詩を賦し、道家の句、院を感嘆せしむ(玉蘂)。
9・30　女院幸法性寺雑遊。右大臣良輔と右大将道家、「山寺会勒」を賦す(玉蘂)。
10・30　内裏内々作文会。題「松上望新雪」(明)。
11・21　鎌倉幕府和歌会(吾妻)。

一二一一　建暦元　3・9　順徳　14

正・13　為家、兼伯耆介(公補)。
正・22　後京極摂政藤原良経女立子(元春宮妃)、入内して女御、中宮となる(百錬)。
6・21　前兵部卿正三位藤原季能没(59)(仲資王記)。
6・26　八条院暲子内親王没(75)(仲資王記)。
7・2　定家、少将為家を八条院縁りの鳥羽殿に参

3・　内裏五十首和歌御会(紫禁1-50)。
同頃　内裏内々歌合(紫禁51-60)。
同頃　内裏当座和歌御会。題「秋海・冬池」(紫禁61.62)。
5・24　左大将九条道家家密々作文会。題「有風韻(脱アルカ)」(声字)(玉蘂)。

ぜしむ(明)。

7・3 尊勝陀羅尼念誦結願、御布施取りに催され、左少将為家、春華門院昇子内親王御所に参ず(明)。

7・9 七条殿行幸、小男(為家)小女(民部卿典侍)共に参仕す(明)。

8・1 少将為家、八条院五七日仏事に参ず(明)。

8・6 少将為家、痢病により朔日より籠居す(明)。

9・8 定家、叙従三位、任侍従(明・公補)。

9・29 為家母の同母弟左中将国通、父泰通の一周忌仏事(一日八講)を仁和寺大教院に修し、左少将為家招かれて参列す(明)。

10・8 前日任大臣の日少将為家の弓箭を帯する刻限につき、定家に勅問あり。愚父の教訓に背き甚だ奇怪なるも、「少年之所致也」と答う(明)。

10・14 定家、為家の順徳天皇大嘗会悠紀・主紀国司叙任の事を、掌侍に付けて申し入る(明)。

10・15 兄光家、内昇殿を聴され、任侍従か。「両息仙籍過分驚耳」(明)。

10・19 為家、定家とともに大内行幸に参じ、女騎馬御覧の毛付に参仕、内侍所に供奉す(明)。

10・21 少将為家、明日の大嘗会御禊行幸の召仰として参内、登華殿を宿所とす(明)。

10・22 為家、参内して大嘗会御禊行幸に供奉、朝仰せにより御前において按察典侍の眉を作る(明)。

10・27 兄侍従光家、七瀬御祓の使を勤む(明)。

11・1 為家、日来所労により籠居するも、今夕より参内伺候す(明)。

11・6 為家、親通とともに大嘗会五節舞姫童女の下仕扶持役に清撰され、領状す(明)。

7・ 内裏当座和歌御会。題「月照草花・夜虫」。又当座和歌御会。題「秋・寄松恋」(紫禁63-66)。

8・10 内裏当座和歌御会。題「深夜月・述懐」(紫禁67.68)。

11・8 春華門院昇子内親王没(17)(仲資王記)。

11・10 為家、内裏より騎馬にて帰宅途中春日東洞院において落馬、右肩苦痛堪え難く、典薬頼基の子息を呼びて療治を加う。十六日例に復す(明)。

11・16 大嘗会停止。明年に延期(百錬)。

11・22 為家、七条院殖子の三条殿行幸に供奉(明)。

11・26 為家、深夜御幸に供奉。三十日、後鳥羽院熊野へご進発。十二月二十三日に還御(明)。

12・30 為家、母とともに日吉社参詣、翌朝帰洛す(明)。

是年 十月二十日以降、鴨長明『無名抄』成る。

是年 後鳥羽院『世俗浅深秘抄』を著す。

一二一二 建暦2 順徳 15

正・2 定家に同道、年始回礼の後、為家は祖父入道実宗・その姉西九条尼・健御前尼みあみを歴訪し、参内す(明)。

正・9 為家、法勝寺修正会への後鳥羽院・脩明門院御幸に、出車を献進し、供奉す(明)。

正・10 為家、夜に入りて参内す(明)。

正・16 為家、参内し、節会に坊家奏を勤仕す(明)。

正・17 為家、夜召しに依りて参内し、宿仕す(明)。

正・21 定家、有馬温泉保養湯治行に出発、途中諸所に詩歌を詠じて遣懐、二月一日冷泉に帰宅す(明)。

2・1 為家、脩明門院熊野御幸(二十八日還御、為家伏見に出迎)に先立つ精進屋御幸に、出車を献進し、供奉す。(明)。

2・6 為家、春日社奉幣使中将雅清に摺袴を贈る(明)。

2・7 為家、召しあるも心神宜しからざる由を称して不参(明)。

3・3 左大将九条道家家密々作文会。題「曲江春興多」、中納言長兼等六七人進詩(玉藻)。

3・11 左大将九条道家家作文会。題「楽府七徳舞」。次で当座会。題「花下有琴詩」(題中)(玉藻)。

3・12 左大将九条道家家作文会。題「春深賢未家」(題中)(玉藻)。

3・13 庚申夜当座三首和歌会。題「霞隔残花・暮春暁月・深夜待恋」(紫禁75-80)。

3・13 左大将九条道家家作文会。題「霞添山景色」(春□、六韻)。次で和歌会。題「遠山花・寄松恋」(玉藻)。

3・17 内裏和歌御会(玉藻)。

3・18 左大将九条道家家作文会。題「梅花紅也白」(以香為韻)(玉藻)。

3・19 左大将九条道家家作文会。題「梅気似桂好」(玉藻)。

3・21 左大将九条道家家詩歌会。(判者、有家)(玉藻)。

2・8 為家、父定家とともに左大臣良輔邸に参上す（明）。
2・10 定家、為家と民部卿を伴って参内し、賭弓次将のこと、朝餉の方のこと等を示訓す（明）。
2・15 為家、参内、夜に入りて帰来後、心神悩み平臥するに、所労を疑いし天皇勅使を以て帰参を促し、参内せる為家を実見して疑いを解かる（明）。
2・18 高倉天皇孫守貞親王（後高倉院）第二御子（茂仁親王＝後堀河天皇）誕生（母中納言藤原基家女北白河院陳子）（一代）。
2・30 為家、昨今咳病により参内せず（明）。
3・29 鴨長明『方丈記』を著す（広本系奥）。
4・2 為家、白重を着し、脩明門院・陰明門院・内裏に参候す（明）。
4・3 為家、衣冠にて参内す（明）。
4・6 為家、父定家とともに月輪殿兼実追善の法華八講会に参列す（明）。
4・15 為家、召しにより月蝕に参籠す（明）。
4・19 為家、白重にて参内す（明）。
4・20 為家、朝葵祭の近衛使中将輔平に摺袴を送り、夜白重にて参内す（明）。
4・22 為家、定家とともに七条殿行幸、翌朝の還御行幸に供奉す（明）。
4・23 後鳥羽院仙洞御所に、五位蔵人以下十人許りを召して「試詩」あり（二月二日以降計画「文道盛興、人々周章云々」）、為家、夏直衣にて参内（明）。
4・24 定家、為家を伴って日吉社参詣、奉幣通夜七箇日参籠し、五月二日帰京す（明）。
4・27 「清範朝臣御教書、詩歌合之間事有内々仰、愚息両人之歌可染筆之由也、件二人未連三

3・22 左大将九条道家家作文会。題「花落山家静」（中字）（玉蘂）。
3・ 行幸七条殿当座和歌御会。題「雨中落花・対泉恋夏・宴遊待暁」（定家3772-3774・紫禁81-83）。
同頃 内裏当座和歌御会。題「山花」（紫禁84）。
4・2 左大将九条道家家密々作文会。題「夏来賢未家」（晴字）（玉蘂）。
4・3 左大将九条道家家作文会。題「夏浅老人家」（晴字）（玉蘂）。
4・8 左大将九条道家家作文会。題「林池堪避暑」（晴字）（玉蘂）。
5・1 内裏詩歌御会（玉蘂）。
5・10 内裏内々詩歌合。道家詩女房に付けて進覧す（玉蘂）。
5・11 内裏初度詩歌合。題「山居春暁・水郷秋夕・羇中眺望」（紫禁85-90・明・玉蘂）。
5・14 内裏詩歌合（衆議判）。資実・定家・雅経ら（玉蘂）。
5・22 内裏歌合。題「羇旅花・暁郭公・田家月・深山雪・後朝恋」（紫禁91-95）。
同頃 内裏当座和歌御会。題「松風如秋・月前水鶏・朝瞿麦」（紫禁96-98）。
同頃 当座和歌御会。題「松間時鳥・水辺夏草」（紫禁99.100）。
同頃 当座和歌御会。題「水上月・夏山風」（紫禁101.102）。
同頃 当座和歌御会。題「海上夏月・故郷落葉」。又当座「恋・春」（紫禁103-107）。
6・ 内裏一首和歌御会。題「禁庭竹」（紫禁108）。
同頃 内裏当座詩歌合。題「海上月・山寺花」（紫禁109-112）。

一二一三	建暦2	順徳	15

十一字之由申了」(明)。

5・3 為家、左近の荒手番の騎射に参仕す(明)。

5・5 為家、左近の真手番の騎射に参仕す(明)。

5・13 為家、定家とともに六条殿供花会と後白河院月忌仏事に参ず(明)。

6・5 為家、大内行幸に供奉し、夜登華殿に宿候す(明)。

6・16 姉女子の病減ずるも、為家また病悩す。近日上下老少人毎に此のごとし(明)。

6・20 為家、定家とともに、蓮華心院の八条院仏事に参じ、布施を取ること十余返と(明)。

6・28 為家、若君魚食の陪膳のため、大納言良平邸に参上す(明)。

6・29 昨日催されたる道家の任内大臣拝賀供奉につき、為家この日参内し天気を窺いて領状、任内大臣大饗に参仕す(明)。佐渡より帰洛後なお逼塞中の藤原公定(為家母の同母長兄)、参議に還任す。「今度八座事已以徳政也、近代非賄賂厚縁之人は無涯分任官、今有此事、叡慮已復純素歟」(明・公補)。

6・30 為家参内し、脩明門院六月祓の役送を勤む(明)。

7・1 為家、三条殿への還御行幸に供奉(明)。

7・2 為家、道家の任内大臣拝賀に供奉(明)。

7・7 為家、参内。十一日・十二日も(明)。

7・13 為家、七条殿行幸、翌朝の還御行幸に供奉す(明)。

7・17 二十二日予定の内大臣九条道家家初度作文和歌会に光家・為家両人の和歌提出を勧誘され、「勿論為家歌未連三十一字者候、以学歌出仕太不便候」云々と(明)。

8・7 為家、七条殿行幸に供奉、翌朝還御(明)。

7・ 内裏当座和歌御会。題「契変改恋・恨後悔恋」(紫禁113.114)。

7・13 七条殿行幸当座和歌御会(明)。

初秋 内裏無講和歌御会。題「晩風在秋・野花纔開・橋辺秋月・尋不逢恋・不忘絶恋」(紫禁115-119)。

7・23 内大臣九条道家家初度作文和歌会。為家、詩歌とともに出詠。詩講師大内記敦倫、歌講師右少弁長資、頼範朗詠「嘉辰令月」(明)。

8・3 内裏二首和歌御会。題「湖上月・暁山鹿」。当座歌を結番評定、隠題歌一首あり(明・紫禁120.121)。

8・ 行幸七条殿当座和歌御会。題「月契久秋・草花満庭・秋風増恋」(紫禁122-124)。

同頃 内裏当座和歌御会。題「山路苔・羇中夕」。同日当座「寄雨恋・寄水恋・寄筆恋」(紫禁125-129)。

同頃 内裏当座和歌御会。題「恋」(紫禁130-132)。

同頃 内裏当座和歌御会。題「春夕・夏暁・秋朝・冬夜」(紫禁133-136)。

同頃 内裏当座詩歌合。題「野亭月夜・暮山紅葉」(紫禁137.138)。

8・15 内大臣九条道家家四韻初度作文会。題「松樹帯月光」(題中)。序者文章博士孝範、題者式部権大輔為長。文人、道家・長兼(読師)・有家・頼範・為長・時通・知長・兼信・長資・頼資・宗業・孝範・長衡・敦倫・長倫(講師)・為俊・正光(玉蘂)。

夏頃 内裏当座和歌御会。題「夜深有水声」(紫禁139.140)。

秋頃 内裏当座和歌御会。題「舟・風・秋」。又当座「海月・野月」(紫禁141-145)。

8・12 為家、脩明門院の母三位教子懺法結願の日に参列す(明)。
8・16 為家、参内して駒索に参仕、索分の使として関白家実邸に参じ、夜番により参院(明)。
8・18 為家、七条殿行幸に供奉、翌朝還御(明)。
8・20 為家、精進屋御幸に供奉(明)。
8・21 為家、参内す(明)。
8・24 後鳥羽院、熊野御幸にご進発。十月三日還御(明)。
8・26 為家、大納言良平邸に参ず(明)。
8・29 日来為家居住する所の冷泉邸内建物東面を壊し、定家居住用に改築を始む(明)。
8・30 為家、黒葦毛の寮御馬一疋を賜わる。馬無き由を聞食して賜ると(明)。
9・1 為家、七条殿行幸に供奉、翌日還御(明)。
9・2 筑後前司頼時、京都より下着、定家の消息並に和歌文書等を、実朝将軍御所に持参献上す(吾妻)。為家、参内す。三日、四日も(明)。
9・28 定家、内裏十首歌に合点を付し所存少々を注して、為家に付け進上せしむ(明)。
9・29 為家、定家とともに、仁和寺大教院に行き向かい、国通が父泰通の三回忌に一日八講を修せる法会に参列す(明)。
10・1 為家、参内し平座に列す(明)。
10・4 為家、岡崎殿への行幸に供奉す(明)。
10・6 為家、三条烏丸殿への還御行幸に供奉(明)。
10・7 為家、定家とともに宜秋門院に参ず(明)。
10・19 為家、参内して岡崎殿行幸に供奉、翌朝還御。兄光家、七瀬御祓使を勤む(明)。
10・21 為家、参内。臨時祭定に舞人を領状す(明)。
10・23 為家、定家とともに高陽院殿行幸に供奉、翌日も高陽院殿に参ず(明)。

9・13 内裏内々詩歌合。題「山路露」(紫禁146.147)。
同頃 内裏秋十首(定家2261-2270・紫禁148-157)。
9・27 左大臣九条良輔家作文和歌会(明)。
11・頃 内裏当座和歌御会。題「秋野」(紫禁160.161)。
同頃 内裏当座和歌御会。題「恋」(紫禁162)。
同頃 内裏詩歌合詠勒字当座御会。題「雲・曛」(紫禁163.164)。
同頃 内裏当座和歌御会。題「薄暮恋・故郷恋・旅泊恋・関路恋・海辺恋」(紫禁163-169)。
12・9 内裏和歌御会。題「行路夜氷・鷹狩日暮・来不留恋」。同夜当座(隠題「直衣袖」)(紫禁170-173)。
12・10 後鳥羽院有心無心連歌会(賦魚鳥)(明)。
12・18 後鳥羽院有心無心連歌会(賦黒白百韻)(明)。
12・25 後鳥羽院有心無心連歌(賦木人名)百韻(明)。
12・26 内裏御書所作文御会(明)。
12・28 後鳥羽院有心無心連歌。尋常の句を選び五首の歌となし、連歌と歌を結番するも、骨を得ず。次で連歌、三十韻(明)。
12・ 後鳥羽院二十首和歌御会(五人百首)(定家1864-1883・後鳥羽集1455-1474)。
是年 内裏詩歌合。題「家霞」(為家0001)。

一二一二 建暦2 順徳 15

10・25 為家、大内行幸に供奉(明)。

10・27 為家、参内す(明)。

10・28 為家、参内し、大嘗会御禊行幸に供奉。光家は左大臣良輔の参内に供奉す(明)。

10・30 為家、参内す(明)。

11・5 大嘗会国司除目に、為家、悠紀方近江国権介に任じ、拝賀す(明・公補)。

11・11 為家、叙正五位下(大嘗会叙位悠紀方)(公補)。

11・13 順徳天皇大嘗会。十六日までの期間中、為家、諸事に参仕精勤、辰日は鈴の奏に勤仕す(明)。風俗屏風等和歌、悠紀方、太宰権帥藤原資実、主紀方、大蔵卿藤原有家(大嘗会悠紀主紀和歌)。

11・14 定家、為家栄華自愛の余り頻りに出仕し無骨なるも、指せる難なくは出仕を許さるべく清範に付け天気を窺うに、早かに出仕せしむべく、後鳥羽院快然の気ありと(明)。

11・24 兄阿闍梨定円(定修)、潅頂を受く(明)。

12・1 為家、三条殿への還御行幸に供奉(明)。

12・2 定家室、男女子息を相具して日吉社参詣、翌日帰来、女子民部卿は七箇日参籠す(明)。

12・4 為家、臨時祭調楽のため参内す(明)。

12・5 大嘗会の間の為家の出仕、御意に叶う旨、後鳥羽院内々の御気色あり(明)。

12・8 外祖父前内大臣藤原実宗没(64)(玉蘂・明)。

12・10 姉民部卿と為家、院より除服出仕を仰せらる(明)。

12・11 為家、高陽院殿行幸に供奉(明)。

12・17 為家、後鳥羽院の召しに依りて参院。この日より寵愛の瑞あり(明、十二月三十日条)。

12・30 為家、院御所の追儺に参仕す(明)。

一二一三　建保元（12・6）　順徳　16

正・1　為家、参内し、四方拝の御剣に候す(明)。
正・4　為家、参内、蔵人家光と同車、御幸始を見物す(明)。
正・7　為家、夜中に退出、叙位の折紙を書取り定家の許に持参し、今日は不出仕(明)。
正・8　為家、参内す(明)。
正・10　坊城殿に故実宗の例講。為家、仏経以下を持参す。為家、定家とともに院連歌会に参じ、命により早退す(明)。
正・12　坊城殿に故実宗五七日仏事。為家、定家用意の仏経布施等を相具して参向す(明)。
正・13　為家、参内す(明)。
正・14　為家、参内、夜前の除目任人折紙を定家の許に持ち来る(明)。
正・18　為家、参内し寮御馬を賜って、院参、御幸に供奉す(明)。
正・20　為家、定家とともに故実宗の例講に坊城殿に参ず。俊成卿女、十一日より日吉社参籠七箇日の後、この日出家し、天王寺に籠居す。「於出家者尤可然、年来猶遅引也、天王寺居住頗過分、還傍難出来歟」(明、二月七日条)。出家に際し順徳天皇と三首歌贈答あり(紫禁296-301)。
正・22　姉民部卿、内裏出仕始め。為家も、参内伺候す(明)。
正・26　為家、故実宗の七七日仏事に、前日諷誦の物に文を副えて送る。聖覚僧都の弁舌に聴衆涙を拭い、一品経供養、為家母分、安楽行品(明)。
正・29　定家小女和徳門院新中納言、(院御所よりの)掌侍奉書をもって急ぎ参ずべき由召さ

正・10　内裏作文御会(明)。
正・10　内裏一首和歌御会。題「竹添春色」(紫禁175)。
正・10　後鳥羽院連歌会、百韻(明)。
2・1　鎌倉幕府和歌会。題「梅花契万春」(吾妻)。
2・26　内裏詩歌合。題「山中花夕・野外秋望」(同歌合・紫禁69-72・為家0002-0005)。
3・　内裏恋三首和歌御会(定家2442-2444)。
3・18　閑院内裏遷幸後初度内々和歌御会。題「松浮池水」(紫禁176)。
同頃　当座和歌御会。題「水辺即事」。又当座「寄川恋」(紫禁179-181)。
同頃　内裏十体分詠当座和歌御会(紫禁182.183)。
同頃　内裏当座和歌御会。題「忘逢恋・思昔恋」(紫禁184.185)。
同頃　内裏当座和歌御会。題「山路花・竹裏鶯」。同日当座「春」(紫禁186-188)。
同頃　内裏当座和歌御会。題「月前花・雨中灯」(紫禁191.192)。
同頃　内裏当座和歌御会。題「山路帰雁・山霞・野梅」(紫禁193-195)。
同頃　内裏当座和歌御会。題「暮春・暁恋」。又日当座「海辺晩霞・深夜春雨」(紫禁196-199)。
同頃　内裏当座和歌御会。題「霞中聞鶯」(紫禁200)。
5・　内裏恋十首和歌御会。題「寄雲恋・寄風恋・寄雨恋・寄水恋・寄草恋・寄松恋・寄竹恋・寄衣恋・寄枕恋・寄簾恋」(紫禁201-210・浄照房1.2)。
7・　内裏当座和歌御会。題「夜野虫」(紫禁211.212)。
同頃　内裏当座和歌御会。題「七夕・夕風・野薄・田家・暁露」(紫禁213-217)。
同頃　内裏当座二首和歌御会。題「旅月・山雪」(紫

一二一三　建保元　順徳　16

る(明)。

2・1　院において禁裏近臣の恩の沙汰あるに、為家には心操穏便の誉れあり、子息の事により定家の眉を開かしむ(明)。

2・2　為家、参内。閑院造宮所の喧嘩に関し近習の大略近侍を止められ、残る所は知長と為家のみ(明)。

2・3　笠置寺解脱房貞慶上人没(59)(解脱上人御形状記)。

2・5　近臣恩免の輩四人中、範朝・範基・知長の三人は別しての奇癖等によるも、為家の面目只一身にあり(明)。

2・6　為家、参内す。七日、十三日も(明)。

4・1　為家、白重を著して参内す(明)。

4・5　前権中納言藤原範光没(60)(明)。

4・8　為家、岡崎殿行幸に供奉(明)。

4・9　為家、参内し、高陽院殿行幸に供奉(明)。

4・11　後鳥羽院御所の御鞠会に、為家召されて参仕、夜も褻直衣を著し御前に参宿す。(明)。

4・13　内裏の近習等、上皇御前の早朝蹴鞠に参仕、為家その内にある由前日知らされ、定家心中周章、諷誦を修すべく自宅に指示す。夜、為家、定家とともに閑院行幸に供奉(明)。

4・14　為家、賀茂祭に参仕す(明)。

4・15　為家、解陣のため参内す(明)。

4・24　為家、定家と法勝寺に参り、塔を見る(明)。

4・26　為家、参内、法勝寺九重塔供養行幸に供奉す(明)。

4・27　為家、参内、高陽院殿行幸の留守居に参仕す(明)。

5・2　為家、新日吉社小五月会競馬の念人また騎射のことを催さるるも、清貧過度の故に辞

禁218.219)。

5・　内裏当座和歌御会。題「暁待郭公・泉辺晩涼」(紫禁220.221)。又当座「秋」(紫禁222)。

7・13　内裏歌合。題「野月・山鹿・暮恋」(衆議判)(同歌合・為家0006-0008)。

7・17　松尾社三首歌合。題「初秋風・山家夕・社頭雑」(明・定家2130.2561.2580・後鳥羽集1709-1711)。

8・7　内裏歌合。題「山暁月・野夕風・河朝霧」(為家0009-0011・定家2542.2543.4608・紫禁223-225)。

8・10　内裏恋十首和歌御会。題「音羽山・小塩山・蔵部山・常磐山・葛木山・三舟山・信土山・石瀬山・妹背山・朝香山」(紫禁228-237)。

8・12　歌合(内裏)。(同歌合・為家0012-0013)。

8・15　内裏三首和歌御会。題「月前露・月前風・月前祝」。同夜当座「浦月・野鶉・夜恋」(紫禁238-243)。

又日　内裏当座和歌御会。題「朝見紅葉・山行伴鹿」。同当座「山風・忍恋」(紫禁244-247)。

同頃　内裏当座和歌御会。題「紅葉」(紫禁248)。

同頃　内裏当座和歌御会。題「夕山鹿」。又当座「秋夕鹿・深夜雁」。同当座「海浜恋・暁郭公・水上月」(紫禁249-255)。

同頃　内裏当座歌合。題「田家秋夕・山路暁風・寄草恋・契忍恋・寄海恋」。又当座「暁恋」。又当座「寒夜鹿」(紫禁256-262)。

9・13　内大臣道家家密々歌合(明)。

9・13　歌合(内裏)。題「江上月・旅宿恋・暮山松」(同歌合・為家0014-0016・紫禁262-265・定家2203.2204.2445。会後に当座歌あり(明)。

9・　内裏当座歌合。題「杜間鹿・寄浜恋・寄舟恋」

退す（明）。

5・16 「少将為家近日日夜蹴鞠云々、遇両主好鞠之日憖為近臣、依天気之宜頗有得骨之沙汰、聞之彌為幸、楚王好細腰之日、如宮中餓死人、不見一巻之書、七八歳之時僅所読蒙求百詠猶以廃忘、是皆一家不運之令然魔縁積悪之祟也、慟哭而有余、聞之独悲、…予元来胤子少、僅二人之男已不書仮名之字、家之滅亡兼以存眼、非分之近臣即是悪縁也」（明）。

5・19 為家、毎日院の御鞠に参仕す（明）。

5・22 「少将毎日蹴鞠無闕怠、摧心肝好之云々、可貴幸人之瑞相歟、…貧老之長命只見可慟哭事多、往年光家為家誕生之時、至愚不覚之心、悦其為男子、心中願求古来賢才、必不依父祖、直幹・以言之輩更非重代之家跡、所憑之信力若不空、而有冥衆之助歟、有社謖之器量、雪先祖之恥辱、自漸及五六歳、旦暮泣含此意趣、兄先逆父命、齢及三十未書仮名之字、弟又同前、寄事於近臣之怱劇、不随愚父之教訓、不孝不善者二人憖成人、触視聴心府如摧、悲哉」（明）。

5・24 為家、祇園御霊会の馬長に指名され、夜閑院内裏への行幸に供奉す（明）。

5・25 兄光家、内裏最勝講の堂童子を勤む（明）。

5・27 為家、この日より内裏最勝講の出居に参ず（明）。

5・29 為家、参内し、最勝講法会の後の内裏鞠会に奔走参仕す（明）。

6・1 為家、参内す（明）。

6・3 為家、明日、少将親通・蔵人康光等とともに騎馬にて雲林院の方に赴き、禁裏に飼育する愛馬の馬草刈りの予定と聞き、定家慨嘆

（紫禁266-268）。

同頃 内裏当座和歌御会。題「川上秋」（紫禁269.270）。

9・19 内裏和歌御会。題「寄海旅・寄野恋・寄川雑」（紫禁271-273）。

同頃 内裏当座無題七首和歌御会（紫禁274-280）。

同頃 内裏当座和歌御会。題「述懐・祝言」（紫禁281.282）。

⑨・5 後鳥羽院有心無心連歌（賦黒白）（明）。

⑨・19 歌合（内裏）。題「深山月・寒野虫・寄風雑」（定家判）（同歌合・為家0017-0019・紫禁283-285）。

⑨・29 内裏九月尽日十首乱歌合。題「関紅葉・朝野霜・夕時雨・杜間霧・池辺菊・山寒草・暁擣衣・故郷風・閏九月尽」（紫禁286-295）。

同頃 内裏当座和歌御会。題「湖上旅・夜時雨」（紫禁302.303）。

同頃 内裏当座和歌御会（紫禁304-305）。

10・ 内裏当座和歌御会。題「時雨」（紫禁307）。

10・8 内裏当座和歌御会。題「初冬霰・暁山風・後悔恋」（紫禁311-313）。

同頃 内裏当座和歌御会。題「関月・秋月・寄霜恋」（紫禁314-316）。

11・ 内裏当座和歌御会。題「池上冬月・寄松祝言」。同当座御会「霰」（紫禁308-310）。

11・ 内裏当座和歌御会。題「野径霜・池時雨・隠唐綾」（紫禁317-319）。

12・ 内裏当座和歌御会。題「江上朝雪」（紫禁320）。

12・14 水無瀬殿当座和歌御会。題「冬月」（後鳥羽集1712-1716）。

三三 建保元 順徳 16

6・13 す（明）。
6・15 為家、高陽院殿への行幸に供奉す（明）。
6・16 為家、還御行幸に供奉するも、腹病により退出、帰宅後腹病更に発り痢気有り（明）。
6・18 為家、腹病により参内せず（明）。
6・21 為家、参内するも、腹病なお不快、暇を賜りて退出す（明）。
6・22 為家、参内す（明）。
6・24 為家、参内、出仕例に復す（明）。
6・26 為家、番により宿仕す（明）。
6・29 為家、八条院三回忌の法華八講に、堂童子を勤め、布施を取る（明）。
7・2 為家、院に召され、御書を賜りて参内、ご返事を進上して、内裏に帰参す。七月三日、十九日、二十四日も同じく御書使に参仕（明）。
7・4 為家、奉公殊勝なるに依り、後鳥羽院より直衣一具・唐絹直衣・奴袴等の装束を下賜さる（明）。
7・16 為家、参内し、定家に内裏五首和歌題を出題すべき由の天気を伝う（明）。
7・17 為家、先日恩賜の直衣を着し院御所の警護に参仕す（明）。
7・18 為家、参内す（明）。
7・21 為家、閑院への還御行幸に供奉す（明）。
7・25 為家、内裏より退出の後、腹病発り温気あり（明）。
7・26 為家、公卿勅使発遣の儀、天皇御拝の御剣に候す（明）。
8・2 為家、院に召され御書使を勤む（明）。
8・12 為家、夜前より禁中に宿所を賜わる（明）。
為家、召によりて参院、例の御書使。十五日、十八日も（明）。

8・16 為家、駒索の儀に、天皇御前に候す(明)。

8・25 為家、高陽院殿行幸に供奉す(明)。

8・26 為家、警護の装束にて参内す(明)。

9・11 為家、伊勢例幣御拝の御剣役を勤む(明)。

⑨・2 為家、昨今の物忌に、一昨日より内裏に籠り候し、夜は番により宿仕す(明)。

⑨・3 「少将今日朝夕両度参院御方御鞠云々、此間頻有褒美之仰云々、此事極存外也、予平生所思皆以相違、是只運之拙也、楽天楽府之篇誡辺功、生遅堪武芸遂赴胡城、父子之所存古今皆異、何為乎」(明)。

⑨・4 「少将又依召参御鞠云々、未時参院、御鞠之間也、上北面之輩異口同音饗応此鞠、天下第一之体骨云々、不沙汰而不長此道は、無極遺恨也、尤入心可練習事也、父不請歟之由有天気云々、恐惶無極にや、雖何道得其骨為上手ば、尤可謂面目歟、但不知案内事、不能口入之条、無計略事歟、為之如何由、示左近了、心中所存誡以無由」(明)。

⑨・6 為家、参内す(明)。

⑨・7 為家、朝院の御鞠に参仕(明)。

⑨・9 為家、七条院への行幸に供奉す(明)。

⑨・10 為家、召されて参院、越中内侍を以て御鞠の間のことにつき仰せを蒙る(明)。

⑨・11 為家、内裏に宿候す(明)。

⑨・12 為家、院の御鞠に参仕、夜又参院(明)。

⑨・16 為家、閑院への還御行幸に供奉(明)。

⑨・18 為家、院の御鞠に参仕(明)。

⑨・19 為家、院の御鞠に参仕の後、参内す(明)。

⑨・21 為家、終日内裏に候し、夜参院(明)。

⑨・23 定家、前日内裏より給わる所の歌合に加判し、為家に付け進上す。為家、院の御鞠に参

一二一三	建保元	順徳	16

仕、熊野御精進屋御幸に供奉(明)。

⑨・27 後鳥羽院、熊野御幸にご進発、十月二十二日還御(明)。

⑨・29頃 俊成卿女、出家すとて順徳天皇と三首歌贈答あるも(紫禁)、歌内容から春一月二十日出家時の詠と見るを是とす。

10・1 為家、衣冠を著して参内す(明)。

10・4 為家、内より退出後、忽ち不例の気あり、発熱頭痛す(明)。

10・5 為家、今朝は快復し、未時に参内す(明月)。

10・6 為家、顕平・経長・頼教等と大柳の鞠庭に会合、蹴鞠あり、帰来して参内す(明)。

10・11 為家、内裏御鞠会に参仕す(二老革匊話)。

10・25 為家、院に召され御鞠に参仕す(明)。

10・26 為家、高陽院殿行幸に供奉。院の御鞠に召されて参仕。翌日、還御行幸に供奉す(明)。

10・29 為家、院に召され、御書使として参内(明)。

11・8 定家、勢州地頭年来の横暴を愁訴、将軍実朝に相伝の私本万葉集を贈り、解決せんとす(明・吾妻)。

11・10 為家、高陽院殿行幸に供奉(明)。

11・11 十四日までの五節期間中、為家、小忌の官人に清撰され、天皇に咫尺しつつ諸事に精勤す(明)。

11・14 為家の他、女子たち二人(民部卿と新中納言)も後鳥羽院の殊恩を受け、定家満悦す(明)。

11・24 為家、閑院への還御行幸に供奉(明)。

11・29 兄光家、前日宇佐使発遣の儀を受け、今暁鎮西に向け進発す(明)。

12・1 為家、召により参内、また召により参院。例の御書(朔日祝言)を給わりて内裏との間を往反す(明)。

12・3 為家、参内後、召により参院、例の御書使を勤む(明)。
12・6 後鳥羽院、馬場殿に出御、御鞠有るべき由の御書を、例の為家内裏に持参す(明)。
12・7 為家、召されて院の河崎御幸に供奉、また時々召仕うべき由の御書を内裏に遣わさる(明)。
12・8 為家、遅明に参内し、深更に帰来す(明)。
12・10 為家、召されて院の河崎御幸に供奉(明)。
12・12 為家、参内、暁に帰来して内侍所御神楽のことを定家に報ず(明)。
12・13 為家、早旦に参内。院より例の御書使に召さる(明)。
12・15 為家、暁更に内裏を退出、除目聞書を持参す(明)。
12・17 為家、明年厄年たるにより、一昨日暇を申し日吉社に参詣す(明)。
12・18前 実朝『金槐和歌集』成る(定家本奥)。
12・19 為家、参内す(明)。
12・21 為家、今暁内裏より退出、蒔葦の御剣(武剣)を賜る(明)。
12・24 光家の書札到来、今月五日備中国府に到着、七日逗留すと(明)。
12・26 為家、内裏の御仏名に参仕す(明)。
12・29 為家、内裏より蒔絵の弓・平胡簶等を貸し賜る。院より河崎に参ずべく召しあり(結鞠)、帰来後また例の御書使の召しありて参仕す(明)。
12・30 為家、内の追儺に参ぜんとするも、また院より御書使の召しあり(明)。

一二一四	建保2	順徳	17	正・2 為家、参内し、天皇拝覲に参仕す(明)。	正・12 内裏一首和歌御会。題「梅契多春」(紫禁321)。

正・5　為家、叙従四位下(府)、叙留(公補)。
正・7　為家、少将如元。還昇を聴さる(公補)。為家、参内し位記を賜る(明)。
正・27　為家、内裏御鞠会に参仕、御会以前弘筵上に梅・桜の花を賜りて散ず(道家公鞠日記)。
2・3　内裏詩歌合に、為家、出御天皇の御供に候し、出詠す(明)。
2・8　為家、直垂を著するに、院御手づから水干を脱がせ着替えしめられ、御鞠の時、紫革白地韈を聴さる。また蒔絵弓と平胡六を賜わり、清範を以て扶持すべき由仰せあり(明)。
2・11　定家、任参議、侍従如元(公補)。
2・30　定家、道助法親王の命を受け、詠月次花鳥歌二十四首の篇を終え、持参進覧す(明)。
3・13　定家、寛弘以往の歌仙三十人を撰進すべき勅命を受け、只四五十人を書き出して進上す(明)。
4・1　院御所旬鞠(後鳥羽記)。
4・3　院御所馬場の笠懸に、左少将為家右少将実忠と挑射、「有其骨、殊為家向後定為堪能歟」と褒辞あり(後鳥羽記)。
4・10　院御所笠懸、左方瑠璃王故障の替りに為家挑射す。「雖未練其骨者也」(後鳥羽記)。
4・11　院御所旬鞠(後鳥羽記)。
4・13　院御所東面の蹴鞠会に、為家直衣を着して参仕す(後鳥羽記)。
4・19　院、書状を左少将為家の許に遣し、為家即返事し奉る(後鳥羽記)。
4・21　院御所旬鞠(後鳥羽記)。
4・30　院御所蹴鞠会。院、書状を天皇に遣し、左少将為家文使を勤む(後鳥羽記)。
9・13　『東北院職人歌合』成る(仮名序)。

正・4　内裏当座和歌御会。題「松添春色・山路梅花」(紫禁322.323)。
2・3　内裏二首詩歌合。詩題「花綻仙遊裏」、歌題「河上花・野外霞」。当座「庭上柳」(明題・明・為家0020・定家2044.2045.2072.2073・紫禁324-327)。
2・　仙洞和歌御会。題「春風・春雨」(後鳥羽集1717.1718)。
2・24　内裏南殿当座和歌御会。題「翫花」(紫禁330-332)。
3・10　内裏三首和歌御会。題「山落花・暮春月・暁増恋」(紫禁333-335)。
同頃　内裏当座和歌御会。題「述懐」(紫禁338-340)。
同頃　内裏当座和歌御会。題「四季鳥歌」(宛十二月也)(紫禁341-352)。
同頃　内裏当座三首和歌御会。題「春山・川柳・神祇」(紫禁352-358)。
5・　内裏当座二首御歌合。題「夏恋・秋恋」(紫禁359-362)。
7・2　内裏当座歌合。題「初秋露・野草花・夕山風・雨後月・羇中恋」(同歌合・明・紫禁363-367)。
7・7　内裏当座六首歌合。題「七夕・山・河・海・野・江」(範宗284-289・紫禁368-370)。
同頃　内裏当座歌合。題「春江月・秋野虫・初冬雪・寄蛍恋・閑中雑」(紫禁371-375)。
同頃　内裏閑院殿当座和歌御会。題「月前松」(紫禁376)。
8・13　当座歌会。題「深夜恋」(範宗550)。
8・15　内裏一首和歌御会。題「月前竹」(紫禁377)。
8・16　内裏歌合。題「秋風・秋露・秋月・秋雨・秋雁・秋虫・秋花・秋水・秋鹿・秋霜・秋祝・秋旅・秋恋・秋懐・秋雑」(定家判)(同歌合・明題・定家

秋 定家、俊成自筆本『古今和歌集』を書写す(毘沙門堂本奥)。

10・2 順徳天皇、この日より内裏に人麿影供会を催し、毎月旬日ごとに三首の和歌を講じ、三年八月二十一日、第三十三回、「結願」題の一首を加え一〇〇首を以て完詠結願す(紫禁)。

2236-2250・紫禁378-392)。

同頃 内裏当座和歌御会。又当座「冬柳・冬・述懐」(紫禁393-398)。

8・27 水無瀬殿秋十首撰歌合(明・定家2271-2280)。

8・28 水無瀬馬場殿連歌会。上句反読、下句三字中略、百十余韻(明)。

8・28 内裏庚申当座歌合。題「寄海恋」(範宗551)。

8・29 水無瀬馬場殿乱十五番歌合(明)。

9・3 後鳥羽院当座二首和歌御会。題「暁山・夜恋」(後鳥羽集1729.1730・東京大学国文研「和歌秘抄」)。

9・5 内裏三首歌合。題「河落葉・寄鳥恋・深山雨」。同日当座難題和歌会。題「松浦晩風・吉野朝望・紅葉半深・待友惜秋」(紫禁414-420)。

9・8 内裏名所撰歌合。題「秋」(紫禁399-403)。

9・13 内裏三首和歌御会。題「月前風・暮山紅葉・寄海恋」(定家2181.2292.2448・紫禁408-410)。

9・14 仙洞一首和歌御会。題「月契千秋」(定家2379・後鳥羽集1731)。

9・25 内裏月卿雲客歌合。題「野径月・霧中雁・寄雲恋」(紫禁411-413)

9・30 月卿雲客妬歌合。題「河落葉・寄鳥恋・深山雨」(家隆判)(同歌合)。

秋 和歌所秋五首清撰歌合(如願506-510)。

同冬 内裏当座五首和歌御会。題「野雪・歳暮・朝恋・夜恋・述懐」(紫禁425-429)。

10・2 内裏人麿影供初度三首和歌御会。題「時雨・水鳥・寒草」(定家2307-2309・紫禁430-432・明)。

10・11 内裏無題三首和歌御会(定家3809-3811・明)。

10・11 内裏人麿影供旬和歌御会。題「暮山・松風・暁海」(紫禁433-435)。

10・16 内裏一首和歌御会。題「松上雪」(明・定家3812)。

西暦	年号	天皇	年齢	事項	為家関係
一二一四	建保2	順徳	17		10・21 内裏人麿影供旬和歌御会。題「寄川恋・寄野恋・寄霜恋」(紫禁436-438)。 11・1 内裏人麿影供旬和歌御会。題「寄筆恋・寄箒恋・寄笛恋」(紫禁439-441)。 11・11 内裏人麿影供和歌御会。題「山家・羇中・旅泊」(紫禁442-444)。 11・21 内裏人麿影供旬和歌御会。題「冬暁月・山朝風・江寒蘆」(紫禁445-447)。 12・1 内裏人麿影供旬和歌御会。題「池凍・早梅・歳暮」(紫禁448-450)。 12・11 内裏旬影供和歌御会。題「寄鏡恋・寄笠恋・寄帯恋」(範宗554-556・紫禁451-453)。 12・21 内裏旬三首歌合。題「方違・沐浴・閑談」(範宗662-664・紫禁454-456)。 12・ 内裏当座御会。題「松雪」(範宗437)。 是年 仙洞五首内歌合。題「閑居恋」(範宗549)。
一二一五	建保3	順徳	18	正・6 初代執権北条時政没(78)(吾妻)。 正・13 定家、兼任伊予権守(公補)。 7・5 栄西没(75)(元亨釈書)。 8・15 為家、内裏に参候。定家、内裏三首歌合(定家後日判詞書付)後の当座歌題を召され、「禁庭虫・雨中恋」の二題を献ず。「光家歌太尾籠、赦面無極」(明)。 8・24 為家、内裏公事に、当番の散花三十枚を、女房の局より内々に進入す。蔵人盗み取るによると(明)。 9・23 定家、名所百首(先ず五十首)を為家に清書せしめ、内裏に進上す(明)。 9・26 定家、昨日為家禁裏より持来たる御製名所五十首に少々加点、内裏に返上す(明)。 9・末 定家「名所百首歌之時与家隆卿内談事」成る	正・5 内裏和歌御会。題「野外霞」(範宗38)。 正・6 内裏一首和歌御会。題「鶴伴仙齢」(明題・範宗665・紫禁531)。 正・11 内裏旬影供和歌三首御会。題「山立春・朝子日・夕若菜」(範宗34-36・紫禁457-459)。 正・ 内裏人麿影供旬和歌御会。題「初春月・羇中鶯・谷残雪」(紫禁460-462)。 正・21 内裏旬影供。題「春駒・春草(雪)・関路霞」(範宗37.39.40・紫禁463-465)。 2・1 内裏旬影供。題「初山花・呼子鳥・渓春水」(範宗41-43・紫禁472-474)。 2・11 内裏旬影供。題「野春風・窓落梅・夕青柳」(範宗44.45・紫禁466-468)。 2・21 内裏旬。題「夜帰雁・夕苗代・朝菫菜」(範宗47-50・紫禁469-471)。

（明）。

10・26 定家、内裏に百首和歌（先ず五十首）を、少将内侍に付けて詠進す（明）。

是年 正月十三日以後四年正月十二日までの間、「参議侍従兼伊予権守藤（定家）」、広瀬本万葉集の祖本を書写し秘本を以て校合す（同集奥）。

3・1 内裏人麿影供旬和歌御会。題「桜花・桃花・老鴬」（紫禁475-477）。

3・11 内裏旬影供。題「款冬・躑躅・春雨」（範宗51.52・紫禁478-480）。

3・21 内裏人麿影供旬和歌御会。題「惜花・藤花・三月尽」（紫禁481-483）。

3・ 内裏御会。題「水辺柳・山桜・朝落花」（範宗53.54.55）。

3・ 内裏当座和歌御会。題「夕花・春雨」（紫禁532.533）。

3・ 仙洞五首内。題「山路藤・暁蛍・夏風」（範宗158-160）。

春 内裏当座和歌御会。題「寄松祝」。同日当座、俳諧歌「帰雁」（紫禁535-536）。

4・1 禁裏旬影供。題「更衣・郭公・卯花」（範宗154.155・紫禁484-486）。

4・11 内裏旬影供。題「瞿麦・暁蛍・夏草」（範宗156.157・紫禁487-489）

4・21 内裏人麿影供旬和歌御会。題「夏雨・夏月・夏風」（紫禁490-492）。

4・ 内裏当座和歌御会。題「卯花」（紫禁534）。

4・ 内裏当座和歌御会。題「月前卯花」（紫禁537）。

5・1 内裏旬影供。題「菖蒲・蘆橘・蟬」（範宗162.163・紫禁493-495）。

5・11 内裏旬影供。題「泉・水鶏・忘恋」（範宗562・紫禁496-498）。

5・18 禁裏当座。題「夕五月雨」（範宗164）。

5・21 内裏旬影供。題「夏朝・夏夕・夏暁」（範宗165-167・紫禁499.500.503）。

5・ 内裏萩戸当座和歌御会。題「夕五月雨・暁恋」（紫禁540.541）。

同頃 内裏当座和歌御会。題「雨中萩・深夜恋」（紫

一二一五	建保3	順徳	18

禁542.543)。
同頃　内裏当座和歌御会。題「恋」(紫禁544.545)。
6・1　内裏旬影供。題「鵜河・納涼(暮山)・照射」(範宗168.169.170・紫禁501.502.504)。
6・2　院四十五番歌合(五首御歌合)。題「春山朝・夕早苗・行路秋・暁時雨・松歴年」(衆議判、宸筆執筆)(同歌合・明題)。
6・11　内裏旬影供。題「夕立・蚊遣火・見恋」(範宗171・紫禁505-507)。
6・11　内裏月卿雲客妬歌合。題「野外夏草・月色似秋・契経年恋」(衆議判)(同歌合)。
6・18　内裏六首歌合。題「水辺柳・江上霞・朝落花・夜帰雁・山晩風・野暁月」(紫禁557-562)。
6・21　内裏旬影供当座。題「夏山露・寄雲祝・六月祓」(範宗172.669・紫禁508-510)。
6・　内裏当座歌合。題「蟬声秋近・被返書恋・寄社頭雑」(紫禁546-548)。
同頃　内裏当座歌合。題「夏野・深夜恋・寄海雑」(紫禁549-551)。
同頃　内裏当座和歌御会。題「山鹿・社頭」(紫禁552.553)。
同頃　内裏当座和歌御会。題「寄暮恋」(紫禁554)。
同頃　内裏当座和歌御会。題「暁月入窓・早涼思衣」(紫禁555.556)。
6・30　内裏晦日当座和歌御会(紫禁563)。
7・1　内裏人麿影供旬和歌御会。題「山初秋・待七夕・野径萩」(紫禁511-513)。
7・7　内裏七夕七首和歌御会(定家2133-2139・紫禁564-570)。
7・11　内裏人麿影供旬和歌御会。題「池辺蘭・関路鹿・女郎花」(紫禁514-516)。
7・21　内裏人麿影供旬和歌御会。題「薄・槿花・刈萱」（紫禁517-519）。同日当座和歌会「草花徐開・田家秋雁」（紫禁591-594）。

7・	内裏当座和歌御会。題「山路夕雁・朝草花」。又当座「秋」（紫禁571-572）。
8・1	内裏人麿影供旬和歌御会。題「夕尋虫・暁見月・野外月」（紫禁520-522・範宗316）。
8・11	内裏人麿影供旬和歌御会。題「夜聞鹿・関路風・庭上露」（紫禁523-525・範宗317）。
8・15	内裏三首和歌御会。題「月前竹風・月前擣衣・月前眺望」。同夜当座「禁庭虫・雨中恋」（紫禁579-583・定家2165-2167）。
8・21	内裏人麿影供旬和歌御会。題「秋夕・秋夜・秋晩・結願」（紫禁526-529・範宗319-321）。同日当座歌合「山家月・夕紅葉」（紫禁584.585）。又、内裏連歌会、賦人名草、五十韻。狂歌合後、賦物を魚河名に改めて五十韻（明月）。
同頃	内裏当座和歌御会。題「春・夏・恋・雑」。又当座「待月」（紫禁586-590）。
8・	内裏当座和歌御会。題「海辺眺望」（紫禁574.575）。
同頃	内裏当座和歌御会。題「擣衣・月」（紫禁576.577）。
同頃	内裏当座和歌御会。詩題「江山夜月明」（紫禁578）。
8・	内裏当座和歌御会。題「野亭月・川暁風・野外夏草・月色似秋・契経年恋」（紫禁595-599）。
9・9	内裏当座撰歌合。題「月前菊・水辺菊・寄菊雑」（紫禁600-602）。
9・13	内大臣藤原道家家初度百首、夜を徹し披講す（明・明題・定家1101-1200）。
9・	内裏当座和歌御会。題「杜間露・深夜虫・月前望・寄海恋・寄鳥恋・寄夕恋」（紫禁607-612）。

10・16 内裏菊花和歌管弦御会。題「月照菊」(紫禁603-605)。
同頃 内裏当座和歌御会。題「野雪」(紫禁606)。
10・24 建保内裏名所百首(明・明題・紫禁615-714)。
11・28 御前連歌御会、賦国名源氏、雅清執筆(明)。

一二一六 建保4 順徳 19

正・5 前年正月十三日以降の間、定家『八代知顕抄』を撰す(同抄)
正・13 為家、叙従四位上(臨時)。定家、兼任治部卿(公補)。
正・ 某所拝賀の折、参議侍従定家左少将為家、院命により「徳是」を朗詠す(宮槐記)。
2・ 定家、「定家卿百番自歌合」(初撰本)を自編す(同巻頭識語)。
3・14 前内大臣藤原(坊門)信清没(58)。
3・18 『拾遺愚草』正編三巻成立、『員外雑歌』も引き続き成立す。
3・22 藤原実宣室牧氏所生二女(為家室母頼綱妾同母姉)死去す(吾妻)。
3・28 定家、辞侍従(公補)。
3・ 「土御門院御百首」成り、家隆・定家批点を加え、消息を往返す(同百首。附載消息)「わたくしの太郎二郎のやうたいこそ、これにつけても思ひしられて」(定家消息)。
4・2 殷富門院亮子内親王没(70)。
4・11 前大蔵卿藤原有家没(62)(尊卑)。
⑥・8 鴨長明没(64か)(月講式)。
11・30 定家、俊成十三回に一品経和歌を諸人に勧進し、自らも「厳王品」を詠んで供養す。範宗「安楽行品」、実氏「人記品」、家隆「授記品」(定家2752・範宗677・玉葉2654・壬二3192)。
12・14 定家、叙正三位(俊忠卿天永二年春日社行幸

正・19 内裏詩歌御会。詩題「春遊契萬年」、歌題「松迎春新」。講師、歌知家、詩家光(順徳記・紫禁715)。
3・15 内裏内々北野宮詩歌合。題「春朝雨・社頭春」(紫禁721.722)。
6・9 内裏十首御歌合(二十人)。衆議判、十一日定家判詞を付け進上す(順徳記)。
⑥・9 内裏百番御歌合。題「春・夏・秋・冬・恋」(定家判)(同歌合)。
8・15 内裏御会三首。題「湖上月・杜間月・田家月」(範宗324-326・紫禁727-729)。
8・20 御熊野詣次湯浅宿当座五首歌合。題「春山花・夏山夕・秋山月・冬山暁・山羇旅」(明題・後鳥羽集1737-1741)。
8・22 内裏当座歌合。題「朝紅葉・夕擣衣・深山霧・羇中恋・海辺恋」(衆議判)(同歌合・紫禁900-904)。
8・24 内裏当座歌合。題「夕草花・古寺月・寒山月・寄雨恋・寄石恋・寄夢恋」(衆議判)(同歌合・紫禁905-910)。同日当座歌合「憚老年恋・被妨人恋」(紫禁911.912・範宗572.573)。
同頃 内裏当座和歌御会。題「山秋・寄川恋・寄月述懐」(紫禁913-915)。
9・13 内裏当座清涼殿和歌御会。題「月前竹・月前松」(紫禁916.917)。
10・11 嵯峨殿庚申和歌御会。題「山家落葉」(後鳥羽

行事賞）（公補）。

一二一七　建保5　順徳　20

正・28　為家、兼美作介（公補）。

2・10　定家、『古今和歌集』を書写す（明）。

6・13　定家、順徳天皇より「御製百番歌合」を賜り、勝負を付けて進上す（明）。

6・　定家、「定家卿百番自歌合」（再稿本）を編す（同巻頭識語）。

10・10後　定家、この日の内裏作文御会韻字に依り四韻詩十六篇を制作、同じ韻字を和歌にも詠み込み「韻字四季歌」を、六年春にかけて詠作す。

11・　権大納言藤原（西園寺）公経、後鳥羽院の勘気を蒙り籠居す（愚管抄）。

12・12　為家、任左近衛中将（公補）。

集1742）。

10・16　内裏当座和歌御会。題「山時雨・江上月・暁更衣」（紫禁918-920）。

10・30　内裏詩御会。題「松上有（望）新雪」。作者、御製・通具（講師か）・資実（読師）・教家・通方・宗行・家嗣・為長・宗業・範時・信定・資経・長資・頼資・経兼・範輔・家長・光俊・家光・長員（御製講師）。詩のみ、良輔・道家（順徳記・明）。

11・1　内裏三首和歌御会。題「寒山月・遠村雪・寄蘆恋」（定家2341.2344.2449・紫禁921-923）。

12・8　中殿作文御会（順徳天皇代始）。題「宴会楽遐齢」（情字）（四日三題出題中より勅撰）。文人、御製・関白家実（御製読師）・左大臣良輔（臣下読師）・右大臣道家・通具・資実（題者）・範朝・実氏・宗行・家嗣・在高・頼範（御製講師）・為長・宗業（序者）・定高・範時・家宣・頼資（臣下講師）・実基・家光（順徳記）。

是年　後鳥羽院第三度百首（明題）。

3・　内裏当座和歌御会。題「山花」（紫禁978.979）。

4・14　後鳥羽院弘御所作文和歌御会。詩題「庚申五首会」歌題「春夜・夏暁・秋朝・冬夕・久恋」。歌講師範宗、詩講師長貞。次で連句（陽唐韻）六十余韻、連歌（賦草木）五十韻（明・明題・後鳥羽集1743-1747・如願384.439.538.551.600・菟玖波「百韻」と）。

4・20　内裏北野宮歌合。題「羇旅郭公・河辺夏草・寄松述懐」（同歌合・紫禁980-982）。

6・前　四年一月以降の間、惟明親王家十五首和歌会（壬二2098-2100.2243.2244.2427-2429.2606.2607.2836-2838.3045.3046）。

6・2　内裏当座和歌御会。題「山春花・水夏月・野秋

一二一七	建保5	順徳	20

風」（紫禁984-989）。

6・14 後鳥羽院庚申扇合（明）。

6・24 内裏当座歌合。題「夕風・暁月」（紫禁990-999）。

6・25 内裏当座和歌御会。題「野亭鹿・行路露・寄水恋」（紫禁1000-1002）。

7・1 内裏日蝕参籠歌合。題「関路早秋・野草露滋」（紫禁1003.1004）。

8・15 内裏庚申当座無題三首和歌御会（紫禁1005-1007）。

8・15 右大将通光家歌合。題「虫声驚夢・暁惜別恋」（同歌合）。

8・ 定家勧進金峯山三首和歌会。題「旅宿秋月・深山暁霧・寄社述懐」（2508.2509.3173・範宗336.337.672）。

9・ 右大臣（道家）家歌合。題「夜深待月・故郷紅葉・河辺擣衣・行路見恋・山家夕恋・羇中松風」（衆議判、後日定家執筆）（同歌合）。

10・9 仁和寺殿行幸当座和歌会（紫禁1008.1009）。

10・10 内裏作文御会。序者、大内記菅原長貞。題者、大蔵卿為長「菊老似忠臣」。文人、御製・左大臣良輔（御製読師）・道家・資実（臣下読師）・隆衡・実宣・家嗣・在高・頼範・為長（御製講師）・宗業・定高・雅清・範時・宗房・長資・家光（臣下講師）（順徳記）。

10・16 内裏当座歌合。題「冬空月・朝落葉・夕残菊」（紫禁1010-1012）。

10・17 内裏当座歌合。題「浦千鳥・野初雪・寄竹恋」（紫禁1013-1015）。

10・18 内裏当座歌合。題「山亭草・海上霰・旅松風」（紫禁1016-1018）。

10・19 内裏当座四十番歌合。題「春雨・夏月・秋露・

二三八

建保6

順徳

21

正・2 為家、方違行幸に供奉(明)。

正・5 為家、某所御幸に供奉(明)。

正・19 為家、骨を得たるに鞠を好まざるは不便との院の御沙汰ある旨を、清範来り定家に告ぐ(明)。

2・4 尼御台所北条政子、時房扈従して熊野参詣に進発、次で入洛す(吾妻)。

7・9 定家、遷任民部卿(公補)「雖不可渋、於身此職本自殊所繫其望也、於家可貴、於人不軽、尤過涯分、朝恩之至不知所謝」(明)。

7・30 中殿御会和歌作者に為家を加えたく、父の推挙の詞を以て申すべき旨の内裏の御気色あるを伝聞して、定家、渋る渋る陳述す「詠歌事始終非可思放事、随又如形相連候歟、然而当時愚父、眼前可加推挙之分限、猶極不勘之由依見給、年来加制止、不合交衆、今無指風情、加増証拠、只依晴事、忽可令列人数由

冬風・変恋」(勅判)(同歌合・為家0021-0025・紫禁1019-1023)。

10・22 内裏当座和歌御会。題「水郷月」。同日探題会(紫禁1024-1028)。

同頃 内裏当座五首歌合。題「朝千鳥・夕川雪・夜炉火・言出恋・絶久恋」(紫禁1029-1033)。

11・1 内裏和歌御会(明)。

11・4 冬題歌合(内裏)。題「冬山霜・冬野霰・冬関月・冬河風・冬海雪・冬夕旅・冬夜恋」(衆議判、後日定家執筆)(同歌合)。同夜当座御会「深夜氷・寄炉恋」(紫禁1035-1043)。

11・21 内裏当座三首歌合。題「浦辺雪・川千鳥・羇中月」(紫禁1044-1046)。

是年 禅林式四十八首和歌(為家0026-0028)。

2・21 内裏内々五首歌合。題「関路暁霞・野外朝鴬・山中夕花・旅宿春月・春夜忍恋」(紫禁1049-1053)。

3・前 内裏作文御会。御製・良輔(読師)・資実・教家・宗行・家嗣・頼範・為長(御製講師)・宗業・定高・範時・経高・信定・重長・実基・家宣・頼資(講師)・光俊・家光・長貞。通方は辞退(順徳記)。

5・30 内裏内々歌合。題「春恋・夏恋・秋恋・冬恋・旅恋」(紫禁1056-1065)。

7・7 内裏当座和歌御会(紫禁1066)。

7・12 内裏当座和歌御会。題「雲間月・庭上露」(紫禁1067.1068)

又日 内裏当座和歌御会。題「秋朝風・秋夕草・秋夜恋」(紫禁1069-1071)。

8・13 中殿和歌一首御会(順徳天皇代始)。題「池月久明」、題者・序者・読師、右大臣九条道家。御

西暦	年号	天皇	年齢
一二一八	建保6	順徳	21

奏聞之条、猶憚思給、只依別叡慮之趣可被召者、非此限之由重伺天気、猶愚父可申之由被仰者、早奏達可候歟」(明)。

10・10 中宮藤原立子、皇子(懐成親王)を生み奉る(百錬)。

11・11 左大臣藤原(九条)良輔没(34)(公補)。没後、為家兄光家、良輔の養子教家に仕え始む。

11・26 懐成親王立太子(百錬)。為家、東宮昇殿を聴さる(公補)。

12・20 将軍実朝、任右大臣(吾妻)。

是年 慈円、白氏文集の詩句題一〇〇を選び、定家と寂身に勧進、三人の「文集百首」成る(定家百首前文)。

是年 家隆、「家隆卿百番自歌合」を自編するか(同歌合)。

製講師、定家、臣下講師、範時。歌人、御製・道家・通光・公経・良平・通具・隆衡・忠信・実氏・定家・経通・忠定・家良・家衡・基良・家隆・雅経・保季・知家・範時・範宗・為家・頼資・行能・信実・光経・康光(御会記・為家0029・紫禁1072・光経1)。

8・27 水無瀬殿和歌御会(如願523.524)。

9・2 内裏当座五首和歌御会。題「深夜雁・晩秋風・朝紅葉・田家霧・旅擣衣」(紫禁1073-1077)。

9・13 内裏三首和歌御会。題「秋山月・秋野月・秋庭月」。歌人、御製・道家(題者)・通具・実氏・定家・経通・忠定(読師)・家平・基良・家隆・知家・範宗(講師)・為家・伊平・行能・頼資・信実・光経・康光・範綱・兵衛内侍(順徳記・範宗339-341・定家2295-2297・紫禁1085-1087)。

9・13 鎌倉幕府和歌会(吾妻)。

9・25 内裏当座詩歌合。題「秋歌」(紫禁1088-1091)。

9・30 内裏当座五首和歌御会。題「雨□□・庭菊霜・冬山朝・冬海夕・寄風祝」(紫禁1092-1096)。

12・5 内裏和歌御会。題「冬山朝・冬海夕・寄風祝」(順徳記・光経2-4)。

建保年 建保清撰歌合(為家0030)。

西暦	年号	天皇	年齢
一二一九	承久元 4・12	順徳	22

正・5 為家、叙正四位下(中宮立子御給)(公補)。

正・27 右大臣征夷大将軍源実朝没(28)(吾妻)。

3・3 『たまきはる』(建春門院中納言日記)成る(同奥書)。

7・2前 定家、『毎月抄』を著すか(流布本系為家奥)。

7・19 九条道家息(頼経)、鎌倉に下着す(吾妻)。

12・24 父定家同宿の姉健御前(八条院中納言)没す

正・27 内裏和歌御会。題「松上霞・翫梅花」。御製・左大臣道家(題者・読師)・通光・良平・通具・定家・忠定(御製講師)・基長・家衡・範宗(講師)・通平・為家・伊平・行能・頼資・信実・光経・範綱・康光。歌のみ前左大臣隆忠・前右大臣公継・右大将公経(順徳記・光経5.6・紫禁1104.1105)。

2・11 歌合(内裏当座)。題「春風・春雨・春月・春雪・

るか(63)(明。嘉禄二年十二月二十四日条「故尼上遠忌」)。

是年　定家、「定家卿百番自歌合」を内々順徳天皇に進覧、勅判を申請す(同巻頭識語)。

春野・春山・春水・春里・春恋・春祝」(同歌合・光経7-16・為家0031-0040・紫禁1114-1123)。

2・12　歌合(内裏当座)。題「深山春・夕帰雁・水郷秋・朝野鹿・被知恋・暁更恋」(同歌合・光経17-22・為家0041-0046)。

2・17　内裏探題当座和歌御会(光経23.24)。

2・18　内裏探題当座和歌御会(紫禁1130.1131)。

2・22　内裏当座歌合。題「深山春・夕帰雁・水辺秋・朝野鹿・被忘恋・暁更恋」(紫禁1124-1129)。

2・23　内裏当座歌合。題「早春朝・夏暁更・暮秋夕・冬深夜・羇中月」(光経25-29・紫禁1132-1136)。

②・4　八幡宮歌合。題「雨中柳・月前霞・寄春雑」(光経30-32・紫禁1106-1108)。

②・4　鴨社歌合。題「朝野菫・水辺鶯・社頭風」(光経33-35・紫禁1109-1111)。

②・4　賀茂社奉納歌合。題「暁山桜・浦帰雁・社頭松」(光経36-38・紫禁1112.1113)。

3・8　後鳥羽院水無瀬殿一首和歌御会。題「松契春」(明題・後鳥羽集1748)。

7・27　内裏百番歌合。題「野径霞・深山花・暮春雨・暁郭公・水辺草・秋夕露・聞擣衣・庭紅葉・冬夜月・松間雪」(衆議判、後日家隆執筆)(同歌合・明題・光経39-48〈五月二十一日と〉・紫禁1144-1153・為家0047-0056)。

8・　内裏当座和歌御会。題「川暁月・聞秋雁」(紫禁1155.1156)

9・6　内裏当座和歌御会。題「寄霞恋」(紫禁1157)。

9・7　日吉社大宮歌合。題「深夜秋月・遠山暁霧・社頭松風」(同歌合・為家0057-0059・紫禁1159-1161)。

9・7　日吉社十禅寺歌合。題「暮天聞雁・紅葉添雨・

湖上眺望」(同歌合・為家0060-0062・紫禁1162.1163.1164)。

10・27 内裏十首撰歌合。題「冬夜月・杜間雪」(範宗451.452)。

一二二〇	承久2	順徳	23

正・1 左中将為家、少将実仲・少将実有らと共に、後鳥羽院拝礼に参仕す(常磐井相国記)。

正・3 為家、後鳥羽院某所への御幸始に供奉す(常磐井相国記)。

正・22 定家、兼任播磨権守(公補)。

2・13 定家、順徳天皇内裏和歌御会に「道のべの野原の柳したもえぬあはれなげきの煙くらべに」の歌を詠じ、後鳥羽院の勘気を蒙る。「定家述懐歌立耳歟。兼テ不見之間、不能注之」(順徳記)。

2・26 土御門院皇子邦仁親王(後の後嵯峨天皇)誕生、母源通宗女通子(紹運録)。

3・13 内裏密々賭弓習礼に、左中将為家、引射手と居替に参仕す(玉蘂)。

4・16 皇太子懐成親王(三歳)魚味始、左中将為家、侍従言家他七人とともに、御膳役送に参仕す(玉蘂)。

6・4 定家兄正三位藤原成家没(66)(公補)。

7・14 為家外祖母実宗室(藤原教良女)没(公補、藤原国通「九月十五日復任「母」」)。

8・ 定家、『僻案抄』を著す(同抄奥)。

11・5 皇太子懐成親王御着袴、左中将為家、院御方実忠朝臣と共に、内御方御装束使を勤め、御前物役送に参仕す(玉蘂)。

11・23 賀茂臨時祭、左中将為家陪膳に参仕、侍従光家舞人を勤む(玉蘂)。

是年 慈円『愚管抄』を著す。

2・13 内裏二首和歌御会。題「春山月・野外柳」。歌人、御製・道家・良平・通具・定家(御製講師)・経通・家衡・知家・通平・範宗・為家・頼資(講師)・家光(奉行)・光経・康光・兵衛内侍。(順徳記・光経49.50・定家2602.2603・紫禁1173.1174)。

3・3 内裏当座二首和歌御会。題「夕桃・待恋」(紫禁1175.1176・為家0063)。

3・23 内裏当座歌合。題「暁落花・夕款冬・暮春霞・絶怨恋・欲忘恋」(紫禁1177-1181・光経51-55・為家0066.0075)。

3・24 内裏当座歌合。題「鴬帰谷・朝藤花・三月尽・厭忍恋・惜暁恋」(紫禁1182-1186・光経56-60・為家0065)。

4・28 内裏仁和寺殿当座和歌御会。題「水辺夏草・夏夜待月」(紫禁1187.1188・為家0064)。

7・2 禁裏当座歌合。題「初秋露・野草花・夕嵐・雨後月」(範宗280-283)。

7・7 詩歌管弦各七人を召して御遊後、仁寿殿和歌御会。題「七夕惜夜・庭上秋風」(光経61.62)。

7・7 当座六首歌合。題「七夕・山・河・海・野・江」(範宗284-289)。

7・30 内裏御書所作文御会。題「禁庭秋色勝」(情字)。題者、従三位別当範時(出題二十三日)。序者、孝範。文人、御製・範時・雅清・経高・信定・時通・頼資・宗房・光俊・家光・長貞・雅継・

一二二一

承久3

仲恭 4・20
後堀河 7・9

24

3・11 参議藤原(飛鳥井)雅経没(52)(公補)。
3・28 定家、『顕注密勘』を著す(同奥)。
4・20 順徳天皇、皇太子懐成親王に譲位、仲恭天皇受禅。為家、新帝内裏昇殿を聴さる(百錬・公

公輔・孝範・淳高・資高・長倫・長清・範房・忠倫(講師)・義高・経範・公良・忠範・光嗣・宗範・高長。披講了りて朗詠、連句八十句(執筆宗範)(順徳記)。

8・2 内裏御書所作文御会、都序道家(玉蘂)。

8・15 順徳天皇、大炊殿御所に内裏詩歌御会を催す。詩題「遊楼秋夜」、歌勅題「待月・見月・惜月」。文人、御製・関白家実(不参)・道家・家嗣・在高・頼範(御製詩講師)・為長・範時・経高(御製講師)・信定・重長・時通・宗房・光俊・長貞(臣下詩講師)・雅継。歌人、道家・公経・良平・基良・家衡・家隆(両人不参)・保季・知家・通平・経高(両座奉行)・範宗(臣下講師)・為家・伊平・信実・光経・康光(順徳記・紫禁1189-1191・光経63-65)。

8・ 道助法親王家秋十首和歌御会。題「秋雨・秋花・秋田・秋霜・秋祝・秋恋・秋夢・秋旅・秋恨・秋雑」(明題・定家2251-2260)。

8・ 土御門院内々和歌御会。題「夜長増恋・閑中暁月」(定家2463.2600)。

10・ 道助法親王家五十首(同五十首・明題)。

是年 道助法親王家五十首題(為家0067-0070.0072.0074.0077)。

是年か 権大納言忠信勧進住吉歌合。題「山春・里冬・旅恋」(光経303-305)

是年 為家詠率爾百首(為家0078)。

是年 為家承久二年詠(為家0071.0076)。

2・22 内裏二首和歌御会。題「春風・春雨」。歌人、御製・道家・良平・通具・経通・雅経(御製講師)・基良・家隆・具定(臣下講師)・為家・伊平・信実・家光・光経・範綱・康光等。「今夜会定家卿

補)。

一二二一	承久3	後堀河	24

5・3 惟明親王没(43)(本朝皇胤紹運録)

5・21 定家、『後撰和歌集』を書写す(書陵部本他奥)。

6・2 定家、『伊勢物語』を書写す(同本奥)。

6・25 為家母同母長兄前権中納言入道藤原公定没(59)(明、天福元年六月二十四日条)。

是年前半か 為家、宇都宮頼綱女(母北条時政妾牧方三女)と婚姻し、冷泉邸を本拠とするか。

7・9 仲恭天皇、退位(廃帝)。持明院入道宮守貞親王(後高倉院)御子茂仁親王(後堀河天皇)、幕府の申行により践祚す(一代・百錬)。

7・前 順徳天皇、『八雲御抄』一次稿本を著すか。

7・前 順徳天皇、『禁秘抄』を著すか。

7・13 後鳥羽院、隠岐国に遷御す(百錬)。

7・20 為家、内裏出仕を止めらる(公補)。

7・21 順徳院、佐渡国に遷御す(百錬)。

7・24 六条宮雅成親王、但馬国に遷御す(百錬)。

7・25 冷泉宮頼仁親王、備前国児島に遷御(百錬)。藤原光俊、父光親に連座して筑紫に配流され、翌年許されて帰京す(吾妻・尊卑)。

9・28 定家、細川庄領有を安堵する院庁下文を取得す(冷泉家譲状第三状)。

10・7 定家、細川庄地頭職領有を安堵する将軍家免状(下文)を取得す(冷泉家譲状第三状)。

⑩・4 正三位藤原季経没(91)(公補)。

⑩・10 土御門院、土佐国に遷御す(吾妻)。

⑩・ 為家、新帝後堀河天皇内裏昇殿を聴さる(公補)。

⑩・12 為家、『顕注密勘抄』を書写す(歌学大系本奥)。

12・1 後堀河天皇、太政官庁において即位(百錬)。

不召之、去年所詠歌有禁。仍蟄閉門、殊上皇有逆鱗、于今於歌不可召之由有仰、仍不召、是あはれなけきの煙くらべにとよみたりし事也、被超越数輩如此歟、於歌道不召彼卿、尤勝事也」。会後、御鞠の事あり(順徳記・光経66.67)。

3・8 内裏春日社内々三首歌合。題「野花・海霞・述懐」(明日香井〈七日〉1294-1296・定家2083.2084.2587・範宗72.73・為家0079)。

6・28 東三条殿一首和歌会。題「池上鶴」(明題)。

9・9 中山御所姫宮節供役送時和歌会。題「庭上菊・月前菊」(光経68.69)。

是年 為家承久三年詠(為家0080)。

				是年　定家、「藤原定家申文草案」(冷泉家本)を著す。 是年後　定家『詠歌之大概』を草するか(藤平説)。	
一二二二	貞応元 4・13	後堀河	25	正・1 為家、内大臣右大将公経に供奉して参内、沓を献ず(常磐井相国記)。 正・24 為家、兼美作権介(公補)。 2・10 荒木田氏良没(70)(二宮禰宜補任)。 3・ 慶政、『閑居友』を著す(跋)。 5・22 右兵衛督為家、賑給定の定文を書く(民経)。 6・前 嫡子為氏、誕生す(母頼綱女)。 6・ 為家、仮名願文を草し、定家、和歌二首と年記を加えて、石清水社に奉納す(定家為家両筆仮名願文切)。 6・1 定家、『古今和歌集』を書写す(諸雑記)。 6・10 定家、『古今和歌集』を書写(弘文荘書目3)。 7・8 定家、『拾遺和歌集』を書写す(永正十五写本奥)。 7・12 定家、『後撰和歌集』を書写す(書陵部本奥)。 8・16 定家、辞参議。民部卿・播磨守は如元。叙従二位(公補)。 9・3 定家、『後撰和歌集』を書写す(京大中院本奥)。 9・7 定家、『三代集之間事』を著す(同本奥)。 9・22 定家、『古今和歌集』を書写す(吉川本奥)。 11・20 定家、『古今和歌集』を書写す(西下本奥)。 11・23 後堀河天皇大嘗会。風俗屏風等和歌、悠紀方、正三位藤原家衡、主紀方、左中弁藤原頼資(大嘗会悠紀主紀詠歌)。	3・22 石清水臨時祭舞人勤仕之時詠歌(為家0085)。 5・30 大学頭孝範朝臣勧進嵯峨清凉寺釈迦如来賛嘆講詩会。詩序散位経範(百錬)。 7・ 笛師大神式賢勧進石清水社三首会。題「暮紅葉・水郷月・社頭述懐」(壬二2542.2543.3050・範宗356) 是年 為家率爾百首(為家0081-0084)。 是年 為家貞応元年詠(為家0085-0109)。
一二二三	貞応2	後堀河	26	2・10 家隆、土御門院の「五十首和歌」に加点、評語	3・17 光俊勧進勧修寺詩歌合。題「花開古寺中・暮

一二二三　貞応2　後堀河　26

を記す(土御門院御集)。
2・20 中納言藤原資実没(62)(尊卑)。
5・ 土御門院、配流地土佐国から阿波国に遷御さる(吾妻)。
5・14 後高倉院崩御(45)(岡屋)。
7・22 定家、『古今和歌集』を書写す(貞応本奥)。
8・ 為家、堀河院百首題により「詠千首和歌」を習作、家業継承の決意を示し、定家安堵す(同千首)。
9・2 定家、『後撰和歌集』を書写す(高松宮本奥)。
9・11 定家、『拾遺和歌集』を書写(京大中院本奥)。

山霞色多・水郷春望満」。同当座探題会。同詩歌合「山水落花多」(光経86-102)。
6・ 為家名所百首(為家0110-0123)。
6・ 為家当座百首(為家0124-0138)。
6・19 光俊勧修寺和歌会。題「夏水・夏草・夏月」(光経152-154)。
8・ 為家詠千首和歌(為家0163-1164)。
9・ 為家四季題百首(為家1165)。
10・11 右近衛少将兼経、百日連句を開始(岡屋)。
冬 家隆卿家歌合。題「野亭時雨・古江寒草・閑庭冬月・旅山雪深・寄冬松恋」(光経418-422)。
是年 光俊勧進春日社歌合。題「春風・夏雨・秋雲・冬月・社雑」(光経359-363)。
是年 為家貞応二年詠(為家0139-0162)。
・百首(為家0139)。　・率爾百首(為家0140)。

一二二四　元仁元(正・20)　後堀河　27

4・ 為家二男為定(源承)、誕生す(母頼綱女)。
6・13 執権北条義時没(62)。
⑦月か 定家、「藤川百首」を詠ず(同百首)。
⑦月か 為家、定家「藤川百首」題により詠歌す(同百首)(夫木は七月とす)。
12・2 前太政大臣公経、仁和寺宮道助法親王を導師として北山の御堂を供養し、西園寺と号す(百錬)。
12・8 参議源雅清出家す(42)(公補)。
12・ 貞応元年十月以降の間、『続歌仙落書』(源通光撰か)成る。
是年前 承久三年為家結婚以降、明月記欠巻の間に、定家、冷泉邸より一条京極邸に移住す。

正・27 権大納言九条基家家五首和歌会。題「関路花・海上蛍・野宿月・河辺雪・暮山恋」(光経423-427〈三月二十七日〉・範宗82.182.357.453.585)。
春 光俊当座十五首会。題「春山雪・春河風・春野遊・春関月・春橋霞・春岡草・春島雲・春旅雨・春浦松・春庭竹・春池鳥・春里煙・春滝水・春夜恋・春述懐」(光経428-442)。
3・ 白川花梢歴覧之次到成勝寺、書付鞠懸桜樹(為家1380)。
3・ 権大納言九条基家家五首歌合。題「羇中霞・暁帰雁・山家鴬・朝春雨・名所花」(光経453-457・範宗85-89)。
3・頃 権大納言九条基家家十首和歌会。題「春江霞・山家花・夏野月・水宿蛍・秋海雲・暁紅葉・冬橋雪・山家雪・尋暮恋・深夜恋」(壬二2116.

2117.2299.2300.2430.2431.2663.2664.2858.2859)。

3・ 光俊出雲路探題会。同三首会。題「遠村梅・浦帰雁・春竹風」(光経447-452)。

4・ 慈円、天王寺絵堂九品和歌を諸人に勧進す(法然上人行状画図)。

夏 賀茂久継勧進玉津島社三首和歌会。題「行路郭公・池辺夏月・馴後増恋」(光経465-467)。

夏 権大納言九条基家家庚申和歌会。題「故郷五月雨・庭樹蟬・見不逢恋」(光経468-470)。

夏 北野宮歌合。題「春野雪・夏滝水・秋浦風・冬山月・社述懐」(光経471-475)。

⑦・か 為家藤川題百首(為家1166-1265)。

是年 為家朗詠題百首(為家1266-1274)。

是年 為家名所題百首(為家1275-1277)。

是年 為家句題百首(為家1278-283)。

是年 為家四季題百首(為家1284-1288)。

是年 為家一字題百首(為家1289-1292)。

是年 為家詠百首(為家1293-1349)。

是年 為家五題百首(為家1350-1374)。

是年 右大将実氏家〻首。題「海路朝霞・栽梅待鶯・南北梅異」(為家1375-1378)。

是年 右大将実氏家庚申和歌会。題「夜春雨」(為家1378)。

是年 前大僧正十首(為家1379)。

是年 為家貞応三年詠(為家1380-1399)。

一二二五 | 嘉禄元 4・20 | 後堀河 | 28

正・4 為家姉民部卿、少し前(昨年末か)より後堀河天皇准母安嘉門院邦子(北白河院女)に出仕、この日初めて退出す(明)。

正・12 為家、左大将教実の直衣始に、供奉して参内す(明)。

正・ 為家、源宰相中将雅清太子御陵辺に出家時贈歌(為家1428)。

2・8 左大将九条教実家初度作文会。題「松色遇春久」(以栄為韻)絶句。序者、大内記長貞(明)。

3・8 左大将九条教実家第二度作文会。序者、文章

正・14 為家、定家とともに、新造なった西園寺公経の北山別業に初めて赴き、比類なき勝地の景趣・新仏の尊容等を拝す(明)。

正・17 為家、左近衛府の年預将となる(明)。

正・18 為家、日吉社に参詣す(明)。

正・20 為家、安嘉門院院司となり、年始御幸に供奉す(明)。

正・25 冷泉の家、犯土の事により、為家室・両児ら定家邸に赴く。為家、一昨日より公経北山第に籠り人々と遊宴す(明)。

2・6前 定家室禅尼、嵯峨栖霞寺に参詣。為家母、この日以前、承久以降『明月記』欠巻の間に出家す(明)。

2・10 為家、能忠と共に左大将教実の着陣に供奉す(明)。

2・15 為家、明後日より母を相具して天王寺参詣を計画するも、北山第の弓の負態、更に博奕の負態のため、留められてかなわず、母と姉香を妻が引率して参詣、二十五日帰洛す(明)。

2・16 定家、前年十一月来家中の少女らを動員して『源氏物語』五十四帖を書写し、この日表紙を付し外題を書く「雖狂言綺語、鴻才之所作、仰之弥高、鑽之弥堅、以短慮寧弁之哉」(明)。

2・28 定修、下山して定家を訪ね、慈円の病のことを告げ、定家慈円を見舞う(明)。

2・29 藤原国通、持病発りて病危急、去冬より出仕せざるも、昨今小減す。妻室また去年より伊豆にありて帰洛せず、人口は狂乱と(明)。

3・12 為家、昨今北山に候し、偏に淵酔す(明)。

3・15 為家母禅尼同腹の兄弟、無動寺検校豪円薨

3・21 博士長倫朝臣。講師、大内記長貞(明)。為家、日吉参籠中、十禅師宮・三宮に法楽和歌を奉る(為家1429.1430)。

3・29 権大納言基家家三十首和歌会。題「早春霞・澤春草・暁梅・花満山・江上暮春・渓卯花・野郭公・雨後鵜河・月前荻・夕虫・海辺鹿・閑庭薄・名所擣衣・朝寒蘆・深夜千鳥・故郷雪・聞声恋・稀恋・増恋・怨恋・被忘恋・旅行・旅宿・旅泊・山家松・山家橋・山家苔・寄神祇祝・寄水懐旧・寄雲述懐」(明・為家1400-1412・定家1958-1987)。

3・ 覚寛法眼会五首(仁和寺宮道助法親王家花五首)。題「河上花・野外花・庭上花・閑中花・寄花恋」(明・為家1413-1417・定家2085-2088.2453)。

3・ 前右大弁光俊勧進勧修寺歌合。題「深山花・古寺郭公・海辺月・羇中雪・夕松風」(光経476-480・為家1418)。

4・11 前太政大臣西園寺公経、右大将実氏邸の連歌会に興ず(明)。

4・14 右大将西園寺実氏家連歌会(賦白何々屋)、百二十韻。公経・実氏・連歌禅尼・定家・為家(執筆)ら(明)。

4・16 権大納言基家家連歌会(賦唐何々色)。基家・定家・為家・信実・頼氏・頼資・忠倫ら(明)。

4・27 右大将西園寺実氏北山第連歌会(賦何山河何)、百韻。公経・実氏・定家・為家・信実・永光・長雅・康茂ら(明)。

4・28 仁和寺宮道助法親王家十首。題「浦霞・朝花・夕郭公・初秋月・擣衣稀・暁雪・渓雲・嶺松・庭苔・窓灯」(壬二 2101.2102.2245.2334.2335.2666.3023-3026・為家 1419-1421・定家 3873.

逝し、母禅尼服喪、二十四日除服す(明)。

3・21 為家、小児等を相具して日吉社に参籠、二十八日に帰洛す(明)。

3・29 為家、定家とともに権大納言基家家三十首和歌会(読師定家、講師清定)に出詠、披講の後当座五十韻連歌会(執筆清定)(明)。後「五十番撰歌合」に結番するか(古今著聞)。

4・3 前右少弁光俊より定家に加判依頼ありし歌合に、勝負を付け、為家を介し返却す。南方の火事に、為家家人源孝行(光行入道男)宅類焼す(明)。

4・19 為家、定家とともに招かれ、公経の桟敷において賀茂祭を見物す(明)。

4・21 為家の僮僕悉く病悩、出仕不能。二十三日にかけ公経の北山第にあり、改元の事等を伝聞す(明)。

4・26 南海の上皇土御門院、御帰洛あるべしとの巷説あり。源相公雅清入道、白地に出京、為家に相逢わんとす(明)。

5・16 前大納言藤原忠良没(62)(公補)「雖非器之性、柔和心操歟」(明)。

5・28 近日、時行猖獗を極め、貴賤多く死去す、「去比送蓮台野死人、一日之内六十四人云々」(明)。

6・1 為家、家族を相具して嵯峨に赴き、夜に入りて冷泉に帰る(明)。

6・10 大江広元没(78)(吾妻)。

6・14 為家、四条殿行幸に供奉す(明)。

6・30前 関東より西園寺公経一家の人々殊に禁裏に伺候すべき由の通達あり、快然御返事すと(明)。

6・30 坊城相公藤原国通、西郊に持仏道を建立、八

3879)。

5・か 為家、百首を詠んで十禅師宮に奉納す(為家1440)。

6・14 中納言兼経、百日作文を開始(岡屋)。

夏か 右大将西園寺実氏家和歌会。題「海辺時鳥・逢不逢恋」(為家1422-1423)。

8・ 家隆勧進弥陀四十八願三首和歌(為家1424・光経592-594・壬二3188-3190)。

8・8 前宮内家隆有馬旅行時、為家、鹿毛の馬を引送り贈答す(為家1431)。

9・6 右大将西園寺実氏邸密々連歌会(賦見物開物)、七十韻(明)。

10・29 新権大納言兼経家初度作文会。序淳高、読師定高、講師長貞(岡屋・明、十一月九日条)。

是年 為家詠百首(為家1425-1427)。

是年 為家詠五十首(為家1441)。

是年 為家嘉禄元年詠(為家1431-1439)。

一二二五	嘉禄元	後堀河	28

	月ころの開眼供養を計画せしに、妻室俄に遠行を企つの間、急遽この日形の如く仏事供養を営み、為家招かれて参列す(明)。
7・5	前太政大臣藤原頼実没(71)(公補・明)。
7・11	源頼朝室平(北条)政子没(69)。十七日飛脚第一報あり、為家室賀茂参詣の予定を取り止め、十九日その母の書状到来、二十日公経の使者知景下向、為家室御仏事を修すべく公経家司行兼相具して下向すべしと(吾妻・明)。
8・8	為家、定家に伴われて家隆邸に行き向かい、旅行のことを訪うに、摂州の所領滅亡検分のための有馬への湯治行と(明)。
8・26	従三位藤原(難波)宗長没(62)(公補)。
9・3	権大納言藤原教家、出家(号慈観)、東岩倉に隠棲す(公補・明)。
9・5	為家兄侍従光家、主君教家の後を追って出家(号浄照房)、東岩倉に住す(明)。
9・25	前大僧正慈円没(71)(門葉記・尊卑)。
10・4	為家、教実室女児出産に参じ奔走す(明)。
10・16	定家、寒気して雑熱頻りに発り、為家も風病腹病更に発り、参仕する能わず(明)。
11・2	為定(源承)、魚味(明)。
11・7	冷泉若為氏、目に小恙あるも、翌日は頗る宜しと(明)。
11・28	二十一日以降、為家、五節に参仕、昨日早旦より北山にて夜宿、今朝帰京、五節以後総じて寝に就かずと(明)。
12・2	北条時村(入道行念)没「成師弟之約束、於和歌尤得骨、足痛悲」(明)。
12・8	為家、賀茂社行幸に供奉す(明)。
12・9	為家、北山殿に参仕す(明)。

12・22 為家、任蔵人頭。翌日、定家、公経の深恩を謝し、妻を伴って冷泉宅に赴き為家を祝す。人々来賀し、賀札到来す(明)。

12・24 為家に禁色の宣旨下り、諸所に拝賀す(明)。

12・28 為家、宿仕、はじめて陪膳に候す(明)。

12・29 若君将軍(八歳)御首服。理髪・加冠、執権泰時、御名字、頼経(吾妻)。定家、御教書の書様ほか蔵人頭の職務につき、為家を教訓す。為家姉民部卿、宮仕の不満あり心中冷然たるにより、安嘉門院御所を退出、定家の許に籠居す(明)。

一二二六	嘉禄2	後堀河	29

正・1 頭中将為家、随身四人・滝口二人・牛童を伴い定家邸に光臨、「六十五年之寿考、光華養眼、愚父之陰徳歟、子息之至孝也、毎見欣感、是只外家之余慶也」(明)。

正・5 嫡子鶴若(為氏)、氏爵により叙爵、天皇為家に恩言を賜る(公補・明)。

正・12 蔵人頭中将為家、宮中の評判上々誉れあり、代々蔵人頭家記・口伝を宣旨局より委授さる(明)。

正・27 頼経、任右近衛少将、叙正五位下、補征夷大将軍(吾妻)。

正・29 藤原実宣息、参議正四位下右近中将藤原公賢(24)、自ら本鳥を剪り厨子内に置いて出奔す(明)。

2・3 定家妹愛寿御前の娘(定家猶子)、日来密かに公賢朝臣に同宿、この日出家す(26)(明)。

2・5 為家、今日より四日の月輪殿十六会講に参仕す(明)。

2・14 為家、滝口・蔵人所衆・私共人各三人を引き具して日吉社に参詣す(明)。

2・10 権大納言基家家三首和歌会。講師清定。次で連歌会(賦何歌何戸)、五十韻(明)。

2・11 前宰相中将信成勧進北野社和歌会。題「春待花・夏向泉・秋見月・冬望雪・始契恋・旅浦嵐・深山夜・夕述懐・暁懐旧・社頭松」(壬二2188.2301.2505.2665.2861.2968.3030-3032.3172・如願372)。

2・18 権大納言基家家連歌会(賦何声片何)、百韻。為家・知家ら参加(明)。

2・21 九条教実家作文和歌会。家隆・知家・範宗・為家・信実ら参加。この日、内裏御書所作文出題あり(明)。

2・23 内裏御書所作文会(岡屋)

2・25 九条教実家連歌会(賦何草下何)、百韻。公経・実氏・定高・定家・知家・為家・信実・有長(執筆)(明)。

2・26 内裏御書所作文御会。中宮殿上を御書所とす。題「仙家花柳多」(春字)。次で連句、六十余韻(明)。

3・1 権大納言兼経百日賦詩を開始(岡屋)。

一二三六　嘉禄2　後堀河　29

2・19 為家、道家の尊勝陀羅尼経供養に参列、布施を取る(明)。
3・1 前右少弁光俊、出家するか。前但馬守家長、子息兵衛尉家清(17)を相具して定家を初訪す(明)。
3・4 為家室頼綱女、有馬温泉に下向す(明)。
3・11 為家、左大将教実に召され、一昨日の仰せによる蹴鞠につき、御感言等を賜る(明)。
3・15 定家、『古今和歌集』を書写す(光悦本校合奥)。
3・18 定家、国通西郊の持仏堂仏事に招かれるも、公経邸御仏供養と重なり不可、定家室禅尼と為家参列、為家一人布施を取る(明)。
3・25 為家、道家の室町邸に参行し、御鞠に参仕す(明)。
3・29 為家、関白家実より縑(かとり)を賜る(明)。
4・9 定家『古今和歌集』を書写す(安藤積産社本奥書)。
4・14 為家、日吉社・賀茂社に参詣す(明)。
4・16 為家、宣陽門院覲子の院司に補せられ、養女家実女長子の御方の職事を仰せらる(明)。
4・19 為家、任参議、兼侍従。「朝恩極忝事也、未及三十而加八座、実言語道断事歟」(明)。
4・21 夜、宰相中将為家、拝賀(明)。
4・22 隠岐の上皇、配流以降の自歌を撰歌結番し、都の藤原家隆に送り、加判せしむ(後鳥羽院自歌合)。
4・30 為家、新造の牛車に乗り、直衣始す(明)。
5・3 冷泉の家執権の女周防の母(錦小路住)病により昨夜半終命す(明)。
5・6 為家、音信久しく絶え、連日北山に酔郷、今日また実氏の招引あり雲林院の辺に向うべ

3・21 左大将九条教実家年始和歌会。題「春朝梅」(範宗93)。
3・27 権大納言兼経家(四韻初度)作文会(岡屋・明)。
3・29 権大納言教実家密々三月尽花三首和歌会。道家・家隆・定家・為家・有長ら(明)。
4・21 後鳥羽院御自歌合(藤原家隆判)(同歌合・後鳥羽集1749-1768)。
5・28 権大納言基家家作文会(民経)。
6・4 権大納言基家家和歌会。連歌会。家隆以下参加入興(明)。
6・10 為家冷泉邸連歌会。為家の病気見舞に信実・範綱来臨、経国・長信・連歌禅尼を加え五十韻に及ぶ。執筆長信(早退後康茂)(明)。
6・18 為家冷泉邸連歌会(賦形一)。定家・為家・覚寛・経国ら、百韻に及ぶ(明)。
7・7 権大納言基家家和歌会。亭主・信成・家隆・信実・頼氏・家長・成茂・下野・隆祐。次で当座三首会(明)。
8・15 藤原経光家詩会。題「湖山秋影来」(題中)。連句三十韻、尤侯幽韻。当座詩、題「八月十五夜月下言志」(勒)(民経)。
8・21 為家冷泉邸連歌会(賦絵具カヒ)、四十余韻。為家・信実・成茂・定家・康茂ら(明)。
9・15 二十二日まで、経光父権中納言頼資、天王寺参詣行。勘解由次官宗氏・前下野守宣実・前摂津守能教・治部権少輔経光・給料信光ら同行。途次、住吉社頭に詩会ならびに二首歌会を催す。詩題「秋景属江上」(分一字)、歌題「紅葉交松・舟中明月」(九月六日出題)。往返の舟中にも当座詩会と二首和歌会あり(民経・如願745.746)。

しと(明)。
5・7　定家、日吉社に参籠、家長・下野夫妻と交歓し、十四日帰京す(明)。
5・16　「去年今年、宋朝鳥獣充満于華洛、唐船任意之輩面々渡之歟、豪家競而豢養云々」(明)。
5・23　為家、二十六日までの最勝講に参仕。定修も第三日第四日散花、第五日朝座講師、夕座問者を勤む(明)。
5・25　定家、道助法親王より給りし歌に勝負を付し、早朝に返進す(明)。
5・26　定家、妹愛寿御前の依頼により、その養育せる承明門院姫宮に源氏物語三帖(紅葉賀・末通女・藤裏葉)を書写進上す。為家、定家に今年初めての寒氷を贈る(明)。
6・5　建春門院の御願寺最勝光院、敗亡の後放火により焼亡す(明)。
6・7　為家、腹病発り、来る十九日長子入内の扈従危ぶまる(明)。
6・13　為家、四条殿行幸に供奉す(明)。
6・14　為家、今夜の行幸に供奉せず、北山殿に参向す「是又世間儀歟」(明)。
6・19　関白藤原(近衛)家実女長子入内、七月二十日中宮となる(百錬)。為家、入内行列に供奉す(明)。
6・22　為家、公経の賀使となり、北白河院・関白家実らに御入内無為感悦の由を申上す(明)。
6・23　冷泉若大夫為氏、目に熱気あり(明)。
6・26　為家、定家に雇われて八条院暲子の忌日仏事に、蓮華心院に参ず(明)。
7・15　文章博士菅原長貞(為長息男)没(明)。
7・18　為家、二十二日予定の祈年穀奉幣使を領状す(明)。
9・19　為家冷泉邸連歌会(賦物何々事)、百韻。為家・信実・覚寛・長政・好士禅尼・家仲・泰茂ら(明)。
9・22　定家家連歌会。覚寛・長政・定家ら(明)。
9・23　権大納言兼経、春以来の百日賦詩を終編(岡屋)。
9・26後　前太政大臣西園寺公経勧進住吉社三十首(続後撰316・続千載629・為家1442-1443・明)。
10・5　右大将実氏家連歌会(賦何皮何絹〈衣混合〉)、百韻。実氏・公経・為家・信実・有杲僧都・長政・永光・如願ら(明)。
10・19　為家冷泉邸連歌会(賦何々所)、百韻。為家・定家・信実・長政・成茂ら(明)。
10・26　為家冷泉邸連歌会(賦何金下何)、百韻。為家・定家・覚寛・信実・長政・好士禅尼・康茂ら(明)。
12・26　九条大納言藤原基家家(五辻大宮)十二首作文会(民経)。
是年　摂政(前摂政道家)家一首和歌会。題「庭上竹」(明題)。
是年　権大納言基家家和歌会。題「歳中鴬」(為家1444)。
是年　為家詠百首(為家1445-1467)。
是年　為家嘉禄二年詠(為家1468-1470)。

一二三六 嘉禄2 後堀河 29

7・ 為家、少将教雅と贈答す（為家1468）。
7・29 長子皇后冊命の日、為家、先日来の腹病の余気尋常ならざるも、構えて出仕す（明）。
8・1 為家、皇后宮賜宴に列し、二献を勤む（明）。
8・5 為家、北白河院の持明院殿渡御に供奉（明）。
8・6 祈年穀奉幣、為家定文を書く（明）。
8・7 為家、東一条院立子の七条殿仏事に参列す（明）。
8・9 為家の腹病なお癒えず、心寂房に診せしむるに、風によるものにて殊事なく、蒜宜しかるべきかと断あり、定家安堵す。為家母の養母西九条の尼（実宗姉）没（88）（明）。
8・22 為家、中宮行啓に供奉す（明）。
8・25 宰相為家、一昨日参内して暇を申し、この日より日吉社に参詣、七箇日参籠し九月二日に帰洛、五日より蒜を服用す（明）。
8・ 定家、『僻案抄』を著す（同抄奥）。
9・30 為家、国通中納言の法華八講に参列す。定家、京極邸の南地を買取り、邸内の大改修を始む（明）。
10・1 為家、平座に参ず（明）。
10・11 宇都宮頼綱入道（蓮生）上洛す。「偏是為学法文也。過明年一年可帰云々」（明）。
10・13 国通、日来関東にありし故除目の恩恵にもれ、さらに病獲麟の風聞あり、為家室、十五日有州河邸に行き向い見舞たるに、頗る宜しと（明）。
10・19 上覚（『和歌色葉』著者）没（80）（仁和寺過去帳）。
11・4 葉室光俊、五位蔵人に還補さる（弁補・明）。
11・4 為家、叙従三位（臨時）、十日、内裏と中宮以下に慶賀を申す（公補・明）。

11・11 北条時政妾牧尼上洛し、まず孫娘の婚家冷泉の為家邸を訪問、冷泉邸執権の女周防の家に宿す（明）。
11・16 宇都宮頼綱入道蓮生、北山に参じ公経に謁し奉る（明）。
11・21 為家、吉田祭の上卿を勤む。為家室・その母頼綱室・祖母牧尼、為家冷泉の家に来会し、定家室禅尼・民部卿らまた冷泉に参向、対面交歓す（明）。
11・22 為家、参内して臨時祭に参仕す（明）。
11・27 為家、仁和寺五部大乗経供養に参列す（明）。
12・8 為家、この日より二日西園寺八講に参列す（明）。
12・13 為家、叙従三位の後、着陣す（明）。
12・18 為家姉民部卿、公経の吹挙により禁色を聴さる（明）。
12・19 為家、夜前一条院立子の御仏名に、今夜内裏の御仏名に参ず（明）。
12・21 為家、射場始に参仕。定家、新装なった一条京極邸の新屋に住み始め、直後公経の賀歌に返歌す（明・新後撰1591.1592）。
12・22 為家、妻と大夫為氏を伴い、新装の定家一条京極邸を訪れ、夜、荷前使を勤む（明）。

一二二七　安貞元（12・10）　後堀河　30

正・1 為家、晴装束にて定家邸を訪問、夜前関白家実より年賀拝礼の用に新車を賜る（明）。
正・3 藤原（世尊寺）伊経没（40）（尊卑）。為家、右大将実氏参内の行列に供奉す（明）。
正・13 為家、踏歌節会の行幸に供奉す（明）。
正・16 為家姉民部卿、聴禁色の本望実現を機に、安嘉門院邦子に再出仕。兄定修の同母妹（為家異母姉）（□御方）、車後に乗り供奉す（明）。
2・10 定家家兼日一首和歌会。題「栽松」。定家・家隆・信実・家長・教雅・為家・長政・経国・成茂・家清・下野・家仲ら。次で連歌会（賦松何々竹）（明）。
2・19 定家家連歌会（賦若何中何）、百韻。為家・信実・覚寛・長政・経国・家長ら（明）。
3・1 権大納言兼経、百日賦詩を開始（岡屋）。
3・16 定家家連歌会（賦一之何々子）。定家・覚寛・

一二三七 | 安貞元 | 後堀河 | 30

正・22 夜前の方違え御幸に、為家供奉す（明）。
正・23 牧尼、故北条時政十三年忌追善に、長女（為家室母姉）婿藤原国通（定家室同母弟）有栖川邸内に一堂を建立し堂供養、為家夫妻参列す（明）。
正・26 為家、兼阿波権守（公補・明）。
正・27 牧尼、子孫の女房たち（国通室・頼綱室・為家室）を引率、天王寺・七大寺・長谷・東大寺参詣に出立す（明）。
正・30 左大臣藤原（徳大寺）公継没（53）（公補・明）。
2・11 為家、大原野祭に参仕す（明）。
2・25 北白河院に、顕俊の二日四座の八講あり、為家参列す（明）。
2・28 為家、自筆書状（定家宛、夜前行幸・蹴鞠会報告）を認む（書陵部蔵本・明）。
3・1 覚寛、道助法親王家十五首の人選につき定家を訪問協議、為家命じられてこの日以後父定家とともに詠作進上す（明・同十五首）。
3・8 為家、石清水臨時祭に参仕す（明）。
3・11 為家、安嘉門院邦子石清水八幡御幸に供奉す（明）。
3・21 為家、早旦より北山に供奉し、夜に入り帰宅の途次定家邸を訪ぬ（明）。
3・22 牧尼、冷泉の為家邸を訪問、定家室禅尼・民部卿典侍と対面す（明）。
3・30 他行の間、前左馬権頭長綱初めて定家を訪ぬ（明）。
③・12 定家、妹承明門院中納言（愛寿御前）の誂えにより、ご誕生以来付き奉る姫宮の料に、『古今和歌集』を書写進上す（明）。
③・18 為家、内裏季御読経に参仕す（明）。
③・20 為家三男為教、誕生す（母頼綱女）。

寂真房・禅尼・知家・長政・成茂・康茂・家仲ら（明）。
3・17 権大納言基家家百首会。為家・信実・家長・清定ら出詠（明）。九条前内大臣家（当座）百首（明題・信実17）。
3・20 前太政大臣西園寺公経家影供三首会。題「滝辺花（竹間霞）・池辺花・寄松祝」。公経・定家・信実・家隆・頼氏・行寛・実氏・為家・実有・永光・長政・朝仲・秀能・行兼・知景ら。講師長政、読師実氏。次で連歌会（賦何水何木）（明・為家1491-1493・如願402.403.681）。
3・30 前太政大臣西園寺公経家三首和歌会。題「竹間霞・池辺藤・寄松祝」。公経・実氏・定家・為家・家隆・貞有・行寛・信実・家長・頼氏・永光・知仲・長政・如願・行兼・友景ら。講師長政、読師右兵衛督（東大国文研「和歌秘抄」）。
3・ 或所和歌会。題「雨中花・故郷花・月前花」（如願410-412）。
③・ 日吉社禰宜祝部成茂宿禰勧進五首和歌会。題「湖上霞・暁帰雁・閏月花・寄河恋・寄神祇述懐」（為家1471-1473・壬二2130-2132.3175）（壬二集ハ家長勧進トス）。
③・23後 仁和寺宮道助法親王家十五首和歌会（明・定家3757-3771・為家1474-1488）。
③・25 定家家連歌会（賦何書何気）。定家・為家・知家・経国・長政ら（明）。
③・29 右大将実氏家連歌会（賦差物引物）、百韻。実氏・定家・為家・信実・長政・知景ら。次で当座一首和歌会。題「閏三月尽」（明）。
6・19 藤原兼経家任内大臣初度作文会。出題、中納言頼資（詩題三首を献ず）、題「詩有巡年契」（題中）絶句。序者、文章博士資高朝臣（民経・

③・28　為家、二十日より出来せる信濃国知行国主の件、この日成功を奉り三万疋を以て拝領す（任用は九月十三日まで遅延）（寛喜元・二年頃までか）（明）。

③・29　定家家司忠弘法師、四条の頼綱入道宿所に赴き、信濃の国務のことにつき、意見を求め協議。一昨日の職事の御教書到来す（明）。

4・4　為家、月輪殿兼実の忌日八講に参列す（明）。

4・14　右大臣九条教実拝賀行列、侍従宰相為家、毛車に剣、平緒、笏の出で立ちにて扈従す（民経）。

5・25　為家異母兄定修、定家を訪ね、六月会の問者となり、明暁登山の予定と告ぐ（明）。

7・6　法勝寺八講会、公卿一人の欠に為家参仕す（明）。

7・13　為家昨日より所悩、頸腫れ、十六日より殊に増気、定家・母禅尼見舞い、二十日漸く平減するも、憔悴月末から翌月に及ぶ（明）。

7・28　藤原公経室（能保女）、明恵を受戒の師として出家す（明）。

8・2　定家室禅尼冷泉を見舞うに、為家室頼綱女の頸腫、温気醒むるも、三男為教また頸部に熱気あり、為家また無力尫弱にして不憫なりと（明）。

8・7　公経室死去、為家北山に籠居するも、命により葬送に供奉せず、触穢のみ（明）。

9・2　大納言源通具没（57）、四日、石倉に葬送す（公補・明）。

9・18　為家、定家とともに公経室六七日仏事に参列す（明）。

9・25　為家、善美を尽せる公経室七七日仏事に参列す（明）。

岡屋）。

6・22　この日予定の藤原教実家任右大臣初度詩歌会延引す。詩題「千年風月遊」（情）。絶句。歌題「水辺鶴」（去十三日経光献題、和歌序を草す）（七月三日条によれば、七月十三日開催か）（民経）。

7・3　藤原経光家詩歌会。詩題「月色迎秋久」（明字）。歌題「庭上松」（民経）。

7・7　藤原経光家詩歌会。詩題「七夕代牛女言志」（勒）、歌題「河辺待夕」。和歌序、中原宗継（民経）。

夏　前太政大臣公経家三首和歌会（為家1494）。

9・9　藤原経光家詩歌会。詩題「菊綻仙家裏」（芳字）。歌題「菊毎秋友」。和歌序、経光（民経）。

9・13　藤原経光家詩歌会。詩題「九月十三夜対月言志」（勒仍昇澄燈氷明）。歌題「月前擣衣・山路月・海路月・関路月」。和歌序、経光（民経）。

9・13　頼経将軍家和歌会、兼日沙汰あるも中止、内々人々の詠歌を召してご覧ず（吾妻）。

9・30　藤原経光家詩歌会。詩題「送秋山水中」（題中）。歌題「夜深惜秋・鹿声来□」。和歌序、経光（民経）。

10・13後　為家有馬温泉行幸供奉中詠歌（為家1506）。

11・19　権大納言基家家連歌会（賦三代集作者各加文字・三字物名）。基家・信実・家長・忠倫・定家・頼氏・康綱・清定ら（明）。

是年　権大納言基家家五首。題「須磨浦春」（為家1489）。

是年　兄定修阿闍梨勧進六首。題「冬山月」（為家1490）。

是年　為家詠百首（為家1495-1503）。

是年　為家嘉禄三年詠（為家1504-1506）。

西暦	年号	天皇	年齢	事項	関連事項
一二二七	安貞元	後堀河	30	10・3 為家三男為教、百日の餅を食す（明）。 10・13 為家、公経膝病湯治のための有馬温泉行に供奉、二十四日帰京す（明）。 10・21 定家、辞民部卿、叙正二位（公補）。 10・27 為家、定家加階の畏申に参内、俄に方違行幸に供奉す（明）。 11・5 為家、赤班瘡の悩気あり、十日十一日殊に重患、頻りに反吐し、十六日に至るもなお不快（明）。 11・17 公経室百箇日仏事、結縁の一品経に、為家法師品を分担、その装飾華美を尽す（明）。 11・29 為家、定家・姉民部卿とともに二条南洞院西角の辺に、伊勢公卿勅使実宣の行列を見物す（明）。 12・14 春日社行幸、為家、病なお癒えず遂に供奉すること能わず（明）。 12・28 為家、成定朝臣記をもって信実に誂え画かせたる正治元年新日吉小五月会の絵を、この日内裏に持参進上す（明）。	
一二二八	安貞2	後堀河	31	正・1 侍従宰相為家、年頭回礼後、小朝拝に参仕す（玉蘂）。 2・14 定家、藤原長綱に和歌のことを談ず（京極中納言相語）。 3・6 最勝金剛院御八講発願、為家、入堂参仕す（玉蘂）。 3・27 為家、右大臣教実初度吉書奏に扈従す（玉蘂）。 3・ 定家、『枕草子』を書写す（同本奥）。 5・2 定家、『秋篠月清集』を書写す（定家本奥）。 8・ 定家、『散木奇歌集』を書写す（時雨亭文庫本奥）。	正・27 右大将実氏家当座和歌会。題「寄野恋」（如願593）。 7・頃 家長勧進日吉社和歌会。題「独対月」（如願737・壬二2513・為家1508）。 冬か 定家京極亭月次和歌会。題「時雨知時」（為家1510）。 冬か 家長勧進日吉社和歌会。題「嵐驚夢・湖辺氷・竹間雪」（壬二2613-2615）。 是年 為家安貞二年詠（為家1507.1509）。

9・16 七条院殖子(後鳥羽院生母)没(72)(女院記)。
10・9 為家、出雲国司に替わり信濃国知行国主として五節舞姫献上を命ぜらる(民経)。
11・22 権大納言藤原(滋野井)実宣没(52)(公補)。

一二二九 寛喜元 3・5 後堀河 32

正・5 為氏、叙従五位上(公補)。
3・11 為家、内裏仁王会に参仕す(明)。
3・19 光俊、一昨年借用するところの『古今和歌集』を定家に返上し、重ねて『後撰和歌集』の借用を申し入る(明月記紙背光俊書状)。
3・23 作文和歌会の後、右大臣教実牛に乗り、為家の冷泉邸に入御あり(明)。
4・1 為家、平座に参ず(明)。定家、『後撰和歌集』を書写す(小松茂美蔵本奥)。
4・11 夜、日吉三社遷宮、行事弁右少弁光俊同社に下向す(明)。
4・17 為家、日吉社に参籠、二十四日暁帰京(明)。
4・18 院号定。中宮藤原長子を鷹司院とす(一代・明)。
4・22 北条時政後室牧尼没するか(明、六月十一日正日仏事記事)。
4・22 定家、『長秋詠藻』を書写す(書陵部本奥)。
4・27 為家、去る二日の関白九条道家の命により、この日冷泉邸を貸し渡し、代りに怪異の風聞たえぬ室町殿に、為氏・為教とともに転居す(明)。
5・5 近日殿上に『貞観政要』の沙汰あり、驥尾に付かんとする夜前為家の求めに応え、この日定家その本を借し送る(明)。
5・6 定家、京を出で日吉社参、十三日に帰宅す(明)。

3・12 右大将実氏家連歌会(賦御何々馬)(明)。
3・17 正三位知家家柿本影供三首和歌会。題「庭上花・浦春月・久恨恋」亭主出題。定家・為家・信実・信蔭・覚寛。不参歌のみ、行寛・連歌禅尼・家長・家清・成茂・長政。次いで連歌百韻(明・為家1515-1516)。
3・23 右大臣九条教実家作文和歌会。文人、定高・経高・家光・為長・実有・淳高・師季・長倫・親長・国房・雅継・有親・時兼・光俊・信盛・忠高・宣実・兼宣・継光・信定・孝範・資高・長清・範房・忠倫・義高・光□(講師)・経範・親氏・久良・長成・宗範・良頼・高嗣・高長・在氏。歌人、経高(読師)・家光・為家・為長・知家・実有・行能・親長・信実・光俊(講師)・経光・信定・孝範・家長・有長・親氏・隆祐(明)。
4・13 定家家連歌会(賦葵草之五字順下)、六十韻。信実・信蔭・覚寛・為家・連歌禅尼・知家・定家。次で月次三首和歌会。題「春後思花・郭公初声・寄桂恋」(明)。
4・17 頼経将軍家三崎津に出御、舟中において管弦詠歌あり。相州・武州ら参仕す(明)。
5・4 前太政大臣公経家連歌会。為家参加(明)。
5・14 定家家連歌会(賦青何手何)、百韻。信実・家長・長政・家衡・為家・信忠・禅尼・成茂・定家。次で月次三首和歌会。題「五月雨朝・庭夏草・寄蛍恋」(明)。

一二三九	寛喜元	後堀河	32

5・15 定家室禅尼と女子等密々栂尾に詣で、明恵房の授戒を受く。天下の道俗仏在世の如くに列すと（明）。

5・21 為家、方違行幸に供奉す（明）。

5・23 為家、最勝講に参仕す（明）。

6・6 為家、国通西郊有栖川の新造堂供養に参列す（明）。

6・11 為家所縁の女房（頼綱女か）、在州河の堂において正日の仏事を修す（牧尼七七日忌か）（明）。

6・12 為家、関白道家家御鞠会に参じ、先ず三百、次で三百六十を揚ぐ。「玩愚老翁之子、為壮年素湌公卿鞠足名誉［一念不存事歟］」（明）。

6・13 為家、四条殿への行幸と翌日の還御に供奉す（明）。

7・1 為家兄定修、天台座主良快の拝堂行列に、有職四人の一人として供奉す（明）。

7・9 帥殿俊忠遠忌（一〇七年）、為家妻室を同伴、定家邸に仏事を聴聞す（明）。

7・17 為家、関白道家若君、叡山吉水における延年舞見物の御供に参ず（明）。

7・22 為家、尊勝寺八講結願に参仕す（明）。

7・29 頼綱入道蓮生、為家に誂え本居所宇都宮神宮寺堂障子色紙形大和国名所十首和歌を、定家と家隆に各五首詠ませ行能に揮毫せしむ。定家、葛城山・久米磐橋・多武峰・布留社・初瀬山。家隆、吉野山・二上山・三輪山・龍田山・春日山。「世以雖処軽忽、此三人没後、詠歌右筆誰人乎」（明）。

8・1 為家、夜より腹病苦痛、服薬して軽快するも、六日に至るまで出仕せず（明）。

8・2 異母兄光家入道（浄照房）、定家を訪ね、肥後

5・27後 宮内卿成実勧進北野社十首和歌会。この日定家出題送遣す。題「渡郭公・島松雪・古杜雨」（明・為家1518-1520）。

6・23 定家家連歌会（賦何所何殿）。信実・信蔭・為家・家長・長政・知家・禅尼・成茂・定家。賦物、家長。次で月次三首和歌会。題「名所夏月・名所納涼・寄名所恋」（明）。

6・28 前太政大臣公経家三首和歌会。題「朝夏草・夏向泉・夜夏恋」。最初二十一日の予定、亭主の腹病により度々延引す（明・如願458.459.605）。

7・21 定家家連歌会（賦何人何子）、百韻。信実・為家・成茂・家長・長政・定家。次で和歌会。月次和歌会は、外聞宴遊に似て憚りあるにより、今月を以て終りとす（明）。

10・26 頼経将軍家、蹴鞠御覧のため永福寺に渡御、小山五郎以下の鞠足・三郎入道真昭・源式部大夫等伺候。御鞠の後当座和歌会あり（吾妻）。

11・16 女御入内屏風和歌（為家1538-1561）。

11・20 頼経将軍家、御鞠会（吾妻）。

12・10 為家、賀入道前河内守光行六十算和歌（為家1562）。

12・10 為家餞光行関東旅行和歌（為家1563・如願825.）（如願八十一月三日トス）。

是年 権大納言基家家庚申五首和歌会。題「春夜樹・夏夕山・秋暁里・冬朝橋」（為家1517・壬二2110.2294.2503.2612）。

是年 石清水別当法印幸清勧進三十首和歌会。題「欲散花・忍祈恋・独懐旧・寄水祝」（為家1511-1514）。

是年 為家勧進家百首（為家1521-1537）。

国に赴かんことを告ぐ(明)。

8・12 為家、室町殿を去り、私の女房周防の大炊御門の小屋に居住し始む(明)。

8・15 為家、昨夕来石清水八幡放生会に参ず(明・玉蘂)。

8・16 為家、昨日俄かに催されし駒牽の上卿を勤む(明)。卿二品藤原兼子没(75)(明)。

8・17 為家、佐渡院付きの女房督典侍、病により入洛し禅林寺の宿所にあるを訪う。二十六日も(明)。

8・19 定家、来訪せる長綱に和歌のことを談ず(京極中納言相語・明)。

8・21 関白道家の三条坊門烏丸の御所改築につき、右大将実氏、先日来為家の高倉町亭に渡り居住す(明)。

9・27 為家、灸治を企てて籠居、十月一日に至り初めて出行するも、五日なお煩いありて輿に乗る(明)。

10・3 先日来公経より懇望ありし姉民部卿の竴子への出仕替え、定家、北白河院に願い出で快諾さる(明)。

10・21 為家、為氏を相具して定家を訪ぬるも、灸治なお癒えず出仕不能と(明)。

10・27 為家、今夕の公経兵仗拝賀に供奉すべく再三催さるるも、灸治未だ癒えざれば参仕不能と(明)。

11・10 姉民部卿、竴子に初出仕、京極殿を出立、一条室町殿に到着す(明)。

11・14 十二日よりの女御入内屏風歌の選定を終え(道家五首、公経九首、実氏六首、定家七首、為家三首、家隆六首)、清書を行能に仰せらる(明)。

是年 為家寛喜元年詠(為家1562-1565)。

是年 為家家月次和歌会。題「水辺柳」(為家1565)。

一二二九	寛喜元	後堀河	32	11・16 関白藤原道家長女竴子入内、二十三日女御となる。民部卿、女御付き女房(貞子)として参入、為家入内の儀に供奉す(明。三年三月二十九日条)。 11・22 定家、為家異母兄定修に『史記』(留侯世家)を授く(明)。 11・30 「右大臣殿(教実)、此女房(民部卿)毎事穏便、言語分明、他人皆恥人、現未練気色、不能問答由令語給云々、老者之得分歟」(明)。 12・2 為家、一昨日よりの法成寺御堂仏事に参列、今日参内し、是よりまた御堂に参るべしと(明)。 12・4 定家、定修に『文選』(両都賦・風賦・秋興賦・雪賦)を授く(明)。 12・10 為家、定家とともに、入道前河内守光行六十の算賀歌と、関東旅行への餞別詩歌を詠じ贈る。「光行入道日来請取六十賀[其年六十七云々、更不得其心]、餞[赴関東別詩歌]、歳末貧老雖難堪無極、不堪譴責今朝書送二枚了」(明)(如願法師集八二五詞ハ十一月三日トス)。小童為定、外祖父頼綱の引導により、この日老尼(入道知行の庄の領家)宅に行き向い猶子となる(明)。 12・11 為家、神今食に参仕す(明)。 12・12 為家、頼綱入道の来訪を告げ来り、定家、忠弘宅に行き向い心閑かに言談す(明)。 12・19 為家、御仏名に参仕す(明)。 12・20 為家、弓場始に参仕す(明)。 12・23 定家、定修に『文選』(西京賦・月賦・鵩鳥賦)を読み授く(明)。 12・24 為家、東一条院の御仏名に参ず(明)。 12・26 為家、日吉社に参詣す(明)。

12・29 為家、追儺に参仕す(明)。
是年 為家、諸人に家百首和歌を勧進し、自らも詠作す。

一二三〇	寛喜2	後堀河	33

正・1 為家、小朝拝に参じ、節会の宣命使を勤め、二日三日実氏・教実・公経・諸女院等に年賀回礼(明)。
正・2 右少弁光俊、年頭挨拶に定家邸を訪ねしに、定家先に為家を以て謝せしめ、次で面謁して謝し返す(明)。
正・7 為家、白馬節会に参仕す(明)。
正・8 為家、御斎会に参仕す。定修、已講を望む申文の草案を、定家の許に持参す(明)。
正・14 為家、最勝光院御八講に参仕、吉田に私の方違す(明)。
正・15 為家、公経邸行幸に供奉、盃酌乱舞曙に達す(明)。
正・17 為家、昨日最勝光院御八講に参仕、暁より吉田に会合、夜踏歌節会に参じて宣命使を勤む。連日吉田にあり、実氏・宗房・実有・尊実法印・実経以下と酒・小弓・馳馬等に遊興し、二十五日も弓興あり(明)。
正・23 為家、除目に参仕し、翌日に及ぶ(明)。
正・下旬 空体房鑁也没(82)(明)。
①・5 為氏、任侍従(明)。(公補)は正月二十四日とす。
①・21 為家、内裏御鞠会に、宗平・資雅・有資・自余の近習らと参仕す。二十五日・二十七日(為家・資雅・親氏・公有・繁茂ら)にも(明)。
①・29 為家、行幸に供奉す(明)。
2・2 為家、関白道家家御鞠会に参じ、再び三百六十を揚ぐ。実氏・教実・宗平・資雅ら(明)。

正・27 前太政大臣公経家和歌会。題「霞・梅」。公経・実氏・信実・為家・知家・家長・定家・光行入道寂因・長政・兼友・永光・家隆・隆祐・覚寛・信忠・下野ら。次で連歌会(賦御何々所)、百韻(明)。
①・16 定家家連歌会(賦五色〈青赤黄白黒〉回転)、百韻。定家・信実・禅尼・覚寛・知家・光俊ら(明)。
2・21 覚寛法印仁和寺大聖院連歌会(賦花何水何)、八十韻。覚寛・尊遍・実兪・為家・信実・孝継ら。次で一首和歌会。題「春日翫庭前八重桜」(明)。
春 右大将西園寺実氏家和歌会。題「山路花」(為家1566)。
3・19 頼経将軍家、三崎の磯に出御、六浦より御乗船、海上に管弦・連歌あり、両国司・廷尉基綱・散位親行・平胤行ら秀句を献ず(吾妻)。
4・3 関白道家住吉社参詣扈従時為家詠歌(為家1567)。
6・27 前太政大臣公経家月次和歌会(五月分)。題「山家郭公・野五月雨・海路夕恋」(明・如願446.447.627)。
7・24 関白道家家泉屋内々連歌会(賦唐何何目)、百韻。教実・定家・為家・有長・盛長・兼康・資親(明)。
8・3 関白道家家連歌会。道家・教実・実氏・公経・為家・兼康・光俊・有親・定家ら(明)。
8・8 釈奠詩会。為長・経範・茂範(序者)・頼資・経

一二三〇	寛喜2	後堀河	33

2・3 為家、良恵僧正房において蹴鞠(鞠足昨日に同じ)、鞠の後盃酒入興(明)。

2・14 為家、立后御出立所に参ずべく夜前催しを受くるも、吉田の例の会合に沈酔す(明)。

2・16 女御竴子、去る正月二十六日立后兼宣旨を受け、二月八日室町殿に退出、今日立后の日入内、中宮となる。為家、供奉し、立后節会に参ず(明・一代)。

2・23 為家、平野・北野社行幸に供奉。為家室頼綱女、為氏・為教らを伴い、近衛北大宮面の定家の桟敷において、北隣の妹(武士小笠原妻)ともども、行幸行列を見物す。(明)。

2・27 関白道家春日社参詣、二十九日還御。為家扈従参仕す(明)。

3・1 為家、公経に供奉して有馬温泉に赴き、十二日帰京す(明)。

3・14 左少将藤原(飛鳥井)教雅(雅経長男)死没す(明)。

3・17 為家、探題時氏に逢うべく六波羅に向うに、二十八日一定下向の由を称すと(明)。

3・20 為家、日吉社参籠七箇日の後、二十八日帰京す(明)。

4・2 関白道家方違により吹田に赴き、四日住吉社に参詣、五日周辺を歴覧、六日帰還す。為家扈従して詠歌、三日松林中の枝に懸りて落馬す(明)。

4・2 入道宰相中将藤原雅清没(49)(明)。

4・17 為家、吹田への方違行幸に供奉、二十日帰京す(明)。

4・22 定家、去る十五日死去の連歌禅尼(春華門院弁)追善のため、諸人に結縁経を勧進し、八月十四日毘沙門堂において供養を遂ぐべき

高・家光・孝範・淳高・周房・在頼・良頼・公良・宗範・保範ら(明)。

9・13 前太政大臣公経家吹田邸五首和歌会。題「田月」(為家1568)。

11・7 前参議信成勧進日吉社和歌会。題「湖辺冬」・「旅宿冬」・「社頭冬」(壬二2626-2618・如願758.917)

由、覚寛法印と示し合わせて、諸人に誂え付く(明)。

4・24 為家室頼綱女、為氏・為教らを伴い、定家の桟敷において賀茂祭の行列を見物し楽しむ(明)。

4・30 定家、公経より下野国真壁庄政所女御代下文を賜り、即為家の許に送る(明)。

5・10 為家、近日左右大将(教実・実氏)の近習の如く吉田に集い、世事を聞かず、日々夜々只酔狂酩酊するのみ。十二日、十五日も(明)。

5・16 為家、この日より十九日まで最勝講に参仕す(明)。

5・24 吉田泉殿納涼会に、為家、実持とともに、公経所縁の近習として参仕す(明)。

6・4 為家、昨今定家に官氷を贈る(明)。

6・11 中宮女房為家姉民部卿、吉田泉殿に請ぜらる(明)。

6・13 為家、右大将実氏吉田泉殿への行幸に供奉。密々御鞠あり、教実・実氏・隆親・成実・基氏・親氏らと参仕す(明)。

6・18 北条時氏(執権泰時一男)没(28)(吾妻)。

6・19 為家、持明院殿への行幸に供奉(明)。

6・21 鎮西下向中の兄光家入道(浄照房)、この四五日帰洛し、定家を訪う。為家、近日寸暇なく、内裏・公経・教実らに参仕精勤す(明)。

6・29 為家参内、小除目に参仕す(明)。

7・14 定家、道家より蓮花王院御物『部類万葉集』二帖を給わりて書写を始め、二十七日終功す(明)。

7・25 為家、祈年穀奉幣に賀茂社の使を勤む(明)。

7・27 相門公経、為家冷泉邸造作の後初めて宿泊さる(明)。

一二三〇 寛喜2 後堀河 33

8・7 関白道家若君、吉水に渡り御出家(慈源)の儀に、為家御装束供奉の公卿として参仕す(明・華頂要略門主伝)。

8・14 定家、毘沙門堂内阿弥陀堂に連歌尼追善結縁経供養会を催す。願文は経範草し行能清書す(明)。

8・21 為家、新造の北白河殿御幸に供奉す(明)。道家若君慈源の登壇受戒の儀に、頼全・定修ら供奉す(華頂要略門主伝・明)

8・25 為家、公経の円明寺参詣に供奉登山し、俄に舟に乗り水田に下り、翌日帰京す(明)。

8・27 為家、予ねて暇を申請し、窮屈度を失するにより今日より蒜を服し始む(明)。

9・14 為家、蒜の後七日過ぐるも、咳病により未だ出行せず、定家邸を訪う(明)。

9・16 為家ら、明月により関白道家に召され、泉殿に夜半まで伺候、この次でに春より宇都宮泰綱に求めしめたる馬を道家に進上、御意に叶えり(明)。

9・20 為家、相門公経に召され、蒜の後初めて参向す(明)。

9・23 為家、一条室町殿への中宮行啓行列に供奉す(明)。

9・28 相門公経、円明寺より松尾・法輪・嵯峨等の紅葉を歴覧、実氏・為家・基氏・実持・尊実法印等供奉す(明)。

10・1 為家、平座に参仕す(明)。

11・3 右大臣殿教実兵杖御拝賀に、為家扈従参仕す(明)。

11・6 為家、手に瘡あり、苦痛甚しきにより出行せず(明)。

11・14 五節の間、為家日夜寓直し、頻りに御前に参じ精勤す。鎮魂祭の分配、宣命使等を勤む(明)。
11・21 為家、日吉臨時祭に参仕す(明)。
11・22 為家、賀茂臨時祭に参仕す(明)。
11・28 右大臣教実室御産のため、教実妻室とともに、為家の冷泉邸に渡御、為家は二条万里小路の故宰相宗房邸に移り住む(明)。
12・8 為家、北白河院の西園寺御幸に供奉、還御延引し、西園寺に宿す(明)。
12・9 為家、西園寺第の仏事に参列し、布施を取る(明)。
12・16 為家、右大臣教実の日野詣に御供す(明)。
12・28 前太政大臣藤原基房没(86)(明)。
是年 定家、『安元御賀記』を書写す(同記奥)。

一二三一 寛喜3 後堀河 34

正・1 為家、小朝拝、節会に参じ、北白河院に年始回礼(明)。
正・2 右少弁光俊、元三挨拶に定家邸を訪ぬ「好士之数寄、毎年枉駕、過分之芳心也」(明)。
正・3 右大臣教実元三も為家の冷泉邸にあり、家門の腋壁を塗る。為家、翌日にかけ諸所に拝賀(明)。
正・6 為家、叙正三位(臨時)(明・公補)。
正・11 伊勢神宮小朝熊社の神鏡帰座す(民経・明)。
正・15 右大臣教実、為家の冷泉邸から本邸一条殿に移居さる(明)。
正・22 為家、故右大臣実朝後家による八条の堂供養に参列す(明)。
正・29 除目、為家、左府宮文、顕官挙に参仕す(明)。
正・30 中宮御産平安を祈る十三社奉幣。為家、定文を書し、賀茂の使を勤む(明)。
2・11 為家、方違行幸と還御に供奉す(明)。

正・ 権大納言基家家五首和歌会。題「暮山恋」他(範宗585)。
正・16 藤原経光家連歌会(民経)。
2・25 藤原経光家和歌連歌会(民経)。
3・3 藤原頼資家作文和歌会。詩題「桃華催勝遊」(春字)。歌題「花下祝言」。次で連歌少々あり(民経)。
3・17 内大臣藤原(近衛)兼経家当座花三首和歌会(如願404-406)。
3・17 藤原経光家詩歌会。詩題「湖山春興多」(各分一字)。歌題「行路暮春、聞鴬増恋」。当座小連句あり(民経)。
3・21 藤原経光家連歌会(民経)。
3・27 関白道家直廬連句連歌会(民経)。
5・18 藤原経光家和歌会(民経)。
6・5 藤原経光家庚申和歌連歌会。題「雨後夏月・野径蛍・池辺蓮」(民経)。

西暦	年号	天皇	年齢	月日	事項
一二三一	寛喜3	後堀河	34	2・12	中宮竴子御産。後堀河天皇の皇子秀仁親王(後の四条天皇)降誕、為家、参内して帥典侍を以て奏上す(明)。
				2・15	為家、三日夜儀、御湯殿儀に参仕。以後連日御湯殿・管弦の賀宴等に列座す(明)。
				2・27	為家、北白河院の中宮御所への御幸に供奉す(明)。
				3・5	為家、中宮御所一条殿への行幸に供奉、後堀河天皇寝殿西壺にて鞠御覧あり。鞠足、為家・資雅・有資・公有・親氏・実清ら(明)。
				3・28	為家姉民部卿、内侍典侍に任じ、中宮参仕貞子の名を改め、定家の願出により、古今集「因香朝臣」の名にちなむ因子とす(明)。
				3・29	方違行幸、中宮御所一条殿において後堀河天皇初めて、道家・教実・家嗣・為家・成実・基氏らと御鞠あり(民経・明)。
				4・3	為家、一条殿の蹴鞠御会に、関白道家、公経らとともに参仕す(民経)。
				4・14	為家、兼任右兵衛督(公補)。
				5・4	為家、内大臣藤原実氏の拝賀に参仕す。「次参議右兵衛督為家卿車、同」右傍記「父定家卿依為相国父婿、年来此右兵衛督令家礼、内府為猶子歟」(民経)。
				7・1	為家、持明院殿への方違行幸と翌日の還御行列に供奉す(明)。
				7・5	右兵衛督為家、新関白教実の拝賀行列に扈従す(明)。
				7・12	為家、実氏邸への行幸と還御に供奉。競馬と鞠の興あり(明)。
				7・15	飢饉により、伊勢小阿射賀の庄民ら六月二十日ころ以降六十二人餓死す。京中の道路に死骸充満、連日加増す(明)。
				8・17	藤原頼資家作文和歌会。詩題「擣衣宜月下」(声字)。歌題「月下擣衣・月夜聞雁・月催懐旧」(民経)。

一二三二

貞永元 4・2

四条 10・4

35

8・3 権弁光俊、年来定家より借用の『拾遺和歌集』を返却し、昨日勧修寺に入る。侍従為氏、持明院殿・両殿下・中宮・公経・内裏へ拝賀回礼す(明)。
8・7 定家、一昨日来『伊勢物語』を書写終功し、九日校合す(明)。
8・16 為家、為氏を相具し、右兵衛督任官後初めて日吉社に参詣、翌日帰宅、蒜を服す(明)。
8・18 定家、『大和物語』を漸々書写終功す(明)。
8・19 定家、春日社参詣行、翌日帰京す。随所に往時を感懐しつつ追懐の深情溢れる名文を綴る(明)。
8・26 為家、無為に蒜を服了し、近日薤を食す(明)。
9・11 公経、吹田別業に遊び、有馬湯を運び湯治せんとす。実氏・為家・信成・実持・尊実・能性・実祥・公審ら扈従供奉す(明)。
9・12 定家、光俊より返却の『拾遺和歌集』を書写し、女子に授く(明)。
9・16 為家、吹田より帰京、道家父子の円明寺参詣に供奉し、また吹田に帰り、二十七日夜帰洛す(明)。
10・11 土御門院、阿波国に崩御(37)(明)。
10・28 後堀河天皇皇子秀仁親王を皇太子とす(百錬)。
正・19 高弁上人明恵没(60)(同上人行状)。
正・30 為家、任伊予権守。定家、任権中納言(公補)。
2・3 為家、大原野社祭事に上卿を勤む(民経)。
2・6 定家、釈奠に上卿を勤む(民経)。
3・1 為家、中宮御所一条殿東庭の蹴鞠御会(主上以下)に参仕す(民経)。
3・14 為家、寛喜元年の家百首中より秀歌を選抜、

正・18 九条権大納言基家家五首和歌会。題「寄山花・寄野秋・寄江恋・寄水祝・寄海雑」(壬二2176.2437.2856.2936.3028・範宗590.682.683)。
3・ 洞院摂政家百首和歌(明題・為家1569-1673)(明題ハ四月トス)。
3・14 日吉社撰歌合。題「春・夏・秋・冬・恋・雑」(同歌合・為家1674-1683)。

一二三三	貞永元	四条	35

五十番の撰歌合とし、日吉社に奉納す(同撰歌合)。

5・22 賑給定において、右兵衛督為家奉行として定文を書す(民経)。

6・13前 定家、「原百人一首」(原百人秀歌)を撰するか。

6・13 蔵人頭源資雅、殿上間に定家を召して、和歌勅撰事(新勅撰集撰進)を宣下す(昔(イニシエ)今(イマ)ノ和(ヤマト)歌奉撰之(レシカ)」「古へ今の歌撰比進良之女與」)」(民経・明)。

6・29 この日以前、前年四月十日以後の間、右兵衛督為家、『万物部類倭歌抄』(五代簡要)を書写するか(歌学大系本奥)。

6・29 為家、転任右衛門督(公補)。

7・4 前関白左大臣道家、家に兼題和歌会を催し、当座御会に及ぶ(民経)。

7・ 定家、『万葉集長歌短歌説』を著す(同奥書)。

8・6 為家、日来賀茂社奉幣使を領状のところ、この日朝より背中に中風の気あり、動く能わず、辞退す(民経)。

8・6 前関白左大臣道家、家に恒例の和歌会を催し、定家・為家御前に候す(民経)。

8・20 真観、貞応二年七月二十二日定家筆『古今和歌集』を借覧、或書生に誂えて書写せしむ(国書聚影真観奥書本)。

9・7 定家、勅授帯剣を聴さる(公補)。

10・2 定家、「新勅撰和歌集」仮名序代並びに二十巻部目録を一紙に注し、内覧奏聞す(明)。奏覧す(仮名序)。

10・4 後堀河天皇、皇太子秀仁親王に譲位、四条天皇受禅。右衛門督為家供奉す。(一代・岡屋)。

12・5 四条天皇、太政官庁において即位、右衛門督

3・25 石清水若宮歌合。題「河上霞・暮山花・社述懐」(兵部卿成実勧進、定家判)(同歌合・為家1684-1686)。

5・5 内裏当座五首和歌会(為家1687-1691)。

6・20 前関白左大臣道家、家に三首和歌会(題「行路蛍・水辺納涼・庭上松」)を催し、定家・為家・知家・行能・有長ら出詠(洞院摂政記)。

6・25 中宮竴子和歌御会。管弦御遊の後和歌披講あり。題「鶴契遐年」。序権中納言家光(百錬・民経・新勅撰443.444・明題)。

7・2 前関白道家家三首和歌会。題「野径早秋・暁聞荻・不尋得恋」(壬二2336.2337.2849・範宗358.359・為家1709)。

7・4 内裏当座恋和歌御会。題「寄薄恋・忍伝書恋・知不知恋」(為家1692-1694)。

7・10 内裏当座作文御会。無題「尋秋之志」(勒遊秋幽棲」(民経)。

7・11 前関白左大臣道家、家に兼題七首歌を召して結番、光明峯寺入道摂政家七首歌合(題「雲間花・霞中帰雁・羇旅郭公・月下鹿・風前擣衣・暮山雪・寄鳥恋」)とし、定家当座に勝負判を付く。為家出詠。その後又当座会あり(民経・壬二2123.2124.2246.2492.2493.2659.2844・範宗91.92.360.454.591・為家1695-1698・民部卿典侍13.14)。

7・ 光明峯寺摂政家恋十首歌合。題「寄衣恋・寄鏡恋・寄弓恋・寄玉恋・寄枕恋・寄帯恋・寄糸恋・寄筵恋・寄舟恋・寄網恋」(定家判)(同歌合・為家1699-1708)。

8・15 内裏秘書閣作文御会。題「琴書被月催」(明字)(十日出題)(民経)。

8・15 光明峯寺摂政家名所月三首歌合(定家判)

為家供奉す(一代・岡屋)。
12・15 定家、辞権中納言(公補)。
是年 「順徳院百首」成る(同百首奥)。
是年頃 「定家卿百番自歌合」(再訂本)成る。

(同歌合・為家1710-1712)。
是年 為家日吉大宮社法楽三首(為家1713)。
是年 内裏当座五首和歌御会(為家1714)。
是年 内裏当座和歌御会(為家1715-1725)。
秋か 内裏十首和歌御会(為家1726-1729)。
春か 内裏当座勒字六首和歌御会(為家1730-1735)。
夏か 内裏当座勒字二首和歌御会(為家1736-1737)。
秋か 内裏当座勒字(八首)和歌御会(為家1738-1745)。
冬か 内裏当座勒字(二首)和歌御会(為家1746-1747)。
冬か 為家有馬温泉冠字七首和歌会(為家1748-1749)。
是年 為家貞永元年詠(為家1750-1751)。

一二三三 天福元 4・15 四条 36

正・1 為家、参内して節会の宣命使を勤め、前関白道家の拝礼以下に参仕す(明)。
正・2 定家、権右中弁光俊の年始挨拶来訪にも逢わず、「毎年之恩問、過分之芳心也」(明)。
正・7 為家、白馬節会に参仕、御神酒使を勤む(明)。
正・9 為家、法勝寺の御斎会に参じ、為家室ら、権右中弁光俊の芳心により、呪師猿楽を見物す(明)。
正・10 定家、冷泉邸より妻禅尼を迎え、この日より一条京極邸北屋に居住せしむ。夜、道家室女叙位のための参内に、為家供奉す(明)。
正・11 為家、院御所の小弓合に参仕す(明)。
正・12 為家、深夜定家を訪ね、今年日夜暇なしと多忙を託つ(明)。
正・13 為家、某所御幸・行啓に供奉す(明)。
正・18 為家、蓮華王院御幸に供奉す(明)。
正・24 為家、院の尊勝陀羅尼供養に参仕す(明)。

3・9 北野聖廟作文会(民経)。
3・16 藤原経光家庚申連歌会(民経)。
3・23 藤原経光家連歌会、百韻。和歌会(民経)。
4・17 執権北条泰時亭連歌会。相模三郎入道真昭・式部大夫政村・式部大夫親行・大夫判官基綱・都筑九郎経景ら参会(吾妻)。
5・5 頼経将軍家端午和歌会、題「翫菖蒲・聞郭公」。陸奥式部大夫・相模三郎入道・源式部大夫・後藤大夫判官・伊賀式部大夫入道・波多野次郎経朝・都筑九郎経景ら参会(吾妻)。
5・12 藤原経光家和歌会(民経)。
9・13 執権北条泰時亭和歌会(密々儀)。源親行・基綱以下参仕(吾妻)。
7・29 左大将藤原(二条)良実家初度作文和歌会。歌人不参、詩会のみとなる(明)。
是年 仙洞当座和歌御会(為家1752-1755)。

西暦	年号	天皇	年齢	月日	事項
一二三三	天福元	四条	36	正・27	権右中弁光俊、定家邸を訪ね、心閑かに面謁す(明)。
				正・29	為家、公経今出川第への行幸・行啓と還御に供奉す(明)。
				2・1	為家、方違御幸に供奉す(明)。
				2・5	為家、斎宮利子女王帰京の御迎えに、赤江に参ず(明)。
				2・11	為家、後堀河院より播磨の一村(細川庄隣)を賜わる(明)。
				2・22	為家、祈年穀奉幣に参仕、右筆と賀茂の奉幣使を勤む(明)。
				2・25	為家、某所御幸と還御に供奉す(明)。
				2・28	為家、山稜使発遣の儀に参仕す(明)。
				3・2	為家、日吉社に参詣し、翌暁の大殿開きに臨む(明)。
				3・6	為家、最勝金剛院八講に参ず。民部卿典侍今夜為家の冷泉邸に宿し、明暁為家室らと日吉社に参詣、即日帰参すべしと(明)。
				3・9	為家、長講堂八講に参じ、院御鞠に召さる。名謁以後、隆親・成実・基氏・具実を招引して帰宅、深更に分散す(明)。
				3・12	為家、室町殿への方違行幸に供奉す(明)。
				3・14	為家、石清水臨時祭御禊に供奉す(明)。
				3・18	為家、十二日夜より腹病発り病臥、一度出仕するも治り難きにより暇を申し今日服薬を始む。服薬中定家邸において、物語絵月次十二巻のことについて評定す。蒜服薬は二十五日まで(明)。
				3・20	定家選ぶ所の物語絵(夜寝覚・御津浜松・心高・春宮宣旨・左右袖湿・朝倉・御河爾開留・取替波也・末葉露・海人苅藻)毎月五作を、為家清書す(明)。

3・29 為家、妻室ならびに母禅尼らと賀茂社に参詣、為氏、七瀬御祓使を勤む(明)。
4・3 院号定。中宮藤原𡡈子を藻璧門院とす(民経・明)。
4・17 前斎宮利子女王入内に、為家供奉す(明)。
4・19 藻璧門院御幸始に、為家・為氏参仕す(明)。
4・30 為家、道家・教実の日野行に扈従す(明)。
5・1 為家、法性寺三十講に参仕す(明)。
5・6 嵯峨禅尼(俊成卿女)の嫡女(具定姉)、難産により没す(40)(明)。
5・9 新日吉小五月会に、為家参仕す(民経)。為家、臨幸御幸と還御行列に供奉。為家室頼綱女、為氏・小童らを伴い、馬場北の頼綱入道の桟敷に、御幸行列を見物す(明)。
5・10 為家、安楽光院御八講御幸に参仕す(明)。
5・18 頼綱妾為家室母、天王寺に於て前摂政藤原師家の妻となり、為家室並びに本夫頼綱入道の許に告げ送る(明)。
5・20 右中弁光俊、定家を訪ね、清談移漏す(明)。
5・21 為家、季御読経に参仕。二十四日結願にも参ず(明)。
5・27 為家、𡡈子姫宮御幸に扈従、明日また日野詣でに参仕(明)。
5・29 前摂政藤原基通没(74)(明)。
5・12 為家、霍乱あり、落居するも、窮屈により十六日に至りても未だ出仕せず(明)。
6・9 姉典侍因子、実氏より播州の一村(越部下荘隣郷)を賜る(明)。
6・11 為家、定家を訪ね、大嘗会歌作者なお未定の由を伝え、撰歌を見て帰る(明)。
6・16 為家、数寄によって懇望の頼綱入道蓮生ならびに侍従為氏を伴って、定家の撰歌を見

西暦	年号	天皇	年齢	月日	事項
一二三三	天福元	四条	36		学す(明)。
				6・18	従三位藤原範宗没(63)(明)。
				6・19	源光行入道孝行とともに定家を訪ね、晦日ころ下向の由を伝うるも、定家不能言談。この時新勅撰集への入集を望み詠歌一巻を託しゆくか(明)。
				6・20	為家、昨日来定家邸において「新勅撰和歌集」の荒目録を取る(明)。
				6・21	為家、藻壁門院室町殿御幸に扈従す(明)。
				6・22	四条天皇准母として利子女王立后、為家、賀宴に列す(明)。
				6・25	為家母禅尼の兄公定十三年忌日仏事に、定家に代わり為家参列す。右中弁光俊、定家を訪ぬ(明)。
				6・29	為家、道家・教実の日野行に御供し、帰宅後、脛の固根再発、薬を塗り出仕せず(明)。
				7・3	従三位藤原成長没(53)(公補)。
				7・7	為家、暁の大殿開きに臨むべく、昨夕より日吉社に参詣す(明)。
				7・13	為家、道家の菩提院行に扈従、利子女王入内に供奉す(明)。
				7・19	為家母の弟叡山法印西塔院主公暁没(63)、為家・母禅尼ら服喪、早々に除服す(明)。
				7・	『御裳濯和歌集』(寂延撰)成る(同集序)。
				8・6	為家、道家・教実の宇治行に供奉す(明)。
				8・12	為家、某所行幸に供奉す。これ以前五六日間に、正四位下前越前守藤原孝範没(76)(明)。
				8・15	為家、西園寺御懺法に参仕す(明)。
				8・中旬	定家、『拾遺和歌集』を書写す(安藤積産社本奥書)。
				9・2	去る十九日より有馬に湯治中の公経を、実氏と為家、水田まで出迎えて帰京す(明)。

9・18 四条天皇生母藻璧門院竴子崩御(25)(明)。

9・19 為家長女、誕生(母頼綱女)(明)。

9・23 姉後堀河院民部卿典侍因子(39)、同腹の次姉香(38)も、興心房の菩提院において出家す(明)。

9・30 為家、故藻璧門院葬送の儀に参仕、以後連日関係諸事に奔走す(明)。

10・9 故藻璧門院三七日、為家、前(自筆本)中納言(藤原頼資)に誂えて諷誦文を草し、御墓所において小善の仏事を修す(明)。

10・11 定家、興心房を戒師として出家す(72)。号明静(明)。

10・20 故藻璧門院五七日の仏事。臨幸あり。七僧は講師聖覚の他御前僧、聴衆六十四、為家参列す(明)。

10・27 故藻璧門院六七日、本所の結縁経供養あり、為家参列す(明)。

11・4 典侍因子禅尼、この日より一条京極の定家邸に居住す。定家年来の住所を相譲り、定家入道は此屋の東端一二間に移り住む(明)。

11・7 故藻璧門院七七日仏事に、為家参列す。この間毎日二度の参りを遂に欠かさずと(明)。

11・18 為家、隆承法印・右中弁光俊・中務為継を相具し河陽に赴き、二十三日湯山に無為下向、二十五日山を出で細川に行き、二十七日明石に到着、二十八日西宮、二十九日帰洛、只遊放するのみ(明)。

12・1 為家、夜前(三十日)初めて名謁に参り、今日御身固に参会、次で公経邸に参ず(明)。

12・13 内府実氏土御門堀川邸、男女子息相替り病悩危急に及ぶの間、その家を去り為家の冷泉邸に渡らる(二十一日)。為家、源大納言雅

一二三三	天福元	四条	36	親旧妻の三条坊門の家を借り上げて移住(二十日)、女房の局三間のみ、為家室ら愁悶す(明)。 12・17 為家、大嘗会に参仕、安嘉門院御仏名に参ず(明)。 12・18 故藻璧門院の御月忌の講筵始まり、為家、聴聞の簾中にあり(明)。 12・19 為家、内裏の御仏名に参じ、二十日は院の、二十一日は皇后宮利子の、二十五日は東一条院立子の御仏名に参仕す(明)。 12・20 典侍因子禅尼、嵯峨清涼寺に七箇日参籠す(明)。 12・25 為家、荷前使を勤む(明)。 12・28 故藻璧門院百日にあたるこの日、旧院において三尺の弥勒像供養の仏事あり、為家参列す(明)。 是年か 源光行、為家に書状を送り、定家に進上せる愚詠一巻中より新勅撰和歌集への入集を望み、取りなしを依頼するか(冷泉家時雨亭叢書明月記五紙背光行書状)(池田利夫説)。	
一二三四	文暦元 11・15	四条	37	正・21 為氏、兼安芸介(公補)。 3・2 定家、『後撰和歌集』を書写す(冷泉家本奥)。 4・12 為氏、任左近衛少将(公補)。 5・20 仲恭院崩御(17)(百錬)。 6・3 定家、『新勅撰和歌集』未定稿定家自筆清書本を内覧奏上す(明)。 7・5 法勝寺御幸と法会に、為家・為氏供奉す(明)。 7・17 故藻璧門院女房の供花結願、明弁啓白、為家一人参列す(明)。 7・24 為家室蒜服薬の間、姫君を定家邸尼中に預く(明)。	○為家文暦元年以前歌(為家1756-1758)。

8・6 院御所の大法結願に、為氏・隆継召されて御馬を引くも、後堀河院の容態急変し崩御(23)、日来奉公の陰徳に為家と資季召し入れられ拝顔を聴さる(百錬・明)。
8・7 定家、『新勅撰和歌集』草本を焼却す(明)。
8・11 故院の御名後堀河院と決し、為家葬送に供奉す(明)。
8・13 為家、毎日の例講、次で初七日の儀に参ず(明)。
8・16 為家、毎日二度故院に参入し、懺法と例講に参じ他所のこと聞き及ばず(明)。
8・19 為家、例講と二七日仏事に参列す(明)。
8・22 故藻壁門院周忌法事、導師覚教僧正、六十僧。右中弁光俊、定家を訪ね、清談に時を移す(明)。
8・26 故院三七日仏事、為家参列す(明)。
9・1 後堀河院追善に、為家、経範朝臣に誂えて諷誦文を草し、顕誉法印を導師とし御墓所に小善の仏事を修し、例講に参ず(明)。
9・3 故院四七日仏事、為家参列す(明)。
9・24 故院七七日仏事、為家参列す。三十僧、慈賢の曼荼羅供、その後御墓所に参る(明)。
10・下旬 道家、『新勅撰和歌集』定家自筆清書内覧本を尋ね出す(奥書)。
10・11後 定家、『奥入』を著す(同書奥)。
11・10 道家・教実、定家に命じ『新勅撰和歌集』より御製他百首を切り出さしむ(奥書・百錬)。
11・15 道家、改訂草本を清書の人藤原行能に付す(奥書)。
是年 前但馬守源家長没(60余か)。

一二三五 嘉禎元 9・19 四条 38

正・3 為家室の弟宇都宮泰綱、冷泉邸を訪れ、馬五匹(為家に二匹、子息三人に各一匹)を贈り、

正・26 頼経将軍方違周防前司親実大倉亭庚申二首和歌会。題「竹間鴬・寄松祝」。石山侍従・河内

一二三五　嘉禎元　四条　38

正・4 為家も答礼に馬一匹を贈る(明)。
正・6 為家、大殿道家・殿教実・禅室公経ら諸所に年賀回礼す(明)。
正・7 為家、故後堀河院月忌仏事に参列す(明)。
冷泉の為家邸盗難に遭い女房の衣装を盗まる。狭小の家を貴人の居所となせば、見ざる者なく、その中の凶徒道を知り出入りするのみと(明)。
正・9 公経、実氏を伴い河内新開庄に下向、明日帰路吹田に留まり、明後日は円妙寺と、三箇日歓娯の遊びに為家扈従す。五辻殿行幸に為氏供奉(明)。
正・14 為家、元三に泰綱進上せるところの馬、両方各二匹を、道家と教実に持参進上し、御斎会に参ず(明)。
正・17 定家、為氏を相具して日吉社に参詣。為氏任左近衛少将後初参、奉幣し一夜通夜して帰洛す(明)。
正・19 為家、除目の執筆を命じられ、御硯・筆墨・筥文土台等、去年平納言範輔書すところの大間等を賜りて退出、翌日習礼、二十二・三日の除目に失錯なく果たし、実氏・教実より感言を賜り、神妙を賞せらる(明・玉蘂)。
正・23 為家、叙従二位(父定家建保三年平野大原野社行幸行事賞譲)(明・公補)。
2・1 為家、禅門公経邸において酔郷酩酊す(明)。
2・17 冷泉姫君為家女(3)俄に病悩、霍乱の如くして危急なるも、平癒す(明)。
2・28 為家より行能に誂えたる『新勅撰和歌集』の清書、上帙終功す(明)。
3・5 濁世の富楼那碩学の能説法印権大僧都聖覚、安居院の房に寂す(69)(明)。
前司光行入道・大夫判官基綱・式部大夫入道光西・東六郎行胤ら懐紙を進む(吾妻)。
5・1 宇都宮蓮生嵯峨中院邸連歌会(賦御何一之何)、六十韻。入道・泰綱ほか子弟二人・定家・為家・信実(明)。
秋 粟田口若宮和歌会。題「月前旅雁・山家秋月・月前述懐」(如願483.734.735)。
12・24 日吉社知家自歌合(定家判)(同歌合)。
是年 為家嘉禎元年詠(為家1759-1761)。
○為家嘉禎元年以前歌(為家1767-1769)。
・詠三首和歌懐紙。題「旅五月雨・盧橘薫衣・寄蛍火恋」(為家1767-1769)
＊『藤原為家全歌集』に、詠恋五首和歌懐紙の五首を為家の詠歌として扱った(為家1762-1766)が、阿仏「安嘉門院四条五百首新賀茂社百首」詠の一部である可能性が大きいと判明したので、存疑歌として別置する。

3・12 定家、為家より行能に誂えて終功したる『新勅撰和歌集』最終清書本を、道家の許に進入す(明)。

3・16 定家異腹の兄覚弁の子長賢法眼真弟子の童五歳来り、為家の猶子となる(明)。

3・28 洞院摂政藤原(九条)教実没(26)(玉蘂)。

4・1 為家、平座に参ず(明)。

4・2 為家、故教実の凶事に供奉参籠す(明)。

4・6 為家、故後堀河院の月忌に参列す(明)。

4・13 定家、老病を養うため嵯峨の賢寂(忠弘)宅に来り、介助に備え、為家、為氏と妻子を伴い岳父頼綱入道の中院邸に暫く滞在す(明)。

5・2 定家の老病宜しきにより、為家、妻子を引率して頼綱の中院邸を出でて冷泉邸に帰り、三日より所悩あり(明)。

5・5 定家、早旦栖霞寺に参詣して帰京す(明)。

5・6 方違行幸、為家平癒せず参仕不能、少将為氏は供奉す(明)。

5・10 為家、法勝寺法会、次いで持明院八講第一日に参列す(明)。

5・11 諸社奉幣、為家、賀茂の勅使を勤む(明)。

5・12 為家、持明院八講に参ずべきを、公経の命により吹田方違に供奉す(明)。

5・13 定家、紀貫之筆『土佐日記』を書写す(尊経閣本奥)。

5・17 為家、前日の故摂政教実七僧法会に続き、七七日曼荼羅供法会に参列す(明)。

5・19 この日より三箇日の南殿の御読経始まり、為家参列す(明)。

5・27 定家、『百人秀歌』の清書本と色紙形を蓮生に送るか。「予本自不知書文字、嵯峨中院障子色紙形、故予可書由、彼入道懇切、雖極見

一二三五	嘉禎元	四条	38

苦事、憖染筆送之、古来人歌各一首、自天智天皇以来及家隆雅経」。為家、公経吹田の方違に供奉す(明)。

6・2 為家、公経吹田よりの帰還を円明寺に出迎う(明)。

6・6 為家、後堀河院の御墓所法華堂に参り、堀川殿の仏事に参列す(明)。

6・14 為家、方違行幸に供奉(明)。

6・21 為家室頼綱女の妹(元武士小笠原某の妻)、千葉八郎に再嫁す(明)。

6・22 為家異母兄定修、死去の由伝々の説あり。関東に没するか(明)。

6・29 為家、良実の任権大納言拝賀に供奉す(明)。

⑥・6 為家、故後堀河院御月忌に参列す(明)。

⑥・11 為家、早暁、吹田に下る(明)。

⑥・20 錦小路富小路の蓮生入道頼綱宅の門焼失す(明)。

⑥・28 為氏、瘧病に罹患す(明)。

7・5 石清水別当法印幸清没(59)(石清水八幡宮記録)。

10・8 為家、日吉社に参詣す(明)。

10・10 為氏、疱瘡を病み、定家家両禅尼行きて訪う。近日京畿にこの病充満す(明)。

10・20 為家、大嘗会御禊行幸次第司御後長官を勤む(明・公補)。

10・26 定家鍾愛の孫姫、去る二十一日より聊かかぶれ、この日増気し疱瘡の症状に似る。近日の疱瘡により二十二社奉幣あり、為家、賀茂の勅使を勤め、丑の刻帰宅するに、群盗南門より押し入る。為家この女子温気あるを語り去らしむ。(明)。

10・28 冷泉の家の小童為教、病危急、極めて不憫。

女子は減に就き安堵するも、十一月十四日度々反吐し温気あり、疱瘡再発、十二月四日に及ぶまで痛泣休まず(明)。

11・6 為家、故後堀河院御月忌に参列し、帰路乳母三位宗子の病を訪う(明)。

11・12 為家、園城寺良尊大僧正を訪い、日吉社に参詣、明暁の大殿開に参会して帰洛す(明)。

11・17 為家、大嘗会太政官庁斎場所御覧行幸に供奉す(明)。

11・19 為家、大嘗会叙位の執筆、検校を勤む(明・公補)。

11・20 四条天皇大嘗会。風俗屏風等和歌、悠紀方、正三位藤原家光、主紀方、勘解由長官兼式部大輔菅原為長(大嘗会悠紀主紀詠歌)。為家、大嘗宮行幸に供奉、大忌幄に参る(明)。

11・21 為家、辰日節会に御酒使を勤む(明)。

11・22 為家、巳日節会に御酒使を勤む(明)。

11・23 為家、豊明節会に参仕す(明)。

11・26 為家、還御行幸に供奉す(明)。

11・ 定家、『古今和歌集』を書写す(天理本奥)。

12・4 入道前太政大臣公経、吹田に赴き、六日帰洛す。実氏・為家ら扈従供奉す(明)。

12・6 内大臣二条良実、元三の御所に為家冷泉の宅を借り上げ、為家は隆承法印安居院の房を借受けて住む予定(八日)にて、十九日転居す(明)。

12・9 為家、大嘗会女叙位の執筆を勤む(玉蘂)。

12・14 為家、賀茂臨時祭に参仕す(明)。

12・18 為家、白地に日吉社に参詣し、即日馳せ帰る(明)。

12・26 為家、風病更に発り、出仕せず(明)。

12・29 三男為教元服。長女為子魚味(明)。

是年 宇都宮景綱(蓮瑜)(頼綱孫・泰綱息)誕生す(宇都宮系図)。

是年 三月以降、為家、『新勅撰和歌集』を自筆に書写、定家校閲を加え、家の証本とするか(穂久邇文庫蔵為家筆本)。

一二三六 嘉禎2 四条 39

2・30 為家、任権中納言、辞右衛門権督(公補)。前権中納言頼資没(55)(公補)。

3・5 正三位侍従源具定(通具・俊成卿女一男)没(37)(公補)。

4・11 春日社仮殿遷宮につき、権中納言為家上卿として官宣旨を下す(春日社司祐茂日記)。

6・16 肥後国藤崎宮造営用途につき、権中納言為家上卿として官宣旨を下す(肥後藤崎八幡宮文書)。

6・23 来る二十七日の春日社正遷宮につき、権中納言為家上卿として官宣旨を下す(春日社司祐茂日記)。

7・ 隠岐法皇、隠岐より和歌題を前内大臣通光・権大納言基家及び従二位家隆らに賜り、歌合に結番、自ら判者となる(遠島歌合)。

8・14 為家、勅授帯剣を聴さる(公補)。

8・29 為家、蓮華王院本紀氏正本『土佐日記』を、一字不違臨模書写し、外題と書写奥書を自記す(大阪青山大学蔵為家自筆本奥)。

11・3 為家、春日社奉幣使として出立す(百錬)。

11・14 為家、新嘗祭の上卿を勤む(玉蘂)。

11・29 定家、『後撰和歌集』を書写す(岸上慎二蔵本奥)。

12・14 前権中納言家光没(38)(公補)。

12・19後 正四位下右大弁藤原光俊出家す。号真観(34)。

春 前太政大臣公経家和歌会。題「庭上柳・山路花」(如願371.425)。

9・13 権大納言通方石清水社五首歌合。題「春朧月・夏涼月・秋明月・冬冴月・社頭月」(如願456.517.555.703.905・為家1770)

是年 前但馬守源家長第三年家清勧進結縁経歌九品和歌(如願661.930)。

○為家嘉禎二年以前歌

・後九条内大臣基家家歌合(為家1771)。

西暦	年号	天皇	年齢
一二三七	嘉禎3	四条	40

是年頃　定家、『詠歌之大概』を草するか(川平説)。

正・1　権中納言為家、摂政道家家拝礼に参列す(玉蘂)。

正・2　為家、摂政道家家臨時客に参列す(玉蘂)。

正・5　為氏、叙従四位下(公補)。

正・7　為家、白馬節会に参列す(玉蘂)。

正・14　摂政道家女任子、左大臣兼経に嫁し、行列の出車三両の一を左少将為氏進献す(玉蘂)。

正・22　為家、春除目に参仕す(玉蘂)。

正・23　定家、『古今和歌集』を書写す(毘沙門堂本古今集注奥)。

3・8　前大僧正慈円に、慈鎮和尚の諡号を加贈す(百錬)。

3・10　為家、摂政道家の辞表提出に扈従す(玉蘂)。

3・19　為家、石清水臨時祭に参仕す(玉蘂)。

4・9　従二位宮内卿藤原家隆、天王寺に没す(80)(百錬)、前年十二月二十三日出家、法名仏性(公補)。

4・16　為家、賀茂祭行列に参仕す(玉蘂)。

6・5　『楢葉和歌集』(素俊撰)成る(同集跋)。

6・9　田中宗清没(48)(石清水八幡宮記録)。

7・17　為家、四条天皇准母鷹司院長子の入内御幸に供奉す(玉蘂)。

8・15　定家、『古今和歌集』を書写す(吉川本奥)。

10・　定家、「順徳院百首」に加点加評して(同奥)、佐渡に送遣す。

10・22　藤原孝道没(78)(文机談)。

10・28　定家、『古今和歌集』を書写す(梅澤本奥)。

12・29　四条天皇(七歳)御書始。侍読、刑部卿菅原淳高(百錬)。

3・9　頼経将軍新御所始庚申二首和歌会。題「桜花盛開・花亭祝言」。頼氏出題。左京兆・足利左典廐・相模三郎入道・源式部大夫・佐渡守・城太郎・都筑右衛門尉経景・波多野次郎朝定ら参候す(吾妻)。

10・　前関白左大臣道家天王寺参詣扈従時為家詠(為家1779)。

是年　日吉社和歌会。題「尋山花・暁帰雁・湖上霞・夕郭公・浦夏月・庭雪積・寄河恋」(如願379.383.416.445.455.762.573)。

是年　右大臣二条良実家初度和歌会。題「松不知年」(為家1772)。

是年　右大臣二条良実家七首和歌会。題「山中早秋・野外草花・寄水鳥恋・寄七夕恋・寄雲夕恋・羇旅明月」(為家1773-1778)。

是年　覚寛法印勧進冠字七十首(京極黄門名号御詠七十首)(為家1780・定家3664-3733)。

是年　入道前太政大臣公経住吉社二十首和歌(為家1781-1788)。

				是年　定家、『俊頼髄脳』を書写す（同奥書）。	
一二三八	暦仁元 11・13	四条	41	正・5　権中納言為家、叙正二位（公補）。 正・22　為氏、兼美濃介（公補）。 4・6　為氏、叙従四位上（臨時）（公補）。 4・7　為家、征夷大将軍頼経の新大納言拝賀に扈従供奉す（玉蘂）。 4・10　為家、この日前関白家実上表して准三宮を辞するにつき（勅答不聴）、先月二十五日下賜の勅書（式部大輔為長草、経朝清書）の勅使を勤む（玉蘂）。 4・11　為家、前摂政左大臣道家の順孫忠家首服の儀に、参仕す（玉蘂）。 6・23　前摂政左大臣道家若君福王（12）仁和寺喜多院に出家。為家扈従す（葉黄・玉蘂）。 7・20　為家、転任中納言、兼侍従（公補）。 10・3　北白河院藤原陳子没（66）（百錬）。 11・16　為氏、任左近衛中将（公補）。 12・28　宜秋門院藤原任子没（65）（女院次第）。後嵯峨院御乳人権大納言源通方没（50）（公補）。 是年　定家、『僻案抄』を順徳院に奉遣す（同抄奥）。	7・20前　興福寺権別当法印円経勧進春日社十首和歌会。題「霞・花・郭公・月・紅葉・懐旧・社」（為家1789-1795） 7・　粟田口若宮和歌会。題「明月家家・夜虫処処・閑居早秋」（如願511.514.717）。 9・13　為家詠百首和歌（為家1807-1817）。 9・13　入道前摂政九条道家法性寺一音院作文会。題「山家夜月」（題中取韻）。次で三首和歌会あり（百錬）。 11・13前　為家六百番歌合題百首（為家1797-1806）。 是年　後鳥羽院下野勧進観無量寿経十六想観和歌（為家1796）。 是年前　時代不同歌合（後鳥羽院撰）（同歌合）。 是年前　定家家隆両卿撰歌合（後鳥羽院撰）（同歌合）。
一二三九	延応元 2・7	四条	42	正・19後　藤原信実、『今物語』を編む。 2・2　前従三位藤原言家（定家兄成家息）没（公補）。 2・22　隠岐法皇、隠岐国に崩御（60）（百錬）。 5・16　隠岐法皇の御骨、左衛門尉能茂法師懸け奉り、大原の禅院に渡し奉る（百錬）。 5・29　侍従中納言為家、大外記師兼を召し、隠岐院に顕徳院（式部大輔為長勘申）の諡号を奉るべき由を申達す（百錬）。 是年　慶政上人、『比良山古人霊託』を著すか。	9・30　頼経将軍家三首和歌会。題「行路紅葉・暁擣衣・九月尽」。右馬権頭・北条左親衛政村・相模三郎入道・伊賀式部大夫入道・兵庫頭・佐渡判官ら懐紙を献ず（吾妻）。 是年　入道前太政大臣公経家三十六首和歌会（為家1818-1830）。 是年　為家延応元年詠（為家1831-1835）。

一二四〇	仁治元 7・16	四条	43	正・24 北条時房没(66)(吾妻) 3・17 前太政大臣藤原(九条)良平没(57)(公補)。 5・21 藤原秀能(如願)没(57)(尊卑)。 6・ 定家、藤原長綱に『僻案抄』の一見を許可す(同抄奥)。 6・6 慈源大僧正吉水本坊において大熾盛光大法を修せしに、侍従中納言為家参会す(華頂要略門主伝)。 7・11 某、「治承物語六巻号平家」を書写す(三の丸尚蔵館蔵平兵部記紙背)。 11・12 為教、叙正五位下(平戸)。	2・23 右大将鷹司兼平家初度密々作文会。無序代(平戸)。 9・13 入道前太政大臣公経吹田亭月十首和歌会(為家1836-1838)。 11・27 右大臣藤原(一条)実経家初度作文和歌会(十一月八日の予定延引)。為家、出詠し和歌会読師を勤む。詩題「文学契遐年」(題中取韻)。絶句。和歌題「雪中松」(後「松為友」と改む)(閏十月二十九日給題)。序者、大学頭正光朝臣、読師、吉田中納言為経、講師、大内記信房。和歌講師、左少弁顕朝、読師、侍従中納言為家(平戸)。
一二四一	仁治2	四条	44	正・5 為氏、叙正四位下(臨時)(公補)。 正・5 四条天皇(十一歳)元服。加冠摂政太政大臣兼経、理髪左大臣良実、理髪内蔵頭顕氏(百錬)。 2・1 為家、任権大納言(公補)。 2・1後 為家、子息中将為氏を伴い日吉社に参詣、任権大納言の拝賀を申す(民経、文永四年三月七日条)。 8・20 父藤原定家没(80)。為家服解(公補)。 10・3 為家、権大納言への復任ならず(公補)。 10・9 為家、父定家七七日に当たり東大寺の学僧宗性に誂えて表白文を草し、一日八講会を営んで追善供養す(同表白文)。	2・1 為家権大納言昇任時感懐詠(為家1843・1845)。 2・ 入道前太政大臣公経家西園寺第十首和歌会(為家1839-1841)。 8・15 頼経将軍家観月当座和歌会。前右馬権頭・相模三郎入道・伊賀式部大夫入道・佐渡大夫判官ら参候す(吾妻)。 9・13 頼経将軍家柿本影供管弦和歌会。前右馬権頭・陸奥掃部助・相模三郎入道・佐渡前司・同大夫判官・三浦能登守・伊賀式部大夫入道・河内式部大夫ら参候す(吾妻)。 9・13 左大臣二条良実家十三首和歌会。題「月前雲」(続千載481)。 是年 為家仁治二年詠(為家1842-1846)。
一二四二	仁治3	後嵯峨 正・20	45	正・9 四条天皇崩御(12)、九条道家皇嗣を幕府に諮る(民経)。 正・20 土御門院皇子邦仁、親王宣下、元服、空位十	是年 為家仁治三年詠(為家1847-1849)。 ・吹田百首(為家1849)。

一二四二　仁治3　後嵯峨　45

二日の後、鎌倉幕府の強請により、後嵯峨天皇冷泉万里小路殿において践祚す（五代帝王・百錬）。

2・13　為家祖母親忠女（美福門院加賀）五十年遠忌。

3・7　為氏、兼美作権守（平戸・公補）。

3・7　為教、任右近衛少将（平戸・公補）。

3・8　為教、転左近衛少将（平戸・公補）。

3・18　後嵯峨天皇、太政官庁において即位（岡屋・平戸）。

3・24　為氏、石清水臨時祭に舞人を勤む（玉蘂）。

6・3　西園寺実氏女姞子、後嵯峨天皇内裏に入内、女御となり、八月九日中宮となる（女院次第）。

6・15　執権北条泰時没（60）、経時執権となる（民経）。

7・8　山陵使を発遣、顕徳院の諡号を改め後鳥羽院とし、御遺誡により山陵国忌を置かれず（百錬）。

8・20　定家一周忌。為家一日八講を修するか。

8 9月間　入道前太政大臣公経、山城真木島に花亭を造営す（民経）。

9・3　前大納言藤原（中山）兼宗没（80）（公補）。

9・12　佐渡院（順徳院）、配所に崩御（46）（平戸）。

10・8　興福寺権別当法印円経没（興福寺三綱補任）。

10・22　右大弁入道光俊（真観）、仏前に候し地蔵所作勤仕中、菩薩夢中に現れ「あはれなりうき世にかへる声すなり」の長句を詠ず。覚醒後千人に勧進し付句を付けしむ。経光付句「みちびく人のかずはつもれど」（民経、十一月二十七日条）。

10・23　藤原経光、大嘗会主基和歌詠草を、この日為家の一覧加評を受け、二十五日九条基家に申合わせて、二十七日右少弁平時継に付け詠進す（民経）。

11・13 後嵯峨天皇大嘗会。風俗屏風等和歌、悠紀方、式部大輔菅原為長、主紀方、藤原経光（大嘗会悠紀主紀詠歌・大嘗会和歌部類）。

11・27 為家長女藤原為子（10）五節舞姫を勤め、従五位下に叙さる（平戸）。

12・27 入道前関白太政大臣藤原（近衛）家実没（64）（平戸）。

是年 『東関紀行』成るか。

一二四三	寛元元 2・26	後嵯峨	46

正・16 民部卿入道藤原長房（覚心）没（74）（百錬）。

3・ 為家、蓮生西山の禅室にて詠歌（為家1859-1862）。

4・20 為家、本座を聴さる（公補）。

5・28 佐渡院の御骨、康光法師首に懸奉て大原に渡御、五月十三日御墓所に納め奉る（百錬）。

6・10 中宮藤原姞子、後嵯峨天皇第一皇子（久仁）を生み奉る（百錬）。

8・10 久仁親王を皇太子とす（百錬）。

8・ 為家、定家第三年嵯峨別荘に籠居、下野・覚寛・公経・実氏と贈答す（為家1863-1867）。

8・20 定家三回忌。為家一日八講を修するか。

10・7 為家、西園寺公経の熊野参詣行に供奉す（増鏡）。

11・13 為家「新撰六帖題和歌」の詠作を開始。衣笠家良を主催者に戴き、信実・真観・蓮性に順次勧進して、二年六月五人の詠作完了す。

11・17 為家、藤原信実勧進「河合社歌合」に出詠、初めて判者を勤む（同歌合）。

12・29 刑部卿淳高卿・文章博士経範朝臣に、（皇太子久仁親王）御侍読を仰せ下さる（百錬）。

7・28 前内大臣藤原基家家詩会（内々儀）。無序代、題「仙鶴契遐年」（心字）。題者、経範（民経）。

9・13 前内大臣基家家詩会。無題「九月十三夜対月言志」（民経）。

9・13 入道前太政大臣公経家吹田邸月十首和歌会（玉葉704・新千載406・為家1850-1852）。

11・13 為家、新撰六帖題和歌の詠作を開始、二年二月二十四日詠了（為家1900-2427）。

11・17 河合社歌合。題「冬月・千鳥・不逢恋」（為家判）（為家1853-1856）。

是年 為家勧進十五首和歌会（為家独吟十五首）。題「花・郭公・五月雨・月・雪」（信実集19.95.205・秋風抄39・万代222.631.3360・為家1857-1858）。蓮性（知家）と信実、「座をひとつにて夜もすがら評定合点」す（源承口伝）（文献③）

西暦	年号	天皇	年齢	為家事跡	一般事項
				是年前後か　為家、侍従為顕(明覚)母藤原家信女に婚す。	
一二四四	寛元2	後嵯峨	47	2・17 源光行関東に没(82)(平戸)。 4・21 将軍家若君頼嗣(六歳)元服(吾妻)。 4・28 頼嗣、任右近衛少将、叙従五位上、補征夷大将軍(吾妻)。 6・27 蓮性「新撰六帖題和歌」を詠了、五人の作品を併せた素稿本群を回覧、相互合点を経て秋ころ一類本・二類本成立するか。 7・28 中納言入道国通室(為家室母の長姉)、北条政子の二十周忌に、有巣川邸に法華八講を修す(忌日十一日のところ今年はこの日催行)(春華秋月抄・法華経論議抄)。 8・20 定家四回忌。為家一日八講を修するか。 8・29 入道前太政大臣藤原(西園寺)公経(法名覚勝)没(74)(平戸・百錬)。	3・18 御書所を始む。別当、文章博士経範、覆勘、修理権大夫在章、開闔、大内記在宗(百錬)。 3・24 御書所作文御会。題「詩情不限年」(題中)(百錬)。 5・5 頼嗣将軍家端午和歌会。源式部大夫親行・能登前司光村・伊賀式部大夫入道光西ら参候す(吾妻)。 6・13 前右大臣一条実経家百首(岡屋入道摂政家百首)(為家1868-1899・信実集7.35.42.48.59.60.68.72.75.122.123.203.204)。 8・21 関白二条良実、去る十五日人々に触れ、息男権中納言中将道良第に初度作文会を催さんとするも、公経痢病により、この日俄に延引。十五日給題「詩家松献寿」(以長為韻)、絶句(平戸)。 11・7 内裏作文御会(百錬)。 11・21 御書所作文御会(十四日出題)(百錬)。
一二四五	寛元3	後嵯峨	48	2・18 為家長女(13)、「大納言典侍為子」の呼名で後嵯峨天皇内裏の典侍に補さる(平戸)。 6・9 真観、為家より天福元年仲秋中旬定家筆『拾遺和歌集』を借覧、この日書写終功す(日大蔵為明本奥)。 8・20 定家五回忌。為家、一日八講を修するか。 9・4 執権北条経時室(宇都宮泰綱女、為家室の姪)没(15)。蓮生・泰綱・経時ら悲嘆哀傷詠を寄せる(吾妻・新和歌465.468.467.489)。 10・ 入道前右大弁光俊、諸人に「経裏百首」(「法	3・ 毘沙門堂花下連歌(菟玖波)。 6・22 前年八月二十一日予定延引の権中納言中将藤原(二条)道良家初度作文会、この日催行さる(平戸)。 7・20 この日予定の中殿作文御会延引、其期無し(平戸)。 8・15 将軍家和歌会。題「月」(信実集56)。 9・ 入道前摂政九条道家家秋三十首和歌会(信実集40.47.52.57.58.78・為家2428-2429)。 10・ 入道前右大弁光俊勧進経裏百首(信実集3.6.

華経の料紙のうらの百首」「結縁経百首」)を勧進し、為家・信実ら結縁す(信実集八「八月」トス)。

12・10 某、藤大納言為家本『素性集』を書写す(御所本三十六人集同集奥)。

冬 藤原基家、家隆の詠草を収集し『壬二集』を編む(同集奥)。

是年 飛鳥井雅有(5)、鞠の道に携わり始む。「予はじめて五歳にして早く此道にたどさはり」(内外三時抄序)。

10.21-23.32.49.54.61.62.69.83.86.91-93.96.97.105.109-119.172-183・為家2430-2467)。

11・ 内裏当座和歌御会。題「忍恋」(為家2476)。

12・4 近日内裏連歌御会(平戸)。

12・5 左大臣一条実経、元永承元の例に依り、家に詩歌管弦会を催す。題「松有大(久)契」(平戸・為家2477)。

12・8 右大臣鷹司兼平、家に四韻詩(題「雪夜有琴書」(一字)と三首和歌会(題「竹見(久)緑・初秋・梅」)を催す(平戸・為家2478)。

12・14 内裏御書所(芸閣)作文会。五日出題(百錬)。

冬 入道前摂政道家家長谷寺十八首和歌会(題「冬・野雪・関歳暮・旅・述懐」)(万代3455・為家2468-2475)。

是年 為家寛元三年詠(為家2479-2480)。

一二四六	寛元4	後深草 正・29	49

正・29 後嵯峨天皇、四歳の東宮久仁親王に譲位、後深草天皇受禅。後嵯峨院政始まる(百錬)。

2・28 真観、去る十四日為家より定家筆天福二年三月二日書写『後撰和歌集』を借覧、この日書写終功す(関戸家蔵片仮名本奥)。

3・ 真観、為家本『後拾遺和歌集』を書写す(兼右本奥)。

3・11 後深草天皇、太政官庁において即位(平戸・百錬)。

3・28 後嵯峨院北山西園寺御幸中、内々詩歌御会(予定、この日為長逝去により延引)に、為家和歌題「花契萬春」を献ず。詩題「仙洞歓遊久」、題者、刑部卿淳高(葉黄)。式部大輔菅原為長没(89)(岡屋「当代大才」「文道棟梁」・平戸・百錬)。

4・2 尊快法親王没(43)(梶井門跡略譜)。

3・ 法勝寺花下連歌(菟玖波)。

3・ 地主花下連歌(菟玖波)。

4・19 後嵯峨院文殿始、院司左中弁顕朝以下参仕(百錬)。

5・14 九条前内大臣基家家内々作文会(民経)。

5・24 藤原経光家密々和歌連歌会(民経)。

7・17 藤原経光家和歌会(民経)。

9・13 藤原経光家観月三首和歌連歌会(民経)。

9・17 院司参議左大弁藤原経光、十月八日予定の院文殿作文御会の題を献ず(民経)。

10・29 藤原経光家和歌連歌会(民経)。

12・ 春日若宮社歌合。題「雪・恋・祝」(知家判)(同歌合)。

冬か 前但馬守家長十三年結縁経和歌(最智勧進か)(為家2491-2492)。

是年 為家勧進日吉社五十首和歌会。為家・信実・

一二四六　寛元4　後深草　49

4・26　後嵯峨院、石清水八幡宮に御幸、翌日還御。後鳥羽院以後初度（葉黄・百錬）。

4・29　後嵯峨院、賀茂社に御幸（百錬）。

④・1　執権北条経時没（23）（吾妻）。

5・20　後嵯峨院、石清水八幡宮に御幸、七箇日ご参籠。二十七日に還御（葉黄）

6・6　京都大火。北は三条から南八条以南に至り、東西西洞院から河原まで、洛陽の過半消失す（岡屋）。

7・11　中納言入道国通室（為家室母の長姉）、北条政子の二十二周忌に、有巣川邸に法華八講を修す（春華秋月抄）。

7・14　仙覚、万葉集の無点歌一五二首に新点を施す（仙覚律師奏覧状）。

7・27　関東前将軍入道大納言頼経、追却されて上洛す（百錬）。

8・20　定家六回忌。為家一日八講を修するか。

10・13　執権北条時頼の使上洛、西園寺実氏関東申次に任じらる（葉黄）。

11・3　後嵯峨院、院評定を始む。毎月六箇度を定例とし、実氏・定通・実基・為経・定嗣を評定衆とす（翌年正月二十二日関東の許可あり）（葉黄）。

11・4　母京極禅尼（実宗女）没（81）。為家服解（公補）。

11・6　経光、去る五月二十二日詠進の院宣を受け、予て為家の校閲を受けたる大嘗会悠紀和歌を、悠紀行事左少弁平時継に付けて進上す。「兼示合前藤大納言為家、当世和歌棟梁也、彼為家卿、自長家卿以降、頗以累葉重代之祖業也、尤可然」（民経）。

11・9　真観、知家本『顕輔集』を書写す（岡山大池田

顕氏・知家・光俊・基氏・為氏・光成・為教・行家・良実・成茂ら。後結番し日吉三社歌合とす。題「花下日暮・花浮澗水・江五月雨・二星期秋・暮秋紅葉・寄玉難恋・寄紐逢恋・寄鏡忘恋・寄糸絶恋」（為家2481-2490。（文献⑦）

是年か　光俊勧進住吉社三十六首和歌会。信実・知家・顕氏・行家・光俊・家良・隆祐・忠兼・兼直・重氏・伊忠・帥ら（文献⑦）。

文庫本奥)。
11・24 後深草天皇大嘗会。風俗屏風等和歌、悠紀方、藤原経光、主紀方、藤原成実(大嘗会和歌部類)。
12・3 真観、知家本『能因集』を書写(書陵部本奥)。
12・20 真観、家長本『俊忠集』を書写(冷泉家本奥)。
12・ 真観ら「春日若宮社歌合」(判者蓮性)を催し、反御子左派の旗幟を鮮明にす。

一二四七 | 宝治元 2・28 | 後深草 | 50

2・9 後嵯峨院、石清水八幡宮に御幸、百万遍ご念仏の故、七箇日ご参籠。十六日還御後、賀茂社・北野社に御幸(百錬)。
2・27 後嵯峨院、前太政大臣実氏西園寺第に御幸、実氏日来経営種々の御儲等あり。五代帝王宸筆の御本その他を贈り奉り、歌の贈答あり(葉黄・続後撰1330)。
3・3 後嵯峨院、天治元年閏二月白河殿花見御幸に准じ、前太政大臣藤原実氏北山西園寺第に花見御幸、和歌御会(題「翫花」)を催す。序代、実氏、後嵯峨院以下十三人詠歌、講師為経(葉黄・金沢文庫旧蔵伝為氏筆幸西園寺詠翫花和歌)。
4・2 仙洞において蹴鞠御会あり、左大臣以下参仕す(百錬)。
8・15 後嵯峨院、前太政大臣実氏常磐井第において、五首和歌御会を催し、前大納言為家出題、為氏・為教とともに出詠す。また百韻連歌あり(葉黄・弁内侍・菟玖波)。
8・20 為家、定家七回忌に宗性と房源を招じ一日八講を修す(諸宗疑問論議抄)。
9・15 院御所冷泉萬里小路殿に当座詩歌合あり。題「山家秋興」。儒者、為経・定嗣・師継。歌人、

3・20 昨年十月八日予定延引の院文殿作文御会、この日弘御所を文殿に擬して開催す。文人、為経・顕親・公光・淳高(題者)・経光・定嗣・経範(序者・読師)・正光・良頼・顕朝・季通・範氏・顕雅・経俊・光国・時継・資定・資平・宗雅・俊国・高雅・資宣・雅言・長雄・俊資・成行・在宗(講師)・在公・茂範・高正・正国・邦範・基長・在匡・明範・伊範(葉黄・百錬)。
3・ 毘沙門堂花下連歌(菟玖波)。
3・ 法輪寺花下連歌(菟玖波)。
4・17 前摂政一条実経家詩歌会(葉黄)。
4・18 前摂政一条実経家詩歌会。題「江上眺望・野亭景気」(葉黄・信実212.213)。
4・20 院文殿作文御会。文人、公光・定嗣・通行・経範(読師)・公良(序者)・正光・良頼・顕朝・雅忠・高長・季通・範氏・顕雅・経俊・光国・資定・資平・宗親・俊国・高雅・資宣・成俊・雅言・俊資・成行・在宗・在公・茂範(講師)・在氏・基長・在匡・伊範。出題、刑部卿淳高。題「水樹伴遐年」(題中)、四韻初度(葉黄・百錬)。
4・29 前摂政一条実経家詩歌会(葉黄・信実212.213)。
8・15 前太政大臣実氏常磐井第五首和歌会。為家

一二四七 | 宝治元 | 後深草 | 50

御製・実雄・為氏。御製「山フカミ家ヰシセレバヒサカタノ月ミル秋ハサビシサモナシ」定嗣詩「崆峒山月軒皇宴　勿曲洞嵐陶隠心」と結番、定嗣詩に頗る叡感あり、勝つべきの由勅定あるも、衆議に持と判せらる(葉黄)。

9・28　前内大臣源定通没(60)(補任)。

9・後　後嵯峨院、十首歌(早春霞・山花・五月郭公・初秋風・海辺月・野外雪・忍久恋・逢不遇恋・旅宿嵐・社頭祝)を召して「百三十番歌合」に結番、為家を判者として判詞を記さしむ(仙洞十首御歌合)。

11・4　為家、母の一周忌に宗性と房源を招じ一日八講を修す(諸宗疑問論議抄)。

是年　後嵯峨院、初度二十五人後度十五人計四十人の歌人に百首歌の詠進を命じて給題、二年に及んで「宝治御百首」完成す(同百首)。

是年　飛鳥井雅有(7)、天骨の名をえて鎌倉頼嗣将軍家の蹴鞠会に参ず(内外三時抄序)。

出題「名所月・羇中月・月前恋」(葉黄・玉葉2120・新後撰1068・夫木12465・為家2493)。

8・15　摂政近衛兼経家作文会。文人、兼平・良教(読師)・公持・淳高・経光・定嗣・顕朝・経範(序者)・高正(講師)。題、初め「月光属旅人」、当座に「勝地月光明」(便字)と改む。次いで連句、在匡執筆、兼平入韻、百韻に及ぶ(葉黄)。

8・22　院御所連句会ならびに当座詩会(葉黄)。

8・24　院御所連句会(葉黄)。

8・27　院内々作文御会。文人、兼経・実基・具実・公相・実雄・為経・淳高・定嗣・有教・雅具・経範(題者)ら。題「明月多佳趣」(便字)、四韻。次で連句会、経範執筆、実基入韻、五十韻に及ぶ(葉黄)。

9・4　院御所に連句・連歌会(葉黄)。

9・8　院御所(内弘御所)百韻連句御会、師継執筆(葉黄)。

9・12　院御所百韻連句御会(先仙韻)、師継執筆(葉黄)。

9・13　摂政近衛兼経家作文会。毎月三箇度史記を講じ、この日史記夏本紀講の後詠史詩、次で月詩を講ず。文人、兼経・兼平・良教・淳高・定嗣・経範(講師)・良頼(読師、序者)・在章・光国・資定・資平・雅言・茂範・高正・範忠・時基・師泰・在匡・行経。題「月色照樓館」。さらに和歌会、家良・経朝(講師)・基家・良教・顕氏ら。次で連句会、在匡執筆、兼経入韻(冬韻)、五十韻に及ぶ(葉黄)。

9・14　院御所連句会(葉黄)。

9・19　院御所連句会(葉黄)。

9・23　院御所連句会(東韻)、百韻に及ぶ(葉黄)。

9・26　摂政近衛兼経家作文会。史記殷本紀講の後詠史詩、百韻連句(支韻)、次で(江韻)、七言七韻(葉黄)。

9・29 仙洞内々三首和歌御会。題「菊花秋久」(為家2494)。

9・後 仙洞十首御歌合。題「早春霞・山花・五月郭公・初秋風・海辺月・野外雪・忍久恋・逢不遇恋・旅宿嵐・社頭祝」(為家判)(同歌合・為家2497-2506)。

11・ 為家、宝治院百首和歌を詠進す(為家2507-2606)。

是年 前太政大臣実氏西園寺邸三首和歌会。題「初春祝・朝子日」他(為家2495-2496)。

是年 為家宝治元年詠(為家2607-2609)

一二四八 宝治2 後深草 51

正・18 太政大臣源通光没(62)(公補・百錬)。

正・18 後嵯峨院、前内大臣家良・前大納言為家・吉田中納言為経・権中納言葉室定嗣・為氏朝臣を御前に召して、「宝治百首和歌」御覧合を催す(葉黄)。

正・22 為氏、兼美濃権介(公補)。

2・3 後嵯峨院、石清水八幡宮に御幸、七箇日ご参籠(百錬)。十日還幸後、賀茂・北野社に御幸、為家供奉す(葉黄)。

2・9 真観、貞応二年七月二十七日定家筆『古今和歌集』を書写す(国書聚影本奥)。

3・8 高信、『明恵上人歌集』を編む(同集跋)。

3・18 真観、『人麿集』を書写す(弘文荘善本目録)。

3・20 入道大納言藤原公雅没(66)(公補・百錬)。

夏 真観、『万代和歌集』(初撰本)を撰するか(龍門文庫本奥)。

6・18 院号定、中宮姞子を大宮院とす(百錬)。

7・22 為家、嘉禎三年八月十五日定家筆『古今和歌

正・17 仙洞和歌管弦御会(後嵯峨上皇代始)。題「松色春久」。初め為家に召さるるも辞退、経光之を献ず(三首注進中より撰定)。歌仙、兼経・兼平(読師)・忠家・実基(序者)・隆親・為家・定雅・公相・公基・実雄・為経・良教・経光(題者)・通成・有教・定嗣・顕朝(講師)・光成・為氏・為教・忠継・経朝・行家・資平(葉黄・顕朝記・御会部類記・百錬・明題・為家2610)。顕朝、講師作法の訓説を前藤大納言為家より受く(吉続記、建治二年八月十九日条)。

正・ 後嵯峨院初度百首(明題)。

3・ 入道左京権大夫信実勧進和歌会(為家2611)。

3・ 毘沙門堂花下連歌(菟玖波)。

7・23 葉室定嗣家三首詩見合。詩題「新秋松影下」(淳字)、菅公良出題。定嗣・淳高以下。次で二首歌見合。歌題「草花漸開」。定嗣・源有長・行家以下(葉黄)。

8・30 御幸鳥羽殿初度一首和歌御会。題「池辺松」。

一二四八	宝治2	後深草	51

集』を書写す（吉川家旧蔵本奥）。

7・24 後嵯峨院、承明門院在子、大宮院姞子とともに前太政大臣藤原実氏の宇治真木島の別業に御方違御幸、平等院の一僧房を宿所とす。二十六日還御（葉黄・百錬）。

7・25 後嵯峨院、供奉従駕中の為家に対し内々に勅撰集の撰進を命ず（葉黄）。

8・8 土御門院皇女曦子内親王、皇后宮となる（一代）。

8・20 為家、定家八回忌に、宗性と智円を招じ一日八講を修す（諸宗疑問論議抄）。

8・頃 為家、三代撰者となり今次自撰勅撰集の成功祈願のため、玉津島社に参詣し詠歌す（為家2613-2615）。

8・30 鳥羽殿の修造成り、前日後嵯峨院大宮院とともに御幸あり、邸内を御歴覧。この日、御馬御覧、管弦御遊の後、初度和歌御会を催さる（葉黄）。

10・21 後嵯峨院、宇治平等院に御幸、為氏・後嵯峨院大納言典侍為子も供奉、俄の大風雨の中、為子の車、九条河原浮橋より転落するの勝事あり（葉黄・増鏡・宇治御幸記）。

11・4 為家、母の三回忌に宗性と智円を招じ一日八講を修す（諸宗疑問論議抄）。

12・1 院御所において蹴鞠会あり（葉黄）。

12・25 宗尊親王、後嵯峨院御所において読書始。侍読文章博士藤原経範。御遊の後献詩。詩題「冬日陪第四皇子始読御注孝経、応製」、経範進題。序者菅原在章（岡屋）。

⑫・8 後嵯峨院、石清水八幡宮に御幸、七箇日ご参籠。還幸後又賀茂社・北野社に御幸（岡屋）。

歌仙、兼経・実氏（読師・序者）・隆親・定雅・公相・良教（御製講師）・家良・為家・実雄・為経・通成・経光（題者）・有教・定嗣・師継・輔通・顕朝（講師）・光成・為氏・為教・忠継・経朝・行家・経俊・高雅。為家女後嵯峨院大納言典侍も女房歌を召さる（葉黄・続後撰1334・増鏡57・為家2612）。

8・ 玉津島社参詣次三首。題「玉津島・若浦・吹上濱」（為家2613-2615）。

9・13 後嵯峨院、前日鳥羽殿に内々御幸、この夜五首和歌御会を催さる（葉黄）。題「寄月恋（月前忍恋）・月前祝」他（続拾遺742.782.・秋風抄178）。

9・29 前左大臣一条実経、一条第において五首詩御覧合を行い、次で五十句の韻字を孔子賦りに諷吟、更に二首和歌会あり。文人、実経・公光・定嗣・兼康・行家（葉黄）。

⑫・14 摂政近衛兼経、家に詩会を催す、題「雪深賢聖家」。次で連句、当座詩（勒冬韻）。文人、良教・淳高・経範・良頼・信房・在章・時仲・茂範・時基・光朝・在匡。左府兼平は労事により不参、詩のみを献ず（葉黄・岡屋）。

⑫月か 入道右兵衛督基氏勧進和歌会。題「夏・閏十二月・冬梅・後朝恋」（為家2622-2625）。

是年 前太政大臣西園寺実氏家十五首和歌会（為家2616-2621）。

是年 春日社歌合。題「旅暁月」他（新続古9974）。

○為家宝治二年夏以前詠（為家2626-2629）。

西暦	年号	天皇	年齢	事項	和歌事項
一二四九	建長元 3・18	後深草	52	正・15 道助法親王、高野山に薨ず(55)(百錬)。 2・1 閑院内裏焼亡し、実氏の冷泉第に御幸、後嵯峨院の御意により同第を皇居とす(岡屋)。 3・23 蓮華王院焼亡し、三十三間の堂宇と千体の仏像灰燼に帰す(岡屋)。 4・16 知家入道蓮性、後嵯峨院「百三十番歌合」の為家判を不服とし、院司大蔵卿定嗣に付け「蓮性陳状」を院奏す(同陳状)。 5・24 某、「蓮性陳状」を書写す(書陵部本)。 5・27 大宮院、皇子(恒仁親王)を生み奉る(百錬)。 7・20 佐渡院に順徳院の追号を奉る(百錬)。 7・20後 為家、両院の名を後鳥羽院・順徳院と改め、家隆の官位を従二位とし、『百人一首』最終稿本を整備するか。 8・ 為家、相伝の本をもって『信明集』を書写す(流布本奥書)。 8・20 為家、定家九回忌に宗性と智円を招じ一日八講を修す(諸宗疑問論議抄)。 11・4 為家、母の四回忌に宗性と智円を招じ一日八講を修す(諸宗疑問論議抄)。 11・ 家良、『万代和歌集』(再撰本)を奏覧するか(秋風抄序)。 12・18 為家、日吉社禰宜成茂宿禰七十算賀和歌並びに湖辺名所題四季屏風和歌を詠じ、屏風を新調して贈る。後嵯峨院も御製を下賜さる(家集・新千載2355・古今著聞249)。 12・27 真観、『現存和歌六帖』第一次奏上本を進覧す(同本奥)。	8・15 仙洞(万里小路殿)連歌御会(弁内侍)。 9・13 仙洞(鳥羽殿)五首和歌御会。題「水郷月・寄山恋・寄海恋」、読師為家。為氏・行家・源基具ら出詠(砂巌〈荒涼記〉・続千載480・新拾遺430.982.1265・為家2630-2632)。 12・18 日吉社禰宜成茂宿禰七十算賀和歌(為家2633-2634)。 12・ 日吉社禰宜成茂宿禰七十賀湖辺名所題四季屏風和歌(為家2635-2647)。 是年 詩歌合(仙洞か)。(左詩、…)資憲・在宗・茂範・在氏。右歌、真観・行家・信実・知家・兼氏・親季・為氏・兼康(仁寿鏡)。
一二五〇	建長2	後深草	53	正・13 為氏、任蔵人頭(公補)。 正・15 為氏、聴禁色(公補)。	6・27 仙洞作文御会(後嵯峨上皇代始)。無序。詩題「聖恩覃草木」(以栄為韻)。御製講師経範、臣

2・15 蓮生宇都宮入道頼綱、東大寺大仏脇侍観世音菩薩毎夜不退灯明用途料として、水田一町を寄進す(東大寺文書)。

3・11 後嵯峨院、金峰山蔵王堂一切経会のため熊野山に御進発、四月五日還御さる(百錬・続後撰563)。

3・26 将軍頼嗣、昨日より北条時頼邸に方違し、射的・御鞠会あり、二条侍従飛鳥井教定人数を選定、上鞠藤原兼教、大夫雅有(10)置鞠を勤む(吾妻)。

3・29 内裏御鞠会(弁内侍)。

4・18 小野春雄(真観隠名か)撰『秋風抄』成る(同抄序)。

5・24 式部大輔菅原淳高没(75)「才学雖非抜群、又不恥時輩、性頗正直無曲折、余多年師匠也」(岡屋)。

6・1 六条殿において、去る四月二十一日より毎旬『源氏物語』の沙汰あり(岡屋)。

6・3 後嵯峨院、前太政大臣実氏の宇治真木島の別業に御方違御幸あり、翌日五番の競馬御覧の後、還御(岡屋・百錬)。

8・20 為家、定家の十回忌に宗性と聖憲を招じ一日八講を修す(諸宗疑問論議抄)。

9・16 為家、任民部卿(公補)。

9・24 真観、『現存和歌六帖』第二次奏上本を進覧、最終成立す(同本奥)。

11・4 為家、母の五回忌に宗性と聖憲を招じ一日八講を修す(諸宗疑問論議抄)。

12前後 後嵯峨院大納言典侍為子、宮仕えを退き、任内大臣前後の二条道良と婚姻するか(岩佐美代子説)。

下講師範氏(岡屋・百錬)。

7・13 弁官所望の輩等に対し、仙洞において詩試宴あり、上皇ご出題「垣籬竹伴遐年」(以長為韻)(百錬・帝王)。

8・15 後嵯峨院鳥羽殿三首歌合。題「野草花・月前風・忍恋」(続古今397.962.1004・続拾遺246.281.318.770・新後拾974・拾遺風体280・為家2650)。次で当座和歌会。題「出山月・水上月」(新千載389・為家2648-2649)。和歌会後、院御所・少将・弁による阿弥陀仏連歌、「みちうきほどにかへるをぐるま(弁)たぐひなきわが恋草をつみいれて(御所)」、「この恋草の連歌、思ひ出でなるべし」(弁内侍)。

9・ 後嵯峨院仙洞詩歌合。題「江上春望・山中秋興」(続後撰41.157.420.442・続拾遺39.262.360・続千載50・明題・為家2651-2653)。

9・13 仙洞三首歌合(続古今1879・続拾遺791)。

12・か 入道右兵衛督基氏(円空)勧進和歌会。題「月照雪・梅花春開・契歳暮恋・寄卯花恋」(為家2654-2657)。

是年 為家建長二年詠(為家2658)。

○為家建長二年以前歌(為家2659-2694)。

西暦	年号	天皇	年齢	事項	和歌事項
一二五一	建長3	後深草	54	正・5 為氏嫡男為世、叙爵(氏爵)(公補)。 正・10 造閑院殿内裏上棟(百錬)。 正・22 為氏、任参議(公補)。 2・27 院号定、曦子皇后を仙花門院とす(一代)。 4・10 後嵯峨院、賀茂社に御幸、七箇日ご参籠あり(百錬)。 6・27 去々年焼失の閑院内裏新造成り、この日後嵯峨院の遷幸あり(経俊)。 8・20 為家、定家十一回忌に宗性と聖憲を招じ一日八講を修す(諸宗疑問論議抄)。 9・13 後嵯峨院、仙洞に「影供十首御歌合」(衆議判)と当座二首御会を催し、後日為家に判詞を記さしむ(同歌合)。 ⑨・17 後嵯峨院、大宮院とともに密々前太政大臣実氏の吹田別業に御幸、有馬の湯を召し寄せて七箇日ご湯治あり、二十七日に還御(岡屋・百錬)。 ⑨・29 「閑窓撰歌合」(信実・真観共撰)成立す(同歌合端)。 11・4 為家、母の六回忌に宗性と聖憲を招じ一日八講を修す(諸宗疑問論議抄)。 12・9 後深草天皇(九歳)、読書始。文章博士長成朝臣侍読となる(百錬)。 12・25 為家、『続後撰和歌集』を奏覧す(続後撰和歌集目録序・代々勅撰次第。拾芥抄は十月二十七日とするも否)。撰集中藤原光成・家清入道最智、撰者為家を扶持随順して奔営す(民経、文永二年六月二十五日条)。 是年冬 真観、『秋風和歌集』を撰す(同集)。	2・24 前右馬権頭北条政村亭当座三百六十首続歌会。二条中将教定・尾張少将・武蔵守・遠江守・佐渡前司・鎌田次郎兵衛尉ら会合(吾妻)。 9・13 影供歌合(仙洞)。題「初秋露・山家秋風・朝草花・暮山鹿・霧間雁・名所月・田家月・行路紅葉・寄煙忍恋・寄月恨恋」(実氏・家良・為家・知家・信実の五人による衆議判)(同歌合・為家2695-2704)。会後、当座二首和歌会。題「池上月」他(為家2705)。 ⑨・ 前左大臣実経家十六首和歌会。題「原上露・杜間雨・故山月・寄雲恋・寄鳥述懐」他(続古今1569・秋風188.189.301.331.915.1090.1158) ⑨・17 吹田御幸次十首和歌会(玉葉1582・為家2706-2710・歌苑27)。 是年 前太政大臣実氏西園寺第三首和歌会。題「花下日暮」他(為家2711)。 是年 為家建長三年詠(為家2712-2732)。 ○為家建長三年以前歌(為家2733-2735)。
一二五二	建長4	後深草	55	正・8 宗尊親王、仙洞において御元服。加冠、左大	是年 源家清入道最智勧進観経和歌。題「観経釈

一二五二	建長4	後深草	55

臣藤原兼平。加冠の後叙三品(百錬・吾妻)。

正・か　俊成卿女「中院殿への御文」(越部禅尼消息)を贈り、新撰の『続後撰和歌集』を激賞す(同消息)。

2・5　真観、『躬恒集』を書写するか(冷泉家本奥)。

2・21　光明峯寺入道前摂政左大臣藤原(九条)道家没(60)(百錬)。

4・1　宗尊親王、三月十九日出京、この日鎌倉に到着、征夷大将軍の宣下を受く(吾妻)。

4・中旬　為家、家本定家無年号本『後撰和歌集』を書写す(高松宮本奥)。

4・中旬　定家貞応二年本『古今和歌集』を為氏に書写せしめ、為家加証奥書を加う(伊達本奥)。

5・10　為家、春日若宮神主中臣祐茂の前日付続後撰集借用依頼書状に、勘返を認む(美保ミュージアム蔵勘返状)。

6・10　沙門真観、院命により『貫之集』を書写、進上す(国書聚影所収本奥)。

8・19　後嵯峨院、賀茂社に御幸、七箇日ご参籠あり(百錬)。

8・20　為家、定家十二回忌に宗性と房源を招じ一日八講を修す(諸宗疑問論議草抄)。

9・13　後嵯峨院、吹田殿に御幸、御湯治あり(百錬)。

10・中旬　六波羅二臈左衛門、『十訓抄』を編む(同抄序)。

11・4　為家、母の七回忌に宗性と房源を招じ一日八講を修す(諸宗疑問論議草抄)。

12・4　為氏、叙従三位、兼右衛門督(公補)。

是年　続後撰奏覧後、安嘉門院越前(阿仏)源氏物語書写のため九条左大臣室為子の許を訪れ、為家との関係始まる(源承口伝)。

是年　飛鳥井雅有(12)、後嵯峨院の御鞠会に参仕、

文・寄夢懐旧」(為家2736-2737)。

是年　為家建長四年詠(為家2738-2762)。

是年　仙洞三首和歌御会。題「河氷」他(続古今630.631・続拾遺429)。

○是年前後　為家贈阿仏他恋贈答歌(為家2763-2769)。

上鞠を勤む(内外三時抄序・嵯峨のかよひ)。

一二五三 建長5 後深草 56

正・3 後深草天皇(十一歳)御元服の儀、加冠、摂政太政大臣兼平、理御鬢、左大臣道良、理髪、内蔵頭資平(経俊・百錬)。

2・21 後嵯峨院、石清水八幡宮に御幸、七箇日ご参籠。二十八日還御後、賀茂社・北野社に御幸あり(百錬)。

3・7 青蓮院門主最守大僧正、仙洞冷泉殿に尊勝陀羅尼供養導師を勤め、民部卿為家の冷泉邸を宿所とす(華頂要略門主伝)。

3・13 後嵯峨院と大宮院、天王寺に御幸あり(初度)(百錬)。

5・7 真観、『禅林瘀葉集』を書写するか(冷泉家本奥)。

6・ 為家、『人麿集』を書写し、六年三月三本をもって校合す(白鶴美術館所蔵断簡。流布本奥)。

8・20 為家、定家十三回忌に宗性と房源を招じ一日八講を修し(諸宗疑問論議抄)、この日を期し追善供養の料に「二十八品并九品詩歌」(同詩歌)ならびに「一品経歌」を諸人に勧進す(続古今1426・新千載2265・閑月488)。

8・28 道元没(54)(建撕記)。

10・ 為家、九月から計画の鎌倉往還の旅に出発、十一月中に帰洛す(日次詠草)。

11・初 為家、鎌倉滞在中、顕家息蓮性弟鎌倉日吉社別当尊家法印三首和歌会に出詠す(家集)。

11・24 為家、『古今金玉集』を書写す(冷泉家時雨亭文庫蔵自筆本識語)。

11・30 為家祖父俊成五十年遠忌。

12・ 仙覚、「仙覚律師奏覧状」を後嵯峨院に進献

正・ 日次詠草(為家2770-2808)。

2・ 日次詠草(為家2809-2838)。

2・ 仙洞三首和歌御会。題「庭梅・帰雁知春・寄衣恋」(続古今59.1253・玉葉117・新千載51)(文献⑥)。

3・ 日次詠草(為家2839-2874)。

3・ 後嵯峨院住吉御幸一首和歌御会。題「行旅述懐」(続古今733・続千載859-861・雲葉904)。

4・ 日次詠草(為家2875-2908)。

5・ 仙洞三首和歌御会。題「里郭公・河(辺)郭公・寄郭公恋」(続古今221・風雅321.985・夫木2945・為家2909-2910)(文献⑥)。

5・5 宗尊親王家和歌会(吾妻)。

5・25 仙洞作文御会(百錬)。

5・ 日次詠草(為家2911-2943)。

6・ 日次詠草(為家2944-2968)。

7・ 日次詠草(為家2969-3006)。

7・ 仙洞三首和歌御会。題「初秋・述懐」(続拾遺755.1159・玉葉1085・「あけぼの」所収歌切)(文献⑥)。

8・15 前太政大臣実氏吹田亭月五首和歌会(為家3007-3009)。

8・20 定家十三年二十八品并九品詩歌(為家3010-3012)。

8・ 日次詠草(為家3013-3042)。

8・ 仙洞和歌御会。題「遠近初雁」(新千載474)。

9・ 日次詠草(為家3043-3074)。

10・ 日次詠草(為家3075-3021)。

10・ 仙洞三首和歌御会。題「山家落葉・寒夜千鳥・契空恋」(続古今556.603.604.1277・続後拾

西暦	年号	天皇	年齢	事項	作品
				す(同状)。 是年　為家、母の八回忌に宗性と房源を招じ一日八講を修するか(十一月四日の忌日は在鎌倉にて不可。時期を遅らせ帰洛後十一月末から十二月初めころか、または出発前定家忌日に併せ修されたか)(諸宗疑問論議抄)。 是年後　安嘉門院四条(阿仏)「ふるさとをも離れ、親しきをも捨てて」、為家に親近す(阿仏仮名諷誦)。	458)(文献⑥)。 11・初　鎌倉日吉別当尊家法印勧進三首和歌会。題「旅時雨・山家月・社頭雑」(為家3122-3124)。 11・　日次詠草(為家3125-3160)。 12・　日次詠草(為家3161-3183)。 是年　仙洞五首和歌御会。題「寄山恋」他(新後撰922)。 是年　為家建長五年詠(為家3184-3193)。
一二五四	建長6	後深草	57	2・3　後嵯峨院、石清水八幡宮に御幸、七箇日ご参籠あり(百錬)。 2・27　真観、『範永朝臣集』を書写す(冷泉家本奥)。 3・　藤原基家、前年三月以降の間に『雲葉和歌集』を撰す。 8・　日吉社禰宜祝部成茂没(75)(祝部氏系図)。 8・16　後嵯峨院、賀茂社に御幸、七箇日ご参籠あり(百錬)。 8・20　為家、定家十四回忌に宗性と房源を招じ一日八講を修す(諸宗疑問論議抄)。 10・16　橘成季、『古今著聞集』を編み、この日竟宴を催す。序、三十篇の端書、物語一段を読み上げた後、管弦、詩歌披講、朗詠に及ぶ。詩題「冬来文学家」(一字)、歌題「朝残菊・夕落葉・寄鶴祝」、朗詠「嘉辰令月・泰山不譲土壌・今生世俗」(同集跋)。 11・4　為家、母の九回忌に宗性と房源を招じ一日八講を修す(諸宗疑問論議抄)。 11・23　真観、『玉吟集』を書写す(歴博高松宮本奥)。 12・18　入道前大納言藤原隆衡没(83)(百錬)。 12・18　河内守源親行、宗尊親王将軍御所において	正・　仙洞柿本影供和歌御会(続古今1751.1752)。 3・　前太政大臣実氏西園寺花見岡一首和歌会(為家3194)。 3・　仙洞三首歌合。題「鶯・梅・桜」(続古今58.99.106.503・続拾遺13.44.47)。 9・13　亀山殿五首和歌御会。題「野鹿・初紅葉・河辺擣衣」他(続古今440.502.503・続拾遺351.352・続後拾367・新拾遺1666・夫木4731.5727.5728.5794.11274.14616) 是年　良守法印当座十首和歌会。題「湖上月・尋不逢恋」他(為家3195-3196)。 ○為家建長六年三月以前歌(為家3198-3200)。

西暦	年号	天皇	年齢	事項	関連事項
				是年 『源氏物語』を進講す（吾妻）。 真観、『桂大納言入道殿御集』を書写す（冷泉家本奥）。 是年 京極為兼、誕生す（公補）。	
一二五五	建長7	後深草	58	2・2 後嵯峨院、石清水八幡宮に御幸、七箇日ご参籠あり（百錬）。 2・10 後鳥羽院皇子雅成親王、配所但馬国に入滅す（56）（百錬）。 3・ 為家、嘉禄二年四月九日定家筆『古今和歌集』を阿仏に誂えて書写せしめ、六月二日自ら奥書を加う（大島本奥）。 3・8 後嵯峨院、大宮院とともに熊野ご参詣にご進発、四月一日に還御さる（百錬）。 4・28 入道前権大納言藤原教家（慈観）没（62）（公補）。 5・16 為家、『続後撰和歌集』を書写し、奏覧本を以て漸々校合を加え、家の証本とす（冷泉家時雨亭文庫本奥）。 8・16 後嵯峨院、賀茂社に御幸、七箇日ご参籠あり（百錬）。 8・20 定家十五回忌。為家一日八講を修するか。 10・27 後嵯峨院の御所亀山殿造営なり、この日御移徙御幸、翌日還御さる（百錬）。 11・4 為家母十回忌。為家一日八講を修するか。 12・13 為世、叙従五位上（公補）。	3・ 伊勢大神宮五首和歌会。題「羇旅花・寄花祝」（為家3201-3202）。 是年 春日若宮社神主中臣祐茂勧進七首和歌。題「恋・述懐・無常」（為家3203-3205）。 是年 権中納言顕朝野宮亭探題千首和歌会（出題入道光俊）（明題）。 是年 為家建長七年詠（為家3206-3207）。
一二五六	康元元 10・6	後深草	59	正・6 為氏、叙正三位（公補）。 正・7 為兼、叙爵（公補）。 正・9 前年十一月二十二日以降の間に、為家、某に『古今和歌集』を伝授す（三秘抄）。 正・26 後嵯峨院、石清水八幡宮に御幸、七箇日ご参	2・29 出家時感懐詠（為家3222）。 9・13 百首歌合。題「春二十首・夏十五首・秋二十首・冬十五首・恋十五首・雑十五首」（基家・蓮性・行家・真観の分担判）（同歌合）。 是年 良守法印勧進熊野山二十首和歌（為家3208-

籠（百錬）。

3221）。

一二五六	康元元	後深草	59

2・29 為家、民部卿の官を退いて出家し、融覚と号す（公補）。「かぞふればのこるやよひもあるものをわがみのはるにけふわかれぬる」（家集）。

4・7 融覚、高倉亭において書写一校の『続後撰和歌集』に奏覧本を以て校合を加う（東北大狩野文庫本奥）。

5・14 後嵯峨院、賀茂社に御幸、七箇日ご参籠あり（百錬）。

6・9 入道中納言藤原為経没（47）（経俊・百錬）。

6・27 藤原（宇都宮）経綱（頼綱嫡男泰綱の次男）室（執権平重時女）没。経綱、融覚以下に亡妻哀傷名号冠字詠を勧進す（吾妻・新和歌447-461）。

7・6 融覚、貞応元年六月十日定家筆本『古今和歌集』を書写せしめ、奥書朱点等を加えて良守法師に伝授す（大島本奥）。

8・10 入道前権大納言藤原頼経（行智）没（39）（公補）。

8・20 定家十六回忌。融覚一日八講を修するか。

9・13 前内大臣基家、反御子左派歌人十九人に百首歌を勧進、家に九百五十番の「百首歌合」を催す（同歌合）。

10・ 融覚、中臣祐茂「詠百首和歌」に加点批評す（重文同百首）。

10・25 前参議藤原（中山）忠定没（69）（百錬）。

9月～11月 真観、関東を旅行し鹿島社他に参詣す（夫木9369.10259.10320他）。

11・4 母十一回忌。融覚一日八講を修するか。

11・17 藤原実氏女公子入内、翌年正月二十七日中宮となる（一代）。

是年 為家康元元年詠（為家3222-3242）。

西暦	年号	天皇	年齢	事項	作品
				是年 二月二十九日出家以降当年中に、融覚、俊成自撰家集『保延のころほひ』を書写するか。	
一二五七	正嘉元 3・14	後深草	60	2・15 融覚、岳父宇都宮蓮生(頼綱)の八十賀を祝し、自詠十二首を押したる月次屏風を新調(十一日)、釈迦涅槃のこの日釈教歌を副えて贈る(家集・新和歌)。 ③・3 後嵯峨院、賀茂社に御幸、七箇日ご参籠あり(百錬)。 4・9 将軍宗尊親王御所御鞠会。将軍家・下野前司泰綱・行忠入道・内蔵権守親家・源中納言・難波刑部卿宗教(上鞠)・中務権大輔教時・遠江七郎時基・内蔵権守親家・出羽前司行義ら参仕す(吾妻)。 4・11 為世、任侍従(公補)。 7・5 承明門院源在子没(87)(経俊)。 8・20 定家十七回忌。融覚一日八講を修するか。 11・4 母十二回忌。融覚一日八講を修するか。	2・11 宇都宮入道頼綱(蓮生)八十賀月次屏風歌(為家3245-3253)。 2・15 宇都宮入道頼綱(蓮生)八十賀釈教歌(為家3243-3244)。 3・ 為家藤原経綱室追善冠字詠(為家3254)。 7・ 為家率爾百首和歌(為家3255-3302)。 12・25 内裏御書所作文会(主上御元服以後初度)。題「禁庭脩竹緑」(百錬)。 是年 為家正嘉元年詠(為家3303-3315)。
一二五八	正嘉2	後深草	61	正・5 為氏、叙従二位(公補)。 正・19 後嵯峨院、石清水八幡宮に御幸、七箇日ご参籠。御斎会に準じ一切経を供養さる(百錬)。 2・27 為兼、叙従五位上(公補)。 3・23 融覚、俊成より相伝の『古今和歌集』に秘事を注し、為相に相伝す(京大研究室蔵本奥)。 5・12 後嵯峨院、賀茂社に御幸、七箇日ご参籠あり(百錬)。 7・4 将軍宗尊親王家、百日御鞠を開始。人数、土御門中納言顕方・花山院宰相中将長雅・刑部卿宗教(上鞠)・前兵衛佐忠時・刑部少輔教時・右馬助清時・上野五郎兵衛尉広綱・同十郎朝村・賢寂ら参仕(吾妻)。	10・25 前参議中山忠定三年結縁経五首和歌会。題「寄冬暁懐旧・寄時雨述懐・法華経序品・不偸盗戒」他(為家3316-3319)。 是年 尊海法印勧進春日神社十五首和歌会(為家3320-3324)。 是年 唱阿法師勧進熊野山心経字五首和歌会(為家3325-3326)。 是年 為家詠五十首和歌(為家3327-3337)。 是年 為家正嘉二年詠(為家3338-3360)。

西暦	年号	天皇	年齢	事項	詠作
一二五八	正嘉2	後深草	61	8・7 後深草天皇、恒仁親王を皇太弟とす（百錬）。 11・1 為氏、任権中納言（公補）。 11・1 為教、任蔵人頭（公補）。 11・前 『続後撰和歌集』奏覧後（建長四年以後）、知家『明玉和歌集』を撰す。 11・4 母十三回忌。融覚一日八講を修するか。 11・ 藤原知家（蓮性）没（77）。 是年 融覚、嘉禄二年三月十五日定家筆『古今和歌集』を書写す（大島本奥）。	
一二五九	正元元 3・26	亀山 11・26	62	正・11 為世、叙正五位下（公補）。 正・21 為兼、任侍従（公補）。 正・23 後嵯峨院、石清水八幡宮に御幸、七箇日ご参籠。二十九日還御後、賀茂社・北野社に御幸あり（百錬）。 3・5 大宮院、後嵯峨院とともに実氏の北山西園寺第に御幸、御斎会に準じ一切経供養会を催さる（百錬・増鏡）。 3・6 後嵯峨院、北山第において管弦和歌御会を催し（序藤原道良、後嵯峨院以下三十六人）、九日に還御（北山行幸和歌・百錬・増鏡）。 3・16 後嵯峨院、北山西園寺第に御幸、庚申御連歌の次で、再度融覚に勅撰集（続古今和歌集）の撰進を命ず（延慶両卿訴陳状所引融覚書状）。 4・ 融覚母同母弟藤原国通没（84）（公補）。 7・2 為世、任右近衛少将（公補）。 7・2 為教、叙従三位、任右兵衛督（公補）。 8・1 融覚、俊成の跡を襲い「五社百首」詠作奉納を発起す（七社百首序）。 9・10 融覚、室泊に旅行、貴布禰社別宮に十首和歌を法楽す（家集）。	3・16 御幸西園寺庚申御連歌之次、為家奉勅撰事感懐詠（為家3361）。 3・ 仙洞三首和歌御会。題「河辺夏月・朝早苗」他（為家3362-3363）。 3・6 正嘉三年北山行幸和歌御会（同和歌）。 8・1 為家大神宮一禰宜延季に贈歌（為家3374）。 9・10 為家室泊貴布禰社別宮祈風雨之難法楽十首和歌（為家3364）。 9・13 為家於明石浦観月詠十首和歌（為家3365-3366）。 10・ 右大臣山階実雄家三首和歌会。題「時雨・落葉・寄露恋」（為家3367-3369）。 11・8 九条左大臣道良薨去後三位中将忠基と贈答（為家3375）。 11・14後 左大臣（西園寺公相か）家三首和歌会。題「経年恋・暁恋」他（為家3370-3371）。 是年 仙洞六首和歌御会。題「寄山祝」他（為家3372）。 是年 為家正元元年詠（為家3373-3397）。

西暦	年号	天皇	年齢	事項	一般事項
				9・13 融覚、明石浦に旅行、観月詠十首を詠作す（家集）。 10・24 融覚、初度為氏宛譲状を認む（関東裁許状）。 11・8 融覚女婿九条左大臣藤原道良没(26)（公補）。この日融覚三位中将忠基と贈答す（家集）。 11・12 八月十五日以後この日以前、『新和歌集』成立す。 11・12 融覚岳父宇都宮頼綱入道蓮生没(82)（系図纂要）。 11・26 後深草天皇、皇太弟恒仁親王に譲位、亀山天皇受禅（百錬）。 12・13 内裏御読書始。文章博士菅原在章朝臣、侍読を仰せらる。また御遊始あり、亀山天皇龍笛を吹かしめ給う（民経）。 12・19 院号定、中宮藤原公子を東二条院とす（民経）。 12・23 融覚、為氏宛第二度譲状を認む（関東裁許状）。 12・28 亀山天皇、太政官正庁において即位（民経）。	
一二六〇	文応元 4・13	亀山	63	2・5 真観か、「新三十六人撰」を撰す（同序）。 3・29 為世、任丹後権介（公補）。 春 飛鳥井雅有、宗尊親王の召しにより「三百首和歌」を詠進。融覚、宗尊親王とともに合点を加う（隣女集巻一奥）。 5・ 真観、本寺欝訴のため鎌倉荏柄天神に止宿し、『簸河上』を著す（同書奥）。 5・12 藤原経光、大嘗会悠紀和歌詠進を命ぜらる（民経）。 7・ 融覚、某に誂えて天福元年仲秋中旬定家筆『拾遺和歌集』を書写せしめ、奥書を加う（前	4・23 藤原師継家作文会。入道侍従教家、少将忠光ら参会。詩題「朝暮対清泉」。次で連句会（妙槐）。 是年 為家詠十五首和歌（為家3398-3403）。 是年 為家文応元年詠（為家3404-3426）。

一二六〇 文応元 亀山 63

田家蔵浄弁本奥）。
7・5 融覚、嘉禄二年四月九日定家筆『古今和歌集』を為氏に書写せしめ、この日自署奥書を加う（根津美術館蔵本奥）。
7・24 融覚、第三度為氏宛譲状（裏書あり）を認む（関東裁許状）。
7・後 融覚、冷泉高倉邸を為氏に譲り、嵯峨中院邸に住み始む（冷泉家譲状第四状）。
8・25 経光、大嘗会悠紀和歌を、行事弁成俊朝臣に付けて詠進す。この日以前内々藤原基家・民部卿入道為家に一覧を請い用捨す（民経）。
9・8 為氏、叙正二位（公補）。
9・22後 融覚、「五社百首」の詠作を開始す（七社百首序・長秋草識語）。
10・6 宮内卿資平、御教書を融覚に送り「宗尊親王三百首」への合点を依頼す（資平奉書）
10・ 融覚、「宗尊親王三百首」に合点、宮内卿資平あて書状を添えて返送す（同書状）。
11・3 前太政大臣西園寺実氏、出家す（法名実空）（67）（公補）。
11・中旬 「五社百首」詠了（七社百首序）。
11・16 亀山天皇大嘗会。風俗屏風等和歌、悠紀方民部卿経光、主紀方九条三位行家（続史愚）。
12・21 真観、将軍家歌道師範として鎌倉に下着、二十三日初めて出仕、「和歌興業盛也」（吾妻）。
12・26 左大臣藤原実雄女佶子（16）入内、翌年二月八日中宮となる（一代・増鏡）。
歳暮 融覚、五社に二社を加え「七社百首」とすべく計画を変更、追加詠作を開始（同百首序）。
是年か 真観、東に侍りし初め『八代抄』を編むか（源承口伝）
是年か 故九条左大臣道良室為子、後嵯峨宮廷に再出仕、第一皇女月花門院綜子内親王に参仕す（岩佐美代子説）。

一二六一	弘長元 2・20	亀山	64

正・10 将軍宗尊親王家、御鞠始。出羽大夫判官行有・大夫判官広綱・大夫判官家氏ら参仕す（吾妻）。
正・18 融覚、「七社百首」詠了（同百首序）。
正・27 融覚、日吉社百首を祝成賢宿禰に付けて奉納す（七社百首奥）。
2・9 融覚、東素暹に『古今和歌集』を伝授す（早大蔵古今伝授書）。
2・29 為世、叙従四位下（府労）（公補）。
3・ 融覚、大神宮百首を一禰宜延季に付けて奉納す（七社百首奥）。
3・27 為氏、任中納言、兼侍従（公補）。
4・ 融覚、賀茂百首を祝保盛に付けて奉納す（七社百首奥）。
4・ 融覚、春日百首を大乗院僧正房に付けて奉納す（七社百首奥）。
4・7 為世、還任右近衛少将。
4・29 融覚、八幡百首を別当法印行清に付けて奉納す（七社百首奥）。
5・13 融覚、住吉百首を神主息国助に付けて奉納す（七社百首奥）。
5・16 融覚、北野百首を師越前法眼幸祐に付けて奉納す（七社百首奥）。
6・10 後嵯峨院、亀山殿において五月十五日より始行の如法経、この日十首供養（初度）を遂げ（導師法印聖憲）、十二日横川如法堂に奉納す（叡岳要記）。
6・14 前左大臣藤原公相女嬉子（9）入内、女御となる（一代）。

正・18 前年九月二十二日以後、七社百首和歌成る（為家3427-4126）。
正・26 将軍宗尊親王家和歌御会始。紙屋河二位顕氏（出題・読師）・中御門侍従宗世（講師）・右大弁入道真観・相州（政村）・武州（長時）・越前前司時弘・左近大夫将監義政・壱岐前司基政・掃部助範元・鎌田次郎左衛門尉行俊ら参候（吾妻）。
正・ 内裏一首和歌御会始。題「松契多春」（明題）。
2・ 七社百首巻尾書付歌（為家4127-4130）。
2・ 楚忽百首当座和歌（為家4131-4145）。
3・25 将軍宗尊親王家、近習者衆を結番、当番の日に五首和歌を奉らしむ。番衆、冷泉侍従隆茂・持明院少将基盛・越前前司時広・遠江次郎時通・壱岐前司基政・掃部助範元・鎌田次郎左衛門尉行俊ら（吾妻）。
4・30 早卒百首和歌（為家4146-4162）。
5・5 将軍宗尊親王家和歌御会。紙屋河二位・右大弁入道・越前前司・陸奥左近大夫将監・後藤壱岐前司ら参候（吾妻）。
7・7 将軍宗尊親王家百五十番歌合。題「春二首・夏二首・秋二首・冬二首・恋二首」（九条基家判）（同歌合）。
9・23後 後嵯峨院第二度百首（明題）。後嵯峨院弘長百首和歌為家詠（為家4163-4262）。
10・ 亀山殿十首和歌御会。題「初冬時雨・河上落葉・残菊・池水始氷・野寒草・暁霜・冬月・山家冬朝・冬夜恋・冬祝」（明題）。
10・ 内裏五首和歌御会。題「里時雨・庭落葉・冬山

一二六一　弘長元　亀山　64

7・12　将軍宗尊親王家、騎馬にて最明寺第に入御、弓・鞠・競馬・相撲等の勝負を御覧じ、また管弦・詠歌以下の御遊宴あり（吾妻）。
7・22　将軍宗尊親王家、後藤基政に関東近古の詠撰進を仰せらる（吾妻）。
8・20　藤原佶子の中宮を改めて皇后宮とし、藤原嬉子を中宮とす（一代）。
9・　真観、「宗尊親王家百首」を詠進するか。
9・23後　後嵯峨院第二度百首『弘長百首』（七玉集）成る（同百首）。
11・1　藤原（宇都宮）泰綱（為家室同母弟）没（59）（吾妻）。
12・　融覚、家本を以て『大和物語』を書写せしめ翌年校合せる旨の奥書と、扉題「大和物語」を自筆に記す（本文は別筆）（前田家本奥書）。

月・寄草恋・寄松祝」（明題）。
11・21　内裏三首和歌御会。題「野霰・暮山雪・久忍恋」（明題）。
12・13　内裏三首和歌御会。題「竹霜・山初雪・寄氷恋」（明題）。
12・13　内裏三首和歌御会。題「遠山雪・野鷹狩・歳暮恋」（明題）。板本ハ二十八日トス。
12・　内裏三首和歌御会。題「暁霰・水鳥・恨恋」（明題）。
12・　内裏三首和歌御会。題「河氷」他（続古今632・続拾遺464）。
是年　日吉社三首歌合（夫木9340・為家4263）。
是年　為家弘長元年詠（為家4264-4274）。

一二六二　弘長2　亀山　65

正・5　為教、叙正三位（臨時）（公補）。
3・18　為世、任左近衛中将（公補）。
5・24　融覚、「続古今和歌集撰進覚書」を著す（同覚書奥）。
5・後　融覚、編年家集『為家卿集』を自編す（同集）。
6・　融覚、清輔の『和歌初学抄』を書写校合せしめ、奥書を自筆に記す（本文は別筆）（冷泉家時雨亭文庫本）。
9・　融覚、遺送本『近代秀歌』を書写す（同本奥）。
9・　基家・家良・行家・真観の四人を「続古今和歌集」撰者に追加、為家を加えた五人撰者体制となる。
9・　撰者追加の頃、真観将軍宗尊親王家和歌御会に参仕、喜びを報謝す（夫木2650）。
9・　「三十六人大歌合」（基家撰）成る（同歌合）。
11・4　母十七回忌。融覚一日八講を修するか。

正・　内裏一首和歌御会始。題「松契多春」（明題）。
2・7　内裏三首和歌御会。題「朝山霞、雪中梅・寄舟恋」。次で連句二十韻（資宣）。
3・14　中院為家家三首和歌会。題「花欲散・落花似雪・寄藤恋」（明題）。
3・17　将軍宗尊親王家歌合。作者十人。題「月前花・霞中花・山路花・閑居花・河上花」（同歌合）。
4・3　近衛基平家密々作文会。題「林池迎夏景」（題中取韻）。次で連句、五十韻（深心院）。
5・21　内裏五首和歌御会。題「里郭公・契待恋」他（新後撰208・温故抄767）。
6・23　近衛基平家作文会。連句会（深心院）。
6・25　近衛基平家和歌会（深心院）。
夏　入道前太政大臣実氏家三首和歌会。題「山五月雨」他（為家4275）。
8・7　後嵯峨院仙洞庚申百韻連歌御会（菟玖波12.

11・7 融覚、勅撰御教書書様についての下問に対し、建仁元年十一月一日右中弁長房奉書の先例を挙げ答申す（弘文荘敬愛書図録Ⅱ）。
11・13 融覚か、按察殿（顕朝）宛書状を認む（神原文庫無銘手鑑所収切）。
11・13後 各撰者に、上古以後の歌を撰進すべき旨の院宣（御教書）発給か（早大本「続古今和歌集」奥他）。
11・13後 融覚、単独撰勅撰集「続拾遺和歌集」（続古今中書）未完中断、撰者進覧本の基とするか（白鶴美術館蔵『手鑑』所収為兼筆歌集切）。
11・28 親鸞没（90）。
是年 真観、将軍家一日百首に合点す（吾妻、三年六月三十日条）。

80.422.1012.1730.2107）。
9・13 内裏十首和歌会。題「月前祝」（新後撰1585）。
9・ 続古今集撰者追加時述懐詠（為家4278）。
10・25 近衛関白（基平か）家三首和歌会。題「暁更時雨・庭上落葉・逢不会恋」（明題）。
12・21 後嵯峨院亀山殿十首和歌御会。題「早春霞・静見花・野郭公・深夜蛍・海辺月・山紅葉・朝寒蘆・関路雪・忍待恋・稀逢恋」（明題・続古今112・114.218.598.678.909.984.1732・新後撰163・続千載264.1332.1791・新千載554・新拾遺1103・夫木13413）（為家4276-4277）。
是年か 将軍宗尊親王家弘長歌合。作者十二人。題「花・郭公・月・雪・恋」（同歌合）。

一二六三 弘長3 亀山 66

6・3 後嵯峨院、亀山殿において五月一日より始行の如法経（第二度）、この日十首供養を遂げ（導師信昌法印）、日吉・新熊野・石清水八幡の三社に奉納す（叡岳要記）。
6・30 真観、将軍家速詠百首（二十五日詠作）を御前において拝見、合点を加う（吾妻）。
7・5 将軍宗尊親王家、本年詠歌数巻中より「三百六十首」を抄出して清書、合点のため入道民部卿為家の許に送る（吾妻）。
7・13 後嵯峨院大納言典侍為子没（31）（岩佐美代子説）。一説に建長七年（23）（中院詠草）とするも、否。融覚、九月末にかけ「秋思歌」を詠作、愁嘆悲傷す（同歌）。
7・16 真観、政村以下に餞送の儀を受け帰洛の途につく（吾妻）。
7・23 将軍宗尊親王家、「五百首和歌」（範元清書）を右兵衛督教定に付け、合点のため融覚の

正・ 内裏一首和歌御会始。題「庭上松」（明題）。
2・8 相州北条政村常磐亭一日千首探題和歌会。政村・真観・前皇后宮大進俊嗣・掃部助範元・証吾法師・良心法師以下作者十七人参会。終篇後披講、講師範元（吾妻）。
2・10 昨日、真観合点を加えし千首を、相州常磐亭において更に披講、合点の員数を以て座次を定む。第一真観・第二範元・第三亭主・第四証悟（吾妻）。
2・14 亀山殿朝覲行幸一首和歌御会（亀山天皇代始）。亀山天皇・公経・実雄・経任・通成・典侍親子・後嵯峨院大納言典侍他参候。題「花契遐年」（明題・増鏡・続古今1861.1862・続拾遺731-733・新拾遺684.685）。
2・29 中院為家家三首和歌会。題「依梅待人・帰雁似字・春夜恋」（明題）。
3・ 住吉社三首歌合。題「野花・江藤・社頭松」（同

一二六三　弘長3　亀山　66

許に送る(吾妻)。
7・29　将軍宗尊親王家、建長五年以降正嘉元年までの詠歌を撰修し『初心愚草』と号す(吾妻)。
8・4　融覚、宗尊親王の召しにより『古今序注』を進覧す(古今為家抄奥)。
8・6　将軍宗尊親王家、素暹法師卒去後夢想の告げにより、七首歌を人々に勧進、懐紙裏に経典を書写すべく命ず。御詠は「左兵衛尉行長」の名字を用い、弾正少弼(業時)・越前前司(時広)・掃部助範元ら御前に候す(吾妻)。
10・28　融覚、宗尊親王「五百首和歌」に加点の上書状を添えて返上、条々諷諫す(吾妻・為家書札)。
10・28　「為家書札」(飛鳥井教定宛仮名消息二通)成る(同書札)。
11・22　執権北条時頼没(37)(吾妻)。
是年　為相誕生(母阿仏)。為顕母家信女と阿仏の仲険悪となる(源承口伝)。

歌合・為家4279-4281)。
3・　玉津島社三首歌合。題「濱霞・島春月・社頭述懐」(同歌合・為家4282-4284)。
5・22　仙洞三首和歌御会。題「寄郭公恋」他(新千載1500)。
7・13〜9・末　秋思歌(為家4285-4501)。
8・7　将軍宗尊親王家五十首歌合(衆議判)(吾妻)。
9・13　内裏十首和歌御会。題「月前草露・月前雁・月前旅行・月前祝・月前別恋」他(続古今422・続拾遺738.927・玉葉1138・摂政家月十首歌合38判詞・為家4502)
9・30　内裏三首和歌御会。題「暮秋菊・寄河恋」他(続古今538・続千載1097)。
12・　内裏三首和歌御会。題「河氷・夕落葉」他(続古今573.632・続拾遺464)。
是年　為家弘長三年詠(為家4503-4507)。
是年　内裏百首和歌御会(続古今143.216.259.518.519.980.1074.1206.1871・続拾遺83.114.129.210.225.309.858.1073.1137・新後撰996.1034.1393・続千載55.297.315.1040.1154.1520・続後拾493.666.934・新千載562・新続古1119.1229)(文献⑤)
弘長年　後嵯峨院禅林寺殿百首和歌御会(明題)。

一二六四　文永元 2・28　亀山　67

正・5　為世、叙従四位上(公補)。
正・9　法印良守没(為家集)。
正・18　後嵯峨院、石清水八幡宮に御幸、七箇日ご参籠あり(新抄)。
3・19　後嵯峨院・後深草院・大宮院・東二条院ら、賀茂社に御幸、七箇日ご参籠(新抄)。
3・22　前権中納言民部卿経光、撰者衣笠家良邸に

正・　後嵯峨院御詠五十首和歌(続古今47.419.1354・新拾遺779・新後拾遺192・温故38.262.900.1051.1125.1159.1195.1228.1238.1401.1442)
2・22　後鳥羽院御忌日当座三首和歌会。題「春月・庭花・釈教」(為家4508-4510)。
2・28　野寄法印良守四十九日諷誦文書副歌(為家

赴き、勅撰集の料として求められたる父頼資ならびに自歌少々を付託す(民経)。

4・20 融覚、粉河寺参籠、夢告をえて観音名号冠字詠三十三首和歌を諸人に勧進、自らも詠歌す(家集)。

6・15 融覚、『古今序抄』を著す(京大中院本奥)。

8・21 執権北条長時没(35)(吾妻)。

8・29 脩明門院藤原重子没(83)(新抄)。

9・10 前内大臣衣笠家良没(73)(新抄)。

9・17 融覚、家良の後任撰者を望む飛鳥井教定に消息を送る(砂巌)。

12・9 真観、宗尊親王の命を受け、親王御集『瓊玉和歌集』を撰す(同集奥)。

是年 五月以降当年中、融覚、詠草集『中院詠草』を自編するか。

4511)。

3・10 良守師僧正房全和答経料紙和歌(為家4512-4520)。

3・10 良守師僧正房全経料紙勧進十首(為家4521-4529)。

3・13 内裏御書所始。別当、大蔵卿光国朝臣、開闔大学頭在宗朝臣(新抄)。

3・14 為家沓冠続三十一首和歌(為家4530)。

3・18 北野作文会。菅二品長成卿以下参仕す(新抄)。

3・25 内裏芸閣作文会(当代初度)。題「糸竹契遐年」(題中)。この夜の予定、叡山火災により延引す(民経)。

4・16 為家沓冠郭公続三十首(為家4531-4539)。

4・20 為家勧進粉河寺三十三首(為家4540-4575)。

8・15 為家古歌冠字月続三十一首(為家4582)。

9・13 為家家月続三十首和歌(為家4583-4597)。

10・10 為家家続百首和歌(為家4598-4617)。

10・11 為家家続五十首和歌(為家4618)。

10・16 為家家続五十首和歌(為家4619)。

10・21 為家家続三十一首和歌(為家4620)。

12・ 内裏三首和歌会。題「寄松祝」他(続古今1086)。

是年 内裏百首和歌御会(続古今143)。

是年 内裏五首和歌御会。題「寄木恋」他(続古今1064)。

是年 為家贈答百首和歌(為家4576-4581)。

是年 為家文永元年詠(為家4621-4701)。

一二六五	文永2	亀山	68

正・14 後嵯峨院・後深草院・大宮院、石清水八幡宮に御幸、七箇日ご参籠。二十日還幸後、賀茂社・北野社に御幸(新抄・深心院)。

2・8 近衛基平、後嵯峨院の御前に召され三十首

正・ 内裏一首和歌御会始。題「早春松」(明題)。

正・13 内裏密々詩歌御会(深心院)。

正・14 近衛基平家詩歌会。年始初度(深心院)。

正・17 近衛基平家当座和歌詩会(深心院)。

和歌題を給わる(深心院)。

2・9 藤原時朝没(62)(吾妻)。

2・10 融覚、夜右大臣近衛基平を訪問す(深心院)。

3・16 為氏、右大臣近衛基平を訪れ、和歌のことを談ず(深心院)。

3・25 九条前内大臣基家、撰者進覧本を進入、以下四月二十八日評定始までに撰者五人ともに進覧す(民経)。

4・13 為相、叙爵(公補)。

4・ 融覚、建長七年五月十六日書写自筆本『続後撰和歌集』に授与奥書を加え、為相に付属す(同本奥)。

4・ 融覚、嘉禄二年四月九日定家自筆本『古今和歌集』に授与奥書を加え、為相に付属す(同本奥)。

4・ 融覚、天福二年三月二日定家自筆本『後撰和歌集』に授与奥書を加え、為相に付属す(同本奥)。

4・ 融覚、天福元年仲秋中旬定家書写『拾遺和歌集』に授与奥書を加え、為相に付属す(同本奥)。

4・28 後嵯峨院亀山殿新御所に移徙、御前に按察中納言顕朝(奉行)、関白二条良実、左大臣一条実経、前太政大臣西園寺公相、前左大臣藤原実雄、民部卿入道為家、侍従三位藤原行家、右大弁入道光俊等参候、勅撰集評定始の儀あり(初め四月十三日の予定延引)(民経・新抄)。

④・8 後嵯峨院冷泉殿還御の後、顕朝を奉行として菅原長成を召し、真名序撰進のことを宣下す(民経)。

④・18 「続古今集」連々評議、春部部類を完了す。御

2・23 内裏御書所作文御会(当代初度)。西中門を以て芸閣に模し、頭右大弁雅言以下参候す。去る十六日出題の日、文章博士藤原茂範奉行す(新抄・深心院)。

2・27 近衛基平家詩合(深心院)。

3・ 内裏十首和歌御会。題「湖上霞・雪中鶯・夜梅・雲間帰雁・春月・関路花・庭花・落花似雪・寄雲恋・寄煙恋」(明題・続千載164・夫木1217)。

3・3 近衛基平家作文会。題「拝爵桃花水」(紅字)。次で連句会(深心院)。

3・17 為家家月次三首和歌会。題「花漸散」他(為家4702)。

4・5 為家家続五十首和歌会(為家4703-4706)。

4・10 仙洞三十首歌合(亀山御製・将軍宮以下)。兼てこの日予定されるも、俄に延引す(民経)。

4・19 為家家月次三首和歌会。題「郭公」他(為家4707)。

4・ 仙洞三十首御歌合。作者、御製・将軍宮以下。題「恨恋」他(民経・新拾遺1343)。

④・15 為家家月次三首和歌会。題「閏四月郭公」他(為家4708)。

6・14 15 亀山天皇、後嵯峨院仙洞に行幸、連句・連歌御会あり、主上の御句秀逸済々、院の叡感褒美あり(民経)。

6・28 為家家月次三首和歌会。題「五月雨・納涼」他(為家4709-4710)。

7・7 後嵯峨院、白河殿(禅林寺殿)に当座続七百首御会を催し、為家、春・恋題を分担出題(秋・雑は真観、夏・冬は行家)、八十首を詠ず(新抄・明題・同七百首・為家4711-4790・歌苑41.77)。

7・15 為家家続五十首和歌会(為家4791)。

前において、範忠・忠雄切継ぎ、行家部類す(民経)。

④・29 「続古今集」評定あり(民経)。

5・20 前左京権大夫藤原為継没(60)(公補)。

5・25 仙洞に終日歌仙ら伺候、「続古今集」評定あり(民経)。

6・3 仙洞に「続古今集」評定あり(民経)。

6・ 融覚、文応元年七月五日為氏に書写せしめ自署を加えし嘉禄二年四月九日定家本『古今和歌集』に、授与奥書を加えて伊勢大神宮内宮五禰宜荒木田氏忠に伝授す(根津美術館蔵本奥)。

6・25前 「続古今集」三条坊門殿において評定、終りて賜宴、当座二首和歌あり。融覚献題「水辺納涼・夏月」(民経)。

6・25前 「続古今集」真名序、長成両様二通の草を奏覧、叡感の気あり(民経)。

6・25 「続古今集」上帖十巻撰定を終了、当時下帖恋一の撰定に入れること、行家毎度御前にて和歌を読上げ評議にかかれること、今次融覚撰集には、源兼氏一向居住扶持奔営するの由を語る(民経)。

6・26 仙洞において「続古今集」評定あり(民経)。

10・5 勅使右大弁入道光俊、「続古今集」草本を帯し、今暁関東に参向す(民経)。

10・7 「続古今集」中書本未完、路次雑事用意の間真観先に下向、中旬頃追送の予定と(民経)。

10・17 後嵯峨院、実氏の菊第に御幸、撰集春部二巻をご持参、資平に読ましめ、和歌ご問答に及ぶ(続史愚抄所引水草宸記)(後深草記)。

10・18 真観、範忠とともに将軍家姫宮御産無事を祝い(内々勅撰集の事に依り)、鎌倉に下着

7・24 歌合(仙洞当座)。題「山花・里郭公・河月・野雪・忍久恋」(真観判)(同歌合)。

7・又は8 為家家月次三首和歌会(後日講之)。題「草花・月」他(為家4792-4793)。

8・15 後嵯峨院仙洞五首歌合。題「未出月・初昇月・停午月・漸傾月・欲入月」(衆議判、為家後日判詞執筆)(同歌合・為家4794-4798)。

8・ 右大臣近衛基平家初度一首和歌会。題「竹契齢」(明題)。

8・ 仙洞詩歌合。題「水郷春望・仙家秋興」(続古今492.1891・和漢兼作791・夫木5987.14192.15027)。

9・13 後嵯峨院亀山殿に御幸、夜桟敷殿に五首歌合。題「河月・野鹿・山紅葉・不逢恋・絶恋」(衆議判、後日真観と為家判詞執筆。講師、左源具氏、右藤原行家、読師、左右大臣近衛基平、右前太政大臣藤原公相(新抄・増鏡・同歌合・為家4799-4803・歌苑28)。

9・13 近衛基平家密々和漢連句会(深心院)。

秋 近衛基平家歌合。題「河月」他(遺塵94)。

9・19 為家家月次三首和歌会。題「紅葉」他(為家4804)。

10・7 将軍宗尊親王家連歌会。執筆、三河阿闍梨円勇(吾妻)。

10・10 為家家月次三首和歌会。題「時雨」他(為家4805)。

10・19 将軍宗尊親王家連歌会。若宮別当僧正百種の懸物を相具して参上す(吾妻)。

10・25 為家家月次三首和歌会。題「冬月」他(為家4806)。

12・5 左京兆政村亭当座続歌会。真観以下好士ら参会す(吾妻)。

西暦	年号	天皇	年齢	事項	和歌事項
一二六五	文永2	亀山	68	す(吾妻)。 11・13 京都御使兵部大夫範忠、帰洛の途につく(吾妻)。 11・27 「続古今集」中書本追送の勅使兵部大輔範忠、関東より上洛す(民経記は十月とするも誤りならんか)。 12・26 「続古今集」竟宴の儀、藤原経光勅命を受け奉行となり「乙丑」年内のこの日催行予定のところ、彗星出現により来春三月十二日に延期さる(民経)、この日を撰定完了の日とす(後深草記・仮名序)。 12・26後 融覚、「続古今集」の撰に漏れたることを嘆く高階定成と贈答す(遺塵)。 是年冬 飛鳥井雅有(25)、冬に至るまで父教定に仕ふること怠らず、鞠道に精進す。飛鳥井教定、この冬死の床に臥す。「二十五歳の冬に至るまで、もはら厳君に事こと晨昏にをこたらず」(内外三時抄序)。 是年 為守、誕生(母阿仏)。 是年 弘長元年七月以降の間に『東撰和歌六帖』(後藤基政撰)成るか。	12・29 北野作文会。題「広得深智恵」(新抄)。 冬か 仙洞三首和歌御会。題「庭落葉」他(続古今569)。 是年 為家家当座続五十首(為家4807-4808)。 是年 宗尊親王家三首歌合。題「千鳥・雪・述懐」(夫木7856.15286・人家147・中書王御詠157)。 ○為家文永二年以前歌(為家4869-4873)。
一二六六	文永3	亀山	69	正・6 侍従入道禅信(源俊平)没(新抄)。 正・17 後嵯峨院・後深草院、祇園社・稲荷社に御幸の後、石清水八幡宮に御幸、七箇日ご参籠。二十三日還幸後、更に賀茂社・北野社に御幸あり(新抄)。 正・29 大宮院・後深草院、春日社に御幸、七箇日ご参籠あり(新抄)。 2・1 為世、任上野権介(公補)。 3・12 後嵯峨院、大炊殿御所に「続古今和歌集」竟宴・同竟宴和歌を催行す(後深草記・資季記・	正・27 為家家月次三首和歌会。題「霞・祝・提婆品」(為家4878-4876)。 3・1 内裏一首和歌御会。題「庭花盛久」(明題)。 3・12 続古今和歌集竟宴和歌(同和歌)。 3・30 内裏五首和歌御会。題「暮春花・河落花・松間花・不逢恋・恨恋」(明題)。 3・30 将軍宗尊親王家当座和歌会。二条左兵衛督教定・宮内卿入道禅恵・遠江前司時広・右馬助清時・右馬助時範・周防判官忠景・若宮大僧正ら参候す(吾妻)。

西暦	年号	天皇	年齢	事項	和歌
				資平記・新抄）。 4・8 藤原（飛鳥井）教定没（57）（新抄・公補・吾妻・西脇家蔵古今集奥）。 4・8 前左京権大夫藤原信実（寂西）生存（90）か。 4・8後 融覚、「続古今和歌集目録」を撰す（早稲田大学蔵本）。 4・12 後嵯峨院・後深草院・大宮院、賀茂社に御幸、七箇日ご参籠（新抄）。 5・15 真観、「続古今和歌集目録[当世]」を撰す（史料編纂所富田仙助文書奥）。 7・4前 将軍宗尊親王家、『柳葉和歌集』を自編するか。 7・4 将軍宗尊親王家、謀反の嫌疑により廃されて帰洛の途につき、二十一日入洛、六波羅に入る（吾妻鏡・新抄・深心院）。 7・22 宗尊親王の御子惟康王、征夷大将軍に任ぜらる（新抄・深心院）。 9・17 後嵯峨院・後深草院・大宮院、西園寺殿において、有馬の湯に浴さる（深心院）。 9・20 権大納言藤原顕朝没（55）（新抄・公補）。 是年 融覚前妻尼（頼綱女）、二男源承・夫融覚と下野国真壁庄につき相論す（民経、四年三月二日条）。 是年頃 『温古抄』一次成立か。	7・9 為家家月次三首和歌会。題「初秋露・久恋・宝塔品」（為家4877-4879）。 9・13 近衛基平家密々和漢連句会（深心院）。 12・11 為家家続百首和歌会（為家4880-4916）。 12・23 近衛基平家当座惜歳暮詩会（深心院）。 是年 為家文永三年詠（為家4917-4925）。
一二六七	文永4	亀山	70	正・5 為兼、叙正五位下（公補）。 正・21 後嵯峨院・後深草院・大宮院、石清水八幡宮に御幸、七箇日ご参籠。二十七日還御後、更に賀茂社・北野社に御幸あり（新抄）。 2・23 融覚、為氏の大納言任官を望み関白一条実経と贈答す（円明寺）。	正・ 内裏一首和歌御会始。題「庭鶴」（明題）。 正・10 左大臣近衛基平家年始作文会。題「歳々多春興」（民経）。 正・15 内裏年始作文御会（民経）。 正・17 内裏和歌御会（民経）。 正・26 前内大臣基家家三首和歌会。題「初春鴬・雪

一二六七　文永4　亀山　70

2・23 為氏、任権大納言(公補・新抄)。
2・23後 融覚、為氏の任大納言慶祝歌を贈れる高階宗成と贈答す(遺塵)。
3・1 新大納言為氏、新内大臣一条家経の拝賀に扈従、着陣す(新抄)。為氏、左大臣近衛基平邸を訪れ任大納言の慶びを申す(深心院)。
3・2 前年来融覚前妻尼頼綱女、下野国真壁庄につき源承・融覚と相論し、院評定の結果敗訴するか(民経)。
3・7 新大納言為氏、子息為世中将を伴い日吉社に参詣、拝賀を申す。父為家任大納言拝賀の時、為氏中将として扈従し山内を巡拝するに倣うと(民経)。
3・10 新大納言為氏、春日社に参詣、拝賀を申す(民経)。
4・1 後嵯峨院・後深草院、賀茂社に御幸、七箇日ご参籠あり(新抄)。
5・23 後嵯峨院、四月二十三日大宮院とともに嵯峨殿に御幸、御自写の如法経を完成、この日十種供養(第三度)を遂ぐ、関白前太政大臣藤原兼平、左大臣藤原基平以下参仕、導師法印聖憲(新抄・吉続・民経・叡岳要記)。
5・25 後嵯峨院、北野社・石清水社に御幸、如法経を奉納す(吉続)。
5・27 大宮院、嵯峨殿より北野宮に御幸、如法経を奉納す(新抄)。
6・23 藤原(後藤)基政没(54)(関東評定衆伝)。
7・7 延暦寺蜂起に依り、内裏以下好文の諸所に作文会行われず(民経)。
7・22 融覚、覚尊(慶融)に書写せしめたる定家貞応二年七月二十二日書写『古今和歌集』に奥書を加う(奥書も覚尊による模写か)(冷泉

2・9 中梅・寄松祝」(明題)。
2・23 内裏五首和歌御会。題「山霞・夕梅・春曙・忍会恋・被忘恋」(明題・新千載1464)。
2・23 為家、一条実経と贈答(為家4926)。
2・23 為家、高階定成と贈答(為家4927)。
正・又は2月 為家詠二十首(為家4928-4947)。
正・又は2・28 為家家続百首会(為家4948-4977)。
3・3 内裏百日作文御会(民経)。
3・3 左大臣近衛基平家作文会。題者大蔵卿光国、題「曲水催詩酒」(情、各分一字)。次で連句会(深心院・民経)。
3・3 宗尊親王家作文会。題「仙桃春色久」、藤原茂範管領沙汰す(民経)。
3・10 内裏詩歌合。判者、前内大臣基家。讃岐守在匡出題「春日望山(山望)・秋夜旅情・禁中佳趣」。主上御合手新大納言為氏、菅原在章合手右京大夫行家(民経・続拾遺28.68.96・新千載300)、「三月十日詩歌合。左詩、判前内府基家。御製・伊頼・雅言・房教・在章・光国・具房・実冬・資宣・在匡・経任・経業・経長・□□・実貫。右歌、為氏・皇后宮内侍・鷹司院帥・忠光・行家・良教・大宮院権大納言・教嗣・具氏・中納言典侍・光朝・為教・隆保・実貫」(仁寿鏡。但シ五年トスルモ否)。
3・か 権僧正道玄日吉社奉納二十一首和歌(為家4978-4999・閑月223.274.286.330)。
3・か 為家家五首和歌会(為家5000-5004)。
3・20 北野恒例作文会。菅二位長成・式部大輔・菅三位高長以下参会す(新抄・民経)。
3・30 近衛基平家密々探題当座和歌会(深心院)。
4・11 吉田経長、蔵人進士淳範に付けて、内裏作文会の詩序と題「霜降野色寒」(寒字)を献じ、

家時雨亭文庫本奥）。

7・22 後嵯峨院、五十御賀楽所始。当代初度（民経）。

9・10 安嘉門院、天橋立・天王寺等に御幸、融覚扈従す（民経・増鏡）。

9・13 後嵯峨院・後深草院、相国禅門実氏の吹田殿に御幸。上皇は十五日天王寺に御幸、十七日還御。新院は二十六日還御（新抄）。

9・26 相国禅門実氏・前相国公相、有馬温泉に下向。公相十月七日発病、九日急ぎ帰洛するも、所労募り、十一日危篤（新抄・民経）。

10・12 前太政大臣藤原（西園寺）公相没（45）（公補）。「厳親禅門眼前此事出来、定哀傷深歟、禁省・新仙洞之外舅、椒房之父、天下之重臣無比肩之人歟、両仙洞以下定有御嘆歟」（民経）。

11・15 後嵯峨院・後深草院、春日社に御幸、七箇日ご参籠あり、二十二日還御（新抄・民経）。

12・1 皇后宮藤原佶子、皇子（世仁、後の後宇多天皇）を生み奉る（民経）。

12・ 融覚、これ以前宗尊親王自編の『中書王御詠』に合点、加評返上す（同御詠端）。

翌日叡感に預かる（吉続）。

4・25 内裏芸閣作文御会。題「殿庭夏景清」（便用清字）（十八日出題）、序者、式部少輔諸範、講師大内記在守。当代四韻初度。関白実経・左大臣基平・内大臣家経以下参候す。（吉続・新抄・民経）。

4・27 内裏芸閣作文御会。連句等あり（吉続）。

4・28 前日向守兼氏勧進賀茂太田社三首。題「社頭郭公・野夏草・寄山述懐」（為家5005-5007）。

4・28 前日向守兼氏勧進賀茂橋本社三首。題「社頭夏月・河辺蛍・寄橋祝」（為家5008-5010）。

5・12 内裏詩御会（百日詩会満足の日）。絶句、詩題「詩境春秋富」（題中取韻）。主上宸筆の都序。二条大納言・権中納言・三位侍従・頭中将宗冬・忠光・俊国・在匡・経長ら。先ず百韻連句（先仙韻）、執筆蔵人淳範（百箇日執筆奉行）、次で詩披講、講師在匡朝臣（吉続・民経）。

6・4 経光家庚申待詩歌会（民経）。

7・7 為家家続七十首和歌会（為家5011-5020）。

7又は8・17 為家家続五十首会（為家5021-5035）。

8・4 内裏芸閣作文御会（吉続）。

8・15 内裏芸閣作文御会。頭中将具房朝臣、関白一条実経以下参候、主上出御あり。兼日出題「月明礼楽中」（各分一字）。序者、大内記在守。また披講以後簾中より当座に勅題「秋月増明徳」（光字）を下さる（新抄・民経）。

8・16 左大臣藤原（近衛）基平家作文会。題「秋遊依月勝」（晴字）。都序、兼仲献之（民経）。

9・20 為家家続百首和歌（為家5036-5084）。

9・ 但馬温泉湯治の次で中院入道為家家三首和歌会。題「神祇・山旅・海旅」（明題）。

10・8 太閤二条良実法華山寺三首和歌会。題「菊・

一二六八 文永5 亀山 71

正・5 為世、叙正四位下(公補)。
正・5 為教、叙従二位(公補)。
正・18 五条大宮内裏に、後嵯峨院五十御賀楽所始。次で亀山天皇舞御覧あり(深心院・増鏡)。
正・24 後嵯峨院、冷泉萬里小路殿において、五十御賀舞御覧あり(深心院・増鏡)。
正・29 為氏、辞権大納言(公補)。
正・29 後嵯峨院、石清水八幡宮に御幸、七箇日ご参籠。二月五日還幸後賀茂社・北野社に御幸あり(深心院)。
正・30 前大納言為氏、本座を聴さる(吉続・公補)。
①・17 後深草院、冷泉萬里小路殿において、後嵯峨院五十御賀舞御覧あり(深心院・増鏡)。
3・5 幕府、得宗の北条時宗を執権とす(関東評定衆伝)。
8・4 藤原経光、京極禅門融覚邸に向い、所悩のことを訪う(民経)。
8・24 為相、叙従五位上(公補)。
8・25 立太子の儀。亀山天皇第一皇子世仁親王(二歳)を皇太子とす(一代)。
8・ 融覚、順徳院宸筆『八雲御抄』を書写せしめ、自筆に奥書を記す(本文は右筆書き)(弘文荘書目三九号・歌学大系解題)。
9・ 融覚、『和歌初学抄』を書写し、為相に付属す(天理図書館蔵本奥)。

紅葉・述懐」(為家5085-5087)。
10・後 右京大夫行家勧進住吉社十首歌合。題「海辺霞・松間花・暁郭公・江上月・野外萩・夕千鳥・忍久恋・恨絶恋・夜述懐・社頭祝」(為家5088-5095・明題)。
是年 為家文永四年詠(為家5096-5113)。

正・30 内裏弘御所詩歌御会。詩題「鴬出奏長生」(春字)。歌題「松為春友」。先和歌御会、次で作文御会、次で連句御会(深心院)。
2・22 後鳥羽院御忌日二条局勧進三首和歌会「深山尋花・海辺春月・来不留恋」(明題・為家5114-5116)。
3・13 為家家続五十首和歌会(為家5117-5136)。
8・2 関白近衛基平家初度作文会。題者、民部卿経光、最初題「佳遊契萬年」を改め「佳遊可為歓遊」(以情為韻)。文人、具房・実冬・資宣・俊国・顕資・経業・範忠・時俊・光朝・経長・兼頼・親業・定藤・範長・輔兼・仲宣(兼)・仲親・重房・兼俊・在宗・基長・公長・明範・兼仲・在兼・淳範。序者、大学頭在宗。読師、二条大納言藤原良教、講師、中務少輔在兼(吉続)。
8・15 内裏弘御所詩歌御会。詩題「歓管被催月」(以声為韻)、俊国四日に撰進。先詩会、読師、二条大納言良教、講師、親業。次で和歌会、和歌講師光朝。読師二条大納言良教。講了後、五首題続百首歌合。題「田家見月・河月似氷・対月問昔・依月増恋・月驚絶恋」(吉続・続拾遺301.313.744.970・人家430.444・深心院集25.26.27.28.29)。
9・13 内裏内々詩会(勤字)。講師、吉田経長(吉続)。
9・13 白河殿五首歌合「河水澄月・暮山紅葉・野草

	一二六九
	文永6
	亀山
	72
9・10 融覚、定家筆和徳門院新中納言局所持『伊勢物語』を書写す(昭和十四年六月有不為斎文庫入札目録)。 9・13 後嵯峨院、白河殿に五首御歌合(衆議判。一番左院御製、右為氏)を催し、融覚に判詞を記さしむ(融覚「ご本意のこと詠歌に知られ、身をせめ心をくだきて、かきやるかたも侍らず」と)(源承口伝・増鏡)。 10・5 後嵯峨院、亀山殿において御落飾。法名、素覚。御戒師天台座主無品法親王尊助、唄師前権僧正房全・権僧正経海、剃手法印権大僧都公澄・権大僧都圓禅(後深草記・民経)。 10・13 前左大臣山階実雄融覚あて書状に、この日より自家十首に取懸れる旨を報ず(源承口伝所引書状)。 11・19 関白藤原(近衛)基平没(23)(公補)。 11・19 融覚、阿仏宛譲状を認め、伊勢国小阿射賀御厨の預所職・地頭代官職を阿仏に譲与す(冷泉家譲状第一状)。 12・2 為兼、任右近衛少将(公補)。 是年 融覚、後生菩提の逆修に不断経を始む(冷泉家譲状第一状第三状)。	4・2 仙覚、『万葉集注釈』を著す。(同奥) 夏頃 飛鳥井雅有、『無名の記(仏道の記)』を著すか(同記)。 6・7 前太政大臣藤原(西園寺)実氏没(法名実空)(76)(公補)。 7・19 為教、辞右兵衛督(公補)。 7・19 為世、遷任右兵衛督(公補)。 9・13前 融覚、飛鳥井雅有に、土佐日記・紫式部日記・更級日記・蜻蛉日記等を貸与し、仮名日
露繁・深夜待恋・恨不逢恋」(続拾遺299.354.900.916・新後撰352.353.1313.1322・続後拾964・夫木4433・歌苑17.46) 9・15 内裏内々詩御会(吉続)。 是年 為家徒然百首(為家5137-5236)。 是年 為家文永五年詠(為家5237-5255)。	正・17 為家家当座三首和歌会。題「氷始解・雪似梅・寄松祝」(明題・為家5256-5258)。 正・28 為家家月次三首和歌会。題「暮春藤・稀逢恋・勧持品」(為家5259-5261)。 正・28 為家家六帖題続五十首和歌会(為家5262-5275)。 正・28 為家家続五十首和歌会(為家5276-5288)。 2・22 後鳥羽院忌日二条局勧進三首和歌会。題「帰雁契秋・花催懐旧・寄春月恋」(明題)。

西暦	年号	天皇	年齢	事蹟	作品
一二六九	文永6	亀山	72	記の執筆を慫慂す(嵯峨のかよひ)。 9・16 融覚、雅有の『伊勢物語』不審条々に答う(嵯峨のかよひ)。 9・17 融覚、雅有に『源氏物語』の講読を開始。講師、阿仏(同)。 9・21 融覚、源氏授講後、為世(雅有弟子)とともに自ら鞠庭に立ち、重代の人雅有に強く勧めて蹴鞠を楽しむ(嵯峨のかよひ)。 11・18 融覚、為相宛譲状を認め、播磨国越部下庄を為氏より悔返して為相に譲与す(為氏去状付随)(東京国立博物館蔵譲状)。 11・26 融覚、為氏・為世・雅有・基長・雅顕・経定入道・なりしげらと中院亭に蹴鞠会を催す(嵯峨のかよひ)。 11・27 雅有への『源氏物語』講読を終了す(同)。 11・28 融覚、昨日来、雅有に家秘本『古今和歌集』二十巻を伝授す(同)。	3・1 内裏一首和歌御会。題「庭花盛久」(明題)。 4・13 為家家月次三首和歌会。題「伝聞郭公・寄夢恋・安楽行品」(為家5289-5291)。 4・27 為家家月次三首和歌会。題「郭公待五月・絶久恋・涌出品」(為家5292-5294)。 4・27 為家家六帖題続五十首和歌会(為家5295-5302)。 4・27 為家家続百首和歌会(為家5303-5304)。 4・ 為家家六帖題続百首(為家5305-5322)。 5・27 為家家月次三首和歌会。題「山五月雨・待不来恋・寿量品」(為家5323-5325)。 7・28 前中将公世朝臣勧進賀茂橋本社続百首和歌会(為家5326-5328)。 9・13 為家嵯峨中院亭月続百首和歌会(嵯峨のかよひ・為家5329-5334・隣女502-507)。 9・28 為家嵯峨中院亭連歌会(嵯峨のかよひ)。 9・29 飛鳥井雅有九月尽大井川逍遥三首和歌会(虚構か)。題「河九月尽・九月尽恋・九月尽述懐」(嵯峨のかよひ)。 10・1 為家嵯峨中院亭冬探題五十首和歌会(嵯峨のかよひ・為家5335・隣女564-568)。 11・1 為家贈雅有・経定入道消息和歌(嵯峨のかよひ・為家5336)。 11・3 為家嵯峨中院亭五十韻連歌(嵯峨のかよひ)。 11・25 為家家月次三首和歌会。題「野寒草・寄水恋・分別功徳品」(為家5337-5339)。中院亭月次連歌会(嵯峨のかよひ)。 是年 為家文永六年詠(為家5340-5354)。 4年以後8・28 前座主大僧正澄覚と贈答(為家5355)。
一二七〇	文永7	亀山	73	正・6 為兼、叙従四位下(公補)。	正・20 為家家庚申当座二首和歌会。題「朝霞・雪中

春夏頃　飛鳥井雅有、『嵯峨のかよひ』を著すか。
8・3　源（中院）雅忠没（45）（公補）。
11・29　明日の前左大臣実雄家十首会延引、融覚嵯峨よりの出京を止む（為氏卿記）。
11・29　前関白左大臣藤原（二条）良実没（55）（公補）。
冬　飛鳥井雅有、『もがみの河路』を著すか。
是年　融覚、雅有『隣女和歌集』巻二（文永二～六年詠）に合点するか（同集奥）。
是年後　融覚、為兼と連々同宿し和歌の事を伝授す（延慶訴陳状）。
是年後　融覚、為兼に『勅撰口伝故実等』（自筆）を伝授す（高松宮蔵御手鑑所収為兼書状）。

梅」（為家5356-5357）。
2・22　後鳥羽院御遠忌（三十三年）座主慈禅勧進三首和歌会。題「野早蕨・花春友・寄柳恋」（為家5358-5360）。
5・22　後鳥羽院御月忌座主慈禅勧進三首和歌会。題「名所時鳥・夕五月雨・閑中懐旧」（為家5361-5363）。
7・22　為家家庚申続百首和歌会（為家5364-5406）。
8・15　内裏弘御所十五夜作文御会。詩題「月下命仙遊」（便字）。治部卿在匡出題、講師経長、読師、藤中納言伊頼。次で五首和歌御会。題「海月・野月・秋曙・忍恋・恨恋」（吉続・続拾遺308.796・新後撰357.363.375・新千載440.1244・新拾遺1361）。
8・18　前左大臣実雄家月次十首和歌会。題「初秋露・野草花・夜虫・深山鹿・閑居秋風・杜月・河月・暁雁・忍絶恋・不逢恋」（為家5407-5416・歌苑33・続拾874・新後257.274.400・続後拾286・新千484.1767）。
9・13　内裏当座詩歌合（吉続）。
9・30　前左大臣実雄家月次十首和歌会。題「山朝霧・田家秋寒・海辺擣衣・庭菊・雨中紅葉・寄秋月恋・寄秋風恋・寄秋露恋・秋述懐・秋祝」（為家5417-5426・続拾1007.1008.1147・新拾1303）。
9・30　内裏作文和歌御会。出題、治部卿在匡。題「菊芳秋景暮」（各分一字）。講師、吉田経長、読師、藤中納言伊頼。詩歌披講後、当座詩歌あり（吉続）。内裏三首和歌御会。前藤大納言為氏出題。題「契恋」他（続拾遺951・新後撰1036・新後拾1084）。
⑨・　内裏三首和歌御会。題「寄菊久恋」（新拾遺961）。

西暦	年号	天皇	年齢
一二七〇	文永7	亀山	73

⑨・9 内裏作文和歌御会。詩題「再酌菊花盃」(各分一字)。和歌題真観出題。披講後、連句・連歌あり(吉続)。
⑨・13 太秦源承亭秋続五十首(為家5427-5441)。
⑨・29 前左大臣実雄家月次十首和歌会。題「野草欲枯・菊霜・河辺紅葉・山家暮秋・閏九月尽・寄橋恋・寄関恋・羇中雲・暁夢・懐旧」(為家5442-5451・新拾1303・続後拾1155・新千1793)。
⑨・29 内裏作文和歌御会。詩題、左京大夫俊国撰進、読師、藤中納言伊頼、講師、棟望。次で御連句(韻尤喉)(吉続)。
10・5前 宗尊親王家秋十首歌合。題「遠鹿・擣衣・紅葉」他(衆議判、真観後日判詞執筆)(為氏卿記・夫木4724.5266.5789.6144.)。
是年 内裏七首和歌御会(閑月178・為家5452)。
是年 為家文永七年詠(為家5453-5472)。

西暦	年号	天皇	年齢
一二七一	文永8	亀山	74

正・11 内裏御鞠始。前藤大納言・富小路中納言・前左兵衛督・高三位・一条三位・公貫・隆藤・宗氏・教継・実盛・為世・範世・教雅ら参仕。前藤大納言為氏上鞠を勤む(吉続)。
3・27 源承、私撰集『類聚歌苑』を、前年十一月十一日以降この日以前に撰す(天理本)。
4・4 為顕入道明覚、松陰に住せる寂恵を誘い伴いて嵯峨中院に為家入道を訪ね、寂恵初めて融覚邸の続五十首会に参加す(寂恵歌語・為家5507-5527)。
4・7 為相、任侍従(公補)。為家、民部卿在任(建長二年九月十六日～康元元年二月二十九日)の間に「相伝之秘本也」と自記したりし、朝散大夫藤筆本『後拾遺和歌集』に、「出家以後

正・9 内裏詩歌御会始。先御連句、詩題「与花契萬春」(便用春字)。左京大夫撰進。詩披講、読師前左府、講師俊国・在匡ら。了りて歌披講(吉続)。歌題「禁庭松久」(風雅2182・類題抄)。
正・21 内裏四韻作文御会。題「雨露叶春情」(以恩為韻)。礼部出題。講師経長。披講了りて御連句(先仙韻)、五十韻(吉続)。
正・29 前左大臣実雄家月次十首和歌会。題「歳内立春・早春霞・子日松・雪中鴬・野若菜・梅風・柳露・寄舟恋・寄衣恋・田家水」(為家5473-5482・続拾475・新後撰1262)。
2・前 前左大臣実雄家月次十首和歌会(為家5501)。
2・22 後鳥羽院御忌日二条局勧進五首和歌会。題「春山月・朝見花・羇中花・被忘恋・方便品」

譲与小男拾遺為相了」の奥書を加えて譲与、為相の任官祝いとするか（冷泉家時雨亭文庫本奥）。

4・　融覚、内裏大柳御所の御鞠会に参仕す（二老革匊話）。

5・23　後嵯峨院、如法経十首供養（第四度）。一部奉納清涼寺釈迦堂、一部奉納石清水八幡宮、二部天王寺御幸時奉納（一代・五代帝王物語）

6・19　融覚、「詠源氏物語巻之名和歌」を詠むか（三康図書館本）。

7・後　九年二月までの間、『温古抄』二次成立か。

8・11　融覚、内裏大柳御所の御鞠会に参仕す（二老革匊話）。

10・13前　この年四月七日以降の間に、真観、私撰集『石間集』（十巻。散佚）を撰し、後嵯峨院の叡覧に供す（藤井隆説）。

10・15　融覚、権大納言某の許に定家自筆『下官集』を持参、某当座に書写校合す（同集奥）。

10・　某、大宮院藤原姞子の命を受け『風葉和歌集』の撰集を完了、奏覧す（同集序）。

（為家5483-5487）

2・　仲業入道照心勧進三首和歌会。題「春月・山花・懐旧」（為家5488-5490）。

3・3　内裏作文御会。先連句（支韻）。読師藤中納言伊頼、講師定藤（初度）。出題、文章博士藤原茂範、題「春水映紅桃」（題中）（二月十四日決定）（吉続）。

3・29　前左大臣実雄家月次十首和歌会。題「寄月花・寄霞花・寄雲花・寄露花・寄雪花・寄風花・寄心恋・寄涙恋・寄名所松・寄夢述懐」（為家5491-5500・歌苑16・新後撰957・続後拾1221）。

4・か　前左大臣実雄家十座百首（明題・為家5502-5506）。

4・4　為家家続五十首和歌会（為家5507-5527）。

4・5　為家家続五十首和歌会（為家5528-5538）。

4・6　為家家続百首和歌会（六帖題）（為家5539-5563）。

4・18　和漢朗詠注出題続百首和歌会（為家5564-5595）。

4・22　為家家続百首和歌会（為家5596-5625）。

4・28　為家家続五十首和歌会（為家5626-5641）。

4・28　為家詠百首和歌当座（為家5642-5741）。

6・1　中務卿親王家百首歌合（類題抄）。

6・18　詠源氏物語巻之名歌（為家5742-5796）。

7・7　内裏内々詩歌合（衆議判）（吉続）。

7・7　白河殿探題百首和歌御会。題「鵲・七夕橋・萩・旅泊・不逢恋・逢不遇恋」他（新千載339.763・続後拾750.1025.1142・人家400.405・閑月189・源承口・為家5797）。

7・25　内裏続詩歌合（当座衆議判）（吉続）。

8・3　内裏続詩歌合（当座衆議判）（吉続）。

8・27 明後日の内裏内々御覧合(流会)の詩題「月夜聴松風」(以聴為韻)を下さる(吉続)。
8・29 内裏一首和歌御会。題「月夜聴松風」(明題)。詩会は延引(吉続)。
是年 為家文永八年詠(為家5798-5814)。
是年前半以前四年以降 法印覚源勧進日吉社七首歌合。題「花・郭公・月・雪・□・□・神祇」、為家・為氏・源承・為教・慶融・為世・為教女・覚源(為家5866・新千載107・新拾遺224・閑月80.129.224.336.337.457.458)。

一二七二	文永9	亀山	75

2・17 後嵯峨法皇崩御(53)(帝王編年記)。
2・22前 文永四年二月二十三日以降、融覚、雪の朝権中納言公雄の病気見舞歌に返歌す(為家5862)。
2・30 中務卿宗尊親王出家(法名覚恵)(31)(本朝皇胤紹運録)。
4・6 融覚、これ以前貞応二年七月二十二日定家筆『古今和歌集』を書写せしめ、この日奥書を加えて但州刺史某に授く(昭和四年六月侯爵中山家大岡家所蔵品入札目録)。
6・26 前権中納言藤原(葉室)定嗣没(65)(尊卑)。
8・3 大納言源(中院)雅忠没(45)(公補)。
8・9 京極院佶子没(28)(一代)。
8・13 融覚、寛喜元年四月一日定家筆『後撰和歌集』を建長七年六月二日或能書に誂えて書写せしめ奥書を加えたる本に、この日家本を以て校合、奥書を加う(小松茂美蔵蜷川親当筆本奥)。
8・24 融覚、為相宛譲状を認め、相伝の和歌文書等皆悉を為相に譲与す(冷泉家譲状第二状)。
秋 融覚、為兼ならびに藤大納言典侍に三代集

8・15 入道前大納言為家卿家続月百首和歌会(明題・新三井250)。
12・ 左大弁資宣勧進三首和歌会。題「山深雪・野寒月・松経年」(明題)。
12・28 西園寺三首和歌会。題「浦千鳥・歳暮・寄水恋」(明題)。
是年 為家文永九年詠(為家5815-5830)。
弘長元後是年前冬 中院為家家五首和歌会「野雪・山家氷・関歳暮・忍恋・絶恋」(明題)。
弘長元後是年前 為家卿中院亭探題千首和歌会(出題亭主)(明題)。

を伝授す(伊達本古今集奥)。

冬　為氏、融覚に対し悪口不孝の振舞いあり、以後の所領問題錯綜の一因となる(冷泉家譲状第三状、第四状)。

是年　融覚、細川庄関係宛所不明譲状を認む(関東裁許状)。

是年　融覚、雅有『隣女和歌集』巻三(文永七年八年詠)に合点するか(同集奥)。

是年頃　藤原(九条)基家、自作自撰の『和漢名所詩歌合』を詠作自編す(同歌合)。

一二七三　文永10　亀山　76

2・14　前太政大臣藤原(徳大寺)実基没(73)(公補)。

3・13　融覚、為顕に古今他の秘伝を伝授するか(玉伝深秘巻)。

4・13　祭除目に、為教女従五位下藤原為子、内侍司の典侍に任じらる(吉続)。

4・21　融覚、この日より七月三日まで、日吉社百日参籠、父定家没後の所作種々善根を源承に誂えて啓白文を草し、法楽す(源承口伝)。

5・27　執権北条政村没(69)(関東評定衆伝)。

7・13　融覚、為氏宛書状を認め、近江国吉富庄の悔い返しを為氏に通告す(冷泉家文書為氏宛書状案)。

7・24　融覚、阿仏宛譲状を認め、不断経による没後追善の維持と生活保証のため、播磨国細川庄を為氏より悔い返して為相に与え、あわせて定家自筆明月記ならびに本書どもを為相に譲与すべき旨を認む(冷泉家譲状第三状)。

8・2　嘉陽門院礼子内親王没(74)(女院小伝)。

8・16　前左大臣藤原(山階)実雄(法名経学)没(57)

正・24　西園寺三首和歌会。題「初春霞・雪中鴬・寄梅恋」(明題)。

3・　北辺三首和歌会。題「朝尋残花・藤告暮春・互忍久恋」(明題)。

4・21後　日吉社百日参籠時述懐詠(為家5831)。

7・7　内裏七首和歌御会(続拾遺449.564.565.863・続千載350・風雅462・為家5832-5833)。

7・10　内裏内々詩歌合。右中弁経長(詩)右大弁経業(歌)講師を勤む。奉行、頭中将実冬(吉続・続史)。

是年　為家勧進住吉社六首歌合。題「難波浦春・寄松述懐」他(遺塵2.214・閑月158)。

是年　為家文永十年詠(為家5834-5845)。

(公補)。
11・12 鎌倉日吉社別当法印尊家没(67)(日光山列祖伝)。
12・8 為世、辞右兵衛督、還任左近衛中将(公補)。
冬後 融覚、嵯峨中院邸から北辺持明院邸(阿仏邸か)に転居するか。

一二七四 文永11 後宇多 正・26 77

正・26 亀山天皇、皇太子世仁親王に譲位、後宇多天皇受禅(一代)。
3・26 後宇多天皇、太政官庁において即位(妙槐)。
4・15 前権中納言民部卿藤原経光没(62)(公補)。
4・22 融覚、内裏大柳御所の御鞠会に参仕す(二老革匊話)。
5・7 権中納言藤原(衣笠)経平没(39)(公補・蛙抄)。
5・8 融覚、為氏を同道藤原(中御門)経任の許に参向、勅撰撰者として推挙す(延慶訴陳状)。
6・24 融覚、譲状(阿仏宛か)を認め、細川庄・和歌文書等を為相に譲与する旨を再確認、後事を一条殿に託したる旨を認む(冷泉家譲状第四状)。
7・29前 宗尊親王、前年以降『竹風和歌集』を自編するか。
7・29 宗尊親王(覚恵)没(33)(兼仲卿暦記)。
9・10 故源実朝室(藤原信清女)没(82)(尊卑)。
9・23 融覚、古今秘説『明疑抄』を藤原公世に授け、署名・授与証判を加う(同本奥)。
10・20 元・高麗軍筑前に侵攻上陸、少弐・菊池軍防戦。夜大風起こり敵軍船団漂没す(文永の役)(勘仲)。
11・8 従二位藤原顕氏没(68)(公補)。
11・19 後宇多天皇大嘗会。風俗屏風等和歌、悠紀方、九条三位行家、主紀方、新中納言資宣(続

正・ 北辺一首和歌会。題「栽松祝言」(中院入道殿)(明題)。
2・ 北辺(持明院)為家家三首和歌会。題「関路春月・毎春思花・初見切恋」(明題・閑月93)。
2・22 後鳥羽院御忌日二条局勧進三首和歌会。題「故郷花・春山月・釈教」(明題)。
7・7 亀山院仙洞探題歌合(新千載1770)。
是年 善峰寺三百三十首和歌会(出題真観)(明題)。
是年 為家文永十一年詠(為家5846-5859)。

史愚)。

是年　融覚、亀山殿の蹴鞠会に召され、為氏とともに無紋の燻革の襪を聴さる(雲井の春)。

是年　融覚病床よりの推挙に、亀山院為氏を勅撰撰者とすべき内意を伝え、融覚畏み申す答状を阿仏に書かしむ(延慶訴陳状)。

是年　融覚、定家筆順徳院奉献本『後撰和歌集』に加証奥書を加う(雲州本・常縁本奥)。

是年　道供(鎌倉幕府評定衆安達時盛)関東使節として上洛時餞別会に、関東好士十二人自讃歌各三十首を以て「百八十番歌合」に結番、融覚隠名で加判加点す(寂恵文)。

是年か　雪の夜道玄人々を伴い来り、融覚自邸病床に探題歌会を催す(玉葉2041)。

文永年間　融覚、某の一品経歌を勧進す「故民部卿入道文永一品経勧進之時、自身書三行三字候」(公衡公記正和四年「四月二十一日静覚〈為兼〉請文」)。

文永年間　融覚、一期の秀逸を「百番歌合」に番え、源兼氏に執筆せしむ(井蛙)。

文永年間　融覚、源中将基定(法名知道)(俊成卿女息具定の孫)五十首に合点、評詞を付して、源承に預け置く(源承口伝)。

文永年間　融覚、嵯峨中院邸に一発句千句連歌会を催し、後代に残る発句の本として自ら「にしきかと秋はさがのの見ゆるかな」を詠じ垂範す(井蛙)。

文永年間　九月尽日深草立信上人坊連歌会に、信実好士あまたを誘いて参加、融覚発句す「けふははや秋のかぎりになりにけり」(井蛙)。

文永年間後半「新時代不同歌合」(九条基家撰)。

為家文永年間歌(為家5860-5870)。
・宗尊親王と贈答(為家5861)。
・権中納言公雄と贈答(為家5862)。
・前大僧正良覚と贈答(為家5865)。
・寿証法師勧進日吉社五十首(為家5867-5868)入道前大納言為家卿出題名所五十首(明題)と同一か(「鏡山」一致)。
・横川真縁(心縁)上人(関白基平側近平少納言輔兼)如法経勧奨時贈上人詠(為家5869)。
・長綱と贈答(為家5870)。

一二七五　建治元 4・25　後宇多　78

正・6　為兼、叙従四位上(公補)。
正・11前　文永八年以降の間、行家『人家和歌集』を撰す。
正・11　従二位藤原(九条)行家没(53)(公補)。
正・18　為相、兼美作権守(公補)。
正・18　為世、任美濃権介(公補)。
正・18　為兼、任左近衛少将(公補)。
2・11　鷹司院長子没(58)(女院小伝)。
4・3　某(伝為氏)、建長四年六月十日真観筆『貫之集』を書写す(『国書聚影』所収本奥)。
5・1　為家(融覚)薨逝す(78)(尊卑)。
没後、為相、哀傷歌を詠ず(拾遺風体214)。
没後、西園寺実兼、息男為氏に贈歌して弔問す(新後撰1558)。
没後、慶融、懐旧歌を詠ず(新後撰1563.1564)。
6・5　阿仏、為家五七日に仮名諷誦を草し(同諷誦)、百首を詠じて亡夫を追懐す(風雅2015・2016)。
6・9　前右大臣摂政藤原(九条)忠家没(47)(公補)。
9・後　飛鳥井雅有、『みやこのわかれ』を著す(同作)。

2・22　後鳥羽院御忌日二条局勧進三首和歌会。題「故郷花・暁帰雁・寄木恋」(明題)。
9・13　摂政左大臣一条家経、家に「月十首歌合」を催し、後日真観に判及び判詞を記さしむ。阿仏参加(同歌合)。
秋か　摂政左大臣一条家経、家に十七番詩歌合を催す(『詞林』十九号同詩歌合)。

○為家詠作年次未詳歌(為家5871-6000)。
・法印源全と贈答(為家5889)。
・法印成運と贈答(為家5896)。
・隠居百首(為家5907-5915)。
・百首(為家5960-5966)。
・三百六十首(為家5967)。
・月五十首(為家5968)。
○為家存疑歌(為家6001-6011)。

一二七六　建治2　後宇多

2・12　正三位藤原(世尊寺)経朝没(62)(公補)。
③・　北条時宗、絵を藤原伊信に描かせ、詩を日野資宣、歌を藤原光俊(真観)に撰ばせて、『現存三十六人詩歌』成る(同詩歌奥)。
5・4　前太政大臣藤原(花山院)通雅没(44)(公補)。
5・1　融覚(為家)一周忌に、為氏如法経を書写し、追善供養の法会を修す(続千載973詞)。
6・5　前右大弁藤原光俊入道真観没(74)。
7・22　亀山院、前権大納言藤原為氏に勅撰集(続拾

2・　(仙洞か)三首和歌御会。題「関路鶯・山花未開・寄雨恋」(明題)。
7・22　内裏御書所始。頭左大弁経長奉行、別当在臣、覆勘時(明)範、開闔大内記業範(勘仲)。
8・13　内裏芸閣作文御会(当代初度)、詩題「勝遊不限年」(以情為韻)、奉行蔵人頭左大弁経長以下三十人参候。読師、明範、講師、資宗。講了後朗詠、次で連句(陽唐)(勘仲・続史)。
8・15　亀山殿仙洞初度作文御会。詩題「仙境月光明」(題中)、式部大輔経業献題(勘仲・続史)。

遺和歌集）の撰進を命ず（尊卑）。
10・23 北条（金沢）実時没（53）（関東評定衆伝）。
12・23 前権大納言藤原基良没（90）（尊卑）。
是年後
5・1 源承、融覚（為家）周忌に往生講式和歌を勧進、為世・従二位為子ら詠歌結縁す（新千載831.832）。

8・19 亀山殿仙洞初度管弦和歌御会（亀山上皇代始）。藤中納言日野資宣出題、題「松色浮池」。歌仙、亀山院・摂政兼平以下二十一人。為氏・為教・為教女権中納言局・為兼も参仕。序者、前内府基家。読師、前内府師継、講師頭右大弁経長。講師の作法前権大納言為氏の訓説を受く（吉続・明題・兼仲・続拾遺725.726）。
秋 住吉社三十五番歌合（為氏判）（同歌合）。

未詳年

○為家、『万葉集　貫書』（「万葉注詞」）を撰す（徳川美術館蔵了俊『和歌秘抄』奥）。
・万葉集　貫書　為家卿撰、同説等
　為秀卿十八歳時筆也、同奥書
・新勅撰　同卿筆
　此一帖（朱補入「万葉注詞」）更々無写本之間殊々秘蔵物也。
○為家、『八代集秀逸』を書写す（流布本奥）。
○為家、建長年間以降か、一条実経に『顕注密勘』上帖を書写進献す（中央大学本第三冊奥）。
○為家、『源氏抄』三巻を抄するか（「是は民部卿為家源氏を省略して面白ところ許集たり」）（京大本『勅撰次第』）。但し『砂巌』巻六「和歌集并物語等作者以下抄」には同書を鴨長明編とし、存疑。

○三百六十首（真観出題）（明題）。
○三百六十首（真観出題か）（明題）。
○入道前大納言為家卿一夜百首（明題）。
○入道前大納言為家卿百首（明題）。
○入道前大納言為家卿百首（明題）。
○入道前右大弁光俊朝臣四季百首（明題）。
○入道前右大弁光俊朝臣四字百首（明題）。

初出一覧

本書の各章節と既発表論文との関係は、以下のとおりである。それぞれの既発表稿を基本とはするが、現時点における『藤原為家研究』の一部とすべく、改稿や補訂など必要な手立てを講じ、統一をはかった。改稿の度合いは章節により異なるが、本書をもって定稿とする。

序章　後嵯峨院の時代

第一節　後嵯峨院の時代とその歌壇

原題「後嵯峨院の時代とその歌壇」（『国語と国文学』第五十四巻第五号、昭和五十二年五月）。

附　節　後嵯峨院時代前後和歌史素描

原題「新古今の時代〈中世前期〉」（『和歌史―万葉から現代短歌まで―』和泉書院、昭和六十年四月）の後半。

第一章　伝記研究

第一節　為家の官歴と定家

原題「藤原為家の官位昇進と定家」（『明月記研究』第三号、平成十年十二月）。「藤原為家の官暦と定家」（『中世文学研究』第二十五号、平成十一年八月）。前者は『藤原定家研究』（風間書房、二〇〇一年五月）に収録したが、後者と合成して一編の論とすべく、補訂を加えて再録した。

第二節　御子左家三代の悲願

原題「俊成・定家・為家三代の悲願」（小学館、新編日本古典文学全集第四十九巻『中世和歌集』月報六十七、二〇〇〇年十月）。「御子左家三代の悲願」（『香川大学教育学部研究報告』第Ⅰ部百十七号、平成十四年十一月）。

第三節　為家の鎌倉往還
原題「藤原為家の鎌倉往還」（『中世文学研究』第二十三号、平成九年八月）。
第四節　和徳門院新中納言について
原題「和徳門院新中納言について」（『香川大学国文研究』第三十号、平成十七年九月）。
第五節　為家室頼綱女とその周辺
原題「為家室頼綱女とその周辺」（『和歌文学の伝統』角川書店、平成九年八月）。「為家室頼綱女とその周辺（続）」（『中世文学研究』第二十四号、平成十年八月）。「為家室頼綱女の生没年」（『香川大学国文研究』第二十二号、平成九年九月）。
第六節　為顕の母藤原家信女につて
原題「藤原為家息為顕の母藤原家信女について」（『香川大学国文研究』第二十八号、平成十五年九月）。「藤原為家息為顕の母藤原家信女について（補遺）」（『香川大学国文研究』第二十八号、平成十六年九月）。
第七節　覚源・慶融その他――附、御子左藤原為家系図　　新稿

第二章　和歌作品

第一節　為家の初期の作品（Ⅰ）
原題「藤原為家の初期の作品をめぐって―『千首』を中心に後代との関わりの側面から―」（『国文学言語と文芸』第六十四号、昭和四十四年五月）。
第二節　為家の初期の作品（Ⅱ）
原題「藤原為家の青年期と作品（上）」（『中世文学研究』第二号、昭和五十一年七月）。「藤原為家の青年期と作品（下）」（『中世文学研究』第三号、昭和五十二年七月）。
第三節　新撰六帖題和歌の諸本
原題「『新撰六帖題和歌』の諸本について」（『中世文学研究』第五号、昭和五十四年七月）。『藤原為家全歌集』（風間書房、二〇〇二年三月）に収録したが、次節稿と併載すべく、若干補訂して再録した。

第四節　新撰六帖題和歌の成立
原題「新撰六帖題和歌の成立について」（『香川大学教育学部研究報告』第一部第四十九号、一九八〇年三月）。
第五節　七社百首考
原題「藤原為家『七社百首』考」（『国語国文』第三十九巻八号、昭和四十五年八月）。
第六節　秋思歌について
原題「解題」（秋思歌）（冷泉家時雨亭叢書第十巻『為家詠草集』朝日新聞社、二〇〇〇年十二月）。
第七節　詠源氏物語巻名和歌
原題「『詠源氏物語巻名和歌』は為家の詠作か」（『中世文学研究』第二十二号、平成八年八月）。

第三章　勅撰和歌集

第一節　続後撰和歌集の配列
原題「衣を擣つ女―続後撰和歌集の一考察―」（『国文学解釈と鑑賞』第三十二巻六号、昭和四十二年五月）。
第二節　続後撰和歌集の撰集意識
原題「続後撰集の撰集意識―集名の考察から―」（『国文学言語と文芸』第五十七号、昭和四十三年三月）。
第三節　続後撰和歌集の当代的性格
原題「続後撰集和歌集の当代的性格」（『国語国文』第三十七巻第三号、昭和四十三年三月）。
第四節　続古今和歌集竟宴記
原題「続古今集竟宴記をめぐって―資季卿記・資平卿記の紹介と二三の問題―」（『和歌文学研究』第二十六号、昭和四十五年七月）。
第五節　続古今和歌集目録と前田家本続古今和歌集
原題「『続古今和歌集目録』と前田家本『続古今和謌集』」（『国語国文』第三十八巻九号、昭和四十四年九月）。
第六節　石橋本続古今和歌集考
原題「石橋年子氏蔵『続古今和歌集』（巻下一帖）について」（『中世文学研究』第二十一号、平成七年八月）。

第七節　続古今和歌集の撰集下命
原題『続古今集』の撰集下命について（『和歌史研究会会報』第九十一号、昭和六十一年十二月）。
第八節　続古今和歌集の撰集について
原題「続古今和歌集の撰集について（再考）」（『香川大学教育学部研究報告』第Ⅰ部第百二十二号、二〇〇四年九月）。
第九節　続古今和歌集の御前評定
原題「続古今和歌集の御前評定」（『国語と国文学』第八十二巻四号、二〇〇五年四月）。
附　節　後深草院御記（文永二年十月十七日）
原題「後深草院御記の一断片」（『和歌史研究会会報』第五十二号、昭和四十九年四月）。

第四章　歌学歌論

第一節　詠歌一体考
原題「詠歌一体考」（『国文学言語と文芸』第四十号、昭和四十年五月）。
第二節　広本詠歌一体の諸本と成立
原題「詠歌一体（広本）の諸本と成立（上）」（『広島女学院大学日本文学』第十二号、平成十八年七月）。「詠歌一体（広本）の諸本と成立（下）」（『広島女学院大学国語国文学誌』第三十六号、二〇〇六年十二月）。
＊関連する校注・解説として、①「詠歌一体」校注・解題（中世の文学『歌論集一』三弥井書店、昭和四十六年二月）、②「解説」（詠歌一体）（徳川黎明会叢書『桐火桶・詠歌一体・綺語抄』思文閣出版、平成元年七月）、③「詠歌一体解題」（冷泉家時雨亭叢書第六巻『続後撰和歌集　為家歌学』朝日新聞社、平成六年二月）があるが、いずれも秋田大学本の位置づけほか、錯誤を含んでいる。
第三節　略本詠歌一体の諸本と成立
原題「略本詠歌一体の諸本と成立」（『広島女学院大学論集』第五十六集、二〇〇六年十二月）。
第四節　為家書札について

原題「為家書札（解題）」（冷泉家時雨亭叢書第六巻『続後撰和歌集・為家歌学』朝日新聞社、一九九四年二月）。

第五節　中世歌論における古典主義

原題「中世歌論における古典主義――俊成・定家から為家へ――」（鑑賞日本古典文学第二十四巻『中世評論集』角川書店、昭和五十一年六月）。

第六節　歌学と庭訓と歌論

原題「歌学と庭訓と歌論と―為家歌論考―」（和歌文学論集第七巻『歌論の展開』、風間書房、平成七年三月）。

第五章　仏事供養

第一節　定家七七日表白文

原題「藤原定家七七日表白文について」（『広島女学院大学論集』第五十五集、二〇〇五年一二月）。

第二節　為家の仏事供養

原題「藤原為家の仏事供養について」（『広島女学院大学大学院言語文化研究紀要』第九号、二〇〇六年三月）。

第三節　定家十三回忌二つの法文詩歌作品

原題「定家十三回忌の二つの法文詩歌作品」（『広島女学院大学日本文学』第十五号、平成十七年十二月）。

＊関連する論考として、「定家十三回忌一品経歌」（『和歌史研究会会報』第三十四号、昭和四十四年八月）、「二十八品并九品詩歌再説」（『和歌史研究会会報』第五十六号、昭和五十年六月）があるが、補訂では対応できない錯誤を含むので、全面的に改稿した。

第六章　自筆断簡

第一節　為家筆人麿集切

原題「藤原為家筆人麿集切をめぐって」（『香川大学国文研究』第九号、昭和五十九年十一月）。

第二節　為家定家両筆仮名願文

原題「為家定家両筆仮名願文について」（『日本古典文学会報』第九十五号、昭和五十八年二月）。

第三節　為家の書状一通

原題「藤原為家の書状一通」（『日本古典文学会々報』第百十三号、昭和六十二年十二月）。

第七章　周辺私撰集と真観

第一節　公条抄出本現存和歌六帖について

原題「公条抄出本『現存和歌六帖』考―永青文庫蔵幽斎筆本をめぐって―」（『中世文学研究』第六号、昭和五十五年八月）。

第二節　現存和歌六帖の成立（Ⅰ）

原題「現存和歌六帖の成立について」（『中世文学研究』第十二号、昭和六十一年八月）を基に、大きく改稿した。

＊関連する論考として、「現存和歌六帖の成立について（再説）」（『中世文学研究』第十七号、平成三年八月）があるが、内容が重複する上、錯誤も甚だしいので、採録しなかった。

第三節　天理図書館蔵現存和歌覚書

原題「天理図書館蔵『現存和歌』覚書」（『香川大学国文研究』第十九号、平成六年九月）。

第四節　現存和歌六帖の成立（Ⅱ）

原題「冷泉家本『現存和歌六帖 第二』をめぐって」（『香川大学国文研究』第三十一号、平成十八年九月）。

第五節　三十六人大歌合撰者考

原題「三十六人大歌合の撰者をめぐって」（『香川大学教育学部研究報告』第Ⅰ部第四十八号、昭和五十五年二月）。

第六節　新和歌集の成立

原題「新和歌集の成立」（『王朝和歌と史的展開』笠間書院、平成九年十二月）。「新和歌集の成立（続）」（『香川大学国文研究』第二十二号、平成九年九月）。

第七節　藤原光俊伝考

原題「藤原光俊伝考―出家まで―（上）」（『中世文学研究』第八号、昭和五十七年八月）。「藤原光俊伝考―出家まで―（下）」（『中世文学研究』第九号、昭和五十八年八月）。

終章　文書所領の譲与

第一節　為家から為相への文書典籍の譲与

原題「為家から為相への典籍・文書の付属と御子左家の日吉社信仰について」（『中世文学研究』第十八号、平成四年八月）。

第二節　為家の所領譲与

原題「藤原為家の所領譲与について」（『中世文学研究――論攷と資料』和泉書院、平成七年六月）。

附　録　藤原為家年譜　新稿

後　記

かねてからの懸案であった『藤原為家研究』の編集と校正を、ようやく完了した。長い年月にわたり、その時々の関心と視点のもとに書いてきた論稿群を主として整理編成したので、全体としての統一に腐心せざるをえなかったが、ようやく最終校正を終えることができた。

序章は、「後嵯峨院の時代」とし、第一節には、比較的引用されることの多かった「後嵯峨院の時代とその歌壇」を配した。初出稿は未熟だったので、可能な限り補筆して視野の拡大をはかろうとしたが、なお十全ではない。附節とした「後嵯峨院時代前後和歌史素描」は、もと初学者向きに書いた「和歌史」の一部で、重複するところもあるが、当代和歌史の見取り図を示すべく添えた。

第一章「伝記研究」は、為家自身、ならびに姉妹と妻室たち、また子女たちの伝記を扱った七節で構成した。第一節「為家の官歴と定家」は、主として明月記を駆使し定家との関係の中で為家の官歴を追った論稿の集成である。第二節「御子左家三代の悲願」は、俊成以来の家の悲願であった「大納言任官」を鍵語として論じ、第三節「為家の鎌倉往還」は生涯唯一の鎌倉への旅を跡づけた。他の章節でも様々に為家を追究してゆくのであるが、いわばそれらの枠外にある為家の一面に注目した論稿群で、関心と方法また記述の密度もそれぞれに異なっている。

第四節「和徳門院新中納言について」は、新中納言が為家同腹の妹であることを考証確定し、第六節「為顕の母藤原家信女について」も、従来「内侍女」とされてきた妻室は「家信女」であると推断して、為顕の母系を探索した。第五節「為家室頼綱女とその周辺」は、為家の正室宇都宮頼綱女の伝記を、主として明月記の記事の中に探り、特にその母系と子女たちについて解明記述した内容である。以上為家周辺の女性たちを扱った三編にはそれぞれに新見もあり、満足すべき成果をあげえたと思う。第七節「覚源・慶融その他」は、為家のその他の子女たちについて遺を拾って考察し、最後に系図を添えて、本章で考究した総体を示した。

第二章「和歌作品」の、第一節「為家の初期の作品（Ⅰ）」は、「詠千首和歌」について万葉語の摂取多用その他顕著な特質を闡明し、第二節「為家の初期の作品（Ⅱ）」は、初期作品の詠作年次考証を主たる内容としている。この二編により初期作品について未熟ではあるが一応の解答は示したのであるが、それ以後全生涯の作品追尋には及べなかった。第三節「新撰六帖題和歌の諸本」、第四節「新撰六帖題和歌の成立」は、定家亡き後為家がいち早く企画推進した「新撰六帖題和歌」の諸本と成立論の最終稿である。第五節「七社百首考」、第六節「秋思歌について」、第七節「詠源氏物語巻之名和歌」の三節は、いずれも出家以後、老年期の作品をめぐる論稿であるが、執筆の時期としては、第五節は第一節や二節と相前後する院生時代の成果である。ことさらに後代の玉葉和歌集や風雅和歌集への脈絡を追究する姿勢をとっているのは、為家とその作品に対する評価がまだ確立していなかった当時の研究状況の反映で、この部分についてはかなり大きく筆削を加えた。

第三章「勅撰和歌集」は、『続後撰和歌集』関係の三編、『続古今和歌集』関係六編の論稿をもって構成し、附節として「後深草院御記（文永二年十月十七日）」を添えた。

第一節「続後撰和歌集の配列」の文体が少し異なっているのは雑誌特集号のため小西甚一先生の筆削を受けた痕跡である。第二節「続後撰和歌集の撰集意識」と第三節「続後撰和歌集の当代的性格」も、院生時代の成果で、若干の修訂と補正は加えたが、これらはほとんど初出稿のままである。

第四節「続古今和歌集竟宴記」は、初出稿にあっては解説も未熟、かつ翻刻の誤りも数多く、また活字で見ることのできる「後深草院御記」は割愛するなど不備が多かったので、その御記も含めて三記のすべてを、信頼すべき底本をえて翻刻掲示し、ようやく完備した内容とすることができた。第五節「続古今和歌集目録と前田家本続古今和歌集」は、早稲田大学図書館蔵「続古今和歌集目録」の紹介を主とする。勅撰和歌集の唯一の完本目録であり、竟宴時点の本文を基礎として編まれていることとその他、資料的価値と意義を闡明するとともに、前田家本続古今和歌集が竟宴本に最も近い位置にあることを考証した論で、少しく改稿と補筆はしたが、これも基本的に初出稿のまま収載した。第六節「石橋本続古今和歌集考」は、兼好感得奥書をもつ石橋本（下巻）を紹介しつつ、竟宴に至るまでの間の除棄歌と追入歌、竟宴以後の除棄歌と追入歌を個別に追跡している。第五節と六節では、不十分ながら諸本間に出入りある歌を一覧表示して考察を加え、かなりの程度に正確を期すことはできたが、系統的な諸本研究が未完であることを遺憾としている。第八節「続古今和歌集の撰集について」と第九節「続古今和歌集の御前評定」は、ごく最近公刊された経光卿記「続古今集沙汰事」を駆使して、文永二年最終段階における撰集の実態を追跡し、御前評定の具体的なあり様を解明したもので、この新資料の出現によって、続古今和歌集に関する研究が飛躍的に進展したことを喜びとしたい。附節「後深草院御記（文永二年十月十七日）」は、当該一日分の記事逸文を紹介した内容。本章の末尾に添えることができ、所をえた思いである。

第四章「歌学歌論」は、六編の論稿で構成した。第一節「詠歌一体考」は、佐々木氏説を批判した私の最初の論文で、愛着も深かったので、現時点の諸本論と結んで生かすことを試みたのであるが、微妙な認識の齟齬は払拭できず残っている。第二節「広本詠歌一体の諸本と成立」、第三節「略本詠歌一体の諸本と成立」は、近年の小林一彦氏説を受けて、諸本を分類しなおした論稿である。秋田大学本は、奥書によって為相筆本を仮構したもので実際には存在しなかったこと、冷泉家系統の六種の伝本はすべて為秀筆本に由来すること、原本は為家の口伝であったこと、それを成書化したのは為氏と為秀であり、為秀は為氏本を座右にしてその本文を取り入れながら冷泉家の家の証本を確立したこと、などを説いた。二条家系統本の本文が著しく劣悪化しながら板行されて流布する一方、為秀は為家自筆本を標榜しつつ六度までも書写を繰り返し、最後はまた「為家口伝」に回帰していったことなどを明らかにしたのであるが、これら論文のみでは限界があり、校本を掲げて本文推移の動態を説示すべきであったと反省している。第四節「為家書札について」、第五節「中世歌論における古典主義」、第六節「歌学と庭訓と歌論」は、為家歌論の各論であるが、その時々の関心のありかたと切り口の相違によって、色調はかなり異なっている。

第五章「仏事供養」は、第一節「定家七七日表白文」、第二節「為家の仏事供養」、第三節「定家十三回忌二つの法文詩歌作品」の三節で構成した。第一節は、宗性に誂えて草した四十九日の表白文草稿の読解、第二節は父定家と母京極禅尼の毎年の忌日供養を跡づけようとしたのであるが、法会の実態と細部に不案内で、いま一つ自信がもてない。第三節は、従来の自説の誤謬を正し、定家十三回忌を期して為家は、「二十八品并九品詩歌」と「一品経歌」という、二つの性質を異にする法文詩歌を諸人に勧進したことを明らかにした。

第六章「周辺私撰集と真観」は、真観撰「現存和歌六帖」関係の論稿四編と、そのほか三編の論文をもって構成した。第一節「公条抄出本現存和歌六帖」は、抄出本完本の紹介。第二節「現存和歌六帖の成立（I）」は、研究史の中に位置している初出稿の、まだ生きている部分を惜しんで、誤りをそのままに改稿整理したため、中途半端で落ち着きの悪い論となってしまった。この一節は早い段階であきらめて削除すべきであったかもしれない。第三節「天理図書館蔵現存和歌覚書」は、当該本が写本であることを考証し、第四節「現存和歌六帖の成立（II）」は、従来の自説を変改して、建長元年第一次奏上本の段階から六帖完備の完本であったこと、作者総数は現存歌人のみ一九七人、最終成立は作者注付本を進入した建長二年九月だったと結論した。いま冷静に考えればあれこれ反省されるけれども、主観的には紆余曲折の末、本作品の成立についてようやく正解に到達することができたことを、せめてもの救いとしたい。

第五節「三十六人大歌合撰者考」は、この作品の撰者は通説とされていた真観ではなく、九条基家であることを縷々考証して確定したもの。第六節「新和歌集の成立」は、正元元年八月十五日以降十一月十二日以前の間の成立で、詞書きの内部徴証を根拠に撰者は時朝であると考証して、ほぼ正解に近づきえたかと思う。第七節「藤原光俊伝考」は、明月記と新弁官補任を駆使しての、出家に至るまでの光俊の伝記考証であるが、出家以後を補完できなかったことを、少し残念に思う。以上の三節は、いずれも緻密な考証を積み重ねて到達した、実証の成果である。

終章「文書所領の譲与」は、第一節「為家から為相への文書典籍の譲与」、第二節「為家の所領譲与」の二つの論稿をもって構成した。第一節は、為相への文書典籍の譲与付属の実態解明を主とし、御子左家の日吉社信仰に言及した。第二節は、所領譲与の具体を、総合的系統的に解明しようとした論稿である。初出稿の段階では果たせなかった、冷泉為人氏所蔵藤原為家譲状その他すべてを写真図版として掲載し、忠実な［本文］翻刻と、［校訂本文］をあわせ掲示しながら解説を加えたので、格段の正確度が確保できたと思う。

最後に附録として「藤原為家年譜」を添え、為家とその周辺の人物たちの関係する事蹟を、できるだけ詳細に立項し、また「和歌漢詩等文事関係事項」欄を設けて、為家が生きた後鳥羽院時代から後嵯峨院の時代にかけての文事索引をあわせ企図した。なお遺漏や誤認、また私の関心の狭さからくる偏りなども少なくはないであろうが、折りにふれ補正と充実を心がけてゆきたいと念じている。

研究に携わりはじめて四十数年、院生の身分から香川大学教育学部へ、定年退職して広島女学院大学文学部へと、時代とともに教育研究の環境も大きく変化したが、私の中では院生時代の和歌史研究会から中四国中世文学研究会へと繋がった三十四五年間の活動が中心であったと回顧される。その間を通して数多くの方々のご厚意と学恩に支えられて今日に至った。大学の恩師たち、和歌史研究会の諸先輩の方々、中四国中世文学研究会の同人諸氏をはじめとして、その他一々にご芳名をあげることは控えさせていただくが、研究者としての私を育んでくださったすべての方々に対し、心からなる感謝の意を表し御礼を申し上げたい。

最後に、本書の刊行を快諾された笠間書院の池田つや子社長、刊行を慫慂してくださった橋本孝編集長、編集の実務を担当して適切に刊行に導いていただいた大久保康雄氏に、厚く御礼申し上げる。

平成二十年八月

佐藤恒雄

本書は、日本学術振興会「平成二十年度科学研究費補助金（研究成果公開促進費）」の交付を受けて刊行されるものである。関係機関に対し深謝申し上げる。

索引

凡　例

・索引は、人名索引、研究者名索引、書名資料名索引、和歌初句索引、翻刻本文写真図版索引の五部に分けた。

・所在の頁を数字で掲示し、三頁以上連続する場合は、初めの数字と終わりの数字を—で結んで示した。

・人名索引は、本書において扱った近世以前の人名を、原則として名により立項、括弧内に姓氏または家名を注記し、男子は音読により、皇族と女子は通行の読みによって、五十音順に配列した。なお頻出する「為家」のみは、割愛した。

・研究者名索引は、本書において取り上げた研究者を、通行の読みによって、五十音順に配列した。

・書名資料名索引は、本書において扱った近世以前の書名と資料名を、通行の読みによって、五十音順に配列した。

・和歌初句索引は、本書において引用した和歌作品について、表記をすべて歴史的仮名遣いに統一して、五十音順に配列し、初句が同じ場合は第二句を掲げて表示した。

・翻刻本文写真図版索引は、本書における本文や注の中に取りあげた主要な翻刻本文と写真図版のすべてを対象とし、これのみは原則として所在の頁順に配列した。

人名索引

二一九・三六〇・四〇五・四七九・六八二・七〇七・
七〇八・七一四・七一八・八〇〇・八〇三・一〇一四・
一〇八三―一〇八七・一〇八九―一〇九六・一一〇二・
一一〇五・一一一三・一一一五・一一二〇・一一二三―
一一二六・一一三九・一一四〇・一一四三―一一四六・
一一四九・一一五一・一一五四・一一五六―一一六四・
一一六六・一一六七・一一七二・一一七五―一一七七・
一一七九・一一八一―一一八六
為村（冷泉）　一一五五
伊長（藤原）　九五六・九七五・九九九
為長（菅原）　六七・六八・一〇三一・
　一〇三二・一〇三七・一〇五六
為定（二条）　一一三・八五六
為定（源承）　一五三・一五八・一八六
惟定（藤原）　一〇四三
出羽弁　三八四
為藤（二条）　一一三・三五三・三六一・
　一〇二五
為道（二条）　八五六
維範（安陪）　九五六・一〇七三
伊平（鷹司）（顕恵）　七〇・九五八・
　九七七・九九九・一〇三七
為輔（藤原）　一〇四三
惟方（藤原）　一〇四三
伊房（二条）　五三四
為房（藤原）　一〇四三
為満（冷泉）　一一〇
為頼（冷泉）　一〇九・一一〇・九五六
以良（但馬権守）　一〇六三
為和（冷泉）　九七
胤時（源・千葉八郎）　一五一・
　一五三・一五八
殷富門院大輔　三〇・四六九・五八二・
　七三八
宇多天皇　二六七

う

宇都宮頼綱女（為家室）→藤
　原為家室
宇都宮頼綱妾（為家室母）
　七七・一五四―一五七・一六〇・一六一・一六三―
　一六五・一六八・一七〇・一七一
宇都宮頼綱二女　一五一
温庭筠　二六七・三八七・九八五

え

栄雅（飛鳥井）　七二一・七三三
永光（藤原）　二七八・一〇二九
永綱（宇都宮）　一〇〇六
永福門院　三九〇・六六六・七三三―七三六
永福門院内侍　三三六
英明（源）　二六七
掖斎（狩谷望之）　七四一・九〇九・
　九一〇・九二九
越中内侍（越州）　四五・四六・四八・
　四九・六一・一四四
延季（荒木田）　一〇八・三六六・三六七・
　五三三
円助法親王母（後嵯峨妃）
　一八〇・一八一
延成（荒木田）　五三八・五三九・九五六
延政門院新大納言（為氏女）
　二〇八
円瑜（法眼）　四三三・一〇〇五・一〇〇六・
　一〇一六

お

大谷前斎宮女房（隆信女）
　二〇四・二〇九
大手房（代官）　一一三八・一一三三・
　一一六九・一一七八
大宮院（藤原姞子）　一五・二〇七・
　四三七・五六七・五六八・五八九
大宮院権中納言（藤原雅平女）
　五三四・五五四

か

快修（俊成弟・天台座主）　一一三
雅家（北畠）　六三一
家季（藤原）　一〇二八
雅具（源）　八五四・八五六
覚寛（法印）　七七・八九・二五七・八四九
覚源（定家男）　一九九・二〇〇・二〇一・
　二〇二・二〇三・二〇六・二〇九・二一〇・二一五
覚源（為家男）　二〇六・二〇七・二一五
覚尊→慶融
覚智（秋田城介入道）　一三九
覚弁（定家異腹兄）　二〇五・二〇九
覚妙（為世雑掌）　一一一三―一一一五・
　一一一八・一一二五
家経（一条）　三五三・五二〇・九二四・
　一一八三・一一八四・一一八六
雅経（飛鳥井）　三〇・三七・五四・
　一〇二一・四六九・五九五・七三三・七三六・七五三・
　一〇二八・一〇三七
雅継（花山院）　一九六・一〇三六・
　一〇三七・一〇五六
雅慶（勧修寺門跡）　一〇四二・一〇四三
嘉言（大江）　五三五・五三六・五四四
雅言（源）　一六・一八一・五二〇・五五三・
　六三一
家行（藤原）　六六
家光（日野）　六六・八九・一六八・八八一・
　一〇二八・一〇三〇―一〇三三・一〇三六・一〇四〇・
　一〇五六・一〇六九
家行（持明院）　七三・七五・七六
家衡（藤原）　一八八・二七八・一〇三七
雅光（久我）　二六
雅綱（飛鳥井）　二八五・七二三
家嗣（大炊御門）　八四・一九六・
　八八一・一〇三一・一〇三三・一〇三七
家持（大伴）　三八八・六四三

家実(近衛)　五八・六五・六六・六九・七三・七六・八〇・一五九・八八二・八八三・一〇二八・一〇三七・
雅俊(飛鳥井)　七三
家信(藤原)　一八六―一八九・一九一・一九三・一九五
雅親(飛鳥井)　五一二・八八一
家成(藤原)　一九〇
家清(源)(最智法師)　五九五・六〇九―六一一・八五五・八五六・八九三・九三六・一〇五一・一〇五三
雅清(源)　一九六・一〇二八・一〇三六
家宣(藤原)　一〇三三
雅忠(中院)　二一・二六・五三〇・五七〇・五八一・五八二・六四二
家長(源)　五三・五四・八五・一九〇・一九六・二五九・五九五・六三三・八五六・一〇三一・一〇五一・一〇五六
家長(藤原)　一八九・一九〇・一九六・
雅長(藤原)　一八八
家通(近衛)　八〇
家定(持明院)　七五
家定(源)　九七三
和徳門院(義子内親王)　一四一・一四三
和徳門院新中納言(定家女)
　一四一・一四三・一四四―一四七・一九九・二一五
家任(藤原)　一六五
雅平(藤原)　一九〇・一九三・一九六
家保(藤原)　一八九
雅宝(勧修寺門跡)　一〇四三・一〇四四
亀山天皇(亀山院)　九・二〇・二六・三八・三九・六〇八―六一〇
雅有(飛鳥井)　三九・一三〇・一三一・一四〇・二〇七・三九三・五四一・七五七・九二六―九二八・一一六七
嘉陽門院越前　八九五
家隆(藤原)　九・二八―三〇・三三・三四・三六・三八・一〇二・二六三・四二九・四六八・五四三・五九五・六五二・七三〇・七六二・七八二・七八三・九八一・一〇三七・一〇六九
家良(衣笠)　一五・二六・二八・三三・三四・三六―三八・二八九―三〇一・三〇五・三〇六・三一二・三一四・三一六・三二〇・三二一―三三〇・三三二・三三三・三五九・三六〇・四六九・五〇四・五四一・五八七・五九五・五九九・六〇一―六〇四・六一二・六二三・六三〇―六三三・六三七・六三八・七五九・八五四・八九一―八九四・八九八・九〇二・九〇三・九一一・九一四・九一五・九一六・九二九・九三〇・九三四・九四八・九六四・九七五―九七七・九八〇・九八九・九九一・九九二・九九七・九九九・一〇二一
貫之(紀)　三〇・三六・三八八・四六九・四七三・五〇〇・九五七
寛信(勧修寺門跡)　一〇四三・一〇四四
神田喜兵衛　七〇六

き

基家(藤原)　一九〇
基家(藤原・九条)　一八・二〇・二九・三三・三五・三六・三八・三九・二六三・三三六・四七二・五〇九・五二一・五二二・五二三・五二八・五五〇・五七四・五七五・五八七・五九一・五九四・五九五・五九九・六〇一―六〇五・六〇八・六一〇・六一三・六一五・六二二・六三〇―六三三・六三六・六三九・六四二・六四四・六四七・七五九・八五五・八九五・九五七・九五八・九六四・九七三―九七七・九七九―九八一・九八三・九八六・九八八―九九一・九九九・一〇一五
基雅(藤原)　五三八
季吟(北村)　四六一
季経(藤原)　四七六
基綱(後藤)　六八
紀光(柳原)　五二七・六四九
義高(菅原)　一〇三六・一〇五六
基氏(園)(円空)　五五三・八九一
徽子女王　五四三・五六〇
宜秋門院(藤原任子)　四五・五三・五五
基俊(藤原)　三四・二七九・三五七・四三二・四六九・七八九
義淳法師　九四六・九五〇
基政(後藤)　九一四・九五八・九六八・九七五・九七八・九九六・一〇一五・一〇二一・一〇二五
基盛(持明院)　一〇二五
義政(北条)　九九六
喜撰法師　二〇九
基宗(持明院)　七五・八一・八二
北白河院(藤原陳子)　六六・七四・八一・一〇五四・一〇五五
吉蔵法印(嘉祥大師)　八一六・八一七・八二〇
基忠(鷹司)　三九
基長(持明院)　七五
基保(藤原)　一〇二八・一〇五四
基房(藤原)　五七二
季房(四条)(浄空)　八五三
躬恒(凡河内)　四九二・五四三・五六四・九五七
久良(源)　一〇五六
堯淵(下冷泉)　六九九
教家(藤原)　五四三・五六二・一〇三一―一〇三三
行基　五〇〇
業兼(平)　八二
匡衡(大江)　三五〇
教弘(大内)　七〇五
堯孝　五五〇・五五九・七三〇・七四六
京極禅尼→藤原定家室(実宗女)
京極姫君(二条左大臣女)
　一八三・一一一三・一一一七・一一一八・一一五一・一一五三・一一五四・一一五六・一一五八・一一六一・一一六六・一一八一・一一八三・一一八六
教実(藤原・九条)　二九・三〇・一六一・四四三・四六九・四八五・五三四・八七八・八八〇・九二二・九二三・一〇五七・一〇六八・

一一八六
興心房(定家侍医) 一七三
教成(藤原) 八三四
業清(藤原) 五九
教定(飛鳥井) 一三〇・一三一・一四〇・三七五・四三九・五三八・五三九・五四四・五九五・六〇一・六三八・七五二・七五三・七五六-七五八・七七六・七七七・八五五・九九二・九九八・一〇〇三・一〇一二・一〇一三
卿二品(藤原兼子) 八一
刑部卿(女房) 五三〇
業平(在原) 三八〇・四九三
行遍(前大僧都) 九五六
匡房(大江) 五六三・五七七
教良(藤原) 五五二
基隆(後藤) 九六八・一〇一五
基良(藤原)(縁空) 五〇九・五四一・五四三・五六一・五六五・八五四・九五八・九六二・九七八・一〇三七・一〇五四・

く

空暁法師 九一三
公暁(源) 三一
具氏(源) 五三〇・八六五・九五八・九六四・九七八・九九九
九条左大臣女──→京極姫君
九条尼(定家姉) 一二四七・一二四八
具親(源)(如舜) 七三〇・八五四・九五六・九五八・九七八
具定(堀川) 一〇五四

け

慶運 七四七
経家(藤原) 一三八・五五三・九七五・九九九
経雅(花山院) 一七七
経雅(源) 九五六
恵慶 五七九
経兼(光経兄) 一〇二八・一〇二九・一〇三一・一〇三三
経綱(宇都宮) 一〇〇四・一〇〇五・一〇〇六-一〇〇八・一〇一三
経光(藤原・勘解由小路) 一八一・五三二・六〇六・六〇七・六〇九・六一二・六三一・六三四・六三五・八五三・八五四・一〇五六・一〇六二・一〇七二
景綱(宇都宮)(蓮瑜) 一五七・一八四・四三三・一〇〇二・一〇〇五・一〇〇六・一〇一四・一〇一六・一〇一七・一〇一九・一〇二〇・一〇二一
経高(平) 八六・八七・一六五・一六八・八八一・一〇三三・一〇三六・一〇三七・一〇五〇・一〇五四・一〇五六・一〇五七・一〇六九
経時(高階) 一五九
経時(北条) 一〇一四・一〇一八-一〇二〇
経俊(吉田) 一八一・六三一
経信(源) 七六五・七八九・八〇三・
経成(土佐守) 八九
景盛(安達) 一三九
慶政上人 一一五・五四五・九五六
経朝(藤原) 五〇九・五五三・六三七・九九六
経長(藤原) 一〇二八・一〇三〇
経通(藤原) 七四・一六八・二七八・八八一・一〇二八・一〇六九
経定(左中将) 一〇一〇-一〇一二
経任(中御門) 五三〇・五三一・六一三・一二八五
経範(藤原) 八三三・八三四・八三五・八五三・一〇三六・一〇五六
経平(衣笠) 五三〇・五五三・六〇三
経房(吉田) 八二
経名(大炊御門) 五三四
慶融法眼(覚尊) 一九九・二〇二-二〇五・二〇九-二一四・六二一・六六三-六六五・七五八・七八三・七九五・一一七二
月華門院 五五三
厳恵(法印・二条良平男) 一三九・五四五・五五三・五六四・五六六・五七二・五七三・五七七・五七九・六一五
顕家(藤原) 一三八
憲家(権少僧都) 二〇六・二〇七・二一五
言家(藤原) 四八
厳覚(勧修寺門跡) 一〇四二・一〇四三
顕季(藤原) 一八九・三八一
兼基(藤原) 一一八三・一一八六
兼誼(平) 七四九
兼経(近衛) 五三四・五四四・五七三・八八一・一〇四九・一〇七八・
兼賢(源) 九五六
兼好(吉田) 四〇一・五五六-五五九・五八四・五八六
兼高(藤原) 一〇六一・一〇六三・一〇六九
兼済(花山院) 七〇五
兼氏(源) 二六・二〇四・二一一・二一九・六〇七・六一〇-六一二・六三三・六三四・六三六-六三八・六六五
顕氏(藤原) 一三八・五五三・九六八・九八七・九九六
兼実(藤原・九条) 五五〇・六〇八・六一〇
憲実(権大僧都) 五四四・五六二・五六六・五六七・五六八・五六九・五七〇・五七八・六一四
顕俊(真観叔父) 八三八・一〇七七
顕昭 四七六・八〇三
源承 一七四・一八一・一八二・二〇一-二〇四・二〇六・二〇九・二一一-二一四・六四六・六七七・一〇九九・一二五一・一二八六
顕親(土御門) 一七
源信 一一〇一
兼成(水無瀬) 七四一・七四二
顕性(僧都) 八八一
兼盛(平) 九五七
元盛(藤原) 五三六

こ

さ

し

資季(二条)　一八一・一八二・五〇九・五一二・五三〇・五三一・六三一・八五五・八七八・八八〇・八八一・九五八・九六二・九六四・九七八
師季(源)　一〇五六
式乾門院御匣(通光女)　五五四・五七四・八九九・九〇〇・九〇一
時業(藤原)　一〇〇六
師継(花山院)　一六・二七・一七七・一八一・五〇九・五三〇・五六七・五六八・六三一・八五五・九五八・九六二・九七八・九九七
資慶(烏丸)　七四九・七五〇
資経(藤原)　六七・一〇三一・一〇三四
資憲(藤原)　二六
師憲(大外史)　八四〇
師兼(大外記)　一〇六六
時賢(源)　六一・一九六・一〇二八・
時兼(平)　八七八・八八〇・一〇五六・一〇六〇
慈源(青蓮院門跡)　二〇七
師光(中原)　四七六・八九五
資高(二条)　一〇三六・一〇五六
氏弘(藤原・為氏家人)　一一六
時綱(宇都宮)　八九・一五〇・一五一
時広(弘)(北条)　九九六・一〇二五
時光(藤原)　四三三・一〇〇五・一〇〇六・一〇一六
資枝(日野)　七四二・七四三
師時(源)　二三九
資実(日野)　五八二・五八三・一〇三一・一〇三二
時実(北条)　五七一
時宗(北条)　五七二
時重(平・阿波三郎)　八一・八三
侍従内侍(葉室光俊室)　一〇五九・一〇六二
資俊(藤原)　八七八・八八〇・一〇二八・一〇二九
思順上人　五四五
四条天皇　九・二五・三三・八四・九二・一〇七・四三〇・四九七・五二九・八一九・八二一・一〇七一
資親(次郎左衛門)　一一三五・一一四一・一一七三・一一七九
時親(大友太郎)　一九七
時政(北条)　六六・七〇・八一・八四・一五三・一五四・一五五・一六一
時清(源)　五四三・五六三・五六五・五七九・六二四
時盛(安達)　一〇二四・一〇二五・一〇三一
資宗(藤原)　八〇三・一〇二八・一〇三〇
七条院(藤原殖子)　四八・四九・一八七
七条院堀川局(後鳥羽乳母)　一八七・一八八・一八九・一九六
師忠(二条)　一一五八・一一八三・一一八六
資朝(後堀河後院別当)　一〇五三
時朝(笠間)　四三三・五七一・一〇〇二・一〇〇五・一〇〇六・一〇一七－一〇二二
慈鎮――→慈円
実伊(法印)　九五八・九六四・九七八・九九九
実蔭(三条)　一一六五
氏通(藤原)　一一六五
師通(藤原)　一八七・六六六・七三一・七三五・七三八
資通(藤原)　一〇二八
時通(源)　一〇二五・一〇三六・一〇三七
実香(三条)　五三四・五三五
実家(一条)　一一八六
実雅(一条)　一七九
実基(徳大寺)　六三〇・八七八・八八〇・九七三・一〇三二・一〇四九
実業(清水谷)　七四八
実経(一条)　一五・二〇・二二・二三・三七・三八・一六五・一八一・三五三・五二〇・六〇四－六〇六・六三一・六三二・六三五・八五五・八九一・八九二・八九六・九〇〇・九一一・九一三・九二三－九二五・九五八・九七七・一一四六・一一八三・一一八六
実兼(西園寺)　三九・一九一・一九二・三三三・
実顕(西園寺)　一九〇・一九一・一九二
実顕(権大僧都)　七三三
実康(西園寺)　一九一
実光(藤原)　一〇七四
実氏(西園寺)　一〇・一一・一七・三〇・三三・三六・三七・六四・六五・六八・六九・七一・一〇六・二三五・二五七・二六三・三三六・三六一・三六二・三七四・四六八・四六九・四七四・四七五・四八四・四八五・四九三・四九六－四九八・五〇〇・五〇四・五〇八・五〇九・五二一・五二七・五六六・五六九・五七八・五八八・五八九・五九一・五九九－六〇一・六一四・六二二・六三〇・六四九－六五二・七五九・八四九・八五二・八五五・八九一・八九三・九二五・九五七・九五八・九六四・九七四・九七六・九七七・九七九・一〇六八・一一八五
実枝(三条西)　八九〇
実持(藤原)　一〇六・八四〇
実俊(藤原)　七〇・八八一
実勝(法橋)　六九三
実稱(三条西)　七四八
実信(三条)　五〇・五一・五三
実信法印　五六八・一〇二八
実宣(滋野井)　六六・六七・七八－八四・一八八・一九六
実全僧正　一一三
実宗(藤原)　五一・五三・一一四九
実朝(源)　三〇・三一・三四・三七・一二九・一三九・一四〇・四六八・一一八八
実通(徳大寺)　八六六
実任(藤原)　一〇四・八三五
実平(西園寺)　一〇五四
実保(藤原)　七八
実明(藤原)　五一
実雄(山階)　一七・二〇・二一・三七・一九二・四三六・五〇九・五三〇・六〇四・六〇五・六二三・八五五・九五八・九六二・九六四・九七四・九七七・九七九・九九七
実有(藤原)　一〇五四・一〇五六・一〇七一
実隆(三条西)　七四一・七四三・七四四
実量(三条)　六九九
持統天皇　五〇一
渋谷左衛門尉(小阿射賀地頭)

一一八七
資平(源)　二六・三九三・五一三・五三〇・五三一・五三七・五五三・五九八・六一三・六三一・六四九・七五七・七五九・七六〇・九九七
時房(北条)　六八・七一・一五三
時茂(北条)　五四三
釈阿→俊成
寂恵→範元
寂身　二六六・二八一
寂西→信実
寂蓮　五三五・五四四・六七六・七一四・七五四・七五八・七六一・七七七・七八一・七八四・七八五・七九九
珠阿(古山)　七〇五
重家(藤原)　一二八
重雅(飛鳥井)　七三三
重共(源)　七四九
重継(藤原)　一二八
重弘(藤原・為氏家人)　一一六六
重時(北条)　三〇・四三三・五四二・九二一・一〇〇六
充長(源)　七四九
重長(左京大夫)　一〇三三・一〇三七
秀能(藤原)(如願法師)　九・三・二五九・八五六・
重敏(加茂)　九五六
重名(藤原)　二六
脩明門院(藤原重子)　六三
秀茂(藤原)　五七一・六一二
守覚法親王　七三一
守光(広橋)　九四
俊恵(源)　六七二
春華門院(昇子内親王)　四三—四五・六〇・七五・
春華門院宣旨　七五
俊豪法印　五六八・五六九
淳高(菅原)　六七・一〇三六・一〇五六
俊国(藤原)　六〇六・六〇八・六三五・八五三
俊嗣(葉室・真観男)　九七二・九九七
俊成(藤原・御子左)　二一・二九・三三・三五・三六・三八・三九・四七・六〇・九〇・九一・九八—一〇一・一〇三・一〇四・一〇六・一〇八—一一二・一六九・二一五・二三八・三五七・三六六—三六八・三七七・三七九・三九八・四三三・四六八・四七〇—四七三・四七六・四九四—四九六・五〇〇・五八二・五八八・五九〇・五九四・五九六・六〇六・六六四・六六七・六七二・六九三・七三〇・七三一・七三四・七三六・七五四・七六四—七六七・七六九・七七一・七七七・七八二・七八五—七九七・八〇五・八〇六・八一九・八二一・八三三・八五一・八五五・九八二—九八五・一〇九七—一〇九九・一一〇一・一一〇三・一一〇五・一一三六・一一四一・一一四七・一一七四
俊成卿女(越部禅尼)　三四・四七・二五一・二七八・四六九・四九〇・五〇一・五〇三—五〇五・五〇九・九〇〇・九〇一・九三五・九三六
俊孫(僧)　二五八・二五九
俊忠(藤原・御子左)　九〇・八一九・八二一・八三三・一〇九八
俊定(源)　五三八
俊道(前東宮権大進)　六八
順徳院女房右京大夫　一四三
順徳院兵衛内侍　八三〇
順徳天皇(順徳院)　二八・二九・三四・三六・三八・六〇・六二・九二・一〇七・一七八・二三一・二三五・二五〇・二五四・二六一・二六二・二七六・二七八・四六六・四九七—四九九・五〇一・六四三・八〇六・八一九・八八二・一〇三四・一〇三七・一〇三八・一〇四〇・一〇五七
俊平(源)(禅信)　一八・一九・五〇九・五三八・九四八
俊頼(源)　三七・二三九・二七四・二七五・三七九・四六九・六〇四・六〇五・六三一・六三八・六四五・六五二・七三五・七六三・七六五・七七一・七八九・一〇九九
浄意法師　一〇〇一
定為法印　三六一
常縁(東)　九六一・九九四
乗雅大僧都　四三六
静快律師(定家兄弟)　一一二
聖覚(安居院)　五七〇
定覚律師　一一五
乗空(叡岳要記書写者)　五六九
尚経(九条)　五三四
承源(已講)　八二七・八四一
証吾法師　九九七
正広(招月庵)　七三六・七四六
尚弘(為相雑掌)　一一一二—一一一五・一一一七
上西門院兵衛　二七八
尚侍家中納言　九一五・九一七
証寂房　七一・七七
承俊(勧修寺門跡)　一〇四三
昭乗(松華堂)　二八六
常彰(度会)　七四一
少将内侍→後堀河院少将内侍
少将内侍→後深草院少将内侍
貞禅(大僧都)　八四〇
尚通(近衛)　五三四
正徹(招月庵)　二四三・二八三・二八四・七三四・七三六・七三七・七四六
上東門院(藤原彰子)　五六七・五六八
浄忍法師　一〇三一
肖柏(牡丹花)　七三五
承遍(法印権大僧都)　二〇六・二〇七・二一五
承明門院(源在子)　八三七
承明門院小宰相　一九
常和(東)　九六一・九九四
稙家(近衛)　二八五・五三四
式子内親王　三〇・三四・四六九・五七四・五七七・六五二・六五三・七三四・七三八
助里(孝弘母弟)　一七三・一一六五・二一六
時頼(北条)　一三九・五二〇・一〇一九
白河天皇(白河院)　一四・二五・一三九・一八九・四八七・六〇九
氏良(荒木田)　九一・九九・一〇〇・一〇八—一一〇・三六八

心円(知家男) 五四五
親家(藤原) 一九〇
心海上人 五四五・五六六・五八二
深覚(勧修寺門跡) 一〇四三・一〇四三
信覚(勧修寺門跡) 一〇四三・一〇四三
真観(葉室光俊) 一五・一八・一九・二〇・二六・三三―三八・九三・一二九・二八八―二九四・二九六―三〇一・三〇四―三〇六・三一四・三一七・三二〇―三二二・三二四―三二六・三二八―三三〇・三三三・三四六・三四七・三五二・三五五・三五九・三六〇・三六三・三六九―三七四・三八一・三八五・三九二・三九四・四六九・五〇九・五二一―五二三・五三一・五三七・五三八・五五二・五六五・五七五・五八七・五九一・五九四・五九五・五九八―六〇七・六一二―六一四・六一六・六二二・六三〇―六三四・六三九・六四四―六四六・六七一・六七二・七五七・七九五・七九六・八五四・八五五・八六五・八六七・八七一・九一八・九一九・九二一・九二八・九二九・九三四・九三五・九三八・九四四―九四六・九五〇・九五七・九五八・九六二―九八〇・九八二・九八六―九九三・九九六―九九八・一〇〇八・一〇一四・一〇一五・一〇二七―一〇八〇
親季(藤原) 二六・八五・一〇六九
親経(藤原) 六〇七・六三五・六三六・六三七・一〇五四・一〇五五
信兼(藤原) 八二九
親厳(僧正) 八九
親源(法眼) 一二九
親行(源) 二三六
親孝(蜷川)(道久) 七三一
親弘(藤原) 一一六五・一一六六
親行(藤原) 一一六六
親国(平) 五八・一〇五四・一〇五五
親氏(竴子職事) 一七六
信嗣(御遊所作人) 五三〇
親氏(藤原) 八七八・八八〇・八八一・一〇五六・一〇六九
信時(藤原) 九七三
親実(藤原) 四八
信実(藤原)(寂西) 一五・一八・一九・二五・二六・二八・三三・三四・三六・三八・一六五・二五七・二五八・二八九・二九四・二九七・二九八・三〇〇・三〇一・三〇四―三〇六・三一二・三一四・三一六・三一八―三二三・三二七・三二九・三三一・三三三・三五九・三六〇・三六三・四二二・四六九・五〇〇・五〇四・五〇九・五三九・五四三・五六一・五六五・五九五・六〇一・六一四・六三八・八二九・八三五・八五四・八九二・八九三・八九六・八九八―九〇〇・八九二・八九三・八九六・八九八―九〇〇・九〇二・九〇三・九一〇・九一一・九一四・九一五・九一七・九二九・九三〇・九五八・九六四・九七八・九八九・九九九・一〇〇四・一〇〇七・一〇〇八・一〇一〇―一〇一二・一〇二四・一〇三七・一〇五一・一〇五六・一〇六九
心寂房 八八〇・一〇四七
親俊(藤原) 八八一・一〇七三
信承(法印) 二〇六・二〇七・二一五・八四八・八四九
信昌少僧都(法印) 五六八
真昭法師(北条資時) 五七八
信清(坊門) 一一五六
信生法師(塩屋朝業) 五七一・一〇〇六
信成(藤原) 一〇五一・一〇五三
信盛(藤原) 六〇六・六〇七・六三五・一〇五六・一〇五九・一〇六〇・一〇七五
新大納言(為家女か) 二〇八
親忠(藤原) 一一四七・一一六六
新中納言──→和徳門院新中納言
親長(平) 六八・六九・一〇五四―一〇五六
親長(藤原・忠弘父) 一一六六
親長(甘露寺) 七二四
親朝(藤原) 五三〇・九五六
親通(藤原) 六一
信定(源) 五五―五九・七〇三・一〇三一・一〇三三・一〇三六・一〇三七・一〇五六
信定(藤原) 一八九
親当(蜷川) 七三一
真如(遊女) 九五六
信能(藤原) 八六・八七・一七九・一〇二八・
親能(藤原) 一八八
親範(藤原) 一九七
新兵衛督(女房) 五三一
親輔(藤原) 一〇五四
親房(藤原) 九八三
人麿(柿本) 三四・三六・四六九・五〇〇・五四三・五六〇・九五七・九八一
深養父(清原) 五四三・五六二

す

周防(為家家女房) 一六三
菅原道真母 五〇
崇光天皇 九五
崇徳天皇(崇徳院) 五四三・五六二

せ

成家(藤原) 四六・四八
清家(藤原) 一二八
聖基(勧修寺門跡) 一〇四三・一〇四三
盛経(藤原) 一〇五四
性慶法印女 一四三
盛兼(藤原) 六四―六六・六八・六九・七〇―七四・八一・八二・八七
成賢(日吉社禰宜) 一〇八・三六七・一二二九・一二三三・一二三六・一二三七・一二四一・一二七四・一二七九
聖憲(法印・大僧都) 五六八・五六九・八四三―八四五・八四九
成綱(宇都宮) 一五〇
政弘(大内) 六九九
清弘(藤原・忠弘弟) 一一六五・一一六六
成実(藤原) 一八九・五四五・五五二・五六一・五六五・六一四・七三八・八五五・八七八・八八〇・一〇三〇・一〇六九

正俊(飛鳥井)　七二・八六五
聖俊(権少僧都)　九五六
清親(藤原)　六一・一九六・
成親(藤原)　七五
清信(源)　一九六
政則(赤松)　七三三
政村(北条)　三〇・三七・九五八・九七二・
九七五・九七八・九九二・九九六
盛忠(惟宗)　一六五
成長(藤原)　六五・六六・六九・一〇三四・
一〇五四
清長(菅原)　八三六・一〇五四
清範(藤原)　五八・六〇・六一・六〇七・
六三九・一〇四八
政範(北条)　一五四・一五五・一五六
清輔(藤原)　四六九・五七九・五八三・
六七二・六七五・七六五・七八九・八〇〇・八〇三・
八〇五・八〇六
成宝(勧修寺門跡)　一〇四三・
一〇四四・一〇四五・一〇五七
静明法印　五六八
成茂(日吉社禰宜)　五〇九・八五四・
八九三・八九四・一〇一〇―一〇一三
赤人(山部)　九八一・一〇六八
宣家(藤原)　四八
仙覚　三三六・五五三
蟬丸　五四〇
宣経(花山院)　八八〇・九〇〇・
一〇五四・一〇五五
宣孝(藤原)　一〇四三
宣旨局(藤原成子)　六八・六九・
七三―七六・七八・八三
宣親(中山)　八六六
宣房(藤原・萬里小路)　一八八・
一〇五四
宣陽門院(覲子内親王)　六九・
八三・一〇四八
千里(大江)　三七九

そ

宗家(下冷泉)　七四八
宋雅(飛鳥井)　八五六
宗教(難波)　一〇三四
宗業(藤原)　一〇三一・一〇三三
宗兼(藤原)　六四六
宗行(藤原)　一〇三八・一〇三一・
一〇三二・一〇三三
宗嗣(春宮大夫)　一〇六八
宗時(北条)　一五三
宗性(東大寺学侶)　九一―九三・
一〇七・一二九・八二一・八二二・八二三・八二四―
八三〇・八三六―八四九
宗親(牧方父)　一六六
宋世(飛鳥井雅康)　七三三・九六二
宗世(中御門)　九六八・九九六
宗仲(上鞠)　一〇三四
宗朝(宇都宮)　一五三
宗澄大僧都　五六八
宗長(藤原)　七三七
宗範(藤原)　一〇三六・一〇五六
宗武(難波)　二八七
宗平(藤原)　一六五・八七八・八八〇・八八一
藻璧門院(藤原竴子)　一七二・
四八五・八二三・八三三・八八二・八八三・一〇六九・
一〇七一
藻璧門院少将　五四五・五五三・五六四・
五七四・五七五・八五五・八三〇・九五八・九六二・
九六四・九七八
藻璧門院但馬　一九〇・五〇九・五四五・
五六四・五七五・八五五・一〇一一
宗甫(斉藤)　七四一
宗房(藤原)　六六・一〇三三・一〇三六・
一〇三七
宗保入道(公経家司)　一七五・一七六
宗明(藤原)　七一・八八一・一〇七四
宗茂(紀)　九五六
則広(橘)　九〇〇
素暹(東胤行)　九五八・九七五・九七八
尊家(鎌倉日光法印)　一三七―一三九
尊俊(土佐一条)　七四四
尊性法親王(後高倉皇子)　三〇〇
尊長(藤原)　一七九

た

泰綱(宇都宮)　一三一・一四〇・一五一・
一五二・一五六・一五七・一六八・一七一・四二三・
一〇〇一―一〇〇三・一〇〇五・一〇〇六・一〇一八・
一〇一九・一〇三六・
醍醐天皇　一三八・五〇〇
泰時(平・北条)　三〇・六六―七一・
一〇一九・一一三八・一一四三・一一四八・一一五九・
一一七五
泰重(藤原)　一〇三三
大乗院僧正房(春日社司)　三六七
泰盛(安達)　一〇一五
泰通(藤原)　八四・一六五・八三七
大納言二位局　五三〇・五六八
清輔(藤原)　五七九・五八三
大弐殿　一一二八・一一三三・一一六八・一一七一
平維盛室　八二
平維盛女　八一―八三
平親清女　五五四
平経時室(宇都宮泰綱女)
一〇一八・一〇三六
鷹司院(藤原長子)　八二・八八二・
八八三・一〇四八・一〇四九・一〇五八
鷹司院按察　五〇九・五五三・八九九・
九一三・九四六・一〇四九・一〇六二
鷹司院帥　一九・五五四・六三三・七五九・
九五八・九六四・九七四・九七七・九九九・一〇四九・
一〇六三
孝弘母(為家乳母)　一一三〇・
一一三一・一一六一・一一六三・一一六四・一一七八
健御前──→八条院中納言
忠成王(順徳皇子)　四九七
湛空上人　五七一

丹波局(後鳥羽妃) 一四三・一四七

ち

智円法印 五六八・五六九・八四二・八四三・八四五・八四九
知家(藤原)(蓮性) 一五・一八・二五・二六・二八・三三・三四・三六・三八・一二七－一二九・二八九・二九七・三〇四－三〇六・三一四・三一六・三二〇・三二一・三二四・三二六・三二九・三三〇・三三三・三六〇・三六三・四六九・四九七・五〇四・五七九・六三八・六三九・六四五・六七二・六七三・七六五・八五四・八五五・八九一・八九四・八九六・八九八・八九九・九〇三・九〇四・九一一・九一四・九一五・九一七・九三五・九八九・一〇〇八・一〇三七・一〇五一・一〇五六・一〇五八・一〇六九
知景(公経家司) 一六一
池主(大伴) 五〇〇
知親(内藤) 三一
知宗(勘解由次官) 一〇六九
知長(治部大輔) 六三・一〇二八
忠家(藤原・御子左) 九一・九二・九九・一〇〇・一〇五・一〇六・八一八・八一九・八三一
忠家(九条) 九五八・九七七・一一八六
忠雅(花山院) 一〇五四
忠基(藤原) 九七五・九九九
忠教(九条) 一一八六
仲業(入道照心) 四三六
仲恭天皇(懐成親王) 六四・八一九・八三一・八八一
中宮権大納言 五五四
忠継(藤原) 二六
忠経(花山院) 一七七・一七八・一八一
忠兼(藤原) 七〇・五五三・九四一
忠弘(藤原・定家家司)(賢寂) 五一・一五三・二〇〇・八八一・一一六四－一一六六・一一七三
忠綱(実宣家司) 八一
忠高(九条) 九三・六〇五・一〇五六
忠資(御遊所作人) 五三〇
忠実(藤原) 一九〇
仲昌(源) 九五六
忠信(坊門) 五八・一五六・一九六・二七九・五八〇
忠岑(壬生) 五〇〇
忠成(藤原) 九〇・一〇〇七
忠清(坊門) 一五六
忠直(日比) 一一三七・一一三二・一一六八・一一七一
忠定(中山) 二五一・五〇九・八五〇－八五二・八五五・九七五・九九九
中納言典侍(定家女) 一九二
中納言(典侍親子・真観女) 五三〇・五四六・五五三・五六一・五七四・五七五・九五八・九六二・九六四・九七四・九七八・一〇六四
忠範(藤原) 一〇三六
忠平(藤原) 四七四・四八四
忠輔(花山院) 一七八
忠房(藤原) 五七二・一〇三〇
忠雄(藤原・長綱男・能書) 六〇七・六三七・六三九
忠頼(花山院) 一七七・一七八
忠倫(藤原) 一〇三六・一〇五六
長員──→長貞
長家(藤原・御子左祖) 九一・九二・九八－一〇〇・一〇五・一〇六・七三一・七三五・八一八・八一九・八三一・一一四九
長雅(藤原) 五三〇・五五三・六一二
澄覚(前権僧正) 九五八・九七七
長季(藤原) 一五九
朝業──→信生法師
張継 三九〇
長恵(法印) 一〇一〇－一〇一二
長兼(藤原) 五八・八三六・
澄憲(安居院) 五七〇
長賢法眼 二〇四・二〇五・二〇九
長綱(藤原) 六三九・七八二・七九八・七九九・八五五・一〇五一・一〇五三
長衡(藤原) 一〇三六
長谷雄(紀) 二六七・三八七・五四〇
長資(藤原) 一〇三一
長時(北条) 四三三・九五八・九六二・九七五・九七八・一〇〇五・一〇〇六
長尋(法眼) 九三五
朝政(北条) 八四・一五五
長清(藤原) 一六九・一〇三六・一〇五六
長清(勝間田) 三六〇
長成(菅原) 五三三・六〇六－六〇八・六一〇・六三五・六三六・八五六・一〇五六
長政(橘)(寂縁) 七五四・七五八・七七七・七八三－七八五・八〇六・八〇七
長村(小山) 一三〇
長貞(菅原) 一〇三一・一〇三三・一〇三六・一〇三七
長能(藤原) 一七九
長方(藤原) 四六九
長房(藤原) 一四七
朝頼(藤原) 一〇四三
長倫(藤原) 一〇三六・一〇五六
直幹(橘) 二六八・三八七

つ

通雅(花山院) 五三〇
通具(堀川) 一〇三一・一〇五四
通行(土御門) 九七三
通光(久我) 一〇六八
通氏(中院) 一〇六九
通持(土御門) 一八一・六三一
通俊(藤原) 一〇九二
通勝(中院) 七三〇・七四二・七四八・七四九
通世(中院) 二六
通成(中院) 一七・二六・九五八・九七七・九七九・九九七・一〇〇九・一〇一一・一〇一二
通村(中院) 七三〇・七三三
通忠(久我) 二〇・一〇六
通平(久我) 一〇三七
通方(中院) 一八一・八三六・一〇三一－

一〇三三・一〇五四・一〇六八・一〇七一
津田太郎兵衛　七〇六
土御門院小宰相　五五三・五七四・六四二・八五四・九五八・九六四・九七七・九九九
土御門院少将内侍　八三〇
土御門天皇（土御門院）　九・二八・三三・三六・三八・八六・八七・九二・一〇七・一七八・四六六・四六八・四九八・五〇〇・五〇三・五四三・五六二・五六五・六四三・八一九・八二一
忠信（坊門）　一五六

て

定円（権律師）　五四四・五五三・九五六
定家（藤原・御子左）　九・二八－三四・三六・三八・三九・四三・四六・四九・五〇・五三・五四－六二・六七・六八・七〇－七八・八〇・八五－九二・九七・九九－一〇七・一一〇・一一三・一三七・一四一－一四四・一四六・一四九・一五三・一五八・一五九・一六二・一六四・一六六・一六七・一七〇・一七二・一七六・一八八・一八九・一九二－一九四・一九九・二〇〇・二〇三・二〇五・二一五・二三〇－二五六・二六〇・二六三・二六六・二七六・二八一・三二三・三二四・三二六・三二七・三三四・三五〇・三五九・三六六・三七二・三七七・三九二・三九八・三九九・四二二・四二九・四三二・四四三・四四四・四六六・四六八－四七〇・四七二－四七四・四七六－四七八・四九四－四九六・五〇〇・五〇三・五二一・五二五・五二九・六〇九・六一〇・六三七・六五〇－六五三・六六四・六六七・六七二・六九三・七一三・七三六・七四六・七五四・七五六・七六四－七七一・七七三・七七四・七七七・七八二・七八五－八〇〇・八〇二・八〇三・八〇五－八〇七・八一一・八一九－八二二・八二四－八二九・八三二－八三七・八五〇－八五五・八五九・八六二・八六七・八六八・八七一・八七五・八七七・八八〇・八八一・八八三・九八一・一〇〇七・一〇〇八・一〇一四・一〇二九・一〇三〇・一〇四二・一〇四七・一〇四八・一〇五一－一〇五三・一〇五五・一〇五七・一〇五八・一〇六三－一〇六六・一〇六八－一〇七〇・一〇七二・一〇七三・一〇八三－一〇八八・一〇九〇－一〇九二・一〇九四・一〇九九・一一〇一・一一〇三・一一〇五・一一一三－一一一五・一一一七・一一一八・一一四七・一一四八・一一六一・一一六七・一一七九
定雅（花山院）　一七・一七七・一七八・一八〇・一八三・一〇四九
定覚（律師）　一一六六
定経（藤原）　一〇五四・一〇五五・
定玄僧正　八四〇
定高（藤原）　七七・八三四・八八一・一〇三二・一〇五六・
定嗣（葉室）（光嗣・高嗣）　一〇・二六・一二九・六三〇・八九六・一〇三一・一〇三六・一〇五六・一〇七五・一〇七八
貞時（北条）　二一三
禎子内親王家摂津　四四三
定修（定円）　二〇一・二〇七・二〇八・二一四・五四五・九五六
定修妹　二〇八・二一四
定俊（藤原）　一〇六〇
定清（法印）　一一二九
定長（藤原）　四八
定通（土御門）　一七・六三〇・八三六・八八一・一〇三〇
定平（源）　一六五・八七八・八八〇
定方（藤原）　一〇四二－一〇四四
貞誉（勧修寺門跡）　一〇四二・一〇四三
定頼（藤原）　九五六

と

道家（藤原・九条）　一五・二九・三〇・三四・三六・三八・六四・六八・七〇・七六・一七六・一八〇・一八一・二〇六・四六六・四六八・四六九・四八五・四九七・八五〇・八六二・八九一・八九三・八九五・八九七・九〇〇・九一一・九三〇・九三四・九四八・九四九・九八七・一〇二八・一〇三七・一〇四八・一〇五八・一〇五九・一〇六二・一〇六八・一〇七〇・一一八六
道玄（青蓮院門跡）　一一八六
当時（源）　五〇〇
道助法親王　一八・二九・八九・二〇〇・四六九・五〇九・九二二・九二三・一〇五一
道真（菅原）　五〇〇
道禅（法印・僧正）　一二九
冬忠（大炊御門）　五三三
道平（二条）　一一五三－一一五五・一一八三・一一八六
棟望（勘解由次官）　五三〇
道宝（勧修寺門跡）　一〇四二・一〇四三
道茂（中院）　七四八
道良（藤原・二条）　三九八・四〇一・一〇八八・一一五〇・一一七一・一一八六
登蓮法師　二三五
篤茂（藤原）　二六六・二六七・二八一・三八七
鳥羽天皇（鳥羽院）　一九〇・四八七
杜甫　九八五
智仁親王　二八六・七三八
頓阿　二一九・二三〇・四六八・四六九・五四〇・五九一・六六九・六七六・六七七・七四六・七四七

な

内実（一条）　一一八六
中務　九五七
中務卿親王家小督→宗尊親王家小督
中務卿親王家備前→宗尊親王家備前

に

二条院讃岐　四六九
二条左大臣家姫君→京極姫君
二条姫君→京極姫君
任尊（法眼）　七

仁徳天皇　四八六・五〇一

の

能清（藤原）　九五八・九七五・九七八
能全（一条）　一七九
能保（一条）　一七九・一八〇

は

博氏（藤原）　二〇三
博輔室（藤原）　二〇三・二一五
白楽天　三八四・三八六
八条院（藤原暲子）　四五・五一・五二・五三・八三七
八条院按察　四五
八条院権中納言　四五
八条院三条　四五
八条院高倉　四六九
八条院中納言　四五
八条院坊門局　四五・七五
花園天皇（花園院）　三八九・三九〇
潘安仁　八〇七
範基（藤原）　二七八
範兼（藤原）　二三五
範元（掃部助）（寂恵）　四三六・四六〇・九六八・九九六・九九七・九九八・一〇二五
範光（藤原）　四七・八三
範時（藤原）　一〇三一・一〇三二・一〇三三・一〇三六・一〇三七
範昌（藤原）　七〇
範宗（藤原）　二五二・二五七・二六六・二七八・一〇二八・一〇三七・一〇六九
範忠（藤原清範男）　六〇七・六一三・六三七・六三九・九七三・九九二・九九八
範輔（平）　六五・六八・六九・七〇・七三・八六―八八・一六八・八七八・八八〇・八八一・一〇三一・一〇三三・一〇四九・一〇五〇・一〇五四・一〇五五・一〇六六
範房（藤原）　一〇三六・一〇五六
範茂（藤原）　一九六・一〇二八
範頼（平）　一〇四九

ひ

東一条院（藤原良経女立子）　六四・一七八・八八一
東二条院兵衛佐　五五四
藤原光家室　八二九
桧皮姫（北条経時妹・頼嗣室）　一〇一八
美福門院加賀（定家母）　八三・一一四七・一一六五

ふ

深草前斎宮（熙子内親王）　一四一・一四二・一四五
伏見天皇（伏見院）　三九
藤原家実女長子→鷹司院
藤原家長女（七条院堀川）　五八・一八七
藤原家信女（為顕母）　一一五・一八六・一九〇・一九二・一九三・一九五・一九六・一九七・一九九
藤原兼実女任子→宜秋門院
藤原公房女（後堀河帝女御代）　一七八
藤原公房女有子→安喜門院
藤原公経室（全子）　一八〇・一八一
藤原公宗母　二三九
藤原国通室　七七・八一・八三・一六〇・一六二・一六五
藤原実房室　一五三
藤原隆宗女典侍悦子　一九〇
藤原忠経室（保子）　一八〇・一八一
藤原為家室（宇都宮頼綱女・冷泉女房）　七三・七四・八四・一一五・一四六・一四九―一五三・一五七・一五八・一六一・一六三―一六八・一七二―一七四・一八一―一八三・一八六・一九一・一九三・一九五・一九九・二〇四・四三二・一〇〇六・一一五六・一一七一
藤原為教女為子　二〇三・二一〇・二一四
藤原経子（順徳帝女御代・頼仁親王室）　一七七・一七八・一八〇
藤原経綱室（北条重時女）　一〇〇六・一〇〇七・一〇一一・一〇一八
藤原定家女（雅平室）　一九〇
藤原定家室（季能女）　二〇八
藤原定家室（実宗女・為家母）　五一・五三・七七・八四・一四三・一四六・一六四・一六五・一七二・四九七・八三六・八三九・八四〇・八四二・八四九・八五一・一一四九
藤原定家女子（香）　一四三・二一四・八三三
藤原成親女（維盛室）　八二
藤原成子（後堀河帝乳母）→宣旨局
藤原教実室女房中納言　一九一
藤原教良女（定家室母）　一四六・一一四九
藤原道家家女房　一九一
藤原道家女竴子→藻璧門院
藤原光親女（公賢室）　八二
藤原宗子（実宣室・後堀河帝乳母）　七五・八一・八二―八四・一五五
藤原宗行女（定雅母）　一七八
藤原良実家民部卿（真観女）　九七五・九九九
藤原良経室（能保女）　五三・一七九・一八〇
藤原良経女立子→東一条院
藤原良平女南御方　五四一
藤原能保女（保子）　一七八・一八〇・一八一
文時（菅原）　二六七・二六八・三八四・三八七

へ

弁内侍→後深草院弁内侍

ほ

保胤(慶滋)　三八六・三九〇
法眼(慶融か)　一二三九・一二三三・一二七〇・一二七三
房源律師(大僧都・法印)　八三八-八四一・八四五-八四九
北条時頼女　一二九
北条政子　六八・八四・一二七・一二五五・一二六〇-一二六三
北条泰時女(富士姫)　八四
保盛(賀茂社司)　三六七
房名(四条)　五三〇
保季(藤原)　二七八・一〇三七
保己一(塙)　七四一
保具(鷹見)　七四八
北林禅尼→阿仏
堀河天皇(堀河院)　四九二
本院侍従　六四二

ま

牧方(関東女房・東方女房)　六六・七〇・七七・八四・一五四-一五六・一六二-一六六・一六八・一七一
雅成親王　九二三・九二四

み

源有雅女　八一・八三
源実朝室(坊門信清女)　三一・一五五
源重之女　五三五・五三六・五四四
源通方室(能保女)　一八〇・一八一
源通成室(通頼母)　一五一・一五三
明珎法師　九一三・九二九
民部卿典侍因子→後堀河院民部卿典侍因子

む

無住　九八三
宗尊親王　三五-三八・一二九・一三〇・三七一・三七三・五五一・五七二-五七四・五八七・五九一・五九四・五九八・五九九・六〇〇・六〇三・六〇六・六一二-六一四・六三四・六三五・六三九・七五三・七五八・七五九・九五七・九五八・九六四-九七七・九八〇・九八二・九八六・九九〇・九九八・
宗尊親王家小督　五五四・九五八・九六二・九七五・九七七
宗尊親王家備前　五五四
宗尊親王室宰子　五七二・五七三
村上天皇　一三八・四六二・四七四・四八四・五〇〇・五〇一・六〇九
紫式部　三八〇・七六七

め

明教(葉室光氏)　五四一

も

茂氏(祝部)　五三九
茂範(藤原)　二六・八五四・一〇七〇
盛明親王　六〇九

や

薬師男(友弘下人)　一一三九・一一三三・一一三六・一一四一・一一六九・一一七一・一一七四・一一七九
ややせ　一一三七・一一三三・一一六八・一一七一・一一七八
ややみこ　一一三九・一一三三・一一六九

ゆ

唯念(為家雑掌)　一一三七・一一四三
融(源)　三八〇
友員(馬允)　五一
有家(藤原)　一二八
有雅(源)　五八・八三・八六・八七
有快法印　五六八・五六九
友幹(真壁)　一八〇
有教(源)　八七八・八八〇
友景(中原)　九五六
有言(兵衛尉)　四八
友弘(藤原・為氏家人)　一七〇・一一一九・一一二八・一一三〇・一一三三・一一三三・一一三六・一一三七・一一四一・一一四三・一一六六・一一六九-一一七一・一一七四・一一七八・一一七九
有弘(藤原・為家家人)　一一六五・一一六六
幽斎(細川)　二八五・八八九・九〇五
有資(源)　九七三
祐子内親王家紀伊　二二九
祐盛(俊頼男)　五三五
有親(平)　一〇五六・一〇五八
祐宗大僧都　五六八
友則(紀)　三八〇・五四〇・五四三・五六〇・五六五・六〇四
有長(源)　六〇九・六一〇・一〇五六・一〇六九
祐茂(中臣・春日社司)　四二一
友茂(藤原)　五七一

ら

頼永(源) 七四九
頼家(源) 三一
頼業(宇都宮) 一五一・一七〇・一八四・四三三・一〇〇五・一〇〇六
頼経(三寅) 六八・七一・一三八・一五一・一八〇・五一〇
頼綱(宇都宮)(蓮生) 二九・一五〇・一五一・一五七・一六三・一六四・一六七・一六八・一七〇・一七一・一八二・一八三・一八四・一九三・一九四・四二三・八五五・一〇〇一・一〇〇五―一〇〇七・一〇〇九・一〇一一・一〇一三・一〇一四・一〇一八・一〇一九・一一一八・一一六〇―一一六三
頼資(藤原) 六七・六〇九・六一二・八三三・八三四・八八一・一〇三一・一〇三三・一〇三六
頼氏(藤原) 八八〇
頼嗣(将軍) 一〇一八
頼実(藤原) 一〇一三
頼俊(藤原) 一〇五〇・一〇七二
頼尚(大外記) 一〇六六
頼親(葉室) 一〇二八
頼盛(平) 一六六
頼政(源) 五四八・五五〇・五七八
頼全(法眼) 二〇六・二〇七・二一五
頼朝(源) 三一・一七八
頼長(藤原) 一九〇・六〇八・六一〇
頼範(藤原) 一〇三三・一〇三七
頼輔(藤原) 五八三
頼房(藤原) 八三六
頼明(源) 一〇三一
頼隆(藤原) 八六・一〇五四・一〇五五
羅山(林) 九六二

り

理念法師 一〇三三
隆季(藤原) 一九〇
隆恵法師 九五六
隆兼(四条) 八二九
隆元(新兵衛尉・号小冠者) 一一三八・一一三三・一一六九
隆綱(四条) 九〇
隆衡(四条)(寂空) 一六五・一八八・八五三
隆光(藤原) 一〇四三
隆俊(寺法眼) 二〇七・二一五
隆親(四条) 七〇・七二・一六八・五三〇・六三一・六四五・八五五・九七三
隆信(藤原) 八二九
隆成(四条) 八五
隆盛(四条) 一六五・一〇七一
隆専(家隆男) 五四五
隆仲(四条) 一〇二八
隆博(九条) 三九・五三〇
隆範(藤原) 一六五・八二九
隆弁(鎌倉若宮別当) 一三九・九五八・九七五・九七七・九八〇・九八七
隆方(藤原) 一〇四三
隆房(藤原) 九七三・九八〇
隆茂(冷泉) 一〇二五
隆祐(藤原) 五四二・五九五・八五四・九〇〇・九四〇・一〇五一・一〇五六
良印(家良男) 五四一
良快法親王(青蓮院門跡) 二〇〇・二〇六
良覚(法印) 五四五・五五三
良基(藤原・二条) 五五・五六・九五・六七六・六七七・六九八・七四六
良基(松殿法印) 一二九・五七二
良教(二条) 五三〇・九七五・九九九
良経(藤原・九条) 二九・三三・三六・三八・五三・五八・三八五・四六八・四七六・四九六・五〇〇・五三三・五三六・五四四・五五〇・五九五・六〇九・六一〇・六三六・六三七・六四五・八〇三・八三三・九八四・九八六・九八七・九九〇・一〇〇〇・一一八六
良香(都) 三八七
良実(二条) 二〇・三七・一八一・五六七・五七八・六〇四・六〇五・六三一・六三三・八五五・九一五・九一六・九五八・九七七・九九七・一〇七四・一一八六
良守(野寄法印) 五四一
了俊(今川貞世) 二三〇・二四三・七〇一・七〇三・七〇五・七五一・七五五・七五六・七六〇
良心法師 九九七
良珍(野寄法眼) 五四一
良平(二条) 五四一・五七三・一〇三七
良輔(九条) 八三七・一〇三二
良瑜(安祥寺僧正) 一二九
良瑜(寺法印) 二〇七・二一五
良頼(菅原) 八五三・一〇五六

れ

連歌禅尼(春華門院弁) 一〇五八
蓮性→知家
蓮生→頼綱
蓮信法師 九四八・九五〇

わ

若松禅尼(泰綱室か) 一〇一九

研究者名索引

佐々木孝浩　二〇四・二〇九・二八七
佐々木忠慧　六五七–六六〇・六六七・六七四・六七八
佐竹昭広　二四七・二七八
佐津川修二　九四
佐藤均　六二八
島谷弘幸　五五六
島田良二　八六五・八七一
島津忠夫　三九二・四七七・四八一・一〇三八・一〇七九
杉谷寿郎　一一〇三

た行

高橋正治　八〇七
高橋善治　三九三
高群逸枝　四〇七
武井和人　一四三・一四七
田中裕　四六一・五一〇・七七四・八〇七
谷山悦子　六二八
谷山茂　三五七・四八一・七五一・七六〇・七七八・八〇六・九八三・九八四・九九七・一〇〇〇
谷亮平　二四九・二七七
田渕句美子　八〇七
玉井幸助　一四三・一四七
田村柳壱　八〇七
次田香澄　五五八・五五九・五八五
築土鈴寛　八二八・八三一
辻彦三郎　八一一・八三〇・一一〇三
土橋嘉兵衛　一一五七
土谷恵　九四・一八四
時野谷滋　四四
冨倉徳次郎　五五九・五八五
富田仙助　五三九

な行

長尾欣哉　九三一
中川博夫　一〇一四・一〇二四
中田大成　八〇七
永原慶二　一七六・一一四七・一一八七
中村元　八三〇・一〇九一・一一〇三
中村忠行　一〇九一・一一〇三
中村光子　三九三
錦仁　七三〇
野瀬精一郎　八三一

は行

萩谷朴　三五六・三六四
橋本不美男　一〇〇〇・一一〇三
橋本義彦　六二九・六四七
馬場あき子　六五三
樋口芳麻呂　三二四・三六三・四五八・四六〇・四六一・四六六・四七八・四八〇・四八四・四九一・五〇六・五二九・五三一・五三七・五四〇・五五一・五五五・五七二・五八六・六四七・六四八・九三五・九六五・九八九・九九三・九九六・九九九・一〇〇〇
日比野浩信　三一四
平井卓郎　三六四
平岡定海　八一一・八一三・八二六・八三〇・八三六・八三八・八四九
比留間喬介　一四三・一四七
福田秀一　二七・一四七・二一三・二八七・三九二・三九三・四七九・四八一・五〇八・六七九・七三〇・七五〇・八八七・九〇一・九〇七・九〇八・九二八・九六五・一〇六四・一〇七九・一一〇五・一一〇七
福田雄作　四七七・四八一
藤平春男　二五八・二七八・三九三・七七四
藤本孝一　一〇九〇・一一〇三・一一六七
古谷稔　五五六・五五九・五八五
保坂潤治　一〇九六
本位田重美　八八七・九〇〇・九〇七・九〇八・九二〇・九二六–九二八

ま行

増田欣　四五九
松井律子　四五九
松田武夫　四五八・五〇七
松野陽一　三九二・四六九・四八〇
美川圭　一八二・一八五・六二九
峯村文人　二四五・四五九・四八〇・五〇七・六七九
宮川葉子　四一〇・四三八
村井順　二八五
村山修一　一一八七
桃裕行　四四
森井信子　一一四〇
森本茂　一〇七九
森本元子　五〇三・五〇七

や行

安井久善　二六・二四九・二七七・二七九・三一四・三一六・三六〇・三六二・三九一・三九二・四〇八・四三八・八五〇・八五六・八八七・九〇七・九六四・九六六–九六八・九七〇・九七一・九九六・一〇二七・一〇七九
安田徳子　一四三・一四七・五〇八・六二六・六二九・八七一・九〇八・九一三・九一九・九二〇・九二九・九三一・九四二
安田元久　一八三
梁瀬一雄　一四三・一四七・三九二
山岸徳平　九六五・九九三
山田清市　二七九
山本真吾　八二七・八三一
吉田幸一　九三一・一〇六六・一一〇六

書名資料名索引

あ

秋篠月清集 三五二・三八五・五五〇
秋十五首歌合（建保二・8） 三五五
顕朝卿記 一六
顕朝家千首（建長七） 三五〇・三五二・三五五・三五八
秋思歌 三九五・三九七・四〇三－四〇六・一〇八八・一〇八九
朝忠集 八七〇
飛鳥井宋雅七回忌品経和歌 八五六
飛鳥井教定宛融覚書状 五三三
明日香井和歌集 五四・三五五
吾妻鏡 八四・九六・一二八・一三九・一四〇・一五〇・一五一・一五三・一五四・一五五・一五六・一六〇・一六六・一六八・一六九・一八三・三九二・四三九・五三八・五七二・五七三・六一三・六七八・九六七・九六八・九七二・九八〇・九九六・一〇〇三・一〇〇六・一〇〇九・一〇一四・一〇一五・一〇一八・一〇一九・一〇三三－一〇三六・一〇三四・一二八七
按察殿宛融覚書状写 九七〇・九九一
阿仏仮名諷誦 一一七
阿仏御房宛融覚譲状（文永十一・6・24） 一〇九五・一一一六
阿仏御房宛融覚譲状（文永五・12・19） 一一一六
阿仏御房宛融覚譲状（文永十・7・24） 一九四・一一一六
或所歌合 三五四
粟田口大納言基良卿被注送草云 七三五・七三六
粟田宮歌合（承元四・9） 五九
安嘉門院四条五百首 一二八・三七四

い

十六夜日記 一四一・一四四・一四五・一四六・一四八・一〇一四・一一六六・一一七三
遺塵和歌集 六二六
和泉式部集 二二八・二七四
伊勢物語 一三六・一七三・二二八・二七一・三九四・四三七・七〇四・七六六・七七三・一〇八七・一〇八八・一〇九〇
一字抄題 三四九
一字百首（貞応三） 二六三・二八一
一代要記 五八六
一日千首探題和歌会 九九二
厳島社頭和歌 一九七
一品経歌（定家十三年） 一一八・八五一－八五三・八五五
稲田姫社十首歌 一〇〇三・一〇一三－一〇二五・一〇三一
衣服令 一〇三
今物語 八〇六
石清水文書 一〇五五
石清水若宮歌合（寛喜四・3） 六七九・七九四・一〇六七
院句題五十首 二八一

う

宇治拾遺物語 三一四
歌合（文永二・8・15） 一九・二七・三六
歌合（建保五・11・4） 三五〇
歌合（貞永元・8・15） 一〇七〇
右大将家ゝ首（貞応三） 二八一
右大将家庚申会（貞応三） 二六三・二六五・二八一
右大臣一条実経家百首 三三六・一一八四
右大臣兼実家歌合 三五〇
右大臣家歌合 四七一
右大臣家百首（治承二） 九八
右大臣教実家作文和歌会 一〇五六
歌枕名寄 五七五
雨中吟 七三五
宇都宮景綱五十番歌合 一〇一七
宇都宮景綱十首歌合 一〇一七
宇都宮景綱百五十番歌合 一〇一七
宇津保物語 三五二
雲玉和歌抄 九七
雲葉和歌集 三三・五六一・五六三・五七五・五九四・六三二・六四二・九七七・九七九・九八〇

え

詠歌一体 三五・二三二・二三八・二五一・二五三・三四七・三四九・三五三・三五四・四五四・四五八・四七七・六五七・六五八・六七二・六七五－六七七・六八一・七〇一・七〇四・七一九・七三一・七六〇・七六三・七七二－七七四・七七六・七八三・七八六－七八八・七九二・七九三・七九五・八〇〇・八〇五－八〇七・一〇九一
詠歌一体乙本 六五八・六六五・六六八・七四三
詠歌一体甲本 六五八・六六〇・六六一・

六七〇・七三九
詠歌一体制詞歌　七四〇
詠歌一体云制詞　七三五
詠歌一体丙本　六五八・六六五・六六七
詠歌口伝(近代秀歌)　三一
叡岳要記　五六八
詠歌制之詞　七三五
詠歌大概　三八六・六七〇・六九四・六九五・七〇四・七七一-七七三・七九一・七九二
栄華物語　三八三
影供歌合(建長三・9・13)　一七・二七・四九三
影供歌合(建仁三・6)　八四
影供歌合(建仁元・9・13)　三五五
詠源氏物語巻之名和歌　四〇八・四一〇・四一一・四三〇・四三五・四三八
詠千首和歌(貞応二・8)　二一〇-二一二・二一五・二一七・二一八・二二一・二二二・二二五・二二六・二二八-二四三・二四四・二五二・二五五・二五六・二六三・二六九・二七〇・二七二・二七四・二七五・二七六・二八二・三八二・三八三・三八六・三八八・三八九・三九三
詠法華経和歌(為世十三年)　八五六
悦目抄　六七四
延慶両卿訴陳状　三七四・五〇八・五三二・五八八・五九一・五九五・一一七一・一一八四
園太暦　二六・五二一・五三三・五三七
円明寺関白集　一一八九

お

奥義抄　八〇五・八〇六

か

懐風藻　三五六
歌苑連署事書　六二七
覚寛法印勧進七十首　四二〇
蜻蛉日記　三五二・三八一
嘉元仙洞百首　三九
勧修寺歌合(嘉禄元)　一〇四二・一〇七二
勧修寺長吏次第　一〇四二
春日社歌合(元久元)　四三三
春日社歌合(貞応二)　一〇四二
春日社奉納百首(俊成)　一〇九七・一〇九八
春日若宮社歌合　一二八・一二九・三二四・六七三・一〇二二
華頂要略　二〇一・二〇二・二〇六・二〇七
家伝書籍古目録少々　二四八
仮名暦(大永五～七)　五三一・五三四
兼盛集　八〇四
鎌倉年代記　一〇二六
加茂別雷社歌合　一〇一四
河合社歌合　一五・三二・三二六-三三三・三五九・四三二・四三九・六七二・六七三・一〇〇七・一〇〇八・一〇一四
寛喜元年女御入内屏風和歌　八八三・一〇五七
閑月和歌集　二一〇-二一二・八五二
関白左大臣頼通歌合　三五四
看聞日記　五八六

き

聞書集　三一四・三四九
北院御室集　三四九
北辺持明院三首会(文永十一)　二一〇
吉続記　一〇二五
衣笠内府歌難詞　七九一
久安百首　三五五
京極黄門名号御詠七十首 → 覚寛法印勧進七十首
京極中納言相語　七五八・七六七・七七一・七八一・七八二・七九七・七九八・八〇六
玉吟集　三五五・一〇二七
玉蘂　一七八・一八五・一〇三四・一〇三五・一〇三九・一〇七三・一〇七四・一〇八〇
玉葉　一一一・一五八
玉葉和歌集　一八四・二〇九・二三五・二三八・二四二・三八八・三九〇・四九七・六六六・六七一・七三三・七三七・一〇七八
桐火桶　六七五
金槐和歌集　三一
金玉集　九五七
近代秀歌　三一・二五三・四七七・六五八・六六〇・六六一・六七〇・六九四・六九六・七一八・七一九・七六七・七七〇-七七二・七八七-七九二・七九六
金葉和歌集　四八九・七六三・一〇九九
近来風体　六六四・六七六・六七七・七二〇・七二四・七四六
近来風体抄　五一〇・六九六

く

愚管抄　一八四
公卿補任　四三・六四・七五・八九・九〇・九二-九六・一〇六・一五七・一五八・一七八・一八七-一八九・一九一・三一九・四三九・五三八・七〇三・九七三・九七五・一〇二四・一〇三〇・一〇七五・一二四九
句題百首(貞応三・4)　二六三・二六五・二八一
句題百首(頓阿)　五四一
句題和歌(千里)　三七九
口伝抄為家　一九七
愚秘抄　六七四・七八〇
愚問賢注　六七六・六八〇・七二〇
蔵人頭実資後度歌合　三五一
訓注明月記　二〇〇・二〇五・二〇九

け

瓊玉和歌集　三七・九九二・九九六
経国集　三四九・三五四
経俊卿記　一九七
系図纂要　一五〇・一五三
敬白請諷誦事　八三三
慶融法眼抄(追加)　二二一・六六二－六六五・六七八・七三七・七五八・七六二・七八三・七九五
下官集　六九四
月卿雲客妬歌合(建保二・9)　八五
元久詩歌合　五九
建治御室御会(性助法親王家三首)　二二一
源氏物語　一一五・二二三・二三八・二五七・二五八・二七一・四一八・四三三・四三三－四三六・七六四・七六五・七六七・七七三・一一六七
建春門院北面歌合　七九六
源承和歌口伝　三六・一一四・一八六・一九三・一九五・二一〇・二一一・二七八・三三六・三六〇・三七二・四三七・四九七・五〇八・五〇九・五三一・五九二・五九九・六〇〇・六二四・六二六・六三七・六四六・六四七・六六五・六七三・六七五・七一九・一〇六六・一〇九四・一〇九九・一一八一・一一八三・一一八四・一一八五・一一八八
現存和歌　八八七・九〇〇・九〇三・九〇五・九〇六・九〇八・九〇九・九一七・九一八・九二〇・九二一・九二三・九二五－九二七・九三〇・九三三・九三六・九三七・九四〇・九四二・九四八・九五〇・九五二－九五五
現存和歌六帖　三三・二八七・三三三－三三五・三四六－三四八・八八七－八九〇・八九七・九〇五・九〇六・九〇八・九〇九・九一七・九二三－九二七・九二九・九三〇・九四〇・九四三・九四七－九五〇・九五二－九五五
現存和歌六帖第二　九三七・九四二・九四三・九四五・九四七－九四九・九五三－九五五
現存和歌六帖抜粋本　九四六・九五〇
顕注密勘　二二三・八〇三・八〇五・一一八四
建保四年百番歌合　四七二

こ

弘安百首　一九七・二一二
高山寺過去帳　三三〇
弘長百首　一九・三六・二二五・三五八・三七五・五九八・六〇一・九八〇
皇帝記抄　一〇三四・一〇三九
康富記　五八六
広本詠歌一体　六八一・七三一・七三九・七四〇
光明峰寺摂政家恋十首歌合　四七一・四七二・一〇六九
光明峰寺摂政家名所月三首歌合　四七一
光明峯寺摂政家七首歌合　一〇六九
光明峯寺摂政家小和歌会　一〇六九
光明峯寺入道摂政家長谷寺十八首和歌　四三〇
光明峯寺摂政家和歌会　一〇六九
高良玉垂宮神秘書紙背歌書　九二七・九二九
江吏部集　三四九・三五六
古今説奥書　七〇四
古今和歌集　三四・三六・三九・一七二・一九七・二一〇・二一二・二二三・二二八・二四一・二七二・二七三・三四八・三五四・三五七・三八〇・四四三・四六一・四六三・四六五・四六八・四七三・四八八・四九〇・四九一・五〇七・六〇二・六〇六・六一〇・六一四・六三四・六三五・六三七・六四一・六七〇・七六四－七六六・七八〇・一〇六五・一〇八四・一〇八七・一〇九〇
古今和歌集序　七五八・七六一・七八一
古今和歌六帖　二五・三二・三三・三〇三・三三三－三三五・三四六－三四九・三五四・三五六・三五七・三五八・三五九・四五三・八〇四・八〇六・九三六・九四〇
古今著聞集　二四・三一四・四七四・四八〇・五七一
越部下庄相伝目安案　一一四九・一二五四
越部禅尼消息　三四・四八三・五〇三
五社百首　三五・九一・九九・一〇一・一〇三・一〇四・一〇六－一一一・三六六－三六八・三七四・五九六・五九七・一〇九七・一〇九八
後拾遺千載集目録　五四〇
後拾遺和歌集　二七四・二七五・三五五・四五三・四八九・四九〇・五〇五・五三六・五六〇・五九四・六〇九・一〇九二
後拾遺和歌集目録序　五三九
後撰拾遺秘説　七〇四
後撰目録　五四〇
後撰和歌集　三四・三九・一七二・二五一・二七二・二七八・三五〇・三五四・三五七・三八一・四六二－四六四・四六六・四六八・四七〇・四七三－四七五・四八〇・四八四・四八八－四九〇・五六一・五九七・六〇六・六〇九・六三四・六三五・七六六・八〇四・八〇五・一〇二七・一〇六四・一〇七四・一〇八四・一〇八六・一〇八七・一〇九〇
五代簡要　二四八・三五四・七〇三
五代集歌枕　二三五
五代帝王物語　一一・一三・二六・四九九・五〇九・五六七・五六九・五七三
後鳥羽院御集　四六
後鳥羽院御口伝　二七六・七九九・八〇三
後鳥羽院正治初度百首　五五〇・六五二
後鳥羽院定家知家入道撰歌　三三四
後二条師通記　五八六
後深草院御記(文永二・10・17)　六五〇
後深草院御記(続古今竟宴事)
　→続古今竟宴御記
古来風体抄　七〇四・七六四・七八八・

七八九・七九二
金剛寿命陀羅尼経 三九九
今昔物語集 三一四

さ

西園寺公経家十首和歌会 九二・一〇五
西園寺公経吹田亭月十首和歌会 一〇五・三三六
西園寺第花見御幸和歌 一六
最勝四天王院障子和歌 二七九
最勝四天王院名所障子和歌 三三四
嵯峨のかよひ 一四〇・二〇七・一一六七
前権典厩集 六三九
前大僧正十首 二六三
前藤大納言殿為氏宛融覚書状案(文永十・7・13) 一一一六
前長門守時朝入京田舎打聞 九二七
狭衣物語 三二八・三七一
左大臣一条実経家詩歌管弦会 一一八四
信明集 八七〇
更級日記 三二八・三七一
山家集 四七二
三賢秘訣 六九三
三五記 六七四・七八〇
三十六人歌合(三十六人撰) 九五七・九五八
三十六人大歌合 五七四・九五七・九八五・九九一
三十六人集 七六六・七七三
三百六十首(真観出題) 三五〇
残葉集 二二
至花道 九八三

し

詞花和歌集 二七五・四八九・五六三・七六三
止観 九八五
史記 六五
職事補任 四三・九五・一〇二七・一〇三四・一〇三八・一〇四〇・一〇五〇・一〇五四・一〇五六
四季百首(貞応二・9) 二六三
四季百首(貞応三) 二六三・二六五・二八一
四季百首(真観出題) 三五〇
紫禁和歌草 二七八・三五〇・六四三
侍従殿為相宛融覚譲状(文永九・8・24) 一一一六
治承三十六人歌合 三四九・九五七・九五八
四条宮下野集 四三三
七社百首 三五・一〇七・三六五・三六九・三七一・三七五・三七六・三七八‐三八一・三八二・三八八‐三九一・五九六・五九七・九九一
慈鎮和尚自歌合 七六四・七九〇・九八二
私本万葉集 三一
寂恵法師文 四七八・四八〇・六二六
沙石集 三九六・四〇三‐四〇五・五七一・一〇三五・一〇八九
沙弥蓮瑜集 一五七・一〇一七・一〇三五
拾遺愚草 五三・五四・五九・二二二・三五二・四三二・一〇六八
拾遺風体和歌集 二一三・三九六・四〇五・九四八・九六七・一〇八九
拾遺和歌集 三八・五〇・一七二・二二三・二四二・二四六・二四七・三五四・三八八・四六八・四八八・四九〇・五六〇・五九七・七六六・一〇六三・一〇六八・一〇八五・一〇八六・一〇九〇
秀歌大体 四七七
秋興賦 八〇七
拾玉和歌集 二七九
秋思歌 三九五・三九七・四〇三‐四〇六・一〇八八・一〇八九
十題十首(慈円) 二二五
十題百首(定家) 二三四
秋風抄 三三・三四七・一〇七七
秋風和歌集 三三・三四七・六三二・八六七・九三一・九七六・九七九
秋夢集 一〇八九
集目録 一一六七
拾介抄 五九〇・五九一・一〇四二・一〇四四・一〇四五
守覚法親王家五十首 二五九・二六〇・七三一
述懐百首 九八
十訓抄 二四
春華秋月抄 一三七・一六二・八一一
春華秋月抄草 一三九・八一一・八一二・八二四・八三六・八四〇
春華秋月草 九六
俊成九十賀記 四九四
俊成卿百番自歌合 二一三
順徳院御記 一〇三一‐一〇三三・一〇三六・一〇三七
定為法印申文 二〇五・二一二・二一三
貞観政要 二五・四九五・四九八・五〇八
正徹物語 九七・二三〇・二八三・七四六
上陽白髪人 三八六・三九〇・三九一
貞和百首 二三九
諸家系図纂 二〇三
続古今竟宴御記 五一一・五一三・五三〇‐五三四・五三八
続古今竟宴資季卿記 五一二・五一三・五一六・五三一・五三三・五四二・六〇三
続古今竟宴資平卿記 五一二・五一三・五一七・五三一・五三三・五四二
続古今竟宴雅親卿記 五一三
続古今集沙汰事 五二七・五九三
続古今中書 五九七・六〇三
続古今和歌集 一九・二〇・二五・三三・三六‐三八・一二九・二一〇・二三五・二三八・二四〇・三一八・三六五・三六六・三九六・四〇三・四〇五・四五六・四九七・五一一・五一九・五二〇・五二三・五二五・五二六・五二九・五三一・五三六・

水草宸記→後深草院御記
吹田御幸十首和歌御会(建長三) 一七
住吉社歌合(建治二) 二二
住吉社玉津島社三首歌合(弘長三) 一九一・一九七・二〇九・一〇八三

せ

井蛙抄 三六・二二二・二三一・二三五・二四四・三六一・三六三・三九六・四〇四・四六八・四七二・五九一・五九二・六〇五・六一一・六二七・六三三・六三四・六四九・六五一・六六八・六六九・六七六・六七七・七三一・七四六・九八九
制詞歌 七三五・七三六・七三八・七四三・七四四
青女司霜賦 二六八
千五百番歌合 四七一・四七五・四七六
千載佳句 三四九・三五一・三五六・八〇四
千載和歌集 三五・二七五・三五〇・三五五・三五七・四五三・四六四・四六九・四七〇・四七三・四七五・四八七・四八八・四九〇・四九五・五〇六・五二五・五三六・五九四・五九五・六〇五・六〇六・六三一・六三四・六四五・六四六・六七〇・七〇四・七五四・七六三・七八二・七九六・一〇八六
千載和歌集序 七五四・七五八・七六一・七七七・七八一
先達加難詞 六六一・六六三・六六五-六六八・七三三・七三八・七三九・七四〇・七四三・七四四・七四五
仙洞(亀山殿)十首和歌御会(弘長二・12) 六〇〇・九七〇・九八三
仙洞(亀山殿)五首御歌合(文永二・9・13) 一九・二三・三六・六二三・六二六・六三八・六三九・六四五
仙洞(鳥羽殿)一首和歌御会(宝治元年) 一六
仙洞(鳥羽殿)御歌合(建長二) 一七
仙洞(鳥羽殿)五首和歌御会(宝治元) 一六
仙洞(鳥羽殿)五首和歌御会(建長元) 一七
仙洞歌合(建保元・閏9・19) 二五三
仙洞影供歌合(建長三) 一七・三三
仙洞五首歌合(文永二・8・15) 三五三・六一二
仙洞三首和歌御会(宝治元) 一六
仙洞詩歌合(建長元) 一七
仙洞詩歌合(建長二) 一七
仙洞十首御歌合(宝治元) 一六・一八・二一・二三・二六・三三・四九三・四九五・四九九・五〇二・
仙洞当座歌合(文永二・7・24) 一九・二六・五三一・六一二
仙洞当座詩歌合(宝治元) 一六
仙洞(鳥羽殿)一首和歌御会(宝治二・8・30) 一〇一四
仙洞二首和歌御会(建長二・8・15) 一七
仙洞和歌管絃御会(宝治元) 一六
禅林四十八首和歌(建保五) 二五四
禅林寺殿御会(文永八) 一二五
禅林寺殿七百首→白河殿当座七百首

そ

宗性自筆消息案(春華秋月抄草紙背) 八二四
楚忽百首 一九七
素性集 八七〇
曽丹集 二二八・二五一・二七八・二七九
率爾百首(貞応元) 二二一・二六三・
率爾百首(承久二) 二五六・二六〇
率爾百首(貞応二) 二二一・二六三・二六四
率爾百首(正嘉元・7) 三七八
尊海法印勧進春日社十五首 一一三
尊家法印勧進三首和歌会 一二七
尊卑分脈 五八・七五・八二・八三・九四・一二七・一四九・一五二・一五六・一五八・一七八・一八六・一八七・一八九-一九二・二〇一・二〇三・二〇五・二〇七・二〇九・四三二・四八〇・五四一・五七三・八二九・一〇〇六・一〇二四・一〇二六・一〇四二・一〇四三・一〇七四・一〇七七・一〇七八・一一六五

た

代々勅撰部立 四八〇・五九〇-五九二・六三七
代々勅撰部立并巻頭巻軸作者 九九七
大納言為家集 一一四・一三六・四三八・五四一
大納言為兼筆歌集切 六三一
太平記 九八五
内裏歌合(建保元・8・12) 二五三
内裏歌合(承久元・2・11) 二五六・二七九
内裏歌合(建保五) 四七一
内裏春日社内々三首歌合 二六〇
内裏作文御会(建保五・10・10) 一〇三三
内裏詩歌合(建保二・2・3) 二五四
内裏詩歌合(建暦二) 二五〇・二五六・一〇一四
内裏詩歌御会(承久三・2) 二八
内裏当座歌合(承久元・2・12)

内裏当座歌合(承久二・3・23)　二七九
内裏当座歌合(承久二・3・24)　二七九
内裏当座作文御会(貞永元・7・10)　一〇七〇
内裏当座四十番歌合(建保五・10・19)　二五四
内裏当座勅字和歌　四一八
内裏二首御会(承久二・3・3)　二七九
内裏仁和寺殿二首御会(承久二・4・28)　二七九
内裏秘書閣作文御会(貞永元・8・15)　一〇七〇
内裏百番歌合(承久元・7・27)　二五五・二七九・三五〇
内裏百番歌合(建保四)　四七一
内裏名所百首　三三四・二八一
内裏和歌御会(建保六・9・13)　一〇三三
内裏和歌御会(承元元・1・27)　一〇三三
隆信集　三四九
たまきはる　四五・七五
玉津島社和歌会(正治二・9)　三五五
為家勧進十五首和歌会(為家独吟十五首)　三二六
為家卿集　一六・一七・二五四・三三〇・三三六・五六九・八五三・一〇四三
為家口伝　七三七
為家家千首　三五二・三五五・三五八
為家家百首　一〇五七・一〇六七
為家家百首続歌(文永九)　三五三
為家集　四〇八・四二一
為家書札　四七七・七〇五・七五一・七五二・七五六・七七六・七八三・九九二・
為家定家両筆仮名願文　一五八・八七四
為家筆人麿集切　八五九
為氏卿記　一五三・三二〇・一一六五・一一六六
為兼卿遠所詠歌　四〇九・四二一
為兼卿三十三首　四〇九
為兼卿和歌抄　三九四・七九四
丹後守為忠朝臣家百首　三五五・三五七

ち

竹園抄　一九七
竹風和歌抄　三七
中院詠草　三九六・四〇三－四〇五・五八九・五九〇・一〇八八・一〇八九
中院集　二六二
中宮亮重家朝臣家歌合　七六六
中宮和歌御会　一〇六六
中将教訓愚歌　二五五
中書王御詠　三七
中絶諸門跡伝　一二七
中殿和歌御会(建保六・8・13)　二五四・一〇三三
中殿作文御会(建保四・12・8)　一〇三三
中右記　一八九
長秋草　一一三・三六六－三六八
長秋草(五社百首)　一〇九七・一〇九八
長秋詠藻　四三三
勅撰歌集一覧　二一一・五九一
勅撰作者部類　二〇一・五三六

つ

月百五十首　三五三
月百首続歌(文永九)　二一〇
菟玖波集　四三四
土御門院御集　六四三
堤中納言物語　三八一
経信集　八〇二
経光卿記　一九五・五三一・五三七・五九三・六一三──→民経記
妻鏡　九八三
鶴岳社十首歌　一〇一三－一〇一五
徒然草　三九五

て

廷尉佐補任　一〇七五・一〇七七
定家卿元久元年七月二十二日記　六二六
定家卿筆作禁制詞　七三三
定家家詩会　五九
定家家詩会雑遊　五九
定家所伝本金槐和歌集　三一
定家為家両筆仮名願文──→為家定家両筆仮名願文
泥之草再新　三四九
天台座主記　二〇〇
転任所望事(建仁二)　一〇一
伝伏見院宸筆判詞歌合　二二三

と

東関三百首　三七
当家神秘之口訣　一九七
当座百首(貞応二・6)　二六三・二六四
道助法親王家五十首(承久三)　二五七・二五八・二七一・二七四・三五五
道助法親王家十五首　八八〇・一〇五一
東撰和歌六帖　一三九・一八四・一〇一五
洞院摂政記　一〇六三・一〇六九

洞院摂政家百首　二九・九三・一〇五八・一〇六六・一〇六八・一〇七〇
東野洲聞書　二一一・二一四・七四六
言継卿記　八九〇
時朝集　一〇一五・一〇二三・一〇三三
時信記　一八九
常磐井第御幸五首和歌御会（宝治元）　一六
俊頼髄脳　四五八・七六五・七九三・七九四・八〇一・八〇四・八〇五

な

内宮禰宜年表　五三九
内大臣家和歌会　三五三
内大臣忠通歌合　三五六
内大臣道家家百首（建保三・9・13）　五九
長方集　五八二
長綱百首　七九八
永文　七三七
なよ竹物語　二三

に

西本願寺本三十六人集　八六三
二十八品并九品詩歌　九二・一一八・四三九・八五〇－八五三・八五五
二条前関白家政所下文　一一五八
二条道平避状　一一五八・一一六〇
二中暦　一八九
日葡辞書　六一〇
耳底記　五一〇・七三五
日本紀竟宴　五三〇
女院小伝　九四・九五
如願法師集　三五五・六三六

ぬ

主ある詞　六六二・六六五－六六七・七三五・七三八・七六三・七七四

ね

涅槃経　九八三

の

信実朝臣集　三一七・三二八・三三一
野守鏡　二一一・二三一
範永朝臣集　一〇二七

は

禖子内親王家歌合　三五一
白氏文集　三八六・七六五－七六七・七七三
八幡若宮撰歌合（建仁三・7）　八四
播磨国越部下庄相伝系図　一一五六・一一六〇
播磨国越部下庄相伝文書正文目録　一一四九・一一五〇・一一五六・一一五八・一一六〇
播磨国細川庄地頭職関東裁許状　一九四・一一〇六・一一一三
春のみやまぢ　一一三五・一一四〇

ひ

日吉行道記　一一〇〇・一一〇一
日吉山王権現知新記　一一〇〇・一一〇一
日吉社大宮歌合（承久元）　二五六・二七九
日吉社七首歌合（覚源勧進）　二〇一・二一〇
日吉社十禅師宮歌合（承久元・9・7）　二七九
日吉社撰歌合　一〇五七・一〇六七
日吉社禰宜口伝抄　一〇九九
備中守定綱歌合　三五二
人麿集　八五九・八六二・八六四・八六五・八六八・八六九・八七一・八七二
簸河上　三七〇・三九二・五九八・七九五・七九九・九六七・九九一・一〇一四
百首（貞応三）　二二三・二二四・二六三・二六五
百首（貞応二）　二六三
百首（貞応三・8）　二六三
百首（為家出題）　三五〇
百首歌合（建長八）　三六九・九七五・九七六・九八三・九八八・九九九
百首題（文永）　三五三
百人一首　二九
百人秀歌　二九・一七〇
百番自歌合（為家）　二九・二三〇
百錬抄　一四三・一八五・一九一・四八〇・九二四・一〇六八・一〇七一
広田社歌合　六七二
広橋家記録　五四
琵琶行　三八四・三八五

ふ

風雅集竟宴記　五二一・五三三・五三五・五三七
風雅和歌集　二三五・二三六・二四〇－二四二・二七九・三五三・三八八－三九一・五一一・五三五・六七一
楓橋夜泊　三九〇
風葉和歌集　二五・四三三・四三七・四三八
不可好詠詞　六六二・六六四－六六七・

七三五・七三六・七四五・七四七
袋草子　三・八〇三・八〇六
符子　九八五
藤川題百首(貞応三・7)　二六三・二六五
藤川百首(定家)　二六三
藤原為家書状(御教書書様)　六三五
藤原為家書状　八七八
藤原定家七七日忌表白文　九一・一〇七
藤原定家中文草案　一〇三
藤原長綱集　六三九
扶桑画人伝　五三九
扶桑集　三五六
扶桑拾葉集　九六三・九六四
夫木和歌抄　三三・八四・一二六・一二九・一三六・二一〇・二一三・二二三・二五〇・二七九・二八〇・二八二・二九二・二九七・三〇七・三一八・三一九・三三三・三六〇・三六二・三六三・三六九・三七〇・三八五・三九四・三九七・四〇五・四〇八・四三八・七〇四・八九七・九〇六・九二一・九二二－九二八・九四四・九四六－九五〇・九六七・九六九・九九七・一〇一三
文華秀麗集　三四九・三五六
文鏡秘府論　六〇五

へ

平家物語　一九〇
平戸記　一四・一五・三五
兵範記　一九〇
僻案抄　八〇五
別本隣女和歌集　九二八
別本和漢兼作集　一〇三八
弁官至要抄　一〇六七
弁官補任　一〇二八・一〇三四・一〇四〇・一〇五〇・一〇五四・一〇五六・一〇五八・一〇六〇・一〇六七・一〇七一・一〇七三・一〇七四－一〇七七
弁内侍日記　一三・一六・三三〇

ほ

宝治歌合──→仙洞十首御歌合
宝治百首和歌(宝治二)　一六・一八・三三・三五〇・三五八・三八九－三九一・四八〇・四九七・六七三・九四四・九四八
宝積記　九八四
保暦間記　五〇六・五〇九
法華経　八三三
法華経第二巻抄　一三九・八三六・八三九
法華経第四巻抄　八三六・八三九
法華経方便品　九八三・九八四
法華経論議抄　九六・一六二
暮江吟　三八四
法華疑問用意抄　八三六・八四二・八四七
法華疑問論議抄　八三六・八三九
法性寺関白集　三四九
堀河百首(堀河院百首・堀河院御時百首)　二二八－二三一・二四一・二四五・二七〇・三五一・三五五・三五七・三八一・四五四・七九六
本院侍従集　六四三
本朝皇胤紹運録　一四三・九二四
本朝世紀　一八九・一九〇
本朝通鑑　九六二・九六三・九六四
本朝無題詩　三四九・三五六
本朝文粋　八二七
本朝麗藻　三五六

ま

毎月抄　五六・二五三・三三三・三八六・六七八・六九六・七一九・七六六・七六七・七七〇・七八七－七九二・七九七・七九九
雅経家和歌会(承久元)　三五五
雅成親王集　九二四
増鏡　一〇・二六・三八・一八三・一九二・二〇八・四三三・四三六・五二一・五六七・五六九・五七三・八八一
万代和歌集　三三・八五・二七九・三一八・三一九・三四七・五八二・六三三・六四二・九四九
万葉集　三一・二二八－二三〇・二三三・二三四－二三六・二三八・二四一・二四六－二四八・二五一・二五六・二七〇・二七一・二七五・三五二・三八二・三八八・五〇八・五七〇・六四三・七〇四・七六四・七六六
万葉集佳詞　二四八・三八三

み

御子左系図(群書類従)　二〇三
三島社奉納十首　二一三
弥陀四十八願三首歌　四二九
光経集　一〇四〇－一〇四二・一〇四四－一〇四七
源家長日記　四六・五〇・五二・五三
御裳濯河歌合　七六五
御裳濯百首(慈円)　二三五
宮河歌合　一〇一・四七二
都のわかれ　一三〇
民経記　九六・一一三・一二七・一七四・五九三・六一五・六三〇・六三一・六四七・一〇四九・一〇五〇・一〇六〇－一〇六三・一〇六六－一〇七二
民部卿経房家歌合　四七一・七六四・九八三

む

宗尊親王家三首歌合　一三九
宗尊親王家百五十番歌合　九六八・九七四・九七六・九八〇・九八七・九九一・一〇一五・一〇三五
宗尊親王五百首　六七八・七五六－七五九・七七六・七七七・九九二

宗尊親王三百首　三七五・四七七・五九八・七三九・七五七・七六〇・七八六・九七四・九九八
宗尊親王三百首評詞　六六〇・六六一・六六八・六七六・六七七・六七八
無名抄　二三五

め

明玉和歌集　五九四
明月記（故中納言入道殿日記）　二五・四三・四五・四七・五〇・五二－五九・六三・六四・七四・七五・八二・八九・九〇・九三・九四・九六・一一二・一四三・一四五・一四八・一四九・一五一・一五四－一五六・一五八－一六〇・一六三・一七一・一七五・一八四・一八五・一八八・一九二・一九五・一九九・二〇〇・二〇一・二〇四・二〇五・二五〇・二五四・二六〇・二六一・二七八・二八〇・三三〇・三六三・三八六・四六六・五〇八・五二〇・五三一・七五七・八三二－八三七・八七九・八八〇・八八三・一〇二三・一〇二六・一〇二八・一〇四二・一〇四八－一〇五三・一〇五六・一〇五八－一〇六一・一〇六三・一〇六七・一〇七一・一〇七四・一〇七七・一〇七九・一〇八六・一〇九四・一一四〇・一一四三・一一四九・一一五八・一一五九・一一六三・一一六四・一一六五・一一七六・一一八八
名所百首（貞応二・6）　二六三
名所百首（貞応三）　二六三・二八一
明題部類抄　二一〇・三三四・三六四・九〇六・九〇八・九二六・九二七・九七〇

も

木工権守為忠朝臣家百首　三五一・三五三
守光公雑記　五四・五五・五六
師守記　一〇五六
文集百首　三四九・三五〇・三五四・七六七
門葉記　一三七・二〇一・二〇六・二〇七

や

八雲口伝　六六一・六九四・六九五・六九六・六九七・七二〇
八雲御抄　二一一・二三三・二三四・二三五・三八〇・五〇〇・五〇九・六六〇・六六一・六六九・六七〇・六七八・七七一・八〇五－八〇七
大和物語　三五二

ゆ

維摩会講師研学堅義次第　一〇五九
融覚為氏悔返譲状（文永六・11・18）　一〇八九・一一一六

よ

葉黄記　一〇・一四・一六・二五・二六・四八〇・五〇九・一〇六三
陽成院親王二人歌合　三五一
耀天記　一一〇〇・一一〇一
善峰寺三百三十三首　三五五
頼経将軍家三首和歌会　一〇一四
夜の鶴　四八三・五〇四・五〇八・六六九・六七五・六九六・七一三・七一九・七八三・八〇〇・一〇九一

り

律師範玄歌合　三五七
略本詠歌一体　七二六・七四七
柳営亜槐本金槐和歌集　三一
隆源口伝　七四〇
柳葉和歌集　三七・九九六・九九七
凌雲集　三四九・三五六
良経大原来迎院詩歌合　五九
良経法勝寺第詩歌会　五八
了俊一子伝　二三〇・六七六
隣女和歌集　三九三

れ

麗景殿女御荘子女王歌合　三五四
歴代編年集成　四八〇
歴代和歌勅撰考所引勅撰次第　四八〇・五九〇・九九七
歴代和歌勅撰考所引勅撰目録　五三三
蓮経八軸骨髄　七五一
蓮性陳状　二六・七九四・七九五・七九九・八〇七

ろ

朗詠百首（貞応三）　二六三・三八六・三九〇
六百番歌合　三五〇・三五五・四七一・七六六・八〇七

わ

和歌一字抄　四七七・六七二・七九六・八〇二－八〇六
和歌色葉　七九三
和歌九品　七九一・八〇六
和歌古語深秘抄　六九七

和歌十体　八〇六
和歌初学抄　二三三・四七七・六七二・七九三・八〇〇・八〇一・八〇三・八〇五・八〇六・一〇九〇・一〇九一・一一六三
和歌庭訓　三九・六七五
和歌所撰歌合　四七一
和歌秘抄　六九六・六九七
和歌秘抄→詠歌一体
和歌秘々　七〇四
和歌用意条々　六七五
和歌六部抄　六九六―六九七
和漢兼作集　三四九・三五〇・一〇三八
和漢朗詠集　三四九・三五〇・三五一・三五六・三五七・三八一・三八三・三八四・三八六・三九〇・八〇四・八〇六

和歌初句索引

あ

あかざりし
　むかしのことを……五七九
　やみのうつつを……一一六
あかしかね……三九〇
あかだなの……二四一
あかつきの……九一一
あかつきを……九四六
あかなくに……四一五
あかぼしの……三八二
あきかぜに
　おきふしわぶる……九一五
　おけばかつちる……二九一・二九七
　そらもゆふべは……九一一
　はつかりがねぞ……二七三
　ふきまよはせる……四一四
　みだれぞまさる……一一八
あきかぜの
　ふけひのむしろ……八九八
　まがきのをぎに……四一九
あきかぜは……四四七
あききては……四一九
あききても……九九九
あきぎりに……四四五
あきとだに……四四七
あきのいろの
　うつろひゆくを……四四四
　かへらぬみづの……二六一
あきのいろを……七三三
あきののに……二七三
あきののの
　くさのたもとや……二七八
　くさばにむすぶ……九四六
あきのゆく……四四四
あきのよの
　あやしきほどの……五六〇
　あらゐのさきの……二三三
　なかばのつきに……三八四
　ややさむげにも……二九〇
あきのよは……二〇二
あきのよも……二九六
あきはぎの
　はなのとざしの……二六五
　はなのすすき……二三七
あきはぎは……九一四
あきははや……八九九・九一一
あきはまた……二三七
あきふかき
　すそののつゆの……二三七
　みやまのいろを……四一六
あきふかく……四五一
あきまでは……六〇〇・九七一
あきもあき……二五二
あきやまに……二七一
あきやまの……六四三
あきらけき
　きみがあたりも……二三
　つきみるひとと……一〇〇
あきをへて……四一三・四三四
あけばまた……四二八
あけゆくも……二五五
あけわたる……三四
あさあけの……二九一・二九九
あさぎりに……五六二
あさごとに……一三五
あさせゆく……二九二
あさぢかる……八九四
あさぢはら
　しげさまされる……二九五
　はらはぬしもの……四五〇
あさつゆに……四五七
あさでかる……二三九
あさでほす……二三九
あさねがみ……八六三
あさはのに……二三四
あさひかげ……二三七
あさひさす……二〇一
あさひやま……二四〇
あさゆふに……一三五
あしがもの
　はらひもあへぬ……五七七
　ゆききもいまは……二五八
あしがらの
　やまぢこえゆく……一三五
　やまのあなたの……四〇二
あしたづの
　くもぢまよひし……四八
　しものころもに……二六五
あしたづは……四八
あしのやの……二三六
あしはらの……九二三
あしひきの
　やまさくらどを……二五六
　やまだもるいほに……八六四
　やまとにはあらぬ……四四四
　やまのかけぢの……二三三
　やまはひとつの……三七一
あしべより……二七三
あじろぎに……三八一
あすかかぜ……三七
あすかがは

かはおとふけて……三七
かはるふちせも……五六四
ながれをくみて……三七三
あだなりと……四一一
あたらよの……二五七
あぢのすむ……二三三
あづさゆみ
　すゑのくさの……八九二
　ひきみひかずみ……八六三
あづまぢの……一四三
あづまのの……三七二
あづまぢや……一三三
あとしのぶ……八五三
あとたゆる……九〇二・九二九
あとたるる……三九九
あととひし……四〇一
あとみんと……四一八
あはしまや……三八二
あはぢしま……三八〇
あはづのの……二七九
あはれげに……三九六・一〇八九
あはれそふ……四一二
あはれとて……一〇四八
あはれとも……二六六
あはれなど
　あふもあはぬも……二九三・三〇〇
　おなじけぶりに……三九六・四〇三・一〇八九
　なにたつあきの……四二八
あはれなほ……一〇〇五・一〇〇七
あはれにぞ……三九〇
あはれよの
　くだりゆくこそ……三七三
　むかしにかへる……三七七
あふぎみる……八九五
あふことの……三〇〇
あふことは……一一八
あふさかの
　せきのあなたの……九三三
　やましたみづの……四三〇
　やまゐのこほり……二六五
あふさかは……四二一
あふさかも……三七二
あふならば……五六四
あまつそら……四四五
あまのかは
　とほきわたりに……八九六
　ゐぜきのやまの……九四四
あまのはら
　あけしいはとの……三八一
　やどかすひとの……四四五
あやなくて……二五三
あやめおふる……六四三
あやめぐさ……八九四
あやめゆふ……八九三
あらしふく
　うらのとやまの……八九六
　とほやまがつの……四四八
　やどのはなのえ……四一二
あらたまの……四一三
あらたまる……四二三
あらためて……四一四
あらばあふ……一一六
あられふる……二三三
ありしよの……四一五
ありてうき……一〇〇五
ありながら……三七八
あるとなき……二〇二
あるはうく……四〇二
あれにける
　ふはのせきやの……一二一
　やどのすみれぞ……二三〇
あをによし……九四七
あをやぎの
　はるのけしきも……九三四
　よのまのつゆの……三六七・三八七

い

いかがして……一〇五
いかがせん……二九二
いかだしよ……七九二
いかにして
　おやのいさめを……一三五・一三七
　くらきやみぢを……四三二
　つきまつしまに……四三二
　なみだはそでに……九九九
いかにせん
　いへにつたふる……三二八
　かぜにまかする……二六四
　きくむかしにも……一三四
　ゐのそこにみる……八九七
いかにぞと……一二四
いかにとよ……一二一
いかばかり
　こをおもふつるの……一四一
　ふもとのさとの……六四三
　よにたつひとの……二九九
　よをたつひとの……二九一
いかほかぜ……八九六
いきてしも……六五〇
いきてよの……一一六
いきながら……二八三
いくあきか……五六一
いくしほか……四一九
いくばくの……二九三
いけながら……九七・二八四
いけのみづに……二九二
いけはぎに……三一四
いけみづの……三七三
いけみづを……六七一・八〇三
いざさらば……二三三
いすずがは……二三
いせのうみの……二九三・三〇〇
いそのかみ
　ふるかはのべの……九四七
　ふるののもり……二一
いたづらに
　あやなきなのみ……二五三

おいのねざめの……四三四
としのおもはん……一三五
としをふるやの……二九二
みやこはとほく……一三三
いたびさし……二八二
いづかたに……一二四
いづかたも……六八七・七一三・七一六
いづくにも……一二四
いづこより……一四二
いつしかと
けふはみふゆの……八九四
たかきにうつれ……九八
いつとても……三七六
いつとなき……三七六
いつとなく……九四五
いつひとに……二三三
いつまでか……二七二
いづみがは……九二三
いつをかは……九八八
いとどしく
かはかぬこけの……三七八
ほさぬたもとの……四一八
いとどまた……二〇二
いとはやも……八九一
いとはるる
ながきいのちの……一一三一・一一三四
みにはこころも……一三七
みもさらにこそ……一三七
いなばわけ……九四四
いにしへに
おもひあはする……八五三
たれみやこへと……一三三
いにしへの
おどろのみちの……一〇三
さづけしたまは……三〇〇
とぶひののべの……三八一
いのちをば……六四六
いはがねは……九〇二・九〇三
いはきやま……九八八
いはこゆる……九四〇
いはしみづ……三七三
いぶきやま……一二
いまこんと
たのめしひとや……四四八
たのめてとはぬ……二七八
いまさらに
おもひをそへて……九八八
みせもきかせも……一三七
いまぞしる……一三三
いまだにも……九一一
いまはただ……四〇三
いまはとて……四〇一
いまははや
さつきもまたず……八九三
とをちのいけの……九〇二・九〇四
いまはまた……一三三
いまはわれ……三九六・四〇五・一〇八九
いまもいかが……一三八
いまもなほ
こころのやみは……九九
ふじのけぶりは……六二七
いまもまた……一〇九
いまよりの……九九九
いまよりは……五六一
いもせやま……三〇〇
いろいろに……一一
いろかはる
あさぢおしなみ……一四〇
このはをみれば……三八九
みののなかやま……七一三
やまどりのをの……三二九
いろにみえぬ……二六四
いろまさる……一二〇
うかりける
ひとをはつせの……六五一
みしまのうらの……九四八

う

うかりける……九四八
うきながら……一〇七八
うきひとの
きなれのやまは……二三四
こころもしらず……九一五・九三九
こすのまとほる……二三六
うきままに……一三五
うきものと……四二〇
うごきなき……五八〇
うしとのみ……四三一
うちしめり……七三二
うちつづき……四〇一
うちなびき……八九四
うぢやまの……二〇九
うちわびて……三九四
うつつこそ……五六三
うづもれぬ……一三五
うつりゆく……三九七・四〇五
うなばらや……一〇三二
うなひこが
こまのはつせに……八九八
をぐしもささぬ……八九八
うばたまの……六四三
うらがるる……八九九
うれしさは
きのふやきみが……一〇三
むかしつつみし……一〇三
むかしのそでの……一〇三
うれしてふ……一〇三
うゐおきて……九一一

え

えにひたす……三八三

お

おいてすむ……六四五

おいのち……三七二
おいのみに……一三八
おいらくの
　あとにもあらぬ……一三一
　おやのみるよと……九一・一〇五
　つきにすみては……一〇一
おきつかぜ……九三五
おきつなみ……一〇四八
おきてゆく……四四三
おくがうへに……八九六
おくやまの……九四〇
おしてるや……五七八
おちたぎつ……二八二
おとにきく……八〇一
おなじくは
　かきねのたけの……二六五
　なほてりまされ……三九九
おのづから
　いくちとせまで……二六八・三八七
　なぐさむやとも……四〇三
　なほゆふかけて……三八九
おほあらきの……三一九
おほかたの
　あきのあはれと……四五六
　さらぬならひの……一一六
　よはそむかねど……四二七
おほぞらの……四〇〇
おほぢちち……八九八
おぼろにも……二九七
おほゐがは
　しぐるるあきの……二二三
　なみうつせきの……三六三
おもはじと……二二六
おもはずよ……三七一
おもひあへず……四二八
おもひいづや……五七一
おもひおく……一〇七六
おもひかね
　かものはがはに……三七三
　ながむればまた……七六二・七八三
　わがゆふぐれの……五九
おもひがは
　いかにかせまし……一一八
　たえぬながれの……二二一
おもひきや
　しぢのはしがき……七一三・七九三
　そらにしられぬ……一八四
おもひつつ……八六三
おもひとけ……二二六
おもひねの
　なみだあらそふ……一〇一八
　ゆめのただちは……六二六
おもひやる
　みやこのゆめは……一二四・一三一
おもひやれ……四三三
おもふかな……三七七
おもふこと
　ありしむかしの……三九
　なるとしならば……四二一
おもふらん……三七六
おもへただ
　よにふりはてぬ……二九九
　よるべもしらぬ……三七六
おやをとふ……八七四
おろしおく……四〇四

か

かかるうき……一〇七八
かきくもる……八九六
かきくれて……三九九
かきほなる
　をぎのうはばに……二九九
　をぎのはずりの……九二九
かぎりある
　いのちをひとに……
　一二二九・一二三三・一二六九・一二八五
　ひかずといひて……四〇一
かぎりあれば
　いかがはいろの……四四四
　きのふにまさる……六四三
　われこそそはね……五四八・五七八
かぎりなき……五八〇
かくぞとも……一三四
かくばかり……五七九
かくれぬに……九〇二・九〇四・九三〇
かけてくる
　かりのつばさの……四一九
　たがたまづさの……二七三
かけてとぶ……三八〇
かけわたす……二二三
かすがのの
　おどろがしたの……一一一
　おどろのみちの……九九
　しのぶもぢずり……三八〇
　まつのふるえの……九八
　むかしのあとの……一一三
かすがやま
　いのりしすゐの……一一〇
　たにのまつとは……
　九九・一〇〇・一一〇・一一三
　みねのこのまの……四三一
かずならぬ
　すゑまでこころ……四三三
　わがみをしらで……一〇四六
かすむひの……二三九
かすむよも……一〇二一
かぜさむき……四四八
かぜさむみ
　あをのをゆけば……一一二
　ちどりなくなり……三八八
　わがあさごろも……四五三
かぜさゆる
　かみがきやまの……三八八
　ふじのすそのの……一一三
かぜそよぐ……三〇
かぜのおとに……四五〇
かぜふけば……二六七・三八七
かぜわたる……八九六

かぞふれば……九三・三六九
かぞへしる……一〇一〇
かたみぞと……一〇八九
かたみとて……一八三
かたやまの……二三六
かたをかの……三八一
かつしかの……八九七
かねてより……四三七
かはあひや……八九四
かはかぜに……四四九
かへりきて……四〇一
かへりくる……一三四
かへりみる……一三四
かへるかり……二四〇
かへるさの
　あしたのはらの……九四八
　しののめくらき……一一五
　みちのしるべと……一三三
かへるさは……二七三
かみかぜの……八六二
かみしまの……九三三
かみぢやま……四九三
かみなづき
　しぐれふるてふ……一二〇
　たびのとまりに……一二三
　ともにみやこを……一二一
　まだうつろはぬ……一二三
　みやこをたちし……一二七
かみにいのり……八七四
かみにいのる……一〇一〇
かみのます……一三九
かみはよも……三七三
かみまつる……八九三
かみもみよ
　しづがかやりび……三八一
　なみだはしるや……三七六
かみやまに……九八
かみよより……二九五
かめのをの……一三八
からあゐの……二四一
からごろも……四四八・四五三
からにしき……六七九
からひとも……八九二
かりごろも
　すそのきぎす……九四四
　はぎのにしきの……二九三
かりなきて
　さむきあさけの……四四四
　ふくかぜさむみ……四四七・四五三
かりにのみ……四五六
かりのくる……九八八
かりびとの
　いるののすすき……二八二
　いるののべの……二八二
かりまくら……二四〇
かれがれに……九九
かれはてん……四五七
かれるたに……二七三
かれわたる……二八九

き

きえのこる……三七六
ききてこそ……四三三
ききてだに……一一七
ききわかぬ……八九八
きくままに……二〇一
きけばまた……二五三
きなけかし……四三三
きぬぎぬの……一一五
きみがあたり……三九四
きみがため……四八四
きみがよに……四一八
きみがよの
　かずにくらべば……四九三
　ととせのまつの……二八二
　ながらのはまの……二八二
きみがよは
　すゑのまつやま……一〇九九
　ふたたびすめる……一三・一三八
きみなくば……四三三
きみもわれも……一〇八
きりぎりす
　なくゆふかげの……九一一・九一六
　ねになきあかす……九一六

く

くさのはら
　ぬれてなくなり……四一九
　ひとめかれゆく……一三三
くさふかき……三二七
くさまくら……四五三
くさもきも
　いろづくあきに……四二六
　おとろへをへ(つ)る……二九七
　なみだにそめて……二三三
くずのはふ……二七一
くちのこる……四二五
くまもなき……四〇〇
くもかかる
　あさひのかげは……三八六
　いこまおろしの……三九四
くものなみ……二二九
くものゆく……二九一
くもりにき……八九五
くもゐとぶ……四五〇
くるしくも……五六三・五七八
くるるまに……八九六
くれかかる……二九七
くれたけの
　あをばのいろの……八九二
　よよにかさなる……三七一
くれなゐの

おのがみにぬ……二三三
やしほのをかの……四四四
くれぬとて……一〇六七
くれゆけば……二七三
くれをまつ……四二七
くろかみを……四〇四

け

けさのあさけ……四四五
けさはまた……四一八
けさよりは……八九一
けぬがうへに……二一
けふかくる……八九三
けふかとも……六八九・六九六・六九七
けふぞげに……一〇三
けふぞしる……三〇〇
けふとてや……八九一
けふのわが……一〇一九
けふはまた
　しるもしらぬも……一二〇
　みやこのかたと……四〇一
　みやこをたびと……四〇一
　ゆめのうきはし……四一七
けふはみな……一〇一九

こ

こえあかす……九四四
ここにしも……九四六
こころあらば……一〇五
こころにも……五六二
ことのはの
　かはらぬまつの……一一〇
　くちせぬまつの……一〇四
ことのはは……四〇四
ことわりや……一〇四七
ことわりと……一三五
ことわりの……三七三
こぬひとを……三〇
このごろの
　あきのあさけに……二三二・二五一
　やまのあさけに……二三二・二五一
このごろは……二三三
このつゐを……一五七
このままに……九六七
このよはは……三一八
こはたやま……三六三
こひしさも……四三一
こほりゐる……二三三
こよひまた……二七八
こよひもや……二三七
これもこれ……二二六
これもまた……六四五
ころもうつ
　おとはまくらに……四四七
　きぬたのおとの……二五七
　きぬたのおとを……四四八
　そなたのつても……二五七
　ねやまのいほの……四四七
　ひびきはつきの……四四八
こゐたてて……四一九
こをおもふ
　こころはしるや……三七七
　ふかきなみだの……五三

さ

さえまさる……四二六
さえわたる……一三七
さかきさす……八九五
さかきとり……四二八
さかきとる……八九二
さかきばに……八九三
さがのやま……八九〇
さかばまづ……九一四
さきにけり……七五四・七六二・七七七・七八三
さきのよの……五六三
さきまじる……四二五
ささがにの……九〇〇
ささのやの……二三九
さしかへる
　うぢのかはをさ……二五七
　しづくもそでの……二五七
さしのぼる……二九四
さしもいま……三一八
さしもぐさ……九九九
さすたけの……三八二
さだめなき……二三三
さつきやみ……三八九
さてもくる……二九〇
さてもまた……九一四
さとはあれて……四四七
さとびとは……九〇〇
さとわかず……六四二
さのみやは……二九六
さはだがは……四九二
さびしくて……九二三
さびしさの……九四四
さびしさは……二三四
さほひめの……二三三
さみだれに……六七九・七一六・七九三
さみだれの
　のきのたまみづ……四一九
　みかさかたよせ……八九三
さみだれは……二三三
さめておもふ……九九
さらでだに
　くさわけわぶる……二三九
　そではぬるるを……一二一
さらにまた……五六一
さりともと
　けふのひよしを……一二〇・四三二
　わがよびごゐを……二九三
さをしかの……四五七

し

しがのうらに……三七八
しがのうらの……二三九
しがのうらや……二三九
しきしまの
　みちをまもらば……三七二
　やまとにはあらぬ……二四一
しきしまや……三八〇
しぐるなり……四三四
しぐるれど……一二〇
しぐれける……一三三
しぐれには……二三七
しぐれふる
　ころにしなれば……七八二
　もみぢのにしき……二三七
しげやまの……八九六
したくつる……一〇六八
したひもの……一三三
しづがやく……二九六
しづのめが……二七五
しづのをが……二三九
しばかこふ……九一一
しばしみん……九一四・九三九
しひてこそ……九二三
しほがまの……四九三
しもがれの
　みづののくさや……三八一
　よこののつつみ……三七
しもふかき
　かれののをのの……一三四
　にはにをれふす……九四〇
しらかはの……一三
しらくもの
　かかるみやまの……二五三
　こころにかかる……一八四
しらざりき……六四〇
しらざりし……四八四
しるしらず……二五六
しるひとと……九一一
しるべあらば……二九六
しるべせよ……二六二
しるやいかに……九二・一〇五
しるやかみ……三七七
しろたへの
　そでのわかれに……三〇
　つきのひかりに……四四九
　はまなのはしの……一三四
　ゆきをかさねて……二五八

す

すくもたく……八九八
すててゆく
　おやしたふこの……三二七
　ひとしたふこの……八九七
すみがまの……三八九
すみぞめの……三七六
すみだがは……三七〇
すみなれて……三七一
すみよしの……四六・四七
すみれさく……二三〇
すみれつむ……二三〇
すみわたる……一〇七〇
すむひとも……七九二
すゑとほき……二五六
すゑのまつ……三一八

せ

せきあまる……四二六
せきおきし……一二三
せきもりの……四二五
せながはの……一二三
せめてなど……四二一
せめてまた……二四〇
せめてわが……四二七

そ

そこまでも……二六六
そでせばく……五四
そでのうちに……五四
そでのうへは……四三一
そのかみや……三七六
そまがはの……五四九
そまびとの……九四五
そむくべき……五七九
そむるいろの……六七三
そめがはを……八〇一
それゆへに……一四二

た

たえずすむ……一〇二一
たえせじと……六二七
たえだえに……二五七
たえぬべき……四一五・四三四
たがかたに……四二一
たかきやに……四八六
たかせやま……一二三
たがために……四五三
たかやまの……三〇一
たきぎつきて……一〇二一
たぐひなき……三二八
たぐへこし……四一三
ただならぬ……一〇二三
たちかへる……一〇四・一一〇
たちどまり……二三六
たちのぼる……四七
たちばなの……四一六
たちよりて……八九四
たちよれば……二九五
たちわたり……一二三

たつたがは……四四三
たつたやま
　あらしやみねに……七三三
　したまでかはる……二六八・三八七
　まつはつれなき……四一九
たづぬべき……四一五
たづねいる……四一二
たづねきて
　おりもぞやつす……八九九
　ひとときがするを……七九四
　むかしをとへば……一八四
たづねこし……四一一
たづねゆく……四一四
たなばたの
　くものころもの……二四一
　ゆきあひのそらも……八九五
たにがくれ……一三〇
たにせばみ……二七一
たにのとの……二三九・二五〇
たのまるる……一一三
たのむぞよ
　かげのかたちに……三九九
　むなしきのりの……一三八
たびごろも
　しのにおりはへ……二七八
　はるばるきぬる……二四一
　ひかずばかりを……一二四
たびのよに……二二六
たびびとの……六六八・七一三
たびびとを……三八五
たまがはの
　きしのやまぶき……七三四
　きよするなみの……二九四
たまざさの……九一五
たましひは……一一六
たまひかる……四一六
たまぼこの
　みちのしばくさ……二九八
　みちゆきつかれ……八六三
たまやそれ……二七八
たむけやま……八九五
ためしあれば……九一二
ためしなく……一三八
たらちねの
　あとてみれば……二一〇
　さらぬわかれの……二一〇
たれきけと……五六〇
たれもけに……三〇〇
たれゆゑに……四一四
たれよりも……一〇一八
たれをかも……九四五
たをやめの……三〇〇
たをりけん……四一二

ち

ちかひおきて……三九九
ちぎたかく……三一四
ちぎらずよ……二六二
ちぎりしを……二四〇
ちぎりだに……二三七
ちたびうつ……四四八
ちとせふる……一三八
ちはやぶる
　かみだにけたぬ……八九九
　かみのをばまに……六二七
　ならのみやゐに……四三二
ちよふべき……八九三
ちよをふる……五六四
ちりまがふ……九二四
ちるたびに……九四七

つ

つきかげに……二七一
つきかげの
　やまのはいでし……一〇四〇
　よよのひかりは……四一五
つきかげを
　ありしにもあらず……二七五
　みやまのあらし……二五一
つきすめば……四一三
つきになく……四四八
つきのいる……一〇四〇
つきのいろも……四四九
つきのすむ……四一二・四三〇
つきひへて……四一三
つきまつと……六二六
つきもせぬ……一一八
つきもひも
　としもなかばに……四二五
　よろづよてらせ……四二一
つたへきく
　こかはのみづの……四二八
　ひじりのよよの……四八四
つたへくる……三七三
つたへける
　あとをたづねて……四一四
　ねをふきたてし……四一五
つてにきく……一〇〇五
つねよりも
　おぼつかなきや……四三三
　なみだかきくらす……七三三
つのくにの
　あしのやへぶき……二七四
　いくたのかはに……六七一・六八七・七一三・七一六・七九三
　こやともひとを……二七四
　こやのあしぶき……九四四
つばなさく……二九四・二九八
つひにはと……四一六
つひにまた……二一
つひにゆく……一〇〇四
つまごもる……二三三
つもりゆく……四二七
つゆきえし……四一二
つゆしげみ……四三三
つゆしづく……四二三

つゆしもに……四三四
つゆしもの……三三二
つゆのたま……二七八
つゆのみの……一〇〇五
つらくみる……一三五・一三六
つるのこの……四八五
つれなくて
　けぶりたちそふ……四一四
　のこるならひを……三九
つれもなき……九〇〇
つれもなく……四〇一

て

てらさなん……一三〇

と

とききぬの……八六三
ときしあれば……四三三
ときはなる……二六五
ときはやま……四三三
ときわかず……二七八
ときわかぬ……九九九
ときをえて……四〇〇
としごとに
　つれなしとても……四三三
　なづとはすれど……三一九
としつきを……八九八
としのうちに……八九五
としふかき……一二二
としへぬる……九〇〇
としをふる……二二一
とだちばの……九〇〇
とぢかさね……二五八
とにかくに
　うつつにもあらぬ……二三五
　こころをひとに……二三九
　ひとのこころの……三七三
　ものはおもはず……八六四
とはれても……三九六・四〇四・一〇八九
とひとはぬ……二七三
とふひとは……二六五
とふひとも……四一七
とほつかは……八九一
とまりゐて……三九九
とめよかし……四二四
ともすれば……三三七
ともにこし……一三三
とやまなる……八九〇
とれやまづ……四二四

な

ながきひに……八九二
ながつきや……二五三
ながめつる……一〇〇四・一〇〇七
ながめばや……二二二
ながらへば……九八七・九九九
ながらへん……四一六
ながれては……二三四
ながをかの……三九四
なきかげの……六〇
なきぬべき……三六三・四八〇
なきひとの
　おもかげそはぬ……四〇二
　けぶりとなりし……一〇二五
なきひとを……四〇〇
なきをこひ……四〇二
なくなみだ……四二七
なげかるる
　こころのうちを……四〇三
　みのうきとがの……一三五
なげくべき……一三七
なごりとて……四〇一
なさけなき……四一一
なさけなく……九二
なつのゆく……八六三
なつふかき
　のでらにかぜや……七八二
　やまゐのみづに……一〇二五
なつもなほ……二六五
などやこの……九四六
ななそぢに……三一九
なにかその……一〇〇五
なにごとか……八九四
なにごとの……五六四・五七九
なにたかき……一三三
なにたてる……一二四
なにとこの……一二四
なにとして……一〇〇五
なにとまた……二七二
なにはえや……二五八
なにはがた
　いりえにみえし……四二四
　このよのうさの……一三七
なべてよの
　あはれはしるや……八九九・九〇〇
　ならひにすぎて……四〇一
　ひとのたぐひに……一二四
なほもまた
　あなうのはなの……二七三
　いまみるかげを……一〇八
　ちよのよはひの……一〇一〇
なみあらふ……二六六
なみこさば……三〇〇
なみだこそ……四〇四
なみだとも……四二五
なみだやは……四〇四
なみのうへに……九二六
なみのおとに……一三三
なみのよる……一一五
なもあみだ……一〇〇五
なもしるし……二五六
ならひこし……三七二
なることも……二九六
なれきつる……一三三

なをだにも……五六二

に

にしのやま……一〇一〇
にはくさの……一三〇
にほのうみや……一三五
にゐはりの……三八二

ぬ

ぬるとこの……八九八
ぬれぬれも……九一三・九三九

ね

ねにたてて……四一九

の

のきちかく……一八四
のべごとに……二七三
のべのいろは……二五一
のべはみな……二七〇
のぼるべき……一〇六八
のりのはな……四〇〇
のりのみち……一〇〇九

は

はかなくぞ……九九
はかなさは……一一六
はかなしや
　たがいつはりの……二四一
　たびねのゆめに……一四三
はかりなき……一〇〇九
はしたかの……三八二・六七二
はつあきの……三三七
はつしもの
　おくののをざさ……二五三
　ふるさとさむき……四五〇
はてはまた……三三七
はなざかり……七三一・七四〇
はなさきし……八九二
はなにさく……二九四
はなのいろに……七三一
はまちどり……七〇五
はやかはに……九一三
はりまなる
　しかまにつくる……九〇二・九〇三・九二九
　しかまのさとに……九〇二・九〇三
はるがすみ
　かすみていにし……二七三・四五一
　たちしはきのふ……二七九
はるかぜの……九三四
はるかなる……一〇一〇
はるきてぞ……一〇六八
はるきても
　そとものやまの……八九一
　たにのこれる……九九
　のはらはいまだ……八九一
はるくべき……四三三
はるごとに……二九七
はるさめの
　なごりのきの……七九八
　ふるののちはら……二九八
はるにあはぬ……九八
はるのたの……二三九
はるのひの……九九・一〇九七
はるのよの
　かすみのまより……三八
　つきのかつらの……二九〇・二九六
はるはまた……二九六
はるもすぎ……二九八
はるやまの……二七九
はるをあさみ……八九一
はれなかん……一一九
はれぬとて……二九一・二九九

ひ

ひあふぎに……二九五
ひかげなき……二六六・三八七
ひかげみぬ……一四〇
ひきむすぶ……四一九
ひくまのに
　にほふはぎはら……二三三
　にほふはりはら……二三三
ひこぼしの……九八七
ひさかたの
　あまとぶかりの……二三六
　あまとぶつるの……四八五
　あめにまじりて……一〇三一
　つきのかつらも……五〇
ひさしかれ
　むかしのよよの……一三八
　をりえてみゆる……一三八
ひだたくみ……九四五
ひとすぢに……二〇二
ひとつより……一一八
ひととはぬ……二九四
ひととはば……三四
ひとよねぬ……二三九
ひとよりも……三一四
ひとりねの……四四九
ひとりみる……三七八
ひとをいかで……九〇三・九〇四
ひとをみて……一三五
ひろさはや……二四〇
ひろふてふ……八九九
ひろむべき……一一八

ふえたけの……三〇〇
ふかかりし……一〇〇四
ふかきよに……三一八
ふかきよの……六四一
ふかぬより……三九九
ふきおろす
　はるのあらしの……九二七
　ひらやまかぜや……四五〇
　ゆきかとみれば……一三
ふしておもひ
　おきてもみにや……一〇三
　おきてもゆめの……一〇〇五
ふじのねの……一三四
ふしもみぬ……二九五
ふちとなる……六四六
ふぢなみに……四二一
ふみそめて……四一二
ふゆがれの……二七一
ふゆくれば……一三四
ふゆさむみ……五六一
ふゆのよの……一三二
ふゆふかき……一三五
ふりがたき……四一三
ふりすてし……四一六・四三一
ふりすてて……四一四
ふりにけり……四四八
ふりにける
　かきねはあれて……四一四
　かきねばかりを……四一二
　みのたぐひこそ……一三三
　よよのちぎりや……四一三
ふりまさる……二一一
ふるえだの……九〇〇
ふるかはの……二九八
ふるきあとと……四一五
ふるさとに
　ころもうつとは……四四七
　すみこしかたと……四〇一
　ちよもとまでは……一一三一・一一三四
ふるさとの……四一五
ふるさるる……三八一
ふるみちに……五六〇
ふるゆきの……六二六
ふればかつ
　こずゑにとまる……二三七
　しほるるものを……二九八

ほ

ほかざまに……四二七
ほかにまた……四二四
ほかのちる……八九五
ほどちかき……四二六
ほととぎす
　おのがさかりの……二三三
　さつきまつまの……二〇二
　しのびしころの……六四二
　なくやさつきと……四二五
　なくやさつきの……二七五
　はなたちばなに……八九三
　はやもなかなん……八九三
　みやまにかへる……二〇九
ほどもなく……四二一
ほのかにぞ……四二三
ほのぼのと……四一六

ま

まくずはら……一〇四六
まことしく……五六二
まことふかき……一一八
ましてげに……一三五
ませのうちに……四一九
まだしらで……一二一
またやさは……八九一
まだよひの……九九九
まつかげの……九九九
まつかぜの……二六六
まつしまや……四五〇
まつねはふ……一〇六八
まつはるる……三八〇
まつひとは……九〇〇
まつをはらふ……二四〇
まどうつも……二九九
まどのそとに……三九〇
まどろまで……四四七
まどろまぬ……一一六
まれにあふ……一〇五三

み

みえわたる……四九一
みかづきの……六七一・七九三
みかのはら……九四九
みかりする……四一四
みかりせし……三七七
みくまのの……八六二
みじかよの……二七八
みしはうく……四三三・一〇〇四
みしひとに……四一二
みしひとの
　かたみならずは……四一六
　かたみのみづと……一四〇
　すみけるやどを……一〇一九
　なきをゆめとは……一〇〇五
みしまえや……二五八
みしまのや……二四一
みしめなは……二〇二
みたやもり……二七五
みちたえて……四一五
みちとせの……八九二
みちにける……四一四
みちのくに……五六三・五七九

みちのべの……二九八
みちをおもふ……五三
みづぐきの……二七九
みづたでの……九二四
みづのおもに……四一三
みつるえの……四一六
みてはるる……一〇四
みてもうし……一三〇
みとせへし……二〇九
みとせまで……九六七
みなそこに……八九九
みなとがは……四四四
みにしみて……四一一
みぬひとも……九四六
みねのいほの……二六八・三八七
みねのいろ……四一三
みねのくも……一二四
みねふかき……二五五
みのうさも……一〇〇五
みのうさを……六四二
みばかりは……五七九
みひとつに……三七七
みもたわに……二七八
みやぎのの……二七八
みやこおもふ……一三三
みやこへは……二七四
みやこまで
　かたるもとほし……一四二
　ゆめにもいかで……一三三
みやこより……一三八
みよしのの
　おくまではなに……七九四
　たかねのさくら……七三四
　やまのあきかぜ……四四八
　やまのあなたに……二七三
みるゆめの……五六二・五六七・五七八
みればまづ……五七一
みわたせば……四一九
みをこがす……一一七
みをつくし……四一二

む

むかしおもふ
　そでこそにほへ……八九三
　なみだのあめの……五六四
むかしみし……五七〇
むかしより……四二七
むかしわが……八五一
むかしをば……一〇九八
むぐらはふ……四二六
むさしのの……二七八
むさしのは……二七八
むさしのも……四二七
むさしのや……二三〇
むすびおく……五六六・五七八
むすびける……二六七・三八七
むそぢあまり……五八九
むつきたち……八九一
むばたまの
　やみのうつつの……四二五
　よかぜをさむみ……四五〇
　よわたるかりの……九二四
むべぞげに……四二五
むめさかば……九一一
むもれつつ……四二六
むらさめの……八九六
むらしぐれ……四二〇
むれてゆく……二九二

め

めぐりあふ……一〇一〇
めぐりくる
　そのつきひをば……一一九
　わかれしけふの……四〇〇
めぐりこん……四〇一
めのまへに……三七二
めもあやに……三一八

も

もえいづる……四一六
もしほぐさ……一〇四六
もちづきの……八九四
もとつての……九三〇
ものおもふ……一〇一八
ものごとに……四二四
もののふの……二三三
ものをのみ……三一八
ももしきの……二八九
ももとりの……九一二
もらすなよ
　あるにもあらぬ……四一一
　ちひろのそこは……一〇〇四
もろくちる……四二六
もろともに
　ちぎりしはるの……一〇四六
　ゆきあふさかの……四二七
　をしむべきけふの……一〇四六
もろびとの……八九五

や

やこゑなく……二四〇
やそぢふる……一〇一〇
やそぢまで……一〇一〇
やたのの……二三三
やつのざや……一〇四七
やへむぐら……八〇四
やまかぜに……二九九
やまがつの
　かきほにかこふ……三〇〇
　しづがかきねの……九三〇
やまがらの……二九五
やまざくら

　うつろふいろの……二〇二
　うつろふくもに……四一九
やまざとの……二三二
やまざとは……四四四
やましろの……九四九
やまたかみ……七三四
やまとぢや……一〇九八
やまどりの……四五〇
やまのはは……二六六・三八七
やまのべの……二三三
やまびこの……九四五
やまびとの
　いでたるあとの……九九九
　むかしのあとを……七一七
やまふかく……四一九
やまふかみ
　しぐるるいほの……一〇七七
　はるともしらぬ……七三四
やまもとの……二三九
ややふくる……八九五

ゆ

ゆきくれて……一〇六八
ゆきとみし……一三三
ゆきをれの……三二八
ゆくあきの……四四三
ゆくすゑの……一一九
ゆくすゑは
　いそぐにつけて……一三四
　うきよりほかに……五七九
ゆくすゑを……一一九
ゆくひとの……二五一
ゆくみちを……一〇一一
ゆくみづに……五六七・五七八
ゆふぐれの……二九九
ゆふぐれは
　いくへかすみの……二七四
　ふきもさだめぬ……九一四・九三九
ゆふされば
　きみきまさんと……八六三
　つゆふきおとす……三七
　なにをうしとか……九一三
ゆふまぐれ……二四〇
ゆめといひて……四〇〇
ゆめとのみ……一〇一八
ゆめはなほ……五五一
ゆめむすぶ……二六八・三八七
ゆめやゆめ……二三五
ゆらのとや……二三九

よ

よかはやま……四〇〇
よがらすは……三八九
よしさらば
　こしぢをたびと……四四五
　わすらるるみは……二三五
よしのがは……四四五
よしのやま
　たなびくもの……一〇六八
　はなのさかりや……七三一・七四三
よしやきみ……二九三
よそながら
　こころにかけて……九一一
　ねぬよのともと……四四九
よそにのみ……二八二
よつのをに……四〇〇
よつのをの……三八五
よとともに
　あぶくまがはの……二七二
　なだのしほやき……四五〇
よにすつな……三〇一
よにふるに……三七六
よにふれば……六三・二五五
よのなかに……二七八
よのなかの……二七五
よのなかは
　あきになりゆく……二二四
　なにごとをして……二三五
よのなかよ……四〇二
よのなかを……二七二
よのほどの……二九一
よはにふく……五七八
よひのあめの……一二四
よもすがら
　あらしのやまに……九二六
　うちもたゆまず……四五〇
よやさむき……四四九
よよかけて……一〇九
よるのうちの……一二〇
よろづよに……二三
よをうみべ……二九二
よをかさね
　こずゑをはらふ……一二七
　みにしみまさる……四五〇
よをすてて……四三二
よをすてば……九九・一〇九七
よをてらす……一二七
よをわたる……二九二

わ

わがいそぐ……四二一
わがいほの……二九一
わがいほは……四五六
わがおもひ
　とほさぬものは……三七二
　ひとわらへには……二九〇
わがきみに
　あふみてふなる……二二一
　つかふるみちも……二二一
わがきみは……一三
わがこひは……六七一・七九三
わがすゑの……四九五
わがせこが……八九八
わがための……三七二

わがなみだ……三九六・四〇四・一〇八九
わかのうら
　あまのしわざの……一三八
　てだまもゆらに……一三七
わかのうらに
　おいずはいかで……三七五・五九八
　おいてこおもふ……一一八九
　おいのよおくる……一一八九
　かずならぬみの……九一・一〇六
　なほぞかきおく……一二四
わかのうらの
　あしべのたづの……三七七
　いりえにくちし……九六九
　なみのたよりの……六九二・七二四
わかのうらや
　しらぬしほぢに……九七一
　なぎたるあさの……五九
わがみにも……四二六
わがみをも……三二七
わがやどの……三三六
わがよはひ……一〇一〇
わかれけん……三八五
わきてしれ……二七六
わぎもこが……二九八
わけしの……一二四
わしのやま
　ありあけのつきは……五六一
　つねにすみける……一〇一一
わすられぬ
　はるはむかしの……四二五
　ひとのおもかげ……一三三
わすれずな……四二〇
わすれては……三八〇
わたつうみの
　かざしはわかぬ……二六一
　よものなみかぜ……四一八
わたのはら……二五七
わたりする……九九九
われがみは……七一七
われすまで……二九四
われのみぞ……二一一
われのみや……四三七
わればかり
　おぼえやはせん……一三三
　ちぎりしことは……四二七

ゐ

ゐのこぐさ……二二三

を

をぎはらや……二七八
をぐらやま……四五〇
をざさはら
　かぜまつつゆも……四六
　かはらぬいろの……四六
をじかなく……八九九
をしがもの……二五七
をしへおく……四八四
をしまれし……四二六
をしみこし……八九二
をちこちの……二七四
をとこやま
　おもひやるこそ……一三八
　おろすあらしも……三七三
　よそにみつのの……九一四
をのへより……七六一・七八一
をばただの……六二一
をみなへし……二二三
をやまだの
　いほしろたへに……二六四
　なはしろぐみの……二二三
　ゐぐつむさはの……二七五
をりかくる……八九四
をりごとに……一〇九八
をりしらぬ……四二五

翻刻本文写真図版索引

〔翻刻本文〕

続後撰和歌集目録序(残欠) 四八一–四八二
後深草院御記(文永二年十月十七日) 六四九・六五〇
後深草院御記　続古今竟宴事(文永三年三月十二日) 五一三–五一六
続古今竟宴資季卿記(文永三年三月十二日) 五一六–五一七
続古今竟宴資平卿記(文永三年三月十二日) 五一七–五一九
続古今集沙汰事(経光卿記　文永元年三月二十二日・
　文永二年四月七日~十二月二十六日) 六一六–六一八
続古今和歌集撰進覚書(弘長二年五月二十四日) 六一九–六二〇・六二八
飛鳥井教定宛融覚書状(文永元年九月十七日) 六二五
宗尊親王三百首付載文書(三通) 六二三
藤原定家七七日忌表白文草(宗性撰　仁治二年十月九日) 八一三–八一六
敬白請諷誦事(藤原頼資撰　天福元年十月日) 八二三–八二四
為家定家両筆仮名願文(貞応元年六月日) 八七四
播磨国細川庄地頭職関東裁許状(正和二年七月二十日) 一一〇六–一一一五
阿仏御房宛融覚譲状(文永五年十二月十九日) 一一二〇–一一二三
融覚為氏悔返譲状(為氏去状付随)(文永六年十一月十八日)
　一一二三–一一二五
侍従殿(為相)宛融覚譲状(文永九年八月二十四日)
　一一二六
前藤大納言殿(為氏)宛融覚書状案(文永十年七月十三日)
　一一二七–一一三四
阿仏御房宛融覚譲状(文永十年七月二十四日) 一一三四–一一四三
(阿仏御房宛)融覚譲状(文永十一年六月二十四日) 一一四四–一一四六

〔写真図版〕

土佐日記(国宝)為家筆外題と嘉禎二年八月二十九日為家書写奥書
　(大阪青山大学図書館蔵) 口絵(図版1)
古今金玉集(重文)巻首部建長五年十一月二十四日為家筆識語
　(冷泉家時雨亭文庫蔵) 口絵(図版2)
続後撰和歌集(重文)建長七年五月十六日為家筆巻首部と書写並び
　に付属奥書
　(冷泉家時雨亭文庫蔵) 口絵(図版3)
保延のころほひ(重文)融覚筆書写奥書
　(冷泉家時雨亭文庫蔵) 口絵(図版4)
大和物語(重文)弘長元年十二月比融覚筆奥書
　(前田育徳会尊経閣文庫蔵) 口絵(図版5)
古今和歌集(重文)文応元年七月五日融覚筆奥書
　(根津美術館蔵為氏筆) 口絵(図版6)
和歌初学抄(重文)弘長二年六月融覚筆奥書

(冷泉家時雨亭文庫蔵) 口絵(図版7)
古今和歌集(重文)文永二年六月日融覚筆伝授奥書
(根津美術館蔵為氏筆) 口絵(図版8)
古今和歌集(重文)文永四年七月二十四日覚尊による融覚奥書
(冷泉家時雨亭文庫蔵右筆覚尊筆) 口絵(図版9)
後拾遺和歌集(重文)融覚筆出家以後譲与為相奥書
(冷泉家時雨亭文庫蔵) 口絵(図版10)
古今和歌集 文永九年四月六日融覚筆伝授奥書
(売立目録) 口絵(図版11)
中将教訓愚歌
(売立目録) 六三
大納言為兼筆歌集切 (白鶴美術館蔵手鑑) 六二一
按察殿宛融覚書状写 (香川大学附属図書館蔵手鑑) 六二三
藤原為家(融覚)書状(御教書書様) (売立目録) 六二五
後深草院御記(文永二年十月十七日)
(今治市河野美術館蔵) 六四九・六五〇
詠歌一体(建治二年十一月十一日為氏奥書本)巻頭と奥書部
(天理図書館蔵) 六九一・六九二
和歌一体(為秀本第一類)為秀筆巻頭と巻尾奥書部
(今治市河野美術館蔵) 七〇〇・七〇一
詠歌一体(為秀本第二類)為秀筆巻頭と巻尾奥書部
(冷泉家時雨亭文庫蔵) 七〇二
和歌秘抄(為秀本第三類)了俊筆巻尾為秀奥書部
(徳川美術館蔵) 七〇三
詠歌一体(為秀本第四類)為秀筆巻尾奥書部
(松浦家旧蔵・史料編纂所蔵台紙写真) 七〇六
詠歌一体(為秀本第五類)為秀筆巻頭と巻尾奥書部
(秋田大学附属図書館蔵) 七〇七・七〇八
詠歌一体(為秀本第六類)為秀奥書写本巻尾奥書部
(久保田淳氏蔵) 七〇九
詠歌一体(為秀本第五類)「いつ方も」歌の修訂
(秋田大学附属図書館蔵) 七一五
藤原定家七七日忌表白文草(宗性撰)(東大寺図書館蔵) 八一三-八一四
宗性自筆消息案(春華秋月抄草紙背)(東大寺図書館蔵) 八二三
為家筆人麿集切 (白鶴美術館蔵手鑑) 八七二
為家定家両筆仮名願文(貞応元年六月日) (売立目録) 八七四
藤原為家書状 (宮内庁書陵部蔵) 八七八-八七九
阿仏御房宛融覚譲状(重文)(文永五年十二月十九日)
(冷泉為人氏蔵) 一一二六-一一二七
融覚為氏悔返譲状(為氏去状付随)(重文)(文永六年十一月十八日)
(東京国立博物館蔵) 一一二三-一一二四
侍従殿(為相)宛融覚譲状(重文)(文永九年八月二十四日)
(冷泉為人氏蔵) 一一二六
前藤大納言殿(為氏)宛融覚書状案(重文)(文永十年七月十三日)
(冷泉家時雨亭文庫蔵) 一一二七-一一三〇
阿仏御房宛融覚譲状(重文)(文永十年七月二十四日)
(冷泉為人氏蔵) 一一三五-一一四〇
(阿仏御房宛)融覚譲状(重文)(文永十一年六月二十四日)
(冷泉為人氏蔵) 一一四四-一一四五

●著者紹介

佐藤恒雄（さとう　つねお）

1941年　愛媛県生まれ
1971年　東京教育大学大学院文学研究科博士課程単位修得退学
　　　　香川大学助手教育学部　講師　助教授　教授を経て
2004年　香川大学定年退職　香川大学名誉教授　博士（文学）
2005年　広島女学院大学文学部教授（現在に至る）

［主要著書］
『新古今和歌集入門』（共）（有斐閣　1978年）
『新古今和歌集』（日本の文学・古典編25）（ほるぷ出版　1986年）
『中世和歌集 鎌倉編』（新日本古典文学大系46）（共）（岩波書店　1991年）
『藤原定家研究』（風間書房　2001年）（第24回角川源義賞）
『藤原為家全歌集』（風間書房　2002年）

ふじわらためいえけんきゅう
藤原為家研究

平成20（2008）年9月24日　初版第1刷発行©

著　者　佐藤恒雄

発行者　池田つや子

発行所　有限会社　笠間書院

〒101-0064　東京都千代田区猿楽町2-2-3

☎03-3295-1331㈹　FAX03-3294-0996

NDC分類：911.142　振替00110-1-56002

ISBN978-4-305-70389-7　壮光舎印刷

落丁・乱丁本はお取りかえいたします。
出版目録は上記住所までご請求下さい。
http://www.kasamashoin.in.co.jp